JOHN COWPER POWYS

Wolf Solent

ROMAN

PAUL ZSOLNAY VERLAG
WIEN · HAMBURG

Berechtigte Übersetzung aus dem Englischen von
Richard Hoffmann

Alle Rechte vorbehalten, insbesondere das des öffentlichen Vortrags,
der Übertragung durch Rundfunk und Fernsehen, auch einzelner Teile.
© Paul Zsolnay Verlag Gesellschaft m.b.H., Wien/Hamburg 1930 und 1957
Titel der englischen Ausgabe: Wolf Solent.
Copyright © John Cowper Powys, 1929
Deutsche Erstausgabe Paul Zsolnay Verlag 1930
Umschlag und Einband: Werner Sramek
Druck und Bindung: Wiener Verlag
Printed in Austria
ISBN 3-552-01826-3

CIP-Kurztitelaufnahme der deutschen Bibliothek
Powys, John Cowper:
Wolf Solent: Roman / John Cowper Powys.
[Berecht. Übers. aus d. Engl.
von Richard Hoffmann].–
Wien; Hamburg: Zsolnay, 1986.
  Einheitssacht.: Wolf Solent ‹dt.›
  ISBN 3-552-01826-3

Wolf Solent

Das Gesicht auf den Bahnhofstufen

Die Fahrt von Waterloo Station nach der kleinen Landschaft Ramsgard in Dorset dauert nicht länger als drei oder vier Stunden, aber Wolf Solent, der das Glück gehabt hatte, für sich allein ein Kupee zu finden, konnte sich einer solchen Orgie konzentrierten Denkens hingeben, daß sich diese drei oder vier Stunden in eine Zeitspanne ausdehnten, die jedem menschlichen Maß entrückt war.

Eine Brummfliege surrte über seinem Kopf auf und ab, ließ sich jeden Augenblick auf einem der bunten Plakate von Seebädern nieder — von Weymouth, Swanage, Lulworth und Poole —, säuberte sich die Vorderbeine auf den Masten gemalter Schiffe oder auf dem sandigen Strand unmöglich himmelblauer Meere.

Durch das offene Fenster, neben dem er mit dem Gesicht zur Lokomotive saß, drang die linde Luft eines ungewöhnlich milden Märzmorgens an seine Nüstern; sie brachte die Düfte junger, grüner Haine, nasser, schlammiger Gräben, die Düfte von Haselnußgebüsch, das voll war von feuchtem Moose, die Düfte von Primeln an warmem, grasbewachsenem Heckenrand.

Solent war keine vom Schicksal übel bedachte Erscheinung, er sah aber auch nicht besonders einnehmend aus. Sein kurzes, dichtes Haar war von der Farbe gebleichten Werges. Seine Stirn hatte ebenso wie sein ziemlich formloses Kinn eine Neigung zurückzuweichen, eine Eigenschaft, die die Wirkung hatte, daß das Hauptgewicht seiner Charakteristik auf den Bogen seiner gekrümmten Nase und auf die rauhen, dichten Augenbrauen fiel, die seine tief eingesunkenen grauen Augen überspannten.

Er war groß und mager, und als er jetzt die Beine ausstreckte, die Hände vor sich faltete und den Kopf über seine knochigen Handgelenke beugte, wäre es schwer gewesen zu sagen, ob die Koboldgrimassen, die gelegentlich sein Gesicht in Falten legten, Anfälle eines sardonischen Kicherns waren oder Krämpfe hemmungsloser Verzweiflung.

Was immer die Elemente seiner Stimmung sein mochten, stand diese doch in offenbarem Zusammenhang mit einem zerknitterten Brief, den er mehr als einmal aus der Seitentasche zog, mit hastigem Blick überflog, und den er dann wieder verwahrte, nur um abermals in die frühere Pose zurückzufallen.

Der Brief, der so auf ihn wirkte, war mit einer ängstlich kleinen Handschrift geschrieben und lautete wie folgt:

Sehr geehrter Herr!

Würden Sie wohl so freundlich sein, am Donnerstag in Ramsgard einzutreffen, und zwar noch rechtzeitig, um meinen Freund Mister Darnley Otter gegen fünf Uhr im Teeraum des Lovelace-Hotels aufsuchen zu können? Er wird dann am Nachmittag nach King's Barton fahren und Sie in das Haus seiner Mutter bringen, wo Sie vorläufig Ihr Quartier haben werden. Wenn es Ihnen paßt, würde ich es als große Liebenswürdigkeit betrachten, falls Sie am Abend des Tages Ihrer Ankunft zu mir zum Dinner kommen wollten. Ich esse um acht Uhr und wir werden alles besprechen können.

Ich muß noch einmal meiner Freude darüber Ausdruck geben, daß Sie mein armseliges Anerbieten so prompt akzeptiert haben.

Ihr ergebener

John Urquhart

Er rief sich den außerordentlichen Zwischenfall ins Gedächtnis, der dazu geführt hatte, daß Mr. Urquharts „armseliges Anerbieten so prompt akzeptiert" worden war.

Fünfunddreißig Jahre war er jetzt alt, zehn Jahre hatte er in einem kleinen Institut der Londoner City mühsam Geschichte vorgetragen, und hatte friedlich unter der despotischen Zuneigung seiner Mutter gelebt, mit der er, als er noch ein Kind von zehn Jahren war, Dorsetshire — und mit Dorsetshire alle die erregenden Erinnerungen an seinen toten Vater — verlassen hatte.

Und jetzt hatte es sich ergeben, daß seine neue Stellung als literarischer Gehilfe des Gutsherrn von King's Barton ihn gerade an den Schauplatz jener verwirrenden Erinnerungen brachte; denn sein Vater war von einer geachteten Stellung als Lehrer der Geschichte in der Schule von Ramsgard in einer ganzen Reihe geheimnisvoller Kopfsprünge in die Tiefe gestürzt, bis er tot im Friedhof eben jener Stadt lag, ein sprichwörtliches Beispiel skandalöser Verkommenheit.

Nur der Tatsache, daß der Gutsherr von King's Barton mit Lord Carfax, einem Cousin von Wolfs Mutter, verwandt war, war es zuzuschreiben, daß er nach der erstaunlichen Entwicklung, die sein Londoner Leben genommen, eine Zufluchtsstätte hatte finden können, die seinen nicht allzu umfassenden Fähigkeiten entsprach.

8

Jetzt noch konnte er, als ob es nicht vor zwei Monaten, sondern heute geschehen wäre, deutlich den zornigen Ärger auf dem Gesicht seiner Mutter vor sich sehen, als er ihr mitteilte, was geschehen war. Er hatte seinen „Tanz des Zornes" getanzt — so drückte er sich selbst aus — mitten in einem harmlosen Vortrag über die Regierung der Königin Anna. Er erzählte seinen Schülern eben ganz ruhig von Dean Swift, und plötzlich stürzte in seinem Geiste irgendeine Wand oder eine Schranke oder ein seelischer Damm völlig zusammen, und er ergoß einen Sturzbach wilder, unziemlicher Invektiven über alle Erscheinungsformen der modernen Zivilisation.

In der Tat, er hatte, so sagte er wenigstens seiner Mutter, seinen „Tanz des Zornes" getanzt — auf jener ruhigen Plattform und zu einer so hinreißenden Melodie, daß keine Behörde, sofern sie sich überhaupt ihre natürlichen Instinkte bewahrt hat, es jemals verzeihen konnte.

Und jetzt floh er vor der Schwere der mütterlichen Mißbilligung, belastet von diesem Ereignis, in eben jene Gegend, in der sich das große Unglück im Leben seiner Mutter ereignet hatte.

Nachdem die erste Antwort Mr. Urquharts auf seine Bewerbung eingelangt war, hatte es einige sehr stürmische Szenen gegeben. Da seine Mutter aber kein Einkommen und nur sehr beschränkte Ersparnisse hatte, trieb sie schon das Gewicht der wirtschaftlichen Notwendigkeit zur Unterwerfung.

„Du wirst mir dorthin nachkommen, wenn ich einmal mein Häuschen habe", hatte er hingeworfen, und ihr erregtes hübsches Gesicht hatte sich unter der unordentlichen Masse gewellten grauen Haares im Eindruck dieser Worte verhärtet, als ob er ihre kostbarste Teegarnitur genommen und vor ihren Füßen in Scherben geschlagen hätte.

Eine der unterdrückten Erregungen, die an jenem Januarnachmittag zum Ausbruch gekommen waren, hatte mit dem erschreckenden Elend so mancher seiner Londoner Mitbürger zu tun gehabt. Er entsann sich der Gestalt eines Mannes, den er auf den äußeren Stufen der Waterloo Station gesehen hatte.

Die träge Verzweiflung in dem Gesicht, das dieser Mann ihm zugewendet hatte, trat jetzt zwischen ihn und einen von knospenden Buchen bedeckten Hügelabhang. Das Gesicht wiederholte sich viele Male unter jenen großen geschwungenen Massen smaragdklaren Laubes. Es war ein englisches Gesicht; und es war auch ein chinesisches Gesicht, ein russisches Gesicht, ein indisches Gesicht. Es hatte die Veränderlichkeit proteischen Weines. Es war bloß das Gesicht eines

Mannes, eines sterblichen Mannes, gegen den sich die Vorsehung — bösartig wie ein toller Hund — gewendet hatte. Und das Leid auf diesem Gesicht war von solch einer Art, daß Wolf sofort wußte: keine erdenklichen sozialen Verbesserungen oder reformierenden Revolutionen konnten es jemals sühnen — konnten jemals die einfache, nie wieder gutzumachende Tatsache aus der Welt schaffen, daß es eben so gewesen war, wie es gewesen war!

Der Hügel mit den Buchen verschwand, und er gewahrte ein starkes Lastauto, das, über eine schmale Straße dahinrasselnd, eine Staubwolke hinter sich aufwirbelte; und dieser Anblick gab seinen Gedanken eine neue Richtung. Vor seinem Auge erhob sich, kompliziert und unmenschlich gleich einem sich bewegenden Turm von Instrumenten und Schaltern, das ungeheuerliche Gespenst der modernen Technik.

Er hatte das Gefühl, als würde bei all diesen Aeroplanen, die gleich allgegenwärtigen Aasgeiern in jede Zufluchtsstätte hineinspionierten, bei dieser Invasion aller Wege durch eisengepanzerte, kolossalen Käfern gleichende Motorenwagen, da kein Meer, kein See, kein Fluß frei war von pulsierenden, dröhnenden Maschinen — als würde das Eine, Wertvollste von allem in der Welt langsam dahingemordet.

In dem staubigen, von der Sonne erhellten Raum des kleinen tabakfleckigen Waggons schien er ein dahintreibendes und hilfloses Abbild des ganzen Erdenrundes zu sehen. Und er sah es blutend und geopfert gleich einem glattbäuchigen vivisezierten Frosch. Er sah es ausgehöhlt und ausgemeißelt und ausgescharrt und geeggt. Er sah es aus der surrenden Luft herab von Falken gejagt. Er sah es verstrickt in ein zitterndes Netz der Vibrationen, sich hebend und erschaudernd unter der Last von Eisen und Stein.

Wo — so fragte er sich, als er zum zwanzigstenmal Mr. Urquharts Brief hervorholte und wieder einsteckte — wo konnte es für einen Menschen in solch viviseziertem Froschbauch von Welt noch einen Platz geben, um irgendeinen einzigen Gedanken zu denken, der müßig wäre und leicht? Und als er sich selbst diese Frage stellte und im Geist ein sichtbares Bild davon formte, was er als „Gedanken" auffaßte, nahm solcher „Gedanke" die Gestalt leise sich regender Pflanzenblätter an, die, groß wie Elefantenfüße, an saftstrotzenden und kalten Stengeln am Rande von Waldsümpfen hingen.

Und dann streckte er seine Beine noch weiter von sich, lehnte sich gegen die staubigen Kissen und ging daran, die Streitkräfte seines Geistes mit jenen verfluchten Mechanismen zu messen. Er tat dies ganz ernst, ohne jegliches komische Unbehagen angesichts der Anmaßung eines solchen Unterfangens. Warum sollte er nicht seine individuelle magnetische Kraft den von anderen Menschen erdachten tyrannischen Maschinerien entgegenstellen?

In der Tat, das Schaudern bösartiger Begeisterung, das seine Nerven durchdrang, als er an diese Dinge dachte, hatte eine merkwürdige Ähnlichkeit mit jener seltsamen Ekstase, in die er sich durch gewisse heroische mythologische Legenden zu versetzen pflegte. Niemals hätte er einem lebenden Menschen die berauschende Erweiterung der Persönlichkeit eingestanden, die über ihn dadurch zu kommen pflegte, daß er sich selbst als eine Art demiurgischer Kraft dachte, die ihre Macht aus dem Herzen der Natur selbst zog.

Und eben diese Art der Erweiterung war es, die er jetzt empfand, da er die geheimnisvollen Tiefen seiner Seele durch seinen Trotz gegen diese moderne Technik aufgewühlt und gereizt fühlte. Nicht, daß er zurückgegriffen hätte auf irgendeine traditionelle, archaische Hartnäckigkeit. Worauf er zurückgriff, das war eine listige, fintenschlagende Schlauheit, die in ihm selbst lag, eine Schlauheit, schlüpfrig, glatt und schlangenartig, eine Schlauheit, die dahinfließen konnte wie Luft, sinken wie Regenwasser, emporsteigen wie grüner Pflanzensaft, sich verwurzeln wie unsichtbare Sporen des Mooses, dahintreiben wie die häutige Decke eines Teiches, nachgeben und sich zurückziehen, sich zurückziehen und nachgeben, dennoch aber unerobert und unverletzlich bleiben.

Als er durchs offene Fenster hinausstarrte und beobachtete, wie die Telegraphendrähte, Spanne um Spanne, langsam niedersanken, bis sie von der nächsten Telegraphenstange mit einem Ruck wieder in die Höhe gehoben wurden, gab er sich einem Gefühl hin, das ihm stets besonderes Vergnügen bereitete, dem Gefühl, sich selbst als prähistorischen Riesen zu denken, der mit müheloser Leichtigkeit neben dem Zuge dahinlief, über Hecken, Gräben, Wege und Teiche hüpfte und in seiner naturgeborenen ruhigen Schnelligkeit leicht Schritt hielt mit dem lärmenden Mechanismus all jener Kolben und Triebräder.

Er fühlte, wie er dieses zweite Ich, diesen hüpfenden Riesen, mit der positiven Befriedigung einer versteckten Schlange beobachtete, die aus Spiralen, die in der Sonne glitzern, die gespaltene Zunge zückt. Und doch schien es ihm, als der Zug weiterraste, als ob sein wirkliches Ich weder Riese wäre noch Schlange; sondern eher jene Esche mit den dunklen Knospen, noch zurückgeblieben hinter den laubbedeckten Gefährten, deren schweigende graue Zweige einen so verzerrten Schatten auf den Bahnkörper warfen.

Bald eilte der Zug, der ihn trug, in höchster Geschwindigkeit an dem merkwürdig aussehenden Turm der Kirche von Basingstoke vorüber, und wieder nahmen seine Gedanken eine andere Richtung. Da stand im Kirchhof angebunden eine Kuh und fraß Gras, und als er im Zeitraum einer Viertelminute dieser Kuh zusah, umgab sie sich mit solch unverletzlicher Gelassenheit, daß ihre Füße eingepflanzt schienen in den grünen Pfuhl einer Ruhe, die älter war als das Leben selbst.

Aber der Kirchturm von Basingstoke verdrängte jetzt das Bild der Kuh; und es schien Solent, als seien alle Religionen der Welt nichts anderes als knirschende, klatschende Boote, auf denen die Seelen der Menschen über jene Seen des Urschweigens fahren, die schwankenden Wasserpflanzen, die dort wachsen, aufstörend und das scheue Wassergeflügel verjagend.

Er sagte sich, daß jeder Kirchturm im Lande auf einen Friedhof herabblicke, und daß in jedem Friedhof ein großes leeres Grab auf den „eifervollen Vater der Menschen" warte, der in der Kirche lebt. Er wußte, daß es genau so einen Kirchturm in King's Barton gab, genau so einen in Ramsgard, und noch einen in Blacksod, der Stadt jenseits von Mr. Urquharts Dorf.

Er saß jetzt sehr aufrecht, als sich der Zug Andover näherte; und während er unverwandt auf seinen Mitreisenden blickte, auf die Brummfliege, die ihre Vorderbeine auf einem Bild des Hafenkais von Swanage säuberte, zog ihm der Gedanke durch den Kopf, daß in einer stürmischen Novembernacht von Turm zu Turm dieser Westlandkirchen ein langgezogener melancholischer Schrei ausgesendet werden mochte, ein Schrei, gehört nur von Hunden und Pferden und Gänsen und Rindern und Dorftrotteln, der wahrhafte Todesschrei eines Gottes — endlich gestorben an übermäßig hohem Alter!

„Christus ist verschieden von Gott", sagte er zu sich. „Erst wenn Gott in Wahrheit tot ist, wird Christus als das erkannt werden, was Er ist. Christus wird dann die Stelle Gottes einnehmen."

Wie eine Art beabsichtigter Erwiderung auf diese wilden Phantasien erhob sich plötzlich vor ihm der hohe Turm der Kathedrale von Salisbury. Hier hielt der Zug an; und obwohl auch hier — möglicherweise deswegen, weil ihm seine Gedankenversunkenheit ein mürrisches und ablehnendes Äußere verlieh — niemand in sein Abteil dritter Klasse einstieg, wurde doch der Strom seiner Gedanken allmählich weniger trübe, weniger heftig, weniger zerstörend. Die Herbheit der Ebene von Salisbury wich nun dem Zauber des Tales von Blackmore. Meiereien traten an Stelle der Schaffarmen, vollsaftige Weiden an Stelle nackter Kreidedünen, umhegte Obstgärten an die offener Kornfelder, und parkmäßige, moosbewachsene Eichen an die windgepeitschter nackter Dornbüsche.

Die grünen, grasschweren Wiesen, durch die der Zug jetzt fuhr, die trägen, braunen, von Erlen beschatteten Flüsse, die hohen Baumhecken, die gestutzten Ulmen — all diese Dinge brachten es Solent zum Bewußtsein, wie völlig er aus der Sphäre der energischen Ambitionen seiner Mutter hinübergeglitten war in die mehr entspannte Welt, in diese Welt, reich und lind und dunstig wie die Luft, die über diesen moosbewachsenen Gräben hing, die Welt, die das Vaterland jenes Mannes im Friedhof von Ramsgard gewesen war.

Die Klagen seiner Mutter, posthum und verspätet, aber voll nie ermattender Kraft, hatten es niemals vermocht, ihn seinen Vater wirklich hassen zu lassen; und irgendwie hatte der Ausbruch, der seine Lehrerlaufbahn beendete, gewisse verborgene Instinkte freigemacht, die sich jetzt mit einem Schwung rebellischer Genugtuung dem schwankenden Bild seines unseligen Erzeugers zuwandten.

Kinder waren, wie er wußte, oft völlig anders als die beiden Eltern, aber Wolf hatte den arglistigen Verdacht, daß in ihm nur sehr wenig war, das nicht auf den einen oder anderen seiner Eltern zurückzuführen gewesen wäre. Er war jetzt fünfunddreißig, ein mürrischer, müd aussehender, glattrasierter Mann, mit eingefallenen Augenhöhlen; aber er fühlte, wie sein Herz in durchdringender Erregung schlug, da er jetzt nach einer Trennung von einem Vierteljahrhundert wieder zu den heimatlichen Gefilden zurückkehrte.

Was würde er in jenem Hause der „Mutter Darnley Otters" finden? Wer war dieser Darnley Otter? Was hatte er mit Mr. Urquhart zu tun? Und was würde ihm an jenem Abend Mr. Urquhart über die Art seiner Dienstleistung mitzuteilen haben?

Als der Zug in Semley anhielt, las er die Worte „Nach Shaftesbury" auf der Ankündigungstafel; und sehr bald darauf ragten die hohen grasbewachsenen Zinnen der großen Heidenfestung gegen den Horizont. Er starrte auf jene rasenbedeckten Basteien und sog den lieblichen Hauch feuchten Mooses und kühler Primeln in die Lungen — einen Hauch, der in jenem Tal auf eigensinnigen, lustigen Reisen auf und ab zu fluten schien — und er fand, wie er selber seine geistigen Hilfsmittel sammelte, um konzentrierten Sinnes dem entgegenzusehen, was immer ihn hier in dieser angenehmen Gegend erwarten mochte . . . „Christus ist kein Mensch. Er war nie ein Mensch", dachte er. „Und er wird mehr sein als ein Gott, wenn Gott gestorben ist . . . Drei Kirchtürme . . . drei . . . Ramsgard . . . King's Barton . . . Blacksod . . . Es ist seltsam zu denken, daß ich absolut keine Vorstellung davon habe, was ich fühlen werde, wenn ich mit meiner Hand das Mauerwerk dieser drei Türme berühre . . . oder welche Leute ich kennenlernen werde! Ich hoffe, daß ich irgendein Mädchen finden werde, das sich mit mir einläßt... ein Mädchen, schlank und groß und weiß! Ich hätte sie gerne sehr weiß... mit einem kleinen, winzigen Muttermal auf der linken Brust, so wie Imogen... Ich möchte gerne lieb zu ihr sein im Freien... unter Holunderbüschen... zwischen Holunderbüschen und würzigen Kräutern..."

Er zog die Beine an sich, faltete die Hände um seine Knie und beugte sich, angespannt die Stirn runzelnd, vor. „Es ist mir gleichgültig, ob ich Geld verdienen werde. Es ist mir gleichgültig, ob ich mir einen Namen machen werde. Es ist mir gleichgültig, ob ich irgendein Werk zurücklasse, wenn ich sterbe. Alles, was ich wünsche, sind gewisse Empfindungen!" Und mit der ganzen Kraft seines Verstandes machte er sich an den Versuch, zu analysieren, was diese Empfindungen waren, die er mehr wünschte als alles andere.

Das erste, was er tat, war der Versuch, ein geistiges Hilfsmittel zu analysieren, das anzuwenden er gewohnt war — ein Hilfsmittel, das ihm das geheime Substrat seines ganzen Lebens lieferte. Dies war ein gewisser Kniff, das zu tun, was er „in seine Seele versinken" nannte. Dieser Trick war schon in sehr frühen Tagen seine verstohlene Gewohnheit gewesen. In seiner Kindheit hatte die Mutter in ihrer oberflächlichen Art ihn oft deswegen verspottet und hatte diesen Zustand der Trance oder diese Anfälle von Geistesabwesenheit mit einem lustigen, aber eher unanständigen Kinderstubennamen bezeichnet. Sein Vater hingegen hatte ihn in diesen Stimmungen ermutigt — indem sie sehr ernst nahm — und ihn, wenn er unter deren Bann war, behandelt, als wäre er eine Art kindlicher Magier.

Sei dem wie immer, damals, als er im Hause seiner Großmutter in Weymouth gelebt hatte, war es gewesen, daß das Wort ihm zuflog, das er jetzt bei sich stets verwendete, um diese Besessenheiten zu beschreiben. Es war das Wort „Mythologie", und er verwendete es in einem völlig eigenen, privaten Sinn. Er konnte sich sehr gut erinnern, wo er zuerst auf das Wort gestoßen war. Es war in einem merkwürdigen Raum, genannt der „Vorraum", der durch Schiebetüren mit dem Wohnzimmer seiner Großmutter verbunden und mit jener Art ornamentalen Krams angefüllt war, den Mittelständler in der frühen Regierungszeit der Königin Viktoria zu erwerben liebten. Das Fenster des großmütterlichen Zimmers öffnete sich auf die See, und Wolf, der das Wort „Mythologie" in dieses Bogenfenster trug, ließ es hier zu seiner eigenen geheimen Bezeichnung für seine eigene geheime Gewohnheit werden.

Dieses „Versinken in seine Seele" — diese Empfindung, die er

„Mythologie" nannte — bestand in einem gewissen Heraufbeschwören
einer unterbewußten magnetischen Kraft auf die Oberfläche seines
Geistes, einer Kraft, die von jenen sehr frühen Tagen in Weymouth,
da er von dem Bogenfenster aus das leuchtende Glitzern der Sonne
und des Mondes auf dem Wasser beobachtet hatte, darauf vorbereitet
schien, solchen Beschwörungen zu gehorchen.

Diese heimliche Übung war stets von einer hochmütigen geistigen
Vorstellung begleitet — nämlich von der Vorstellung, daß er an irgendeinem okkulten kosmischen Kampf teilnehme — einem Kampf zwischen dem, was er sich gerne als „gut", und dem, was er sich in jenen
fernen Tiefen gerne als „böse" dachte.

Wie es kam, daß das bloße Nachgeben vor einer Empfindung, die
ebenso erregend war wie ein geheimes Laster, die Macht haben sollte,
solch dreisten Hochmut zu erwecken, war Wolf selbst nie imstande
zu erklären; denn von seiner sogenannten „Mythologie" führte kein
Ventil zu irgendeiner Art von Tätigkeit. Sie beschränkte sich völlig
auf eine geheime Empfindung in seinem Geiste, auf eine Empfindung,
die von einer Art war, daß er sie wohl nur sehr schwer irgendeinem
lebenden Menschen in verständlichen Worten hätte erklären können.

Tatsächlich aber hing sein tiefster persönlicher Stolz — das, was
man als seine dominierende Lebensillusion hätte bezeichnen können —
gänzlich davon ab.

Nicht nur, daß er keinen Ehrgeiz nach Tätigkeit empfand, hatte er
auch keinen Ehrgeiz nach irgendeiner Art von literarischem oder
intellektuellem Wirken. Zutiefst in seinem Wesen verbarg er eine
Verachtung, die in ihrer Überhebung über all die menschlichen Erscheinungen weltlichen Erfolges eigentlich bösartig war. Es war, als
wäre er ein Wechselbalg von einem anderen Planeten, auf dem all
die Prozesse des Lebens — die großen dualistischen Kämpfe zwischen
Leben und Tod — niemals aus dem Zauberkreise des privaten Bewußtseins des Individuums hervortraten.

Wenn man Wolf selber genötigt hätte, es zu beschreiben, hätte er
wohl irgendeine einfache irdische Metapher angewendet. Er hätte
gesagt, daß seine magnetischen Impulse dem Entfalten von großen
Pflanzenblättern über einem ruhigen Teich glichen — Blättern, genährt von zauberstillen Mittagen, von flüssigen durchsichtigen Nächten,
von allen Bewegungen der Elemente —, die jedoch auf den großen
verborgenen Kampf, der zwischen den guten und bösen Kräften ununterbrochen in der Natur ausgefochten wird, einen unerklärlichen
Einfluß ausübten — lediglich zurückzuführen auf ihr spontanes Sich-
ausbreiten.

Äußere Dinge, wie jenes entsetzliche Gesicht auf den Stufen von Waterloo Station oder jene angeseilte Kuh, die er in Basingstoke gesehen hatte, waren ihm gleich schwach gefärbten Spiegelbildern, deren wahre Realität stets in seinem Geist lag — in jenen schweigenden, ausgebreiteten Blättern, in jener geheimen Vegetation — in den Blättern, die die Wurzeln ihrer Existenz unter den dunklen Wassern seines Bewußtseins verbargen.

Was er jetzt empfand, war eine unbestimmte Neugier, ob die Ereignisse, die ihn erwarteten — diese neuen Gegenden — diese fremden Leute — imstande sein würden, das zu erzielen, was noch keinerlei äußeren Ereignissen bis jetzt gelungen war — diesen Spiegel der Halbwirklichkeit zu zerbrechen und große Steine realer Realität — harte, brutale, materielle Steine — hinabzuschleudern — hinab in jene dunklen Wasser und in jenes Geisteslaub — und ihnen Lagerung zu geben.

„Vielleicht habe ich die Wirklichkeit nie so kennengelernt, wie andere Menschenwesen sie kennen", dachte er. „Mein Leben ist arbeitsam gewesen, eintönig, geduldig. Ich habe wie ein Kamel meine Last getragen. Und ich war dessen fähig, weil es ja gar nicht mein wirkliches Leben war! Meine ‚Mythologie‘ war mein wirkliches Leben."

Langsam und vorsichtig überquerte jetzt die Brummfliege die Bucht von Weymouth und suchte offenbar irgendein unsichtbares Atom von Nahrung, suchte es bald bei Redcliff, bald bei Ringstead, bald bei White Nore.

Eine plötzliche Nervosität kam über ihn und er schauerte ein wenig zusammen. „Wie aber, wenn diese neue Realität, vorausgesetzt, daß sie kommt, mein ganzes geheimes Leben in Trümmer schlägt? Aber vielleicht wird es gar nicht so sein wie ein Fels oder Stein ... vielleicht wird es gar nicht so sein wie ein Tank oder ein Lastwagen oder ein Aeroplan ..."

Fest faltete er die knochigen Hände. „Ein Mädchen, zu dem ich lieb sein darf ... ‚weiß wie eine Wand entrindeter Weiden‘... lieb sein mitten in einem Gehölz von Haselstauden ... grünes Moos ... Primeln ... Bisamkraut ... Weiße ...." Er öffnete die Hände und preßte sie wieder zusammen, diesmal die linke Hand über der rechten.

Es war beinahe zwölf Uhr, als der Zug in Longborne Port hielt, einer Ortschaft, die, wie er wußte, die letzte Station war, ehe der Zug Ramsgard erreichte.

Er erhob sich von seinem Platz und holte seine Sachen aus dem Gepäcksnetz. Dabei verursachte er seinem einzigen Reisegefährten, der Brummfliege, so große Aufregung, daß sie unter indigniertem

Summen durch das Fenster in die unvertrauten Luftgefilde von Dorsetshire entfloh.

Ein junger, magerer, barhäuptiger Träger mit ödgrotesker Miene kreischte mit aller Kraft seiner Stimme, während er mit seinen Milchkannen rasselte: „Longborne Port! Longborne Port!"

Niemand stieg aus dem Zug. Nichts wurde ausgeladen außer leeren Milchkannen. Die Stimme des jungen Mannes, rauh wie die eines Wiesenläufers, schien nicht imstande, die undurchdringliche Sicherheit aufzustören, die wie gelber Pollenstaub an welken Weidenkätzchen über diesen alten Obstgärten und lehmigen Wegen hing.

Und da brach plötzlich über den Reisenden, während er wieder seinen Sitz einnahm und Mantel, Stock und Koffer vor sich ausgebreitet hatte, der Gedanke herein, wie diese besonderen Silben — „Longborne Port!" — vermengt mit dem Klappern der Milchkannen, irgendeinem lange schon toten menschlichen Schädel, der nach Jahrhunderten der Nichtexistenz zu plötzlichem Bewußtsein erweckt wäre, die innerste Essenz des vertrauten Lebens auf Erden reproduzieren würden!

Welch dunkle Novemberdämmerungen, welch schläfrige Augustmittage, welch Sprudeln weißer Milch in blinkende Eimer würden diese traulichen Silben heraufbeschwören!

Er legte sich, ziemlich rasch atmend, zurück, als der Zug diese kleine Station verließ. Zum letztenmal nahm er Mr. Urquharts Brief aus der Tasche. „Darnley Otter!" sagte er zu sich. „Es ist seltsam, sich vorzustellen, wie wenig dieser Name jetzt bedeutet und wieviel er morgen bedeuten kann!" Wie kam es nur, daß er jetzt, da die Zukunft wahrscheinlich schon vor ihm stand, ausgestreckt wie der große Fosseway von Wessex, keine Art von zweitem Gesicht empfand lediglich dadurch, daß er in Mr. Urquharts sauberer Handschrift diese Worte las? Welche Art von Mensch war Darnley Otter? War er ein einfacher Mann in mittleren Jahren so wie er selbst oder ein schöner Jüngling? Die Vorstellung schöner Jünglinge ließ seinen Geist wieder zu den „Wänden entrindeter Weiden" zurückkehren, aber in der Erregung des Augenblickes unterdrückte er diese Gedanken ohne Mühe.

Ah! Da waren die Ruinen des großen Elisabethinischen Schlosses! Und da war die weite grasbewachsene Fläche, auf der die Stadt ihre jährliche Landwirtschaftsschau abhielt, und auf der die Schüler von Ramsgard in alten Zeiten ihre Hürdenrennen zu veranstalten pflegten!

Wie alles wieder zurückkam! Fünfundzwanzig Jahre war es her, seit er das alles verlassen hatte, erschrocken und verwirrt durch die Trennung seiner Eltern, und wie wenig hatte sich hier verändert!

Er ließ seinen Blick über die hohen Wipfel der Buchen im Parke gleiten, bis er sich im blauen Himmel verlor.

Millionen Meilen von blauem Himmel; und darüber hinaus Millionen Meilen von Himmel, den man kaum mit „blau" oder mit dem Namen irgendeiner anderen Farbe bezeichnen konnte; reine, unvermischte Leere, die sich hinaus erstreckte von dort, wo er saß — gegenüber seinem Stock und Mantel — zu keiner vorstellbaren Grenze, zu keinem Ende! Bewies dies nicht beinahe schon, daß die ganze Geschichte eine Sache des Denkens war?

Angenommen, er wäre jetzt, in diesem Augenblick, irgendein Knabe aus Ramsgard, der zur Schule zurückkam? Angenommen, er wäre Solent „Major" an Stelle von Wolf Solent? Und angenommen, irgendein gemütlicher Ordinarius würde ihn auf dem Perron erwarten und ihm sagen: „Nun, Solent, was haben Sie mit Ihren fünfundzwanzigjährigen Ferien angefangen?" Was würde er darauf antworten?

Als der Zug an den lehmigen Ufern des Flusses Lunt seine Schnelligkeit zu vermindern begann, formulierte er hastig, gleichsam in Angst vor jenem imaginären Lehrer, seine Antwort.

„Ich habe gelernt, Sir, mein Glück aus dem Empfindungsleben zu schöpfen. Ich habe gelernt, Sir, wann man denken muß und wann nicht. Ich habe gelernt . . ."

Aber in diesem Augenblick war seine Erregung, als er das vertraute Bild des Lovelace-Hotels jenseits der Öffentlichen Gärten zu Gesicht bekam, so überwältigend, daß der imaginäre Katechismus mitten in der Luft ein Ende fand.

„Ich werde meine Sachen mit dem Omnibus hinüberschicken", dachte er, stand auf und nahm seinen Koffer. „Und dann werde ich gehen und schauen, ob Selena Gault noch am Leben ist!"

„Christus! Ich war glücklich!"

Seine Erregung wuchs, statt sich zu vermindern, eher an, als er nun aus dem Zuge stieg.

Er gab seine Fahrkarte einem ältlichen Stationsbeamten ab, dessen Wesen, gleichzeitig lärmend, neugierig und sanft unterwürfig, an die Art eines Kathedralensakristans erinnerte. Er sah zu, wie sein Gepäck in den Omnibus des Lovelace-Hotels verstaut wurde; und da überkam ihn eine vage Erinnerung an einen Vorfall aus jenen frühen Jahren, bei dem seine Mutter bei eben diesem schäbigen Fuhrwerk oder einem, das ihm haargenau ähnlich gesehen hatte, gestanden war und mit einem Blick verächtlichen Spottes auf dem furchtgebietenden Gesicht ihm etwas Hartes und Ironisches gesagt hatte, von dem seine Eigenliebe getroffen wurde wie von einem Peitschenhieb.

Gegenüber dem Bahnhof lagen die umgitterten Öffentlichen Gärten. Auch diese brachten ihm gewisse losgelöste, triviale Ereignisse seiner Kindertage in Erinnerung; und gerade jetzt, selbst in seiner Erregung, fiel es ihm als seltsam auf, daß die Dinge, deren er sich entsann, eher solche waren, die seine Gefühle verletzt, als Dinge, die ihm sonst starken Eindruck gemacht hatten.

Statt dem Omnibus auf seinem Wege westlich um die Gärten, wo die Straße zum Hotel führte, und dann weiter am Polizeiamt vorbei zur Abtei zu folgen, wandte er sich nach Osten und nahm seinen Weg über eine kleine Flußbrücke. Hier erregte wieder der Anblick einer gewissen alten Mauer am Wasser und gewisser Flecken von Pfeilkrautblättern im Wasser seine Erinnerung mit einer plötzlichen unerwarteten Bewegung.

Über das Geländer eben dieser Brücke hatte er sich vor fünfundzwanzig Jahren mit seinem Vater gelehnt, und William Solent hatte ihm den Unterschied zwischen Grundeln und Gründlingen erklärt und mit einer spaßigen querulanten Stimme über die vielen fortgeworfenen Konservenbüchsen geklagt, die im Schlamme des Flusses lagen.

Aber Wolf beugte sich diesmal nicht über das Geländer. Er hörte die Glocke der Abtei ein Uhr schlagen und ging hastig Saint Aldhelm's Street hinauf. Frisch knospende Platanen warfen seltsame kleine Schatten, ähnlich deformierten Schmetterlingen, auf die gelblichen Pflastersteine; und über den Rand einer ungleichmäßigen Mauer an der Straße ragten gelegentlich Zweigspitzen mit Birnblüten.

19

Schließlich kam er zu einer grünen Tür in der Mauer.

„Ist es möglich", dachte er unsicher, „daß Selena Gault noch hier wohnt?"

Er ließ achtlos einen Bäckerwagen an sich vorbeirasseln, während er mit der Hand zwei getrennte zögernde Bewegungen nach der Klinke der grünen Tür machte.

Es war seltsam, daß er jetzt den instinktiven Drang in sich fühlte, einen scharfen Blick nach beiden Richtungen der Straße zu werfen, ehe er sich entschloß, jene Klinke zu drücken. Es war beinahe so, als käme er sich als verfolgter Verbrecher vor, der bei Selena Gault Zuflucht suchte! Aber die Straße war jetzt ganz verlassen, und mit einer raschen Bewegung öffnete er kühn das Tor und trat in den Garten.

Ein schmaler Steinweg führte zu der Tür des Hauses hinauf, das, mit blauen und grünen Farben leuchtend bemalt, einem Puppenhause ähnelte. Blaue und weiße Hyazinthen wuchsen in Massen zu beiden Seiten des Pfades, und ihr Geruch, festgehalten über jenem eingeschlossenen Raum schwebend, barg eine ermattende ekstatische Wollust, die im Gegensatz stand zu der gezierten Sauberkeit ringsum. Ein Miniaturdienstmädchen, sehr alt, aber sehr lebhaft, mit den nervösen, nach außen blickenden Augen einer Goldammer, öffnete ihm die Tür und führte ihn unverzüglich ins Wohnzimmer.

Er nannte seinen Namen und wartete. Fast unmittelbar darauf kam das kleine Dienstmädchen zurück und bat ihn, Platz zu nehmen und sich's bequem zu machen. Miss Gault werde ihn in ein paar Minuten empfangen. Diese paar Minuten verlängerten sich zu einer Viertelstunde, und er hatte Zeit, über alle Möglichkeiten dieser seltsamen Begegnung nachzudenken. Miss Gault war die Tochter des verstorbenen Schuldirektors von Ramsgard; und Wolf hatte seine Mutter fünfundzwanzig Jahre lang läppische Spöttereien über sie sprechen hören. Wie es schien, war sie in irgendeiner zarten Beziehung zu seinem Vater gestanden, ja sie hatte sogar William Solent auf seinem Totenbett im Arbeitshause gepflegt und ihn auf dem Friedhof begraben lassen.

Wolf saß auf Miss Gaults Sofa und begann darüber zu grübeln, wie die Rivalin seiner Mutter, die jetzt bald eintreten würde, wohl aussehen mochte. Das Mädchen hatte die Tür nicht ganz geschlossen. Diese öffnete sich lautlos, als fünfzehn Minuten verstrichen waren, und Wolf, der rasch aufstand, um die Hausfrau zu begrüßen, fand sich im Angesicht dreier Katzen, die ernst und behutsam, eine nach der anderen, gegen die Mitte des Zimmers gingen. Er machte eine linkische Bewegung des Willkommens vor diesen Tieren, die einander in Gestalt,

Größe und Temperament glichen — in allem, mit Ausnahme der Farbe, die weiß war, beziehungsweise schwarz und grau. Doch statt seine Avancen zu beachten, sprangen die Katzen in je einen Fauteuil, rollten sich zusammen und bewachten mit halbgeschlossenen müden Augen die Tür, durch die sie gekommen waren. Er hatte das Gefühl, als befände er sich im Hause des Marquis von Carabas und als wäre jede der drei Katzen ein Lordkämmerer.

Er sank auf das Sofa zurück und starrte die Katzen der Reihe nach verdrießlich an. Er entschied sich dafür, daß ihm die schwarze am besten und die graue am wenigsten gefiel. Er entschied sich auch dafür, daß die weiße der Liebling ihrer Herrin sein müsse.

Auf diese harmlose Weise war er beschäftigt, als Selena Gault selbst eintrat. Er stand auf und ging ihr mit ausgestreckter Hand entgegen. Aber es war ihm unmöglich, in seinem Gesichtsausdruck den Schrecken zu unterdrücken, den ihre Erscheinung ihm verursachte; und es verminderte seine Überraschung nicht, als sie seine Bewegung mit einer förmlichen Verbeugung und einem steifen Übersehen seiner Hand erwiderte.

Sie war eine große, knochige Frau, mit einem so auffallend häßlichen Gesicht, daß es unmöglich war, sich dieser Häßlichkeit nicht sofort bewußt zu werden. Und es wurde ihm im weiteren Verlauf des Gespräches klar, daß sie, wenn er nur imstande gewesen wäre, ihr Gesicht gleichgültig zu betrachten, einen der glücklichsten Augenblicke ihres Lebens genossen hätte.

Sie gab ihm ein Zeichen, Platz zu behalten, da sie aber aufrecht vor dem Feuer verharrte, das trotz der Wärme des Tages noch im Kamin brannte, zog auch er es vor, stehen zu bleiben. Blitzartig kam ihm der Gedanke: „Kann mein Vater wirklich diese außergewöhnliche Person umarmt haben?" Und dann dachte er: „Die arme Frau! Sie kann doch tatsächlich keinem einzigen Fremden begegnen, sei es wo immer, ohne ihn ebenso in Schrecken zu versetzen!" Aber er hatte bereits begonnen, ruhig und natürlich zu ihr zu sprechen, selbst während er diese Dinge dachte.

„Ich wußte, daß Sie wissen würden, wer ich bin", sagte er zart. „Ich habe eben eine Einladung hierher erhalten. Ich soll hier irgend etwas arbeiten — ich kann Ihnen nicht genau sagen, was es sein wird — draußen in King's Barton. Nachmittags werde ich hinüberfahren; aber ich dachte mir, daß ich Sie gleich nach meiner Ankunft besuchen wolle."

Während sie ihm zuhörte, bemerkte er, daß sie ihren weißen Wollschal immer dichter und dichter um ihr schwarzes Seidenkleid zog.

Dies hatte die Wirkung, daß sie aussah wie jemand, der unversehens in einer Art Maskerade ertappt wird — in einem Kostüm, das einen beschämt, ja lächerlich macht.

„Und so kam ich geradenwegs herein", fuhr er fort und begann eine sehr seltsame Empfindung zu fühlen, eine Empfindung, als ob er sich an jemanden wendete, der die ganze Zeit in einer Art panischen Schreckens der Stimme einer dritten Person lauscht — „geradenwegs herein durch Ihre kleine grüne Tür und zwischen jenen Hyazinthen hindurch."

Sie erwiderte noch immer nichts, und er bemerkte, daß eine charakteristische Eigenschaft ihrer Häßlichkeit in der dunklen Blässe der Wangen im Verein mit der gespenstischen Bleichheit der Oberlippe lag, die aus dem Gesicht ungefähr so hervorwuchs wie gewisse Pilze aus der braunen Borke abgestorbener Bäume.

„Ich habe mich dafür entschieden, daß Ihre Lieblingskatze die weiße ist", brachte er nach einer unbehaglichen Pause hervor.

Bei diesen Worten entspannte sie sich, bewegte sich zu dem Fauteuil, der von der grauen Katze in Beschlag genommen war, hob das Tier in die Höhe und setzte sich nieder, die Katze auf dem Schoß.

„Sie haben unrecht, unrecht, unrecht!" flüsterte sie heiser. „Nicht wahr, Matthäus, er hat unrecht?"

Die Katze nahm nicht die leiseste Notiz von dieser Bemerkung oder von den Fingern, die sie streichelten; aber diese Bewegung prägte dem Bewußtsein von Miss Gaults Besucher ein, daß die Hände dieser sonderbaren Frau von überraschender Schönheit waren.

„Wie heißen denn die anderen?" erkundigte sich Solent.

„Der Schwarze ist Markus", erwiderte die Dame.

„Und der Weiße wohl Lukas?" rief er kühn.

Sie nickte; und dann löste sich ganz plötzlich, mit einem Ruck, als ob ein Windstoß eine Masse dürren Laubes zur Seite geweht und das frische Grün darunter enthüllt hätte, ihr ganzes Gesicht in einem Lächeln von entwaffnender Lieblichkeit.

„Einen Johannes habe ich niemals gehabt", sagte sie. „Ich werde auch keinen haben."

Wolf Solent war gewandt genug, diesen Stimmungsumschwung auszunützen. Er ging zu ihr hinüber, beugte sich über ihren Fauteuil und kratzte Matthäus am Kopf. „Ich habe mir gedacht, daß ich gern hinüberginge, um zu sehen, wo das Grab ist." Seine Worte waren leise moduliert, jedoch ohne jeglichen Gefühlsnachdruck. Sein Tonfall hätte kaum anders sein können, wenn er gesagt hätte: „Ich möchte jetzt zur Abtei gehen."

Selena Gault seufzte tief, aber dieser Seufzer schien Solent eher Erleichterung als Wehmut auszudrücken.

„Ganz recht, ganz richtig", hörte er sie flüstern, während sie den Kopf gesenkt hielt und ihre Hände damit beschäftigt waren, den Schal unter dem Körper der schlaftrunkenen Katze glattzustreichen. „Das beste, was Sie tun können", fügte sie hinzu.

Da sie nichts mehr sagte und weiterhin hartnäckig den Kopf gesenkt hielt — und diese Stellung betonte die Unförmigkeit ihrer Oberlippe und die dunkle Blässe ihres Gesichtes —, hatte Wolf das Gefühl, als wäre er ein unbescheidener Eindringling, der das Lieblingstier irgendeines stolzen, geheimnisvollen Wesens streichelte, dessen Absonderlichkeit es war, Tiere den Menschen vorzuziehen.

Er richtete sich auf und hob seufzend die Schultern. Dann begab er sich zu dem Sofa hinüber und legte die Hand auf Hut und Stock, die er, wie er mit ziemlicher Überraschung bemerkte, mit sich ins Zimmer genommen hatte.

„Ich glaube wohl", sagte er, als er sich, mit diesen Gegenständen in der Hand, umwandte, „daß es dort draußen auf dem Friedhof irgend jemanden geben wird, einen Gärtner oder Aufseher, der das Grab kennt? Es wäre mir nicht angenehm, hinzugehen und es nicht finden zu können. Aber ich möchte diesen Tag nicht ohne den Versuch, es zu finden, verstreichen lassen."

Selena Gault schüttelte die graue Katze von ihrem Schoß und erhob sich.

„Ich werde mit Ihnen gehen", sagte sie.

Sie äußerte diese Worte ganz ruhig, aber er bemerkte, daß sie es vermied, ihm ins Gesicht zu sehen.

Eine Zeitlang stand sie da und starrte, regungslos und abwesend, zum Fenster hinaus.

„Wenn es Ihnen jedoch beschwerlich fällt —", begann er.

Plötzlich aber wandte sie ihm ihr verzerrtes Gesicht voll zu.

„Setzen Sie sich, Junge", stieß sie hervor. „Glauben Sie denn, daß ich Sie allein dorthin gehen ließe, selbst wenn fünfzig Gärtner da wären?"

Hierauf starrte sie ihn eine Sekunde lang mit einem Blick an, der seine körperliche Anwesenheit in den Rahmen eines Torwegs zu verwandeln schien, durch den sie in die entfernte Vergangenheit blickte.

„Setzen Sie sich, setzen Sie sich", sagte sie sanfter. „Ich werde bald fertig sein."

Die Tür hatte sich noch nicht lange hinter ihr geschlossen, als das ältliche Dienstmädchen eintrat und eine Silbertasse brachte, auf der

23

sich ein Teller mit Huntley und Palmers Hafermehlbiskuits und eine Karaffe mit Sherry befanden. Wolf hatte sich schon drei Gläser dieses ausgezeichneten Weines eingeschenkt und beinahe alle Biskuits verzehrt, als Miss Gault zurückkam. Sie fand ihn, wie er Markus, den schwarzen Kater, streichelte.

Ihre Erscheinung mit Hut und Mantel war ebenso sonderbar wie früher, aber distinguierter; und als sie dann an der Fassade der Abtei vorbeigingen, wo sie von einigen Einwohnern gegrüßt wurde, bemerkte Wolf bald, daß die Macht ihrer Persönlichkeit in Ramsgard voll eingeschätzt wurde.

Ihr Weg zum Friedhof führte sie direkt am Arbeitshaus vorbei. Dieses Gebäude lag an der anderen Seite der Straße, aber Solent war nicht imstande, den Impuls, den Kopf hinüberzuwenden, zu unterdrücken. Der Bau war etwas weniger düster, als solche Institute gewöhnlich sind, dank der Tatsache, daß irgendeine nachsichtige Behörde gestattet hatte, die Fassade mit Virginia-Schlingpflanzen zu schmücken.

Er gewahrte, daß er seinen Schritt verlangsamte, um sich mit jeglichem Anblick dieses schweren, mürrischen Baues hinter den eisernen Gittern vertraut zu machen. Während er so zögerte, bemerkte er plötzlich, daß seine Gefährtin ihre behandschuhte Hand auf seinen Arm gelegt hatte. Diese natürliche Bewegung verursachte ihm, statt ihm Freude zu bereiten oder seine Sympathie zu erwecken, ein seltsames Gefühl der Gereiztheit. Er beschleunigte seinen Schritt, und ihre Hand fiel so schnell hinab, daß er leicht hätte annehmen können, jener sanfte Druck sei nichts gewesen als bloßer Zufall.

Jetzt gingen sie Seite an Seite, mit so weit ausgreifenden Schritten, daß es nicht lange dauerte, bis sie jenseits der Häuser waren und draußen in fast schon freiem Lande. Es störte ihn, daß sie so still blieb. Nahm sie vielleicht an, daß er gekommen war, um das Grab seines Vaters in einer Stimmung sentimentalen Erbarmens aufzusuchen?

„Was ist das?" rief er und zeigte auf eine verfallene Gruppe von Scheunen, die von der Straße in einer Art unnatürlicher und unheimlicher Vorsicht abgezäunt waren.

Selena Gaults Antwort ließ seine Empfindlichkeit tückisch und schlecht angebracht erscheinen.

„Können Sie denn nicht sehen, Junge, was das ist? Es ist das Schlachthaus! Man braucht nur durch die schattigste und ruhigste Straße zu gehen, dann findet man es in jeder Stadt!"

Bald darauf schritten sie am Rand des netten Eichenholzzaunes dahin, der um die dicht belaubten Reviere des Ramsgarder Friedhofes lief.

„Ich habe ihn im Armenteil begraben lassen", bemerkte sie ernst. „Der ist näher. Ruhiger. Kaum je gestört. Das ist der Weg, den ich gewöhnlich gehe." Mit einem listigen, raschen Blick nach beiden Richtungen der Straße, einem Blick, der dem Weiß ihrer Augen Nachdruck verlieh, so daß er ihren Gefährten an ein pfiffiges Karrenpferd gemahnte, das sich in ein Kleefeld schleicht, bückte sich Miss Gault und schob sich unter einem Drahthindernis durch, das eine Lücke in dem Eichenholzzaun versperrte.

Solent folgte ihr, verwirrt, ein wenig verdrießlich, aber nicht mehr feindselig.

Sie wartete nicht auf ihn, sondern nahm mit langen, sehr raschen Schritten ihren Weg zu der äußersten Ecke der Einfriedung. Ihre schwingenden Arme, ihre dürre Gestalt, ihr erratischer Gang ließen den Mann wieder an allerlei nicht menschliche Lebewesen denken.

Er holte sie ein, gerade als sie ihr Ziel erreichte. „William Solent", las er auf dem aufgerichteten Sandsteinblock und dann, unter Geburts- und Todesdatum, die Worte: „Mors est mihi vita."

Wolf hatte keine Schwierigkeit, die Sorte von Hyazinthen wiederzuerkennen, die hier in einem tönernen Topf standen. „Fünfundzwanzig Jahre muß sie hierher gekommen sein", dachte er mit einem Keuchen des Erstaunens; und unter seinen buschigen Brauen warf er einen hastigen, verstohlen spähenden Blick auf sie.

In diesem Augenblick tat sie gewiß nichts, was ihm irgendein Unbehagen hätte verursachen können. Sie murmelte nur in einem ganz konventionellen Ton: „Ich kann's nicht leiden, Wegerich im Gras zu sehen." Und sie beugte sich nieder und riß unermüdlich gewisse kleine Unkrautpflanzen aus, die sie dann zu einem Häufchen hinter dem Grabstein zusammenlegte.

Während sie so über dem Hügel hin und her schwankte, die Arme zwischen den Grashalmen ausgestreckt, nahm ihre Gestalt im nebeligen Nachmittagssonnenschein von Wolfs Standpunkt aus eine Art unheilverkündender Unwirklichkeit an. Es war etwas Fremdländisches an der ganzen Szene, etwas Monströses und Bizarres, das jegliches gewöhnliche Pathos zerstörte. Fünfundzwanzig Jahre? Wenn sie während dieser ganzen Zeit regelmäßig hierhergekommen war, wie konnte es dann hier überhaupt noch „Wegerich" oder Klee oder auch Moos auf dem Grab seines Vaters geben? Er war sich der Persönlichkeit dieser Frau so bewußt, so starr erstaunt über eine Hartnäckigkeit des Gefühls, die alle Grenzen dessen, was sein mußte, überschritt, daß seine eigene Gefühlsempfindlichkeit hart und starr wurde.

Aber obwohl seine Gefühle kalt waren, arbeitete seine Einbildungskraft uneingeschränkt. Die wenigen Fuß Dorsetshirer Tonerde, der halbe Zoll brüchigen westländischen Ulmenholzes, die ihn von dem emporgewandten Schädel seines Erzeugers trennten, waren für ihn nicht mehr als durchsichtiges Glas. Er blickte hinab in William Solents leere Augenhöhlen, und die leeren Augenhöhlen blickten auf ihn zurück. Stetig, geduldig, gleichgültig blickten sie zurück; und zwischen dem Kopf ohne Nase, der emporsah, und dem Kopf mit so deutlich betonter Nase, der hinabsah, gab es einen sardonischen, wortlosen Dialog. „So sei es", sagte der Sohn zu sich selbst. „Ich werde es nicht vergessen. Ob hier Wegerich wächst oder kein Wegerich, das Universum soll mich nicht zum Narren haben." — „Narren haben; Narren haben", echote von drunten der fleischlose Schädel.

„So!" seufzte Selena Gault und erhob sich zu ihrer natürlichen, vertikalen Stellung. „So! Jetzt wird es vierzehn Tage lang k e i n e n mehr geben. Sollen wir nun zurückgehen, Junge?"

Als sie wieder auf der Straße waren, wurde Miss Gault etwas gesprächiger.

„Sie ähneln ihm nicht, natürlich — in gar nichts. Er war wirklich außergewöhnlich hübsch. Nicht, daß d a s b e i m i r irgend etwas zu bedeuten hätte. Aber bei manchen Leuten schon. Zum Beispiel bei Mr. Urquhart!" Sie machte eine Pause und sah ihren Gefährten beinahe boshaft an. „Ich weiß wirklich nicht", bemerkte sie mit einem drolligen kleinen Lachen, „was Mr. Urquhart mit I h n e n anfangen wird!"

„Seine Absicht scheint zu sein", sagte Wolf ernst, während seine Schätzung des Scharfsinnes seiner neuen Freundin respektvoller wurde, „daß ich ihm bei einigen historischen Forschungen helfen solle. Er scheint eine ‚Geschichte von Dorset‘ zu schreiben."

„Eine Geschichte von Mumpitz!" schnappte die Dame. Dann aber in liebenswürdigerem Ton: „Aber er ist kein Idiot. Er hat einiges gelesen. Es wird Ihnen Freude machen, seine Bibliothek durchzusehen."

Wolf empfand, wie er bemerkte, eine eher feige Hoffnung, daß seine Gefährtin diesmal ohne Kommentar an dem Schlachthaus vorbeigehen würde. Diese Hoffnung wurde nicht erfüllt.

„Ich nehme an, S i e essen sie?" fragte sie in einem heiseren Flüstern, und Wolf, der ihr ein überraschtes Gesicht zuwandte, erschrak über einen Ausdruck wirklicher, a n i m a l i s c h e r F u r c h t auf ihrer außerordentlichen Physiognomie. Aber sie verweilte nicht; und bald darauf befanden sie sich wieder gegenüber dem Arbeitshaus.

„Wissen Sie, was er sagte, als er starb?" begann sie plötzlich. „Er sagte es nicht eigentlich zu mir. Ich war nur zufällig auch da. Er sagte es zu jedermann, im allgemeinen. Er sagte: ,Christus! Ich habe mein Leben genossen!' Er gebrauchte das Wort ,Christus' gerade so, wie ich es jetzt sage, als Ausruf. Dort war ein junger Geistlicher, eben erst aus Cambridge gekommen, ein Sportsmann; und als Ihr Vater so dieses ,Christus' ausrief — in der nächsten Sekunde war er übrigens tot —, hörte ich den murmeln: ,Ein Glück für Sie, Sir!', als wäre es ein hübscher Schlag bei einem Cricketmatch gewesen."

Wolf hätte jetzt absolutes Entgegenkommen gezeigt, wenn Miss Gault seinen Arm berührt oder sogar seinen Arm genommen hätte, aber sie ging ohne irgendein Zeichen weiter.

„Ich nehme an, daß Ihre Mutter mich seit Ihrer Kindheit vor Ihnen recht schlecht gemacht hat", sagte sie jetzt. „Ann und ich hatten einander nie übermäßig gern. Wir waren sogar schon Feindinnen, ehe Ihr Vater kam. Sie stach mich überall aus, natürlich; aber es half ihr doch nichts! Sie konnte es mir nicht verzeihen, daß ich die Tochter des Direktors war. Sie haben keine Vorstellung von den wilden Eifersüchteleien, die sich an einem Ort wie an diesem abspielen. Aber wo immer wir gewesen wären, wir hätten einander gehaßt. Ann ist leichtfertig, wo ich ernst bin, und ich bin leichtfertig, wo Ann ernst ist."

Wolf versuchte vergeblich sich vorzustellen, bei welchen Gelegenheiten Miss Gault Leichtfertigkeit zeigen könnte; aber er wußte gut genug, was das Wort im Hinblick auf seine Mutter bedeutete. Er wurde in diesem Augenblick von einer unwiderstehlichen Versuchung befallen, dieser Frau hier das Bild ihres Charakters zu enthüllen, mit dem er in den letzten fünfundzwanzig Jahren beglückt worden war. Es war ein Bild, so außerordentlich verschieden von der Wirklichkeit, daß es ihn zu der zweifelnden Frage veranlaßte, ob alle Frauen, leichtfertig oder anders, so sehr persönlich waren, bis zu einem solchen Grad, daß sie in ihren Urteilen über einander irrsinnig wurden. Was ihm seine Mutter erzählt hatte, war nicht einmal eine Karikatur Selena Gaults. Es bezog sich auf eine völlig andere Person.

„Meine Mutter hat eine Menge Freunde in der Stadt", begann er ziemlich lahm. Miss Gault schnitt ihm die Rede ab.

„Natürlich! Sie ist eine brave, mutige, tüchtige Frau. Natürlich hat sie welche!" Und dann, mit einer leisen, nachdenklichen Stimme, die sehnsüchtig über die Jahre dahinzutreiben schien: „Sie war sehr verliebt in Ihren Vater."

Diese letzte Bemerkung, die in dem Augenblick fiel, da die Glocke der Abtei über ihren Köpfen vier Uhr schlug, verursachte beträchtliche Verwirrung in Wolfs Geist. Die Vorstellung, daß seine einander entfremdeten Eltern ineinander „verliebt" gewesen seien, bereitete ihm ein seltsames Gefühl der Kälte und ein merkwürdiges Gefühl der Fremdheit beiden gegenüber. Auf irgendeine dunkle Art hatte er die Empfindung, als ob Selena Gault unziemlichen Verrat übe, aber solch subtilen Verrat, daß er nicht den Finger darauf legen konnte.

„Gehen wir für eine Minute hier hinein!" sagte er. „Und dann muß ich zu meiner Verabredung mit Mr. Otter."

Sie betraten das große Schiff der Abteikirche und setzten sich nieder. Die hohe, kühle, gewölbte Decke, mit ihren berühmten fächerförmigen gotischen Ornamenten, schien sich seinem Geist darzubieten, als wäre sie irgendein „Waldzauber", ein Anblick laubgrünen Schweigens, dem entlang sein Geist treiben und dahinschwimmen konnte, ein Blatt unter Blättern.

In jenem hohen Gewölbe lag grünlicher Nebel, der Effekt irgendeines Höhlenkontrastes zu der milden Wärme der über dem Horizont stehenden Sonne, deren Licht durch die gemalten Fenster floß; und in diese Welt wogender Skulpturen und grünlicher Mattheit ließ Wolf jetzt seinen Geist wandern, bis er wieder einmal jene geheimnisvolle Empfindung zu fühlen begann, die er seine „Mythologie" nannte.

Er fühlte sich frei von seiner Mutter; und doch zärtlich und nachsichtig ihr gegenüber. Er fühlte sich in einer seltsamen Art von Adoption mit jenem Skelett im Friedhof verbunden. Er fühlte sich in wunderlicher und behaglicher Harmonie mit der merkwürdigen Dame, die neben ihm saß. Das einzige, was ihn eben jetzt überhaupt beunruhigte, war eine leise Ungewißheit darüber, welche Wirkung diese Rückkehr in sein Geburtsland auf seine heimliche, private, verborgene Existenz haben werde. Würde er schlau genug sein, diese geheimnisreiche Lebensillusion der Reichweite der Gefahr fernzuhalten? Würde seine innere Welt lautloser kimmerischer Ekstasen von der Invasion dieser Otters und Urquharts verschont bleiben?

Er hatte das Gefühl, als straffte er seine Muskeln für einen Sprung in sehr tückisches Wasser. Alle Arten unbekannter Stimmen schienen ihm aus dieser warmen Frühlingsluft zuzurufen; spottende Stimmen, lockende Stimmen, tückische Stimmen — Stimmen, die jenem unterirdischen Leben, das er führte, und das einem zärtlich gehegten Laster glich, mit ungeahnten Verwirrungen drohten. Es war ihm nicht, als ob er die Töne dieser Stimmen so hörte, daß er sie hätte wiedererkennen können. Es war, als ob eine schwankende Menge umrißloser menschlicher Gestalten sich jenseits eines dichten, dunklen Gitterwerks beriete, verschwörerisch dessen bewußt, daß er demnächst unter ihnen erscheinen würde.

Die Luft war kühler, als sie aus der Kirche kamen. Sie hatte den

Geschmack einer Luft, die über Meilen und Meilen grüner, kühlen Saftes voller Halme geweht war. Sie gemahnte Solent an Wasserbutterblumen auf windumwehten Teichen und an das Plätschern von Sumpfhennen über dunklen, gurgelnden Stauwassern.

Er trennte sich von seiner Gefährtin bei einer grotesken kleinen Statue unter den Lindenbäumen, die den empfindsamen Vorfahren der Lovelaces darstellte, dessen Name, obwohl innig mit Ramsgard verknüpft, zu etwas Legendärem und weit Entferntem geworden war. Selena Gault gab Solent mit einer stolzen Neigung ihres unhübschen Kopfes die Hand.

„Sie werden doch bald kommen, mich und meine Katzen zu besuchen, und Sie werden mir Ihre Eindrücke von allen diesen Leuten erzählen?"

„Gewiß will ich das, Miss Gault", antwortete er. „Sie waren sehr gütig zu mir."

„Pst, pst, Junge! Gütig ist nicht das richtige Wort! Wenn ich genau darüber nachdenke, haben Sie, wie Sie da stehen mit dem Hut in der Hand, doch eine gewisse —"

„Das ist Ihr Einfluß, Miss Gault", sagte er hastig; und dann gingen sie verschiedene Wege.

Die Begegnung mit Mr. Darnley Otter bot Wolf viel weniger Grund zur Verlegenheit, als er erwartet hatte. Sie waren die einzigen Menschen in jenem massiven altväterlichen Raum, der mit Jagdszenen und mit großen feierlichen Öldruckporträts konservativer Staatsmänner geschmückt war. So fanden sie es leicht und natürlich, sich an einem runden Tisch einander gegenüberzusetzen und einen ausgezeichneten Tee zu genießen. Wolf hatte Hunger. Brot und Butter waren frisch und reichlich. Die Solidität der Teekanne paßte zu der Dünne der Schalen; und der Kellner, der Mr. Otter gut zu kennen schien, behandelte beide mit einer würdevollen Dienstbereitschaft, die die reife Schönheit jahrhundertealten Feudaldienstes in sich trug.

Er war ein glattrasierter Mann, dieser Kellner, mit aristokratischer Herablassung und einem Gesicht, das jenem des großen Philanthropen Lord Shaftesbury ähnelte; und Wolf fühlte ein dunkles Verlangen, ihm in seinem eigenen bequemen Wohnzimmer — wo immer dies sein mochte — gegenüberzusitzen und ihm das Geheimnis der verborgenen Quellen jener superben respektvollen Art zu entlocken, deren Objekt — selbst nur für eine kurze Stunde des Teetrinkens — zu sein nicht bloß Versöhnung mit sich selbst, sondern auf irgendeine seltsame Art auch Versöhnung mit der ganzen menschlichen Rasse bedeutete.

„Wir haben Mr. Urquhart schon lange nicht bei uns gesehen", sagte eben der Kellner zu Wolfs neuem Bekannten. „Sein Befinden ist doch hoffentlich nach wie vor zufriedenstellend, Sir?"

„Vollkommen", antwortete Mr. Otter. „Vollkommen, Stalbridge. Ich hoffe, auch Ihnen geht's gut, Stalbridge?"

Wolf hatte noch nie eine physische menschliche Bewegung gesehen, die ausdrucksvoller, angepaßter und angebrachter gewesen wäre als die Bewegung, mit der der ältliche Dienstbote den Rücken seiner Hand gegen den Rand ihres Tisches balancierte und sich vorbeugte, um diese persönliche Frage zu beantworten. Er bemerkte diese Bewegung um so deutlicher, weil eine seltsam geformte weiße Schramme quer über den Handrücken des Mannes lief. Jetzt aber gewahrte er an diesem Kellner etwas anderes — etwas, das ihn überraschte und eigentlich verwirrte. Das Gesicht des Burschen erinnerte ihn nicht nur an Lord Shaftesbury. Es erinnerte ihn an jenes Gesicht auf den Stufen von Waterloo Station!

„Ich danke ergebenst, Sir. Ich habe über nichts zu klagen, Sir, seit ich jene kleine gerichtliche Schwierigkeit, die ich hatte, in Ordnung gebracht habe. Das Gemüt ist es, Sir, das uns aufrecht hält; und außer den Verdrießlichkeiten und dem Pech, denen alle Menschen ausgesetzt sind, habe ich keine Beschwerde gegen den Allmächtigen."

Diese Geste höflicher Großmut, mit der der alte Kellner die Vorsehung entlastete, verursachte Wolf ein Gefühl der Scham wegen jeder Verdrossenheit, der er sich je hingegeben hatte. Warum aber mußte er bei ihm an jenes Gesicht auf den Stufen von Waterloo Station denken?

Als Mr. Stalbridge hinausgegangen war, um andere Gäste zu betreuen, begannen sich die beiden Männer, während sie den Tee zu Ende tranken und Zigaretten anzündeten, behaglicher und in ihrer Haltung gegeneinander sicherer zu fühlen.

Darnley Otter war in jeder Beziehung mehr typischer „Gentleman" als Solent. Er trug einen gepflegten, spitzen Van-Dyck-Bart von hellkastanienbrauner Farbe. Seine Fingernägel waren erlesen gepflegt. Seine dunkelblau schattierte Krawatte war offenbar sehr sorgfältig ausgewählt worden. Sein grauer Tweedanzug, weder zu abgetragen noch zu neu, paßte seiner schlanken Gestalt wie angegossen. Seine Züge waren scharf geschnitten und sehr fein modelliert, seine Hände schmal und kräftig und muskulös. Wenn er lächelte, verzog sich sein ziemlich ernstes Gesicht in tausend freundliche Fältchen, aber er lächelte sehr selten, und aus irgendeinem Grunde war es Wolf unmöglich, sich ihn lachend vorzustellen. Eine Gewohnheit des Mienenspieles hatte er, die Wolf — dessen eigene Art es ja war, so sehr beständig unter seinen buschigen Augenbrauen hervorzustarren — ein wenig verwirrend fand, die Gewohnheit, den Kopf zu neigen und die Lider beim Sprechen über die Augen zu senken. Diese Gewohnheit war so ständig, daß Wolf erst bei der Unterredung mit dem Kellner feststellen konnte, wie Mr. Otters Augen aussahen. Sie waren von einer Farbtönung, die Wolf vorher in keinem menschlichen Gesicht noch gesehen hatte. Sie glichen den blauen Flecken auf den Seiten frischgefangener Makrelen.

Was aber den stärksten Eindruck auf Wolf machte, war nicht die Farbe von Mr. Otters Augen. Es war ihr Blick. Er hatte niemals in seinem ganzen Leben etwas so Ermattetes, von Angst Gehetzes gesehen wie den Ausdruck in diesen Augen, wenn ihr Besitzer es nicht mehr vermeiden konnte, geradeaus zu schauen. Auch lag es nicht einfach daran, daß dieser Mann etwa von selbstquälerischer Gemütsart gewesen wäre. Das Seltsame an der Angst in Mr. Otters Augen war, daß sie unnatürlich schien. Es lag in ihnen eine Art beunruhigter Überraschung, eine Art indignierten moralischen Erstaunens, ganz verschieden von jeglicher konstitutionellen Nervosität. Sein Ausdruck schien gegen irgend etwas zu protestieren, das ihm zugefügt worden war, etwas Unerwartetes, etwas, das seiner natürlichen Einstellung zum Leben monströs und unerklärlich erschien.

Als er mit dem Kellner sprach, hatte sich dieser unglückliche Ausdruck am unvorsichtigsten gezeigt, und Wolf erklärte sich dies mit der Theorie, daß des Kellners abgrundtiefer Takt seinen Gesprächspartner unbewußt von dem Zwange gewohnheitsmäßiger Verschlossenheit befreit hatte.

Als die Mahlzeit einmal vorbei war, brauchten sie nicht lange, um sich mit Wolf Solents ganzem Gepäck in Mr. Urquharts Dogcart zu installieren. Diese nachmittägige Fahrt von Ramsgard nach King's Barton war ein denkwürdiges Ereignis in Wolfs Leben. Er war bereits so weit, deutliche Zuneigung zu diesem sorgfältig gekleideten, soignierten Gentleman mit den sorgenerfüllten makrelendunklen Augen zu empfinden; und als sie Seite an Seite in jenem Dogcart saßen und gemächlich hinter einem altehrwürdigen grauscheckigen Pferd dahinratterten, kam er zu dem Gedanken, daß seine freie Zeit, wenn er sie in Darnley Otters Gesellschaft verbringen konnte, wirklich sehr harmonisch verlaufen würde.

Der Abend selbst, durch den sie fuhren, auf einer Straße, parallel zu jener — und ein wenig rechts davon —, die beim Friedhof geendet hatte, war schön, in einer ausnehmenden Art von Schönheit. Es war einer jener Frühlingsabende, die weder golden sind von den direkten

Strahlen der sinkenden Sonne, noch opalisierend durch deren indirekte, zerstreute Widerstrahlung. Ein kühler Wind hatte sich erhoben und den westlichen Himmel, in den sie hineinfuhren, mit einer dichten Wolkenbank bedeckt. Das Resultat dieser völligen Verlöschung des Sonnenuntergangs war, daß die Welt zu einer Welt wurde, in der jeder grüne Gegenstand an ihrer Oberfläche eine fünffache Verstärkung seines Grüns erfuhr. Es war, als ob eine enorme grüne Flutwelle, bestehend aus einer Substanz, durchsichtiger als Wasser, über die ganze Erde gebrandet wäre; oder eher, als ob irgendeine diaphane Essenz all des durch lange Regentage geschaffenen Grüns an diesem einen Mittag verdampft wäre, nur um mit der Annäherung des Zwielichts in kaltem, dunklem, smaragdfarbenem Tau niederzusinken. Die Straße, auf der sie so fuhren und die zu jenem regenschweren westlichen Horizont führte, war eine Straße, die dem südlichen Abhang eines urbaren Hügellandes entlang zog, eines Rückens, der mitten zwischen dem pastoralen, von den Hügeln und Wäldern von High Stoy begrenzten Dorsettal und dem noch breiteren Somersetshiretal lag, das in die Marschen von Sedgemoor überging.

Solent erfuhr aus ein paar höflichen, aber sehr kurzen Erklärungen, die sein Gefährte hinwarf, daß die einzigen sonstigen Bewohner des Hauses, zu dem sie fuhren, Darnleys älterer Bruder Jason und seine Mutter, Mrs. Otter, waren. Er erfuhr auch, daß Darnley selbst, mit Ausnahme der Samstage und Sonntage, als Unterlehrer der klassischen Sprachen in einem kleinen Gymnasium in Blacksod unterrichtete. Auf diese und jene Art — Wolf war rasch in derartigen Schlüssen — gewann er den Eindruck, daß die Arbeit in Blacksod seinem reservierten Gefährten alles eher denn kongenial war. Er begann auch, freilich gewiß ohne jede Hilfe seines wohlerzogenen Bekannten, zu ahnen, daß seine Schultätigkeit fast die einzige finanzielle Einnahmequelle der Familie in Pond Cottage war.

„Ich würde Sie gerne dazu bringen", begann Solent, als sie noch ungefähr zweieinhalb Meilen von ihrem Bestimmungsort entfernt waren, „daß Sie mir eine Art Begriff davon vermittelten, was Mr. Urquhart von mir eigentlich erwartet. Ich habe nie im Leben irgendwelche historische Forschungen betrieben. Ich habe nur schlechte Auszüge aus Büchern, die sich jedermann verschaffen kann, zusammengestellt. Was wird er von mir wollen? Daß ich zu allen Pfarregistern gehe und so weiter?"

Des Kutschierenden Blick, hartnäckig auf den grauen Schweif des langsam dahintrottenden Pferdes gerichtet, antwortete nicht auf die Querulanz dieses Appells.

„Ich glaube fast, Solent", bemerkte er, „daß Sie, sobald Sie Mr. Urquhart gesehen haben, über gar manche Dinge klarer urteilen werden."

Wolf zog die Mundwinkel hinab und hob seine dichten Augenbrauen.

„Zum Teufel!" dachte er. „Das ist ungefähr dasselbe, was meine Freundin Miss Gault angedeutet hat."

Er erhob jetzt seine Stimme und sprach in ernsterem Tone:

„Sagen Sie mir, Otter, ist Mr. Urquhart das, was man vielleicht exzentrisch nennen könnte — oder närrisch, in dürren Worten?"

Bei diesen Worten wandte Darnley sein bärtiges Profil. „Das hängt davon ab", sagte er, „was Sie unter ‚närrisch' verstehen. Ich habe ihn immer sehr zivil gefunden. Mein Bruder kann ihn nicht einmal sehen."

Bei diesen Worten zog Wolf wieder seine Lieblingsgrimasse.

„Ich hoffe, Ihr Bruder wird mit mir einverstanden sein", sagte er. „Ich gestehe, daß ich beginne, ein wenig Angst zu haben."

„Jason ist Dichter", bemerkte Mr. Otter ernst, und sein Ton hatte in genügendem Maß die Nuance eines Verweises, um in seinem Gefährten einen Schimmer von Bosheit zu erwecken.

„Ich hoffe, daß nicht auch Mr. Urquhart ein Dichter ist", sagte er.

Mr. Otter nahm von dieser Erwiderung keine Notiz, es sei denn die, daß er in noch viel tieferes Schweigen verfiel; und Wolfs Aufmerksamkeit wandte sich wieder dem zu, was er von dem berühmten Tal von Blackmore sehen konnte. Jedesmal, wenn die Hecke, während sie dahintrotteten, niederer wurde, jedesmal, wenn ein Tor oder eine Lücke ihren grünen, welligen Wall unterbrach, erhaschte er einen Blick auf jenes große Tal, das um sich das Zwielicht sammelte, so wie wohl ein sterbender Gott an seinem Herzen die kalten, feuchten Aschenreste seines letzten Brandopfers sammelt.

Mehr und mehr überkam ihn das Gefühl, daß er in eine neue Welt eintrat, in der er seine bisherigen Gebräuche, seine ausgefahrenen Gleise, die Gewohnheiten von fünfzehn langen Jahren seines Lebens hinter sich lassen mußte. „Ein Ding gibt es", dachte er, während eine plötzliche Kühle sein Gesicht traf, als die Straße sich dem Laufe des Flusses näherte, „das ich nie aufgeben werde . . . nicht einmal für die schlankste ‚Wand entrindeter Weiden' in ganz Dorset." Während ihm dieser Gedanke durch den Sinn fuhr, straffte er hartnäckig die beiden knochigen Hände über seinen Beinen, gerade oberhalb der Knie, als ob er sich selbst gegen irgendeine unbekannte Gefahr, die seinem so sorgsam behüteten Laster drohte, stärken wollte. Dann aber begann er, in einer Art selbstverteidigenden Zusammenfassens seiner Erinnerungen, als ob er durch das Aufrichten eines großen Walles geistigen Erdreichs jeden Angriff auf sein Geheimnis abwehren könnte, sich gewisse bemerkenswerte Meilensteine aus seinen Erfahrungen von der Welt ins Gedächtnis zu rufen, bis zur Stunde dieses erregenden Sprunges ins Unbekannte.

Er entsann sich gewisser aufregender und beschämender Szenen zwischen seiner oberflächlichen Mutter und seinem dahintreibenden, skrupellosen Vater. Im Gegensatz hierzu rief er sich seine eigenen köstlichen Erinnerungen an lange, verantwortungslose Feiertage in Erinnerung, an liebliche ununterbrochene Wochen des Müßiggangs, am Ufer der See in Weymouth, da er in dem von der Sonne erhellten Bogenfenster in Brunswick Terrace so viele spannende Bücher gelesen hatte. Wie klar konnte er jetzt die Jubiläumsuhr auf der Esplanade vor sich sehen, die pompöse Statue Georgs des Dritten, White Nore, das Weiße Pferd, die wogenumspülten Umrisse des Wellenbrechers von Portland! Wie genau entsann er sich seiner kindlichen Vorliebe für jene große, schimmernde Fläche nassen Sandes, draußen, jenseits der Badewagen unter dem Seewall, wo die Maultiere standen und wo man Punch und Judy spielte!

„Hier bin ich keine zwanzig Meilen von Weymouth entfernt", dachte er. „Dort hat mein eigentliches Leben begonnen ... das ist der Ort, den ich liebe ... obwohl es dort keine Hecken und Bäume gibt!"

Dann gedachte er seiner beschwerlichen, anregungsarmen Jugend in London, der verhaßten Schultage, des verhaßten, überfüllten Colleges, des endlosen Zotteltrabs seiner zehnjährigen Lehrtätigkeit. „Ein Doppelleben! Ein Doppelleben!" flüsterte er verhaltenen Atems und starrte auf den grauen, vor ihm hin und her schwankenden Rumpf von Mr. Urquharts Pferdchen; dabei neigte Wolf seinen Körper etwas vor, während er noch wilder seine knochigen Handgelenke umspannte.

War er jetzt im Begriff, wieder in eine Welt gemeinplätziger Langweile zu tauchen, in eine Welt voll von denselben platten, konventionellen Ambitionen, von derselben übelkeitserregenden Gescheitheit? Das konnte nicht sein! Es konnte nicht sein ... es konnte nicht sein ... da sich doch diese verzauberte Frühlingszeit hier in allen Blättern und Gräsern regte ...

Welch ein Land dies war!

Als sie nun weiterfuhren, stieg zur Rechten der Boden an — Kornfeld hinter Kornfeld, voll junger grüner Triebe — hinan zu dem großen Hügelzug zwischen Dorset und Somerset, an dem nur ungefähr eine Meile entfernt — so erzählte ihm sein Begleiter — die große, in der Geschichte des Westlandes berühmte Landstraße zwischen Ramsgard und Blacksod und ebenso — so sagte ihm Mr. Otter — die zwischen Salisbury und Exeter lag.

Zu seiner Linken winkte ihm das Tal von Blackmore aus seinen Wiesen zu — aus Wiesen, voll von zarten, grasigen Düften, die in ihrem Aroma einen unbestimmbaren Geschmack von Flußschlamm trugen, weil sie den Ufern des Lunt so nahe waren. Von Shaftesbury im Norden bis zu der isolierten Erhebung von Melbury Bub im Süden erstreckte sich dieses Tal und flüsterte, wie es schien, seinem zurückgekehrten Sohn einen unerklärlichen prophetischen Gruß zu.

So lauschte er dem Geräusch der Pferdehufe, die regelmäßig klapperten, klapperten, klapperten, und von denen ab und zu ein bläulicher Funke in das Dunkel der Straße sprang, wenn das Eisen auf einen Stein traf; so sah er zu, wie der Horizont vor ihm jeden Augenblick flüssiger, wogender wurde; so sah er losgerissene Fragmente der Erdoberfläche — Hügelkurven, Gebüsche, weit entfernte Felder und Hekken — sich mit Fragmenten von Wolken und mit Fragmenten wolkenlosen Raumes vermischen; und da kam es mit steigender Zuversicht über ihn, daß dieses wundervolle Land sein verborgenes inneres Leben sicherlich vertiefen, inniger gestalten und bereichern müsse, statt es zu bedrohen oder zu zerstören.

So hielt er seine Beine umfaßt, gewissermaßen um sich seiner eigenen Identität zu versichern, so neigte er sich an der Seite seines Begleiters eifrig vor, die Augenbrauen in einem starren Stirnrunzeln zusammengezogen, ein Zucken um die Nüstern, und fühlte, wie die vertraute mystische Empfindung eben jetzt wieder aus ihrem geheimen Schlupfwinkel emporstieg. Empor, empor hob sie sich wie ein großer vom Mondlicht gefärbter Fisch aus unmeßbaren Wassertiefen, wie ein schwingenweiter Sumpfvogel aus dunklen, unbegangenen Mooren! Die Lüfte der neuen Welt, die dieses Emporsteigen umwehten, waren voll von der Kühle der Moose, voll von dem zarten Sichöffnen der Farnblätter. Was immer diese geheimnisvolle Erregung sein mochte, sie kroch jetzt vor, dem neuen Element entgegen, als wäre sie sich dessen bewußt, daß sie eine Macht in sich trug, ebenso furchtbar, ebenso unberechenbar wie irgend etwas anderes, dem sie hier begegnen konnte.

„Dies wird also Ihr Zimmer sein", sagte Mrs. Otter. „Ich dachte mir, daß Sie es gerne gleich sehen würden, da Sie sich doch natürlich zum Dinner im Herrenhaus umkleiden müssen? Der Raum ist nicht groß, aber, wie ich glaube, recht bequem. Mein Sohn Jason sagte eben jetzt erst, daß er schon ganz neidisch sei. Sein Zimmer liegt gerade gegenüber, es geht auf den hinteren Garten, während Ihres zur Außenfront geht. Was meinst du, Darnley, sollen wir ihm nicht Jasons Zimmer zeigen? Es ist so sehr charakteristisch! Wenigstens versuchen wir es so zu erhalten, nicht wahr, Darnley? Darnley und ich bringen es selbst in Ordnung, wenn er nicht zu Hause ist." Während die beiden Männer an der Schwelle standen und auf Solents ärmliche Gepäckstücke starrten, die sie gerade hereingebracht hatten, sank Mrs. Otters Stimme zu einem vertraulichen Flüstern. „Jetzt ist er nicht im Hause", fügte sie hinzu. Beide traten zur Seite, als sie nun den schmalen Gang vollends überquerte. „Da!" rief sie aus und öffnete eine Tür; Wolf blickte in völlige und reichlich stickige Dunkelheit. „Da! Hast du vielleicht ein Zündholz, Darnley?"

Darnley strich gehorsam ein Zündholz an und machte dann Licht an zwei zierlichen Kerzen, die auf einer Kommode standen. Das ganze Aussehen des Zimmers, das sich so darbot, machte dem Besucher einen abscheulichen Eindruck.

Über dem Bett hing ein enormer Farbdruck eines in reichem Gold gehaltenen Gemäldes von Benozzo Gozzoli; und über dem Kamin, in dem noch ein paar rote Kohlen glommen, hing eine krankhaft heilige Heilige Familie von Filippino Lippi.

„Sollte ich nicht das Fenster ein wenig öffnen, was meinst du, Mutter?" fragte Darnley und ging durch das Zimmer.

„Nein, nein, Liebster!" rief die Dame hastig. „Er ist so schrecklich empfindlich gegen Zugluft, wenn er zu Hause ist. Es ist ja nur Zigarettenqualm und ein wenig — Weihrauch", fügte sie hinzu und wandte sich an Wolf. „Er findet Weihrauch erfrischend. Wir beziehen ihn aus den Stores. Darnley und ich haben ihn gar nicht sehr gern. Ein kleines bißchen reicht für lange Zeit."

„Er dürfte wahrscheinlich wieder nach Blacksod gegangen sein", bemerkte der Sohn grimmig, sah auf die Uhr und blickte seine Mutter bedeutungsvoll an.

„Wenn das der Fall ist, hoffe ich wirklich, daß sie diesmal netter zu ihm sind als das letztemal", murmelte die Dame.

„In den ‚Three Peewits‘?" entgegnete der Sohn trocken. „Zu nett, möchte ich wohl sagen! Ich sähe es lieber, wenn er sich an ‚Farmer's Rest‘ hielte."

„Wir sprechen von den Gasthöfen in der Nachbarschaft, in denen mein Sohn seine Freunde trifft", bemerkte die Mutter; und Wolf, der das dünne eingefallene Gesicht, die glatte hohe Stirn, das sauber gebürstete bleiche Haar, die nonnenhafte Kleidung der kleinen Frau betrachtete, empfand Scham über den ersten Anflug unüberlegter Geringschätzung, die ihre Art zu sprechen in ihm provoziert hatte.

„Irgend etwas Komisches ist an all dem", dachte er. „Es würde mich interessieren, diesen verdammten Weihrauchstreuer zu sehen."

Allein gelassen, um seine Sachen auszupacken, blickte er sich mit eifrigem Interesse in dem Zimmer um, das für so geraume Zeit seine Operationsbasis, sein geheimes Fuchsloch sein würde. Ein Leighton hing über dem Kaminsims, ein riesiger Alma Tadema zwischen den beiden Fenstern, und er erriet sofort, daß dieses Reserveschlafzimmer von dem Haushalt als ein Depot für Kunstwerke aus der mittleren Viktorianischen Zeit verwendet wurde.

Er lehnte sich aus einem der Fenster. Ein scharfer Duft von Jonquillen wurde von irgendeinem Blumenbeet drunten heraufgeweht; aber die Nacht war so finster, daß er nichts anderes sehen konnte als eine Reihe von Bäumen, die aussahen wie Pappeln, und einen Klumpen dichter Büsche.

Rasch packte er seine Kleider aus und verstaute sie in leicht zu öffnende, sauber mit Papier ausgelegte Laden. Auf dem Toilettentisch stand eine Vase mit rostfarbenen Primeln, und er dachte: „Des Dichters Mutter weiß, wie man's macht!"

Zuerst entschloß er sich, sich auf den Smoking zu beschränken; da ihm aber einfiel, daß er nur ein Paar schwarzer Hosen hatte und daß diese besser zu seinem Frack paßten, überlegte er sich's und warf sich in vollen Abendanzug.

Als er schließlich vor dem kleinen mahagoniumrahmten Spiegel die weiße Krawatte zu einer Schleife band, konnte er nicht umhin, an die vielen unbekannten Ereignisse zu denken, die in künftigen Tagen, wenn er an eben dieser Stelle stünde, seine Gedanken beschäftigen würden — Ereignisse, die alle jetzt noch nichts anderes waren als luftige Bilder, die dahinwehten und dahintrieben auf der See des Ungeborenen.

„Wie wird mich Mr. Urquhart empfangen?" dachte er weiter.

„Dieser Bruder Otters mag ihn nicht; aber das bedeutet nichts ...
Mit den entsetzlichen Bildern hier werde ich mich später einmal be-
fassen!" Sorgsam verlöschte er die Kerzen und trat auf den Treppenabsatz hinaus.

Das kleine Speisezimmer von Pond Cottage lag am Fuß der Stiege
dem Wohnzimmer gegenüber; und als er in der Hall stand und zögernd
darüber nachdachte, in welchen der Räume er eintreten solle, war
er sehr überrascht zu sehen, daß eine gebückte alte Frau in blauer
Schürze, die den Tisch deckte, ihm eifrig und verstohlen zuwinkte.
Er folgte dieser Aufforderung und trat über die Schwelle.

„Hab Sie gleich erkannt", flüsterte die Alte, „hab's gleich gewußt,
daß es keiner von denen sein kann, sobald ich nur Ihre Schritte gehört
habe. Schauen Sie, Mister! Master Darnley will mit Ihnen zum Gutsherrn gehen. Lassen Sie ihn nicht gehen! Das war's, was ich Ihnen hab
sagen müssen. Lassen Sie ihn nicht gehen! Es ist gar kein langer Weg
zum Herrenhaus hinauf. Geradeaus über Pond Lane und Lenty hinab,
und da ist's auch schon! Gehen Sie jetzt nur fort, hübsch ruhig, bevor
man über die Stiege herunterkommt. Ich werde Missus beruhigen,
daß ich Ihnen den Weg zum Herrenhaus gesagt habe. Stehen Sie doch
nicht so da wie von einer Kröte gebissen, machen Sie keine Umstände,
und starren Sie einen Christenmenschen nicht so an! Schauen Sie jetzt
schon, daß Sie fortkommen! Seien Sie doch ein Engel von einem
lieben jungen Herrn! So! Warten Sie keine Minute länger mehr!
Man wird gleich herunterkommen, ehe wir noch einen Ton von uns
geben können. Schauen Sie schon, daß Sie fortkommen, und Gott
mit Ihnen. Geradeaus bis zum Ende von Pond und dann Lenty hinunter!"

Es war Wolf Solents Natur, wenn alles sich sonst gleich blieb, gutmütig, nachgiebig, fügsam zu sein. Und darum gehorchte er, still
und flink, dem alten Dienstboten, ohne eine Frage zu stellen. Hastig
nahm er Hut und Mantel und verschwand im Dunkel der Nacht.

„Dies dürfte wohl Pond Lane sein", sagte er zu sich, während er
in der Richtung, die ihm die alte Frau gezeigt hatte, seinen Weg nahm.
„Wenn es aber nicht so ist, kann ich nichts machen. Sie sind ja alle
ganz närrisch wegen der Heimkehr dieses Burschen. Wahrscheinlich
wollte sie Otter im Hause halten, damit er sich mit diesem Kerl abgebe."

Das Glück begünstigte ihn mehr, als er hatte erwarten können.
Gerade dort, wo Pond Lane in Lenty überging, traf er auf eine Gruppe
von Kindern, und nach ihren Weisungen hatte er keine Schwierigkeit
mehr, die Zufahrt zu King's Barton Manor zu finden.

Es war kein langer Fahrweg und führte auch nicht zu einem großen

Haus. Barton Manor, erbaut unter der Regierung Jakobs des Ersten, war stets ein kleiner und wenig bedeutender Wohnsitz gewesen. Seine Hauptpracht war sein großer, weit ausgebreiteter Garten — ein Garten, der zu seiner Instandhaltung mehr Arbeitskräfte erforderte, als der gegenwärtige Eigentümer beizustellen imstande war.

Und als Wolf, der an der Glocke geläutet hatte, auf der obersten der verwitterten, stellenweise von Flechten bewachsenen Steinstufen stand, hatte er, ehe auf sein Läuten jemand kam, Zeit, etwas von der Schönheit dieser neuen Umgebung in sich einzusaugen. Der Himmel war ein wenig klarer geworden, und aus einigen freien Stellen, die übersät waren von kleinen, schwach funkelnden Sternen, enthüllte ein bleicher Lichtschimmer die Umrisse einiger weiter, samtener, von Buchsbaumhecken durchschnittener Rasenflächen, die selbst durchzogen waren von fliesenbedeckten Pfaden. Wolf konnte an einem Ende dieser Rasenflächen eine lange, hohe Taxushecke sehen, die in jenem ungewissen Licht so mysteriös und unheilschwanger aussah, daß es leicht war, sich auf ihrer anderen Seite allerlei phantastische Gestalten vorzustellen, die sich bewegten, bereit, beim ersten Hahnenschrei zu verschwinden!

Einen Augenblick lang hatte er die seltsame Empfindung, daß das unselige Menschengesicht, das er an den Stufen von Waterloo Station gesehen hatte, hier hing — auch hier, zwischen den Zweigen eines hohen dunklen Baumes, am Ende jener Taxushecke. Aber schon während des Hinsehens verschwamm das Gesicht; und an seiner Stelle erschienen — so angespannt waren Wolfs Nerven in jenem Augenblick — die bekümmerten, angsterfüllten, makrelenfarbenen Augen Darnley Otters.

In diesen Phantasien wurde er dadurch gestört, daß sich die geschnitzte Renaissancetür öffnete. Der Diener, der Wolf einließ, war zu dessen Überraschung mit einem groben Arbeitsanzug bekleidet. Er war ein außerordentlich kräftiger Mann mit schwärzlich zigeunerhafter Gesichtsfarbe und kohlschwarzem Haar.

„Entschuldigen Sie, Sir", sagte er mit einem melancholischen Lächeln, als er des Besuchers Mantel nahm und ihn auf eine große Eichenholztruhe legte, die in der Hall stand. „Entschuldigen Sie, Mr. Solent, aber ich hab noch vor ein paar Minuten im Stall gearbeitet. Er kann's nie leiden, wenn ich mich bei den Herrschaften, die kommen, entschuldige; aber das ist schon einmal meine Art; und ich hoffe, daß Sie mich entschuldigen werden, Sir!"

In genau demselben Augenblick, da Wolf eine passende Erwiderung auf diese etwas ungewöhnliche Begrüßung murmelte und seinen

Geist unter der Oberfläche seiner Worte darüber nachdenken ließ, wie seltsam sich doch die Dienstboten in King's Barton benahmen, gewahrte er die Annäherung einer imposanten Persönlichkeit, die durch den langen Hallengang auf ihn zukam. Diese Gestalt, die sehr stark hinkte und auf einen Stock gestützt ging, trug Frack und murmelte beim Herankommen, immer wieder und wieder, mit einer leisen, weichen, samtenen Stimme: „Was höre ich da, eh? Was höre ich da, eh? Was höre ich da, eh?"

Der große Kutscher oder Gärtner, oder was immer er sein mochte, wartete nicht auf das Herankommen seines Herrn. Mit einem raschen Blick auf Solent und einem letzten: „Entschuldigen Sie, Sir!" verschwand er durch eine Seitentür und ließ Wolf ohne förmliche Anmeldung Angesicht in Angesicht mit seinem Wirt allein.

„Mr. Solent? Sehr gut! Mr. Wolf Solent? Sehr, sehr gut. Sie haben meinen Brief bekommen und sind sofort gekommen? Ausgezeichnet. Sehr, sehr gut."

Während er diese Worte mit derselben leisen Stimme sprach, die Wolf an das Aufrollen eines großen reichen Ballens chinesischer Seide denken ließ, bot er seinem Besucher die linke Hand und hielt die rechte noch immer auf dem Griff des Stocks, der ihn stützte.

Der Eindruck, den Wolf von Mr. Urquharts Gesicht gewann, war äußerst kompliziert. Schwere Augenlider und hängende, sackartige Falten unter den Augen bildeten den einen Aspekt. Grünliche Schwärze in den Augen selbst und etwas zutiefst Mißtrauisches in ihrem angespannt fragenden Blick bildeten den anderen. Eine Miene bewegter Ruhelosigkeit, die manchmal so weit ging, daß man sie fast als gehetzten Blick bezeichnen konnte, bildete noch einen dritten. Die Züge des Gesichtes waren, in ihren allgemeinen Umrissen genommen, massiv und verfeinert. In dem Ausdruck, der darüber huschte, entdeckte Wolf etwas, das ihn beunruhigte und verstörte. Eines war gewiß. Sowohl Mr. Urquharts Kopf als auch Mr. Urquharts Bauch waren unnatürlich groß — viel zu groß für seine schwachen Beine. Sein Haar, fast so schwarz wie das seines Dieners, erregte in Wolf den Zweifel, ob es nicht etwa eine Perücke sei.

Jetzt ließ er die Hand seines Besuchers fallen und stand stockstill, in der Haltung eines Lauschenden. Wolf hatte keine Ahnung, ob er durch Geräusche draußen im Garten oder durch Geräusche drinnen in der Küche so gefesselt war. Er selbst hörte nichts, außer dem Ticken der Uhr in der Hall.

Jetzt sprach der Squire wieder. „Man ist also nicht mit Ihnen gekommen? Man hat Sie also nicht zum Haus gebracht?" Er sprach in einem Ton, in dem Wolf nervöse Erleichterung zu erkennen glaubte.

„Ich habe meinen Weg sehr leicht gefunden", war alles, was der Besucher erwidern konnte.

„Was soll das heißen? Sie sind allein gekommen? Man hat Sie allein gehen lassen?" Der Mann warf ihm einen raschen, mißtrauischen Blick zu und humpelte einen oder zwei Schritte gegen die Eingangstür. Wolf empfing den Eindruck, daß man ihm nicht glaubte und daß Mr. Urquhart meinte, wenn er die Tür öffnete und laut genug riefe, würde sofort jemand aus der Dunkelheit antworten.

„Ist Darnley gar kein Stück des Weges mit Ihnen gegangen?" Dies wurde in so anklagendem, argwöhnischem Ton gesagt, daß Wolf ihm geradeaus ins Gesicht sah.

„Man hat nicht einmal gewußt, daß ich das Haus verließ", bemerkte er ernst.

Mr. Urquhart blickte zu der Tür, durch die der Diener verschwunden war.

„Ich habe ihm gesagt, er solle drei Gedecke auflegen", bemerkte er. „Ich war dessen ganz sicher, daß man Sie nicht allein herkommen lassen würde."

Auf dies zog Wolf die eine seiner dichten Augenbrauen in die Höhe, und das Flackern eines Lächelns zuckte um seinen Mund.

„Möchten Sie, daß ich hinüberlaufe, ihn zu holen?" fragte er.

„Was soll das heißen, eh? Ihn holen? Haben Sie ‚holen' gesagt? Natürlich nicht! Lassen Sie's gut sein. Gehen wir nun hinein. Monk wird jetzt schon alles fertig haben. Kommen Sie, hier geht der Weg."

Er führte seinen Gast durch die Hall in einen kleinen eichengetäfelten Raum. Der Tisch war wirklich für drei gedeckt, und kaum saßen sie, als Roger Monk, wie durch Zauberei in einen dunklen Zivilanzug umgekleidet und begleitet von einem jungen Mädchen mit Haube und Schürze, zwei dampfende Suppenteller hereintrug. Das Mahl, das darauf folgte, war außergewöhnlich gut, ebenso der Wein. Sowohl Wirt wie Gast tranken reichlich; so daß sie, als die Dienerschaft sie allein ließ, nicht nur ein ziemlich vollständiges Einvernehmen über die Art der Arbeit, die Wolf in dem bemerkenswerten Wohnsitz zu leisten hatte, getroffen, sondern auch einen gewissen persönlichen Kontakt hergestellt hatten.

Wolf starrte zufrieden auf ein großes monumentales Landschaftsbild Gainsboroughs, auf dem etwas, das man als die geistige Idee einer ländlichen Straße hätte bezeichnen können, sich zwischen Reihen von Parkbäumen und Ausblicken geheimnisvoller Terrassenpromenaden verlor. Während Wolf seinen Portwein schlürfte und den satten

Worten seines Gastgebers zuhörte, begann er ein köstlicheres Gefühl tatsächlichen physischen Wohlbehagens zu empfinden, als er es durch viele lange Jahre gekannt hatte.

Er entdeckte bald, daß er seinen speziellen Anteil an dem großartigen Unternehmen auf einem Fensterplatz der großen Bibliothek des Hauses zu bearbeiten haben würde, während Mr. Urquhart in einem Zimmer, das er „das Studio" nannte, unabhängigen Forschungen nachging. Dies waren ausgezeichnete Neuigkeiten für den neuen Sekretär. In sehr lebhaften Farben beschwor er vor seinem geistigen Auge das Bild jenes Platzes, versteckt hinter Fenstern aus wappenbemaltem Glas, die sich auf schattige Ausblicke ähnlich jenem Bilde Gainsboroughs öffneten.

„Unsere Geschichte wird eine völlig neue Art darstellen!" sagte eben Mr. Urquhart. „Was ich machen möchte, ist nämlich, den speziellen Teil der Erdoberfläche, der ‚Dorset' genannt wird, zu isolieren; als ob es möglich wäre, auf ihm ein Palimpsest aus verschiedenen aufeinanderfolgenden Schichten menschlicher Impressionen zu entziffern. Solche Einprägungen werden immer wieder gemacht und immer wieder verwischt in der Ebbe und Flut der Ereignisse. Und ihre Chronik sollte kontinuierlich sein, nicht episodisch." Er hielt in seiner Rede inne, um sich eine Zigarette anzuzünden, die er dann hin und her schwenkte, so daß sie in der Luft Kurven, Rechtecke und Ornamente beschrieb. Seine Hand, die die Zigarette hielt, war weiß und feist wie die Hand eines Priesters, und wie er in die Luft schrieb, folgte eine Spur schleierdünnen Rauches den Bewegungen seines Armes.

„Natürlich würde eine echte Kontinuität", fuhr er fort, „zum Erzählen mehrerer Menschenleben benötigen. Was soll man also machen, eh? Merken Sie das Problem? Eh? Was soll man also machen?"

Solent gab, so gut er konnte, durch diskrete Grimassen zu verstehen, daß er das Problem merke, seine Lösung aber der profunden Intelligenz seines Gegenübers überlasse.

Mr. Urquhart fuhr fort: „Wir müssen auswählen, mein Freund. Wir müssen auswählen. Die ganze Geschichtsforschung liegt in Auswahl. Wir können nicht alles aufnehmen. Wir dürfen nur das aufnehmen, was Mark hat und Saft und Salz. Sachen wie Ehebrüche, Mordtaten und Hurereien."

„Werden wir irgendeine Methode der Auswahl anzuwenden haben?" erkundigte sich Wolf.

Mr. Urquhart kicherte. „Wissen Sie, was ich mir gedacht habe?" sagte er. „Ich dachte, daß ich gerne jene Perspektive zu den menschlichen Ereignissen bekäme, die die Bettpfosten in Bordellen sich im

Lauf der Zeit erwerben müssen — und die Schanktische der Kneipen — und die Zimmer der Haushofmeister in alten Häusern — und die schlammigen Gräben in viel und lang von Liebespaaren frequentierten Straßen."

„Es ist also eigentlich eine Art Chronik im Geiste Rabelais', die Sie zu schreiben wünschen?" warf Wolf ein.

Mr. Urquhart lächelte und lehnte sich in seinen Fauteuil zurück. Er leerte seinen Weinkelch bis zur Neige, und mit halbgeschlossenen, boshaften Augen, erfüllt von einer seltsamen innerlichen Salbung, schielte er auf seinen Gesprächspartner. Wie er so dasaß und seine imaginäre Geschichte erwog, nahmen die Züge seines Gesichtes die emphatische Würde eines Holbeinbildes an. Die pergamentene Haut straffte sich dicht und fest um das Knochengerüst der Wangen, als sei sie ein Velinpergament um einen mysteriösen Folianten. Ein Schleier fast priesterlicher Schlauheit schwebte gleich einer herabhängenden Fahne über des Mannes schweren Augenlidern und über den lockeren Runzeln, die an seinen Augen zusammenliefen. Was Wolf noch mehr in Erstaunen setzte als alles andere, war der jugendliche Glanz der Haare seines Wirtes, ein Glanz, der in sehr seltsamem Kontrast stand nicht nur zu der äußersten Blässe des Fleisches, sondern auch zu den tief eingegrabenen Linien seines Holbeingesichtes. Mr. Urquharts Coiffure schien in der Tat ein aufdringliches und unnatürliches Ornament, dazu bestimmt, einen ganz anderen Gesichtstypus zu krönen als den, den sie tatsächlich überragte.

„Ist dies jetzt eine Perücke, oder ist es keine?" Wieder ertappte sich Wolf bei diesem Zweifel. Aber jeder verstohlene Blick, den er auf die rabenschwarze Schädeldecke seines Gegenübers warf, machte ihm eine solche Annahme weniger und weniger glaubhaft, denn beim Flackern der Kerzen meinte er die Existenz wirklicher, individueller Haare zu entdecken, die rauh und stark zu beiden Seiten des Scheitels in der Mitte jenes massiven Schädels wuchsen. Während er dieses Phänomen betrachtete, wurde er sich plötzlich dessen bewußt, daß Mr. Urquhart das Thema der Chroniken von Dorset fallengelassen hatte und von Religion sprach.

„Ich wurde als Anglikaner erzogen und werde als Anglikaner sterben", sagte der Squire. „Das heißt aber nicht im geringsten, daß ich an die christliche Religion glaube."

Hier trat eine Pause ein, während der Squire sein und seines Besuchers Glas aufs neue füllte.

„Ich liebe den Altar", fuhr der Mann fort, „der Altar ist das einzige absolut befriedigende Objekt des Gottesdienstes, das in unseren degenerierten Tagen übriggeblieben ist, Mr. Solent." Während Mr. Urquhart diese Worte aussprach, zeigte sich auf seinem Gesicht ein Ausdruck, der Wolf als geradezu satanisch erschien.

„Es — ist — Ihnen also — gleichgültig, Sir", warf Wolf vorsichtig hin, „was der Altar darstellt?"

Mr. Urquhart lächelte. „Eh?" murmelte er. „Darstellt — haben Sie gesagt?" Und dann wiederholte er in seiner vagen, verträumt abwesenden Art mehrere Male das Wort „darstellt", als ob er es im Geiste prüfen wollte, so wie ein Kenner wohl einen kleinen Kunstgegenstand prüfen mag; aber während er dies tat, wurde seine Stimme schwächer und schwächer, um schließlich ganz dahinzuschwinden.

Der neue Sekretär neigte sich diskret über seinen Teller mit Mandeln und Rosinen. Er hatte den Argwohn, daß es wohl nur der ausgezeichneten Qualität des Weines zuzuschreiben sei, daß sich der große schwankende Pontifexkopf vor ihm nicht mehr Reserve in seinem ungewöhnlichen Credo auferlegte.

„Ist die Kirche in King's Barton ritualistisch genug für Ihren Geschmack, Sir?" fragte er.

Und dann tauchte in seinem Geist unvermittelt, direkt aus der Luft, das Bild Mr. John Urquharts auf, splitternackt, mit vorstehendem Bauch, gleich Punch oder Napoleon, wie er in finsterster Nacht, während ein Regensturm die Fenster peitschte, vor dem Altar eines kleinen, dunklen, von Menschen gemiedenen Gebäudes auf den Knien lag.

„Eh? Was sagen Sie?" brummte sein Gastgeber. „Die Kirche hier? Oh, Tilly-Valley ist ganz gut. Tilly-Valley ist gelehrig wie ein Lämmlein." Er beugte sich mit einem sardonischen Gesichtsausdruck vor und neigte den Kopf zwischen den Kerzen, als ob er ein Paar geweihter Hörner besäße. „Tilly-Valley hat Angst vor mir; ganz einfach Angst." Seine Stimme sank zu einem Flüstern. „Ich lasse ihn jeden Morgen die Messe lesen. Hören Sie? Ich lasse ihn Messe lesen, ob jemand da ist oder nicht."

Der Ton, in dem Mr. Urquhart diese Worte sprach, erweckte eine ausgesprochene Feindseligkeit in Wolfs Nerven. Ein Gefühl kam über ihn, als wäre es ihm vergönnt gewesen, in einer luftlosen Nacht hinter dem schweren Rollen eines besonderen Donnerschlages einen Blick auf monströse menschliche Umrisse zu erhaschen. Es lag etwas verabscheuungswürdig Drohendes in dem großen, runzeligen, weißen Gesicht, mit seinem glänzenden, sorgfältig gescheitelten Haar, seinen herabhängenden Augenlidern und den großen Tränensäcken; in diesem Gesicht, das ihn jetzt zwischen den Kerzenflammen aus nächster Nähe anstarrte.

Es zeigte sich seinem Geiste als klare Schlußfolgerung, daß er jetzt wirklich einer Person begegnet war, die in jener geheimnisvollen mythopöischen Welt, in der sich seine eigene Phantasie hartnäckig bewegte, ein ernst zu nehmender Antagonist war — ein Antagonist, der eine Tiefe des wirklich Bösen verkörperte, wie sie in seinem Leben eine neue Erfahrung darstellte. Als diese Idee langsam seinem weinumnebelten Hirn aufdämmerte, war sie gleichzeitig eine erregende Drohung und eine aufreizende Herausforderung. Bewußt straffte er die Muskeln seines Körpers, um dieser Drohung zu begegnen. Er dehnte die Schultern und blickte sorglos durch den Raum. Er zwang sein Gesicht zu einem Ausdruck vorsichtiger Reserve. Er streckte die Beine aus. Er legte einen Arm über die Rückenlehne des Sessels. Er preßte die Finger der anderen Hand, die unter dem Tisch auf seinem Knie lag, zusammen. Er wußte gut genug, daß Mr. Urquhart in diesen Manifestationen nichts anderes sah als einen Anfall lässiger Bonhomie, die sich bis zu etwas steigerte, das man fast als jugendliche Renommage bezeichnen konnte. Er wußte, daß dies, was jener nicht sah, nichts anderes war als ein verstohlenes Sammeln der Kräfte einer andersartigen Seele, einer Seele, gebraut aus metaphysischen Chemikalien, die jenen, aus denen sich seine eigene bildete, geradezu diametral entgegengesetzt waren.

Was Wolf eben jetzt fühlte, summierte sich in vagen, halbartikulierten Worten, geäußert in jenem Grenzgebiet seines Bewußtseins, in dem das Rationelle ins Irrationelle verschwimmt. „Dieses Dorsetshirer Abenteuer beginnt ernst zu werden", sagte er zu sich. Und dann wurde er plötzlich dessen gewahr, daß der Squire von King's Barton, obwohl er von all dem nichts wußte, was im Kopf und in den Nerven seines Gastes vorging, sich doch über die Tatsache klar geworden war, daß seine Bemerkungen nicht mehr dasselbe magnetische Verständnis fanden wie früher. Nach zwei oder drei Minuten des Schweigens erhob sich Mr. Urquhart und hinkte zur Tür des Speisezimmers. Er öffnete Wolf die Tür und beide traten in die Hall hinaus.

„Ich glaube", sagte Urquhart, als sie am Fuß der stattlichen Treppe aus der Zeit Jakobs standen, „ich glaube, ich werde Ihnen die Bibliothek heute abends nicht mehr zeigen. Sie haben einen ermüdenden Tag hinter sich, und wenn ich Sie hinaufführe, läßt sich gar nicht abschätzen, wann wir uns trennen werden! Beim Zeus —", und er blickte auf die Uhr in der Hall, „es ist schon zehn Uhr vorbei! Es ist besser, wir sagen einander gute Nacht, bevor wir wieder ins Sprechen kommen, eh? Außerdem haben Sie noch einen Weg vor sich. Besser, wir sagen einander gute Nacht, ehe wir uns zu sehr füreinander zu interessieren beginnen, eh? Was? Wohin hat denn dieser Idiot Ihre Sachen gelegt? Oh, gut! Sehr gut! Schön, kommen Sie also morgen gegen zehn Uhr früh wieder, und wir werden alles abmachen. Es ist mir eine große Erleichterung zu sehen, wieviel wir gemeinsam haben. Durch Ihre Hilfe wird meine Geschichte nicht verraten werden, wie es bei meinem letzten Assistenten der Fall war."

Wolf ging zu der Stelle, auf die sein Mantel von dem Diener gelegt worden war, und wandte sich, nachdem er ihn angezogen und Hut und Stock ergriffen hatte, wieder seinem Gastgeber zu, der mit seidenweicher, freundlicher Stimme ununterbrochen sinnlose, einsilbige Wörter von sich gab, als ob er einen Narren oder einen Polizisten aus dem Hause bringen wollte. Wolf fragte ihn geradeaus, wer dieser sein übelberatener Vorgänger gewesen sei, und drückte bei diesen Worten die Klinke der Fronttür. Die Frage schien Mr. Urquharts geistiges Gleichgewicht ebenso zu stören, wie der kühle Märzwind, der beim Öffnen der Tür heftig hereinblies, seine physische Balance störte.

„Eh? Was? Was soll das heißen? Hat Darnley es Ihnen nicht erzählt? Der Junge hat gleich beim Beginn meine Geschichte ruiniert. Es blieb mir nichts anderes übrig, als jeden Papierfetzen zu zerreißen. Er ließ die Sache fallen und ging — alles im Handumdrehen. Eh? Was? Hat Darnley es Ihnen nicht erzählt? Er ließ alles in einem Chaos zurück. Er hat Blindekuh damit gespielt!"

Solent kämpfte mit der schweren Tür und dem heftigen Wind und murmelte eine beschwichtigende Entgegnung.

„Sehr unangenehm — wirklich, ich hoffe, daß ich besser entsprechen werde, Sir! Sie mußten ihn natürlich fortschicken?"

Der Wind pfiff an ihm vorbei, während er sprach, so daß das letzte Wort seines Gastgebers kaum hörbar war. Eigentlich war das letzte, was er von Mr. Urquhart sah, ein kläglicher Versuch, den der Mann zu machen schien, seinen gewölbten Bauch mit den Schößen seines Fracks zu bedecken.

Als sich schließlich die große Tür wirklich zwischen ihnen geschlossen hatte und Wolf die Steinstufen hinabschritt, fühlte er seinen Geist erfüllt von dem Eindrucke, den dieses unartikulierte letzte Wort auf ihn gemacht hatte; und ehe er noch das Ende der Zufahrtsstraße erreicht hatte und durch das eiserne Gittertor auf Lenty Lane hinausgetreten war, war er zu dem überraschenden Schluß gekommen, daß sein Vorgänger beim Studium der Chroniken von Dorset, wie man in jener Gegend sagt, „in der Hitze seiner Arbeit" gestorben war.

„Guter Gott!" dachte er, als er in Pond Lane einbog. „Wenn alles, was er für seine Assistenten fühlt, falls sie auf ihrem Posten sterben, solch ein Zorn ist, muß er wirklich ein schwer zu behandelnder Kerl sein. Oder hat er etwas ganz anderes gemeint? Tot? Tot? Aber das war nicht das Wort, das er gebraucht hat. Was war es für ein Wort, das er gebraucht hat?" Er fuhr fort, über den windverwehten Hohn nachzugrübeln, den er an der Türschwelle aufgefangen hatte, und konnte zu keiner Lösung des Rätsels gelangen.

„Wenn er nicht gemeint hat, daß der Bursche tot ist, was hat er denn gemeint?"

Sein Geist war so erfüllt von diesem Problem, daß er zu dem in den kleinen Garten von Pond Cottage führenden Tor gelangte, ehe er sich dessen bewußt wurde. In dem Fenster, das er als das seines Schlafzimmers erkannte, schimmerte ein schwacher rötlicher Schein. „Sie hat mir Feuer gemacht!" dachte er und blickte mit lebhafter Erwartung der ersten Nacht entgegen, die er nach fünfundzwanzig Jahren wieder in Dorset verbringen sollte.

Leise öffnete er die Tür, zündete sofort, nachdem er eingetreten war, ein Streichholz an und drehte den Schlüssel im Schlosse um. Dann ergriff er noch die Vorsichtsmaßregel, die Schuhe auszuziehen, schlich leicht und verstohlen die Stiege hinauf und trat in sein Zimmer.

Kaum hatte er dies getan, als sich von einem Fauteuil neben dem Kaminfeuer eine Gestalt erhob und ihm entgegenstolperte. Es war ein Mann in mittleren Jahren, in einem langen, weißen, altmodischen Nachthemd, einen Wollschal um die Schultern geschlungen. Außer dem Kaminfeuer war kein Licht im Raum und das Gesicht des Mannes war ein bloßer Klecks über dem gefalteten Schal.

„Habe Verse geschrieben ... mein Feuer ausgehen lassen ... sind unerwartet früh gekommen ... vielmals um Entschuldigung ... werden hoffentlich gut schlafen ..." Ohne weitere Erklärungen schob sich der Mann an ihm vorbei, ging und ließ diese abgerissenen Sätze hinter sich in der Luft summen wie das Murmeln eines dicken, verhüllten mechanischen Instrumentes. Wieder einmal fand sich Wolf mit dem Leighton und Alma Tadema allein.

„Das ist zuviel!" murrte er wütend. „Wenn ich mein Zimmer nicht für mich allein haben kann, werde ich anderswohin gehen", dachte er. „Glaubt dieser Weihrauchstreuer denn, daß jedermann auf der Welt seinen Narreteien nachgeben muß?" Er öffnete weit beide Fenster und zündete die Kerzen an seinem Toilettentisch an.

Offenbar hatte sich Jason Otter ruhig in sein Schlafzimmer zurückgezogen, denn das Haus war jetzt ebenso still wie die Dunkelheit draußen. Langsam begann Wolf sich zu entkleiden. Eine Weile wurde seine Gereiztheit dadurch genährt, daß der Wind die Kerzen ununterbrochen flackern ließ, langsam kehrte jedoch in der Frische der kühlen Gartendüfte sein gewohnter Gleichmut zurück. Schließlich und endlich würde er ja genügend Zeit haben, alle diese Dinge in Ordnung zu bringen. Er mußte die Leute vorläufig, so gut er nur konnte, gewinnen und sich tastend seinen Weg suchen. Es wäre albern von ihm, gleich zu Beginn Empfindlichkeit und Zanksucht zu zeigen.

Als er die flackernden Kerzen ausgeblasen hatte und wohlbehalten im Bette lag, hatte sich seine gewöhnliche Stimmung wieder völlig eingestellt. Im Geist ging er sein Gespräch mit Mr. Urquhart durch und grübelte darüber nach, inwieweit seine Einbildungskraft ihn verleitet haben mochte, das unheimliche Element in dem Mann zu übertreiben. Er wünschte lebhaft, jenes verwehte letzte Wort über seinen Vorgänger doch erfaßt zu haben. War dieser tot? Oder war er nur schmählich davongejagt worden?

Als er schläfrig wurde, begannen allerlei triviale Begebenheiten und Gegenstände dieses abenteuerreichen Tages vor ihm zu erstehen und sich über jede Proportion hinaus in einem seltsamen, halbfiebrigen Panorama zu emphatisieren. Die lange verzauberte Straße, die jenes Gainsborough-Gemälde enthüllt hatte, schwebte vor ihm und winkte ihm zu, ihr zu folgen. Die abgerissenen Entschuldigungen Roger Monks verschmolzen mit den verstohlenen Ermahnungen der alten Frau in der blauen Schürze. Umrahmt von der Dunkelheit, die sich um ihn geschlossen hatte, erlitten die rauhen schwarzen Haare, die sich nicht zu einer Perücke degradieren lassen wollten, eine Metamorphose in ähnliche Haare, die — und er wußte, daß sie dort wachsen konnten — auf einem schon lange toten menschlichen Schädel wuchsen. Die schwankenden grauen Flanken der Mähre, die ihn von Ramsgard hierhergebracht hatte, verschwammen mit den großen Pfoten des Katers auf Selena Gaults Knien.

Sehr lebhaft, lebhafter als alles andere, sah er den Kellner im Lovelace-Hotel, wie er sich gewichtig auf ihren Teetisch stützte. Er erinnerte sich jetzt sowohl der seltsamen weißlichen Narbe auf dem Rücken jener Hand wie auch der Ähnlichkeit mit dem Gesicht auf den Stufen von Waterloo Station.

Und dann, ganz plötzlich, schien es ihm, als könne er an nichts anderes mehr denken als an jene völlig unbekannte Persönlichkeit — offenbar die des Priesters des Ortes —, die von Mr. Urquhart so verächtlich als Tilly-Valley bezeichnet worden war. Während die Silben „Tilly-Valley" sich in seinem Hirn wiederholten, hörte die hinter jener seltsamen Bezeichnung verborgene Person auf, ein Mensch zu sein. Sie wurde zu einem merkwürdig geformten dahintreibenden Gegenstand, der nicht in Worte gebracht werden konnte und doch von äußerster Wichtigkeit war. Was von Wichtigkeit war, war eben dies, daß eine hartnäckige Krümmung in diesem dahintreibenden Gegenstand geradegestreckt werden sollte. Irgend etwas hinderte ihn daran, geradegestreckt zu werden, etwas, das von einer schwarzen Perücke und einem Wollschal ausströmte und außerordentlich dick und schwer war und einen Geschmack hatte wie Portwein.

Aber da war noch ein anderes Ding, weit drunten, weit entfernt, bedeckt gewissermaßen mit Massen welker Blätter, ein Ding, das sich bewegte, sich aufwickelte, sich erhob, ein Ding, das ihm in der nächsten Minute grenzenlose Sicherheit und Kraft verleihen würde. Wenn es zur Oberfläche emportauchte, würde der gekrümmte Zweig sich geradestrecken lassen — und alles würde gut sein! Dies „Gutsein" schloß in sich, daß jene ruhige friedliche Kuh, die unter dem Kirchturm von Basingstoke Wegerichblätter gefressen hatte, zu fressen aufhören und sich niederlegen würde. Die Kuh, die sich niederlegte, würde ein hübscher grüner Hügel sein, bedeckt mit Wegerich — mit Wegerich, der höher und höher wuchs, bis enorme, saftstrotzende Blätter daraus wurden, so groß wie Elefantenohren; aber die Kuh konnte sich nicht ganz niederlegen, etwas Dickes und Schweres und wie Portwein Klebriges hemmte ihre Bewegungen.

Alles in der Welt war jetzt materiell. Gedanken waren materiell. Gefühle waren materiell. Es war eine Welt materieller Objekte, von denen eines sein Geist war. Sein Geist war ein kleines, bläulich gefärbtes Ding, weich, flaumig, gleich blauer Baumwolle; was sich aus den welken Blättern erhob, war auch blau, aber das zähe, hemmende Ding war braun, und der gekrümmte Zweig war braun . . .

Es war, als müsse seine Seele bei diesem langsamen Einschlafen alle die langen einstigen evolutionären Stadien des Planetenlebens passieren und bewußt sein mit dem Bewußtsein pflanzlicher Dinge und Mineralien. Und eben dies verlieh jeder materiellen Substanz für ihn so erhabene Wichtigkeit — eine Wichtigkeit, die materielle Substanzen vielleicht wirklich besitzen, wenn man sie nur alle kennte.

Gerda

Die erste Empfindung, zu der Wolf an einem Morgen regnerischen Windes und treibender Wolken erwachte, war eine Empfindung des Mißbehagens. Als sein Geist begann, sich auf dieses Mißbehagen zu konzentrieren, wurde er sich darüber klar, daß es von diesen beiden schwer eingerahmten Bildern herkam, die dem Raum irgendwie das Aussehen eines Lesezimmers oder eines Klublokales verliehen. An sich harmlos genug, wenn sie ihn im Sprechzimmer eines Hotels erwartet hätten, schienen sie geradezu ein Affront für seine Sinne zu sein, wenn man sie mit diesem einfachen und ruhigen Schlafzimmer assoziierte. Er entschloß sich, sofort ein Ultimatum zu stellen. Er war nicht nach Dorsetshire gekommen, um sich durch die gewichtigen Arbeiten von Mitgliedern der Königlichen Akademie bedrücken zu lassen. Und ebenso deutlich würde er es klar machen, daß sein Schlafzimmer sein Allerheiligstes zu sein habe. Kein benachthemdeter Eindringling sollte nach Belieben aus und ein gehen dürfen!

Er sprang aus dem Bett und machte sich daran, die beiden viktorianischen Meisterwerke der Wand zuzukehren. Darauf legte er sich wieder nieder und gab sich der Regenluft hin, die voll war vom Duft junger Blätter und nasser Gartenerde. Ausgestreckt lag er auf dem Rücken und strengte sich bewußt an, seine neuen Eindrücke zu sammeln und sie, so gut er konnte, mit der Stimmung der gestrigen Fahrt in Zusammenhang zu bringen. Mit klarer Erinnerung an die meisten Dinge, die ihm widerfahren waren, seit er seine Mutter an der Tür ihrer kleinen Mietwohnung in Hammersmith verlassen hatte, war er sich seltsam dessen bewußt, daß all seine tiefsten Instinkte noch passiv, expektativ, wartend waren. Er war wie ein Mann, der sich von dem Schock eines Schiffbruches erholt und der, während er sich in der Sicherheit irgendeines fremden Strandes trocknet, in einer dankbaren, friedlichen Lethargie zögert, seine Suche nach Beeren oder Früchten oder frischem Wasser zu beginnen.

Detail auf Detail ließ er die Ereignisse des vorausgegangenen Tages defilieren, und als die Bilder aller dieser Leute — Miss Gaults, Darnleys, Mr. Urquharts — in langer Prozession an ihm vorbeizogen, war er überrascht von dem Licht, in dem er sie sah, und das so verschieden war von der Art, wie sie vor nicht mehr als acht oder neun Stunden erschienen waren. Die Wichtigkeit materieller Gegenstände — ihre mystische Wichtigkeit — war sein letzter Eindruck gewesen, ehe er in Schlaf sank; jetzt aber erschien ihm alles in einer kalten, unmystischen Beleuchtung. Es war immer so, wenn er aus dem Schlaf erwachte; aber die Tatsache, daß er die vorübergehende Natur dieser Stimmung erkannte, verminderte ihre Macht nicht. Nie war er zynischer hellsichtig als bei diesen Gelegenheiten. In solchen Augenblicken betrachtete er seine liebsten Freunde durch eine Art unsympathischen Vergrößerungsglases, in dem jede einzelne ihrer Schwächen sich in übertriebenem Maßstabe abhob. Das Lupenglas, sozusagen, des bösartigen Bewußtseins, durch welches er sie sah, war gleichzeitig teleskopisch und mikroskopisch. Außerdem war es von dichter, kreisender Finsternis umgeben. Zu solchen Zeiten war er abnorm sensitiv, aber von einer verstümmelten und reduzierten Sensibilität. Jedes einzelne Ding beherrschte, wenn es sich darbot, das ganze Gesichtsfeld. Auch war diese Sensibilität an sich keine gänzlich normale Empfänglichkeit. Sie war primär physiologisch. Sie hatte wenig Nervenstränge und keine geistigen oder psychischen Saiten. Alles, was an sie herankam, kam auf dem körperlichen Wege heran als etwas, das — selbst wenn es ein geistiges Bild war — in Wahrheit mit den fünf Sinnen erfaßt werden konnte.

Und als er so dalag und wußte, daß noch eine ganze Weile vergehen würde, ehe er irgendeine Aussicht auf ein Frühstück oder auch nur auf eine Tasse Tee hätte, strengte er sich, stärker als gewöhnlich, an, seine Gedanken in einem Brennpunkt zu sammeln. Die feuchten Lüfte, die durch die offenen Fenster hereinwehten, halfen ihm bei diesem Versuch. Es war, als hätte er sich von dieser kleinen, runden Schiffsluke fortgestohlen und wäre auf ein höher gelegenes Deck hinaufgeschlendert, auf dem er die Weite der Horizonte fühlen konnte. Hartnäckig kehrte sein Geist zu dem zurück, was er während der Fahrt mit Darnley gestern empfunden hatte, und er versuchte zu analysieren, welche Art von Philosophie während all der normalen Stunden, da seine „Mythologie" — sein geheimes geistiges Laster — still lag, in ihm war. Er tappte in seinem Geiste umher nach irgendeiner Spur, die zu seiner normalen Einstellung zum Leben führte — nach irgendeinem Schlüsselwort, das er verwenden konnte, um sie zu beschreiben, wenn einer seiner neuen Bekannten beginnen sollte, ihn zu befragen; und das Wort, auf das er schließlich geriet, war das Wort Fetischverehrung. Das war's! Seine normale Einstellung zum Leben war eben dies — oder näher eben diesem als irgendeinem anderen Begriff!

Es war eine Verehrung all der abgesonderten, mysteriösen, lebenden Seelen, denen er nahekam: der „Seelen" von Gräsern, Bäumen, Steinen,

Tieren, Vögeln, Fischen; der „Seelen" der Planetenkörper und der Körper von Männern und Frauen; ja sogar der „Seelen" allerlei unbelebter kleiner Dinge; der „Seelen" aller jener seltsamen chemischen Verbindungen, die Häusern, Städten, Orten, Landschaften eine lebende Persönlichkeit verleihen ...

„Bin ich auf irgendeine erschreckend unheilbare Art unmenschlich?" dachte er. „Ist mir die Zuneigung, die ich für menschliche Wesen fühle, weniger wichtig als die Schatten der Blätter und das Fluten der Wasser?"

Er blickte unverwandt auf die Fensterbretter, über denen die Quasten der Jalousieschnüre in den feuchten Windstößen hin und her schwankten. Er dachte an die groteske und besessene Gestalt Selena Gaults, wie sie Wegerich von seines Vaters Grab ausriß. Nein! Was immer diese Fetischverehrung sein mochte, sicherlich war sie von „Liebe" unterschieden. Liebe war eine besitzheischende, fiebrige, anspruchsvolle Gemütsbewegung. Sie verlangte Erwiderung. Sie forderte gegenseitige Aktivität. Sie zog Verantwortlichkeit nach sich. Das aufregende Entzücken, mit dem er unter gewissen Voraussetzungen das Gesicht seiner Mutter zu betrachten pflegte, die tiefe Befriedigung, die er aus dem Anblick Miss Gaults und ihrer Katzen geschöpft, das Vergnügen, mit dem er die blauen Augen und den Spitzbart Darnley Otters betrachtet hatte — diese Dinge hatten nichts in sich, was besitzheischend oder verantwortlich gewesen wäre. Und doch hatte er alle Gedanken an sich selbst verloren, während er diese Dinge beobachtete, genauso, wie es zu geschehen pflegte, wenn er die moosbewachsenen Wurzeln der Kastanien und Maulbeerbäume in den Alleen von Hampton Court betrachtet hatte. Da schien es ihm, daß das, was er sowohl für Dinge wie auch für Menschen fühlte, wenn er sie unter bestimmten Beleuchtungen sah, eine Art triumphierender Vermengung von Vision und Sympathie war. Ihre Schönheit hielt ihn in magischer Verzauberung; und zwischen seiner Seele und der „Seele" dessen, was er eben zufällig gerade betrachtete, schien eine schwankende und subtile Gegenseitigkeit hergestellt zu sein.

Er freute sich, in diesem Zusammenhang an das Wort „Fetischverehrung" gedacht zu haben. Und in der Freude dieses Gedankens geschah es, daß er jetzt aus dem Bett sprang, seinen Überzieher anzog und hastig sich zu rasieren begann, wozu er das kalte Wasser aus dem Kruge verwendete.

Er war jedoch damit noch nicht sehr weit gekommen, als sich draußen auf dem Gange ein Geräusch hören ließ, das ihn an das Klirren der Milchkannen auf dem Perron von Longborne Port erinnerte. Darauf folgte ein leises Klopfen an seiner Tür. Er öffnete vorsichtig und war überrascht, Mrs. Otter selber hierstehen und neben ihr einen weiten zinnernen Badezuber und eine Kanne mit heißem Wasser zu sehen.

„Ich habe gewartet, bis ich hörte, daß Sie sich rühren", sagte sie. „Darnley hat schon gefrühstückt und ist fortgegangen. Er muß schon früh nach Blacksod. Jason steht sehr spät auf. Dimity und ich werden auf Sie vorbereitet sein, wenn Sie hinunterkommen!"

Wolf stand in der Tür, das Gesicht eingeseift, den Rasierapparat in der Hand. Plötzlich fühlte er sich nicht besser denn als Lümmel in Gegenwart dieser verwelkten alten Dame.

Sie lächelte ihn freundlich an. „Ich hoffe, Sie werden bei uns glücklich sein", sagte sie. „Sie werden sich bald an uns gewöhnen. Der arme Mr. Redfern hatte sich schon ganz an uns gewöhnt, ehe er starb."

„Mr. Redfern?"

„Ja, der Herr, der dem Squire bei seinem Buche half. Aber Sie müssen jetzt Ihr Bad nehmen. Glauben Sie, daß Sie in ungefähr einer halben Stunde fertig sein können?"

Wolf neigte sein seifenschaumbedecktes Gesicht, und sie ging. Während er das Gefäß in sein Zimmer zog, wandte sie sich auf dem Treppenabsatz um.

„Möchten Sie gleich eine Schale Tee, Mr. Solent, oder wollen Sie warten, bis Sie hinunterkommen?"

„Ich werde warten, danke! Danke s e h r!" rief er und schob Wanne und Kanne in seine Festung. Er schloß die Tür und schickte sich an, sich zu waschen und anzukleiden.

Der ganze Prozeß seiner Waschungen und des Anziehens war jetzt eine mechanische Begleitung zu weitabschweifenden, phantastischen Gedanken über den Tod Mr. Redferns.

„Das war ohne Zweifel das Zimmer des Burschen", sagte er zu sich. „Ich nehme an, daß er hier gestorben ist. Ein hübscher Tod, wenn einem diese monströsen Bilder wie Blei auf der Seele liegen!"

Und im Gedanken an Mr. Redfern schielte Wolf jetzt mürrisch auf die Rücken der Bilder, während er sich in der Zinnwanne mit dem Schwamme bearbeitete. Mr. Redfern beherrschte jene halbe Stunde, bis zur Ausschaltung jedes anderen Gedankens. Wolf sah ihn mausetot auf den Kissen liegen, von denen er selbst eben jetzt erst aufgestanden war. Er sah ihn als einen bleichen, abgezehrten Jüngling mit schön modellierten Zügen. Er hätte gerne gewußt, ob er von jener Person begraben worden war, die Mr. Urquhart als „Tilly-Valley" bezeichnet hatte. Er entschloß sich, Redferns Grab auf dem Friedhof von King's Barton aufzusuchen. Dieses Totengesicht nahm während jener halben Stunde die allermerkwürdigsten Formen an. Es wurde zur Seife. Es wurde zum Schwamm. Es wurde zu dem auf dem Boden verschütteten Wasser. Es wurde zum Ausgußeimer. Es wurde zu dem unordentlichen Haufen von Wolfs Frackanzug. Wolf wurde tatsächlich erst dann davon erlöst, als er sich in dem hübschen Speisezimmer fand, Tassen wundervollen Tees trank und unter der Obhut seiner Wirtin unglaublich frische Eier aß. Die Bilder hier waren von einer Art, gegen die kein Philosoph Beschwerde erheben konnte. Altmodische Drucke, altmodische Aquarelle, altmodische Stiche gaben dem Raum einen Geist, der aus Jahrhunderten der Friedlichkeit emporzutauchen und jeglicher Art von Wanderern tröstende Hände entgegenzustrecken schien.

„Das ist mein Zimmer", sagte Mrs. Otter, die sehr erfreut dreinsah, als Wolf ihr erklärte, was er hier empfand. „Diese Sachen stammen aus meinem eigenen Heim in Cornwall. Die besten Sachen im Haus haben meinem Gatten gehört. Sie sind im Wohnzimmer. Sehr wertvolle Sachen. Aber ich selbst liebe diesen Raum und freue mich, daß auch Sie es tun. Mr. Redfern pflegte gerne an diesem Tisch zu lesen und zu schreiben. Ich glaube, wenn er seine ganze Arbeit hier erledigt hätte, hätte er niemals jene schreckliche Krankheit bekommen. Diese Bibliothek bei Mr. Urquhart war ihm zu gelehrt, dem armen, lieben jungen Mann! Und er war doch so hübsch! Mein Sohn Jason pflegte ihn mit den Namen aller heidnischen Götter zu nennen, mit einem Namen nach dem anderen! Jason war entsetzlich aufgeregt, als Redfern so plötzlich starb."

Der Besucher in King's Barton ertappte sich dabei, wie nach diesen Worten seine Aufmerksamkeit wiederholt abschweifte. Mrs. Otter begann sich in umständlichen Erzählungen über ihr Heimatland Cornwall zu verlieren, und nur Wolfs Fähigkeit, seinem gewichtigen Gesicht automatisch den Ausdruck überzeugender Belebtheit zu verleihen, hinderte sie daran, sich darüber klarzuwerden, in wie weite Fernen seine Gedanken entflohen waren.

Wirtin und Gast wurden in ihrem ziemlich einseitigen Tête-à-tête durch das Geräusch von Schritten unterbrochen, die über die Stiege herabkamen. Mrs. Otter sprang sofort auf.

„Das ist Jason!" rief sie. „Wir müssen ihn gestört haben. Ich habe zuviel gesprochen. Ich werde jetzt gehen und Dimity sagen, daß sie nicht abzuräumen braucht. Ich glaube, Jason wird gerne ein wenig in Ihrer Gesellschaft rauchen."

Sie verschwand durch die Tür zur Küche in genau demselben Augenblick, da ihr älterer Sohn das Zimmer betrat. Wolf war erstaunt über den Unterschied zwischen der Gestalt, die er am Abend zuvor gesehen hatte, und der Gestalt, mit der einen Händedruck zu tauschen er sich jetzt erhob. In nette, dunkelblaue Serge gekleidet, hatte Jason Otter die ruhige, in sich gefestigte Art eines weitgereisten Weltmannes. Sein glattrasiertes Gesicht, umrahmt von frühzeitig ergrautem Haar, war auf massive, dennoch aber auf ganz ungewöhnliche Art ausdrucksvoll. Stirn und Kinn waren imposant und herrisch; aber diese Wirkung wurde vermindert und fast aufgehoben durch die besondere Art ruhelosen Elends, das sich in den Linien des Mundes zur Schau stellte. Des Mannes Augen waren groß und grau; und statt auf Darnleys Art zur Seite zu schauen, schienen sie ohne Unterlaß und Unterbrechung um Hilfe zu schreien.

Er und Wolf setzten sich am Lieblingstisch Mr. Redferns einander gegenüber, zündeten ihre Zigaretten an und musterten einander schweigend. Jason Otter war entschieden nervös. Wolf sah seine Hand beim Anstreichen eines Zündholzes zittern.

In der Tat lag etwas beinahe Indezentes in der Empfindlichkeit des gerunzelten und gefurchten Gesichtes dieses Mannes. Es verursachte Wolf das Gefühl, als ob der Besitzer eines solchen Antlitzes um jeden Preis vor nervösen Erschütterungen behütet werden müßte. War es durch die Sorge um ihn, daß Darnleys blaue Augen ihren merkwürdigen Ausdruck angenommen hatten? Jasons eigene Augen waren nicht tragisch. Sie waren noch schlimmer. Sie waren zur Schau gestellt; sie waren entblößt; sie schienen hilflos aus dem menschlichen Schädel, in dem sie lagen, hervorzublicken, als ob irgendein Schutzgewebe, das dort hätte sein sollen, nicht dort wäre.

„Ich habe gesehen, daß Sie unsere Bilder zur Wand gedreht haben", begann er und richtete seine verzeihungheischenden Augen auf Wolfs Gesicht, als ob er um die Erlaubnis bäte, sich bis in den Staub demütigen zu dürfen. „Ich werde sie wegnehmen lassen. Ich werde sie in der Toilette oder im Gang aufhängen lassen."

„Oh, dabei ist doch nichts, Mr. Otter", entgegnete Wolf. „Es ist nur, weil ich nie in einem Zimmer mit großen Bildern schlafen kann. Das ist eine Eigentümlichkeit von mir."

Kaum hatte Jason diesen Ausdruck „eine Eigentümlichkeit von mir" gehört, als sich sein ganzer Gesichtsausdruck änderte. Eine kindische Bosheit erleuchtete seine bleiche Physiognomie und er kicherte hörbar, während er mit dem Kopfe nickte.

„Eine Eigentümlichkeit? Das ist ausgezeichnet. Das ist ja, was Blaubart zu sagen pflegte. Ich denke, das ist wohl eine der hübschesten Ausreden, die ich je gehört habe."

Dieser Ausbruch kam so überraschend für Wolf, daß er nichts anderes tun konnte, als offenen Mundes den Mann anzustarren. Aber die Stimmung verging so rasch, wie sie gekommen war. Das Gesicht glättete sich. Die Augen wurden bittend. Der Mund preßte sich in feierlichem Leid zusammen.

„Ich möchte nicht, Mr. Otter, daß sich irgend jemand mit dem Umhängen jener Bilder Mühe mache", sagte Wolf, denn er schien mit erschreckender Deutlichkeit zu sehen, wie sich die ergebene Dame des Hauses mit diesen schweren Rahmen allein abmühen würde. „Sie müssen mir gestatten, es selbst zu besorgen. In der Tat", fuhr er in einem Ton fort, dem er eine lässige, leichte Note zu geben versuchte, „ich werde Mrs. Otter bitten, mit jenem Raum so verfahren zu dürfen, als wäre er meine eigene unmöblierte Mietwohnung."

Der Kopf ihm gegenüber war so grau, daß er das Gefühl hatte, als richte er diese Andeutung eher an Mrs. Otters Gemahl als an ihren Sohn.

Sehr weich, mit zarten Bewegungen — wie Agag vor Samuel — stand Jason auf. „Ich denke, es ist am besten, wenn wir diese Bilder jetzt umhängen", flüsterte er ernst, mit gemessener Verschwörerstimme.

Wolf versuchte seine leichte, lässige Art angesichts dieses Ernstes beizubehalten.

„Ich werde es im Handumdrehen machen", sagte er, stand auf und ging zur Tür. „Sie müssen mir nur sagen, wohin ich sie hängen soll."

Die beiden Männer gingen zusammen hinauf, und unter Jasons Anleitung wurden die beiden Bilder in einem leeren Raum hinter der Speisekammer deponiert.

„Kommen Sie für eine Minute zu mir", sagte Mr. Otter, als diese Transaktion vollzogen war; und leise und ruhig auftretend, als ob irgendwo im Hause ein Toter läge, ging er voran zu seinem Zimmer.

Wolf fühlte in diesem Raum dieselben unbehaglichen Empfindungen, die er am Abend vorher erlebt hatte. Während er in einen üppigen Lehnstuhl sank und eine ihm gebotene Zigarette annahm, fand er sich kühn genug, gegen seines Wirtes Farbdrucke, deren zeremoniöse Frömmigkeit er so ekelhaft fand, schwachen Protest zu erheben.

„Ich könnte in diesem Raume nicht arbeiten", murmelte er — und fühlte beim Sprechen, daß sein Ton zänkisch war und unhöflich.

Aber Jason Otter zeigte nicht den leisesten Ärger, ja nicht einmal Überraschung über die ungeschliffene Bemerkung seines Gastes.

„Das glaube ich wohl! Das glaube ich wohl!" rief er fröhlich. „Es gibt nur wenig Leute, die es könnten. Ich selbst könnte in einer Kirche oder in einem Museum arbeiten. Ich begrüße alles, was als Schutzschild wirkt. Es ist, als hätte man eine Bande von Anhängern, eine Art von Papstgarde, um sich die Plebs vom Leibe zu halten."

Während er sprach, blickte er stolz und selbstgefällig im Zimmer umher, als wäre er sich des Schutzes des antiken französischen Fauteuils bewußt, in dem er sich verschanzt hatte. An seiner Seite stand ein Bouletisch, und er hörte nicht auf, ihn mit einem großen seidenen Taschentuch abzustauben.

„Ich nehme an, daß Sie nie irgendwelche Bücher über Hindumythologie gelesen haben?" fragte er plötzlich.

Das Wort „Mythologie" verursachte Wolf einen unbehaglichen Schock. Er hatte ein Gefühl, das ein Katholik empfinden mag, wenn er einen Methodisten die Jungfrau Maria erwähnen hört.

Er schüttelte den Kopf.

„Ich selbst habe nur eines gelesen", fuhr der Dichter mit einem Lachen fort, „darum brauchen Sie sich nicht dumm vorzukommen. Es war von jenem Mann, der nach Tibet gegangen ist. Aber er erwähnt darin Mukalog, den Gott des Regens."

„Den Gott des Regens?" erwiderte Wolf, der sich wieder sicher zu fühlen begann.

„So sagt der Mann wenigstens", setzte der andere fort. „Natürlich wissen wir, wie diese Reisenden sind; aber er hatte eine Menge Abkürzungen hinter seinem Namen, und so nehme ich an, daß er einige Examina gemacht hat." Jason hielt sich bei diesen Worten die Hand vor den Mund; und sein Gesicht war gerunzelt vor Belustigung. „Immerhin kennt er Latein. Er verwendet es auf der ersten Seite", fügte er hinzu.

„Es klingt wie ein wirklicher Götze ... Mukalog, der Gott des Regens", murmelte Wolf.

Jasons Gesicht wurde plötzlich feierlich und vertraulich. „Ich habe ihn hier", flüsterte er. „Ich kaufte ihn um dreißig Shilling bei Mr. Malakite, dem Buchhändler. Der nahm ihn bei einem Ausverkauf irgendeinem Idioten ab, welcher glaubte, es sei nichts daran ... Er hat mir mein ganzes Glück gebracht ..." Er dämpfte seine Stimme noch mehr, so daß Wolf ihn kaum noch verstehen konnte. „Diese Priester halten Ausschau nach Gott in den Wolken, aber ich tue das nicht ... Ich halte Ausschau nach ihm ..."

„Wie, bitte?" forschte Wolf und beugte sich aufmerksam vor. „Sie sagten, Sie hielten Ausschau nach ihm ...?"

Es gab eine Pause; und der Gesichtsausdruck des Mannes wechselte von äußerstem Ernst zu koboldartigem Humor.

„Im Dreck!" schrie er.

Dann stand er, wieder ernst geworden, auf, holte ein abscheuliches, ungefähr sechs Zoll hohes ostindisches Götzenbild von seinem Piedestal und stellte es gerade vor Wolf auf die Mitte des Bouletisches.

„Sein Magen ist es, der ihn so anstößig macht", sagte Jason Otter. „Aber die Wege Gottes sind nicht so elegant wie die des Bischofs von Salisbury. In dieser Welt fliegt die Wahrheit abwärts, nicht aufwärts!"

Kaum sich dessen bewußt, was er tat — so beschäftigt war sein Geist mit dem ganzen Problem der Persönlichkeit seines Wirtes —, erhob sich Wolf, beugte sich über den Tisch und hob Mukalog, den Gott des Regens, auf. Geistesabwesend hielt er ihn eine Weile zwischen den Fingern und machte schließlich einen albernen Schuljungenversuch, ihn verkehrt auf der flachen Schädeldecke seines monströsen Kopfes zu balancieren.

Dieses Vorgehen verursachte einen Blitz wirklichen Zornes in Jasons Augen. Mit nervösem Griff riß er ihm das Ding aus der Hand, eilte zum hinteren Teil des Zimmers und stellte es wieder auf das Jadepostament, das, wie Wolf ohne große Überraschung jetzt bemerkte, neben einem gravierten Kohlenbecken stand, das noch glimmende Asche enthielt — ohne Zweifel die Asche eben jenes Weihrauches, der „aus den Stores bezogen werden" mußte!

Während sein Wirt schweigend zu dem französischen Fauteuil zurückkehrte und in tiefer Niedergeschlagenheit sein Zigarettenetui hervorholte, starrte Wolf noch immer in einer Art hypnotischer Trance den „Gott des Regens" an und begann darüber nachzugrübeln, wie es wohl kam, daß die Art von Bösem, die von diesem Götzenbild ausstrahlte, um soviel ekelerregender sein konnte als die Art von Bösem, die von Mr. Urquhart ausstrahlte.

Er kam zu dem Schluß, daß es zwar für jegliches lebende Menschenwesen unmöglich war, alle Elemente des Guten in sich zu verwischen, daß es aber für einen Künstler oder für einen Schriftsteller oder auch für die anonyme schöpferische Kraft der Rasse selber wohl möglich ist, ein Bild des Bösen zu schaffen, das ganz und gar böse wäre.

Warum aber sollte dieser Hindugötze um soviel unheimlicher scheinen als irgendein chinesisches oder japanisches Monstrum? War es deshalb, weil in Indien der Kult der Geistigkeit, sowohl zum Guten wie auch zum Bösen, weiter geführt worden war als irgend anderswo auf der Welt?

„Sie täten gut daran, wenn Sie auf keinerlei Geschichten hören wollten, die Ihnen der alte Urquhart über mich erzählt", sagte der Dichter plötzlich und richtete seine bekümmerten Augen auf den Besucher.

Der Name seines Brotgebers ließ Wolf hastig aus dem Lehnstuhl aufstehen.

„Gewiß nicht", sagte er brüsk und schritt zur Tür hin. Während er seine Hand auf die Klinke legte, hatte er das Gefühl, als ob sich der böse Geist Mukalogs über die Schultern des Dichters und über den glatten Bouletisch auf ihn zuschlängelte.

„Ich bin nicht der Mensch, Mr. Otter, der sich von irgend jemandem Geschichten erzählen läßt", sagte er beim Gehen.

Er ging über den Treppenabsatz und trat in sein Zimmer. Jetzt, da er allein war, verfiel er in eine sehr ernste Meditation, während er langsam seine Schuhe zuschnürte. „Ohne Zweifel", so sagte er zu sich selbst, „hat dieser arme Teufel Redfern Selbstmord begangen! Mit dem Dämon dieses Menschen und mit Mr. Urquharts teuflischer Historie scheint dieser Ort keine paradiesische Stätte zu sein. Schön! Schön! Wir werden ja sehen, was wir sehen werden."

Er trug seinen Mantel und seinen Hut leise über die Treppe hinunter und bewerkstelligte es, aus dem Hause zu kommen, ohne von Mrs. Otter oder ihrem alten Dienstmädchen bemerkt zu werden.

Der Strom seiner Stimmung lief normaler und sanfter, als er von seinem exzentrischen Brotgeber zu der großen, abgesondert untergebrachten Bibliothek geleitet wurde, die von nun an der Schauplatz seiner Arbeiten zu sein hatte. Sein Traum von dem Schreibtisch an einem „Butzenscheibenfenster, das rot war vom Blute von Königen und Königinnen", erwies sich als eine buchstäblich zutreffende Vorahnung. Der Blick, den er von seinem Platz an jenem Fenster genoß, übertraf selbst jenen Gainsborough. Der Park des Herrensitzes verschmolz mit pflanzendichten Terrassen und schattigen Obstgärten. Diese wieder schwanden dahin in grünes Weideland, hinter dem er, verschwommen in weiter Ferne, einen hohen Kamm geackerter Felder unterscheiden konnte, über deren Höhe die Landstraße von Blacksod nach Ramsgard führte.

Mr. Urquhart schien jedoch an diesem Morgen in einer merkwürdigen, abgelenkten, rastlosen Stimmung zu sein. Er hörte nicht auf, Bücher von den Regalen herunterzuholen und sie auf den Tisch seines Sekretärs zu legen; und dann, nachdem er sie geöffnet und eine oder die andere Stelle vorgelesen hatte, zu murmeln: „Das ist gut, nicht wahr? Das ist gerade das, was wir brauchen, nicht wahr?" Dann stellte er sie wieder auf die Regale zurück und brachte andere. Wolf wurde durch diese Manöver nicht gerade sehr unterstützt. Eigentlich wurde er durch sie gequält und in die Enge getrieben. Es lag ihm viel daran, genau herauszufinden, inwieweit ihm freie Hand gewährt werden würde, und ebenso lag ihm viel daran, herauszubekommen, welche bestimmten Pläne der Squire von King's Barton bereits gefaßt hatte. Dieses erratische Umherwälzen alter Folianten, dieses Jagen nach lediglich kuriosen und skandalösen Stellen schien ihm an jenem ersten Morgen Zeitvergeudung zu sein.

„Haben Sie sich schon irgendeinen Plan, eine Synopsis, zusammengestellt, Sir, die ich dann ausarbeiten könnte?"

Diese Worte begrüßten Mr. Urquhart, als er mit einem Satyrgesicht, einen dicken Folianten gegen den Bauch gepreßt, hinkend zum vierten oder fünften Male an den Tisch kam.

„Eh? Was soll das heißen? ,Plan' haben Sie gesagt? ,Synopsis' haben Sie gesagt? Beim Zeus! mein junger Freund, ich darf Sie nicht wieder so ins Glas sehen lassen am Abend, bevor wir arbeiten. Habe ich Ihnen nicht erklärt, daß sich unser Buch längs organischer Linien zu entwickeln hat, nicht längs logischer? Habe ich Ihnen nicht erklärt, daß das, worauf wir zielen müssen, etwas ganz Neues ist, eine ganz und gar neue Art, und daß es das bunte Pêle-mêle des Lebens darzustellen hat? Es ist eine Art Tagebuch der Toten, was wir im Auge haben, Solent. Ihre Pläne und Ihre Dispositionen würden es völlig verderben. Was ich tun will, ist, Sie mit Geschichten aus Dorset zu sättigen, speziell mit den skandalöseren von ihnen — die alten Häuser, Solent, die alten Häuser! —, und dann, wenn Sie die Richtung in Fleisch und Blut haben, soll das, worauf wir losgehen wollen, eine Art ,Comédie Humaine' der Westprovinzen sein. Verstehen Sie, was ich meine? Sie haben jetzt nichts anderes zu tun, Solent, als mir beim Sammeln von Material und beim Vermerken von Notizen zu helfen. Ich werde Ihnen morgen meine Notizen zeigen. Die werden meine Absicht deutlicher erklären. Das Allerletzte, woran wir zu denken brauchen, ist die Anordnung. Mein Buch muß wachsen wie ein lebendes Ding, bis es uns durch seine Realität erschreckt!"

Wolf lauschte in pflichtschuldiger Geduld diesem Diskurs. Bei sich aber dachte er: „Diese ganze Sache ist offenbar lediglich das Steckenpferd eines alten Mannes. Ich muß jeden Gedanken daran, sie ernst zu nehmen, aufgeben. Ich muß mit ihr spielen, geradeso wie er."

Mit dieser Absicht breitete er, sobald er an seinem Fensterplatz allein war, die „Geschichte der Familie Abbotsbury" vor sich aus, jenes Monument skurrilen Skandals, und begann sich müßigen Notizen zu widmen. Er umschrieb, so lebhaft er nur konnte, die schmählichsten unter den Missetaten dieses bemerkenswerten Geschlechtes, so wie sie von dem schlauen Doktor Tarrant erzählt werden. Er übertrieb, wo dies möglich war, des Doktors fettige Kommentare und fügte ein paar eigene hinzu. In kurzer Zeit begann er zu denken, daß der Squire bei dieser ungewöhnlichen Methode doch nicht so allen Scharfsinnes bar war, wie er zuerst angenommen hatte.

Der halbe Vormittag war bereits auf diese Art vergangen, als Mr. Urquhart in einem Zustand ungestümer Erregung hereingehumpelt kam.

„Ich muß Sie sofort nach Blacksod schicken", begann er. „Eh? Was? Es macht Ihnen doch nichts, ein paar Meilen zu Fuß zu gehen, eh? Roger sagt, er könne den Wagen nicht entbehren. Sie können auf meine Kosten in der Stadt essen. Ich habe eine laufende Rechnung bei den Three Peewits; und Sie können zurückkommen, wie es Ihnen paßt. Sie haben doch nichts dagegen, eh? Das ist ja nichts Besonderes für einen jungen Mann wie Sie, und in den Peewits gibt es sehr gutes Ale."

Wolf faltete seine Notizen zusammen und stellte Doktor Tarrants Geschichte zurück. Er erklärte, mehr als entzückt davon zu sein, nach Blacksod marschieren zu können, und erkundigte sich, was Mr. Urquhart dort besorgt zu haben wünsche.

„Schön, es sind zwei Dinge, die sich ergeben haben, beide ziemlich wichtig. Eben habe ich Nachricht von meinem dortigen Buchhändler bekommen. Sie werden ihn leicht finden. Sein Name ist Malakite. In der Cerne Street. Er sagt, daß er die Evershotbriefe erworben hat. Das ist unser Buch, Solent! Ein Privatdruck und voll von Anspielungen auf den Fall Brambledown! Er sagt, daß jemand aus London schon dahinter her sei. Das mag ja eine Lüge sein. Sie werden es herausfinden müssen. Manchmal läßt Malakite mich ein Buch benützen und verkauft es hernach. Sie werden das eruieren müssen, Solent. Eh? Was? Sie werden ein Diplomat sein müssen, ein Talleyrand und dergleichen, eh?"

Wolf machte ein möglichst intelligentes Gesicht und fragte, was die zweite Besorgung sei.

Mr. Urquhart zog die Augenbrauen hoch, als ob diese Frage unverschämt gewesen wäre.

„Die zweite Besorgung?" murmelte er träumerisch.

Aber im nächsten Augenblick, als sich Wolf in seinen Armstuhl lehnte und geradeaus in des Mannes Augen blickte, gab es eine verblüffende Veränderung in jenem hochmütigen Gesicht. Ein Flackern, ein Schatten, ein Nichts glitt von dem einen zu dem anderen hinüber; eine jener Bloßstellungen geheimer Gedanken, die verschiedene Bewußtseinsebenen jenseits des rationellen Denkens zueinander zu bringen scheinen. Das ganze war in einem Augenblick vorbei; und mit einer raschen Änderung seiner Stellung und einem Wackeln seines Stockes fand der lahme Mann seine Fassung wieder.

„Ah ja", murmelte er mit einem lächelnden Neigen seines Kopfes, das der Verbeugung eines großen Edelmannes glich, der einen Gedächtnisfehler eingesteht. „Ah, ja, Sie haben vollkommen recht, Solent. Es ist wirklich noch eine kleine Sache, die Sie, wenn Sie schon dort sind, auch ganz gut erledigen könnten. Es ist nichts von besonderer Dringlichkeit; aber, wie gesagt, wenn Sie Zeit haben und überflüssige Energie fühlen, wäre es ganz gut, wenn Sie das Gedächtnis Mr. Torps ein wenig aufrüttelten. Eh? Was soll das heißen? Torp, der Steinmetz. Torp in der Chequers Street. Sie werden den Burschen leicht finden. Er ist ein höchst vielseitiger Kerl — Leichenbestattungsunternehmer, Totengräber sowie auch Steinmetz."

Mr. Urquhart verstummte, aber der Ausdruck auf seinem Gesicht glich dem eines höfischen Kirchenfürsten alter Zeiten, der den Wunsch hat, daß sein Untergebener Instruktionen befolge, die er selbst nur ungern in vulgäre Worte fassen möchte.

„Mr. Torp?" wiederholte Wolf geduldig und fragend.

„Bloß eine kleine Angelegenheit mit einem Grabstein", fuhr der andere fort. „Tilly-Valley hat sich mit unserem hiesigen Totengräber zerstritten. Und so mußte ich Torp sowohl als Bestattungsunternehmer wie auch als Totengräber verwenden. Er hat sich geradezu schändlich verspätet." Mr. Urquhart humpelte, schwer auf seinen Stock gestützt, zum Bücherkasten. Er veränderte die Stellung eines und des anderen Buches; während er dies tat, beendete er, dem Sekretär den Rücken zugekehrt, seinen Satz. „Er hat sich mit dem Grabstein Redferns ebenso verspätet wie seinerzeit beim Schaufeln des Grabes."

Wieder war es still in der Bibliothek von King's Barton Manor. Aber als sich der Squire umwandte, schien er in der denkbar besten Laune. „Dies ist nicht Ihr Dienst, natürlich, diese Art von Dingen. Aber ich bin ein alter Mann und ich glaube nicht, daß Sie in Kleinigkeiten empfindlich sind. Rütteln Sie also das Gedächtnis des guten Torp auf, nicht wahr? Was? Rütteln Sie Torp aus seinem Torpor auf. Das ist das Wort, eh? Sagen Sie dem Kerl in gutem, klarem Englisch, daß ich um diesen Stein nach Dorchester gehen werde, wenn er ihn nicht innerhalb einer Woche aufstellt. Das können Sie doch für mich tun, Solent? Aber es ist nicht wichtig. Wenn es Ihnen lästig ist, lassen Sie's. Doch nehmen Sie immerhin einen guten Imbiß in den Three Peewits! Lassen Sie sich dort das hausgebraute Ale geben. Es ist gut. Es ist ausgezeichnet. Dieses Individuum in Pond Cottage drunten besäuft sich damit jeden Abend, wie mir Monk erzählt."

Mr. Urquhart wandte sich wieder dem Bücherkasten zu und tat so, als sei die Konversation beendet. Und Wolf ging nach einigen Augenblicken jenes peinlichen Zögerns, das ein Untergebener fühlt, wenn er nicht genau weiß, welche spezielle Abschiedsgeste erforderlich ist, geradenwegs, ohne ein Wort zu sagen, aus dem Zimmer und lief die Stiege hinab.

Er hatte seinen Hut und Stock gefunden und war im Begriff, sich aus dem Hause zu begeben, als sich die kleine Seitentür, die zur Küche führte, eilig öffnete und Roger Monk sich zeigte. Er tat dies mit der überstürzten Hast eines Mannes, der aus ängstlichem Eifer alle Bedenken verloren hat, und stürzte sich sofort in einen hastigen Wortschwall.

„Sie werden entschuldigen, Mr. Solent, wenn ich Sie belästige, aber die Wahrheit ist, Sir, daß dieses Haus morgen zur Frühstückszeit auf den Kopf gestellt sein wird, wenn Sie nicht — wenn Sie nicht — so gut sein wollen, Sir, Mrs. Martin und mir zu helfen."

„Was in aller Welt wird wohl jetzt kommen?" dachte Wolf. „Diese Dienstleute in King's Barton scheinen ganz merkwürdig zu sein."

„Nicht, daß ich nicht wüßte, daß es über meinen Wirkungskreis geht, zu sprechen", fuhr der erregte Mann fort. „Aber sprechen muß ich. Und wenn Sie die Art von jungem Gentleman sind, die ich meine, werden Sie meine Worte anhören."

Wolf betrachtete den dunklen Riesen, der in seinen Gärtnerkleidern mit nackter Brust und nackten Armen den Torso eines klassischen Athleten hatte. Schweißtropfen standen auf seiner Stirn, und seine großen, sonnverbrannten Hände machten schwache täppische Bewegungen durch die Luft.

„Gewiß, Roger. Auf jeden Fall, Roger. Ich werde mich sehr freuen, Ihnen und Mrs. Martin auf jede mir mögliche Art zu helfen. Was ist es also, was ich für Sie tun kann?"

Des großen Dieners Gesicht entspannte sich augenblicklich, und er lächelte sanft. Sein Lächeln ähnelte dem eines melancholischen Sklaven in einem griechischen Drama. Seine Stimme dämpfte sich zu einem vertraulichen Flüstern.

„Es sind Würste, Sir, bitte vielmals um Entschuldigung, es sind Würste. Mr. Urquhart muß sie zum Frühstück essen, und wir haben keine im Haus; und ich bin zu beschäftigt mit Pferdeputzen und Artischockenpflanzen und Schweinefüttern im Hof, um selbst in die Stadt zu gehen."

Wolf lächelte so ernst und wohlerzogen, wie er nur konnte. „Ich werde mich sehr freuen, Ihnen einige Würste mitbringen zu können, Monk", sagte er liebenswürdig.

„Bei Weevil", rief der andere voll Erleichterung und Freude. „Bei Weevil in der High Street. Und überzeugen Sie sich, Mr. Solent, daß Sie frische bekommen. Sagen Sie Bob Weevil, daß sie für mich sind. Er kennt mich und ich kenne ihn. Erwähnen Sie den Squire nicht. Sagen Sie, die Würste sind für Mr. Monk. Er weiß schon! Zwei Pfund Würste, und Sie können Weevil sagen, er soll sie aufschreiben. Danke Ihnen mehr, als ich sagen kann, Sir, daß Sie das tun. Es wird einem gleich viel leichter zumut. Ich war ganz auf den Kopf geschlagen, als ich daran gedacht habe. Der Squire ist schon so. Was er sich einbildet, das hat er sich eben eingebildet, und niemand kann ihn davon abbringen. Ich habe bei anderen Herren gedient — meist im Stalldienst, wissen Sie, aber niemals bei einem Herrn wie dem Squire. Es geht nicht, beim Squire etwas anders zu machen, wenn er sich was in den Kopf gesetzt hat, und darum danke ich Ihnen höflichst, Mr. Solent." Und der Mann verschwand ebenso überstürzt, wie er erschienen war.

Wolf machte sich in außerordentlich guter Laune auf den Weg, die Zufahrtsstraße hinab. Nichts paßte ihm besser, als den Tag für sich zu haben. Er schien sich vor ihm auszubreiten, dieser Tag, Volumen und Freiheit anzunehmen, als wären es viele Tage, in einen einzigen zusammengerollt. Es störte ihn nicht, daß Freitag war. Die Natur des Tages, seine Bewölkung, seine Windstöße, sein Grau paßten vollkommen zu Wolfs Stimmung. Er schien Wolfs Geist weit, weit zurückzutragen — zurück über alle bestimmten Erinnerungen hinaus. Der Anblick der Eichenzäune, der Anblick des Schlamms, der Anblick der Zweige mit ihren kaum knospenden Blattembryonen, die im Winde schwankten, alle diese Dinge trafen seine Phantasie mit einer plötzlichen, akkumulierten Kraft. Er rieb sich die Hände; er stocherte mit seinem Stock im Boden; er schritt vorwärts mit großen Schritten.

Dieser melancholische Tag, mit seinen vom Winde umwehten Ulmenzweigen, schien sich vor ihm längs einer Straße auszudehnen, die etwas mehr war als eine gewöhnliche Straße. Fragmentarische Bilder, zusammengesetzt aus phantastischen Namen — dem Namen Torp, dem Namen Malakite — erhoben sich vor ihm, vermengten sich mit dem Schaum dunkelbraunen Ales und mit dem eigentümlichen, nackten, glatten Aussehen roher Würste. Und über diesen Bildern schwebte die doppeldeutige Gegenwart seines Vaters William Solent. Er hatte das Gefühl, als ob alles, was sich an diesem grauen gespenstischen Tag zufällig ereignen mochte, unter dem direkten Einfluß dieses toten Mannes geschehen würde. Er liebte seinen Vater in jenem Augenblick; nicht mit idealistischer Emotion, sondern mit einer irdischen, sinnlichen, heidnischen Pietät, die viel zweideutiger Nachsicht Spielraum gab.

Am Ende der Zufahrtsstraße bog er in die Lenty Lane ein und ging an der Ecke an einem netten kleinen Landhaus vorbei, dessen Garten mit seiner reichen schwarzen Erde voll war von Narzissen. Er blieb einen Moment stehen, um zum Fenster dieser saubereren Behausung zu starren — er dachte dabei: „Das muß das Haus sein, in dem Roger Monk wohnt" — und war ein wenig verblüfft, ohne jedoch ernsthaft verstört zu werden, als er durch irgendeinen teuflischen Trick von Licht und Schatten ein Bild seiner selbst innerhalb eines der unteren Fenster zu sehen glaubte.

Aber in unvermindert guter Laune ging er weiter und nach ungefähr einer Viertelstunde befand er sich im Zentrum des Ortes King's Barton.

Alle die Häuschen, die er hier sah, hatten Schutzgesimse, die über Fenstern und Türen mit soviel Kunstfertigkeit geschnitzt, gemeißelt und gemauert worden waren, als zierten sie irgendein vornehmes Herrenhaus oder eine Abtei. Manche der Haustüren standen offen, als Wolf vorbeiging, und es wurde ihm leicht, die nett eingerichteten Innenräume zu betrachten: die Porzellanhunde auf den Kaminplatten, die Großvateruhren, die bunten Lithographien vom Krieg und aus religiösem Gebiet, die glänzenden Töpfe und Pfannen, die wohlgescheuerten Anrichttische, die tiefausgetretenen hölzernen Stufen, die zu den oberen Räumen führten. Fast alle hatten zwischen Türstufe und Gartenweg große Fliesensteine von der gleichen weichen, gelblichen Färbung; und in vielen Fällen war dieser Stein unter den darübergehenden Füßen der Generationen ebenso tief ausgehöhlt wie die Türstufe, die sich hinter ihm erhob.

Nach diesen Landhäusern führte ihn sein Weg an der niederen Mauer der Pfarrkirche vorbei. Hier blieb er eine Weile stehen, um die Gräber anzusehen und sich an dem Anblick jenes soliden und doch stolzen Bauwerks zu erfreuen, dessen massives Mauerwerk und dessen hoher viereckiger Turm so viele Charakteristika der Landschaft in sich vereinten.

Unbestimmt dachte Wolf daran, in welchem Teil des Friedhofes wohl der Leichnam seines Vorgängers liegen mochte — in jener Ruhestätte ohne Grabstein? Er dachte auch daran, ob er durch irgendeinen glücklichen Zufall einen Blick auf jenen unterwürfigen Priester würde werfen können, der satirisch als „Tilly-Valley" bezeichnet wurde und der sich vielleicht hier im Ort umhertrieb.

Aber um die Kirche blieb es zu jener Vormittagsstunde einsam und menschenleer. Nichts bewegte sich hier außer einem schweren Knäuel dunkelgrauer, windgepeitschter Wolken, die rasch über den vier schmalen, sich von den Ecken des Turmes erhebenden Zinnen dahinsegelten. Nahe bei der Kirche bemerkte er etwas, was offenbar das Pfarrhaus war; aber auch dort war kein Lebenszeichen zu sehen.

Die Häuschen wurden jetzt spärlicher. Einige von ihnen waren wirkliche kleine Meiereien, durch deren Tore er auf den schlammigen Höfen Schweine und Geflügel sehen konnte, manchmal auch einen jungen Stier oder eine erregte Gänseschar.

Endlich war er am letzten Hause des Ortes vorbeigekommen und schlenderte gemächlich eine einsame Landstraße entlang. Die Hecken standen schon voll im Laub, aber viele der Bäume, vor allem die Eichen und Eschen, waren noch ganz kahl. Die Gräben zu beiden Seiten des Weges enthielten schimmernde Flecken von Schöllkraut.

Während Wolf weiterging, ergriff ein außerordentliches Glücksgefühl von ihm Besitz. Er schien Vergnügen zu empfinden an der rein mechanischen Leistung, einen Fuß vor den anderen zu setzen. Es schien ihm ein köstliches Vorrecht, bloß zu fühlen, wie seine Schuhe in dem nassen Schlamm versanken — bloß zu fühlen, wie die Brisen kalter Luft ihm ins Gesicht wehten.

Er fragte sich träge, wie es wohl kam, daß er die Natur, vor allem diese einfache pastorale Natur, die keinen Versuch machte, grandios oder auch nur malerisch zu sein, um so viel erregender fand als jegliche menschliche Gesellschaft, die er jemals gefunden hatte. Er hatte das Gefühl, als ob er sich in jener Stunde irgendeines primitiven Lebensgefühles erfreute, das identisch war damit, was die gestutzten Ulmen fühlten, gegen deren gerippte Stämme die Windstöße wehten, oder was jene glänzenden Schöllkrautblätter fühlten, deren Welt beschränkt war auf Baumwurzeln und Farnblätter und feuchten dunklen Schlamm.

Die Stadt Blacksod liegt in der Mitte eines sattgrünen Tales, dort, wo das Dorsetshirer Blackmore Vale, den lehmigen Ufern des Flusses Lunt folgend, seine schattenspendende Fruchtbarkeit in die große Somersetshireebene trägt. Blacksod ist nicht nur das Zentrum eines ausgedehnten landwirtschaftlichen Bezirkes, es ist das energische und geschäftige Emporium vieler kleiner, aber unternehmungslustiger Gewerbe. Käse fabriziert man hier und auch Schuhe. Würste fabriziert man hier und auch Lederhandschuhe. Eisenhändler, Sattler, Kaufleute, die mit jeglicher Art von Landwirtschaftsgeräten und Landwirtschaftsprodukten handeln, gibt es im Überfluß in den Straßen von Blacksod, Seite an Seite mit Krämern, Gemischtwarenhändlern, Fischhändlern; und auf den schmalen Trottoirs stoßen sich Landleute und Arbeiter an Handwerkern und Bürgern.

Nachdem Wolf ungefähr zwei Meilen gegangen war, wurde er dessen gewahr, daß dieses lebhafte Handelsgetriebe der Westprovinz im Begriffe stand, sich ihm zu enthüllen. Die Hecken wurden niedriger, die Gräben seichter, die Amseln und Drosseln weniger beweglich. Hübsche kleine Villen begannen an der Straßenseite aufzutauchen, mit netten, aber ziemlich kahlen Gärten, in denen in glänzender Gleichgültigkeit Narzissen nickten, als wären sie in ihrer königlichen Großmut bereit, ihr möglichstes für die geduldigen Angestellten und bescheidenen Verkäufer zu tun, die die Erde um ihre stolzen Stengel gejätet hatten.

Bald begannen gewisse Zeichen von Kleinstadtverkehr in Erscheinung zu treten. Autos zeigten sich, ja sogar Lastautos. Bäckerwagen und Fleischerwagen kamen rasch an Wolf vorbei. Er überholte Dienstmädchen und Mütter, die vom Einkaufen zurückkamen und Kinderwagen schoben, deren kindliche Insassen fast verlorengingen unter dem Haufen von Paketen, die man um sie herum aufgetürmt hatte. Er beobachtete ein Paar Vagabunden, die hinter der Hecke ihre Schuhe auszogen und deren lange, braune, verdrossene Finger schmutzige Leinwand aufwickelten, während die verstohlen schauenden, argwöhnischen Augen die Vorüberkommenden mit dem Blick kranker Schakale beobachteten.

Und dann fand er sich in einer wirklichen Straße. Es war eine neue Straße, bestehend aus funkelnagelneuen schablonenhaften Häusern, von denen eines genau dem anderen glich. Aber Wolf bereiteten sie eine geheimnisvolle Befriedigung. Die Nettigkeit, die abnormale Sauberkeit des Ziegelwerks und der abscheulichen pseudogotischen Ornamentik mißfielen ihm nicht. Die kleinen Gärten hinter niederen, hell bemalten hölzernen Zäunen waren ihm köstlich mit ihren Krokusbeeten und ihren Jonquillen und ihren knospenden Schlüsselblumen.

Er überblickte diese kleinen Häuser und Gärten — ohne Zweifel die Heimstätten von Handwerkern und Fabrikarbeitern — mit einem Gefühl beinahe zärtlichen Entzückens. Er dachte sich selbst an einer dieser Stätten lebend, und er wurde sich genauestens dessen bewußt, mit welch tiefem, sinnlichem Vergnügen er den Regen und den darauffolgenden Sonnenschein genießen würde. Hier würde es nichts Künstlerisches und nichts Überladenes geben, das auch nur eine einzige zarte Schwingung von Luft oder Himmel daran hindern würde, bis zur Haut seiner Seele selbst zu gelangen. Er liebte die Musselinvorhänge über den Wohnzimmerfenstern und die Farnkräuter und Blumentöpfe auf den Fensterbrettern. Er liebte die seltsamen Namen dieser kleinen Spielzeughäuser — Namen wie Rosecot, Woodbine, Bankside, Primrose Villa. Er versuchte sich vorzustellen, wie es wohl sein mochte, in dem Bogenfenster irgendeines dieser Häuschen zu sitzen, Tee zu trinken und Honigbrot zu essen, während der Frühlingsnachmittag langsam dem Zwielicht entgegendunkelte.

Jetzt rüttelte er sich aus diesen Vorstellungen auf, um zu bemerken, daß einiges vom wirklichen Geschäftsleben der Stadt in Erscheinung trat. Die Reihen der kleinen Häuser wurden immer mehr von Holzschuppen und Holzstapelplätzen unterbrochen, von Krämerladen und Kohlenlagern. Er wurde jetzt munter — jene schwache Art von „zweitem Gesicht", die fast alle kontemplativen Menschen besitzen, ließ ihn ahnen, daß Mr. Torps Unternehmen nicht allzu weit entfernt war. Er wußte, daß er in Chequers Street war. Er hatte nichts anderes mehr zu tun, als die Augen offenzuhalten. Er ging jetzt sehr langsam und blickte auf die Höfe und Geschäfte zu beiden Seiten der Straße; und während er ging, kam eine seltsame tranceartige Empfindung sehr komplizierter Art über ihn, die aber ohne Zweifel auf seinen leeren Magen zurückzuführen war. Doch sie nahm eine Form an, die ihm das Gefühl verursachte, als ob er irgendeine Reihe von Ereignissen zurückverfolgte, durch die er vor langer Zeit schon einmal gegangen war.

Ah! Da war es ja! „Torp, Steinmetz". Er blickte mit Interesse auf die verschiedenen Grabsteine, die auf dem Boden umherlagen oder aufrecht und herausfordernd an der Wand standen. Sie machte einen grotesken Eindruck, diese Menge anonymer Grabsteine, deren Eigentümer und Besitzer jetzt noch fröhlich auf Erden wandelten.

„Ich muß mir von diesem Torp zeigen lassen, was er für den armen Redfern gemacht hat", dachte er, als er zu der Tür des Hauses weiterschritt.

Er klopfte und wurde so augenblicklich eingelassen, daß er sich nicht ohne einen gewissen Grad von Verlegenheit plötzlich mitten im Haushalt des Steinmetzes fand.

Man hatte offenbar das Mittagmahl eben erst beendet. Mrs. Torp, eine hagere, leichenblasse Frau, räumte den Tisch ab. Der Steinmetz selbst, ein plumper, lethargischer Mann mit einem wunderlichen Blick, rauchte am Kamin seine Pfeife. Ein hübscher Junge von ungefähr elf Jahren, der anscheinend eben erst die Tür geöffnet hatte, um hinauszugehen, prallte jetzt zurück und starrte den Fremden mit kühner Impertinenz an.

„Womit kann ich dienen, Herr?" fragte Mr. Torp, ohne auch nur den Versuch zu machen, aufzustehen, lächelte aber den Eindringling liebenswürdig an.

„Geh doch schon! Mach doch schon weiter! Belästige doch den

Herrn nicht, Lob!" murmelte die Frau dem wie gebannt dastehenden Jungen zu.

Und erst jetzt wurde Wolf eines weiteren Mitgliedes dieser Familie, eines Mädchens, gewahr.

Kaum war er sich ihrer Gegenwart bewußt geworden, als er das Gefühl hatte, vor Erstaunen ebenso sprachlos zu werden, wie es der Knabe bei seinem, Wolfs, Erscheinen gewesen war. Sie saß auf einem Stuhl, gegenüber ihrem Vater, und lehnte ihre Schultern an den Rand einer Bank mit hohem Rücken. Sie war ein junges Mädchen von ungefähr achtzehn Jahren, und ihre Schönheit war so verblüffend, daß sie in einem Augenblick alle gewöhnlichen menschlichen Beziehungen zu zerstören schien. Ihre weit offenen grauen Augen waren von langen dunklen Wimpern umschattet. Ihr wollüstiger Hals glich einer Arumlilie, bevor sie die Blütenblätter geöffnet hat. Sie trug ein einfaches, eng anliegendes Kleid, das besser für den Sommer gepaßt hätte als für einen kühlen Frühlingstag. Aber die Besonderheit dieses Kleides lag in der Art, wie es die außerordentliche Geschmeidigkeit ihrer Schultern und die köstliche artemidische Schönheit ihrer jungen Brüste hervorhob.

„Ich komme von King's Barton", begann Wolf und trat auf den Steinmetz zu. „Ich glaube, ich habe die Ehre, an die Stelle jenes Herrn getreten zu sein, für den Sie eben jetzt eines Ihrer Monumente entworfen haben."

„Setzen sich der Herr. Setzen Sie sich, Herr!" rief der Mann fröhlich. „Gib dem Herrn einen Sessel, Frau!" Er sprach in einem Ton, der zu sagen schien, daß seine Festleibigkeit als angenehme Entschuldigung dafür akzeptiert werden müsse, daß er in sitzender Stellung verblieb.

Aber Mrs. Torp hatte das Zimmer bereits mit einer Serviertasse verlassen; und Wolf konnte, als er sich, das Gesicht dem Mädchen zugewendet, niedersetzte, hören, wie die Frau bösartig vor sich hinbrummte und hinter der Küchentür ärgerlich mit den Tellern klapperte — hinter einer Tür, die sie absichtlich offengelassen zu haben schien, damit sie das Vergnügen, das Gespräch zu belauschen, mit dem Vergnügen kombinieren könne, es zu stören.

„Die Frau ist wütend auf mich, weil diese Kartoffeln so schrecklich schlecht sind", bemerkte der Mann in einem lauten heiseren Flüstern, beugte sich zu seinem Gast vor und klopfte ihm zutraulich mit der Pfeife aufs Knie. „Und diese Zwiebeln, die sie genommen und den ganzen Vormittag gekocht hat — den ganzen Geschmack hat sie herausgesotten. Diese Zwiebeln hätten genauso gut Sauwurzeln sein können, nicht ein Sterbenstropfen Saft mehr war drin."

Wolf, der es schwer gefunden hatte, seine Augen von dem Mädchen auf der Bank abzuwenden, bemerkte jetzt plötzlich, daß sie sich seiner Erregung voll bewußt war und ihn mit ernster Belustigung betrachtete.

„Sie beschäftigen sich wohl gar nicht mit der Küche?" sagte er ziemlich schüchtern und erwiderte ihren Blick.

Sie änderte jetzt ihre Stellung, so daß ihre Schönheit durch eine Art unschuldiger Geilheit unterstrichen wurde; lächelte ihm direkt in die Augen, blieb aber still.

„Sie?" warf ihr Vater ein. „Gott soll uns beschützen und bewahren! Gerda und kochen? Aber, Herr, das Mädel ist ja nicht einmal geschickt genug, sich das Haar zu kämmen. So wahr Gott lebt, Herr, 's ist wahr, was ich sage. Sie hat nicht einmal den Spatzenverstand, sich das Haar zu kämmen; und es ist wirklich mächtig seidig, wenn es ausgekämmt wird. Aber ihre Mutter muß es ihr machen. Es gibt nichts in diesem verdammten Haus, was die arme Frau nicht zu tun hat; und ihre eigene Tochter sitzt herum, und dabei ist sie stark wie ein Maibaum. — Jetzt aber marsch zur Schule, Lob Torp! Belästige doch den Herrn nicht."

Diese letzte Bemerkung war der Tatsache zuzuschreiben, daß sich der hübsche Junge ganz nahe an Wolf herangemacht hatte und ihn mit einer Mischung von Bewunderung und Frechheit anstarrte.

„Was ist das da an Ihrer Kette?" forschte er. „Ist dies ein wirkliches Siegel, so wie das, das König Johann in den Wash geworfen hat?"

Wolf legte seinen Arm um die Mitte des Kindes; dabei blickte er aber unverwandt Gerda an. In diesem Augenblick kam Mrs. Torp wieder ins Zimmer.

„Na, John?" sagte sie. „Möchtest du nicht in den Hof gehen? Dieser Stein für Mr. Manleys Mutter wartet jetzt schon seit Sonntag. Fünfmal im Tag kommt Manley nachsehen. Er wird toben, wenn's bis morgen nicht fertig ist."

Wolf erhob sich.

„Was soll ich Mr. Urquhart wegen des Grabsteines für Mr. Redfern sagen?"

Er äußerte diese Worte in einem entschiedeneren und weniger verbindlichen Ton, als er bis jetzt angewandt hatte, und die ganze Familie starrte ihn in gelinder Überraschung an.

„Ah, der!" rief Mr. Torp. „Also deswegen sind Sie gekommen, nicht wahr? Ich hatte mir gedacht, daß Sie vielleicht irgendwelche reichen Leute draußen auf dem Lande kennen, bei denen ein Toter im Hause liegt. Kommen Sie aus dieser Gegend, Mister, oder sind Sie aus London, wie dieser Redfern war? ... London, eh? Ja, ja, es ist seltsam, daß zwei junge Leute, so wie Sie beide, nach Blacksod kommen sollten; und beide Londoner! Aber das ist's ja, was ich immer unserer Gerda hier sage. Mädel, die ihrer Mutter beim Haushalt nicht helfen, Mädel, die nichts anderes tun als mit jungen Burschen herumflanieren, täten am besten daran, in London zu leben! Diese Metropole muß etwas Wundervolles zum Ansehen sein, meine ich. Ich glaube wohl, dort macht man sich die Denkmäler selbst?"

Wolf nickte, mit einem Achselzucken, das besagen sollte, es sei im gegenwärtigen Zeitpunkt nur wenig Notwendigkeit für Mr. Torp gegeben, an eine Erweiterung seines Wirkungskreises zu denken.

„Könnten Sie mir zeigen, was Sie für Redfern gemacht haben?" fragte er unvermittelt.

„Na ja, schaden kann's ja nicht, nicht wahr, Frau?" sagte der Steinmetz und sah seine Gattin hilfesuchend an.

„Am gescheitesten, du zeigst es ihm", sagte die Dame kurz. „Am gescheitesten, du zeigst es ihm. Aber mach ihm klar, daß Mr. Manleys Mutter zuerst drankommt."

Der fettleibige Steinmetz stand mit Anstrengung auf und ging in den Hof voran. Wolf trat zur Seite, um dem Mädchen zu ermöglichen, ihrem Vater zu folgen; und als sie an ihm vorbeikam, warf sie ihm einen Blick zu, der an das plötzliche Erzittern eines weißen Fliederzweiges erinnerte, der schwer ist von Regen und Süße. Ihre lässig träge Persönlichkeit beherrschte die ganze Szene für ihn; und als er ihren wiegenden Körper zwischen den länglichen Steinen in dem kalten ummauerten Raum sich dahinbewegen sah, entstand in ihm der Gedanke, daß sein verborgenes Laster, wenn es keinen Platz für eine Lieblichkeit gleich dieser finden sollte, tatsächlich in seinen Forderungen etwas nicht Menschliches haben müsse.

Mit unglaublicher Schnelligkeit begann er Pläne zu schmieden, wie er dieses Mädchen wiedersehen könnte. Wußte Mr. Urquhart von ihrer Existenz? Hatte Darnley Otter sie je gesehen? ... Aus seinen verliebten Gedanken wurde er durch eine unvermittelte Bewegung Mr. Torps aufgerüttelt.

„Da!" sagte der Steinschleifer. „Es ist Hamhillstein, so wie Squire Urquhart bestellt hat. Ich arbeite vorteilhafter in Marmor; und auch die meisten Kunden haben Marmor am liebsten. Aber das war mein Auftrag; und der junge Gentleman, für den's gemacht ist, kann sich nicht wehren."

Wolf betrachtete die aufrechtstehende gelbe Platte, auf deren Spitze ein kräftiges „Hier ruht" und auf deren Basis ein noch kräftigeres „John Torp, Denkmalerzeuger" zu lesen stand.

„Sie sind noch nicht sehr weit damit gekommen, Mr. Torp", bemerkte er trocken.

„Wird mich bloß ein paar Nachmittage kosten, es fix und fertig zu machen", entgegnete der andere. „Und Sie können Mr. Urquhart sagen, sobald Mr. Manley befriedigt ist — Mr. Manley von Willum's Mill, sagen Sie ihm das —, werde ich mich über die Arbeit an seinem jungen Freund machen und sie tadellos ausführen."

In diesem Moment schien kein Vorwand mehr gegeben, das Gespräch fortzusetzen. Wolfs Geist eilte rückwärts und vorwärts wie eine Ratte, die versucht, ein in die Speisekammer führendes Loch zu finden. Er dachte: „Wird man ihr wohl erlauben, mir den Weg zu den Three Peewits zu zeigen?" und dann dachte er, unmittelbar darauf: „Sie werden den Jungen mit mir schicken, und ich werde ihn nicht mehr loswerden!"

Schließlich ging er mit einer Plötzlichkeit, die beinahe grob war. Er tätschelte Lob auf den Kopf, nickte dem Steinmetz zu, versank in Gerdas Augen, wie ein Taucher ins Wasser springt, und schlenderte fort, Chequers Street hinab.

Es dauerte nicht lange, bis er vor einem fleckenlos weißen Tischtuch im kommerziellen Speisesaal des berühmten Westlandgasthofes saß. Vor ihm erhob sich eine massive Mahagonikredenz, die als eine Art heiligen Piedestals für das alte Silberservice dreier Generationen von klugen Gastwirten diente. In der Mitte dieses Silbers befanden sich zwei symbolische Objekte — ein ungeheurer unaufgeschnittener Schinken, geschmückt mit einer weißen Papierkrause, und ein großer halbgegessener Apfelkuchen.

Wolf kam so spät zum Lunch, daß er und ein einsamer Kellner den ganzen dämmerigen, nüchternen Raum für sich allein hatten. Immerhin aber blickten das grimmige Auge eines ausgestopften Hechtes auf sie herunter und das hochmütige Auge der Königin Viktoria, die, mit dem blauen Band des Hosenbandordens angetan, allerdings nur durch das Flackern eines Augenlides ihre unaussprechliche Verachtung für alle Mitglieder der menschlichen Rasse zu erkennen gab, die nicht Untertanen des Hauses Hannover waren.

Und während er ohne Eile aß und jene dunkle schäumende Flüssigkeit trank, die das natürliche Gegengift gegen einen grauen Märztag zu sein schien, gestattete er seiner Phantasie, von der Lieblichkeit Gerda Torps zu schwärmen. Wie seltsam, daß sie nicht ein einzigesmal den Mund geöffnet hatte! Und doch hatte sie in ihrem Schweigen sowohl jenes Zimmer wie auch jenen Hof gezwungen, als bloße Umrahmung ihrer Persönlichkeit zu dienen. Er lehnte sich in seinen Stuhl zurück,

72

preßte die Handflächen gegen die Tischkante, dachte nochmals jedes Detail jener seltsamen Szene durch und war so absorbiert, daß er erst nach längerer Zeit den Geschmack der Zigarette bemerkte, die er, ohne es zu wissen, die ganze Zeit rauchte.

Das Mädchen war nicht jener spezielle physische Typ, der ihn am meisten ansprach, oder der, wann immer er ihm auch begegnet war, seine Sinne am meisten gereizt hatte; aber die Wirkung, die eine so überwältigende, in ihrer Fehlerlosigkeit so absolute Schönheit auf ihn ausübte, war stark genug, um alle früheren Neigungen seinem Blick zu entrücken. Und als er jetzt das Bild ihrer Erscheinung heraufbeschwor, schien es ihm, als könnte ihm nichts Erwünschteres widerfahren als der Besitz solcher Schönheit.

Er faßte den Entschluß, sie zu besitzen, koste es, was es wolle. Er wußte sehr genau, daß man eigentlich nicht sagen konnte, er habe sich in sie verliebt. Er war wie ein Mann, der gleichzeitig mit der plötzlichen Entdeckung, daß er sein ganzes Leben lang an Durst gelitten hat, auf einen kühlen Keller mit den erlesensten Weinen stößt. Sie überhaupt erblickt zu haben, bedeutete, von einem unersättlichen Verlangen nach ihr beherrscht zu werden — von einem Verlangen, das ihm ein Gefühl verursachte, als hätte er irgendeinen sechsten Sinn, einen Sinn, der durch ihren Besitz befriedigt werden mußte und den nichts anderes als ihr Besitz befriedigen konnte.

Berauscht und verwirrt vom Ale der Three Peewits und von jenen amourösen Betrachtungen, blieb Wolf unter dem Bilde der Königin Viktoria in einer Art erotischer Trance sitzen. Sein verdrießliches Gesicht mit den starken Backenknochen und der Adlernase nickte mit halb geschlossenen geilen Augen über dem Teller. Ab und zu strich er mit den Fingern durch sein kurzes, steifes lichtes Haar, bis es aufrecht stand.

„Schön, schön", sagte er schließlich zu sich selbst, „so geht's nicht!" Und jählings stand er aus seinem Lehnstuhl auf, gab dem Kellner, der für ihn in seiner Gedankenversunkenheit nichts anderes gewesen war als ein bloßer weißer Fleck über einem schwarzen Rock, ein extravagantes Trinkgeld — eine halbe Krone, nicht weniger —, nahm Hut und Stock, sagte, man möge seine Mahlzeit auf Mr. Urquharts Rechnung schreiben, und trat auf die Straße hinaus.

Der kalte, heftige Wind klärte ihm sofort den Kopf, als er draußen stand. Er entschloß sich, den Besuch beim Buchhändler zuletzt zu machen; hielt einen der Vorübergehenden an und fragte nach dem Weg zu Weevils Laden.

Niemals vergaß er jenes erste zögernde Schlendern durch das Zentrum von Blacksod! Die Provinzler schienen ihre Einkäufe zu besorgen, als wäre dies ein spezielles Fest. Pfarrer, Landedelleute, Bauern, Bürger — alle erhielten einen unterwürfigen und doch belustigenden Willkommgruß von den schlauen Ladeninhabern und ihren subalternen Gehilfen. Das Bild Gerda Torps regte sich in ihm, während er sich langsam durch diese bewegte Szene treiben ließ. Ihre Süße flutete durch seine Sinne und flutete rings um ihn hinaus, erhöhte sein Interesse an allem und jedem, das er betrachtete, ließ alles reich aussehen und reif, als sähe man es durch diffuses goldenes Licht, gleich jenem der Bilder von Claude Lorraine.

Und während dieser ganzen Zeit eilten über den Schieferdächern die großen grauen Wolken auf ihre launische Reise. Sein Geist, trunken von Gerdas Süße und von den Dünsten des Ales in den Three Peewits, erhob sich in Verzückung, diesen Wolken zu folgen.

In dieser ekstatischen Freiheit des Geistes wirbelte er mit ihnen dahin, während seine menschliche Gestalt mit dem Eichenholzstock auf den Rand des Trottoirs klopfte; und er fühlte jetzt ein seltsames Bedürfnis, diese tollmachende süße Last zu jenem Hügel im Friedhof von Ramsgard zu tragen.

„Er würde darüber lachen", dachte Wolf, während er sich jenes profanen Sterberufes erinnerte. „Er würde mich dazu treiben, auf höchst skandalöse Art nach diesem Mädchen zu greifen, möge sich was immer daraus ergeben!"

Sein Geist stürzte jetzt wie ein Bleilot in allerlei erotische Gedanken. Würde ihr Schweigen weiterwähren . . . mit seinem anziehenden magnetischen Geheimnis . . . selbst, wenn er ihr nahe käme? Würde jenes Taubengrau in ihren Augen sich verdunkeln, wenn er sie liebkoste, oder würde es aufleuchten? Gerda konnte gewiß nicht eine „Wand entrindeter Weiden" genannt werden, denn ihre Glieder waren rund und wollüstig, wie auch ihr Gesicht etwas von jener lethargischen Verdrießlichkeit hatte, die man manchmal an altgriechischen Skulpturen sehen kann.

Gerade an dieser Stelle seines Gedankenganges war es, daß er sich nach einer geeigneten Person umsah, bei der er sich wieder nach dem Wurstladen hätte erkundigen können. Da fühlte er, wie er am Ellbogen gestoßen wurde; und vor sich sah er, ihn anlächelnd, das hübsche, schlimme Gesicht Lob Torps.

„Hab Sie gesehen, Herr!" platzte der Knabe ganz außer Atem heraus. „Hab Sie gesehen, lang bevor Sie mich sehen konnten! Sagen Sie, Mister, haben Sie vielleicht eines von diesen Zigarettenschachtelbildern bei sich?"

74

Wolf betrachtete gedankenvoll das erregte Kind. Gewiß, heute waren die Götter auf seiner Seite!

„Wenn ich auch keine habe, so w e r d e ich doch bald welche haben", stieß er mit einem nervösen Lächeln hervor und suchte hastig in seinen Taschen.

Es zeigte sich, daß er tatsächlich ein paar halbverbrauchte Packungen besaß, die das ersehnte Stück steifen, glänzenden Papiers enthielten.

„Da! Das sind vorläufig einmal zwei!" sagte er und gab sie dem Knaben.

Lob Torp inspizierte die beiden Karten mit enttäuschtem Auge. „Das sind keine ‚Three Castles' ", sagte er traurig. „Die da sind nicht so hübsch wie die ‚Three Castles'." Er überlegte einen Augenblick, die Hände in den Taschen. „Sagen Sie, Mister", begann er eifrig, mit leuchtenden Augen. „Ich will Ihnen sagen, was ich für Sie tun will. Ich werd Ihnen die Photographie von Sis verkaufen, die ich jetzt zu Bob Weevil trage. Er hat mir dafür etwas geben wollen, aber höchstwahrscheinlich wird sie für einen Herrn wie Sie wertvoller sein. Seien Sie also gut, Mister, geben Sie mir sechs Pence; ich werde Ihnen dann das Bild geben und Bob nichts davon sagen."

Das einschmeichelnde Lächeln, mit dem Lob diese Worte äußerte, wäre wohl eines algerischen Straßenbettlers würdig gewesen. Wolf schnitt ihm eine belustigte Grimasse, unter deren Maske er Ärger, Unbehagen, Neugier verbarg.

Der Junge fuhr fort: „'s ist ein wundervoll hübsches Bild, Mister. Ich hab es selbst aufgenommen. Sie sitzt rittlings auf einem dieser alten Grabsteine in Vatis Hof, gerade so wie auf einem Pferd."

„Ich habe nichts dagegen, das zu sehen", sagte Wolf nach einer Pause und schob den Jungen in die Tür eines Ladens. Aber Lob Torp war offenbar Adept in den Bräuchen betörter Kavaliere.

„Drei Pence fürs Anschauen, Mister, und sechs Pence fürs Behaltendürfen", sagte er entschlossen.

Es lag Wolf auf der Zunge, zu rufen: „Gib her, Junge, ich will mir's behalten!" Doch ein Instinkt mißtrauischer Würde hielt ihn zurück, und er nahm eine gleichgültige, nachlässige Miene an. Aber dabei begann die alte listige Tücke des raubsüchtigen Dämons an den Ursprüngen seiner Absicht umherzutasten. „Ich werde Bob Weevil dazu bringen, daß er mir das Bild zeigt", flüsterte dieser macchiavellische Mahner. „Ich werde es dann in meinen Händen haben, ohne diesem schurkischen kleinen Erpresser verpflichtet zu sein!"

Er wandte sich dem Knaben zu und nahm ihn beim Arm. „Gehen wir nur, junger Mann", sagte er. „Lassen wir jetzt die Sache mit dem

Bild. Du tust weit besser daran, es deinem Freund zu geben! Ich selbst gehe jetzt auch zu Weevils Laden, und du kannst mir den Weg zeigen. Dafür werde ich dir sechs Pence geben!" Er schob das Kind vorwärts und ließ es an seiner Seite gehen, während er seinen Arm leicht und lässig um Lobbies Schultern gelegt hatte. Aber all seine schlaue Heuchelei konnte Gerdas Bruder und seine zynische Intelligenz ebensowenig täuschen, wie es die Inbrunst jenes um seinen Nacken gelegten Armes zu tun vermochte.

Das Kind entwand sich dem Griff wie ein kleiner Aal. „Halten Sie mich nicht fest, Mister. Ich werde gewiß nicht davonlaufen. Ich hab die Schule nicht geschwänzt, um mit Marbeln zu spielen. Ich will jetzt mit Bob Weevil fischen gehen. Er läßt mich immer das Netz halten."

„Oh, gibt es hier in der Nähe Fischwasser?" forschte Wolf sanft. Er fand sich mit seiner Niederlage ab. Der Knabe hüpfte einen oder zwei Schritte wie ein junges Kaninchen.

„Nicht das, was Sie ein Fischwasser nennen würden, Mister. Nur Weißfische und Stichlinge, außer wenn wir zu Willum's Mill gehen. Fein. Aber diese Teufelsbarsche sind schwer zu fangen. Und die hebt sich Mr. Manley gerne für die feinen Leute auf. Wenn ich mit Bob abends zu Willum's Mill gehe, sobald die Bauern beim Essen sind, dann kann man wirklich ein bißchen was Anständiges fangen."

Wolf betrachtete den hübschen Lausbuben mit wohlwollendem Spott. „Hast du je so einen großen Kaulbarsch an Land gezogen?" fragte er. Und dann bemerkte er plötzlich, wie der nervöse, gehetzte Blick eines sehr schäbigen Geistlichen vom Rande des Trottoirs her sie beide mit verblüfftem Interesse beobachtete.

„Wir sind schon ganz nahe von dort, wohin wir wollen, Herr", war des Knaben gleichgültige, mit überraschend lauter Stimme ausgesprochene Antwort.

Als sie noch ein wenig weitergegangen waren, wandte sich das Kind zu seinem Begleiter um und flüsterte verstohlen: „Der Geistliche dort war der Reverend T. E. Valley, Herr, aus King's Barton. Er spricht manchmal mit mir und möchte, daß ich ihm beim Gottesdienst in der Kirche helfe; aber Vati sagt, alle diese Sachen sind Schwindel. Er wohl gotteslästerlich, mein Vater, und auch ich bin's vielleicht; obwohl Bob sagt, die Hochkirche ist eine Religion, die den Leuten erlaubt, am Sonntag Cricket zu spielen. Aber ich schere mich nicht drum, denn Cricket und solche Sachen sind nichts für mich."

„Tilly-Valley! Tilly-Valley!" flüsterte Wolf mit verhaltenem Atem und entsann sich der verächtlichen Anspielungen Mr. Urquharts.

„Hier sind wir, Mister!" rief Lobbie Torp und machte vor einem geräumigen, altmodischen Laden halt, über dem in würdevollen Lettern geschrieben stand: „Robert Weevil und Sohn".

Sie traten zusammen ein und der Knabe wurde sofort von einem jungen Mann hinter dem Ladentisch, von einem jungen Mann mit schwarzem Haar und teigiger Gesichtsfarbe begrüßt.

„Hallo, Lob! Willst du wissen, ob wir abends fischen gehen?"

Wolf trat so ungezwungen und natürlich vor, wie es ihm nur möglich war. „Ich muß mich bei meinem Rivalen einschmeicheln", sagte er grimmig zu sich selbst. „Mein Name ist Solent, Mr. Weevil", sagte er dann laut, „und ich komme von Mr. Urquhart von King's Barton."

„Jawohl, Sir, sehr wohl, Sir. Und womit kann ich Ihnen dienen, Sir?" fragte der junge Mann höflich und neigte sich mit professionellem Grinsen über den polierten Ladentisch.

„Der Herr ist zu Vati gekommen", warf Lobbie in seinem hohen Diskant ein. „Und die Schwester hat er auch gesehen, und die Schwester hat ihn auch gesehen; und ich bin ihm nachgelaufen und habe ihm den Weg gezeigt."

„Und womit kann ich Ihnen oder Mr. Urquhart dienen, Sir?" wiederholte der junge Kaufmann.

„Um die Wahrheit zu sagen, Mr. Weevil, es war Monk, der Diener dort, der mich gebeten hat, zu Ihnen zu gehen. Es scheint, daß ihm die Würste ausgegangen sind — Ihre speziellen Würste —, und er hat mich gebeten, ihm ein oder zwei Pfund mitzubringen."

„Ich werde sie Ihnen sofort einpacken", sagte der Krämer wohlwollend. „Ich habe gerade eine neue Lieferung bekommen."

Es überraschte Wolf nicht sehr, zu bemerken, daß sein junger Führer eilig Mr. Weevil in die Hinterräume des Ladens begleitete. Von seinem Platz aus konnte er die beiden ganz deutlich durch eine offene Tür sehen, den dunklen Kopf und den lichten Kopf dicht aneinander, irgendeinen Gegenstand anstarrend, der sicherlich keine Wurst war!

Eine schamlose und skandalöse Neugier, an diesem Kolloquium teilzunehmen, packte ihn. Die verschiedenen Paraphernalien des Ladens, die aufgestapelten Büchsen mit Readingzwieback, die großen kupfernen Büchsen mit indischen Teesorten, die vornehm aufgerichteten Gebäude aus Blacksoder Käse — dies alles zerschmolz, dies alles wurde undeutlich und unbestimmt.

„Rittlings auf einem Grabstein", wiederholte er für sich; und der Gedanke an die kühle Weiße der Haut jenes Mädchens und an die Berührung mit jenem behauenen Marmor verringerte alles andere

77

auf der Welt zu einer Art von Irrelevanz, zu etwas, das in die Kategorie des Lästigen und Belanglosen fiel.

Endlich erscholl von der Hinterseite des Ladens her ein Ausbruch von Fröhlichkeit, der ihn tatsächlich veranlaßte, ein paar hastige Schritte in jene Richtung zu tun; aber er hielt jählings inne, zurückgehalten von seinem Sinn für persönliche Würde. „Ich kann mich wirklich gerade jetzt nicht mit den Eingeborenen von Blacksod in geile Späße einlassen!" dachte er bei sich. „Aber es bleibt noch eine Menge Zeit. Ich zweifle nicht daran, daß William Solent kein solches Zaudern empfunden hätte!" Und ihn überkam der Gedanke, wie lächerlich dieser würdevolle Rückzug jenem grinsenden Schädel im Friedhofe erscheinen würde.

Doch der junge Mann und der Knabe kamen jetzt ziemlich ernst wieder in den vorderen Teil des Ladens zurück.

„Hier haben Sie, Sir", sagte Bob Weevil, überreichte ihm ein tüchtiges Paket und blies hierbei die Wangen auf. „Ich glaube, Mr. Urquhart wird sie nach seinem Geschmack finden." Er machte eine Pause und warf Wolfs Begleiter einen Blick voll verschwörerischer Bedeutung zu. „Erzähl Gerdie nicht, was ich über dieses Bild gesagt habe; nicht wahr, Lob?" fügte er hinzu.

In dieser Bemerkung lag ein Ton, der zur Folge hatte, daß Wolfs Gesicht steif wurde und seine Augenbrauen sich emporzogen. „Und jetzt können Sie mir vielleicht sagen", bemerkte er, „wo ich Mr. Malakites Laden, die Buchhandlung, finden kann?"

Die beiden Freunde wechselten einen erstaunten und beschämten Blick, der nicht ganz frei war von Mißbilligung. Bücher waren offenbar etwas, das beiden feindseligen Argwohn einflößte. Aber der junge Kaufmann gab ihm detaillierte Auskunft, der Lob Torp mit satirischer Herablassung lauschte. „Auf baldiges Wiedersehen!" murmelte Wolf in würdevoller Liebenswürdigkeit und verließ den Laden.

Er ging diesmal sehr langsam über das Blacksoder Pflaster und ertappte sich dabei, wie er seinen Überzieher fest zuknöpfte und seinen Kragen aufstellte; denn der Wind hatte sich von Nordwest nach Norden gedreht, und die Luft, die ihm jetzt ins Gesicht wehte, hatte über die Hirtenpfade der Ebene von Salisbury gepfiffen.

Ah! Hier war die Antiquariatsbuchhandlung, die als Aufschrift nur das einzige seltsame Wort „Malakite" trug. Er blieb eine Sekunde stehen, um das Schaufenster anzusehen, und war sowohl überrascht wie auch erfreut von der Anzahl und Seltenheit der Werke, die dort zum Verkauf ausgestellt waren. Das Haus selbst war ein solid konstruierter, derber Bau aus der mittleren Viktorianischen Zeit, mit einem grauen Schieferdach; auf der einen Seite gab es eine schmale offene Passage, die, wie er sehen konnte, in einen kleinen ummauerten Garten an der Hinterfront führte.

Er stieß die Tür auf und betrat den Laden. Zuerst fand er es schwer, deutlich zu sehen; denn es war schon fast vier Uhr, der Himmel war dicht umzogen, das Lokal schlecht beleuchtet, die Gasflammen waren nicht angezündet. Aber nach einem Moment des Zögerns nahm er einen großen, hageren, bärtigen alten Mann wahr, mit eingefallenen Wangen, tiefen Augenhöhlen, kurzgeschnittenem, graumeliertem Haar, der in einer Ecke des Ladens vor einem kleinen runden Tisch auf einem rauhen, verschossenen Roßhaarfauteuil saß und sorgfältig die losen Blätter eines großen Folianten, den er auf seinen Knien hielt, zusammenklebte. Der Kopf des alten Mannes war tief über seine Arbeit gebeugt, und er gab kein Zeichen, daß er jemand eintreten gehört habe.

„Mr. Malakite?" sagte Wolf ruhig und ging zwischen Reihen von Büchern auf ihn zu. Seine Annäherung war in jenem dämmerigen Licht so leicht und natürlich, daß man sich sein Erstaunen vorstellen kann, als der alte Mann den Folianten zu Boden fallen ließ und mit so erregter Heftigkeit taumelnd aufsprang, daß auch der runde Tisch umstürzte und der Gummitopf auf den Boden fiel. An jenem dämmerigen Ort war es fast gespenstisch zu sehen, wie die Augen in dem alten gerunzelten Gesicht vor sich hinstarrten wie schwarze, in hölzernes Getäfel gebrannte Löcher.

„Ich habe Sie erschreckt, Sir", murmelte Wolf höflich und trat ein wenig zurück. „Es ist ein dunkler, kalter Nachmittag. Ich fürchte, ich habe Sie gestört. Es tut mir sehr leid."

Eine Sekunde lang schien der alte Buchhändler zu wanken und zu schwanken, als ob er seinem Folianten auf dem Boden nachfolgen wollte; aber er gewann wieder die Herrschaft über sich, stützte sich auf die Armlehne seines Roßhaarfauteuils und begann mit trockener, gesammelter Stimme zu sprechen. Seine Worte waren dem Besucher ebenso unerwartet wie vorhin seine Erregung.

„Wer sind Sie denn, junger Mann?" fragte er ernst. „Wer waren Ihre Eltern?"

Selbst Dante konnte, als er im Inferno aus jenem stolzen Grab eine ähnliche Frage hörte, nicht erstaunter gewesen sein als Wolf bei diesem außergewöhnlichen Verhör.

„Mein Name ist Wolf Solent, Mr. Malakite", antwortete er bescheiden. „Der Name meines Vaters war William Solent. Er war Lehrer an der Schule von Ramsgard. Meine Mutter lebt in London. Ich fungiere jetzt als Sekretär Mr. Urquharts."

Der alte Mann hörte diese Worte und stieß einen seltsam rasselnden Seufzer aus, tief eingezogen in die Brust, wie das Geräusch des Windes, der durch einen Fleck mit toten Disteln bestandenen Landes weht. Er machte mit einem seiner langen knochigen Arme eine matte Bewegung, halb entschuldigend, halb bekümmert, und sank wieder in seinen Fauteuil zurück.

„Sie müssen verzeihen, Sir", sagte er nach einer Pause. „Sie müssen mir verzeihen, Mr. Solent. Die Sache ist so, daß mich Ihre Stimme, als sie so plötzlich zu mir drang, an Dinge erinnerte, die man wohl ... an zu viele Dinge." Die Stimme des alten Mannes erhob sich bei den Worten „zu viele", aber seine nächste Bemerkung war ruhig und natürlich. „Ich kannte Ihren Vater sehr gut, Sir. Wir waren intime Freunde. Sein Tod war ein großer Schlag für mich. Ihr Vater war ein sehr bemerkenswerter Mann, Mr. Solent."

Als Wolf diese Worte hörte, trat er an die Seite des Buchhändlers und legte mit einer ungezwungenen und spontanen Bewegung seine Hand auf die Hand des alten Mannes, die auf der Armlehne des Fauteuils lag.

„Sie sind der zweite Freund meines Vaters, dem ich in der letzten Zeit begegnet bin", sagte er. „Der andere war Miss Selena Gault."

Der alte Mann schien kaum auf diese Worte zu hören. Er starrte weiter aus seinen tiefliegenden Augenhöhlen mit flehentlicher Anspannung zu ihm hin.

Wolf, der sich ein wenig unbehaglich zu fühlen begann, beugte sich nieder und beschäftigte sich damit, den umgestürzten Tisch, den Gummitopf und den Folianten aufzuheben. Hierbei begann er sich eines Gefühls bewußt zu werden, das jenem ähnelte, das er in Mr. Urquharts Bibliothek empfunden hatte — des Gefühls der Gegenwart von Formen menschlicher Schlechtigkeit, die seinen Erfahrungen völlig fremd waren.

Kaum hatte er den Folianten wieder wohlbehalten auf dem Tisch verstaut, als sich die Tür hinter ihm rasch öffnete und mit einem widerhallenden Geräusch schloß. Er blickte sich um; und da stand, zu seiner Überraschung, Darnley Otter. Dieser ruhige Gentleman brachte eine solche Atmosphäre von Ungezwungenheit und Ordentlichkeit mit sich, daß Wolf eine Welle sehr angenehmer Sicherheit durch seine Nerven gleiten fühlte. Er war in der Tat durch und durch erleichtert, diesen blonden Bart und diese gütige Schweigsamkeit wieder vor sich zu haben. Des Mannes reservierte Art und sein höfliches Lächeln gaben Wolf ein behagliches Gefühl der Rückkehr zu jenen normalen und natürlichen Konventionen, von denen er sich seinem Gefühl nach sehr weit entfernt zu haben schien, seit er gestern den Teeraum des Lovelace-Hotels verlassen hatte.

Die beiden jungen Männer tauschten Grüße, während sie der Eigentümer der Buchhandlung mit einer Art geduldiger Verwirrung betrachtete. Er erhob sich dann langsam.

„Es ist Zeit für den Tee", sagte er mit sorgsam abgemessener Stimme. „Gewöhnlich sperre ich den Laden zu und gehe in meine Wohnung hinauf. Ich weiß nicht, ob —" Er zögerte und blickte von dem einen zum anderen. „Ich weiß nicht, ob es nicht zuviel verlangt wäre — wenn ich Sie beide bäte, mit mir hinaufzukommen?"

Wolf und Mr. Otter gaben gleichzeitig ihrem besonderen Wunsch Ausdruck, mit ihm eine Tasse Tee trinken zu können.

„Ich werde also gehen und es meiner Tochter sagen", bemerkte er eifrig. „Wissen Sie, Mr. Otter, ich habe das Gefühl, als ob dieser junge Gentleman und ich bereits alte Freunde wären. Apropos, dieser Foliant, Sir —" und er wandte sich an Solent — „ist das Buch, dessentwegen ich Mr. Urquhart geschrieben habe. Ich glaube, ich werde es am besten Ihnen anvertrauen. Es ist ein Schatz. Aber Mr. Urquhart ist ein guter Kunde. Ich glaube dennoch nicht, daß er es wird kaufen wollen. Der Preis ist höher, als der Squire gerne zu geben pflegt. Wollen Sie mich also entschuldigen, meine Herren?"

Bei diesen Worten öffnete er die Tür an der Hinterseite des Ladens und verschwand aus dem Gesichtskreis. Die beiden Männer blickten einander mit jenem besonderen Blick an, den normale Leute austauschen, wenn eine außergewöhnliche Person plötzlich von ihnen gegangen ist.

„Ein bemerkenswerter alter Bursche", bemerkte Wolf ruhig.

Darnley zuckte die Achseln und blickte sich rings im Laden um.

„Meinen Sie nicht?" fuhr Solent fort.

„Oh, nichts einzuwenden", gab der andere zu.

„Sie mögen ihn also nicht?"

Die einzige Antwort darauf war bloß eine Geste, die die Scheu vor einem unliebsamen Thema ausdrücken sollte.

„Warum, was ist los?" fragte Solent, in ihn dringend.

„Oh, na schön", erwiderte der Lateinlehrer, gezwungen, sich nun etwas deutlicher zu erklären. „An Mr. Malakite knüpft sich eine ziemlich düstere Legende, im Zusammenhang mit seiner Frau."

„Seiner Frau?" echote Wolf.

„Es heißt, daß er sie durch Scham getötet hat."

„Scham? Sterben Menschen an Scham?"

„Es sind solche Fälle bekannt", sagte der Schulmeister trocken,

„wenigstens in klassischen Zeiten. Sie haben doch wahrscheinlich von Ödipus gehört, Solent?"

„Aber Ödipus ist nicht gestorben. Das ist der springende Punkt. Die Götter führten ihn fort."

„Nun, vielleicht werden die Götter Mr. Malakite fortführen."

„Was meinen Sie damit?" forschte Wolf mit großem Interesse und senkte seine Stimme.

„Oh, wir machen wohl zuviel aus diesen Dingen. Aber es gab einen Streit zwischen diesem Mann und seiner Frau, im Zusammenhang mit seiner Vorliebe für beider Tochter, für die ältere Schwester dieser jungen Christie hier ... und ... na schön ... es kam auch ein Kind zur Welt."

„Und die Frau starb?"

„Die Frau starb. Das Mädchen wurde nach Australien geschickt. Es scheint, daß sie den Anblick ihres Kindes nicht ertragen konnte und daß es ihr abgenommen wurde. Ich weiß nicht, ob der Fall vors Gericht kam oder ob er vertuscht wurde. Ihre Freundin, Miss Gault, kennt die ganze Sache."

Wolf war still und grübelte über all dies nach.

„Kein sehr erfreulicher Hintergrund für die andere Tochter", brachte er schließlich hervor.

„Oh, sie ist ein komisches kleines Ding", sagte Darnley lächelnd. „Sie lebt so völlig in Büchern, daß sie, wie ich glaube, wohl kaum irgend etwas, das in der wirklichen Welt geschieht, sehr ernst nimmt. Es scheint mir, wenn ich sie treffe, immer, als ob sie gerade aus einer tiefen Trance erwacht wäre und in diese zurückkehren möchte. Sie und ich vertragen uns glänzend. Nun, Sie werden sie ja in einer Minute sehen und können dann selbst urteilen."

Wolf war wieder still. Er dachte an die Freundschaft zwischen diesem alten Mann und seinem Vater. Zaudernd überlegte er, ob er Darnley die unerwartete Erregung verraten sollte, die er durch sein Erscheinen verursacht hatte. Aus irgendeinem Grunde widerstrebte es ihm, dies zu tun. Er hatte das unbestimmte Gefühl, daß seine neue Nähe zu seinem zynischen Erzeuger ihn zu einer gewissen Vorsicht verpflichtete. Er stand am Anfang allerlei dunkler Verwicklungen. Nun schön! Er würde all seinen Verstand aufbieten; aber auf jeden Fall würde er das ganze Problem für sich behalten.

„Ich ging in Torps Geschäft", bemerkte er voll Eifer, das Thema zu wechseln. „Der Kerl scheint mit Redferns Grabstein noch nicht sehr weit gekommen zu sein."

Darnley Otter hob seine schweren Augenlider und richtete aus seinen makrelenblauen Augen einen plötzlichen, durchdringenden Blick auf ihn.

„Hat Urquhart mit Ihnen über Redfern gesprochen?" fragte er.

„Er hat nur über ihn gemurrt, weil er mit dem Buch irgend etwas getan hat, was nicht seinen Ideen entsprach. Haben Sie ihn gekannt? Starb er plötzlich?"

Statt zu antworten, wandte ihm Mr. Otter den Rücken zu, steckte die Hände in die Taschen und begann, in dem Laden, der um sie herum dunkler und immer dunkler zu werden schien, auf und ab zu gehen. Er hielt plötzlich inne und zupfte an seinem gepflegten Bart.

„Ich habe gestern vor Ihnen meine jämmerliche Arbeit in der Schule verflucht", sagte er. „Aber wenn ich an das Elend denke, das menschliche Wesen in dieser Welt einander zufügen, bin ich dankbar dafür, daß ich Latein unterrichten kann und mich um nichts anderes zu kümmern brauche. Aber ich übertreibe wohl; ich übertreibe wohl."

In jenem Moment öffnete sich die Tür im hinteren Teil des Geschäftes, der alte Buchhändler stand an der Schwelle und rief sie mit einer ruhigen, wohlerzogenen Stimme.

„Wollen Sie kommen, meine Herren? Wollen Sie kommen?"

Sie folgten ihm schweigend in einen kleinen unbeleuchteten Gang. Mr. Malakite ging ihnen mit langsamem, sorgsamem Tasten voraus und führte sie über eine Treppenflucht zu einem Stiegenabsatz, wo mehrere geschlossene Türen und eine offene waren. An dieser trat er zur Seite und gab ihnen ein Zeichen, einzutreten.

Das Zimmer, in dem sie sich jetzt befanden, war von einer angenehmen Lampe mit grünem Schirm beleuchtet. Ein warmes Feuer brannte im Kamin, vor dem ein zierlicher Teetisch stand, mit einem altmodischen Krug, einer silbernen Teekanne, einigen Tassen und Näpfchen aus Dresdner Porzellan und einer großen Schüssel mit dünnen Butterbroten.

Neben diesem Tisch erhob sich zu ihrer Begrüßung ein zerbrechlich aussehendes Mädchen, dem man jedes beliebige Alter zwischen zwanzig und fünfundzwanzig hätte geben können. Darnley Otter grüßte diese junge Person in der Art eines wohlwollenden Onkels und hielt, während sie Wolf die Hand schüttelte, ihre linke Hand voll Zuneigung in der seinen.

Solent hatte, seit er King's Barton verlassen, so viele verwirrende Eindrücke empfangen, daß er reichlich froh war, sich jetzt in diesem friedlichen Raum einem Gefühl hinzugeben, das in der Tat einem unbestimmten, pulverisierten Schmerzstillungsmittel glich und fast quäkerhafte Gemütsruhe hervorrief. Was er fühlte, war zweifellos der Persönlichkeit Christie Malakites zuzuschreiben; aber wie er sich in einen Lehnstuhl an ihrer Seite niederließ, war der Eindruck ihrer Erscheinung beschränkt auf eine Impression schlicht gescheitelten Haares, eines launischen, spitzen Kinns und einer Gestalt, die so zart und geschlechtslos war, daß sie an jene mageren, androgynen Formen erinnerte, die man manchmal auf frühitalienischen Bildern sehen kann.

Einige Minuten lang ließ Wolf das Gespräch zwischen Darnley und Christie leicht und ungezwungen weitergehen, während er sich selbst damit beschäftigte, sich an dem Tee zu erlaben. Dennoch zögerte er nicht, ab und zu verstohlene Blicke auf das außergewöhnliche Gesicht des alten Mannes zu werfen, der, ein wenig abseits vom Tische, in einer Art geistesabwesender Schlaftrunkenheit ausruhte, die knochigen Hände um eines seiner mageren Knie gefaltet und die Augen halb geschlossen.

Dann, ganz momentan, fand sich Wolf, wie er seinen Besuch in der Werkstatt des Steinmetzen beschrieb und sich ohne die leiseste Verlegenheit über den hypnotischen Zauber verbreitete, in dessen Bann er durch Gerdas Lieblichkeit geraten war.

Es schien ihm aus irgendeinem geheimnisvollen Grund, daß er zu diesen zwei Leuten freier sprechen konnte, als er jemals in seinem Leben gesprochen hatte.

Er fühlte jetzt schon, so wenig er auch noch von ihm gesehen hatte, eine echte Zuneigung für Darnley Otter, eine Zuneigung, die, wie er Grund hatte zu glauben, ebenso lebhaft erwidert wurde. Und überdies schien in dem bleichen, unbestimmten Profil des Mädchens an seiner Seite, in der geduldigen Schlankheit ihres Halses, in der kühlen Distanz ihrer ganzen Haltung etwas zu liegen, das die Flut seiner Rede entfesselte und rings um ihn das zwanglose Bewußtsein schuf, Aug in Aug mit sich selbst und Aug in Aug mit dem allgemeinen Strom des Lebens zu sein.

Darnley verspottete ihn mit trockener Schamlosigkeit wegen seiner eingestandenen Betörung durch des Steinmetzen Tochter, und Christie, die ab und zu seiner dahinsprudelnden Rede ein beinahe elfisches Lächeln schenkte, bot sich, während sie zum dritten oder vierten Male seine Tasse füllte, sogar an, ihm bei seinem Abenteuer zu helfen, indem sie das junge Mädchen, das sie, wie sie sagte, ausgezeichnet kannte, an irgendeinem ihm genehmen Nachmittag gemeinsam mit ihm zum Tee einladen würde.

„Sie ist schön", wiederholte das Mädchen. „Ich liebe es, sie anzusehen. Aber ich mache Sie darauf aufmerksam, Mr. Solent, daß Sie viele Rivalen haben werden."

„Sie ist etwas Ärgeres als eine bloße Kokette", bemerkte Darnley ernst. „Sie hat etwas in sich, das, wie ich mir immer vorgestellt habe, Helena von Troja gehabt haben muß — eine Art unheilvoller Passivität. Ich weiß es als verbürgte Tatsache, daß sie bereits drei Liebhaber gehabt hat. Einer von ihnen war ein junger Oxforder Student, der, wie ich gehört habe, ein furchtbarer Wüstling war. Ein anderer, so sagt man, war Ihr Vorgänger, der junge Redfern. Aber keiner von ihnen — entschuldigen Sie, Christie, Liebste — scheint sie, wie man hier zu sagen pflegt, ,in Schande gebracht zu haben'. Keiner von ihnen scheint auch nur den geringsten Eindruck auf sie gemacht zu haben! Ich bezweifle, daß sie etwas besitzt, was man Herz nennen könnte. Gewiß kein Herz, das Sie, Solent" — er lächelte ein überaus höfliches ironisches Lächeln — „aller Wahrscheinlichkeit nach zu brechen imstande sein werden. Also nur weiter so, mein Freund! Wir werden den Verlauf Ihrer ,furtivi amores', wie Catull sagen würde, mit dem allerkaltblütigsten Interesse beobachten. Nicht wahr, Christie?"

Das junge Mädchen wandte Wolf ihren stetigen, unprovokanten, nachsichtigen Blick zu. „Vielleicht", sagte sie ruhig, nach einem Augenblick, in dem Wolf das Gefühl hatte, als wäre sein Geist dem ihren begegnet, wie zwei körperlose Schatten in einem dahinfließenden Strom, „vielleicht wird es in diesem Fall anders sein. Würden Sie sie heiraten, wenn es anders wäre?" Diese Worte wurden in einem Ton hinzugefügt, der jene Art schwachen, wäßrigen Spottes in sich hatte, in dem sich eine Wassernymphe gefallen haben mochte, wenn sie die ziemlich beschwerte Erdenliebe eines sterblichen Paares beobachtete.

„Oh, verteufelt, das geht ein wenig zu rasch, selbst für mich!" protestierte Wolf. Und in der Stille, die darauf folgte, schien es ihm, als hätten es diese beiden Menschen, dieser Darnley und diese Christie, in einer Art subtiler Verschwörung gemeinsam zustande gebracht, seiner heimlichen Besessenheit ihre köstliche Schärfe zu nehmen.

„Der Teufel soll sie holen", flüsterte er vor sich hin. „Ich war ein Idiot, daß ich darüber gesprochen habe. Aber so ist's einmal! Nichts von ihrem Geschwätz kann die Süße Gerdas weniger hinreißend machen." Aber während er noch mit einer halb humoristischen Gereiztheit diese Auflehnung formulierte, wurde er sich dessen bewußt, daß sich seine Stimmung auf irgendeine unmerkliche Art doch geändert hatte. Unter dem Schutz des freundschaftlichen Geplauders, das zwischen Darnley und Christie weiterging, begegnete er ein- oder zweimal dem still beobachtenden Blick des alten Buchhändlers, der jetzt seine Pfeife angezündet hatte und sie alle mit einer trüben Intensität beobachtete, und es kam ihm der Gedanke, daß es ebensosehr dem erschütternden Eindruck dessen, was er über den alten Mann gehört hatte, wie irgendeiner Bemerkung jener beiden zuzuschreiben sein mochte, daß diese Veränderung eingetreten war.

„Aber zum Teufel mit ihnen allen", flüsterte er vor sich hin, als er und Darnley aufstanden, um zu gehen. „Ich habe nie etwas so Begehrenswertes gesehen wie den Körper dieses Mädchens und ich werde mich nicht überreden lassen, auf ihn zu verzichten."

Ehe er das Haus verließ, hüllte der alte Buchhändler den Folianten in Papier und Karton und legte ihn in Wolfs Hände, wobei er mechanisch eine Bemerkung über sein berufliches Interesse an dem Erhaltungszustand des Buches machte. Aber der Ausdruck in Mr. Malakites eingesunkenen Augen, während diese Transaktion stattfand, schien Wolf eine ganz andere Bedeutung zu haben — eine Bedeutung, die absolut nicht mit der Geschichte der Familie Evershot in Zusammenhang stand.

Während des ganzen Heimwegs nach King's Barton machte Wolf, wie die beiden Männer in freundlichem, fragmentarischem Gespräch Seite an Seite dahingingen, hartnäckig krampfhafte Versuche, den Folianten und die Würste so zu placieren, daß seine rechte Hand für den Eichenholzstock frei bliebe. Er lehnte jede angebotene Hilfe seines Gefährten mit einer Art obstinaten Stolzes ab und erklärte, er trage „gerne" Pakete; aber die physische Schwierigkeit dieser Transaktionen hatte die Wirkung, seine Empfänglichkeit sowohl für den Einfluß des Abends wie auch für die Konversation seines Bekannten zu vermindern.

Es war jetzt schon ganz dunkel; und der Nordwind, der durch die Schwarzdornhecken pfiff, durch die Wipfel der Bäume seufzte und in den Telegraphendrähten winselte, hatte begonnen, jene besondere Last unpersönlicher Wehmut in sich aufzunehmen, die den natürlichen Kummer der Menschengeschlechter mit irgendeinem seltsamen planetarischen Leid zu vereinen scheint, dessen Charakter unenthüllt ist.

Der Einfluß dieses traurigen Liedes begann allmählich, trotz dem durch das obstinate Festhalten der Pakete verursachten Zwang, Wolfs Gemüt zu beeinflussen. Es schien auf den Schwingen dieses Windes zurückzujagen, zurück zu den beiden Menschenschädeln — zu dem fleischlosen, in der Erde begrabenen Kopf William Solents und dem verzweifelnden Kopf jenes Sohnes des Verderbens, der auf den Stufen von Waterloo Station gekauert war.

Im Geiste verglich er, während er seine Entgegnungen auf die Worte seines Gefährten durch den stürmenden Wind schrie, den sardonischen Aplomb des Schädels unter der Erde mit jener gespenstischen Verzweiflung des Lebenden, und er schleuderte über die Dornhecke eine wilde Bemerkung hinsichtlich der Wege Gottes.

Der gepflegte Bart Darnley Otters mochte weiter dahinschwanken . . . Wie ein braves Bugspriet, das „nächtlich zum Pol weist" . . . Aber der Kiel eines jeglichen menschlichen Schiffes hatte ein Leck . . . Es war nur eine Frage des Zufalls . . . des nackten Zufalls . . . wie weit dieses Leck klaffen würde . . . Jeder schwankende Bart . . . jedes tapfere Kinn konnte einst dazu kommen, in jedem Augenblick, schreien zu müssen: „Halt, genug!" . . .

Und plötzlich, im Schutze der Dunkelheit, nahm Wolf seinen Hut ab, straffte den Kopf zurück und streckte seinen Hals, soweit es gehen wollte, daß er, ohne die Bewegung des Gehens zu verlangsamen, sein Gesicht in horizontale Lage brachte. In dieser Stellung machte er eine abscheuliche Grimasse in die Unendlichkeit — eine Grimasse, gerichtet an die das Universum regierende Macht. Was er durch diese Grimasse auszudrücken wünschte, war eine Ankündigung, daß sein eigenes geheimes Glück ihn noch nicht „erledigt" hatte . . .

Sein Geist flog wie eine Rakete empor unter jene fernen Sterne. Er sah sich selbst auf irgendeinem unglaublichen Kap auf dem am schwächsten leuchtenden Stern, den er sehen konnte, stehen. Selbst von jenem überlegenen Standplatze aus drängte es ihn, seinen Trotz zu wiederholen — noch nicht „erledigt", oh, du tückisches Weltall! — noch nicht „erledigt"!

Das Lied der Amsel

Das Schicksal schien gewiß bestrebt, ihn zu „erledigen", denn als er an jenem Abend, nachdem er mit den Otters das Dinner genommen hatte, mit seinen Paketen im Herrenhaus erschien, zeigte sich Mr. Urquhart so entzückt von dem Buch, daß er ihn beauftragte, gleich am nächsten Morgen zu dem Buchhändler zurückzukehren und dem alten Mann ein großzügiges Angebot zu stellen.

Wolf erwachte also am nächsten Tage in jener unbestimmbaren köstlichen Stimmung, in der das Gefühl kommender Glückseligkeit gleich einer großen geschmolzenen Perle jedes unmittelbar nahe Objekt und jede Person mit flüssigem Zauber zu bedecken scheint.

Er nahm mit ungemischter Genugtuung sein Bad zwischen den vier nackten Wänden, an denen gewisse schwach umrissene Vierecke in dem ausgedehnten Weiß die Verbannung jeglicher Kunst, mit Ausnahme der der Luft, der Sonne und des Windes, verkündeten.

Er bekam keinen der beiden Brüder zu Gesicht. Jason war noch nicht aufgetaucht; und obwohl unbestimmt davon gesprochen worden war, daß er selbst Darnley bei seinem frühen Abmarsch begleiten würde, war es jetzt klar, daß der jüngere Otter den Wunsch hegte, frei von jeder menschlicher Gemeinschaft seinen Morgenspaziergang zu machen.

Dies alles war recht angenehm für Wolf, der wie die meisten Verschwörer ein heimliches Verlangen hegte, sich selbst überlassen zu bleiben. Und er entschloß sich, ohne diesen Vorsatz in eine Form zu bringen, sobald sein Geschäft mit Malakite geregelt wäre, seinen Weg zu der Werkstätte des Steinmetzen zu nehmen.

Aus seinem Frühstücksgespräch mit Mrs. Otter erfuhr er, daß es möglich war, jenen Teil der Stadt, in dem der Buchhändler wohnte, zu erreichen, ohne die Chequers Street in ihrer ganzen Länge hinabzugehen. Dies paßte ihm gut, da er den Wunsch hegte, sein Erscheinen im Haushalte Torp zeitlich so einzuteilen, daß er sicher sein konnte, das Mädchen zu Hause zu finden.

Er hatte, sorgsam an den Rand seines Tellers gelegt, einen Brief seiner Mutter gefunden und noch einen Brief, mit dem Poststempel von Ramsgard, als dessen Absenderin er Selena Gault vermutete. Diese beiden Briefe steckte er hastig in die Tasche, besorgt, sie könnten irgendwie in unheilvoller Art seine Pläne für diesen glückverheißenden Tag durchkreuzen.

Es fehlte ungefähr eine Stunde auf Mittag, als er, bewaffnet mit der Erlaubnis, bis zu fünf Pfund für die Evershotchronik zu bieten, zum zweitenmal das Geschäft Mr. John Malakites betrat.

Der alte Mann empfing ihn ohne die entfernteste Spur jener Erregung vom Tage vorher. Er nahm Mr. Urquharts Anbot so rasch an, daß Wolf sich seiner Geschicklichkeit als Geschäftsvermittler ein wenig schämte. Aber er war froh, dem abscheulichen Feilschen entgangen zu sein, und schickte sich eben an, von dem Buchhändler Abschied zu nehmen, als der Mann mit einer farblosen und neutralen Stimme, als ob dieser Vorschlag eine mechanische Höflichkeitsformel wäre, fragte: „Wollen Sie mit mir hinaufkommen, Mr. Solent, und etwas trinken?"

Wolf, der wußte, daß unmittelbare Eile nicht not tat, wenn er seinen Besuch bei den Torps so einteilen wollte, daß er sie beim Mittagmahl antraf, stimmte diesem Vorschlag zu und folgte, wie das frühere Mal, mit nicht fragender Gelehrigkeit dem alten Mann über das dunkle Stiegenhaus.

Er fand Christie in einer langen blauen Schürze, wie sie in dem kleinen Wohnzimmer Staub abwischte. Wolf war gerührt von der ernsten Ungeschicklichkeit, mit der sie dieses Kleidungsstück über den Kopf zog und es zu Boden warf, ehe sie ihm die Hand reichte. Das Kleid, in dem sie sich jetzt zeigte, war von einem düsteren Braun und so eng anliegend, daß es nicht nur ihre Schlankheit betonte, sondern ihr ein beinahe hieratisches Aussehen verlieh. Mit ihrem glattgescheitelten Haar und ihren abwesenden braunen Augen glich sie einer zurückgezogenen Priesterin der Artemis, die man in irgendeinem heiligen Ritus gestört hatte.

Kaum hatte der Besucher Platz genommen, als Mr. Malakite eine unverständliche Entschuldigung murmelte und in den Laden hinabging.

Das Mädchen stand eine Weile schweigend da und sah auf ihren Besucher hinunter, der ihren forschenden Blick ohne Verlegenheit erwiderte. Ein köstliches Gefühl endlos lang bestehender Intimität und Heimlichkeit überflutete ihn.

„Nun, Mr. Solent", murmelte sie, „ich nehme an, daß Sie Blacksod nicht verlassen werden, ohne Gerda zu sehen?"

„Ich dachte, ich würde warten, bis sie beim Essen sind", sagte er, „weil ich sie dann bestimmt treffen werde. Redferns Grabstein kann ja wieder als Vorwand verwendet werden."

Christie nickte ernst. „Ich habe ihr gestern geschrieben", sagte sie, „nachdem Sie fortgegangen waren. Wenn ich gewußt hätte, daß Sie heute herkommen würden, hätte ich sie zum Tee bitten können. Aber ich glaube, sie wird so oder so kommen. Sie besucht mich oft."

Während das Mädchen diese Worte sprach, wurde Wolf zum erstenmal die außerordentliche Klangfarbe gewahr, in der ihre Stimme abgetönt war. Es war ein Schlüssel, so schwach und so resonanzlos, daß er an einen wirklichen Fehler in ihren Stimmbändern denken ließ. Sobald er sich dieser Eigentümlichkeit bewußt wurde, ertappte er sich dabei, wie seine Aufmerksamkeit von der Bedeutung ihrer Worte abschweifte und sich auf ihre merkwürdige Intonation konzentrierte.

Aber sie trat jetzt zum Kamin, beugte sich darüber und stieß mit einem außergewöhnlich großen silbernen Schürhaken nach einem kleinen Kohlenstück.

„Dieses Mädchen muß schon übersättigt sein von Bewunderung", bemerkte Wolf, „meinen Sie nicht auch? Ihre Mutter muß eine recht ängstliche Zeit durchmachen."

„Ich nehme an, daß ihre Mutter weiß, wie gut Gerda sich in acht nehmen kann", gab Christie zurück und warf ihm, während sie sich auf den Griff des Schürhakens stützte, einen Seitenblick zu. Ein paar dünne, lose Strähne seidigen braunen Haares hingen ihr über die Brauen, über die Nase, den Mund, das Kinn und erweckten den Eindruck, als ob sie ihn durch die herabhängenden Ranken einer wilden Vegetation anblickte.

Ihre Bemerkung wurde, wie man sich wohl denken kann, von ihrem Gast nicht allzu warm aufgenommen.

„Welch ein Ausdruck", rief er trotzig, „sich in acht nehmen! Warum, zum Teufel, sollte sie sich nicht wirklich in acht nehmen?" Und er begann nachzudenken, wie es wohl kam, daß sich diese von Sophismen angesteckte junge Dame jemals mit der Tochter des Steinmetzen angefreundet hatte. Christie war so wohlerzogen, daß es schwer war, sie mit einer Familie vom Schlage der Torps in Verbindung zu bringen.

Das Mädchen lächelte, während es den silbernen Schürhaken wieder an die Seite des Kamins zurücklegte. „Gerda weiß sehr gut, daß ich mich nicht um sie sorge", sagte sie. „Entschuldigen Sie mich für eine Minute", fügte sie hinzu und glitt an ihm vorbei in einen an das Zimmer anstoßenden Alkoven.

Wolf benützte ihre Abwesenheit, um zu einem Bücherregal hinüberzugehen, das bereits seine Aufmerksamkeit auf sich gezogen hatte. Was jetzt zuerst sein Interesse festhielt, war eine Ausgabe von Sir Thomas Brownes „Hydriotaphia oder Urnenbegräbnis". Er nahm dieses Buch vom Regal und blätterte eben träumerisch darin, als das Mädchen mit einem Glas Rotwein in der Hand zurückkehrte. Hastig stellte er das Buch an seinen Platz zurück, hob den Wein zu seinen Lippen und konnte sich nicht zurückhalten, über einige andere, abstrusere Bände, die das Regal enthielt, Bemerkungen zu machen.

„Ich sehe, daß Sie Leibniz lesen, Miss Malakite", sagte er. „Finden Sie nicht, daß diese seine ‚Monaden' schwer zu verstehen sind? Sie haben hier auch Hegel, wie ich bemerke. Zu d e m habe ich mich stets ziemlich hingezogen gefühlt, obwohl es mir schwerfallen würde, Ihnen zu sagen, warum."

Er nahm wieder Platz in seinem Korbstuhl, das Weinglas in der Hand.

„Sie lieben die Philosophie?" fuhr er fort und warf ihr einen freundlichen Seitenblick zu. Dabei zogen sich seine dichten Brauen zusammen und seine Augen wurden schmal und klein.

Sie setzte sich jetzt in seine Nähe auf das Sofa und glättete gedankenvoll ihren braunen Rock mit den Fingern. Sie war offenbar bestrebt, diese wichtige Frage mit geziemender Gewissenhaftigkeit zu beantworten.

Es schien Wolf, als ob das kleine Wohnzimmer mit diesem neuen Ernst auf den Zügen seiner Herrin aus seiner Schlaftrunkenheit erwachte und seine Individualität behauptete. Er beobachtete den unverfälschten Stil seiner geschliffenen Glasleuchter aus der Mitte des Jahrhunderts, seiner Möbelüberzüge, seiner Rosenholzsessel, seiner Genfer Uhr und der schweren Goldrahmen seiner Aquarelle. Während so das Morgenlicht über die grauen Schieferdächer und die gelben Stiefmütterchen auf dem Fensterbrett auf diese Dinge fiel, besaß der Raum gewiß einen bezaubernden Charakter eigener Art, dem der dicke dunkle Teppich und die große Mahagonivorhangstange über dem Fenster die letzten Lichter aufsetzten.

„Ich verstehe nicht die Hälfte dessen, was ich lese", begann Christie mit außergewöhnlicher Präzision. „Ich weiß nur das eine, daß jedes dieser alten Bücher für mich seine eigene Atmosphäre hat."

„Atmosphäre?" fragte Wolf.

„Es ist wohl drollig, so zu sprechen", fuhr sie fort, „aber alle diese seltsamen, nicht menschlichen Abstraktionen, wie Spinozas ‚Substanz' und Leïbnizens ‚Monaden' und Hegels ‚Idee' stehen nicht hart und logisch vor mir. Sie scheinen zu schmelzen."

Sie hielt inne und blickte Wolf mit schwachem Lächeln an, als ob sie für ihre absonderliche Pedanterie um Vergebung bitten wollte.

„Was meinen Sie damit — schmelzen?" murmelte er.

„Ich meine es so, wie ich es sage", antwortete sie mit einem Hauch von Klage, als ob das physische Aussprechen der Worte ihr schwerfiele und als ob sie von ihrem Gesprächspartner voraussetzte, daß er ihre Gedanken unabhängig von Worten verstehe. „Ich meine, sie verwandeln sich in das, was ich ‚Atmosphäre' nenne."

„Die Tonart der Gedanken", warf er ein, „die Ihnen am besten zusagt, nicht wahr?"

Sie blickte ihn an, als hätte sie mit Seifenblasen gespielt und als hätte er mit seinem Stock nach einer geschlagen.

„Ich fürchte, ich bin hoffnungslos, wenn ich mich ausdrücken soll", sagte sie. „Ich glaube nicht, daß ich die Philosophie überhaupt im Lichte der ‚Wahrheit' betrachte."

„Wie betrachten Sie sie denn?"

Christie Malakite seufzte. „Es gibt ihrer so viele!" murmelte sie entrückt.

„So viele...?"

„So viele Wahrheiten. Aber geben Sie sich keine Mühe mit dem Versuch, meinen seltsamen Methoden, Dinge auszudrücken, zu folgen, Mr. Solent."

„Ich folge Ihnen mit dem größten Interesse", sagte Wolf.

„Was ich wirklich sagen will, ist das folgende", fuhr sie ein wenig atemlos fort und stieß die Worte fast wild hervor. „Ich betrachte jede Philosophie nicht als die ‚Wahrheit', sondern eben wie ein besonderes Land, in dem ich umhergehen kann — wie Länder, mit ihrem eigenen, besonderen Licht, mit ihren gotischen Bauten, ihren Giebeldächern, ihren Alleen — aber ich fürchte, ich ermüde Sie mit all dem!"

„Fahren Sie fort, um Himmels willen!" bat er. „Das ist's gerade, was ich hören will."

„Ich meine, daß es so ist, gleich der Art, in der man die Dinge empfindet", erklärte sie, „wenn man draußen den Regen hört, während man ein Buch liest. Sie wissen doch, was ich meine? Oh, ich kann es nicht in Worte fassen! Wenn plötzlich das Gefühl über Sie kommt, daß das Leben draußen weitergeht ... ferne dem Ort, an dem Sie sind ... über weite Landstriche ... als ob Sie in einem Wagen führen ... und alle Dinge, an denen Sie vorbeikommen, wären ... das Leben selbst ... Brückengeländer, über die welke Blätter flattern ... Bäume an Kreuzwegen ... Parkgitter ... Lampenlichter im Teichwasser ... Ich meine natürlich nicht", fuhr sie fort, „daß Philosophie dasselbe ist wie das Leben ... aber — Oh! Können Sie denn nicht verstehen, was ich meine?" Sie brach mit einer ärgerlichen Bewegung der Ungeduld ab.

Wolf biß sich in die Lippen, um ein Lächeln zu unterdrücken. In jenem Augenblick wäre er imstande gewesen, die nervöse kleine Gestalt, die da vor ihm saß, in die Arme zu schließen.

„Ich weiß ganz genau, was Sie meinen", sagte er eifrig. „Die Philosophie ist für Sie, wie übrigens auch für mich, keine Wissenschaft. Sie ist das Leben, gesiebt und erhöht. Sie ist die Essenz des Lebens, am Flügel erfaßt. Sie ist das Leben ... eingerahmt ... eingerahmt in Zimmerfenstern ... in Waggonfenstern ... in Spiegeln ... in unseren dunklen Arbeitszimmern, wenn wir aufblicken von fesselnden Büchern ... in Wachträumen — ich weiß ganz genau, was Sie meinen!"

Christie zog, halb liegend, ihre Beine aufs Sofa und wandte den Kopf ab, so daß er nicht mehr von ihrem Gesicht sehen konnte als ihr zartes Profil, das ihn in dieser besonderen Stellung an ein Porträt des Philosophen Descartes erinnerte.

Er brachte das Gespräch wieder auf sich selbst. „Es ist seltsam", bemerkte er, „daß ich mich Ihnen in bezug auf Gerda so völlig anvertrauen kann."

„Warum?" brachte sie hervor.

„Sehen Sie denn nicht, daß das, was ich Ihnen zugebe, nichts anderes ist als ein skrupelloses Verlangen nach einer Liebesaffäre mit Ihrer jungen Freundin?"

„Oh!" Sie rief dies mit einem schwachen, nachdenklichen Seufzer, gleich einem launischen kleinen Windhauch, der zwischen federigem Schilf niedersinkt. „Sie meinen, daß Sie sie unglücklich machen könnten?"

Er schüttelte abbittend den Kopf.

„Aber Sie ziehen bei alldem so viele Dinge nicht in Betracht", fuhr sie fort. „Sie ziehen den Charakter Gerdas nicht in Betracht; und Sie ziehen Ihren eigenen Charakter nicht in Betracht, der, soviel ich weiß" — sie sprach in einem Ton, dessen Ironie kaum merklich war —, „wohl so interessant sein mag, daß der Vorteil eines Kontaktes mit ihm sogar — Ihre Skrupellosigkeit aufzuwiegen vermöchte!"

Wolf zog seine Hände zurück, die so nahe an Christies Ellbogen zusammengefaltet lagen, daß sie diesen fast berührten. Er schlang seine Finger nun hinter seinem Kopfe ineinander und wippte ein wenig mit seinem Sessel. „Verzeihen Sie mir, Miss Malakite", sagte er zerknirscht. „Ich begehe oft unverzeihliche Mißgriffe. Ich hätte das nicht zu Ihnen sagen dürfen ... nicht so unverblümt. Es ist, weil ich anscheinend ... eine Art von ... Neugierde hege. Ich glaube wenigstens, daß es Neugierde ist!"

„Schon gut, schon gut. Lassen Sie nur!" Sie sprach diese Worte mit einer Sanftheit, die so zart war wie eine Liebkosung — eine Liebkosung, wie sie einem unglücklichen Tier gewährt werden mochte, das Trost brauchte; und während sie sprach, beugte sie sich vor und machte mit der Hand eine kleine Bewegung zu ihm hin. Es war die bloße Andeutung einer Bewegung. Unmittelbar darauf lagen ihre Finger ineinander verschlungen auf ihrem Schoß. Aber er übersah diese Bewegung nicht und sie gefiel ihm wohl. Etwas anderes, was er nicht übersah, war, daß unter jeder emotionellen Spannung eine gewisse schwankende Formlosigkeit aus ihrem Gesicht verschwand. Mund, Nase, Wangen, Kinn, alle diese Züge, chaotisch und angedeutet, wenn sie sich selbst überlassen waren, erreichten in solchen Augenblicken eine Harmonie des Ausdruckes, die sich, wenn sie sie auch nicht wirklich erreichte, doch der Grenze des Schönen näherte.

Mit einem Ruck brachte Wolf seinen wippenden Sessel wieder auf den Boden.

„Es ist mir also verziehen?" fragte er und hielt einen Augenblick inne, während er ernst in ihren braunen Augen nach einer Spur suchte, die zu ihren geheimen Gedanken führen mochte. „Es müssen alle diese Bücher sein, die Sie lesen", fuhr er fort, „die Sie meine skandalösen Bekenntnisse so ruhig aufnehmen lassen." Er hielt wieder inne. „Ich nehme an", rief er aus, „daß die erstaunlichsten Verirrungen Sie nicht im geringsten abstoßen würden!" Sobald er diese Worte gesprochen hatte, erinnerte er sich dessen, was Darnley ihm erzählt hatte, und er hielt erschrocken den Atem an. Aber Christie Malakite gab kein Zeichen davon, daß sie schmerzlich berührt sei. Ja, sie lächelte sogar schwach.

„Ich weiß nicht", sagte sie, „ob es meine Lektüre ist, die mich zu dem gemacht hat, was ich bin. In einem gewissen Sinn bin ich konventionell. Darin haben Sie unrecht. Aber in einem anderen Sinn bin ich ... wie man es nennen könnte ... außerhalb der Grenzen."

„Meinen Sie ... nicht menschlich?"

Ernst dachte sie darüber nach.

„Ich mag es sicherlich nicht, wenn die Dinge gar zu menschlich werden", sagte sie. „Das ist wahrscheinlich der Grund dafür, daß ich die Bibel nicht ertragen kann. Ich liebe es, die Möglichkeit zu haben, in Teile der Natur zu entfliehen, die lieblich und kühl sind, unberührt und frei."

Wolf nickte verständnisvoll, aber er stand jetzt auf, um sich zu verabschieden, und ließ diese ihre Worte unbeantwortet verströmen, ließ sie, während er zur Tür schritt, zwischen den altmodischen Möbeln, die dieses Mädchen umgaben, zu Boden sinken, als wären sie kühler, mondlichtbeschienener Tau, der sich mit warmen Sonnenstäubchen vermischt. Sein endgültiger Eindruck war der, daß die alten Gegenstände in ihrem Zimmer stumm und mißbilligend über diese schwache heidnische Herausforderung an den Anthropomorphismus der Schrift nachgrübelten.

Einmal draußen auf der Straße — und sonderbar genug: ehe noch sein Gedanke überhaupt zu Gerda zurückkehrte —, fand Wolf, daß er sich etwas in Erinnerung rief, was er seinerzeit kaum bemerkt hatte, was aber jetzt eine seltsame Wichtigkeit bekam. Zwischen den Seiten des „Urnenbegräbnisses", das er von Christies Regal genommen hatte, war eine graue Feder gelegen. „Wohl ihr Lesezeichen!" sagte er zu sich, als er sich auf den Rückweg zur High Street machte.

Aber bald genug erhob sich jetzt in dem harten metallischen Sonnenschein und dem scharfen Wind wieder seine Besessenheit für des Steinmetzen Tochter und begann die Herrschaft über sein Bewußtsein an sich zu reißen. Mit überstürzten Schritten nahm er seinen Weg durch die wichtigsten Gassen der Stadt, wobei er allerorten viele geschäftige, lebhafte Vorbereitungen für den Samstagnachmittagsmarkt beobachtete.

Als er sich nur mehr wenige hundert Yards von der Werkstätte Torps befand, sah er auf die Uhr und bemerkte, daß es noch ziemlich früh war. Es würde, so fühlte er, ein großer Mißgriff sein, sich in jenem Hause einzufinden und Gerda nicht anzutreffen. Er blickte sich nach einem Ruheplatz um und erspähte hinter einem wackeligen Zaun einen kleinen Grasfleck, in dessen Mitte sich ein steinerner Wassertrog befand. Er kroch durch den Zaun und setzte sich auf den Boden, den Rücken jenem Objekt zugewandt. In diesem Augenblick, als er sich eben eine Zigarette anzündete, entsann er sich, daß er seine Briefe noch nicht gelesen hatte.

Er öffnete sie einen nach dem anderen. Beide waren kurz. Miss Gaults Brief lautete wie folgt:

Mein lieber Junge!
Wenn ich nicht eine so exzentrische Person und nicht — wohl in mehr als einem Sinn — auffallend wäre, würde ich es für sicher halten, daß Sie mich schon völlig vergessen haben; da ich aber weiß, daß sowohl meine Art wie auch meine Katzen irgendeinen Eindruck auf Sie gemacht haben müssen, habe ich gar keine Angst! Ich schreibe Ihnen, um Sie zu fragen, ob Sie gerne am Sonntag nachmittag zu mir zum Tee kämen? Ich will nicht im voraus enthüllen, ob nur ich und meine Katzen anwesend sein werden...

Ihre aufrichtige
Selena Gault

Mrs. Solents Brief war sogar noch lakonischer.

Mein liebster Wolf!
Carter hat begonnen, wegen der Miete Lärm zu schlagen. Wofür
hält er uns denn? Und warum hast Du diese Rechnung bei Walpole
auflaufen lassen? Dies ist die einzige Art von Luxus, die man immer
bar bezahlen muß. Ich habe es abgelehnt, vor dem Sommer zu zahlen.
Besser ist es, anzudeuten, Du befändest dich auf Urlaub! Ich glaube,
ich werde Dir bald nach King's Barton nachkommen; eigentlich, sobald Du mir versichern kannst, daß Du ein sauberes kleines Landhäuschen mit einem netten kleinen Garten entdeckt hast. Ich glaube,
daß mir ein wenig Gartenarbeit gut tun würde. Wie hübsch wird es
sein, mein Lieber, Dich wieder zu sehen!
                              Deine Dich liebende Mutter
                                        Ann Haggard Solent

Wolf wölbte die Unterlippe vor und zog die Mundwinkel hinab, als
er diese beiden Dokumente wieder in die Tasche steckte. Dann stand
er auf und schauerte zusammen. Er sah wieder auf seine Uhr. „Ich
werde hineingehen", sagte er zu sich, „wenn fünf Minuten auf eins
fehlen werden."
Er zog den Überzieher fester um sich zusammen, nahm die Mütze
ab und setzte sich sehr ernst auf sie, als sei sie ein Wunschzauberteppich.
Die Passanten auf dem Trottoir wandten kaum den Kopf, um den
barhäuptigen Mann anzusehen, der einen Eichenholzstock quer über
seine Knie hielt. Es waren Blacksoder Bürger, und sie hatten ihren
eigenen Angelegenheiten nachzugehen. Vor ihm wuchs zwischen
einigen rauhen Ziegelsteinen ein Büschel lebhaft grünen Grases, und
er betrachtete die kecken durchsichtigen Halme mit konzentriertem
Interesse.
„Gras und Lehm!" dachte er. „Vom Lehm zum Gras und dann wieder
vom Gras zum Lehm!" Und wieder einmal überlief ihn diese besondere
Art von Schauer, die so leicht durch ein Zusammentreffen physischer
Kälte mit verliebter Erregung hervorgerufen wird, besonders dann,
wenn ein schicksalsschwerer Schritt, dessen Folgen unbekannt sind, in
Erwartung harrend zittert.
Und mit außerordentlicher Klarheit erinnerte er sich in späteren
Zeiten jenes besonderen Augenblickes, da er, eine zusammengekrümmte,
hagere Gestalt, eingehüllt in einen verschossenen braunen Überzieher,
hier gesessen war und klopfenden Herzens auf seinen Eintritt in die
Werkstätte Mr. Torps gewartet hatte.

Sein Sinn beschwor, wie es seine Art war, all die Gegenden rings um ihn in geographischer Gleichzeitigkeit herauf. Er sah den langen, niederen Rücken des Oberlandes, auf dessen Ostabhang das Dorf King's Barton lag und längs dessen Kamm die Hochstraße führte, die die Gelehrtenheimstätten von Ramsgard mit den Läden und Gerbereien Blacksods verband. Er sah das reiche, pastorale Dorsetshiretal zu seiner Rechten. Er sah die Weiden und die Riede der Salzmarschen von Somerset dort ferne zu seiner Linken. Und es kam ihm in den Sinn, wie seltsam es war, daß in dem gleichen Augenblick, da er in verliebter Erwartung bei dem Gedanken erzitterte, jenen Werkstatthof voll von halb fertiggestellten Grabsteinen zu betreten, weit, weit im Blackmoretal manch ein alter Pflüger, verwittert wie das Tor, das er eben lässig öffnete, nach Mittagsruhe und Mittagmahl seine Pferde von einem gefurchten Feld zum anderen trieb. Und wahrscheinlich hatten fast alle von ihnen Verwandte, die ihrethalben eines Tages in Mr. Torps Werkstatt kommen würden.

„Ich werde am Sonntag zu Miss Gault gehen", sagte er zu sich, „und ich werde mich um eine Wohnung für Mutter umsehen."

Während er seine Gedanken von diesen Entschlüssen mit einem jähen Ruck abschwenken ließ, der noch durch einen dolchartigen Stoß, den er mit der Spitze seines Spazierstockes gegen die Erde führte, unterstrichen wurde, stolperte er jetzt auf seine Füße, kletterte, ohne jedoch wieder auf die Uhr zu sehen, über den Zaun und schritt die Straße entlang.

Das Bild von Torps Werkstatt schien sich über Nacht verändert zu haben. Sie erschien jetzt kleiner, weniger imposant. Die Grabsteine selbst sahen zweitklassig aus; aber Wolf hätte, während er auf die Tür zuging, gerne gewußt, welcher von ihnen dem Mädchen damals als Sattel gedient hatte, und diese Möglichkeit verlieh ihnen wieder Würde.

Er klopfte kühn an die Tür; aber während die Vibrationen des Geräusches erstarben, hatte er Zeit, zu bemerken, daß in einem der Türbretter ein Spalt war und in der Mitte dieses Spaltes ein winziges Kügelchen schmutziger Farbe.

Die Tür wurde von Mrs. Torp geöffnet. Da waren sie ja alle, eben begannen sie mit dem Essen. Gerda war offenbar gerade im Begriff, eine nicht geringe Portion Yorkshirer Puddings zu bewältigen. Aber sie schluckte ihren Bissen mit einem tapferen Schluck und betrachtete ihren Verehrer mit einem erfreuten Lächeln.

Die ersten Worte, die Wolf sprach, als Mrs. Torp die Tür hinter ihm geschlossen hatte, waren an das Oberhaupt der Familie gerichtet, dessen Mund und Augen gleichzeitig so weit geöffnet waren, daß man an nacktes Entsetzen glauben konnte.

„Heute bin ich nicht in Geschäften gekommen. Ich kam nur zufällig gerade vorbei und dachte, ich könnte hereinsehen. Mr. Urquhart hat sich sehr gefreut zu hören, wie schön Sie mit dem Grabstein vorwärtskommen. Ich habe ihn gestern abend gesprochen."

Mr. Torp wandte das Gesicht seiner Frau zu, ein Vorgang, der jedem der Tischgenossen anzukündigen schien, daß er zu vorsichtig sei, sich auch nur zu einem Worte zu versteigen, bevor er darüber beruhigt worden war, was man eigentlich von ihm erwartete.

„Gerade vorbeigekommen und dachte hereinzusehen", wiederholte Mrs. Torp, die dem flehentlichen Blick ihres Gatten auswich.

„Wir haben drei Riesenfische draußen bei Willum's Mill gesehen. Aber wir trauten uns nicht, sie zu fangen, denn Mr. Manley selber war in der Nähe. Er hatte ganz schöne Beute, ja, ja. Aber Bob sagt, ‚vielleicht wird Mr. Manley am Montag nicht mehr dort sein, komm am Montag'. Dann wollen wir's wieder probieren."

Diese hastig gesprochenen Worte des jungen Lob erleichterten die Atmosphäre ein wenig.

Mrs. Torp blickte auf das Rindsfilet vor ihrem Gatten und auf den Yorkshirepudding, der vor ihr stand.

„Dachte hereinzusehen", fuhr sie fort und nahm ihren Platz wieder ein.

Wolf fing an, sich einigermaßen dumm vorzukommen. Er begann auch außergewöhnlichen Hunger zu fühlen. Er legte seine Hand auf die Schulter des Knaben und war im Begriff, irgend etwas über Angelruten und Kaulbarsche zu sagen, um seine Verlegenheit zu verbergen, als er einen raschen Austausch von Blicken zwischen Mutter und Tochter bemerkte, dem ein schwaches Erröten auf den Wangen des Mädchens folgte.

„Wenn Sie schon einmal vorbeigekommen sind, so täten Sie am besten, sich niederzusetzen und eine Kleinigkeit zu essen", sagte die Frau widerstrebend. „Vater, schneide dem jungen Herrn ein Stück ab. Hole einen Teller von der Anrichte, Lob." Bei diesen Worten schob sie, mit größerer Heftigkeit, als nötig gewesen wäre, einen Sessel an den Tisch, nahm, nachdem sie eine sehr bescheidene Portion Yorkshirer Puddings zu dem enormen Stück Fleisch gelegt hatte, das der Grabsteinerzeuger abgemeißelt hatte, ihren leeren Teller und zog sich in die Küche zurück.

Als der Besucher nun einmal zwischen der schweigenden Gerda

und dem fetten Steinmetz Platz genommen hatte, wurde dieser etwas heiterer und freier.

„Freuen Sie sich Ihres Lebens wie ein Brunnenrad, Mr. Redfern, pardon, Mr. Solent. Der Herr gibt uns Fleisch, um die Sauce aber müssen wir zum Teufel gehen, wie mein Großvater zu brummen pflegte. Ich garantiere Ihnen, dieses Stück Fleisch war wohl genährt und gut geschlachtet, das kann man schon sagen; 's ist nicht immer so bei diesen Dorseter Bauern."

Wolf hörte schweigend diese und andere ähnliche Bemerkungen an, während er sein Mahl verzehrte. Er war Gerda so nahe, daß er das schwache Geräusch ihres tiefen, gleichmäßigen Atems hören konnte.

„Ich bin froh, daß sie nicht spricht", dachte er, ohne seinen Gedanken klaren Ausdruck zu verleihen, „denn wenn ich nicht allein mit ihr sprechen kann —"

„Und so kommen diese Tiere unter die Axt." Der Verlauf von Mr. Torps fleischfressender Rede hatte begonnen, an Wolf vorüberzugleiten, als plötzlich dieser Satz in sein Ohr fiel, wie ein geschwungenes Beil niedersaust. Urplötzlich entsann er sich der Worte, die Selena Gault vor dem Schlachthaus gesprochen hatte. „Verdammt!" sagte er zu sich, „sie hat recht."

„Ist noch Apfelkuchen da, Mutter?" rief Lob mit schriller Stimme. Die Tür der Spülkammer wurde ungefähr drei Zoll weit geöffnet, und in diesem Spalt zeigte sich Mrs. Torps Zeigefinger, der den Sohn heranwinkte.

Sehr langsam wandte sich jetzt das schöne Profil an Wolfs Seite dem Vater zu.

„'s hat keinen Zweck, mich schrecken zu wollen, Missie", erwiderte der Steinmetz. „Was deine Mutti sagt, das sagt sie. Ich glaube, sie hat grade noch genug von dem Zeug, um Lob was zu geben. Mister Redfern und ich müssen uns den Bauch füllen, indem wir Süßigkeiten reden; und mehr noch, mein Liebling, wenn ich nicht vor dem Schlafengehen in den Hof hinausgehe, wird weder der Squire noch Mr. Manley eine Freude haben!"

Bei diesen Worten erhob sich der Mann von seinem Sessel, blickte Wolf mit einem Seitenblick an wie der berühmte Onkel Cressidas, watschelte aus dem Hause und schloß die Tür hinter sich.

Wolf und Gerda waren allein gelassen und saßen Seite an Seite in unbehaglichem Schweigen. Er schob seinen Sessel etwas zurück und blickte gegen die Tür der Spülkammer. Die Stimmen der Frau und ihres Sohnes drangen in einem düsteren Murmeln zu ihm. Sein Blick fiel auf das verwüstete Stück Fleisches am Tischende und rief ihm die furchtbare Geschichte in Erinnerung, wie das Fleisch der „Ochsen der Sonne" artikuliertes Flüstern von sich gab, als des Odysseus Gefährten es an ihrem gottlosen Lagerfeuer brieten.

„Ich muß etwas sagen", dachte er. „Dieses Schweigen fängt an, komisch zu werden."

Er begann in seinen Taschen nach Zigaretten zu suchen. Es schien absurd, dieses junge Mädchen um Erlaubnis zu bitten, und doch war es ziemlich wahrscheinlich, daß ihre zänkische Mutter Tabakrauch verabscheute.

„Es macht Ihnen doch nichts, wenn ich rauche?" sagte er.

Gerda schüttelte lächelnd den Kopf.

„Ich glaube, daß man Ihnen schon öfter gesagt hat, daß Sie ebenso lieblich sind wie das Weib, das den Trojanischen Krieg verursacht hat?"

„Welch eine Methode, das Eis zu brechen", dachte er bei sich und fühlte einen Stich geistiger Demütigung. „Wenn dieses hübsche Ding meinen Geist bis zu einem solchen Grad stumpf machen wird, werde ich meine Chance versäumen und gerade so weit sein wie gestern." In Erinnerung daran, was Darnley die unheilvolle Passivität des Mädchens genannt hatte, die in Wahrheit gerade jetzt der Ruhe einer großen, ungepflückten weißen Feuerlilie in einem von der Sonne erwärmten Garten glich, zündete er seine Zigarette an und zermarterte sein Hirn nach einem Aktionsplan.

Verzweifelt verfiel er auf den nächstliegenden.

„Haben Sie irgend etwas zum Anziehen in Reichweite?" flüsterte er hastig. „Ich möchte ein bißchen mehr von Ihnen haben. Gehen wir doch hinaus, solange wir die Gelegenheit haben, und gehen wir irgendwo spazieren!"

Das Mädchen verharrte einen Augenblick lang in bewegungsloser Unschlüssigkeit und lauschte gespannt auf die flüsternden Stimmen in der Spülkammer. Dann nickte sie ernst, stand auf und trat leichten Fußes zu einem mit Vorhängen versehenen Versteck, hinter dem sie verschwand. In weniger als einer Minute erschien sie wieder und zeigte sich jetzt mit Hut und Mantel.

Wolf zitterte in einer nervösen Erregung, die ihm Übelkeiten im Magen verursachte. Er nahm seinen Mantel und Stock und schritt kühn auf die Tür zu.

„Kommen Sie", flüsterte er, „kommen Sie!"

Sie schlüpften zusammen hinaus, und das Mädchen schloß die Tür hinter ihnen in vorsichtiger Hast.

In dem offenen Schuppen konnte man des Steinmetzen Meißel

hören, aber Mr. Torp mußte ihnen den Rücken gekehrt haben, und sie warfen keinen Blick in seine Richtung. Jetzt traten sie auf die Straße hinaus, und Wolf gab acht, daß das Schloß der Gattertür nicht laut zuklappte. Instinktiv führte er seine Gefangene nach rechts, von der Stadt fort. Sie gingen rasch, Seite an Seite, und Wolf bemerkte überrascht den Mangel an Feinheit in den Sachen, die seine schweigsame Gefährtin trug. Der cremefarbene Filzhut war von einem blauen Band umgeben; der Mantel war aus irgendeinem weichen, einfachen Stoff, ebenfalls cremefarben. Wolf ging noch immer bedeutend schneller, als die Umstände es zu verlangen schienen, aber wiederholt kam es ihm vor, als ob er die leichten Schritte des aufdringlichen Lob ihnen folgen hörte.

Bald kamen sie an eine Stelle, wo eine breite Straße am Fuß eines ziemlich hohen Hügels nach links abzweigte. Wolf erinnerte sich nicht, diese Abzweigung am Tag vorher passiert zu haben; aber offenbar war seine Aufmerksamkeit mit der Reihe kleiner Villen auf der anderen Seite beschäftigt gewesen.

Wieder folgte er seinem Instinkt, schlug diesen Weg ein und verlangsamte seinen Schritt. Noch immer blieb seine Gefährtin vollkommen still; aber sie schien gänzlich unberührt von der Schnelligkeit ihres Marsches, sie wiegte sich an seiner Seite leicht und natürlich dahin und strich ab und zu mit der bloßen Hand über die knospende Hecke zu ihrer Rechten.

Ungefähr eine halbe Meile stiegen sie den langen, gleichmäßigen Hügel hinan, ohne jemandem zu begegnen und ohne etwas anderes zu sehen als Stücke abschüssigen Wiesenlandes, als sie an verschiedenen fünfpfähligen Zauntoren vorübergingen.

Dann kam eine Wendung nach links, und ganz plötzlich hatten sie über einem recht abgenützten hölzernen Zauntor, dessen oberster Balken glänzte wie ein altes Möbelstück, einen Ausblick über die ganze Stadt Blacksod, und, in weiterer Ferne, über den von gestutzten Bäumen umsäumten Lunt, wie er die unsichtbare Grenzlinie zwischen Dorset und Somerset kreuzte.

„Wie nennen Sie diesen Hügel, Missie?" flüsterte er, als er wieder zu Atem kam. Es wäre ihm unverschämt erschienen, so bald schon ihren Taufnamen zu verwenden; aber kein Zwang der Höflichkeit hätte ihn dazu bringen können, gerade jetzt die Silbe Torp auszusprechen.

„Babylon Hill", antwortete sie ganz natürlich und ruhig; denn sie war weniger atemlos als er.

„Babylon? Welch außergewöhnlicher Name!" rief er. „Warum Babylon?"

Darauf aber zuckte sie mit ihren jungen Schultern und betrachtete die blauen Fernen von Somersetshire. Für ihren Geist war das Außergewöhnliche daran wahrscheinlich das, daß jemand davon überrascht sein konnte, daß Babylon Hill — Babylon Hill hieß!

Von dem Zaun, an dem sie lehnten, lief ein kleiner Feldweg über den abschüssigen Rasen und verlor sich in einem kleinen Haselstaudengebüsch, das das eine Ende eines abgerundeten Plateaus rasenbedeckten Erdreiches überschattete.

„Kommen Sie", rief er. „Springen Sie hinüber, Kind; und wir wollen sehen, wohin das führt!"

Sie schwang sich ohne jede Hilfe hinüber, und Wolf bemerkte, daß in der freien Natur die Bewegungen ihres Körpers völlig frei waren von Schlaffheit oder Wollust. Sie waren wie die raschen, unbewußten Bewegungen eines sehr gesunden jungen Tieres.

„Hat dies einen Namen?" bemerkte er, als sie den rasenbedeckten Abhang des grasigen Walles emporklommen.

„Poll's Camp", antwortete sie und dann nach einer Pause:

„Sitzt eine Regenmütze auf Poll,
So trinkt man sich in Dunderton voll!"

Sie wiederholte dies in dem eigentümlich schleppenden Singsang eines Kinderreimes.

In ihrem Tonfall war etwas, das Wolf seltsam rührte. Es stand nicht im Einklang mit ihrem damenhaften Äußeren. Es erinnerte an die einfache Eleganz von tausend Jahrmärkten der westlichen Provinzen.

„Poll — Poll — Poll", wiederholte er. Und dann kam über ihn eine tiefe Neugier nach dem Ursprung dieses mühsam hergestellten Stückes menschlichen Spielzeugs. Waren es Kelten oder Römer, die tatsächlich mit ihren plumpen, primitiven Spaten das Antlitz dieses Hügels verändert hatten? War dieses stille schöne Mädchen neben ihm ein Nachkomme eines jonischen Soldaten, der mit dem Zug der Legionäre hierhergekommen war?

Wolf, der mit diesen Gedanken spielte — die ihm wahrscheinlich überhaupt niemals in den Sinn gekommen wären, wenn nicht eine gewisse Kindlichkeit in dem Mädchen auf eine sehr zarte Art den Schmerz seiner Begierde gemildert hätte —, war langsamer als sie beim Hinansteigen auf die Höhe des Rückens. Als er oben angekommen war und in die runde Vertiefung hinabsah, fand er zu seinem Erstaunen keine Spur von seiner Gefährtin.

„Großer Gott!" dachte er, „ist sie jetzt nach rechts oder nach links gegangen?"

102

Er lief hinab auf den Boden des kleinen künstlichen Tales und blieb zögernd stehen.

Wie kindisch, ihm einen solchen Streich zu spielen!

Seine Gedanken formten sich nun rasch. Seine Aussicht, sie zu finden, hing jetzt davon ab, wie weit er ihre tiefsten Instinkte ergründen konnte. Wenn sie von hasenartiger Natur war, würde sie einen Haken schlagen, was in diesem Falle bedeutete, daß sie sich nach rechts oder nach links gewandt hatte; wenn sie vom Katzenstamme war, würde sie ihren Kurs beibehalten, was in diesem Falle bedeutete, daß sie den gegenüberliegenden Erdwall überklettert hatte. Wolf wandte sich nach rechts und folgte der schmalen grünen Höhlung, wie sie sich über den Hügel wand.

Ah, da war sie!

Gerda lag auf dem Rücken, die Arme ausgestreckt, den cremefarbenen Hut fest in einer Hand, die Knie nackt.

Sie wartete, bis Wolf so nahe war, daß er sehen konnte, daß ihre Augen geschlossen waren. Dann, als sie das Zittern seiner Schritte auf dem Torfboden gewahrte, sprang sie auf und war wieder fort, laufend wie Atalanta, und entschwand bald seinem Blick. Wolf verfolgte sie, aber er dachte: „Ich werde nicht ganz so schnell laufen, wie ich es könnte! Sie wird sich mehr darüber freuen, gefangen zu werden, wenn sie tüchtig gelaufen ist."

Tatsächlich war das Mädchen so leichtfüßig, daß er es bei seiner lässigen Verfolgung bald ganz verlor. Der ausgehöhlte Graben mündete geradeaus in ein dichtes Gehölz, das von hier die ganze Gegend überwuchert hatte. In dem schweren Unterholz, das zusammengesetzt war aus Brombeeren, Holunderbüschen, welken Farnen, verkrüppelten Maulbeerbäumen und frisch knospenden Haselnußsträuchern, verschwanden vollkommen alle gewöhnlichen Pfade. Alles, was er hätte tun können, wäre gewesen, hartnäckig dem Graben zu folgen; dieser aber war so überwuchert, daß es nicht zu glauben war, wie sie sich hier einen Weg hätte bahnen können. Wenn er aber dem Graben nicht folgte, wohin, zum Teufel, sollte er sich dann wenden? Wohin unter dem weiten Himmel war sie gegangen? „Die Erd' hat Blasen, wie das Wasser hat", zitierte er, belustigt, gereizt und völlig verwirrt. Dazu getrieben, etwas zu tun, das, wie er wußte, wohl zu allerletzt geeignet gewesen wäre, sie zurückzubringen, begann er ihren Namen zu rufen, zuerst sanft und zögernd; zuletzt laut und empört. Das Mädchen keuchte ohne Zweifel wie ein gehetztes Rehkitz irgendwo ganz in seiner Nähe und mußte wohl besondere Freude über diese Wendung der Dinge empfinden; denn eine der Eigentümlichkeiten von Poll's

Camp war das Vorhandensein eines Echos, und jetzt, immer wieder und wieder, höhnte ihn dieses Echo. „Gerda ... Gerda!" rief es über das Tal.

Er wäre in diesem kritischen Zeitpunkt vielleicht philosophischer gewesen, wenn er nicht in dem kurzen Augenblick, da er sie eingeholt hatte, diese unglaublich weißen Knie zu Gesicht bekommen hätte. Aber die Ungeduld in seinen Sinnen war wenigstens dadurch gemindert, daß er die uralten Gründe seiner Verfolgung durchschaute. Hilflos und verärgert blickte er um sich nach dem dichten Unterholz und den derben Haselnußzweigen, und er spielte mit dem Einfall, daß sein Mädchen wie eine zweite Daphne oder Syrinx eine wundersame vegetative Metamorphose durchgemacht habe.

„Ger—da! Ger—da!" Wieder drang das Echo zu ihm; wobei aber auch jetzt das Bild jener nackten Knie den Geist philosophischer Geduld vernichtete.

Er setzte sich nieder, den Rücken einem jungen Maulbeerbaum zugewandt, und zündete sich eine Zigarette an, wobei er den Überzieher sorgfältig um sich zog, entschlossen, möglichst gute Miene zum bösen Spiel zu machen.

„Wenn sie mir wirklich davongelaufen ist", dachte er, „und bloß in die Chequers Street zurückgegangen, so wird sie ohne Zweifel wieder mit mir ausgehen. Sie schien sich in meiner Gesellschaft wirklich wohlzufühlen." So sprach die eine Stimme in ihm. Eine andere Stimme sagte: „Sie hält dich für den Vater aller Erznarren. Du wirst ja nie wieder die Courage haben, sie zu bitten, daß sie noch einmal mit dir ausgehe." Und dann, als er die dritte Zigarette an einem Stück Kreidefelsen auslöschte, wobei er die grünen Knospen eines unendlich kleinen Milchwurzzweiges zur Seite schob, bemerkte er plötzlich, daß in dem dunklen Zwielicht der Haselstauden eine Amsel Töne von außerordentlicher Reinheit und Lieblichkeit ertönen ließ.

Bezaubert lauschte er. Jene eigentümliche Intonation des Amselgesanges, mehr erfüllt von den Geistern der Luft und des Wassers als irgendein anderer Klang auf Erden, hatte stets eine besondere Anziehung auf ihn ausgeübt. Sie schien — in der Sphäre der Töne — dasselbe zu umfassen wie bernsteinfarbige, von Hirschzungenfarnen umgebene Teiche in der Sphäre des Substantiellen. Dieser Ton schien in sich all die Traurigkeit zu umarmen, die man überhaupt empfinden kann, ohne die feine Linie zu überschreiten, die jene Region abgrenzt, in der die Trauer zu Elend wird.

Er lauschte verzückt, vergaß die Hamadryaden, Daphnes perlweiße Knie und alles.

Die köstlichen Töne schwebten durch das Gehölz — schwebten über dem duftenden Rasen, auf dem er lag — und entschwanden bebend durch das hohle Tal. Es war wie die Stimme des Geistes von Poll's Camp selbst, unverführt von Römern oder Sachsen, die sich zu einem Himmel empor ergoß, dessen besondere Färbung von unbeschreiblichem Grau genau dem Wesen seiner Persönlichkeit entsprach, dem Glück jenes Kummers, der nichts von Elend weiß. Wolf saß berückt da und widmete sich nur dem Lauschen; alles andere hatte er vergessen. Er war höchst unmusikalisch; und vielleicht war gerade dies der Grund, daß gewisse Töne dieser Welt bis ins Innerste seines Herzens drangen. Gewisse Töne vermochten dies; nicht sehr viele. Aber die Noten des Amselliedes gehörten dazu. Und dann geschah es, daß er, ohne sich vom Boden zu erheben, seinen Rücken gegen den Maulbeerbaum stemmte und daß wütende Röte seine verdrießlichen Wangen übergoß. Selbst sein flachsfarbenes Haar, das vorne unter der Kappe hervorsah, schien sich seiner Demütigung bewußt zu sein. Wellen von Elektrizität durchschauerten es, während Schweißtropfen über seine Stirn in die mürrischen Augenbrauen tropften.

Denn er war sich, in einem Ansturm der Beschämung, klar geworden, daß Gerda die Amsel war.

Er wurde sich darüber klar, ehe sie einen anderen Laut von sich gab als jenes lang ausgehaltene, tremulierende Pfeifen. Er wurde sich dessen momentan klar durch eine Art plötzlichen, absoluten Wissens, das einem Schlag ins Gesicht glich.

Und dann, unmittelbar hernach, kam sie, ganz ruhig und kühl, indem sie die Haselnuß- und Holunderbüsche auseinanderschob.

Er fand sie als ein anderes Wesen, wie sie da vor ihm stand, auf ihn herablächelte und Stücke von Moos und kleinen Zweigen aus ihrem Haar entfernte. Sie hatte etwas von dem äußersten Flügelstaub ihrer gewohnten Reserve verloren; und gleich einer Pflanze, die ihren Blütenkelch geöffnet hat, erschloß sie irgendwelche inneren Blumenblätter ihrer Persönlichkeit, die bis zu diesem Augenblick vor ihm ganz verborgen geblieben waren.

„Gerda!" rief er vorwurfsvoll aus, zu verstört, um ein kluges Schweigen zu bewahren; „wie in aller Welt haben Sie es gelernt, so zu pfeifen?"

Sie fuhr friedlich fort, die Holzstückchen aus ihrem lichten Haar zu entfernen; und die einzige Antwort, die sie seiner Frage gewährte, war, daß sie ihren cremefarbenen Hut ihm vor die Füße warf.

Als ihr Haar in Ordnung war, fuhr sie — sehr bewußt — fort, indem sie den Saum ihres Rockes aufhob, um daraus die Kletten zu entfernen. Dann wandte sie sich rasch von ihm ab. „Bürsten Sie mir den Rücken, ja?" sagte sie.

Dazu mußte er sich erheben; aber er gehorchte ihr in aller Geduld und entfernte sorgfältig von der cremefarbenen Jacke alle Spuren ihrer Eskapade.

„So!" sagte er, als er fertig war; dann nahm er sie bei den Schultern und drehte sie herum.

Noch während er dies tat, hatte er sich entschlossen, sie zu küssen; aber irgend etwas an der außerordentlichen Lieblichkeit ihres Gesichtes, als sie ihn jetzt anblickte, schreckte ihn ab.

Dies war im Augenblick für ihn selbst eine Überraschung; als er es aber später analysierte, kam er zu dem Schluß, daß die Schönheit zwar bis zu einem gewissen Punkt das Verlangen reize, über diese Grenze hinaus jedoch die Begierde zerstöre; und zwar gleichviel, ob der Besitzer solcher Schönheit in keuscher Stimmung ist oder nicht.

Wenn auch — so dachte er später — Gerdas Gesicht etwas weniger makellos in seiner Schönheit gewesen wäre, wäre die Schönheit ihres Körpers noch immer für seine Sinne so toll aufreizend geblieben, wie sie es vom Anfang an war. Aber je mehr er von ihr gesehen hatte, um so schöner war ihr Gesicht geworden, bis es jetzt jenes magische Niveau der Lieblichkeit erreicht hatte, das mit einer gewissen Absolutheit den ganzen ästhetischen Sinn absorbiert und die erotische Empfänglichkeit lähmt.

Statt sie zu küssen, setzte er sich wieder mit dem Rücken zum Maulbeerbaum nieder; während Gerda, die vor seinen Füßen auf dem Bauche lag und das Kinn auf ihre Handflächen gepreßt hatte, in einer unbewußten, natürlichen, fast kindlichen Freimütigkeit zu ihm zu sprechen begann.

„Ich wäre nicht davongelaufen", sagte sie. „Sie brauchen also nicht zu schelten. Ich hätte es getan, wenn es wer anderer gewesen wäre. Ich laufe immer davon. Ich verstecke mich zuerst und dann entwische ich. Vater hat es schon reichlich satt, mich allein in die Werkstatt zurückkommen zu sehen, nachdem er mich mit irgend jemandem zu einem Spaziergang fortgehen gesehen hat. Das kommt daher, daß mir die Leute im Anfang immer gefallen, wenn sie Angst vor mir haben und nicht den Versuch machen, mich anzurühren. Aber wenn sie aufhören, Angst zu haben, und familiär werden, hasse ich sie geradezu. Können Sie verstehen, was ich meine, oder können Sie's nicht?"

Wolf beobachtete das schöne Gesicht vor ihm und erinnerte sich dessen, was Darnley von ihren drei Verehrern gesagt hatte.

„Aber, Gerda," begann er.

„Nun?" sagte sie lächelnd. „Sprechen Sie's aus! Ich weiß, es ist etwas Böses!"

„Sie müssen doch irgendwelche Liebesgeschichten gehabt haben, als die Art von Mädchen, das Sie sind. Sie können mich nicht glauben machen, daß Sie immer davongelaufen sind."

Sie nickte heftig mit dem Kopf.

„Immer", sagte sie. „Immer bin ich davongelaufen. Obwohl die Burschen, die ich kenne, es absolut nicht glauben wollen. Sobald sie mich nur anrührten, lief ich davon. Ich will, daß sie mich wollen. Es ist ein schönes Gefühl, so begehrt zu werden. Es ist, als ob man auf einer Welle schwämme. Aber wenn sie dann irgendwelche von ihren Kniffen versuchen, wenn sie einen abgreifen und einem die Kleider zerdrücken, kann ich's nicht ertragen. Und ich w ü r d e es auch nicht ertragen!"

Wolf zog seine dichten Augenbrauen in die Höhe und ließ sie wieder sinken, wobei er sie so zusammenzog, daß eine große zerknitterte Falte sich über seiner Hakennase bildete. Sein gerötetes Gesicht unter dem rauhen Vlies derben, bleichen Haares glich einer roten Sandsteinklippe, auf deren Spitze ein weißlich gelber Fleck verwelkten Grases sich im Winde neigt.

Das Mädchen erhob sich, glättete die Hinterseite ihres Rockes, setzte sich neben ihn und schlang die Hände um ihre Knie.

„Ich bin daraufgekommen, daß ich so pfeifen kann", begann sie wieder, diesmal mit gedämpfter, nachdenklicher Stimme, „als ich mit Bob in den Luntgräben zu spielen pflegte, dort hinter Longmead. Ungezählte Male hielt ich ihn zum Narren, dadurch, daß ich verschiedene Vögel nachahmte. Hören Sie. Wissen Sie, was das ist?" Und sie kräuselte ihren Mund zu der Form einer blutroten Seeanemone und imitierte den Schrei des Weibchens des Regenpfeifers, wenn irgendein fremder Fuß, der eines Menschen oder Tieres, sich dem auf der Erde angebrachten Nest nähert.

„Wundervoll!" rief Wolf, hingerissen von jenem so vertrauten langgezogenen Schrei, den der Wind jetzt verwehte. „Wie haben Sie das nur gelernt?"

„Ich narrte Bob damit; aber ich narrte Dick — das war ein Herr aus Oxford — mit einem dummen Eulenschrei, den der alte Bob sofort durchschaut hätte."

„Haben Sie sich von dem Herrn aus Oxford nicht lieben lassen, Gerda?"

Sobald er diese Worte ausgesprochen hatte, empfand er ein Gefühl der Scham, das einem stechenden Schmerz unter den Zellappen des Vorderhirnes glich.

„Schon gut — antworten Sie mir nicht", flüsterte er hastig, „das war eine grobe Bemerkung von mir."

Aber das Viertelprofil, das sie ihm zugewandt hatte, zeigte keine Spur von Zorn.

„Ich habe es Ihnen doch gesagt, nicht wahr", war alles, was sie sagte. „Ich lief davon. Ich versteckte mich. Ich versteckte mich in der Hecke unter Ramsbottom. Dick war wütend. Er ging einige Male an mir vorbei. Ich hörte, wie er auf mich fluchte wie ein Feldwebel — Ramsbottom ist meilenweit von hier. Wir hatten unser Essen mitgenommen. Er mußte ohne mich zurückgehen, und er sagte es Mutter. Mutter schlug mich mit dem Besen, als ich zurückkam. Dick war ein ‚Honourable', darum wollte Mutter, daß ich ihn heirate."

Wolf war jetzt schweigsam geworden. Er beobachtete das Geflatter eines Grünfinken über jungen Holunderbuschpflanzen. Dann wandte er sich ihr zu und sprach mit feierlichem Nachdruck:

„Ich möchte gerne, daß Sie jetzt diese Amselmelodie für mich pfeifen, Gerda!"

Er entdeckte an ihrem Ausdruck, daß dies eine Krisis zwischen ihnen war. Ihr Lächeln war ungewiß und hing wie ein schwankendes Phantom über jedem Zug ihres Antlitzes. Sie schien zu zaudern; und ihr Zaudern brachte eine Tiefe in ihre Augen, die deren Farbe so sehr verdunkelte, daß sie zu einem tiefen Violett wurde.

„Ich habe noch niemals für irgend jemanden gepfiffen", sagte sie langsam.

Wolf sandte einen wortlosen Schrei des Appells hinab in die Tiefen seines Bewußtseins. Sie waren bereit, ihm zu helfen, diese Mächte in den verborgenen Ebenen seines Wesens. Sie antworteten auf seinen Schrei, und er wußte, daß sie antworteten. In der Wiederholung seiner Bitte lag ein magnetischer Ton, voll der Macht, ein Ton, der ihm wieder Sicherheit verlieh.

„Aber gehen Sie, Gerda!" sagte er. „Das ist nur ein Grund mehr. Also los! Pfeifen Sie dieses Lied!"

Sie wandte ihr Gesicht von ihm ab, so daß er ihren Mund gar nicht sehen konnte, und begann sofort.

Er konnte seinen Ohren kaum glauben. Es war wie ein Wunder. Es war, als hätte sie rasch einen dieser gelbschnabeligen Vögel aus seinem Blätterversteck herbeschworen. Es schien leichter, daß ein Vogel aus einem Wald gelockt werden könnte, als daß eine menschliche Kehle tatsächlich unverkennbare Vogeltöne sollte hervorbringen können.

„Weiter! Weiter!" rief Wolf, in einer Ekstase des Entzückens, sobald sich eine Stockung in diesem Strome kühler, flüssiger, zitternder Melodie ergab. Über die Rasenwälle von Poll's Camp schwoll sie an und sank, diese sehnsüchtige, unsterbliche Weise. Fort flutete sie, die grasigen Abhänge hinab, fort auf den Schwingen des Märzwindes. Kein anderer erdenklicher Himmel außer eben einem von jenem besonderen Grau hätte das richtige Dach für diese Klänge formen können. Wolf kümmerte sich nicht darum, daß die Pfeifende auch weiterhin beim Pfeifen ihr Gesicht zur Seite drehte. Er gab sich so völlig der Stimme hin, daß das Mädchen Gerda jetzt nicht mehr war als selbst eine Stimme. Schließlich hörte es tatsächlich auf, und Schweigen schien sich auf den Ort zu senken gleich großen grauen Federn aus irgendeiner unerreichbaren Höhe.

Der Mann und das Mädchen blieben eine Weile lang vollkommen bewegungslos.

Dann sprang Gerda auf.

„Gehen wir hinunter nach Longmead und sehen wir den Wasserratten zu, wie sie im Lunt schwimmen!" rief sie. „Wir können von hier aus leicht hinuntergelangen. Ich kenne da einen hübschen kleinen Feldweg. Und wir werden niemanden treffen; denn Bob und Lobbie gehen zu Willum's Mill."

Wolf erhob sich steif. Er war so lange in versteinertem Entzücken gesessen, daß er einen gelinden Krampf in den Gliedern verspürte. Auch sein Geist fühlte sich berauscht und verkrampft und selig stumpf.

„Wo immer Sie hingehen wollen, Gerda, Liebe", sagte er und blickte sie mit hypnotisierter Bewunderung an.

Sie nahm ihn bei der Hand, und zusammen stiegen sie das Ufer hinan.

Der Wind war jetzt sanfter geworden und eine sehr seltsame Diffusion von dünnem, wässerigem, grünem Licht schien sich in die grauen Himmelsstreifen über ihren Häuptern eingeschmolzen zu haben. Die ungeheure Somersetshireebene, mit Flecken olivgrünen Marschlandes und moosgrünen Wiesenlandes, verlor sich in einem bleichen, traurigen Horizont, an dem sich, gleich einem Königsgrabmal, die Hügelruine von Glastonbury erhob. Der Weg, auf dem Gerda ihn ins Tal hinabführte, war in der Tat ideal für zwei Gefährten, die keine Störung wünschten. Von einem Fasanengehege in der unteren Hälfte des Haselgebüsches wand sich der Weg den Abhang hinab, entlang einer Reihe grasbewachsener Terrassen, gesprenkelt von Flecken jungen Farnlaubes, das erst vor ganz kurzer Zeit zwischen den großen, toten braunen Blättern emporgeschossen war.

Am Fuß des Hügels angekommen, schlugen sie einen schmalen Viehsteig ein, wo die tiefen Wintergräben noch voll von Wasser waren und gewaltige halbumgestürzte Weidenstämme quer über alten flechtenbedeckten Zäunen lagen.

Während Wolf Hand in Hand mit seiner Gefährtin diesen Weg ging, fühlte er, wie in seine Seele jene eigentümliche Art von Melancholie eindrang, die am Ende eines Frühlingstages all den Elementen von Erde und Wasser entströmt. Es ist eine Wehmut, unähnlich allem anderen, und hat vielleicht irgendeinen geheimnisvollen Zusammenhang damit, wie rasch und plötzlich Myriaden und Myriaden wachsender Dinge das seltsame Schicksal erkennen, das alle irdischen Dinge verfolgt, ob sie nun in Fleisch oder in Pflanzenfasern gekleidet sind. Es ist eine Wehmut, akzentuiert von grauen Himmeln, grauem Wasser und grauen Horizonten; aber sie scheint ihren bedeutungsvollsten Sinn erst dann zu erreichen, wenn der Druck des Frühlings diesen elementaren Phantomen die intensive Wehmut jungen, neuen Lebens hinzufügt.

Es schien Wolf, während sie Seite an Seite den schlammigen Weg entlangschritten, daß die lichtgrünen Knospen der alten Weidenstämme in jenem kalten, einsamen Himmel einen passenderen Rahmen hatten, als irgendein Sonnenschein ihnen hätte geben können. Spätere Jahreszeiten würden sie wärmen und liebkosen. Der Novemberregen würde sie gilben und in den Schlamm hinunterwerfen.

Aber kein anderer Himmel würde über ihnen hängen, mit dem kalten dahintreibenden Gewicht der Wehmut, wie dieser Himmel — mit einem Gewicht, gleich einer Masse grauen Tanges unter der Oberfläche einer schweigenden See. Kein anderer Himmel wäre kalt genug und bewegungslos genug, um in der Tat dem Aufsteigen des grünen Saftes in ihnen zu lauschen, jenem unendlich winzigen Fließen, Fließen, Fließen, das für nicht menschliche Ohren den ganzen Tag seltsame leise Gurgelgeräusche und summende Töne verursachen mußte.

Schließlich kamen sie zum Ufer des Flusses Lunt.

„Pst!" flüsterte Gerda. „Machen Sie kein Geräusch! Es ist so nett, wenn man eine Wasserratte dazu bringt, hineinzupatschen, und wenn man sie dann hinüberschwimmen sieht."

Es war am Rande eines kleinen von Sumpfdotterblumen bedeckten Zuflusses, wo sie sich dem Flußufer näherten. Gerda war so ungeduldig, eine Wasserratte hineinklatschen zu hören, daß sie kaum auf diese großen gelben Kreise, die sich auf dicken, feuchten, schmutzbespritzten Stengeln über glänzenden Blättern erhoben, blickte; für Wolf aber stürmte, als er daran vorbeiging, aus diesem Graben Hals über Kopf, gleich einer unsichtbaren Schwadron mähnenschüttelnder Sturmpferde, eine ganze wilde Herde alter Erinnerungen. Unbeschreiblich! Unbeschreiblich! Diese Erinnerungen hatten zu tun mit wilden, regendurchnäßten Eskapaden unter düsteren Wolkenbänken, Eskapaden an alten Stauwässern entlang und an verlassenen Buchten des Meeres; Eskapaden auf feuchten Moorpfaden, vorbei an seufzendem Schilf der Teiche, an melancholischen Steinbruchtümpeln und an Sümpfen mit bräunlichem Moos. Unbeschreiblich! Unbeschreiblich! Aber Erinnerungen dieser Art waren — und er wußte dies schon lange — der innerste Kern seines Lebens, wichtiger für ihn als irgendein äußeres Ereignis. Sie waren ihm heiliger als irgendeine lebende Person. Sie waren seine Freunde, seine Götter, seine geheime Religion. Wie ein verrückter Botaniker, wie ein übergeschnappter Schmetterlingsammler machte er Jagd auf diese hauchdünnen Gebilde, auf diese wilden Wanderer und stapelte sie in seinem Geist auf. Zu welchem Zweck stapelte er sie auf? Zu keinem Zweck! Und dennoch waren diese Dinge irgendwie geheimnisvoll mit jenem mythopöischen Fatum verknüpft, das ihn vorwärtstrieb, vorwärts, vorwärts und vorwärts.

„Da ist eine! Da ist eine! Da ist eine! Oh, werfen Sie doch etwas hin, damit sie schneller schwimmt. Werfen Sie etwas hin! Schnell! Schnell! Schnell! Nein — ich meine nicht, daß Sie sie treffen sollen. Ich meine nicht, daß Sie ihr wehtun sollen. Bloß, daß sie schneller schwimmt! Da! Ich kann ja nicht gerade werfen. Oh, schauen Sie nur auf ihren Kopf, wie sie atmet und schnauft! Oh, was für Wellen sie macht!"

Wolf, der auf solche Art angefleht wurde, sich diesem Spiel anzuschließen, hob ein gewaltiges Stück nassen Schlammes auf und schleuderte es in das Kielwasser der schwimmenden Ratte.

Die schlammigen kleinen Wellen, die dieses Wurfgeschoß aufgerührt hatte, kamen hinter jenem spitzen, kleinen Kopf einhergeeilt, schlugen plätschernd gegen die spitzen, kleinen Ohren. Gerda klatschte in die Hände. „Schwimm! Schwimm! Schwimm!" rief sie, und dann spitzte sie ihren Mund wie zu einer Rohrpfeife und stieß einen langen, seltsamen, leisen, dahinfließenden Schrei aus, der keinem anderen Ton glich, den Wolf jemals in seinem Leben gehört hatte.

„Sie ist fort! Sie ist drüben!" seufzte sie endlich, als die Ratte aus dem Wasser emportauchte und, ohne auch nur ihre glatten Seiten einmal zu schütteln, durch ihre Schlammröhre zu ihrem Lager im Wurzelwerk des Schilfes davonglitt. „Sie ist fort! Und Sie haben sie wirklich zum Schwimmen gebracht! Es war so ein Spaß, das zu sehen. Gehen wir doch öfter, Ratten schwimmen lassen. Es ist wundervoll!"

Sie begann dem Flußufer entlang in der von Blacksod wegführenden Richtung zu gehen, wobei sie angespannt und entzückt auf den trägen braunen Fluß blickte.

Wolf folgte ihr, aber er sah verstohlen auf seine Uhr und entdeckte, daß es, wie er vermutet hatte, schon spät am Nachmittag war.

„Man kann nicht sagen, wann die Dämmerung beginnt", dachte er, „wenn der Himmel ganz und gar Dämmerung ist."

„Pst!" Dieser Ton drang eher durch ein Gefühl als durch das Gehör zu ihm. Aber das Mädchen hatte sich unter einer überhängenden Erle niedergekauert und starrte auf das Wasser, wobei ihre langen, cremefarbenen Arme das halbe Gewicht ihres Körpers stützten.

Er setzte sich nieder und wartete geduldig. Es befriedigte sein Wesen in einer unsagbaren Art, die stete Strömung des braunen Wassers zu beobachten, das um die Weidenwurzeln und die Schlammhöhlen des Ufers gurgelte. Er freute sich darüber, daß der Lunt an dieser Stelle, von der aus er ihn nun beobachtete, die Stadt hinter sich gelassen hatte und jetzt nichts wirklich Beschmutzendes mehr treffen würde, bis er sich mit dem Bristoler Kanal vereinigte. Er fühlte bereits eine seltsame persönliche Freundlichkeit für diesen geduldigen, schlammigen Fluß; und es machte ihm Vergnügen zu denken, daß für diesen die bösen Zeiten jetzt endgültig vorbei wären, während er doch gar wohl noch Angst haben mochte, irgendwo zwischen diesen grünen Matten und dem salzigen Meere, dem er zustrebte, ein zweites Blacksod zu treffen! Während Wolf ebenso angespannt wie Gerda auf diese braunen Wasser blickte, fiel ihm ein, wie verschieden die Persönlichkeit eines Flusses von der Persönlichkeit eines Meeres ist. Das Wasser der See, obwohl zertrennt in Gezeiten und Wogen, bleibt in Wahrheit dieselbe identische Wassermasse; während das Wasser eines Flusses in jedem auf den anderen folgenden Augenblick einen völlig verschiedenen Körper darstellt. Kein kleinster Teil davon ist jemals derselbe, es sei denn, daß er in irgendeinem Seitenarm oder Graben oder durch ein Wehr gestaut würde.

Wolf versuchte sich den ganzen Lauf des Lunt zu verbildlichen, um für diesen Fluß irgendeine Art zusammenhängender Persönlichkeit zu erzielen. Wenn er an alle seine Wassermassen zusammen, vom Ursprung bis zur Mündung, dachte, konnte diese Einheit erzielt werden, denn zwischen dem gegenwärtigen Wasser, das jetzt vor ihm floß, in das er seine Hand tauchen konnte, und dem Wasser jenes winzigen Bächleins zwischen den Hügeln von Mitteldorset, aus denen er entsprang, gab es keine räumliche Lücke. Das eine floß ununterbrochen in das andere. Sie waren ebenso völlig vereinigt wie der Kopf und der Schweif einer Schlange! Je mehr er den Lunt anstarrte, um so mehr gefiel ihm der Lunt. Ihm gefiel diese grenzenlose Mannigfaltigkeit, die außerordentliche Zahl seiner Biegungen und Höhlungen und

Uferabhänge und Tümpel und Strömungen; die außerordentliche Vielfältigkeit organischer Ornamente in den Wurzeln und Zweigen und Ästen und Ufer- und Wasserpflanzen, die in bunter Reihe den Flußlauf bezeichneten.

Während er all dies dachte, hatte sich seine Aufmerksamkeit von Gerda abgelenkt; als er aber jetzt flußaufwärts blickte, war er betroffen durch einen Schimmer lebender Weiße unter all dem Grün. Die Jägerin der Wasserratten hatte ihre Schuhe und Strümpfe abgestreift und plätscherte mit den nackten Füßen in dem kühlen braunen Wasser. Ihr Gesicht war vorgebeugt. Diesmal war sie nicht aufreizend. Dies fühlte er mit Gewißheit. Oder wenn sie es war, dann war diese Provokation auf etwas gerichtet, das älter war und weniger rationell als Männersinne. Sie gab irgendeinem von Urzeiten bestehenden Mädchensehnen nach, warme, nackte Glieder den kalten Umarmungen der Elemente preiszugeben.

Er erhob sich, trat langsam auf sie zu und setzte sich neben sie. Er war verblüfft darüber, daß sie keine Bewegung machte, sich die Röcke über die Knie zu ziehen. Aber wieder wurde es ihm klar, er konnte nicht genau sagen wie, daß darin keine Provokation lag. Sie besaß in Wahrheit, wie Darnley gesagt hatte, etwas von der „unheilvollen Passivität" der berüchtigten Tochter der Leda. Gewiß hatte Wolf weder auf Bildern noch in Marmor, noch im Leben etwas derart Makelloses gesehen wie die Lieblichkeit, die sich ihm so enthüllte. Es erstaunte ihn, daß sie nicht vor Kälte schauerte. Die ganze Szene — wie nun die Dämmerstunde näher kam — hatte jene Art unentstellter, schmelzübergossener Klarheit, wie man sie in den Werken gewisser alter englischer Maler sieht. Die Laubknospen der Erle, unter der sie saß, waren von jener Nuance des Grüns, die in ihrer metallischen Undurchsichtigkeit etwas fast Unnatürliches zu haben scheint; und der Strich südlichen Himmels, gegen den sich das gegenüberliegende Ufer abzeichnete, war von jenem dunklen Stahlgrau, das in sich eine unterdrückte Weiße zu bergen scheint gleich der Weiße eines Schwertes, das im Schatten liegt.

„Ihnen ist doch ganz gewiß nicht kalt?" fragte Wolf.

„Natürlich ist mir kalt, Sie Dummer! Ich tue dies doch eben, um Kälte zu fühlen."

„Wie sinnlich Sie sind!"

„Sagen Sie lieber gar nichts, wenn Sie nichts Netteres zu sagen wissen."

„Gerda."

„Nun!"

„Waren Sie heute vergnügt?"

„Wie meinen Sie das?"

„Sind Sie heute glücklich gewesen?"

Sie antwortete nicht.

Rund um diese weißen Knöchel und um diese weißen Knie konzentrierte sich das Grün der Erde — auf sie senkte sich das Grau des Himmels herab. Es war, als ob unbestimmte, nicht menschliche Mächte, bestehend aus grünen Schatten und grauen Schatten, das Mädchen zurückzögen und fort — zurück und fort von allen seinen menschlichen Worten, zurück und fort von allen seinen persönlichen Wünschen.

Abgedroschen und gleichgültig schienen sowohl sein Gefühl wie auch seine Verstandesschärfe angesichts dieser beiden großen schweigenden Gegenwarten — jener der Erde und jener des Himmels —, die sich über sie und über ihn schlossen.

Aber es wurde zu kalt. Er mußte sie dazu bringen, ihre Sachen anzuziehen und sich auf den Heimweg zu machen.

„Das ist jetzt genug", sagte er. „Marsch, ziehen Sie die Strümpfe an, wie sich's für ein braves Mädel gehört. Ich weiß nicht, wann Ihre Leute Sie zurück erwarten; aber ich darf Mrs. Otter auf keinen Fall warten lassen."

Er nahm sie beim Handgelenk und zog sie die Uferböschung herauf. Dann begann er ihre eiskalten Knöchel kräftig mit den Händen zu reiben.

„Sie betreuen mich so lieb", sagte sie, als er ihr schließlich den Rock über die Knie zog und die Falten in ihrem cremefarbenen Mantel glättete. „Bob pflegte sich nie auch nur einen Augenblick aufzuhalten, er war stets mit seinem Angelzeug beschäftigt oder er wusch seinen Köderfisch aus oder er tat sonst etwas Ähnliches. Und wenn ich ihn doch bat aufzuhören, glaubte er, daß ich von ihm abgegriffen werden wollte — wissen Sie? —, wo es doch, ebenso wie jetzt, nichts anderes war, als daß ich meine Schuhe wirklich nicht allein anziehen konnte! Sie werden so steif und komisch, wenn man sie auszieht. Ich habe nie verstehen können, warum."

Aber Wolfs Geist war nicht in der Stimmung, sich mit dem abstrakten Problem feuchten Leders zu beschäftigen. Er erwog in seinem Innern die Frage, ob Gerdas Manie für Wasserratten irgendwie im Zusammenhang stand mit der großen Ähnlichkeit zwischen Mr. Weevil und diesen harmlosen Nagern.

„Woran wir jetzt denken müssen", sagte er, „ist der kürzeste Weg nach Blacksod."

„Oh, machen Sie sich keine Sorge! In drei Viertelstunden können wir bei meinem Haus sein, und Sie können dann die Abkürzung nach Barton gehen."

Wolf war sehr verblüfft von der sachkundigen geographischen Geschicklichkeit, mit der sie ihn jetzt weiterführte, über Hecken und über Gräben, bis sie einen „schiffbaren" Weg erreichten.

„Jetzt werden wir in einer halben Stunde zu Hause sein", sagte sie, und die beiden gingen hastig Seite an Seite zwischen den kühlen, frischen Reihen der Hagedornhecken und dem dunklen Glanz der Schöllkrautblätter.

„Ich glaube, ich würde mich jetzt ganz wohl fühlen, wenn ich mit Ihnen verheiratet wäre", sagte Gerda plötzlich.

Sie machte diese Bemerkung in einem so unbewegten und sachlichen Ton, als ob sie gesagt hätte: „Ich glaube, ich würde mich jetzt ganz wohl fühlen, wenn ich Schuhe mit niederen Absätzen trüge."

In jenem kühlen Dämmerlicht, in dem sich rings um sie der weiße Nebel erhob, schien alles so phantastisch, daß ihm diese überraschende Bemerkung keinerlei Schock verursachte. Aber er erinnerte sich dessen, wie erschreckt er sich gefühlt hatte, als Christie Malakite dieselbe Idee vorgebracht hatte.

„Ich möchte gerne wissen, wie ich mich fühlen würde, wenn ich mit Ihnen verheiratet wäre!" murmelte Wolf als Antwort, in deren Tonfall er absichtlich eine Nuance unbekümmerter Leichtigkeit legte.

„Ich glaube, wir würden uns glänzend vertragen", entgegnete sie mit einer Emphase, die eher knabenhaft als mädchenhaft war. Hernach gingen sie eine Weile schweigend dahin, und Wolf wurde sich lebhaft dessen bewußt, wie ganz und gar ein bestimmtes, verantwortungsvolles Projekt solcher Art geeignet war, den köstlichen Zauber sorgenfreier Intimität zu zerstören. Jedenfalls zerstörte es diesen Zauber für ihn. Aber es mußte gerade die gegenteilige Wirkung auf sie ausgeübt haben. Die Schönheit der Situation mußte für sie offenbar ihre Rechtfertigung in irgendeiner Kontinuität der Ereignisse finden, über die bloße Freude des vergänglichen Augenblickes hinaus.

Aber es war ihm unmöglich, seine Gedanken davon abzuhalten, daß sie um diese kühne Idee, da sie doch einmal in die Luft geschleudert worden war, kreisten. Christie Malakite war die erste gewesen, die den schicksalsschweren kleinen Ball in den Wind geworfen hatte. Sie hatte es mit dem äußersten Ernst getan, mit dem Ernst eines weit entfernten Wesens, das gänzlich abseits stand vom Strom der Ereignisse. Er erinnerte sich des sonderbaren, stetigen Blickes ihrer braunen Augen, als sie diese Worte gesprochen hatte. Daß aber dieses luftige Nichts von Gedankengebilde von Gerda selbst einen neuen Anstoß erhalten haben sollte, war ein ander Ding. Er begann darüber nachzugrübeln, welche Beziehungen zwischen diesen beiden jungen Mädchen bestanden.

Während er mit dem Ende seines Spazierstockes das Wasser einer Pfütze zu seiner Rechten aufklatschte, wagte er eine direkte Frage über dieses Thema.

„Ich war gestern zum Tee bei Christie Malakite", sagte er, „und sie erzählte mir, daß sie mit Ihnen befreundet sei. Sie hat mir sehr gut gefallen."

„Oh, auf Christie werde ich nie eifersüchtig sein!" war die Entgegnung seiner Gefährtin auf diese Worte. „Es macht mir nichts, wenn Sie jeden Tag Ihres Lebens bei Christie zum Tee sind. ‚Sie ist für keinen Mann da‘, wie das Kinderspiel sagt."

„Welches Spiel, Gerda?"

„Oh, kennen Sie das nicht? Dieses alte Spiel! Die Kinder spielen es zusammen. Wir nannten es ‚Buben und Mädchen‘; aber höchstwahrscheinlich nennt man es in der Gegend, aus der Sie kommen, anders! Aber es ist gewiß dasselbe alte Spiel."

„Warum sagen Sie, Gerda, daß Christie Malakite ‚für keinen Mann da‘ ist?"

„Fragen Sie doch nicht soviel, Mr. Wolf Solent. Das ist Ihr Fehler — das viele Fragen! Das ist's, was mich schlechter Laune machen wird, wenn wir verheiratet sind, mehr als irgend etwas anderes."

„Aber es ist doch ein so seltsamer Ausdruck — ‚sie ist für keinen Mann da‘. Soll das heißen, daß sie Liebhaber hat, die nicht menschlicher Art sind? Soll das heißen, daß sie Dämonen zu Liebhabern hat?"

Er sprach in einer spöttischen, übertreibenden Art, und sein Ton reizte seine Gefährtin.

„Männer denken zuviel an sich", entgegnete sie lakonisch. „Ich habe Christie sehr gern und sie hat mich sehr gern."

Dies brachte Wolf zum Schweigen, und sie gingen zusammen weiter, in geringerer Harmonie als an irgendeinem früheren Augenblick jenes Nachmittags.

Sie betraten die Stadt durch eine schmale Allee zwischen dem Rathaus und der Chequers Street. Wolf sah auf seine Uhr und verglich sie mit der Rathausuhr. Es war viertel sieben. Er hatte noch reichlich Zeit, Pond Cottage vor acht Uhr, der Dinnerstunde der Otters, zu erreichen.

Langsam schlenderten sie die Chequers Street hinab, wobei Gerda allerlei spaßhafte und witzige Bemerkungen über die Leute und über die Dinge machte, an denen sie vorbeikamen; und doch war sich bei alldem Wolf völlig dessen bewußt, daß sie ihm den rauhen, frivolen Ton, den er im Gespräch über ihre Freundin angewandt, nicht verziehen hatte. Daß sie imstande war, so wie sie es jetzt tat, zu plaudern

116

und sich Zeit zu lassen, hatte etwas großmütig Pathetisches, ja Knabenhaftes an sich. Die meisten Mädchen hätten ihn, wie er genau wußte, für die kleine Unstimmigkeit, die zwischen ihnen entstanden war, dadurch bestraft, daß sie schweigend nach Hause geeilt wären und ihm ohne den Trost neuerlicher Verabredungen die Tür vor der Nase zugeschlagen hätten. Irgendwie anders zu handeln wäre solchen Geistern als Mangel an Stolz erschienen. Aber Gerda schien überhaupt keinen Stolz in diesem Sinne zu besitzen. Oder war es vielleicht so, daß ihr Stolz in Wahrheit etwas war, das wirklich jener hohen passiven Nonchalance ähnelte, die den antiken, klassischen Frauen erlaubte, ganz ruhig über sich selbst zu sprechen, als ob sie außerhalb ihrer selbst stünden; als ob sie ihr Leben als ein von keiner Verantwortung beschwertes Fatum ansähen, auf das sie sich faktisch beziehen konnten, ohne sich irgendeinem menschlichen Tadel auszusetzen?

Sie verabschiedeten sich beim Tor von Torps Werkstätte, und als Wolf fragte, wie bald er sie wiedersehen könnte, entgegnete sie: „Oh, jeden Tag, an dem Sie wollen, mit Ausnahme von morgen und Montag." Dann fügte sie hinzu: „Es hat mir sehr gefallen", und streckte ihm die Hand hin. „Ich freue mich, daß Sie mich dazu gebracht haben, mit Ihnen zu gehen."

Wolf war hart daran, sie zu fragen, was ihre Abhaltungen am Sonntag und Montag wären; aber er besann sich noch rechtzeitig eines Besseren, zog die Mütze, schwenkte seinen Stock, wandte sich um und trollte davon.

Es war fast schon ganz dunkel, als er die letzte kleine Villa auf der Straße nach King's Barton hinter sich gelassen hatte.

Langsam ging er vorwärts unter einem sternenlosen Himmel und durchlebte wieder seine Abenteuer. Er erkannte deutlich genug, daß seine erste Betörung nicht im geringsten ihre Qualität geändert hatte. Gerda war jetzt nicht bloß ein bis zur Raserei begehrenswertes Mädchen. Sie war ein Mädchen mit einer bestimmten, eigenen Persönlichkeit. Jenes Vogelgezwitscher! Niemals hatte er gewußt, daß so etwas möglich war! Dies erklärte, wie nichts anderes es tun konnte, ihr seltsames, unverlegenes Schweigen. In der Tat, es war der Ausdruck ihres Schweigens — und nicht nur des ihren! Es war, wie er sich jetzt der vollen Wirkung erinnerte, die es auf ihn ausgeübt hatte, der Ausdruck eben jenes geheimnisvollen Schweigens in der Natur, dem er sozusagen sein ganzes Leben lang gedient und das er angebetet hatte. Dieses seltsame Pfeifen war die Stimme jener grünen Weiden und jener Schwarzdornhecken, nicht so, wie diese waren, wenn menschliche Wesen sich ihrer bewußt wurden, sondern so wie sie waren in jener unbeschreiblichen Stunde, unmittelbar vor dem Morgendämmern, wenn sie im Dunkel erwachten, um — in der Luft — die leise, leise Bewegung der entschwindenden, nicht menschlichen Mächte der Nacht zu hören.

Er war so versunken in seine Gedanken, daß ihn ganz erschrecktes Herzklopfen befiel, als er dessen gewahr wurde, daß hinter ihm eilige, ungleichmäßige Schritte ertönten. Was waren das für Schritte? Sie klangen nicht wie die Schritte einer erwachsenen Person — eines Mannes oder einer Frau —, sie waren so leicht in der dunklen Straße. Und doch erinnerten sie auch irgendwie nicht an die Schritte eines Kindes. Ein seltsames Gefühl des Unbehagens überkam Wolf. Trotz all seinem habituellen Mystizismus war er ein Mann, der nur wenig dem unterworfen war, was man psychische Eindrücke nennt. Und dennoch konnte er bei dieser Gelegenheit ein recht ungemütliches Klopfen seines Herzens nicht hindern. Das letzte, was er gewünscht hätte, wäre gewesen, auf dieser freundlichen Dorseter Straße von irgend etwas Unirdischem überholt zu werden! Hatte das außerordentliche Phänomen von Gerdas Amselzwitschern seine Nerven doch mehr aufgerüttelt, als er gedacht hatte?

Sein erster, einfacher und feiger Instinkt war, seine eigenen Schritte zu beschleunigen. Tatsächlich kostete es ihn ganz ausgesprochene Anstrengung, sich davor zurückzuhalten, daß er begonnen hätte zu laufen. Was war es? Wer war es? Er lauschte beim Gehen angespannt, und dieses Lauschen allein brachte ihn dazu, seine Schnelligkeit eher zu vermindern als zu vergrößern.

Endlich war ihm der geheimnisvolle Urheber dieser unbestimmten, schwankenden Reihe von Schritten hart auf den Fersen.

Wolf drehte sich mit einem Ruck um und umfaßte seinen Stock mit festerem Griff. Nichts auf der Welt hätte eine gewisse gepreßte Unnatürlichkeit in seiner Stimme verhindern können, als er seinen Verfolger stellte.

„Hallo!" rief er.

Es erfolgte keine Antwort, und die Gestalt kam stetig heran, bis sie sich auf gleicher Höhe mit ihm befand.

Dann erkannte er in einem Ansturm der Erleichterung die Person dieses nächtlichen Wanderers.

Selbst in der Dunkelheit erkannte er jene schäbige, verkommene Persönlichkeit, die er am Tage zuvor mit Lob Torp auf der Straße gesehen hatte. Es war der Vikar von King's Barton.

Er war später von diesem plötzlichen Erkennen überrascht, obwohl es nicht die einzige Gelegenheit in seinem Leben gewesen war, in der er eine Art sechsten Sinnes zur Anwendung gebracht hatte.

Was immer aber die Ursache hierfür gewesen sein mochte, Wolfs Hellsichtigkeit bei dieser Gelegenheit wurde von dem Manne, der ihn jetzt einholte, nicht geteilt.

„Es ... ist ... sehr ... dunkel ... heute ...", sagte der Priester mit einer Stimme, die so rauh und heiser war, daß sie der Stimme glich, die von dem Dichter Milton dem wirren Gesicht des Königs des Chaos zugeschrieben wird.

Wolfs Stimme war jetzt ganz natürlich.

„So dunkel, daß ich Sie für eine Art von Geist gehalten habe", sagte er grimmig.

„Hi! Hi! Hi!" Der Vikar lachte das Lachen eines Mannes, der ein mechanisches Geräusch der Zustimmung von sich gibt. Diese hohlen Laute hätten bei Tageslicht ohne Zweifel als recht harmlos gelten können. In der Dunkelheit klangen sie gespenstisch.

„Sie kamen sehr rasch heran", bemerkte Wolf. „Sie müssen sehr gut zu Fuß sein, Mr. Valley."

„Wer ... sind ... Sie ... wenn ... Sie mir ... die Frage ... gestatten ..."

„Aber bitte sehr, Mr. Valley. Ich bin der neue Sekretär des Gutsherrn."

Der Mann blieb stocksteif auf der Straße stehen, und in natürlicher Höflichkeit hielt auch Wolf seinen Schritt an.

„Sie ... sind ... der ... andere ... Dann ... muß ich Sie ... noch einmal ... sprechen ... Ich habe ihn begraben ... Habe Tag um Tag für ihn ... gebetet ... Er ... war ... sehr freundlich ... zu mir. Ich muß Sie ... später noch einmal sprechen ..." Nach diesen Worten schien der Vikar aus dem Dunkel eine neue Art von Kraft zu sammeln; denn er ging jetzt an Wolfs Seite mit festerem Schritt weiter.

Beinahe eine halbe Meile gingen sie schweigend nebeneinander.

Dann ertönte wieder aus der Finsternis die zitternde Stimme.

„Mein Name ... ist Valley ... Sie haben ihn ganz richtig genannt. T. E. Valley ... Ich ... trinke mehr, als mir guttut ... Ich bin jetzt ein wenig betrunken ... aber Sie werden das entschuldigen. Im Dunkel ist's nicht bemerkbar. Aber Sie haben ganz recht. T. E. Valley ist ganz richtig. Ich war bei dem Ramsgarder Elfer ... Ich spiele auch jetzt noch ... Ich spiele mit den Knaben ..."

Wieder einmal war kein anderes Geräusch zu hören als das der Füße der beiden Männer auf der Straße und das Klopfen von Wolfs Stock.

Dann begann die Stimme wieder. „Die armen Leute hier sind sehr freundlich zu mir ... sind sehr freundlich zu T. E. Valley. Aber die anderen ..."

Hier blieb er wieder wie angewurzelt auf der Straße stehen, und auch Wolf hielt an.

„Die anderen ... mit Ausnahme ... von Darnley ... sie alle sind ... Sie werden's ihnen doch nicht sagen, nicht wahr? Sie alle sind Teufel! Teufel! Teufel!" Seine Stimme erhob sich in einer Art wehrloser Wut. Dann, nach einer einen Augenblick während Pause: „Aber sie können T. E. Valley nichts anhaben. Keiner von ihnen kann's ... betrunken oder nüchtern ... und das ist deshalb so, weil ich Gottes Priester hier am Orte bin ... Gottes Priester, mein Herr! Nehmen Sie das, wie Sie's nur nehmen wollen!"

Dieser abschließende Ausbruch schien den schattenhaften kleinen Mann wieder zur Vernunft zu bringen, denn bis ihn Wolf zum Tor des Pfarrhauses brachte, wo er sich von ihm verabschiedete, wurde seine Rede immer zusammenhängender — sein Tonfall normaler und nüchterner.

Die Tür von Pond Cottage wurde für Wolf von Dimity Stone geöffnet.

„Ich hab' das Essen aufgehoben, bis es fast schon ganz verdorben ist", brummte die alte Frau.

„Wo sind —", begann Wolf.

„Drinnen ... und warten!" antwortete sie und entfernte sich.

Er öffnete die Tür zum Wohnzimmer.

„Ich bitte vielmals um Entschuldigung, Mrs. Otter", sagte er beschämt.

Sie alle erhoben sich von ihren Sitzen, aber Jason war es, der zuerst sprach.

„Alles ist nur Warten", kicherte er grimmig. „Dieses Sofa ist ein besserer Platz zum Warten als das Arbeitszimmer eines Oberlehrers!"

„Mein Sohn will nicht sagen, daß Sie uns auch nur einen Augenblick lang aufgehalten haben", sagte Mrs. Otter. „Dimity ist eben jetzt erst fertig geworden. Aber wir werden uns inzwischen zu Tisch setzen, während Sie sich die Hände waschen; so daß Sie sich ganz wohl fühlen können."

„Machen Sie nicht zu lang, Solent", rief Darnley, als Wolf sich umwandte, um die Stiege hinaufzusteigen. „Mutter läßt uns keinen Bissen anrühren, ehe Sie kommen."

Während er in sein Zimmer trat, hörte er Mrs. Otters Stimme: „Dimity! Dimity! Wir sind schon ganz fertig!" Und dann, gerade als er die Tür schloß, hörte er Jason irgend etwas über „diese Sekretäre" sagen.

Ein Querstrich

Das Frühstück in Pond Cottage an jenem Sonntagmorgen erwies sich als die angenehmste Mahlzeit, die Wolf bisher unter dem Dache der Otters eingenommen hatte.

Mrs. Otter, in steife hellbraune Seide gekleidet und glücklich, ihre beiden Söhne bei Tisch zu haben, sprach zu ihrem neuen Hausgenossen ziemlich breit über den Vormittagsgottesdienst in der Kirche, den zu besuchen sie und Darnley sich eben anschickten. Sie erklärte ihm, wie sehr sie die ruhige ehrfürchtige Art liebte, in der Mr. Valley die Andachten der Pfarrgemeinde leitete.

„Manchmal betrübt er mich freilich wieder", sagte sie. „Er ist ein unglücklicher kleiner Mann, und jedermann weiß, wie er trinkt. Er sollte eine Frau haben, die auf ihn achtet, oder wenigstens eine Haushälterin. Er hat niemanden im Haus. Wie er sich genug zu essen verschafft, ist mir ein Rätsel."

„Mutter glaubt, daß kein Haushalt auch nur einen Tag lang ohne Frau auskommen kann", sagte Darnley.

Jason Otters bleiches Gesicht rötete sich ein wenig. „Natürlich, wir wissen, daß er der einzige Mann sein möchte, den alle Dorfbuben bewundern. Das ist Menschennatur — das ist's. Diese Landgeistlichen sind alle gleich."

„Da wird schon geläutet!" rief Mrs. Otter, dankbar für diese Gelegenheit, Zwietracht zwischen den Brüdern im Keime ersticken zu können. Alle vier lauschten sie schweigend, während die schwachen Töne vom Turme aus der Zeit Heinrichs des Siebenten zwischen die Wände von Pond Cottage drangen.

„Das bedeutet, daß es zehn Uhr ist", sagte Darnley. „Um halb läuten sie wieder, nicht wahr, Mutter?"

Wolf fühlte an jenem Morgen in der Luft eine außergewöhnliche Empfindung von Friedlichkeit. Der Klang der Glocken unterstrich diese noch; und unbestimmt überlegte er, ob er sich nicht erbötig machen sollte, mit Mutter und Sohn zur Kirche zu gehen.

„Apropos", bemerkte er, „darf ich Sie etwas fragen, weil ich gerade daran denke?"

Alle drei erwachten aus ihren individuellen Meditationen und wandten ihm ihre ungeteilte Aufmerksamkeit zu. Mrs. Otter tat dies mit gelassenem Entgegenkommen, offenbar in der Annahme, daß sich die Natur dieser Bemerkung als harmlos und angenehm erweisen würde. Jason tat es mit nervösem Interesse, vermischt mit etwas, das aussah wie ein Flackern persönlicher Furcht. Darnley tat es mit einem Ausdruck müder Höflichkeit, genauso, als hätte er sagen wollen: „O Gott! O Gott! Werde ich denn nicht einmal den Sonntag von den Problemen anderer Leute befreit sein?"

„Die Sache ist einfach genug", sagte Wolf rasch, als er sah, daß er mehr Unruhe verursacht hatte, als seine Absicht gewesen war. „Ich wollte nur wissen, warum dieses Ihr Haus Teichvilla heißt, Pond Cottage, obwohl keine Spur von einem Teich zu sehen ist?"

Es zeigte sich eine momentane verblüffte Bewegung rund um den Tisch.

„Der Teich ist schon hier", sagte Darnley ruhig. „Er ist jenseits jener Hecke, gerade gegenüber unserem Tore, auf der anderen Seite des Weges. Er ist ein ziemlich unheimliches Thema für uns, Solent; denn mindestens dreimal hat sich James Redfern mit dem Gedanken getragen, sich darin zu ertränken. Er mag noch viel öfter daran gedacht haben. Jason hat ihn dreimal dort gefunden. Deshalb mögen wir den Teich nicht leiden. Das ist alles!"

Jason Otter erhob sich von seinem Sessel. „Ich werde hinaufgehen und meine Schuhe anziehen", bemerkte er zu Wolf, „und dann wollen wir den Teich besichtigen. Sie sollten ihn sehen. Und dann gibt's noch andere Dinge, die ich Ihnen auch zeigen kann, während Mutter und Darnley in der Kirche sind. Sie haben doch schon Ihre Schuhe an? Schön! Ich werde Sie nicht lange aufhalten."

Mit diesen Worten verließ er das Zimmer, und Mrs. Otter blickte ihren jüngeren Sohn hilfesuchend an.

„Beunruhige dich nicht, liebste Mutter", sagte Darnley ernst und legte ihr seine Hand auf die Knie.

Er wandte sich zu Wolf. „Sie müssen uns helfen, Solent, meinen Bruder in guter Stimmung zu erhalten", sagte er. „Aber ich weiß, daß ich mich auf Sie verlassen kann."

Als Wolf und Jason schließlich zusammen die Straße überquerten und auf das gegenüberliegende Feld traten — was sie dadurch bewerkstelligten, daß sie eine steile Böschung erklommen und sich ihren Weg durch eine Lücke in der Hecke bahnten —, hatte sich das Gefühl von Friedlichkeit in der ganzen Luft der Gegend bis zu einem Grade verstärkt, der Wolf so bezauberte, daß nichts imstande zu sein schien, seine Zufriedenheit zu stören.

Das Feld, auf dem er sich befand, war sehr ausgedehnt, und bloß eine unterbrochene, schwankende Linie von Weiden und Pappeln auf dem gegenüberliegenden Ende bildete ein Anzeichen der Gegenwart von Wasser. Die Atmosphäre war köstlich still und neblig; kein Wind bewegte sich; und nur die friedliche Morgensonne senkte ihren Schein auf Gras und Bäume in einer solchen Weite der Gleichgültigkeit, als wäre sie, in irgendeiner ureigenen geheimnisvollen Art, zu glücklich, um sich darum zu kümmern, ob ihre Wärme jenem Leben, das unter ihrem Einfluß gedieh, Vergnügen oder das Gegenteil bereitete. Er schien das Geheimnis völliger Absonderung zu besitzen, dieser Sonnenschein; aber er schien auch das Geheimnis zu besitzen, die Spur, die zu solcher Absonderung führte, in das Herz einer jeden lebenden Existenz zu projizieren, die sich seiner dampfenden Wärme näherte.

Wolf bemerkte plötzlich, daß sich diese seine tranceartige „Mythologie" zur Oberfläche seines Geistes emporhob. All die kleinen äußeren Dinge, denen sein Blick begegnete, schienen materielle Formen zu bilden, in die sich dieser magnetische Strom zu ergießen sich anschickte.

Er beobachtete einen Fladen von der Sonne gedörrten Kuhmistes, auf den der zerstreute Jason unachtsam den Fuß gesetzt hatte und über den sich mit ausgesuchter Vorsicht ein leuchtend grüner Käfer langsam bewegte. Er beobachtete eine Gruppe kleiner rotköpfiger Gänseblümchen, über die eine derbe blütenlose Distel einen schwachen und geduldigen Schatten warf. Er beobachtete die ungeordnete Flucht einer Schar von Staren, die vom Teich die Richtung zum Dorf einschlugen. Was ihn aber von allen diesen Dingen am meisten fesselte, war das am wenigsten Auffallende, das am wenigsten Bemerkbare. In der Tat war es nicht mehr als eine gewisse rauh unebene Erhebung auf dem Boden zu seinen Füßen, eine namenlose Unebenheit, die, als das neblige Sonnenlicht über sie schwankte, den vorherrschenden Platz in dieser zufälligen Ornamentik der Eindrücke einnahm.

Jason sagte gar nichts, als sie langsam zusammen über das Feld schritten. Der Mann hatte ostentativ jede Andeutung von Sonntagskleidern an diesem Vormittag vermieden, und ohne Hut und Stock, in einem sehr schäbigen Überzieher, bot er einen recht jämmerlichen Anblick, als er auf dem Wege zum Lenty Pond voranging.

Sie erreichten endlich die Weiden und Pappeln; und Wolf starrte erstaunt auf das Bild, das sich ihm bot. Er stand jetzt am Rande einer ausgedehnten Wasserfläche, die fast so groß war wie ein kleiner See. Die gegenüberliegende Seite war vollständig bedeckt von einem Bett dichten Schilfes, zwischen dem er die kleinen rotschwarzen Gestalten einiger Moorhennen sich bewegen sehen konnte; aber von dort aus, wo er stand, unter diesen Weiden, bis hinüber zur Mitte des Teiches, war das Wasser tief und dunkel und selbst an diesem friedlichen Sonntag ein wenig drohend.

„Er hätte es leicht tun können, wenn er gewollt hätte, nicht wahr?" sagte Jason und blickte auf das Wasser. „Die Wahrheit ist, daß er es nicht wollte! Darnley ist ein sentimentaler Idiot. Redfern wollte gar nicht ins Wasser gehen. Gar keine Rede! Weswegen kam er denn dann hierher? Er kam, um Mitleid zu erwecken, um die Leute vor Mitleid toll zu machen."

„Der Mensch muß während des ganzen Weges über das Feld daran gedacht haben, gerade dies zu sagen", dachte Wolf. Aber Jason stieß jetzt einen viel beunruhigenderen Satz hervor.

„Der Bursche hat einem Menschen den Verstand verdreht. Dem Geiste eines Menschen hat er das Gefühl verursacht, als sei er ein Stück Holz in diesem Wasser! Und Sie würden überrascht sein zu hören, wer diese Person ist!"

Aber Wolf empfand es gerade jetzt hart, ihm seine ganze Aufmerksamkeit zu schenken. Denn obwohl die mystische Ekstase, die er eben empfunden hatte, verblaßt war, war doch alles an diesem Tage in seinem verborgenen, geheimen Leben von Wichtigkeit geworden; und er fühlte sich abgesondert, entfernt, entkörpert, trotz allen seinen Sonntagskleidern. Er konnte das Krächzen eines Krähenpaares hoch droben am Himmel hören; und selbst als sie aufhörten zu krächzen, schien ihm das Schwirren ihrer Flügel gleich der Indolenz des Tages selbst. „Ein Stück Holz im Wasser", echote er mechanisch, während sein Blick, über diese stillen Westlandweiden gleitend, den schwirrenden Fittichen folgte.

„Wer war es, Mr. Otter, der durch Redfern so verstört wurde?"

Der hilfeheischende Blick in Jasons jammererfüllten Augen wurde noch verwirrender. Des Mannes Seele schien — grauem Dampfe gleich — schwankend aus seinen Augenhöhlen hervorzukommen, bis sie sich zu einem schattenhaften Doppelgänger jener Person formte, die an Wolfs Seite stand.

„Können Sie es nicht erraten?" murmelte Jason Otter. „Ich war es ... ich ... ich ... Sie sind überrascht. Nun ja, jedermann wäre dadurch überrascht. Sie hätten wohl gar nicht daran gedacht, obwohl Sie doch Mr. Urquharts Sekretär und aus einem College gekommen sind! Aber Sie brauchen nicht so dreinzusehen, denn es ist wahr. Darnley versentimentalisiert diesen Tod, der natürlich sehr beklagenswert war, aber vollkommen natürlich — er starb an Pneumonie — so wie es einem jeden von uns passieren könnte —, aber was mich außer Rand und Band brachte, das war diese Art, auf das Mitleid der Menschen zu spekulieren. Er tat es stets — vom allerersten Tage an. Darnley fiel gleich darauf hinein, obwohl ihm der Bursche nie gefiel. Ich widerstand. Ich bin in solchen Dingen aus Eisen. Ich weiß zuviel. Aber ganz allmählich, verstehen Sie, begann ich doch, obwohl ich nicht nachgab, innerlich unruhig zu werden. Mitleid ist die grausamste Falle, die je erfunden worden ist. Sie verstehen das wohl? Angenommen, daß es überhaupt nur mehr eine einzige unglückliche Person gäbe, nun, dies könnte doch alle Freude in der Welt zerstören. Deshalb liebe ich es, das Mitleid zu töten — deshalb liebe ich es, den Menschen klarzumachen, welch Wahnsinn es ist."

Wolf zog sich einen Schritt oder zwei von ihm zurück, bis er ganz am Rande des Teiches stand, und dann bemerkte er unvermittelt: „Ihre Mutter hat mir erzählt, daß Redfern einer der hübschesten jungen Männer war, die sie jemals gesehen hat."

Nachdem er diese Worte ausgestoßen hatte, begann er mit dem Ende seines Stockes in das dunkle Uferwasser zu schlagen und beobachtete, wie sich die Kreise, die so entstanden, weit bis zum Mittelpunkt des Teiches hinaus ausbreiteten. Warum er gerade diese Bemerkung gemacht hatte, hätte er eben jetzt nur schwer erklären können. Die gespenstische Phantomseele, die aus Jasons Augenhöhlen herausgetreten war, zog sich im Augenblick zurück, wie eine an einem Faden gezogene Marionette, und über den beiden Öffnungen, durch die sie sich zurückzog, bildete sich ein eisiger Schleier vorsichtigen Argwohns.

„Ich habe hübschere gesehen", sagte Jason Otter trocken. „Er pflegte jenem Idioten Valley bei seinen Hochkirchegottesdiensten zu helfen. Ich weiß nicht, ob ihm die Jungfrau Maria je erschienen ist; aber ich weiß, daß er die Gewohnheit hatte, ihr Blumen zu bringen, weil er sie aus unserem Garten zu stehlen pflegte! Meine Mutter ließ ihn stehlen, denn es war — Hallo! Was ist los? Wer ist das?"

Wolf drehte sich mit einem Ruck um und bemerkte zu seiner Überraschung die hohe Gestalt Roger Monks, der sich querfeldein ihnen näherte.

„Es ist etwas für Sie. Es ist etwas, was Sie betrifft", sagte Jason eilig. „Ich glaube, ich werde um den Teich herumgehen."

„Ja, warum denn das?" protestierte Wolf. „Es wird kein Geheimnis sein, selbst wenn es wirklich für mich ist."

„Es wird ihm lieber sein, Sie allein zu treffen. Die Dienstboten dieser Grundbesitzer sind immer so", entgegnete der andere. „Außerdem haßt mich Mr. Urquhart. Er weiß, daß ich weiß, was er ist. Er ist keine gewöhnliche Art Narr. Er liebt gutes Essen und guten Wein, aber er ist bereit, dies alles für ich weiß nicht was zu riskieren."

„Ich sage Ihnen schon, daß ich keine Geheimnisse mit Urquhart habe", gab Wolf zurück. „Es ist absolut nicht nötig, daß Sie uns allein lassen."

„Dieser Gärtner hat mich gestern sehr verdächtig angesehen", flüsterte Jason. „Ich sah ihn durch die Hecke in seinem Garten. Er pflanzte irgend etwas, aber er hörte nicht auf, durch die Hecke zu sehen. Er muß gewußt haben, daß ich dort stand. Er muß darüber nachgedacht haben, ob er es wagen dürfe, mit einer Schrotflinte auf mich zu schießen. Also auf Wiedersehen. Ich werde sehr langsam um den Teich gehen."

Wolf schritt auf Mr. Monk zu und überließ es seinem Gefährten, sich davonzutrollen, wie es ihm paßte. Der gigantische Bediente sah aus wie ein ehrsamer Preisboxer in Sonntagskleidern. Als die beiden einander getroffen hatten, zog er ein Telegramm aus der Tasche und händigte es Wolf ein, wobei er höflich die Hand an seinen Hut legte.

„Das ist zeitig früh gekommen", sagte er. „Aber es war kein anderer Bote da; und ich hatte einiges zu tun, bevor ich es selbst bringen konnte. Wenn Antwort nötig ist, muß man sie von Blacksod aus senden, denn unser Telegraphenamt schließt mittags."

Wolf öffnete das Telegramm. Es war von seiner Mutter und lautete wie folgt:

„Ankomme Ramsgard Sonntag sieben Uhr abends Lieferanten unvernünftig kann im Lovelace schlafen."

„Keine Antwort nötig, Monk", sagte Wolf ernst; und dann, nachdem er gedankenvoll mit seinem Stock im Erdboden gestochert und der Gestalt Jason Otters nachgeblickt hatte, der jetzt unbeweglich hinter einer Pappel stand, fügte er hinzu: „Dies ist von meiner Mutter. Sie kommt heute abend aus London."

„Gewiß sehr angenehm für Sie, Herr", murmelte der Mann. „Nicht jeder Gentleman hat noch eine Mutter."

„Aber die Schwierigkeit liegt darin, Monk", fuhr Wolf fort, „daß meine Mutter hier bleiben möchte. Kennen Sie nicht zufällig ein Landhaus oder Zimmer in einem solchen, die man für einige Zeit bekommen könnte?"

Roger Monk sah ihn gedankenvoll an. „Nicht daß ich wüßte, Sir", begann er, wobei seine Zigeuneraugen von Wolfs Gesicht zu der Landschaft vor ihm abschweiften, die in einem ihrer Teile auch die Gestalt des hinter einer Pappel versteckten Mr. Otter einschloß.

„Das heißt, Sir, wenn nicht zufällig ... aber das ist nicht wahrscheinlich, Sir ..."

„Was meinen Sie denn, Monk?" fragte der andere eifrig.

„'s wäre nur das, daß ich selbst mutterseelenallein in meinem Haus

wohne ... und weil ich sehe, daß Sie dem Squire bei seinen Schreib-
arbeiten helfen ... und weil Lenty Cottage nett eingerichtet ist, dachte
ich eben —"

Wolf schwenkte seinen Stock. „Das ist's, was ich brauche!" rief
er erregt. In einem Augenblick wurde seine Einbildungskraft abnorm
aktiv. Er verbildlichte sich das Haus dieses Gärtners in allen seinen
Einzelheiten. Er sah sich wie seine Mutter dort für Jahre und Jahre
behaglich geborgen ... vielleicht für den Rest des ganzen Lebens.

„Aber wir würden Ihnen zur Last fallen, Monk, selbst wenn der
Squire mit sich reden ließe, nicht wahr?"

Der Mann schüttelte seinen Kopf.

„Nun gut, ich gehe jetzt gleich mit Ihnen in Ihre Wohnung, wenn
ich darf, Monk", sagte Wolf ungeduldig. „Waren Sie jetzt auf dem
Heimweg?"

„Ja."

„Nun schön, ich will nur zu Mr. Otter laufen und es ihm sagen;
dann komme ich mit Ihnen."

Er ließ den Mann dort stehen, wo sie gesprochen hatten, und hastete
um den Rand des Teiches. Es lag für ihn etwas besonders Verlockendes
in dem Gedanken an dieses Landhaus. Wie hübsch wäre es, so dachte
er, wenn er und seine Mutter so etliche fünf Jahre dort zusammen
gewohnt hätten und wenn er von seinem Sonntagsspaziergang mit
einem Strauß Primeln in der Hand zum Tee nach Hause kommen
und ihr einmal sagen könnte: „Heute kam ich am Lenty Pond vorbei,
Mutter, wo ich zuerst von der Möglichkeit hörte, hier zu wohnen."

Er fand Jason, wie dieser an den Wurzeln der Pappel saß, den Rücken
gegen den Baumstamm lehnte und die Schöße seines Überziehers
dicht über die Knie gezogen hielt, so daß er gänzlich dem Blicke verborgen war.

„Dieser Mann ist noch nicht fort." Mit diesen Worten begrüßte
er Wolf. „Er steht ja noch dort."

„Ich weiß das, Otter. Er brachte ein Telegramm für mich. Meine
Mutter kommt heute abend her. Monk sagt, er sehe nicht ein, warum
sie und ich nicht Zimmer in seinem Häuschen mieten sollten."

Jason blickte von seinem Platze an der Pappelwurzel zu ihm auf,
und die wunderliche Art, in der er seine Rockschöße zusammen-
raffte, wurde durch ein Lächeln koboldartiger Lustigkeit unterstrichen.

„Sie beabsichtigen, dort zu leben?" bemerkte er. „Sie und Ihre Mutter?
Ich glaube nicht, daß der alte Urquhart auch nur einen Moment lang
so etwas in Betracht ziehen wird! Diese Squires haben es gerne, die
Wohnungen ihrer Dienstboten herzuzeigen. Sie haben es gern, ihre

Besucher umherzuführen und zu sagen: ‚Hier lebt mein Obergärtner. Wenn er mit meinem Garten fertig ist, arbeitet er in seinem. Das sind Boule-de-neige-Rosen!' Aber wenn es sich darum handelt, daß anständige Leute dort wohnen sollen — oh, du guter Gott! Urquhart wird es nie zugeben. Aber Sie können's ja versuchen. Jedoch rate ich Ihnen, in dieser Sache sehr vorsichtig zu sein. Man kann nie wissen, was einem Unliebsames widerfahren wird, wenn man mit Leuten vom Schlage dieses Monk zu tun hat. Aber Sie können's ja versuchen. Schauen Sie nur! Es wäre doch besser, wenn Sie mit ihm fortgingen. In diesem Augenblick starrt er her und spioniert. Er denkt, daß ich Sie wegen des Geldes zurückhalte, das Sie uns zahlen."

Wolf schüttelte den Kopf und machte eine Bewegung zu gehen, aber der andere neigte sich ein wenig vor und flüsterte zu ihm hinauf: „Ich werde langsam um den Teich herumgehen; wenn er sich dann umsieht, wird er nicht glauben, daß Sie auf mich warten sollen."

Während dieser komplizierte und dunkle Satz noch auf der Oberfläche seines Geistes hallte, überließ Wolf seinen Gefährten sich selbst und ging wieder zu Roger Monk.

Ein Marsch von nicht mehr als zwanzig Minuten brachte sie zu dem Landhäuschen des Gärtners. Zu Wolfs großer Befriedigung zeigte es sich, daß der Platz, der auf der Ramsgarder Seite der Gemüse- und Küchengärten lag, vom Herrenhaus absolut nicht gesehen werden konnte. Das Haus stand vielmehr in Lenty Lane, ein wenig östlich von dem Einfahrtstor, und erwies sich als solides kleines Häuschen, hübsch weiß bemalt, mit der Straße durch einen netten Kiesweg verbunden, auf dessen beiden Seiten Reihen sorgfältig weißgewaschener kleiner runder Steine lagen. Aus irgendeinem Grund gefiel Wolf der Anblick dieser weißen Steine nicht. Wieder betrachtete er Lenty Cottage. Die Idee seiner übertriebenen Nettigkeit und Sauberkeit, im Verein mit der Idee, daß es mit Ausnahme dieses einen Bewohners so lange leer gestanden hatte, beunruhigte seine Nerven auf eine ganz seltsame Art. Woran erinnerte es ihn? Ah, jetzt hatte er's! Es erinnerte ihn an die eigenartige einsame, so außergewöhnlich abschreckende Adrettheit ... des Hauses eines Kerkermeisters, das außerhalb eines Gefängnistores steht, oder des Hauses eines Wärters neben einer Irrenanstalt.

„Schön, jetzt wollen wir uns das Innere ansehen", sagte er, zu seinem Gefährten gewendet. „Mr. Urquhart hätte mich genausogut gleich vom Anfang an hier unterbringen können."

Der andere warf ihm einen seiner doppelsinnigen Blicke zu. „Es war wohl wegen der Mahlzeiten, Sir", sagte er vorsichtig. „Aber wenn die gnädige Frau kommt, wird es sicher anders sein."

„Es würde Ihnen also Freude machen, uns hier zu haben?"
Diesmal war der Blick des Gärtners gerade und voll Eifer.
„Und ob ich mich freuen würde, einen Herrn wie Sie hier unter meinem Dach zu haben", rief er.

Sie betraten zusammen das Haus, und alles wurde bald zwischen ihnen geregelt. Als die Sache erledigt war, bemerkte Wolf, wie der Mann mit einer seiner Hände über die Rücklehne eines Fauteuils auf und ab strich. „Ich würde hundert Pfund dafür geben, wieder ein Haus in den Shires zu haben!" brach er plötzlich los.

Wolf sah ihn erstaunt an. „Gefällt es Ihnen hier nicht, Monk?" murmelte er.

„Gefallen?" Des Mannes Stimme sank zu einem Flüstern herab. „Es ist leichter, bei einem Herrn in den Dienst zu treten, als fortzugehen, Sir, wenn dieser Herr so ein Nebukadnezar ist wie der meine!"

„Sie sind also nicht aus Dorset?" erkundigte sich Wolf.

„Ich bin hier geboren worden", erwiderte der andere, „aber ich kam vom Haus fort, als ich noch ganz klein war, und arbeitete in den Shires."

Diese Bemerkung machte Wolf vieles an Roger Monk klar. Die oberen Schichten in dieses Mannes Geist waren durch Wandern sophistiziert worden. Die tieferen hatten sich ihre bodenständige Prägung bewahrt.

„Nun, ich muß jetzt nach Pond Cottage zurückgehen", sagte Wolf ruhig. „Mrs. Otter und Mr. Darnley müssen jetzt schon von der Kirche zurück sein, und ich habe mit ihnen zu sprechen. Wir werden über die Bedingungen einig werden, Monk, nachdem ich mit Mr. Urquhart gesprochen habe. Glauben Sie, daß ich ihn jetzt zu Hause treffen würde, wenn ich auf meinem Heimweg vorspreche?"

Ein Stirnrunzeln konzentrierter Besorgnis bewölkte das Gesicht des Mannes vor ihm.

„Es wäre sicher das beste", bemerkte er, „wenn es geht. Was er dazu sagen wird, na, das weiß ich wirklich nicht."

Diese Worte klangen noch in Wolfs Ohren, als er etliche fünfzehn Minuten später vor Mr. Urquhart gelassen wurde. Er fand seinen Brotgeber im Arbeitszimmer, wo er mit fasziniertem Interesse das Buch las, das ihm sein neuer Sekretär gebracht hatte.

„Diese Evershotts werden die Krönung unserer Geschichte sein", lachte er hocherfreut. „Ihr Abschluß mit Mr. Malakite war gut. Fünf Pfund für das da? Ich sage Ihnen, es ist zwanzig wert! Sie sind ein prächtiger Botschafter, Mr. Solent! ... Eh? Was sagen Sie? Ihre Mutter kommt her? ... Monks vordere Zimmer?"

Er streckte die Beine aus und strich sein glänzendes Haar an den Seiten jenes sorgfältig gezogenen Scheitels zurück. Wie sein großes weißes Gesicht jetzt so ein wenig nach einer Seite hing, wie die schlaffen Falten unter seinen Augen jetzt so pulsierten, als besäßen sie ein unabhängiges eigenes Leben, machte er auf Wolfs Gemüt einen unangenehmen Eindruck.

Mr. Urquharts Arbeitszimmer war ein kleiner, dunkler Raum, dessen Wände völlig von Drucken des achtzehnten Jahrhunderts bedeckt waren. Der Squire saß in einem niederen Lederfauteuil, mit der Evershottchronik auf den Knien; und als Wolf sich ihm gegenüber in einem ähnlichen Stuhl niederließ, begann er zu fühlen, daß er schließlich und endlich die Absonderlichkeiten von King's Barton Manor wahrscheinlich doch übertrieb.

„Es ist wohl meine nervöse Phantasie", sagte er zu sich selbst. „Urquhart ist ohne Zweifel ebenso wie Hunderte von anderen exzentrischen Müßiggängern. Und was das Geschwätz des Gärtners betrifft — nun, ich nehme an, daß Dienstboten immer froh sind, wenn sie einem Fremden etwas vornörgeln können."

„Hat nicht mein Vorgänger in Monks Haus gelebt?" hörte er sich selbst schließlich sagen.

Der Squire nahm die Hand von dem Buch, das er hielt, und erhob sie halb zu seinem gut rasierten Kinn. „Redfern? Vielleicht eine kurze Zeit. Ich hab's wirklich vergessen. Auf keinen Fall lang. Dieses besoffene Individuum in Pond Cottage überredete ihn, dorthin zu ziehen. Bei denen ist er auch gestorben. Das haben sie Ihnen wohl schon erzählt?"

Mr. Urquharts Stimme war so ruhig und nachlässig, als er diese Bemerkungen machte, daß Wolf von einer Art von Scham ergriffen wurde, daß er seine Phantasie unter all diesen neuen Bekanntschaften sich so sehr hatte tummeln lassen. „Es ist der Unterschied zu London! Das ist die Erklärung dafür", dachte er.

Mr. Urquhart hörte nun auf, sich mit seinen feinen Fingerspitzen über das Kinn zu streichen, neigte ein wenig den Kopf und blätterte wieder planlos in den Seiten des Buches auf seinen Knien. Wolf versank in seinen tiefen Lehnstuhl und starrte auf die Tweedhosen und die glänzenden Lackschuhe des Mannes.

Er holte tief Atem, und dies war ein Mittelding zwischen einem Seufzer der Ermüdung und einem Seufzer der Erleichterung. Seine heutigen Gespräche mit Jason und Monk hatten ihm das Gefühl verursacht, als befinde er sich am Rande eines psychischen Maelstroms krankhafter Konflikte. Die Behaglichkeit dieses abgelegenen Raumes und die Bequemlichkeit seines Lederfauteuils hatten ihm im Nu aller

Erregungen müde gemacht und froh, daß er sich noch immer eher als Zuschauer denn als Kombattant fühlen konnte.

Schließlich und endlich, warum sollte er sich Sorgen machen? Wie der philosophische Herzog von Albanien im „König Lear" murmelt: „Gut, gut — der Ausgang."

„Was wird denn Ihre Frau Mutter dazu sagen, wenn sie ihre Küche mit meinem Diener teilen muß?" fragte Mr. Urquhart plötzlich.

Diese Bemerkung irritierte Wolf. Was wußte denn dieser lässige Gentleman vom Lebensstandard der Armut? Er selbst war so sehr erpicht auf dieses Übereinkommen, daß ihm diese Einzelheiten ganz bedeutungslos erschienen.

„Oh, das würde ihr nichts machen", antwortete er sorglos.

„Was hat denn all das in Rogers großen, stupiden, dummen Kopf gesetzt?" fuhr der Squire mit seiner seidigsten Stimme fort. „Ist er meiner Gesellschaft müde? Will er aus meinem Dienst gehen und in den Ihrer Frau Mutter treten? Was ist los mit dem Mann? Es ist nicht das Geld. Das weiß ich. Roger kümmert sich weniger um Geld als irgendein anderer Diener, mit dem ich je zu tun hatte. Was kann er denn jetzt nur im Sinn haben?"

Wolf blieb still und ließ ihm freien Lauf. Aber bei sich begann er wieder darüber nachzudenken, wie sehr er wirklich das düstere Element im Charakter seines Dienstgebers übertrieben haben mochte.

Aber Mr. Urquhart neigte sich jetzt vor und sah ihn gespannt an. „Sie wollen mir doch keinen Possen spielen, so wie der andere, nicht wahr? Aber Sie sind nicht so geartet, Mr. Solent, das sehe ich schon! Bei meiner Seele, ich halte Sie für einen ehrenhaften jungen Mann. Ihr Gesicht zeigt das. Freilich hat es seine Fehler, als Gesicht eben, aber es ist nicht hinterlistig. Schön ... schön ... schön ... Wann kommt Ihre Mutter an? Es würde mich interessieren, wenn ich die Ehre hätte, sie wiederzusehen. Mein Cousin Carfax war einmal — Sie wissen das wohl — maßlos in sie verliebt ... Wirklich, heute abend schon, eh? Nun, vielleicht ist das ganz gut. Mrs. Martin wird hinübergehen und alles in Ordnung bringen."

Wolf stand jetzt auf, bemüht, seinen Abschied zu nehmen, bevor der Mann Zeit hatte, ihm irgendwelche Stellen aus dem Evershott-Tagebuch vorzulesen. Sobald er das Haus verlassen hatte, zog er die Bilanz der Situation. Er hatte die Angelegenheit mit dem Bewohner und mit dem Eigentümer seiner neuen Behausung in Ordnung gebracht. Das letzte Arrangement, das er zu treffen hatte, war jenes mit Mrs. Otter. Und darum eilte er jetzt nach Pond Cottage, wo er seine Wirtin fand, die eben von der Kirche zurückgekommen war.

Aber hier fand er nur sympathisches Gehör — ob sie im Grunde ihres Herzens froh war, ihn loszuwerden, konnte Wolf nicht sagen. Sie mochte es wohl die ganze Zeit bedauert haben, daß ihr älterer Sohn jenes Zimmer hatte aufgeben müssen, dessen Wände Wolf so eigenmächtig entblößt hatte. Nun gut! Sie konnten jene Bilder jetzt wieder an die Wände hängen! Und er entschloß sich, das Schlafzimmer Mr. Jason Otters so selten wie möglich zu besuchen. Er hatte nicht den Wunsch, das Gesicht jenes „Regengottes" wieder zu betrachten!

Er verließ Pond Cottage bald nach dem Lunch, indem er erklärte, daß er am Abend zurückkommen würde, daß er aber mit seiner Mutter in Ramsgard nachtmahlen wolle. Der Nachmittag erwies sich als ebenso neblig und warm, wie es die frühen Stunden des Tages gewesen waren; und als er auf der Spur seiner donnerstägigen Fahrt mit Darnley dahinschritt, gestattete er den verschiedenen Erregungen, in die er geraten war, nicht, seine Freude an jenem entspannten und liebkosenden Wetter zu zerstören. Er fand, daß ein Fußmarsch bei hellem Tageslicht ihm manche Anzeichen des Frühlings enthüllte, die er bei jener abendlichen Fahrt vermißt hatte.

Ein- oder zweimal stieg er in die Gräben an den Seiten der Straße, in denen die gebogenen weißlichroten Stengel halbversteckter Primeln über ihren runzeligen Blättern schwankten, und er preßte, Hände und Knie in die warmduftende Erde gebettet, sein Gesicht gegen jene zarten Geschöpfe.

Der süße schwache Duft dieser bleichen Blüten ließ ihn an Gerda Torp denken, und er begann sich lebhaft darüber zu beunruhigen, welche Wirkung die Ankunft seiner Mutter auf den Fortgang seines Abenteuers haben würde.

Lange bevor er die Ausläufer von Ramsgard erreichte, wurde er daran erinnert, daß er sich der berühmten Schule der Westprovinz näherte, erinnert durch die verschiedenen Gruppen strohhütiger Knaben — hochgewachsener, reservierter, hochmütiger Burschen —, die gleich jungen normannischen Eindringlingen diese armseligen Weideländer der Westsachsen zu erkunden schienen.

Einer oder zwei der Knaben machten, als sie an ihm vorbeikamen, zögernde halbe Bewegungen respektvollen Erkennens. Einer von ihnen zog sogar wirklich seinen Strohhut. Wolf wurde ein wenig verlegen durch diese Begegnungen. Er hätte gerne gewußt, für welche Art von Lehrer ihn diese höflichen Neophyten — denn es mußten Neuangekommene sein, die sich so irren konnten — wohl halten mochten! Sah er aus wie ein Französischlehrer? Oder hielten sie ihn für einen aus jener hohen, weltfernen, aristokratischen Gesellschaft — die überhaupt nicht Lehrer, sondern Gouverneure der alten Schule waren?

Als er näher an die Stadt herankam, fiel es ihm nicht schwer, durch eine Reihe von Marktgärten und kleinen abgegrenzten Feldern sowohl den Friedhof wie auch das Arbeitshaus zu erspähen. Der Anblick dieser Objekte, kombiniert, wie sie waren, mit ferner liegenden Schuppen und unordentlichen, isolierten Hütten, verursachte ihm eine Empfindung, die er stets mit einem Schauer fühlte — die eigenartige Empfindung, die von jeder Zwischenzone zwischen Stadt und Land hervorgerufen wird.

Er hatte sich nie einer Stadt, so unbedeutend sie auch gewesen sein mochte, durch solch einen Gürtel genähert, ohne ein seltsames und ganz besonderes romantisches Gefühl zu empfinden. War es vielleicht so, daß in ihm unmerkliche Erinnerungen geweckt wurden an all jene ungreifbaren Empfindungen, die seine Vorfahren, jeder einzelne für sich in seinen Tagen, gehabt hatten, als sie, soviel Unbekanntes vor sich, auf ihren Wanderungen durch das Westland an alle die historischen Örtlichkeiten herankamen oder als sie sie verließen? Oder lauerte wirklich eine dahintreibende „Emanation" menschlicher Reue und menschlicher Hoffnungen unvermeidlich über solchen Randgebieten — nachtrauernd so manchem Willkommen und so manchem Lebewohl?

Als er endlich ins Zentrum der Stadt kam und zu dem Tor der Abtei gelangte, fehlten wenige Minuten auf vier Uhr. Ein müder Nachmittagsgottesdienst ebbte eben in dem östlichen Teil des dämmerigen Schiffes seinem Ende entgegen, und ohne das Gebäude zu betreten, doch in dem normannischen Eingang verweilend, betrachtete Wolf wieder einmal jenes berühmte Dachgewölbe.

Die schönen organischen Linien und Kurven dort im grünlichen Dunkel lockten irgend etwas in seiner Seele hervor, was sonst kaum jemals durch ein Kunstwerk erweckt wurde; etwas, das abgestoßen, ja zur Feindschaft gereizt worden war durch jene Art von Ding, die er in Jason Otters Schlafzimmer gesehen hatte.

Dieses hohe Dachgewölbe, in dessen Schöpfung sich wohl soviel stiller, ruhiger Mystizismus ergossen haben mochte, schien mit einer fast persönlichen Sympathie an Wolfs tiefstes Gemüt zu appellieren. In der immensen Stille dieses eingeschlossenen Raumes aufgerichtet, hoch über dem Staub und der Bewegung aller vorübergehenden Transaktionen, schien es, gleich einer großen alten Fontäne in einem ummauerten Garten, ewige Bogen von verzaubertem Wasser von sich zu schleudern, das aufrechterhielt, tröstete und heilte. Die Weite der

Schönheit ringsum hatte in der Tat gerade jetzt eine seltsame und interessante seelische Wirkung auf ihn. Statt ihm die Empfindung zu verursachen, daß seine Seele in diese hochgewölbten Schatten geschmolzen sei, gab es ihm das Gefühl, als wäre der Kern seines Wesens ein kleiner, harter, dunkler, runder Kristall.

Über alles Erwarten durch dieses Erlebnis beruhigt sowie dadurch, daß er auf solche Weise von seiner Seele dachte, mit einer resoluten Stärke gekräftigt, hatte Wolf beinahe schon Selena Gaults Tür erreicht, als er sich erinnerte, daß er seiner Mutter zuerst im Lovelace-Hotel ein Zimmer sichern mußte, ehe er irgend etwas anderes unternahm.

Und so eilte er an dem Bahnhof vorbei, wo er sich der Ankunftszeit des Londoner Zuges vergewisserte, und betrat dann das Büro des berühmten Hotels. Kein Stauwasser ländlicher Ruhe konnte pulsloser und ruhiger sein als jenes gesättigte Interieur mit seinen ausgestopften Fuchsköpfen und den viktorianischen Mahagonistühlen. Mit einem Schrecken der Entmutigung hörte er jedoch von der würdigen Dame, die die Hotelbücher betreute, daß wegen des nahen Frühlingsmarktes alle Zimmer im Hause bereits besetzt waren. Wolf verfluchte den Jahrmarkt und diese Magnaten mit ihrer Pferdeliebhaberei. Aber er konnte nichts anderes tun, als zu Miss Gault zurückzukehren, denn der kleinere Ramsgarder Gasthof befand sich am anderen Ende der Stadt, und jetzt war es schon fünf Uhr.

Er ging durch die öffentlichen Gärten. Er kam gerade oberhalb der Brücke auf die St.-Aldhelm's-Street und nahm dann unter der langen Mauer westliche Richtung. Er stieß die grüne Tür auf und betrat den Garten der Hyazinthen. Die mechanische Bewegung des Öffnens der kleinen Tür brachte ihm aus keinem anderen Grund, als weil es eine Tür war, die von der Straße in einen Privatbesitz führte, plötzlich sein ähnliches Eintreten in den Werkstatthof der Torps in Erinnerung; und seine Verliebtheit glitt, gleich einem sammetpfotigen Panther in dunkler Nacht, an all dem Zauber des gestrigen Spazierganges vorbei und ließ sein Herz bei dem Phantasiebilde — denn er hatte ja jene aufreizende Aufnahme nie gesehen — des jungen Mädchens, das rittlings auf dem Grabsteine saß, höher schlagen.

Kaum hatte ihn das stumme Dienstmädchen in Selenas Empfangszimmer geführt und die Tür hinter ihm geschlossen, als er bemerkte, daß seine Gastgeberin nicht allein war. Nicht nur alle Katzen waren da, sondern mit den Katzen spielte, wild gleich einer jungen Bacchantin mit jungen Tigern, ein lockenköpfiges, leidenschaftliches kleines Mädchen von olivenfarbigem Teint, das — ehe noch Miss Gault die Silben ihres Namens zu Ende gesprochen hatte — ihn bei beiden Händen faßte und einen erregten, magnetischen Mund seinem Kusse darbot. Aber wieder ging sie, um mit den Katzen zu spielen, die sie bis zur Grenze ihrer Nervenkraft zu erregen schienen, denn ihre Wangen waren fiebrig gerötet und ihre dunklen Augen glühten wie zwei Edelsteine im Griff eines Dolches, den jemand verstohlen zwischen einer roten Flamme und einem in die Nacht hinaus geöffneten Fenster unaufhörlich auf und ab bewegt.

Während sie die Katzen hin und her zerrte auf Sofa und Kaminvorleger, über sie und zwischen ihnen stolperte, hörte sie nicht auf, erregt zu plaudern; ein Plaudern, das Wolf auf irgendeine seltsame Art mehr an eine Substanz als an T ö n e erinnerte, denn es schien einen Teil der warmen, dämmerigen Atmosphäre zu bilden, in der sie spielte, und in der Tat schien es von den anderen Personen im Zimmer keine Antwort in Worten zu verlangen. Es war wie auf einem Gemälde von Nicolas Poussin das Rauschen eines angeschwollenen Baches, vor dem ein junger brauner Ziegenhirte für immer mit seinen Ziegen spielte.

„Olwen Smith!" begann Miss Gault, als sie und Wolf sich niedergelassen hatten, nachdem die ersten Grüße ausgetauscht worden waren und er ihr hastig eine Beschreibung von Mr. Urquhart und von Mister Urquharts Bibliothek gegeben hatte. „Olwen Smith!"

Das kleine Mädchen stand augenblicklich vom Boden auf, kam herbei und stellte sich neben den Knien seiner Freundin auf.

„Du darfst keinen Lärm machen, wenn ein Herr hier ist, und außerdem hast du dein Sonntagskleid an. Sage Mr. Solent deinen Namen und wo du wohnst. Mr. Solent kann lärmende kleine Mädchen nicht leiden, oder kleine Mädchen, die die ganze Zeit sprechen und andere Leute stören."

„Ich wohne auf Nummer fünfundachtzig North Street, Ramsgard", sagte das Kind eilig auf. „Ich war letzten Donnerstag elf Jahre alt. Großvater hat das Hutgeschäft für die Schule. Mutter ging fort, als ich geboren worden war. Miss Gault ist meine beste Freundin. Tante Mattie ist jetzt meine Mutter. Die weiße Katze ist mir die liebste."

Das Kind sprach diese Sätze, als wären sie eine Lektion, die es auswendig gelernt hatte. Es stand gehorsam an Selena Gaults Seite, aber seine dunklen Augen waren starr auf Wolf gerichtet, mit einem Ausdruck, den er später nie vergaß, so wild, so spöttisch, so aufrührerisch, und doch so flehend schien er.

„Olwen liebt meine Katzen; aber nicht annähernd so sehr, wie meine Katzen s i e lieben", sagte Selena Gault zärtlich.

Das kleine Mädchen schmiegte sich an die schwarzgekleidete Gestalt und legte den Kopf auf den Ärmel des alten Fräuleins. Ihr wilder Geist schien aus allen Teilen ihres Körpers mit Ausnahme ihrer Augen fortgeebbt. Diese lehnten es ab, von denen des Besuchers zu weichen; und wie sich seine eigene Stimmung so oder so änderte, änderten sich gleichzeitig auch jene dunklen Spiegel, die Gedanken widerspiegelten, die keines Kindes bewußtes Hirn hätte verstehen können.

„Aber du darfst nicht vergessen, daß du Tante Mattie so lieben mußt, als wäre sie wirklich deine Mutter", sagte Selena Gault. „Sie war immer so gut zu dir, daß du ein sehr undankbares kleines Mädel wärest, wenn du sie nicht lieb hättest."

„Ich habe neulich gehört, wie Großvater zu Tante Mattie sagte, sie sei ebensowenig sein Kind wie ich das ihre", antwortete Olwen Smith und streichelte wie ein zärtlicher kleiner Automat mechanisch Miss Gaults Hand, während ihre fiebrigen, spöttischen Augen zu Wolf zu sagen schienen: „So, paß einmal auf, was dies für eine Wirkung hat!"

„Matties Mutter starb vor ungefähr fünfundzwanzig Jahren, mein Kind", replizierte Miss Gault. „Sie hieß Lorna. Sie und dein Großvater pflegten furchtbar zu streiten, ehe sie starb. Das ist der Grund, weshalb Mr. Smith solche Sachen sagt, wenn er zornig wird. Natürlich ist Mattie seine Tochter; und es ist sehr unrecht von ihm, so etwas zu sagen."

„Tante Mattie ist komisch", murmelte das kleine Mädchen.

„Pst, mein Kind!"

„Aber sie ist es wirklich! Nur ein ganz kleines bißchen komisch, nicht wahr, Miss Gault?"

Selena lächelte Wolf zu — mit jenem eigentümlichen hypnotisierten Lächeln, mit dem ältere Leute, die ihre Seele dem Erziehen von Kindern gewidmet haben, die schlimmsten Fehler ihrer Lieblinge in Eigenschaften umwandeln, die unwiderstehlich gewinnend sind.

„Tante Mattie hat eine Nase wie Sie", sagte Olwen Smith.

„Wie ich?" murmelte Selena Gault vorwurfsvoll. „Du darfst nicht grob sein, Olwen, mein Liebling. Das ist etwas, was ich in meinem Hause nicht dulden kann."

Der braune Kopf war jetzt tiefer in das schwarze Seidenkleid vergraben, aber des Kindes Stimme klang deutlich genug.

„Nicht wie Sie, Miss Gault — wie er! Genauso wie er!"

Selena Gault hatte in diesem Augenblick Gelegenheit, sich beiden Besuchern zu entziehen; denn die stumme Dienerin betrat mit einem Teetablett das Zimmer. Das Arrangement dieses Tabletts war hier im Hause offenbar eine Sache von ängstlich gehütetem Ritual, und Wolf sah mit stiller Befriedigung zu, besonders als das stürmische kleine Mädchen davonlief, um mit den Katzen zu spielen, und Miss Gault freiließ, nicht nur, ihm seine Schale zu füllen, sondern auch ohne Reserve auf seine Bemerkungen einzugehen.

Das Teetablett wurde auf einen runden Tisch an Miss Gaults Seite gestellt. Ein schwarzer Küchenkessel — Miss Gault erklärte, daß man nur darin wirklich gutes Wasser kochen könne — wurde auf den Kamin gestellt. Das Dienstmädchen selbst zog sich nicht zurück, wie die meisten Dienstboten in solch einem Augenblick zu tun pflegen, sondern blieb da, um bei der Zeremonie des „Aufgießens" zu assistieren, die so sachkundig vollzogen wurde, daß Wolf bald alle seine Schwierigkeiten und Verärgerungen in dem Aroma des vollkommensten Tees, den er je genossen hatte, dahinschmelzen fühlte.

Die angenehme Mischung von Dämmer- und Kaminlicht, die in Miss Gaults Wohnzimmer herrschte, begann ihn lebhaft an die eigentümliche Atmosphäre zu erinnern, die er bei sich selbst als „Penn House Atmosphere" zu bezeichnen pflegte. Dies schloß in sich, daß irgend etwas an dem Raume war, das ihn der alten Bogenfenster in Brunswick Terrace in Weymouth gedenken ließ, wo er sich in seiner Kindheit jenen seltsamen heimlichen Verzückungen hinzugeben pflegte. In diesem Zimmer Miss Gaults war nicht ein einziges Möbelstück, das nicht irgendeine Essenz der Vergangenheit ausstrahlte, zart und weich wie der Duft von Lavendel.

Er brach jetzt das Schweigen, indem er das Gespräch erwähnte, das er mit Darnley in der Blacksoder Buchhandlung geführt hatte. „Otter sagte —", begann er.

„Pst!" rief Selena Gault und dann wandte sie sich in einem ganz veränderten Ton an das stille Kind, das jetzt aufmerksam zuhörte: „Olwen, mein Kind, du kannst weiterspielen! Du kannst jetzt so viel Lärm machen, wie es dir nur paßt! Wir sind mit unserem Gespräch fertig."

„Ich will nicht mehr spielen, Miss Gault. Ich hasse alle Ihre Katzen mit Ausnahme dieser einen hier! Ich möchte hören, wie Mr. Solent Ihnen erzählt, was Otter gesagt hat!"

„Ich werde dich nach Hause schicken müssen, Olwen, wenn du dich nicht besser benimmst. Es ist ungezogen, sich in das Gespräch Erwachsener einzumengen."

„Ich habe mich nicht eingemengt; ich habe zugehört. Ich hätte nie erfahren, daß Tante Mattie nicht Großvaters richtige Tochter ist, wenn ich nicht zugehört hätte..."

„Sei ruhig, Kind", rief Selena Gault. Aber die schrille Stimme des leidenschaftlichen kleinen Mädchens erhob sich zu einem trotzigen Schrei, als es vom Sofa aufsprang, die Katze auf den Boden warf, seine wirren Locken zurückschüttelte und laut kreischte: „Und ich hätte nie gewußt, daß Tante Mattie nicht meine richtige Mutter ist, wenn ich nicht zugehört hätte . . .!"

Wenn auch Miss Gault das Kind bis jetzt nicht mit vollkommenem Takt behandelt hatte, war sie nun doch der Gelegenheit gewachsen.

„Schon gut, liebste Olwen", sagte sie mit der ruhigsten und sachlichsten Stimme. „Ich glaube wohl, es ist deshalb, weil erwachsene Leute so viel Unsinn sprechen, daß sie so ärgerlich werden, wenn Kinder zuhören. So! Sieh nur! Du hast deinen eigenen Liebling verängstigt!"

Als sich die Dinge auf diesem Punkte psychischer Balance befanden, entschloß sich Wolf, keinen Augenblick mehr verstreichen zu lassen, ohne Miss Gault von der Ankunft seiner Mutter in Kenntnis zu setzen. Die nervöse Elektrizität, von der die Luft des Zimmers bereits zitterte, ermutigte ihn eher, als daß sie ihn abschreckte.

„Miss Gault", begann er plötzlich, als sich die hohe schlanke Gestalt in einer Art von Frieden in ihren grünen Fauteuil zurückgesetzt hatte. „Ich habe eben ziemlich ernste Nachrichten bekommen und täte am besten, sie Ihnen gleich mitzuteilen."

Gleich einer müden Karyatide, krank von der Last des Lebens, aber unnachgiebig in ihrem Entschluß, sie ohne Vorwurf und ohne Klage zu tragen, neigte sich Selena Gault ihm zu.

„Sie brauchen mir's nicht zu sagen, Junge; ich kann es erraten. Ann Haggard kommt hierher."

Er nickte zustimmend zu ihren Worten, aber ein Anflug von Gereiztheit zog über sein Gesicht.

„Meine Mutter hat denselben Namen wie ich", protestierte er.

„Wann kommt sie? Oh, welch einen Fehler Sie begehen werden, wenn Sie sie hierherkommen lassen! Welch einen Fehler Sie begehen werden!"

„Ich hatte nicht viel Wahl", bemerkte Wolf trocken. „Sie wird jetzt in wenigen Minuten ankommen."

„Was?" keuchte die Dame, und ihre entstellten Lippen zuckten wie ein seltsames Aquariumexemplar, das von dem Stock eines Besuchers gestoßen worden ist.

„Sie soll um sieben Uhr kommen."

„Wieder in Ramsgard — nach siebenundzwanzig Jahren! So etwas! So etwas muß sich ereignen!" keuchte Selena Gault.

„Ich weiß nicht, wo in Kuckucks Namen ich sie unterbringen soll!

Hierin brauche ich eben Ihren Rat. Das Lovelace ist überfüllt mit Leuten, die zur Frühlingsschau gekommen sind."

Miss Gaults Gesicht glich einem antiken Amphitheater, voll von düsteren Gladiatoren. Fest faßte sie die Lehnen ihres Fauteuils, um sich zu beruhigen.

Doch in diesem Augenblick bot sich eine Ablenkung, die ihrer beider Aufmerksamkeit abzog. Olwen Smith, die mit faszinierter Spannung ihren Worten gelauscht hatte, mengte sich jetzt in ihr Gespräch.

„Oh, Mr. Solent", rief sie. „Lassen Sie doch Ihre Mutter heute nacht in unserem Vorderzimmer schlafen. Tante Mattie nimmt Mieter auf, obwohl Großvater die Schulhüte verkauft! Ich weiß, daß Tante Mattie Ihre Mutter gerne bei sich hätte. Nicht wahr, Miss Gault? Sagen Sie ihm, daß sie zu uns kommen soll. Sagen Sie es ihm doch, Miss Gault! Er wird sie schon zu uns lassen, wenn Sie es ihm nur sagen!" Und mit diesen Worten schmiegte sie sich so verlockend zärtlich an die Knie ihrer Gastgeberin, daß Wolf überrascht war von der Kälte, mit der diese Frau die Bitte aufnahm.

Sie machte eine sehr schwache Bewegung mit ihren beiden Händen, geradeso, als ob das Kind gar nicht an ihrer Seite gewesen wäre — als ob sie eine Last unsichtbarer Erde über den Wurzeln einer unsichtbaren Pflanze niederpreßte.

„Pst, Kind!" sagte sie gereizt. „Du darfst uns nicht so unterbrechen. Ich habe dir schon oft gesagt, daß du das nicht darfst. Ich bin überzeugt, daß Tante Mattie nicht den Wunsch hat, einen Gast nur für eine Nacht zu beherbergen. Niemand hat ein solches Arrangement gern."

Aber das Kind, das bis zu diesem Augenblick aufmerksam forschend ihr Gesicht beobachtet hatte, warf sich jetzt auf den Boden und brach in wütendes Weinen aus. „Ich — will — daß — sie — zu uns — kommt!" heulte es. „Ich will, daß sie kommt! Es ist immer so, wenn irgend etwas Hübsches passiert. Sie sind bös, Miss Gault! Sie sind sehr bös!"

Und dann hörten ganz plötzlich die Tränen auf, ihr Schluchzen verstummte, sehr feierlich setzte sie sich auf dem Boden zurecht, schlang die Hände um ihre Knie und blickte mit einem tragischen, kläglichen Gesicht zu der Gestalt über ihr auf. „Sie haben ein Vorurteil gegen mich!" sagte sie.

Das Wort „Vorurteil" klang so unerwartet und seltsam in ihrem Munde, daß es die Erregung des alten Fräuleins hinwegzauberte. „Es ist schon gut, mein Liebling", murmelte sie, beugte sich nieder, hob sie auf und bedeckte ihre heiße Stirn mit Küssen. „Es ist schon gut, Olwen. Mr. Solent wird seine Mutter zu euch bringen."

Sie verfiel in eine tiefe Träumerei und starrte ins Leere. An des

Kindes lockigem Kopf, den sie an sich gepreßt hielt, starrte sie vorbei, vorbei an dem verwirrten und eher düsteren Profil Wolfs, vorbei an den dicken, grünen, rot und golden gesäumten Vorhängen, hinaus in die sich sammelnde Nacht, hinaus in viele Nächte, die verloren waren und entschwunden.

Wolf blickte jetzt ziemlich ungeduldig auf die Uhr und verglich sie mit der Uhr auf dem Kaminsims.

„Es ist halb sieben", sagte er brüsk und unterbrach Miss Gaults Gedanken.

Die Dame nickte ernst und erhob sich, des Kindes Hand noch immer in der ihren. „Ich werde Emma sagen, daß sie Olwen nach Hause führe", sagte sie, „und dann kann sie Mattie Smith gleich sagen, sie möge Sie erwarten. Sag Mr. Solent Lebewohl, Kleine."

Olwen streckte ihre Hand aus mit einem der kompliziertesten Blicke, die Wolf je auf dem Gesicht eines Kindes gesehen hatte. Er war reuig und doch triumphierend. Er war spöttisch und boshaft, und doch war er in einer seltsamen Art flehend und tiefsinnig.

„Nun, auf baldiges Wiedersehen", sagte Wolf, beugte sich nieder und küßte des Kindes fiebrig heiße, kleine Finger, „wenn man dich nicht ins Bett schickt, ehe wir zu eurem Hause kommen."

Olwen war offensichtlich ungeheuer erleichtert, daß er sich davor zurückgehalten hatte, sie zu umarmen oder ihr Gesicht zu küssen.

Sehr gesetzt und würdig war die Verbeugung, die sie ihm jetzt machte und die auszuführen sie sich umwandte, als Miss Gault die Türe öffnete; und er blieb zurück mit jenem ehrenvollen Glimmen von Befriedigung, durch das ungeschickte Leute manchmal belohnt werden, wenn sie Selbstbeherrschung genug hatten, die nervöse Individualität eines Kindes zu respektieren.

Als Miss Gault zurückkam und die Tür geschlossen hatte, stand sie eine Weile da und betrachtete ihren Besucher mit jenem ernsten, konzentrierten, von Unbehagen nicht freien Blick, den ein Kommandant bei einem schwierigen Feldzug einem verläßlichen, aber übereifrigen Untergebenen zuwerfen mag, dessen geistige Begrenztheit völliges Vertrauen verbietet.

„Es wird peinlich für sie sein, gerade zu diesen Smiths zu gehen, wissen Sie. Aber früher oder später muß sie ihnen wohl begegnen; und so mag es ganz gut sein. Es ist immerhin so, als ob man den Stier bei den Hörnern packte; und das pflegte Ann ja immer zu tun."

Wolf war still. Er beobachtete die Uhrzeiger.

„Warum haben Sie sie herkommen lassen?" brach das alte Mädchen los. „Sind Sie ihr Schatten? Müssen Sie an ihren Schürzenbändern hängen? Können Sie denn nicht begreifen, was das für mich bedeutet und für andere, die sich an ihn erinnern: sie sehen zu müssen, mit ihr sprechen zu müssen? Haben Sie denn nicht selbst das Gefühl gehabt, daß dies sein Land ist, sein Winkel der Welt, sein Besitztum? Haben Sie das nicht gefühlt? Und doch lassen Sie seine Feindin, seine rachsüchtige Feindin sogar bis zu seiner Grabstätte vordringen . . ."

Wolfs einzige Entgegnung auf diese leidenschaftliche Rede war, nach der Hand der alten Dame zu fassen und einen hastigen Kuß darauf zu drücken. „Sie dürfen es nicht so ernst nehmen", waren seine Abschiedsworte.

Als er den Bahnhof erreichte, wurde er von der Nachricht empfangen, daß der Zug ungefähr eine Stunde Verspätung habe.

„Dies wird unsere kleine Olwen kränken!" dachte er besorgt. „Man wird sie ganz bestimmt zu Bett schicken. Man wird glauben, daß wir überhaupt nicht kommen werden. Man wird glauben, daß wir uns anders besonnen haben. Und wo sollen wir ein Nachtmahl bekommen, wenn wir dort sind? Der Teufel hole diese lästigen Probleme! Wenn doch Mutter nur bis morgen gewartet hätte!"

Der Bahnhof war kein sehr angenehmer Ort, um dort eine Stunde zu verbringen; und darum bestieg Wolf den Hügel, der sich hinter den parallelen Linien der Eisenbahn und des Flusses erhob. Hier gab es eine Art von Terrassenstraße, hoch über der Stadt und überschattet von der grasigen Erhebung, die bekannt war unter dem Namen „The Slopes", hinter deren Gipfel der weitausgedehnte Tierpark des Gutsherrn der Gegend lag.

Da er dessen sicher war, daß er den Zug rechtzeitig hören würde, falls dieser früher kommen sollte als erwartet, begann er, sobald er die Terrassenstraße unterhalb von „The Slopes" erreicht hatte, ihrem Geländer entlang auf und ab zu schreiten und blickte auf die Lichter der Stadt hinab, wie sie in Intervallen durch das verdunkelte Tal unter ihm erglitzerten. Der Himmel war bedeckt, so daß diese verstreuten Lichtpunkte an die phantastische Reproduktion eines Sternenfirmamentes erinnerten, das bereits aufgehört hatte zu existieren. Nebelschwaden, die in der Dunkelheit bloße Bewegungen kühlerer Luft waren, erhoben sich von den schlammigen Ufern des Lunt und brachten an diesem Frühlingsabend seinen Nüstern Düfte, die an den Herbst erinnerten. Während er auf jener Terrasse dahinschritt und die feuchten Lüfte einatmete, schien sich sein Geist von den realistischen Wirklichkeiten, die er erlebte, loszulösen. Er schien dahinzutreiben und fort, auf einem dunklen Strom von etwas, das weder Luft war noch Wasser. Was er in jenem Moment ersehnte, so wie noch nie zuvor, war eine Stütze, in der er sich völlig verlieren konnte — sich verlieren ohne Verpflichtung oder Anstrengung! Er, die sterbliche Schöpfung des Zufalls, sehnte sich nach einer unsterblichen Schöpfung des Zufalls, nach einer, die er verehren konnte, hartnäckig, verbohrt, blind. Aber vergeblich streckte er seine Arme in jene Finsternis aus. Seine Stimme mochte die Stimme einer verspäteten Krähe auf ihrem Weg nach Babylon Hill sein oder das Knarren eines Erlenzweiges, der sich über den Wassern des Lunt an einem andern rieb, oder das unendlich feine Gleiten winziger Sandkörner, wenn ein kleiner Erdenwurm in der Mitte des leeren schmalen Pfades auf der Höhe der „Slopes" hervorkam, um die Frühlingsluft einzuatmen. Eine Blase vibrierender Luft, verlor sich sein Flehen ebenso vollständig wie ein einzelner Wassertropfen, der in jenem Augenblick über den grünen Rücken eines auf der kalten Oberfläche von Lenty Pond emportauchenden Frosches hinabrollte.

Er fuhr fort, sich die schlammduftende Dunkelheit zu verbildlichen, in die er hineinzufließen schien wie ein großer umwallter Aquädukt, zusammengesetzt aus Granitplatten, die von schlüpfrigem, schwarzem Moos bedeckt sind. Aus der geistigen Flutwelle, die ihn dahintrieb, wirbelten in Stößen phosphoreszierender Beleuchtung verschiedene verzerrte physische Bilder der Leute empor, denen er in den letzten paar Tagen begegnet war. Aber diese Bilder waren alle schlecht zusammengestellt, inkongruent, schlecht angeordnet... Alle diese krankhaften Beschwörungen fanden ihre Krönung schließlich in dem Gedanken an seine Mutter; denn was jetzt mit einem abrupten materialistischen Stoß alles zerstreute, ja ins Nichts zurückrüttelte, war das klare scharfe Geräusch des zitternden Gitters des Eisenbahnübergangs.

Wolf glitt mit einem Ruck in die normale Welt, als er dieses Geräusch hörte, wie ein Mensch, der aus einer Luke senkrecht auf einen knarrenden Fußboden fällt.

Er faßte fest seinen Stock, den er bei jedem Schritt in den Boden bohrte, und eilte weit ausgreifend den kleinen Abhang hinab.

Nichts in der Welt schien ihm jetzt wichtig, außer das Gesicht seiner Mutter zu sehen und ihre hochklingende, vertraute Stimme zu hören...

Als er, ehe der Zug herankam, auf dem Perron stand, bemerkte er, daß sein Herz vor Erregung schlug.

„Ich bin mir einfach nicht im klaren", dachte er bei sich, „was ich für Mutter fühle. Ich will sie eigentlich hier nicht... störend bei der Sache mit Gerda... störend bei allem... es ist seltsam... es ist komisch... es ist genauso wie die Wassersäule eines großen weißen Wales... die emporspritzt, wenn niemand an Wale denkt... wenn jedermann nur an den Kurs des Schiffes denkt!"

Als der Zug dann eingefahren war und als er seine Mutter mit beiden ausgestreckten Armen vor sich hielt, wobei er ihre Gelenke beinahe wild preßte, während er sie fast gereizt vom Kopf bis zum Fuß musterte, erkannte er jählings, daß eine Existenz ohne sie, wie abenteuerlich diese Existenz auch sein mochte, immer nur halb wirklich sein würde ... geradeso wie ihm vor ein paar Minuten diese berühmten Ramsgarder „Slopes" dort oben nur halb wirklich erschienen waren.

Sie allein war es, die seinem phantastischen Leben den bittersüßen Nachgeschmack der Wirklichkeit geben, die den Grund unter seinen Füßen festmachen konnte.

Und das hatte jetzt ihre Ankunft, wie stets, in diesem Augenblick bewirkt!

Als er sie ansah — jenes stattliche, gerötete, hübsche Gesicht, die stolzen Lippen, die kräftigen weißen Zähne, die wellige Masse glänzenden grauen Haares —, fühlte er, daß er zwar aus anderen Motiven andere Personen lieben mochte, daß aber sie allein es war, die die Welt, in der er lebte, solid und gegen Berührung widerstandsfähig machte. Er fühlte, daß ohne sie das ganze Zeug zersplittern und zerreißen könnte — als wäre es aus dünnem Papier gemacht.

„Oh, es war entsetzlich, mein Hühnchen!" rief die Dame und küßte ihn in einer übertriebenen, fremdartigen Manier auf beide Wangen. „Sie fielen alle über uns her. Ich habe nie gewußt, was für Lumpen solche Lieferanten sein können! Sie werden hübsch dumm dastehen, wenn sie das Haus geschlossen finden. Aber sie haben's verdient. Sie haben sich niederträchtig benommen..." Sie unterbrach sich mit einem Keuchen und wandte sich voll despotischer Plötzlichkeit an den geduldigen Ramsgarder Gepäcksträger. „Das gehört alles mir! Drei große und drei kleine! Sie können die Sachen der anderen Leute holen, wenn Sie meine hinausgetragen haben! Ist dieser Omnibus da? Er war doch immer da!"

Wolf nahm ihr einen Korb ab, der, wie sich später zeigte, mit der seltsamsten Auswahl von Gegenständen angefüllt war. Beide folgten dem beladenen kleinen Gepäckskarren, den der gelehrige Träger zur Front des Bahnhofgebäudes schob.

„Da ist er ja", rief Mrs. Solent, „der alte Ramsgarder Omnibus! Legen Sie die Sachen hinein... Aufpassen! Aufpassen!"

Der Träger zog sich zurück, belohnt durch einen Shilling, den Wolf hastig aus seiner Tasche zog, während seine Mutter ihre Börse öffnete. Als er ihr in das Innere des engen kleinen Vehikels geholfen hatte, gab er dem Mann auf dem Bock seine Order.

„Nummer fünfundachtzig North Street!"

„Wohin führst du mich denn?" fragte Mrs. Solent, als der Omnibus davonratterte.

„Zu einem Zimmer, das ich dir für heute nacht in der Stadt genommen habe, Mutter. Das Lovelace war voll. Aber ich habe für uns ein hübsches Landhaus in King's Barton, nahe der Zufahrtsstraße zu Mr. Urquharts Besitz."

„Wo ist dieses Zimmer? Ich erinnere mich an jedes Haus in der North Street."

„Bei Mr. Smith, dem Hutmacher."

Mrs. Solents dunkelbraune Augen glühten wie die Augen eines erregten Waldtieres.

„D i e s e r Mann! Doch nicht d i e s e s H a u s unter allen andern Häusern. Du meinst doch nicht —" Sie brach ab und starrte ihn angespannt an, während ein unbeschreibliches Lächeln ihre Mundwinkel zu berühren begann.

Dann neigte sie sich vor und rieb ihre behandschuhten Hände aneinander, während ihre Wangen boshaft glühten.

„Hat der gute Mann vielleicht zufällig eine Tochter, die Mattie heißt?"

„T a n t e Mattie?" murmelte Wolf, der das Gefühl hatte, als machte er verzweifelte Anstrengungen, zwei Stricke zu fassen, die nebeneinander vor ihm baumelten. „S o hat das Kind sie genannt."

„Das Kind?" Jetzt war die Reihe, erstaunt dreinzusehen, an seiner Mutter. „Die kleine Olwen Smith."

Mrs. Solents Lächeln erstarrte.

„Es kann nicht dieselbe sein", sagte sie. „Es sei denn, daß Lornas Kind geheiratet hätte."

„Es ist schon dieselbe, Mutter. Es ist schon der Mann, den du meinst. Er war Hutmacher, nicht wahr?"

Sie nickte.

„Nun gut! Dann ist er's schon, Mutter."

Ihr unergründliches Lächeln begann wiederzukehren, und sie lehnte sich mit einem Seufzer zurück.

„Geradeswegs in Alberts Haus zu gehen -- aber es wird ein Spaß sein. Es wird ein Sport sein! Es fällt mir nicht ein, es ernst zu nehmen . . . Tante Mattie? . . . Kleine Olwen? . . . Guter Gott! Aber sie müssen heruntergekommen sein, wenn er Zimmer an Fremde vermietet . . . Oder hat er mich eingeladen? Ist es mir bestimmt, in der ersten Nacht, da ich diesen Ort betrete, Albert Smiths Gast zu sein?"

„Habt ihr ihn gut gekannt, du und Vater?" fragte Wolf, als der Omnibus bei dem alten Kanal um die Ecke fuhr.

„Dein Vater hat Lorna gut gekannt — Alberts Frau, diese Zier-puppe. Lorna war sogar noch vernarrter in ihn als diese idiotische Selena."

„Was ist denn geschehen, Mutter?"

„Laß das jetzt, Wolf! Ich bin nicht in der Stimmung, mich durch alles amüsieren zu lassen. Schau doch nicht so finster drein, ich sage dir ja, daß ich mich hier unterhalten will. Du scheinst vergessen zu haben, daß ich zehn Jahre in dieser Stadt gewohnt habe."

„Höre, Mutter", sagte Wolf hastig, „ich weiß, was du meinst, wenn du davon sprichst, daß du dich unterhalten willst. Nun schau, Mutter, ich möchte nicht, daß du hier in irgendein Gezänk gerätst! Ich habe hier meine Stellung; und du mußt einfach gegen jedermann nett sein. Verstehst du?" In seiner Erregung legte er ihr seine schwere Hand aufs Knie. „Du mußt gegen jedermann nett sein — gegen jeder-mann!"

Die flackernde Öllampe, die das Innere des Omnibusses beleuchtete, warf ihren Schein auf diese schimmernden Waldtieraugen. Sie glühten vor Erregung. Sie funkelten wirklich, während das Stoßen des Wagens Mutter und Sohn auf ihren Plätzen hin und her rüttelte.

„Dein Vater hat mir das Unkonventionelle beigebracht", sagte sie. „Und es fällt mir nicht ein, in meinen alten Schlupfwinkeln nur Zucker und Honig zu sein."

Das ratternde alte Fuhrwerk fuhr jetzt vor Nummer fünfundachtzig vor.

„Mutter, du mußt gut sein und Vergangenes ruhen lassen."

Da wandte sie sich ihm zu, während der Kutscher die Stufen des Hauses hinauflief, um die Glocke zu läuten.

„Dein Vater hat meinetwegen nie sein Vergnügen aufgegeben, und ich werde mein Vergnügen nicht deinetwegen aufgeben. Ich werde mit allen unseren alten Bekannten genauso sein, wie ich eben bin. Mit Albert werde ich den Anfang machen! So! Sei doch nicht dumm! Steig aus und hilf mir hinunter. Wir können jetzt nirgends anders hingehen... Wer ist das da an der Tür? Ist das Lornas Kind?"

Genau eine halbe Stunde später saßen Wolf und seine Mutter an einem massiven Mahagonitisch im Speisezimmer des Hutmachers und nahmen am Sonntagsnachtmahl der Familie Smith teil. Olwen war nicht im Bett. Mit fiebernden Wangen und enormen, dunklen Augen stand sie neben dem Ellbogen ihres Großvaters, lauschte jedem Wort des Gesprächs und prüfte jedes Detail von Mrs. Solents Erscheinung.

„Ich hätte es nie für möglich gehalten", sagte eben die grauhaarige Dame mit strahlenden Blicken auf alle, „daß Sie sich so sehr verändert hätten, Albert, und daß Lorna in Mattie zum Leben erwacht ist. Sie sind nicht so hübsch wie Ihre Mutter. Da kann man natürlich nichts machen! Aber, du guter Gott! Sie haben ihre Gestalt und ihren Blick. Was muß das für ein Gefühl sein, jemandem anderen so sehr zu gleichen? Es muß seltsam sein, fast so, als ob Sie ihre Gefühle geerbt hätten, ihren Kummer, alles. Aber ich freue mich wirklich, Sie zu sehen, Mattie. Es verursacht mir — selbst mir — ein recht merkwürdiges Gefühl. Nein, Sie sind nicht so hübsch wie Ihre Mutter; aber Albert darf nicht verletzt sein, wenn ich sage, daß ich Sie für viel netter halte! Du brauchst nicht so herzusehen, Wolf. Mattie macht sich nichts daraus, nicht wahr? Und Albert kennt mich zu gut, um sich durch irgend etwas, was ich sage, überraschen zu lassen."

„Die Zeiten ändern sich, Mrs. Solent — die Zeiten ändern sich!" murmelte der Herr des Hauses mit leiser Stimme. „Ich war ganz wackelig, als mir die kleine Olwen sagte, daß Sie kommen würden. Es schien mir, als ob Tote zum Leben erwachten. Aber jetzt, wenn ich Sie ansehe, fühle ich wieder alles in Ordnung." Und er bediente sich mit einem zögernden Schluck aus dem vor ihm stehenden Glase mit mildem, gewässertem Whisky.

Er war ein trauriger, magerer, gewöhnlicher kleiner Mann mit einer schüchternen Neigung des Kopfes und einem Einschlag ländlicher Schlauheit und müder Ergebenheit in den wässerigen, bebrillten Augen. Er sah aus, als hätte er den Tag in langen Gottesdiensten der Low Church verbracht. Der Geruch von Fußmatten und stickigen Sakristeien hing an seinen Kleidern, und die heimliche Salbung eines Funktionärs, der in einem gestickten Beutel gar manche Dreipfennigstücke gesammelt hat, lastete auf seinen gebeugten Schultern.

Während Mrs. Solent ihren kalten Hammel und ihre heiße Kapernsauce mit hungrigem Vergnügen aß und den nervösen Kirchenvorsteher aufzog, benützte Wolf die Gelegenheit, in ruhiger Selbstausschaltung das ausdrucksvolle Antlitz von Mr. Smiths Tochter zu studieren. Mattie zeigte sich als ein Mädchen mit schöner Gestalt, aber mit nicht ansprechendem Gesicht. Sie schien ungefähr fünfundzwanzig. Sie war überhaupt in keiner Beziehung hübsch, trotz dem, was Mrs. Solent gesagt hatte. Ihre dicke, hervorstehende Nase stand in keiner Proportion zu ihrem sonstigen Gesicht. Ihr Kinn, ihre Stirn, ihre Augen waren alle bedeutungslos gemacht durch die Gestalt dieses dominierenden, anmutlosen Zuges.

Doch obwohl Tante Matties Augen klein und von einer Farbe waren, die zwischen Grau und Grün schwankte, besaßen sie doch eine gewisse furchtbare Macht. Jemand, der zum zweiten oder dritten Male in sie blickte, ertappte sich dabei, daß er hastig wegschaute, als ob er dabei betreten worden wäre, wie er in ein sehr streng gehütetes Besitztum eindrang.

Wolf war überrascht, wie völlig unbefangen das Mädchen sich zeigte. Er hatte erwartet, daß sie durch dieses Eindringen ganz aus dem Gleichgewicht gebracht sein würde. Aber gar keine Rede davon. Sie antwortete ruhig und mit der gerade entsprechenden Nuance von Humor auf das recht übertriebene Geplauder seiner Mutter; und im Gespräch mit ihm selbst schien sie vollkommen natürlich und ungekünstelt. All das erstaunte ihn, obwohl er verlegen gewesen wäre, wenn er hätte erklären sollen, warum es so war. Vielleicht hatte er erwartet, daß die Familie Smith soziale Tendenzen zeigen würde, die anders waren als die des oberen Mittelstandes, zu dem er selbst gehörte. War dies der Fall gewesen, so hatte er sich gewiß eines ungerechtfertigten Snobismus schuldig gemacht. Denn obwohl sich der Hutmacher der Ramsgarder Schule nicht wie ein Edelmann benahm, benahm er sich doch ebenso würdig und ungezwungen wie die meisten im Berufsleben stehenden Männer, mit denen Wolf bekannt war. Diese unvorhergesehene Nachtmahlgesellschaft in dem dunklen hohen Speisezimmer mit seinem großen Luster aus geschliffenem Glase, der über ihren Häuptern hing, und mit seinem goldgerahmten Bild eines Smithvorfahren, der auf sie herabblickte, war weder unbehaglich noch beschwert. Mrs. Solents offenbare Rücksichtslosigkeit fand kein Fundament in dem Benehmen der anderen, an dem sich ihre Bosheit zu Schaum schlagen konnte.

Ehe der Abend vorbei und es für Wolf Zeit war, sich auf den nächtlichen Heimweg nach King's Barton zu machen, hatte er mehr als einmal Mattie Smith um das bestimmte Versprechen gebeten, Olwen mitzubringen, wenn sie in ihrer neuen Behausung in Lenty Cottage installiert wären. Das Mädchen zeigte sich dieser Einladung, auf die das Kind atemlos antwortete, freundlich geneigt; aber Wolf kannte die Art der Frauen gut genug, um zu wissen, daß es unter dieser gewichtigen, wohlwollenden Maske Vorbehalte und Verklausulierungen gab, in die einzudringen unklug gewesen wäre.

„An welchem Tag beginnt der Frühlingsjahrmarkt, Vater?" sagte Mattie plötzlich zu dem alten Herrn.

„Der Jahrmarkt, meine Liebe?" entgegnete der Hutmacher. „Morgen, glaube ich. Und er dauert bis zum Ende der Woche; aber jemand hat mir nach der Kirche gesagt — nein! es war vor der Kirche —, daß die Pferdeschau am Donnerstag abgehalten wird."

„Oh, das vervollständigt alles!" rief Mrs. Solent. „Das ist die letzte

Feile. Als ob ich mich nicht des Jahrmarktes erinnerte! Ich möchte gerne morgen hingehen, in dem Augenblick, da die Tore geöffnet werden! Ich möchte gerne jeden Tag hingehen."

„Wir werden am Donnerstag hingehen, Mutter", sagte Wolf. „Jedermann wird dann dort sein, und du wirst imstande sein zu sehen, wie viele von ihnen sich noch deiner erinnern."

„Die Pferdeschau ist wirklich der große Tag", sagte Mattie Smith vermittelnd.

„Ich habe mich also nicht sehr verändert, Albert?" murmelte Mrs. Solent in Erwiderung eines verstohlenen, abschätzenden Blickes des diskreten Kirchenvorstehers.

Mr. Smith sah ein wenig verlegen drein, da man ihn ertappt hatte, wie er sie beobachtete.

„Nein, Sie haben sich nicht verändert! Sie haben sich nicht verändert!" seufzte der müde kleine Mann; und der Ton, in dem er diese klagenden Worte aussprach, schien aus einem ungeheuren Magazin angehäufter Schulhüte bezogen — aus Regalen über Regalen mit Hüten —, deren Last ihn in ein totes Meer täglicher Trostlosigkeit hinabzudrücken schien.

„Ihre Mutter ist Ihre wirkliche Mutter, nicht wahr?" unterbrach Olwen mit einer schrillen Stimme und blickte Wolf unter dem Schutze der Knie Matties an.

Die Vorsehung kam ihm zu Hilfe mit einer Antwort, die in Wahrheit eine Erleuchtung war.

„Mütter sind, wie Mütter handeln", antwortete er.

Dennoch bemerkte er ein Erröten auf Matties Wangen und ein hastiges Wegblicken des Kirchenvorstehers. Mr. Albert Smith fuhr fort, sich und Wolf Whisky einzuschenken; doch obwohl Mrs. Solent nur ein wenig Kaffee trank, war sie die einzige, die den ganzen Abend in der gleichen guten Laune blieb. Wolf beobachtete Mattie, die dem Kinde etwas vom Zubettgehen zuflüsterte; da er aber gut genug wußte, daß Olwen nicht zu Bette gehen würde, ehe die Gesellschaft aufbrach, begann er von dem einen zum anderen zu blicken und wartete darauf, daß eine Pause im Gespräch ihm Gelegenheit bieten würde, gute Nacht zu sagen und sich auf den Heimweg zu machen.

Aber Mrs. Solents Erregung war nicht zu unterdrücken, und es schien etwas in dieser ungewöhnlichen Nachtmahlgesellschaft zu liegen, das ihn davor zurückschrecken ließ, ihr ein Ende zu bereiten. Die dunklen alten Möbel, die dunkle alte Tapete, der dunkle alte Urgroßvater in seinem schweren Rahmen projizierten auf die dahingleitenden Augenblicke eine Art Hypnose, die es ihm eben-

so schwer machte, sich zu bewegen, als ob er unter einem Zauber
stünde.

Kein Laut kam von der Straße draußen. Kein Laut kam aus dem
übrigen Hause. Wie eine Gruppe Verzauberter saßen sie weiter da,
blickten einander über den Tisch an und lauschten Mrs. Solents
sonorer, geläufiger Stimme.

Wolf hatte schon lange begonnen, in seiner unersättlichen Art jede
Eigentümlichkeit des Raumes, in dem sie saßen, in sich aufzunehmen —
des Raumes und der Möbel, auf die die schwer gewölbten Glasplättchen
des Lusters ein so weiches Glühen warfen. Als er müde war, Zigaretten
zu rauchen, bemerkte er einen schwachen Geruch nach Äpfeln. Wo
dieser Geruch seinen Ursprung hatte, konnte er nicht entdecken. Er
schien gleichermaßen aus allen Teilen des Gemaches zu dringen. Und
während Wolf sich ihm hingab, erinnerte ihn dieser Geruch an eine
Art destillierter Essenz aller der Früchte und der Blumen, die jemals
auf diesem massiven braunen Tisch ausgebreitet gewesen waren; ausgebreitet auf früheren Nummern der „Western Gazette", die alt
genug waren, um Nachrichten über den Tod der Königin Adelaide
oder der Königin Charlotte zu enthalten.

„Ich muß jetzt gehen", dachte er. „Ich muß jetzt gehen." Und
er begann zu argwöhnen, daß das, was ihn wirklich davon abhielt,
sich auf den Weg zu machen, nicht irgendeine Anziehung in dem
Haushalt der Smiths war, sondern einfach das große unsichtbare Ringen,
das bereits zwischen jenem Toten im Friedhof und dieser Frau begonnen
hatte, die so außerordentlich lebendig war.

Sie war mit der Absicht gekommen, sich in ihrer eigenen großen
Art zu rächen — nicht niedrig, aber doch mit furchtbarem Erfolg.
Sie war nicht nach Ramsgard gekommen, um sich auszulöschen.
Und jetzt, da sie hier war, da sie, wie Miss Gault gesagt hatte, geradezu
neben jener Grabstätte ihr Lager aufgeschlagen hatte, konnte sie sich
nicht zurückhalten, bloß aus reinem unterdrücktem Übermute den
Schlamm der zweifelhaften Vergangenheit aufzurühren. Nun gut!
Das Ereignis mußte sich auswirken. In keiner Weise war er ver-
antwortlich ...

Es gelang ihm schließlich, aufzustehen und seiner Mutter den Gute-
nachtkuß zu geben. Er hätte auch Olwen geküßt, aber sie zog sich
ungeduldig zurück. Seine schließliche Bitte an Mattie, hinüberzu-
kommen und sie zu besuchen, „an jedem Tage, mit Ausnahme des
Donnerstags, an dem wir alle bei der Pferdeschau sein werden", wurde
mit mehr Wärme und Herzlichkeit aufgenommen, als dieses Mädchen
bis jetzt gezeigt hatte.

Was waren wirklich die Gedanken, die Tag um Tag, Jahr um Jahr in jenem geheimnisreichen Hirn hinter jenem Gesicht mit den schweren Zügen pulsierten? Was war diese seltsame Anziehung, die er für sie fühlte, so verschieden von dem Interesse, das durch ihren Vater und durch das kleine Mädchen in ihm hervorgerufen worden war?

Wolf konnte nicht umhin, über diese Dinge nachzugrübeln, als er seines Weges ging, aus der schweigenden Stadt hinaus, begleitet von kaum einem Sterbenslaut, außer dem Knarren seiner eigenen schweren Schuhe und dem Klopfen seines eigenen schweren Stockes.

Doch erst als er die letzten Häuser von Ramsgard und sowohl Arbeitshaus wie Friedhof hinter sich hatte, entschwanden Smiths Haus, Smiths Tochter, Smiths Enkelin seinen Gedanken.

Als dann die grasduftenden Nebel, die sich von den schweigenden Blackmorer Wiesen auf das Ackerland wälzten, kühler gegen sein Gesicht schlugen, erhob die alte Schlange geilen Verlangens in dieser weiten Nacht wieder ihr Haupt. Wieder einmal kehrte sein Sinn zu Gerda Torp zurück — nicht zu jener Gerda, die ihren Vogelschrei so weit über Poll's Camp sandte, sondern zu Gerda, wie sie sich seiner verdorbenen Phantasie darstellte, als er dem zotigen Tuscheln Lobbie Torps und Bob Weevils gelauscht hatte, zu jener Gerda, die er nie gesehen hatte und vielleicht nie sehen würde — zu der Gerda, die in dem unordentlichen Denkmalhof in der Chequers Street einen Grabstein als Reitpferd benützte.

Gelbe Farne

Wolf nahm sich wohl in acht, seiner Mutter seine eigenen geheimen Vorbehalte über die Annehmlichkeit von Lenty Cottage zu verraten. Aber jener erste Eindruck von etwas gefährlich Nettem und Sauberem war noch hartnäckig in seinem Geiste lebendig, nachdem der Wirbel ihres Einzuges vorbei war.

Es war kein Wort davon gesprochen worden, daß sie einen Dienstboten halten würden; aber Mrs. Martin, die Haushälterin des Squire, versprach, daß ihr Mädchen Bessie ein- oder zweimal in der Woche hinüberkommen würde, um aufzuräumen. Aber wie weit seine Mutter — die, wie Wolf wußte, ungern kochte — imstande sein würde, mit den Mahlzeiten in Ordnung zu kommen, mußte noch abgewartet werden.

Am Morgen des Mittwochs, nach den ersten zwei Nächten, die sie in ihrer neuen Behausung verbracht hatten, fiel es Wolf ein, daß es amüsant wäre, ehe er sich in die Arbeiten mit Mr. Urquhart stürzte, im Pfarrhause von King's Barton einen Besuch zu machen.

Er fand den Geistlichen im Garten arbeitend und folgte ihm in das verlassene Haus, dessen weiße Mauern durch die verschiedenen Launen des Wetters mit schwachen gelben, grünen und braunen Flecken gesprenkelt waren. Er folgte ihm über eine teppichlose Stiege und einen teppichlosen Treppenabsatz.

Die Räume unten, deren Türen weit offenstanden, wurden offenbar als Klassenzimmer für Religionsunterricht verwendet. Denn ihre einzige Einrichtung bestand in einer kläglichen Kollektion hölzerner Schulbänke und zerbeulter Rohrstühle. Von den Räumen am Ende der Stiege, deren Türen ebenfalls offenstanden, erwies sich der eine als Schlafzimmer des Vikars — das Bett war nicht gemacht und der Boden war bedeckt mit zerrissenen Zeitschriften — und ein zweiter als des Priesters Wohn- oder Arbeitszimmer.

Das ganze Haus sah aus, als hätte sein Eigentümer schon lange jeglichen Versuch aufgegeben, dem Leben jenes persönliche Glück abzugewinnen, das ein Erbteil auch der Niedrigsten ist. Seine schäbige Trostlosigkeit schien im Gegensatz zu jedem menschlichen Instinkt eine verlassene Leere auszustrahlen, die schlimmer war als Schmutz. Ihre Wirkung auf Wolfs Sinne war unheimlich. Niemand konnte eine Rückkehr in ein solches Haus als „Heimkehr" betrachten. Es bedeutete einfach, daß dieser unglückselige kleine Priester kein Heim hatte. Das grundlegende menschliche Bedürfnis nach irgendeinem Grad von Heimgefühl rings um das Lager war hier beleidigt und vergewaltigt.

Das Zimmer, in das Wolf jetzt geführt wurde, besaß wenigstens die Annehmlichkeit eines kleinen Kohlenfeuers. Aber abgesehen davon war es kein Ort, an dem ein Fremder gewünscht hätte, seinen Aufenthalt zu verlängern. Es war von einem Ende bis zum anderen übersät mit billigen Romanen. Auf den Sesseln, auf den Tischen, ja sogar auf dem Boden lagen ganze Stöße dieser ordinär gehefteten Bücher. Das dämpfende Märzlicht, das durch die schmutzigen Musselinvorhänge sickerte, warf eine wässerige Blässe auf diese Ausgeburten menschlicher Mittelmäßigkeit.

„Sie scheinen leidenschaftlich zu lesen?" bemerkte Wolf zu dem Hausherrn, als er sich in dem einzigen freien Sessel niederließ.

„Meistens Geschichten", antwortete T. E. Valley und wandte seinen Kopf mit einer wunderlichen Grimasse um, während er an dem Schloß eines kleinen Speiseschrankes hantierte, der an der Wand hing. „Meistens Geschichten", wiederholte er. Nachdem er einen Sessel und das Fragment eines Tisches frei gemacht hatte, setzte er sich seinem Gast gegenüber nieder und stellte zwischen sie eine Flasche Schnaps und zwei Gläser.

„Sie sind also nicht unglücklich", bemerkte Wolf, der den Versuch machte, sein Unbehagen zu überwinden. „Bücher und Schnaps ... und ein Feuer für kühle Tage ... Sie könnten viel schlechter dran sein, als Sie es sind, Vikar ... viel schlechter."

T. E. Valley lächelte farblos. „Viel schlechter dran", wiederholte er und füllte aufs neue sein Glas. „Aber wissen Sie, diese Geschichten sind schwerlich Literatur, Solent — schwerlich Theologie, Solent. Es ist wirklich seltsam", fuhr er nachdenklich fort, das Kinn auf die geballten Fäuste, die Ellbogen auf den Tisch gestützt. „Es ist wirklich seltsam, daß ich, obwohl Urquhart und Jason Otter stets gegen mich arbeiten, und obwohl mich die Mehrzahl meiner Pfarrkinder verachtet, nicht öfter verzweifle, zumal ich eine so armselige Meinung von mir selbst habe. Ich kenne mich durch und durch, Solent; und ich bin der schwächste, weichlichste Charakter, den es gibt! Und dennoch bin ich, so wie Sie sagen, nicht eigentlich, nicht im Grunde, meine ich, ein unglücklicher Mensch. Es ist seltsam. Ich kann es nicht verstehen."

Er war eine Weile still, während Wolf fühlte, wie er selber einem seltsamen, fast sinnlichen Krampf nervöser Sympathie nachgab. Es war etwas an der verworfenen Demut dieses Mannes, was ihn auf eine Art erregte, die er nicht hätte erklären können.

„Es macht nichts aus, was T. E. Valley tut", begann dieser wieder, wobei sich seine Stimme zu einem schrillen Quieken erhob, wie die Stimme eines Propheten unter Mäusen. „Es macht nichts aus, ob ich trinke oder nüchtern bleibe! Das Allerheiligste Sakrament bleibt das gleiche, was immer mit T. E. Valley geschehen mag!"

Wolf blickte ihn an und exaltierte sich an des Mannes Exaltation. „Er hat es", dachte er, „wie immer er es nennen mag. Er hat es. Dieses entsetzliche Haus mag ein Gefängnis sein, ein Irrenhaus, eine Sklavengaleere. Der Bursche ist ein Heiliger! Er hat es!"

Seine nächsten Worte waren jedoch eher von seinem praktischen Verstand als von seiner nervösen Sympathie diktiert. „Sie machen sich also keine Sorgen über Lebenswandel oder über Pflicht?"

Die unordentlichen El-Greco-Augen des kleinen Mannes wurden in ihren tiefen Höhlen hell. „Nicht im geringsten!" rief er. „Nicht im geringsten!"

„Und die Moral?" fragte Wolf.

Hier trat eine Pause ein, und das Licht in diesen belebten Augen erlosch plötzlich; geradeso, als ob Wolf einen Lichtauslöscher darübergestülpt hätte.

„Sie meinen das Kapitel unheiliger Liebe?" murmelte T. E. Valley.

„Wenn Sie es so nennen wollen", antwortete Wolf.

„Das ist in der Tat eine andere Frage", gab der Mann zu und stieß einen Seufzer unendlicher Trauer aus. „Warum es so ist, ist schwer zu sagen; aber jede Art von Liebe, selbst die tollste und verderbteste — sogar Blutschande zum Beispiel — ist mit Religion verbunden und berührt die Religion. Wenn ich mich betrinke, ist das eine Angelegenheit der Chemie. Wenn ich zornig werde, ist's eine Angelegenheit der Nerven. Aber wenn ich auf schlechte Art liebe —"

Der Priester von King's Barton erhob sich. Mit einer zitternden Hand goß er in betonter Absicht den nicht ausgetrunkenen Inhalt seines Glases in die Flasche zurück. Dann kam er mit plumpen schlurfenden Schritten, die zum erstenmal Wolfs Aufmerksamkeit darauf lenkten, daß der Priester an Stelle von Schuhen große, zerrissene Lederpantoffel trug, um den Tisch an die Seite seines Besuchers.

„Ich bin ein Nichts", murmelte er beinahe zusammenhanglos. „Ich bin ein Nichts. Aber wissen Sie denn nicht", sagte er und faßte Wolfs Hand mit seinen schmutzigen, fieberheißen Fingern, „wissen Sie denn nicht, daß die Liebe sich hinabsenkt in die Wurzeln der ganzen Welt?

Wissen Sie denn nicht, daß es . . . im Leben . . . Tiefen gibt . . . die . . . der Natur trotzen?"

Wolfs Hirn wurde plötzlich klarer, als es den ganzen Tag — seit er morgens aus dem Bett aufgestanden — gewesen war. Es schien ihm, als bestünde zwischen dieser eingestandenen „Moral" Tilly Valleys und dem, was er bereits als die nicht eingestandene „Unmoral" Mr. Urquharts erfühlt hatte, eine unheimliche Wechselwirkung. Er empfand plötzlich eine Reaktion zugunsten des allereinfachsten, erdgeborenen Heidentums. Demonstrativ trank er sein Glas Schnaps aus und stand auf.

„Ich glaube nicht, daß irgendeiner von uns sehr viel von der Liebe weiß", murmelte er. Und dann fuhr er recht lahm fort: „Ich glaube, es gibt sehr, sehr viele verschiedenen Arten von Liebe, genauso wie es sehr, sehr viele verschiedene Arten von Bosheit gibt." Er hielt wieder inne, während sein Verstand mit der Schwierigkeit des Ausdruckes kämpfte. „Ich glaube nicht", platzte er heraus, „daß die meisten Arten der Liebe, denen wir begegnen, sich hinabsenken bis zum Grunde des Universums!"

Nach diesen Worten stieß er ein kurzes, verlegenes Schuljungenlachen aus. „Schön, schön", fügte er freundlich hinzu, „ich bin keines dieser Dinge so sicher, daß ich deswegen zu irgend jemandem grob sein dürfte! Also leben Sie wohl, Valley." Und er streckte die Hand aus. „Nebenbei bemerkt, meine Mutter wird Ihren baldigen Besuch erwarten. Sie werden doch kommen, nicht wahr? Kommen Sie einfach zur Teezeit. Ich bin dann gewöhnlich zu Hause; aber nur nicht morgen, denn da wollen wir zu der Schau gehen. Werden wir Sie dort sehen?" Und er schüttelte des Priesters Hand mit wohlwollender Herzlichkeit, während er dessen Gedanken mit seinem Blick erforschte . . .

Es war gerade Lunchzeit, als er nach Lenty Cottage zurückkam. Seine Mutter hatte den ganzen Vormittag im Garten Unkraut gejätet, und sie brachte in das kleine Vorderzimmer, in dem sie ihre frugale Mahlzeit einnahmen, einen Hauch von Gartenerde, der nach dem eben geführten Gespräch sehr angenehm war.

„Du siehst sehr selbstzufrieden aus, Wolf", sagte sie, als sie einander gegenübersaßen. „Was hast du denn getan, daß du dich so befriedigt fühlst?"

„Ich habe als Öl und Wein fungiert, Mutter", antwortete er, „zwischen dem Squire und dem Vikar."

Sie warf den Kopf zurück und lachte boshaft.

„Du bist mir der Richtige, Streitigkeiten zu schlichten! Aber ich

nehme an, daß du diese beigelegt hast, indem du die beiden nieder-
schriest, und das ist's, was deinem lieben Gesicht — wie Großmama
zu sagen pflegte — dieses Aussehen ‚über sich selbst hinaus‘ verliehen
hat! Da liegt ein Brief für dich unter diesem Buch; aber du sollst ihn
erst haben, bis ich mit dieser guten Mahlzeit fertig bin und meinen
Kaffee getrunken habe.“

Wolf blickte das erwähnte Buch an, eine große Ausgabe von Youngs
„Nachtgedanken“, wie eine Schulprämie gebunden.

„Es ist eine Kinderhandschrift“, sagte seine Mutter und beobachtete
sein Gesicht mit funkelnden braunen Augen. „Ist es vielleicht von
diesem kleinen Smithmädel, meinst du? Oder haben die Leute, bei
denen du wohntest, diese komische Ottergesellschaft, Kinder?“

Wolf schüttelte den Kopf. Konnte der Brief von Olwen Smith
sein? Das war wohl unwahrscheinlich; aber das Kind schien zu ihm
Zuneigung gefaßt zu haben. Es war möglich. Dann aber fühlte er,
in einer jener plötzlichen Hellsichtigkeiten, die auf so seltsame Weise
von ungeöffneten Briefen ausströmen, mit Bestimmtheit, daß der
Brief überhaupt von keinem Kinde war. Er war von Gerda!

„Du bist schon ganz toll, ihn zu lesen, Wolf, ich kann dir's ansehen.
Aber ich will mir meinen guten Lunch nicht verderben lassen. Ich
glaube, es wäre hübsch, wenn wir jetzt gleich unsern Kaffee trinken
wollten, wie? Ach, geh doch und bring ihn herein! Er steht auf dem
Küchenherd.“

Er gehorchte mit Behendigkeit, wie er es immer bei solchen Launen
seiner Mutter tat; sie tranken ihren Kaffee in angespannter Erregung,
und ihre Augen leuchteten über den Tisch wie die Augen zweier Tiere.

„Oh, es wird so unterhaltend sein, zu der Pferdeschau zu gehen“,
rief sie. „Es interessiert mich, wie viele von den Leuten ich wieder
erkennen werde. Albert pflegte immer so verlegen zu werden, wenn
ich ihn in der Öffentlichkeit aufzog. Und das habe ich getan, weißt
du, das habe ich oft getan; nur um zu zeigen, daß ich mich keinen
Deut um Lornas Dummheit kümmerte!“

Unbestimmt erregt von der Leichtfertigkeit dieser Anspielung auf
die schlechte Aufführung seines Vaters und endgültig ungeduldig
wegen der aufgezwungenen Verzögerung mit dem Briefe, brach
Wolf plötzlich los: „Ich war bei Selena Gault zum Tee, Mutter. Sie
hatte mir geschrieben und mich eingeladen.“ Er sagte jedoch nicht,
daß er es gewesen war, der in dieser Sache zuerst die Initiative ergriffen
hatte. Er fühlte, daß es auch ohnedies schon eine genügende Revanche
war. Aber Mrs. Solent war ihm gewachsen.

„Oh, ich bin ja so froh, Wolf, daß du hingegangen bist, dieses alte

Monstrum aufzuheitern. Das war wirklich reizend von dir! Man muß sich das nur vorstellen! Mein Sohn setzt sich mit allen den alten Ramsgarder Damen zum Tee! Ich bin überzeugt davon, daß sie jede einzelne von den Lehrersfrauen und -müttern eingeladen hat, damit sie dich anschauen. ‚Der Sohn meines alten Freundes William Solent!‘ Ich kann hören, wie sie das sagt! Nun — so erzähle mir doch, Wolf! Denn das ist wirklich interessant. Was hattest du denn für einen Eindruck von der ‚großen‘ Gault? Natürlich weißt du, wie das bei mir ist. Ich kann körperliche Entstelltheit einfach nicht ausstehen! Es tut mir ja leid und so weiter; aber ich kann so was eben nicht um mich sehen. Wegen der Gault war es, daß dein Vater und ich unser endgültiges Zerwürfnis hatten. Nein, du mußt mir zuhören! Er war ebensowenig feinfühlig in solchen Dingen wie in allen anderen. Er hatte absolut kein Gefühl des Ekels. Die Gault war noch nie zuvor einem Mann begegnet, der sie auch nur ansehen konnte. Ich meine — du verstehst ja — so ansehen, wie die Männer uns eben ansehen. Und es stieg ihr einfach in ihren armen alten Kopf. Sie verliebte sich irrsinnig — wenn man bei einem solchen Monstrum überhaupt von Liebe sprechen kann — und das Außerordentliche daran war, daß es deinem Vater keinen Abscheu erweckte. Ich will ja nicht zimperlich sein; aber wirklich — weißt du — mit einer solchen Entstelltheit — man hätte denken mögen, daß er bis zum Ende der Welt laufen würde. Aber gar keine Rede davon! Ja, was machst du denn da, Wolf? Nimm doch die Hände vom Kopf!‘‘

Aber Wolf, der seine langen, knochigen Mittelfinger gegen die Ohren gepreßt hatte, begnügte sich damit, der Frau, die ihm das Leben geschenkt hatte, eine schamlose Grimasse zu schneiden.

Schnell wie der Blitz lief Mrs. Solent zu dem Seitentisch, faßte den Brief, der unter dem Buche lag, und tat so, als wollte sie ihn ins Feuer werfen.

Dieses Manöver hatte vollen Erfolg. Ihr Sohn stürzte auf sie zu; und das darauf folgende halb scherzhafte, halb ernste Ringen endete damit, daß er ihr den Brief aus den zur Faust geballten Fingern riß.

Dann drückte er sie mit Gewalt in einen Fauteuil und reichte ihr hastig eine Zigarette und ein angezündetes Streichholz.

„Nun, sei doch, bitte, schon gut, Mutter, Liebste‘‘, flehte er. „Ich werde dir alles sagen, wenn ich den Brief gelesen habe.‘‘

Er setzte sich in den Stuhl ihr gegenüber und riß den Brief auf. Seine Mutter blies große Rauchringe in die Luft zwischen ihnen und beobachtete ihn mit glitzernden Augen — mit Augen, die in ihren braunen Tiefen eine fast weichliche Leidenschaft der Zuneigung bargen.

Miss Selena Gault war vergessen.

Der Brief war mit Bleistift geschrieben und in einer Handschrift, die ebenso unsicher und ungeformt war wie die eines kleinen Mädchens von zehn Jahren. „Olwen hätte ein erwachseneres Produkt zustande gebracht", dachte er, als er die folgenden Worte las:

Mein lieber Mr. Solent!
Ich gehe zur Wasserrattenjagd mit einem Korb für Dotterblumen, und um zu sehen, ob Moorhennen dort sind. Ich gehe gleich nach dem Essen mit Lob fort und den Strom hinab, genauso, wie wir es damals taten. Miss Malakite möchte uns gegen fünf Uhr zum Tee haben. Kommen Sie also dorthin, wenn Sie nicht zum Lunt kommen können.
Dies ist von Ihrer kleinen Freundin Gerda.

„Er ist von einem Kind", sagte er, so gleichgültig er nur konnte, trat neben seine Mutter und schwenkte den Brief vor ihr auf und ab. Er fühlte ein fürchterliches Widerstreben, sie den Brief lesen zu lassen; und dennoch wagte er, da sie die Frau war, die sie eben war, es nicht, ihn einfach in die Tasche zu stecken. Nichts von alledem blieb vor Mrs. Solent verborgen, aber sie hatte ihren kleinen Sieg in der Sache Miss Gaults gehabt und war jetzt in der Stimmung, nachgiebig zu sein.

„Schon gut, Wolf, steck ihn nur in die Tasche. Ich will ihn nicht sehen. Ich glaube, du wirst in Blacksod viel hübschere Kellnerinnen finden als jemals in Hammersmith. Ich werde mich in deine Liebesaffären nicht einmengen. Ich habe es doch niemals getan, nicht wahr?"

„Nein, niemals, liebste Mutter", antwortete er in einer Anwandlung von Zuneigung, da er sich ungeheuer erleichtert fühlte. Dann steckte er das Schreiben in die Rocktasche, beugte sich vor und nahm ihr hübsches, lebhaftes Gesicht zwischen seine Hände.

„Jetzt muß ich aber gehen, mein Schatz; erwarte mich nicht vor dem späten Abend!" Er zögerte einen Moment und fügte dann hinzu: „Es wäre besser, wenn du nicht wach bliebest; obwohl ich weiß, daß du es dennoch tun wirst; aber ich werde mit den Otters zurückkommen und werde mir ganz ruhig aufsperren."

Er küßte sie rasch und legte für einen Augenblick beide Hände auf die rauhe Masse ihres grauen Haares. Sie erwiderte sein Lächeln freudig genug, aber er hätte gerne gewußt, ob jener schwache Laut, den er in der Höhlung ihrer kräftigen Kehle bemerkt zu haben glaubte, das Zeichen einer anderen Erregung war. Wenn er es war, so hatte sie ihn ebenso vollständig und wirksam verschluckt, als wäre er eine kleine Silberelritze gewesen, die von einem lauernden Hecht verschlungen wird.

„Dann werde ich mich eben niederlegen und im Bett lesen", rief sie munter, als er sie freiließ. „Ich bin mitten in einer spannenden Geschichte von einem jungen Mann, der jedem nur erdenklichen Laster frönt! Ich bin davon überzeugt, daß er einige Laster hat, von denen nicht einmal Selena Gault jemals gehört hat. Diese Sache will ich weiterlesen, und wenn ich ein wenig Abwechslung brauche, werde ich das Buch über chinesische Teppiche durchsehen, das mir Cousin Carfax gegeben hat; und wenn mich auch das noch nicht zufriedenstellt, werde ich Casanovas Memoiren lesen. Nein, doch nicht! Ich werde die Predigten des Kanonikus Pusey oder irgend etwas von dieser Art lesen ... etwas, das sich nur weiterschleppt und weder modern noch klug ist! Lauf also und kümmere dich nicht um mich. Nebenbei bemerkt, ich hatte heute vormittag meinen ersten Besuch, während du drüben im Herrenhaus warst."

„Wer war es denn, Mutter?" fragte Wolf, schlug mit dem Stock gegen seinen Schuh und dachte an den Grabstein in Mr. Torps Hof.

„Mrs. Otter", rief sie froh. „Und ich glaube, wir werden uns glänzend vertragen. Sie sagte mir, wie sehr du und ihr Sohn Jason einander leiden mögt."

„Jason?" brummte Wolf. „Nun schön, paß also auf dich auf, Liebste! Arbeite nicht zu schwer im Garten. Denke an morgen!" Hastig öffnete er die Tür und trat hinaus. „Jason?" murmelte er noch einmal, als er die Lenty Lane hinabschlenderte.

Sein Spaziergang nach Blacksod an diesem Frühnachmittag war eine lange Orgie amouröser Geisterbeschwörungen. Er umging die Stadt in einer so versunkenen Trance, daß er sich in den Flußwiesen befand, ehe er noch bemerkte, daß er die Straßen hinter sich gelassen hatte. Nichts konnte an jenem Nachmittag mehr mit seiner Stimmung harmonieren als dieses langsame Verfolgen der Flußwasser des Lunt. An Pappeln und Weiden vorbei, vorbei an schlammigen Gräben und hölzernen Dämmen, verlassenen Kuhställen und alten gebrechlichen, im Wasser halb schon versunkenen Kähnen, vorbei an hohen Hecken weiß blühenden Schwarzdorns, vorbei an niederen dichten Hecken kaum noch knospenden Hagedorns, an stupiden plumpleibigen Rindern mit glänzend rötlichen Fellen und enormen Hörnern, an zarten, melancholischen Rindern mit schimmernd feuchten Augen und seidigen braun-weißen Flanken, nahm er seinen Weg durch jene lieblichen Felder.

So schön war die entspannte Frühlingsatmosphäre, daß allmählich die Erregung seiner Sinnlichkeit ein wenig verebbte und die Magie der Natur von gleicher Wichtigkeit wurde wie die Spannung eines Liebesabenteuers.

Wenn auch der Himmel umzogen war, so war er doch umzogen mit solch himmlischer „Sammlung von Dämpfen", daß Wolf ihn gar nicht anders gemocht hätte. Schleierige Wolken waren da, die dahinzuschwimmen schienen wie die verstreuten Federn enormer Albatrosse auf perlweißer See; und hinter diesen federigen Reisenden lag der milchfarbene Ozean, auf dem sie dahintrieben. Aber selbst dies war noch nicht alles; denn der Ozean selbst schien sich hier und dort in Hohlräume auszubuchten, in ätherische Buchten inmitten flockiger Weiße; und durch diese Buchten war ein bleicher gelblicher Nebel zu sehen, als ob die Luft des Universums Millionen von Primelknospen widerspiegelte. Doch auch dieses dampfende Leuchten war nicht die endgültige Enthüllung jener verborgenen Himmel. Gleich dem Eingang zu irgendeiner großen Straße des Äthers, deren lichtgesponnenes Pflaster nicht von der Farbe des Staubes war, sondern von der des Türkises, schien dort an einer einzigen Stelle über dem Horizont der ungeheure blaue Himmel durch. Dieser himmlische Zollpfahl des Unendlichen, der sowohl durch die schleierige Weiße wie auch durch das dampfende Gelb drang und dort über den Marschen von Sedgemoor emporragte, schien Wolf, als er auf ihn zuging, wie ein Eingang in eine unbekannte Dimension, in die einzutreten unmöglich war. Obwohl er in Wirklichkeit der Hintergrund aller der Wolken war, die ihn umgaben, schien er doch auf irgendeine geheimnisvolle Art näher als diese. Er schien wie ein Hafen, in den die Wasser eben dieses Lunt hier strömen mochten. Dieser unglaubliche Fleck von Blau schien etwas, worin er seine Hände eintauchen könnte, um sie dann wieder herauszuziehen, gefüllt gleich überschäumenden Bechern mit dem wesenhaftesten Blute der Glückseligkeit. Ah! Das war das Wort. Es war reine Glückseligkeit, dieser blaue Fleck! Es war eben das, was er so ungeschickt jenem armen Tilly Valley zu erklären versucht hatte, das, was sowohl diesem wie Mr. Urquhart auf so traurige Weise fehlte. Und das war das Ding, so dachte er, als er langsam durch das grüne feuchte Gras weiterging, nach dem sein ganzes Leben ein einziges hartnäckiges Suchen war. Ach! Wo wuchs es, dieses Glück? Wo sprudelte es empor, frei und unverfälscht? Keineswegs in solcher „Liebe" — halb Sexualität, halb Reaktion auf Sexualität —, wie die es war, der jene beiden aus der Ordnung geratenen Menschen nachgingen.

Weder im Asketentum noch im Laster! Wo denn? Er begann v orwärts zu schreiten, während er seinen ganzen Geist und seine ganze Seele auf diesen blauen Flecken über Sedgemoor konzentriert hielt. In keinem menschlichen Ringen dieser Art! Eher in einem großzügigen, freien, uneingeschränkten Anerkenntnis von etwas, das in Wahrheit in der Natur lag, etwas, das kam und ging, etwas, das der Geist heraufbeschwören konnte, etwas, das nichts anderes zu seiner Erfüllung brauchte als Erde und Himmel.

Zwischen ihm selbst und jenem blauen Flecken dort streckte sich jetzt der große Stamm einer geneigten Weide, wie von einem flüssigen grünen Nebel von zahllosen frischknospenden Zweigen bedeckt. Der Stamm schien zu den Wassern des Lunt hinabgezogen zu werden; und die Wasser des Lunt schienen, wie sie so dahinflossen, sich in gegenseitiger Anziehung ein wenig zu erheben. Und zwischen den grünen Knospen dieses geneigten Stammes schien der Flecken jenes Blaus näher denn je. Es war kein sich öffnender Weg, keine Ätherstraße, wie er zuerst gedacht hatte, es war in Wahrheit ein Weiher unergründlich tiefen blauen Wassers; ein Weiher im Raum! Als er jetzt hinblickte, wurden die grünen Weidenknöspchen zu lebendem Moos um seine blauen Ufer; und ein großes gelbliches Himmelsfragment, das sich daran anschloß, wurde ein dunkelhäutiger Kentaur, der von seinem Tierkörper sein Menschenhaupt niederneigte und seinen Durst in den reinen Fluten stillte. Ein gelbes Menschentier, das lange Züge blanken Wassers trank.

Wolf blieb stehen und blickte auf das, was er sah, während das, was er sah, immer mehr und mehr dem näherkam, was er sich vorstellte. Das war es, was er brauchte! Das war es, was er suchte! Die braune Erde war jener dunkelhäutige Kentaur, und der Grund, weshalb die ganze Welt um ihn so grün war, lag darin, daß alle lebenden Seelen — die Seelen von Grashalmen und Baumwurzeln und Flußschilf — jede nach ihrer Art, an dem Trunk, den der große Erdenmund aus jener blauen Unendlichkeit tat, teilhatten.

Er setzte sich jetzt wieder in Bewegung und kam langsam an dem geneigten Baum vorbei. Seine Gedanken entspannten sich und wurden nach seinen Augenblicken der Ekstase schlaff; aber auch so flatterten sie gleich müde beschwingten Reihern schwer über den Deichen und Gräben seines Lebens.

Er fühlte trotzige Freude darüber, daß er durch all jene verabscheuungswürdigen Londoner Jahre — deren Last er gleich Ketten, die abgeworfen werden, nie klar erkannt hatte, ehe sie vorbei waren — bloß seine Arbeit in jener Schule durchgepflügt hatte, den Kopf gesenkt, die Schultern gekrümmt, den Geist konzentriert, stoisch, unnachgiebig. Was war in ihm gewesen, das ihn zwölf schwere Jahre lang beharrlich an der Arbeit, an all dieser unglaublichen Sklaven-arbeit, gehalten hatte? Was war in ihm gewesen, das ihn vor Liebes-affären bewahrt hatte, vor einer Heirat — das es ihm entsetzlich ge-macht hatte, seinen Sexualtrieb mit zufälligen Liebschaften aus Tanz-lokalen und Music Halls zu befriedigen? Was war es gewesen? Er blickte auf eine große Erlenwurzel, die sich schlangengleich über den braunen Schlamm unterhalb der Uferböschung wand, und in der steifen Biegsamkeit jener glatten phallischen Pflanzennatter schien er ein Bild seines eigenen insgeheimen Lebens zu entdecken, das listig sich seinen Weg durch tausend Hindernisse vorwärts zwang, der Befreiung entgegen, nach der es lechzte.

Und was war diese Befreiung?

Glückseligkeit! Aber nicht jede Art von Glückseligkeit; nicht gerade die Glückseligkeit einer Liebesbeziehung mit Gerda Torp.

Er blickte näher hin, wie die Erlenwurzel so gewandt und doch so natürlich in den Fluß tauchte. Ja! Es war eine Art von Ekstase, nach der er strebte; jene Art, die sich selbst verliert, die untertaucht; jene Art, die nichts als Gegenleistung verlangt.

Wie konnte diese Ekstase Liebe genannt werden? Sie war mehr als Liebe. Sie war das Auftauchen von irgend etwas Unaussprechlichem zur Oberfläche.

Und dann, gleich einem automatischen Rad, das sich in seinem Hirn drehte, gleich einem Rad, von dessen einer Speiche ein mensch-licher Kopf ohne Rumpf hinabhing, brachten ihn seine Gedanken zu jener lebenden Verzweiflung auf den Stufen von Waterloo Station zurück, und er erinnerte sich der Worte, die Jason Otter über das Mitleid gesagt hatte: wie man, wenn man Mitleid besaß und nur noch eine einzige Seele im Universum geblieben war, nicht das Recht hatte, glücklich zu sein. Oh, das war ein verruchter Gedanke! Man hatte im Gegenteil eine verzweifelt spitzfindige Ursache, glücklich zu sein. Jenes Gesicht auf den Stufen von Waterloo Station gab einem seine Glückseligkeit. Das war die einzige Gabe, die es schenken konnte. Zwischen der Glückseligkeit, die man empfand, und jenem Gesicht spannte sich eine Nabelschnur. Alles Leid war das Leid eines Märtyrers, alle Glückseligkeit war eines Märtyrers Glückseligkeit, wenn man nur einmal einen Blick auf jenen Strang getan hatte. Und die Tatsache, daß auf der Welt jene beiden groben, vulgären Parodien des Lebens, Leid und Freud existierten, war es, die die Ergebnisse verwirrte, die Unterscheidung aufhob.

Ungefähr eine halbe Meile schritt er stetig dahin und ließ die Heftigkeit dieses letzten Gedankens hinweggestreichelt werden durch das Gefühl des feuchten Bodens unter seinen Füßen und durch die nur undeutlich merkliche, durch die Lederschuhe dringende kühle Berührung all der namenlosen Hölzer und Gräser, die begannen, die Befreiung des Frühlings zu fühlen.

Ah, da waren sie ja!

Ganz plötzlich stieß er auf sie, als er zwischen dem Ende einer dichten Hecke und dem Flußufer über einen hölzernen Zaun kletterte, dessen wurmzerfressene und von Flechten graue Bretter über das Wasser ragten.

Sie saßen Seite an Seite auf einem umgestürzten Ulmenbaum und ordneten eben den Inhalt eines großen Weidenkorbes, der zwischen ihnen auf dem Boden stand.

„Hallo!" rief Lob und sprang auf.

Wolf nahm den Jungen in seine Arme und begann eine Art gutmütigen Pferdespieles mit ihm, indem er ihn im Grase wälzte und ihn mit Gewalt niederhielt, während Lob ausschlug und um sich hieb. Aber Lob wurde dessen bald müde, blieb ruhig unter den Händen des Mannes liegen und wandte sein schlammbespritztes, grasfleckiges Gesicht seiner Schwester zu.

„Du siehst, daß ich recht hatte, Sis! Gib also die neun Pence her. Er ist gekommen, so wie ich gesagt habe. Gib also her, was ich gewonnen habe!"

Wolf bemerkte, daß ein Anfall plötzlicher Scheu über ihn selbst und über Gerda gekommen war. Er kniete noch immer über dem ausgestreckt daliegenden Lob, kniff des Kindes Arme und schob so den Augenblick hinaus, da er aufstehen und ihr ins Gesicht sehen mußte. Auch Gerda schien mit überflüssiger Genauigkeit die Suche in den zerrissenen Schlupfwinkeln ihrer schäbigen kleinen Börse zu verlängern, während sie Pennies und Silberstücke auf ihre Knie leerte.

„Neun Pence! Es waren neun Pence!" rief der Junge noch immer, während er vergeblich trachtete, sein ängstlich erregtes, grasfleckiges Gesicht hoch genug zu erheben, um zu sehen, was das Mädchen tat. „Sechs Pence waren es, wenn er zu Malakite gekommen wäre! Neun Pence wenn er hierher käme!"

Wolf, der über seinen Gefangenen gebeugt war, wurde sich dessen bewußt, wie er jetzt die Fortschritte eines winzigen Marienkäferchens beobachtete, das mit unendlicher Vorsicht den geneigten Stengel eines kleinen Grashalmes nahe beim Kopf des Knaben erklomm. Aber er war sich so sehr auch der Gegenwart Gerdas bewußt, daß eine langsame, süße, schaudernde Empfindung durch seine Nerven lief, als ob sein Körper mitten in großer Hitze in die kühle Luft einer Kaverne getaucht wäre.

„Da, Lob!" sagte Gerda plötzlich und hielt ihm ein Sechspencestück und drei Pennies hin.

Wolf ließ das Kind gehen und stand auf.

Ihre Augen trafen einander, während der Knabe heftig hingriff und das Geld an sich riß. Sie trafen einander, während Lob rief: „Wer den Groschen nicht ehrt, ist des Talers nicht wert! Wette mit mir noch um so viel, daß es einen Shilling ausmacht. Ich bin ein Mordskerl im Wetten, ja, ja!"

Und als ihre Augen einander trafen, verwandelte sich die Scheu, die sie bis dahin empfunden hatten, in erregende Feierlichkeit. Einen raschen Augenblick lang hielt jeder den Blick des anderen fest; und es schien ihnen, als wären sie gleichzeitig von der andächtigen Erkenntnis irgendeines großen Unsterblichen überkommen, der plötzlich zwischen ihnen erschienen war und eine Hand auf jeden von ihnen gelegt hatte.

Dann wandte sich das Mädchen dem Bruder zu.

„Ich wette mit dir, Lob", sagte sie, „daß du hier in der Nähe kein Amselnest mit Eiern finden wirst!"

„Wieviel?" entgegnete der Junge, der vor ihr stand, die Hände hinter dem Kopf, in der Pose eines jungen, lässigen Eroberers.

„Wieviel! — wieviel!" spottete Wolf mit gewichtigem Humor, während er sich auf den Baumstamm an Gerdas Seite setzte. „Welch junger Geizhals wir doch sind!" Während er an ihrer Seite Platz nahm, schwankte die dahintreibende Barke, auf der er mit ihr eingeschifft zu sein meinte, mit einer Bewegung, die ihm ein Gefühl süßen Schwindels verursachte.

Lob blickte ernst seine Schwester an und erwog die Sache.

„Du wirst nicht mit ihm Ratten jagen, wenn ich nicht hier bin?" feilschte er.

Sie schüttelte den Kopf.

„'s ist noch recht früh für solche Nester, aber drei davon weiß ich schon; droben auf Babylon Hill. Hier sind Schwarzdornhecken, auf diesem Feld, und die Amseln haben lieber Stechpalmen und Brombeersträuche. Aber sie sind nicht so schlau, diese dummen alten Gelbschnäbel, wie die Drosseln. Ich glaube, ich werde es machen, Sis."

„Nun, ich werde sie ins Depot nehmen", murmelte Wolf mit verhaltenem Atem.

„Ich habe noch keine gehört, seit wir hier sind", sagte Gerda schlau. „Sie haben die Hügel lieber als das flache Land hier unten. Ich hätte nicht so viel gewettet, wenn ich nicht sicher wäre, daß ich gewinnen werde."

„Ich habe nichts gewettet", sagte Lob rasch, „darum kannst du auf keinen Fall gewinnen. Entweder wir verlieren beide oder ich gewinne."

Gerda gab nickend diesem unritterlichen Vorgang ihre Zustimmung.

„Nun schön, es schadet ja nichts, wenn ich mich ein bißchen umsehe", entschloß sich der Junge. „Nur wohlgemerkt: keine Hinterlist! Wenn du mit i h m Ratten jagst, während ich fort bin, wird es dich auf jeden Fall drei Pence kosten."

Sie gab auch das zu.

Lob begann langsam davonzustelzen.

„Ich weiß schon, warum du mich los haben willst", rief er zurück und fügte ein Schimpfwort in argem Dorseter Dialekt hinzu, so daß Gerda ärgerlich errötete.

„Mach, daß du weiterkommst, du Lümmel", rief Wolf, „sonst kriegst du noch mehr, als du verlangt hast."

Doch da kam, von des Kindes schamloser Hand geworfen, ein wohlgezielter Erdklumpen geflogen, der barst, als er Gerdas Knie berührte, und ihre Kleidung mit einem dünnen, pulverigen braunen Staub bedeckte.

Weder sie noch Wolf bewegten auch nur einen Muskel in Erwiderung dieser Attacke, und Lobbie wanderte langsam weiter, bis er nicht mehr zu sehen war. Dann stand das Mädchen auf und begann ihren Rock zu schütteln. Der cremefarbene Mantel hing locker und offen hinab und Wolf sah, daß sie ein altes, enganliegendes, olivgrünes Kleid trug.

Als sie die Erde von ihren Kleidern gestrichen hatte, nahm sie den Hut ab und legte ihn mit geistesabwesender Sorgfalt auf den Baumstamm zu ihrer Seite.

Sofort schlang er seine Arme um sie und hielt sie fest an sich gepreßt, während er in dem Schweigen zwischen ihnen fühlte, daß sein Herz wie eine unsichtbare unterirdische Wasserpumpe schlug.

Aber sie machte mit gewandten, kühlen Fingern seine Hände los. „Nicht jetzt", sagte sie. „Jetzt wollen wir sprechen."

Auf irgendeine geheimnisvolle Art war er ihr dafür dankbar. Am allerwenigsten wünschte er, die seltsame liebliche Feierlichkeit zu zerstören, die über sie beide gefallen war wie ein langsamer, spärlicher, geräuschloser Regen.

Er erhob sich und nahm ihre Hand, und langsam entfernten sie sich von dem Baumstamm.

„Warte! Ich werde ein Signal für diesen kleinen Schurken hier lassen", sagte er und legte seinen Stock und seine Mütze an die Seite des cremefarbenen Hutes. Aber er gab ihre Hand nicht frei und zusammen gingen sie sorglos und ziellos durch jenes weite Feld. Sie wählten eine Richtung, die in rechtem Winkel zu der lag, die Gerdas Bruder eingeschlagen hatte. Wolf war bisher in seiner Haltung den Mädchen gegenüber, denen er sich genähert hatte, von einer unpersönlichen Begierde beherrscht gewesen, aber was sich jetzt, das fühlte er, in ihn stahl wie eine süße tückische Essenz, war die tatsächliche innerste Persönlichkeit dieses jungen menschlichen Tieres. Und das Seltsame war, daß diese bewußte Gegenwärtigkeit, diese tief atmende Gerda, die stumm unter ihrem Mantel, unter ihrem olivgrünen Rock, unter allem, was sie am Leibe trug, neben ihm ging, nicht gerade nur ein Mädchen war, nicht gerade nur ein weißer biegsamer Körper mit lieblichen Brüsten, schlanken Hüften und einem verbuhlten, schwingenden Schritt, sondern eine lebende bewußte Seele, in ihrem ganzen Sein verschieden von seiner eigenen Wesenheit.

Was er in jenem Augenblick fühlte, war, daß in irgendeiner Art um diese greifbare Form eine andere Form schwebte, unfaßbar und zart, die ihn mit einer Art mystischer Ehrfurcht erregte. Es veränderte alles rings um ihn, dieses neue geheimnisvolle Wesen an seiner Seite, dessen physische Lieblichkeit nur seine äußere Hülle war! Es fügte etwas hinzu zu jeder winzigsten Einzelheit jenes bezaubernden Spaziergangs, den sie jetzt zusammen über ein grünes Feld nach dem anderen unternahmen. Die kleinen Erdhügel der Maulwürfe waren jetzt anders, die rötlichen Blätter des eben erst emporgesproßten Sauerampfers waren anders, die Kuhfladen, die Büschel dunkelgrüner Wiesensumpfgräser, alles war anders! Und selbst in den kalten, niederhängenden Wolken schien etwas an der Verschwörung teilzunehmen und gleich einem großen, ausgestreckten grauen Fittich Gerda und ihn dem neugierigen Eindringen der äußeren Welt zu entziehen.

Und wenn ihm das Grau droben und das Grün herunten die jungfräuliche Schönheit des Mädchens noch stärker zum Bewußtsein brachten, schien ihre eigene Natur in jener Stunde all das in sich zu sammeln, was ihr in jenem Frühlingsdämmern am meisten ähnelte.

Ein Zauntor nach dem anderen, das von einem sich verdunkelnden Feld in das andere führte, öffneten und durchschritten sie, unbewußt westwärts gehend, auf die ungeheure gelbliche Wolkenbank zu, die jene in den unendlichen Raum führende Himmelsstraße verschlungen hatte. Bis jetzt war es erst Beginn der Dämmerung, aber die nicht getrockneten Regengüsse, die noch in bewegungslosen Wassertropfen

auf Millionen von Grashalmen hingen, schienen schon das Herankommen der Nacht zu grüßen — schienen die ganze Oberfläche der
Erde weniger düster zu machen.

Über diese kalte Oberfläche bewegten sie sich Hand in Hand,
zwischen dem nicht niedergesunkenen Nebel des Regens im Himmel
und dem versprühten Nebel des Regens im Grase, bis der Mann zu
fühlen begann, daß von allen Menschen auf Erden sie beide allein am
Leben gelassen worden waren — daß sie beide, unbekümmert um
Vergangenheit und Zukunft, geschützt selbst vor den Geistern der
Toten, durch jene fürsorglichen Dämpfe sich vorwärtsbewegten,
selbst Geistern gleich, irgendeinem unbestimmten, unabwägbaren Heiligtum entgegen, in dem niemand sie stören oder beunruhigen konnte.

Sie waren in dieser verzückten Stimmung weiter als eine halbe
Meile gekommen und lehnten sich jetzt gegen ein hölzernes Gattertor,
das sie eben hinter sich geschlossen hatten, als Wolf auf einen offenen
Schuppen deutete, der ungefähr einen Steinwurf von ihnen entfernt
lag und dessen Boden, wie er von seinem Standort aus bemerken
konnte, mit einem Teppich gelben Farnkrautes bestreut war.

„Sollen wir das als Zufluchtsstätte versuchen?" fragte er. Die Worte
waren einfach genug. Aber Gerda entdeckte in ihnen die alte zwei-
deutige Lockung des verfolgenden Männchens; und als er sie am Handgelenk zog und sie zu der Scheune zu führen versuchte, straffte sich
ihr Körper, sie entzog ihm mit einem Ruck die Hand und trat zurück
zu den schützenden Balken des Zaunes. Sehr schnell, um jede mögliche
Verletzung seines Stolzes wegzustreicheln, begann sie zu sprechen;
und da bis jetzt das Schweigen eher als Worte das Bindeglied zwischen
ihnen gewesen war, war die bloße Tatsache, daß sie überhaupt zu sprechen begann, eine Überrumpelung, stark genug, sein Ungestüm zu
sänftigen.

„Hast du mich gleich gern gehabt, als du mich damals bei uns zu
Hause sahest?"

Er blickte sie aufmerksam an, wie sie — den hellen Kopf bloß
und die Arme längs des obersten Zaunbalkens ausgestreckt — diese
naive Frage stellte.

Plötzlich kam der Gedanke über ihn, daß sie wirklich nicht die
leiseste Ahnung davon hatte, wie selten ihre Schönheit war. Sie betrachtete sich natürlich als ein „hübsches" Mädchen, aber sie hatte
keinen Begriff, daß sie durch Blacksod schritt wie eine jener Frauen
der Antike, von deren Lieblichkeit die edelsten Sagen der Welt erzählen. Eine Regung räuberischen Übermutes verleitete ihn, diese
Einfalt auszunützen.

166

„Du gefielst mir am besten, als du mir vorpfiffest", sagte er. Aber in seinen Sinnen empfand er: „Ich wäre ein Narr, nicht nach ihr zu fassen!" Und mit seiner Seele dachte er: „Ich werde sie heiraten. So sicher, wie auf das Heute ein Morgen folgt, werde ich sie heiraten!"

„Und du gefielst mir am besten, als du für mich in Poll's Camp jagtest", sagte Gerda. „Aber ich kann nicht verstehen —"

„Was kannst du nicht verstehen, Gerda?"

„Ich kann nicht verstehen, warum ich nicht will, daß du mich gerade jetzt berührst. Aber, oh! Wenn du nur wüßtest, was sie in der Stadt von Mädchen und Männern erzählen!"

Sie blickte ihm mit einem nicht zu deutenden Beben ihres weichen runden Kinnes gerade ins Gesicht. Etwas war zwischen sie getreten — etwas, das ihn ernstlich beunruhigte, wenn auch nicht als unübersteigliches Hindernis.

„Was erzählen sie denn in der Stadt?" fragte er.

Da legte sie die Hände an die Wangen, und ein Ausdruck ruheloser Verwirrung zog über ihr starres Gesicht.

Er begann darüber nachzugrübeln, ob das Mädchen bei aller Koketterie nicht doch von abnormaler Unschuld war. Vielleicht hatte die besondere Unzüchtigkeit der Burschen vom Schlage Bob Weevils ihr in einem jener verstohlenen Konklaven zwischen jungen Leuten, die für ältere Personen stets ein so völliges Rätsel sind, eine Art Schock des Schreckens verursacht.

Langsam fielen ihre Arme zur Seite hinab und der verwirrte Blick schwand dahin; aber noch immer betrachtete sie mit einem leisen, zitternden Stirnrunzeln sein Gesicht, während die feinen Kurven um ihre Augen jenen Ausdruck monumentalen Flehens annahmen, wie man ihn manchmal an antiken Marmoren sehen kann.

Sein Verlangen, sie in die Arme zu schließen, wurde von einer Welle überwältigender Zärtlichkeit erstickt.

Wie sie so dastand, den Rücken dem Zaun zugewendet, wurde ihm mit solch plötzlicher, scharfer Erschütterung ihre Persönlichkeit klar, daß gewisse winzige kleine Blüten der Schwarzdornhecke eine seltsame Wichtigkeit erlangten, als wären sie eine Erscheinung wundervoller weißer Schwäne.

„Schön, lassen wir das, was man in der Stadt erzählt! Du und ich, wir sind jetzt allein. Nur du und ich sind heute von Wichtigkeit. Und ich werde dich nicht quälen, Gerda du Liebe — nein, nicht mit der geringsten Kleinigkeit, die du nicht willst."

Er verstummte, und sie blieben bewegungslos, starrten einander an wie zwei steinerne Pfeiler, die die feierliche Last der unbekannten

Zukunft tragen. Dann nahm er eine ihrer Hände, und es bereitete ihm einen neuen Schock, zu fühlen, wie eiskalt ihre Finger geworden waren.

„Tu doch nicht so, als ob wir Fremde wären, Gerda!" bat er. „Ich verstehe dich — viel mehr, als du glaubst! Und ich will dich für immer in meine Obhut nehmen! Die Zeit spielt wirklich nicht die geringste Rolle. Ich habe das Gefühl, als hätte ich dich mein ganzes Leben lang gekannt. Ich habe das Gefühl, als ob alles hier —", — und er blickte rings auf diese seltsam wichtigen weißen Blüten — „schon eine alte Sache wäre. Es ist komisch, Gerda, nicht wahr, wie natürlich und doch wie magisch es ist, daß wir einander überhaupt begegnet sind. Noch vor einer Woche war ich in London, ohne die leiseste Ahnung, daß du in dieser Welt existierst — du oder dieser Zaun oder diese Schwarzdornhecke oder dieser Schuppen dort!"

Ihre kalten Finger erwiderten jetzt ein wenig seinen Druck, der Blick ihrer Augen senkte sich und betrachtete den Grund zu ihren Füßen. Ohne Seufzer, ohne einen Atemzug verweilte sie — in Nachdenken dahintreibend auf irgendeiner inneren See des Gefühls, deren Tiefe niemand, nicht einmal sie selbst, jemals kennen würde.

„Bist du froh, daß wir einander begegnet sind, Gerda, Liebste?" fragte er.

Sie hob den Blick. In diesem lag die Spannung eines plötzlichen, schweren Entschlusses.

„Lassen Männer Mädchen jemals allein, nachdem sie sie geheiratet haben?"

Diese Worte waren so unerwartet, daß er nichts anderes tun konnte, als ihre kalten Finger zu drücken und sein Auge von diesem beunruhigten Blick abzuwenden. Was sein eigener Blick jetzt traf, war ein vereinzeltes, glanzloses Schöllkraut, dessen gebeugter Stengel fast flach auf einem Büschel regenfeuchten Grases lag.

„Wenn wir verheiratet sind", antwortete er ernst, nach einer Pause, in der er das Gefühl hatte, als bugsierte er mit eigenen Händen ein getakeltes Segelschiff auf die neblige See hinaus, „werde ich dich so viel allein lassen, wie du nur willst!"

„Ein Mädchen, das ich kenne, sagte einmal, daß mein Pfeifen nichts anderes sei als ein Pfeifen nach einem Liebhaber. Du glaubst das doch nicht, nicht wahr?"

„Großer Gott! Keine Rede! Dein Pfeifen ist etwas Wunderbares. Es ist dein Genius. Es ist deine Art, das auszudrücken, was wir alle auszudrücken wünschen."

„Was wünschen wir alle auszudrücken?"

Bei diesen Worten lachte er geradeheraus, vergaß alle Schwüre und Gelübde, legte die Arme um ihre Schultern und zog sie fest an seine Brust. „Oh, Gerda, Gerda!" rief er atemlos, als er sie freiließ, „du wirst mich bald so verdammenswert vernarrt in dich machen, daß ich dir auf Gnade und Ungnade ausgeliefert sein werde!"

„Aber was wollen wir alle ausdrücken?" wiederholte sie.

Er fühlte bei der Änderung in ihrer Stimme einen solchen Ansturm von Glückseligkeit, daß er nur aufs Geratewohl antworten konnte. „Gott! Liebste, ich weiß es nicht! Wohl eine Erkenntlichkeit. Nein! Das ist es nicht ganz! Dankbarkeit, vielleicht. Aber das ist nicht das Richtige. Du hast mir eine harte Frage gestellt, Liebste, und der Teufel soll mich holen, wenn ich dir Antwort darauf geben kann." Während er sprach, zog er sie an sich, und diesmal schien sie sich dieser Umarmung zu geben wie noch nie. Aber die Wärme ihres Körpers, als er sie an sich preßte, zerstreute seine zarte Rücksicht so rasch, daß sie sich wieder zurückzog.

In ängstlicher Hast, sich zwischen sie und ihre Gedanken zu drängen, begann er das erste zu sagen, das ihm einfiel.

„Ich glaube, was wir alle ausdrücken wollen, ist ... etwas ... gerichtet ... an ... an die Götter ... eine Art von ... Anerkennung ..."

Unvermittelt hielt er inne, denn wieder hatte sie jenen wirren, verwirrten Blick auf ihn gerichtet.

„Du bist mir doch nicht böse, Gerda, Liebste?" platzte er heraus.

Sie nahm keine Notiz von diesen seinen Worten, aber der Blick, den er fürchtete, begann unter der echten Besorgnis seines Tones zu verschwinden.

Sie zog jetzt ihren cremefarbenen Mantel dicht um ihr olivengrünes Kleid. Statt nachher dieses Kleidungsstück loszulassen, blieben ihre Arme vor der Brust gekreuzt und hielten die zusammengerafften Falten des Wollstoffes fest. Dann bewegten sich ihre Lippen, und während sie von ihm fortsah, seitwärts, über das weite Feld, sagte sie sehr ruhig:

„Wenn du das Gefühl hast, daß nichts Gutes daraus wird und daß du nicht daran denken könntest, ein Mädchen wie mich zu heiraten, wäre es besser, wenn du mich jetzt nach Hause gehen ließest."

Niemals vergaß er die schicksalsschwere Feierlichkeit, die sie in jene Worte legte; und er antwortete ihr auf die einzige Art, die ihm möglich war. Er nahm ihren Kopf zart zwischen die Hände und küßte sie auf die Stirn. Diese Handlung schien sie durch ihre ernste Zärtlichkeit und durch ihren Mangel jeder Erregung des Blutes wieder sicher zu machen.

Aber die Anziehung ihrer Lieblichkeit erregte bald wieder seine Sinne und er begann sie gegen seinen eigenen Willen zu liebkosen. Sie widerstand ihm nicht mehr; aber die Reaktion auf ihre frühere Nervenanspannung zerstörte ihre Selbstbeherrschung, und bald spürte er auf seinen Lippen den salzigen Geschmack von Tränen. Sie weinte nicht laut. Sie weinte schweigend; aber das Schluchzen, das sie schüttelte, zeigte eben durch die Macht, die es über sie besaß, den Reichtum und die Lebenskraft ihres jungen Blutes.

Die Tatsache, daß er sein Boot flottgemacht und die Segel gesetzt hatte — die Tatsache, daß er sich bereits entschlossen hatte, sie zu heiraten, komme was da wolle —, war etwas, was an sich schon seine Skrupel zerstreute.

„Es ist kalt hier", murmelte er, als sie schließlich nach langen Küssen ihr tränennasses Gesicht erhoben hatte. „Es ist kalt hier, Gerda, Liebste. Wir wollen uns diesen Schuppen drüben nur ansehen. Wir brauchen nicht eine Minute lang dort zu bleiben, wenn's kein hübscher Ort ist."

Eine Art tiefer, lethargischer Stumpfheit gegen alles, außer gegen die unmittelbaren suggestiven Wirkungen seiner Stimme und seiner Berührung schien von ihr Besitz ergriffen zu haben.

Er hatte den Arm um sie gelegt, ihr cremefarbener Mantel hing lose hinab, ihre Wangen waren bleich; so ließ sie sich über die dazwischenliegende Grasfläche zu der offenen Tür der kleinen Scheune führen.

Bevor sie diese erreichten, wandte sie ihm jedoch scheu ihr Gesicht zu. „Weißt du, ich bin ganz dumm und unwissend", sagte sie. „Ich weiß gar nichts."

Wolf hielt nicht inne, um zu fragen, ob sich dieses hastige Bekenntnis darauf bezog, was man das „Ritual der Liebe" nennen könnte, oder einfach auf ihren Mangel an Buchbildung. Seine Sinne waren jetzt in solch einem Wirbel der Erregung, daß die helltönende Stimme des Mädchens in seinen Ohren klang wie das unbestimmte Sausen in einer Meermuschel.

„Gerda?" flüsterte er heiser, mit einer schwachen, einer sehr schwachen Frage im Tonfall.

Erregungen, Gefühle, Wünsche, teils exaltiert, teils brutal, wirbelten vom Grunde seines Wesens empor, wie vom Sturm getriebene Aale, die aus dem Schlamm eines lehmreichen Flusses aufgescheucht und vertrieben wurden.

Zusammen standen sie am Eingang jener kleinen Scheune und betrachteten das Innere in einem Schweigen, gleich dem Schweben eines großen Falken des Schicksals, dessen Schwingen ausgebreitet waren zwischen Vergangenheit und Zukunft. Es war eine leere Kuhscheune, deren Dach mit Flußschilf gedeckt und deren Boden dicht bestreut war mit einem reinen trockenen Bett aus gelben Farnblättern vom letzten Herbst.

Das Seltsame daran war, daß sich seine bewußte Seele, wie er jetzt das Mädchen über jene Schwelle zog, aus seinem Körper davonzustehlen und sie beide von hoch droben aus der Luft zu beobachten schien, als sei sie selbst der Falke des Schicksals. Als Wolf und Gerda aber, schon auf jenem Farnkrautboden stehend, einander ins Gesicht sahen, kam ihm plötzlich gleich dem Flattern eines auf aufgestörtem Wasser wirbelnden Blattes ein altes Dorseter Lied in Erinnerung, das er irgendwo gelesen hatte und das einen Refrain über die Stadt Shaftesbury enthielt.

„Ich weiß gar nichts", wiederholte das Mädchen mit leiser Stimme, doch als er sie fest gegen sein pochendes Herz gepreßt hielt, waren es nicht ihre Worte, sondern die Worte jenes alten Liedes, die durch seinen Kopf summten.

> Gelbe Farne werden dein Kissen sein,
> Gelbe Farne deiner Füße Teppich.
> Denn Long Thomas liegt hier auf dem Lager,
> Ohne eine Decke, ohne Linnen.
>
> Meine Mutter hat Leinen, wie Schnee so weiß,
> Mein Vater hat Decken, wie Purpur so rot.
> Zu meinem Liebchen bin ich kommen heut nacht
> Und in gelben Farnen will ich ruhen weich.
>
> In die gelben Farne legt er sie hin,
> Und der Wind pfiff schrill, und der Fluß, er floß;
> Und Shaftesbury sieht sie niemals mehr,
> Die Long Thomas zum Liebchen genommen hat.

Der Geruch des Farnkrautes stieg von jenem Bett empor, nahm die Worte dieses alten Liedes und verwandelte sie in das wilde Pochen des ureigensten Pulses der Liebe.

Bis zum Ende seines Lebens brachte er jenen Augenblick mit den getrockneten aromatischen Blättern und mit den seinem Gedächtnis zugeflogenen Versen in Verbindung. Die Süße seines Liebchens, ihr Mut, ihr schrankenloses Vertrauen, ihre „unheilvolle Passivität" waren vermengt mit dem Duft der verdorrten Farne und mit der alten Ballade.

Indes fluteten die kühlen Märzlüfte in dieser kahlen Scheune, in der sie lagen, ein und aus, und die Schatten der Dämmerung wurden tiefer und tiefer. Diese Schatten der Dämmerung wurden, wie sie sich um ihre Köpfe niederließen, wirklichen Schildwachen der Liebe ähnlich — phantomgleich, ehrerbietig, geduldig. Sie schienen den Tag ihnen fernzuhalten, damit er nicht in ihr Gesicht blicken könne. Sie schienen die Dunkelheit abzuhalten, damit sie sie nicht voneinander trennen könne.

Und als sie hier lagen — glücklich und endlich alles vergessend — geradeso, als lägen sie in Wahrheit auf dem Deck eines Schiffes unter vollen Segeln, das von einer großen dunkelgrünen Welle emporgehoben wird, wurde Wolf sich dessen bewußt, daß er sich auf unerklärliche Weise gewisser zufälliger Kleinigkeiten erinnerte, die er an jenem Tage, ohne dessen innezuwerden, gesehen hatte. Er erinnerte sich der Unterseite der Rinde eines abgebrochenen Weidenzweiges, den er bei seinem Spaziergang am Lunt gesehen hatte. Er erinnerte sich des eigentümlichen weißlichen Gelbs, verborgen in den geschwungenen Linien eines sich öffnenden Farnblattes, an dem er irgendwo auf der Straße von King's Barton vorbeigekommen war. Er erinnerte sich der kraftvollen, reicher, herber, bitterer Kraft vollen Schönheit einer einzelnen Kastanienknospe, die er unbewußt in der Umgebung von Blacksod gesehen hatte. Er erinnerte sich gewisser winziger Schneckenhäuschen, die an dem Stengel eines frisch gewachsenen Ampferblattes gehangen waren und deren Bild sich irgendwo auf jenen Fluren seinem Unterbewußtsein eingeprägt hatte ...

Als sie, nach dem langsamen Dahinebben einer Spanne, die in Wirklichkeit nur ein sehr kurzer Zeitraum war, die Wolf aber als etwas erschien, das mehr war denn Zeit und verschieden von Zeit, wieder außerhalb der Hütte beisammen standen, kam ein unbestimmbares Gefühl über ihn, als hätte er in Wahrheit etwas von der jungfräulichen Entrücktheit der jetzt verdunkelten Felder betreten und in Besitz genommen.

Die Hand auf Gerdas Schulter gelegt, trank er ein großes Mysterium aus diesen kühlen, weiten Räumen in sich ein. Seine Finger faßten den weichen Mantelkragen des Mädchens. Er nahm ihren Atem wahr — der so stetig ging, so leise, und doch so lebend — gleich dem Atem eines warmen, weichen Tieres in samtener Dunkelheit. Er nahm ihre Persönlichkeit wahr als etwas Bebendes, Lebhaftes und doch als etwas Einsames, Unnahbares.

Plötzlich brach sie das Schweigen.

„Willst du, daß ich für dich pfeife?" fragte sie mit leiser, gelehriger Stimme.

Die Worte drangen aus einer ungeheuren Entfernung an seine Ohren. Sie kamen zu ihm nach einer Reise über Flüsse, über Berge, über Wälder; und als sie in seinem Bewußtsein Gestalt annahmen, quoll etwas in seiner Kehle empor, völlig verschieden von allem, was er bis jetzt für sie gefühlt hatte. Er nahm ihren Kopf zwischen die Hände und küßte sie, wie er noch nie in seinem Leben eine Frau geküßt hatte.

„Lob wird es hören", sagte er mit einem heiseren, glücklichen Lachen. „Aber er soll's nur hören! Was macht das jetzt aus!"

Aber sie trat ein paar Schritte zur Seite, und er beobachtete ihr weißliches, von Schatten geflecktes Gesicht, als sei es das Gesicht einer Unsterblichen.

Und ohne zu sehen, daß es so war, wußte er, daß ihr Ausdruck beim Pfeifen dem Ausdruck eines schlafenden Kindes glich, oder eines glückselig, friedlich toten Kindes.

Und obwohl sie jetzt diese flüssigen Töne in die Nacht strömen ließ, war die Weise ihrer langgezogenen Musik eine Weise voll von dem eigentümlichen Gefühl einer einzigen Stunde, unter all den Stunden der Nacht und des Tages. Es war die Weise der Stunde gerade vor Anbruch der Dämmerung, die Weise jenes Lebens, das nicht Klang ist, sondern nur angehaltener Atem, der Atem kalter Triebe, die noch nicht grün sind, erdverbundener Knollen, die sich noch nicht von ihren Hüllen befreit haben, die Weise des Fluges der Schwalben über kühle Meere, noch weit entfernt von den warmen kiesbedeckten Ufern, denen sie zusteuern.

Gerdas Pfeifen erstarb jetzt in einem Schweigen, das, mit einer merklichen Vermehrung sichtbarer Dunkelheit im Gefolge, zurückzufluten schien.

Aber das Mädchen blieb an genau derselben Stelle, ungefähr zehn Schritt von ihm entfernt, völlig bewegungslos stehen.

Auch er blieb bewegungslos, wo er war, ohne Zeichen oder Wort.

Und genauso, wie sich zwei gerade Pappelbäume, die von einem beharrlichen Sturm so gebeugt wurden, daß sich ihre Zweige miteinander vermengten, nach dem Sturm wieder aufrecht erheben und wieder völlig getrennt sind und völlig sie selbst, so blieben dieser Mann und dieses Mädchen, deren Beziehung zueinander nie wieder ganz die frühere werden konnte, unterschieden, entfernt, getrennt, und standen gleich stummen Feldwachen, die das rauchende Lagerfeuer ihrer eigenen geheimen Gedanken bewachen.

So und nicht anders waren in dem grünen Tau irgendeines schattigen thessalischen Tales im frühen Morgengrauen der Zeiten Orion und Merope gestanden, vereint und doch durch dies süße Geschick so geheimnisvoll getrennt. So waren im selben grünen Tau Deukalion und Pyrrha gestanden, während die Erde auf ihre neue Nachkommenschaft wartete. Auch sie, diese Liebenden der Urzeit, hatten so verweilt, zufrieden und glücklich, verwirrt und traurig, während sich über ihren Häuptern die Dunkelheit auf den Pelion senkte oder das weiße Mondlicht die Abgründe des Ossa mit Silber überflutete.

Als er an diese Dinge dachte, entschloß er sich, jeden sentimentalen Versuch zu vermeiden, die unwegsame Kluft zwischen dem, was Gerda jetzt fühlte, und dem, was er fühlte, zu überbrücken... Kein zufälliges Wort leichter Zärtlichkeit sollte die klassische Einfachheit ihrer so köstlichen Begegnung stören. Denn klassisch war sie gewesen in ihrer Willkürlichkeit, in ihrer Unmittelbarkeit, in ihrem heroischen Trotz gegen so manche Hindernisse; so wie er stets gebetet hatte, daß eine große Liebe bei ihm sein möge.

Ihre Worte zueinander, als sie endlich den Bann brachen und Hand in Hand an die Stelle zurückwanderten, wo sie sich von Lob getrennt hatten, waren einfach und natürlich — eigentlich auf das gewöhnliche Niveau prosaischer, praktischer Besorgnisse beschränkt.

„Es ist verteufelt", knurrte Wolf, „aber es ist da, Liebste, und wir werden ihm ins Gesicht sehen müssen. Es ist nicht nur meine Mutter, sondern auch deine Mutter, mit der wir zu tun haben werden. Ich weiß nur zu gut, daß ich niemals in Oxford gewesen bin. Ich weiß, daß ich kein ‚Honourable' vor meinem Namen führe, und ich weiß, daß das, was mir Mr. Urquhart bezahlt, kaum für den Lebensunterhalt von drei Personen genügen wird. Da hast du's, mein Lieb, und wir müssen es in Betracht ziehen."

„Ich glaube nicht, daß deine Mutter mit uns wird leben wollen", sagte das Mädchen ruhig.

Wolf fuhr bei diesen Worten zurück. Auf die eine oder andere Art hatte er sich so an den Gedanken gewöhnt, von sich und seiner Mutter als von einer Person zu denken, daß ihm dieser Gedanke ein sehr seltsames Gefühl verursachte — als ob Gerda ihm eine winzige Eisnadel ins Herz gestoßen hätte —, der Gedanke, sie beide könnten unter verschiedenen Dächern leben.

Einen Augenblick später freilich verging dies Gefühl, zermalmt unter der Logik seiner Vernunft. Es war natürlich, unvermeidlich — so sagte er zu sich selbst —, daß Gerda, sosehr sie auch junges Mädchen sein mochte, einen eigenen Herd wünschte.

„Nein", antwortete er, emphatisch genug. „Wir müssen allein leben."

„Vater wird uns nichts geben", sagte Gerda.

„Das ist ganz in Ordnung", kicherte er, nicht bitter, sondern boshaft lachend. „Ich habe nicht den Wunsch, aus der Erzeugung von Grabsteinen unterstützt zu werden! Nein, nein, Liebste; was wir finden müssen, ist irgendeine kleine eigene Hütte, fast so klein wie unsere Scheune, wo uns weder deine Mutter noch meine Mutter stören können."

„Glaubst du, daß Mrs. Solent s e h r böse sein wird?" fragte sie.

Diesmal verursachten ihm ihre Worte einen ernsteren Schreck. Er hatte das Gefühl, als wäre ihm ein Arm oder ein Bein amputiert worden und sei nun als Kegel für Gerda aufgestellt, damit sie Dinge danach werfe, ohne zu wissen, was sie tat.

„Ich werde mit ihr auf jeden Fall fertig werden", entgegnete er.

„Wir werden uns in der Kirche aufbieten lassen müssen", sagte Gerda.

„Das werden wir!" gab er zu und brachte die Silben wie Pistolenschüsse hervor. „Aber dieser ganze Teil der Sache wird grauenhaft sein."

Gerda entzog ihm ihre Finger und klatschte in die Hände. „Heiraten wir überhaupt nicht!" rief sie fröhlich. „Es wird viel mehr Spaß sein ohne Heirat; und wenn ich ein Kind kriege, wird es ein Bastard sein, wie die Könige in der Geschichte!"

Aber Wolf hatte im Geist bereits ein sehr bestimmtes Bild von der verzauberten Hütte entworfen, in der er, ledig aller Sorgen, mit diesem unvergleichlichen Wesen leben würde.

„Es geht nicht ohne Heirat, Gerda, und was die Bastarde betrifft —"

„Pst!" rief sie. „Wir sprechen Unsinn. Gipoo Cooper hat mir gewahrsagt, daß ich nie ein Kind haben würde."

Wolf war dadurch zum Schweigen gebracht und sagte dann nach einer Pause gedankenvoll: „Ich glaube nicht, daß Urquhart irgendwie Schwierigkeiten machen wird. Es wird mich ja in meiner Arbeit nicht behindern."

„Woran du aber nicht denkst", protestierte sie mit leiser Stimme, „das ist, wie grundverschieden meine Familie von der deinen ist. Weißt du, Vater spricht nie ein Wort, als ob er erzogen worden oder in einer Schule gewesen wäre."

Aber Wolf ließ dies nicht gelten.

175

„Vielleicht denkst du nicht daran, Missie", sprach er mit klarer, emphatischer Stimme, „daß mein Vater im Ramsgarder Arbeitshaus gestorben ist!"

Ihr Kommentar dieser Mitteilung bestand darin, daß sie nach seiner Hand faßte und sie an die Lippen zog.

„Nicht der Ort, wo ein Gentleman stirbt", antwortete sie, „spielt eine Rolle, sondern wo er geboren wurde."

„Oh, zum Teufel mit all dem!" rief er unvermittelt. „Ich schere mich nicht darum, wenn dein Vater den saftigsten Dorseter Dialekt spricht; und ganz Blacksod weiß, daß mein Vater vor die Hunde gegangen ist. Ich will den Rest meines Lebens in Dorsetshire verbringen, und ich will allein leben mit meiner süßen Gerda!"

Während dieser Worte zog er sie dicht an sein Herz.

„Ich bin so dankbar, daß dir mein Pfeifen gefällt", sagte sie ziemlich atemlos, als er sie freiließ. „Ich weiß nicht, was ich getan hätte, wenn's anders gewesen wäre."

„Gefällt!" rief er. „Oh, Gerda, meine Gerda, ich kann dir nicht sagen, was ihm gleicht. Ich habe niemals etwas gehört, das ihm nahekäme, und werde es auch nie hören; und das ist das Um und Auf davon!"

Unter solchen Gesprächen kamen die Liebenden zu dem auf dem Boden liegenden Ulmenstamm, wo sie ihre Habseligkeiten gelassen hatten. Er sah jetzt so vertraut aus und doch so anders, als sie im Dunkel auf ihn stießen, daß Wolf jene Art von Schock empfand, der Leute trifft, wenn sie nach irgendeinem weltumstürzenden Abenteuer der vorwurfsvollen Gleichheit eines wohlbekannten Anblickes von Haus und Herd begegnen. Und da war Lob! Der Knabe kauerte hier in einer Stellung gleich jener eines vorwurfsvollen Gnomes. Er war damit beschäftigt, mit seinem Taschenmesser — trotz der Dunkelheit — tiefe zackige Einschnitte in den Griff von Wolfs Stock zu schneiden. Viel Zeit mußte vergehen, ehe die Unebenheiten im Griff dieses Eichenholzknüttels aufhörten, dessen Eigentümer mit bittersüßer unabweislicher Lebhaftigkeit die Ereignisse jenes unglaublichen Märzmittwochs in Erinnerung zu rufen.

„Ich hab's ja gewußt, daß ihr gehen würdet, Ratten zu jagen", war seine mürrische Begrüßung. Offenbar konnte in Lobs Augen keine andere Beschäftigung ihre so lang ausgedehnte Abwesenheit erklären. „Ich hab ja gewußt, daß ihr's tun würdet. Mädeln darf man nie trauen, sie sind schon so. Es liegt ihnen im Blut, zu betrügen."

„Großer Gott, Lob", rief Wolf. „Woher hast du denn diesen Spruch? Hast du dich die ganze Zeit, die wir von hier fort sind, damit befaßt, diese Anrede zusammenzustellen?"

„Schau, Sis", erklärte der Knabe und stand in der Haltung eines Räuberhauptmannes vor ihr. „Du wirst jetzt blechen müssen! Du wirst mir die drei Pence geben müssen, oder ich werde mich nie wieder auf dein Wort verlassen."

Aber der Tonfall des Mädchens war jetzt der in sich selbst ruhige Ton einer älteren Schwester.

„Ich hoffe, du hast nur ein Ei genommen, Lob, wie ich es dir immer sage."

„Ich habe gewonnen", wiederholte er hartnäckig. „Ich habe gewonnen, zahl also!"

„Zeig mir das Ei", sagte Gerda. „Wo ist es? Ich hoffe, daß es nicht das einzige war. Hast du es ausgeblasen, ohne dieses dumme große Loch zu machen, wie du's sonst immer tust? Zeig es mir, Lob!"

„Ich kann es dir nicht zeigen, denn ich hab's nicht", brummte der Knabe. „Ein Nest habe ich freilich gefunden; und auch ein Ei. Viere waren drin in dem Nest — alle mit prachtvollen Flecken; und ich hab mich daran erinnert, was du mir immer sagst, und hab nur eines genommen."

„Wo ist es also? Zeig es uns, Lob!"

Lob trat näher an Wolf heran. „Sie werden nicht zugeben, daß sie mich um die drei Pence betrügt", bat er kläglich.

„Wo ist dieses Ei, Lob?" wiederholte das junge Mädchen. „Er hat irgend etwas im Schild, geben Sie acht!" fügte sie hinzu.

„Diesen Mädeln darf man nie trauen, nicht wahr?" brummte der Knabe und machte sich noch näher an Wolf heran.

„Du weißt sehr gut, Lob, daß du mir immer vertrauen kannst", protestierte Gerda empört. „Du bist es, dem wir jetzt nicht trauen können, nicht wahr, Mr. Solent?"

Dieser blickte von einem zum anderen. Es belustigte ihn, solch streitenden Stimmen zu lauschen, die aus diesen beiden schattigen Flecken von Weiß in der Dunkelheit kamen, während er selbst, voll einer unaussprechlichen, süßen Indolenz als ihr lässiger Schiedsrichter fungierte. Er war auch ebenso entzückt wie erstaunt von dem intensiven Ernst, mit dem Gerda diese unwichtige Meinungsverschiedenheit aufnahm. Wie seltsam Mädchen doch waren! Wenn er Lob erwischt hätte, wie er ihm im Dunkel die Uhr stahl und sie in die eigene Tasche steckte, so hätte er gerade jetzt diesen Zwischenfall gewiß kaum bemerkt.

„Habe ich nicht die Wette gewonnen, Mr. Solent?" winselte das Kind. „Ich hab dieses Nestchen gefunden, viele, viele Felder weit von hier, wo wir jetzt sind. Es war tief in dichten Hecken drinnen, dieses

177

Nest, und ich habe mich grausam gekratzt, als ich die Hand hineinsteckte.“

„Warum hast du denn dann das Ei nicht?“ beharrte das Mädchen mit anklagender Stimme.

„Weil ich das verdammte Zeug zerbrochen habe!“ heulte der Knabe verzweifelt. „Ich lief über eines von diesen verfluchten Feldern und trat in einen Kaninchenbau und habe mir fast den Hals gebrochen, gar nicht zu reden von diesem dreckigen Ei.“

„Lob, ich schäme mich deiner wirklich!“ rief Gerda mit einer Stimme, die vor moralischer Entrüstung zitterte.

„Was soll denn das heißen?“ entgegnete der Junge. „Was soll dieses ganze Geschrei, wenn jemand geradeheraus erzählt, was er getan hat? Wenn es dich so schrecklich hart ankommt, drei Pence zu verlieren, warum bist du dann mit ihm Ratten jagen gegangen und hast alles hier allein gelassen? Wenn es auf dich ankäme, könnte man sich hier in dieser dunklen Nacht von einem dieser dreckigen Ochsen totstoßen lassen!“

Seine Stimme wurde kläglich; aber Gerda war ungerührt.

„Du hast überhaupt kein Nest gefunden, Lob, und du weißt das sehr genau.“

Lobbies Stimme klang jetzt so, als würde er sehr bald in Tränen ausbrechen.

„Ich werde keinen Shilling haben! Ich werde keinen Shilling haben, ohne diese drei Pence, um die du mit mir gewettet hast!“

Wolf begann in seiner Tasche zu suchen; aber das Mädchen gebot ihm mit einer raschen Bewegung Einhalt.

„Lob“, sagte sie streng, „du hast mich noch nie angelogen, bei allen Rattenjagden, die wir miteinander hatten, bei allen Suchen nach Nüssen und Schwarzbeeren und Pilzen. Was ist über dich gekommen, Lob! Oh, ich schäme mich wirklich deiner! Es ist nicht so, als ob ich die Mutter wäre oder Dad. Es ist so, als hätten wir nicht immer alles zusammen unternommen, du bist für andere Leute kein Gefährte mehr, Lob, mit dem man gehen kann! Ich werde künftig zu jedermann sagen müssen, ‚nehmt euch in acht, ihr könnt euch nie darauf verlassen, was Lob Torp sagt!‘ “

Wolf setzte sich in der Dunkelheit auf den gestürzten Baumstamm und lauschte mit starrem Staunen diesem Dialog. Die Stimmungen von Frauen waren, mit Ausnahme derer seiner Mutter, ein Phänomen, dessen Ebben und Fluten er sich in seinem tieferen Bewußtsein schwerlich vorgestellt hatte. Es kam ihm jetzt, während er Gerdas gerechten Zorn anhörte, ein Schimmer jener überirdischen Macht zum Bewußtsein, die diese Geschöpfe haben, um dem männlichen Gewissen gerade jene Anklage unter allen anderen vorzuhalten, die sie bis ins innerste Herz treffen wird!

Er hatte keine Ahnung davon, wie Gerda es herausgefunden hatte, daß der Knabe log, und er fühlte in jenem Augenblick, wie eine schwache und vielleicht skandalöse Welle der Sympathie für Lobbie Torp durch ihn zog.

Lobbie selbst fühlte dies sofort mit der Hellsichtigkeit eines Kindes.

„Sie ist bös wegen der drei Pence", flüsterte er, an des Mannes Knie gelehnt, „aber Sie werden sie zahlen, nicht wahr, Mr. Solent?"

Wolf war jetzt dieser ganzen Diskussion schon müde geworden. Er benützte die Dunkelheit, um aus seiner eigenen Tasche in jene dieses Mitübeltäters mindestens zweimal soviel zu stecken, als dieser verlangt hatte.

„Also los", sagte er, als diese geheime Transaktion vollendet war, „gehen wir zurück auf die Blacksoder Straße, ehe die Nacht völlig hereingebrochen ist."

Er erhob sich und schob nun, zwischen ihnen beiden, Lob vor sich hin, der in reuigem und recht beschämtem Schweigen den großen Weidenkorb trug, auf dessen Boden ein paar verwelkende Butterblumen und einige Handvoll Wasserkresse ruhten.

Die Erregung des Überkletterns der Zäune, ganz hart am Flußufer, und der Stolz, den sie darein setzte, daß sie fähig war, zu zeigen, wie sie ihren Liebhaber durch die verdunkelten Felder führen konnte, stellten Gerdas gute Laune bald wieder her.

„Wir werden Lob am Beginn der Chequers Street allein lassen", sagte Wolf, als sie endlich die harte Straße von Nevilton nach Blacksod unter den Füßen fühlten. „Glauben Sie", fuhr er fort, „daß Miss Malakite uns noch erwarten wird, so lange nach der Teezeit?"

„Ich sollte bei ihr zum Abendessen bleiben", sagte Gerda, „darum glaube ich nicht, daß es ihr etwas ausmachen wird. Sie wird uns trotzdem Tee geben, wenn wir auch so spät kommen! Sie wird die Zeit höchstwahrscheinlich überhaupt nicht bemerkt haben. Sie tut es nie, wenn ihr Vater fort ist und wenn sie liest."

Während Schwester und Bruder sich ungezwungen und vertraut an seine Arme lehnten, hielt Wolf seinen Eichenstock fest in der Hand auf der Seite des jetzt etwas müde dahinschleichenden Nesträubers und schritt den Lichtern der Stadt in einer tiefen, diffusen Wärme unvermischten Glückes entgegen. Die Tage seines Lebens schienen sich vor ihm in eine liebliche frühlingsduftende Perspektive zu erstrecken.

Die wenigen Besorgnisse, die ihm noch seiner Ehe wegen verblieben, fielen weg in dieser heckenduftenden Dunkelheit, in einer Dunkelheit, die die Erde vom Himmel durch die gestaltlose Gegenwart einer furchtbaren, aber freundlichen Gottheit zu trennen schien, unter deren Schutz er diese beiden weiterführte. Und wie er fühlte, daß Gerda sanft und leicht seinen Arm an ihren jungen Körper preßte, überkam ihn die Empfindung, daß er nur weiterzugehen brauche, weiter und weiter ... weiter und weiter ... genauso wie jetzt ... um diese seine geheime „Mythologie" in Beziehung zu der ganzen Welt zu bringen.

„Die Long Thomas zum Liebchen genommen hat", wiederholte er in seinem Innern, und es schien ihm, als ob die Lichter der Stadt, die ihnen jetzt entgegenleuchteten, die Lichter einer gewissen imaginären Stadt wären, die von früher Kindheit an am Rande seines Geistes erschienen und verschwunden war. Sie pflegte an seltsamen Orten aufzutauchen, diese Stadt seiner Phantasie ... Auf dem Grunde von Teetassen ... oder auf den Fensterscheiben von Klosetten ... im Seifenwasser des Bades ... in den Schmutzflecken auf Tapeten ... in den bleichen Kohlen eines toten Herdrostes im Sommer ... zwischen den rostigen Gittern verlassener Grabstätten ... oder den elenden Mustern verschossener Teppiche ... unter dem namenlosen Unrat in Straßenrinnsteinen ... Aber wo immer er sie gesehen hatte, war sie stets in Verbindung gestanden mit dem ersten Anzünden von Lampen und mit der Existenz, aber nicht unbedingt mit der Gegenwart irgend jemandes ... eines Mädchens ... eines Jungen ... eines Unbekannten ... dessen Stellung in seinem, Wolfs, Leben, jenem ersten Anzünden von Lampen gleichen würde ... jenem Gefühl, aus dem kalten Dunkel leerer Felder und verlassener Pfade herauszukommen in die reiche, warme, flammende Sicherheit jener geheimnisvollen Stadt ...

„Die Long Thomas zum Liebchen genommen hat", wiederholte er noch einmal. Und er dachte bei sich: „Es liegt alles in jenem Wort ... in jenem Wort; und darin, daß man längs einer dunklen Straße dorthin kommt, wo Lampen angezündet sind!"

Die Three Peewits

Sie wurden Lobbie an der Ecke der Chequers Street los und gingen Seite an Seite an den erleuchteten Ladenfenstern weiter. Es war für ihn eine neue Offenbarung über die Art der Mädchen, daß er bemerkte, wie Gerda ihn wiederholt mit einem kindlichen Zupfen an seinem Mantelärmel vor irgendeiner Kleinigkeit in jenen erleuchteten Fenstern anhielt, die ihre Aufmerksamkeit an sich gezogen hatte. Ihre Augen waren träumerisch in einer weichen, schmachtenden Glückseligkeit; während ihre kleinen Freudenschreie über das, was sie sah, in der Oberfläche ihrer geistigen Trance kleine Wellen warfen, wie wenn eine flinke Schar von Elritzen zur Oberfläche tiefen Wassers emportaucht.

Was seine eigene Stimmung betraf, so zogen ihn die Lichter der Stadt, ihr Verkehr und ihre Menschenmengen zu einer reichen, dunklen, unglaublichen Vertrautheit mit dem Mädchen, durch deren Süße alles zu einem unbestimmten, beruhigenden Theaterstück gewandelt wurde. Alles wurde zu einem Stück, dessen lebende Marionetten so rührend liebenswert erschienen, daß er hätte weinen können, während er sie ansah und wußte, daß Gerda sie gemeinsam mit ihm ansah.

Als sie die Tür von Malakites Buchhandlung erreichten, wurde er sich aber einer solchen Unlust bewußt, dem Blick der stetigen braunen Augen Christies zu begegnen, daß er stürmisch bettelte:

„Ich kann heute abend nicht", sagte er; „so dränge mich nicht, meine Einzige!"

Ihr Abschied war ernst und zärtlich, aber Wolf warf keinen Blick auf sie zurück.

Da begann er hungrig zu werden; er nahm seinen Weg zu den Three Peewits und bestellte unter dem nicht allzu freundlichen Blick der Königin Viktoria ein ausgiebiges Nachtmahl.

Er verweilte nahezu zwei Stunden bei seiner Mahlzeit, während sich im Hintergrunde seines Geistes das Lied von der Stadt Shaftesbury und dem gelben Farnkraut mit dem Duft des alten Weines des Gasthauses vermengte. Als er sich schließlich vom Tisch erhob, fiel ihm ein, daß Darnley Otter am Tag vorher erwähnt hatte, die beiden Brüder würden vielleicht an diesem Abend hierher kommen. Eben jetzt geleitet von einem geheimnisvollen, ihm selbst nicht ganz verständlichen Verlangen nach männlicher Gesellschaft, betrat er das kleine innere Gastzimmer der Three Peewits. Hier fand er sich in einer dicken Wolke von Tabakrauch und in einem noch dickeren Murmeln von Männerstimmen. Der Wechsel von seinen erotischen Versunkenheiten zu einer so geselligen und rauhen Atmosphäre war für seinen Geist verwirrender, als er erwartet hatte. Umnebelt und blinzelnd blickte er um sich.

Aber Darnley Otter erhob sich sofort, um ihn zu begrüßen, und führte ihn zu einer Öffnung in der Wand, wo Getränke serviert wurden. Dort stand er an Darnleys Seite und machte höfliche, hastige Verbeugungen vor den verschiedenen Mitgliedern der Gesellschaft, während sein Freund ihre Namen nannte; und während sein Glas mit Schnaps gefüllt und wieder gefüllt wurde, merkte er, wie sein Blick unvermeidlich sich dorthin wandte, wo Jason saß — saß, als ob er, seit er in diesen Raum gekommen war, nichts anderes getan hätte, als auf Wolfs Ankunft zu warten. Der Mann beobachtete ihn jetzt angespannt und ohne eine Spur jenes schrullenhaften Humors, mit dem er sich von ihm getrennt hatte, um Lenty Pond zu umwandern.

Wolf begann sofort, aus den Tiefen seiner eigenen Natur alle psychische Kraft heraufzubeschwören, die er nur hervorbringen konnte, um diese neue Situation zu bestreiten. Während er an jenem kleinen Schanktisch mit Darnley, inmitten einer schwelenden, unzusammenhängenden Flut von Gesprächen von allen Seiten des Raumes, plauderte, trank er absichtlich ein Glas Branntwein nach dem anderen, belustigt durch die Nervosität, mit der Darnley diesen Vorgang beobachtete, und mehr und mehr entschlossen, das Geheimnis dieses sich selbst zerfleischenden Geschöpfes — dort drüben an der anderen Seite des Zimmers — zu ergründen.

Es schien ihm jetzt, daß Jasons Kopf, wie er ihn durch den verrauchten Raum sah, an den Kopf eines verdammten Geistes in Dantes Inferno erinnerte, der aus dem Abgrund emporwirbelt und „Hilfe! Hilfe! Hilfe!" schreit. Es war interessant für ihn, wie bereit er sich fühlte, gerade jetzt diesem Schrei zu antworten. „Ich muß diese neue Stärke aus Gerdas Besitz in mich eingesogen haben", dachte er bei sich.

Darnleys gepflegter Bart wackelte nach wie vor mit der Höflichkeit eines Gentleman, als er lachte und mit verschiedenen Personen in verschiedenen Teilen des Raumes scherzte, aber Wolf konnte sehen, daß er seines Bruders wegen immer nervöser und nervöser wurde. Auch war diese Nervosität keineswegs unberechtigt. Jason hatte das Gesicht seinem Nachbarn zugewendet, einem mürrischen Landwirt aus Nevilton, und sprach Worte, die den Mann offenbar erstaunten, wenn nicht geradezu erschreckten; denn sein Gesicht wurde immer düsterer, und er fuhr fort, seinen Stuhl ein wenig wegzuschieben.

So weit waren die Dinge, als sich die Tür mit einem heftigen Ruck öffnete und zusammen Mr. Torp, Mr. T. E. Valley und ein großes, hübsches, anmaßend aussehendes Individuum eintraten, das man Wolf jetzt als Mr. Manley von Willum's Mill vorstellte.

Der Vikar von King's Barton schien schon getrunken zu haben; denn er schwankte direkt auf den Schanktisch zu und zog den plumpen Steinmetz unzeremoniell am Rockaufschlag nach sich. Der dickköpfige Mr. Manley bewegte sich durch das Zimmer und setzte sich neben den Landwirt aus Nevilton, den er laut und familiär mit Josh Beard ansprach. Wolf bemerkte, daß Mr. Beard in einer sehr saueren und boshaften Art dem neu Angekommenen sofort alles zu wiederholen begann, was Jason Otter ihm gerade gesagt hatte; während Mr. Manley von Willum's Mill mit gleicher Promptheit fortfuhr, Blicke spaßhafter und höhnischer Brutalität auf den unglücklichen Dichter zu werfen.

„Mein Freund Mr. Torp war im Schankzimmer; so brachte ich ihn herein", sagte T. E. Valley und schüttelte Wolf die Hand, als hätte er ihn jahrelang nicht gesehen.

„Ich hoffe, 's ist keine Impertinenz von mir, 'reinzukommen", sagte der Steinmetz bescheiden; und es berührte Wolfs Gemüt wie ein Wahnsinnstraum -- nicht wie ein Alpdruck, sondern eben wie einer jener Träume, in denen Menschen und Häuser und Tiere und Bäume alle vermengt und vertauscht sind —, daß diese groteske Menschengestalt der Vater Gerdas sein sollte.

„Mr. Torp und ich sind alte Freunde", sagte Wolf mit herzlichem Nachdruck, „und ich kann Ihnen nicht sagen, wie froh ich bin, Sie, wiederzusehen, Vikar! Werden Sie gestatten, daß ich Ihnen etwas bestelle? Der Schnaps hier scheint mir ungewöhnlich gut."

Als Antwort auf Wolfs Bitte brachte die Kellnerin, deren Persönlichkeit, während sie so in jener viereckigen Öffnung erschien und verschwand, immer mehr und mehr traumhaft wurde, drei große Gläser des gewünschten Getränkes, von denen er sofort je eines Valley und Torp überreichte, während er selbst das dritte nahm.

„'s ist seltsam", bemerkte Mr. Torp, während er mit unsicherer Hand sein Glas in Empfang nahm, „'s ist seltsam für einen Mann, der den ganzen Tag mit Meißel und Hammer zu tun hat, da zu sitzen und zu schauen, wie Leute aussehen, die niemals einen Schlag tun. Ich bin keiner von denen, die auf die besseren Leute schimpfen. Was ich sage, ist das, und es ist mir egal, wer das hört. Ich sage, daß ein Mann ein Mann ist, solange er lebt, und ein Herr ein Herr, solang er lebt. Der Teufel soll mich holen, wenn's nicht wahr ist."

„Aber wenn wir tot sind, Mr. Torp", rief Jasons Stimme vom anderen Ende des Raumes, „was sind wir, wenn wir tot sind?"

„Guten Abend, Mr. Otter, schön guten Abend, Sir! Tot, sagen Sie? Ich bin der richtige Mann, dieses Rätsel zu beantworten. Wir sind wie unsere Grabsteine! Die, die auf klarem gutem Marmor ‚Torp' aufgeschrieben haben, sind beim Herrn. Die andern sind beim Gehörnten."

Einige trunkene Lachausbrüche belohnten diese Rede, denn Gerdas Vater war offenbar ein privilegierter Spaßvogel hier; aber zum Schrekken seines Bruders, der jetzt in einem ruhigen Flüstern mit Wolf sprach, klang wieder einmal Jasons hohle Stimme über den Raum.

„Fragt diesen betrunkenen Priester drüben, warum er den jungen Redfern aus einer guten Stellung genommen und ihn zu einem frömmelnden Gaukler gemacht hat."

Es war ein Vibrieren in seinem Ton, das sofort das allgemeine Geschnatter zum Verstummen brachte, und jedermann blickte Mr. Valley an.

„Ich... verstehe... Ihre Frage... nicht ganz... Mr. Otter", stammelte der kleine Mann.

Die Stierstimme Mr. Manleys von Willum's Mill mengte sich jetzt ein.

„Seine Hochwürden mag vielleicht harthörig sein. Soll ich ihm die Frage stellen?" Und dieser große Polterer zögerte nicht, mit Donnerstimme zu grölen: „Mr. Otter hier fragt Sie, und die ganze Gesellschaft hier wartet auf Ihre Antwort, welch gottverdammten Streich Sie dem jungen Redfern spielten, ehe er starb."

„Ich muß Sie bitten, Mr. Manley", sagte Darnley Otter, dessen Gesicht, wie Wolf jetzt beobachtete, starr geworden war wie eine Maske, „ich muß Sie bitten, heute abends keine Szene zu machen."

„Ich kann noch immer... noch immer... absolut nicht... verstehen", begann der erregte Geistliche und trat einen oder zwei Schritte auf seinen Angreifer zu.

Aber Mr. Torp unterbrach ihn. „Frag diese verdammten Fragen deinen verdammten Mühlteich und plärre nicht mit so lauter Stimme, wenn bessere Leute da sind als du!"

Auf diese Worte folgte ein merkliches Beifallsmurmeln unter der Gesellschaft, denn Mr. Manley von Willum's Mill war allgemein unbeliebt.

Aber der Farmer nahm diese Äußerung der allgemeinen Meinung nicht zur Kenntnis.

„Hört ihr, was Jack Torp da sagt?" höhnte er, streckte seine langen

Beine aus und leerte sein Glas Gin und Bitter. „Er ist böse auf mich wie der Teufel, und ich werde euch auch den Grund sagen."

Eine allgemeine Bewegung ging durch den Raum und ein allgemeines Recken der Hälse. Die Stammgäste der Three Peewits waren schon lange daraufgekommen, daß die ergötzlichste aller gesellschaftlichen Freuden ein Streit ist, der knapp vor körperlicher Gewalttätigkeit haltmacht.

„Der Grund ist der", fuhr der Herr von Willum's Mill fort, „daß ich den Grabstein meiner Mutter ordentlich in Weymouth bestellt habe, statt um seinen schweinischen Werkstatthof herumzuschnüffeln, in dem es nichts gibt als Dreck, Mist und Armengrabsteine."

Nachdem er diese Herausforderung hervorgestoßen hatte, zog der Landwirt die Beine ein, legte die großen Hände auf seine Knie und beugte sich vor. In der alebraunen Atmosphäre herrschte jetzt ein großes Schweigen, als wäre sich dieses „Extrazimmer" selbst — und sogar seine Wände mußten schon gelb sein von uralten müßigen Streitereien — einer Sache bewußt geworden, die eine Ausnahme war in jenem Verspritzen menschlichen Giftes.

Mr. Torp blickte rasch zur Seite, um zu sehen, wie sich die „Herren" benahmen. Aber Wolf war umsichtig damit beschäftigt, weitere Getränke zu bestellen — er hatte der Kellnerin schon sagen müssen, sie möge seine Bestellungen „aufschreiben", denn seine Taschen waren leer —, und Darnley zupfte bloß an seinem Bart und hielt den Blick auf den Vikar gerichtet.

„Dieser Stein für seine Mutter!" schnaubte der Steinmetz mit dröhnender Verachtung. „Er war schon fertig und schön, ihr Herren, er war fertig und schön, dieser Stein! Jeder, der die Gasse herunterkam, blieb stehen, ihn anzusehen, und sagte bei sich: ,Dieser schöne Stein ist viel zu gut für die Alte eines Bauern! Dieser schöne Stein ist ein Grabstein für eine Dame mit Titeln und Würden!'"

Des Farmers ginumnebelter Verstand konnte daraufhin nur erwidern mit einem wiederholten „,'s war Ausschußware für einen Pfründner; eine Arbeitshausware zu sechs Fuß und sonst nichts!"

Mr. Torps Stimme erhob sich noch mehr. „Dieser Manley hatte Angst, seine Mutter auch nur einen Tag in der Erde liegen zu lassen ohne einen Stein darauf. Er hatte Angst, dieser alte Strauchdieb, Angst, die arme Frau könnte aus dem Grab kommen und über ihn Geschichten erzählen! Während also dieser schöne Stein in meinem Hof lag, um ein wenig zu verwittern, wie das für diese ausländischen Marmorsorten gut ist, hat dieser verdammte Hohlkopf nichts Gescheiteres gewußt, als mit einem Heuwagen nach Chesil zu fahren und einen blöden Portlandblock heimzubringen, genauso einen, wie ihn die Fischer, die niemals ein Stück Marmor gesehen haben, für ihre Knochen verwenden!"

Unter dem Eindruck dieser beredten Anklage, die in der ganzen Gesellschaft ungeheure Heiterkeit erregte, erhob sich Mr. Manley auf unsicheren Beinen und schritt auf seinen Feind zu. Aber Mr. Torp, zwischen Darnley Otter und T. E. Valley verschanzt, erwartete unbewegt seine Annäherung.

Zur Überraschung aller umging der große Schreier die kleine Gruppe, trat neben Wolf an den alkoholfleckigen Schanktisch und brüllte harmlos nach noch mehr Gin.

In diesem Stadium der Vorgänge geschah es, daß ernstere Schwierigkeiten begannen; denn Jason Otter wies plötzlich mit einem zitterigen Zeigefinger auf den hochwürdigen Valley und schrie in einem Paroxysmus der Wut:

„Sie sind es, der zu Urquhart und Monk über mich spricht ... Ich habe es jetzt herausbekommen ... Sie tun das!"

Die Stammgäste der Peewits mußten gefühlt haben, daß dieser unerwartete Krach zwischen zweier ihrer „Honoratioren" aus feineren Tiefen emporstieg als aus jenen, die ihnen vertraut waren; denn ein keineswegs behagliches Schweigen trat jetzt wieder ein.

„Mr. Otter hier", warf der Eigentümer von Willum's Mill ein, „Mr. Otter hier hat hübsche kleine Geschichten erzählt von den großen Dingen, die in King's Barton vorgehen. Mr. Otter sagt, daß Squire Urquhart seine Seele jenem schwarzen Kerl verkauft hat, der in seinem Garten arbeitet, und daß es der Buchhändler Malakite ist, hier in Blacksod, aus dessen Büchern sie ihre Teufeleien lernen!"

„Ich glaube ... hier ... liegt ein großes Mißverständnis vor, Mr. Manley."

Diese Worte wurden von T. E. Valley in solch zitterigem Ton gesprochen, daß Wolf erleichtert war, als er sah, wie Darnley den Pfarrer beruhigend beim Arm nahm.

„Mißverständnis?" grölte der Farmer. „Ich bin nicht der Mann, der etwas sagt, für das er keinen Anhaltspunkt hat! Mein Freund hier, Josh Beard aus Nevilton, Grafschaft Somerset, ist als Schafzüchter ebensogut wie irgendeiner in Dorset; und er sagt, er habe heute abend solche Dinge gehört, wie sie keinem Menschen über die Lippen kommen dürfen; und er hat sie dazu noch gehört von jemandem, den wir alle kennen", und er wandte sich um und blickte mit dem Schielen eines betrunkenen Henkers auf Jason Otter.

„Halt dein Maul in deinem Kürbisschädel!" rief der empörte Steinmetz. „Ein Herr ist ein Herr, sag ich dir, und wenn ein ruhiger Herr wie der, der heute bei uns sitzt, einen etwas wirren Kopf hat vom Trinken, so darf ein Ochsenfrosch wie du nicht das Maul aufmachen."

„Ich werde dir einen Ochsenfrosch geben", brummte der große Landwirt und verbarg seine Unfähigkeit, sich mit Mr. Torp in eine Debatte einzulassen, hinter einer verstärkten Grobheit der Sprache. „Was weiß denn so ein Hurensohn wie du von der Art der Herren?"

„Malakite?" murmelte der Schafzüchter. „Ist das nicht der alte Schuft, der vor etlichen zehn Jahren mit der Polizei zu tun hatte?"

„Gewiß", stimmte der dankbare Besitzer von Willum's Mill zu. „Gewiß, Bruder Beard. Er hat, wie man so sagt, eine ganz verteufelte Sache ausgefressen. Es war wegen seiner Tochter, so munkelt man. Er ist einer von diesen geilen alten Sündern, von denen die Bibel erzählt."

„'s war genauso, Nachbar, 's war genauso", echote Mr. Beard. „Und ich hab gehört, daß der alte Bert Smith drüben in Ramsgard eine hübsche Geschichte über diese kleine Sache erzählen könnte."

Wolfs Geist war gerade jetzt zu sehr vom Schnaps erhitzt, um von dieser überraschenden Andeutung mehr zu empfinden als einen unbestimmten Schock wirrer Zweideutigkeit; aber die nächste Bemerkung des Mannes aus Nevilton klärte sein Hirn mit der Heftigkeit eines Eimers eiskalten Wassers.

„Bert Smith soll seine großen Schulhüte verkaufen, soviel er nur will; aber man erzählt draußen bei uns — ich weiß freilich nichts davon, weil ich doch in jener Zeit in Stamford Orcus gelebt habe —, daß jenes arme Büschel Bettstroh sein eigenes Kind nicht mit seinem eigenen Namen nennen darf, weder im Geschäft noch in der Kirche."

„Das ist die heilige Wahrheit, was Sie da gehört haben, Josh Beard", echote der triumphierende Mr. Manley. „Es ist nicht sicher für den armen Mann, seine Tochter Tochter zu nennen, so erzählen Leute, die's wissen. Wenn ich nicht vor jedem wirklichen Herrn Respekt hätte" — und zu Wolfs Verblüffung richtete sich jetzt der schnapsumnebelte Blick des Farmers auf ihn — „und wenn ich nicht Kirchenvorstand wäre und fast schon dreißig Jahre konservativ gewählt hätte, würde ich diesem Steinkratzer hier schon zeigen, welche Art von Ragout sich diese gebildeten Herren kochen, solange sie noch nicht erledigt sind!"

Wolfs Verstand, der sich jetzt trotz den Dünsten von Rauch und Alkohol mit wiederhergestellter Klarheit bewegte, vollbrachte eine augenblickliche Orientierung in so manchen dunklen Dingen. Er erinnerte sich gewisser komplizierter Andeutungen und so manchen

187

Zögerns von Selena Gault. Er erinnerte sich der rücksichtslosen und erbitterten Fröhlichkeit seiner Mutter. Mit zitternder Hand trank er sein letztes Glas zu Ende und stellte es auf den Schanktisch. Dann blickte er durch das Zimmer auf die beiden Landwirte.

„Ich weiß nicht, um wessen Gefühle Sie so besorgt sind, Mr. Manley", sagte er. „Aber da ich zufällig selbst einer dieser bedauernswerten ‚gebildeten' Leute bin, und da Mr. Solent, mein Vater, hier in der Gegend ins Unglück kam, würde ich mich wirklich sehr freuen, alles Sonstige zu hören, was Sie uns wohl noch gerne erzählen möchten."

Seine Stimme, die jetzt zum ersten Male von der ganzen Gesellschaft gehört wurde, hatte einen beunruhigenden Ton; und jedermann war still. Aber Jason Otter erhob sich und ging, in der Mitte jenes Schweigens und unter der erschreckten Aufmerksamkeit aller Augen im Zimmer, mit kurzen, raschen Schritten durch den Raum, bis er dicht vor dem Landwirt Manley stand, der den Rücken gegen den kleinen Schanktisch gelehnt und die Hände in den Taschen verborgen hatte; hier blieb Jason Otter stehen und sah Wolf ins Gesicht. Niemand außer Wolf konnte den Ausdruck seines Antlitzes sehen; und nachher gab es allerlei verschiedene Versionen darüber, was wirklich geschehen war. Aber was Wolf selbst wußte, war, daß jener erregte Mann nicht mehr von seiner natürlichen Ängstlichkeit zurückgehalten wurde.

Sein eigener Verstand war in jenem Augenblick so hellsichtig erweckt, daß er sich später jedes Flackern der widerstreitenden Impulse, die ihn durchzogen, ins Gedächtnis rufen konnte. Der eine, der die anderen beherrschte, war eine kategorische Gewißheit, daß irgendeine unmittelbare drastische Tat vonnöten war. Was er wirklich tat, war, Jason bei den Schultern zu nehmen und ihn nach hinten in einen alten bierfleckigen Lehnstuhl zu werfen, der an der nächsten Wand frei stand. In der Heftigkeit dieser Bewegung fiel ein irdener Wasserkrug — und Wolf hatte Zeit, die weiche Glasur seiner Oberfläche zu beobachten — krachend zu Boden. Ein Schweigen ging jetzt durch den Raum, und die meisten der Anwesenden beugten sich erregt vor. Jason selbst, der kraftlos auf dem großen Holzsessel kauerte, wandte sein verstörtes weißes Gesicht und seine kläglichen Augen voll seinem Angreifer zu.

„Ich... ich... ich wollte ja nicht...", keuchte er.

„Schon gut, Solent", flüsterte Darnley, der einen von seinem Eigentümer willig freigegebenen Sessel an Jasons Seite akzeptierte. „Sie konnten nichts anderes tun."

„Das weiß ich nicht genau, Otter", flüsterte Wolf zurück. „Ich meine, wir sind alle ein bißchen betrunken. Setzen Sie sich doch nieder, und wenn er ruhig geworden ist, wollen wir uns aus dem Staube machen, he? Ich habe genug von alldem."

Alle die Stammgäste des Schankzimmers waren jetzt in kleinen Gruppen im Zimmer verstreut, und bald darauf trollte sich die Masse der Gesellschaft, mit listigen, forschenden Blicken und manchen geheimnisvoll tuenden Püffen und Kopfnicken, so daß der Raum jetzt fast leer war.

„Ich ... kann es nicht ... verstehen ... Ich hab's nicht gesehen ... wollte er Sie beißen?"

Diese Worte kamen von T. E. Valley; und Wolf war so erstaunt über den Ausdruck, den dieser verwendet hatte, daß er reichlich gereizt antwortete:

„Beißen Sie denn andere Leute, Mr. Valley?"

Des Priesters Gefühle waren dadurch offenbar verletzt. „Was meinen Sie damit?" protestierte er anklagend.

„Ich meine", begann Wolf. „Oh, ich weiß nicht! Aber für jemanden, der hier fremd ist, scheint es so mancherlei Dinge an euch allen zu geben, die komisch sind! Sie müssen mir verzeihen, Mr. Valley, aber bei meiner Seele, Sie haben sich's selbst zuzuschreiben. Beißen? Das ist doch eine ziemlich merkwürdige Idee, nicht wahr? Sie sagten doch beißen? Oder nicht?"

Sie wurden unterbrochen von Mr. Manley von Millum's Mill, der, mit Mr. Joshua Beard im Schlepptau, zur Tür steuerte.

„Haben Sie den Herrn verletzt, Sir?" sagte Mr. Manley zu Wolf mit der schwerfälligen, vorsichtigen Stimme eines Besoffenen, der ängstlich bestrebt ist, seine Nüchternheit zu beweisen.

„Es scheint, daß Sie den Herrn in Stücke geschlagen haben", echote Mr. Beard.

Während sich diese beiden Würdigen Wolf so näherten, war es unvermeidlich, daß sie an die stattliche Gestalt Mr. Torps anstießen, der, gegen einen Sesselrücken gelehnt, eine leere zinnerne Bierkanne von einem seiner plumpen Finger am Henkel hinabbaumeln ließ und in ein Intermezzo friedlicher Schlaftrunkenheit gefallen war.

„Wer in drei Teufels Namen rammt mich da?" brummte Mr. Torp, der auf diese Art plötzlich zu normalem Bewußtsein erweckt worden war.

„Armengrabsteine", höhnte der Farmer. „Nichts als Armengrabsteine in seiner Werkstatt, und trotzdem reißt er noch immer das Maul so weit auf!"

Der Steinmetz kämpfte hart, seine auseinanderstrebenden Geisteskräfte zu sammeln. In seiner Verwirrung war die einzige freundliche Gestalt, die sein Blick erfaßte, jene Mr. Valleys, und er machte von diesem Umstand prompt den ihm möglichen Gebrauch.

„Der Hochwürdige hier", sagte er, „kann für mich Zeugenschaft ablegen gegen alle diese verblödeten Mühlteiche und Heuwagen. Der Hochwürdige hier weiß, was die Worte ‚Torp, Monumentenerzeuger, Blacksod' bedeuten. Der Hochwürdige hier hat mit eigenen Augen den Stein gesehen, den ich für den ersten jungen Mann gemacht habe." Er wandte jetzt seine verwirrten Schweinsäuglein von Mr. Valley ab und richtete sie starr auf Wolf. „Und hier steht der zweite junge Mann, der es mir bezeugen kann, und zum Teufel, du hast allen Grund, das zu tun, Mr. Redfern Nummer zwei, denn du knutschst unsere Gerda und greifst sie ab, ich weiß schon, und ich brauch es nur der Frau zu erzählen, dann ist Öl im Feuer."

Wäre die ganze Szene für Wolf jetzt nicht schon so unglaublich phantastisch geworden, hätte solch unerwartetes Hineinzerren von Gerdas Namen, in jener Nacht vor allen anderen Nächten, seiner Lebensillusion einen bösen Streich versetzen können. So aber konnte er sich nur über den sicheren Blick besoffener Väter Gedanken machen und sich zu einer passenden Entgegnung zusammenraffen.

„Mein Name ist Solent, wie Sie wohl wissen sollten, mein lieber Herr", sagte er. Und dann wandte er sich den beiden Farmern zu, die einander pufften und wie ein Paar großsprecherischer Schuljungen zu ihm hinschielten. „Mr. Torp und ich sind die besten Freunde", bemerkte er ernst.

„Freund von Torp!" lachte Mr. Manley grölend.

„Torps Freund!" echote Mr. Beard.

„'s wäre das gescheiteste, Jack, dein Mädel im Haus zu halten", fuhr Mr. Manley fort.

„Sonst zerknittert sie noch einer, so wie's der erste getan hat", schloß Mr. Beard.

Wolf ballte, jenseits seiner bewußten Absicht, wütend die Finger der rechten Hand; aber sein Verstand war jetzt klar und er bemeisterte seinen Impuls. „Was immer geschieht, ich darf mich heute abend nicht wie ein Esel benehmen", dachte er.

„Sie täten am besten, an die frische Luft hinauszugehen, meine Herren", sagte er ruhig, „und sich die Köpfe abzukühlen, sonst könnten Sie sich Unannehmlichkeiten zuziehen. Kommen Sie, Mr. Torp. Wir beide müssen noch ein letztes Glas miteinander trinken. Und auch Sie, Vikar." Und er führte sie fort zu dem kleinen Schanktisch.

Die Farmer bewegten sich langsam auf die Tür zu.

„Redfern Nummer zwei, so hat er ihn genannt", hörte Wolf Mr. Beard sagen. „Ja, was soll denn das heißen, mein Junge?" Er konnte die Antwort des großen Landwirtes nicht hören; aber wie immer sie gewesen sein mochte, endete sie mit einer Art unzüchtigen Liedes, von dem er nichts anderes aufschnappen konnte als den gesungenen Refrain „Jimmie Redfern, der war drin!" Und hernach fiel die Tür hinter den beiden zu. Er hatte gerade noch Zeit, drei weitere Getränke von der Kellnerin in Empfang zu nehmen, ehe sie die kleine hölzerne Schiebetür herabließ und in unzweideutiger Weise zu verstehen gab, daß es elf Uhr geschlagen hatte.

Gleichzeitig kam ein Kellnerjunge herein und begann die Lichter zu löschen. „Wir sollten uns auf den Heimweg machen", sagte Darnley Otter von dem Platz aus, auf dem er neben seinem Bruder saß, dessen große melancholische Augen starr ins Leere gerichtet waren. „Und es ist auch gar nicht zu früh!"

„Ich werde schon ganz allein nach Hause kommen, jetzt, wo sich dieser Bub mit den Lichtern zu schaffen macht", bemerkte Mr. Torp und leerte sein Glas. „Gute Nacht allerseits", fügte er hinzu, während er Mantel und Hut von einem Haken nahm; „und wenn ich mir in meinen Reden gegen irgendeinen der Herren hier etwas herausgenommen habe" — und er blickte ängstlich auf Wolf und Mr. Valley —, „so liegt das gar nicht in meiner Natur und gar nicht in meinem Beruf."

„Ich... nehme an... daß Sie nichts dagegen haben...", murmelte die Stimme T. E. Valleys, der beim Schanktisch geblieben war und langsam das Glas, mit dem Wolf ihn bewirtet hatte, leerte, als wäre es das erste, das er an diesem Abend trank, „wenn ich mit Ihnen komme? Ich will niemandem auf die Nerven fallen" — und er blickte auf Jason Otter, der ohne zu schlafen in eine andere Welt dahingetrieben zu sein schien —, „aber ich habe diesen Marsch bei Nacht allein nicht gern."

„Natürlich müssen Sie mit uns kommen, Valley", sagte Darnley. „Freilich kann ich mir nicht denken, was Sie auf dieser ruhigen Straße so beängstigend finden können." Mit diesen Worten hob er seinen Bruder auf die Beine und half ihm in den Überzieher.

Eine halbe Stunde später gingen sie alle vier ihres Weges an den letzten Häusern von Blacksod vorbei. Darnley und Jason marschierten vorne; Wolf und T. E. Valley ungefähr sechs Schritte hinter ihnen. Sie waren alle still, als ob der Gegensatz zwischen der lärmenden Szene, die sie eben hinter sich gelassen hatten, und der schweigenden Ruhe des Weges ein Vorwurf wäre für ihre Seelen.

In einem der kleineren Häuser, an dem aus irgendwelchen Gründen weder Vorhänge noch Jalousien herabgelassen waren, konnte Wolf zwei Kerzen auf einem kleinen Tisch brennen sehen, an dem jemand noch las.

Er berührte Mr. Valleys Arm, und die beiden Männer standen eine Zeitlang da und blickten jenen nichtsahnenden Leser an. Es war eine ältere Frau, die dort beim Licht der beiden Kerzen las, das Kinn auf einen Arm gestützt und den anderen Arm quer über den Tisch ausgestreckt. Das Gesicht der Frau hatte nicht Bemerkenswertes an sich. Das Buch, das sie las, war offenbar nach Form und Aussehen ein billiger Roman; aber als Wolf zu ihr hineinstarrte, wie sie um Mitternacht in dem gewöhnlichen Zimmer saß, überkam ihn eine unbeschreibliche Empfindung des Dramas des menschlichen Lebens. Meilen und Meilen weit nach jeder Richtung lagen die großen pastoralen Gefilde ruhig in ihrer verhüllten, vom Tau benetzten Entrücktheit. Hier aber, beim Licht jener beiden spitzen Flammen hielt ein vereinzeltes Bewußtsein das alte vertraute Interesse aufrecht an Liebe, an Geburt, an Tod, an all den stürmischen Zufällen irdischer Ereignisse. Jener einfache, blasse, bebrillte Kopf wurde in diesem Augenblick für ihn ein kleines Eiland warmen, menschlichen Bewußtseins inmitten der ungeheuren, nicht menschlichen Nacht.

Er dachte bei sich, wie in naher Zukunft, wenn die furchtbaren wissenschaftlichen Entdeckungen das Antlitz der Erde geändert haben würden, irgendein wunderlicher Philosoph gleich ihm vielleicht durch ein Fenster einen menschlichen Kopf betrachten würde, der bei Kerzenlicht las, und wie er solch einen Anblick über alle Worte rührend finden würde. Und wieder einmal entschloß er sich in seinem Geiste, während er zu Mr. Valleys Überraschung noch immer verweilte und durch das vom Kerzenschein erleuchtete Fenster blickte, daß er es, solange er lebte, niemals zugeben würde, daß ihm die Schönheit derartiger Dinge durch irgend etwas, das die Wissenschaft erreichen konnte, überwältigt werde.

Endlich gab er den Äußerungen von Unbehagen seines Gefährten nach und ging weiter. Aber in seinem Innersten dachte er: „Diese alte Frau dort drinnen mag eine Geschichte meines eigenen Lebens lesen! Sie mag lesen über die Stadt Shaftesbury, über gelbe Farne und Gerdas Pfeifen! Sie mag lesen über Christie und den Buchladen Malakites. Sie mag lesen über Mattie —" Seine Gedanken änderten sich plötzlich. „Mattie? Mattie Smith?" Und ein schwankender Verdacht, der schon geraume Zeit in seinem Gemüt an Gewicht zugenommen hatte, formte sich plötzlich zu unabweisbarer Gestalt. „Lorna und mein

Vater ... Das kleine Mädchen sagte, wir sähen einander ähnlich ...
Das ist's!"

Er formulierte das Wort „Schwester" nicht in irgendeinem Teile
seines Bewußtseins, in dem Ideen sich in Worten ausdrücken, aber
quer über eine schattige geistige Landschaft in seinem Inneren schwamm
und trieb jenes grobzügige Mädchen dahin, mit einer neuen und reich
beschwerten Identität. Alle die unbestimmten Bruchstücke von Assoziationen, die sich hier und dort in seinem Leben um das Wort „Schwester" gesammelt hatten, eilten jetzt, sich der Persönlichkeit Mattie
Smiths anzuschließen und ihr ihren besonderen Zauber zu übertragen.

„Wie unwirklich mein Leben zu werden scheint", dachte er. „London schien mir, als ich dort lebte, phantastisch, gleich einem Gewebe
durchscheinender Fäden; aber ... großer Gott! ... verglichen mit
diesem! — Es wäre seltsam, wenn jene alte Frau in dem Buche wirklich meine Geschichte läse und jetzt vielleicht zu meinem Tode gekommen wäre. Nun gut, solange solche alte Frauen bei Kerzenlicht
lesen, wird noch irgendeine Romantik übriggeblieben sein!"

An diesem Punkt zog sich sein Geist mit einem Ruck in sich selbst
zurück und machte den Versuch, ein gewisses Bild der Dinge wegzuschieben, das sich unbehaglich vor ihm erhob — das Bild eines
Landstriches, von See zu See bedeckt von erleuchteten Flugzeug-
stationen, übersät von See zu See von tausenden surrenden Aeroplanen.

Was würde wohl aus Tilly Valleys Religion in jener Welt werden,
wenn Bogenlampen an zementierten Straßen flammten und jegliche
Existenz beherrscht war von Elektrizität? Was würde aus alten, bei
Kerzenlicht lesenden Frauen werden? Was würde in solch einer Welt
aus seiner eigenen Lebensillusion werden, aus seiner geheimen „Mythologie"?

Hart schob er diese Vision zur Seite. „Ich will in meiner eigenen
Welt leben bis zum Ende", sagte er zu sich. „Nichts soll mich dazu
bringen, daß ich nachgebe."

Und während ein keuchendes Schnaufen an seiner Seite ihm zeigte,
daß er in seiner Erregung zu schnell für Mr. Valley ging, entdeckte er,
daß jene graue Feder, die Christie in dem „Urnenbegräbnis" als Lesezeichen diente, wieder in seinem Gemüt aufgetaucht war. Und während
er, seine Schritte dem schleppenden Gang seines Gefährten anpassend,
weiterging, gab er sich der Einbildung hin, daß seine Seele eine ungeheure wolkige Schlange sich windenden Dampfes sei, die die Macht
hatte, jede Art menschlicher Erfindung zu überholen. „Alle Erfindungen", dachte er, „kommen aus den Gehirnen von Menschen, und

die Seele des Menschen kann ihnen entweichen und kann sie, selbst
während sie sie benützt, mit Verachtung behandeln — behandeln,
als wären sie, nicht! Sie kann durch sie hindurchschlüpfen wie
eine Schlange, über sie dahintreiben wie ein Nebel, unter ihnen wühlen
wie ein Maulwurf!"

Erregt schwang er im Dunkel seinen Stock, während er Mr. Valley
den Arm reichte, um ihm weiterzuhelfen. Es war ihm, als zöge er in
einen verzweifelten unsichtbaren Kampf, um alles, was ihm heilig
war, gegen die modernen Erfindungen zu verteidigen. „Es ist seltsam", dachte er, „was der Anblick jener grauen Feder in dem Buch
und jener alten Frau mit der Kerze meinem Geist angetan hat. Ich
habe geliebt bis zur Grenze. Ich habe in einer Kneipe gelärmt bis zur
Grenze; und hier bin ich, einen betrunkenen Priester am Arm, und
denke an nichts anderes als daran, ich weiß nicht was gegen Auto-
mobile und Aeroplane zu verteidigen!" Er fuhr fort, sich, während sie
im Dunkel weiterschwankten, darüber zu beunruhigen, was wohl in
seiner Natur liegen mochte, daß seine Verführung Gerdas, sein Renkontre mit Jason, seine Entdeckung Matties so völlig seinem Bewußtsein entgleiten konnten im Vergleich mit jener Feder und jener Kerze;
und er kam endlich, bevor sie King's Barton erreichten, zu dem Schluß,
daß in ihm etwas Krankhaftes und Unmenschliches sein mußte. „Aber
es ist da", dachte er abschließend. „Wenn ich so bin . . . bin ich so!
Wir müssen sehen, was daraus wird!"

Die Pferdeschau

Die erste Person ihrer Bekanntschaft, der Wolf und Mrs. Solent begegneten, als sie sich unter die lebhafte Menge mischten, die an diesem Nachmittag das berühmte Schloßfeld von Ramsgard erfüllte, war niemand anderer als Mr. Albert Smith. Wolf war erstaunt über die Herzlichkeit des Grußes seiner Mutter; und der würdige Hutmacher selbst war es offenbar auch.

Mrs. Solent war elegant gekleidet; was aber ihrem Sohn in jenem Augenblick mehr auffiel als ihr Kostüm, war die unglaubliche Macht ihres hochmütigen Profiles, als sie ihr leichtes Geplauder dem nervösen Händler an den Kopf warf wie ebensoviel glitzernde Lanzen.

Während er sie beobachtete, zuckte der Gedanke durch seinen Kopf: „Sie hat niemals im Leben die richtige Chance gehabt! Sie war geboren für großes Geschehen und aufregende Ereignisse." Wolf ließ seinen Blick über die Gruppen rings um sie schweifen und erblickte in der Entfernung die Gestalt Mr. Urquharts; da er früher oder später doch hingehen mußte, den Mann zu begrüßen, entschied er, daß es das Beste sei, was er tun könne, es so bald als möglich abzutun, so daß er in der Lage wäre, frei von jeder Verpflichtung seinen Blacksoder Freunden entgegenzutreten.

Daher überließ er seine Gefährten sich selbst, nickte seiner Mutter zu und tauchte mitten in jene buntscheckige Szene. Dieser Tag war offenbar die Kulmination des Wessexer Jahrmarktes. Die große Ausdehnung von Wiesenland, das zwischen den Schloßruinen und der Eisenbahn lag, war umringt von Buden, Ständen, Karussellen, Wahrsagerzelten, Miniaturzirkussen — von all den Unterhaltungen, die die jährliche Horde wandernder Hausierer des Vergnügens nach uralter Tradition ihren ländlichen Klienten darbot.

Aber der mittlere Teil dieses geräumigen Marktplatzes war sorgfältig mit Seilen abgegrenzt, und hier fanden die Reit- und Fahrkonkurrenzen statt, die dem besonderen Nachmittag ein so spezielles Interesse verliehen.

Ein Abschnitt dieses abgegrenzten Kreises war in eine Art privilegierten Geheges verwandelt worden, entsprechend dem ersten Platz bei einem Rennen, und dort konnte die Aristokratie der Nachbarschaft, deren Wagen im Schutze des Eisenbahndammes Aufstellung genommen hatten, die Vorgänge in ungestörter Sicherheit beobachten.

Die Gelegenheit, die Wolf ergriffen hatte, sich Mr. Urquhart zu nähern, war ihm durch die Tatsache geboten worden, daß der Squire von King's Barton allein stand, nahe beim Strick, in einer kleinen Distanz von jenem reservierten Raum, in dem die meisten seiner Standesgenossen versammelt waren.

Mit absorbiertem Interesse beobachtete er eine stattliche Parade preisgekrönter Zuchthengste, die, mit Bändern und anderen Auszeichnungen geschmückt, gewichtig einer nach dem anderen vorbeischritten, als ob sie in einem gigantischen Festzug von Überpferden paradierten, der nach übermenschlichen Zusehern verlangte. Diese Geschöpfe sahen neben den Stallknechten, von denen sie geführt wurden, so machtvoll und so verächtlich drein, daß Wolf, als er sich der Prozession näherte, einen Augenblick lang die ganze menschliche Rasse in einem minderwertigen und schmählichen Licht sah — als irgendeine Brut teuflisch kluger Affen, die durch einen niedrigen Trick der Hinterlist imstande gewesen waren, Tiere zur Knechtschaft, wenn auch nicht zur Knechtseligkeit zu zwingen, welche weitaus edler und weitaus gottähnlicher waren als sie selbst.

„Es macht einen fühlen wie einen Wilden, Sir", sagte Wolf, als er Mr. Urquhart die Hand schüttelte. „Ich meine, es macht mich fühlen wie einen Wilden. Großer Gott! Sehen Sie dieses Tier an! Haben Sie nicht das Gefühl, daß diese Hufe in der Tat die Erde erzittern machen?"

Aber Mr. Urquhart nahm, obwohl er die Hand seines Sekretärs warm gedrückt hatte und sichtlich sehr erfreut gewesen war, ihn zu sehen, nicht mehr Notiz von dieser Bemerkung, als wenn sie irgendeine von einem völlig Fremden ausgesprochene unwichtige Banalität gewesen wäre. Wolf, der neben ihm stand, sagte nichts mehr, bis der Zug vorbei war. Seine Aufmerksamkeit begann von den großen Hengsten zu einer geistigen Erwägung abzuschweifen, die ihn die Schultern straffen ließ.

Er hatte plötzlich die glücklich und passend gewählte Zusammenstellung der Kleider Mr. Urquharts bemerkt; und obwohl sein eigener Überzieher gut und sein Filzhut neu war, fühlte er sich doch in der Gesellschaft dieses Mannes irgendwie schlecht angezogen, und dieses Gefühl verursachte ihm beträchtlichen Verdruß.

„Der Teufel hole diese verfluchten Snobismen!" sagte er zu sich, als er die großen grauen Flanken des dritten Preisträgers betrachtete. „Warum kann ich mich von diesen Dingen nicht völlig freimachen und sie so sehen, wie sie ein Besucher vom Saturn oder vom Uranus sehen würde?"

Mr. Urquhart wandte sich ihm zu, als der letzte Hengst vorübergegangen war. „Wissen Sie, wen mein Diener hierher mitgebracht hat?" fragte er lächelnd.

Wolf konnte nur seine dichten Augenbrauen fragend emporziehen. Er fühlte sich auch weiterhin unbehaglich unter dem belustigten Blick seines Brotgebers. „Er mißt mich von oben bis unten", dachte er bei sich, „als ob ich ein Pferd wäre, das ihn enttäuschte, weil es nicht einmal einen dritten Preis gewonnen hat."

„Meinen Sie Monk?" fragte er. „Ich habe keine Ahnung, wen er mitgenommen hat. Ich dachte, daß er Sie mit dem Wagen herführte."

„Er hat sie neben sich auf den Bock gesetzt gehabt", fuhr der Squire fort. „Es war das alte Dienstmädchen unserer guten Otters. Ich war gezwungen, den ganzen Weg bis hierher die Blumen auf ihrer Mütze anzusehen und die Quasten an ihrem Cape."

„Sie meinen doch nicht Dimity Stone?" murmelte Wolf; und in einer hastigen inneren Vision sah er jenes listige, misogyne Auge sardonisch auf den schmalen Rücken der Alten gerichtet und die ritterliche, großartige Manier, in der der Kutscher, während er die Zügel hielt, mit ihr konversiert haben mochte.

„Ich konnte sie nicht zu Fuß gehen lassen", fuhr der Squire fort. „Und die Otters hatten sie zurückgelassen. Ich glaube, sie hatten nicht genug Platz. Sie kamen in einem miserablen Fuhrwerk. Sie dürften es wohl vom Hotel haben." Er wandte sich rasch um und beobachtete mit nachsichtigem Hochmut die Menge. „Ich kann gerade den guten Darnley von hier aus sehen", sagte er. „Da! Sehen Sie ihn nicht? Ich möchte wissen, wo sich dieser schreckliche Kerl, der immer besoffen ist, versteckt hat. Ich habe ihn vor einem Augenblick auch gesehen. Und beim Zeus, da ist ja auch Tilly Valley! Kommen Sie, wir wollen ihn ein wenig aufmischen! Er wird nicht vermuten, daß ich ihn anspreche. Beobachten Sie nur sein Gesicht, mein Junge, wenn ich ihn am Ellbogen puffe. Eh? Was? Kommen Sie." Und Wolf fand sich, sehr zu seinem Verdruß, gezwungen, seinen hinkenden Brotgeber am Arm zu stützen, während sie sich beide durch die Menge ihren Weg zu dem Geistlichen bahnten.

„Da hätten wir Sie ja! Da wären Sie in der Falle!" war des Squire Gruß, als er, Wolf an seinem Ellbogen, unbeobachtet an jene Stelle kam, an der der kleine Priester stand. „Tag, Valley! Hätte mir nicht gedacht, daß derartige Sachen Ihr Fall sind, eh? Was? Zuviel Roßtäuscher hier? Zuviel junge Rowdies, eh?"

Wenn Wolf erstaunt war über Mr. Urquharts familiären Ton, war er noch mehr erstaunt über den Ausdruck auf dem Gesicht des nervösen Geistlichen.

Stammelnd fand Mr. Valley die Sprache wieder:

„Schöne Pferde . . . mehr als sonst . . . haben Sie das graue gesehen? . . . Die Otters sind hier . . . sie sind herübergefahren . . . ich
bin gegangen . . . so wie andere auch . . . wie viele andere auch . . .
es wäre angenehm, wenn es hier Sitzplätze gäbe . . . meinen Sie
nicht? . . . Sitzplätze?"

Wolf konnte es kaum ertragen, diese abgerissenen Worte des armen
Vikars anzuhören. Es lag etwas in seinem verkniffenen Gesicht, in seiner
formlosen Nase, seinem dünnen Hals, seinen erschreckten Augen,
etwas, das ein zutiefst mitleidiges Gefühl hervorrief. Diese Empfindung wurde verstärkt durch die Art, wie eine bestimmte Ader an der
Kehle des Mannes sich abhob — und sie hob sich nicht nur ab, sondern
pulsierte und zitterte. All das panische Entsetzen, das Mr. Urquharts
Anwesenheit hervorgerufen hatte, schien in dieser pulsierenden Ader
konzentriert.

„Sitzplätze, sagten Sie?" lachte der Squire. „Sie brauchen doch keinen
Sitzplatz in Ihrem Alter." Und schwer auf den Arm seines Begleiters
gestützt, klopfte er mit einer Miene scherzhafter Vertraulichkeit den
Priester mit dem Ende seines Stockes.

Und jetzt überkam es Wolf in einem Anfall nackter Wut, daß er
um jeden Preis seinen Brotgeber von diesem Menschen wegbekommen
mußte. Nie hatte er Mr. Urquhart weniger gemocht. Es lag in jenem
Augenblick in dem faltigen weißen Gesicht etwas, das an einen Ausbruch von unglaublichem Bösen denken ließ — von Bösem, das wie
ein abscheulicher Dampf aus einer nicht oft enthüllten Bewußtseins-
ebene hervorquoll.

Wolf war genügend tolerant gegen die verschiedenen Formen
normaler und abnormaler Sinnlichkeit; aber das, worauf er in jenem
Moment hinter der Gentlemanmaske dieses Mannes einen Blick werfen konnte, war etwas anderes als Lasterhaftigkeit. Es war, als sei ein
abgründiger Schlamm aus jenem Schleim, der hinter allem Bösen
liegt, zur Oberfläche emporgeschleudert worden.

„Kommen Sie, Sir. Wir müssen zum Seil zurück", bemerkte er
schließlich mit ernster, trockener Stimme. „Man beginnt jetzt mit
der Fahrkonkurrenz, und das kann ich Sie nicht versäumen lassen!"

Mr. Urquharts Heiterkeit schien beim Klange der Stimme seines
Sekretärs klaftertief zu sinken. Er ließ sich fortschieben. Aber Wolf
beobachtete eine merkbare Zunahme seines Hinkens, während er ihn
fortführte; und als er von der Seite sein Gesicht ansah, war er überrascht vom Ausdruck beinahe verblödeter Leere, die den früheren
Ausdruck ersetzt hatte.

Die Menge hatte sich jetzt merklich verdichtet; und Wolf wurde sich darüber klar, daß er die für jenen Teil des Landes charakteristischeste Ansammlung sah, die er wohl je sehen würde. Hier waren stutzerhafte, selbstzufriedene junge Kaufleute aus Ramsgard mit ihren Frauen und Mädeln. Hier waren wetterfeste Fuhrwerker aus Blackmore, Mosterzeuger und Viehhändler aus Sedgemoor; stämmige, melancholisch dreinsehende Schafhirten aus den hohen Quantocks; hier und da wohlhabende Landwirte aus dem fernen Tal des Frome; schlaue, sonderbar aussehende Meiereibesitzer von den reichen Weiden des Stour; und — zwischen diesen allen, leiser Stimme und leisen Fußes, aber mit grenzenlosem Sinn für Unterhaltung sich bewegend — die hiesigen Landarbeiter, die die harten, vom Lunt bewässerten Felder bebauten.

Die beiden Männer bahnten sich ihren Weg zu dem festgedrehten schwankenden Seil, hinter dem jetzt die Fahrkonkurrenz abgehalten wurde; als sie dort haltmachten, fühlte sich Wolfs Geist von allen seinen Erregungen befreit und er sog den Anblick, der sich ihm bot, mit ungestörter Freude in sich ein. Die besonderen Gerüche, die an seine Nase drangen — nach Leder und Stroh und Pferdemist und Tabakrauch und mostsaurem, menschlichem Atem und Farbe und Teer und halbgegessenen Äpfeln —, wurden alle aufgefangen und überwältigt von einem einzigen, großen, dominierenden Geruch, dem einzigartigen Duft des zertretenen Grases einer Jahrmarktswiese. Mochte die Sonne vom kalten Himmel scheinen, wie sie nur wollte! Mochten die Streitwagen weißer Wolken unter jenem luftigen Zelt dahinjagen, wie sie nur wollten! Von dem festen Boden her, unter Menschenfüßen, unter Pferdehufen, war es, daß diese Dorsetshirer Welt ihre autochthone Essenz ausstrahlte, ihren bittersüßen, üppigen, herben erdduftenden Schweiß, der dem Herzen von Mensch und Tier über jedes bewußte Wissen hinaus Trost brachte.

Nichts hätte für das innerste Wesen des Landstriches symbolischer sein können als der humorvolle Ernst, mit dem diese mageren Pächter und plumpen Farmer ihre hellangestrichenen Gigs und hohen Dogcarts um jenes von Hufen zertrampelte Gehege kutschierten. Die offensichtliche Wechselbeziehung zwischen den Männern, die lenkten, und den Tieren, die gelenkt wurden, die magnetischen Ströme von Sympathie zwischen den Personen, die zusahen, und den Personen, die zur Schau stellten, die Art, wie die ganze Szene durch etwas Nachlässiges, Unoffizielles, Nonchalantes charakterisiert wurde — all dies brachte eine Wirkung hervor, die nur England, und vielleicht nur jener Teil Englands ins Leben gerufen haben konnte. Hinter Wolf und seinem Gefährten reckte sich eine stoßende, puffende, heterogene Menge, die ein leises, monotones Gemurmel hören ließ; und dahinter konnte man wieder die heiseren Schreie, das Schwirren und Pfeifen der lärmenden Ringelspiele hören.

Wolf konnte hier und dort unter den Leuten die wohlbekannten Strohhüte wahrnehmen — erzeugt von Mr. Albert Smith —, die die Knaben der Ramsgarder Schule trugen. „Heut haben sie wohl einen ‚halben Tag‘ " dachte er; und sein Geist beschäftigte sich mit den verschiedenen seltsamen, unsportlichen, unter den anderen unbeliebten Jungen, die sich gerade jetzt für dieses gesegnete Intermezzo in ihrem verhaßten Dasein so unbeschreiblich dankbar fühlen mußten. Der Gedanke an die unbekannten, unentdeckten Großmäuler, die zur Stunde wahrscheinlich in der Schule von Ramsgard existierten, verursachte ihm ein Gefühl der Übelkeit in der Magengrube. „Meinen Fluch über sie", dachte er. „Wenn ich auch nur eine Spur von okkulter Kraft habe, schleudere ich meinen Fluch auf sie."

Ein kleiner, untersetzter Mann mit kräftigen Handgelenken, der ein lebhaftes, aber nicht besonders hübsches Pferd lenkte, kam in jenem Augenblick innerhalb des abgegrenzten Raumes an ihnen vorbei. Wolf dachte nach, warum sich wohl die Stimmen rings um ihn respektvoll senkten, als diese Persönlichkeit vorbeitrabte, als er bemerkte, daß der Mann mit Mr. Urquhart ein familiäres Kopfnicken tauschte.

„Kein schlechtes Gespann für einen Lovelace", murmelte der letztere, als die Equipage vorbei war. „Aber sie verstehen es doch nie so ganz richtig!"

Wieder einmal fühlte Wolf einen Stich der Scham über das seltsame Interesse, das diese Begebenheit in ihm erregte. Was bedeutete Lord Lovelace für ihn? Er blickte verstohlen den Gutsherrn von King's Barton an. Des Mannes sackartige Augenfalten sahen gerade jetzt beinahe saurierartig aus. Aus einem Winkel seines zuckenden Mundes floß ein Tropfen Speichel, auf den eine kleine Fliege hartnäckig immer wieder zuflog ...

Wolf wandte seine Augen ab. Der Zauber des Schauspieles war völlig verschwunden. Der Geruch der zertretenen Erde war schal in seinen Nüstern. Ein Abscheu vor dem ganzen Schauspiel des Lebens ergriff Besitz von ihm. Und verhaltenen Atems wiederholte er jene seltsame klassische Klage, noch aus seiner Schulzeit ein Stichwort seines Gedächtnisses, jetzt ein bloßes Schlagwort; aber es verursachte ihm eine gewisse Erleichterung, die seltsam klingenden Silben auszusprechen.

„Ailinon! Ailinon!" flüsterte er zu sich selbst, während er seinen Bauch an das schwankende Seil lehnte. „Ailinon! Ailinon!" Und das bloße Aussprechen dieses tragischen Schreies der alten griechischen Tragödien beruhigte seinen Geist, als ob es ein Talisman gewesen wäre. Aber der Ekel, den er unter dem Druck der Dinge in jenem Augenblick empfand, dehnte sich auf den ganzen Jahrmarktsplatz aus, dehnte sich selbst auf die Aussicht aus, Gerda wiederzusehen. „Wie kann ich ihr unter alldem entgegentreten?" dachte er; und dann erinnerte er sich der Umrisse des Profils seiner Mutter, das so verächtlich Albert Smith zugewendet gewesen war. „Was wird sie zu der Familie Torp sagen?" fragte er sich in jämmerlichem Unbehagen.

Im Kampfe gegen diese trübselige Stimmung straffte er den Rücken und faßte das Seil fest mit beiden Händen. Wild versuchte er aus den Tiefen seines Geistes einen Strom trotziger, magnetischer Kraft heraufzubeschwören. Aber die Anwesenheit Mr. Urquharts schien, wenn der Squire auch schweigsam und nachdenklich geworden war, alle Hilfe aus diesen heimlichen Quellen abzuschneiden.

So suchte er sich durch bloße Vernunft zu stetigen.

„Schließlich und endlich", erwog er, „sind diese Abgründe wässerigen Blaus dort droben solch undenkbarer Hintergrund für all dies, daß sie ... daß sie ... ein Tropfen Speichel mehr oder weniger ... ein Frauenprofil mehr oder weniger ..." Und dann, als er die hellgestrichenen Gigs wieder im Schwung um das Rund kommen sah und die Ausrufe boshaften Vergnügens hörte, als eine kastanienbraune Stute eine tückische Neigung zeigte, ihren Lenker gegen das Seil zu treiben, kam über ihn ein Gefühl entsetzter Einsamkeit. Was vermochte Gerda oder seine Mutter oder irgendwer — Mann oder Frau — für ihn wirklich zu fühlen, damit diese Einsamkeit erleichtert werden könnte? Leere starrte ihn an, Leere gähnte ihn an aus diesem wässerigen Blau; und auf welche spitzen Dornen des Mißverständnisses mußte er sich wohl noch werfen, ehe dieser unruhige Tag zu Ende sein würde!

Er fuhr mit den Fingern dem schwankenden Seil entlang, das klebrig war von den unzähligen menschlichen Händen, die danach gefaßt hatten. Sein Geist schien über der Gestalt Gerdas zu schweben und über der Gestalt seiner Mutter, als wäre er ein treibender Nebel, der sich über zwei getrennten Vorgebirgen gesammelt hat. Jener vertraute graue Kopf mit den spöttischen braunen Augen und dieser andere, dieser neue seltsame Kopf mit seinem seegrauen Blick und seinem wild gewölbten, pfeifenden Mund — was würde geschehen, wenn er die beiden zusammenbrachte?

Es würde bedeuten, daß er seine Mutter würde verlassen müssen. Das war's, was es bedeuten würde. Wo war Gerda jetzt in diesem wirren Trubel? Sie mußte irgendwo in der Nähe sein; und vielleicht Christie auch?

„Sie haben doch nichts dagegen, wenn ich gehe und nach meiner Mutter sehe, Sir?" sagte er schließlich. Und die Worte erschreckten ihn geradezu, als ob er im Schlaf gesprochen hätte; denn er hatte sich entschlossen, niemals zu diesem egoistischen Gentleman von seinen privaten Affären zu sprechen.

„Eh? Was soll das heißen? Schon müde des alten Mannes, he? Möchte den Weibern nachsteigen? Na schön! Führen Sie mich zum reservierten Raum, fort aus dieser Menge, und ich lasse Sie frei. Ich nehme an, daß es hoffnungslos ist, Monk in diesem Wirbel zu finden. Er sollte zurückkommen, mich zu holen. Aber du lieber Gott, er hat seine eigenen kleinen Affären so gut wie ein anderer. So! Das ist besser. Sie brauchen meinetwegen nicht im Schneckentempo zu gehen. So! Sehr schön! Ich werde Lovelace wohl im abgegrenzten Raum finden. Er wird warten, um die Lastpferde zu sehen."

Wolf steuerte den Squire, so gut er konnte, durch die stoßenden Menschenhaufen und ließ ihn beim Eingang zu dem reservierten Raum zurück.

„Sie und ich, wir wissen mehr von einigen dieser guten Leute als sie selber", bemerkte Mr. Urquhart grimmig. „Unsere Geschichte wird sie ein bißchen aufstören; eh? Was? Nun also, marsch, mein Junge; und wenn Sie den Wunsch haben, Ihre Frau Mutter zu finden, würde ich sie an Ihrer Stelle im Erfrischungszelt suchen. Ich habe nur eine einzige Frau gekannt, die eine Pferdeschau bis zum Schluß mitmachen konnte, und das war eine Flamme von Lord Tintinhull. ‚Sack' wurde sie genannt, und eingesackt war sie am Schluß, das arme Luder! Also, viel Glück. Morgen werden wir, so Gott will, einige gründliche Arbeiten leisten!"

Wolf murmelte hierauf irgendeine unangebrachte Erwiderung und schritt davon. Was ihm gerade jetzt auffiel, war der Gegensatz zwischen dem seidigen Tone der Stimme seines Brotgebers und der stechenden Spaßhaftigkeit seiner Sprache. „Weder Ton noch Worte sind der wahre Mann", dachte er. „Welch siedende Bosheit, welch gärende Misanthropie sich doch hinter dieser seiner Maske verbergen!"

Er überquerte den Jahrmarktsplatz in nördlicher Richtung, ließ den reservierten Raum zu seiner Linken und die Karusselle zu seiner Rechten und fand rasch seinen Weg zu dem Eingang des großen Erfrischungszeltes.

Das Lokal war voll von Leuten, von denen einige ihre Labe an kleinen Tannenbrettischen einnahmen, während andere im Stehen aßen und tranken, andere wieder sich um den massiven Schanktisch am Ende des Zeltes drängten, wo große silbern glänzende Gefäße, durch Ölflammen heiß gehalten, in irdene Tassen eine Art von Tee ergossen, der gleichermaßen dem Geschmack der Lovelaces wie dem der Torps zu entsprechen schien, so verschiedenartig waren die Menschentypen, die ihn jetzt eifrig schluckten.

Wolf sah sofort, daß Mr. Urquharts höhnische Worte, nur wenig Röcke seien imstande, eine Pferdeschau bis zum Schluß durchzuhalten, nicht jeglicher Berechtigung bar waren. Ungefähr drei Viertel der Personen, die diesen riesigen Segeltuchraum füllten, waren Frauen.

Die erste vertraute Gestalt, der er begegnete, als er sich hineindrängte, war Selena Gault. Diese Dame saß allein an einem kleinen Tisch an der Segeltuchwand, wo sie in erhabener Gleichgültigkeit gegen die um sie wogende Menge ihren Tee trank und ihr Butterbrot aß. Wolf eilte zu ihr, ergriff einen freien Sessel und setzte sich neben sie.

Er fühlte aus irgendeinem Grund eine Empfindung tiefer körperlicher Erschöpfung; und unter dem freundlichen Geplauder, mit dem er den Gruß seiner Freundin erwiderte, klammerte er sich, wie er merkte, tatsächlich an diese einsame Frau.

Das Kostüm der Dame, dem sie einen der Gelegenheit entsprechenden, unbestimmbaren sportlichen Anstrich gegeben hatte, betonte ihre groteske Häßlichkeit. Aber aus ihrem entstellten Gesicht glühten ihre Augen in solch unwiderstehlicher Zuneigung, daß sein schwindender Mut allmählich wieder aufzuleben begann.

Ihre völlige Isolierung inmitten der Menschenmenge — denn die an ihrem Tisch vorbeidrängenden Leute schenkten ihnen nur wenig Beachtung — verleitete Wolf bald, sich schamlos in das Thema zu stürzen, das seinem Herzen am nächsten war. Selena Gaults erschreckende Oberlippe zitterte merklich, als er ihr von seiner Affäre mit Gerda erzählte und von seinem Entschluß, unverzüglich zu heiraten.

„Aber sie ist doch hier!" rief sie. „Das Kind ist hier! Vor einer Viertelstunde ist sie mit ihrem Vater gekommen. Sie ist sicher eines der schönsten Mädchen, die ich je zu Gesicht bekommen habe. Ich hatte sie nicht gesehen, seit sie erwachsen ist. Ich war erstaunt über ihre Schönheit. Nun ja! Sie haben tatsächlich gemäht, solange die Sonne schien. Nein! Das hat gar keinen Zweck! Es ist unmöglich, sie von hier zu sehen. Jetzt drehen Sie sich um und sehen Sie mich an; und wir wollen über all dies sprechen, ruhig und vernünftig. Es ist so ernst wie nur möglich; und ich weiß nicht, was man da machen soll."

„Da ist nichts zu machen, Miss Gault, wie ich fürchte", sagte Wolf ernst und zwang sich, die Situation richtig zu nehmen; „nichts, außer um jeden Preis einiges Geld zu verdienen! Glauben Sie, daß mir Urquhart ein wenig mehr bezahlen wird, wenn ich ihm den Fall vortrage? Wir kommen mit seiner Geschichte glänzend vorwärts."

Niemals noch wurden menschliche Augenlider wunderlicher emporgezogen als die von Wolfs Gefährtin bei dieser sanften Andeutung.

„Oh, mein lieber Junge!" lachte sie. „Sie wissen nicht, wie komisch Sie sind. Gerade diesen Mann um Geld zu bitten, damit man heiraten könne."

„Nicht zu machen, wie?" murmelte er. „Nein, ich glaube wirklich nicht. Aber denken Sie, daß er mir die Türe weisen wird, wie?"

Miss Gault schüttelte den Kopf. „Wenn er es tut, werden wir uns den Kopf zerbrechen und irgend etwas in Ramsgard für Sie suchen. Es gibt schon Stellungen —", fügte sie hinzu und zuckte gedankenvoll mit den Brauen.

Aber Wolf, der zweimal nach einem hoffnungslosen Versuch, weiter als ein paar Yards zu sehen, den Kopf in die normale Lage zurückgedreht hatte, fühlte einen unwiderstehlichen Impuls, dieser Frau gewisse, eher unselige Schlußfolgerungen zu enthüllen, die er, wie er fand, aus unlängst zufällig Gehörtem und Gesehenem unwillkürlich zog. Ursprünglich zusammengesetzt aus nichts anderem denn aus bloßen Fetzen und Stößen schwankenden Verdachtes, schienen sie sich jetzt zu schamloser Greifbarkeit befestigt zu haben. Jetzt war ihre Summe die, daß Mattie gar nicht die Tochter Mr. Smiths war, sondern die William Solents; und daß Olwen, der kleine Schützling des Mädchens, in Wahrheit das Kind der Blutschande des alten Buchhändlers Malakite mit einer verschwundenen Schwester Christies sein mußte. Und die erschreckende Art dieser Schlüsse führte ihn in die Versuchung, die Dame an seiner Seite, deren krankhafte Empfänglichkeit sie zu einer höchst geeigneten Zielscheibe für solch einen Schlag machte, geradeaus danach zu befragen.

„Ist es wahr, daß ich hier in der Stadt eine Schwester habe?" fragte er kühn und sah Miss Gault gerade in die Augen.

Die erschreckliche Oberlippe vibrierte wie die Spitze eines Tapirrüssels und die grauen Augen blinzelten, als ob er eine Pistole abgeschossen hätte.

„Was?" rief sie und ließ die Hände schwer auf ihre Knie fallen, gleich den Händen einer bestürzten Hexe, die Handflächen nach abwärts und die Finger gespreizt. „Was sagen Sie da, Junge?"

„Ich sage, daß ich zu der schlimmen Gewißheit gekommen bin", sagte Wolf fest, „daß Mattie Smith und ich denselben Vater haben."

Miss Gault setzte ihn dadurch in Erstaunen, daß sie ihre Ellbogen auf den Tisch stützte und ihr Gesicht mit den ausgestreckten Fingern bedeckte, zwischen denen ihre Augen ihn jetzt betrachteten. Sie weinte nicht — das konnte er sehen. Verlachte sie ihn? Es war etwas so Seltsames in der Bewegung, daß er ein unheimliches Mißbehagen empfand. Es war, als hätte sie sich plötzlich in eine andere Person verwandelt, ebenso verschieden von der Miss Gault, die er kannte, wie die neue Mattie, von der sie sprachen, von jener verschieden war, der er in dem viktorianischen Speisezimmer begegnet war.

Er wünschte, sie möchte diese Finger entfernen und aufhören, ihn so unheimlich anzustarren. Als sie dies schließlich tat, geschah es, ihm ein Antlitz zu enthüllen, dessen Ausdruck zu enträtseln ihm schwerfiel. Ihr Gesicht war gewiß nicht vom Weinen angeschwollen; aber es war gerötet und verstört. Der Eindruck, den er eigentlich davon empfing, war der von etwas ... fast Unzüchtigem!

Er blickte sich verstohlen um, streckte hastig seinen Arm aus und berührte ihr Handgelenk.

„Sie müssen doch gewußt haben, daß ich früher oder später daraufkommen würde", sagte er. „Es macht doch nichts, daß ich es weiß, nicht wahr? Er könnte doch nichts dagegen haben. Er wäre froh, meine ich." Und er ließ ein ungeschicktes, kleines Lachen hören, als er ihre Hand freiließ und in seinen Taschen nach einer Zigarette zu suchen begann.

Es war ihm eben erst gelungen, zu finden, wonach er gesucht hatte, als er entdeckte, wie Miss Gaults Augen in erregtem Erkennen aufleuchteten.

Er drehte sich mit einem Ruck um. Ah! Da waren sie — nahmen ihren Weg gerade auf ihn zu — die stattliche Gestalt Mr. Torps und Gerda, die sich leicht auf seinen Arm gestützt hatte.

Er zögerte keinen Augenblick, sondern sprang mit einer unzusammenhängenden Entschuldigung gegen seine Gefährtin von seinem Sessel auf und ging ihnen entgegen, wobei sein Herz schnell schlug, sein Hirn aber die volle Herrschaft über die Situation bewahrt hatte.

Gerda wurde blutrot, als sie ihn sah, nahm den Arm aus dem ihres Vaters, kam Wolf mit entzückendem Ungestüm entgegen und streckte die Hand aus.

Sie war in ein einfaches marineblaues Sergekostüm gekleidet und trug einen dunklen weichen Hut, der tief über ihr helles Haar gezogen war. Diese anspruchslose Kleidung erhöhte ihre Schönheit; und der verlegene, dennoch aber leuchtende Blick, mit dem sie ihren Geliebten begrüßte, brachte die Vorgänge des gestrigen Tages so lebhaft in sein Gedächtnis zurück, daß er einen Augenblick lang von einer Art von Schwindel befallen wurde, der alle Menschen in jenem überfüllten Zelt in einen dahinziehenden und wirbelnden Nebel verwandelte.

Er griff wortlos nach ihrer Hand und hielt diese einen Augenblick lang fest umklammert, so daß es sie ein wenig schmerzte.

Doch gab er sie bald wieder frei und sagte sehr hastig und ruhig: „Gerda ... verzeih mir ... aber ich möchte dich meiner Freundin, Miss Gault, vorstellen."

Gerdas Auge mußte bereits dem Blick jener Dame begegnet sein, denn er sah, wie ihr Gesicht zu einem konventionellen und ziemlich mühevollen Lächeln erstarrte. Aber in diesem Moment kam Mr. Torp dazwischen, der sehr nahe an Wolf herantrat und dessen Hand mit seinen plumpen Fingern berührte, ehe er sie ergriff, um ihn zu begrüßen.

„Sie und die Tochter sind also einig, nicht wahr?" flüsterte er in einem vertraulichen, fast in einem Begräbniston. „Machen Sie sich keine Sorgen, Mister, um mich oder um meine Frau. Wir freuen uns schon im voraus; das sage ich Ihnen, und so ist's." Er hielt Wolfs Ärmel fest und brachte sein Gesicht ganz nahe an das Wolfs heran, während dieser mit einem Seitenblick sah, daß Miss Gault auf sie zugetreten und daß Gerda ihr auf halbem Weg entgegengekommen war.

„Es sind diese Weiberlaunen, die wir in Betracht ziehen müssen, nicht wahr?" flüsterte Mr. Torp. „Was sie meinen, daß mit uns geschehen wird, das wird auch mit uns geschehen, glaube ich. Machen Sie sich nichts daraus, Mister, daß wir arme Leute sind. Die Tochter ist anders als wir und war's immer, seit ihrer Kindheit. Sie hat schon große Verehrer gehabt, obwohl ich das nicht sagen sollte. Aber Gerdie ist ein gutes Mädel, nur schrecklich faul im Haushalt. Ihre Mutter hat früher gedacht, es würde der junge Bob Weevil sein, der sie kriegen wird. Aber ich hab schon etwas Besseres für sie gewußt, ja, ja! Ich hab gewußt, daß sie eine Frau für einen feinen Herrn ist, sozusagen. Es ist ihr wohl angeboren! Ich selber bin ja ein emporstrebender Mann! Wahrscheinlich hat sie's von mir!" Und ehe der Steinmetz sein rötliches Gesicht in eine geziemende Distanz zurückzog, blinzelte er Wolf listig zu.

Jetzt war es, daß Miss Gault die Gelegenheit ergriff, Gerda zu ihnen zu bringen. Sie hatte dem Mädchen offenbar etwas sehr Gütiges gesagt; denn Gerdas wohlerzogene, gesellschaftliche Art war verflogen und das Mädchen sah erfreut, wenn auch ein wenig verwirrt aus.

„Wir haben schon Freundschaft geschlossen", sagte Miss Gault zu

Wolf, „und ich habe ihr gesagt, daß ich sie vom Sehen aus gut kenne. Guten Tag, Mr. Torp! Ich sagte eben zu Mr. Solent, daß ich Ihre Tochter schon gekannt habe, obwohl ich nie mit ihr sprach; aber sie ist keine junge Dame, die man vergessen kann!"

Was Mr. Torps Erwiderung darauf war, hörte Wolf nicht. Bewußt dessen, daß sich die Situation von selbst in Ordnung gebracht hatte, fand er, als er fortfuhr, auf Gerdas Gesicht zu blicken, die den Worten Miss Gaults und ihres Vaters lauschte, daß er ein nervöses Gefühl der Feindseligkeit gegen alle diese Erklärungen zu empfinden begann. Warum konnten er und Gerda jetzt nicht geraden Weges fortgehen, fort aus diesem Durcheinander, fort irgendwohin ... um in Frieden zu sein und allein?

„Also, auf Wiedersehn", sagte Gerda. „Vielleicht werden wir einander später treffen; aber Vater und ich haben noch nicht einmal den halben Rundgang gemacht, nicht wahr, Vater?"

„Den Rundgang! Freilich noch nicht!" sagte Mr. Torp. „'s ist nicht mehr so wie früher auf den Jahrmärkten, ich erinnere mich, daß es manchmal so voll war, daß man sich kaum bewegen konnte. Aber Gerdie und ich, wir werden schon noch was sehen, seien Sie unbesorgt! Diese Karusselle ... seit sie ein kleiner Fratz war, hat's kein Jahr gegeben, in dem wir nicht auf diesen Dingern gefahren sind, nicht wahr, Kleine?"

„Nein, Vater. Leben Sie wohl, Miss Gault!" fügte sie mit einem geraden, vertrauensvollen, dankbaren Blick auf die Freundin ihres Freundes hinzu. „Ich werde den ganzen morgigen Nachmittag zu Hause sein, Wolf", flüsterte sie, als sie ihre Handschuhe glatt strich und ihre Jacke zuknöpfte.

Mr. Torp fing das Wort auf. „Das wird sie!" rief er mit Nachdruck. „Ich bin ein schrecklich strenger Mann, wenn ich ihnen das befehle, was sie sich in den Kopf gesetzt haben! Also, leben Sie wohl, Herr! Leben Sie wohl, Gnädige! Wenn alle Leute hier nach den Kokosnüssen werfen müßten, würden von denen wohl wenige übrigbleiben!"

Als Wolf dieses seltsame Paar aus dem Zelt gehen sah, fühlte er ein Glühen fast hochmütiger Befriedigung bei der Entdeckung, daß jene snobistische Ader in ihm, die sich soviel aus Mr. Urquharts Kleidern und Lord Lovelaces Erscheinung gemacht hatte, was immer sie sein mochte, völlig wegfiel, wo Gerda im Spiel war. „Ich bin froh, daß der Alte so ist, wie er ist!" dachte er, während sein Blick den beiden ins Freie folgte.

„Setzen wir uns wieder, nicht wahr", sagte er zu Miss Gault.

Seine Stimmung war dennoch ein wenig gemischt, als er die Dame gegenüber betrachtete, während sie ihren Platz wieder einnahm; denn ihr Gesicht schien steif geworden und ein wenig entfernt zu sein.

„Dies ist sehr ernst", sagte sie gewichtig. Und dann mit einem fast klagenden Ton: „Warum sind die Männer bloß so lächerlich?"

„Aber ich dachte, sie gefiele Ihnen, Miss Gault! Sie waren so besonders freundlich zu ihr."

Sie seufzte und warf ihm einen Blick zu, der gereizt zu sagen schien: „Und dem Ganzen setzt es die Krone auf, daß du ein unglaublicher Dummkopf bist!"

„Sie hat Ihnen wirklich gefallen, nicht wahr?"

„So kindisch, daß sie an nichts denken ... an nichts ... wenn ihre Begierde geweckt ist."

„Warum ist es so ernst, Miss Gault?" fragte er. Und dann fügte er, eher boshaft, hinzu: „Meine Mutter würde in einer Sekunde sehen, wie fein sie ist!"

Miss Gault zog die Augenbrauen hoch. „Ich denke nicht nur an Ihre Mutter", sagte sie. „Ich wüßte keinen Grund, warum ich ihret- wegen Umstände machen sollte. Ich denke an Sie und an das Mädchen selbst, und — und an alle Ihre Freunde. Hören Sie, Junge" — und sie warf ihm einen der zärtlichsten und vorwurfsvollsten Blicke zu, die er je gesehen hatte —, „das Ganze ist heller Wahnsinn, selbst- süchtiger, gieriger Wahnsinn! Sie können ein solches Mädchen nicht glücklich machen — nein! Nicht einmal ein halbes Jahr lang! Lieber Himmel, mein Kind, Sie sind so blind wie ein — Sie sind ebenso egoistisch wie eine von meinen Katzen! Es ist das Mädchen, an das ich denke, sage ich Ihnen. Sie werden sie unsagbar unglücklich machen, Sie und Ihre Mutter! Sie ist lieblich anzusehen, aber Wolf, Wolf! Ihr beide werdet völlig verschiedene Sprachen sprechen! So etwas kann man nicht tun, wenigstens nicht bei uns zulande. Ich habe es oft und oft gesehen — so etwas bringt Elend — nur Elend. Und ich wüßte gerne, wovon Sie sie erhalten werden?"

„Sie spricht wirklich eine andere Sprache", rief Wolf, vom Thema abkommend; und sein Geist kehrte zu der Amsel auf Poll's Camp zurück. Und dann, als er sah, wie Miss Gaults Gesicht sich müde neigte und ihre Finger auf den Tisch klopften: „Warum haben Sie eben vorhin das alles so freundlich aufgenommen? Warum haben Sie davon gesprochen, daß Sie mir Arbeit in Ramsgard verschaffen wollen?"

Hierauf erwiderte sie nichts. Aber nach einem Augenblick brach sie los: „Ihr Vater würde Sie auslachen ... gewiß! ... Er würde Sie glatt auslachen!"

„Nun, wir täten besser, nicht mehr darüber zu sprechen", sagte Wolf verdrießlich.

Immerhin suchte er mit der Rachsucht des Besiegten in seinem Bewußtsein nach einer Angriffslinie, die sie verstören und erregen würde.

„Miss Gault", begann er, während sie, den Blick ins Leere gerichtet, durch ihn hindurch und an ihm vorbei in das Innere des großen Zeltes starrte, „macht es Ihnen etwas, wenn ich Ihnen eine direkte Frage stelle? Ich weiß, daß Mattie Smith das Kind meines Vaters ist; jetzt aber möchte ich Sie fragen — wessen Kind ist Olwen?"

Ein schwaches bräunliches Erröten lief wie ein Strom schlammigen Wassers unter der Oberfläche ihrer Gesichtshaut dahin. Sie neigte den Kopf über den Tisch; und wie ein großer, angeketteter Vogel in einem Käfig, den man an der Spitze geschüttelt hat, begann sie jede Brotkrume, die in Sicht war, aufzupicken und in den Mund zu stecken. Dann goß sie mit zitteriger Hand einige verschüttete Tropfen kalten Tees aus ihrer Untertasse in ihre Tasse.

„Was ich wissen möchte", wiederholte Wolf, „ist, warum meine Schwester Mattie diese Olwen zu betreuen hat. Ist das ein Findelkind? Ist das adoptiert? Woher stammt sie?"

Aber die Tochter des einstigen Direktors der Ramsgarder Schule blieb hartnäckig still. Sie faltete ihre Hände mechanisch über der schweren Teetasse, saß aufrecht in ihrem Stuhl und starrte unbeugsam auf ihren Schoß, gleich einem Bilde der Atropos.

„Wollen Sie es mir nicht sagen, Miss Gault? Ist es etwas, das Sie mir nicht sagen können?"

Noch immer blieb die Dame still, die Finger fest über der Tasse zusammengepreßt.

„Ich habe von Anfang an gewußt, daß da irgend etwas nicht in Ordnung ist", fuhr er fort. „Was ist mit euch allen nur los? Wer ist dieses Kind?"

Da erhob sich Miss Gault sehr langsam.

„Kommen Sie ins Freie hinaus", sagte sie brüsk. „Ich kann hier nicht zu Ihnen sprechen."

Sie nahmen zusammen ihren Weg aus dem Zelt; aber sie waren kaum einen Steinwurf weit in den kalten Märzsonnenschein gegangen, als sie, ohne die Möglichkeit eines Rückzuges oder eines Ausweichens, Mrs. Solent und Mr. Smith begegneten, die entschlossen und untadelig der Stätte zugingen, die sie selbst eben verließen.

Der Hutmacher der Ramsgarder Schule sah in dem harten, blendenden Licht verkniffen und verdorrt aus. Wolf fühlte ein plötzliches, unerklärliches Ahnen, daß der Mann jammervoll unglücklich war. Der Blick, den dieser ihm zuwarf, als sie sich näherten, schien grau vor Ermüdung. Mrs. Solent freilich plauderte in aller Munterkeit. Ihre braunen Augen leuchteten vor Bosheit. Ihre Wangen waren gerötet. Und jetzt, eben im Moment der Begrüßung, konnte er sehen, wie das Kinn ihres stolzen Gesichtes aufgeworfen wurde und wie sich ihre kraftvolle, gut angezogene Gestalt zum Kampf zusammenriß. Wieder einmal überkam es ihn mit einer seltsamen Art von Reue, als ob er dafür verantwortlich wäre: „Sie hat überhaupt kein Leben gehabt; und sie ist geschaffen für große, aufregende Ereignisse!"

Aber es dauerte viele Tage, ehe er vergaß, wie diese beiden alten Rivalinnen einander gegenübertraten. Diese Begegnung zwischen den beiden hatte die seltsame Wirkung auf ihn, daß sie ihn veranlaßte, sich, wie er es schon ein- oder zweimal in Dorsetshire getan hatte, jener Stelle in „Hamlet" zu erinnern, wo der Geist unter der Erde emporruft. Als er instinktiv zur Seite blickte, während die beiden aufeinander zukamen, wurde ein Stück Pferdemist zu seinen Füßen groß und weiß und rund.

„Er kann kein Stückchen Fleisch mehr auf sich haben, dort drunten", dachte er in einer Art verdrießlichen Zornes gegen beide Frauen. Jetzt aber verwirrte es ihn, daß Miss Gault sich nicht, wie er von ihr angenommen hatte, der Gelegenheit gewachsen zeigte. Für seinen persönlichen Geschmack sah sie in ihrem schwarzen Satinkleid furchterregender aus als seine Mutter mit ihrer Eleganz; aber es war ihm klar, während er den Händedruck beobachtete, daß seiner Mutter Geist ausbalanciert und für die niedlichste Pointe dieser Begegnung gerüstet war, während Miss Gaults innerstes Wesen eben jetzt desorganisiert schien, zerrissen, hilflos, ungeschickt.

Daß sie einander überhaupt die Hände schüttelten, war, wie er sehen konnte, seiner Mutter zuzuschreiben. Miss Gaults Hände hingen zu ihren Seiten hinab, gleich den Händen einer großen ausgestopften Puppe, die mit Mühe in eine aufrechte Stellung gebracht worden ist. Und so blieben sie, bis Mrs. Solents Arm schon eine ganz merkliche Zeitspanne lang ausgestreckt war. Als Selena endlich ihr Handgelenk erhob und ihrer Feindin Finger ergriff, geschah dies, um sie die ganze Zeit, die sie miteinander sprachen, nicht mehr loszulassen. Aber Mrs. Solent erzählte Wolf später, daß in jenem kalten Druck weder Wärme noch Leben gewesen war . . .

„Ah, Selena, das bist also wirklich du! Und ich hätte nicht gedacht, daß sich so wenig geändert hat. Du verübst wieder deine alten Schliche, wie ich sehe, und läufst mit meinem Sohn umher!"

„Es geht dir hoffentlich gut, Ann", sagte Miss Gault. „Du siehst so hübsch aus wie immer."

„Ich würde noch hübscher aussehen, wenn mein Sohn nicht so ehrgeizlos und faul wäre", entgegnete die andere und warf Wolf einen Blick glühenden Besitzertums zu.

„Männer können zu ehrgeizig sein, Ann", sagte Miss Gault langsam. Sie sprach, als befände sie sich in einer Art von Trance.

„Vor einer Minute oder vor zwei sind wir an einem wirklich hübschen Mädchen vorübergekommen", rief Mrs. Solent plötzlich. „Und Albert hier sagt, er wisse, wer sie ist. Du solltest hinübergehen zu den Karussellen, Wolf, und versuchen, sie zu finden! Sie war mit irgendeinem Arbeiter, einem untersetzten, plumpen, kleinen Mann; aber sie war hübsch wie ein Bild!"

„Meinst du denn, Mutter, daß diese Dorseter Arbeiter ihre Töchter verkaufen? Oder meinst du, daß man alle Schönheit gleich haben kann, wenn man darum bittet? Schon gut; ich werde ihr durch alle Zelte nachjagen!"

Er fühlte selbst, daß er mit einer mühsamen, wunderlichen Stimme sprach, daß er nicht überrascht war, zu bemerken, wie Miss Gault nervös auf Mrs. Solent blickte, um zu sehen, ob sie es entdeckt habe. Aber Mrs. Solent war gerade jetzt zu erregt, um eine so geringfügige Sache wie einen Wechsel im Tonfall zu bemerken. Während er auf diese Art mit seiner Mutter über Gerda sprach, schien etwas in seiner Kehle emporzusteigen, das einer Natter der Wut glich. Er lehnte sich auf gegen den Blick im Gesicht seiner Mutter, gegen den stolzen Umriß ihres hochmütigen Profils. „Ich bin froh ... ich bin froh ...", sagte er zu sich selbst, „daß Gerda keine Dame ist und ihr Vater ein Steinmetz!"

Und es kam über ihn, wie sinnlos es war, daß irgendeine menschliche Seele über irgendeine andere Seele die Macht haben sollte, die seine Mutter über ihn besaß. Während er sie jetzt anblickte, wurde er einer zornigen Auflehnung gegen den massiven Widerstand gewahr, den ihre Persönlichkeit leistete.

Es war in diesem Augenblick dadurch nicht leichter für ihn, daß er klar genug erkannte, daß die eigentliche Stärke in seiner Mutter, einst in seiner Kindheit eine solche Sicherheit für ihn, jetzt das war, wogegen er kämpfen mußte, um seine Freiheit zu gewinnen — jene schützende, mütterliche Stärke, die fürchterlichste aller psychischen Kräfte!

Sie war wie eine Hexe — seine Mutter — auf der falschen Seite in der Märchenerzählung des Lebens. Sie war auf der Seite des Schicksals gegen den Zufall und der Bestimmung gegen ungefähres Glück. „Ich kümmere mich nicht darum, was sie fühlt, wenn ich ihr von Gerda erzähle", sagte er zu sich; und in einem jähen Erinnern dachte er, während er die ganze Zeit auf das Kleid seiner Mutter blickte, an die ihm hingegebene Lieblichkeit von Gerdas Körper, und er entschloß sich, diesen Widerstand ohne die geringste Reue abzuschütteln. „Schüttle ihn ab! Geh über ihn hinweg; achte nicht auf ihn!" sagte er zu sich.

„Ich werde dich besuchen kommen, Selena, ob es dir paßt oder nicht", sagte seine Mutter jetzt. „Nach fünfundzwanzig Jahren sollten Leute in unserem Alter vernünftig sein, nicht wahr, Mr. Smith?" fügte sie hinzu.

Aber Mr. Smith hatte es zuwege gebracht, sich unter dem Vorwand eines plötzlichen Interesses an einem zerrissenen und flatternden Exemplar der „Western Gazette", das er unentwegt mit dem Ende seines Stockes in einen zertrampelten Maulwurfshügel zu stoßen versuchte, ein paar Schritte von der Gesellschaft zu entfernen.

Mrs. Solent blickte ihren Sohn verschmitzt und forschend an. „Du siehst aus, als ob du dich unterhieltest, das muß ich schon sagen! Was ist über dich gekommen? Wünschest du dich nach London zurück? Nun, kommen Sie, Albert Smith! Ich verschmachte nach einer Tasse Tee. Diese Leute haben schon die ihre gehabt."

Sie war schon im Begriff, nach einem Kopfnicken gegen Miss Gault, das ohne ein Zeichen der Erwiderung aufgenommen wurde, ihren Begleiter wegzulotsen, als Wolf sie anhielt. „Wo sollen wir einander treffen, Mutter, wenn du bereit bist fortzugehen?"

„Oh, ganz gleichgültig wo, Kind! Wir können einander hier nicht verfehlen."

„Also, sagen wir dann, dort drüben? Bei den Karussellen, in ungefähr einer Stunde?"

„Sehr schön; sehr gut! Mr. Smith wird mich dorthin bringen, wenn wir unseren Tee getrunken haben. Es ist seltsam, nicht wahr, Albert, daß Sie auf diesem Schauplatz meines ganzen Ehelebens der einzige Freund sind, der mir geblieben ist?"

Wolf bemerkte einen Ausdruck in ihren braunen Augen, ein Sinken ihrer geraden Schultern, das ihm klar machte, daß unter der Oberfläche jener leichten Art seltsame Emotionen sich regten.

„Also dann bei den Karussellen!" wiederholte er.

„Sehr schön — so in einer Stunde!" gab sie zurück. „Aber warum versucht ihr beide, du und Selena, nicht einmal eine Tour auf der Schaukel?" fügte sie hinzu, während sie fortging.

Ihr Verschwinden schien auf Selena Gault keinen Eindruck zu machen. In absoluter Bewegungslosigkeit blieb die arme alte Dame dort stehen und starrte auf das Gras. Es war, als hätte sie ihren Fuß auf eine Viper gesetzt, die sie mit plötzlicher Lähmung geschlagen hatte, so daß sie bei der geringsten Berührung umsinken und niederfallen würde.

Wolf trat auf sie zu. „Kränken Sie sich nicht wegen meiner Mutter, Miss Gault, Liebste", flüsterte er ernst. „Sie ist nicht so maliziös, wie ihre Worte klingen . . . sie ist es wirklich nicht! Sie ist gegen jedermann so. Sie ist gegen mich so."

Miss Gault sah ihn an, als ob seine Worte nichts bedeuteten. Ihr leeres Starren schien auf irgend etwas in weiter Ferne geheftet.

„Ich weiß, ich verstehe ganz gut", murmelte sie; und ihre Hände, die jetzt langsam zum Leben erwachten, begannen an den kleinen Tuchknöpfen der bestickten Jacke, die sie über ihrem Satinkleid trug, zu zupfen. Die Steifheit der altmodischen Kleidung schien sie aufrecht-zuerhalten. Es sah aus, als wäre sie ohne diese Stütze an der Stelle, an der sie eben stand, nahe der durch Mr. Smiths Nervosität begrabenen Zeitung, zu Boden gefallen.

Sie schien Wolf, wie er jetzt hilflos vor ihr stand, einem klassischen Bild der Schmach in grotesken neuzeitlichen Kleidern zu gleichen. „Sie ist wie eine ältliche Io", dachte er, „die durch die Stechfliege der Göttin zum Wahnsinn getrieben wurde."

„Teure Miss Gault! Kränken Sie sich nicht mehr darüber! Ich schwöre Ihnen, daß sie nicht so boshaft ist, wie sie scheint. Sie müssen bedenken, daß dies alles für sie nicht so leicht ist, wie sie vorgibt. Sie ist hart; aber sie kann wirklich großmütig sein . . . Sie werden sehen! Sie kann sich nicht in die Gefühle anderer Leute hineindenken, das ist's. Sie war eben so wegen Gerda. Stellen Sie sich vor, wie sie das bemerkt hat!" In dem Bestreben, seine Gefährtin zu beschwichtigen, ergriff er eine ihrer schwarz behandschuhten Hände. Während er dies tat, blickte er sich nervös um; denn er begann zu bemerken, daß verschiedene Personen aus den vorüberkommenden Gruppen stehen-blieben, um die verstörte Gestalt anzustarren.

Aber seine Berührung brachte eine Flut von Farbe in die dunklen Wangen der Frau. Mit ihren beiden Händen faßte sie fest die seine und hielt sie einen Augenblick, ehe sie sie sinken ließ.

„Ich kann nichts dafür, Junge", sagte sie mit leiser Stimme. „Sie zu sehen bringt mir das alles wieder ins Gedächtnis." Sie hielt einen Augen-blick lang inne. „Kein anderer hat mich je als Frau behandelt", fügte sie mit zuckendem Mund hinzu.

Wolf runzelte seine buschigen Brauen.

„Sie müssen mir gestatten, Ihnen so ergeben zu sein, wie er es war", murmelte er. „Sie müssen mich betreuen, wie Sie ihn betreuten."

Auf diese Worte nickte und lächelte sie ein wenig, brachte den großen schwarzen Hut auf ihrem Kopf wieder in Ordnung und legte nach einem ganz kurzen Zögern ihre Hand auf seinen Arm. „Kommen Sie", sagte sie, „gehen wir zu den Karussellen."

Gemeinsam schritten sie langsam über das Feld. Es fiel ihm jetzt ein, daß er sie zerstreuen und gleichzeitig seine eigene Neugier befriedigen konnte, indem er das unterbrochene Gespräch wieder aufnahm.

„Ich wünsche nicht, Sie mit Fragen zu quälen", begann er jetzt. „Aber Sie versprachen, mir zu erzählen — Sie wissen doch? — über Mattie und Olwen."

„Es ist nicht leicht, Junge", sagte Miss Gault und seufzte.

„Das weiß ich. Deshalb möchte ich, daß Sie es mir erzählen und nicht irgendwer anderer."

Schweigend ging sie eine Weile an seiner Seite und sammelte offenbar ihre Gedanken. „Es ist von jener Art von Dingen, die zu erzählen einem so schwerfällt", sagte sie und blickte sich vorsichtig um.

„Nun gut! Lassen Sie mich's Ihnen erzählen, und verbessern Sie mich, wenn ich irre."

Miss Gault nickte ernst.

„Mattie ist meines Vaters Kind", flüsterte er mit einer leisen, klaren Stimme, „und Olwen ist —"

Miss Gault war es gelungen, ihr Gesicht so von ihm wegzuwenden, daß er ihren Ausdruck nicht sehen konnte.

„Wer hat Ihnen das alles erzählt, Junge? Wer hat es Ihnen erzählt?" unterbrach sie ihn in einem so mürrischen Ton, daß zwei feierlich dreinblickende Schüler der sechsten Klasse der Schule von Ramsgard, mit blauen Bändern um ihre Strohhüte und mit Stöcken in den Händen, verstohlen hinblickten, als sie an ihnen vorüberkamen.

„Olwens Vater war der alte Malakite", fuhr Wolf fort, „und Olwens Mutter war Christie Malakites Schwester."

Miss Gault hielt noch immer ihr Gesicht von seinem stetigen Blick abgewendet.

„Habe ich nicht recht?" wiederholte er. „Aber Sie brauchen mir es nicht zu sagen. Ich weiß, daß ich recht habe." Er machte eine Pause, während sie noch immer über das Feld schritten.

„Was ist aus der Mutter geworden?" fuhr er fort. „Ist sie noch am Leben?"

Miss Gault wandte sich jetzt ihm zu.

„Australien", flüsterte sie.

„Am Leben oder tot?"

214

Ihre Antwort schrie sie beinahe wie in einem Krampf wilder Erleichterung.

„Tot!" rief sie.

Wolf hielt einen oder zwei Augenblicke Frieden, während sein Hirn mit Volldampf arbeitete.

„Was Christie gelitten haben muß!" murmelte er hörbar, aber in einem Ton, als spräche er eher zu sich selbst als zu ihr. „Was sie gelitten haben muß!"

Miss Gaults Kommentar zu diesen Worten wurde von dem metallenen Lärm erstickt, der von einer der Maschinen der Karusselle, denen sie sich jetzt näherten, verursacht wurde.

„Was sagten Sie?" schrie er ihr ins Ohr.

„Ich sagte, daß Christie Malakite kein Herz hat!" rief Miss Gault; und ihre Stimme war fast ebenso rauh wie das heisere Pfeifen, das ihnen zum Gruß entgegentönte.

Bei diesen Worten hielt er inne, und beide blieben bewegungslos stehen. Sie sahen einander heimlich an, während ein magnetischer Strom eines unerklärlichen Antagonismus zwischen ihnen flackerte.

„Es war nicht sie, die er liebte!" rief Miss Gault plötzlich – so plötzlich, daß Wolf zurücktrat, als hätte sie die Hand gehoben, um ihn zu schlagen.

„Wer liebte wen nicht?" stammelte er als Antwort, während zwei kleine Jungen aus der Ramsgarder Vorbereitungsschule einander stießen und sie forschend ansahen.

„Was starrt ihr so? Ihr Bengel!" rief Miss Gault.

„'s sind dennoch nette Jungen", flüsterte sie. „Sehen Sie! Jetzt habe ich ihre Gefühle verletzt; und jetzt sind sie wirklich sehr wohlerzogen. Kommt her, Kinder, kommt!"

Die beiden kleinen Knaben, deren Köpfe mit enormen und sehr neuen Mustern der Kunst Mr. Albert Smiths bedeckt waren, taten so, als hörten sie diesen Ruf nicht. Sie verharrten in starrer Betrachtung eines Budentisches mit glänzenden Kuchen und Süßigkeiten.

„Kommt her, ihr beide", wiederholte die Dame.

Auf diese Worte wandten sie sich lammfromm um und begannen auf sie zuzugehen, mit einer Miene, als wäre es ein völliger Zufall, daß ihre Füße sie in jene besondere Richtung und nicht in irgendeine andere trugen.

„Ich werde euch nichts tun", sagte sie, so sanft sie mitten in jenem erschrecklichen Lärm, der rings um sie wirbelte, nur konnte. „Wie heißet ihr, meine Lieben?"

„Stepney ‚Major'", murmelte der eine der kleinen Knaben.

„Trelawney ‚Minor'", keuchte der andere.

„Nun, Stepney ‚Major' und Trelawney ‚Minor', hier habt ihr eine halbe Krone. Nur, wenn ihr nächstens wieder seltsam aussehende Leute auf dem Jahrmarkt trefft, starrt sie nicht an, als ob sie ein Teil der Schau wären."

Als sich die beiden kleinen Knaben strahlend und respektvoll verflüchtigt hatten, wandte sich Miss Gault Wolf zu.

„Haben sie ihre Hüte nicht hübsch abgenommen? Man erzieht sie hier wirklich gut. Es sind kleine Gentlemen!"

Sie schien über diese Unterbrechung froh zu sein. Aber Wolf begann wieder zu sprechen.

„Was denn, Junge?" warf sie ein. „Schrecklich, dieser Lärm! Nicht wahr?"

„Miss Gault!"

„Sie brauchen nicht zu schreien, Wolf. Ich kann Sie schon hören. So ... ja so ... das ist besser!" Und sie wechselte ihre Stellung.

„Wer liebte wen nicht? Wir sprachen von den Malakites."

„Mein lieber Junge" — und während sie sprach, trat ein Lächeln des kompliziertesten Humors auf ihr seltsames Gesicht und machte es beinahe schön — „mein lieber Junge, ich habe nicht von den Malakites gesprochen! Ich sprach von Ihrem Vater und von Lorna Smith."

„Matties Mutter, wie? Aber, warum sagten Sie — ach, verfluchter Lärm! —, Christie habe kein Herz?"

Miss Gault starrte ihn an.

„Haben Sie sie nicht gesehen? Haben Sie nicht gesehen, was sie ist? Wie sie die Bücher dieses alten Schurken liest, wie sie diesem alten Schurken den Haushalt führt? Ich wüßte gerne, wie sie dem Menschen ins Gesicht sehen kann. Man sagt mir, Olwen könne ihren Anblick nicht ertragen; und ich wundere mich nicht darüber."

„Aber, Miss Gault, meine liebe Miss Gault, was hat denn Christie getan? Ich sollte doch meinen, daß sie die Person sei, die man am meisten bedauern müßte."

Wolf wandte seiner Gefährtin seine fast wild zusammengezogenen zottigen Brauen zu; und nach einer ganz kurzen Begegnung mit seinem Blick sah Miss Gault zur Seite und betrachtete den Kuchenstand.

„Was hat Christie Malakite Ihnen getan?" fragte Wolf streng.

„Oh, wenn Sie es hören müssen, Junge, so sollen Sie es hören! Also passen Sie auf! Ich ging damals hinüber, als all das Unglück geschah. Ich hatte eine Art von offizieller Stellung; und Sachen wie diese, unaussprechliche Sachen wie diese, waren das, womit ich zu tun hatte. Kurz und gut, die Gesellschaft hatte mich entsendet."

Wolf zog bei diesen Worten seine Brauen sehr hoch. Er begann eine Seite von Miss Selena Gaults Charakter zu entdecken, die ihm bis jetzt verborgen geblieben war.

„Was für eine Gesellschaft?" fragte er.

„Die Gesellschaft zur Fürsorge für verbrecherische Mädchen. Und lassen Sie mich Ihnen das nur sagen, ich fand Miss Christie sowohl verstockt wie auch impertinent. Sie verteidigte tatsächlich diesen abscheulichen alten Schurken! Sie wünschte, Olwen im Hause zu behalten. Glücklicherweise kann das Kind ihren Anblick nicht ausstehen . . . auch den des alten Ungeheuers nicht. Das ist wohl Instinkt."

„Ist das nicht vielleicht auf eine zufällige Bemerkung zurückzuführen, die Sie oder Mattie haben fallen lassen?" schrie Wolf in ihr Ohr.

„Aber, Sie verteidigen ja diese Leute jetzt!" gab Miss Gault zurück, deren Gesicht vor Zorn dunkelrot war. „Wenn Sie alles wüßten, Junge, würden Sie das nicht wagen."

Wolf fühlte in äußerstem Ausmaß Unbehagen und Abscheu.

„Was gibt es denn noch für mich zu wissen, Miss Gault?" fragte er laut und mit einer ruhigeren Stimme; denn es war in dem Pfeifen der Maschine eine Pause eingetreten.

„Jener alte Mann war einer der schlechtesten Einflüsse im Leben Ihres Vaters."

„Weiß Mattie das?" forschte er.

„Oh, Mattie!" rief sie verächtlich. „Mattie weiß gerade soviel, wie wir für klug hielten, ihr zu sagen."

„Wer ist ‚wir'?" fragte Wolf trocken.

„Mr. Smith und ich. Sehen Sie denn nicht, Junge, wir hatten vor der Polizei die Verantwortung für Olwens Erziehung auf uns nehmen müssen? Das war eine schmutzige Sache, diese ganze Affäre! Es verursacht mir eine Art Brechreiz, davon zu sprechen."

Wolf fand, daß seine schützenden Instinkte jetzt schon ganz und gar erweckt worden waren; und Miss Gaults Erscheinung nahm eine unanziehende Gestalt an.

„Es ist diese verfluchte Unterdrückung der Sexualität", sagte er zu sich; und er dachte plötzlich mit ungeheurer Erleichterung an seine Mutter und an ihre skandalös leichte Art angesichts jeglicher denkbaren menschlichen Unsittlichkeit. „Ich muß vorsichtig sein", sagte er zu sich. „Ich darf meine Karten nicht zeigen. Aber wer hätte gedacht, daß sie so ist?" Er blickte Miss Gault gerade ins Gesicht.

„Weiß Mr. Urquhart die Geschichte meiner Schwester und die Geschichte Olwens?" fragte er unvermittelt, wobei er sich so schwer auf seinen Stock stützte, daß dieser tief in den Rasen einsank.

Ein Flackern der Erleichterung huschte über die erregten Züge der Frau.

„Mr. Urquhart? Oh, Sie können davon überzeugt sein, daß er seine Version hat, ebenso wie die ganze Nachbarschaft! Die Sache war der große Skandal der Gegend."

Die Verwendung dieses speziellen Wortes ließ Wolf explodieren.

„Größer als die Handlungen von Matties Vater?" stieß er hervor. Er bedauerte seine Bösartigkeit, sobald die Worte ausgesprochen waren. Jene Szene auf dem Friedhof kam ihm wieder in Erinnerung.

„Ich habe es nicht so gemeint, teure Miss Gault", rief er und zog seinen Stock heftig aus dem Rasen. Aber sie hatte ihr Gesicht von ihm abgewandt, und eine kleine Weile standen sie schweigend da, Seite an Seite, während die Menge sie stieß und die Maschine ihr Gepfeife erneuerte. Endlich wandte sie sich ihm zu, und ihr Gesicht war traurig und sanft.

„Wir wollen nicht streiten, nicht wahr, Wolf?" murmelte sie, dicht an sein Ohr geneigt, damit ihre Worte ihm nicht verlorengingen. Es war das erstemal, daß sie das ziemlich lästige „Junge" unterließ; und das Aussprechen seines Namens tat viel dazu, seine gute Laune wiederherzustellen.

„Es ist schon gut", flüsterte er zurück. „Wollen wir jetzt gehen, wie?"

Das fröhliche Ringelspiel, an dem sie vorbeigekommen waren, lag abseits von den anderen. Sie fuhren fort, sich ihren Weg durch die Menschenmassen vor dem nächsten zu bahnen, das einige dreihundert Yard weiter entfernt lag.

Plötzlich sahen sie vor sich die ängstliche kleine Gestalt Mrs. Otters, die sich auf Darnleys Arm stützte; während Jason, dessen melancholischer Blick die Szene überschaute, als wäre er ein gallischer Gefangener in einem römischen Triumphzug, abseits stand, gleich einem, der keine irdische Verbindung mit seinen Nächsten — oder mit irgend jemandem anderen — hat.

Wolf fühlte sich ganz ausnehmend abgeneigt, jetzt mit diesen Leuten zusammenzutreffen. Es waren in der letzten Zeit so viele widersprechende Eindrücke auf ihn eingestürmt, daß er das Gefühl hatte, sein Hirn sei eine von Personen überfüllte Bühne. Aber er nahm, so gut er konnte, seinen Verstand zusammen, und eine Weile lang standen sie alle fünf beisammen, sprachen ziemlich müde und tauschten Gemeinplätze aus, als wären sie eher auf einer Gardenparty als auf einem Jahrmarkt.

Allmählich gelang es Wolf, sich von den beiden Damen zu entfernen, die auf Darnleys Kritik der Pferdeschau hörten, und er begann mit dem verwüsteten Poeten pikantere Bemerkungen zu tauschen.

„Haben Sie unseren Geistlichen gesehen?" fragte Jason.

„Mr. Valley?"

Der Mann nickte.

„Gewiß habe ich ihn gesehen. Ich habe mit ihm gesprochen, gleich nachdem ich hergekommen war."

„Und er hat sich lächerlich gemacht wie gewöhnlich —"

„Aber, Mr. Otter —"

„Nun gut, es geht uns wohl nichts an. Es ist am besten, sich um seine eigenen Angelegenheiten zu kümmern. Das ist's, was Gott so gut kann ... sich um seine eigenen Angelegenheiten kümmern! Haben Sie Urquhart irgendwo gesehen?"

„Ich war gerade früher mit ihm. Monk hat ihn herübergebracht."

Jason Otters Gesicht drückte Entsetzen aus.

„Jener Mann ist also hier?" flüsterte er.

Wolf hatte schon bemerkt, wie seltsam Jasons Anfälle tödlicher Angst zu der monumentalen Würde seines grimmen und massiven Antlitzes paßten.

„Warum nicht? Ich höre, daß er Ihre alte Mrs. Stone mitgenommen hat. Sie sollten ihm dankbar sein."

„Urquhart zahlt ihm dafür, daß er mich bespitzelt, und eines Tages wird er mich schlagen wie einen schwarzen Hund!"

„Unglaublich, Mr. Otter!" Es wurde mehr und mehr schwierig für Wolf, des Mannes krankhafte Ängstlichkeit ernst zu nehmen. Es war unmöglich, sich über ihn lustig zu machen; aber er konnte es nicht hindern, daß sich eine kaum merkliche Nuance des Spottes in seine Entgegnung einschlich. „Er sieht aus wie ein kräftig gebauter Bursche."

„Ich sage Ihnen das eine, Solent, ich sage Ihnen das eine —" Jason faßte Wolfs Arm und blickte rings um sich, um sich dessen zu vergewissern, daß die anderen außer Hörweite waren — „eines Tages werde ich bewußtlos in einem Graben aufgelesen werden, halb totgeschlagen von jenem Kerl!"

Aber Wolfs Aufmerksamkeit war abgeschweift.

„Nebenbei bemerkt, Mr. Otter, wenn Sie jemals diesen Ihren Hindugötzen verkaufen wollen, will ich ihn abnehmen."

Der Dichter blickte ihn bestürzt an.

„Ich werde Ihnen das Fünffache dessen zahlen, was er Sie gekostet hat."

„Er hat mich ein Pfund gekostet", sagte Jason verdrießlich.

„Sehr gut; ich werde ihn um fünf Pfund kaufen. Abgemacht?"

Jason zögerte ein wenig.

„Warum wünschen Sie das Zeug? Um es zu begraben?"

„Vielleicht ist es das! Welch scharfen Blick Sie haben!" Und Wolf
lächelte ihn freundlich an.

„Sehr schön; ich werde ihn Ihnen verkaufen." Er machte eine ganz
kurze Pause. „Und wenn Sie mir diese fünf Pfund morgen zukommen
lassen könnten, wäre ich Ihnen sehr verpflichtet."

„Großer Gott!" dachte Wolf bei sich. „Jetzt habe ich die Bescherung!
Wahrscheinlich lassen sie den armen Schelm ohne einen Groschen,
um ihn vom Trinken abzuhalten."

„Ich weiß nicht bestimmt, ob ich es morgen werde machen können",
sagte er freundlich, „aber Sie sollen es haben, Mr. Otter; und ich bin
Ihnen in der Tat sehr verbunden."

„Werden Sie ihn begraben?" flüsterte Jason wieder, mit einer Stimme,
so scheu und verstohlen wie die eines schlimmen Schuljungen.

„Sei dem wie immer, ich möchte nicht, daß Sie ihn länger haben",
sagte Wolf lachend.

Jason legte sich die Hand auf den Mund und kicherte.

„Nebenbei bemerkt", fuhr Wolf fort, „ich habe noch nie eine Zeile
von Ihren Dichtungen gelesen, Mr. Otter."

Kaum waren diese Worte ausgesprochen, als er auch schon in be-
stürztem Erstaunen den Mann anstarrte. Es war, als sei von seinem
Gesicht eine Maske gefallen, die ein völlig anderes menschliches Antlitz
enthüllte.

„Wollen Sie wirklich etwas lesen? Wollen Sie das wirklich?"

Der Ton, in dem er dies sagte, war in seinem Eifer so kindlich,
daß Wolf für diesen seltsamen Mann eine plötzliche, unerwartete
Zärtlichkeit empfand, die ganz anders war als seine frühere belustigte
Nachsicht. „Wie sehr müssen sie seine Lebensillusion beschimpft
haben, sie alle mitsammen!" dachte er.

„Aber Ihre Frau Mutter schwärmt doch für Ihre Gedichte, und auch
Ihr Bruder hat sie gerne, nicht wahr?"

Jason warf ihm einen tiefen, langsamen, durchdringenden Blick zu,
der dem Öffnen eines Schleusentores glich.

„Meine Mutter ... mein Bruder ..." Und der Mann zuckte die
Achseln, als ob Wolf die Tätigkeit von Wasserfliegen im Vergleich
mit menschlichen Dingen erwähnt hätte.

„Die beiden verstehen das nicht, meinen Sie wohl? Sie erkennen
seine Bedeutung nicht, bei all ihrer Ergebenheit? Nun, ich meine, ich
kann verstehen, wie Sie darunter leiden. Aber ich glaube auch nicht,
daß ich es verstehen werde."

„Ich habe vor kurzer Zeit ... vor ganz kurzer Zeit ... genau gesagt,
gestern abends ... ein Gedicht auf ihn geschrieben."

„Auf wen?"

„Auf ihn . . . auf Mukalog."

Wolf zog die Brauen zusammen und starrte ihn einen Moment lang angespannt an. „Sie werden viel glücklicher sein, wenn Sie das Ding mir verkauft haben, Mr. Otter", sagte er.

„Sie möchten ihn gerne in Ihrem Garten begraben", murmelte Jason. Und dann lächelte er ganz unerwartet so entwaffnend, daß Wolf wieder einmal jene Welle von Zuneigung empfand.

„Ich nehme an, daß eine Menge Leute wünschen, ich wäre tot", fügte er mit einem merkwürdigen Kichern hinzu.

„Ich wünsche nicht, daß Sie tot wären", sagte Wolf und sah ihm ins Auge. „Aber ich wünsche, daß Sie mich jenen Dämon wegwerfen lassen!"

Ein Schimmer nervöser Gereiztheit funkelte aus Jasons Augen, und seine Oberlippe zitterte.

„Er ist ich", murmelte er. „Er ist, was ich bin!" Dann zeigte er nach einer Pause mit einem Ruck seines Daumens nach seinem Bruder. „Darnley ist ein sonderbarer Kauz", flüsterte er und puffte Wolfs Arm. „Hören Sie, wie er zu den Damen spricht! Er hätte Parlamentsmitglied sein sollen. Er liebt es, sich wie ein großer Gentleman zu benehmen."

„Er ist ein großer Gentleman", sagte Wolf trocken.

„Und was diesen Ihren großen Schreier betrifft, den Squire Urquhart", fuhr Jason mit erhobener Stimme fort, „er wird sterben ohne irgendeinen Dämon, der ihm hilft. Er ist jetzt auf jener Straße!"

Diese letzten Worte waren mit so konzentrierter Rachsucht gesprochen, daß Wolf seine Augen weit öffnete.

„Haben Sie gesehen, wie er aussah", fuhr Jason fort, „als diese Hengste an ihm vorbeikamen? Er mußte sich an dem Strick anhängen, um nicht hinzufallen . . . Ich kann Ihnen sagen, was ihm da durch den Kopf ging!"

„Was?" fragte Wolf.

„Sich unter ihre Hufe zu werfen! Um von fünfzig Hengsten in den Boden getreten zu werden!"

„Sprechen Sie von Hengsten, meine Herren?" sagte eine wohlbekannte Stimme; und Roger Monk, begleitet von dem Kellner des Lovelace Hotels, stand, höflich an den Hut greifend, vor ihnen.

Darnley und Miss Gault gingen jetzt weiter, und Mrs. Otter begann Monk nach Dimity Stone zu fragen und ihm zu danken, daß er die alte Frau mitgenommen hatte.

„Kommen Sie", flüsterte Jason in Wolfs Ohr. „Wir wollen uns

hier aus dem Staube machen! Sie sehen, wie er ist ... ein großer, plumper Häscher, der für nichts taugt außer für Pferderennen! Er ist Dimity los geworden und hat sich diesem Kellner angeschlossen, mit der Absicht, irgend jemandem zur Last zu fallen. Er würde es nicht wagen, irgend jemanden allein zu insultieren; aber mit jenem schlauen Hund von Kellner — Sie wissen ja, wie Kellner sind —" Er hielt inne und blickte verstohlen auf seine Mutter und die beiden bediensteten Männer zurück. „Ich würde mich freuen", fügte er hinzu, „wenn ich sähe, wie diese Schufte Valley einen Streich spielen. Dann müßte er allein nach Hause gehen; und ein gutes Stück auch noch!"

„Sie haben uns allen das Messer in den Leib gestoßen, Mr. Otter", sagte Wolf langsam. „Doch ich glaube, das ist ein Mißgriff. Es ist eine Verschwendung von Energie, Menschen in dem Ausmaß zu hassen, wie Sie es tun."

Aber Jasons Aufmerksamkeit war noch so von seiner Beobachtung Monks und des Kellners in Anspruch genommen, daß er nur mit halbem Ohr auf Wolf hörte; und tatsächlich trollte er sich kurz nachher, kaum mit einem Abschiedswort.

Zu dieser Ablehnung zuckte Wolf die Achseln und entfernte sich, um Darnley und Miss Gault einzuholen.

Als er diese beiden erreicht hatte, streckte er seine Hand aus und hob den Hut.

„Ich denke, ich werde Sie jetzt in Mr. Otters Obhut lassen", sagte er zu Miss Gault. „Es ist ungefähr Zeit, daß ich beginne, mich nach meiner Mutter umzusehen."

Selena schien durch diesen unvermittelten Abgang ein wenig aus der Fassung gekommen, aber Darnley schenkte ihm sein gewöhnliches sanftes und nachsichtiges Lächeln.

„Sie scheinen mir immer Glück zu bringen, Solent", sagte er. „Aber au revoir! Wir werden uns vielleicht auf der Straße treffen, denn ich nehme an, daß meine Mutter bald davon genug haben wird."

Wolf trottete allein davon, und sobald die Menge ihn den Blicken seiner Freunde verbarg, begann er seinen Stock in der Luft zu schwenken. Dies war eine alte Gewohnheit von ihm, und er gab ihr unweigerlich dann nach, wenn er nach einem längeren Beisammensein mit Menschen sich allein und in freier Luft befand.

Er bahnte sich hastig seinen Weg nach dem äußersten westlichen Winkel des großen Jahrmarktgeländes, wo es gewisse kleine Schaukeln gab, die eher von Kindern als von erwachsenen Personen bevorzugt wurden.

Als er sich durch all dieses reizbare Westlandvolk freie Bahn schuf, tat er sein Bestes, die verschiedenen Stöße und Mißtöne, die er heute erfahren hatte, in irgendeine Art von Ordnung zu bringen. So viel verwirrte Eindrücke belagerten sein Bewußtsein, daß er den innigsten Wunsch hegte, zu Fuß nach King's Barton zurückzugehen und nicht fahren zu müssen.

Seine Gedanken komplizierten sich gerade in diesem Augenblick durch die quälende Notwendigkeit, irgendeinen Platz unter diesen Zelten zu finden, wo er sein Wasser abschlagen konnte. Während er mit dieser Absicht umherging, erinnerte er sich allerlei früherer Gelegenheiten, in denen er zu derartiger Suche gezwungen gewesen war. Er brauchte so lange, um das Gesuchte zu finden, daß er, als er es gefunden hatte und wieder in den Sonnenschein hinaustrat, eine außerordentliche Steigerung seiner Stimmung empfand.

Der scharfe Ammoniakgeruch jener gelegentlichen Zufluchtsstätte rief ihm das öffentliche Klosett auf der Esplanade in Weymouth in Erinnerung, in das er von dem sonnenwarmen Sand über eine Flucht spuckefleckiger Stufen hinabzusteigen pflegte. Diese Erinnerung, im Verein mit einem Ansturm durchdringenden physischen Behagens, zog gleich einem Magneten seinen Geist zu seinem geheimen mystischen Laster. Wieder einmal fühlte er, als er sich in dieser physischen Hingabe verschenkte, als wäre er in irgendeinen geheimnisvollen Weltkonflikt verwickelt, in dem das Gute und das Böse einander als Gegner gegenüberstanden.

Er rieb, während er dahinschritt, seine Hände in der alten, unbekümmerten Art; und es schien ihm, als ob alle seine neuen Eindrücke in diesem geheimnisvollen Kampf ihre Plätze einnähmen. Jenes verwüstete Gesicht auf den Stufen von Waterloo Station vermengte sein Leid mit dem, was Jason, Valley, Christie, alle litten; während der unheilvolle Magnetismus, der von Mr. Urquhart ausstrahlte, seinen Einfluß mit jenem von Jasons Götzenbild verschmolz und mit der Grausamkeit Miss Gaults gegen Christie und seiner Mutter gegen Miss Gault.

Als diese Orgie mystischer Erregung eben jetzt vorbeiging und ihn so matt und schlaff zurückließ, als wäre er stundenlang, statt bloßer Minuten, gegangen, wurde er sich dessen bewußt, daß zwei aufreizende Verworrenheiten noch in seinem Geiste um sich schlugen wie gestrandete Quallen, die auf einer hohen und trockenen Sandbank zurückgeblieben sind.

Während er seines Weges ging, bemerkte er, daß er sein Bewußtsein mit äußerster Vorsicht steuerte, um jede Berührung mit diesen beiden

Problemen zu vermeiden. Aber wie es im allgemeinen zu geschehen pflegt, war er noch nicht weit gekommen, ehe er in beide, die verworren zusammengemengt waren, untertauchte.

Überall rings um ihn war der Geruch von zertretenem Gras, von Pferdemist, Teer, Farbe, Obstwein, von gerösteten Kastanien, neuen Knabenkleidern, von ländlichem Schweiß, von billigem Parfum der Mädchen, von Bratwürsten, von metallenen Maschinen, von schalem Tabak; und diese akkumulierten Gerüche schienen sich in einen einzigen Geruch aufzulösen, der zu einem schwankenden Vorhang wurde, hinter dem sich diese beiden gefährlichen Gedanken bewegten — wobei sie den Vorhang zu bauschigen Falten aufstörten —, wie es wohl verborgene Gestalten auf einer Bühne tun, zwischen den Akten eines Stückes.

Der erste dieser Gedanken betraf seine so schlecht zueinander passenden Eltern. Er hatte das Gefühl, als ob in seinem Geiste eine unversöhnliche Rivalität zwischen diesen beiden weiterlebte. Er hatte das Gefühl, als wäre es jener grinsende Schädel auf dem Friedhofe, mit seinem „Christus, ich habe ein glückliches Leben gelebt!", der ihn so bedenkenlos nach Gerda hatte fassen lassen, mit dem ausgesprochenen Zweck, ihn von seiner Mutter zu trennen! Es war gerade das, was jener Mann getan hätte, wäre er noch am Leben gewesen. Wie hätte er sich eines verantwortungslosen, vom Zufall getriebenen Sprößlings gefreut!

Und dann, ehe er noch damit zu Ende war, diesen Knoten der Feindseligkeit seiner Eltern zu lösen, war er schon tief drinnen in dem zweiten gefährlichen Gedanken. Dieser war für seinen Frieden beunruhigender als der andere. Er betraf jene graue Feder, die er damals in dem Buch Christies gefunden hatte! Warum weckte es solch besonderes Interesse in ihm, an Christie und an Christies Vorliebe für die Werke Sir Thomas Brownes zu denken? Was bedeutete ihm Christie mit ihren Büchern und ihren seltsamen Neigungen? Welche Beständigkeit konnte in seiner Liebe für Gerda sein, wenn sich beim Gedanken an Gerdas Freundin diese beunruhigende Neugier in ihm regte?

Während er an all dies dachte, gewahrte sein Blick das goldene Antlitz eines kleinen Löwenzahns mitten in dem zertretenen Gras. Er berührte recht müde den Rand des Blütenkelches mit dem Ende seines Stockes und dachte bei sich: „Wenn ich das hier lasse, wird es wahrscheinlich in ein paar Minuten von diesen Leuten in den Schmutz getreten werden; und wenn ich es pflücke, wird es tot sein, ehe ich nach Hause komme!"

Er entschloß sich, der Blüte eine Chance zum Leben zu geben. „Schließlich und endlich wird sie vielleicht am Leben bleiben", dachte er; „und wenn nicht — Ailinon! Ailinon! Was macht's aus?"

Wieder ging er aufs Geratewohl weiter, belastet mit Verworrenheiten, und fand sich plötzlich in der Mitte eines Kreises von Kindern,
die in neidischer Verzückung auf eine lustig dekorierte Schaukel
blickten, welche in voller, menschenbelasteter Bewegung auf und ab
schwang. Es war eine Bootsschaukel, und die Boote waren azurblau
bemalt, scharlachrot und olivengrün...

Und hier, unter den Kindern in der Schaukel, war Olwen, und
neben der Schaukel stand Mattie Smith selbst und sah Olwen beim
Schaukeln zu. Pfeilgerade so auf sie zu treffen, mitten in so vielen
erregenden Gedanken, war ein Schock. Er empfand jene Art geistiger
Verzweiflung, die man fühlt, wenn man sich zwingen will, aus einem
Traum zu erwachen, der unerträglich wird. Und in seiner Kenntnis
dessen, daß sie seine Schwester war, sah er sie jetzt als eine völlig andere
Mattie. Aber — welch trauriges Gesicht sie hatte! Sie war so nervös
Olwens wegen, daß er sie einige lange Sekunden unbemerkt beobachten konnte. Welch massive, ungesund gefärbte Wangen! Welch
unproportionierte Nase! Welch umwölkte, apathische Brauen und
welch geduldige Augen! „Sie hat ein reichlich hartes Leben gehabt",
dachte er. „Ich möchte wissen, ob sie es weiß oder nicht?"

Olwen war die erste, die ihn zu Gesicht bekam; und ihr erregtes
Winken ließ Mattie hastig um sich blicken,

Auch sie erkannte ihn sofort, und eine Flut von Farbe kam in ihre
bleichen Wangen. Wolf empfand eine merkwürdige Verlegenheit,
während sie einander die Hände schüttelten; und es war für ihn fast
eine Erleichterung, daß er genötigt war, seinen Blick von ihr abzuwenden, um Olwen zu antworten, die ihm jetzt von ihrem fliegenden
Sitz aus wie toll zuwinkte.

Das Kind konnte natürlich nicht den Mechanismus der Schaukel
aufhalten; und als es sah, daß er die Zeichen beantwortete, begnügte
es sich damit, ihn bloß in jene dahinfliegende, auf dem Kopf stehende
Welt — von Menschen, Gras, Pferden, Bäumen, Ruinen und Hügeln —
hineinzufegen, die ringsum sich erhob und niedersank, während sie
durch die Luft sauste.

Das Schreien der Kinder, das Schwirren der Maschinerie, die Stimmen
der Ausrufer bedeckten Wolf und Mattie mit einem schützenden
Schirm ungestörter Abgeschlossenheit. Im Lichte nachfolgender Ereignisse blickten die beiden auf diesen Moment mit besonderer und
romantischer Zärtlichkeit zurück.

Sofort, als sie ihm die Hand reichte — ja noch während er sie hielt —,
hatte er begonnen, von ihrer Verwandtschaft zu sprechen.

„Ich weiß es, seit ich fünfzehn Jahre alt war", sagte sie, „und ich werde diesen Monat fünfundzwanzig. Das war es, was es so peinlich machte, als du und deine Mutter zu uns ins Haus kamt. Sie weiß es natürlich, und sie ließ mich fühlen, daß sie es weiß. Aber ich sah, daß sie es dir verheimlicht hatte. Hat sie es dir seither erzählt? Worüber ich mir nicht klar werden kann, ist, ob Vater es weiß. Die Sache mit Olwen weiß er natürlich. Tatsächlich waren es er und Miss Gault, die Olwen von Mr. Malakite fortnahmen."

Sie machte eine Pause und warf Wolf einen raschen, verstohlenen Blick zu; aber was sie in seinem Gesicht sah, schien sie zu beruhigen, denn sie lächelte schwach.

„Es fällt so schwer, über all das zu sprechen", sagte sie mit leiser Stimme. „Ich hätte niemals gedacht, daß ich zu dir darüber sprechen könnte. Aber jetzt, da ich es wirklich tue, scheint es mir leicht! Ich war damals jung, weißt du... erst fünfzehn; und Vater und Miss Gault dachten, ich wisse nichts. Aber ich hatte die Dienstboten reden gehört; und ich habe darüber in der ‚Western Gazette' gelesen. Worauf ist es wohl zurückzuführen, daß ich mich nicht ärger abgestoßen fühlte... Wolf?"

Das Zögern, mit dem sie seinen Namen aussprach, entzückte ihn. Er griff nach ihrer Hand und machte eine Bewegung, als ob er sie küssen wollte; aber sie blickte hastig zur Schaukel und wich zurück.

„Auch ich bin nur sehr schwer abzustoßen, Mattie, Liebste", sagte er. „Ich glaube wohl, wir haben das geerbt!" fügte er leichthin hinzu.

„Es war, als man mich mitnahm, Olwen in dem ‚Heim' zu besuchen", fuhr das Mädchen fort, „daß ich Vater dazu brachte, sie in unser Haus zu nehmen, damit Nanny... das war meine Kinderfrau... und ich sie in unsere Obhut nehmen könnten. Ich wußte, daß sie in dem ‚Heim' war... oh, Wolf, sie war ein so süßes kleines Ding! —, denn ich hörte, wie man über sie sprach. Und ich bat Vater, mich mitzunehmen, sie zu besuchen, und wir befreundeten uns in einer Sekunde."

„Du warst es also, die Mr. Smith überredete, sie zu sich ins Haus zu nehmen?" sagte Wolf. „Und du warst doch damals selbst noch ein Kind."

Mattie ließ ein seltsames kleines Lachen hören. „Ich war ein reichlich eigensinniges Kind, wie ich fürchte", sagte sie. „Außerdem weinten Olwen und ich beide fürchterlich und umarmten einander. Ich war eine Kindernärrin", fügte sie ernst hinzu, „geradezu närrisch mit Kindern, als ich jung war."

„War es schwer, deinen Vater zu überreden?" fragte Wolf.

Das Mädchen warf ihm einen ihrer finster aussehenden, mürrisch-lustigen Blicke zu.

„Ich machte einen Wirbel, weißt du", sagte sie feierlich. „Ich weinte und weinte, bis er nachgab. Es war Miss Gault, die sich am meisten widersetzte. Oh, Wolf, es ist entsetzlich, welchen Haß gegen Christie Miss Gault dem Kind eingeflößt hat. Christie hat Olwen einige Male gesehen. Ich richtete das so für sie ein! Doch Miss Gault muß irgend etwas gesagt haben. Ich weiß nicht was. Aber das letztemal wollte Olwen kaum mit Christie sprechen."

Wolf runzelte die Stirn. „Natürlich, es ist vielleicht möglich, daß es eine Art Instinkt in dem kleinen Mädchen ist —", begann er zögernd.

„Nein! Nein!" rief Mattie. „Es ist Miss Gault. Ich weiß, daß es Miss Gault ist!"

„Christie sagte mir, daß sie heute nachmittag vielleicht hier sein werde", sagte Wolf und blickte um sich, von einer Gruppe der lärmenden jungen Leute, die sie umgaben, zu der andern.

„So?" sagte Mattie mit einem nervösen Auffahren. „Wirklich, Wolf?" Und auch sie warf einen ängstlichen Blick rings um den Platz. „Ich möchte nicht, daß ihre Gefühle verletzt werden", fügte sie hinzu. „Und das würden sie, ich weiß es, wenn sie versuchte, mit Olwen zu sprechen."

Wolfs Sinn kehrte mit Heftigkeit zu der einsamen grauen Feder in dem „Urnenbegräbnis" zurück. In jenem Augenblick hatte er das Gefühl, als ob niemand ... nicht einmal Gerda ... ihn davon abhalten könnte, jener zarten Gestalt zu folgen, wenn er ihrer in der Menge ansichtig würde.

Aber Mattie winkte jetzt mit der Hand Olwen zu, deren luftiges Boot begonnen hatte, seine Geschwindigkeit zu mäßigen.

Zusammen gingen sie zur Schaukel hin; und Wolf eilte voran, um dem Kind auf den Boden zu helfen. Während er sie heraushob, fühlte er seine Stirn von den welligen Spitzen ihres geöffneten Haares gestreichelt.

Sie legte ihre dünnen Arme um ihn und umfing ihn fest, sobald er sie niedergestellt hatte.

„Oh, ich liebe das Schaukeln so sehr! Ich liebe das Schaukeln so sehr!" keuchte sie.

„Würdest du es gerne noch einmal tun?" fragte er ernst, während er auf ihr glühendes Gesichtchen hinabblickte.

Ihre Augen erglänzten in unendlicher Dankbarkeit. „Tante Mattie hat jeden Groschen schon verbraucht, den Großvater ihr gegeben hat", flüsterte sie. „Wollen Sie mich wirklich noch einmal schaukeln lassen? Da! Da, dem Manne zahlen Sie; dem mit den komischen Augen!"

Wolf zahlte die Münze und hob das Kind in das bemalte Boot. Er wartete an seiner Seite, bis sich der Mechanismus wieder in Bewegung setzte, und kehrte dann zu Mattie zurück.

„Hattest du nicht die geringste Ahnung, was uns beide betrifft?" fragte das Mädchen; und es verursachte ihm einen Schauder der Freude, zu sehen, welche Bewegung in ihr gleichgültiges Gesicht gekommen war.

„Nicht gerade eine Ahnung", antwortete er. „Aber ich hatte eine Art sonderbaren Gefühles; als ob ich dich verstünde und deinen Gedanken folgen könnte, selbst wenn du schwiegst. Großer Gott! Liebste Mattie; und du schwiegst fast die ganze Zeit!"

„Deine Mutter war nicht sehr nett zu mir."

„Nun ja, man kann ihr daraus kaum einen Vorwurf machen, nicht wahr? Man hat in solchen Situationen ein reichlich sonderbares Gefühl."

„Aber ich war nett zu dir, nicht wahr?" fuhr das Mädchen fort. „Und dennoch konnte ich den Gedanken nicht ertragen, daß Vater nicht mein wirklicher Vater ist", fügte sie leise hinzu.

Matties Gesicht hatte in diesem Augenblick einen so rührenden Ausdruck — einen Ausdruck, gleichzeitig so gespannt und so verwirrt —, daß er ihr mit einer raschen und plötzlichen Bewegung den Arm um den Hals legte und ihr einen brüsken Kuß gab, voll auf den Mund.

„Mr. Solent! Wolf!" protestierte sie schwach. „Das darfst du nicht! Was wird sie denn denken?"

„Oh, sie wird denken, daß du einen jungen Mann gefunden hast", erwiderte er lachend; „und das hast du auch, Liebe", fügte er zärtlich hinzu.

Aber obwohl er über ihre Verlegenheit lachte und sie schüchtern mit ihm lachte, war es seinem Gefühl doch klar genug, während er auf das Gesicht des Kindes in der Schaukel blickte, daß der Kuß dort droben nicht sehr glücklich aufgenommen worden war.

Zwei glühende Augen funkelten zu ihm herunter wie zwei schwankende Dolche und zwei wütende kleine Hände umklammerten die Seiten des olivengrünen Bootes, als wären sie die Seiten eines Streitwagens.

„Dieses dein Kind ist eifersüchtig", flüsterte er hastig in das Ohr seiner Gefährtin. „Aber mach dir keine Sorgen", fügte er hinzu. „Es wird nicht anhalten, wenn sie mich besser kennt."

Er ging auf die Schaukel zu, blieb dort stehn und sah dem Mädchen zu, während es an ihm vorbeisauste wie ein kleiner zornäugiger Komet.

Allmählich entwaffnete seine beständige, sachliche Aufmerksamkeit jenes eifersüchtige Herz; und als die Schaukel anhielt und er sie nach einem ernsten Kuß wieder Mattie überantwortete, war alles wieder in Ordnung.

„Wir müssen jetzt gehen und deinen Großvater suchen", sagte Mattie zu Olwen.

„Ich werde mitkommen", sagte Wolf. „Ich habe meine Mutter mit Mr. Smith gelassen; so treffen wir zwei Fliegen auf einen Schlag!"

Sie setzten sich gemeinsam in Bewegung; doch als sie eine von Menschen freiere Stelle überquerten, bemerkte Wolf plötzlich Bob Weevil und Lobbie Torp.

„Geht weiter, ihr beiden, es macht euch doch nichts? Wir werden einander später treffen. Da ist jemand, dem ich nachlaufen muß."

Seine beiden Gefährtinnen sahen bei diesem plötzlichen Abgang ein wenig verletzt aus; aber mit einem wiederholten „Wir werden einander später treffen! Lebt wohl!" eilte er in plumper Hast davon und puffte sich seinen Weg so ungestüm durch die Menge, daß er sowohl Zorn wie auch Hohn erweckte.

Eine Zeitlang hatte er Angst, seine Beute völlig verloren zu haben, so dicht war das Gedränge um die Buden geworden; aber schließlich stieß er mit einem Seufzer der Erleichterung auf sie. Die beiden betrachteten mit unverschämtem Entzücken eine junge kurzröckige Zigeunerin, die wild zu den Klängen eines Tamburins tanzte. Beim Tanz schlug sie sich auf die Knie und warf ihrem Publikum freche, herausfordernde Blicke zu.

Wolf näherte sich unbeobachtet den beiden Burschen und wurde sich eines vorübergehenden Zuckens schamloser Sympathie bewußt, als er den Ausdruck hingerissener Geilheit in den konzentrierten Augen des jungen Krämers gewahrte. Lobbie Torps Interesse war offensichtlich von den kühnen Verrenkungen und Sprüngen der Zigeunerdirne und von ihrer mißtönenden Musik abgelenkt; aber Mr. Weevil konnte nichts anderes ansehen als ihre Beine. Diese beweglichen Objekte schienen im Begriffe, ihn dazu zu bringen, laut ein obszönes „Evoe!" hervorzuheulen. Denn sein Mund war weit geöffnet und große Schweißtropfen standen auf seiner Stirn.

Endlich hielt das Mädchen atemlos inne, begann aber, ohne einen Moment zu säumen, mit dem Geldabsammeln, wobei sie ihr Musikinstrument in langen nackten Armen hielt und ein freigebiges, herausforderndes Lächeln verschenkte.

Es kitzelte jetzt Wolfs Phantasie, den Ausdruck — gleich dem eines geprügelten Hundes — zu bemerken, den Mr. Weevils Gesicht zeigte, als dieser Lobbie mit sich fortzog und versuchte, sich unbemerkt zu trollen. Bei ihrem hastigen und so unrühmlichen Rückzug liefen sie direkt in Wolfs Arme.

„Du guter Gott! Hallo!" stammelte Lob.

„Das ist Mr. Redfern — ich meine, Mr. Solent, nicht wahr?" sagte Bob Weevil.

Wolf tauschte ernst Händedrücke mit den beiden.

„Es ist nicht leicht, an einem solchen Tage sein Geld in der Tasche zu behalten", bemerkte er leichthin.

Mr. Weevil warf ihm einen verstohlenen Wasserrattenblick zu, und Wolf wäre nicht überrascht gewesen, wenn sich der junge Mann unaufhaltsam davongemacht hätte.

„Bob weiß alles von diesen Zigeunern, wenn sie Gitarre spielen und tanzen wie die Mücken", bemerkte Lob listig.

„Sei still, du Range", bemerkte der andere, „oder ich werde Mr. Solent erzählen, daß ich dich erwischt habe, wie du einen Baum küßtest."

„Ich habe nie einen Baum geküßt", murmelte Lob mürrisch.

„Was?" rief sein Freund empört.

„Wenn ich's getan habe, war's bei diesem Liebespaar, das wir im Graben von Willum's Lane gesehen haben. Was wir damals gesehen haben, war genug, um sich selber zu küssen; und du warst es, der es mir gezeigt hat."

„Ich hoffe, ihr beide habt diesen Nachmittag angenehm verbracht", begann Wolf wieder. „Christie kann nicht gekommen sein", dachte er; und er überlegte, ob er Mr. Weevil geradeaus nach ihr fragen sollte.

Aber Mr. Weevil war darauf versessen, Lobbie weiterhin dumm und hartnäckig zu reizen. Er versuchte, Wolf in dieses unliebenswürdige Spiel zu locken. „Lob glaubt, wir sind alle so einfach wie seine Mutter in der Chequers Street!" fuhr der junge Mann mit einem unschönen Seitenblick fort.

„Hören Sie nicht auf ihn!" rief Lob. „Jedermann weiß, was seine Mutter war, ehe der alte Weevil sie heiratete."

„Hört, ihr beide —!" stellte sie Wolf zur Rede. „Ich möchte euch etwas fragen."

„Er wird Ihnen antworten, genauso wie Dad Mr. Manley antwortete, als der wegen des Grabsteines seiner Mutter schimpfte. ‚Ja, lieber Gott', sagte Dad, ‚halten Sie mich denn für König Pharao?'"

„Was war es, was Sie von uns wissen wollten, Sir?" fragte der ältere Bursche, indem er wichtigtuerisch Lobbie unterbrach.

„Oh, eine ganz einfache Sache, Mr. Weevil. Ich hätte nur gerne gewußt, ob Miss Malakite heute hier war."

„Gewiß ist sie hier, Sir. Gewiß."

„Wir sind auf unseren Fahrrädern an ihr vorbeigekommen", warf Lobbie ein.

„Wo ist sie denn jetzt?" beharrte Wolf.

„Sie ging in die Richtung zum Schloß, glaube ich, Mr. Solent", sagte Bob Weevil.

„Sie sagte uns", schaltete Lobbie ein, „daß sie die Absicht hatte, einen ruhigen Spaziergang bei den Ruinen zu machen."

Wolf blickte von dem einen zum anderen. „Also in klaren Worten, ihr habt Miss Malakite im Stich gelassen?" sagte er streng.

„Lob weiß, was ich sagte, als sie fort war", brummte Mr. Weevil.

„Als sie fort war", echote der Knabe. „Das will ich meinen!"

„Was haben Sie also gesagt?" fragte Wolf.

„Er sagte, sie gehe einher wie ein lahmer Hase", warf Lobbie dazwischen.

„Das habe ich nicht gesagt, du kleiner Lügner! Glauben Sie ihm nicht, Mr. Solent! Ich sagte, daß sie einsam wandere, mit geneigtem Kopf."

„Das war nicht alles, was du gesagt hast, Bob Weevil! Erinnerst du dich nicht, was du sagtest, als wir den Menschenaffen ansahen? Nein! Es war bei diesen Kannibalen, die ganz mit blauen Streifen bemalt sind. Dort war's! Erinnerst du dich nicht, daß du sagtest, es sei deshalb, weil Miss Malakite keinen jungen Mann hat, daß sie zu den Ruinen hinaufrennt, statt so wie alle anderen auf den Jahrmarkt zu gehen?"

Wolf fühlte plötzlich, wie er die Fassung verlor. „Ich meine, daß ihr beide euch abscheulich benommen habt", rief er, „wenn ihr eine junge Dame so allein gelassen habt! Nun, ich werde ihr nachgehen; und wenn ich sie gefunden habe, werde ich ihr sagen, was ich von euch beiden halte!"

Er schritt in der Richtung davon, die die Burschen angegeben hatten. Jetzt nahm er seinen Weg zu der südlichen Grenze des Jahrmarktgeländes, wo eine verfallene Hecke und ein verlassener kleiner Weg das Schloßfeld von den Schloßruinen trennten. Er war jedoch noch nicht weit gekommen, als er eine Reihe bewegungsloser menschlicher Rücken bemerkte, die durch die Possen eines Clownpaares in Posen versteinerten Staunens festgehalten waren. Und er wurde sich dessen bewußt, daß zwei dieser Rücken ihm unklar bekannt erschienen. Er näherte sich ihnen von der Seite, und sein erster Blick auf die konzentrierten Profile enthüllte die Tatsache, daß es Mrs. Torp und die alte Dimity Stone waren.

Es versetzte ihm einen seltsamen Stoß, daran zu denken, daß diese lumpige Megäre in fleckigem Schwarz tatsächlich Gerdas Mutter war. Für den unendlich kleinen Bruchteil einer Sekunde wurde er sich eines Schauers tierischen Entsetzens bewußt, gleich einem Manne, der das Eis, das er überschreitet, unter ihm knirschen und stöhnen hört; aber er zwang sich, geradewegs zu ihnen zu gehen und sie mit Namen zu begrüßen.

„Ich freue mich, Sie zu sehen, Mrs. Torp", sagte er munter. „Guten Tag, Dimity! Wir beide haben uns schon lange nicht gesehen."

„Schauen Sie ihn an, Mrs. Stone", keuchte Gerdas Mutter. „Schauen Sie ihn an, wie er einem schmeicheln kann! Er sieht drein und er spricht genauso, wie ich Ihnen erzählt habe. Nicht wahr? Wenn ich Ihnen nicht die reine Gotteswahrheit von seinen Reden erzählt hätte, Sie hätten es nie geglaubt, nicht wahr, Mrs. Stone?"

Das verwelkte Gesicht Mrs. Torps blieb ihrer Gefährtin zugewendet, während sie diesen zweideutigen Willkomm äußerte. Sie schien unfähig, Wolf auch nur einen einzigen Blick aus ihren kleinen zänkischen Augen zu schenken, über denen zwei künstliche, von dem abgenützten Hut auf ihre Stirn herabhängende Stiefmütterchen verwirrend zappelten.

Aber die alte Dimity hielt Wolfs Finger eine ganze Weile in ihrer knochigen Hand; und mit absorbiertem und forschendem Interesse, als wäre sie eine Wahrsagerin, sah sie ihm ins Gesicht.

„Der Gentleman ist weit von dem entfernt, was du oder alle anderen gedacht haben", sagte die Alte einige Male langsam. „Ich habe immer gewußt, daß Sie ein tiefes Wasser sind, Mr. Solent", fügte sie hinzu.

„Ich freue mich, Dimity, daß Sie besser von mir denken als Mistress Torp", warf Wolf hin und blickte ängstlich über ihre Köpfe an die Grenze des Geländes, denn sein Sinn war erfüllt von der verlassenen Christie.

„Ich denke von Ihnen, daß Sie jemand sind, der genügend hübsch spricht", brummte Gerdas Mutter, „aber es sind Taten, worauf ich warte. Wie ich heute morgens eben zu Torp gesagt habe ... ‚dein schönredender junger Herr', habe ich gesagt, ‚ist nur ein zweiter Redfern; und die ganze Gegend weiß, wie geschickt der war!' Der Squire Urquhart will sie so haben! So müssen sie für ihn sein, das habe ich Torp gesagt. Und dann sind's auch nur solche, die an seinen Schmierereien arbeiten wollen — und mit so einem Teufelskerl, wie er ist!"

Wolf entdeckte einen sehr schlauen Ausdruck in dem Auge der alten Dimity, als sie jetzt seine Finger freigab.

„Dieser Herr ist ebensowenig ein Redfern, Jane Torp, wie ein Teichhecht ein Gründling ist. Was ich dir freundnachbarlich gesagt habe, könnte ich dir jetzt auf die Bibel beschwören!"

Es herrschte einen Augenblick lang ein tiefes Schweigen zwischen diesen dreien, unterbrochen nur von dem Kauderwelsch der beiden Clowns, das inmitten des sie umgebenden schwerfälligen, saftigen Dorseter Dialektes gleich dem Geschnatter eines Paares schamloser Papageien klang.

Ohne innezuhalten, um die Wirkung seiner Worte auf Gerdas Mutter zu bedenken, konnte Wolf es sich jetzt nicht versagen, die Frage auszusprechen, die seinen Geist so sehr beschäftigte. „Nebenbei bemerkt, Mrs. Torp, haben Sie vielleicht zufällig heute nachmittag Miss Malakite hier gesehen? Ich möchte sie gerne finden."

Mrs. Torp stieß ihre Nachbarin mit dem Griff ihres Schirmes.

„Der steigen Sie also auch nach, wie, Mister? Was sagen Sie dazu, Dimity Stone? Hi! Hi! Hi! Der Herr aus London muß einen Schatz haben für Mittwoch und einen Schatz für Donnerstag. Aber passen Sie gut auf, Mr. Solent! Unsere Gerda ist keine, die teilt; und sie wird Ihnen das schon zu verstehen geben! Nicht wahr, Dimity Stone?"

Wolf fühlte sich unfähig, zu entscheiden, ob dieser Ausbruch, unter dessen Druck sich die dünnen Wangen Mrs. Torps über ihren Backenknochen strafften, bis sie so weiß waren wie die Haut eines Krötenpilzes, bloß gewöhnlicher Blacksoder Humor oder Bosheit war. Er begnügte sich damit, seinen Hut zu ziehen, ihnen einen vergnügten Abend zu wünschen und davonzueilen.

Als er sich der südlichen Grenze des Geländes näherte, fand er sein Gemüt von einer Last stürmischer Besorgnisse beschwert. Mrs. Torps boshaftes „Hi! Hi! Hi!" fuhr fort, in seiner Magengrube weiter zu quaken wie ein Teufelsfrosch; und mit kaum geringerem Unbehagen erinnerte er sich des seltsamen Blickes, den die alte Dimity ihm zugeworfen hatte. Er mußte Christie finden! Dies war die einzige wesentliche Notwendigkeit. Jeder Schritt, den er zu jener zerzausten kleinen Hecke tat, vermehrte seine nervöse Erregung.

„Warum hat mir der Zufall die beiden in demselben Augenblick in den Weg geführt?" dachte er, während er mechanisch weiterschritt. Und dann schlich sich ein noch verstohleneres und gefährlicheres Flüstern in sein Gemüt. „Warum bin ich nicht zuerst Christie begegnet?"

Der abscheuliche Verrat dieser letzten Erwägung, die ihm gerade am Morgen nach den „gelben Farnen" in den Sinn kam, ließ ihn nur, als ob er sich aus einem Brombeerdickicht befreite, den Kopf schütteln und mit bedenkenloserer Entschlossenheit denn je weiterschreiten.

Lange nachher konnte er sich jeder kleinsten Empfindung erinnern, die er fühlte, als er den leeren Teil des Jahrmarktgeländes überquerte. Eine dieser Empfindungen war eine lebhafte Vorstellung sardonischen Grimassenschneidens jenes Mannes im Friedhof. Die Verderbtheit seines Vaters schien physisch auf ihm zu lasten. Er hatte das Gefühl, daß er selbst einen bestimmten Teil der väterlichen Missetaten reproduzierte. Er empfand ebenso ohne Scham wie William Solent! Er fühlte, als ob seine Arme so dahinschwängen, wie es jene Arme getan hatten..., daß seine Beine ganz im Schritt jener Beine dahingingen.

Jetzt hatte er das letzte Zelt weit hinter sich gelassen und näherte sich der langen, dichtgewachsenen Hecke, die das Schloßfeld vom Schloßweg trennte.

Als er an die Hecke herankam, strauchelte er beinahe über ein halbabgezogenes, halbgegessenes Kaninchen, das vom Boden her ein verglastes, weit geöffnetes Auge mit protestierendem Flehen auf ihn richtete.

Mechanisch beugte er sich nieder, nahm das Zeug bei den Ohren hoch und legte es zwischen die jungen Hasenkrautblätter und die jungen Schößlinge der Kletten.

Dann lehnte er die Arme auf die Spitzen der Brombeersträucher, hob sich auf die Zehen und blickte auf den Weg drüben.

Ah, er war also doch nicht vergeblich gekommen!

Ein kleines Stück weiter auf dem Wege, unter einem geschlossenen und sorgfältig mit Draht gesicherten Zauntor, das zu den Schloßruinen führte, kauerte die unverkennbare Gestalt Christie Malakites. Das Mädchen kniete mit gekreuzten Beinen, die Hände auf dem Schoß gefaltet. An ihrer Seite lagen, zu Boden gefallen, ihr Hut und irgendein Papierpaket. Sie hob den Kopf und sah Wolf dort stehen; aber sie blieb bewegungslos und starrte ihn nur, ohne ein Zeichen zu geben, an. Wolf zog seinen langen Überzieher fest um die Knie und bahnte sich seinen Weg direkt durch das dichte Brombeergesträuch. Ein paar Minuten später kniete er an ihrer Seite auf dem Grase, preßte ihr tränenüberströmtes Gesicht an seine Rippen und streichelte mit seinen Händen ihr Haar. „Ich habe Ihnen nachjagen müssen... so lange nachjagen müssen...", keuchte er. „Warum sind Sie an diesen verfluchten Platz gekommen? Nun, immerhin, ich habe Sie jetzt. Ich weiß nicht, was ich getan hätte, wenn ich Sie nicht gefunden hätte. Aber ich habe Sie doch zur Strecke gebracht . . . wie einen Hasen, meine Liebste . . . ganz so wie einen Hasen!"

„Ich . . . ich . . . bin ein bißchen . . . dumm!" stammelte sie leise. „In einer Minute werde ich wieder ganz in Ordnung sein. Ich sollte . . . zu klug . . . gewesen sein . . . um hierher zu kommen! Die Burschen waren freundlich . . . aber natürlich wollten sie . . . sich unterhalten. Ich war eine Last für sie . . . und dann hatte ich das Gefühl . . . das Gefühl, daß ich . . . es nicht . . . ertragen könne!"

Sie preßte ihr Gesicht an seinen Mantel und versuchte ihre Tränen niederzukämpfen.

Er legte ihr jetzt die Hände auf die Schultern, beugte sich nieder und berührte mit den Lippen ihr Haar, das durch einen sorgfältig gezogenen Scheitel sauber abgeteilt und so seidig und fein war, daß er das Gefühl hatte, als wäre sein Kuß in das innerste Zentrum ihres Schädels gedrungen. Aber sie entzog sich ihm nicht. Sie verbarg nur ihre Stirn tiefer in den Falten seines schweren Mantels.

Da war in der Hecke beim Torpfosten ein Büschel locker wachsender Sternblumen; und diese zarten Pflanzen vermengten sich, während er sie neben jener kauernden Gestalt betrachtete, mit seinen wilden Gedanken. War jemals etwas Ähnliches vor ihm einem Manne schon widerfahren . . . daß er am Tage nach solcher Ekstase so fühlen konnte, wie er jetzt fühlte? „Ich muß ein Ungeheuer sein!" sagte er zu sich. „Werde ich denn anfangen, nach Seele und Körper eines jeden Mädchens zu fassen, dem ich hier unten begegnen werde?" Während das Büschel der Sternblumen noch immer seine Gedanken erleuchtete, so wie ein Blütenschnörkel eine Mönchshandschrift illuminiert, kämpfte er jetzt verzweifelt um seine Rechtfertigung.

„Dieses Gefühl", so protestierte er, „ist etwas ganz anderes. Es ist Mitleid . . . das ist es! Und natürlich, da Gerda so schön ist, kann Mitleid nicht . . ."

Christie hob jetzt ihren Kopf, setzte sich, die Hände um die Knie gelegt, zurück und starrte ihn an. Auch er änderte seine Stellung, so daß seine Schultern an die unteren Querbalken des Zaunes gelehnt waren. „Es ist seltsam, wie natürlich es zu sein scheint . . . so zu Ihnen zu sein", sagte er langsam.

Sie nickte kurz. „Ich pflegte mir selbst Geschichten zu erzählen", begann sie und forschte angespannt in seinem Gesicht, als ob das, was sie zu sagen wünschte, in seinen Zügen verborgen läge. „Ich fühle mich jetzt so anders", fuhr sie fort, „daß es leicht wäre, es Ihnen zu sagen . . ." Wieder einmal versank ihre Stimme in Schweigen.

„Es ist besser, allein zu sein", echote er, „es sei denn, daß man laut denken kann. Ich bin den ganzen Nachmittag auf diesem Jahrmarktgelände umhergegangen und habe mit jedermann gesprochen; aber ich konnte nicht laut denken bis zu diesem Augenblicke."

Beide schwiegen und starrten einander hilflos an.

„Ich wollte, Christie, Sie wären ein Knabe!" brachte er unvermittelt hervor.

Irgend etwas in dem wunderlichen Ernst dieser Worte mußte ihre Phantasie gereizt haben, denn sie lächelte ihm mit einem freien, schrankenlosen Schulmädchenlächeln zu.

„Ich selbst pflegte mir das zu wünschen", murmelte sie sanft; und dann seufzte sie, während ihr Lächeln ebenso rasch erstarb, wie es gekommen war.

Er zog die dichten Augenbrauen zusammen und starrte sie in tiefen Gedanken an.

Zwei hartnäckige Geräusche drängten sich seinem berauschten Bewußtsein auf. Das erste war das metallene Lärmen der Karussellmaschinen. Das zweite war das Pfeifen einer Amsel. Dieser Klang hatte schon die besondere Weichheit angenommen, die bedeutete, daß die Sonnenstrahlen horizontal auf jene Stelle fielen und daß sich der lange Märznachmittag seinem Ende zuneigte.

Es war unmöglich, daß die Stimme dieses Vogels ihm nicht die Ereignisse der gestrigen Dämmerung und jenes emporgewandte Gesicht in Erinnerung gerufen hätte, das er in den sich zusammenziehenden Flußnebeln so verzückt angeblickt hatte. Um die Weise der Amsel zu übertäuben, begann er eilig, Christie eine Geschichte nach der anderen von seinen Nachmittagsabenteuern zu erzählen. Als er zu seinem Gespräch mit Miss Gault kam, änderten beide instinktiv ihre Stellung; und er half ihr jetzt mit einer Bewegung, die beinahe väterlich war, den locker gewordenen Gürtel ihres altmodischen Mantels in Ordnung zu bringen.

„Eines kann ich nicht verstehen", sagte er.

„Nun?" flüsterte sie.

„Ich kann nicht verstehen, warum Olwen gegen Sie so fühlen sollte, wie man mir erzählt."

Die Stirn des Mädchens runzelte sich zu angestrengter, bekümmerter Anspannung; aber alles, was sie sagte, war bloß: „Ich konnte nie ein Kind so gut betreuen wie Mattie Smith."

„Das glaube ich Ihnen nicht", sagte er schroff.

Er vermied jetzt ihr Auge, und als er fortblickte, ins Laub jener großen Ulme, die nahe beim Zaun wuchs, gewahrte er droben ein großes Nest.

„Ist das ein Krähennest?" fragte er und zeigte mit erhobenem Arme hin.

Christie wandte sich um und blickte hinauf.

„Das Nest einer Misteldrossel, glaube ich", sagte sie nach kurzem Zögern. „Krähennester bestehen ganz aus Zweigen und sind auch höher."

Mit erhobenen Köpfen starrten sie beide ins Laubwerk der Ulme und über die Ulme hinaus in den kalten Märzhimmel.

„Warum sollen wir uns nicht so nehmen, wie wir sind?" sagte er langsam, scheinbar zu dem Vogelnest gewendet. „Als zwei gehetzte, ermattete Seelen, die durch reinen Zufall einander im endlosen blauen Raum begegnen und entdecken, daß sie dieselbe Art von Gemüt haben?"

Nach diesen Worten senkten sich ihre Köpfe; Wolf suchte mechanisch nach seinen Zigaretten und gab diese Suche dann bewußt auf.

„Ich habe mich niemals mit irgend jemandem so vertraut gefühlt wie mit Ihnen, Christie ... außer vielleicht mit meiner Mutter. Nein, nicht einmal mit dieser Ausnahme."

„Ich glaube, wir sind einander ähnlich", sagte sie ruhig. Und dann — mit derselben schulmädchenhaften, einfachen Heiterkeit, die ihm vorhin aufgefallen war: „Wir sind einander zu ähnlich, glaube ich, um irgend jemandem sehr zu schaden!"

Ihr Gesicht wurde plötzlich ernst, sie streckte ihren mageren Arm aus und berührte Wolf leicht am Knie. „Sie müssen auf etwas vorbereitet sein", sagte sie. „Sie müssen darauf vorbereitet sein, zu finden, daß ich keine Spur von dem besitze, was die Leute ‚moralischen Sinn' nennen."

„Diese Gefahr will ich riskieren", gab er leichthin zurück. „Außerdem, wenn Sie kein Gewissen haben, so bin ich noch schlechter dran. Ich habe ein krankes Gewissen!"

Sie lächelte nicht einmal über diesen Einfall. Mit einem raschen Runzeln der Brauen erhob sie sich mühsam, wie unter dem Zwang physischen Mißbehagens.

„Ich muß mein Fahrrad holen", sagte sie und schauderte ein wenig zusammen. „Vater wird auf sein Abendessen warten."

Auch Wolf erhob sich, und recht verlegen standen sie Seite an Seite, während die Amsel mit einem zornigen Schrei davonflog.

„Wo ist Ihr Rad?" fragte er matt; und als er sie sah und — an ihrer Seite stehend — fühlte, wie kläglich ihr jeglicher körperlicher Magnetismus fehlte, konnte er einer kühlen Erkenntnis nicht Widerstand leisten, daß etwas von der geheimnisvollen Anlockung, die ihn zu ihr gezogen hatte, entwich und verlorenging.

In jener Sekunde fühlte er, daß es reiner Wahnsinn gewesen war, daß er den Wunsch hatte hegen können, dies alles möchte sich vor den gestrigen „gelben Farnen" ereignet haben.

Sie sah mit einem raschen, forschenden Blick zu ihm auf. Dann zog sie entschlossen den Mantel fester um sich. „Es steht in den Stallungen des Lovelace", sagte sie. „Ich kann es leicht finden. Sie brauchen nicht mitzukommen."

„Natürlich werde ich mitkommen. Ich werde mit Ihnen gehen und Sie daraufsetzen; und dann werde ich zurückgehen, meine Mutter zu holen."

„Es ist Mitleid, was ich fühle", sagte er zu sich selbst. „Ich habe Gerda, die mir alles ist. Es ist nur Mitleid, was ich fühle."

Sie folgten in westlicher Richtung dem Wege und umgingen den Rand des Jahrmarktfeldes. Als sie den Fuß der „Slopes" erreichten, sahen sie ganz Ramsgard vor sich ausgebreitet. Der vom Lunt empor-steigende Nebel des Sonnenunterganges warf über die kleine Stadt jene Art von Glanz, den Städte auf alten phantastischen Drucken zeigen. Unter der Anästhesie dieser in der kühlen Luft versprühten Herr-lichkeit dachte er unbestimmt über den tollen Zufall nach, der ihn mit so beunruhigender Gleichzeitigkeit in das Leben dieser beiden Mädchen geschleudert hatte. Er begann heimlich den Versuch zu machen, mit seiner Einbildungskraft zuerst das eine Leben und dann das andere aus seiner hartnäckigen Voreingenommenheit zu löschen. Aber diese Anstrengung erwies sich als hoffnungslos vergeblich. Sich die Zukunft ohne Gerdas Lieblichkeit vorzustellen, war unmöglich. Aber gleichermaßen war es unmöglich, dieses seltsame neue Gefühl zu unterdrücken. Nur „Mitleid" . . . aber ein Mitleid, das eine bebende Süße in sich barg.

„Fühlen Sie sich jetzt wieder ganz wohl?" fragte er unvermittelt, als sie den Bahnkörper überschritten.

„Vollkommen", antwortete sie fest, denn sie erkannte offenbar, daß diese Anspielung auf ihren früheren Kummer ein Zeichen eines gewissen Zurückweichens ihres Gefährten war. „Und glauben Sie mir, bitte, wenn ich Ihnen sage, daß ich . . . kaum jemals . . . nein, eigentlich nie . . . mir so nachgebe."

„Was halten Sie wohl für die Ursache?" platzte er plump heraus. „Diese dummen Jungen, die Sie im Stich gelassen haben?"

Auf diese Worte antwortete sie überhaupt nicht; und er empfand eine Welle der Verlegenheit, die ein heißes, prickelndes Gefühl in seinen Wangen verursachte.

„Sie sind sehr freundlich zu mir gewesen", sagte sie unerwartet, mit einer klaren, nachdrücklichen Stimme. Und dann fügte sie sehr langsam hinzu, während sie die Worte aussprach, als wäre jedes ein schwerer Silberbarren, und als wäre sie ein erschöpfter Hafenarbeiter, der eine Schiffsladung löscht: „Freundlicher . . . zu mir . . . als irgend jemand . . . es jemals . . . in meinem ganzen Leben . . . war."

Diese ihre Worte heilten sein momentanes Unbehagen und verursachten ihm solch ein Glück, daß er, als sie die Stallungen des Lovelace betraten und sie vor ihm über die Kieselsteine schritt, sich verstohlen die Hände rieb, geradeso, wie er es getan hätte, wenn er allein gewesen wäre.

„Wie gut war es, daß Sie heute nachmittag herüberkamen", sagte er, während sie ihr Fahrrad aus dem Hofe schob.

„Das weiß ich nicht", antwortete sie prompt, mit einem Flackern ihres eigentümlichen, elfischen Humors; und es erwies sich, daß es der Ton dieser Worte war, mehr als der aller anderen, der bei ihm zurückblieb, nachdem sie fortgefahren war. Diese Worte hatten den Ton einer Art von halbmenschlicher Persönlichkeit . . . eines Wechselbalges der reineren Elemente . . . auf dessen Natur alle Eindrücke, mochten sie welche immer sein, stets mit einer gewissen Milderung fallen würden, mit einer gewissen beschwichtigenden Zartheit, gleich dem Fallen von Wasser auf Wasser oder von Luft auf Luft.

Die billige Holzuhr auf dem Kaminsims seines kleinen Zimmers machte sich Wolfs Ohren über den kleinen Gang hin hörbar, als er bei dem Küchenofen stand. Achtmal schlug die Uhr, und die alte lebhafte Vorstellung, was Zeit ist und was sie nicht ist, erfaßte seinen Geist und hielt ihn fest. Es war nicht das Wissen um den Ablauf der Zeit, wie er sein eigenes Leben betraf, das ihn festhielt. Von dieser Art individuellen Bewußtseins war kaum eine Spur bei ihm zu finden. Er erschien sich selbst weder jung noch alt. In der Tat kannte er nichts von persönlichem Bewußtsein — er hatte nicht acht darauf, wie sich die Jahre und Monate auf seinem Haupte sammelten. Worin er lebte, das war keinerlei fester, kontinuierlicher Strom der persönlichen Identität, sondern eher eine Reihe von Erlebnissen, die nicht an ein Individuum gebunden waren — physische und psychische, in denen seine Identität durchaus versank und sich verlor. Er war sich dieser Momentanerlebnisse in ihrer Beziehung zu anderen Erlebnissen derselben Art vollkommen bewußt, die oft weit in der Vergangenheit zurücklagen, deren manche in der Phantasie vorweggenommen waren; aber er war gewohnt, all dies sozusagen nicht vom Standpunkt eines organischen Wesens aus zu betrachten, sondern von einer so fernabliegenden Losgelöstheit aus, daß er fast außerhalb des Stromes der Zeit und der Einheit der Persönlichkeit zu leben schien.

Acht Uhr morgens am ersten Tage des Juni, sagte ihm jetzt dieser Zeitabschnitt; und sein Geist hielt inne bei dem Gedanken der ungeheuren Sippe der Zimmer- und Taschenuhren in der ganzen Welt, die tickten, tickten, tickten — und in kleinen metallischen Schlägen Vibrationen menschlicher Berechnung in die Tiefen des unausdenkbaren Raumes entsandten.

Er stieß den eisernen Deckel des Ofens auf und schürte mit seinem Haken das darin brennende Feuer. Dann nahm er einen hölzernen Löffel und rührte in einem emaillierten Topf mit Mehlbrei, während er ihn von der Hitze fortzog. Ein Schauer der Befriedigung lief durch ihn, als er dies getan hatte, er rieb seine Hände und machte ein „Gesicht", indem er die Unterlippe in der Art eines Wasserspeiers zurückzog und die Muskeln seines Kinnes spannte.

In weniger als einer halben Stunde, so dachte er, würde er hier an diesem Küchentisch sein Frühstück einnehmen, mit Gerda, die nach ihrem plötzlichen Erwachen lieblich sein würde und mürrisch gleich einem jungen Tier.

Er lief die kurze Flucht knarrender, mit neuem Linoleum bedeckter Stufen empor; und mit der bloßen Andeutung eines Klopfens an der Tür trat er in ihr gemeinsames Schlafzimmer. Das Mädchen lag fest schlafend auf dem Rücken, das helle Haar lose und glänzend im Sonnenschein, quer über den eingedrückten Polster ihres jungen Bettgenossen ausgebreitet. Ihre Arme waren über der Decke ausgestreckt, und eine ihrer Hände hing über die Seite des Bettes hinunter. Sein Eintreten weckte sie nicht, er stand eine Weile vor ihr und grübelte über die geheimnisvolle Einfachheit ihrer besonderen Art von Schönheit nach.

Dann beugte er sich nieder, küßte sie wach, lachte über ihr Schelten, hob sie mit einem resoluten Schwung seiner Arme aus dem Bett, stellte sie auf den Boden nieder und drückte sie an sein Herz, während sie sich empört wehrte. Die Wärme ihres Körpers unter dem kindlichen weißen, bis zum Kinn zugeknöpften Nachthemd verursachte ihm eine rauhe, irdische, animalische Ekstase. Er hatte bereits entdeckt, daß es am köstlichsten war, sie so zu halten, wenn er selbst ganz wach war und angekleidet, sie aber so wie jetzt. Ein angenehmes Element des Ungewöhnlichen und des Räuberischen würzte ihm diese besonderen Umarmungen. „Nicht!" rief sie, wehrte sich und wollte ihn wegstoßen. „Nicht, Wolf! Laß mich, sage ich dir!" Aber er fuhr fort, sie zu küssen und zu liebkosen, als wäre es das erstemal, daß er sie in seine Arme schloß.

Schließlich hob er sie auf, daß sie den Boden nicht mehr mit den Füßen berührte, trug sie, beide Hände unter ihrem Körper, wieder auf das Bett zurück und breitete die Decke über sie.

„So!" rief er. „Wie gefällt dir das?"

Aber das Mädchen wandte sich mit dem Gesicht zur Wand und verschmähte es, mit ihm zu sprechen.

„Acht Uhr, junge Dame", rief er brüsk. „Das Frühstück wird in einer Viertelstunde fertig sein."

Statt einer Antwort zog sie bloß die Decke dichter um ihren Hals.

„Wenn du keine Zeit hast, dich zu waschen oder zu frisieren, mußt du so hinunterkommen, wie du bist. Wo ist dein Schlafrock?" Und er blickte unsicher durchs Zimmer. „Beeile dich jetzt", fügte er hinzu. „Denke an all das, was heute geschehen wird."

Jetzt zeigte sich eine Bewegung unter der faltigen Decke.

„Du bist ein Schuft", keuchte sie mit gedämpfter Stimme.

„Kümmere dich nicht darum, was ich bin. Warte mit deinem

Schelten, bis du drunten bist. Ich habe eine aufregende Neuigkeit für dich."

Dies bewirkte, daß sie sich mit einem Ruck umdrehte.

„Was führst du jetzt im Schilde? Sag es mir rasch! Sag es mir, Wolf!"

Aber er lachte ihr nur zu, winkte mit der Hand und ging.

Als er wieder hinunterlief, kehrte er in die Küche zurück, schob den dampfenden Kessel auf die Seite des Herdes, drehte den Löffel in dem Hafermehl um, schritt dann über den kleinen Gang, auf dem ihn sein eigener grauer Überzieher und Gerdas cremefarbener Mantel, die Seite an Seite auf benachbarten Haken hingen, mit zweideutiger Intensität anstarrten, öffnete die Eingangstür und trat auf die Straße hinaus.

In einer warmen herandringenden Welle schien der Duft des ganzen Westlandes durch ihn zu strömen, während er weiterging. Saftsüße Ausstrahlungen aus den laubigen Verstecken der Dorseter Wälder jenseits des High Stoy schienen sich in diesem Augenblick mit dem üppigen grasigen Hauch aller Wiesenländer von Somerset zu vermischen.

Jenseits der eisernen Gitter vor der Reihe schmächtiger gleicher Häuser floß die Luft zweier ausgedehnter belaubter und sonnenüberfluteter Landschaften zusammen — rechts Melbury Bub mit seinen Nutzgärten und seinen Meiereien; links Glastonbury mit seinen Weiden und Mooren — und tauchte, während sich die wolkigen Auren dieser beiden Regionen über den Dächern von Blacksod vermischten, in noch eine dritte Essenz, in eine Essenz, lieblicher als sie beide — in die innerste Seele des ganzen weiten Landes, das zwischen dem Englischen Kanal und dem Bristoler Kanal liegt.

Preston Lane Nummer siebenunddreißig war das letzte Haus in einer Reihe kleiner Arbeiterhäuschen an der äußersten Westgrenze der Stadt Blacksod. Was Wolf tatsächlich sah, als er das kleine Tor in dem eisernen Gitter aufsperrte und auf die Straße hinaustrat, war nur ein kleiner Teil der geheimen Ursachen seiner Glückseligkeit an jenem Junimorgen. Er hatte sich lange danach gesehnt, sich in eben solch einer Reihe gleicher anspruchsloser Heimstätten an den Ausläufern einer Stadt niederzulassen. Er hatte stets das Gefühl gehabt, daß der Zauber einfacher Freuden mit reinerem Eindruck das Gemüt traf, wenn er unvermengt war mit dem „Künstlerischen" oder dem „Malerischen". Große Häuser und große Gärten, hübsche Häuser und hübsche Gärten schienen sich ihm mit allen ihren Verantwortlichkeiten des Besitzes zwischen seine Sinne und den freien, klaren Strom unbegrenzter, unpersönlicher Schönheit zu drängen. Sein

242

Gefühl in diesen Dingen hatte etwas mit dem Instinkt gemeinsam, der die Mönchszelle geschaffen hat — nur war die Zelle, die Wolf vorzog, eine aus Ziegel und Mörtel erbaute Arbeitervilla, ein Heim, das von keiner einzelnen ästhetischen Eigenschaft beherrscht wurde, außer vielleicht von der, daß es leicht sehr nett und rein gehalten werden konnte.

Die Tatsache, daß er hier mit Gerda unter Bedingungen lebte, die dieselben waren wie jene der Blacksoder Zimmerleute, Maurer und Ladengehilfen, verlieh jedem Ereignis seines Alltagslebens eine schöne Erleichterung. Das Zubereiten des Essens, das Feuermachen, ja sogar das Scheuern des Bodens, woran er sich beteiligte, erwarben für ihn eben wegen dieses Mangels des absichtlich „Künstlerischen" einen erlesenen poetischen Glanz.

Er trat jetzt in die Mitte der Straße und betrachtete die Gegend. Während er dies tat, überfielen zwei sehr deutliche und entgegengesetzte Gerüche seine Nase. Es gab keine Häuser auf der anderen Seite der Straße, nichts als einen übelriechenden Graben, der die Jauche eines nahen Schweinestalles aufnahm; und darüber hinaus eine enorm hohe Hecke, an deren Spitze, zu der kein Kind hinauflangen konnte, Büschel von Süßklee und Zweige wilder Rosen wuchsen. Der Duft dieser Blüten vertrug sich, seltsam genug, mit dem Gestank des Schweinedunges; und die beiden Gerüche, so fein vermengt, waren ihm eine ständige Begleitung der Gedanken geworden, die durch seinen Geist zogen, wenn er in seinem winzigen Vorgarten ein und aus ging.

Als er jetzt mit dem Gesicht zum Graben dastand, war der Schweinestall zu seiner Rechten; aber zu seiner Linken wuchs auf der Wiese gleich hinter der Hecke eine große Esche — ein Baum, zwischen dessen grauen, sich emporwölbenden Zweigen eine Drossel zu singen pflegte, die immer die Heftigkeit ihrer Ekstase bis zu dem Augenblick verstärkte, da die Straße ganz dunkel wurde. Der Vogel begann jetzt zu singen, und sein Drossellied ließ Wolf an jene wilden Amseltöne Gerdas denken, wie sie an jenem Tage, da das Mädchen seine Jungfräulichkeit verlor, die Wiesen überflutet hatten.

Während er zu der Esche hinaufstarrte und an Gerda dachte, begann er über das außerordentliche Glück nachzugrübeln, das er gehabt hatte, seit er im Westland war. „Ich muß unter einem glücklichen Stern geboren sein", dachte er; und sein Geist machte sich daran, die allerletzten Beispiele dieses Glückes Revue passieren zu lassen.

Er erinnerte sich an die befriedigende Art, in der seine starrköpfige Mutter plötzlich ihre ganze Opposition gegen seine Vereinigung mit

Gerda aufgegeben hatte. Er erinnerte sich an die ebenso befriedigende Großmut Mr. Urquharts, der mit dem Anerbieten an Wolf herangetreten war, seine Mutter weiter ohne Mietzins in Lenty Cottage wohnen zu lassen, solange Wolf sein Sekretär bliebe.

Er erinnerte sich der außerordentlichen Freundlichkeit Darnley Otters, der ihm nicht nur die zum Ankauf von Möbeln nötigen fünfzig Pfund geliehen, sondern ihn auch der Direktion der Blacksoder Lateinschule vorgestellt hatte, wo er jetzt dadurch, daß er jeden Vormittag Stunden in Englisch und Geschichte gab, wöchentlich ein Pfund verdiente.

„Glück! Glück! Glück!" sagte er bei sich und rieb sich die Hände. Durch seine dünnen Hausschuhe schien in jenem Augenblick der Magnetismus der Erde in jeden Nerv seines Körpers zu strömen. Glückseligkeit, wie er sie nur selten empfunden hatte, durchflutete sein Wesen; und der phantastische Gedanke kam ihm in den Sinn, daß er, müßte er jetzt sterben, auf irgendeine subtile Art den Tod prellen würde.

„Ich muß diesen Augenblick in meinem Gedächtnis festhalten", sagte er zu sich. „Was immer mir von nun an widerfährt, ich muß mich dieses Augenblickes erinnern und den Göttern dankbar sein!"

Gerade als er das eiserne Tor öffnete und die zwei oder drei frischknospenden Pflanzen betrachtete, die auf dem kleinen Fleck wuchsen, der sein Garten war, setzte es sich der Eigentümer des Schweinestalles, ein wüster Geizhals, der seinen Lebensunterhalt auf mehr als bloß diese eine anrüchige Art verdiente, in den Kopf, einen großen Eimer mit Spülwasser in den Schweinetrog zu schütten, eine Handlung, die ein so ohrenzerreißendes Geschrei der Tiere verursachte, daß Wolf entsetzt innehielt, während sein Herz beinahe aufhörte zu schlagen, so daß er sich mit einem erregten Blick nach jenem unseligen kleinen Bau aus geteerten Brettern umwandte.

Sein erster Gedanke war der, daß eines der Tiere geschlachtet werde; aber das Geräusch gefräßigen Schmatzens, das jetzt an sein Ohr drang, beruhigte ihn.

„Er füttert sie nur", sagte er zu sich und trat ins Haus. In der Küche fand er Gerda, die bereits mit ihrer Schüssel Mehlbrei begonnen hatte.

„Was ist das für eine Neuigkeit, Wolf?" fragte sie mit der undeutlichen Stimme eines gierigen Kindes und drehte dabei ihren rahmbeschmierten Löffel im Munde um, um ihn abzulecken. „Was war das, was du mir erzählen wolltest?"

„Errate es, Liebste", sagte er zufrieden und leerte den im Rahmkrug verbliebenen Rest über seinen Haferbrei. „Man kann sich wirklich nichts Besseres denken. Urquhart kündete mir gestern abend an, daß er sich entschlossen habe, an unserer Geschichte langsam weiterzuarbeiten. Du weißt, wie eilig er es hatte. Aber jetzt sagt er, er habe sich entschlossen, eine vollständige Sache daraus zu machen, selbst wenn es fünf Jahre dauern sollte, bis es fertig wird."

Die kindliche Verdrossenheit in Gerdas Gesicht vertiefte sich nur bei diesen Worten, und mit einer ungeduldigen Bewegung streckte sie ihre Arme aus und warf den Kopf zurück. Dann zog sie das grüne Band, das sie um ihre Locken geschlungen hatte, fester und starrte ihn mit einem umwölkten, satirischen Stirnrunzeln an. Sie schien so bezaubernd in ihrer mürrischen Laune, daß Wolf alles vergaß, während er diese Bewegungen beobachtete, und sie einen Augenblick lang bloß schweigend ansah.

„Du hältst also nicht viel von meiner Neuigkeit", sagte er jetzt. „Aber du bedenkst nicht, wie unangenehm es gewesen wäre, wenn wir dieses verdammte Buch im Herbst beendet hätten. Wo könnten wir noch hundert Pfund hernehmen, he, Liebste?"

„Hundert Pfund", murmelte das Mädchen sarkastisch.

„Ja, hundert Pfund", entgegnete er. „Zwei Drittel unseres Einkommens."

Er erhob sich und ging zu dem Herd hin, um den Kessel zu holen, damit er die Teekanne frisch füllen könne.

„Aber das ist noch nicht alles, du brauchst also nicht sauer dreinzusehen. Es gibt noch etwas viel Unterhaltenderes als das." Sie wartete jetzt ungeduldig, und er fuhr fort: „Urquhart braucht mich heute nachmittag nicht und Mutter kommt zum Tee."

Des Mädchens Verdrießlichkeit verwandelte sich in einem Augenblick in etwas, das kläglicher Furcht glich.

„Oh, Wolf", rief sie. „Das ist das erste Mal."

„Sie war zweimal zum Lunch hier", sagte er.

Aber Gerdas Augen blieben beunruhigt und sehr weit geöffnet und die Enden ihrer Unterlippe senkten sich.

„Darnley war hier, auch — beide Male!" stammelte sie. „Wir hatten sie nie allein hier, und ich habe für den Nachmittag nichts anzuziehen."

„Nichts anzuziehen?"

„Du weißt sehr genau, was ich meine", fuhr sie verdrossen fort. „Leute wie deine Mutter tragen nicht dieselben Sachen am Vormittag und am Nachmittag."

Wolf betrachtete sie, während seine Augen enger wurden. Er erinnerte sich jenes ersten Spazierganges mit ihr, hinauf auf den Abhang von Babylon Hill, und wie er sie unter den Erdwerken von Poll's Camp verfolgt hatte. Warum brachten alle Mädchen ein Element des Konventionellen in das Leben — in jenes Leben, dessen geheimnisvollster Ausdruck sie selber waren? Er wurde sich plötzlich dessen bewußt, daß in dem schönen Kopf ihm gegenüber eine ganze Region von Interessen und Werten existierte, die nichts mit Liebe zu tun hatten und nichts mit Romantik. War also die Liebe selbst mit allen ihren Geheimnissen nur eine Art magischen Tors, das in ein Land voll fremden Gewächsen und unbekanntem Erdreich führte?

„Gerda, meine süße Gerda", rief er vorwurfsvoll. „Wie absurd! Was macht das denn aus? Es ist ja nur meine Mutter. Sie muß uns nehmen, wie wir sind."

Das Mädchen schmollte und lächelte verächtlich.

„Das ist alles, was du weißt", entgegnete sie. „Deine Mutter ist doch eine Frau, nicht wahr?"

Wolf starrte sie an. Gab es also hier eine seltsame innere Welt, parallel zu jener, die für ihn wichtig war, in der Frauen einander begegneten und ohne deren Ritual ihnen das Leben völlig unwirklich erschien? „O Gott!" dachte er, „wenn dies in der Tat so ist, so ist's um so besser für Gerda und mich, je eher ich hinter das Geheimnis jener ‚zweiten Realität' komme."

„Nun schön, ich bitte dich nur um eines, Liebste", fuhr er laut fort, „und das ist, daß du nicht den Versuch machst, wieder jene komischen Krapfen zu backen, die du für Christie gemacht hast. Ich werde einige Halbpennykuchen oder Teecakes bei Pimpernel kaufen."

„Halbpennykuchen", wiederholte sie verächtlich.

Er begann seine Stimme zu erheben. „Das sind ganz ausgezeichnete Dinger! Wie kindisch du bist! Aber ich kümmere mich nicht darum, was du besorgst, wenn nur viel dünngeschnittenes Brot mit Butter da ist."

„Aber ich kann es nicht schneiden! Ich habe es nie schneiden können!" rief sie hilflos, und ihre enormen grauen Augen begannen sich mit Tränen zu füllen.

Da war es, daß Wolf sich klarzumachen begann, wie notwendig es war, gegenüber den „Realitäten" dieser fremden Ordnung von Gefühlen nachsichtig zu sein, als ob sie einem Wesen von einem anderen Planeten zugehörten. Er stand von seinem Sessel auf und ging um den viereckigen Küchentisch herum, der nach einer Laune von ihm bar jeder Decke geblieben war. Er stand nun hinter dem Mädchen, bog mit beiden Händen ihren Kopf zurück und küßte sie viele Male.

Es schien ihm, während er dies tat, als hätte er eben dasselbe in einem anderen Raum, ja sogar in einem anderen Land getan. Er verharrte einen Augenblick bewegungslos hinter ihr, nachdem er sie freigegeben hatte, und hob seinen Kopf. Wo hatte sich dies alles schon einmal ereignet? Ein seltsames Gefühl kam über ihn, als ob sie und er Rollen in irgendeiner phantastischen Traumwelt spielten und als ob er nur eine ungeheure Anstrengung zu machen brauchte, um zu entdecken, daß er für sie beide die ganze Schattenszenerie ihres Lebens zerstört hatte.

Aber Gerda, die nichts von dem wußte, was in ihm vorging, wandte sich auf ihrem Sessel um und stieß ihn mit all der Kraft ihrer jungen Arme fort.

„Sei doch nicht so lästig, Wolf", rief sie. „So! Ich bin hungrig, sage ich dir. Hast du keine Eier für uns?"

Er ging gehorsam zum Herd, traf seine Anstalten, um drei Eier zu kochen — zwei für sich und eines für sie — und blieb dort auf Wache stehen, die Uhr in der Hand.

Das hörbare Ticken seiner Uhr antwortete, als er jetzt seine Aufmerksamkeit darauf konzentrierte, dem lauteren Ticken der Wanduhr im Wohnzimmer jenseits des Ganges. „Wieder die Zeit!" seufzte er und dachte dann: „Aber ich habe die Macht, mit viel ernsteren Erschütterungen meines Glückes fertig zu werden, als mit dieser Entdeckung, daß die ‚Realität' eines Mädchens nicht meine ‚Realität' ist."

In zwei bis drei Minuten, als er vor sie beide je einen porzellanenen Eierbecher gestellt, ein braunes Ei in den ihren, ein weißes Ei in den seinen gelegt und seinen Platz wieder eingenommen hatte, fand er, daß die rasche Wiederherstellung der Räder und Zahngetriebe seines Geistes sich als erfolgreich erwiesen hatte. „Es macht nicht das geringste aus", dachte er, „ob wir einander verstehen oder nicht. Meine Existenz ist ihr nötig, ebenso wie mir die ihre. Keiner von uns kann irgend etwas wirklich verderben, solange dies der Fall ist."

Wie immer die geheimen Methoden sein mochten, die Gerda anwandte, die Maschinerie ihres Geistes in Ordnung zu bringen, sie schienen ebenso erfolgreich gewesen zu sein wie die seinen; denn als sie ihren Hunger gestillt und ihre Teetasse mit starkem, süßem Tee gefüllt hatte, hob sie schon ganz munter den Kopf.

„Ich werde selbst zu Pimpernel gehen", sagte sie, „ich habe gestern dort etwas gesehen, was deine Mutter ganz bestimmt gerne essen wird. Und ich werde Toasts machen. Das wird ebenso gut sein wie Butterbrote."

Wolf erklärte sich völlig zufrieden mit diesen Aussichten.

„Jetzt geh schön hinauf, Liebste", sagte er, „zieh dich fertig an und mache das Bett. Ich werde abwaschen. Ich werde gerade noch Zeit dazu haben. Also, geh schnell! Ich möchte nicht, daß jemand an die Tür klopft und dich so vorfindet. Wir müssen das Prestige von Preston Lane aufrechterhalten!"

Er sprach scherzhaft, aber im Hintergrund seines Gemütes regte sich ein Element der Unruhe. Er hatte ab und zu schon einige unbehagliche Augenblicke erlebt, wenn die Austräger von Lieferanten zu einer frühen Stunde an die Tür gekommen waren. Der Gedanke war ihm verhaßt, daß ihr Haushalt ein Gelächter für alle Lob Torps und Bob Weevils der Stadt sein könnte.

Die Art war ihm ein völliges Rätsel, wie Gerda der Konventionen wegen soviel Aufhebens machte, wenn seine Mutter im Spiele war, während sie doch vor den Bob Weevils der Gegend jede Schranke so völlig fallenließ, als wäre sie aus den urzeitlichen Wäldern Arkadiens nach Blacksod verschlagen worden.

Als er sie jetzt ansah, wie sie gleich einer jungen Mänade die Stiege hinaufstürzte, entsann er sich, wie an jenem Nachmittag auf Poll's Camp die Idee über ihn gekommen war, daß ihr westsächsisches Torpblut wohl zu einer sehr frühen Zeit mit irgendeinem ganz anderen sich gemischt hatte.

Hastig stellte er am Rande des Ausgusses die Teller zusammen und schickte sich an, etwas zu tun, was vor den Augen einer praktischeren Hausfrau sicher nicht unbemerkt geblieben wäre. Er begann, Tassen, Untertassen, Schüsseln, Töpfe, Messer, Gabeln, Kasserolen und Pfannen unter einem Strahl völlig kalten Wassers zu halten, sie mit seinen bloßen Fingern zu reiben und zu scheuern und sie dann, fettig wie sie zum größten Teil waren, mit dem Küchentuch heftig abzutrocknen. Während er dies tat, warf er zufällig durchs Fenster einen Blick auf einen verkrüppelten kleinen Geißblattbaum, der in ihrem Hinterhof wuchs; und er bemerkte wie schon so oft vorher, daß einer der Zweige laublos war und sich auf eine kummervolle, suchende Art zu dem Nachbarzaun hinzustrecken schien, über dem sich ein stämmiger Fliederbusch erhob, der jetzt mit glänzenden herzförmigen Blättern bedeckt war.

Bei dieser Gelegenheit aber brachte ihm aus irgendeinem unerklärlichen Grund der Anblick dieses verlassenen Zweiges lebhaft die Gestalt Christie Malakites in Erinnerung, wie er sie an jenem Tage auf dem Schloßweg zusammengekauert sitzen gesehen hatte. Und mit diesem Bild kam über ihn — als hätte sich unerwartet in der fernsten Mauer der Festung seines Gemütes ein Tor geöffnet — ein tiefes, krankmachendes Sehnen, es war schwer zu sagen, wonach —

ein Sehnen, das ihn durchbohrte wie ein wirklicher Speerstoß. Die Nacktheit und das Sichhinstrecken jenes ausgespannten Zweiges hatten schon früher seine Sympathie gewonnen gehabt; aber heute, während er den Suppentopf wütend mit dem fettigen Tuch rieb und das heiße Wasser aus dem Kessel hineinleerte, schien ihm der Anblick dieses Gegenstandes die Behaglichkeit seiner ganzen Existenz zu stören.

Als er ihn nach ein paar Minuten wieder von dem Fenster des kleinen Klosetts sah, das auf denselben Hinterhof hinausging, hatte er das Gefühl, umringt zu sein, belastet, belagert, während ein unbestimmtes, undeutliches, schwer zu definierendes Flehen zu ihm um Hilfe rief.

Er trat hinaus auf den Fuß des Stiegenhauses und stand, die Hand auf dem Geländer, bewegungslos da, in seltsame Gedanken verloren. Diese flüchtigen Bilder bestimmter unbeweglicher Gegenstände, täglich gesehen, doch stets anders — durch Schlafzimmerfenster, Küchenfenster, Klosettfenster gesehen, hatten von seiner Kindheit an ein seltsames Interesse für ihn besessen. Es war, als empfinge er von ihnen eine Art Runenschrift, die „kleine Sprache" des Schicksals selbst, die kommentierte, was war und was ist und was sein wird. Während er dort stand, konnte er Gerda droben hin und her gehen hören und er überlegte zögernd, ob er hinauflaufen und zu ihr sprechen oder ob er, wie gewöhnlich, ohne weiteres Lebewohl fortgehen sollte.

Er entschied sich schließlich für den zweiten Weg; denn irgend etwas im Grunde seiner Seele ließ ihm gerade jetzt alles andere gezwungen und unnatürlich erscheinen. Darum ergriff er seinen Eichenholzstock, trat mit absichtlicher Geräuschlosigkeit aus dem Haus und ging hastigen Schrittes die Straße hinab.

Sein Weg zur Lateinschule führte ihn an dem Laden des Zuckerbäckers vorbei, und beim Anblick des Namens „Pimpernel" über der Tür entschloß sich Wolf, schnell hineinzugehen und selbst zu sehen, ob die speziellen Teecakes, die er im Sinn hatte, heute zu haben waren.

Da er nicht fand, was er suchte, war er im Begriff, wieder fortzugehen, als er aus dem hinteren Teil des Ladens eine vertraute Stimme erklingen hörte. Es war zu spät, sich zurückzuziehen. Er war schon erkannt worden; und in der nächsten Sekunde fand er sich Angesicht in Angesicht Mrs. Torp gegenüber. Gerdas Mutter war damit beschäftigt gewesen, die alte Ruth Pimpernel zu bereden, sie möge ihr einen Laib gestrigen Brotes um den halben Preis verkaufen.

Während Wolf einen heftigen Händedruck mit dieser sonderbaren Erscheinung tauschte, deren bösartiges Aussehen durch die schmutzige schwarze Haube, die sie auf ihrem Scheitel balancierte, nicht gemildert wurde, ertappte er sich dabei, wie er bis zur äußersten Grenze einer etwas salbungsvollen Munterkeit bemüht war, die Frau freundlich zu stimmen.

Er hatte schon oft bemerkt, daß er, wenn sein Blut infolge raschen Gehens schneller pulsierte, die Tendenz hatte, seine natürliche Bonhomie bis zu einem Grade zu übertreiben, der beinahe albern war. „Sie haben uns schon so lange nicht besucht, Mrs. Torp", rief er. „Das geht nicht so weiter, daß Gerda und ich gar nichts von Ihnen sehen. Es ist ja zu lächerlich" — schwatzte er weiter, vollkommen achtlos des tückischen Ausdruckes in Mrs. Torps Augen, der dem Ausdruck eines auf einen Kaninchenkäfig schielenden Kettenhundes glich — „es ist ja zu lächerlich, Sie am selben Ort zu haben und so wenig von Ihnen zu sehen!"

Es war selbst für den Scharfblick Joan Torps unmöglich, diese polternde Freundlichkeit auf ihre wahre Ursache zurückzuführen — nämlich auf das angenehme Glühen, das sich durch Wolfs rasches Gehen in allen seinen Adern verbreitet hatte; und so versicherte sie ihm mit einer Miene, die einer wohlwollenden Grimasse näherkam als alles, was er bisher je in ihren grimmigen Zügen gesehen hatte, und mit einem Nachdruck, der kein Zögern kannte, daß sie, „so gewiß, wie wir hier stehen, Mr. Solent", am selben Nachmittag zum Tee nach Preston Lane kommen würde.

Das Erscheinen der Verkäuferin mit dem alten Brot, das für den Tisch des Steinmetzen bestimmt war — Mr. Torp verabscheute altbackenes Brot —, hinderte die Frau, die Wolke zu entdecken, die sich über Wolfs Brauen senkte, als er diese prompte Annahme seiner Gastfreundschaft vernahm. Erst als er aus dem Zuckerbäckerladen eilte, war er klug genug, sich umzuwenden und ihr hastig den Vorschlag zuzurufen, daß Mrs. Torp, wenn sie jetzt gleich hinüberschauen wollte, ihrer Tochter ganz besondere Freude machen würde.

„Ich will es Gerda überlassen", dachte er bei sich. „Sie wird es schon irgendwie regeln."

Immerhin blieb er diesen ganzen Vormittag, während er vor seinem Pult in der vierten Klasse des Gymnasiums saß und Fragen nach Edward Longshanks stellte, qualvoll mit dieser Begegnung beschäftigt.

„Sie geht vielleicht gar nicht hin", dachte er. „Es ist nicht ihre Art, vormittags hinzugehen. Sie sind so komisch, diese beiden, mit ihren Haushalten. Nun, wir müssen es dem Zufall überlassen und das Beste hoffen!"

Und als er sich dann vor seiner Klasse über jenen schrecklichen schwarzen Sarkophag in der Westminsterabtei verbreitete, mit seiner grimmigen Inschrift, fuhr die Unterströmung seines Geistes fort, sich mit allen den kleinen Zwischenfällen abzuquälen, die zu diesem ärgerlichen Ausgang geführt hatten.

„Wenn ich nicht so lange an diesem verwünschten Klosettfenster gestanden hätte, wäre ich von Pimpernel schon fort gewesen, ehe sie kam. Und wenn ich mich aufgehalten hätte, um Gerda Lebewohl zu sagen, wäre sie schon fort gewesen, ehe ich überhaupt hinging. Zum Teufel! Es ist wie der Strick, das Wasser, das Feuer, der Hund und die alte Frau, die vom Markte nach Hause gingen."

Als seine Klasse um halb eins freigegeben wurde und er selbst auf die Straße entfloh, kam es ihm in den Sinn, daß es seltsam war, welch schwachen Eindruck auf sein Bewußtsein diese Tätigkeit als Geschichtslehrer machte. Er war klug genug, die ganze Sache ein wenig oberflächlich zu erledigen. „Was zum Teufel denken diese Knaben von mir?" dachte er grimmig. „Ich vergesse ihre Existenz, sobald sie mir aus den Augen sind."

Er traf in diesem Augenblick mit Darnley Otter zusammen, der mit einem Stoß von Papieren in der Hand eben von seiner Lateinstunde kam.

Darnley grüßte ihn mit größerer Herzlichkeit als gewöhnlich; und während Wolf in die seltsam gefärbten Augen seines Freundes blickte, empfand er jenes eigentümliche Gefühl der Erleichterung, das Männer gewöhnlich fühlen, wenn sie einander nach der Verwirrung sexueller Konflikte begegnen.

Darnley legte die freie Hand auf den Arm seines Freundes, und sie schritten zusammen die Straße hinab; aber eine ganze Weile hörte Wolf nichts von dem, was der andere sagte, so beschäftigt war er mit einer plötzlichen Frage, die gleich einem Erdriß auf heißem Stoppelfeld tief in seinem Geiste klaffte und die sich eben erst jetzt aufgedrängt hatte. Empfand er wirklich „Liebe", in dem eigentlichen Sinn dieses Wortes, für seinen süßen Bettschatz? „Aber sehr wahrscheinlich könnte ich niemals in diesem Sinne für irgend jemanden ‚Liebe empfinden'", sagte er zu sich, als sie weitergingen.

Und dann bemerkte er, daß Darnley eine ganze Weile schon zu ihm sprach.

„Ich sehe nicht ein, warum ich dich nicht mitnehmen sollte", sagte er jetzt. „Ich würde es tun, schnell wie ein Blitz, wenn sie nicht neulich, als ich von dir sprach, so merkwürdig gewesen wäre. Aber ich nehme an, daß nichts dahinter steckt! Vielleicht hast du auf irgendeine Art ihre Gefühle verletzt. Sie ist ein seltsamer kleiner Kauz. Ich bin schon vor langer Zeit daraufgekommen. Man muß bei ihr überaus vorsichtig sein."

Diese Worte und andere vor ihnen begannen jetzt in Wolfs Bewußtsein einzudringen, so wie es einem Menschen widerfahren mag, der sich von einer Betäubung erholt.

„Verzeihe", murmelte er entschuldigend und blieb auf dem Trottoir stehen. „Ich habe nicht zugehört."

Darnley strich seinen spitzen Bart und maß ihn vom Kopf bis zu den Füßen.

„Du hast den Schuljungenrausch, du armer Teufel", murmelte er mitfühlend. „Es dauert eine Zeit, bis sich das legt. Du wiederholst dir selber, was du gerne Rintoul ‚Minor' entgegnet hättest, als er dich in Verlegenheit brachte. Ich mache das selbst auch oft."

„Nein, das ist's nicht", protestierte der andere. „Aber was sagtest du eigentlich?"

„Nichts sehr Aufregendes", sagte Darnley ruhig und zog ihn am Arm weiter. „Es war nur, daß ich dachte, dich mit mir zu Christie zum Lunch zu nehmen. Gerda wird doch ausnahmsweise einmal nichts dagegen haben, nicht wahr?"

Wolf zog seine massiven Augenbrauen so tief hinab, daß sein überraschter Blick seinen Gefährten anfunkelte wie Laternenlicht aus einer überdachten Scheune. „Ich ... glaube ... nicht", flüsterte er zögernd.

Die Wahrheit war, daß Darnleys Vorschlag tief in seinem Inneren etwas in heftige Schwingungen versetzt hatte, gleich dem Dröhnen einer vergrabenen Trommel, die von einem Erdgnom geschlagen wird. Das also war es, wohin die Dinge trieben, seit er jenen Geißblattzweig zu Gesicht bekommen hatte?

Darnley lächelte und zuckte die Achseln.

„Sage nichts mehr", rief er. „Ich sehe, daß du nicht kommen willst! Na schön! Also marsch fort ... zurück zu deiner sächsischen Schönheit! Christie erwartet mich jedenfalls."

Aber Wolf hielt ihn mit einem Flehen im Blick zurück.

„Es ist nur deshalb, weil Gerda und ich heute besondere Dinge zu tun haben", sagte er. „Unter gewöhnlichen Umständen wäre ich sehr gerne gekommen."

Darnley sah ihn ernst an. „Hoffentlich keine schlechten Neuigkeiten?" sagte er.

Wolf war still. Alle Arten seltsamer Einbildungen glitten, gleich den Schatten von Krähen über einem Teich, über die Oberfläche seines Gehirns. Einer Sache wandte er jetzt seine besondere Aufmerksamkeit zu. „Schien nicht freundlich zu mir zu sein, eh?" Und er rief sich die beiden einzigen Gelegenheiten ins Gedächtnis, da er Christie seit seiner Heirat allein gesehen hatte.

Bei beiden Gelegenheiten hatte sie jede Anspielung auf jenen Tag der Pferdeschau vermieden. Sie war selbstbeherrscht und natürlich gewesen, hatte über seine Scherze gelacht, hatte freimütig mit ihm über Mattie gesprochen, hatte sich nicht einmal vor einer vorübergehenden Erwähnung Olwens zurückgezogen. Und obwohl ihre Anspielungen auf Gerda nur leicht waren und matt, waren sie doch freundlich und teilnehmend. Aber Wolf entsann sich gut, wie er tiefes Erstaunen gefühlt hatte über die Abgründe von Stolz und Zurückhaltung, in die sich zurückzuziehen dieses gebrechliche Geschöpf die Macht besaß.

„Gerda war ein wenig überrascht", sagte er endlich, da er beobachtete, daß Darnley schon ungeduldig war, fortzukommen, „daß eine Freundin wie Christie noch nicht öfter uns besuchen gekommen ist."

Sein Gefährte befreite seinen Ärmel von dem nervösen Griff, mit dem Wolf ihn ganz unbewußt erfaßt hatte.

„Das ist dumm von Gerda", sagte er kurz. „Sie sollte Christie besser verstehen. Christie geht niemals aus, Besuche zu machen. Die Leute müssen kommen und sie besuchen. Schau, Solent" — und während er sprach, trat ein Glänzen knabenhaften Eifers in sein Gesicht —, „warum läufst du jetzt nicht nach Hause, ißt eine Kleinigkeit und kommst dann mit Gerda zu Christie hinüber? Ich werde ihr sagen, daß ihr kommen werdet. Sie wird euch ein wenig heiße Schokolade aufheben. Sie macht ausgezeichnete heiße Schokolade."

Wolf zögerte. „Wir haben heute meine Mutter zum Tee", sagte er. „Und vielleicht noch jemanden", fügte er hinzu und dachte an Mrs. Torp.

„Schon gut. Da bleibt ja noch eine Menge Zeit. Es ist ja noch nicht halb drei. Geh, sei doch vernünftig; und bringe bestimmt Gerda mit."

Wolf verharrte in unschlüssigem, unbehaglichem Schweigen und schlug mit seinem Stock auf den Boden.

„Gut", sagte er endlich. „Ich werde es so machen, wie du sagst. Wir werden nicht lange zu unserem Lunch brauchen, das ist sicher. Aber erkläre Christie, daß wir nur für ganz kurze Zeit kommen. Sage ihr, daß wir zum Tee wieder zurück sein müssen. Das wird sie beruhigen", fügte er sardonisch hinzu, „wenn wir ihr auf die Nerven fallen."

„Sei kein Esel, Solent", war die Abschiedsbemerkung seines Freundes, als sie sich jeder auf seinen Weg machten.

Wolf brauchte gewöhnlich genau zwanzig Minuten, um von dem Tor der Lateinschule zu seinem Haustor zu gelangen, aber diesmal verlängerte er die Strecke dadurch, daß er einen Umweg durch die Monmouth Street machte, in der es keine Kaufläden und kaum einen Straßenverkehr gab.

Die heiße Junisonne schien fast senkrecht auf die warmen ungleichmäßigen Kieselsteine in dieser ruhigen Allee, auf Steine, die Raum ließen für das gelegentliche Emporsprießen dünner, moosweicher Grashalme. Wolf ging langsam unter der hohen Ziegelmauer weiter, die den hübschen Garten eines gewissen Anwaltes Gault, eines entfernten Verwandten Selenas, umschloß. Er kam zu einer Stelle, an der die Zweige einer großen Linde im Garten des Anwaltes ein verträumtes Muster bewegungsloser Schatten auf die Steine vor seinen Füßen warfen. Hier blieb er still stehen, während die dunklen Muster auf dem sonnenhellen Grund diesen Teil des Bodens porös und unsubstantiell erscheinen ließen. Und wieder brachte das trommelartige Schlagen in den Tiefen seines Herzens die Vision Christie Malakites vor ihn, zusammengekauert, wie er sie am Tage des Jahrmarktes gesehen hatte.

Er machte diesmal keinen Versuch, seine Gedanken im Zaum zu halten, und entdeckte, als er sich dieser geistigen Treulosigkeit hingab, ein merkwürdiges Gefühlsphänomen. Er entdeckte, daß der besondere Glanz, der für ihn gleich einer durchscheinenden Wolke stets um die unpersönliche Idee des Mädchentums geschwebt war, sich auf dem Bilde Christies konzentriert hatte. Er versenkte sich in eine sehr seltsame Schwingung seiner Gefühle, während er auf jenen Kieseln stand und die dunklen Schatten betrachtete. Der Gedanke an Gerdas Wärme verursachte ihm einen wollüstigen Schauer, unmittelbar, irdisch, voll ehrlichen und natürlichen Verlangens. Aber er erkannte jetzt, daß über der Persönlichkeit dieses anderen Mädchens etwas Subtileres schwebte — ja, nichts Geringeres als jene flüchtige Aura geheimnisvoller Mädchenhaftigkeit —, sozusagen die platonische Idee des Geheimnisses aller jungen Mädchen, das für ihn das magischeste Ding auf der ganzen Welt war. Was ihn vom Anfang an zu Gerda gezogen hatte, war ihre wundervolle Schönheit gewesen und dann ihre originelle Persönlichkeit, ihr kindlicher Charakter. Er konnte jetzt, in diesem Augenblick, Gerdas Gesicht vor sich sehen — er konnte die Töne ihrer Stimme hören. Er konnte fühlen, wie lieblich sie war, wenn er sie umfangen hielt und liebkoste. Christies Gesicht war hingegen ganz unbestimmt in seiner Erinnerung, ihre Stimme war unbestimmt, die Berührung ihrer Hand war unbestimmt. Es war schwer zu glauben, daß er jemals die Arme um sie gelegt hatte. Und doch war es Christie, die alle jene flutenden Andeutungen des Geheimnisses einer Mädchenseele in sich gezogen, sie hier und dort aufgesammelt hatte, gepflückt gleich jenen Blumen in grünen Tälern, die vor allem anderen so köstlich für ihn waren.

Das Schwätzen eines Starenpaares, das sich hinter der Mauer scheltend und streitend auf die Erde niederließ, brachte ihn endlich zu sich. Er drückte seinen Strohhut tief in die Stirn und machte sich auf den Heimweg.

Als er die Tür von Nummer siebenunddreißig öffnete, fand er Gerda, wie sie, vom Kopf bis zum Fuß in eine bedruckte Schürze gehüllt, um den Kopf ein großes Tuch gebunden, den Boden des Wohnzimmers bürstete.

„Du kannst jetzt nicht herein", sagte sie, „wenn du nicht im Schlafzimmer sitzen willst. Ich werde dann gleich die Küche machen. Es hat keinen Zweck, wenn du dort hineingehst."

„Guter Gott, Kind!" klagte er und hustete und nieste mit übertriebenem Nachdruck, während er seinen Stock in den gewohnten Winkel stellte. „Das Zimmer wird voll von Staub sein! Warum kannst du diese Sachen nicht stehenlassen? Meine Mutter hätte nie bemerkt, ob der Raum gebürstet ist oder nicht. Es wird Stunden brauchen, bis dies alles wieder in Ordnung ist!"

Sie stützte sich auf ihren großen Besen und beobachtete ihn durch eine Wolke heller Sonnenstäubchen. Unter ihrem Blick fühlte Wolf, wie er geradezu körperlich in einer Pose plumper Verlegenheit erstarrte. Er empfand ein Gefühl erniedrigender Selbsterkenntnis. Er fühlte sich wie ein Dummkopf und wie ein verräterischer Dummkopf. Der Blick, den sie auf ihn gerichtet hatte, glich dem Blick, den die olympische Göttin der Morgenröte ihrem menschlichen Geliebten in dem Augenblick zugeworfen haben mochte, da jener zuerst die hinterlistige und wankelmütige Sterblichkeit seines Geschlechts verriet. Nie konnte Wolf diesen Ausdruck ganz vergessen. Er schlug ein Loch in seinen Harnisch, das sich nie, bis zum Ende seines Lebens nicht, ganz schloß. Von nun an mußte er bei allen seinen Gedanken über sich selbst eine schwache und schwankende Stelle in den eigentlichen Grundmauern seines Charakters in Betracht ziehen — eine Schwäche, die von nichts anderem als von der Hellsichtigkeit einer Frau jemals hätte bloßgelegt werden können.

„Schon gut", murmelte er stupid. „Ich werde hingehen, wohin du nur willst, meine Liebe." Und als er bemerkte, daß sie ihn noch immer in einer Art zögernder Entrücktheit betrachtete, machte er einen hoffnungslosen Versuch, in ihren Gedanken zu lesen.

Ihr Blick schien Verdruß auszudrücken, Überlegenheit, Ironie; und dennoch lag auch Zärtlichkeit darin und eine Art mitleidiger

Nachsicht. Es war einer jener Blicke, in denen all das, was das Dunkelste ist in den Beziehungen zweier Menschen, zur Oberfläche emporsteigt, während es keinen Ausdruck finden kann in menschlichen Worten. Alles, was er wußte, war, daß dieser ihr Blick ihn freiließ und dennoch nicht freiließ, obwohl er nicht begreifen konnte, was sie von seinen vagen, geheimen Gedanken jenes Tages wissen konnte.

„Ich will hingehen, wohin du nur willst, Gerda", wiederholte er matt; und um diesen Zauber zu brechen, nahm er einen Kleiderabstäuber, den sie auf den Rücken eines Fauteuils gelegt hatte, und machte eine Bewegung, als wolle er den Kamin abstauben.

Da entspannte sie ihre Träumerei und begann wieder mit ihrer Arbeit, ohne weiter von ihm Notiz zu nehmen. Dies ermöglichte es ihm, sich wieder umzuwenden und, noch mit dem Abstäuber in der Hand, verstohlen jede ihrer Bewegungen zu beobachten. Die Schürze, die sie so fest um den Leib gezogen, das Stück grünen Musselins, das sie so zierlich um ihren Kopf gewunden hatte, arbeiteten die Weiße ihrer Haut und die Weichheit ihres Fleisches in außerordentlicher Plastik heraus. Sie fuhr fort, mit ihren gerundeten Armen kraftvoll den Besen zu handhaben, wobei ihre Bewegungen die Lieblichkeit ihrer Schultern und die Biegsamkeit ihrer Hüften zur Schau stellten, bis Wolf alles zu vergessen begann außer der wollüstigen Faszination, sie anzusehen.

Dies hatte nicht sehr lange gedauert, als er sich darüber klar wurde, daß sie ganz genau wußte, in welcher Stimmung er sie ansah. Ab und zu streckte sie ihren Körper, um ihren Muskeln Ruhe zu gönnen, und wenn sie dann die Hände erhob, um das grüne Musselintuch in ihrem Nacken wieder in Ordnung zu bringen, nahmen die Umrisse ihrer jungen Brüste unter der enganliegenden Schürze die edlen Linien einer Skulptur des Phidias an. Jedesmal wenn sie dies tat, blickte sie ihn unter träumerischen, geistesabwesenden Lidern an, und sie schien sehr gut zu wissen, daß er in diesem Augenblick vor allem kein anderes Verlangen hegte, als rauh, bedenkenlos, bis zur Selbstauslöschung sie zu besitzen. Und sie schien auch zu wissen, daß sie, wenn sie ihm dies gerade jetzt gestattete, einen nicht näher zu beschreibenden Vorteil, den sie über ihn gewonnen hatte, vollständig verlieren würde. Über einen unmeßbar tiefen Abgrund schleuderte sie ihm diese Blicke zu, während die dichten, staubgeborenen Sonnenstäubchen zwischen ihnen dahinhuschten und wirbelten wie der verstreute goldige Sand einer großen umgeworfenen Sanduhr.

Unter dem Druck seiner widerstreitenden Gefühle zog sich Wolfs Herz zusammen; und der Stolz seiner bedrohten Lebensillusion sammelte sich darum wie gebrochene Blasen von Quecksilber, die sich an eine Kristallkugel legen.

Schließlich warf er den Abstäuber zu Boden und sprang auf sie zu, getrieben von der blinden, unbewußten List eines Raubtieres und von wildem, erbittertem Verlangen. Aber das Mädchen entglitt ihm, lachend wie eine verfolgte Oreade, hob den großen Besen zwischen ihnen hoch und floh um die Ecke des Wohnzimmertisches, von dem sie die Decke abgenommen hatte. Mit schon gerötetem Gesicht, schwer und schnell atmend, verfolgte er sie hartnäckig; und beide liefen sie keuchend und erhitzt wieder und wieder um jene geglättete Holztafel, die sie verhöhnte gleich einem schimmernden Schild. Auf ihrer Flucht ließ sie den Besen fallen, und er, bei seiner ungeschickten Verfolgung, strauchelte darüber und fiel beinahe zu Boden.

Dann gab er es auf; denn in einem einzigen Aufleuchten der Blendlaterne seiner Selbstachtung sah er diesen ganzen Vorfall genauso, wie er Bob Weevil erschienen wäre, hätte dieser sein neugieriges Gesicht jetzt gegen ihre Fensterscheibe gepreßt. Aber als sie stockstill hier standen, wie zwei Tiere keuchten und einander über das glatte Holz anstarrten, kam es ihm in den Sinn, daß dieses ihr Spiel, wenn nichts anderes zwischen ihnen gestanden wäre als jener Tisch, beiden reiche Köstlichkeit geschenkt hätte, mit oder ohne Bob Weevil!

Schwer holte er Atem, während er die winzigen Schweißtropfen auf ihrer Stirn und ihren keuchenden Busen betrachtete. „Sie ist mir eine völlig Fremde!" sagte er mit einem beunruhigten Seufzer zu sich.

„So wirst du mich nie fangen, Wolf", keuchte Gerda mit einem melodischen Lachen. „Du tätest also besser daran, es aufzugeben und deine Niederlage einzugestehen."

Aber er dachte bei sich: „Sie glaubt das unartige Kind zu spielen. Sie glaubt meiner Würde geschadet zu haben. Sie meint, ich sei ein pompöser Esel, der nicht imstande ist, auf diese Weise mit einem Mädchen natürlich zu spielen." Er trat vom Tisch zurück, sank in einen Korbsessel und zündete sich eine Zigarette an. „Aber ich könnte es, ich könnte es", dachte er, „wenn nur — oh, der Teufel soll alle diese Liebesaffären mit Mädchen holen! Es entgleitet meiner Kontrolle; es wird zuviel für mich!"

Durch das offene Fenster drangen die klaren klingenden Töne der Drossel auf der Esche, gleichzeitig mit jenem merkwürdigen Geruch des Honigklees, vermischt mit dem des Schweinemists, die die vertraute Atmosphäre dieses Hauses bildeten. Auch Gerda hörte die Drossel, lehnte den Besen an einen Sessel, ging zum Fenster und beugte sich an der einen Seite hinaus, ihr Profil Wolf zugewendet.

„Was würde ich fühlen", sagte er zu sich, „wenn sie jetzt anfinge, ihr Amsellied zu pfeifen?"

Aber Gerda zeigte kein Verlangen zu pfeifen. Ihr Gesicht sah bleich aus und ein wenig traurig, und wie sie dort lehnte, die Stirn in einen ihrer nackten, auf dem Holz des Fensters liegenden Arme gestützt, schien sie in konzentrierten Gedanken verloren zu sein.

Wolf empfand eine plötzliche Sehnsucht, zu ihr hinüberzugehen und sie zu trösten — sie wegen dieser seiner irrenden Gefühle zu trösten, und es schien ihm unmöglich, zu glauben, daß sie seine Gedanken bei deren heimlichem Durchzug durch sein Hirn aufgefangen haben konnte. Er durfte ihr doch keinesfalls jetzt Darnleys Plan verkünden?

In Wirklichkeit aber ging er weder zu ihr hin, noch erzählte er ihr von dem beabsichtigten Besuch. Er erhob sich und sagte unvermittelt: „Nun, was ist's also mit dem Lunch, meine Liebe?"

Bei dieser Bemerkung hob sie den Kopf mit einem Ruck von ihrem Arm, ließ die Hand hinabsinken, warf ihm einen raschen Blick unaussprechlichen Vorwurfes zu und ging wortlos in die Küche hinaus.

„Zum Teufel!" dachte er. „Sie kann doch keine Hexe sein! Sie kann doch nicht die Fähigkeit haben, die Gedanken eines Menschen zu lesen! Außerdem, was habe ich eigentlich gedacht? Nichts anderes als das, was jedermann manchmal denkt: wilden, närrischen, schmählichen Unsinn! Es muß ihre Mutter daran schuld sein. Diese alte Vettel muß also doch gekommen sein."

Er nahm wieder in dem Korbsessel Platz; aber er fühlte sich zu elend, sich auch nur eine Zigarette anzuzünden.

Seine dunkle Pein umwand jeden einzelnen Ton der Drossel mit einer dichten rußfarbenen Hülle, so daß die Klänge flatternd nach ihm schlugen wie schwarze Fahnen. An dem Geruch von Heckenduft und Rinnsteingestank wuchs sein Unbehagen empor und sank, und so schaukelte es ihn in düsterer Trostlosigkeit auf und nieder.

„Ich wünschte, ich wäre eben jetzt geradewegs zum Fenster zu ihr gegangen", sagte er zu sich. „Ich kann's nicht ertragen, daß sie so dreinsieht. Christus sah einen Mann unter einem Feigenbaum, oder was immer für ein Baum das war; und ich nehme an: ein Mädchen kann einen Mann unter einer Linde sehen und in seinen Gedanken lesen wie in einer Landkarte!"

Er schüttelte seine düstere Stimmung ab, so gut er konnte, und ging langsam in die Küche. Dort fand er sie, wie sie abwesenden Geistes den Tisch für eine aus Brot und Käse bestehende Mahlzeit deckte. Mechanisch begann er ihr zu helfen, holte die Messer und Gabeln aus der Lade des Anrichtetisches und entkorkte eine Bierflasche.

Als die Mahlzeit bereit war, band sie die Schürze ab, entfernte das Musselintuch von ihrem Kopf, wusch die Hände am Spültisch und stand dann, statt ihm gegenüber ihren Platz einzunehmen, zitternd und hilflos in der Mitte des Raumes.

„Ich glaube, ich werde fortgehen, Luft zu schöpfen", sagte sie. „Ich muß zuviel Staub geschluckt haben. Ich bin nicht hungrig."

Wolf hatte bereits seinen Sitz eingenommen; und während sie sprach, machte sie, statt sich von ihm zu entfernen, wie nach ihrer Bemerkung zu erwarten war, eine seltsame kleine hilflose Bewegung zu ihm hin. Diesmal wußte er, was er tun mußte. Er sprang auf, sprang zu ihr hin, zog sie, ihren schwachen Widerstand überwindend, fest ans Herz, und drückte ihre jetzt bald von Tränen nassen Wangen gegen die seinen. So blieben sie einige Sekunden, einander umschlingend, aber ohne ein Wort, und überließen es der Wohnzimmeruhr und der unverbesserlichen Drossel, sich mit dem Lauf der Zeit abzufinden, wie es ihnen gefiel.

Endlich löste er die Umarmung, nötigte sie, sich zum Tisch zu setzen, und füllte ihr Glas mit schäumendem Ale.

Der weiche Gehalt des Getränkes, im Verein mit der offenbaren Aufrichtigkeit seiner Liebkosung, schien die unglückliche Stimmung zu verjagen, die von ihr Besitz ergriffen hatte. Sie wandte sich wieder den vor ihr stehenden Speisen zu und begann mit Appetit zu essen. Während sie aßen, sprachen sie ruhig darüber, was sie zum Tee für seine Mutter vorbereiten wollten. Wolf fand es klug, jetzt nichts von Mrs. Torp zu sagen.

Immerhin, als sie gesättigt waren und nachdem er ihr eine Zigarette gereicht hatte — denn es belustigte ihn stets, die kindisch ungeschickte Art zu beobachten, wie Gerda rauchte —, stürzte er sich kühn in das Thema ihres Besuches im Laden des Buchhändlers. In einem Teil seines Herzens wünschte er dieses Projekt zum Teufel; aber er sagte sich, daß es absurd wäre, Darnley zu enttäuschen.

„Wenn du Lust hast, nicht abzuwaschen und dich nicht umzukleiden, bis wir zurückkommen könnten wir ganz gut für eine knappe Stunde hinübergehen. Wir schulden Christie wirklich einen Besuch; und daß Darnley dort ist, gibt einen guten Vorwand."

„Warum sollten wir zu Christie gehen? Sie sollte zu uns kommen, uns zu besuchen!"

„Gerda, du weißt doch, wie dies ist! Du weißt, wie sie ist. Außerdem haben wir sie nur das eine Mal eingeladen, als Bob und Lobbie hier waren. Gehen wir jetzt; sei ein gutes Mädel! Wir werden eine Menge Zeit haben, uns vor dem Tee sauberzumachen."

Gerda schien einen Augenblick lang mit sich zu kämpfen; und dann gab sie mit der bezauberndsten Anmut nach. „Gut", sagte sie und stand auf, „nur müssen wir unterwegs zu Pimpernel schauen."

Wolfs Laune wurde immer besser, als sie das Haus verließen. In seinem Innern verlachte er ironisch diese gehobene Stimmung. „Die Wahrheit muß wohl sein", sagte er zu sich, „daß ich einfach in beide vernarrt bin — daß ich nach Christie fassen und dennoch nicht meine süße Gerda aus den Händen lassen möchte."

Der Anblick von Pimpernels Ladenmädchen drückte jedoch sein Glück um gar manche Grade hinunter. Er hatte Mrs. Torp gänzlich vergessen.

Aber er sagte nichts, bis sie schon ziemlich weit von dem Laden waren und schon ziemlich weit auf ihrem Wege die High Street hinab. Dann begann er: „Oh, ich habe heute früh deine Mutter getroffen, Gerda. Wir sprachen ein wenig und ich kann mich nicht erinnern, wie sich das ergab, aber sie ging schließlich mit der Idee fort, daß ich sie für heute nachmittag zum Tee eingeladen hätte. Und ich fürchte, ich habe ihr nichts davon gesagt, daß meine Mutter kommt; wir müssen daher auf jeden Fall für ihr Kommen gerüstet sein."

Die Wirkung dieser Mitteilung war verblüffend. Gerda entzog ihm ihren Arm und blieb vor einem Fleischerladen starr an Ort und Stelle stehen; und sie ließen die nachmittägigen Einkäufer unbemerkt an sich vorbeieilen.

„Du ... hast Mutter ... zum Tee ... geladen!" keuchte sie; er war beunruhigt von dem Schrecken auf ihrem Gesicht.

„Nun und?" sagte er und schob sie unter den Eingang des Ladens, um dem Menschenstrom aus dem Weg zu gehen. „Es wird nicht so schrecklich sein, nicht wahr? Meine Mutter kann, wenn's sein muß, ganz annehmbar und anständig sein."

Gerda blickte ihn mit so funkelnden Augen an, daß er zurückwich, als ob sie ihn geschlagen hätte.

„Bist du verrückt, Wolf?" flüsterte sie heiser. „Ich kann dich heute nicht verstehen! Was ist mit dir nur los? Am Morgen läufst du davon, ohne ein Wort zu sagen. Du kommst zurück und siehst drein, als ob dir ein Gespenst begegnet wäre. Du schleppst mich fort, deine Freundin zu besuchen, die mich nicht mehr braucht als eine Katze! Und jetzt das, um alles zu krönen! Das ist zuviel! Ich sage dir, es ist zuviel! Ich gehe nach Hause." Und sie ließ ihren Worten die Tat folgen, riß sich von ihm los und begann sich hastig auf den Rückweg zu machen.

Wolf lief ihr nach und faßte sie beim Arm.

„Gerda! Liebste Gerda!" rief er, ohne auf die Leute zu achten, die an ihnen vorbeikamen. „Ich kann das nicht ertragen. Laß mich mit dir zurückgehen. Es liegt mir nicht das geringste daran, Christie zu besuchen!"

„Ich will nicht, daß du mit mir kommst, Wolf. Ich will nicht! Ich will nicht! Möchtest du, daß ich dir auf der Straße eine Szene mache? Geh zu Christie, sag ich dir! Dorthin gehörst du. Ich weiß, daß du zu ihr hinübergehen wolltest, seit sie damals mit den Burschen bei uns war. Geh! Geh! Geh! Ich will dich nicht mit mir haben!" Und sie machte sich auf den Weg, fast laufend, mit weißem Gesicht und verwirrten, starren Augen.

Wolf blieb bewegungslos stehen und sah ihr nach, während lange Minuten über sein Haupt dahinzogen. Es schien unmöglich, daß dies seine Gerda sein sollte, die in wildem Zorne jetzt davonging! Aber noch während er zögernd dastand, verschwand ihre Gestalt unter den Leuten.

Er wandte sich dann müde um und setzte seinen Weg, die Straße hinab, in geistesabwesender, mürrischer Stimmung fort. Er wußte kaum, was er tat; aber er hatte eine unbestimmte Idee, eine Zeitlang durch die Straßen zu wandern und dann nach Preston Lane zurückzukehren. Seine Füße trugen ihn jedoch gleichmäßig weiter, bis er sich gegenüber der Buchhandlung befand.

„Wer A sagt, muß auch B sagen", dachte er. Und dann formten sich die Gedanken, die, wie er glaubte, in jenem Augenblick seine Handlungen beherrschten, in seinem Hirn ungefähr in solche Worte: „Ich bin absolut nicht in der Stimmung, jetzt Christie oder auch Darnley zu sehen! Aber ich glaube, es wäre eine absurde Anhäufung von Mißverständnissen, wenn ich sie sitzenließe."

Fest faßte er den Griff seines Stockes, und während er mitten im Torweg vor sich Gerdas entsetztes Gesicht und ihr wildes, tränenloses Starren sah, trat er in den Laden.

Er fand den alten Mann hinter Stößen von Büchern, wie er den Kopf über einen Pergamentband gebeugt hatte, den er murmelnd einem Kunden zeigte, der offenbar hier am Orte fremd war. Mr. Malakite hörte ihn nicht eintreten, und Wolf bemerkte, wie er diesen gebeugten Rücken und diesen graumelierten Kopf mit einem seltsamen Interesse betrachtete. Was mußte es, im Lauf der Tage, für ein Gefühl sein, zu wissen, daß man in einer Entfernung von nur fünf Meilen ein Kind besaß wie Olwen, die Tochter von einer Tochter? Hatte der alte Mann Olwen je gesehen? Wußte er irgend etwas von den Gedanken des Kindes? Wünschte er überhaupt etwas zu wissen? Eine zufällige Bewegung des Kunden brachte Wolf nun in das Gesichtsfeld des Buchhändlers. Ein erschreckter Ausdruck glitt für eine Sekunde über des alten Mannes Gesicht, aber er verriet sonst keine Verwirrung. „Guten Tag, Mr. Solent", sagte er ruhig. „Sind Sie zu mir gekommen oder zu Miss Malakite?" Und dann, ohne auf Antwort zu warten: „Sie werden sie droben finden. Mr. Otter ist eben fortgegangen."

Wolf ging durch den Laden, lief hastig die kleine Treppe hinauf und klopfte an Christies Tür. Die Wirkung, die diese unerwartete Nachricht von Darnleys Fortgehen auf ihn übte, ging weit über das hinaus, was er vorausgesehen haben konnte. Das bestürzte Gesicht Gerdas verschwand völlig, und Gerda selbst wurde das, was ihre Mutter war, oder was Miss Gault war, oder was seines Vaters Grab war — einer der festgefügten Marksteine in der Landschaft seines Lebens, war aber nicht mehr dessen Mittelpunkt. Jene verborgene Trommel, die weder genau in seinem Herzen lag noch genau in seiner Magengrube, schlug, als er an Christies Tür wartete, so laut, daß es schien, als wäre dieses längliche Stück entfärbten Holzes, dessen Formen sogar undeutlich waren, bereit, sich vor etwas zu öffnen, was seiner Erfahrung völlig neu wäre. Jenes Wort des alten Mannes, „Mr. Otter ist fortgegangen", wiederholte sich, während er wartete, ohne Unterlaß in seinem Geiste. „Mr. Otter ist fortgegangen, Mr. Otter ist fortgegangen." Dieser Satz wurde eine dahintreibende Wolke bebender Erwartung.

Als Christie die Tür öffnete und sie einander die Hand reichten, hatte Wolf das Gefühl, als hätte er sein ganzes Leben lang nichts anderes getan, als auf diesen Augenblick gewartet. Er hatte das Gefühl, daß der Mann und das Mädchen, die jetzt begannen, einander abgerissene und fragmentarische Gemeinplätze zu sagen, als automatische Figuren handelten, hinter deren Bewegungen zwei langgetrennte Geister zueinander strebten.

Einige Sekunden vergingen, ehe Christie die Kraft zu der Bewegung fand, sich selbst einen Sessel zu suchen und ihm ein Zeichen zu geben, daß er sich setzen möge; aber als er sich endlich niedersinken ließ, während er noch immer von allem möglichen sprach, was ihm in den Kopf kam, drang ein Gefühl solcher Erleichterung in seine Seele, daß ihm war, als sei eine Lanzenklinge, die, ohne daß er es gewußt, viele Tage und Wochen in seinem Fleisch gesteckt hatte, plötzlich herausgezogen worden.

Und dann sah er auf einmal, ohne die geringste Störung der Atmosphäre dieses kleinen Zimmers, daß diese beiden nickenden Masken sich in Luft aufgelöst hatten und daß keine Schranke irgendwelcher Art zwischen dem wirklichen Wolf und der wirklichen Christie geblieben war. Ungezwungen und natürlich nahm er, wie er fühlte, diese seltsame neue Entdeckung dessen, was zwischen ihnen war, als gegeben hin. Er dachte bei sich: „Sie weiß alles. Ich werde alles ihr überlassen." Und plötzlich entdeckte er, daß er frei und offen über alle Menschen seines Lebens und auch über Gerda sprach. Er entdeckte, daß zu Christie zu sprechen so war, wie wenn er mit sich spräche oder laut dächte. Und er erinnerte sich, wie er, als sie sich zum allererstenmal trafen, von dieser Leichtigkeit und Natürlichkeit betroffen gewesen war, mit der die flüchtigsten Gedanken zwischen ihnen hin- und herfluteten.

Und die ganze Zeit, selbst als er ihr verdrießlich von der unglücklichen Teegesellschaft erzählte, die für diesen Nachmittag zusammengestellt worden war, verursachten ihm der Umriß ihres halb abgewendeten Gesichtes, das sie über eine aufs Geratewohl zur Hand genommene Handarbeit gebeugt hielt, und der Anblick ihres Ristes mit der dünnen ledernen Schuhspange, die ihn überspannte, eine Empfindung, völlig verschieden von allem, was er je gekannt hatte. Was er wirklich fühlte, war, daß dies das erste weibliche Geschöpf sei, mit dem er je allein gelassen worden war. Im Vergleich mit diesem versprühten und beängstigenden Gefühl, das alles, was sie umgab, durchdrang, schien seine Verliebtheit in Gerda wie spielerische Wollust, einer schönen Statue entgegengebracht. Die zarte, kleine Gestalt vor ihm, mit diesen schmalen Händen und diesen rührend dünnen Beinen, zog in jenem Augenblick jegliches Geheimnis des Mädchentums, das ihn je verwirrt hatte, in ihre Persönlichkeit ein. Gleich dem Duft von Waldmoos für einen Stadtbewohner drang zu ihm das Bewußtsein, daß diese traumhafte Gestalt wirklich lebendig war und faßbar, und das schien sein Mark zu schmelzen. Diese mystischen Silben „ein Mädchen", „ein junges Mädchen" waren stets im Hintergrund seines Geistes geblieben, gleich einem kostbaren wohlbewässerten Blumenbeet, doch gleich einem Beet, das jedes lebenden Pflanzenwuchses bar war. Nichts in seinem Leben mit Gerda, dies wußte er jetzt, hatte die Erde des mystischen Beetes aufgewühlt. Aber hier, im Mittelpunkt jenes Beetes, war eine lebende, atmende Pflanze, die alles um sich herum zauberhaft machte und durchsichtig durch die diffuse Lieblichkeit ihrer Gegenwart. Dieses passive Wesen vor ihm, mit seinem wachsbleichen ovalen Gesicht, seinen langen Wimpern, seinen dünnen Beinen, seiner kaum umrissenen kindlichen Gestalt, war das einzige wahre, wirkliche, eigentliche lebende Mädchen auf der ganzen Erde.

Die Minuten glitten dahin, und Wolf fand zu seiner Überraschung, daß er zu ihr sogar über Olwen sprach. Weit entfernt davon, von diesem außergewöhnlichen Thema erregt zu werden, schien sie sogar eine tiefe Erleichterung darin zu finden, daß sie davon sprechen konnte.

„Waren Sie alt genug, um zu verstehen, was zwischen den beiden vorging?" fragte Wolf schließlich.

Christie nickte und lächelte ein wenig. „Das Seltsame daran ist", sagte sie sanft, „daß mir darin nie etwas sonderbar Unnatürliches zu liegen schien. Ich glaube nicht, daß meine Mutter jemals der richtige Mensch für Vater war. Ich glaube, daß von der frühesten Kindheit meiner Schwester an ein besonderes Band zwischen ihr und ihm bestand."

„Aber es brachte Ihre Mutter ins Grab, nicht wahr?" murmelte Wolf.

Christie war einen Moment lang still, und auf ihrer Stirn lag eine merkwürdige grübelnde Falte.

„Ich glaube nicht", sagte sie mit leiser Stimme. „Alle Leute sagten so; aber ich glaube es nicht. Ich glaube, es hatte schon lange vorher begonnen. Es war nicht sie, die es tat."

Diese letzten Worte waren kaum hörbar.

Wolf drängte in sie.

„Wer tat es denn?"

Christie blickte ihn ernst an.

„Glauben Sie an Geister?" fragte sie.

Er lachte kurz.

„Oh, nicht mehr als an alles andere", erwiderte er.

„Meine Mutter war Waliserin", fuhr sie fort. „Sie pflegte uns die wildesten Geschichten über ihre Vorfahren zu erzählen. Einmal erzählte sie uns tatsächlich, daß sie von Merlin abstamme. Merlins Mutter war eine Nonne. Wußten Sie das, Wolf?"

„Kein Wunder, daß Sie ein bißchen nichtmenschlich sind", sagte er. Und dann fügte er nach einer Pause hinzu: „Haben Sie und Ihre Schwester einander geschrieben, nachdem man sie fortgeschickt hatte? War sie Olwens wegen unglücklich?"

Christies braune Augen richteten sich eine Minute lang ins Leere, als ob sie irgendein weit entferntes geistiges Bild erforschen wollten. Als sie sie ihm wieder zuwandte, hatten sie jedoch einen zornigen und doch humorvollen Glanz.

„Ich sandte ihr Geld, daß sie zurückkomme", sagte sie. „Ich wollte sie hier haben, den Leuten zum Trotz. Ihr letzter Brief — ich werde ihn einmal Ihnen zeigen — war voll von Erregung. Wenn ich so alt gewesen wäre wie jetzt, hätten sie sie nie fortgeschickt."

„War es Selena Gault?" fragte Wolf.

Das Mädchen nickte. „Sie und Mr. Smith. Sie hatten das Gesetz

auf ihrer Seite." Sie hielt inne und holte tief Atem. „Gesetz oder nicht",
rief sie leidenschaftlich, mit geröteten Wangen, „wenn ich älter gewesen wäre, hätte ich ihnen Einhalt geboten! Ich war noch zu jung",
fügte sie hinzu.

Wolf erhob sich und blieb, sie betrachtend, stehen. Jeder Anblick
ihrer Gestalt, jedes Flackern auf ihrem Gesicht verursachte ihm das
Gefühl, als ob er eine junge Espe vor sich sehe, auf der im Wind Licht
und Schatten spielten.

„Es ist wundervoll, zu jemandem so frei sprechen zu können, wie
ich es zu Ihnen kann . . . jetzt, da wir allein sind."

„Ich habe Darnley fortgeschickt", war alles, was sie sagte.

Diese ihre Worte hingen schwebend zwischen ihnen in der Luft.
Sie klangen Wolf so süß, daß er keine Lust fühlte, auch nur die geringste
Antwort zu geben. Er ließ sie nur Silbe für Silbe in die Mittsommer-
wärme jenes angenehmen Raumes verdampfen. Christies Augenlider
senkten sich über die Näharbeit, die sie in den Händen hielt, und er
bemerkte, daß sie diesen Streifen Musselin zwischen ihren Fingern
hin und her drehte, ihn auf ihren Knien glättete, zuerst auf der einen
Seite, dann auf der anderen. Das Durchdringende ihrer Scheu verstärkte
sein Bewußtsein dessen, was zwischen ihnen schwebte; und um den
Zauber zu lockern, wandte er seinen Kopf ein wenig und blickte auf
den Kamin, auf dem eine Porzellanschüssel stand, voll mit Glockenblumen, verspäteten langstieligen Primeln, roten Himmelsröschen und
Feldorchideen. Sein Geist fuhr fort, gegen das Unbekannte anzurennen
— gegen jenen unheilvollen nächsten Augenblick, der die Sonnenstäubchen der Luft an sich zog, den Geruch der Feldblumen, den
warmen Wind, welcher durch das offene Fenster hereinwehte.

„Wird sie sich mir schenken? Wird sie das?" Dies war die Last
seiner Gedanken; und als er jenen Blumenstrauß, besonders aber eine
einsame Glockenblume anstarrte, die über den Rand der weißen
Schüssel hinabhing und eine Nuance matten Rosakarmins auf ihrer
hyazinthenähnlichen Blüte trug, hatte er das Gefühl, als ob das „Sein
oder Nichtsein" dieses angespannten Augenblickes von einem Zufall
abhinge, der so unerforschlich war, so fluktuierend wie das Licht, das
hierher fiel, dorthin fiel — Licht und Schatten ineinander verzitternd —,
auf jenes purpurne Blau am Rande der Schüssel.

Nie war er sich bewußter gewesen des Geheimnisses von Blüten-
blättern, des absoluten Wunders dieses faserigen Pflanzenbaus, der
um so viel älter, ja auch um so viel lieblicher war in der Geschichte
unseres Planeten als das Fleisch von Landtieren oder die Federn von
Vögeln oder die Schuppen von Fischen.

Des Mädchens Worte: „Ich habe Darnley fortgeschickt" schienen mit jenem Feldblumenstrauß, den sie gepflückt und dorthin gestellt hatte, zu verschmelzen; und die Blässe der Primeln, die gefährliche, pfeilförmige Mattigkeit ihres Duftes wurde zu einem Verlangen nach ihr; und die rauhe, erdgeformte Freiheit der Stengel der Himmelsröschen mit ihren waldderben roten Knospen wurden zu der glücklichen Einsamkeit, die sie für ihn bereitet hatte!

„Wird sie sich mir schenken?" Die Sehnsucht, den ersten Schritt zu diesem Ziele zu wagen, kämpfte jetzt in seinem Gemüte mit jener so zarten und doch so starken geheimnisvollen Hemmung, hervorgerufen durch die düstere Verlegenheit des Mädchens.

„Haben Sie diese Blumen gestern gepflückt?" platzte er plötzlich heraus; und er war insgeheim von dem lauten Klang seiner eigenen Stimme überrascht.

„Vorgestern", murmelte sie; und dann runzelte sie, ohne den Mund zu schließen, der mit gesenkter Unterlippe einen fast leeren Ausdruck annahm, ein wenig die Stirne, während sie ihren stetigen Blick voll und fest auf ihn richtete.

Seine Augen tauchten wieder in die grünschattigen Tiefen des Mittsommerbuketts. Die bleichen Primeln schienen im Winde über ihren runzeligen Blättern zu schwanken, wie sie es dort getan hätten, wo Christie sie gepflückt hatte, zwischen dem Waldgerölle und dem Pilzwuchs ihres Heimatbodens. Die feuchten Glockenblumenstiele, so voll von flüssigem Grün unter ihren schweren Blüten, schienen sein Gemüt geradewegs in die dunklen Büsche zu entführen, wo Christie sie gefunden hatte. Auch sie gehörten der Verwirrung der Gestalt neben ihm an. Auch sie waren, im Verein mit den kühlen Blättern der stämmigen Himmelsröschen, das innerste Geheimnis jenes „nächsten Augenblickes", der jetzt mit den spöttischen Sonnenstäubchen unberührt und jungfräulich in der sie umgebenden Luft dahinschwebte.

Wolf kannte ganz gut die besonderen Begrenzungen seiner eigenen Natur. Er wußte gut genug, daß jede große Woge der sogenannten „Leidenschaft" ebenso unmöglich für ihn war wie jede wirkliche Reue in Dingen der Liebe. Was er fühlte, war eine Erregung, die an der Grenze — an dem fluktuierenden, feinen Rain — zwischen verliebtem Verlangen nach der schmächtigen Gestalt dieses geheimnisvollen Mädchens und der spannenden Lockung unentdeckter Gebiete in ihrer Seele lag.

Sein Gefühl glich einem hochangeschwollenen Strom zwischen schilfbewachsenen Ufern, wo ein hölzerner moosbedeckter Damm Überschwemmungen verhindert, doch wo das Wasser, wenn es seinen

Weg über den Rand des Hindernisses nimmt, die langen unterge-
tauchten Grashalme vor sich niederbeugt, während es weiterflutet.

Zwei Bilder verwirrten ihn jetzt ein wenig — Gerdas weißes, an-
gespanntes Gesicht, wie es ausgesehen hatte, als sie ihn auf der Straße
verließ, und gleichzeitig eine unbestimmte, unheimliche Erinnerung
an die Gestalt auf den Stufen von Waterloo Station. Aber in seinem
intensiv gesteigerten Bewußtsein jenes „unschlüssigen" Augenblicks
steuerte er bewußt den Kahn seines Gedankens weit fort von diesen
beiden Riffen.

Plötzlich bemerkte er, daß er sich von seinem Platz erhoben hatte
und beim Kamin stand! Er hob die Blumen zu seinem Gesicht; dann
stellte er die Schüssel nieder und steckte seine Finger hinein, die er
zwischen den Stengeln ins Wasser preßte. Er bemerkte, daß sich das
Wasser seinem Tastsinn warm anfühlte gleich dem Wasser eines von
der Sonne erwärmten Weihers; und die phantastische Idee kam ihm
in den Sinn, daß er durch diese Bewegung auf irgendeinem okkulten
Weg in die innerste Seele des Mädchens eindrang, das die Blumen
hier angeordnet hatte. Christie mochte seine Gedanken gelesen haben
oder nicht. Jedenfalls bemerkte er nun, daß sie an seiner Seite stand und
mit gewandten raschen Griffen die grobe Unordnung korrigierte,
die er in ihren Blumenstrauß gebracht hatte.

„Der Geruch der Glockenblumen ist der vorherrschende", murmelte
er. „Riechen Sie dazu und Sie werden sehen, daß ich recht habe."

Als sie sich vorbeugte, gestattete er seiner Hand, liebkosend an ihrer
Seite hinabzugleiten und ihren schlanken Körper mit einem kaum
merkbaren Druck heranzuziehen.

Sein Herz schlug jetzt schnell und ein kostbarer Schauer des Verbotenen bebte durch seine Nerven. Christie machte nicht den geringsten
Versuch, sich seinen Liebkosungen zu entziehen. Sie gestattete ihm,
ihren zarten Körper in seiner wilden Erregung nach allen Richtungen
zu biegen. Aber als er sie küßte, beugte sie ihren Hals so weit, daß es
ihre Wange war, die er küßte, und nicht ihr Mund; und bald hernach
entglitt sie ihm und sank erschöpft auf ihren früheren Platz.

Der Blick, den sie ihm jetzt zuwarf, als sie einander verwirrt und
atemlos anstarrten, war ihm völlig unerklärlich.

„Sie sind mir doch nicht böse, Christie?" stammelte er.

Bei diesen Worten flackerte Ärger in ihren Augen.

„Natürlich nicht", antwortete sie. „Wofür halten Sie mich denn?
Ich bin doch nicht so gemein. Ich bin keine puritanische Närrin."

„Nun also ... nun also?" flüsterte er, trat auf ihren Sessel zu und
blieb über sie gebeugt stehen.

„Ich bin Ihnen nicht im mindesten böse", wiederholte sie.

Die schwache Röte, die sich jetzt in ihren Wangen zeigte, und die komplizierte Schwermut ihres Ausdruckes entwaffneten und bezauberten ihn. Er beugte sich zu ihr nieder und streichelte zart mit den Fingern die weiße blaugeäderte Haut unter ihren Manschetten; aber als er sie jetzt ansah, war um ihre schmalen Gelenke und um ihre spitzenumkräuselten Hände eine gewisse jungfräuliche Entrücktheit, die ihn durch ihre nichtmenschliche Entfernung reizte und lockte.

„Sie verwirren mich völlig", bemerkte er und kehrte recht verlegen zu seinem früheren Sitz zurück, während er sie mit einem humorvollen Stirnrunzeln beobachtete.

Sie hob den Kopf von ihrer Arbeit. „Nun? Warum nicht? Wir kennen einander noch nicht sehr lange."

Ihre Worte entfesselten seine eingesperrte Gereiztheit.

„Sie bereiten mir ein merkwürdiges Gefühl, Christie", sagte er. „Als ob wir in einem Walde einander verloren hätten."

Sie hielt jetzt den Kopf sehr hoch und ihr Blick wurde trotzig.

„Ich weiß, daß ich für solche Sachen nichts tauge, Wolf, nie getaugt habe. Man setzt von Mädchen voraus, daß sie solche Momente vermeiden. Ich weiß nicht, wie sie das machen. Diese Art von Takt scheint mir völlig abzugehen."

Seine Gereiztheit wuchs, während er es unmöglich fand, ihren Gedanken zu folgen.

„Takt?" wiederholte er sarkastisch. „Oh, Herrgott! Takt ist das letzte, was ich von Ihnen verlange."

Sie sagte jetzt ernst, aber mit sichtlichem Verdruß:

„Was hat es für einen Sinn, so zu sprechen, Wolf? Es wird nur zu klar, daß wir einander nicht verstehen."

Seine einzige Entgegnung darauf war, das Wort „Takt" in grimmer Wiederholung noch einmal zu murmeln.

Ihre braunen Augen blickten jetzt wirklich zornig.

„Warum sind die Männer so dumm?" rief sie. „Wenn ich das gesagt habe, so meinte ich damit, etwas vorzugeben, was nicht mein wirkliches Selbst ist. Es ist nur deshalb, weil ich absolut natürlich zu Ihnen war, daß Sie jetzt zornig geworden sind."

Hierauf waren beide still und Wolf starrte auf das halboffene Fenster, durch das der Sommerwind in kleinen wirbelnden Stößen in das Zimmer wehte. Christie nahm ihre Handarbeit auf, und die Bewegung ihrer schmalen Finger und das Wehen der hellen Vorhänge waren das einzige, was sich in jener blütenduftenden Luft regte.

Als er sie verstohlen betrachtete, begann langsam und allmählich die Harmonie seines Gemütes zurückzukehren; und mit dieser Harmonie kam über ihn aus jener ganzen großen Westlandgegend, die sich auf der einen Seite bis zum Severn und bis zum Kanal auf der anderen erstreckt, eine Art stummen, unartikulierten Vorwurfes. Was taten sie beide, er und dieses Mädchen, die, wie er wohl erkannte, so auserlesen dazu geschaffen waren, einander zu verstehen, daß sie sich durch solche Kleinigkeiten, durch solche Seifenblasen der Meinungsverschiedenheit trennen ließen?

Von welkenden Knabenkräutern an den Ufern des Lunt, von zerbrechlichen Perlmuttermuscheln, naß und glänzend auf dem Sand von Weymouth, von orangefarben gesprenkelten Bäuchen großer Eidechsen im Lenty Pond drang zu ihm durch diese flatternden Vorhänge ein wortloser Protest. Kurz war sein Leben . . . kurz war Christie Malakites Leben . . . Zeiten wie diese würden im besten Fall selten sein. Er konnte sich sehen, wie er zu seiner Teegesellschaft zurückkehrte und das alles verließ! Er konnte Christie sehen, wie sie ihrem Vater Tee eingoß und das alles verließ. Vielleicht — so starr war sein Stolz und so war der ihre — würde dieser Juninachmittag, der, wenn nur diese triviale Unstimmigkeit nicht gewesen wäre, so vollkommen hätte sein können wie ein grüner Zweig, sich in seinem Gedächtnis abheben, entrindet und gekerbt, seinen ganzen Saft verströmend, mit welkenden Blättern.

„Verzeihen Sie mir, Christie", sagte er ernst. „Bitte, verzeihen Sie mir und denken Sie nicht mehr daran."

Das Mädchen blickte von ihrer Arbeit auf, ihre Hände im Schoß gefaltet.

„Sie meinen doch nicht", sagte sie langsam, „deshalb?"

Ihr Kopfnicken zum Kamin hin, wo er sie zuerst liebkost hatte, machte ihm klar, was ihre Worte bedeuteten.

Er stand von seinem Sessel auf, trat vor sie und blickte in ihr emporgewandtes Gesicht.

„Nein", sagte er. „Ich meinte nicht ‚deshalb'. Ich meinte, weil wir einander mißverstanden, was nur meine Schuld war."

Christie begann zu lächeln. „Ich bin nicht prüde oder gefühllos in solchen Dingen", sagte sie. „Aber ich bin eine seltsame Natur, Wolf. Ich liebe die Romantik des Verliebtseins und Sie, Wolf, gefallen mir besser als irgend jemand, dem ich bis jetzt begegnet bin. Und ich habe es gern, wenn Sie zärtlich zu mir sind. Es ist nur . . . es ist nur das . . . bei dem Leben, das ich führte, und bei der Mutter, die ich hatte . . . ich scheine in solchen Dingen kein einziges der Gefühle eines gewöhnlichen Mädchens zu empfinden."

Wolf begann im Zimmer auf und ab zu schreiten.

„Auch ich bin seltsam, Christie", sagte er nach einer Pause und blieb wieder vor ihr stehen. „Gut sind wir dran! Es scheint, daß wir ein feines Paar sind! Und wenn Sie wissen wollen, was ich in diesem Augenblick fühle, werde ich es Ihnen sagen. Ich fühle mich köstlich glücklich. Sie sind eine Hexe, Christie, und ich wundere mich nicht darüber, daß Ihre Mutter behauptete, sie stamme von Merlin ab. Ich habe das Gefühl, daß ich Ihnen jeden geheimen Gedanken sagen könnte, den ich auf der weiten Welt habe. Und das werde ich auch tun, bei Gott! Es ist ein unglaublicher Glücksfall, daß ich Sie habe finden dürfen."

Er warf seine Zigarette in den Kamin und ging zum Fenster.

„Welch prächtige Aussicht Sie hier haben!" sagte er. „Das ist der Rücken von Babylon Hill, nicht wahr?"

Das Schiebefenster war bereits oben geöffnet; aber er zog es, soweit es nur ging, herunter, beugte sich hinaus und blickte über das Gewirr von Schieferdächern auf den grünen Abhang dort drüben.

„Wir haben Nordostwind, nicht wahr?" bemerkte er.

Sie stand auf, kam heran und stellte sich neben ihn. Jetzt fühlte er, wie ihre Finger in seine Hand glitten.

„Nordnordost", sagte sie; und dieses Wort brachte ihm, wenn er sich später seiner erinnerte, jedes Flackern seiner Gefühle, als er dort starr stand und ihre Hand umfaßt hielt, in Erinnerung.

„Wohin führt dieser Weg?" fragte er. „Sehen Sie, welchen ich meine? Dieser kleine schmale Weg unter den schottischen Kiefern."

„Dort drüben?" fragte das Mädchen zurück. „Links von Poll's Camp, nicht wahr?"

„Ja ... dort ... eben dort ... wo jenes dichte Gebüsch steht!"

„Das ist Gwent Lane", antwortete sie. „Und er führt zu einem ganzen Labyrinth von Wegen weiter draußen. Ich liebe es, dort hinzugehen. Man begegnet nur selten jemandem, es ist fast so, als hätte man diese Wege angelegt, um Verkehr und Fremde fernzuhalten. Manchmal an Sommertagen, wenn Vater mich nicht braucht, nehme ich mein Mittagessen und ein Buch mit und bleibe den ganzen Tag dort draußen. Oft kommt es vor, daß ich dann überhaupt keiner Menschenseele begegne."

Sie schwieg einige Sekunden und er fühlte, daß eine dichtgedrängte Masse persönlicher Erinnerungen durch ihr Gemüt strömte.

„Viele schöne Nachmittage habe ich dort verbracht", fuhr sie fort. „wenn ich mit dem Rücken an einen Zaun gelehnt saß und die Kletten ansah. Wenn die Kornblumen und der Mohn blühen, sitze ich immer im Feld, den Sonnenschirm über meinem Buch. Ich kann selbst jetzt den eigentümlich bitteren Geruch der Holunderblätter hinter mir spüren."

Sie entzog ihm ihre Finger und bereitete aus ihren beiden Händen auf dem Holzwerk des offenen Fensters eine Stütze für ihr Kinn. Wolf dachte, daß dieses ihr Kinn das kleinste war, das er je gesehen hatte. Auch er blieb still, dachte an ähnliche Erinnerungen, die er selbst hatte, die geheim waren, einsam und persönlich, und war erstaunt, zu bemerken, wie natürlich es ihnen beiden erschien, dieses bewußte Sichhingeben an egoistisches Gedenken.

„Nordnordost, sagten Sie?" Seine Stimme schien selbst seinen eigenen Ohren gleichgültig. Seltsamerweise hatte er das Gefühl, als ob er diese heimlichen körperlichen Erinnerungen mit dem Mädchen an seiner Seite teilte. Er hatte sogar das Gefühl, als ob die Tatsache, daß sie sie miteinander teilten, eine zartere und subtilere Art von Liebesumfangen war als jeder erotische Verkehr.

Er hatte das Gefühl, als könnte er mit diesem elfischen Wesen tausend Gefühle teilen, die keine andere Person auch nur verstehen konnte — als könnte er mit ihr alle jenen zutiefst körperlichen — und doch auch mystischen — Empfindungen teilen, die die wirkliche Unterströmung seines ganzen Lebens bildeten.

„Sie würde meine ,Mythologie' verstehen", sagte er zu sich. „Niemand außer ihr würde es; niemand!" Und dann dachte er: „Ich glaube, mein Leben beginnt jetzt sich zu erschließen, als ob ich in Wirklichkeit irgendeine unsichtbare schützende Macht besäße, die mich lenkt."

Sie wandten sich gleichzeitig vom Fenster ab und setzten sich wieder.

„Haben Sie jemals das Gefühl", fragte er, „als ob ein Teil Ihrer Seele einer Welt angehörte, die ganz und gar verschieden ist von dieser Welt — als wäre er vollkommen jeglicher Illusion über alle die Dinge beraubt, von denen die Menschen so viel Aufhebens machen — und dennoch in etwas verstrickt, das sehr wichtig ist?"

Sie sah ihm gerade ins Gesicht. „Ich würde es anders ausdrücken", sagte sie. „Aber ich habe stets gewußt, was es bedeutet, rings um mich eine enorme Leere anzuerkennen, eine Leere, die widerhallt und widerhallt, während ich dort in der Mitte sitze wie eine Kartonpuppe, die von Hunderten von Spiegeln reflektiert wird."

Wolf zog die Lider hoch und biß sich auf die Unterlippe.

„Sie sind in Ihrem Gemütsleben nicht so glücklich gewesen wie ich in dem meinen", sagte er mit einer Art von Wehmut; „aber ich habe oft das Gefühl, als wäre ich ungebührlich bevorzugt . . . als ob ein unsichtbarer Gott mich zu Unrecht begünstigte... weit über meine Verdienste."

„Ich glaube nicht, daß Sie so begünstigt sind, wie Sie es sich einbilden", sagte Christie mit dem Schatten eines Lächelns. Aber Wolf fuhr fort:

„Wissen Sie, Chris, ich glaube, daß ich in meinem Skeptizismus besonders begünstigt bin. Ich stehe der Realität von allem und jedem skeptisch gegenüber; selbst der Realität der Natur. Manchmal glaube ich, daß es mehrere ‚Naturen' gibt... mehrere ‚Universa' eigentlich... eines im anderen... gleich chinesischen Schachteln..."

„Ich weiß, was Sie meinen", sagte das junge Mädchen hastig, und als sie ihn anblickte, waren ihre Augen von jener unbeschreiblichen Erregung geistiger Sympathie erhellt, die aus tieferen Gründen, als es die Leidenschaft ist, Tränen hervorrufen kann.

Als Wolf diese Andeutung hörte, sagte er zu sich: „Ich kann mit ihr laut denken. Vielleicht werde ich ihr eines Tages von meiner ‚Mythologie' erzählen!" Und da kam über ihn gleich einer warmen einhüllenden Unterströmung, in der große purpurne Algen schwanken, ein unaussprechliches Gefühl der Glückseligkeit. „Oh, hoffentlich ist Gerda schon ruhig", dachte er. Und dann mit einer konzentrierten Willensanstrengung, als ob er sich an ein Heer dienstbarer Genien wendete: „Ich befehle, daß Gerda beruhigt sei!"

In diesem Augenblick kam ihm mit humoristischer Kraft zu Bewußtsein, daß sein Vater nicht der Mann gewesen wäre, der derartigen Skrupeln gestattet hätte, bei solch einer Gelegenheit in sein Gemüt zu dringen.

„Hatten Sie eine Ahnung davon", fragte er plötzlich, „daß Mattie nicht Albert Smiths Kind ist?"

„Ich bemerkte jedenfalls bald die Ähnlichkeit mit Ihnen", entgegnete Christie ausweichend, „am ersten Tag, da Sie Vater zu mir brachte."

„Ich habe Mattie so sehr gerne", fuhr er fort, „aber man kann nicht sagen, daß ihre Ähnlichkeit mit mir für ihr Äußeres vorteilhaft ist. Hat sie schon Liebhaber gehabt, was meinen Sie?"

Christie lachte: „Nun, Sie müssen jedenfalls lieb zu ihr sein, teurer Wolf, um sie für den Fall zu entschädigen, daß sie noch keine gehabt hätte."

„Ich hätte Angst, daß Miss Gault sie nach Australien senden könnte", sagte er mit einem Lachen und fühlte sich dann merkwürdig erleichtert, als er sah, daß die Derbheit dieses ziemlich plumpen Scherzes seine Gefährtin nicht abstieß. „Nichts stößt sie ab", sagte er zu sich; und sein Geist flog weit fort zu seinen Londoner Jahren, wo es außer seiner Mutter niemanden gegeben hatte, zu dem er so hätte sprechen können, wie er es an diesem Nachmittag getan hatte.

„Nun, ich muß jetzt gehen", sagte er recht müde, als diese Gedanken ihren Kreislauf beendet und sich — gleich Vögeln auf einem Zweige — wieder niedergelassen hatten. „Mir steht eine unbehagliche Heimkehr bevor, aus diesen und jenen Gründen."

„Machen Sie sich nicht zuviel daraus", sagte sie, öffnete ihm die Tür, deren beide Klinken sie mit den Händen hielt, um eine ausgesprochene Verabschiedung zu verhindern. „Gerda wird so dankbar sein, es hinter sich zu haben, daß sie, wenn die beiden Mütter fort sind, wieder strahlend froh sein wird."

„Ich hoffe, daß sie nicht zu strahlend ist, ehe sie fortgehen", sagte Wolf grimmig. „Ich möchte nicht allzu viele Wiederholungen dieser speziellen Teegesellschaft."

Sie hielt die Tür offen, bis er auf der halben Treppe war; und zwischen den Geländerstäben nickten sie einander fast schmerzlich zu. Als er unten in den Laden trat, hörte er das Schließen der Tür, und ein plötzlicher Stich durchzuckte ihn.

Während er eilig nach Hause ging, fand er sich in einen imaginären Dialog mit seinem Vater verwickelt.

Das Skelett unter jenen trotzigen Platanen fuhr fort, zur Entgegnung auf jedes Argument höhnisch zu grinsen. „Das Leben ist kurz", sagte das Gerippe, „und die Liebe der Mädchen ist der einzige Ausweg aus dem Elend."

„Es ist gar nicht so kurz", erwiderte der Sohn, „und in jedem Paradies gibt es eine Schlange!"

Die Teegesellschaft

Bei seiner Rückkunft fand er seine Mutter bereits vor. Zu seiner großen Überraschung sah er, daß sie Gerdas Schürze über dem Kleid trug, am Küchenherd stand und die Toasts bereiten half. Er war noch überraschter über die Art, wie Gerda ihn empfing. Ihr Gesicht war gerötet und glücklich — sie lachte und scherzte, als ob sie sich als die allerbesten Freunde getrennt hätten.

„Wie geht's Christie?" fragte sie leichthin. „Was sagen Sie dazu, Mrs. Solent, daß er fortgeht, Miss Malakite zu besuchen, wenn ich Gäste habe? Ich bin überzeugt, daß Sie damit nicht einverstanden sind."

„Ich bin damit nicht einverstanden, daß er nichts über das hübsche Kleid sagt, das Sie tragen. Was hältst du davon, Wolf? Weißt du, als ich herkam, war sie im Zimmer droben und weinte sich die schönen Augen aus dem Kopf. Und alles deshalb, weil sie dachte, sie habe kein entsprechendes Kleid, um darin ihre großartige Schwiegermutter würdig begrüßen zu können! Diese kleine Sache brachten wir bald in Ordnung, nicht wahr, meine Liebe?" Und Wolf sah zu seiner Verblüffung, wie seine Mutter einen ihrer kräftigen Arme zärtlich um Gerda legte und wie Gerda diese Bewegung mit einem schmachtenden, lockenden Blick erwiderte, so wie er ihn zu erhalten pflegte, wenn das Mädchen in ihrer fügsamsten Stimmung war.

„Ich hörte sie dort droben in ihrem Zimmer weinen", fuhr die ältere Frau fort, „und ich lief sofort hinauf. Da war sie, hübsch wie ein Bild, in ihrem weißen Hemd, und das ganze Bett war mit Kleidern bedeckt! Sie sagt, daß sie dieses hier schon seit ihrem sechzehnten Jahre hat, aber es kleidet sie wunderbar, nicht wahr, Wolf?"

Wolf betrachtete ernst das Mädchen. Sie trug ein langes einfaches Musselinkleid mit kurzen Ärmeln, gelblich weiß und mit blassen kleinen Rosen bedeckt. Nie noch hatte sie so bezaubernd ausgesehen.

„Du bist wirklich eine gute Kammerzofe, Mutter", sagte er feierlich.

„Sie hat mir gesagt, daß ihr heute nachmittag noch eine Mutter hier erwartet", setzte Mrs. Solent fort, gab Gerda frei und machte sich wieder daran, die Toastschnitten auf einer Schüssel anzuordnen. „Nun also, wo ist das Brot? Ich werde die Butterbrote schneiden."

Es war Wolf bestimmt, die nächste Viertelstunde — figürlich gesprochen — „auf einem Bein zu stehen", während er zusah, wie zwischen den beiden sich etwas abspielte, das man für den allerzartesten Flirt hätte halten können.

Das Teetablett war endlich, zur allseitigen Anerkennung, auf eben jenem Wohnzimmertisch „serviert", um den herum er vor so kurzer Zeit das Mädchen in solch verstörter Erregung verfolgt hatte; und Mrs. Solent zeigte sich jetzt, nachdem sie Gerdas Schürze abgelegt hatte, in dem elegantesten aller ihrer Garden-Party-Kostüme. Gerda schien unfähig, den Blick von ihr abzuwenden, und hörte nicht auf, mit den Fingerspitzen zuerst die eine und dann die andere elegante Falte zu betasten, während sie Mrs. Solent umflatterte wie ein schmächtiger weißer Schmetterling eine purpurne Orchidee.

„Da kommt Mutter", rief sie endlich. „Hole den Kessel, Wolf!"

Das Antlitz Mrs. Torps war ein Buch, in dem man seltsame Dinge lesen konnte, als sie die Szene vor sich betrachtete. Wolf mit der Teekanne in einer Hand und dem Kessel in der anderen schrie eine lärmende Begrüßung, die die höflicheren Worte seiner Mutter übertönte.

Gerda entfernte Mrs. Torps quastenbesetzten Mantel, setzte sie ohne Umstände kräftig an den Tisch und ordnete ihr mit einem familiär liebevollen Puff die bebänderte Toque, die ihren Kopf zierte.

„Mach keine Geschichten mit meinem alten Hut, Gerda", murmelte die Besucherin. „Es ist ein sehr guter Hut, wenn er vielleicht auch nicht so nobel ist, wie manche Leute sich's leisten können. Sie sind also Mr. Solents Mama, nicht wahr? Ja, und eine große Ähnlichkeit in den Wangen, wissen Sie. Man könnte gleich daraufkommen, daß da irgendeine Blutsverwandtschaft sein muß, obwohl man natürlich in diesen wirrigen Zeiten nie etwas Sicheres sagen kann."

„Nun, wir müssen unser Bestes tun, nicht zu streiten, Mrs. Torp, wie es angeblich die Mütter von Eheleuten immer tun", bemerkte Mrs. Solent munter und beobachtete einigermaßen ängstlich die ungewöhnliche Menge von Zucker, die Gerda in die Teetassen warf.

„Wieviel Milch, Mrs. Solent?" fragte das Mädchen ungezwungen. „Ich glaube nicht, daß unsere Blacksoder Milch so gut ist wie die bei Ihnen in King's Barton."

Dieser Gesellschaftston war so offensichtlich angeschlagen worden, um auf die Mutter der jungen Dame Eindruck zu machen, daß Mrs. Solent, erst, als die Zeit für die zweite Teetasse gekommen war, das Herz fand, zu erklären, daß sie Zucker nicht ausstehen könne. Sie trank die süße Mixtur in hastigen Schlucken; und Wolf lachte, als er sah, wie seine Mutter versuchte, den Geschmack dadurch loszuwerden, daß sie hastig Stücke von ihrem Butterbrot abbiß.

„Na, wie geht's denn mit der Schulmeisterei, Mr. Solent? Mein Alter — nämlich Gerdas Papa, Gnädige — sagt immer, diese Lateinschüler wissen vor Übermut nicht aus noch ein. Beim letzten Begräbnis, das er hatte, erwischte er zwei von ihnen, wie sie Knochen stahlen. Nicht, daß es richtige Menschenknochen gewesen wären ... verstehen Sie ... denn die begräbt er immer ganz tief, wie sich's gehört ... Es waren Pferdeknochen, scheint mir. Aber sie wurden noch unverschämter, diese Lümmel von Lateinschülern, als er hinter ihnen drein war, wie wenn es die Knochen des Königs Balaam gewesen wären."

„Was hat Lobbie in der letzten Zeit gemacht, Mutter?" fragte Gerda, die unbestimmt fühlte, daß das Thema Knochen, seien es nun menschliche oder andere, in diesem Augenblick nicht paßte.

„Lob, sagst du? Du hast gut fragen, was Lob macht, der ungeratene kleine Bengel! Er wird seinen Vater noch geradewegs ins Narrenhaus bringen und mich dazu, das wird dieser verdammte Bankert bestimmt noch tun!"

Gerda fragte hastig mit klingender Stimme, ob Mrs. Solent noch Kuchen wünsche. „Das war die einzige frische Sorte, die Pimpernel hatte. Sie sind wohl so gewöhnt an Londoner Backwerk, Mrs. Solent —"

Aber die Besucherin schien gerade jetzt mehr an der Konversation ihrer Mitschwiegermutter interessiert als an irgend etwas anderem.

„Ja, Söhne sind beschwerliche Geschöpfe, Mrs. Torp", sagte sie, „aber es ist doch hübsch, welche zu haben."

„Was hat Lobbie eigentlich getan?" fragte Wolf, ohne Gerdas Stirnrunzeln zu beachten.

„Er ist mit diesem Teufelsbalg Bob Weevil zum Pfarrer Valley hinübergegangen. Mein Alter hat ihm gesagt, daß er ihm das Fell vom Hintern ziehen wird, wenn er das tut; aber erst gestern abend hat man ihn wieder dort gesehen."

„Das klingt aber sehr harmlos, Mrs. Torp, ein Besuch bei einem Geistlichen", bemerkte die Dame.

„Harmlos!" rief Gerdas Mutter entrüstet. „Sie selber sind harmlos, entschuldigen Sie schon. Das sind heidnische Teufeleien, sage ich Ihnen. Schlimmer als zur Zeit des heiligen Paulus. Ich sage Ihnen, sie führen dort drüben gotteslästerliche Schauspiele auf, genau solche wie die, weswegen Lots Weib eingezalzen wurde."

„Mirakelspiele, nicht wahr?" fragte Wolf.

„Woher soll ich wissen, wie das heißt? Der Name ist auch nicht sehr wichtig. Die alte Dimity, drüben bei Otters, hat mir erzählt, daß so ein Dreckkerl von Bursche sich als Jungfrau Maria verkleidet. Wenn das kein gotteslästerlicher Zauber ist, möchte ich wissen, was es ist!"

„Ich nehme an, Mrs. Solent weiß besser als wir alle, was drüben in King's Barton vorgeht", warf Gerda diplomatisch ein.

„Ich habe etwas von einem Mirakelspiel gehört", sagte die Besucherin leichthin; „aber wenn das Thema peinlich sein sollte, so wollen wir es doch um Himmels willen fallenlassen! Ich glaube, es war Mr. Urquhart, der mir davon eine Erwähnung machte; und wenn ich mich recht erinnere, so hatte er fast dieselbe Ansicht darüber wie Mrs. Torp."

„Der Squire Urquhart steht selber unter den anständigen Leuten nicht so da, daß er sehr zimperlich sein könnte", bemerkte die andere. „In unserer Gegend erzählt man, daß es seine böse Laune und solche Sachen waren, die den armen jungen Redfern ins Grab gebracht haben; aber vielleicht wissen Sie, Gnädige, wie die Tochter sagt, wirklich mehr als wir von dem, was in King's Barton los ist. Ich für meinen Teil freue mich, daß ich in einer gottesfürchtigen, ehrbaren Stadt lebe, wie Blacksod es ist."

„Nebenbei bemerkt, Wolf", sagte Mrs. Solent, die jetzt in den höchsten Intonierungen ihrer Stimme sprach, „ich habe neulich deinen Freund Jason in Lenty Lane getroffen, und wir sind ein ganzes Stück miteinander gegangen. Wir sind auf einem dieser kleinen Feldpfade bis zu der Höhenstraße, die nach Ramsgard führt, gekommen... du weißt doch...?"

„Mr. Jason, Gnädige?" kommentierte Mrs. Torp. „Ich kenne ihn. Ich habe ihn oft gesehen, an vielen schönen Abenden, wenn er von den Three Peewits besoffen nach Hause gewackelt ist."

„Ich hoffe, es war ein angenehmer Spaziergang", sagte Gerda ernst und wohlerzogen, während sie ihrer Mutter einen finsteren Blick zuwarf.

„Wie hast du dich mit Jason vertragen?" fragte Wolf. „Irgendwie kann ich mir euch beide zusammen nicht vorstellen."

„Nun", sagte Mrs. Solent. „Ich kann nicht genau sagen, ob ihn meine Gesellschaft freute oder nicht. Er sprach die meiste Zeit von meinem Nachbarn Roger Monk. Er scheint es sich in den Kopf gesetzt zu haben, daß der arme Teufel ihm nachspioniert. Ich versuchte zuerst, ihm diesen Gedanken auszureden; aber da wurde er so erregt, daß ich ihn gewähren ließ. Schließlich war er ganz bezaubernd. Er deklamierte mir ein Gedicht über einen Specht, das ich sehr hübsch fand. Er hat eine so angenehme Stimme, wenn er vorträgt, und der Abend war nach dem Regen so schön, daß ich mich wirklich über das alles sehr freute."

„Na gewiß war Mr. Otter ausnahmsweise ganz nüchtern, Gnädige, als er mit Ihnen ging. Ich will ja nicht sagen, daß er kein angenehmer Herr ist, denn das ist er. Es ist nicht so sehr das Trinken, das man ihm dort, wo ich wohne, nachsagt, es ist —"

„Oh, Mutter, bitte!" unterbrach Gerda. „Schau doch nur, Mutter, wie hübsch Mrs. Solent mir die Schleife gebunden hat!"

Die junge Frau stand von ihrem Sessel auf und drehte sich um. Diese Bewegung erschien Mrs. Solent offenbar anbetungswürdig, denn sie streckte die Arme aus, faßte Gerda um die Mitte und zog sie auf ihre Knie.

„Ich werde Ihr schönes Kleid verderben", rief Gerda nervös.

„Sie sind leicht wie eine Feder, Sie süßes kleines Ding! Sie sind weich wie Schwanendaunen."

„Sie war nicht so leicht, Gnädige, an dem Tag, an dem wir sie in den Windeln zur Taufe in die Kirche getragen haben; da hat sie sich schwer gemacht wie ein Pflasterstein", sagte Mrs Torp. „Aber sie war leicht genug, das weiß Gott, wenn sie mit den Burschen Fangen spielte."

Die ganze Zeit dachte Wolf darüber nach, wie es wohl kam, daß die Natur in das Gemüt einer jeden Mutter, sei sie nun verfeinert oder nicht, soviel Kupplerisches gelegt hat.

„Und sie war leicht genug —", begann Mrs. Torp eben wieder, als Gerda hastig aufsprang, um den Tisch lief und ihr die Hand auf den Mund legte.

„Pst, Mami, ich mag das nicht!" rief sie.

In diesem Augenblick ertönte ein lautes Klopfen an der Vordertür, und Wolf ging über den Gang, um zu öffnen.

Bob Weevil und Lobbie kamen, die Kappen in den Händen, zusammen ins Zimmer. Der junge Krämer blickte ein wenig verlegen auf die Szene, die sich ihm zeigte, und machte eine steife Verbeugung vor Mrs. Solent.

„Abend, Gnädige", murmelte er.

Aber Lobbie war ganz und gar nicht verwirrt.

„Dad ist vor der Zeit nach Hause gekommen", rief er, „und er brummt wegen des Nachtmahls."

„Gib Mrs. Solent die Hand, Lob", sagte Gerda streng.

Aber der Knabe hatte sich seiner eigenen Mutter zugewendet.

„Mr. Valley hat gesagt, daß ich dich, ganz wie sich's gehört, um Erlaubnis bitten muß", sagte er eifrig, „um Erlaubnis für —"

„Für was, du glotzäugige Kröte?"

„Um Erlaubnis", fuhr der Junge fort, „für dieses Stück am nächsten Donnerstag. Das ist übermorgen; und alle feinen Leute werden kommen.

Und ich bin Johannes der Täufer, der von Honig und Waben gelebt hat!"

„Du wirst von Kohl leben und von Kohlstengeln, du unverschämter Range. Ich habe schon viel zuviel von deinem Mr. Valley und seinen Geschichten gehört."

„Mutter . . . Mutter!" protestierte Lob unverdrossen. Aber Mrs. Solent unterbrach ihn.

„Machen Sie sich keine Sorge, Mrs. Torp. Ich gehe selbst zu dieser Veranstaltung und ich werde darauf achten, daß der junge Mann hier nicht zu Schaden komme. Ich verstehe sehr gut, was Sie fühlen. Solche klerikalen Festlichkeiten sind manchmal unglaublich dumm. Aber Sie können sich auf mich verlassen. Wir wollen einander schon im Auge behalten, nicht wahr, Lobbie?" Und sie legte ihre Hand auf die Schulter des Knaben.

„Nun ja, natürlich, wenn Sie die Verantwortung für ihn übernehmen, Gnädige, dann muß ich wohl zufrieden sein", brummte die Frau des Steinmetzen.

„Oh, ich werde schon auf ihn achten. Nicht wahr, Lobbie? Und wenn Mr. Valley uns alle bis Mitternacht aufbleiben läßt, wirst du in Lenty Cottage übernachten."

Lob blickte bei dieser Aussicht ein wenig nervös drein, sprach aber wohlerzogen seinen Dank aus, und der Zwischenfall schien erledigt.

Inzwischen hörte Wolf mit halbem Ohr auf die folgende Konversation zwischen Mr. Weevil und Gerda.

„Aber das ist doch dasselbe Kleid, Gerdie, das Sie getragen haben, als wir vor Jahren jenen großartigen Ausflug nach Weymouth machten!"

„Ja, das ist's, Bob. Nein, daß Sie sich daran noch erinnern! Mrs. Solent hat mir zugeredet, es anzuziehen."

„Nur daran zu denken! Und daran zu denken, wie wir über jene schlüpfrigen Stufen bei der Fähre hinunterstiegen und welche Angst Sie hatten, an die grünen Algen anzukommen, und wie wir in den Tümpeln bei Sandsfoot Castle Seeanemonen sahen, und wie Sie das Schießen der Kanonen bei Portland nicht vertrugen! Nein, so etwas, Gerdie! Dasselbe Kleid!"

„Meinen Sie, Bob, daß ich jetzt schon zu alt bin, es zu tragen?"

„Stellen Sie doch nicht solche Fragen, Gerdie! Aber es verursacht einem ein ganz seltsames Gefühl, Sie so zu sehen. Wissen Sie, es bringt einem alles wieder in Erinnerung, was man schon ganz vergessen hat."

„Sie haben ein Gedächtnis wie ein Sieb, Bob Weevil."

„Hängt davon ab, wer und was und wann", war des Krämers Entgegnung.

„Nun, machen Sie sich keine Sorgen mehr deswegen, Mrs. Torp",
wiederholte die Dame in Purpur. „Ich verspreche Ihnen, Mr. Valley
auf die Finger zu sehen. Oder, wenn ich das nicht kann, daß ich
jemanden finden werde, der's kann. Lob soll sich nicht blamieren und
weder Johannes dem Täufer noch Ihnen Schande machen. Ich freue
mich wirklich schon darauf. Wir beide werden uns schon gut unterhalten, nicht wahr, Lobbie, wenn wir über die Rampenlichter miteinander kokettieren werden!"

„Wie sind Sie heute herübergekommen, Mrs. Solent?" fragte Gerda,
die Mr. Weevils Reminiszenzen mit einer verstohlenen kleinen Handbewegung abschnitt — mit einer Bewegung, die Wolf, während er
sie vorbeihuschen sah, eigentlich ziemlich überraschte.

„Oh, Roger Monk hat mich hergefahren", rief Wolfs Mutter aus.
„Und das erinnert mich ... wieviel Uhr ist's denn, mein Sohn? ...
Großer Gott! Ich habe den Mann jetzt schon warten lassen! Ich muß
sofort gehen. Ich soll ihn bei den Three Peewits treffen."

„Ich werde mit dir hinuntergehen, Mutter", sagte Wolf, reichlich
froh, eine Gelegenheit zur Flucht zu haben. „Leben Sie wohl, Mrs. Torp.
Ich weiß, daß Sie mich entschuldigen werden. Laufen Sie doch noch
nicht davon, Bob. Warum behältst du ihn nicht zum Nachtmahl hier,
Gerda? Und auch Lobbie, wenn Mrs. Torp ihn hier lassen will?"

Mutter und Sohn gingen gemächlich die lärmende High Street
hinab.

„Sie ist wirklich schön, deine Gerda", rief die Dame nach einem
längeren Schweigen aus.

„Das ist sie", gab Wolf zu.

„Aber, du lieber Gott, was ist das für ein entsetzliches Weib, deine
Schwiegermutter! Ärgert sie dich oft, mein Hühnchen?"

„Mich ärgern, Mutter? Nicht im geringsten! Ich sehe sie nur sehr
selten, weißt du."

Wieder gab es eine lange Gesprächspause zwischen den beiden.

„Was wird geschehen, wenn die Chronik beendet ist, Wolf?"

„Sie wird vielleicht nie beendet werden, Mutter! Endlich hat er
ein wirkliches Interesse an ihr gewonnen, Gott sei Dank!"

„Wolf, Lieber —"

„Nun, Mutter?"

„Ich würde Gerda noch eine recht lange Zeit kein Kind haben lassen."

„Gewiß, Mutter."

„Ich habe nicht gewußt, daß sie und dieser Bursche Weevil so
alte Freunde sind."

Wolf schwang seinen Stock. Etwas an der unbeugsamen Entschlossenheit des Profiles seiner Mutter, besonders des scharf geschnittenen Kinnes, erweckte in ihm jetzt ein unklares Gefühl der Auflehnung.

„Warum denn nicht, zum Teufel?" rief er. „Bob ist ein bloßer Lausbub. Gerda behandelt ihn genauso, wie sie ihren Bruder behandelt."

Seine Stimme klang jetzt höher. Jene merkwürdige, verstohlene kleine Handbewegung, die erfüllt war von alten Vertraulichkeiten, kam ihm nun höchst quälend wieder in den Sinn.

„Sprich nicht zu laut", murmelte seine Mutter. „Wir sind nicht in Lenty Lane."

„Warum hast du das gesagt?" fragte er.

„Oh, ich weiß nicht", sagte sie lässig. „Nimm es nicht zu ernst. Ich weiß nur aus alter Erfahrung, daß Männer niemals dazugebracht werden können, sich darüber klar zu werden, wie empfindlich Frauen sind, besonders wenn es sich um sie selbst handelt."

„Selbst wenn sie jemanden lieben?" fragte er.

„Was ist Liebe?" sagte Mrs. Solent.

Er schwieg und das Gespräch zwischen ihnen nahm eine weniger persönliche Richtung, bis er sie sicher neben dem großen Diener in Mr. Urquharts Dogcart verstaut hatte.

Statt gleich nach Hause zu gehen, ging er nachdenklich und langsam am Buchladen Malakites vorbei und folgte dann rascheren Schrittes der Straße, die auf Babylon Hill hinaufführte. Er wandte sich erst um, als er in den schiefen Strahlen der sinkenden Sonne auf jenem Teil des Abhanges stand, den er von Christies Fenster aus bemerkt hatte.

Konnte er ihr Haus unter den anderen erkennen? Er war dessen nicht sicher. Fast horizontal lagen die Strahlen der großen Junisonne, als sie gegen Glastonbury niedersank, und er konnte, selbst wenn er die Augen mit den Händen beschattete, nichts anderes tun, als jenen Teil der Stadt zu identifizieren, in dem sich der Buchladen befand. Christies Fenster zu sehen war ganz unmöglich.

Verdrießlich über diese Weigerung der Natur, seine Laune zu bessern, schritt er hartnäckig noch weiter die Straße hinauf und erreichte schließlich das Zauntor zu dem Feldweg, der zu den grasbedeckten Wällen von Poll's Camp führte.

Hier setzte er sich neben dem Wege in das hohe, nicht geschnittene Gras und ließ den doppelten Strom der Erinnerungen — jener, die mit Poll's Camp und jener, die mit diesem unsichtbaren Fenster dort unten verbunden waren — um die Herrschaft über seine Gedanken kämpfen. Das Außergewöhnliche daran war, daß all jene Poesie seiner ersten Begegnung mit Gerda wie etwas erschien, das irgendeinem äußeren Teil seiner Natur widerfahren war, während sich dieses seltsame neue Sichverstehen mit Christie so tief in sein Wesen versenkte, daß es in Regionen eindrang, deren er sich selbst kaum bewußt gewesen war.

Als er, den Rücken an den Zaun gelehnt und den Duft der würzigen Kräuter in seine Nüstern einsaugend, dort saß, fand er bald heraus, wie weit dieses neue Gefühl gegangen war.

Sein Leben war seit seiner Ankunft in Ramsgard so bewegt geworden, daß er jetzt, in diesem Augenblick, das Gefühl hatte, daß mehr auf ihm lastete, als er zu entwirren vermochte. Der Geist des Abends fiel mit einer Bürde auf ihn, die geheimnisvoll wehmütig war — wehmütig mit einer Vielheit sich zusammendrängender Vorzeichen und unbestimmter Drohungen. Während alle die Abendgeräusche um ihn ertönten — Geräusche, von denen einige schwach waren wie das Seufzen unsichtbaren Schilfes — wurde er sich wieder dessen bewußt, daß zwischen der eisenumgürteten Fröhlichkeit seiner Mutter und dem starren Grinsen des väterlichen Schädels im Friedhof ein unentschiedener Kampf ausgefochten wurde, dessen Ausgang ebenso zweifelhaft blieb wie das Leben selbst.

Er hörte sich diesem verantwortungslosen Schädel unter den Platanen zuschreien; aber der Schädel antwortete ihm mit nichts anderem als mit zynischem Hohn. Er sah sich ruhelos seiner Mutter zugewandt; doch er fühlte, daß ihn gerade in jenem Punkt, in dem er ihr Mitgefühl am meisten brauchte, der eigentliche Grundzug ihrer Natur verächtlich zurückstieß.

Weiter und weiter saß er da, während die sinkende Sonne vor ihm röter und röter wurde und das Abendmurmeln an sein Ohr drang. Während er dasaß, sank auf ihn eine unermeßliche Einsamkeit hernieder; er begann zu erkennen, wie er es nie zuvor noch erkannt hatte, wie zutiefst einsam auf diesem Planeten jede individuelle Seele in Wahrheit ist.

Und mit diesem Gefühl kam über ihn eine tiefe, aufwühlende Sehnsucht nach Christie — eine so starke Sehnsucht, daß das Bild all der Tage seines Lebens ohne Christie mehr zu sein schien, als er ertragen konnte. „Nur ein Leben", dachte er. „Nur ein Leben zwischen zwei Ewigkeiten der Nichtexistenz ... und ich will es absichtlich in dem einzigen opfern, das ich wirklich brauche!" Er umfaßte seine Knie mit dicht zusammengepreßten Fingern und starrte vor sich hin auf die rote Scheibe, die jetzt genau über Christies Dach unterging.

Zum erstenmal in seinen irdischen Tagen schien dieses große tägliche Schauspiel seinem Geiste halb phantastisch; als ob dies nicht die wirkliche Sonne wäre, die jetzt versank, die Sonne, die er sein ganzes Leben lang gekannt hatte. „Wenn ich Christie für Gerda aufgebe", dachte er, „wird das einfach bedeuten, daß das einzige, einzigartige Erlebnis, das mir allein unter allen anderen von den ewigen Göttern bestimmt worden ist, bewußt weggeworfen wurde."

Er beugte den Kopf über seine Knie und beobachtete das Emporklimmen eines winzigen Käfers auf einem sich neigenden Grashalm. „Für das Universum", dachte er, „macht es nicht mehr aus, ob ich Gerda um Christies willen verlasse, als ob dieser Käfer die Spitze des Halmes erreicht! Gerda?... Christie?... Was sind sie? Zwei Gerippe, bedeckt mit Fleisch; eines reich bedeckt und biegsam... eines spärlich und mager bedeckt! Zwei von solchen... das ist alles... bloß zwei von solchen!" Und dann neigte er den Kopf noch tiefer, so daß ihm der Käfer und sein Grashalm fast das ganze Gesichtsfeld ausfüllten, und er begann sich auszumalen, wie es wohl wäre, wenn er wirklich irgendeinen wilden, verzweifelten Schritt täte. Was würde zum Beispiel geschehen, wenn er Christie nach London entführte und sich irgendeine Stellung suchte, um sich und sie, versteckt vor aller Welt, dort zu ernähren? Gerda würde ins Haus ihrer Eltern zurückkehren. Der alte Malakite würde sich schon so oder so behelfen. Seine Mutter würde... Nun! Was würde seine Mutter tun? Sie hatte kaum noch etwas auf der Bank liegen. Von Mr. Urquhart konnte man schwerlich erwarten, daß er sie unterstützen würde. Nein, es war undenkbar, unmöglich! Die Existenz seiner Mutter, ihre völlige Abhängigkeit von ihm band seine Hände dicht und fest.

Und dann überkam ihn mit überwältigender Hingabe alle seine alte kindliche Anhänglichkeit an diese Frau, deren Herz sein Vater mit seiner Zügellosigkeit nicht zu verlöschen vermocht hatte. Er wußte, daß seine eigene Natur zäh genug war, aber verglichen mit seiner Mutter war er wie ein Eichenbäumchen, das in einer Felsspalte wächst. Diese Frau war Demant, wo er nur hartnäckig war. Felsenglatt war sie, wo er bloß knorrig war und knotig und erdverwurzelt.

„Verdammt", flüsterte er bei sich, als er zusah, wie der Käfer kaum einen Zoll vor der Spitze des Halmes resigniert umkehrte und sich geduldig zum Abstieg anschickte. „Verdammt! Es ist bloß reine Schwäche und Gewohnheit."

Aber ach! Wie konnte er Gerda verlassen... wie konnte er es tun?... Nach drei schönen, glücklichen Monaten und ohne Ursache oder Grund außer seiner wankelmütigen Tollheit?

Warum hatte er sie überhaupt geheiratet? Das war der ganze Fehler gewesen! Er hatte sie geheiratet, weil sie ihn verführt hatte. Aber stets wurden Mädchen verführt! Das war kein Grund. Nein. Es gab keinen Ausweg. Er hatte sie geheiratet, weil er eine Mischung von Wollust und Romantik für Liebe hielt; und wenn er Christie nicht gefunden hätte, hätte er vielleicht bis ans Ende seiner Tage seinen Irrtum niemals entdeckt. Zuneigung hätte die Lust verdrängt; Zärtlichkeit wäre an Stelle der Romantik getreten. Alles wäre in Ordnung gewesen. Es war Christies Erscheinen, das alles verändert hatte; und so lag die Sache jetzt! Christie und er waren jetzt aneinandergebunden, komme, was da wolle. Aber so wie die Dinge lagen, so mußten sie bleiben! Wenn seine Seele Christie gehörte, mußte sein Leben weiterhin seiner Mutter und Gerda gehören. Es gab keinen anderen Ausweg.

Unvermittelt hob er den Kopf. Die Sonne stand jetzt so niedrig, daß er geradeaus in ihre große rote Scheibe sehen konnte, die über den Dächern der Stadt hing. Sie glich, während er sie anblickte, einem ungeheuren, feurigen Tunnel, der Mündung irgendeines kolossalen Artilleriestückes, das gerade auf ihn gerichtet war. Mit hochgezogenen Augenlidern gab er den starren Blick dieser blutroten Kanonenmündung zurück, und als er ihr die Stirne bot, schien es ihm, als ob in ihr eine dämmerige Figur Gestalt gewänne, eine Figur, die Jason Otters abscheulichem Götzenbilde ähnelte.

Es war etwas so Gräßliches in dem Gedanken, daß dieser dämmerige Dämon überhaupt dort war — sozusagen der letzte Ausdruck der großen Scheibe, als sie sich senkte —, daß er in entrüstetem Protest auf die Füße sprang. Seine Bewegung trieb ihm das Blut aus dem Kopf und das Phantom verschwand. Langsam und unvermeidlich, deutlich abzunehmen, entsank die rote Kugel dem Blick; und Wolf hob seinen Hut und Stock auf. „Es muß schon weit über acht Uhr sein", dachte er. „Ich muß heim zu Gerda."

Die Blindschleiche vom Lenty

Die nächsten zwei Monate brachten keine äußere Veränderung im Leben Wolfs und der verschiedenen Menschen seines Lebens; aber als der August kam, begannen allerlei seltsame Entwicklungen, die sich schon lange unter der Oberfläche vorbereitet hatten, in Erscheinung zu treten.

Die Richtung dieser Entwicklung begann für Wolf zuerst bei einer kleinen Gartengesellschaft klar zu werden, die Mrs. Otter in ihrem Vorgarten gab. Er hatte viel Energie bei einem Versuch verbraucht, seine Mutter in ein mehr oder weniger harmonisches Gespräch mit Selena Gault zu verwickeln; mit einem seltsamen Gefühl des Triumphes ließ er diese beiden alten Gegnerinnen zurück, wie sie in ihren niederen Stühlen auf Mrs. Otters Rasen Seite an Seite Tee tranken, und schritt über das Gras, um mit Jason zu sprechen.

Er traf ihn in dem hinteren Garten, im Gespräch mit der alten Dimity Stone, die bei seiner Annäherung überstürzt flüchtete.

Wolf war so sorgsam darauf bedacht, des Dichters Gleichgewicht nicht zu stören, als ob er ein Leopard wäre, der einem nervösen Gnu schmeichelte. Er schlenderte an seiner Seite in einen engen Gang zwischen zwei Gurkenbeeten, wo sie sich beide niedersetzten. Eine einsame Waldtaube wiederholte von irgendwo hoch droben in den Nachbarbäumen ununterbrochen ihre Oktave schmachtenden Entzückens. Auf dem Kiespfad, ganz nahe der Stelle, wo sie saßen, zerschmetterte eine Drossel, ungestört durch die beiden, eine Schnecke an einem gebrochenen Ziegel; und als Wolf eine flüchtige Bemerkung nach der anderen machte, um seinen Gefährten unbefangen zu stimmen, bemerkte er, wie er selber mit seinen Fingerspitzen klebrige kleine Teerblasen preßte, die die Hitze der Nachmittagssonne aus den warmen hölzernen Planken des Gurkenbeetes gezogen hatte.

„Gestern abend habe ich ein Gedicht verfaßt", sagte Jason Otter. „Und da Sie die einzige Person sind, die irgendein Interesse daran hat, was ich tue, will ich es Ihnen wiederholen, wenn niemand um die Ecke kommt."

„Ich würde es ungemein gerne hören", sagte Wolf.

„Es fängt so an." Und mit einer Stimme, die fast so moduliert war wie die der Holztaube, begann er, während sein gesenkter Kopf an Wolfs Seite zum Rhythmus der folgenden Verse schwankte:

„Die Blindschleiche vom Lenty Gott verflucht;
Sie hebt ihren Kopf aus der grasigen Bucht;
Sie hebt ihren Kopf, wo des Lenty Weiden
Mit grünen Tränen beweinen der Regenfee Leiden;
Denn der Regenfee Liebster ist entflohen und fort,
Und niemand flucht Gott als die Schleiche dort."

„Das Gedicht bezieht sich auf den Teich", sagte Jason ernst. „Ich gehe abends manchmal dorthin. Wenn es neblig ist, kann man sich leicht vorstellen, daß eine Elfe oder eine Nymphe auf seiner Oberfläche treibt."

„Ist das alles?" fragte Wolf.

„Nicht ganz", entgegnete der andere; „aber die Art, wie es endet, wird Ihnen wahrscheinlich nicht gefallen. Sie wird Ihnen komisch erscheinen; zu abseits von Ihrer Denkart; und sie ist auch ziemlich komisch; aber Lenty Pond ist ein komischer Ort."

„Weiter, bitte", sagte Wolf.

Und wieder begann der Dichter mit seiner feinmodulierten Stimme zu intonieren:

„Salamander und Molche in Spiel und Hohn
Verlachen der einsamen Regenfee Leiden;
Lachen, weil ihr der Geliebte entflohn.
Was scheren sie sich um Fee oder Weiden.
Ihre Schweife wedeln zu dem spöttischen Schreie —
‚Blindschleiche vom Lenty, prophezeie!' "

„Das ist noch nicht das Ende, nicht wahr?" sagte Wolf.

Des Mannes Kopf wandte sich ein wenig ihm zu; und das eine graue Auge, das Wolf von seinem Platz aus sehen konnte, machte eine außergewöhnliche Veränderung durch, als ob ein glasiges Häutchen, das die äußere Welt von einem inneren Abgrund der Verzweiflung getrennt hatte, plötzlich weggeschmolzen wäre.

„Wollen Sie das Ende hören?" fragte Jason Otter.

Wolf nickte, und die Stimme fuhr fort:

„Doch nie wieder kann Gott hinunterschauen,
Wie von je Er's getan, auf Stadt und Auen!
In Seinem Herzen, das jenseits vom Raum wohnt,
Hockt der Fluch der Schleiche vom Lenty Pond;
Der Fluch der Schleiche an des Teiches Weiden,

Die Mitleid empfand mit der Regenfee Leiden
Auf dem einsamen Kissen, aus Algen bereitet,
Wo die Weide die Zweige zum Dache breitet;
Und die purpurnen Gräser flüstern vom Weh
Der vom Liebsten verlassenen Regenfee."

Wieder einmal hielt die Stimme inne und Wolf lauschte jenen beiden hartnäckigen Sommergeräuschen, dem Pochen des Drosselschnabels und der unbeschreiblichen Zufriedenheit der Holztaube.

„Geht es noch weiter?" fragte er. „Diese Art zu schreiben sagt mir besser zu als die Sachen, die Sie mir vor einem Monat vorgelesen haben."

„Ein Mensch kann nicht mehr tun, als er kann", bemerkte Jason Otter, während der Schatten eines huschenden Lächelns um seine Mundwinkel zuckte. Es schien aber, daß ihm selbst dieses Anzeichen normalen Fühlens wider den Strich ging; denn er hob hastig die Hand, um es zu verbergen.

Diese Bewegung seines Armes ließ Wolf sich des Geruches von Weihrauch bewußt werden.

„Die Kleider dieses Kerls müssen mit dem Zeug durchtränkt sein", dachte er. „Oh, zum Teufel", dachte er wieder. „Ich muß diesen Götzen von ihm fortbekommen."

„Nebenbei bemerkt, Otter", begann er, „weil ich eben daran denke, vergessen Sie nicht, was Sie mir beim Jahrmarkt versprochen haben!"

Jason wandte das Gesicht ab.

„Sie wird gleich wieder hier sein", bemerkte er.

Ob sich dies auf die Drossel bezog, die eben jetzt davonflog, oder auf Dimity Stone, konnte Wolf nicht sagen.

„Zwei Pfund von den fünf kann ich Ihnen gleich geben", sagte er, „wenn Sie mich jetzt mit Ihnen ins Haus gehen und das Zeug in meine Tasche stecken lassen."

„Und die andern drei?" rief der Mann, erhob sich zwischen den Gurkenbeeten und rieb sich mit der Hand den Hosenboden.

„Die andern drei nächste Woche", sagte Wolf und dachte bei sich: „Ich schere mich nicht drum, was geschieht, wenn ich nur über Mukalog verfügen kann."

„Also kommen Sie schnell, ehe uns jemand sieht!"

Sie eilten zusammen ins Haus und waren kaum im Zimmer des Dichters, als Wolf kühn nach dem kleinen Götzenbild auf dem Jadepostament griff und es ohne viel Federlesens in seine Seitentasche steckte. Jason machte eine seltsame, steife, förmliche Handbewegung nach dieser Tasche; aber als sein Arm von Wolf rauh weggeschoben wurde, wogte über sein erregtes Antlitz ein Ausdruck fast wie von Erleichterung. Seine Lippen schienen etwas zu murmeln und Wolf dachte, daß sie wohl dem Gegenstande in der Tasche des Fremden erklärten, daß sein Anhänger nur nackter Gewalt gewichen sei.

Schnell legte Wolf zwei goldene Sovereigns auf den Tisch. Er hielt sich davor zurück, sie auf das leere Jadepiedestal zu legen. Er legte sie Seite an Seite neben eine Ausgabe der Werke Vaughans des Siluristen.

„Und jetzt", rief er, „lassen Sie mich das Ende des Blindschleichengedichtes hören!"

„Nicht hier, nicht hier", murmelte der andere und blickte, wie es Wolf schien, in kläglicher Angst auf das leere Postament, als ob im nächsten Augenblick sieben andere Teufel, schlimmer als Mukalog, davon Besitz ergreifen könnten.

Kaum waren sie wieder beim Gurkenbeet in Sicherheit, als Wolf seine Bitte um das Ende der „Blindschleiche" aufs neue vorbrachte. Und der erstaunliche Mensch lehnte sich, die Hände milde vor sich gefaltet, gleich einem Kinde, das eine Hymne rezitiert, zurück und gehorchte ihm in aller Fügsamkeit.

> „Und die Lenty-Schleiche Gott verflucht
> Um der verlassenen Regenfee Kummer.
> Sie hebt ihren Kopf aus der Halme Schlummer,
> Sie hebt ihren Kopf aus dem Uferried,
> Von den Steigen, auf denen die Herde zieht,
> Sie hebt ihren Kopf aus der grasigen Bucht.
> Im Buschwerk die Schleiche Gott verflucht!
> Salamander und Molche in Gras und Tau,
> Die sie höhnten aus Bäuchen, orange, weiß und grau,
> Rufen nun zu Wasser, Weiden und Wiese:
> ‚Fürwahr, des Teiches Prophetin ist diese!'
> Denn der Regenfee Tränen sind versiegt
> Auf dem Kissen, aus Weidenzweigen gefügt;
> Und ihr Liebster, den sie nun nimmer vermißt,
> Ruft: ‚Die Schleiche vom Lenty Gott Selber ist!' "

„Bravo!" rief Wolf. „Gott sei Dank, daß es Ihnen gelungen ist, das arme Mädchen zu trösten!"

„Sie war kein Mädchen", sagte Jason ein wenig errötend.

„He? Was reden Sie da?" rief der andere aus. „Wie konnte sie dann einen Geliebten haben!"

Der Poet wurde jedoch durch eine plötzliche, zur rechten Zeit eintretende Unterbrechung davor bewahrt, auf diesen Einwand antworten zu müssen.

Mr. Urquhart, der Selena Gault begleitete, hinkte liebenswürdig auf sie zu.

„Unsere beiden jungen Freunde im Küchengarten, he?" war die Begrüßung des Squire. „Ich erzählte eben Miss Gault, nicht wahr, Verehrteste, wie gut Solent und ich als Mitautoren miteinander auskämen. Ich konnte mich mit unserem armen lieben Redfern nie so gut vertragen, nicht wahr, Mr. Otter?"

Wolf war entsetzt über die komplizierte Bedeutung des Blickes, den sein Brotgeber auf den erregten Jason geheftet hatte.

„Sie haben Schmutz auf Ihrem Schuh", fuhr der Dichter Miss Gault hastig an; und ehe die Dame ihn daran hindern konnte, kniete er auf dem Kies und wischte einen ihrer Schuhe mit einer Handvoll Gras ab.

„Es ist nur Dung", sagte er jetzt und erhob sich mit gerötetem Gesicht.

„Danke, Mr. Otter, danke sehr", sagte Selena Gault, „ich muß irgendwo hineingetreten sein."

„Ich hoffe, daß Sie meine Mutter in ihrer besten Laune gefunden haben", sagte Wolf.

Miss Gault runzelte ein wenig die Stirn und lächelte ihm dann anmutig zu. „Ich danke Ihnen, daß Sie uns geholfen haben, unsere alte Bekanntschaft zu erneuern, mein Junge", sagte sie. „Aber eigentlich ist es Mr. Urquhart, dem wir alle danken sollten, weil er Sie überhaupt zu uns hierhergebracht hat."

„Danken Sie Redfern, nicht mir", sagte der Squire in seinem sanftesten Tonfall. „Es ist geradezu eine Kunst, nicht wahr, Otter, die Welt auf geziemende Art zu verlassen?"

Aber Jason war damit beschäftigt, die von der Drossel zurückgelassenen Stücke des leeren Schneckenhauses aufzuheben.

„Wie machen sie das eigentlich, wenn sie keine Steine haben, um sie zu zerbrechen?" bemerkte der Squire, als er ihm zusah.

Miss Gault fegte sie beide mit ihrem majestätischen Blick hinweg.

„Bitte, werfen Sie dieses Zeug weg, Mr. Otter. Wenn das Leben fort ist, ist das das Ende."

„Nicht immer", murmelte der Squire. „Nicht immer, he? Wie?"

Miss Gault zog die Augenbrauen hoch und ihre verzerrte Oberlippe zuckte. „Für die Toten ist's das Ende", wiederholte sie ernst, „aber es ist besser, tot zu sein im Tod als tot im Leben."

„Ich glaube, ich täte gut daran, zu gehen und zu schauen, ob meine Mutter mich braucht", murmelte Jason unbehaglich.

„Ich werde mit Ihnen gehen, Otter", sagte Mr. Urquhart und machte eine entschuldigende kleine Handbewegung, als ob er Miss Gaults Unbedachtsamkeit wegwischen wollte.

Dann wandte er sich zu Wolf. „Kommen Sie morgen zeitig, Solent. Ich habe ein Buch für Sie, das würziger ist als alles andere, was wir bisher fanden. Malakite hat es mir geschickt. Der alte Schurke weiß ganz genau, was uns paßt."

Wolf fiel es schwer, zu glauben, daß das Wort Malakite etwas war, das er früher viele Male ganz ruhig und mit halbem Ohr hatte hören können. Es quälte ihn jetzt, daß es auch nur ausgesprochen werden konnte von diesem Mann, dessen hängende Wangenrunzeln ihm, wie er sie jetzt ansah, den faltigen Klappern einer Klapperschlange zu gleichen schienen.

Jetzt sprach er freundschaftlich mit Miss Gault über das harmlose Thema „Emma und die drei Katzen", während er die Dame in den Vorgarten zurückführte.

Hier belustigte es ihn jetzt sehr, zu beobachten, wie Miss Gault mit der Huld einer Herzogin Mrs. Solent anbot, sie bis Lenty Cottage im Wagen mitzunehmen — ein Anbot, das prompt angenommen wurde. Als beide Frauen fort waren und Wolf seiner Gastgeberin gute Nacht gesagt hatte, war er überrascht zu hören, daß Jason sich antrug, ihn ein Stück Weges in der Richtung nach Blacksod zu begleiten.

Wolf hielt instinktiv, als sie ihres Weges gingen, die Hand in der Seitentasche mit einem hartnäckigen Entschluß, daß nichts ihn verleiten solle, Mukalog seinem Anbeter zurückzugeben. Aber die Gedanken des Dichters schienen sich in einer ganz anderen Richtung zu bewegen.

„Es ist sehr schwer, jemandem nicht zu fluchen", begann Jason zögernd, und sein Gesicht rötete sich ein wenig, „wenn das von einem erwartet wird. Aber ich habe die Fähigkeit, einzulenken, um Zwist zu vermeiden; während ich in Wirklichkeit gerade das Gegenteil denke!"

Sich selbst erklärte Wolf diese vieldeutige Bemerkung durch die Annahme, daß Mr. Urquhart heimlich „das besoffene Individuum in Pond Cottage" dadurch günstig gestimmt hatte, daß er seinen neuen Sekretär vor ihm heruntersetzte.

Aber der Dichter begann wieder. „Ich mag die Art nicht, wie manche Leute diesen jungen Trottel Weevil antreiben, sich so großartig mit seinen unzüchtigen Abenteuern zu brüsten. Wenn die Leute einen Idioten so ermutigen, ist's schlimm für alle. Das setzt ihm in den Kopf, Sachen anzustellen, die er nie gewagt hätte, selber auszudenken."

„Oho!" dachte Wolf. „Was ist denn los? Nun beginnen wir, etwas in der Tat Merkwürdiges zu erfahren!"

Und der Dichter fuhr mit erregter Stimme fort: „Ihr verheirateten Leute glaubt, alles zu wissen. Aber kein Mann weiß je, wonach diese Mädchen aus sind; und ich bezweifle es, ob sie selbst es wissen! Es ist wie eine Stechfliege, die sie zuerst kitzelt und dann sticht."

„Was ist wie eine Stechfliege?" fragte Wolf.

„Die Wollust solcher ausgezeichneter junger Männer wie dieses würdigen Bob Weevil."

„Ah!" dachte Wolf in seinem Innersten. „Jetzt kommt's!"

„Ich selbst spreche nie zu jemandem über unzüchtige Dinge", fuhr der Dichter fort; „aber dieser Ihr Squire freut sich über einen kleinen Spaß, sei es nun mit einem jungen Mann oder einem Knaben. Ich glaube, er hat ein wenig Angst vor Ihnen, Solent."

„Ich hätte gedacht", sagte Wolf, „daß Mr. Urquhart zu sehr Snob sei, um einen Blacksoder Kaufmann, welches Alter er immer haben mag, als seinesgleichen zu behandeln."

„Es gibt nur eine Klasse", sagte der Dichter, mit einer Miene wohlwollender Überlegenheit, „wenn es sich um solche Dinge handelt."

„Sie glauben also, daß Mr. Urquhart am Werk war und unseren Freund Weevil bei irgendeinem hübschen kleinen Unfug ermutigte, eh?" sagte Wolf.

Ein Blick nackter Qual kam in Mr. Otters Gesicht.

„Wie kommen Sie auf solche Gedanken", rief er. „Ich habe von niemandem gesprochen, den Sie kennen, auch von niemandem, den ich kenne. Ich habe nur von der allgemeinen Masse der Menschen gesprochen. Über die wird man doch reden dürfen."

„Haben Sie Angst, daß Roger Monk vielleicht hinter dieser Mauer lauern könnte?"

Der Dichter wandte ihm sein trauriges graues Auge zu. „Ich liebe es nicht, verspottet zu werden", sagte er ernst.

„Ich verspotte Sie nicht", protestierte Wolf. „Schauen Sie! Da drin sind nur ganz harmlose Menschen!"

Die Mauer, an der sie jetzt vorbeigingen, war nämlich die des Friedhofes; und die Idee des Todes schlug ihnen gleich einem fliegenden kerbigen Käfer gleichzeitig ins Gesicht.

„Ich glaube, ich werde unsern Handel rückgängig machen, Solent", sagte Jason plötzlich, „werde Ihnen das Geld wieder geben und mein Stück Jade zurücknehmen!"

Es war ein völlig verändertes Gesicht, das der Dichter jetzt seinem Gefährten zuwandte. Abgrundtiefe Verzweiflung hatte sich darauf gesenkt, und er winselte beinahe, als er Wolf beschwor, das Götzenbild zurückzugeben.

„Es nützt nichts, Mensch. Ich sage Ihnen ja, daß es nichts nützt. Selbst wenn Sie hier vor mir niederknieten, würde ich es nicht hergeben!"

Jason Otter schob den Hut aus der Stirn und stand einen Moment mit fest geschlossenen Augen da. Wolf, der keine Ahnung hatte, welche Gedanken durch diesen schweren Schädel zogen, umfaßte fest den Griff seines Stockes und dachte: „Er ist zu allem fähig. Er ist wie ein Mensch, der einem Narkotikum verfallen ist; und das habe ich in der Tasche!"

Eine merkliche Spanne Zeit, obwohl es vielleicht nicht länger gewesen sein mochte als ein paar Sekunden, blieben sie so, Angesicht in Angesicht, während eine Gruppe von Kindern aus King's Barton, die mit lärmenden Schreien die Straße hinablief, stehenblieb und sie offenen Mundes anstarrte.

Dann bemerkte Wolf, daß inmitten dieser augenlosen Maske des Elends die Lippen des Mannes etwas murmelten — etwas, das klang wie eine Beschwörungsformel.

„Ich täte am besten, mich zu verflüchtigen", dachte er; und als seine Finger sich fester um den Stockgriff schlossen, hörte er halben Ohres, wie eines der zusehenden Kinder zu einem anderen flüsterte: „Das ist nur dieser arme Mr. Otter. Schau, er hat wieder einen Anfall! Der andere Herr wird ihm gleich eine aufs Ohr hauen."

„Nun, gute Nacht, Otter!" rief er ihm zu. „Wenn's Ihnen nichts macht, werde ich gehen. Ich muß mich jetzt beeilen, sonst wird Gerda sich sorgen."

Die Gestalt vor ihm tat gleich einem Nachtwandler einen blinden Schritt vorwärts; und in einer blitzschnellen geistigen Vision sah ihn Wolf so klar, als ob es Wirklichkeit gewesen wäre, wie er mit dem Gesicht in den weißen Staub fiel und um die Rückgabe des Götzenbildes brüllte.

„Nun, gute Nacht!" wiederholte er schroff; wandte sich mit einem Ruck um und eilte mit einer Geschwindigkeit davon, die nicht in ein Laufen übergehen zu lassen schwerfiel.

Eine Strecke weit hatte er ein unbehagliches Gefühl im Rücken; aber es geschah nichts. Mit der linken Hand umklammerte er wild die Figur in seiner Tasche, mit der Rechten schwang er den Stock und vollendete so einen unrühmlichen, aber erfolgreichen Rückzug.

Immerhin war es schon fast eine Meile hinter King's Barton, als er es zuerst wagte, seine Geschwindigkeit zu mäßigen, seine geistige Haltung wieder einzunehmen. Selbst dann verkannte seine aufgewühlte Phantasie das schwache Klappern der Hufe eines angeseilten Tieres auf dem Boden einer Scheune und hielt es für das Geräusch der ihn verfolgenden Schritte Jasons.

Es mußte schon halb sieben Uhr gewesen sein, als er sich zu erholen und um sich zu blicken begann. Es regte sich kaum ein Windhauch. Über diesen Teil des Westlandes hatte sich einer jener leuchtenden Spätsommerabende herabgesenkt, wie sie schon die Nerven von Römern und Kymren, von Sachsen und Normannen nach wilden Getümmeln von Eroberungen und Rückzügen, Alarmen und Unternehmungen beruhigt haben mußten, die jetzt ebenso völlig vergessen waren wie die Todeskämpfe mittelalterlicher Vögel in den Klauen von Jagdfalken.

Die Weizen- und Gerstenfelder, perlfarben und opalisierend im schwimmenden Nebel, stiegen hinan zu dem hohen baumlosen Rücken, der die Landstraße von Ramsgard nach Blacksod führte. Zu Wolfs Linken breiteten sich unter dem schmalen Weg, undeutlich und neblig daliegend, und doch auf irgendeine seltsame Art mit einem eigenen inneren Licht leuchtend, als ob die Erde ein einziger, ungeheurer, phosphoreszierender Glühwurm geworden wäre, die taunassen Weiden des Blackmore Vale aus, die sich in weiter Ferne wieder zu den Hügeln von High Stoy erhoben.

Wolf war versucht, eine Weile zu rasten, um die verwirrt gedrängten Eindrücke jenes Nachmittages in irgendeiner Art von Brennpunkt zu sammeln; aber er fand, als er einen Augenblick stehenblieb und sich über einen Zaun lehnte, daß das taufeuchte Gras ihm nichts anderes in den Sinn rief als ein hartnäckiges Bild, ein Bild, ruhig und friedlich genug, aber erfüllt von einer höchst gefährlichen Entspannung des Herzens und Willens und Geistes; nämlich das Bild eines jungen Mannes, der tot in einem Schlafzimmer in Pond Cottage lag, eines jungen Mannes mit bedecktem Gesicht und langen, dünnen Beinen. Wer war es doch, der ihm gesagt hatte, daß der junge Redfern groß und hager gewesen war?

Er ging weiter und schwang seinen Stock, als ob er dieses Phantom verjagen wollte; und es dauerte nicht lange, bis die ersten Häuser von Blacksod aufzutauchen begannen, von denen einige in den Fenstern schon Lampenlicht zeigten, das sich sonderbar genug mit dem seltsamen Leuchten paarte, wie es noch aus Erde und Himmel strömte. Wolf bemerkte, wie anders diese Flecken künstlichen Lichtes aussahen, wenn sie so bloße Tupfen gelber Farbe, umgeben von blassem Grau, blieben, als sie es in einer kurzen Zeit tun würden, wenn sie die völlige Dunkelheit durchbrachen.

Und als er das abendliche Treiben der Stadtgrenze zu gewahren begann und als der schwere Hauch des Blackmorer Weidelandes aufhörte, seine Sinne zu betäuben, fand er, daß sich das, was er heute erlebt hatte, jetzt langsam in seinem Geiste zu klären anfing. „Entweder führt Urquhart wirklich etwas im Schilde", dachte er, „oder Jason hat die ganze Sache bloß zu seiner Belustigung erfunden. Gott helfe uns! Was für ein verrücktes Pack sie alle sind. Ich bin dankbar, daß ich von hier heraus bin. Blacksod gibt sich zu solchen Schrullen nicht her."

So stellte sich ihm die Situation bei oberflächlicher Betrachtung dar, wenn er sie mit dem künstlich errungenen genialen Optimismus mancher schon vergessenen geistigen Gewalttat betrachtete.

Aber tief in seinem Innern sah alles ganz anders aus.

„Es ist dort drüben etwas los, das mir und meinem Leben feindlich ist. Sie scheinen nichts anderes zu tun zu haben, diese Leute in King's Barton, als miteinander gegen jemanden zu intrigieren. Großer Gott! Kein Wunder, daß sie in ihrer Gesamtheit dem armen Redfern den Garaus gemacht haben! Ich sehe, daß ich mich werde verteidigen müssen. Und leicht genug könnte ich das auch tun, wenn es nicht meiner Mutter wegen wäre. Verflucht! Daß Mutter hier ist, das ist der Stein des Anstoßes! So abhängig von Urquhart! Wenn es nicht ihretwegen wäre, würde ich über das ganze Pack lachen. Ich habe meine Stellung an der Schule, dank Darnley. Welch ein Mensch Darnley doch ist, verglichen mit diesen Narren! Freilich haben sie auch ihm das Leben gründlich schwer gemacht. Jeder kann das sehen."

Aber es zeigte sich, daß sein Bewußtsein so überlastet war mit Gedanken und Vermutungen, daß er jetzt bewegungslos vor dem Laden eines kleinen Gemüsehändlers stehenblieb, um sich über die Situation besser klarwerden zu können.

Ein kleines Ornament, das zwischen Orangen und Salat in dem beleuchteten Fenster angebracht war, erinnerte ihn an den Götzen in seiner Tasche; und von Mukalog eilte sein Geist zu Jason zurück.

„Ich kann ihn nicht verstehen", sagte er zu sich. „Valley, das weiß ich, ist ein guter Mensch. Urquhart ist ein Dämon. Aber Jason höhnt mich. Die Blindschleiche vom Lenty! Das ist ungefähr das, was er ist! Ich hatte vorhin, als er mit geschlossenen Augen und mit schnatterndem Munde dastand, das Gefühl, daß er irgendeiner urzeitlichen Ordnung der Dinge angehört, die existierte, ehe überhaupt noch Gut und Böse auftauchten. Aber es ist klar, daß Urquhart ihm irgendwie geschmeichelt hat. Und doch — ich weiß nicht! Ich bin versucht, zu denken, daß Jason sogar ihm gewachsen wäre — genauso wie ein kalter, nasser Regen aus dem Urchaos dem Teufel Unbehagen verursachen würde."

Er wandte sich von dem Schaufenster ab und ging weiter. Bald kam er an eine Stelle, an der zwei Seitenwege von der Straße abzweigten, die Straße zur Rechten, die auf Babylon Hill hinaufführte, und die Straße zur Linken, die zu jenem Teil der Stadt ging, in dem Christies Haus lag. Sollte er sich nach links wenden und auf diesem Wege nach Hause gehen? Oder sollte er gerade weitergehen, an der Werkstatt seines Schwiegervaters vorbei?

Das Zögern, in das er jetzt fiel, ließ einen Raum in seinem Geiste leer; und sofort erhob sich, diesen zu füllen, aus den unsichtbaren Tiefen seines Wesens eine ganz neue Beurteilung der Ereignisse jenes Tages. War vielleicht etwas mehr zwischen Gerda und Bob Weevil als diese alten Seestrandnachmittage, diese verliebten Albernheiten? Er konnte nicht umhin, sich der aufreizenden Photographie zu erinnern, die das Mädchen rittlings auf einem Grabstein darstellte und über die sich, wie er damals, an jenem Tage gesehen hatte, da er die Würste für Roger Monk kaufte, die beiden Burschen so belustigten.

Aber Wolfs vernünftigeres Teil begann jetzt eine spöttische Kritik an dieser neuen Stimmung zu üben. Hatte er die Instinkte des Herrn eines Harems? Verlangte er, daß Gerda und Christie ihm treu sein sollten ... während er selbst ... war ... wie er war? Nein, es war etwas anderes! Auf seine Art war er Gerda treu. Es lag in der Natur dieses besonderen Falles. Aber Mr. Weevil. Von Bob, dem Wüstling von Blacksod, ein Geweih zu bekommen, war keineswegs ein sehr beruhigendes Geschick; doch von Bob gehörnt zu werden in einer Art von Schuljungenulk, von Ulk, der von dem sardonischen Mr. Urquhart in Szene gesetzt wurde, das war eine phantastische Schmach.

Noch zögerte er an dieser Wegkreuzung, mehr als sonst gequält von der Schwierigkeit, sich zu entschließen, welchen Weg er gehen sollte. Er fühlte sich in beide Richtungen so fortgezogen, daß er jetzt bei seinem Schwanken tatsächlich die Gegenstände, denen er bei jeder dieser Entscheidungen begegnen würde, vor sich zu sehen und jene Empfindungen zu fühlen schien, die er hier oder dort fühlen würde.

Schließlich entschied ein Motiv, das einfacher war als Liebe oder Eifersucht, diese Frage. Er schlug den kürzeren Weg ein, den Weg, der an Mr. Torps Werkstätte vorbeiführte, weil ihm der Magen heimlich zu knurren begann. Aber obwohl dies sein eigentliches Motiv war, glaubte er doch, es sei Eifersucht auf Bob Weevil. Und der Gedanke daran, daß er überhaupt solch ein Gefühl haben konnte, wenn es sich um die Romantik, nahe an Christies Wohnung vorbeizugehen, handelte, verwirrte und beschämte ihn gleichzeitig.

Er ging jetzt mit hastigen Schritten weiter; und als er an dem vertrauten Werkstattshof Mr. Torps vorbeikam, der in einem schweigenden, ja fast gespenstischen Pfuhl von Zwielicht lag, dachte er daran, wie wenig er an jenem Herbsttag, als er in diesen Raum eingetreten war, vorausgesehen hatte, welche Ereignisse sich daraus ergeben würden. Durch vertraute Gewohnheit an die gebunden, die er geheiratet hatte — in Liebe für immer und in allem verbunden mit jener, die er nicht geheiratet hatte —, sah er sich jetzt in einer genügend komplizierten Lage, ohne alle diese verwirrende Unruhe durch die Leute in King's Barton!

Als er jetzt endlich sein Haus betrat, geschah dies mit einem erhöhten Ausmaß rein animalischer Erleichterung. Diese wurde noch vermehrt durch eine köstliche Hingabe an ungehindertes Liebesspiel, als er entdeckte, daß Gerda in ihrem Nachthemd und im Schlafrock beim Küchenherd auf ihn wartete. Das Mädchen hatte gewisse sehr zierliche und hübsche Arten, ihr Verlangen nach Liebkosung auszudrücken; und sie war selten noch erregbarer und wunderlicher erregend gewesen als an diesem Abend.

Obwohl ihn der Hunger so rasch nach Hause geführt hatte, dauerte es mehr als eine Stunde, ehe sie sich zu ihrem Abendessen setzten; und während der langausgedehnten und schamlosen Zärtlichkeiten, in denen er schwelgte, ehe er sie zum Herd gehen ließ, war Wolf gezwungen, zu dem Schluß zu kommen, daß erotischer Genuß in sich die Fähigkeit besaß, eine Art von Absolutem zu werden. Er hatte das Gefühl, als würde dieser Genuß zu einer Art allerletzter Essenz, in die die bloß relativen Erregungen der beiden Partner versanken — ja so völlig verlorengingen, daß eine neue Persönlichkeit das Feld ihres vereinten Bewußtseins beherrschte, die wunderbare Identität des Liebesumfangens an sich, die wirkliche geistige Form oder das „psychische Sein" des Gottes Eros!

Wolf fand zu seiner nicht geringen Befriedigung, daß er, als diese geistige Ausstrahlung süßer Lust entschwunden war, sich völlig frei von jedem Gefühl wußte, ein Sakrileg gegen seine Liebe zu Christie begangen zu haben. Ob dies auch der Fall gewesen wäre, wenn Christie anders gewesen wäre, als sie war, war wohl schwer zu entscheiden, obgleich er in den Pausen des angeregten Gespräches mit Gerda, während sie bei ihrer Mahlzeit saßen, tief über diesen hübschen Punkt nachgrübelte.

Ein merkwürdiges Interesse erregte ihm auch die Frage, ob der Zufall, daß er sich auf dem Heimwege jener verruchten Grabstein-photographie entsann, irgend etwas mit der Vollständigkeit seines Genusses zu tun gehabt hatte! Er hatte schon vorher an sich die eigentümliche Rolle bemerkt, die seltsame, ungewöhnliche Vorstellungen in allen diesen Dingen spielten! Und schließlich — aber dieser Gedanke kam ihm erst, als sie ihre Mahlzeit beendet hatten — ertappte er sich an diesem Abend mindestens einmal bei einem zornigen Nachdenken darüber, inwieweit die süße Ersehnbarkeit seiner Gefährtin für ihn durch jene beunruhigenden Gerüchte verstärkt worden war, daß es einen Rivalen gebe, selbst wenn dieser Rivale bloß der wasserrattengesichtige Verkäufer von Würsten war.

Gerda war die erste, die, während sie Seite an Seite lagen und die vertrauten Gerüche von sommerlichem Gras und Schweinestalljauche zu ihnen hereindrangen, einschlief. Wolf war, nicht ohne mancherlei geistige Umstellungen, während der letzten zwei Monate zu einem mehr oder weniger befriedigenden Kompromiß zwischen dem gekommen, was er für dieses Mädchen fühlte, das jetzt auf seinem unter ihr ausgestreckten Arm dalag, und dem, was er für die andere empfand. Christies unbeugsamer Stolz und der kaum merkliche, kaum noch erregte Pulsschlag ihrer Sinne machten es ihm viel leichter. Eine instinktive, in seiner eigenen Natur begründete Abneigung, irgendeine Spur von herbem Idealismus hier zuzulassen, führte ihn auch dazu, sich alle die Befriedigung zu holen, die er aus dem Leben mit seiner schönen Bettgenossin haben konnte. Als er ihrem gleichmäßigen Atem lauschte und durch alle seine Nerven die köstliche Entspannung ihrer von Liebe erschöpften Glieder fühlte, war er sich jetzt mehr denn je dessen bewußt, wie völlig undenkbar es war, daß er die Schuld auf sich laden könnte, sie durch irgendeine drastische Veränderung unglücklich zu machen. In gewissem Sinne war das, was er zu Selena Gault gesagt hatte, wahr. Er war glücklich. Aber er wußte im Innersten seines Herzens, daß er nur deshalb glücklich sein konnte, weil das tiefste Gefühl, dessen er fähig war, durch seine Nähe zu Christie befriedigt wurde. In seiner tiefgründigen Selbsterkenntnis vergaß Wolf nie, daß ihm das völlig fehlte, was die Menschen mit dem Namen „Leidenschaft" zu bezeichnen übereingekommen sind. Glücklicherweise schien auch Christie, soweit er dies zu beurteilen imstande war, dieses Bedürfnisses zu ermangeln; so daß durch ihre Ähnlichkeit in diesem besonderen Zug die seltsame Innigkeit ihrer Liebe durch seine leichte Begattung mit Gerda nicht gestört war.

Was Wolf in diesem Augenblick fühlte, als er dem sanften Atmen des Mädchens lauschte und sie in seinen Armen hielt, war eine köstliche, ausgebreitete Zärtlichkeit — eine Zärtlichkeit, die gleich der Erde selbst, über die die kühlen Nachtlüfte wehten, von Gerüchten und Andeutungen berührt wurde, die einer anderen Region angehörten. Seine sinnliche Natur, beschwichtigt, befriedigt, beruhigt, erlaubte seinem Geist, frei jener anderen Mädchengestalt zuzustreben, die täuschender war, weniger greifbar, kaum vorstellbar für irgendeine konkrete Einbildungskraft, die jetzt — schlafend oder wachend, das wußte er nicht — in dem Zimmer lag, das auf Poll's Camp hinaussah. Dort, über den Büchern im Laden jenes blutschänderischen alten Mannes, lag die andere jetzt allein. War sie befriedigt von dieser seiner zweideutigen Liebe? Er zog es vor, gerade jetzt bei dieser Seite der Sache nicht allzulange zu verweilen; und so hielt er Gerda fest umfangen, atmete die vermischten Düfte der Nacht und ließ seinen Geist in die Generalabsolution eines tiefen, traumlosen Schlafes sinken.

Heim für Bastarde

Der nächste Tag erwies sich, was das Wetter betraf, als noch angenehmer denn sein Vorgänger.

Ereignis folgte auf Ereignis in harmonischer und glatter Folge. Gerdas morgendliche Verdrießlichkeit war gemildert durch eine entzückende Nachlese mutwilliger Bereitwilligkeit, sich liebkosen zu lassen. Seine Jungen in der Lateinschule, die er mühsam in die Regierungszeit der ersten Tudor gesteuert hatte, waren zu sehr mit Gedanken an die Prüfungen und an die herannahenden Sommerferien beschäftigt, als daß sie so lästig gewesen wären wie sonst. Sein Nachmittag in King's Barton war einer konzentrierten Durchsicht der Geschichte der unglücklichen Lady Wyke von Abbotsbury gewidmet; und Mr. Urquhart, der neben Wolfs Ellbogen kauerte wie eine große seidige Angorakatze, war zu sehr von seinen Forschungen absorbiert, um sich mehr als nur ganz wenige seiner boshaften Seitenhiebe zu leisten.

So zufrieden war der Squire mit dem Fortschritt, den sie machten, daß er, als er mit seinem Sekretär beim Bibliotheksfenster Tee trank, Wolf fragte, ob es seiner Mutter irgendwie angenehm wäre, wenn Roger Monk sie nach Blacksod und vor dem Dinner wieder zurückfahren würde.

„Roger erklärt, daß er hinüberfahren möchte", sagte er. „Was er vorhat, weiß ich nicht. Er erzählt mir nie etwas. Aber wenn Ihrer Mutter oder Ihnen mit der Fahrt gedient wäre, so können Sie ihm sagen, daß er Sie abholen soll."

Wolf wußte, daß Mrs. Solent plante, zum Zeichen ihrer Versöhnung einen formellen Besuch bei Miss Gault zu machen; so nahm er rasch dieses Anerbieten an und ging gleich fort.

„Wahrscheinlich werde auch ich fahren", kündigte er dem großen Diener mit den dunklen Augenbrauen an; „drum müssen Sie, wenn Sie Ihr Gig nicht allzusehr belasten wollen, für mich den Hintersitz herrichten."

Er fand seine Mutter im Wohnzimmer des netten Landhäuschens beim Tee. Er konnte einen unbeobachteten Blick auf sie werfen, als er sich dem Fenster näherte, und es erschütterte ihn ziemlich stark, einen Ausdruck in ihrem Gesicht zu bemerken, den er noch nie zuvor gesehen hatte. Sie saß bewegungslos, die ausgestreckten Hände an den

Tischrand gestemmt und den Blick ins Leere gerichtet. Ihre braunen Augen hatten von dem Gesichtswinkel aus, in dem er sie erblickte, einen niedergeschlagenen, müden, hilflosen Ausdruck, und sogar die Umrisse ihres furchtgebietenden Kinnes waren entspannt, gerunzelt, trostlos.

Er hatte ein seltsames Gefühl der Scham, sie so ertappt zu haben, als wäre dies die unanständige Entblößung irgendeiner geheimen Entstellung; und eilig und lärmend betrat er das kleine Haus.

Bei seinem Erscheinen änderte sich ihre ganze Art. Sie schien entzückt über die Möglichkeit, mit ihm nach Ramsgard fahren zu können, und die beiden schwatzten fröhlich, bis sie hinaufging, um sich fertigzumachen.

Roger Monk ließ sie nicht warten; und während er am Gartenzaun stand und das Pferd hielt, bis die Dame herunterkam, sprach Wolf ein paar Worte mit ihm.

„Mr. Urquhart scheint nicht zu wissen, was Sie in Ramsgard vorhaben", bemerkte er reichlich indiskret, aber ohne besonderen Grund.

„Er weiß es schon ganz gut, Mr. Solent! Täuschen Sie sich nur ja nicht! Es gibt nicht viel im Haus — und eigentlich auch außer Haus — das er nicht wüßte!"

„Das muß manchmal ziemlich unbequem sein, eh? Was?"

Diese recht wenig vornehme Nachahmung der Lieblingsphrase des Squire kitzelte die Phantasie des dunklen Riesen, und er grinste breit. Aber eine Minute später wurde sein Gesicht ernst und besorgt.

„Es ist ein guter Dienst beim Squire", flüsterte er und neigte sich zu Wolfs Ohr. „Aber ich sage Ihnen geradeheraus, Mr. Solent, Sir, wenn ich sicher wüßte, daß er mir nichts antut, würde ich morgen mein Bündel schnüren!"

Wolf starrte ihn verständnislos an.

„Ich tät' es", wiederholte Monk. Und dann setzte er mit dem Blick eines gerechten Scharfrichters hinzu: „Ich werde ihm einmal seinen schwarzen Schädel einschlagen, wenn Gott der Allmächtige es nicht früher tut!"

Trotz diesem etwas düsteren Beginn war ihre Fahrt nach Ramsgard ein großer Erfolg. Roger Monk gewann unter den Schmeicheleien Mrs. Solents bald wieder seine gute Laune; und als sie das Schultor erreicht hatten, waren alle drei in der besten Stimmung.

Hier trennten sie sich, der Diener fuhr Mrs. Solent zu Miss Gaults Haus, während Wolf die Straße hinaufschritt, mit der Absicht, den Smiths einen Besuch zu machen.

Die Tür wurde ihm von Mattie selbst geöffnet, und Bruder und

Schwester umarmten einander liebevoll, als sie in der kühlen, dunklen, dumpfigen Halle allein waren.

„Vater ist fort", flüsterte sie, „und wir haben jetzt nur ein Dienstmädchen."

„Ein Dienstmädchen?" wiederholte er, als sie ihn, den Finger an die Lippen gelegt, in das leere Speisezimmer führte.

„Olwen ist droben und spielt", sagte sie mit leiser Stimme.

Es war ihm klar, daß sie ängstlich bemüht war, das Kind seine Stimme nicht hören zu lassen; darum schloß er die Tür sehr leise, und sie setzten sich zueinander in zwei rote Lederfauteuils.

„Was ist denn los, Mattie, Liebste?" murmelte er und hielt fest ihre Hand.

„Es ist Dad", sagte sie. „Er ist in den letzten paar Tagen so seltsam."

Es fiel Wolf schwer, ein Lächeln zu unterdrücken; denn der Gedanke, daß Mr. Albert Smith, der große Hutmacher der Ramsgarder Schule, der würdige Kirchenvorsteher der Abtei, in irgendeiner Art und Weise „seltsam" sein sollte, schien ihm grotesk.

„Was ist los mit ihm? Geht das Geschäft schlecht?"

Mattie seufzte, entzog ihm ihre Hand und preßte die Finger fest zusammen.

„Es ist ärger als schlecht", sagte sie langsam. „Weißt du, Wolf, ich glaube, Dad ist ruiniert."

„Großer Gott, Kind!" rief er. „Das kann nicht sein! Ich kann es nicht glauben. Mr. Smith! Aber er ist doch hier bei diesem Geschäft, solange ich mich erinnern kann. Er muß doch eine Menge verdient haben! Er hat vielleicht irgendeine Zwangsvorstellung wegen des Geldes, meine Liebe. Du solltest ihn veranlassen, sein Geschäft zu verkaufen und sich zurückzuziehen!"

„Ich sage dir, Wolf", erwiderte sie emphatisch und mit einer gewissen Gereiztheit, „es ist wahr. Du kannst doch glauben, daß ich weiß, wovon ich spreche. Er hat sein Geld irgendwie dumm angelegt. Er war nie so vernünftig, wie die Leute glauben; und nun hat's ihn getroffen, hat ihn umgeworfen. Ich glaube, er hat schon den ersten Schritt unternommen, ich verstehe ja nichts davon, sich bankrott zu erklären."

„Bankrott?" wiederholte Wolf hilflos.

„Das ist also der Stand der Dinge bei uns!" rief sie in einem leichteren Ton. „Und jetzt erzähle du mir von dir und von deiner hübschen Gerda."

Während sie sprach, stand sie auf, legte die Hände um den Nacken und streckte ihre Gestalt zu voller Höhe.

„Sie hat eine schöne Figur", dachte Wolf. „Wie schade, daß ihre Nase so groß ist!"

Matties Gesicht schien in der Tat, wie sie jetzt aus ihren tiefliegenden grauen Augen fest auf ihn herabblickte, noch weniger anziehend als damals, als er sie vor ein paar Wochen gesehen hatte.

„Sie hat eine böse Zeit durchgemacht, das arme Mädel!" dachte er. „Wie verdammenswert, daß die Götter ihr Gesicht nicht ein klein wenig sorgfältiger modelliert haben!"

Er sah sie an, wie sie den Blick fest auf den Boden gerichtet hatte und die Stirn runzelte. Und dann blickte er weg zu der Mahagonikredenz, wo Mr. Smiths schwere Stücke polierten Silbers seinen Blick erwiderten, Stücke, die das besondere, distanzierte Phlegma alter, gebrauchter Besitztümer hatten, die schon so viele Familiensorgen gesehen haben, daß sie berufsmäßig unempfindlich geworden sind, gleich Leichenbestattern oder Totengräbern.

Etwas an jenem Silber und an der Kredenz warf im Verein mit der Neuigkeit seiner Schwester einen grauen Schatten auf sein eigenes Leben. Sein Gemüt versank in ein trostloses Sichabfinden mit langen Jahren bitteren Durchhaltens, wie windumwehte Bäume es erwerben müssen, wenn ihre Zweige schließlich dadurch für immer gekrümmt werden, daß sie sich stets seitlich bogen, fort vom Norden oder vom Osten.

„Nun, jetzt weißt du das Schlimmste", murmelte schließlich seine Schwester.

„Es könnte noch schlimmer sein", sagte er matt.

Ihre Augen funkelten unerwartet und sie ließ ein seltsames kleines Lachen hören.

„Es macht mir nichts! Es macht mir nichts! Es macht mir nichts!" rief sie. „In der Tat, wenn es nicht Olwens wegen wäre, glaube ich, daß ich beinahe froh wäre!"

Wolf hob die Lider und betrachtete sie näher. Plötzlich wurde er sich darüber klar, daß diese Tochter seines Vaters etwas in ihrem Wesen hatte, das er gut genug verstand.

„Höre, Mattie", sagte er ruhig. „Ich habe eine Ahnung, daß sich die Dinge ganz gut entwickeln werden — eigentlich besser für dich entwickeln werden, als es seit langer Zeit der Fall war."

Sie blickte gerade in sein Gesicht und lächelte, während eine ihrer Brauen sich humorvoll hob und ein wenig zuckte.

„Du und ich, wir sind ein komisches Paar, Wolf", sagte sie. „Ich glaube, es gefällt uns wirklich, getrieben und gehetzt zu werden."

Sie tauschten einen langen, verwirrten Blick. Dann schob er die Unterlippe vor und zog die Mundwinkel hinab.

„Wenn dem so ist, so weiß ich, wo wir das haben können", sagte er.

Und dann in einem plötzlichen Nachgedanken: „Weißt du, wir müssen uns eines Tages zusammen fortstehlen und sein Grab besuchen. Ich sehe nicht ein, warum Madame Selena ein Monopol auf jenen Ort haben sollte!"

Sie machte eine etwas brüske und ungnädige Bewegung.

„Ich mag Gräber nicht", sagte sie. „Aber komm, Wolf, wir dürfen nicht länger hierbleiben. Gehen wir hinauf zu Olwen. Sie wird es mir schon jetzt nicht verzeihen, daß ich dich zurückgehalten habe."

Er öffnete ihr die Tür und leise gingen sie zusammen hinauf. Als er ihrer Gestalt auf der dunklen Treppe folgte, kam ihm der schamlose Gedanke in den Sinn, daß sie, wäre sie so hübsch im Gesicht gewesen, wie sie biegsam an Gestalt war, eine sinnliche Anziehung auf ihn ausgeübt hätte.

„Aber ich verstehe sie gut", sagte er zu sich. „Und ich werde tun, was ich kann, um ihr Leben glücklicher zu machen."

Mattie hielt inne, als sie den ersten Treppenabsatz erreichte, und wartete, bis er an ihrer Stelle war. Dann rief sie: „Olwen! Olwen! Hier ist ein Besuch für dich!"

„Olwen! Olwen!" rief auch Wolf.

Man hörte einen Schrei und ein Gestrampel, und eine Tür wurde weit aufgerissen. Das kleine Mädchen lief mit fliegendem Haar heraus und stürzte in die Arme ihres Freundes.

Als er sich endlich dem Zugriff ihrer Hände entzogen hatte, hielt er sie vor sich hin und schob sie in den Lichtstrom, der mit ihr durch die offene Tür gekommen war. Wie er sie so hielt, betrachtete er ernst forschend ihr Gesicht. „Schließlich und endlich", dachte er, „ist sie mit Christie näher verwandt als ich mit Mattie. Wir könnten alle in Mr. Urquharts Buch stehen."

Aber das Kind zog ihn ins Zimmer und begann eilig, ohne Mattie überhaupt zu beachten, alle ihre Schätze bis zum letzten vor ihm auszubreiten.

Die Sommernacht war schon kühl, und im halbgeöffneten Fenster hoben und senkten sich die Musselinvorhänge, senkten und hoben sich, als wären sie Segel auf einem unsichtbaren Meer. Mattie hockte sich auf einen niedrigen geradlehnigen Kinderstubensessel — der übrigens derselbe Sessel war, auf den ihre Mutter sich gesetzt hatte, um das Kind zu säugen —, legte die Hände um die Knie und beobachtete die von dem Kerzenlicht geworfenen Schatten der drei Gestalten, wie sie auf der altmodischen Tapete schwankten und schwebten.

Als sie zu dritt dort saßen, begann Wolf sich von dem Druck der gegenwärtigen Situation, ja sogar von dem Bewußtsein seiner eigenen

Persönlichkeit zu lösen. Er schien davonzugleiten, fort aus seiner menschlichen Haut, fort aus diesem alten Ramsgarder Haus, ja sogar fort aus den Grenzen des Lebens selbst. Er hatte das Gefühl, daß er außerhalb des Lebens stehe — ja auch außerhalb des Todes; daß er in irgendeiner luftigen Region dahintrieb, in der Formen und Gestalten und Töne zurückgelassen werden mußten — daß er sich in etwas anderes verwandelt hatte.

Durch den Einfluß dieser wesenlosen Phantasien schienen sich die greifbaren Gestalten Matties und Olwens in etwas zu verdünnen, das feiner war als der Stoff der Träume. Mechanisch antwortete er auf Olwens Fragereien, mechanisch lächelte er an dem geröteten Gesicht des kleinen Mädchens vorbei seiner Schwester zu. Aber er fühlte, daß seine Sinne nicht mehr zu seiner Verfügung standen, daß er sich auf sie nicht mehr verlassen konnte. Er war irgendwie in eine Daseinsebene geglitten, in der menschliche Vision und menschlicher Kontakt überhaupt nichts mehr bedeuteten. Es war ihm, als ob diese beiden Mädchen ebenso unwirklich geworden wären wie seine unfaßbaren Gedanken — Gedanken gleich winzigen Dämmerungsinsekten —, die vorbeihuschten, ohne eine Spur zu hinterlassen!

„Nein, hast du nicht gehört, wie ich es dir gesagt habe? Das ist nicht Gipsy ... das ist Antoinette!" schalt das kleine Mädchen, während sie einen Miniaturpolster unter einem Wachskopf hervorzog, um ihn heftig unter einen anderen zu schieben.

„Puppen — Puppen — Puppen!" dachte Wolf. „Wenn wir der Wirklichkeit entgleiten können, warum können die Puppen nicht in die Wirklichkeit gleiten?" Und er begann Gipsy und Antoinette von einer Hand zur anderen zu schwingen, ein Vorgang, der ihre kleine Herrin entzückte.

„Was", so dachte er, als er Matties schwere, umwölkte, geduldige Züge betrachtete, ihre gerunzelten Brauen, ihre dicke Nase, „was bezwecke ich damit, daß ich mich in das Leben dieser Leute eindränge? Ich tue es mit derselben Gier, mit der ich Honig esse oder über Gras trample. Ich werde dazu getrieben, als wäre ich ein homophager Dämon! Ist dies die Art von Dingen, die mein Vater tat — dieser Schurke mit seinem ‚glücklichen Leben'?"

Er wurde in seinen Gedanken durch den Klang einer Glocke, die drunten ertönte, unterbrochen, dem das Öffnen einer Tür und unstete Schritte in der Hall folgten.

Mattie sprang auf und stand angespannt und ängstlich lauschend da.

„Ich glaube, das ist Vater!" rief sie. „Aber warum hat er geläutet? Er läutet sonst nie. Entschuldige, Wolf, ich muß hinunterlaufen."

Sie öffnete die Tür, blieb aber noch lauschend stehen, und dasselbe tat, mit weit geöffneten, erschreckten Augen, auch Olwen, die einen ihrer schmalen Arme um Wolfs Hals gelegt hatte.

Drunten hörte man ein Murmeln und ein Schwanken, gefolgt von dem Gepolter eines schweren Stockes, der auf den Kachelofen fiel. Hierauf knarrte unheilvoll ein Stuhl und man hörte eine Art von Stöhnen. Dann war alles still.

Mattie, die die Hand auf der Türklinke hielt, wandte sich zu ihnen um; und trotz dem Flackern der Kerzen konnte Wolf sehen, daß ihr Gesicht weiß geworden war.

„Es ist Vater!" flüsterte sie. „Ihm ist schlecht. Ich muß jetzt hinunter!"

Sie verharrte jedoch noch immer zögernd und offenbar von einer Art Entsetzen ergriffen schwankend an der Tür. Wolf erinnerte sich später der kleinsten Einzelheit jenes Vorfalles. Durch Olwens Ärmchen ging ein Pulsschlag, der gleich einer winzigen Uhr gegen seine Wange schlug, während das Kind ihn fester und immer fester umfangen hielt. Er legte Gipsy und Antoinette auf einen Stuhl neben sich und strich halb unbewußt ihre verknüllten Kleider glatt. Die Augen beider Puppen — die der einen blau und die der andern schwarz — starrten ihn an. Antoinettes Arm stand ungeschickt, absurd zur Seite. Er bog ihn mit einem seiner Finger gerade, und dabei knarrte der Arm.

„Bleibt, wo ihr seid, ihr beiden! Ich muß gehen!" rief Mattie und lief hastig die Stiege hinunter.

Dann hörte man einen plötzlichen Schrei, der schrill durch das ganze schweigende Haus hallte. „Wolf! Wolf!" erklang ihre Stimme.

„Bleib hier, Liebling!" rief er, machte sich los und stürzte zur Tür. „Bleib, wo du bist!" Aber das kleine Mädchen folgte ihm gleich einem Schatten und stand schon an seiner Seite, als er die Hall erreicht hatte.

Sie hatten die Tür des Speisezimmers offengelassen, und bei dem Licht, das so in den Gang strömte, sah er Mattie, die vor einem Sessel in der Hall kniete, auf dem die steife, zusammengesunkene Gestalt Mr. Smiths lag. Seine Augen waren geöffnet und klar unter dem schwarzen Filzhut, der, zur Seite geschoben, ihm das Aussehen eines Betrunkenen verlieh. Mattie rieb jetzt seine Hände in den ihren und flüsterte wilde Liebesworte.

Wolf schloß schnell die Vordertür, die weit offengeblieben war, und begann dann, während Olwen sich noch immer an ihn klammerte, mit einem Streichholz die Lampe anzuzünden.

„Was tust du, Wolf? Geh doch, Olwen! In einer Minute wird ihm besser sein. Vater! Liebster Vater, was ist denn mit dir? Was hast du,

305

Vater? Du bist doch wohlbehalten zu Hause. Es ist schon alles gut, Vater, mein lieber, guter, was ist denn mit dir?" Und Mattie rief die ganze Zeit allerlei einander widersprechende Anordnungen und Bitten, während sie fortfuhr, Mr. Smiths fühllose Hände zu reiben.

Wolf nahm den Hut des Mannes und hängte ihn sorgsam auf einen Haken. Er erinnerte sich später an das Aussehen dieses Hutes, der neben seinem eigenen hing, ruhig und ein wenig arrogant, wie Hüte in dieser Lage immer aussehen.

„Mattie", sagte er, „willst du, daß ich einen Arzt holen gehe?" Aber bei dem Wort „Arzt" fand der Mann auf dem Sessel die Sprache wieder.

„Nein — nein — nein! Keinen Arzt. Ich will keinen haben. Ich will nicht! Fort! Fort! Fort!"

„Was ist dir denn, liebster Vater?" rief Mattie, die aufstand und sich die Hand auf die Stirn preßte. „Nein, du brauchst keinen Arzt. Ich bin hier — deine Mattie. Es geht dir jetzt schon besser, nicht wahr, Vater?"

Mr. Smith starrte sie mit einem schwerfälligen, verwirrten Blick an. „Lauter Diebe", murmelte er.

Wolf suchte den Blick seiner Schwester zu erhaschen, um sich die Erlaubnis zu holen, dem Befehl des kranken Mannes den Gehorsam zu verweigern, aber das Mädchen schien seine Existenz vergessen zu haben. Es war Wolf klar, daß Mr. Smith eine Art von Schlaganfall erlitten hatte. Sein Gesicht hatte jetzt eine unnatürlich rötliche Farbe und sein Kopf hing immer noch zur Seite, als ob die Halsmuskeln nicht mehr seinem Willen gehorchten.

Plötzlich setzte er sie dadurch in Erstaunen, daß er mit lauter Stimme „Lorna! Lorna!" rief.

„Ach, er stirbt!" schluchzte Mattie. „Er verlangt nach Mutter. Ich bin's doch, deine Mattie. Deine liebe Mattie", sagte sie wieder und wieder und neigte sich über ihn. Aber Mr. Smith hatte jetzt begonnen, unzusammenhängend, doch nicht unartikuliert, vor sich hin zu murmeln.

„Heim ... Heim für Bastarde ..." Wolf war sicher, daß er diese Worte gebrauchte, und war erleichtert, daß Mattie, die jetzt wieder auf die Knie gesunken war, so heftig schluchzte, daß sie wohl kaum seine Worte vernommen haben konnte.

„Hüte ... Hüte für Bastarde ...", fuhr Mr. Smith fort. „Nein, nein, Lorna! Nach Longburton hat er dich geführt. Aber lassen wir das ... Albert Smith, Heim für Bastarde. Albert Smith, Ramsgard, Dorset, Tuch- und Huthändler. In die Schule, sage ich dir! Nein — nein — nein! Sie wird es nie, nie eingestehen ... Scheune in Longburton... Heu und Stroh... Heu und Stroh in deinem Haar, meine Liebe... und schon lange elf Uhr vorbei... Was? Du hast dich in den Finger gestochen? Ein sehr hübscher Hut! Hüte für Bastarde... Heim. Mein Heim. Albert Smith aus Ramsgard ist daheim."

Sein Kopf war jetzt so tief gesunken, daß er fast schon auf Matties Schulter lag, wie sie auf seinen Knien weinte. Plötzlich erhob er ihn mit einem krampfhaft zuckenden Ruck.

„Ich werde für das Kind zahlen! Ich habe das Geld. Ich werde für sie alle zahlen und nichts sagen. Albert Smith, Tuch- und Huthändler... Zur Schule, sage ich dir... zahlen... alles zahlen... zahlen..."

Dies war jetzt wirklich das Ende. Der Körper fiel über das gebückte Mädchen nach vorne, und Wolf hatte Mühe, sie zwischen der gesenkten Stirn und den steifen, vorstehenden Knien des Toten fortzuziehen. Im Augenblick fürchtete er, sie könnte zusammenbrechen; aber er sah den raschen, schützenden Blick, den sie auf Olwen warf, die bewegungslos dastand und den toten Mann anstarrte, wie eine Fee in einer Pantomime auf den ersten Clown blickt; und da wußte er, daß Mattie sich in der Hand hatte. Sie half ihm, ohne zurückzuschrecken und ohne weitere Tränen, den Leichnam Mr. Smiths über die Stiege und in sein Schlafzimmer zu tragen...

Es war ungefähr zwei Stunden später, als Wolf mit Mattie den Raum wieder betrat. Hier hatte der auf seinem hohen Kissen ruhende Kopf des Toten bereits einen Ausdruck erschöpfter Gleichgültigkeit angenommen. Nahe bei ihm, auf einem Tischchen neben dem Bett, stand, als Wolf jetzt einen letzten Blick auf ihn warf, das Bild einer jungen Frau in der keuschen Kleidung der mittleren Viktorianischen Epoche. „Madame Lorna, wie ich annehme", dachte er; und er hätte sich seines Vaters Liebchen näher angesehen, wenn ihn nicht die Anwesenheit Matties davor zurückgehalten hätte.

„Ich werde morgen abend wieder kommen, Liebe", sagte er, „wenn ich mit der Arbeit beim Squire fertig bin. Laß dich noch auf keine Arrangements oder Pläne ein, ehe wir gesehen haben, wie die Dinge liegen. Nicht wahr, du wirst mir folgen, Mattie?" wiederholte er nachdrücklich. „Ich werde wirklich böse sein, wenn du irgendeinen Schritt unternimmst, den wir nicht miteinander besprochen haben."

Jetzt standen sie draußen auf dem Treppenabsatz, das kleine Mädchen hörte sie sprechen und rief aus ihrem Zimmer nach ihnen.

„Geh schlafen, Olwen", rief Mattie.

„Ich möchte, daß er Gipsy und Antoinette ansieht! Ich möchte, daß er sie ansieht!" sagte das Kind mehrere Male.

„Bitte, Wolf, nur für einen Augenblick", flüsterte seine Schwester.

„Sie ist so furchtbar erregt, daß ich sie sonst nicht mehr zum Einschlafen bringen kann."

Sie öffneten die Tür und traten ein. Auf der Kommode neben Olwens Bett stand eine Tasse mit Milch und Biskuits, und neben dieser Tasse brannte ein kleines Nachtlicht. Bei diesem schwachen Flackern konnte Wolf die Augen des kleinen Mädchens mit entsetzter Intensität leuchten sehen, obwohl das Kind selber unbeweglich war wie ein Bild.

„Komm näher! Komm ganz nahe her! Die Puppen sind ebenso wach wie ich."

Er trat zum Bett und hier lagen auf der anderen Seite von Olwens Kissen die beiden Puppen, mit schwarzen Bändern fest umwickelt, das Haar glatt und ordentlich gebürstet.

„Morgen gehen sie zu Großvaters Begräbnis", flüsterte sie. „Sehen sie nicht traurig aus und gut?"

Ein paar Minuten später sagte Wolf seiner Schwester an der Haustür Lebewohl.

„Willst du nicht doch, daß ich heute nacht bei dir bleibe?" fragte er.

Mattie schüttelte den Kopf.

„Ich werde bei Olwen schlafen", entgegnete sie ruhig. „Es wird schon ganz gut gehen."

„Schön. Denke dran, daß du kein Abendessen gehabt hast. Du wirst die Nacht nicht durchhalten können, wenn du nicht etwas ißt."

„Und was ist mit dir, Wolf? Wie dumm ich doch bin!"

„Oh, ich werde im Vorbeigehen im Lovelace etwas trinken", sagte er. „Aber merke dir — keinerlei Pläne, bevor wir einander wiedersehen!"

Er kam wirklich gerade noch rechtzeitig ins Lovelace, ehe die Abteiuhr zehn schlug. Er fragte nach dem Kutscher von King's Barton und fand, daß Mrs. Solent vor einiger Zeit im Hotelbureau eine Nachricht hinterlassen hatte, daß sie auf ihn nicht warten könne, daß sie aber von Mr. Smiths Tod gehört habe, und ob Mr. Solent morgen sie besuchen wolle.

„Ich wüßte gerne", dachte er, „wie, zum Teufel, sie das gehört haben kann. Sie müssen wirklich zur Haustür gekommen sein, während wir alle oben waren, und müssen es dort von dem Dienstmädchen gehört haben. Nun schön, es wird sie wohl einigermaßen erschüttern — aber nicht sehr."

Er verließ das Lovelace, nachdem er ein Glas Dorchester Ale getrunken hatte. Die Nacht war kühl und duftend. Der Himmel war jetzt von einem grauen Schleier flaumiger Wolken bedeckt, durch die weder Mond noch Sterne anders sichtbar waren denn als sehr vage

Helligkeit, die das Gewicht der Dunkelheit von der Erde nahm, aber die Welt in einen Ort der Phantome und Schatten verwandelte.

Wolf entschloß sich, für seinen Heimweg die kürzere und bequemere Strecke zu benützen. Dies war die Straße nach Blacksod, auf der Höhe des Dorset von Somerset trennenden Rückens; und als er zwischen den gespenstischen Weizenfeldern des freiliegenden Plateaus dahinschritt, nahmen seine Gedanken gar manche seltsame Richtung. Mattie und Olwen waren also jetzt ohne einen Groschen zurückgeblieben. Dies würde offenbar das Resultat des Todes des Hutmachers sein. Und die Frage war, was aus ihnen werden sollte? Ohne des Kindes krankhafte Feindseligkeit gegen Christie wäre es der natürliche Ausweg gewesen, daß Olwen in das Haus ihres Vaters zurückkehrte. Man konnte auch annehmen, daß die lokalen Behörden nichts dagegen hätten, wenn es sich bloß Miss Gault nicht wieder in den Kopf setzte, sich einzumischen. Dann kehrten seine Gedanken wieder zu seiner Mutter zurück.

Würde seine Mutter sie aufnehmen? Roger Monks Haus war gewiß groß genug und es schien unwahrscheinlich, daß der Squire etwas dagegen haben sollte, wenn alle anderen mit dieser Lösung einverstanden waren. Aber — großer Gott! — er konnte es sich nicht ausmalen, wie seine Mutter mit einer anderen Frau lebte, oder auch wie sie sich mit der Launenhaftigkeit und Reizbarkeit Olwens abfinden würde. Wer würde das Kind erziehen? Es war unmöglich, sich Olwen in der Schule zu denken!

Das Problem schien, wie er jetzt darüber nachdachte, nahezu unlösbar. Dann, ganz plötzlich, dachte er an Selena Gault. Dies war ohne Zweifel die auf der Hand liegende Lösung! Selena liebte das kleine Mädchen leidenschaftlich, und Selena hatte ein Dienstmädchen. Er starrte auf einen phantastischen Dornenstrauch, dessen größter Zweig, bar der Blätter und offenbar gänzlich abgestorben, eine halb menschliche Hand durch das wirre Laubwerk am Straßenrande ausstreckte. Wie er es zu tun pflegte, wenn er sich in einem geistigen Zwiespalt befand, blieb er bewegungslos stehen und betrachtete diesen stummen Mahner.

Die Natur war für sein Gemüt stets fruchtbar an Zeichen und Vorzeichen, und es war ihm eine Gewohnheit geworden, einen Teil seines Verstandes wachzuhalten und aufnahmefähig für tausenderlei flüsternde Stimmen, Winke, dunkle Andeutungen, die ihm auf solche Art zuflogen. Woher kam es, daß sich irgendwo in seinem Bewußtsein ein tiefer hartnäckiger Widerstand einer solchen Lösung widersetzte? Er versuchte zu analysieren, was er fühlte. Selena war eine gute Frau, eine leidenschaftlich gerne beschützende Frau; aber dieser Widerstand war doch da! Jene Einmengung in den Fall der Familie Malakite hatte einen tiefen Abscheu in sein Gemüt gepflanzt. Sie mochte Olwen lieben; aber sie haßte Mattie wahrscheinlich ebenso, wie sie Christie haßte.

Zum Teufel! Warum hatte Mr. Smith sein Geld so dumm verloren und war dann auf so ungeschickte Art aus dem Leben getorkelt? „Heim für Bastarde —" welch grober Ausbruch der buchstäblichen Wahrheit das doch gewesen war! Nun, es war jetzt seine Sache, die Stelle des Hutmachers einzunehmen und eben solch ein Heim zu finden! Jener unverbesserlich selbstgefällige und grinsende Schädel im Friedhof hatte es fürwahr zustande gebracht, seinem legitimen Sprossen Lasten zu vermachen, die nicht so leicht zu tragen waren!

Wolf streckte dem Orakeldornstrauch die Unterlippe hin und schritt weiter. Was er jetzt diese graue Helle über ihm und diese durchscheinenden, gespenstischen Korngarben fragte, war, warum es zwischen seinem tiefsten Verlangen und seiner verwickelten Aktivität solch eine unüberbrückbare Kluft geben mußte.

Er hatte nur ein Leben. Dies war eine grundlegende und erbarmungslose Tatsache. Eine Ewigkeit von „irgend etwas" lag hinter ihm und eine ebenso unklare Ewigkeit von „irgend etwas" lag vor ihm. Inzwischen war er hier, mit nur einem einzigen einfachen und weltentiefen Sehnen — dem Sehnen, seine Tage und seine Nächte mit jenem anderen irdischen und geheimnisvollen Bewußtsein zu verbringen, das Christie Malakite genannt wurde. Und doch baute er aus Gründen, die verhältnismäßig oberflächlich waren, aus Gründen, die verhältnismäßig außerhalb seiner geheimen Lebensströmung lagen, ständig, Tag für Tag, Monat für Monat, Hindernisse zwischen sich und Christie auf, rang darum, sie aufzurichten, und benützte Männer und Frauen als Ziegel und Mörtel für diesen Bau.

Ein abscheulich böser Gedanke überfiel ihn, während er weiterging. Waren alle seine besseren Handlungen nichts anderes als pharisäische Köder, die einer nach dem anderen in den Rachen eines Kerberos ungeheuerlicher und toller Selbstsucht geworfen wurden? War selbst seine „Mythologie" nur eine Projektion solcher Selbstsucht? Er trug diesen sardonischen Gedanken, wie einen Gespensterfuchs an die Magengrube gepreßt, nahezu eine Meile weit mit sich; und es war geradeso, als ob die harte, kompakte Kristallkugel seiner innersten Persönlichkeit sich unter dem schwarzen Geifer dieses Fuchses in etwas Gestaltloses, Ekelerregendes verwandelte, in etwas, das an eine Masse schwimmenden Froschlaichs erinnerte.

„Geh, du Dämon", sagte er sich endlich, „meine Seele wird unversehrt bleiben oder sie wird sich in Luft auflösen!"

Er hatte jetzt die Höhe von Babylon Hill erreicht; und genau dort, wo er damals mit Gerda zuerst durch jenes Zauntor gekommen war, stand er jetzt und zerfetzte seine Seele in einem verzweifelten inneren Ringen.

Als er später um die Mitte der Nacht an Gerdas Seite im Bette lag und sich jenes schlimmen Erlebnisses erinnerte, fand er die Erklärung dafür in einer Art zerstörender Hypnose oder verderbter Sympathie, die ihn mit dem Leichnam Albert Smiths verband.

Was er jetzt auf seinem Heimweg fühlte, war seltsam genug. Bald fand er sich, wie er mit den Fingern einen der Pfosten jenes Zauntores umklammerte, während er mit der anderen Hand seinen Stock wild in die von der Sonne gedörrte Erde stieß. Und es schien ihm, daß jetzt jeder rebellierende oder geheime Instinkt, der jemals in ihm gewesen, materielle Gestalt angenommen hatte und zu einem wirklichen Teil seines Körpers geworden war.

Er selbst war jetzt in Wahrheit ein lebender menschlicher Kopf geworden, der aus einer ungeheuerlichen Anhäufung alles Abstoßenden emportauchte. Und diese grobe Masse war nicht nur Fäulnis und Kot; sie war auf irgendeine geheimnisvolle Art komisch. Er, der Kopf dieses unaussprechlichen Körpers, war der Spaß des Abgrundes; der geschniegelte Gauklerelegant, über den die Teufel vor Lachen brüllten.

Seltsam war es, daß sein Hirn in diesem Augenblick mit unglaublicher Geschwindigkeit arbeitete. Sein Hirn debattierte zum Beispiel, wie nie noch zuvor, über das unlösbare Problem des freien Willens, über das Problem der bloßen Existenz des Mysteriums, das „Wille" genannt wird. Und dann, plötzlich, mit einer kauernden Raubtierbewegung seines Bewußtseins, schleuderte er allen diesen Zweifeln wilden Trotz entgegen. Er griff nach seinem Willen, als wäre der ein Blitzableiter, schüttelte ihn von seinem Körper ab und schleuderte ihn in den Raum, in einen Raum, der unter Pol's Camp und Babylon Hill lag und doch auch über ihnen, in ihnen und doch auch außerhalb. Und dann kam über ihn, in einer Sekunde, in weniger denn einer Sekunde, so schien es ihm, als er sich später dessen erinnerte, aus jenen geheimen Tiefen, deren er sich stets mehr oder weniger bewußt war, eine größere Flutwelle befreienden Friedens, als er je vorher noch gekannt hatte!

Als er den Abhang hinunterstieg, hatte er das Gefühl, als hätte er hinter sich, auf Babylon Hill, einen tatsächlichen physischen Körper gelassen — einen Körper, der ihn wie eine große abstoßende Protuberanz beunruhigt hatte, sowohl durch seine Erscheinung wie auch durch seine Last. Er fühlte sich leichter, freier, befreit von dem Bösen der Materie. Vor allem anderen fühlte er wieder einmal, daß seine innerste Persönlichkeit ein harter, runder, fester Kristall war, der die Fähigkeit hatte, sich durch jede Substanz, die sich ihm in den Weg stellen mochte, zu drängen, sei sie nun organisch, anorganisch, magnetisch oder psychisch.

Ein paar Lichter funkelten noch unter den Dächern von Blacksod. Aber er hatte keine Ahnung, ob auch Christies Licht darunter war, und es erschien ihm jetzt unwichtig. Ein neuer Duft erfüllte die Luft, als er nun hinabstieg; und er erklärte sich ihn als den ureigenen Geruch von Somersetshire, der so deutlich anders ist als der von Dorsetshire — als jenen weitentfernten Duft, voll vom Hauch salziger Moose, bernsteinfarbener Torfgräser und pfeilspitzer Wasserpflanzen in den Salzmarschen von Sedgemoor.

Wieder in der Stadt, nahm er ohne jedes Zaudern — obwohl er jene lange Wache in der Juninacht nicht vergessen hatte — den Weg, der an der Grabsteinwerkstätte Torps vorbeiführte. Als er sich durch die menschenleeren Straßen Preston Lane näherte, dachte er, wie er jetzt bemerkte, schamlos und zufrieden an die Freuden des Liebesspieles mit Gerda vor dem Einschlafen.

Nach dem Erlebnis, das er durchgemacht hatte, schien sein Geist leicht und sorglos über jeder Erscheinungsform seiner Existenz dahinzuschwimmen. Die Persönlichkeit Christies blieb in all dem dieselbe. Es war so, als ob auf alles, was er tat, selbst wenn er Gerda umarmte, Christie ihr stolzes, unbekümmertes Siegel setzte. Dies war in Wahrheit — so sagte er sich — die Lösung jenes Zwiespaltes, auf den er gepfählt worden war. Christie blieb das große Ziel und der Zweck seines Lebens; aber diese unzähligen anderen Leute waren ein Teil des diesem Leben eignenden Körpers. Sie waren, was e r w a r, seine Art, seine Gewohnheiten, seine Gepflogenheiten, seine Besessenheiten, seine Impulse, seine Instinkte; und m i t a l l e m, was e r w a r, wurde er jetzt zu Christie gezogen, wie von einem Magneten, stark genug, eine große Sklavengaleere von Besessenheiten und von Aberglauben über die hohe See zu ziehen.

Seine Seele schien, luftig und leicht, wie sie jetzt war, auf geheimnisvolle Art von allem befreit worden zu sein, was sie beschwert und belastet hatte. Die Sklavengaleere seiner Besessenheiten schwankte und schaukelte auf einer glatten Flutwelle, aber seine Seele saß auf dem Masttopp gleich einem unbekümmerten Albatros. Und ein seltsames Summen und Singen kam aus der Galeere selbst, als ob der unendliche Friede jener Sommernacht sie in eine Trireme der Erlösung verwandelt hätte, die befreite Pilger zu ihrem Bestimmungshafen brachte. Etwas Unsagbares, irgendeine Andeutung, ein Zeichen, hatte die dunklen Planken dieses nächtlich dahinfahrenden Schiffes berührt, so daß in Hinkunft alles anders sein konnte. Was war dies? Er wußte jetzt nichts anderes, als daß es das Zugeständnis von etwas monströs Komischem in seinem innersten Wesen bedeutete, von etwas Komischem und Stupidem, im Verein mit etwas, das so grotesk unmenschlich war wie die Empfindungen eines Ichthyosaurus! Aber nachdem er dies einmal zugegeben hatte, war alles auf magische Art gut. „Christie! Christie!" rief er in seinem Herzen und sehnte sich danach, zu ihr davon sprechen zu können.

Er hielt inne, als er sich gegenüber dem wohlbekannten Schweinestall befand, und hob tief atmend den Kopf. In diesem Augenblick schien das Schicksal so gütig zu ihm, daß diese Güte fast zu groß war. Seine Liebe zu Christie schien mit einer Art von Transparenz alles zu berühren, was er ansah. Hastig überquerte er die Straße, trat ins Haus und lief die Treppe hinauf.

Er fand das Zimmer dunkel; aber als er eine Kerze angezündet hatte, sah er, daß das Mädchen ganz wach dalag, der Kopf lag hoch auf den beiden Kissen. Er war in so exaltierter Stimmung, daß er über ihre ersten Worte kaum erstaunt war.

„Oh, Wolf, Wolf", sagte sie. „Es tut mir fast leid, daß du so früh gekommen bist. Ich habe Stunden und Stunden lang durch dieses Fenster geschaut. Was mit mir los war, weiß ich nicht; aber ich habe seit jenem Abend, an dem du mich zuerst in den Flußauen besaßest, nicht so gefühlt."

Er beugte sich nieder und küßte sie, ohne eine Antwort zu versuchen; und als er sie jetzt in seinen Armen hielt und das Zimmer wieder dunkel wurde, war es, als ob sie beide in ihrer Umschlingung eine Gelegenheit fänden, sich in aufgestapelten Flutwellen von Gefühlen zu verlieren, die sich weit und weithin ausbreiteten — ausbreiteten über all das hinaus, was er für sie fühlen konnte, und — so schien es ihm, als er den Geschmack von Tränen auf ihren Wangen schmeckte — über all das hinaus, was sie für ihn fühlen konnte.

Und nun, da ihre Umarmung wieder in Ruhe versunken war, war einer der letzten Gedanken Wolfs, ehe er einschlief, jener an die gewaltigen Gebiete unbekannten Landes, das jedes menschliche Bewußtsein umschließt. Hier waren, für das oberflächliche Auge, zwei Schädel, die Seite an Seite lagen; aber in Wirklichkeit waren hier zwei weitausgedehnte Kontinente, jeder mit seinem eigenen Himmel, mit seinem eigenen Land und Wasser, mit seinen eigenen, seltsam wehenden Stürmen. Und nur deshalb, weil seine Seele heute sozusagen von ihrem Körper losgewaschen worden war, war er imstande, so zu fühlen, wie er in diesem Augenblick fühlte. Aber — dennoch — wußte er jetzt nicht besser, was jene ihre Gedanken gewesen waren, die er durch seine Heimkehr unterbrochen hatte, als er es in jenem Augenblicke gewußt hatte, in dem er zum erstenmal ihr Zimmer betreten und ihre Kerze ausgeblasen hatte?

Wirbelnder Rauch

Mit ziemlicher Gemütsruhe machte sich Wolf am nächsten Nachmittag auf den Weg nach King's Barton. Und er empfand ein besonderes Gefühl der Erholung, als er sich vor dem großen Bibliotheksfenster an dem unordentlich überhäuften Tisch Seite an Seite mit Mr. Urquhart sitzen sah.

Unglaublich duftend waren die Gerüche des Gartens, die vorbei an den hängenden Tränensäcken des Squire, an seinem napoleonischen Wanst und an seinen schlaffen Hosenbeinen zu Wolf hereinfluteten. Der alte Wüstling hatte ein völlig neues Lager obszöner Dorseter Legenden entdeckt. Er war jetzt der Aufgabe auf der Spur, gewisse lokale Fälle von üblem Lebenswandel auf Grund lasziver Gebräuche sehr weit zurückliegender Zeiten zu erklären. Er sammelte jetzt nämlich das ganze Material, das er über den berühmten „Cerne Giant" finden konnte, dessen phallische Schamlosigkeit keineswegs auf seine harmlose Darstellung auf einem Kalkhügel beschränkt blieb.

Als er, vorbei an Mr. Urquharts Profil, hinabblickte auf den Rasen drunten und auf den reichen Wirrwarr von Astern, Lobelien und Salpiglossen in Roger Monks Lieblingsbeet, schien es Wolf, daß gewisse vorzeitig abgefallene Blätter, die er dort unten im Grase erblickte, sein Gemüt schon vor langem mit einer furchtbaren Bedeutung betroffen hatten. Jener schwül glühende Purpur . . . jene toten Blätter . . . was war ihre Bedeutung? „Dieser Tag wird ein seltsamer Tag für mich werden", dachte er. Denn er hatte bemerkt, daß irgendein Schrein, ein Türflügel tief innen in seinem Geiste, hinter dem seine allergeheimsten Eindrücke lebten und sich in ihrem Dämmerlicht bewegten, sich ein wenig geöffnet hatte . . .

Er starrte noch immer am Profil seines Dienstgebers vorbei durch das Bibliotheksfenster. Jenes purpurne Glühen vom Blumenbeet . . . jene toten Blätter . . . warum lag dort unten kein Tau? Es war Herbsttau, woran er an jenem Augusttag dachte . . . silbern glänzender Nebel auf purpurnen Blüten. „Das Wichtigste in meinem Leben", sagte er zu sich, „ist das, was zu mir zurückkommt aus vergessenen Spaziergängen, wenn ich allein gewesen bin . . . Dunkles Gras mit dunkelrötlichen Blumen . . . tote Blätter und darauf Tau . . . Ich möchte wissen", so dachte er, „wieviel Raum diese Leichenbestatter zwischen dem Gesicht des alten Smith und dem Sargdeckel gelassen haben."

Und dann dachte er: „Ich möchte wissen, ob der alte Smith jemals bemerkt hat, wie Tau auf toten Blättern aussieht?" Und er veränderte ein wenig seine Stellung, während ihn ein kalter Schauer überlief.

Aber Mr. Urquhart brach jetzt das Schweigen. Irgendeine telepathische Welle mußte von dem dahinschweifenden Geist seines Sekretärs in den seinen gedrungen sein.

„Was ist das für eine Neuigkeit, die ich da über Albert Smith gehört habe?" fragte er. „Der Alte hat ins Gras gebissen, wie? Lovelace war heute vormittag hier und erzählte mir, daß der Bursche gestern abend gestorben ist und nichts als Schulden hinterlassen hat. Eine schlechte Aussicht für diese beiden Mädchen, wie? Lovelace deutete sogar Selbstmord an."

Der Squire machte eine Pause, und ein sehr sonderbarer Ausdruck kam in sein Gesicht.

„Man sprach von Selbstmord, als Redfern starb", fuhr er fort. „Ich möchte gerne wissen, was Sie meinen, Solent, über diese Sache, sich davonzumachen, ohne jemandem ein Wort zu sagen? Glauben Sie, daß es den Leuten leichtfällt? Glauben Sie, daß sie es tun, wenn ihr Hirn kühl und klar ist? Glauben Sie, daß sie einige recht abscheuliche Augenblicke durchmachen oder nicht, he? Also los, sagen Sie, sagen Sie! Es ist mir verhaßt, diese Dinge nicht zu wissen. Müssen diese Leute eine höllische Zeit durchleben, ehe sie sich dazu entschließen können, eh? Oder stehlen sie sich davon wie verstopfte Jagdhunde, um das lange Grabengras zu fressen und sich zu kurieren?"

Wolf versuchte vergeblich, das vieldeutige Auge seines Brotgebers zu erhaschen, als er all dem lauschte. Niemals noch hatte er sich in seiner Bekanntschaft mit Mr. Urquhart durch die Gedankengänge dieses Mannes so gehöhnt gefühlt. Etwas in ihm, das sich aus sehr verborgenen Tiefen erhob, gab ihm ein schnelles Warnungssignal; aber welche erdenkliche Gefahr ihm aus den Worten des Mannes drohen konnte, war er nicht imstande zu erkennen.

„Tun sie es gerne oder nicht?" fragte der Gutsherr wieder. „Die Menschen bemitleiden sie; aber was wissen sie denn alles? Vielleicht sind es die einzigen völlig glücklichen Augenblicke im Leben eines Mannes, wenn er sich dazu entschlossen hat. Die Dinge müssen dann anders aussehen, anders — und um vieles hübscher, eh, Solent? Aber jedenfalls anders, ganz anders. Meinen Sie nicht auch, Solent? Ganz anders ... Kleine Dinge, meine ich. Dinge wie Türklinken, Seifenstücke auf Seifenschüsselchen und Schwämme an Waschtischen! Hätten Sie nicht den Wunsch, Solent, Ihren Schwamm auszudrücken und die Zündhölzchen vom Boden aufzuheben, wenn Sie sich zu diesem Schritt entschlossen hätten?"

Wolf wurde durch das Erscheinen Roger Monks der Notwendigkeit irgendeiner Antwort enthoben. Der Mann kam ohne zu klopfen herein und ging gleich auf ihren Tisch zu. Wolf blickte ihn mit spöttisch hochgezogenen Brauen an. Er konnte nicht umhin, sich jenes Ausbruches mörderischen Hasses zu erinnern, den er vor Lenty Cottage gehört hatte. Aber das Gesicht des Gärtners war jetzt so gleichmütig wie ein die Form eines Menschenhauptes tragender Fels.

„Eh? Was ist los, Monk? Reden Sie. Mr. Solent wird nichts dagegen haben."

„Weevil und der junge Torp, Sir, sind im Hinterhof, Sir, und bitten um die Erlaubnis, im Lenty Pond fischen zu dürfen, Sir."

Monk sprach diese Worte mit leiser, bescheidener, farbloser Stimme.

Mr. Urquhart nahm sofort den Ton der freundlichen Herablassung eines polternden großen Herrn an, als ob er sich an die Burschen selbst wendete, von denen die Rede war.

„Sportliebende junge Männer, he? Lustige junge Tagediebe, he? Nun, wir dürfen nicht zu streng sein. Es tut ihnen gewiß gut, an solch schönem Nachmittag. Wahrscheinlich fangen sie ohnedies nichts als einen Barsch oder zwei. Aber gewiß, Roger. Ich habe nichts einzuwenden, Roger."

Doch der Diener blieb noch, wo er war.

„Sie sagten auch, Sir, daß Sie neulich etwas zu ihnen gesagt hätten, Sir, betreffend —"

Aber Mr. Urquhart unterbrach ihn.

„Ich habe jetzt keine Zeit. Ich habe mit Mr. Solent zu arbeiten. Sagen Sie ihnen, daß sie sich davontrollen und fischen sollen, soviel sie nur wollen. Ich habe nichts mehr, Roger, danke sehr! Sagen Sie ihnen, daß sie den Teich von einem Ende bis zum anderen ausfischen dürfen, aber daß sie die Binsen nicht niedertrampeln sollen. Sagen Sie ihnen, Roger, daß sie auf die Binsen aufpassen müssen. Das ist alles, Roger!"

Seine letzten Worte waren in solch endgültigem und entlassendem Tone gesprochen, daß der Mann, nachdem er seinem Herrn einen raschen fragenden Blick zugeworfen hatte, sich auf den Absätzen umdrehte und das Zimmer verließ.

Der Squire wandte sich wieder Wolf zu.

„Ein bißchen Sport fürs Volk, nicht wahr, Solent? Tut ihnen gut, was? Es zahlt sich nicht aus, heutzutage zu streng zu sein. Herrenrechte und derartiges Zeug ist schon ein bißchen altmodisch geworden, he?"

Das Gespräch erlosch, und sie kehrten zu ihren Forschungen über den Cerne Giant zurück.

Es war Mr. Urquharts Aufgabe, aus der Masse des Materials die besonderen Seiten der Dorseter Geschichte auszuwählen, die sich für ihr Werk eigneten. Wolfs Sache war es, diese zu reinigen, zu sieben und auf das allgemeine Stilniveau, das sie sich vorgenommen hatten, zu heben.

„Jeder Bibliophile in England wird einst dieses Buch auf seinem Regal haben, Solent", bemerkte der Squire nach ungefähr halbstündiger Arbeit.

Wolf antwortete nicht. Aus irgendeinem Grunde fehlte ihm auch der geringste Funke von Autorenstolz auf das gemeinsame Werk.

Hernach arbeiteten sie noch ungefähr eine ganze Stunde. Dann sprach Mr. Urquhart plötzlich diese seltsamen Worte:

„Es wäre wunderbar, wenn man seinen Schwamm und seine Haarbürste sehen könnte, wie sie gerade dann ausschauen würden."

Wolf faßte sich rasch.

„Sie meinen, nachdem man sich dazu entschlossen hat?" fragte er.

Mr. Urquhart nickte.

„Man würde sie wohl in einem Märchenlicht sehen, stelle ich mir vor", fuhr er fort, „ungefähr so, wie Kinder sie sehen, wenn sie so verteufelt mit sich zufrieden sind, daß sie zirpen wie die Grashüpfer. Es wäre hübsch, die Dinge so zu sehen, meinen Sie nicht auch, Solent? Vollkommen bar der Tücke der Gewohnheit? Es ... wäre ... sehr ... hübsch ... alles ... so ... zu sehen!"

Seine Stimme nahm einen matten und träumerischen Tonfall an, voll einer unendlichen Müdigkeit.

Wolf fand es schwer, irgendeine intelligente Erwiderung zu geben. Sein eigenes Gemüt war gerade jetzt durch so manche quälende Einzelheiten beunruhigt; was er zum Beispiel seiner Mutter im Hinblick auf Mattie und Olwen sagen sollte, und ob er zwischen Teezeit und Dinner nach Ramsgard gehen oder bis zum späteren Abend warten sollte.

Mr. Urquhart erhob sich plötzlich.

„Gehen wir ein wenig zum Lenty Pond hinüber, Solent, und sagen wir diesen Burschen, daß sie baden können, wenn sie wollen. Das Baden ist's, was sie wirklich gern haben", fügte er nachdrücklich hinzu, „viel mehr als das Fischen. Es ist auch ganz gut für die Plebs, schwimmen zu lernen, meinen Sie nicht auch, Solent?"

Wolf konnte sich bloß geduldig fügen. Immerhin warf er einen kurzen Blick auf seine Uhr.

„Es ist bald vier Uhr, Sir", sagte er. „Sie werden doch nichts dagegen haben, wenn ich dann von dort aus gehe und meiner Mutter einen Besuch mache?"

Der Mann bewegte seine Hand mit einer nachlässigen, gleichgültigen Bewegung. Sie war ein reines Nichts, diese Bewegung; aber auf eine ganz seltsame Art kühlte sie ein wenig Wolfs Blut. „Genau auf diese Art", so dachte er, „muß der Hohepriester die Hand bewegt haben, als er die denkwürdigen Worte sprach: ‚Was bedeutet das uns? Sieh du dazu!'"

Sie gingen zusammen fort, und Wolf war beinahe gereizt von der überflüssigen Geschwindigkeit, mit der Mr. Urquhart ausschritt.

Trotz all dieser Hast erreichten sie dennoch den Lenty Pond nicht ungestört. Gerade als sie auf das Feld ober dem Hause der Otters kamen, trafen sie unerwartet auf Jason. Der Dichter war — soweit Wolf dies sehen konnte — in dem Graben gesessen, sowohl der Kühle wie auch der Einsamkeit wegen; aber er tauchte aus seinem Schlupfwinkel in verhältnismäßiger Selbstbeherrschung und nahm Mr. Urquharts recht kurze Einladung, sich ihnen anzuschließen, mit ruhiger Fügsamkeit an.

Sie alle schritten also über das Feld, und Wolf vergaß seine persönlichen Besorgnisse über seinem Interesse an der Art, wie seine beiden Begleiter einander behandelten.

„Ihre Pfirsiche sind heuer sehr schön", sagte Jason zu dem Squire. „Und es war eine sehr gute Idee von Ihnen, Netze darüber anzubringen. Diebe haben Angst davor, Netze zu berühren. Es gleicht das den lateinischen Worten am Beginn eines Psalmes. Es läßt das Obst als mehr erscheinen denn als Obst — als etwas Geheiligtes, möchte ich sagen."

„Sie müssen sich, wenn Sie nächstens wieder meinen Garten erforschen, von meinem Gärtner einige von den geheiligten Früchten abpflücken lassen", sagte Mr. Urquhart.

„Sie haben Ihre Gartensessel an einem so gut gewählten Ort aufgestellt", fuhr der Dichter in einer eifrigen, einschmeichelnden Art fort. „Keiner von diesen Landidioten versteht, warum Ihre Gartenmöbel zwischen den Eibenhecken und den Immergrünhecken stehen. Die Leute verstehen nicht mehr davon, wie Gartensessel angeordnet werden sollen — ich meine, im Hinblick auf den Schatten —, als eine Gans vom Geschmack von Orangen."

„Ich hoffe", sagte Mr. Urquhart trocken, „daß Sie nicht ermangeln werden, sich den ganzen Schatten in meinem Garten zunutze zu machen, wenn Sie sich zufällig darin befinden."

Wolf blickte bei diesen Worten des Squires auf dessen Gesicht und war erstaunt von dieser Miene erregten Zornes. Aber Jason fuhr hastig fort; seine Wangen wurden röter und röter, und ein sonderbarer dunkler Glanz zeigte sich in seinen Augen.

„Es gibt Trottel, denen diese Ihre Strauchanpflanzungen nicht gefallen, Mr. Urquhart, nur deshalb, weil die Büsche nicht gestutzt sind. Ungestutzte Büsche sind bei weitem die besten. Kinder und Feen sind darin sicher. Dumme alte Frauen können darin nicht spazierengehen und Gott kann nicht hinein."

„Ich hoffe, daß Sie sich nicht wehe tun werden, Otter, wenn Sie zufällig unter meinen Sträuchen spazierengehen."

Der Ton, in dem sein Dienstgeber diese Worte äußerte, überraschte Wolf nicht völlig. Bei seinen früheren Vermutungen über diese beiden Männer hatte Wolf es als gegeben angesehen, daß Jason hilflos in Mr. Urquharts Händen war. Er hatte jetzt in dieser Meinung schon ein wenig zu schwanken begonnen.

Jetzt kamen sie an den Rand des Lenty Pond, und Wolf war belustigt, zwei nackte Gestalten plätschern, herumfuchteln und sich an den Zweigen einer halbuntergetauchten Weide festhalten zu sehen. Es war klar, daß Mr. Urquharts „Plebs" auf keine formelle Erlaubnis gewartet hatte, das Fischen durch Baden zu ersetzen.

„Hallo, Burschen! Das war sehr vernünftig von euch, wie ich sehe", sagte der Herr der Gegend, trat an das Ufer und stützte sich auf seinen Rohrstock.

„Gebt acht auf die Blutegel, ihr beide!" rief Jason mit wohlwollend salbungsvoller Stimme.

Wenn Wolf schon vorher von der hemmungslosen Art betroffen gewesen war, wie der Dichter den großen Herrn gehöhnt hatte, war er nun noch mehr gefesselt von der Veränderung, die sich jetzt auf Mr. Otters ausdrucksvollem Gesicht zeigte. Es war versteinert, auf sich selbst konzentriert gewesen, als er aus dem Graben herausgekommen war. Es hatte, während er sprach, vor Bosheit gezuckt. Es übergoß sich jetzt plötzlich mit einer Art hingegebener Sentimentalität. Jede Spur von Nervosität wich daraus und auch jeder Schatten von Elend. Es schien von einem sanften inneren Licht erleuchtet zu sein, von keinem strahlenden Licht, sondern von einer bleichen phosphoreszierenden Nebelhaftigkeit, wie sie die religiöse Ekstase eines Anbeters von Irrlichtern begleitet haben mochte.

Lobbie Torp, dessen dünne weiße Gestalt von grünen Teichpflanzen bedeckt war, stolperte aus dem Wasser und setzte sich an Jasons Seite ans Ufer, während er sich mit einem schlammigen Weidenzweig die Fliegen von den Beinen jagte.

Wolf bemerkte, daß die Miene des Dichters eine fast selige Zufriedenheit ausdrückte, als Jason ein flüsterndes Gespräch mit dem kleinen Jungen anzuknüpfen begann, der selbst, soweit Wolf sehen konnte, zu sehr damit beschäftigt war, entsetzte Blicke auf den Squire zu werfen, um auch nur die geringste Aufmerksamkeit dem zu schenken, was man ihm sagte.

„Es ist nicht zu warm, meine Herren", rief Bob Weevil aus, schauerte gekünstelt zusammen und zog sich an dem Baumstamm vor ihm recht albern und selbstbewußt in die Höhe.

„Warum schwimmen Sie denn nicht, Weevil?" fragte Mr. Urquhart gnädig.

„Er traut sich nicht, Sir. Er hat Angst vor den Wasserschlangen", rief Lobbie Torp.

Bob Weevils Antwort auf diesen Hohn war, den Baum loszulassen, sich umzudrehen und kühn gegen die Mitte des Teiches zu schwimmen.

„Wacker, Weevil! Wacker!" rief der Squire in höchstem Entzücken und beobachtete die biegsamen Muskeln und den schlanken Rücken des Schwimmers, wie die schlammigen Wellen um ihn wirbelten.

„Lassen Sie sich jetzt treiben, Weevil!" fuhr er fort. „Lassen Sie uns sehen, wie Sie das können!"

Der junge Wurstverkäufer legte sich auf den Rücken und schlug die Oberfläche des Teiches mit Armen und Fersen, wodurch er eine einsame Moorhenne, die bisher in entsetzter Verborgenheit verharrt hatte, veranlaßte, sich zu erheben und durch das dichte Schilf fortzuflattern.

Während all dies vor sich ging, glitt mit Windeseile durch Wolfs Gemüt eine rasche geistige Einschätzung seiner eigenen Gefühle. Er fühlte sich — und dies gestand er sich aufrichtig ein — auf irgendeine sonderbare Art unwohl und verwirrt. Die Atmosphäre erregten Wohlbefindens rings um ihn rüttelte an seinen Nerven, als ob tatsächlich zwischen den Mücken und Gelsen hier über dem Teich eine Art von Elektrizität schwebte, für die er völlig unempfindlich war. Er fühlte sich fehl am Ort, unbehaglich, ja ein wenig dumm.

Was ihn außerdem noch tief und ärgerlich irritierte, war die Tatsache, daß die seelische „Aura" der Situation gänzlich natürlich und harmlos schien. Die Anwesenheit dieser Burschen schien seinen beiden vielseitigen Gefährten jede Spur von Galle oder von wirrem Bösen genommen zu haben.

Der Squire hatte das Aussehen eines harmlosen, energischen Lehrers, der eine Art von Sportübung leitet. Jasons Miene war die eines hingerissenen Heiligen, der befreit ist von irdischer Verfolgung und zu den reinen Ekstasen des Paradieses erwacht.

Er selbst begann, während Bob Weevil seine Stellung änderte und kraftvoll ausgreifend sich dem Weidenbaum näherte, unklar darüber nachzudenken, ob die zahlreichen Andeutungen von Gefahr, die er in der letzten Zeit empfunden hatte, irgendwie begründet waren.

Er hatte es, das wußte er wohl, viele Monate lang als gegeben angenommen, daß zwischen ihm und Mr. Urquhart eine Art von unterirdischem Ringen vor sich ging, das sich schließlich in einer vulkanischen Explosion ausdrücken würde. Aber in diesem Augenblick, halb hypnotisiert vom drückenden Sonnenschein, von den aufgewühlten Wassern des Lenty Pond, von der klassischen Nacktheit der beiden Jünglinge, fand er, daß er sich darüber Gedanken zu machen begann, ob die ganze Idee dieses psychischen Kampfes nicht eine Ausgeburt seiner Phantasie sei.

Das Gefühl, daß dem so sein könnte, übte eine äußerst beunruhigende Wirkung auf ihn und schien eine der dominierenden Triebkräfte seiner Persönlichkeit mit Zweifel und Wirrsal zu bedrohen.

Er wußte sehr gut, warum es diese Wirkung übte. Denn Jahre und Jahre war seine ganze Philosophie eine bewußt subjektive Angelegenheit gewesen. Es war eine der Fatalitäten seines Temperamentes, daß er völlig dem mißtraute, was „objektive Wahrheit" genannt wird. Er war mehr und mehr dazu gekommen, die „Realität" als einen bloßen Namen zu betrachten, den man dem andauerndsten und lebhaftesten aller verschiedenen Eindrücke des Lebens, die jedes Individuum empfindet, gegeben hat. Dies mag als unsubstanzielle Ansicht eines so soliden Dinges erscheinen, wie jenes es ist, das man die „Wahrheit" nennt; aber das war die Art, wie er es fühlte, und er hatte gedacht, daß er nie aufhören würde, so zu fühlen. Jedenfalls war eine seiner ständigsten Impressionen von äußerst dualistischer Natur gewesen, eines Dualismus, der in die tiefsten Abgründe des Seins hinabstieg, eines Dualismus, an dem teilzunehmen jedes lebende Wesen gezwungen war. Er begnügte sich damit, die Wesenheit dieses unsichtbaren Kampfes unbestimmt und im Dunkel zu lassen. Er war nicht starr in seinen Definitionen. Aber es war zutiefst notwendig für seine Lebensillusion, den Eindruck dieses geheimnisvollen Kampfes zu fühlen und zu fühlen, daß er selber daran teilnahm. Was jetzt über ihn gekommen war, während er den glänzenden Körper Mr. Weevils ansah, über den sich das unverschämte Wasserrattengesicht erhob, als der selbstbewußte Jüngling wieder seine Gymnastik an der Weide begann, war eine Art moralischer Atrophie. Er saß, die Hände um die Knie gelegt, in einer kleinen Entfernung von Jason und Lobbie am Ufer und hatte Zeit, den Squire zu beobachten. Er war betroffen von dem geläuterten und fast hieratischen Aussehen, das der Mann jetzt hatte, während er sich auf seinen Stock stützte und die albernen Manöver des Würsteverkäufers ermutigte. „Er sieht wie ein mittelalterlicher Bischof aus, der einem Turnier zusieht", sagte Wolf zu sich. Und die ruhige sonnverbrannte Sympathie, die er für des Mannes freundliche Passivität empfand, schien ihn zu umsprühen wie eine warme Salzflut — wie eine Flut, die außerhalb von jedem „Dualismus" stand —, wie eine Flut, die die aufgesparten Unterscheidungsmale seines ganzen Lebens bedrohte.

Dann stellte er sich plötzlich eine sehr eindringliche Frage.

„Was würde ich in diesem Augenblick fühlen", sagte er zu sich, „wenn Weevil ein Mädchen wäre und Lobbie ein kleines Mädchen? Wäre ich in diesem Falle gar nicht beunruhigt durch diese fête champêtre im Stile Giorgiones? Nein!" — so beantwortete er seine eigene Frage — „Ich würde mich selbst dann meiner Mitschuld wegen genauso unbehaglich fühlen. Es ist keine Frage des Geschlechtes . . . es ist eine Frage von etwas anderem . . . es ist eine Frage von —" Ein lärmender Klatsch, von Lobbie verursacht, der eben ins Wasser sprang, und ein noch lauterer Klatsch, verursacht von Mr. Weevil, der ihm nachsprang, unterbrachen Wolfs Gedankengang.

Er blickte auf seine Uhr. Es war dreiviertel fünf. Er stand langsam auf und nahm seinen Stock. „Ich muß laufen", rief er. „Sie entschuldigen schon, Sir? Auf baldiges Wiedersehen, Otter. Adieu, Weevil! Adieu, Lobbie! Bleibt nicht zu lange drin, sonst werdet ihr euch erkälten und ich bekomme es mit der Familie zu tun."

Mr. Urquhart und Jason schienen sein Fortgehen so gleichgültig aufzunehmen, als wäre er eine neugierige Guernseykuh gewesen, die sich ihnen genähert hätte und dann ohne ein Schweifwedeln fortgegangen wäre. Als er über das Feld schritt, empfand er ein unbehagliches Gefühl, daß er eine okkulte Arena verlasse, in der er eine nicht wieder gutzumachende Niederlage erlitten hatte. Die Wellen des Lentywassers waren offenbar gefährlich für ihn!

Er fand seine Mutter am Teetisch in Roger Monks nettem Haus, wie sie künstliche Mohnblumen rund um ihren Hut nähte.

Während sie zusammen Tee tranken, erzählte er ihr, was er von des Hutmachers Tod zu erzählen für gut hielt. Seine Mutter aber packte sofort, wie mit dem Stoß eines Habichts, mit ihrer gewohnten leichten Geradheit den wichtigsten Punkt.

„Ja, das wollte ich mit dir besprechen", sagte sie. „Was wird mit diesen Smithmädeln geschehen?"

Sie warf ihm einen ihrer scharfen, raschen Blicke zu, voll von Weltklugheit und doch auch voll von einer Art humorvoller Bedenkenlosigkeit.

„Niemand hat die leiseste Ahnung", erwiderte er. „Ich wollte, ich könnte etwas für sie tun. Aber ich sehe nicht, wie ich das kann."

Seine Mutter blickte ihn boshaft und liebevoll an.

Plötzlich kam sie um den Tisch herum und küßte ihn mit einer Reihe vogelartiger, schnabelhiebähnlicher kleiner Küsse. „Es gibt niemanden wie mein Lämmchen", sagte sie leichthin, „der zu gut wäre, um zu leben!"

Nachdem sie ihm so das Gefühl gegeben hatte — wie gut kannte er das! —, daß für ihre zynische mütterliche Erotik die tiefste Anspannung seines Geistes nur ein hübsches Schoßhündchenkunststück sei, ging sie wieder um den Tisch an ihren Platz zurück.

Sie trank dann noch Tee und aß noch Butterbrote, und Wolf empfing den Eindruck, als ob ihr seine offenkundige Sorge um Mattie und Olwen aus irgendeinem Grunde ein Gefühl tiefer Befriedigung verursacht hätte.

Es war für ihn gewiß eine Erleichterung, daß dem so war; und doch fühlte er sich unbestimmt unbehaglich, als er ihrem warmen, ironischen, halb boshaften Blick begegnete, einem Blick voll von einer gewissen starren Zärtlichkeit, die sowohl sich selbst wie auch ihr Objekt verlachte.

„Ich hoffe", sagte er ihr endlich, „daß ich Gerda nicht mit meiner Philanthropie anstecke. Sie hat zum Glück eine sehr weiche Natur."

Ein etwas grimmiger Ausdruck glitt über Mrs. Solents Gesicht. Ihr diamanthartes Kinn wurde vorgeschoben und ihre Unterlippe trat gleich der Unterlippe eines fleischfressenden Tieres in einer höchst beängstigenden Art hervor.

„Ich meine nicht, daß sich deine hübsche Gerda für irgend jemanden opfern könnte", sagte sie.

Wolf begann momentan ärgerlich zu werden — viel mehr, als er selber sich Rechenschaft ablegen konnte.

„Sie hat ebenso Sorge um die beiden wie ich", entgegnete er hitzig.

„Sie kennt dich zu gut, Wolf, als daß sie es wagen dürfte, sich dir zu widersetzen", bemerkte Mrs. Solent.

„Es ist ihre vornehme Natur!" rief er mit bebenden Lippen. „Es ist einfache, lautere Hochherzigkeit, wie sie kein zweites Mädchen auf der Welt zeigen würde!"

Seiner Mutter massives Gesicht verdunkelte sich unter dem schweren silbergrauen Haar zu einem matten Rot.

„Ich habe Angst, daß du uns alle verwöhnst, Lämmchen", sagte sie mit einem bösen, dahinflatternden kleinen Lachen. „Aber deine Gerda weiß, wie sie ihre Trümpfe ausspielen muß."

Sie hatte noch nie in solchem Ton zu ihm gesprochen. Der magnetische Strom seines Zornes hatte eine üble Saite in ihrer Natur angeschlagen, und ihr Lachen war bitter höhnisch.

„Ihre Trümpfe ausspielen!" rief er in höchster Empörung. „Sie ist dessen völlig unfähig. Ich wünschte, Mutter, du könntest diese sanfte Hochherzigkeit lernen! Du bist es, die ‚ihre Trümpfe ausspielt', wie du es nennst."

Mrs. Solent erhob sich; ihr Gesicht war jetzt bleich und hart wie Stein.

„Du hättest besser daran getan, Wolf, heute nachmittag nach Blacksod zu gehen", sagte sie, „wenn deine Gefühle für mich von dieser Art sind!"

„Mutter, du bist durch und durch ungerecht!" rief er. „Und du warst immer ungerecht gegen Gerda. Du hassest sie aus irgendeinem unbekannten, absurden Grund. Wahrscheinlich aus reinem Snobismus! Und du würdest sie gerne verletzen, ihr wehe tun, ihr das Leben verleiden! Das ist der Grund — oh, ich sehe es jetzt! —, weshalb du so froh bist, daß ich mir um Mattie Sorgen mache. Du glaubst, daß dies Gerda alles verleiden wird; du freust dich darüber!"

Sie kam jetzt wieder um den Tisch, aber zu einem ganz anderen Zweck, als es der ihrer früheren Geste gewesen war; und doch war es, wie Wolf genau wußte, die gleiche wilde Erotik, die diese beiden Handlungen beherrschte.

„Ich schere mich nicht, keinen Pfifferling schere ich mich um deine hübsche, hirnlose Gerda!" rief sie und stand jetzt ganz nahe bei ihm, die linke Hand auf dem Griff des silbernen Kuchenkorbes, der den Mittelpunkt des Teetisches bildete, während sich die rechte Hand öffnete und schloß, als ob sie galvanisiert wäre. „Ich war gut zu ihr, um dir zu gefallen; und ich bin für meine Mühe zum besten gehalten worden. Glaubst du nicht, daß ich nicht weiß, wie wenig ich noch in deinem Leben zähle, Wolf? Nichts ... nichts ... nichts! Du kommst mich nur besuchen. Du schmeichelst mir und tust mir schön. Aber du bleibst nie hier! Weißt du, daß du, seit du verheiratet bist, keine einzige Nacht unter demselben Dach wie ich verbracht hast? Oh, es ist schon gut. Ich beklage mich nicht. Ich werde eine alte Frau; und alte Frauen sind keine so angenehme Gesellschaft wie hirnlose kleine Mädchen! Oh, es ist schon gut. Aber es ist eine komische Erfahrung, so pensioniert und ins Register gelegt zu werden, wenn die Gefühle noch genauso jung sind wie die irgendeines anderen!"

Ihre Stimme begann, als sie sich so von einem blinden Anfall aufgestapelter Selbstbemitleidung überwältigen ließ, zu brechen und umzuschlagen und erhob sich dann ganz plötzlich zu einer schrecklichen dröhnenden Intensität, gleich dem Klang einer großen Dampfersirene in heftigem Sturm...

„Es ist schon gut. Ich kann es aushalten!" rief sie. „Ich hatte reichlich Übung bei deinem Vater, und jetzt werde ich dasselbe mit dir erleben... Oh, es ist eine grausame Sache, eine Frau zu sein!"

Sie strich sich mit der einen Hand das graue Haar aus der Stirn, während die andere krampfhaft zuckend nach dem Gürtel griff. Nie hatten ihre hübschen Züge edler ausgesehen, nie hatte ihre ganze Persönlichkeit eine so urzeitliche Leidenschaft ausgestrahlt.

Wolf fühlte sich, während er sie ansah, schwach, verächtlich, schwankend. Er fühlte sich wie ein überflüssiger Sklave, der die herrliche Wut einer sophokleischen Heldin betrachtet. Er wurde sich dessen bewußt, daß ihr Zorn aus einem unberechenbaren Dammbruch in der Steinkruste des Universums, so wie er noch keinem sich je genähert hatte, emporquoll. Die Natur ihres Gefühles, seine Unmittelbarkeit, seine primitive Einfachheit verkleinerten Wolfs eigene Erregung zu etwas Lächerlichem. Sie stand hier vor ihm mit diesem großen verzerrten Gesicht und den sich ausdehnenden Brüsten, während ihre schönen Hände den Gürtel umkrallten und ein wildes Verlangen zu zeigen schienen, ihn mit dem Grimm ihres nackten mütterlichen Körpers zu überwältigen, der entblößt war für die Schmach von Wolfs Lieblosigkeit.

Im Sturm ihres Sichgehenlassens schien die leichte Ironie, die ihr persönlicher Schutzpanzer gegen das Leben war, von ihr abzufallen, schillernd, Stück um Stück, und klirrend auf den Boden zu stürzen. An ihrer Stelle erhob sich etwas Unpersönliches, ein Bild aller der geschlagenen mütterlichen Nerven, die durch lange Jahrhunderte gezittert und gelitten hatten; so daß es nicht länger mehr ein Kampf zwischen Wolf Solent und Ann Solent war — sondern zu einem Kampf wurde zwischen dem Körper der Mütterlichkeit selbst und dessen innerstem Mark!

Sie brach nun in verzweifeltes Schluchzen aus und warf sich mit dem Gesicht auf das Sofa. Aber der Dämon, der an ihrem Lebensmark fraß, war noch nicht zufrieden. Sie hob sich auf die Arme, wandte sich Wolf halb zu und begann ein langes klägliches Heulen gleich einem in die Falle gegangenen Leoparden im Urwald. „Frauen . . . Frauen . . . Frauen!" rief sie laut; und dann stützte sie sich zu Wolfs Verblüffung auf einen ihrer Arme und streckte den anderen vor, den ausgestreckten Zeigefinger drohend, prophetisch, direkt auf ihn gerichtet.

„Er ist's, der mir das alles tut! Du darfst nicht glauben, daß du allein es zustande brächtest! Ihr beide seid es. Beide sind's! Aber ihr großen, schweren, stupiden, plumpen Klumpen von Selbstsucht . . . Etwas, eines Tages, wird euch . . . Ich weiß nicht was . . . Etwas, eines Tages . . . wird euch . . . Etwas wird es . . . eines Tages . . . und ich werde mich freuen . . . Erwartet nichts anderes. Ich werde mich freuen!"

Sie zog den Arm an sich und verbarg ihr Gesicht auf dem Sofa, während sich ihr Körper in langem, trockenem, rauhem Schluchzen hob.

Wolf beobachtete ihre Gestalt, wie sie dalag, das eine starke Bein bis zum Knie entblößt, während eine unordentliche Strähne welligen grauen Haares über ihre Wange hinabhing. Und es überkam ihn mit einer Woge reuiger Beschämung, daß dieses furchterregende Wesen, so grotesk verändert, in Wahrheit jenes menschliche Tier war, aus dessen Eingeweiden er einst an Licht und Luft gezogen wurde.

Seine Reue war jedoch keine lautere oder einfache Gemütsbewegung. Sie war kompliziert durch eine Art ärgerlicher Entrüstung und durch ein bitteres Gefühl des Unrechts. Auch die physische Schamlosigkeit ihres Ausbruches verletzte irgend etwas in ihm, irgendein Gefühl stolzer Ehrfurcht. Aber der Zynismus seiner Mutter hatte dieses Element seines Wesens stets verletzt; und was er jetzt fühlte, hatte er schon tausendmal vorher gefühlt — in den frühesten Tagen seiner bewußten Existenz gefühlt. Was er jetzt gerne getan hätte, war bloß, einfach aus dem Zimmer und aus dem Hause sich davonzustellen. Ihr Paroxysmus erweckte etwas in ihm, das sie, hätte sie es gewußt, als gefährlicher erkannt hätte denn jeden durch den Streit entstandenen Zorn. Aber dieses Gefühl zerstörte sein Mitleid nicht; so daß er jetzt, als er düster ihre grauen Haare und das entblößte Knie betrachtete, ein durchdringenderes Bewußtsein dessen empfand, was sie war, als er es jemals zu den Zeiten empfunden hatte, da er sie am meisten bewundert und am meisten geliebt hatte.

Er ließ sich auf seinen Sessel sinken und hielt die Hand vor den Mund, als ob er ein Gähnen verbergen wollte. Aber er gähnte nicht.

Dies war eine alte mechanische Bewegung von ihm; vielleicht ursprünglich durch seine Erkenntnis hervorgerufen, daß sein Mund sein schwächster und sensitivster Gesichtszug und jener Gesichtszug war, durch den sich das Leid seines Gemütes am raschesten verriet.

Dann bemerkte er plötzlich, daß das Schluchzen aufgehört hatte, und empfing eine Sekunde später einen sehr sonderbaren Eindruck, nämlich den Eindruck, daß ein warmes, funkelndes, ironisches braunes Auge auf ihn gerichtet war und ihn stetig anblickte — ihn durch die unordentlichen Strähne zerzausten Haares, das darüber hinabhing, anblickte.

Er nahm die Hand vom Mund, stand rasch auf, beugte sich über seine Mutter und hob sie aus der liegenden in eine sitzende Stellung.

„Mutter, laß doch", rief er. „Du lachst mich doch aus; du spielst doch nur Komödie! Und ich wäre imstande gewesen, ich weiß nicht was zu tun, weil du mich so erschreckt hast. Du hast deinen armen Sohn nur gequält und ihn so geängstigt, daß er fast den Verstand verloren hätte; und jetzt lachst du ihn aus!"

Er fiel vor ihr auf die Knie und sie neigte die Stirn, bis sie an der seinen lag; und so blieben sie eine Zeitlang, diese beiden Schädel, in einer glücklichen Trance entspannter Rührung, voll unausgesprochener Wechselreden, gleich den Schädeln zweier Tiere draußen auf der Weide oder den Zweigen zweier von einem Sturm erschöpfter Bäume.

Wolf fühlte jetzt, wie er sich einem gewaltigen ungestörten Frieden hingab — einem Frieden ohne Gedanken, ohne Zweck oder Verlangen —, einem Frieden, der aus den dunklen Speichern des Lebens vor der Geburt über ihn flutete, der ihn einlullte, ihn beruhigte, ihn hypnotisierte — und alles aus seinem Bewußtsein strich, außer einem matten, köstlichen Gefühl, daß alles gestrichen war.

Es war seine Mutter selbst, die den Zauber brach. Sie hob ihre Hände zu seinem Kopf, hielt diesen an seinem stoppeligen, strohfarbigen Haar nach hinten, preßte dabei ihre glühenden, tränennassen Wangen an sein Kinn und küßte ihn schließlich mit einem heißen, heftigen, tyrannischen Kuß.

Hernach erhob er sich und sie tat dasselbe. Von einem gleichzeitigen Impuls getrieben, setzten sich beide wieder an den verlassenen Teetisch, leerten den Inhalt der Kanne in ihre Tassen und begannen große Butterbrote mit übervollen Löffeln Johannisbeerjams zu bestreichen.

Wolf hatte das Gefühl, als wäre dies irgendwie eine Art von sakraler Feier, und hatte sogar ein merkwürdiges Gefühl, als ob ihre gemeinsame Freude an den süßen Bissen, die sie so gierig schluckten, eine unbestimmte Rückkehr zu jener vergessenen täglichen Nahrung war, die er mit ihr geteilt haben mußte, lang ehe sich sein Fleisch von dem ihren gelöst hatte.

Eine halbe Stunde später ging er gemächlich auf jener jetzt so vertrauten Straße in der Richtung nach Ramsgard. Er erinnerte sich seiner ersten Bekanntschaft mit dieser Straße, als er an jenem Tage an Darnley Otters Seite hier gefahren war. Und als er sich der Stadt zu nähern begann, blickte er über die Felder zu seiner Rechten zu der Straße hin, die zum Friedhof führte, und dann über die Felder zu seiner Linken zu der breiteren Landstraße hinüber, auf der er in der vergangenen Nacht gegangen war, den Kopf erfüllt von Mr. Smiths Tod.

Straßen und Wege! Wege und Straßen! Welche Rolle hatten diese für die Füße von Menschen und Tieren bestimmten Pfade, staubig im Sommer, schlammig im Winter, in seinem geistigen Bewußtsein gespielt! Die Spannung, in die ihn dieser Gedanke an Straßen versetzte, war ihm ein Beweis, daß sein Geist wieder zu seinen unabhängigen Gleisen zurückkehrte, nachdem er jener mütterlichen Hypnose verfallen gewesen war. Sein Geist fühlte sich tatsächlich gerade jetzt köstlich frei und breitete nach Herzenslust seine Schwingen aus gleich einer großen flatternden Krähe. Jeder Gegenstand des Weges nahm einen besonderen Glanz an; und nie hatte er sich so tief eines besonderen Kunststückes seines Geistes gefreut. Dies war eine gewisse seltsame sinnliche Sympathie, die er manchmal für das Leben völlig unbekannter Personen fühlen konnte, wenn er an ihren Wohnstätten vorbeikam. Er freute sich jetzt mit einer besonderen Genugtuung, wenn er bei jedem Landhäuschen, zu dem er kam, an die Leute dachte, die darin lebten, und ihre Erlebnisse sammelte, wie jemand ein Bündel Jakobskraut oder Hanf aus den staubigen Hecken zusammensucht.

Gut genug wußte er, wie viele dieser Erlebnisse bitter waren und grotesk; aber das, woran er sich jetzt mit allen diesen unbekannten Menschen freute, waren die Augenblicke ihres einfachen, sinnlichen Wohlbefindens.

Solch einen Augenblick empfand er jetzt selbst, als er sich, um auszuruhen, an einen Zaun lehnte, gerade ehe die Straße, die er überschritt, sich den Ausläufern von Ramsgard näherte. Durch den warmen nebeligen Abend, der voll war von etwas, was ihm als eine wahrhafte verstäubte Essenz von Goldstaub erschien, kamen einige rasch dahinstreichende Brisen kühlerer Luft; und diese Luftstöße, die sich gegen sein Gesicht rieben und rasch auf ihrem Wege weiter dahinglitten, trugen mit sich einen besonderen Duft, einen Duft, der ihn an einen bestimmten kleinen Garten mit altmodischen Nelken erinnerte, an einen Garten, an dem er auf dem Wege zu seinen Vorlesungen am Ende einer engen Allee im Westen Londons vorüberzukommen pflegte. Wenn er in Mr. Urquharts Bibliothek von Roger Monks Blumenbeeten erregt worden war, war er jetzt noch mehr erregt von diesem so weit zurückliegenden Eindruck. Die Nelken waren an sich armselig genug gewesen. Aber der Gedanke an sie, in ihrem sonndurchwärmten kleinen Garten, so nahe dem heißen Pflaster, berührte eine Seite ursprünglichster Erinnerung, die ihm gerade jetzt einen verzückten Schauer verursachte.

Woher kam sie, diese Gemütsbewegung? War sie ein ererbtes Gefühl, das zu fernen Tagen zurückkehrte, an denen irgendwelche weit entfernte Vorfahren von ihm im Kloster oder auf dem Marktplatz Tag um Tag jene besondere Süße einzuatmen pflegten? Oder war es etwas Größeres oder Allgemeineres denn dies? Gewiß war das, was er jetzt fühlte, da diese kühl wehenden Lüfte über die gelben Stoppelfelder kamen, nicht auf die Nelken in jenem heißen kleinen Garten hinter den eisernen Gittern beschränkt. Es war viel eher so, als wäre er durch eine glückliche seelische Empfänglichkeit instand gesetzt worden, in einen fortlaufenden Strom menschlichen Bewußtseins einzutreten — des Bewußtseins einer Schönheit in der Welt, die leicht von Ort zu Ort zog, hier anhielt und dort haltmachte wie ein Zugvogel, niemals aber nach ihrem wahren Wert eingeschätzt wurde, bis sie entschwunden war.

„Es muß", so dachte er, „ein tiefes Gedächtnis der Rasse geben, in dem diese Dinge aufgestapelt sind, um von jenen verwendet zu werden, die in der ganzen Welt danach suchen — ein Gedächtnis, das die Fähigkeit hat, unendlich viele Débris auszulöschen, während es alle diese unendlich zarten Essenzen bewahrt, diese Ausstrahlungen von Pflanzen und Bäumen, Straßen und Gärten, als ob solche Dinge tatsächlich unsterbliche Seelen besäßen!" Er wandte sich von dem Zaun ab und ging weiter die Straße entlang, schwenkte seinen Stock von einer Seite zur anderen wie ein Toller und wiederholte laut, während er dahinging, die Worte „unsterbliche Seelen".

Gewisse menschliche Ausdrücke, die für den Philosophen die eine Bedeutung hatten und eine ganz andere für das einfache Volk, waren stets von besonderem Reiz für Wolf gewesen. Sein Geist begann jetzt auf den Silben der Worte „unsterbliche Seelen" zu verweilen, bis durch eine ihm vertraute Transformation diese erschrecklichen Klänge eine schattenhafte eigene Persönlichkeit angenommen hatten — nämlich die Gestalt Christie Malakites — und in dieser Gestalt schwankend

über die Felder hin verschwanden wie eine dünne spiralförmige Wolke!
„Diese seltsamen Worte, verwendet von den Menschen alter Zeiten,
um das zu beschreiben, was wir alle fühlen", sagte er zu sich, „haben
mehr in sich, als die Leute auch nur ahnen. Ich muß das Christie erzählen!" Und dann kam es ihm in den Sinn, wie unmöglich es wäre,
irgendeiner lebenden Intelligenz die schwankenden Gedanken zu erklären, die damit geendet hatten, daß er die „Seele" eines winzigen
Londoner Gartens heraufbeschworen und daß er sie in dem Phantom
der Tochter Mr. Malakites verkörpert hatte.

Dennoch ließ sie nicht ab, vor seinem Geist dahinzuschweben —
diese Phrase „unsterbliche Seelen" —, selbst jetzt, da sie wie ein Boot
aus den Haltetauen geglitten war. Eine edle und trotzige Herausforderung schien in ihr zu liegen an all das Versagende, an all das Matte,
all das Welke, das Verstreute, das zu Nichts Werdende in der melancholischen Strömung dieser Welt.

Während ihn die kühlen Lüfte des Sommerabends umwehten,
fühlte er, als er nun unter dem gewaltigen Schatten der Abteikirche
vorbeikam, daß unermeßliche Quellen der Erneuerung, der Stärkung
weithin über das Antlitz der Erde sich ausbreiteten, wie sie kaum
überhaupt noch von den Menschenkindern ausgenützt worden waren.
„Wie kommt es", dachte er, „daß dieser besondere Ausdruck ,unsterb-
liche Seelen' so auf mich wirken kann?" Und als er nun langsam zwischen
dem skulpturengeschmückten Eingang des Schulgebäudes und dem
kleinen, mit niedrigem Dach gedeckten Laden ging, in dem die strohhütigen Jungen der Schule ihr Backwerk kauften, fiel es ihm als seltsam
bedeutungsvoll auf, daß die Silbe „Gott", die für die meisten Menschen
so talismanartig wirkt, für ihn, schon von seiner Kindheit an, nie
die leiseste Magie besessen hatte! „Es muß wohl", so dachte er, als
er durch einen gewölbten Bogen schritt und zu dem alten Kloster-
brunnen kam, „es muß wohl so sein, daß alles, was metaphysische
Einheit andeutet, mich abstößt. Es muß so sein, daß meine Welt
wesentlich eine vielfältige Welt ist, und meine Religion, wenn ich
überhaupt eine habe, wesentlich polytheistisch! Und dennoch bin ich
in Fragen von Gut oder Böse" — und er erinnerte sich seiner Empfindungen am Lenty Pond — „wohl das, was man einen Dualisten nennt.
Ach! Es ist grotesk. Kaum macht man sich daran, Gefühle in Worten
auszudrücken, ist man auch schon gezwungen, in den innersten Tiefen
seines Wesens hoffnungslose Widersprüche anzuerkennen."

Er trat unter die Wölbung zwischen den spätgotischen Pfeilern und
legte seine Hand auf den Rand des Wasserbehälters. Der Verkehr der
Straße ging an ihm vorüber, und Gruppen großer Schuljungen mit

Strohhüten strichen an ihm vorbei, kalt, distanziert, hochmütig, reserviert, gleich jungen Römern irgendwo auf einem jonischen Marktplatz.

Dort, wo das Pflaster sich verbreiterte, unter den vorragenden Giebeln eines mittelalterlichen Gasthofes, wurde eine Drehorgel gespielt; und Wolf konnte nicht umhin zu bemerken, wie der geistesabwesende, gleichmütige Ausdruck des alten Mannes, der spielte, mit dem Aussehen einer Schar zerlumpter kleiner Kinder kontrastierte, die voll Eifer und mit glühenden Wangen zu der hüpfenden Melodie tanzten.

„Polytheismus ... Dualismus", wiederholte er und versuchte die philosophischen Unterscheidungen festzuhalten, die sich, wie er fühlte, ganz zerkrümelten und davontrieben. Aber während er mit den Fingern über den Wasserbehälter fuhr und automatisch einen Bleiknopf drehte, so daß Wasser über seine Hand strömte, schien sein Geist jedes einzelne dieser traditionellen menschlichen Schlagworte abzulehnen.

„Ich sagte ihm bloß, das alles sei blutiger Mist!" Diese Worte drangen an seine Ohren von den Lippen eines blassen, ruhigen Burschen, der, einen Arm um die Schultern eines anderen Jungen gelegt, an Wolfs Zufluchtstätte vorbeieilte; und diese Worte dienten dazu, seinen Gedanken einen Halt zu geben.

„Alles blutiger Mist!" murmelte er, drehte die Leitung ab und warf einen nervösen Blick um sich, ob sein Gehaben nicht Aufmerksamkeit erweckt habe. „Aber es ist dennoch mehr darin, in all dem, als jedes dieser Worte beinhaltet. Das ist der Kern der Sache. Nicht weniger, sondern mehr! Mehr, obwohl ich kaum je entdecken werde, wovon mehr? Aber mehr von irgend etwas."

Und als er den Platz verließ und die Straße hinaufging, hatte er das Gefühl, daß sein wirkliches Selbst in einen erregenden Irrweg von Vorgängen verstrickt sei, die völlig verschieden waren von denen, die eben jetzt seine Sinne und seinen Willen beschäftigten.

Er fand, als ihn Matties kleines Dienstmädchen, lächelnd und strahlend angesichts so viel interessanter Tragödien, nach langem Warten auf der Türstiege einließ, den Haushalt der Smith belastet von der Anwesenheit zweier stattlicher und äußerst geschwätziger Leichenbestatter. Gegen die Sitte, doch infolge der Art seiner Krankheit und wegen des heißen Wetters, war es rätlich geworden, den Hutmacher von Ramsgard ohne weiteres Zögern in seinen Ulmenholzsarg zu legen.

Mattie hatte Olwen ins Speisezimmer hinuntergebracht, um sie den Klängen des Zuhämmerns zu entziehen; aber das Kind war nervös und von Gedanken gequält, und nur ein mattes Interesse war es, das sie den schwarzen Bändern Gipsys und Antoinettes widmete, die nebeneinander, das Kissen von Mr. Smiths Sessel unter den Wachsköpfen, auf dem großen Mahagonitisch lagen. Selbst Wolfs Ankunft zerstreute sie nicht wirklich; und er hätte viel darum gegeben, zu wissen, welche Gedanken es eigentlich waren, die ihrem kleinen ovalen Gesicht jene düstere Blässe und strenge Anspannung verliehen.

Mattie selbst schien seltsam lethargisch, als sie einen der geradlehnigen Lederfauteuils heranzog und sich neben Wolf niedersetzte; und er fand es schwer, als sie beide auf das fühllose Silber der Kredenz starrten, das Thema ihrer Zukunft, von dem sein Geist so erfüllt war, zur Sprache zu bringen.

„Poch ... poch ... poch ...", erklang der Hammer droben im Zimmer, begleitet von dem abgedämpften Gemurmel des Gespräches der beiden Eindringlinge.

„Der Tod ist eine seltsame Sache", dachte Wolf, während die müde Gleichgültigkeit des weißen Gesichtes Mr. Smiths das langsame Dahingleiten der Minuten beherrschte. „Würde irgend jemand an diesem Klang erkennen, daß dies Sargnägel sind? Ein anderer Klang wird es sein, wenn man ihn in die Grube legen wird", so gingen seine Gedanken weiter; „das wird dieser eigentümliche Klang lockerer, trockener, auf einen hölzernen Deckel geworfener Erde sein. Überall auf der Welt diese beiden selben Geräusche. Nun, nicht so ganz überall auf der Welt. Aber wie oft hat Mr. Smith dieses Hämmern und dieses Poltern der Erdschollen gehört? Saß er hier auf demselben Platz, als man Lorna einnagelte? Ich muß dieses unbehagliche Schweigen brechen", dachte er. „So! Das muß der letzte gewesen sein! Aber was zum Teufel machen sie jetzt? Diese Stille ist ärger als das Hämmern. Trinken sie jetzt etwas?"

Nun ertönte ein lautes Läuten der Türglocke; und die drei angespannten Gesichter in dem düsteren Speisezimmer blickten ängstlich einander an, während das Trampeln der Füße des Dienstmädchens auf dem fliesenbedeckten Gang dieses neue Geräusch beantwortete.

Eine Minute später erhoben sie sich alle hastig, während zu ihrer völligen Überraschung Mrs. Otter und Darnley in das Zimmer geführt wurden. Die kleine Dame schien verstört und verwirrt über Wolfs Anwesenheit, aber Darnley nickte ihm rasch und beruhigend zu.

„Ich habe es durch Zufall gehört", begann Mrs. Otter eilig. „Es hat uns Ihretwegen so leid getan. Ich hatte das Bedürfnis, zu kommen. Mein Sohn war sehr lieb. Er hat mir einen Wagen genommen. Sie haben doch hoffentlich nichts dagegen, daß ich gekommen bin?"

„Oh, es ist sehr gütig von Ihnen, Mrs. Otter", murmelte Mattie.

„Bitte, nehmen Sie Platz. Bitte, setzen Sie sich, Mr. Otter. Danke, Wolf! Nein, nicht den! Der ist schon seit Jahren zerbrochen." Wolf machte einen ungeschickten Versuch, das Stück geschnitzten Mahagoniholzes, das ihm in den Händen geblieben war, auf seinen Platz zurückzulegen. Diese mechanische Beschäftigung ermöglichte es ihm, schweigend die Art zu beobachten, wie Darnley und Mattie begonnen hatten, einander anzustarren.

„Was ich bei meinem Besuch im Sinne hatte, mein armes Kind", hörte er Mrs. Otter sagen, „war, Sie um eine große und ziemlich schwierige Gefälligkeit zu bitten. Was ich Ihnen sagen wollte, war . . . oh, ich weiß nicht, ob ich Sie jetzt damit belästigen soll! . . . aber mein Sohn . . . ich meine Jason . . . sagte mir, ich könne dies halten, wie es mir gefiele . . . Mein Haus gehört mir, wissen Sie!" Diese letzte, recht unerwartete Phrase war mit solch gewinnendem und launigem Lächeln gesprochen, daß Wolf hastig Mattie ansah, ängstlich wünschend, daß sie nichts sagen möge, was die Gefühle ihrer Besucherin verletzen könnte. Er war überrascht davon, zu bemerken, daß Mattie nur in der unbestimmtesten Art die Richtung dieser Worte erfaßt hatte.

„Ja, Mrs. Otter, Sie waren immer höchst gütig zu mir", war ihre ganze Erwiderung.

„Mein Sohn hat alles vollständig mir überlassen. Nicht wahr, Darnley?" fuhr Mrs. Otter fort. Ein verwirrter Ausdruck zeigte sich jetzt auf ihrem Gesicht und sie machte mit einer ihrer Hände eine schwache Bewegung auf Darnley zu, als ob sie ihn zu Hilfe rufen wollte.

„Nicht wahr, Darnley, er hat das getan?" wiederholte sie.

Aber Darnley schien ebenfalls die Richtung, die ihre Bemerkungen nahmen, verloren zu haben.

„Du hattest ganz recht, Mutter", antwortete er aufs Geratewohl. „Du bist furchtbar weise, wenn die Dinge ernst werden . . . Sie ist wundervoll in einer Krise." Diese letzte Bemerkung richtete er an niemanden im besonderen, und sie half auch wenig, die allgemeine Atmosphäre von Nebelhaftigkeit, in die das Gespräch geraten war, zu beseitigen.

„Sie ist wirklich . . . wundervoll in einer Krise", bemerkte er geistesabwesend; und Wolf glaubte, während er das lethargische Silber auf der Kredenz ansah, die Stimme des Kuchenkorbes zu hören, der sich an die Zwiebackschüssel wendete: „Sie ist wundervoll in einer Krise" — im Tone eines alten Theaterbesuchers, der von einem oft gespielten Stück spricht.

„Mattie weiß nicht, was wir beginnen sollen." Diese Worte kamen von Olwen, die jetzt nahe bei Wolfs Sessel stand; und diese Worte dienten dazu, die Sache vorwärts zu bringen.

„Das ist es eben, wovon ich spreche", sagte Mrs. Otter, in so eifrigem Ton, daß sich alle in voller Aufmerksamkeit ihr zuwandten.

„Was ich Sie bitten wollte, war das", sagte sie fest, zu Mattie gewendet. „Unsere Dimity wird schwach und alt, und ich bin nicht mehr so stark, wie ich war. Mein Sohn — Jason meine ich — ist sehr sonderbar. Sie wissen doch, was er ist, meine Liebste? Welch ein Dichter er ist. Mr. Solent hält ihn für einen großen Dichter, nicht wahr, Mr. Solent? ... Nun, weswegen ich hierhergekommen bin, ist folgendes: Es wäre uns allen eine solche Freude, meine Liebste" — hier legte sie ihre graubehandschuhte Hand leicht auf Matties Handgelenk —, „wenn Sie zu uns kommen und bei uns leben und mir helfen wollten — wissen Sie, in allem helfen. Schütteln Sie doch jetzt nicht so Ihren Kopf! Ich weiß, was Sie meinen. Natürlich muß diese kleine auch kommen, und natürlich werden wir an ihren Unterricht denken müssen." Die kleine Dame schöpfte tief Atem, redete aber hastig weiter, ehe Mattie ein Wort sprechen konnte. „An ihren Unterricht habe ich schon gedacht. Ich liebe es sehr, Kinder zu unterrichten, Kinder, die ich gerne habe, will ich sagen; und ich habe alle Märchenbücher, ich habe sogar jene, deren Bilder man mich nicht einmal ansehen lassen wollte, als ich klein war."

Wolf hatte bereits den Kopf zur Seite gedreht, um einen Blick auf Olwens Gesicht werfen zu können, und er war überrascht von dem ernsten Glühen uneingeschränkten Entzückens, das sich jetzt langsam über ihr Antlitz auszubreiten begann. Aber Mattie schüttelte noch immer den Kopf.

„Ich kann nicht", murmelte sie mit schwacher Stimme. „Wenn es auch sehr, sehr gütig von Ihnen ist, Mrs. Otter. Aber ich kann an so etwas nicht einmal denken. Olwen und ich haben darüber gesprochen, und wir haben uns entschlossen, daß ich mir eine Arbeit suchen würde. Olwen hat mir versprochen, gut zu sein, wenn ich sie allein lasse, und sich nicht zu kränken oder einsam zu fühlen."

In diesem Augenblick hörte man das Geräusch schwerer, über die Stiege herunterkommender Schritte, begleitet von ein paar gebrummten Worten scherzhafter Art. Mrs. Otter blickte Wolf an, der den Kopf leicht neigte. Sie wandte sich hastig an Mattie.

„Nun gut, liebes Kind", sagte sie. „Ich möchte Sie nicht gegen Ihren Willen zu irgend etwas drängen. Obwohl ich mein Herz daran gehängt und die Sache von jeder erdenklichen Seite erwogen habe."

Matties Antwort darauf war, ihre Hand auszustrecken und die behandschuhten Finger der kleinen alten Dame fest zu drücken. Doch der Blick, den sie ihr zuwarf, zeigte kein Zeichen von Nachgeben. Er war sehr sanft, aber er war fest und entschlossen.

Wieder schwiegen sie alle und wieder wurde sich Wolf einer sehr lebhaften Empfindung des weißen gesetzten, erschöpften, weltenfernen Gesichts Mr. Smiths bewußt, das in einer Art hoffnungslos stimmender Gleichmütigkeit die Ereignisse kommentierte, die geschahen. Die schweren Silberstücke schienen Wolf jetzt, während er sie trüb anblickte, sich in dem dunkler werdenden Raum zusammenzuziehen, sich mit düsterer Hartnäckigkeit zu Begräbnisornamenten zu gestalten, die neben dem toten Hutmacher aufgehäuft waren.

Eines der Fenster hinter Wolf war offen, und mit dem Lärm der Straße drang herein und kreiste um ihn eine köstlich kühle Luft, eine Luft gleich der, die ihm bei seiner Annäherung an Ramsgard so aufgefallen war, als er sich über jenen Zaun gelehnt hatte. Wieder zitterte der Geruch von Nelken durch sein Hirn, und er fühlte einen schamlosen Schauer des Entzückens. Diesmal war es statt des Schemens Christie Malakites der Leichnam des Hutmachers, der sich mit diesem in seiner Erinnerung aufgetauchten Geruch verband — und es war kein abstoßender Geruch von Sterblichkeit, der aus jenen zugenagelten Brettern emporstieg, sondern eher irgendeine geistige Essenz aus der Gegenwart des Todes selbst. Und als er diese Luft atmete, wurden die Stimmen seiner Gefährten zu einem unklaren Summen in seinen Ohren, und alle möglichen seltsamen weit zurückliegenden Erinnerungen überfluteten ihn. Er fühlte, wie er allein auf einer hohen weißen Straße ging, an deren Seiten Gras wogte und Flecken gelber Steinrosen leuchteten. Da lag eine Stadt, weit unter ihm, auf dem Grunde eines grünen Tales — eine Menge wirrer grauer Dächer zwischen Wiesen und Flüssen —, um die die Dämmerung dunkelte. Gleichzeitig mit all diesem war er sich des Geschmackes einer besonderen Brotsorte bewußt, wie sie in einem Laden in Dorchester verkauft zu werden pflegte, wohin man ihn bei Sommerausflügen von Weymouth aus manchmal zum Tee mitgenommen hatte. Die Gegenwart des Todes schien diese Dinge neu zu schaffen und sie mit einer besonderen Intensität zu beleuchten.

Er wurde durch die klare, schrille Stimme Olwens, die verzweifelt mit Mattie stritt, aus seiner Trance erweckt.

„Ich will das haben, was sie sagt! Warum können wir das nicht, was sie sagt? Ich werde schlimm sein, wenn du es nicht zugibst! Ich werde nicht schlafen gehen. Ich werde viel ungezogener sein als Gipsy oder Antoinette. Ich werde mir die Haare ausreißen! Ich werde mich in die Hände beißen!"

„Pst, Olwen!" hörte er Mattie entgegnen. „Mrs. Otter wird sich nur zu sehr freuen, daß ich ihren Vorschlag nicht annehmen kann, wenn du so sprichst."

Das kleine Mädchen blickte sie einen Augenblick mit einem leisen, feierlichen Forschen an. Dann lachte sie ein lustiges, beruhigtes Lachen, lief dorthin, wo Darnley saß, und glitt schmeichelnd auf seine Knie.

„Wenn alle fort sind, werden Sie ihr sagen, was sie tun muß", flüsterte sie sanft; und dann strich sie, die Augen auf sein Gesicht geheftet, mit ihrer kleinen nervösen Hand über seinen Bart.

Mrs. Otter und Wolf lächelten einander an; und Wolf fielen jene Szenen bei Homer ein, wo bittende Mädchen, sterbliche sowohl wie auch unsterbliche, die Hände jenen ans Kinn legten, die sie günstig stimmen wollten!

„Würdest du meine Haare ebenso ausreißen wie deine", fragte Darnley, „wenn sie sich auch weiterhin weigert, dich bei uns leben zu lassen?" Wolf meinte, Darnleys Augen noch nie so tief leuchten gesehen zu haben, wie sie es bei diesen Worten taten.

Mattie schüttelte noch immer den Kopf, aber obwohl Tränen auf ihren Wangen waren, war der ganze Ausdruck ihres Gesichtes entspannt und friedlich. In der Tat empfing Wolf, während er sie weiterhin verstohlen anblickte, den Eindruck, daß das Mädchen danach verlangte, fortzustürzen und in einen Strom von Tränen, doch nicht von unglücklichen Tränen, auszubrechen. Das verwandte Blut in seinen Adern machte ihn hellsichtig; und er fühlte sich davon überzeugt, daß sie, wenn die Otters es ablehnten, ihre Weigerung zur Kenntnis zu nehmen, schließlich doch sich würde überreden lassen.

„Nun, mein teures Kind", hörte er Mrs. Otter sagen, „Sie müssen uns nicht so eilig Antwort geben. Sie sehen, wie sehr sich Darnley und Ihre Kleine bereits angefreundet haben; und wenn nur —"

Sie hielt plötzlich inne, denn es ertönte ein zweites Läuten an der Haustür, dem das gleiche stürmische Laufen des kleinen Dienstmädchens durch die Hall folgte. Diesmal blickte Wolf mit Schreck ins Gesicht seiner Schwester, als er eine wohlbekannte Stimme in lautem, festem Tone nach Miss Smith fragen hörte. Alle standen auf, als Miss Gault ins Zimmer geführt wurde. Olwen riß hastig ihre Puppen vom Tisch und trug sie auf Mr. Smiths großen Lederfauteuil am Kamin; und Mrs. Otter folgte nach einer eiligen Verbeugung vor der neuen Besucherin dem Kinde in jenen Schlupfwinkel, wo sie sich mit ihm in ein geflüstertes Gespräch einließ.

Die Anwesenheit Wolfs schien der furchterregenden Dame keinerlei Überraschung. Sie nickte ihm vertraulich zu, während sie Mattie umarmte; aber ihre Begrüßung Darnleys war steif und förmlich. Darnley selbst schien durch diese Kühle nicht im geringsten verwirrt. Seine seltsam gefärbten blauen Augen blieben fest auf Mattie gerichtet; er stand mit dem Rücken an einen Bücherkasten gelehnt und spielte mit seiner Uhrkette.

In dem dunkler werdenden Zwielicht des Zimmers — denn niemand hatte daran gedacht, eine Lampe kommen zu lassen — hatte des Mannes schlanke Gestalt, wie Wolf von der Seite her ihn ansah, das Aussehen eines alten Van-Dyck-Porträts, das in einem viktorianischen Haus zum Leben erwacht war. Hinter seinem Rücken sammelten die großen schwergebundenen Ausgaben jener „Sonntage zu Hause" und „Muße-stunden", deren Illustrationen manch langen Abend in der so weit zurück-liegenden Kindheit Albert Smiths getröstet haben mochten, um sich die Sommerdunkelheit mit jener besonderen mystischen Feierlichkeit, die alte Bücher, gleich alten Bäumen und alten Hecken, beim Heran-nahen der Nacht zeigen. Und Wolf wurde, als er mit Belustigung den Reden Selena Gaults zuhörte, dessen gewahr, daß die Natur mit einem ihrer vom Zufall getriebenen Glücksfälle eine ganz ausnehmend geeignete Bühne für etwas schuf, das auf jeden Fall eine aufregende Begegnung zwischen Darnley Otter und Mattie Smith darstellte.

„Darnley muß schon oft mit Mattie zusammengekommen sein", dachte Wolf. „Aber wahrscheinlich nie hier im Hause, und wahr-scheinlich nie bei Gelegenheiten, bei denen sie ihre Persönlichkeiten gegenseitig in sich hätten aufnehmen können. Außerdem . . . was weiß ich denn von ihnen? All dies mag vielleicht schon vor Jahren begonnen haben . . . ehe ich überhaupt noch auf den Schauplatz kam. Wenn dem so ist, welch verschwiegene Geister sind sie beide dann gewesen?"

Er wandte sich wieder seiner Schwester zu. Oh, er konnte sich nicht täuschen! Es war ja offenbar, daß des Mädchens grobes Gesicht, selbst in der Dunkelheit, eine Miene zeigte, die er sich nicht anders beschreiben konnte denn als verklärt. „Hier spinnt sich bestimmt etwas an", dachte er. „Nun schön! Sie wäre eine kleine Närrin, wenn sie das Angebot der alten Dame nicht annimmt. Dennoch möchte ich gerne wissen, was Jason wirklich sagte, als dieser Plan zur Sprache kam."

Und dann setzte er sich ein wenig zurück, hinter Mattie und Miss Gault, nahm von Darnley, der sich jetzt einen Sessel an seine Seite gezogen hatte, eine Zigarette und fing an, sich der Richtung der er-staunlichen Ansprache bewußt zu werden, die der Besuch gleich einer

Kanonade von Feldartillerie über den Tisch hinüber in die Ohren seiner Schwester zu richten begann. Selenas Kleidung war geschmackvoll genug — ja, sie war hervorragend damenhaft; aber sie war die „reiche, nicht frohe" Kleidung einer Person, die völlig die zeitgenössische Mode vernachlässigte, und fügte sich auf irgendeine seltsame Art so gut in den Stil dieses Zimmers, daß sie sogar die Möbel zum Leben zu erwecken schien, damit sie Miss Gault in allem, was sie sagte, unterstützten.

Die dichter werdende Dunkelheit begleitete dieses seltsame Spiel. Es war, als ob alle gewichtigen Gegenstände dieses Zimmers — einschließlich des Silbers, der Sessel, der dunkelgrünen Vorhänge, des grotesken Porträts von Mr. Smiths Vater, der Lederrücken der „Sonntage zu Hause" und der „Mußestunden", der Bronzepferde zu beiden Seiten des Kaminsimses, des enormen Kohlenkübels — sich vereinten, um den Meinungen dieser aggressiven Frau Gewicht zu verleihen, deren eigene Kindheit, gleich jener der stummen Person droben, sie mit ihrer schweren Feierlichkeit umwallt hatten.

Und Wolf war erstaunt über die Impertinenz dessen, was Miss Gault sagte. Es war eine in Bronze und Brokat gehüllte Impertinenz. Aber es war eine unanständige Impertinenz. Es erinnerte an die absurde Draperie, die jene symbolische Figur der Gnade oder der Wahrheit oder der Gerechtigkeit verhüllte, welche die große mitten auf dem marmornen Kaminsims stehende Speisezimmeruhr überragte. „Ich muß gestehen, daß ich zuerst dachte", sagte jetzt Miss Gault, „Olwen solle bei mir und Emma leben... aber ich könnte es nicht dulden, daß sie die Katzen quält... oder sich nach ihnen abhärmt, meine Liebe... darum ist dieses Heim besser. Ich habe eine Menge Erkundigungen darüber eingezogen. Schon letztes Jahr, für einen anderen Fall; und es ist ein Glück, daß ich das tat, denn man hört sonst nicht von solchen Sachen, wenn man sie wirklich braucht. Das Schöne daran ist, daß sie Mutter und Kind aufnehmen... und natürlich ist Olwen jetzt soviel wie Ihr Kind. Ein andrer großer Vorteil dieses Planes ist der, daß Taunton so nahe von uns allen ist... nur ein paar Stunden Bahnfahrt." Sie nickte kurz in Wolfs Richtung. „Wolf würde an Sonntagen hinüberfahren und Sie besuchen können", fügte sie hinzu.

Sie verstummte, aber der dunkel gewordene Raum war erfüllt vom Widerhall ihrer Worte — das Flüstern Mrs. Otters, die offenbar Olwen eine Geschichte erzählte, bildete die einzige Macht, die Widerstand leistete. Und die dunkelgrünen Vorhänge waren entzückt. „Besuchen können... besuchen können", wiederholten sie, während die Bücher das Wort „Sonntage" widerhallen und klingen ließen wie die wirkliche Stimme jener Wohltätigkeitsinstitution, die Mutter und Kind aufnahmen.

„Und die kleine Summe, die die Verwaltung verlangt", setzte Miss Gault fort, „werde ich mit dem größten Vergnügen zur Verfügung stellen. Ich betone freilich, daß es gegen meinen Rat geschah, daß Sie Olwen adoptierten. Aber das Kind hat Sie jetzt natürlich lieb; und ich glaube, es wäre ein Unrecht, sie von Ihnen zu trennen, wie es geschehen müßte, wenn Sie hier eine Stellung annehmen wollten ... denn das Kind könnte ja nicht den ganzen Tag allein bleiben ... und hier wird doch ohne Zweifel alles verkauft werden. Antworten Sie mir jetzt noch nicht", sprach die Dame weiter. „Ich möchte, Wolf, daß auch Sie alles hören, was ich zu sagen habe ... denn natürlich ... nun, ich brauche wohl darauf nicht einzugehen ... aber was ich Sie zu bitten gedachte, liebe Mattie, ist, daß Sie mir sagen, welche einzelnen Gegenstände in diesem Hause Sie besonders lieben; und dann ... nun, ich hoffe, es wird mir möglich sein, an der Auktion teilzunehmen ... so daß die Sachen, wenn Sie wirklich einmal ein eigenes Heim haben ... sozusagen noch in der Familie sein werden." Hier wandte sie sich kühner geworden Wolf zu, als ob sie sich seiner Anerkennung ihres altmodischen Taktes vergewissern wollte. Aber Wolfs Impuls glich in diesem Augenblick dem des Königs Claudius in dem Drama. Er fühlte ein Verlangen, in donnernden Tönen zu schreien: „Leuchtet mir! Fort!" So daß es also noch immer den Büchern und der Bronzeuhr überlassen blieb, solche Delikatesse gebührend einzuschätzen und das letzte Wort zu sprechen.

Es war jedoch nicht Wolf, sondern Darnley, der den von Miss Gault über sie gezauberten Bann brach. Er ging hastig zu seiner Mutter hinüber, flüsterte ihr etwas ins Ohr, nahm sie bei der Hand und führte sie an Matties Seite.

„Sie werden ein liebes Mädchen sein und tun, worum wir Sie gebeten haben?" sagte die alte Dame deutlich und fest, ohne von Miss Gault Notiz zu nehmen.

Wolf glaubte einen an ihn gerichteten appellierenden Blick erhascht zu haben, obwohl es jetzt so dunkel war, daß das Gesicht seiner Schwester bloß einen weißen Fleck bildete. Aber er erhob sich hastig und ging dorthin, wo alle beisammen standen. Es gab gerade noch eine Pause von einer halben Sekunde, die es ihm ermöglichte, ehe er sprach, einen Eindruck von der ganzen seltsamen Szene aufzufangen: den verwirrten Zorn auf Miss Gaults Gesicht zu sehen, zu bemerken, daß Olwen sich in den Besitz der Hand Darnleys gesetzt hatte, zu beobachten, daß Mrs. Otter so nervös war, daß der Sessel, auf den sie die Hand gelegt hatte, auf dem Fußboden zu klopfen begann; und dann sprach er selbst, mit allem Gewicht, das er aufzubringen vermochte:

„Es tut mir sehr leid, Miss Gault, und ich weiß, daß Mattie für Ihren Vorschlag höchst dankbar ist; aber die Sache wurde schon geregelt, ehe Sie hereinkamen. Die beiden werden vorläufig bei unseren guten Freunden hier wohnen. Sie werden das tun, was ich getan habe, als ich zuerst nach King's Barton kam. Später wird Zeit genug sein für ein anderes Arrangement; aber vorläufig wird Mattie Mrs. Otters Einladung annehmen, und Olwen desgleichen. Was die Möbel hier betrifft, braucht man das noch nicht so eilig zu bedenken. Vielleicht wird Mattie glücklicher sein, wenn sie sie ganz losbekommt. Ich weiß, daß ich es an ihrer Stelle wäre. Aber es ist sehr freundlich von Ihnen, daß Sie sich bereit erklären, einiges davon zurückzukaufen. Ich bin überzeugt davon, daß Mattie dies sehr zu schätzen weiß. Doch die Hauptfrage ist gerade jetzt, was sie und Olwen anfangen sollen; und das ist schon gänzlich entschieden — nicht wahr, Mattie? Sie werden in das gastfreundliche Pond Cottage gehen, in dem ich meine erste Dorseter Nacht verbrachte."

Wolfs Stimme wurde immer entschiedener, als er seine Erklärung zu Ende brachte; aber aus einem instinktiven Bestreben, alle weiteren Proteste Matties zu verhindern, eilte er hastig in die Hall und begann nach dem kleinen Dienstmädchen zu rufen.

„Constantia!" rief er. „Constantia! Bitte, bringen Sie uns die Lampe!"

Was nach seinem Abgang in jenem verdunkelten Speisezimmer vorging, erfuhr er nie. Seine Worte schienen die Wirkung eines Kanonenschusses in einem lautlosen Wald gehabt zu haben. Denn dorthin, wo er an der Küchentür wartete, drang ein unzusammen-hängendes Murmeln vieler wirrer Stimmen zu ihm. Als er schließlich mit der Lampe in der Hand zurückkehrte und sie mitten auf den Tisch stellte, weinte Olwen in dem Lederfauteuil, und Mattie und Mrs. Otter beugten sich über sie; während Miss Gault, die aufgerichtet in der Mitte des Zimmers stand, Darnley mit einer angestrengten, rauhen Stimme fragte, ob es wahr sei, daß man neulich in der Abteikirche die echten Gebeine des Königs Ethelwolf, des Bruders Alfreds, ent-deckt habe.

„Leben Sie also wohl. Leben Sie alle wohl! Ich darf nicht länger im Wege sein." Mit diesen Worten neigte sie den Kopf vor Darnley, nickte in die Richtung des schluchzenden Kindes und ging geradeaus in die Hall.

Sie hielt ihre Augen von Wolf abgewandt, als sie vorbeikam; aber der Ausdruck ihres Gesichtes erschreckte ihn und er folgte ihr zu der

Haustür. Als er sich vorbeugte, um die Klinke niederzudrücken, ehe sie ihre Hand darauflegen konnte, erhaschte er einen Blick auf ihre entstellten Lippen, und ihr Aussehen entsetzte ihn. So etwas zu sehen, war schon arg genug; aber es wurde ärger, als sich das außergewöhnliche Gesicht, das er nun — im Torweg — dicht vor sich sah, in eine zerknitterte Maske der Schmach verzerrte. Er fühlte ein wenig Scham wegen der Brutalität seiner Beobachtung in diesem Augenblick; aber er konnte nicht umhin, zu bemerken, daß Miss Gault das Gesicht viel kindischer verzerrte, wenn sie zusammenbrach, als es seine demantene Mutter an jenem Nachmittage getan hatte. Seine Mutter hatte „ihre Stimme erhoben", wie die Schrift sagt, „und geweint"; aber Wolf erinnerte sich gut, wie ihre feinen, klargeschnittenen Züge — selbst als sie heulte gleich einer Löwin, die den Speer in der Flanke trägt — Würde bewahrt hatten. Große Tränen waren geflossen, aber sie waren wie Regen auf einen tragischen Torso gefallen. Ganz anders war es jetzt mit Miss Gault! Dreimal machte sie den Versuch, zu ihm zu sprechen, und dreimal verzerrte sich krampfhaft ihr Gesicht.

„Warten Sie einen Augenblick!" platzte er schließlich heraus und lief in das Speisezimmer zurück. Hier rief er allen ein lautes Lebewohl zu. „Auf Wiedersehen morgen, Mattie, Liebste!" rief er. „Ich lasse dich in guten Händen, Olwen. Gute Nacht, Mrs. Otter!"

„Ich werde mit Ihnen gehen und bei Ihnen zu Abend essen, wenn Sie erlauben", sagte er, als er Miss Gault auf der Straße einholte. „Hören Sie! Wieviel Uhr schlägt's jetzt?" Er legte die Hand auf ihren Arm und sie blieb bewegungslos stehen. „Sieben Uhr, nicht wahr? Nun schön, Sie speisen doch nicht vor acht, so wollen wir ein wenig spazieren, ehe Sie nach Hause gehen."

„Gehen wir zum Grab, Junge", flüsterte sie heiser. „Dort können wir sprechen. Meine Emma wird nichts dagegen haben, selbst wenn wir uns doch verspäten. Aber wie werden Sie nach Blacksod zurückkommen?" fragte sie besorgt.

„Oh, ich werde mit dem Zehnuhrzug fahren", sagte er. „Das bedeutet, daß ich nicht mehr werde zu Fuß zu gehen brauchen und Gerda nicht aufbleiben muß. Er verkehrt doch jetzt noch, nicht wahr? Oder hat man den Fahrplan geändert?"

Aber Miss Gault hatte praktischen Erwägungen bereits all die Energie geschenkt, die sie gerade jetzt überhaupt zu vergeben gehabt hatte.

„Wie schön es hier abends ist!" sagte sie, als sie unter der Abteimauer vorbeikamen. „Ich möchte wissen, ob Mr. Otter recht hat, und ob es wirklich der Sarg des Königs Ethelwolf ist, den man hier gefunden hat."

342

Sie erreichten den Haupteingang der Kirche und fanden ihn zu ihrer Überraschung offen.

„Gehen wir für eine Minute hinein", sagte Wolf. Seine Gefährtin stimmte schweigend zu, und sie traten gemeinsam ein.

„Ich hätte das Kind gerne bei mir wohnen lassen", murmelte Miss Gault; „aber es wäre grausam gegen die Katzen gewesen ... sie ist in letzter Zeit so derb zu ihnen geworden ... und sie ist nicht immer höflich zu Emma."

Wolf erwiderte nichts auf diese Bemerkung; und als sie langsam das Mittelschiff hinaufgingen, das von irgendwo zwischen den Chorstühlen schwach beleuchtet war, ließ er seinen Geist von Miss Gault und ihren verdrehten Philanthropien abschweifen. Die wenigen Lichter, die brannten, erreichten kaum — und auch dann nur mit einem dämmerigen, versprühten Schimmer, gleich dem der Innenseite einer sandfleckigen Perlmutterschale — die hohen Spitzbogen des Gewölbes. Wolf fühlte wieder stark jenes Gefühl mystischer Verzücktheit in sich, das den ganzen Tag über ihm geschwebt war; und als das Vorhandensein des Lichtes hinter dem Chor durch einen plötzlichen Ausbruch von Orgeltönen erklärt wurde, empfand er einen solchen Schauer von Glückseligkeit, daß dieser eine Reaktion nackter Scham mit sich brachte.

„Zufall!" murmelte er vor sich hin. „Reiner Zufall!" wiederholte er, als sie vor dem Altar das Schiff überquerten und ihren Weg zu der Kapelle dahinter nahmen. Und er empfand sogar, während er in dem schwachen Licht weitertastete und nach irgendwelchen Anzeichen des Sarges des Sachsenkönigs ausschaute, ein Gefühl, als habe er verräterisch seine Ekstase aus einer Schatzkammer der menschlichen Rasse gestohlen! „Warum sollte ich", so dachte er, „durch bloßen Zufall allein dazu ausersehen sein? Dieses Gesicht von Waterloo Station — für den Mann gibt's keinen König Ethelwolf, kein Spitzbogengewölbe, keinen Duft von Nelken. Ist also meine Dankbarkeit für die Götter ein niedriges und gemeines Gefühl?"

Gerade als dieser Gedanke ihm durch den Kopf ging, stieß er auf dem südlichen Boden der Kapelle an eine Art gläsernen Rahmenwerkes.

„Hier sind wir, Miss Gault", flüsterte er erregt. „Nur glaube ich, daß wir Unannehmlichkeiten haben werden, wenn der Organist uns hört! Blicken Sie aber dennoch her, um Gottes willen! Das ist der Sarg des Königs!"

Er kniete nieder und schob in dem trüben Licht ein Stück Teppich zur Seite, das sorgsam über den Glasrahmen gebreitet worden war.

Die ungelenke Gestalt seiner Gefährtin kniete ebenfalls sofort an seiner Seite.

„Soll ich es wagen, ein Streichholz anzuzünden, was meinen Sie?" flüsterte er.

„Nein, nein, Junge! Das dürfen Sie nicht tun. Wolf, Sie dürfen das nicht, Sie dürfen wirklich nicht!" murmelte die Tochter des Direktors der Ramsgarder Schule.

Aber er kümmerte sich nicht um ihren Protest, suchte in seinen Taschen, holte eine Schachtel hervor und strich einen Wachszünder an.

Die kleine gelbe Flamme beleuchtete die glasbedeckte Öffnung im Boden und arbeitete Miss Gaults Züge in so gespenstischem Relief heraus, daß sie sie fast ihrer Menschlichkeit entkleidete. Nur ein dunkles Bewußtsein von diesem erstaunlichen Antlitz, so nah seinem eigenen, drang jetzt in Wolfs Geist. Er war zu erregt. Aber als er sich später den ganzen Vorfall in Erinnerung rief, kam es ihm deutlich zu Bewußtsein als einer von jenen Blicken, die man in etwas Verabscheuungswürdiges, Entsetzliches, in die tollen Späße der Natur tut, wie man sie sich für den weiteren Lebensweg gut merken sollte! Hier war in der bloßen Möglichkeit solch einer Vision — denn um die Wahrheit zu sagen, war Miss Gaults Gesicht beim Flackern des Streichholzes geradezu bestialisch geworden — eine Erfahrung, die jenen durch Zufall vernommenen Orgeltönen entgegengehalten werden mußte, die sich so triumphierend unter den zerfetzten Kriegsfahnen emporgeschwungen hatten.

Er hielt das Zündholz hoch und beugte sich nieder, bis sein Gesicht tatsächlich das Glas berührte. Nichts. Gewisse interessante chromatische Effekte ... ein gewisses Flackern, gewisse Blasen von Farbe, die nicht Farbe war, Funken, die undurchsichtig waren, Umrisse, die keine Umrisse waren ... dann versengte das Zündholz seine Hand und erlosch. Hastig strich er ein zweites an und hielt es trotz dem Schmerz in seiner verbrannten Hand hoch. Wieder neigte sich sein Gesicht, bis seine Hakennase an das Glas gepreßt war. Funken, schwarze schwankende Flecken, fluktuierende Blasen von rötlichem Gelb, kleine Kreise von Schwarz, umgeben von Mondhöfen; und dann wieder Dunkel! Nichts! Ärgerlich richtete er sich auf und steckte mit kindlicher Ausgelassenheit die schmerzenden Finger in den Mund.

„Die Gebeine sind da!" flüsterte er heiser. „Die Gebeine sind da! Ethelwolf selbst! Aber es nützt jetzt nichts. Wir müssen bei Tageslicht wiederkommen. Es ist eine von jenen Sachen, die so verteufelt ärgerlich sind. Rasch! ... Solange die Orgel noch spielt. Ich weiß, wie diese

Leute sind . . . so empfindlich wegen ihrer Schätze. Gehen wir fort von hier!"

Hastig führte er seine Gefährtin längs des großen schweigenden Kirchenschiffes und durch das offene Tor hinaus. Er fühlte sich viel mehr genarrt und verstört, als die Situation rechtfertigte. Die sinnlosen Funken von dem tückischen Sargdeckel tanzten wie Dämonen im Hintergrund seiner Augenhöhlen.

„Es ist wohl schon zu spät, dort hinüberzugehen?" sagte er und wandte sich ihr zu, den Hut in der einen Hand, den Stock in der anderen, während eine bebende Hilflosigkeit seiner ganzen Gestalt entströmte.

„Gar keine Rede, Junge — gar keine Rede", sagte Miss Gault. „Emma muß uns ohnedies das Essen aufheben. Sie werden jedenfalls Zeit haben, einen Bissen zu nehmen, ehe Ihr Zug abfährt. Kommen Sie! Sie wissen nicht, wie schnell ich gehen kann."

Wolf setzte den Hut auf und schritt schweigend an ihrer Seite dahin. Als sie das Schlachthaus erreicht hatten, begann die Luft nach Regen zu riechen. In dem Scheunenhof bewegte sich eine Gestalt mit einer Laterne, und Miss Gault, die gegen den sich erhebenden Wind kämpfte, zog schwer an seinem Arm, als sie weitergingen.

„Bei mir werden Sie kein Fleisch bekommen, Junge", flüsterte sie. „Kein Fleisch — kein Fleisch. Es ist die einzige Art, ihnen zu helfen. Aber ich würde hingehen und den Tod erleiden, um ihnen zu helfen . . . den Tod durch den Strang" — der Wind faßte nach ihrer Stimme und machte sie kaum hörbar — „durch den Strang, Junge!"

Wolf grübelte über die widerspruchsvolle Natur dieser Frau nach. Sie würde in den Tod gehen, um den Schlachthäusern ein Ende zu setzen; und dennoch würde sie Mattie und Olwen in Gott weiß welches Armeninstitut abschieben!

Er fühlte ein geheimes Verlangen, sie für diese Inkonsequenz zu bestrafen, und sagte plötzlich: „Es ist wirklich erstaunlich gütig von den Otters, unsere Freundinnen aufzunehmen. Bei einer nervösen alten Dame solch großes Herz zu finden, läßt einen von der ganzen menschlichen Rasse besser denken!"

Was ihn zu diesen Worten veranlaßte, als sie am Schlachthause vorbeikamen, war ohne Zweifel ein Pochen seines Gewissens wegen dieser Sache mit dem Essen von Fleisch. Der Anblick jenes Mannes mit einer Laterne — gleich einem vampirhaften Wanderer auf einer Richtstätte — hatte sich seinem Gemüte keineswegs angenehm eingeprägt; und es war die elektrische Vibration dieses Unbehagens, die seiner Stimme, als er jene Worte sprach, eine gewisse bebende Intonierung unnötiger Emphase verlieh.

Die Bosheit in seinem Ton teilte sich seiner Gefährtin gleich einem magnetischen Strome mit, und sie nahm die Hand von seinem Arm. „Das Kind hat bei Darnley scharwenzelt, das ist alles. Der Mutter ist es ganz recht, weil sie sieht, welch guten unbezahlten Dienstboten Mattie abgeben wird. Ich werde nicht mehr darüber sprechen und hatte auch nicht die Absicht, darauf zurückzukommen. Aber ich glaube, daß Sie einfach von Sinnen sind, wenn Sie sie eine so demütigende Stellung annehmen lassen. Aber daran liegt es eben! Das Mädchen kann nicht viel Stolz besitzen, sonst könnte nichts, was Sie oder die anderen sagten, sie veranlaßt haben, solch eine Wohltat anzunehmen."

Da seine Bemerkung diesen Ausbruch hervorgerufen hatte, war er fähig, in seinem Innern auszurufen: „Du rohes, bösartiges altes Weib! Du rohes, bösartiges altes Weib!" Darauf fühlte er sich wieder ganz freundlich und ruhig gegen sie gestimmt.

Dennoch tat er während der ganzen Zeit, die sie auf dem Friedhof blieben, als ob er schmollte; obwohl er in Wirklichkeit bei sich dachte: „Wie hochherzig war es schließlich doch, so bei meinem Vater auszuharren, als er gesellschaftlich gänzlich geächtet war!"

Sie machten sich in noch tieferem Schweigen und mit sehr eiligen Schritten auf den Rückweg. Es fehlten fünfundzwanzig Minuten auf zehn Uhr, als sie Aldhelm Street erreichten und Emma in so erregter Laune fanden, daß Selena selbst in die Küche gehen und einen Teller Curryeier und eine Flasche Sherry in den Salon bringen mußte.

Er saß auf dem Sofa und schluckte das heiße Gericht, das er unzeremoniös mit einem Löffel aß, ohne besonderes hungriges Vergnügen; dabei goß er hastig soviel Gläser von dem Wein hinunter, daß Selena, die an einem Biskuit knabberte, ihn schon recht nervös ansah.

„Emma kocht gut!" sagte er schließlich, als er sich erhob, um zu gehen. „Es ist alles in Ordnung, Miss Gault, Liebe. Sie brauchen nicht so ängstlich dreinzuschauen. Ich habe einen Kopf aus Eisen." Und unmittelbar darauf fühlte er — als ob er beweisen müßte, daß er solch einen Kopf besitze —, daß es ihm obliege, etwas Liebevolles und Zärtliches zu sagen. „Ich glaube", brach er los, „daß ich wohl genau dieselbe Art von Gefühlen für Sie habe, die er hatte!"

Dies waren seine Abschiedsworte; aber erst, als er in einem Raucherabteil dritter Klasse des Südwestbahnzuges saß, begann er darüber nachzudenken, warum wohl Miss Gaults Gesicht, als er ihr an der Tür die Hand geschüttelt hatte, so schief gelächelt haben mochte.

Er war allein, und obwohl es windig war, hielt er das Fenster offen und saß mit dem Gesicht zur Lokomotive. Der Ansturm der Luft ernüchterte ihn, und mit Interesse betrachtete er die zerstreuten Lichter von King's Barton, als der Zug auf seinem hohen Damm zwischen jenem Dorf und den Wiesen von Evershott dahinratterte. Er dachte gut gelaunt darüber nach, was Jason denn wohl sagen mochte, wenn er von der neuen Invasion in seine Abgeschiedenheit erfuhr.

Seine Stimmung wurde traurig, ehe der Zug in Blacksod hielt.

„Wenn ich wüßte, daß ich nur noch fünf Jahre zu leben hätte", dachte er, „würde ich vier darum geben, daß es mir gewährt würde, dieses eine Jahr Tag und Nacht mit Christie zu verbringen!" Und dann dachte er, als ihn der kalte Wind ein wenig zusammenschauern ließ, so daß er sich den Rockkragen aufstellte: „Ich möchte wissen, ob ich bloß schwach und feig bin, wenn ich sie nicht alle verlasse und Christie, geschehe was da wolle, nach London nehme?"

Der Zug fuhr jetzt über einen dunklen Damm, der parallel mit dem Flusse Lunt lief. Der schlammige Geruch jenes trägen Wassers, das die Ramsgarder Knaben unehrerbietig den „Dreckstrom" nannten, überfiel seine Nüstern und brachte ein Gefühl unbestimmten Elends mit sich. Eine Kühle in den Knochen, eine Müdigkeit im Hirn gaben jetzt allen Ereignissen des Tages eine düstere Farbe, ähnlich der Farbe von Flußschlamm.

Als die Lokomotive allmählich ihre Geschwindigkeit verringerte, versuchte er vergeblich, sich jene Momente der Glückseligkeit zurückzurufen ... die Vision des Nelkenbeetes ... die süße Ausstrahlung aus dem Körper des Todes selbst. Aber anstelle all dieser Dinge konnte er nur an verhärtete Wurzeln in klebriger Lehmerde denken, an Funken und Blasen, die keine menschliche Bedeutung hatten, an das Einhämmern von Nägeln in Särge, an Männer mit Laternen in Schlachthaushöfen und an die bleichen Lenden Bob Weevils, die fleckig waren von dem grünen Schlamm des Lenty Pond.

Von einem Schlaf umringt

Der August näherte sich seinem Ende und mit dem August die Ferienzeit der Blacksoder Lateinschule. Die jungen Aristokraten von Ramsgard hatten noch einige Wochen mehr vor sich, ehe ihr neues Schuljahr begann, aber die geringeren Schüler, die zu unterrichten Wolfs Schicksal war, standen jetzt vor der Rückkehr zu ihrer Arbeit.

Eifrig bemüht, diese kostbaren Vormittage der Muße, die ihm so bald entrissen werden sollten, bis aufs äußerste auszunützen, hatte sich Wolf in der letzten Zeit angewöhnt, Gerda, unmittelbar nachdem das Frühstücksgeschirr abgewaschen worden war, auf irgendeinen ländlichen Ausflug mitzunehmen.

Sie hatten die Gegend auf diese Weise beinahe in jeder Richtung erforscht, aber er fand heraus, daß es am bequemsten war, eine Art von Picknickmittagessen irgendwo auf dem Wege nach King's Barton einzunehmen, so daß er, wenn sie sich getrennt hatten, zu seiner nachmittägigen Arbeit im Herrenhause gehen konnte, ohne zu ermüdet zu sein oder sich zu verspäten.

Drei Tage vor der Wiedereröffnung der Lateinschule hatte er Gerda beredet, ihn auf Poll's Camp zu begleiten. Sie hatten ihre Vorräte in einem Korb mitgenommen und im Schutz einer Gruppe kleiner Maulbeerbäume, die auf dem westlichen, die große Somersetshireebene überragenden Abhang standen, in ungewöhnlicher Zufriedenheit ihr Mahl verzehrt.

Gerda schlief jetzt tief. Sie lag auf dem Rücken ausgestreckt, so bewegungslos, wie es die Schatten rings um sie waren. Den einen Arm hatte sie unter ihren blonden Kopf gebeugt und den anderen auf ein Bett von Moos gelegt. Wolf hatte die Hände um die Knie gefaltet und saß da, den Rücken an einen Maulbeerstamm gelehnt.

Das Wetter war in diesem Sommer gut für den Weizen gewesen und nicht zu trocken für das Gras; und so war das, was er jetzt sah, als er seinen Blick über die große ebene Ausdehnung gegen Glastonbury zu wandern ließ, ein ungeheures Schachbrett kleiner grüner Felder, umgeben von noch dunkler gefärbten gestutzten Ulmen und gesprenkelt von Rechtecken gelber Stoppelfelder.

Die Erdschanzen von Poll's Camp waren nicht so tief gegraben, auch nicht so hoch aufgeführt wie viele römisch-britische Wälle in jener Gegend des Westlandes. Sie waren weniger ein Wahrzeichen der Gegend als zum Beispiel Cadbury Camp im Nordwesten. Sie waren weniger imposant als Maiden Castle im Süden. Aber so wie sie waren, wußte Wolf, daß nach den lokalen Legenden die geheimnisvollen Streifzüge des Königs Artus . . . rex quondam rexque futurus . . . mehr als einmal dieses Vorgebirge mit seinen grasbedeckten Erhebungen gekreuzt und wieder gekreuzt hatten.

Der Tag war warm; aber die Tatsache, daß der Himmel mit einem dünnen Schleier grauer Wolken bedeckt war, verlieh der ungeheuren Ebene vor ihm das Aussehen einer Landschaft, deren vorherrschendes Charakteristikum in einer geduldigen Auslöschung aller emphatischen und auffallenden Eigenschaften lag. Das Grün der Wiesen war ein scheues, wässeriges Grün. Die Farbe des Ulmenlaubes war von düsterer, schwärzlicher Monotonie. Das Gelb der Stoppelfelder war ein weißliches Gelb, bleich und glanzlos.

Er blickte auf die schlafende Gestalt seiner Gefährtin, und es schien ihm, daß die milchweiße Zartheit von Gerdas Gesicht, wie sie dort lag, niemals von einem sanfteren Blühen berührt worden sei als heute unter dem dunstigen, windlosen Himmel.

Ihr Atem ging so leicht, daß er beinahe unmerklich war, ihre Lippen waren bloß ein ganz klein wenig geöffnet in einem vertrauensvollen Hingegebensein an glücklichen Schlaf; während die gerundete Weiße des nackten Armes, den sie auf das Moos gelegt hatte, jene jugendliche Anmut unbewußten Zutrauens zur Güte von Mensch und Natur besaß, das ihm stets, wann immer er ihm begegnete, als eine der rührendsten Eigenschaften eines jungen Mädchens erschien.

Und es wurde ihm klar, wie schrecklich die Verantwortung war, wenn es einmal ein Mann auf sich genommen hatte, eines dieser zarten Geschöpfe „glücklich zu machen", wie die Phrase lautete. Es überkam ihn, als er Gerda in ihrem Schlaf betrachtete, daß ein Mädchen viel mehr dem, was „Glücklichsein" genannt wird, unterliegt als ein Mann.

Oder kommt es daher, so dachte er, daß ein Mann durch bloße hartnäckige Kraft aus dem Mechanismus seines eigenen Geistes Glück erschaffen kann, während ein Mädchen von allerlei subtilen äußeren Kräften abhängt, die der Natur entströmen und zur Natur zurückkehren?

Gewiß schien sich Gerda in diesem Augenblick köstlich der Macht des Grases, des grauen Himmels, der warmen, windlosen Luft hingegeben zu haben.

Ein trauriges, hilfloses Sehnen ergriff Besitz von ihm, als er sich von dem Mädchen abwandte und wieder die sich nicht zur Schau tragende, unaufdringliche Weite betrachtete. Er hatte das Gefühl, als verlangte es ihn, in irgendeiner unmöglichen, nicht menschlichen Gestalt darüber hinzufliegen — darüber hinzufliegen nicht mit einem lebenden Gefährten, sondern mit irgendeinem schattenhaften Wesen, leicht wie jener Löwenzahnsamen, den er in diesem Augenblick hoch über ihn sich erheben und westwärts davontreiben sah — mit irgendeinem schattenhaften Wesen, das Christie Malakite war und doch gleichzeitig nicht war — mit einem Wesen, das das war, was Christie Malakite für ihr eigenstes innerstes Selbst bedeutete, die körperlose, formlose Persönlichkeit in jenem zarten Rahmen, die angesichts unendlichen Raumes nur die geheimnisvollen Worte: „ich bin ich" äußern und sonst nichts sagen konnte.

Wenn er dies nur jetzt zu tun imstande wäre, durch irgendeine okkulte Manipulation der Gesetze der Natur! Gerdas Schlaf war tief und gesund. Für sie bedeutete die Zeit in diesem Augenblick nichts. Wie toll war es, daß er nicht mit Christie, mit der innersten Seele Christies, in eine Region außerhalb dieser Dinge eintauchen konnte, wo ein Augenblick gleich einem ganzen Jahre menschlichen Lebens war.

Die gewaltige Ausdehnung, auf die er hinabblickte, hatte unter diesem grauen Himmel etwas Schwermütiges und Zurückgezogenes an sich. Sie erinnerte an jene geduldigen, melancholischen Felder, weder glücklich noch unglücklich, in denen Dante den Seelen der großen Geister der Vorhölle begegnete. Den Blick starr auf diese ruhigen Horizonte gerichtet, schien es keine so irre Idee, daß er und Christie einander finden und, verloren, untergetaucht, aufgelöst, in all dies entfliehen mochten.

Und dann wandte er seinen Blick auf das schöne Mädchen, das da ausgestreckt neben ihm lag, glücklich in ihrer zeitlosen Traumwelt, ihm vertrauend, der Natur vertrauend, halb lächelnd in ihrem Schlaf.

Als er sie ansah, wie sie da lag, dachte er, welch erstaunliches Wagnis doch diese Liebhaberinnen der „Glückseligkeit" auf sich nehmen, wenn sie ihre Schiffe hinter sich verbrennen und ihr Leben den Launen der Männer anvertrauen.

Während er die Schönheit ihrer Gestalt betrachtete, erschütterte es ihn tief, daß selbst eine solche Schönheit wie die ihre so sehr von den sexuellen Stimmungen dieses oder jenes Mannes abhängen sollte, damit sie entsprechend gewürdigt werde.

Eine Schönheit gleich dieser, so dachte er, als er sie ansah, sollte ihre Besitzerin mit übermenschlicher Glückseligkeit begaben, wie in den alten Sagen, wenn die unsterblichen Götter die Töchter der Menschen mit ihrer Liebe beglückten. Es lag eine grausame Ironie in der Tatsache, daß unter allen Männern er auserlesen worden war, diese Schönheit zu besitzen — er, dessen Herzens Herz einem anderen Wesen gehörte! Und als er über all dies nachgrübelte, erschien es ihm sonderbar, daß solch seltene Lieblichkeit sie nicht, gleich einem silbernen Panzer, gegen die Schläge und Unbilden des Lebens beschützen sollte. Schönheit, so ungewöhnlich wie diese, war eine hohe Gabe, gleich dem Genius eines Dichters, und sollte die Macht besitzen, das Herz eines Mädchens vor der grausamen Unbeständigkeit der Liebe zu bewahren.

„Es ist wohl wahr", dachte er, „daß sich, wenn sie das Bett eines Mannes geteilt haben, und sei's auch nur für ein paar Monate, irgendeine besondere Bindung herstellt, die zu zertrennen ebenso schwer ist wie das Abreißen eines Pfropfreises von dem Zweig eines Baumes. Ich glaube wohl", so trieben seine Gedanken weiter dahin, „daß meine Liebe für Gerda in dieser blinden primitiven Art wirklich wichtiger ist — eben weil wir jetzt drei Monate miteinander geschlafen haben —, als sie es jemals für Christie sein könnte, obwohl sie im Innersten meiner Seele lebt! Ich glaube wohl, es ist die alte Schicksalsfrage: Fleisch zu Fleisch, die Frage der blinden Materie, die sich schließlich als das Stärkste auf Erden erweist."

Und ehe er noch den geringsten Begriff davon hatte, daß seine Gedanken eine solche Richtung nehmen würden, fand er sich dann in einen leidenschaftlichen Disput mit seinem Vater verwickelt. Es war, als ob dieser Disput tatsächlich drunten auf dem Grunde jenes Grabes vor sich ginge; und obwohl er noch immer sich dabei ertappte, wie er William Solent „alte Haut" nannte, kam er sich wie ein armseliger Wurm dort unten vor, der in der Dunkelheit des hohlen Schädels mit diesem stritt, mit dem Bewußten, Verstandesmäßigen des Schädels, der doch schon „in der Grube" war.

„Diese Welt ist nicht aus Brot und Honig gemacht", rief Wolf, der Wurm, dem Schädel seines Vaters zu, „auch nicht aus dem süßen Fleisch der Mädchen. Diese Welt ist aus Wolken gemacht und aus den Schatten von Wolken. Sie ist gemacht aus geistigen Landschaften, porös wie Luft, wo Männer und Frauen wie wandernde Bäume sind und wie Schilf, geschüttelt vom Wind."

Aber der Schädel antwortete ihm in Eile und sprach rauh zu ihm: „Was du heute herausgefunden hast, Wurm meiner Narrheit, darüber war ich schon hinaus, als ich in der sechsten Klasse in Ramsgard war und von Western ,Minor' in den Garten des Direktors gelockt wurde. Die Welt in Nebel und Dampf zurückzuverwandeln ist leicht und schwächlich. Sie am Leben zu halten, sie real zu erhalten, sie auf Armeslänge vor sich hinzuhalten, das ist die Art von Göttern und Dämonen."

Und Wolf, der dies hörte, erhob in jenem Spötter seine Wurm-
stimme und schrie dieser bösartigen, kalten Klugheit zu:

„Es gibt keine Realität außer dem, was sich der Geist aus sich selbst
formt. Es gibt nichts als einen Spiegel gegenüber einem Spiegel, und
einen runden Kristall gegenüber einem runden Kristall, und einen
Himmel im Wasser gegenüber einem Wasser in einem Himmel."

„Ho! Ho! Du Wurm meiner Narrheit", lachte der hohle Schädel.
„Ich lebe noch, obwohl ich tot bin; und du bist tot, obwohl du lebst.
Denn das Leben ist jenseits deiner Spiegel und deiner Wasser. Es ist
auf dem Grund deines Teiches; es ist in dem Körper deiner Sonne;
es ist in dem Staub deiner Sternenräume; es ist in den Augen von
Wieseln und in den Nasen von Ratten und in den Stacheln der Nesseln
und in den Zungen der Vipern und in dem Laich der Frösche und in
dem Schleim der Schnecken. Leben ist noch in mir, du Wurm meiner
Narrheit, und Mädchenfleisch ist süß für immer und ewig; und Honig
ist klebrig und Tränen sind salzig und Goldammereier haben seltsame
krumme Zeichnungen!"

Wolf sah, wie er sich, als er diese Worte hörte, krümmte und
emporhob.

„Du belügst dich selbst, alte Haut! Du lügst mit deiner alten, heißen,
hinterhältigen, fiebernden Lüge. Es sind die Schaumblasen deines
Lebenswahnes, die du für so real hältst. Sie sind nicht realer als die
Träume der Platanen, die über deinem Grabe wachsen!"

Eine Bewegung Gerdas, die jedoch noch nicht erwachte, unterbrach
den Strom seiner Einbildungen, und er zog die Uhr.

Zum Teufel! Es war jetzt Zeit für ihn, zu gehen, wenn er Mr. Urquharts Haus zur gewohnten Stunde erreichen wollte.

„Ich werde nicht mit ihm Tee trinken", dachte er. „Ich werde bei
den Otters Tee trinken. Da kann ich auch gleich erfahren, ob Mattie
und Olwen sich dort noch wohlfühlen."

Er stand auf. Aus der schweigenden, eingezogenen Schönheit der
Stunde schöpfte er neue Kraft für die Last menschlichen Schicksals,
die zu tragen er bestimmt schien.

Stück um Stück sammelte er das, was von ihrem Mittagessen übrig-
geblieben war, und legte es in Gerdas Korb zurück, während er die
Papierstücke, in die die Vorräte eingehüllt gewesen waren, mit dem
Ende seines Stockes in die weiche Erde eines Maulwurfshügels bohrte.

Dann streckte er die Arme aus, ergriff mit jeder Hand einen jungen
Maulbeerzweig und schwang die beiden biegsamen Gerten nach hinten
und vorne, während sein Blick auf dem vor seinen Füßen ruhenden
Mädchen verweilte.

Doch als er dies tat, verschwand die Transparenz allmählich aus der Vision seiner Tage, und ein phantastischer Zweifel befiel ihn. War Gerdas Schlaf so tief und glücklich, weil irgendeine okkulte Verwandtschaft zwischen ihren Nerven und diesem historischen Hügel bestand?

Wie um seiner Einbildung Substanz zu geben, rollte sich das Mädchen jetzt lässig herum und lag mit dem Gesicht zur Erde, beide Hände im weichen Moos vergraben. Ein tiefer, bebender Seufzer lief durch ihren Körper, der unter dem dünnen Kleid sichtlich zusammenschauerte.

Er hätte gerne gewußt, ob eine seltsame, nicht menschliche Erotik in diesem Kontakt zwischen der heidnischen Erde und der schlafenden Gestalt lag? Er lächelte über sich selbst und runzelte dann unbehaglich die Stirn. Er begann sich durch des Mädchens Entrücktheit und Unzugänglichkeit unklar gereizt zu fühlen. Er hatte die Empfindung, als sähe er in der Tat eine sagenhafte Begegnung zwischen Gerdas Körper und dem listenreichen, übermenschlichen Verlangen eines Erdgottes. Er begann eine lauernde Eifersucht auf Poll's Camp zu empfinden, eine hartnäckige Feindseligkeit gegen dessen moosbewachsene Kurven und grasige Höhlungen.

„Sehr gut", dachte er in seiner phantastischen Gereiztheit, als ob er tatsächlich seine Gefährtin in den Armen des Hügelgottes erblickte. „Wenn sie mir entflieht, kann auch ich ihr entfliehen!" Und seine Blicke wanderten über die Dächer der Stadt und blieben in jener Gegend haften, wo er wußte, daß das Dach des Buchhändlers sein mußte. Fester umgriff er die beiden Reiser; tief atmete er die stumme, warme Luft ein und fegte im Geist das Dach von Christies Haus fort, hob ihr Schemenbild hoch zu den Wolken empor — niemals verbildlichte er sich in irgendeiner dieser hirngeborenen Exkursionen Christies wirkliche Erscheinung — wirbelte es mit sich fort gegen den einsamen kegelförmigen Hügel, der sich aus der Ebene erhob und der, wie er wußte, Glastonbury war.

Es war eine seltsame geistige Begattung, der er sich jetzt hingab; denn er fühlte, daß dieser luftige Schemen, Christie Malakite, in gewissem Sinne das Kind jener mystischen Ebene dort unten war, jenes „Schachbrettes König Artus'"; während das Mädchen hier vor seinen Füßen in Verbindung mit allen jenen weiter zurückliegenden und heidnischeren Mächten stand, die je diesen umstrittenen Hügel beherrscht hatten. König Artus' seltsam unklare Persönlichkeit mit dem großen Merlin an seiner Seite war mit beiden assoziiert. Aber Christies „Artus" gehörte Glastonbury an; der Gerdas einer weit früheren Zeit.

Wolfs Geist begann nun in einer rationelleren Art den Unterschied zwischen dem Hügel, auf dem er stand, und der vor ihm sich ausbreitenden Landschaft zu analysieren. „Es muß wohl so sein", dachte er, „daß diese Erdmasse ein weit älterer Teil der Oberfläche des Planeten ist als die darunter liegende Ebene. Selbst wenn ihr Magnetismus rein chemisch ist und frei von allem, was mit den alten Religionen zu tun hat, mag er doch sehr wohl eine bestimmte Wirkung auf menschliche Nerven üben. Die Ebene muß vor einer noch meßbaren Zeit vom Meer bedeckt gewesen sein. Wo jene Ulmen jetzt wachsen, muß es Muscheln gegeben haben und Sand und schwankende Algen und große Schwämme und ziehende Fischschwärme. Und dieses kürzliche Emportauchen aus dem Ozean muß jenen ‚Schachbrettfeldern' eine gewisse Keuschheit verliehen haben gleich der Keuschheit frühmittelalterlicher Bilder."

Mit aufmerksam gerunzelter Stirne starrte er auf die Rundungen und Höhlungen von Poll's Camp.

„Wie viele Menschen", so grübelte er, „sind, seit die schwarzen Kormorane und die dummen Wasserhennen um diese Böschungen geschrien haben, hier stillgestanden, wie ich es jetzt tue, und haben mit dem Geheimnis dieses Vorgebirges gekämpft?" Lehnte einer der Vasallen Artus' oder des Zauberers Merlin sich hier auf seinen Spaten und ließ seine Seele hinabsinken, hinab bis zu den Regungen der Urmaterie, die älter sind als alle Götter? Hat irgendeiner der römischen Legionäre streng und stoisch aus diesem Hügel einen geheiligten Platz geschaffen für einen seltsamen neuen Kult des Mithras und dabei sowohl Mithras wie auch Apollo vergessen unter diesem irdischen Magnetismus — unter dieser Macht, die ihren Einfluß bereits weit ausbreitete, lange, ehe Saturn von Uranus geboren wurde?

„Poll's Camp ist heidnisch durch und durch", dachte er, „und selbst wenn die alten Götter niemals existierten, gibt es hier eine Macht, die auf eine seltsame Weise . . . vielleicht bloß chemisch . . . gleichzeitig mich verwirrt und mir feindlich ist. Aber das Tal . . . dieses unaufdringliche, gereinigte Tal . . . gleich einer ungeheuren, wehmütig aussehenden Pflanze, dahinschwimmend auf verborgenem Wasser . . . oh, das ist es, was ich am meisten von allem liebe!"

Er gab die beiden biegsamen Maulbeerzweige frei und ließ seine Hände hinabsinken; während die dicken kühlen Blätter der jungen Bäume, so elastisch und derb an ihren glatten rötlichen Stielen, gegen seine Stirne klatschten.

„Der Geist dieses Hügels entweicht mir", dachte er. „Ich habe eine Ahnung, daß er mich selbst jetzt mit ausgesprochener Böswilligkeit beobachtet. Aber ich kann die Natur seiner Drohung nicht verstehen. Es sind Mächte hier... Mächte... obwohl sie, weiß Gott, bloß chemisch sein mögen. Aber was ist chemisch?"

Er wandte seinen Blick fast übermütig den Südwestgrenzen des Tales zu, dorthin, wo Leo's Hill und Nevilton Hill die ebene Ausdehnung unterbrachen.

„Jene Hügel sind nicht so wie dieser hier", dachte er, „und was Glastonbury betrifft, so gleicht es dem Pollen tragenden Staubgefäße des ganzen Lotostales! Aber dieser Ort... bei meiner Seele, er hat etwas an sich, das mich an Mr. Urquhart denken läßt. Er beobachtet mich. Ich glaube, daß er in diesem Augenblick sich mit Gerda paart!"

Er seufzte und griff nach seinem Hut und seinem Eichenholzstock.

„Ich muß Gerda aufwecken und fortgehen", sagte er zu sich. „Ich werde ohnehin schon zu spät kommen."

Eine Kegelpartie

Wolf war an diesem Nachmittag gezwungen, ein gut Teil schneller zu gehen, als er gewohnt war, um das Herrenhaus von King's Barton rechtzeitig für seine tägliche Arbeit zu erreichen. Aber seine Arbeit selbst war, als er sich zu ihr niedersetzte, um vieles angenehmer als gewöhnlich, dank Mr. Urquharts Abwesenheit vom Schauplatz.

Er fand es außerordentlich angenehm, bequem an jenem wappengeschmückten Fenster zu sitzen, von dem eine der kleineren Scheiben sich nach außen auf so leicht funktionierenden und so passend gearbeiteten Angeln bewegte, daß es ein Vergnügen war, sie zu öffnen oder zu schließen.

Die purpurnen Astern und die Säume blauer Lobelien in den Blumenbeeten drunten hatten eine viel herbstlichere Atmosphäre um sich gesammelt, als da er sie zum letztenmal beobachtet hatte. Es gab mehr abgefallene Blätter; und er meinte, auf ihnen ebenso wie auf dem dunklen samtigen Gras die Feuchtigkeit des Taues der letzten Nacht unterscheiden zu können, die ihnen jenes besondere Aussehen verlieh, nach dem er sich so sehr gesehnt hatte.

Die eigentliche Arbeit, die er leisten mußte, fügte sich in die hauchlose Friedlichkeit des grauen Nachmittages. Er hatte die von seinem Brotgeber gesammelten dämonischen Kommentare und abgerissenen Bruchstücke bösen Klatsches vorzunehmen und sie in einen Stil zu übertragen, der wenigstens irgendwie eigene Schönheit besaß. Dieser Stil war sein Beitrag zu dem Buche; und obwohl er seine Entstehung äußerem Druck verdankte und in gewisser Beziehung einen Gewaltstreich darstellte, war er doch im Kern der Ausdruck von Wolfs eigener Seele — der einzige rein ästhetische Ausdruck, den das Schicksal seiner tieferen Natur je gewährt hatte.

Je weiter er mit seinem Buche kam, um so mehr Interesse gewann er an dieser Seite seiner Arbeit. Er verwendete ganze Stunden auf die Revision der früheren Kapitel, die geschrieben worden waren, ehe sein Stil sich gefestigt hatte. Und er kam schließlich zu dem Standpunkt, diese sorgfältig ausgearbeiteten Seiten als etwas zu schätzen, das an sich wertvoll war — wertvoll, unabhängig davon, ob sie jemals gedruckt werden würden.

Der Cerne Giant war jetzt der Gegenstand seiner Bemühungen;

und seine ersten zwei Eintragungen schienen ihm hoffnungslos unter dem Niveau seines übrigen Manuskriptes.

„Sie war in ihrer Jugend auf den Knien des Cerne Giant gesessen und Sir Walter, der Lust einer hinausgeschobenen Verführung beraubt, fiel, wie es scheint, in unendlicher Ermattung wieder in jene zweideutigeren Neigungen, die ihm seinen bekannt schlechten Ruf zugezogen hatten."

Er zog mit der Feder einen Strich durch diese Stelle und schrieb statt ihrer:

„Jene langen heißen Sommernachmittage, die sie beim Pflücken von Purpurblumen und Habichtskraut in gefährlicher Nähe jenes erregenden Symbols verbrachte, hatten ihr Gemüt verführt, lange ehe Sir Walter ihren Körper verführte. Es war daher für diesen verderbten Schurken sehr natürlich, daß er bald eine Vorliebe —"

Hier legte er seine Feder nieder und sah wieder die Notiz des Squires an, die folgendermaßen lautete:

„Cerne Giant — wirkliche Jungfräulichkeit in Dorset unbekannt — ‚kalte Mädchen' eine contradictio — Sir Walters Abscheu — seine Bildung — seine platonischen Neigungen — wie er von einem unzüchtigen Pfarrer mißverstanden wurde —"

„Großer Gott!" sagte Wolf zu sich. „Gerade hier muß ich vorsichtig sein mit dem, was ich sage. Der alte Teufel hat seine Melodie geändert. Dies ist keine geschwätzige Chronik. Dies ist geradezu ein Plädoyer."

Er nahm die Feder, strich die Worte: „Es war daher für diesen verderbten Schurken sehr natürlich" und schrieb an ihrer Stelle: „Es war daher für diesen genarrten Götzendiener der Unschuld sehr natürlich, ein Weiberfeind zu werden und bald eine Vorliebe —"

Er stockte unvermittelt, schob sein Manuskript zurück und starrte aus dem Fenster. Er hätte es schwer gefunden, den Grund für diese Unterbrechung seiner Arbeit zu nennen, aber ein unbestimmter Gedanke an die Persönlichkeit des jungen Redfern ergriff Besitz von seinem Geist.

„Ich habe nie eine Zeile von den Aufzeichnungen dieses Burschen gesehen", dachte er. „Ich wüßte gerne, was er aus diesem kostbaren Sir Walter gemacht hätte."

Die blauen Lobelien, die dunkelgrünen Grashalme, die sich seitlich gegen die braune Erde neigten, als hätte sie der leichte Huf eines Faunes niedergetreten, drängten sich jetzt seinem Bewußtsein mit einer so klaren Offenbarung von etwas auf, das in der Natur lag und reiner war als irgend etwas im Geiste der Menschen, daß er beim Gedanken an diese unzüchtigen Kostbarkeiten ein Gefühl des Brechreizes empfand. Was hatte er getan, daß er für solche Arbeit bestellt war?

Wenn das Buch jemals veröffentlicht würde, könnte keine seiner stilistischen Schöpfungen, mochte sie sein wie immer, die allgemeine Tendenz des Werkes paralysieren. Und welche Wirkung würde diese Tendenz haben? Zu welcher Seite des Abgrundes zwischen Schönheit und dem Gegensatz der Schönheit würde sie die Leser ziehen?

Wie ein Tropfen eiskalten Regens, frostig, verflucht, zeitlos, fiel dieser abscheuliche Zweifel auf sein Herz und sank in dessen Tiefen. Die ganze unterirdische Strömung von Wolfs Lebensillusion war, solange er denken konnte, von dem Begriff besessen gewesen, daß er eine Art von Protagonisten in einem kosmischen Ringen darstellte. Er haßte die hergebrachte Terminologie für diesen aus Urzeiten stammenden Dualismus; und aus diesem Haß und aus seinem geheimen Stolz heraus geschah es, daß er bei seinen Dialogen mit sich selbst seine eigene geheime Mythologie irgendeinem ebenso geheimen „Bösen" in der Welt um ihn entgegensetzte. Aber weil ihn der Druck der Umstände so abhängig von Mr. Urquharts Geld machte, hatte es sich ergeben, daß er es bis zu eben diesem Augenblicke vermieden hatte, sein Gewissen auf das Buch des Mannes loszulassen, obwohl er es frei genug auf den Mann selbst losgelassen hatte.

Aber jetzt fiel dieser abscheuliche Zweifel — kalt, gefroren, ewig, böse — auf ihn wie ein Regen des Fluches ... klatschend, monoton ... und jeder Tropfen entsank der Sicht in die düsteren, nicht räsonierenden Schichten seines Wesens, wo er die Wasser zu vergiften begann.

„Wie kann ich gegen diesen Mann kämpfen, wenn ich meinen ganzen Witz in dem Versuch erschöpfe, sein Buch zu einem unsterblichen Werk zu machen?" Wolf brachte die Blätter seines Manuskriptes sorgfältig in Ordnung und legte einen massiven Briefbeschwerer darauf. Dann begann er die Dunkelheit seines Universums zu verfluchen wie nie noch zuvor.

„Gut — böse? Böse — gut?" dachte er. „Warum müssen diese alten Dilemmas sich jetzt erheben und mir mein Leben verleiden, da es sich gerade zu festgefügter Gänze rundet?"

Er blickte über die großen Regale von Mr. Urquharts Bibliothek fast in derselben Stimmung, in der er vorhin über die Umwallungslinien von Poll's Camp geblickt hatte. „Komm heraus aus deinem Grab, du unseliger Redfern!" rief er ganz leise. „Und laß hören, was du damit angefangen hast. War es das stete Tropfen dieser höllischen

Unentschiedenheit, das dich an einem Herbstabend Hals über Kopf zum Lenty Pond gejagt hat? Fühltest du, wie sich ein Klumpen in deinem Kopf verdichtete, verdichtete, verdichtete?"

Da kam ihm der Gedanke: „Und wenn ich diese Stellung ganz aufgäbe?" Und die Bilder seiner Mutter, die bei Lord Carfax Obdach suchte, Gerdas, die wieder in Torps Hause war, seiner selbst, wie er, weit entfernt von Christie, durch die Welt wanderte, erhoben sich vor ihm, anekelnd, abscheulich.

Er hob den Briefbeschwerer von dem Manuskriptstoß. Er hatte eine gewisse Anziehungskraft, dieser Briefbeschwerer — ein Block von Alabaster und darauf ein silberner Adler. Er richtete ihn auf und balancierte ihn seitlich, bis ihm der Adler wie eine Fliege auf einem Stück Seife vorkam.

„Seife?" dachte er; und dieses Wort erinnerte ihn an die Bemerkung Mr. Urquharts über die Verwandlung kleiner Dinge, wenn man den Entschluß zum Selbstmord gefaßt hatte.

In diesem Augenblick hörte er ein scharfes Pochen an der Tür und fuhr heftig zusammen, wobei er den Briefbeschwerer verkehrt auf seinem Manuskript liegen ließ.

„Herein!" rief er in lautem, gereiztem Ton.

Die große Gestalt Roger Monks erschien und bewegte sich ernst auf ihn zu. Es hatte Wolf stets zum Nachdenken veranlaßt, wie dieser große Hausknecht-Gärtner es zustande brachte, sich so diskret über diese polierten Fußböden zu bewegen. Der Mann kam jetzt auf ihn zu, als wäre er ein übernatürlicher Bote, der auf Luft ging.

„Ich kam bloß, um Ihnen zu sagen, Mr. Solent, Sir", sagte Roger Monk, „daß heute in Farmer's Rest eine Kegelpartie ausgetragen wird. Es ist mir eingefallen, da der Squire heute abend bei Lovelace ist, daß es ein Schauspiel wäre, das Sie sich nur sehr ungern entgehen ließen, Mr. Solent, Sir."

„Wo ist Farmer's Rest?" erkundigte sich Wolf.

„Aber das ist doch das Dorfgasthaus, Sir! Waren Sie denn noch nie drin, Sir? Es liegt wohl freilich abseits von Ihrem Weg. Es ist wohl auch abseits vom Weg aller besseren Leute. Man muß Lenty Lane, Pond Lane und Dead Badger Lane hinabgehen. Es ist kein langer Weg; und ich denke, auch selbst dort hinzugehen. Wenn es Sie also nicht beleidigt, Mr. Solent, Sir, meine ich, daß Sie vielleicht nichts gegen meine Begleitung haben werden?"

Er hielt inne und starrte in der Art des diskreten Dieners eines eigensinnigen Herrn gleichmütig auf die Wand, bis seine Herrschaft ihren Entschluß gefaßt hätte.

„Ich würde sehr gerne mit Ihnen kommen, Roger", entgegnete Wolf. „Aber was ist's mit dem Tee? Ich dachte daran, in Pond Cottage vorzusprechen."

„Tun Sie das nicht, Sir. Kommen Sie, wie ich Ihnen sage, zu Farmer's Rest, und ich werde selbst darauf achten, daß Miss Bess Ihnen eine Schale ebenso guten Tees gibt, wenn nicht noch besseren, als Sie jemals aus der Küche dieser alten Dimity bekommen würden. Freilich ist jetzt dort alles schon viel anständiger, seit Miss Smith bei ihnen lebt."

„Wie verträgt sich Dimity denn mit Miss Smith, Roger?" fragte Wolf listig.

„Über alles Erwarten gut, Mr. Solent", erwiderte der andere. „Aber sie ist eine wirkliche Dame, diese junge Frau, wer immer ihr Papa gewesen sein mag."

„Ja, war Mr. Smith denn nicht ihr Vater?"

Roger Monk blinzelte schlau.

„Es gibt schon Leute, die sagen, daß er's nicht war, Sir. Aber wenn Sie nichts dagegen haben, Mr. Solent, wäre es am besten, wenn wir uns jetzt auf den Weg machten, ins Dorf hinunter."

Er ging, während er sprach, zur Tür, und Wolf stand auf und folgte ihm.

Lenty Lane und Pond Lane waren ihm vertraut genug, obwohl sie unter jenem grauen, windstillen Himmel jene Art von Ausdruck zeigten, den solche Gegenden in Wolfs Einbildung stets annahmen, wenn irgendein aufregendes menschliches Geschehen bevorstand; aber Dead Badger Lane war völlig neuer Boden für ihn. Dieser Weg war schmaler als die beiden anderen und sehr stark von Gras überwuchert. Dieses Gras wuchs lang und üppig an beiden Seiten tiefer Wagenspuren, und mitten in seinem Grün zeigten sich Flecken von Skabiosen und Flockenblumen.

„Wer spielt bei diesem Kegelmatch?" fragte Wolf, und dachte unklar daran, was wohl an jenen Flecken ländlicher Kräuter sein mochte, daß er bei ihrem Anblick an eine bestimmte staubige Straße jenseits des Bahnhofes von Weymouth denken mußte. „Und auch jenseits des Stauwassers", sagte er zu sich.

„Mr. Malakite aus Blacksod, Sir, spielt gegen unseren Mr. Valley . . . Und ich spiele selbst, Sir", fügte der Mann nach einer Pause in entschuldigendem Ton hinzu.

Wolf stocherte mit seinem Stock in dem Wagengleise, zog, ungesehen von seinem Begleiter, die Mundwinkel hinab und ließ die Muskeln seines Unterkiefers spielen.

„Gegen wen spielen Sie?" fragte Wolf in einem höflich nachlässigen Ton.

Der Mann warf ihm einen raschen Blick zu.

„Ich hoffe, daß Sie mir's nicht übelnehmen, wenn ich Ihnen meinen Partner sage, Sir, aber ich spiele gegen den Papa Ihrer Gnädigen."

„Gegen Mr. Torp?" rief Wolf, der das Gefühl hatte, daß die Situation, der er gegenüberstand, jeden Augenblick für ihn unbehaglicher wurde.

„Niemand anderer, Sir. Der alte Gentleman ist der beste Spieler, wenn er einmal nüchtern ist, wenn ich so sagen darf; einen besseren gibt's in der ganzen Gegend nicht. Ich selber habe das Spiel —" diese letzten Worte waren mit außerordentlichem Nachdruck gesprochen — „in den Shires erlernt."

Farmer's Rest erwies sich als ein kleines verwittertes, mit einem Strohdach gedecktes Landhaus, das nicht sehr gut erhalten war und, soweit Wolf sehen konnte, durch nichts seine professionelle Bestimmung verriet. Das Haus war offen, und sie traten ein.

Sie standen jetzt in einem schmalen Gang, der in einen Hintergarten führte; und da konnte er, durch eine offene Tür eingerahmt, die Kegelbahn sehen, um die sich Gruppen ernster Männer in Hemdsärmeln feierlich bewegten.

Der öffentliche Schank war zu seiner Rechten, das Extrazimmer zu seiner Linken; und in diesen Raum wurde er von dem großen Gärtner geleitet.

„Eine Minute, Sir, und ich werde Miss Bess holen. Ich glaube, auch einige andere Herren werden froh sein, eine Schale Tee zu trinken. Sie heißt Round, Sir, wenn Sie nichts dagegen haben. Miss Elizabeth Round."

Wolf setzte sich und wartete. Und es kam auch in ungefähr fünf Minuten ein hübsches junges Frauenzimmer, mollig und rosenwangig, das aber auf eine ganz merkwürdige Art geistesabwesend aussah. Sie brachte ein Teetablett und stellte es auf den Tisch.

Wolf war durch die Persönlichkeit Miss Rounds völlig in Verlegenheit gesetzt. Dem oberflächlichen Blick erschien sie reinlich, frisch, freundlich und ein wenig stupid; aber alle ihre Bewegungen hatten etwas sonderbar Automatisches, das ihm ein kaum merkliches Gefühl des Unbehagens verursachte. Er konnte dies nicht sofort definieren; nachdem er sie aber eine kurze Zeit sorgfältig beobachtet hatte, kam er zu der Schlußfolgerung, daß sie einer hübschen Puppe glich oder einer menschlichen Gliederpuppe, die man aufgezogen hatte, damit sie eine bestimmte Aufgabe erfülle, der aber jedes innere Bewußtsein dessen, was sie tat, fehlte.

„Mr. Malakite läßt sich empfehlen, Sir", sagte sie, „und er hofft, daß er die Ehre haben wird, in ein paar Minuten mit Ihnen eine Tasse Tee trinken zu können. Er spielt nur eben die Partie zu Ende."

„Drängen Sie ihn nicht. Ich werde gerne warten", murmelte Wolf.

„Ist der hiesige Wirt Ihr Vater?" Dies fügte er ziemlich matt hinzu, während sie fortfuhr, mit hastigen Bewegungen ihrer dicklichen Hände die Teeutensilien auf dem Tisch anzuordnen.

Miss Bess nickte. „Es ist nicht mein Dad", entgegnete sie ruhig. „Es ist mein Onkel. Dad ist schon vor Jahren fort."

Ob sie damit meinte, daß Mr. Round sich aus privaten Gründen davongemacht hatte, oder ob sie meinte, daß er tot war, konnte Wolf nicht erkennen. Sein Interesse an Miss Bess war schwach; das an ihrem Vater, ob er nun tot war oder noch am Leben, noch schwächer. Sein Herz klopfte in diesem Augenblick aus einem ganz anderen Grunde. Sein Blick, der auf die in den Gang führende Tür geheftet war, ließ nicht ab, sich das graumelierte Haupt des Buchhändlers vorzustellen. Seine Ohren lauschten angespannt, um den Klang der Stimme des alten Mannes zu erhaschen.

Aber durch einige Sekunden konnte er nichts anderes hören als die Geräusche des Spieles draußen in der Kegelbahn.

Dann wurde er sich eines ganz anderen Geräusches bewußt, eines Geräusches, das offenbar von oberhalb der Zimmerdecke der Extrastube zu ihm drang. Er blickte Miss Bess an, diese hob aber zu seiner Überraschung einen dicken Finger und legte ihn an ihre Lippen.

„Das ist Onkel", flüsterte sie. „Er hat eine fremde Stimme gehört, und das hat ihn in Schwung gebracht."

Wolf und Miss Bess konzentrierten jetzt ihre Aufmerksamkeit auf diesen neuen Klang. Es war eine dicke menschliche Stimme, die immer und immer wieder dieselben beiden Silben wiederholte.

„Jesus . . . Jesus . . . Jesus . . . Jesus . . ."

„Ist er krank? Leidet er? Lassen Sie sich durch mich nicht aufhalten, wenn Sie zu ihm hinaufgehen müssen."

Miss Bess nahm den Finger von ihrem Mund und lächelte ein wenig.

„Oh, jetzt ist alles gut", erklärte sie ruhig. „Es ist Ihre Stimme, die ihn in Schwung gebracht hat. Er kennt — viele Yards weit rings um dieses Haus — jedes Geräusch. Hunde, Katzen, Schweine, Geflügel, Tauben, Pferde, Rinder. Es gibt keinen Ton, den er nicht kennt. Er wird wissen, wer diese Partie gewonnen hat, ehe ich ihm noch etwas sage."

Die Stimme über der Decke setzte ihren Refrain fort.

„Jesus . . . Jesus . . . Jesus . . . Jesus . . ."

„Das macht er so weiter — manchmal stundenlang. Aber wir, die ihn kennen, nehmen daran keinen Anstoß. Aber wenn ich ihn gehört hätte mit ‚Gott‘ anfangen, wie er es manchmal tut, hätten Sie gesehen, daß ich hinaufgelaufen wäre wie ein geölter Blitz! Es hängt ganz davon ab, wie er beginnt. Wie er aber auch anfangen mag, er hält es durch, bis er müde wird. Komisch, nicht wahr? Aber niemand weiß, was der Menschennatur widerfahren kann, ehe man es selber gesehen und gehört hat."

„Und ‚Gott‘ sagt er genauso immer und immer wieder?"

Miss Bess nickte. „Dann ist's, daß ich rennen muß! Es ist immer dasselbe. Ich ließ ihn früher gewähren; aber eines Tages hat man ihn in einem Graben gefunden, wie er Froschlaich aß. Der Graben war drüben am Lentyweg. Sie haben ihn sicher oft schon gesehen. Dort, wo die Schachtelhalme wachsen. Man hat ihn herausziehen müssen. Das war einer seiner ‚Gott‘-Tage."

Wieder strengte Wolf sein Gehör an; und vermischt mit dem Lärm des Spieles draußen, kam jenes wiederholte „Jesus ... Jesus ... Jesus ... Jesus" von oben herab.

„Er wird jetzt schlafen gehen, und zur Nachtmahlzeit wird er munter sein wie ein Fisch im Wasser. Unser Mr. Valley hat ihm beigebracht, was er tun soll. ‚Wenn Sie Gott kommen fühlen‘, hat Mr. Valley zu ihm gesagt, ‚lassen Sie sich nicht verwirren oder dergleichen. Sagen Sie bloß »Jesus«, und Sie werden sich schlafen legen können wie ein neugeborenes Kind!‘ "

„Was fehlt ihm eigentlich?" fragte Wolf. Das Mädchen holte einen blauen Teewärmer aus den Tiefen eines Schrankes und stellte ihn sorgfältig über die Teekanne. Dann hob sie ihren Blick und sah ihren Gast gerade an; für den Bruchteil einer Sekunde zeigte ihre saubere Automatenpersönlichkeit das beunruhigte Verständnis einer bewußten Seele.

„Wirr", sagte sie einfach. Dann aber fuhr sie in der früheren mechanischen Art fort: „Entschuldigen Sie, Sir. Da ist jemand im Schank." Und mit all der frischen, stupiden Unschuld ihres ersten Auftretens eilte sie quer über den Gang.

Wolf betrachtete die bewundernswerten vor ihm ausgebreiteten Vorbereitungen für den Tee. Er sah zwei Teetassen, zwei Messer, zwei Teller und zwei Fauteuils.

„Jesus ... Jesus ... Jesus ... Jesus."

„Worüber in aller Welt soll ich mit dem alten Mann sprechen?" dachte er. „Ich möchte, daß er sich beeile. Dieser Tee wird sonst viel zu lange stehen."

Er hatte nicht lang zu warten. Er hörte unsichere Schritte auf dem Gang, und der Buchhändler trat ein. Wolf erhob sich und schüttelte ihm die Hand.

„Gerade zur rechten Zeit, Mr. Malakite", sagte er. „Ich hatte Angst, unser Tee könnte sonst zu stark werden."

Die beiden Männer setzten sich einander gegenüber, Wolf entfernte den blauen Teewärmer, füllte beide Tassen und reichte dem Buchhändler die Butterbrote.

„Hoffentlich haben Sie Glück beim Spiel", sagte er emphatisch. „Es muß ein sehr spannendes Spiel sein. Es muß eines der allerspannendsten sein."

Mr. Malakite stellte seine Tasse nieder und strich mit einem langen, hageren Zeigefinger über ihren Rand.

„Ihr Vater und ich spielten hier so manchesmal", sagte er, ohne den Blick zu heben.

Und Wolf sah Mr. Malakite an, mit ebenso vielen verwirrten Gefühlen, wie er nur jemals in seinem Leben in der Gegenwart eines menschlichen Hauptes empfunden hatte. Er dachte bei sich: „Hat sich dieser Mann je seines weißen Bartes geschämt, wenn er in den Spiegel sah, wenn er hinaufging, sich zwischen dem Abstauben seiner Bücher und seinen Streifzügen im Zimmer seiner Tochter die Hände zu waschen?"

„Sie und mein Vater, Mr. Malakite", sagte er in leisem Ton, „müssen ja in jenen alten Zeiten sehr viel beisammen gewesen sein."

„Darf ich Sie noch um eine Tasse bitten, Sir? Sehr viel beisammen? Nun — eigentlich nein. Wissen Sie, er war ein Gentleman; und ich war nie etwas anderes als ein Kaufmann. Aber trotzdem ... gewissermaßen, waren wir wohl Freunde, glaube ich."

Er hob jetzt die Augen, und Wolf war überrascht von der verzehrenden Intensität dieses Blickes. Es war eine starre, monomanische Intensität, die keinen bestimmten Gegenstand zum Ziele zu haben schien. Es war unmöglich, sich vorzustellen, daß sie sich zu Zärtlichkeit mildern oder sich in Humor lösen oder zu Kummer sich erweichen könnte. Sie schien nicht geeignet, in menschliche Augen zu blicken. Sie schien gegen irgendeine Materie im Weltall gerichtet, die sie gänzlich in Anspruch nahm und faszinierte. Sie schien sozusagen die Luft zu essen. Mr. Malakite selbst schien die Wirkung seines Blickes auf seinen Gesprächspartner zu bemerken; denn er senkte die Augenlider, sofort nachdem die Worte ausgesprochen waren, und begann wieder dem Rand seiner Teetasse mit der Spitze seines Fingers zu folgen.

„Ich kenne diesen Blick", dachte Wolf. „Ich habe ihn auf der Straße in London und auf der Esplanade in Weymouth gesehen. Er gleicht der Leidenschaft eines Geizhalses. Er ist entsetzlich, aber nicht verächtlich."

„Hatten Sie viele gemeinsame Freunde?" fragte Wolf. Beim Sprechen neigte er sich über den Tisch, füllte, ohne diesmal auf ein Ersuchen zu warten, des alten Mannes Tasse bis ganz zum Rand und stellte die Milchkanne daneben.

„Ich kann dieses Spiel mit seiner Fingerspitze nicht ertragen", sagte er zu sich. „Er wird damit aufhören müssen, wenn er seinen Tee trinken will."

Aber davon war keine Rede. Mr. Malakite neigte seinen runzeligen Kopf, hielt seinen Blick weiterhin bescheiden gesenkt und begann wieder mit der äußersten Spitze seines langen Fingers über den Rand des Gefäßes zu streichen.

„Gemeinsame Freunde?" wiederholte der alte Mann. „Sie wollten wohl fragen, Mr. Solent, ob Ihr Vater und ich irgendwelche Besonderheiten gemeinsam hatten? Das ist eine natürliche Frage, und wenn ich Sie besser kennte, würde ich Ihnen wohl manches Interessante bei ihrer Beantwortung sagen können, glaube ich. Aber wir kennen einander nicht gut genug, Sir . . . nicht einmal annähernd gut genug. Außerdem" — und wieder gewährte er Wolf die Gunst dieses starren, monomanischen Blickes — „mißbillige ich es, einen Vater vor seinem Sohn bloßzustellen. Das ist eine Pietätlosigkeit, eine Pietätlosigkeit!"

Wolf trank hierauf schweigend seinen Tee zu Ende und reichte Mr. Malakite eine Zigarette. Als sie beide rauchten und Wolf trotz allem jene leise Verdünnung menschlicher Gedanken genoß, die dem Destillieren einer Essenz gleicht und durch Teetrinken hervorgerufen werden kann, fragte er Mr. Malakite ernst und geradeaus, was mit dem Wirt von Farmer's Rest eigentlich los sei.

Die Stirn des Buchhändlers runzelte sich zu einer mißfälligen Miene.

„Sie haben ihn wohl gehört? Niemand kümmert sich um ihn, Mr. Solent. Miss Elizabeth führt hier das Geschäft, und sie mag Leute nicht, die zuviel über Familienangelegenheiten sprechen. Warum sollte sie das auch? Round ist ihr Onkel und nicht der Ihrige oder der meine."

Die Brutalität dieser Bemerkung zerstörte in einem Augenblick die ganze duftende Klarheit von Wolfs Nach-Tee-Stimmung. Sie verursachte ihm jene Art von Schock, die stets der Grund dafür gewesen war, daß Wolf sich manchmal als naseweiser Narr vorkam, bar jenes Grades humoristischer Derbheit, den diese Welt erfordert. Zu gleicher

Zeit rührte sie alle seine labilen Impulse im Hinblick auf verfolgte Menschen auf — Impulse, die ihn zu einer morbiden Übertreibung dieser besonderen Seite des Lebens verleiteten.

Er begann sich den wildesten Phantasien über den „wirren" Mr. Round hinzugeben und kehrte hartnäckig zu dem Thema zurück.

„Lebt dieser Bursche dort oben", sagte er unbehaglich, während er mit dem Daumen auf die Zimmerdecke wies, „schon lange in King's Barton?"

Aber Mr. Malakite erhob sich von seinem Sessel.

„Wollen Sie nicht hinauskommen, Sir, sich das Spiel anzusehen? Überall rings um uns gibt es Menschen, deren Existenz uns nichts angeht. Ihretwegen viel Aufhebens zu machen, wie es der Geistliche hier tut, bedeutet bloß, ihre Krankheit zu teilen."

„Von welcher Krankheit sprechen Sie, Mr. Malakite?" fragte Wolf, während er ihm in den Garten folgte.

Der Anblick der Gruppe hier versammelter Männer lenkte seine Aufmerksamkeit so ab, daß er nicht ganz sicher war, ob er das bösartige Murmeln, das von den Lippen seines Gefährten drang, richtig erfaßt hatte. „Von der Krankheit des Lebens" — so hatte es ungefähr geklungen.

Als er ein bißchen später dem Buchhändler zusah, wie dieser mit außergewöhnlicher Genauigkeit den Wurf seiner Kugel berechnete, empfand er das Verlangen, für einige Zeit dem Ausdruck im Blicke dieser tief eingesunkenen Augen nicht wieder begegnen zu müssen.

„Woran läßt mich doch dieser sein Blick nur denken?" grübelte er, während er den anderen Spielern und deren hingerissenen Zuschauern zunickte. Und es schien ihm, daß ihn dieser Blick an ein düsteres Leuchtschiff erinnerte, das er einmal im Hafen von Portland gesehen hatte und das in regelmäßigen Zeitabständen einen langen, dünnen Strahl unheimlichen farblosen Lichtes aus der Mitte trostloser und erregter Wasser ausgesendet hatte.

Während Wolf bei seinem Tee gesessen war, hatte Roger Monk offenbar Zeit gehabt, Mr. Torp zu besiegen; denn dieser Champion erörterte jetzt, noch immer in Hemdsärmeln und außerordentlich erhitzt, mit einer klagenden Stimme Mr. Valley gegenüber, was er hätte machen sollen und was er nicht gemacht hatte.

Wolf schüttelte Mr. Valley die Hand und sprach seinem Schwiegervater sein Beileid wegen der Niederlage aus. „Es ist ein Wunder, daß ich durch Sie nicht eine Menge Geld verloren habe", sagte er scherzhaft. „Ich wollte hoch auf Sie setzen für die Ehre der Familie, daß Sie unseren Freund Roger schlagen würden; und jetzt haben Sie uns alle enttäuscht, und das ganze Westland auch! Mr. Monk kommt von den Shires, wie er mir gesagt hat."

„Zum Teufel mit den Shires, Mr. Solent!" sagte der Steinmetz. „Es waren nicht die Shires. Es war meine eigene verdammte Dummheit. Wenn ich gewußt hätte, was ich jetzt weiß, wären es er und ich" — er nickte in die Richtung Mr. Malakites — „und nicht er und er, die jetzt ins Schlußspiel kämen."

„Wie kommt es, daß Sie so rasch außer Gefecht gesetzt wurden, Valley?" fragte Wolf.

Aber der kleine Priester machte mit der Hand ein Zeichen und trat ein paar Schritte vor, mit ganzem Geist und ganzer Seele auf Roger Monks massive Hand und auf die Kugel konzentriert, die dieser in der Hand wog.

Wolf mußte sich also damit begnügen, daß er seinen Schwiegervater zu einer Bank unter der Hecke nach hinten zog, wo er verhältnismäßig gemütlich und bequem das Spiel beobachten und Mr. Torps Wehklagen lauschen konnte.

„Was fehlt eigentlich diesem Mr. Round?" Er hatte nicht die Absicht gehabt, etwas Derartiges zu sagen, als er in seinem Geist nach einem geeigneten Thema gesucht hatte; aber die Worte drangen auf seine Lippen, als kämen sie von einem neugierigen Dämon, der in Wolfs Magengrube saß und die Ohren spitzte.

„Ich glaube, er kann sich die Dinge nicht verzeihen, die er über den jungen Redfern gesprochen hat. Einiges von dem Gerede war es auch, so sagen die Leute, das diesem jungen Herrn das Herz gebrochen und ihn kalt gemacht hat. Wenigstens gab es Leute, die sagten, daß das, was er hier, im Schank von Farmer's Rest, über den jungen Mann gesprochen hat, dem Burschen den Garaus gemacht hat. Es hätte auch mir inwendig einen großen Stoß gegeben, sag ich Ihnen, wenn ein angesehener Gastwirt solche Sachen von mir gesprochen hätte."

„Was sprach er denn über Redfern?" forschte Wolf, während er das absurde Bild eines durch moralische Unruhe gemarterten Mr. Torp in seinem Geiste unterdrückte.

Sein Schwiegervater zog es aber jetzt vor, erhöhtes Interesse an dem Spiel zu zeigen.

„Sehen Sie!" rief er und klopfte Wolf auf die Knie, während er sich vorbeugte. „Ich will verdammt sein, wenn dieser Lümmel vom Herrenhaus Mr. Malakite nicht hinstellt, als ob der gar nichts wäre."

Wolf hatte in der Tat schon durch einige Zeit die Geschicklichkeit und Ruhe des großen Gärtners bewundert. Der alte Mann, der sein

367

Gegner war, schien jedoch in seinem Spiele immer nachlässiger und nachlässiger zu werden.

„Scheint mir, als ob irgendwas den alten Herrn beunruhigte", fuhr Mr. Torp fort. „Miss Bess hat ihm wahrscheinlich im Extrazimmer den Hof gemacht! Es ist eine wunderbare Gabe der Vorsehung, Mr. Solent, wenn alte Männer jungen Damen schmeicheln können, daß ihnen hernach die Hände zittern. Solche Vorzüge sind mir nicht gewährt worden. Und doch will ich meinen, daß ich ein Mann bin, der noch so gut wie ein anderer ins Schwarze treffen kann!"

Aber Wolfs Geist war noch mit Mr. Round und seiner bemerkenswerten „Verwirrung" beschäftigt.

„Was hat dieser Mann eigentlich über Redfern gesagt?" wiederholte er.

Mr. Torp wandte ihm langsam den Kopf zu. „Es mag eine gute Welt sein", bemerkte er sententiös, „und es mag eine schlechte Welt sein, aber es ist die Welt; und wir müssen uns dreinfinden und die Augen offenhalten. Meine Arbeit ist vielleicht nicht die Arbeit, die Sie sich ausgesucht hätten. Es ist vielleicht auch nicht die Arbeit, die ich mir ausgesucht hätte, wenn man mich hätte wählen lassen. Aber es ist meine Arbeit. Und keiner, der ein Geschäft hat wie ich, Mr. Solent, darf es sich leisten, irgend etwas, was die Toten angeht, wieder aufzuwärmen. Ich war der Mann, der den Grabstein für ihn gemacht hat. Jetzt frage ich Sie, soll ich hingehen und wieder über diesen ruhigen Burschen Böses ausstreuen? Als der Tag für sein Begräbnis kam, hieß es, daß er keinen Verwandten hat, der um ihn trauern würde! Wer denn soll über den armen jungen Mann das Maul halten, so frage ich Sie in aller Ruhe und in Frieden, Mr. Solent, wenn nicht ich selber, der den Stein gemeißelt hat, unter dem er jetzt liegt?"

„Ist es wahr, daß Mr. Round, wenn sein Gewissen ihn quält, über das Feld wandert, auf dem Lenty Pond liegt?"

„Kümmern Sie sich nicht drum, wo er wandert, Mr. Solent! Nebukadnezar war mehr als er; denn Könige sind einmal mehr als Gastwirte; und der ist seinerzeit auf allen vieren gegangen."

Seines Schwiegervaters poetische Ausflüchte hatten begonnen, Wolf zu reizen.

„Sie müssen Ihrer Frau sagen, Mr. Torp", platzte er los, „daß sie Lobbie nicht in jenem verwünschten Teich baden lassen sollte!"

Der Steinmetz fuhr zusammen und öffnete weit die Augen. Wolfs Ton hatte ihn offenbar überrascht.

Er lächelte, als er Antwort gab.

„Sie sollte ihn nicht baden lassen? Sie läßt ihn überhaupt nichts
tun — nicht einmal atmen, glaube ich! Das müßte schon ganz wer
anderer sein als die Mutter unserer Gerda, Mr. Solent, der Lob Torp
zu Hause halten könnte. Aber was fällt Ihnen ein, Sir, von einem
guten Dorseter Ententeich so aufgeregt zu reden, von einem Teich,
auf dem ich Winter um Winter, seit ich ganz klein war, eislaufe? Was
hat Lenty Pond Ihnen getan, Sir? Es ist freilich kein Wasser für Barsche
und Hechte, und ich glaube, es war auch noch nie eine Wildgans dort;
aber 's ist doch ein guter Teich. Es ist ein Teich, der Leute wie Sie und
mich vielleicht ersäufen würde. Aber die Buben! Die würden auch in
Satans Spucke baden, und ganz süß herauskommen. Lenty Pond schadet
Lobbie Torp nichts, Sir! Darauf können Sie sich ganz ruhig verlassen."

Während Wolf, das eine Auge auf Mr. Malakites endgültige Niederlage, das andere auf die puppenhafte Munterkeit Miss Bess Rounds
gerichtet, die jetzt noch Sessel und Tische in den Garten hinaus-
brachte, all dem zuhörte, begann er eine sehr wunderliche Einbildung
zu gewahren, die ernst zu nehmen er unmöglich fand, die abzuschütteln
aber doch auch unmöglich war.

Diese Einbildung hatte mit Lenty Pond zu tun, und je mehr er
darüber nachdachte, um so lächerlicher bedrückte sie ihn. Es war so,
als ob jede einzelne Person in diesen drei Dorseter Städten vor ihm
etwas verheimlichte, das sie über Lenty Pond wußte, etwas, das absurd
einfach war, das mit mathematischer Genauigkeit aufging, dem gegenüber er selbst aber völlig blind war.

Er stand von der Bank auf und ging mit der Absicht hinüber, Roger
Monk zu seinem Siege zu beglückwünschen. Unterwegs aber, und
ehe noch seine Annäherung von dem großen Gärtner entdeckt wurde,
um dessen hohe Gestalt sich jetzt alle Dorfbewohner scharten, die
dem Spiel zugesehen hatten, fiel sein Blick auf Miss Bess, die die beiden
Brüder Otter in den Garten geleitete.

Auf diese beiden Männer zu richtete er jetzt seine Schritte und
überließ es Mr. Torp, sich der geschwätzigen Gruppe in der Mitte
des Platzes anzuschließen. Als er den Brüdern die Hand schüttelte,
entdeckte er Mr. Malakite, der an der Seite von Miss Bess, die mit
einer Tasse leerer Flaschen in das Haus zurückkehrte, verstohlen davon-
schwankte.

Dieses verwirrende Gefühl, als ob im gegenwärtigen Augenblick
sein ganzes Leben unwirklich wäre, lastete noch auf ihm. Es hing über
ihm wie ein schwankendes Nebelmeer, ebenso voll von bedeutungslosen Flecken und Funken wie der gläserne Sargdeckel des Königs
Ethelwolf in der Abtei.

Selbst während er den beiden Otters jenen Teil des Wettspieles beschrieb, den er gesehen hatte, blieben seine Augen fest auf eine besonders glatt und fein polierte Kugel von dunkelkastanienbrauner Farbe geheftet, die nahe von Darnleys Füßen auf der Erde lag.

Es schien ihm, als ob er auf der glänzenden Oberfläche dieses Gegenstandes sein Schicksal läse, ein arbeitsreiches, kompliziertes, belastetes Schicksal, das aber gleichzeitig von manchen fremden Händen aufs Geratewohl gerollt und gestoßen wurde. Gab es irgendeinen Teil seiner Persönlichkeit, der kompakt war, in sich selbst gerundet, mit innerem Zweck beschwert wie die Krümmung dieser Kugel?

Während er fortfuhr, zu den beiden Brüdern zu sprechen, bemerkte er, daß ein kleiner Blütensamen sich in seinem ziellosen Flug auf der Kugel vor Darnleys Fuß niedergelassen hatte, und er begann das Gefühl zu empfinden, daß dieser Blütensamen die Haut seines Geistes kitzle und daß er ihn nicht wegwischen könne. Etwas beunruhigte ihn, etwas quälte ihn. Was war es?

Dann wußte er es ganz plötzlich. Es war die Erinnerung an des alten Malakite besessenen Ausdruck — an jenen Ausdruck konzentrierten erotischen Wahnsinns, der sich gegen die Materie des Universums richtete, an jenen Ausdruck, wie er ihn über dem blauen Teewärmer unter der gerunzelten Stirn des Mannes erblickt hatte. Das also war der Grund, warum er Jasons Bemerkungen so oberflächlich beantwortete! Dann stieß er einen raschen Seufzer ununterdrückbarer Erleichterung aus; denn er bemerkte, daß die puppenhafte junge Dame wieder hier bei ihnen war und ihnen vorschlug, sie möchten sich alle an einen wackeligen Gartentisch setzen, auf den sie eine Tasse mit frischen Krügen gestellt hatte.

Dies taten sie denn auch, und während Bess Round sie mit Gläsern schäumenden Dorchester Ales versorgte, hörte er sie zu Darnley sagen: „Mr. Malakite ist eben davongewackelt. Er hat seine kleinen Späße gemacht wie immer, der komische alte Mann; aber jeder konnte sehen, daß er sich nicht sehr wohl fühlte! Es ist wohl hart für ihn, so von einem Burschen geschlagen zu werden, der, wie man wohl sagen kann, hier fremd ist. Der alte Herr hat auf dieser Bahn gespielt, solange ich mich überhaupt erinnern kann, und es gibt recht wenige, die ihn geschlagen haben!"

Sie ging fort, um den Sieger und seine ländlichen Bewunderer zu überreden, sich um einen anderen hölzernen Tisch zu versammeln und die „feinen Leute" sich selbst zu überlassen.

Jetzt war es, daß Wolfs Geist sich völlig von seinem Gefühl der Unwirklichkeit und von seinen Halluzinationen vom Lenty Pond

erholte. Von dort, wo er in einem knarrenden, strohgeflochtenen Lehnstuhl zwischen Darnley und Jason halb liegend saß, konnte er mit
Muße diese ganze charakteristische Westlandszene in sich aufnehmen.
Eine entspannte Munterkeit lag in den Männerstimmen, als sie in
dem schattigen Garten zwischen der großen Hartriegelhecke und dem
steilen strohgedeckten Dach laut wurden, das in sich all die reichen
Apfelsäfte zu enthalten schien, die in den Obstgärten ringsum reiften,
all den kühlen Saft der Mangelwurzelpflanzen in den benachbarten
Feldern, das gute weiße Herz von Milliarden von Ährengarben, die
in all den Getreidespeichern zwischen Parret und Stour auf den Tag
ihres Drusches warteten.

Der Himmel war, wie er ihn jetzt über jener Hartriegelhecke betrachtete, noch von demselben schleierigen Grau wie vor fünf oder
sechs Stunden, als er unter dem Maulbeerbaum auf Poll's Camp
gesessen war; aber die angesammelte Masse männlicher Persönlichkeiten, die ihn jetzt umgab — denn Miss Bess war die einzige Frau auf
dieser Szene, und ihre Weiblichkeit schien nicht mehr Gewicht zu
haben als Unterröcke auf einem Wäschestrick —, schien rasch rings
um ihn eine Art zinnengekrönten Wachturmes aufzurichten, durch
dessen Isolierung und Schutz seine Tage in eine gemessene, vernünftige
Ordnung zu sinken schienen, wie sie schon so manche lange Wochen
nicht gekannt hatte.

Die kastanienbraune polierte Kugel lag noch auf dem weichen
Rasen in seinem Gesichtsfeld; aber jetzt verursachte sie ihm statt
eines Gefühles zufallsausgelieferter Hilflosigkeit ein Gefühl beruhigter
Kontrolle. In diesem angenehmen Winkel begann er, während der
Dunst des Dorchester Ales ihm in den Kopf stieg, zu fühlen, daß seine
Hände wieder stark und unbeirrt auf dem Steuer seines Lebens lagen.

Diese würdigen Männer, die ihre Tagesarbeit getan hatten, schienen
durch irgendeinen geheimen Druck ihrer vereinten Kräfte dem
Branden und Wellenschlagen der chaotischen Wogen der Natur
entgangen zu sein. Sie schienen an diesem Sommernachmittag ihr
„hohles Schiff" aus der Flut gezogen zu haben — empor, empor,
empor auf irgendeinen verborgenen schützenden Strand, wo alle
Aufregungen vorbei waren.

Alles Beunruhigende und Verwirrende entsank eben jetzt Wolfs
Blick. In der Tat, sein ganzes Leben konzentrierte sich mit schöner
Unvermeidlichkeit, als wäre es eine gut erdachte Geschichte, die er
selbst, vor langer Zeit, an die er sich kaum mehr erinnerte, verfaßt
hatte.

Und allmählich erhob sich, während er träge sein Ale trank und mit

Darnley plauderte — denn Jason war aus einem unbekannten Grunde plötzlich schweigsam geworden —, der alte Kämpfergeist seiner angeborenen Lebensillusion stark und aufwallend in ihm.

Und jetzt kam ihm das Bild eines besonderen Klippentümpels in der Nähe von Weymouth, zu dem ihn einst zufällig sein Weg geführt hatte. Er sah die rosig gefärbten Algen rückwärts und vorwärts schwanken ... er hörte die Schreie der Möwen ...

Oh, daß es möglich wäre, eine große Handvoll solcher Erinnerungen zu sammeln und sie aus den gehöhlten Händen auszuschütten in das Hirn über jenem Gesicht auf den Stufen von Waterloo Station! Aber aber wie, wenn da ein Tag kommen sollte, an dem er durch das Rollen der entsetzlichen Maschinen selbst aussehen würde wie jenes Gesicht, während ein anderer Wolf in einem Gasthausgarten Ale trank und sich in einem knarrenden Gartensessel wohlwollenden Empfindungen hingab?

„Kannst du denn wirklich absolut nicht zu uns zum Dinner kommen, Solent?" fragte Darnley endlich in einer Pause ihres sprunghaften Gespräches.

„Unmöglich!" sagte er und sah auf die Uhr. „Es ist jetzt sieben Uhr. Ich werde mich ohnedies schon zum Abendessen mit Gerda verspäten."

Und dann erinnerte er sich plötzlich, daß Gerdas letzte Worte an ihn gewesen waren: „Eile dich nicht mit dem Heimkommen, Wolf. Ich habe es gern, auf dich zu warten. Ich hab es gern, am Fenster zu sitzen und nichts zu tun. Das hab ich am allerliebsten!"

„Diese Ihre Mädchen werden sich sehr kränken, wenn Sie nicht kommen", sagte Jason.

„Ja, erwarten sie mich denn, wie? Ihre Frau Mutter erwartet mich doch nicht?"

„Alle Frauen", sagte Jason mit einem Lachen, und seine Stimmung lebte wieder auf, als er Wolfs Unbehagen und Unentschlossenheit sah, „erwarten alle Männer!"

„Nun, ich muß ein anderes Mal kommen", sagte Wolf. „Ich kann Gerda nicht so allein lassen, ohne es ihr zu sagen. Aber ich hoffe, daß es ‚meinen Mädchen‘, wie Sie sie nennen, gut geht? Ich hoffe, daß Olwen Ihnen nicht zuviel zu schaffen macht?"

„An Darnley ist es, Rat zu erteilen. Meinst du, daß er lieber nach Hause gehen sollte, Darnley; oder meinst du, daß er lieber zu uns zum Dinner kommen sollte?"

„Er muß es sich selbst einteilen", sagte Darnley lächelnd. „Ich würde Gerda nicht allein lassen wollen, wenn ich an seiner Stelle wäre. Aber schließlich, ich hatte nie eine Gerda ... und werde wahrscheinlich nie eine haben."

Jetzt näherte sich Mr. Valley ihrem Tisch.

„Ich muß mich jetzt auf den Heimweg machen", sagte er. „Kommt irgend jemand von euch mit mir oder wollt ihr länger bleiben?"

Die drei Männer standen auf. „Wir sprachen eben vom Fortgehen", sagte Darnley. „Wir haben doch wohl alle denselben Weg? Zu Anfang wenigstens?"

Er winkte Bess Round an den Tisch heran, zog eine kleine Lederbörse aus der Tasche und zahlte alle Getränke, die sie gehabt hatten, mit Ausnahme jener Mr. Valleys. Den hatte Roger Monk schon bewirtet, und gut bewirtet.

Wolf ging über das Gras und sagte Mr. Torp und Roger Monk gute Nacht. Diesen beglückwünschte er warm zu seinem Siege.

„Ich hab den alten Mann noch nie so schlecht spielen gesehen", sagte Monk mit einem entschuldigenden Achselzucken. „Diese Tasse Tee, Sir, die er mit Ihnen im Extrazimmer getrunken hat, muß ihm in den Kopf gestiegen sein."

„Grüßen Sie meine kleine Tochter, Mr. Solent", sagte der Steinmetz. „Und Sie können sie auch küssen von ihrem alten Dad, wenn Sie Lust dazu haben. Freilich reicht sie ihrem Vater, wenn er sie küßt, nur eine recht kalte Wange hin. Aber das ist um so besser für Sie, Sir; und Sie werden sich an meine Botschaft wahrscheinlich eher erinnern, als wenn sie Ihnen einer von den jungen Herren, die hier versammelt sind, aufgetragen hätte."

Roger Monks Sieg war durch so umfangreiche Trankopfer gefeiert worden, daß der Gärtner jetzt nicht zögerte, sich eine Zote zu leisten, zu der er sich in einer etwas nüchterneren Stimmung gewiß nicht entschlossen hätte.

„Jung und alt ist den Weibsen ganz egal — eh, Mr. Solent, Sir? Das wissen wir Dienstboten gut, vielleicht besser als Sie, Gentlemen. Da gibt's keine arme und keine reiche unter ihnen, die sich nicht ins Bett von irgend jemandem gewünscht hätte, der ihr nach dem Gesetz nicht gehört."

Wolf ging durch Dead Badger Lane, Seite an Seite mit Jason, während Darnley mit Mr. Valley voranging.

Jene Bemerkung Roger Monks quälte Wolf. Der Mann hatte sie in einer rauheren, trockeneren, rüderen Manier in Worte gefaßt, als es durch einen Westländer geschehen wäre. Der Gebrauch einzelner Worte, zum Beispiel „Weibsen" ... „Das ist eine Andeutung von

Sheffield oder Birmingham", dachte Wolf. Und vielleicht gerade wegen ihrer rauhen Fassung traf die Sache Wolf mit einem höchst unangenehmen Nachdruck. Was würde er erst fühlen, wenn er einen ernsten Grund dafür hätte, eifersüchtig zu sein? Was er in jenem Augenblick fühlte, war eine tatsächliche Empfindung physischen Ekels, hervorgerufen durch Rogers Worte. Es war nicht nur Gerda. Jene Anwendung des Wortes „Weibsen" schien die Welt einer gewissen Anständigkeit beraubt zu haben, die zu ihrem eigensten Wesen ebenso gehörte wie zu ihren äußeren Konventionen.

Er empfand in jenem Moment eine Welle positiven Hasses gegen Roger Monk. „Er sah drein, als wollte er mir die Hand auf die Schulter legen oder mich gar auf den Rücken klopfen. Es ist etwas Schreckliches an einem männlichen Dienstboten... besonders an einem großen... wenn er seine berufliche Bescheidenheit fallen läßt... Ich könnte sogar so weit kommen, selbst Mr. Urquhart zu bemitleiden, wenn sich dieser Kerl je wirklich gegen ihn wendet!"

Seine Gedanken wurden durch eine Bemerkung Jason Otters wieder in ihren Brennpunkt und wieder auf die Wagenspuren von Dead Badger Lane zurückgeschleudert.

„Sehen Sie sich die beiden dort vorne an! Ihr Freund Darnley hat nicht mehr Ahnung als Ihr Spazierstock da, was Valley im Sinne hat. Sie denken wohl, daß Darnley sehr klug und sehr vornehm ist. Das ist's, was die meisten Leute denken. Das liegt alles an seiner Höflichkeit. Sehen Sie jetzt die beiden Köpfe an, wie sie unter ihren Hüten auf und ab wackeln! Ich denke, Kühe und Schafe sind besser als Menschenwesen. Netter, meine ich. Auch reiner. Reiner und netter. Was an den Menschen nicht stimmt, das ist ihr Gemüt. Ihr Gemüt ist dreckig. Das Gemüt der Würmer ist viel netter. Haben Sie jemals daran gedacht, was eigentlich in Wirklichkeit in den Köpfen der Leute vorgeht? Wahrscheinlich nicht. Ich dachte ja nie, daß Sie wirklich viel wissen. Sie können ganz gut Geschichten über eine Menge unzüchtiger Idioten schreiben; und Sie können ganz gut den alten Urquhart bei Laune erhalten. Aber ich habe den ganzen Nachmittag über Sie nachgedacht, Solent, und wenn Sie mich auch wahrscheinlich beschimpfen werden, weil ich Ihnen die Wahrheit sage, glaube ich doch, daß Sie ein verrückter Esel sind."

Jetzt begann es Wolf aufzudämmern, daß Jason ebensowenig die Fähigkeit hatte, ungestraft Dorchester Ale zu trinken wie Jasons bête noire Roger Monk. Er versuchte die Aufmerksamkeit des Dichters von persönlichen Gedanken dadurch abzulenken, daß er über die Unwirklichkeit und Unheimlichkeit der Ulmen über den Hecken

Bemerkungen machte. Aber Jason lehnte es ab, irgendein Interesse an der Schönheit des Augustabends zu zeigen.

„Ihr Freund Darnley", begann er jetzt wieder, „glaubt an Höflichkeit. Er meint, daß er durch sie alles glätten kann. Er weiß nicht, was er gegen sich hat."

„Was hat er gegen sich?" fragte Wolf, der im Innersten seines Herzens nachdachte, welchen Effekt auf diese „Höflichkeit" die Gegenwart Matties in Pond Cottage in der letzten Zeit ausgeübt haben mochte.

Jasons Antwort war so heftig und so unvermittelt, daß sie angesichts der Friedlichkeit jener Ulmen eine unheimliche Wirkung hatte.

„Gott hat er gegen sich!" rief der Dichter. „Was er zu glätten versucht, sind die Stachelschweinborsten Gottes!"

„Wir sollten lieber ein wenig schneller gehen", sagte Wolf. „Sie werden jetzt bald einbiegen, und ich muß den anderen Weg gehen."

„Sie sind immer beim Gehen, Solent. Dort gehen Sie, da gehen Sie! Sie werden eines Tages in eine Grube gehen, mit Ihrem Stock da."

Aber Wolf erhob seine Stimme.

„Darnley!" rief er. „Valley! Wartet doch einen Augenblick, ihr beide!"

Er konnte sehen, wie sich die Gestalten vor ihm umwandten und stillstanden.

„Ihre Freunde dort werden Ihnen gute Nacht sagen, Solent. Hatten Sie Angst, daß sie das nicht tun würden? Sie werden gute Nacht sagen. Überall auf der ganzen Welt sagen Leute gute Nacht. Sie glauben wohl, daß das irgend etwas bewirkt. Ich weiß nicht, was es bewirkt!"

Wolf konnte einen schweren Seufzer nicht unterdrücken. Aus diesen oder jenen Gründen begann der Pessimismus dieses Mannes in seiner besonderen Art ihn zu berühren, als wäre er gezwungen gewesen, große Stengel todbringenden Nachtschattens zur Seite zu schieben, bis seine Hände ermatteten.

Jason hörte diesen in die Luft gehauchten Seufzer, der seine Stimmung zu ändern schien.

„Ich glaube, Solent, armer alter Teufel, daß diese Ihre junge Gnädige Ihnen nicht sehr oft ein gutes Essen kocht."

„O ja, das tut sie, Otter", erwiderte Wolf, so scherzhaft er nur konnte. „Es vergeht kaum ein Tag, an dem wir nicht Fleisch hätten. Aber, um Ihnen die Wahrheit zu sagen, denke ich daran, das Essen dieses Zeugs aufzugeben, seit damals Miss Gault zu mir gesprochen hat."

„Hören Sie auf alles, was eine so häßliche alte Frau Ihnen sagt? Sie möchte nur Unruhe stiften, weil sie nie mit einem Mann geschlafen hat."

Die Bosheit dieser rohen Worte erweckte hellen Zorn in Wolf.

„Mit Menschen zu schlafen ist nicht alles auf dieser Welt, Otter! Es ist nicht einmal besonders wundervoll. Ich hätte gedacht, daß Sie als Dichter das wissen und diesen äußeren Zufällen keine solche Bedeutung beilegen würden."

Sein Zorn war, wie er genau genug erkannte, der Tatsache zuzuschreiben, daß seine eigenen erotischen Gefühle gerade jetzt so zwiespältig waren. Aber der Ton seiner Stimme zitterte vor solcher Gereiztheit, daß ihr elektrischer Strom sich in einer Sekunde Jason mitteilte.

Sie waren jedoch jetzt schon ganz nahe bei den anderen; und es blieb nur Zeit zu einem raschen, bitteren, boshaften Hieb, der auf jene Stelle zielte, an der der Gegner am meisten verwundbar war.

„Sie werden in einen materiellen Zufall hineingehen, der Ihre Stacheln aufrichten wird, junger Herr", knurrte der Dichter, „obwohl Sie glauben, Sie seien eine Art höheren Wesens, das unter den gewöhnlichen Menschen umherwandelt. Sie werden in den Wald gehen, in dem man Hörner sammelt . . . so klug Sie auch sein mögen!"

Der Streit legte sich so rasch, wie er sich erhoben hatte.

„Ich wollte euch nicht aus dem Gesicht verlieren", sagte Wolf, „weil sich in einer Minute unsere Wege trennen. Mir wäre es lieber gewesen, Valley, Sie hätten gewonnen, statt Monks. Ich kann nicht sagen, warum, aber es war etwas an Monk, das mich heute nachmittag geärgert hat. Vielleicht sind Dienstleute immer so lästig, wenn sie weder das eine sind noch das andere."

„Ich hoffe, ihr habt mich nicht in euren Streit gezogen?" sagte Jason.

„Ich bin nicht so gut beim Spiel wie irgendeiner von ihnen", entgegnete Mr. Valley. „Selbst Torp ist besser als ich. Ich mache immer abscheuliche Fehler."

Die vier Männer gingen zusammen weiter und erreichten bald die Stelle, wo Dead Badger Lane in Pond Lane mündete.

„Nun, gute Nacht", sagte Wolf. „Wir beide werden einander am Montag sehen, eh, Darnley? Willst du dann mit mir zum Lunch kommen? Ich werde es Gerda sagen; und wir werden den Beginn des Schuljahres mit einer Art von Festlichkeit feiern."

„Bereite aber nichts Außergewöhnliches für mich vor, Wolf", entgegnete der andere. „Du weißt, wie ich bin — die aufreizendste Art von Gast. Aber ich werde sehr gerne kommen. Man wird dann an den Montag mit einem etwas weniger beschwerten Gefühl denken können." Er hielt inne und fügte dann plötzlich hinzu: „Wenn es Gerda nicht lästig ist, möchte ich wirklich, daß du in der Tat eine bescheidene ‚Gelegenheit' daraus machst und vielleicht die kleine Christie einlädst? Es kommt mir in den letzten Wochen so vor ... eigentlich seit Olwen bei uns ist ..., daß sie Aufheiterung braucht. Aber sage nichts, wenn es für Gerda zuviel sein sollte."

„Aber, Darnley ... du und ich wissen ... jedermann weiß ... daß Christie niemals irgendwohin geht!"

„Lade sie ein, mein Lieber, das ist alles. Ich glaube, sie wird nicht kommen, aber lade sie ein!" Er hielt eine Sekunde inne. „Jedermann hat es gern, eingeladen zu werden", setzte er ernst hinzu.

„Hi! Hi! Hi!"

Wolf drehte sich jäh um. Es war Jason, der in der Dunkelheit kicherte wie ein Kobold.

Aber Mr. Valley mengte sich ein, ehe der elektrische Strom der Gereiztheit, der noch immer die Geister der beiden Männer verband, Zeit hatte, eine Explosion zu verursachen.

„Sehen wir einmal", sagte Mr. Valley. „Heute ist Freitag, nicht wahr? Vergeßt nicht, daß am nächsten Mittwoch unser Schulfest ist. Es beginnt um zwei und dauert bis sieben. Der Squire kommt immer nach dem Tee, um den Sportübungen zuzusehen; also werde ich Sie mit ihm erwarten, Solent. Aber sagen Sie Gerda, daß ich gerne möchte, daß sie auch kommt. Lobbie wird dort sein, und unser Freund Weevil wird sicher auch kommen."

Ein unterdrücktes Kichern wurde hörbar.

„Was ist denn los mit dir, Jason?" stellte ihn Darnley zur Rede. „Wir alle haben Valleys Schulfeste gern. Werden Sie sich wieder die Kapelle aus Kingsbury kommen lassen?" setzte er, an den Priester gewendet, hinzu. „Wie gut wir uns voriges Jahr unterhielten! Sie wollten nicht aufhören, Solent, ehe es stockdunkel war. Als wir sie endlich losbekamen, spielten sie dort draußen in Lenty Lane den Kingsbury-Jig, bis Roger Monk den Trommler in den Graben warf."

„Es war anständig von ihm, das zu tun", sagte Jason. „Wir alle wissen, warum diese geilen jungen Männer den Kingsbury-Jig hören wollen. Es wäre gut, wenn dein Freund Solent seinen Stock für diese jungen Hunde verwendete, statt daß er sich dessen brüstet, wie viele Meilen er gehen kann."

„Nun, jedenfalls werde ich jetzt gehen", unterbrach Wolf, der heftige Anstrengungen machte, sich im Zaume zu halten. „Gute Nacht, Valley! Gute Nacht, Darnley!"

Er fand es, während er westlich durch jene stumme Nacht seinen Weg nahm, unmöglich, an irgend etwas anderes zu denken, sei es nun gut oder böse, als an eingebildete Entgegnungen an Jason. Die bloße Tatsache, daß Jason die Macht hatte, ihn zu ärgern, vermehrte sein Mißvergnügen, und die Unfähigkeit, die genaue Natur dieser Macht festzustellen, fügte für seinen gereizten Geist den letzten scharfen Stachel hinzu.

„Ich möchte wissen, ob ich wirklich der eingebildete Esel bin, für den er mich hält? Nun, ich kümmere mich nicht drum, wenn ich's bin. Ich habe immerhin meine ,Mythologie'. Er hat in diesen Dingen die furchtbaren Instinkte eines Kindes", dachte er weiter. „Er ist so entsetzlich unmittelbar."

Ungefähr eine Viertelstunde meditierte er über Jasons Persönlichkeit, während des Mannes Hohn über seine Vorliebe für das Gehen und über seine Vorliebe für seinen Stock jedem Schritt, den er machte, das Mark nahm.

„Was mich wirklich erregt", dachte er jetzt, „ist sein Verlangen, zu ärgern. Man kann sich über jedermann erzürnen und beleidigende Dinge sagen. Aber das ist anders. Er will, daß ich mir vorkomme wie ein Esel. Er will das Leben aus meinem Leben nehmen."

Dann begann Wolf darüber nachzudenken, warum ihn sein geheimnisvoller psychischer Kampf mit dem Squire so frei von persönlicher Feindseligkeit ließ; während er im Falle Jasons wirklich eine Sehnsucht empfand, mit ihm in eben jenem Graben zu ringen, in den Roger Monk den Trommler von Kingsbury geworfen hatte, was Jason als „anständig" bezeichnete!

„Es ist deshalb, weil er durch irgendeinen kindlichen Instinkt genau weiß, wo meine Lebensillusion am schwächsten ist. Es ist deshalb, weil er diese schwache Stelle sieht, gleich einer blutigen Schramme in dem Fell eines an einen Pfahl gebundenen Bären, und weil sie ihm irgendwie auf die Nerven geht, so daß er den Wunsch hat, danach zu stoßen."

Mit dieser Hypothese in seinem Geiste ging er noch eine Viertelmeile zwischen den hohen Hecken weiter, wo sich große Büschel Weißbartpflanzen als große weißliche Flecken gegen das Dunkel abhoben. Die Stämme der Ulmen erweckten jetzt, während er an ihnen vorbeiging, den Eindruck, als wären sie aus einem dampfartigen, absolut flüssigen Körper gemacht. Aber es war ihm verhaßt, diese besondere Wirkung zu sehen, denn sie erinnerte ihn an seine kürzlichen Versuche, Jason davon abzuhalten, daß er nach jener Stelle in Wolfs Lebenseinbildung stieß, an der die Haut so zart war.

„Das ist's", dachte er. „Jason hat sich bewußt jeglicher tröstenden, selbstschützenden Haut entkleidet. Er muß das Leben ununterbrochen so sehen, wie wir andere es nur dann sehen, wenn unsere Lebensillusionen durchbrochen sind. Der springende Punkt ist der: ist das Leben das, was Jason sieht, oder ist es das, was wir sehen?"

Wolf schleppte seinen Eichenholzstock jetzt nach, statt damit auf den Boden zu stoßen, und trollte sich weiter in jene flüssige graugefärbte Dunkelheit, als hätte er einen verlorenen Homerischen Geist gesehen, dessen Körper unbeerdigt geblieben war.

„Es kann nicht so sein, wie er es sieht", dachte er. „Außer für ihn ... außer für ihn!"

Er stand jetzt ganz still und hielt seinen Stock, aber er hielt ihn bloß noch so, daß er nicht zu Boden fallen konnte.

„Ich weigere mich zu glauben", sagte er zu sich, „und ich werde es nie glauben, bis die Natur mich tötet, daß es so etwas gibt wie ‚Realität', getrennt von dem Geist, der sie betrachtet! Jasons Selbstentblößung ist seine Art ... das ist alles ... Was er sieht, wenn er in diesem Zustand ist, ist nicht weniger eine Illusion als das, was ich sehe, wenn ich mit einem Panzer gerüstet bin. Das ‚Ding an sich' ist so flüssig und geschmeidig, wie diese Bäume es sind ... Ich bin ein gekerbter Käfer und er ist eines dieser nackten grünen Dinger, die in der Mitte des Kuckucksspeichels leben!"

Dieser Vergleich erheiterte Wolf beträchtlich und seine Finger umfaßten wieder fest den Griff seines Stockes. „Diese Bäume, diese Weißbartpflanzen, diese dunklen Grabenpflanzen ... sie alle sehen, was zu sehen in ihrer Natur liegt ... Kein lebendes Wesen hat jemals die Wirklichkeit gesehen, wie sie an sich ist. Bei Gott! Wahrscheinlich ist da gar nichts zu sehen, wenn man's genau nimmt."

Er hörte in diesem Augenblick ein leichtes trockenes Rascheln im Gras an der Seite der Straße. Neugierig, was es gewesen sein mochte, ging er hinüber, beugte sich vor und tastete mit der Hand in dem dichten Pflanzenwuchs. Ein Geruch von Kamillen drang an seine Nase; dann aber zog er mit einem Ausruf des Schmerzes seine Hand zurück.

„Zum Teufel!" rief er. „Dornen!" Und er dachte unklar: „Wie seltsam, daß so tief unten ein Brombeerbusch stehen sollte."

Wieder hörte er das Rascheln und wieder streckte er, freilich mit mehr Vorsicht, seine Hand aus. Diesmal wußte er, was es war; er widerstand einem Impuls, den Igel mit seinem Stock zu fassen und auf die Straße herauszuziehen, straffte seinen Rücken und ging.

„Wieder eine Version der Realität", sagte er zu sich. „Und sogar ein wenig mehr gepanzert als selbst die meine." Und dann erinnerte er sich dessen, was Jason über die scharfen Stacheln Gottes gesagt hatte. „Ich muß ihm von diesem Igel erzählen", dachte er. „Es ist gerade die Art von Ding, die ihm gefallen wird, besonders, da es meinen Finger blutig gestochen hat."

Der Gedanke, diesen Vorfall mit selbstherabsetzendem Humor der „Blindschleiche vom Lenty" mitzuteilen, vervollständigte die Wiederherstellung seiner guten Laune. Durch den kleinen Kniff, sich in einem humoristischen und doch nicht lächerlichen Licht zu sehen, überquerte er den Graben, der ihn von seiner Festung trennte, und zog die Zugbrücke hinter sich hoch.

„Ich werde ihm die Geschichte von dem Igel am Mittwoch erzählen", dachte er, „wenn ich ihn bei dem Schulfest treffe." Und beim Gedanken an Jasons Koboldlachen, wenn er ihm die Geschichte erzählte, vergaß er gänzlich die Empfindungen, die jener Klang vor ganz kurzem in ihm hervorgerufen hatte.

Mit einem Gemüt, das wieder gestärkt war und gerüstet, mit dem Dasein fertig zu werden, schritt er rasch auf die Ausläufer von Blacksod zu. Er kannte jedes Merkmal, jedes Zeichen des Weges, wie er nun weiterschritt. In noch viel tieferer Dunkelheit hätte er sie erkannt, diese grotesken und unbedeutenden kleinen Dinge, die aus so vielen unbekannten Gründen die Aufmerksamkeit eines Menschen erregen, wenn er eine vertraute Straße wandert.

Aber ganz plötzlich dachte Wolf lebhaft, scharf, erregend an Mr. Malakite.

„Ich hoffe, daß ich ihn nicht einholen werde", sagte er zu sich; und dann stand, ehe er diese Hoffnung voll in seinem bewußten Hirn hatte registrieren können, vor ihm in der Dunkelheit, als hätte sie auf ihn gewartet, Christie selbst!

„Ich erkannte Ihren Schritt. Ich erkannte das Klopfen Ihres Stockes", sagte sie hastig. „Ich bin noch gar nicht lange hier. Vater kam heim und erzählte mir, daß er mit Ihnen Tee getrunken hat, und dann ging er in die Stadt zu Abend essen; denn er wußte, daß ich nichts für ihn im Hause hatte."

Sie sprach rasch, aber ganz ruhig; und die ganze Zeit, da sie sprach, hielt sie Wolfs Hände fest in einer der ihren und rieb mit der anderen fortgesetzt seine Knöchel, als ob sie einen Fleck abriebe, den die Zeit selbst verursacht hatte, eine Einprägung, die die seit ihrer letzten Begegnung vergangenen Tage dort zurückgelassen hatten.

„Wissen Sie", sagte er, „daß ich zwei Sekunden, ehe ich Sie sah, plötzlich an Ihren Vater gedacht habe? Das beweist doch etwas, nicht wahr?"

„Ich habe den ganzen Nachmittag an ihn gedacht und auch an Sie, Wolf. Als er mir erzählte, daß Sie bei jener Kegelpartie zugesehen hätten, sagte ich mir ganz unvermittelt: ‚Ich will fortgehen, um Wolf zu treffen, wenn er zurückkommt‘ — und Sie sehen, ich habe Sie getroffen."

Sie sprach mit einer bebenden Glückseligkeit, die die Silben ihrer Worte auf dem Dunkel auf und nieder zu heben schien, wie die Bewegungen einer heftigen Flutwelle ein dahintreibendes Boot schaukeln mögen.

„Wir wollen einen Platz finden, wo wir uns für eine Minute niedersetzen können", sagte Wolf. „Ich kann nicht glauben, daß ich Sie hier habe, wenn wir bloß so dastehen."

Er faßte ihre Hand fester und führte sie zu der Hecke. Eine Masse unbestimmter dunkler Schattenhaftigkeit lag vor ihnen.

„Warten Sie", flüsterte er, „ich will nachsehen, ob hier ein Graben ist."

Er trat langsam vor und tastete mit seinem Stock in den Schierlings- und Ampferblättern.

„Hier ist wenigstens kein Wasser", sagte er und stieg in die dunklen, dicht wachsenden Pflanzen hinab. „Warten Sie eine Sekunde", rief er, „ich glaube, wir können hier hinüber."

Er suchte mit seiner freien Hand. Er konnte gerade die schwachen Umrisse der Zweige eines kleinen Strauches oder Baumes entdecken. Dieser erwies sich — wie gut kannte er jenen scharfen, den Geist klärenden Geruch! — als ein Holunderstrauch; und Wolf zog sich an den schwachen Stämmen empor, bis er auf der Hecke droben war.

„Kommen Sie, halten Sie sich fest", rief er triumphierend, sicherte sich einen festen Standplatz und streckte ihr den Griff seines Stockes entgegen.

Sie brauchte eine Sekunde oder zwei, um sich durch die Massen der Pflanzen mit emporgehobenen Armen umhertastend durchzukämpfen, ehe sie die dargereichte Stütze erreichte. Aber als sie sie einmal zwischen den Fingern fühlte, klammerte sie sich mit beiden Händen fest und er zog sie bald an seine Seite herauf.

Sie fanden sich durch einen glücklichen Zufall in einem Weizenfeld, das zwar gemäht war, dessen Garben man aber noch nicht weggeführt hatte; nach ein paar Schritten über die Stoppeln sanken sie mit einem gemeinsamen Ruf der Zufriedenheit an die Seite eines Ährenschobers.

Die Last der ungeheuren dunstigen Sommerdunkelheit bedeckte sie wie ein wogenloser Ozean. Dort schwammen sie dahin auf einem kühlen nachgiebigen Dunkel, das weder Substanz hatte noch Gestalt, auf einem Dunkel, das erfüllt war von einem leisen Duft, der weder die Süße von Klee war noch von Mohnblüten, noch von Korn, noch von Gras, sondern eher der Hauch des großen Erdkreises selbst, eine dunkle, innere, hervorströmende Süße, zwischen ungeheuer schwankenden Wogen von Luft, wo Firmament sich zu Firmament niederneigte und der Raum sich erhob, um dem Raum zu begegnen.

Er hielt ihre Hand noch immer fest; und ihre Finger schienen auch jetzt kalt und steif und leidenschaftslos, so wie sie es gewesen waren, als er sie auf der Straße ergriffen hatte. Sie neigte ihm nicht den Kopf zu, als sie Seite an Seite saßen, und auch er machte nicht den geringsten Versuch, den Arm um sie zu legen.

Wolf war ein wenig tiefer in das Korn gesunken, so daß ihre Köpfe genau in gleicher Höhe waren; und jeder neugierigen Eule oder Nachtkrähe mußten sie erschienen sein wie zwei gut konstruierte Vogelscheuchen, geschickt genug gemacht, um die dummen Tageskrähen zu erschrecken, aber ganz gleichgültig und harmlos für alle schärferen, nächtlichen Augen.

„Wenn ich so mit Ihnen bin", sagte Wolf, „habe ich das Gefühl, als hätte ich mein Gemüt gänzlich meines Geistes entkleidet; als hätte ich diesen weggelegt, so wie ich meine Kleider weglegen mag, wenn ich zu Bett gehe! Ich habe das Gefühl, als ob ich ihn tatsächlich jetzt sehen könnte, gleich jenem schrecklichen, geschundenen Fell beim ‚Jüngsten Gericht', wie es dort auf dem Boden liegt. Ich kann die Risse darin sehen und die Flecken daran und all die tollen Zickzackfalten!"

„Ich wußte, daß ich Sie heute abend treffen würde", sagte Christie, „genauso wie ich damals an jenem Tag des Jahrmarktes, obwohl ich dies nicht zugeben wollte, gewußt habe, daß Sie zu mir kommen würden. In dem Augenblick, da mein Vater den Laden verließ, fühlte ich, daß es so sein würde. Glauben Sie, daß ich diese Ahnungen habe, weil ich die Tochter meiner Mutter bin, oder daß jedes Mädchen, das liebt, sie manchmal hat?"

Diese Frage fiel auf Wolfs Seele wie eine kleine Welle der wahren Süße der Nacht, aber er fuhr fort, laut zu denken, ohne zu entgegnen.

„Das Seltsame ist, daß ich mir Ihr Gesicht kaum in Erinnerung rufen kann, wenn ich von Ihnen fort bin. Mutters Gesicht kenne ich wie ein Buch und auch Gerdas Gesicht; aber es ist so, als ob ich Ihre Persönlichkeit so nahe bei mir trüge, daß ich keinen einzigen Ausdruck vor mir sehen kann."

„Ich fühle mich unwirklich", sagte Christie, „das ist's — unwirklich. Schon als ich klein war, hatte ich mir selbst Geschichten von einem Liebsten erzählt. Aber nachdem Olwen geboren wurde — oh, und auch vorher — war mein Leben so niedergedrückt und stumpf, daß ich alles von irgendeinem Punkt außerhalb meiner Person zu betrachten schien — als ob mein Gemüt ein kalter, harter, fühlloser Spiegel gewesen wäre, der nur reflektierte, was da war, aber nichts fühlte. Aber jetzt, seit ich Sie kenne, ist alles anders geworden. Mein Gemüt ist wieder erwacht. In allen diesen elenden Jahren war ich eine bloße Hülse oder Schale — überhaupt ohne Herz. Aber jetzt ist die Hülse zum Leben erwacht und mit ihr mein Herz. Aber manchmal denke ich, mein Herz sei noch immer teilweise tot."

„Ich bin völlig zufrieden damit, wie Ihr Herz ist", warf Wolf ein. „Lebend oder tot, ich habe es jetzt und ich werde es niemals freigeben! So seltsam ist es, daß ich Sie gar nicht ein bißchen idealisiere, und ich glaube auch nicht, daß Sie mich idealisieren. Ich finde es wunderbar, daß wir einander nehmen, wie wir eben sind."

„Ob es nun darauf zurückzuführen ist, daß ich die Tochter meiner Mutter bin oder nicht", sagte Christie, „es ist mir ein großer Trost, diese meine Ahnungen darüber zu haben, was Sie tun oder wo Sie sind... ich glaube, wenn Ihnen etwas widerführe, ich würde es wissen."

„Ich wüßte gerne, was eigentlich in uns ist", sagte Wolf, „das uns so glücklich macht, wie wir es sind. Ich weiß sehr wohl, daß alle anderen Liebespaare in unserer Lage sich verzweifelt danach sehnen würden, sich zu vereinen, zusammen zu leben, ein Kind zu haben; aber hier sitzen wir auf diesem Feld, völlig zufrieden damit, Seite an Seite zu sein. Sie verlangen doch nicht mehr als dies, nicht wahr?"

„Ich weiß nicht, Wolf, ob ich immer so fühlen werde wie jetzt. Wie kann ich dies wissen? Aber heute verlange ich gewiß nichts anderes."

Sie hielt inne; und dann begann nach einer kleinen Pause ihre Stimme wieder in der Dunkelheit.

„Aber Sie meinen doch nicht, Wolf" — ihr Ton hatte jetzt den Klang einer gewissen, halb scherzhaften Furcht —, „daß das, was wir füreinander fühlen, jemals platonisch genannt werden könnte, nicht wahr? Ich weiß ·nicht... vielleicht, weil das Wort so mißbraucht wurde... aber ich empfand stets solche Abneigung gegen jene Bezeichnung. Die bloße Möglichkeit, daß man sie auf das geheimnisvolle Gefühl zwischen uns anwenden könnte, bloß deshalb, weil wir nicht das wünschen, was die Menschen gewöhnlich wünschen, wenn sie lieben, verringert alles irgendwie für mich... wissen Sie, was ich meine?"

„Ach, Christie! Christie!" rief er. „Wie würde mein Vater lachen, wenn er Ihre Worte hören könnte! Sie wissen, wie er unsere Handlungsweise betrachten würde? Wie er uns betrachten würde? Als nichts anderes denn als hoffnungslose Tollhäusler! Ich will verdammt sein, wenn ich weiß, was ‚platonisch‘ bedeutet... aber ich bin eher geneigt... zu denken... zu denken... daß unsere Art... die Dinge... unser Gefühl für einander... zu nehmen... viel eher mittelalterlich ist als platonisch.“

„Mittelalterlich, Wolf?“ protestierte Christie.

„Seien Sie nicht böse. Ich weiß, daß ich absurd bin. Ich glaube, ich bin philosophischen Phrasen mehr versklavt als irgendwer in ganz England! Ich liebe ihren Klang. Sie haben etwas... eine Art von Magie... ich weiß nicht was... das mir das Leben reich und erregend macht.“

„Oh, ich weiß, was Sie meinen, Wolf“, rief Christie. „Darum liebte ich es, jene Bücher in unserem Laden zu lesen... besonders Leibniz und Hegel. Ich konnte wohl nie ihren wirklichen Sinn erfassen; aber dennoch war es mir eine große Befriedigung, sie zu lesen.“

„Ich glaube nicht, daß es Pedanterie oder Aufgeblasenheit in einem von uns beiden ist“, fuhr Wolf fort. „Ich glaube, daß wir durchschauert sind von der Last der Geschichte, die hinter jeder dieser Phrasen liegt. Es ist nicht gerade das Wort selbst oder bloß seine unmittelbare Bedeutung. Es ist eine lange, lange Reihe menschlicher Empfindungen, Leben um Leben, Jahrhundert um Jahrhundert, die uns diesen besonderen Schauer verursachen. Meinen Sie nicht auch, Christie?“

„Ich wollte nur sagen“, murmelte das Mädchen, „daß ich, seit ich Sie kenne, mir gar nicht mehr so viel aus diesen philosophischen Büchern mache.“

„Unsinn!“ murmelte er. Aber wieder schwebte über ihm eine dahinwogende Flut der Glückseligkeit, die ihm den bloßen Ton ihrer Stimme gleich jenen fluktuierenden weindunklen Schatten auf hoher See erscheinen ließ, die die Gegenwart kühl schwankender Felder unterseeischer Wasserpflanzen andeuten.

„Ich weiß, sie sind absurd... diese Phrasen...“, fuhr er fort. „Worte wie ‚Pluralismus‘ und ‚Dualismus‘ und ‚Monismus‘. Aber woran sie mich denken lassen, ist bloß eine besondere Klasse von unbestimmten, köstlichen physischen Empfindungen. Und der Gedanke, daß es Gefühle gleich diesen in weit entfernten, lange schon begrabenen menschlichen Nerven gegeben hat, ist’s, der uns beiden so gefällt. Es läßt das Leben so dicht und reich und kompliziert erscheinen, wenn Sie wissen, was ich meine?“

Sie waren beide still, und jetzt stand sie steif und mühsam auf.

„Und nun, Wolf, Liebster“, sagte sie, „ist es sicher schon Zeit zu gehen. Ich bin nicht gerne der, der das sagen muß . . . oder der unsere Gedanken unterbricht . . . aber Vater wird zurückkommen und Gerda wird Sie erwarten."

Auch er erhob sich, und verlegen standen sie in dem windstillen Dunkel nebeneinander. Wolf hatte eine Sekunde lang das Gefühl, als wäre die Welt völlig an ihnen vorbeigegangen . . . als wäre sie ihres Weges gegangen und hätte sie vergessen . . . so daß keine Seele außer ihnen selbst wußte, daß sie existierten. So wie der Schatten eines einsamen Vogels auf ödem Sande der Form des Vogelfluges entspricht, so entsprach seine Seele, dies fühlte er jetzt, der ihren.

Aber der Augenblick verging rasch. Eine unklare, verwirrende Erinnerung an jene „gelben Farne" drunten am Lunt erhob sich plötzlich, ohne Grund. „Gerda muß an mich denken", sagte er zu sich. Und als ihm dies in den Sinn kam, konnte er eines wilden, heimlichen Hohnes über seinen eigenen Verrat nicht Herr werden. „Es wäre interessant", so dachte er, „was Jason sagen würde, wenn er alles wüßte."

Die ihm so nahe Gestalt des Mädchens schien gleich einem Pfeiler aus Nebel. „Es ist die sinnliche Liebe", dachte er, „bloß die Erleichterung durch die sinnliche Liebe, die das feinfühlige Gemüt eines Menschen vor diesen morbiden Gedanken bewahrt. Aber Christie hängt davon nicht ab, ebensowenig wie ich. Was würde Jason sagen, wenn er uns jetzt sähe?" Und dann überkam ihn ein sonderbares Gefühl der Beschämung, weil sein Geist die Macht hatte, so weit zu wandern. „Wandert auch ihr Geist?" dachte er. „Was geht in ihrem Gemüt vor?"

Dann sprach er zu ihr . . . zu jenem Fleck im Dunkel, der ihr Gesicht war.

„Solange wir einander sehen, so wie heute, wird es immer schön bleiben, nicht wahr, Christie?"

Ihre Stimme antwortete der seinen mit einem Klang, der ein Flüstern aus seinem eigenen Herzen oder ein Schrei von der anderen Seite der Welt hätte sein können.

„Aber jetzt ist's hart. Es ist hart, wenn's endet", murmelte sie.

„Es wäre möglich gewesen, daß wir einander überhaupt nicht begegnet wären", sagte er entschlossen. „Wir hatten heute abend alles, was wir begehrten. Es war, als ob sich alle Geräusche der Welt in ein einziges verschmolzen hätten und dann völlig erstorben wären. Hören Sie, Christie, nichts regt sich, nichts bewegt sich. Ein solches Schweigen ist es, nach dem Sie und ich immer verlangten . . . unser ganzes Leben lang."

385

„Aber es ist hart, wenn's endet", wiederholte sie.

„Wir dürfen nicht daran denken", sagte er. „Unser Geist wird stets fähig sein, dieses Schweigen zu finden. Wir werden immer fähig sein, einander in unseren Gedanken zu erreichen, wo immer wir sein mögen. Fühlen Sie nicht auch so, Christie?"

„Ich versuche es zu fühlen", sagte sie.

„Sie fühlen so. Niemand außer Ihnen könnte die Gedanken eines Menschen erwidern, ehe sie ausgesprochen wurden. Sie müssen wissen, Christie, wie ich immer und immer wieder in meinem Herzen Ihnen zuflüstere, Tag und Nacht, und Ihnen jedes kleinste Gefühl sage, das ich empfinde."

„Auch ich erzähle Ihnen, Wolf. Auch ich spreche zu Ihnen, manchmal . . . aber doch, aber doch . . ."

Ihre Stimme brach in einem leichten Seufzer, der leiser als das Fallen einer Feder in den Stoppelfeldern verhallte.

„Ich weiß es", wiederholte er hartnäckig, „aber wir wollen den Göttern nicht undankbar sein, Christie. Denken Sie nur daran, wie leicht es hätte sein können, daß wir einander überhaupt nie begegnet wären! Denken Sie, wie ich in London hätte weiterleben können und Sie hier in Blacksod! Aber jetzt ist alles anders. Und in einem gewissen Sinn können wir wirklich . . . sehen Sie das nicht, Christie? . . . nur dadurch, daß wir einander kennen und daß wir so sind, wie wir sind, außerhalb des Raumes und der Zeit gelangen. Wir sind in eine Region gekommen, wo all das —"

„Hören Sie auf, Wolf, hören Sie auf", rief das Mädchen. „Ich kann das jetzt nicht ertragen. Ich sage Ihnen, ich kann nicht —"

Er trat auf sie zu und versuchte sie zu berühren; aber sie wich zurück.

„Vergeben Sie!" sagte sie mit leiser, ruhiger Stimme. „Nicht daß ich Sie nicht verstünde. Ich fühle das alles. Es ist nur . . . beim Ende . . . wenn ich Sie verlassen muß . . . erscheint mir dies alles . . . ich meine, es erscheint mir nicht . . ."

Ihr sanfter Ton linderte den Vorwurf, wenn es hier überhaupt einen Vorwurf gab; und Wolf war sich keines anderen Gefühles bewußt als einer dunklen inneren Auflehnung gegen diesen geheimnisvollen Stolz in ihnen beiden, der es ihm so hart machte, auch nur durch die geringste Liebkosung Erleichterung zu suchen. Es war jetzt an ihm die Reihe zu seufzen — schwerer, als sie es getan hatte —, und in einem Augenblick fühlte sie die Änderung seiner Stimmung.

„Ich liebe Sie so sehr, Wolf", sagte sie. „Nicht um alles in der Welt würde ich Ihnen weh tun wollen. Gerade das, was ich für Sie fühle, macht es mir so hart, wenn Sie gehen müssen und wenn ich gehen muß. Und ich weiß, was Sie meinen ... Ich weiß, was Sie meinen ... mit ... mit unseren Gedanken!"

Während sie sprach, bewegte sie sich in der Dunkelheit ein wenig zu ihm hin. Es war eine fast unmerkliche Bewegung, aber sie genügte, um einen gefährlichen Dolch der Zärtlichkeit durch seine Nerven zu stoßen.

„Christie, oh, Christie", flüsterte er und trat unwillkürlich auf sie zu.

Aber sie hatte schon ihren Mantel zusammengerafft und hielt diesen mit einer Hand unter dem Kinn fest.

„Es ist schon gut, Wolf! Es ist schon gut!" sagte sie rasch und wandte sich, wie in einem hastigen Impuls der Flucht, zur Hecke.

„Jetzt wäre es wohl Wahnsinn", dachte er, als er ihr durch das wirre Dickicht der Zweige folgte.

Eine halbe Stunde später ging er mit raschem, befangenem Schritt über das Pflaster der erleuchteten Blacksoder High Street. Sein Sinn war dabei so erfüllt von Christie, daß die Leute, an denen er vorbeikam, für ihn ebenso gespenstisch waren wie die Ulmen an der Straße von King's Barton.

Christie hatte zugesagt, am Montag zu kommen. Das war es, woran er jetzt dachte; und er führte einen imaginären Dialog mit Gerda, der dieses Projekt zum Thema hatte, und den, Satz um Satz, zu proben er beschäftigt war, während er weitereilte.

„Wenn sie ablehnt, ist's eben abgelehnt", dachte er. „Ich werde sie nicht zwingen. Ich werde den beiden nur sagen müssen, daß diesmal nichts daraus wird."

Er hatte gerade jene Stelle nahe dem Marktplatze erreicht, wo Preston Lane von der High Street abzweigt, als er ganz unerwartet, denn das Trottoir war voll von Menschen, der schlanken Panurggestalt Bob Weevils begegnete, der mit einem neuen Strohhut und in neuen Flanellhosen hastig seines Weges ging.

„Hallo!" sagte der junge Krämer mit einer Bewegung erschreckten Zusammenfahrens und warf dann einen verstohlenen Blick um sich, als ob er sich öffentlichen Schutzes gegen einen möglichen Ausbruch körperlicher Gewalttätigkeit versichern wollte.

„Oh, Sie sind's, Bob?" sagte Wolf. „Wohin gehen Sie denn so schnell?"

Mr. Weevil blieb stehen und blickte ihn mit emporgezogenen Lidern an, während er ihm die Hand schüttelte.

„Heim", verkündete er mit unangenehmer lauter Stimme. „Heim

zu Dad. ,Der kleine Bobbie ist am besten zu Haus'", fuhr er fort. „Wo waren denn Sie? Sind wohl in Barton Ihren Geschäften nachgegangen?"

Das gezwungene Lächeln, das die Züge des Burschen während dieser Scherze belebte, war so offenbar unbehaglich und verlegen, daß Wolf augenblicklich argwöhnisch wurde. Jedes Wort von Jasons Anspielungen kam ihm wieder ins Gedächtnis. Und ebenso jene noch unseligere Andeutung, die der Poet an dem Tage geflüstert hatte, da Mukalog ihm entrissen wurde.

„Wo waren Sie?" fragte er unvermittelt.

Er tat sein Bestes, seiner Stimme einen nachlässigen Klang zu geben; aber die Wirkung seiner Frage auf Mr. Weevil zeigte, daß diese Anstrengung erfolglos gewesen war.

„Sind Sie denn ein Detektiv, wie?" höhnte der junge Mann in einer polternd unverschämten Art. ",Der kleine Bobbie ist am besten zu Haus'", wiederholte er. „Kennen Sie dieses Lied? Ich werde Ihnen gelegentlich einmal den übrigen Text sagen."

„Nun schön, gute Nacht", fuhr Wolf ihn brüsk, beinahe grob an. „Ich habe einen langen Tag hinter mir. Gute Nacht, und bleiben Sie das nächstemal nicht so lange im Wasser, wenn Sie im Lenty Pond baden!"

Darauf entfernte er sich, trotz seiner Erregung grimmig belustigt durch die Art, wie der junge Mann bei dem Tonfall dieser Bemerkung Mund und Augen aufriß.

„Er ist bei Gerda gewesen", dachte er, während er weitereilte.

Dies ist Wirklichkeit

Sobald Wolf Preston Lane erreichte, sah er unter der ersten der drei Laternen, die die ganze von Blacksod jenem ärmlichen Bezirk bewilligte Beleuchtung darstellten, auf die Uhr. Es war viertel zehn. Er mußte länger als eine Stunde in dem Kornfeld gewesen sein; denn er hatte Farmer's Rest um sieben Uhr verlassen.

„Er ist bei Gerda gewesen." Dieser einzige Gedanke hatte ihn aus dem Zentrum der Stadt dort hingejagt, wo er jetzt stand, ohne daß ihm irgend etwas auf der Welt bewußt geworden wäre, mit Ausnahme eines einsamen Fischauges — verglast und starrend —, auf das er durch ein gasbeleuchtetes Ladenfenster einen flüchtigen Blick geworfen hatte.

Er war zu beunruhigt, um auch nur Überraschung über seine unerwarteten Gefühle zu empfinden. Kein wachsamer, selbstbeobachtender Dämon in ihm rief: „Was ist das?" oder: „Was bedeutet das?" Er litt nur; und sein Leid war ihm so völlig neu, daß er kein geistiges Werkzeug zur Hand hatte, um damit fertig zu werden. Er glich einem Mann, der sein Leben lang Leoparden gejagt hat und sich plötzlich einem angreifenden Rhinozeros gegenübersieht! Alles Blut, das in ihm war, schien in blindem, unvernünftigem Ungestüm in einen Teil seines Nervensystems geflutet zu sein, den er atrophisch und verhärtet geglaubt hatte. Lebhaft erinnerte er sich jener auf der Straße beim Kirchhof ausgesprochenen Warnung Jasons. „Diese Leute müssen ihn dazu verhetzt haben", dachte er. „Es ist nicht sehr hübsch, sich vorzustellen, daß jene Wasserratte jetzt dort oben prahlt und über Gerda Geschichten erzählt."

Er stand unbeweglich unter der Laterne. Er hatte das Gefühl, als ob eine Pöbelhorde von Urquharts und Jasons in das innerste Heiligtum seiner Gefühle — seiner unartikulierten physischen Gefühle — eingebrochen wäre, um sie zu höhnen. Er hatte das Gefühl, als wäre er nackt ausgezogen worden, als wäre er nun ein Gegenstand des Gelächters für die ganze menschliche Rasse. Sie waren es eben — diese physischen Gefühle —, die er in seinem Stolz vor jedermann verborgen hatte. Und jetzt waren sie emporgehalten, um verlacht zu werden, und er war es mit ihnen! Langsam überquerte er die Straße, blieb dann stehen und blickte sich um.

Alles war still. Die meisten Fenster dieser netten kleinen Häuser zeigten zwischen den Musselinvorhängen gedämpftes Gaslicht. Von seinem Standpunkt aus war der dunkle Umriß des Schuppens des Schweinezüchters ein kleiner, an der weiter abseits stehenden Esche zusammengekauerter schwarzer Fleck. Über die schattige Hecke drang ein schwacher Geruch nach von Rindern zertrampeltem Gras, ein armseliges Gegengift gegen die Jauche, das durch ihren Gestank bald verschlungen wurde. Wolfs Wohnung lag noch zwei oder drei Häuser weiter. Er konnte einen dünnen Lichtstrahl sehen, der aus dem oberen Fenster drang. Gerda war in ihrem Schlafzimmer, in ihrem Schlafzimmer — jetzt um viertel zehn Uhr! Hatte Bob Weevil sie dort hinaufgelockt, sofort nachdem sie mit dem Abendessen fertig geworden waren? „Wo habe ich denn einmal gelesen", so dachte er, „daß sie, mögen sie auch jegliche Freiheit gewähren, gewöhnlich Scheu empfinden vor den Betten ihrer Gatten? Aber, du großer Gott, was sind Betten? Betten sind nichts. Betten sind Geburt und Tod und Morgen und Abend. Aber sie sind nichts, wenn es sich um dies handelt! Das kann jedem Bett seinen Sinn nehmen."

Noch einmal ging er über die Straße, dorthin, wo die Laterne stand. Jenes Haus hatte kein Licht in den Vorderfenstern. Statt dessen hing hier ein kleiner Zettel, den er deutlich lesen konnte. „Möbliertes Zimmer zu vermieten. Auskünfte hier im Hause. Mrs. Herbert." „Mir scheint, ich habe Mrs. Herbert schon hunderte Male gesehen", dachte er, „ohne sie zu kennen. Und ich werde sie niemals kennen. Ich werde sterben, ohne ihre Bekanntschaft gemacht zu haben."

Er klopfte mit dem Stock auf Mrs. Herberts Gitter. „Nicht, daß ich Gerda irgendeine Freude mißgönnte", dachte er. „Das ist's, daß ich keine Zuschauer bei meiner Freude leiden kann. Sie wird genau dieselbe sein, was immer Bob Weevil getan haben mag. Aber er wird immer da sein... hinter ihren Gedanken versteckt wie eine Ratte hinter einer Holzwand... und wird mir zusehen, wenn ich sie berühre. Er wird in ihren Gedanken sein, wenn ich sie in meinen Armen halte. Er wird immer da sein. Ich werde mit ihm essen, mit ihm schlafen. Es wird immer einen Spalt in ihren Gedanken geben, durch den sein Auge auf mich blicken wird."

Er erinnerte sich, wie seine Mutter einmal nach einem Gespräch mit ihrem Vetter Lord Carfax in der allerbesten Laune in ihre Londoner Mietwohnung zurückkam und ihm erzählte, wie dieser Edelmann ihr seine Philosophie der freien Liebe erklärt hatte, und wie barbarisch es sei, eifersüchtig zu werden und besitzheischend, wenn man verliebt ist. „Eifersüchtig?" dachte er. „Nun gut. Er ist geselliger als ich, der gute Carfax. Ich habe es gerne, in meinem Hause allein zu sein...

nicht von einer dritten Person, die hinter dem Rücken meines Mädchens versteckt ist, belauscht zu werden."

Er fühlte ein außerordentliches Widerstreben, sich auch nur einen Schritt von dieser Stelle am Gartengitter der unbekannten Mrs. Herbert wegzubewegen. „Ich habe eine Menge über Realität gesprochen", sagte er zu sich. „Aber jetzt weiß ich ein bißchen besser, was die meine ist ..."

„Dies ist Wirklichkeit!" dachte er. „Dies ist es, was Männer in Colorado, in Singapore, in Moskau, in Kapstadt, in Neuseeland im Dunkel sehen, wenn sie um viertel zehn nach Hause kommen! ... Dies ist Realität", dachte er.

Er blickte auf den kleinen Rinnstein zu seinen Füßen zwischen dem asphaltierten Trottoir und der Fahrbahn. Das Laternenlicht erhellte diesen Rinnstein, und er sah ein abgerissenes Stück Zeitungspapier darin liegen — eine Titelaufschrift der „Western Gazette" — und gerade am Rand dieses Titels sah er eine leere, grünlich gefärbte Konservenbüchse. Er konnte sogar die Worte auf jenem abgerissenen Papierfetzen lesen — es war ein großer fetter Druck. „Frankreich mißtr ...... land." „Frankreich mißtraut England", wiederholte er für sich; und dann: „Lyles Sirup". Das konnte er lesen, ohne es zu lesen! Aus solch grünlich gefärbtem Behälter hatte er seinerzeit Gerda oft naschen gesehen.

„Achtet Mattie darauf, daß Olwen in Pond Cottage ihren Sirup bekommt? Das ist Wirklichkeit", dachte er.

Hinunter, unter seine Füße, unter diesen Asphalt, unter diesen Somersetlehm, hinab bis zum Mittelpunkt der Erde ging das Geheimnis fester Materie. Hinauf, über ihn, über all diese dichte, nach Schweinen riechende Dunkelheit, gingen Raum, Luft, Leere — das Geheimnis nicht fester Materie. „Frankreich mißtr ...... land" — „Lyles Sirup". Stoße sie nur mit dem Ende eines Eichenholzstockes ... „Sie werden mit Ihrem kostbaren Stock in eine Grube marschieren, junger Mann!" — War es nicht das, was Jason gesagt hatte?

Pluralismus, Pantheismus, Monismus! ... Phrasen ... Phrasen, von Männern ersonnen, die um viertel zehn nach Hause kommen. Aber auch die Geräusche ... jene breiten, behaglichen, schnurrenden Töne ... ein Teil der Wirklichkeit.

Hatte Bob Weevil ihr die Röcke in die Höhe gehoben? Aber die Frauen haben es lieber, sich die Kleider aufhaken zu lassen ... aufknöpfen ... sie sinken zu lassen ... Dies Gefühl verlieren sie nie ... Sie belügen einen, wenn sie sagen, daß sie dieses Gefühl verloren haben. Welches Gefühl? Die Schönheit ihrer Schönheit ... das Gefühl, schön geliebt zu werden ... „Dies ist Wirklichkeit", dachte er. „Sie belügen einen, wenn sie sagen ... Hinauf oder hinab, Bob Weevil? Das ist die Frage. Hinauf ist unendlich. Hinab ist unendlich. Pantheismus, Dualismus, Pluralismus! 'ne Unze Bisam, guter Meister Jason!"

Er setzte sich in Bewegung und stand nun vor dem kleinen eisernen Gittertor seines Hauses. Er sah nicht hinauf, denn plötzlich kam über ihn die nervöse Idee, daß sie in ihrem kurzen Hemd auf dem Boden kniete und zu ihm hinunterspähte; und er fühlte sich nicht in der Stimmung, bespäht zu werden!

Jetzt aber starrte er auf das Schloß des Tores und dachte nach, ob er es öffnen könnte, ohne irgendein Geräusch zu verursachen. Sie hatte so oft dieses Zuschnappen gehört und war ihm entgegengelaufen, ihn zu begrüßen. Er hatte das Gefühl, als ob das Hervorrufen dieses besonderen Geräusches jetzt so wäre, wie wenn er vor sie träte, das ganze Gesicht geschwärzt wie ein Clown ...

Doch jetzt erhob sich eine andere Frage. Sein Geist begann sich gleich einer zusammengerollten Natter zu einem Knoten zu schlingen. Seine eigene Stimme klang ihm ins Ohr, wie er Christie Tag und Nacht versicherte, daß er nichts anderes tue, als in seinen Gedanken mit ihr zu leben und ihr alles zu sagen! Konnte er ihr jetzt alles sagen? ... Ihr, die ohne Zweifel in eben diesem Augenblick an ihrem Fenster stand? Warum konnte er ihr nicht alles sagen? Warum konnte er ihr nicht sagen, daß es nicht deshalb war, weil er Gerda eine Freude mißgönnte ..., daß es nur deshalb war, daß er Bob Weevil die Art von Freude mißgönnte, die er aus jenem Grabsteinbild geschöpft hatte. Warum konnte er dies alles Christie nicht erklären; warum konnte er ihr nicht erklären, daß es nicht die Sache an sich war, sondern nur die Art ... die Art, in der Bob Weevil getan hatte ... was immer er getan haben mochte?

Er wußte sehr gut, daß Christie seine Anhänglichkeit an Gerda verstand. Er wußte sehr gut, daß sie seine Empfindlichkeit über das Eindringen Bob Weevils verstehen würde. Was er ihr aber nie, niemals klarmachen konnte, war dieser kalte, übelkeiterregende Ekel, den er gegen die einfachen realen Tatsachen, die sich abgespielt haben mußten, empfand. Wie konnte Gerda dies nur zugegeben haben? Wie konnte sie das?

Aber vielleicht hatte sie ein wenig gekämpft — wenn auch nur aus Stolz —, als Bob Weevil begonnen hatte, sie abzutasten. Aber bald konnte es hier kein anderes Geräusch mehr gegeben haben als das des Atmens, des schweren Atmens ... Gerda hätte gelitten, wenn sie von Christie gewußt hätte ... das geheimste aller weiblichen Leiden ...

tiefer als „Frankreich mißtr... ... land"... Aber auch ein Mann, der um viertel zehn nach Hause kam, litt das geheimste aller männlichen Leiden... „'ne Unze Bisam, guter Meister Jason!" Er neigte den Kopf tief zu dem kleinen eisernen Gittertor und versuchte zu denken — zu denken und das alles zu klären.

Er lehnte sich an das kleine Tor, während ein unaufgestörter Teil seines Bewußtseins darüber nachzugrübeln begann, ob es Dotterblumen waren oder Petunien, die im Dunkel solch schwachen weißlichen Schein verbreiteten. Es gab hier Exemplare von beiden Pflanzen; aber er konnte sich an die Stelle nicht erinnern — ob die Dotterblumen hier wuchsen oder dort. Dann kam ihm ein Gedanke in den Sinn, der ihn den Rücken straffen, das Schloß aufsperren, öffnen und kühn zur Haustür gehen ließ.

Wenn Gerda und Mr. Weevil einander wirklich gerne hatten — wenn das Mädchen Wolfs und seines schwerfälligen, plumpen Gemütes schon müde geworden war — warum konnten sie sich dann nicht trennen... er würde seines Weges gehen... sie des ihren?

Zu seiner Überraschung saß Gerda — trotz der brennenden Kerze dort oben — still, zufrieden und ruhig an einem Tisch im Wohnzimmer. Sie säumte eine Schürze; und ehe sie sich lächelnd erhob, ihn zu begrüßen, sah er, wie sie rasch, aber sorgfältig die Nadel in einem Knäuel weißen Fadens feststeckte. Sie legte die Arme um seinen Hals und küßte ihn, nicht leidenschaftlich oder oberflächlich, sondern liebevoll und froh.

„Ich habe spät Tee getrunken und mit dem Abendessen auf dich gewartet. Es ist alles schon in der Küche bereit", sagte sie, als sie ihn freigab. Und dann dehnte sie sich, beide Arme ausgestreckt; und ihr sorgloser Ausdruck indolenten Wohlbefindens wurde durch das kindliche Lächeln, das ein schamloses Gähnen beschönigte, noch verstärkt. Wolf ging auf den Gang zurück, um seinen Hut aufzuhängen und seinen Stock in die gewohnte Ecke zu stellen. Er mußte, während er dies tat, unwillkürlich an Jason denken.

Als er zurückkam, faltete sie ihre Näharbeit zusammen und legte sie in eine Lade. Sie blickte ihn über ihre Schulter lächelnd an. „Ich hatte Besuch zum Tee, Wolf. Rate, wer's war!"

„Es wird mir nicht allzu schwer werden, das zu erraten, Gerda", sagte er mit all der Leichtigkeit, die er anzunehmen vermochte. „Vorsicht! Vorsicht jetzt!" flüsterte sein kampflustiger Geist seinen erregten Nerven zu. „Wenn du den kleinsten falschen Schritt tust, wird sie die Oberhand über dich erlangen."

„Warum?" Das Mädchen näherte sich ihm beim Sprechen und

warf ihm einen langen, forschenden Blick zu. „Was ist los mit dir, Wolf? Ist irgend etwas nicht in Ordnung?" Sie legte beide Hände auf seinen Rock, faßte die nicht zugeknöpften Rockaufschläge und zog sie an ihm mit einer Bewegung zusammen, die gleichzeitig befehlend und schmeichelnd war.

„Ich habe eben jetzt Bob Weevil getroffen", murmelte er und versuchte in diese Worte einen natürlichen Ton zu legen und jedes verräterische Zeichen aus seiner Miene zu bannen.

Aber mit unglaublicher Schnelligkeit, ja sogar noch, während sie ihr Kinn hob und die Lippen öffnete, verwünschte ihn der selbstschützende Dämon in ihm als unüberlegten Dummkopf. „Warum bist du damit herausgeplatzt?" sagte der Dämon.

„Und er hat dir erzählt, daß er hier war?" Ihre Worte waren so ruhig, als ob sie gesagt hätte: „Und er hat dir erzählt, daß er Kegel gespielt hat?" Sie gab jetzt seinen Rock frei und lief mit völlig natürlichem Gehaben auf den Gang und von dort in die Küche.

Wolf hörte, wie sie die Sachen fürs Nachtmahl zusammensuchte. Er hörte das Geräusch fließenden Wassers und Geräusch von Metall an irdenen Gegenständen. Er blickte im Zimmer umher. Ah! Da war etwas, das er vorhin nicht bemerkt hatte, ein geöffnetes Damebrett, dessen schwarze und weiße Steine in zufälliger Verwirrung auf der schachbrettartigen Oberfläche durcheinandergeworfen waren.

Sie hatte also Dame gespielt!

Er ging gedankenvoll hin und begann die runden hölzernen Steine aufzuschichten, einen über den anderen, und hielt diesen wackeligen Turm mit den Fingern im Gleichgewicht, als er zu schwanken begann. Dann nahm er die Hand fort; sein Turm fiel mit einem Krach zusammen, und viele der Steine rollten auf den Boden.

Das Haus war so still, daß Gerda auf dieses plötzliche Geräusch in das Zimmer gelaufen kam — und ihn bei dem Damespiel stehen sah.

„Was hast du denn?" rief sie zankend. „Wirst du mir denn nicht helfen, das Abendessen zu richten? Wirst du dir denn nicht einmal die Hände waschen?"

„Du hast also mit Bob Dame gespielt. Ich habe nicht einmal gewußt, daß du das Spiel kennst, Gerda", sagte er.

„Geh und wasch dir die Hände", entgegnete sie ruhig scheltend. „Ich habe Tomatensuppe. Sie wird in einer Minute fertig sein. Ich werde dir das ganze Geklatsch von Bob erzählen, wenn wir uns zum Essen gesetzt haben! Natürlich kann ich Dame spielen. Bob hat es mich vor Jahren gelehrt, als ich noch klein war. Heute habe ich jede Partie gewonnen. Die ganze Zeit hab ich ihn geschlagen. Aber komm doch

schon, Wolf. Ich habe Hunger. Laß doch die Steine jetzt liegen!"
Er folgte ihr in die Küche und stand verwirrt und mürrisch dort,
bis das Mahl fertig war.

„Ich werde heute abend Bier trinken, Gerda", sagte er. „Ich weiß
nicht, ob auch du es willst."

„Aber gewiß", sagte sie in ihrem muntersten Ton, setzte sich zum
Tisch, brach ein Stück Brot mit der einen Hand ab, während sie mit
der andern den Löffel in die Suppe tauchte.

Er ging zur Kredenz und kam mit drei Flaschen zurück.

„Aber, Wolf ... Liebster!" rief sie mit vollem Munde. „Für wen
ist denn die dritte Flasche? Erwartest du heute jemanden?"

„Sie ist für mich", bemerkte er lakonisch. „Ich bin müde heute abend.
Ich habe einen langen Tag hinter mir."

„Aber, Wolf, ist es nicht ein bißchen über die Schnur gehaut, so
viel bei einer Mahlzeit zu trinken?"

Er antwortete nicht, sondern beschäftigte sich damit, zwei Flaschen
zu öffnen und sich und ihr die Gläser zu füllen.

„Sie ist gut ... diese Suppe ... nicht wahr, Wolf?" bemerkte sie
jetzt, fuhr mit der Spitze ihrer rosigen Zunge über einen Winkel ihrer
so vollkommen gezeichneten Lippe und hob den Löffel wieder zum
Munde.

Er stürzte den halben Inhalt seines Glases samt dem Schaum ohne ein
Wort zu sagen hinunter. Dann begann er in hastigen Schlucken die
Suppe zu verzehren.

„Gute Suppe ... sehr gute Suppe", murmelte er.

Sie warf ihm über den Rand ihres erhobenen Glases einen raschen,
durchdringenden Blick zu, nippte nur an dem weißen Schaum und
stellte das Glas dann auf den Tisch zurück. Den nächsten Löffel Suppe
hob sie langsam, nachdenklich, geistesabwesend zum Munde, während
eine kleine, unwillige Falte auf ihrer Stirn lag.

Wolf machte sich hartnäckig und entschlossen daran, die Mahlzeit
zu beenden. Eilig und angespannt, als ob dieser Prozeß etwas an sich
Wichtiges wäre, das zu einer wünschenswerten Tat führte, aß er Stücke
zerkrümelten Brotes und fuhr fort, in langen Zügen Bier zu trinken.
In dem Augenblick, da die erste Flasche leer war, öffnete er die zweite
und behandelte sie mit derselben konzentrierten, absorbierten Entschlossenheit.

„Gute Suppe ... sehr gute Suppe", wiederholte er, als wären diese
Worte ein Köder, den er über seine Schulter einem unersättlichen
Kerberos des Flusses der Zeit zuwarf.

„Ich bin der schwächste, leichtgläubigste Idiot, der jemals auf dieser

Welt geboren wurde", dachte er, während er Gerda zusah, wie sie ein großes Stück Brot bestrich und dann absichtlich langsam kleine Stücke davon abbiß. „Ich sollte gar nicht Wolf Solent heißen! Ich sollte Herr Wassersuppe oder Herr Schwachbier heißen."

„Willst du mir heute keine Zigarette geben?" fragte Gerda.

Er stand auf, um ihr zu gehorchen, und es schien ihm, als ob die körperliche Anstrengung, die es erforderte, ihr das Gewünschte zu reichen und ihr ein angezündetes Streichholz entgegenzuhalten, die schwerste Anstrengung wäre, zu der er je seine Muskeln gestrafft hatte.

Immerhin zündete er auch sich eine Zigarette an und nahm seinen Platz wieder ein.

Unter völliger, nur durch das Ticken der Uhr auf dem Kaminsims unterbrochener Stille erhoben sich jetzt von jeder Seite des Tisches die graubläulichen Rauchspiralen und trieben, zögernd, wogend, aufeinander zu, hoch über den beiden Menschenköpfen.

„Es ist die Schwäche deiner Natur, Biersuppe", sagte er zu sich. „Die Schwäche und die Leichtgläubigkeit." Dann rief er sich den plötzlichen kühnen Entschluß ins Gedächtnis, mit dem er das Schloß ihrer Gartentür geöffnet hatte; und er verglich jenen Blitz der Inspiration mit seinen jetzigen elenden Gefühlen. Kannte er sich selbst überhaupt nicht? Was er jetzt fühlte, war eine völlige Zersetzung von Wunsch und Willen. Er hatte das Gefühl, als ob sein Bewußtsein eine winzige zuckende Flamme wäre, nein, nicht einmal eine Flamme, sondern ein kaum sichtbarer Dunst über einem Chaos einander widerstrebender Wünsche, Absichten, Begierden, Hoffnungen und Bereuungen, die so sehr desorganisiert waren, daß sie einander gänzlich aufhoben. Und er hatte auch das Gefühl, als ob sie von ihm entfernt wären, diese Gefühle, die die seinen hätten sein müssen — entfernt und unendlich verächtlich! Der einzige Wunsch, den dieses schwache dahintreibende Bewußtsein behielt, war der Wunsch, all dem zu entfliehen. Denn so desorganisiert diese Gefühle auch waren, entstieg ihnen doch ein dumpfer Ekel, übelkeiterregend und lähmend, und verwirrte jenes schwache freie Bewußtsein, das er hatte, wie ein verwesender Körper eine zarte „animula vagula" verwirren mag, die ihm eben erst halb entronnen ist.

Er rang um den Gebrauch seines Gehirnes, seines freien Gehirnes. „Was ist mit dir los, du Klumpen von Eselhaftigkeit? Sprich doch, drück dich aus, Herr Wolf Biersuppe!"

Dann erinnerte er sich plötzlich, was er gefühlt hatte, als er auf dem Rasen von Farmer's Rest Dorchester Ale getrunken hatte. Da hatte er sich vollkommen als Herrn seines Geschicks gefühlt. Alle diese desorganisierten Erregungen, alle diese nervösen elektrischen Ströme waren da zusammengefaßt und in einem Brennpunkt vereinigt gewesen. War er vielleicht ... von Geburt unfähig, mit Frauen umzugehen, sei es nun in Lust oder in Zärtlichkeit? War er nur dann ein Mann, wenn er Männern gegenüberstand? Wurde seine ganze Natur, wenn sie mit Frauen zu tun hatte, plump, saftlos, porös? Er begann plötzlich jene erstaunliche Empfindung zu fühlen, die ihn auf Babylon Hill befallen hatte, als ob sein Kopf, jenes Etwas, das da sagte „Ich bin ich" ... sich schlängelte und wände wie eine aufgerichtete versteckte Schlange ... über einem Leichnam von unaussprechlicher Verwestheit ...

So streckte er gleich einem Ertrinkenden in alle Richtungen seine Gedanken nach Hilfe aus. Zu seiner Mutter streckte er sie aus. Zu seinem Vater streckte er sie aus. Schwach und automatisch trug er seine Gedanken wie einen Korb voll sterbender Fische zur Schwelle von Christies Zimmer. „Christie! Ich muß es dir sagen ... ich muß, ich muß es dir sagen!"

Aber es schien ihm nun, als ob sogar Christies Gemüt jetzt seiner Hilflosigkeit verschlossen wäre. Er schien ihren Ruf zu vernehmen: „Hören Sie auf, Wolf, hören Sie auf! Ich kann es nicht ertragen, das zu hören."

„Dies darf nicht so weitergehen", dachte er. „Ich muß dem irgendwie ein Ende machen oder ich werde verrückt."

Er erhob sich und begann in der Küche auf und ab zu gehen.

Gerda sah ihm schweigend ein paar Augenblicke lang zu; dann drückte sie den Rest ihrer Zigarette am Rand ihres leeren Suppentellers aus und sagte, ganz natürlich und ruhig, zu ihm:

„Wolf, Liebster, bitte, geh doch hinauf und sieh nach, ob ich dort meine Kerze habe brennen lassen. Ich möchte aufwaschen, ehe wir zu Bett gehen."

Verwirrt blinzelnd starrte er sie an. Dann hob er die Hand an den Mund und ließ sie dort — um jene Eigentümlichkeit, die er hatte, zu verbergen, die Eigentümlichkeit, mit den Muskeln seines Unterkiefers zu zucken, wenn er an der Grenze seiner Fähigkeit zu dulden angelangt war.

Gerda erhob sich ruhig von ihrem Sessel und begann die Gegenstände auf dem Tisch zu sammeln. „Geh doch hinauf und lösche die Kerze aus, Wolf", wiederholte sie. „Wir können doch kein Feuer in unserem Haus brauchen."

Er gehorchte ihr jetzt schweigend und stieg schleppenden Schrittes die knarrenden Stufen hinauf. Er hatte das Gefühl, als ob eine ganz andere Person — irgendein gefügiger, harmloser, klotziger Idiot — an die Stelle jenes Wolf getreten wäre, den er gekannt hatte.

Als er das Zimmer betrat, fand er, daß die von ihr zurückgelassene Kerze in dem Leuchter schon niederbrannte, flackerte, zur Seite schlug und Kerzentropfen über die Decke der Kommode ergoß. Er neigte sich mechanisch vor, sie auszublasen, und dabei schlug ihm mit ganzer Macht das kohlensaure Gas ins Gesicht. Ohne irgendeinen bewußten Zweck näherte er sich dem Bett und fuhr im Dunkel zögernd mit der Hand über beide Kissen, als ob er nach etwas greifen wollte.

Dann richtete er sich am Bettrand gerade auf, wobei seine Knie die leinwandbedeckte Matratze berührten und seine Arme schlaff zur Seite hinabhingen.

Ganz äußerlich und objektiv, als ob es diese idiotische andere Person wäre und gar nicht er selbst, der diesen Gedanken formulierte, grübelte er darüber nach, ob es n a c h der Liebesumarmung, die sie Bob Weevil gewährt hatte, oder v o r h e r gewesen war, daß das Damespiel hervorgeholt wurde. Ein häßlicher Kommentar über dieses Problem schien sich aus der Masse seiner in Unordnung geratenen Nerven zu erheben. „Warum fragst du nicht Christie, was s i e meint? Christie ist ein Mädchen. Christie wird imstande sein, dir zu sagen, ob es vor dem Damespiel war oder nachher."

Er ließ das Bett und trat zu dem offenen Fenster, wobei er hörte, wie Gerda drunten mit dem Geschirr klapperte, während sie seelenruhig abwusch.

Das Fenster war oben geöffnet, so daß er, um die Kühle der Luft zu fühlen, genötigt war, seine Ellbogen auf das Holzwerk zu lehnen und das Kinn auf die Rücken seiner gefalteten Hände zu stützen.

Bis zum Ende seines Lebens erinnerte er sich dessen, was er in jenem Augenblick fühlte, während der Knochen seines Unterkiefers auf seinen Knöcheln lag und so hart auf sie drückte. Er fühlte sich absolut einsam — einsam in einer Leere, die verschieden war von leerem Raum. Er bemitleidete sich nicht. Er haßte sich nicht. Er duldete sich bloß und wartete — wartete, bis das, was ihn einschloß, was immer es sein mochte, irgendein Zeichen gab.

Ganz allmählich dämmerte ihm auf, daß er während der letzten zwei oder drei Minuten etwas gesehen hatte, ohne sich dessen, was er sah, bewußt zu werden. Jetzt begann ihm langsam Linie um Linie, Zug um Zug klar zu werden, was er in der Dunkelheit dieses Raumes gesehen hatte, in der Dunkelheit dieser finsteren Nacht.

Es war das Gesicht des Mannes auf den Stufen von Waterloo Station!

Und aus seiner abscheulichen Pein schrie Wolf einen wortlosen Schrei diesem Gesichte zu; und die Natur dieses Schreies war so verzweifelt, daß sie eine psychische Spannung in seinem Hirn zu zerreißen schien. Und es schien ihm, daß das, woran er jetzt appellierte, etwas war, über seine Mutter hinaus, über seinen Vater, ja sogar über Christie hinaus — etwas, das zusammengefaßter, fleischgewordener Blick war, gerichtet gegen des Lebens Maschinen, der Blick jeder fühlenden Kreatur, die von diesen Maschinen seit dem Beginn der Zeit zermalmt worden war.

Der von drüben kommende Geruch des Schweinestalles mußte der Grund gewesen sein, warum der Blick, den er um Hilfe anflehte, nur zum Teil menschlich war. Es war ein Tierblick ... es war ein Vogelblick ... es war der Blick jenes Fischauges, das er auf einem Ladentisch gesehen hatte, als er an diesem selben Abend die Straße herunterkam; es war der Blick im Auge einer verwundeten Schlange, den er vor langer Zeit einmal draußen auf irgendeiner ländlichen Straße bei London zu beobachten Gelegenheit hatte, ehe er ihren Leiden ein Ende machte.

Es war in Wahrheit des Lebens Auge, das anblickt, was ihm weh tut, und das er, wie er jetzt wußte, in tausend Gestalten und Formen alle Tage seines Lebens hatte sehen können. Aus Luft, Erde, Wasser war das Flehen dieser kleinen, runden, lebenden Höhlung zu ihm gedrungen ... jener Höhlung, die durch die Mauer ... direkt in irgend etwas anderes führte. Doch in was? Niemand wußte das oder würde das je wissen. Aber in irgend etwas anderes. Und über dies schrie er jetzt ... über dieses Auge ... über dieses kleine, runde Loch ... über diesen Ritz, über diesen Spalt, diesen Schlitz, durch den das Leben gegen seinen niederträchtigen Gegner protestierte.

„Jesus ... Jesus ... Jesus ... Jesus!"

War dies das innerste Herz Wolf Solents, der in einem finstern Schlafzimmer ein stummes Geheul heulte, oder war es die Stimme Mr. Rounds von Farmer's Rest, der aus seiner „Verwirrung" einen Ausweg suchte?

Ein Seufzer unaussprechlicher Erleichterung schauderte durch Wolfs Nerven, als sie jetzt nachgaben und sich entspannten. Er zog sich von dem Fenster zurück und begann mit einer fast katzenartigen Bewegung seine schmerzenden Knöchel zu lecken.

Sein ganzes Wesen schien sich in eine liebliche, locker dahinfließende Substanz aufzulösen, die leichter war als menschliches Fleisch, und er wurde jetzt fähig, mit jedem Teil seiner Persönlichkeit frei, leicht, spontan zu denken.

„Ich habe heute abend eines gelernt", dachte er, als er durch das

Zimmer ging und in der Dunkelheit nach der Türklinke tastete. „Ich habe gelernt, daß man nicht immer dadurch Hilfe finden kann, daß man in seine Seele versinkt. Es ist manchmal notwendig, sich selbst überhaupt zu entfliehen."

Er lief in seliger Lebhaftigkeit die kleine Treppe hinab. Er platzte in die Küche, wo er Gerda fand, wie sie ruhig und nachdenklich ihre Messer und Gabeln rieb.

„Wie lange du —" begann sie; aber die Worte wurden zum Schweigen gebracht durch den Druck stürmischer, beinahe lärmender Küsse.

Während Wolf sie in seinen Armen hielt, waren seine Gedanken von höchst angespannter und hastiger Art. Wie kam es wohl, daß seine Liebe für Christie ihn nicht vor all dieser Erregung geschützt hatte? Warum war er durch Gerdas Ruhe gelähmt worden? Wie kam es, daß er in der unglaublichen Erleichterung, die er jetzt empfand, tatsächlich so fühlte, als ob es gar nicht sehr wichtig wäre, was die Wasserratte getan oder nicht getan hatte?

Als er Gerda freiließ, schien er sie durch seine gute Laune noch um ein Beträchtliches mehr zu verblüffen als früher durch seine Verdrießlichkeit.

„Gehen wir gerade jetzt noch nicht zu Bett", sagte er. „Gehen wir auf einen kleinen Spaziergang die Straße hinunter!"

„Aber, Wolf, wie komisch du heute abend bist! Vor einem Augenblick hast du mir noch gesagt, du seiest ganz erschöpft."

Immerhin gab sie seiner Laune gutmütig nach, und sie traten zusammen auf die schmale Straße.

Wolf hatte das seltsamste Gefühl, als er das Schloß des Gittertores öffnete, um sie hindurchzulassen. Es war ihm, als ob er irgendein Gesetz der Natur durchbräche — irgendeine unbeugsame wissenschaftliche Kategorie von Ursache und Wirkung widerlegte.

Er hielt den Arm fest um sie und führte sie von der Stadt weg, bis sie an die Stelle kamen, wo die ungeheure Esche hoch über ihren Häuptern die Zweige in die dunkle Luft erhob.

Hier war eine kleine Lücke in der Hecke, und Wolf zog Gerda hindurch, auf die dahinterliegende Wiese. „Heute zum zweitenmal!" flüsterte sein Dämon, aber aus irgendeinem Grunde wich dieser Hohn aus Wolfs augenblicklich schwankender Gemütsverfassung, ohne ihm das leiseste Unbehagen zu verursachen. „Also sehr gut", erwiderte er im Geiste, „so soll es eben zum zweitenmal sein."

Sie fanden sich jetzt genau unter dem Stamm des gewaltigen Baumes, dessen Zweige sie so oft von ihrem oberen Zimmer aus gesehen hatten. Ein Zweig neigte sich so tief herab und streckte sich so weit aus, daß sie instinktiv ihre Arme um ihn legten, um die Berührung seines kalten Laubes auszukosten. Wolf belustigte sich sogar damit, dieses große, vielgestalte Blätterwerk, das so verschieden war von dem Laub aller anderen Bäume, zusammenzufassen und es, ohne die biegsamen Stiele zu zerbrechen, um des Mädchens bloßen Hals zu schlingen.

Gerda blieb unter dieser Liebkosung passiv und fügsam. Es schien ihm, als wäre ihr Geist ein wenig entfernt; aber er konnte, ohne hinzublicken, das schwache, fügsame Lächeln sehen, mit dem sie sich seiner Laune unterwarf, gleich dem Lächeln eines sanften Kindes, wenn es in ein Spiel gezogen wird, das zu spielen es bereit ist, ohne es zu verstehen.

Ganz plötzlich drang eine jähe Kühle an sein Gesicht, und er hörte ein schnelles Rascheln über ihren Köpfen. Der Wind erhob sich. Oh, das war es, wonach er sich die ganze Zeit seit seiner Rückkehr nach Preston Lane gesehnt hatte! Es war etwas — dies wußte er jetzt — in der Last dieser windlosen Luft gelegen, die zur Hälfte seine Unruhe verursacht hatte. Hätte dieser kühle Wind geweht, als Wolf die Schwelle überschritt, wäre alles anders gewesen. Es war der Wind, nach dem er verlangt hatte, der Wind, der Wind; damit er alle verhaßten Eidola von Bob Weevils Anwesenheit aus seinem „nüchternen Hause" fortblase!

Er ließ die laubreichen Eschenzweige, die er gebogen hatte, in ihre natürliche Lage zurückschnellen, ergriff Gerdas Arm oberhalb des Handgelenkes und zog das Mädchen wie eine Gefangene geradenwegs zu dem Stamm des großen schattenspendenden Baumes. Sie blieb noch passiv, sanft, widerstandslos an seiner Seite, ihr Kopf neigte sich ein wenig und ihr ganzes Wesen war — so schien es — in einer friedlichen, unaufgestörten Ruhe versunken. Während er sie so hielt und das Gesicht von ihr abgewandt hatte, rieb er mit der Fläche seiner freien Hand über den harten, leicht gekerbten Eschenstamm, dessen dünne und enganliegende Rinde kein Hindernis zwischen seiner menschlichen Berührung und des Baumes eigenem, festem, hartem Holzfleisch aufrichtete.

„Menschliche Gehirne. Menschliche Knoten der Verwirrungen!" dachte er. „Warum können wir uns nicht die ruhige pflanzliche Hellsichtigkeit solches großen verwurzelten Lebens stehlen?"

„Ich kann mich einfach nicht verstehen", dachte er. „Wie ist es möglich, daß nach solchem Glück mit Christie der Gedanke an Bob Weevil, an diese arme, geile kleine Ratte, mich so verwirren konnte? Und warum habe ich Gerda keine Szene gemacht — mit Ableugnungen,

Zorn, Tränen, Vorwürfen? Warum habe ich statt dessen bloß mein eigenes Gemüt aufgewühlt?"

Während er noch immer Gerdas Handgelenk festhielt, beugte er sich vor und preßte seine nackte Stirn an den Stamm der Esche.

„Was ist das, Wolf Solent? ... Was ist das, du klotziger, pseudoplatonischer, gut gehörnter Esel? Eschenbaum! Eschenbaum!" Warum war ihm durch die Gerechtigkeit der Dinge gewährt worden, sich auch nur eine einzige Umarmung mit Christie zu versagen, nur damit er um viertel zehn Uhr nach Hause käme und eine brennende Kerze in Gerdas Schlafzimmer fände? Platonischer Hahnrei! Das eben war er... Nicht einmal platonisch... Denn Christie verabscheute dieses Wort... Pseudoplatonischer Hahnrei! Oh, alles kam wieder! Der Knoten in seinem Geist knüpfte sich wieder — fest — fest — fest! Er blieb an den Baum gelehnt in der Stellung eines Tieres, das mit dem Schädel gegen ein unbewegliches Hindernis anrennt.

Und dann schienen das Waterlooauge, das Fischauge, das Schlangenauge, das Auge des geschlachteten Schweines, das Auge einer im Käfig gefangenen Lerche, die er einmal als Kind in St. Mary's Street in Weymouth gesehen hatte, alle seltsam miteinander zu verschmelzen und schienen ihn alle aus dem Inneren dieses Baumstammes, gegen den er mit seinem Schädel rannte, anzusehen.

Und er dachte bei sich: „Es gibt Wege, die ich noch gar nicht versucht habe." Und er dachte bei sich: „Zahllose kleine Dinge sind über alle Worte hinaus schön und wunderbar. Und ich kann Christie lieben und ihr vergeben, daß sie ‚Platonisches' haßt; und ich kann Gerda lieben und ihr vergeben, daß sie sich von Bob Weevil die Röcke hochheben läßt. Und wenn Christie und Gerda wüßten, was ich weiß, würden sie mir vergeben, daß ich beide liebe! Christie würde mir vergeben, daß ich es ihr nicht sage. Gerda würde mir vergeben, daß ich es ihr nicht sage. Es gibt Dinge, die man nicht sagen kann. Aber es gibt für mich eine Art, gleich einem Nebel davonzuschweben, fort aus meinem Stolz und meiner Einbildung. Es gibt eine Art, mich als Verführer und Waschlappen zu erkennen und mir doch nichts daraus zu machen ... indem ich bloß eine Nebelwolke werde, die sich dieses kühlen Windes freut ... eine Nebelwolke, die alles bemitleidet und alles genießt."

Er wandte sich rasch um, von dem Baum weg, und ließ Gerda frei.

„Du hast mir weh getan, Wolf!" schalt das Mädchen. „Warum? Ich habe dir doch nichts getan. Ich wäre nicht mit dir gegangen, wenn ich gedacht hätte, daß du dich so seltsam benehmen würdest. Komm! Gehen wir nach Hause. Für was hältst du mich denn, daß ich so viel

Dummheit aushalten soll? Du bist betrunken — das ist's; du bist bloß betrunken und benimmst dich dumm!"

Er war so entzückt, nichts anderes als diese sehr natürliche Straf-predigt zu hören, daß er nur damit antwortete, daß er sie fest ans Herz drückte. „Kleine Gerda! Kleine Gerda!" wiederholte er immer wieder. Und er dachte bei sich: „Ich habe die ganze Geschichte übertrieben. Sie kann Weevil nicht gestattet haben, mit ihr zu spielen, und dann so sein wie jetzt!"

Und jetzt kam ihm ein Gedanke.

„Sei nicht böse, Liebste", sagte er. „Wenn ich betrunken war, bin ich jetzt doch ganz in Ordnung, das schwöre ich. Aber höre! Laß dich von mir auf diesen Baum hinaufheben, nur für einen Augenblick! Ich wäre so begeistert, deine Stimme aus den Blättern über meinem Kopf zu hören und nur mit Mühe einen Schimmer von dir zu sehen. Steig hinauf in das Laub, Gerda, und laß mich von dort oben deine Stimme hören. Du brauchst nicht hoch zu klettern. Ich kann überhaupt nicht auf Bäume klettern. Ich werde schwindlig. Sonst würde ich mit dir hinaufsteigen."

Das Mädchen war offensichtlich noch genug Kind, um von dieser unerwarteten Bitte erregt zu werden.

„Aber ich bin so schwer, Wolf, und dieser Zweig ist so hoch oben."

„Aber nein, er ist es nicht — er ist es nicht! So — zieh dich nur an den Handflächen hinauf. Spring — und zieh dich dann hinauf — weißt du? Wie es die Knaben an Mauern tun!"

Er beugte sich nieder, umfaßte sie gerade oberhalb der Knie mit seinen Armen und hob sie auf.

Gerda hob ihre Hände, wie er geraten hatte, lag nach kurzem Ringen ausgestreckt auf dem Zweig und hielt ihn mit ihren Armen und Beinen so fest umklammert, daß Wolf nur schwer das eine lebende Geschöpf von dem anderen unterscheiden konnte.

„Sehr gut, Liebste", rief er. „So ist's recht! Jetzt arbeite dich zum Stamm hin. Vorsicht jetzt! Spreize die Beine — so wirst du dir ja die Knie wund kratzen —, spreize die Beine, und halte dich mit den Händen!"

Wieder gehorchte sie ihm mit gutgelaunter Fügsamkeit. Und als er ihre schattenhafte Gestalt über dem schwankenden Zweig reiten sah, konnte er nicht umhin, sich der verworfenen Grabsteinphoto-graphie zu erinnern, und der Gedanke — der allerletzte Gedanke, den er heute abend erwartet hatte — zuckte durch seine Sinne, daß es ein begehrenswerter Augenblick sein würde, wenn er daheim in ihrem

Schlafzimmer die Kerze ausblies — zum zweitenmal jene Kerze ausblies!

„So, Gerda, so! Jetzt greif nach dem Zweig droben und zieh dich hinauf!"

Er trat dem Baumstamm näher und blickte in das Dunkel hinauf. In einer oder zwei Sekunden verlor er sie ganz aus dem Auge, denn Gerda war geschickt im Erklettern von Bäumen. Er konnte nichts anderes entdecken als ein unbestimmtes Rascheln, und selbst das wurde sehr bald verschlungen von dem Murmeln der dunklen Masse des Laubes, das jetzt von dem sich erhebenden Wind bewegt wurde.

Er wartete. Er lehnte seinen Rücken an den Baumstamm. Er lauschte den langgezogenen Geräuschen der unsichtbaren raschelnden Blätter.

Dann stockte ihm das Herz im Leib, und mit einem eingezogenen, bebenden Keuchen hielt er den Atem an.

Eine Amsel pfiff über seinem Kopf. Zuerst schwach und leise, segelte jeder dieser flüssigen Flötentöne mit dem Wind fort, als wäre er ein abgesonderter perlenklarer Tropfen eines unsterblichen Taues. Dann wurden die Töne lauter und deutlicher und begannen mit großer Geschwindigkeit einander zu folgen; aber ein jeder Ton blieb noch von dem anderen abgesondert — eine zitternde, wie Wasser durchsichtige Kugel erschauern lassender Töne, gereinigt, unverletzlich — ein Tropfen Melodie von jenseits des Mondes, schwebend, schwebend, hoch über der Welt und Wolfs innerste Seele mit sich führend.

Dann änderten sich die Töne, wurden mannigfacher, deckten einander, wurden beladen mit einer geheimen Absicht, mit einer Last unermeßlichen Glückes, mit einer Wehmut, die süßer war als Glück.

Noch immer stiegen sie empor, freier, stärker, voller, und langsam schwollen sie an zu widerhallender Kraft einer unglaublichen Herausforderung aus der Kehle des Lebens selbst, gerichtet an alles, wodurch es behindert wurde. In das Dunkel hinausgestoßen, wild und süß und frei, nahm dieses gepfiffene Vogellied, Antwort auf die Stimme des sich erhebenden Windes, etwas in sich auf, das zugleich so heiter und so wehmütig war, daß es Wolf schien, als wäre all das trotzige Entgegenkommen des Schicksals, wie er es jemals gefunden hatte in grünem Gras, in kühl verwurzelten Pflanzen, in den starken Körpern von Landtieren und Vögeln und Fischen . . . „Berge und alle Hügel . . . fruchttragende Bäume und alle Zedern" . . . durch irgendein Wunder in diesem einen Menschenmund destilliert worden.

Das Pfeifen verstummte in demselben Augenblick, in dem seine Macht über Wolfs Seele den Höhepunkt erreicht hatte. Aber ohne eine Sekunde des Zögerns kam Gerda, als der letzte Ton verklungen war, kletternd herab, lachend, mit den Blättern raschelnd und mutwillige kleine Schreie ausstoßend, wenn ihre Kleider den Abstieg hemmten. Als sie schließlich, am ganzen Körper zitternd und bebend vor wilder Freude, in Wolfs Arme sank, fand er es schwer, zu glauben, daß dies dieselbe Gerda sein sollte, die er heute mittag noch auf der Höhe von Poll's Camp schlafend gesehen hatte.

Als sie Hand in Hand zu ihrer Haustür zurückkehrten, kam über ihn die seltsam beschämende Empfindung, als ob alle Ereignisse dieses stürmischen Tages eine Art von Fieberdelirium gewesen wären. Was war sein Geist, daß er durch solche Erregungen gehen und unberührt bleiben sollte — das gleiche „Ich bin ich" Wolf Solents bleiben sollte?

Aber wieder erhielt seine Selbsterkenntnis einen Stoß. Denn kaum waren sie in ihrer kleinen Behausung, kaum hatte er das Linoleum im Stiegenhaus, die Holzuhr im Wohnzimmer, den vertrauten Küchentisch erblickt, als alle diese kleinen Gegenstände sein Bewußtsein mit einem köstlichen, durchdringenden Gefühl glücklicher Geborgenheit trafen, als ob er zu ihnen zurückgekehrt wäre, nach einer großen Reise über trostlose und verlassene Meere, als ob er zurückgekommen wäre zu ihnen, die Kleider naß vom Salzwasser und die Hände wund von geteerten Tauen. Sein Geist mochte durch all dies unverändert geblieben sein, doch war er jedenfalls sehr rein gewaschen worden!

Jeden winzigsten und unwichtigsten Gegenstand betrachtete er in dieser Nacht mit der geläuterten Einfalt spontaner Befriedigung. Die Fichtenholztäfelung am Rande des die Stiege bedeckenden Linoleumteppichs, die Haken, an denen ihre Mäntel hingen, die Reihen wohlaufgeschichteter Teller, die an den kleinen Haken herabhängenden Schalen, die Griffe der Laden, die Metallknöpfe auf dem Ende ihres Bettes, Gerdas Kamm und Bürste, der noch immer mit Stearin bedeckte Leuchter und zwei freistehende Seifenschüsselchen auf dem Waschtisch, von denen das eine ein kleines Stück Pear's Seife und das andere einen viereckigen Klumpen gewöhnlicher gelber Seife enthielt — alle diese Dinge drangen in ihn, faszinierten ihn, schleuderten ihn in eine Ekstase des Wohlbefindens.

Was war es doch, was Mr. Urquhart an jenem Tag über die kleinen leblosen Gegenstände gesagt hatte? Er hatte über Selbstmord gesprochen. Aber dies schien anders ...

Es war eine sehr ruhige Gerda, lethargisch und schlaff, die sich in jener Freitagnacht an seine Seite legte. Es war eine sehr nachsichtige Christie, ernst und zärtlich, die jetzt in ihrem Zimmer über dem

Laden seiner Erzählung von Eschenbäumen und Damespielbrettern lauschte — die jedem Gedanken lauschte, den er hatte, während Gerda hier lag mit geschlossenen Augen.

Überhaupt kein System! Bloß sich auflösen in dünnen, fluktuierenden Dampf; bloß dahinströmen wie ein sich windender Nebel in das Grab seines Vaters, in das spöttische Herz seiner Mutter, in die Esche, in den Wind, in den Sand der Bucht von Weymouth, in die Stimme des Wirtes von „Farmer's Rest". Überhaupt kein System!

Jesus . . . Jesus . . . Jesus . . . Jesus . . .

Die Schulfeier

Gerda hatte es glatt abgelehnt, Darnley und Christie für Montag zum Abendessen zu laden, und so war die Vorbereitung Christies auf dem Stoppelfeld gegenstandslos geworden. Und jetzt war es um die Mitte des langen, sonnenhellen, herbstlich reifen Nachmittages von Mr. Valleys großem Fest.

Dieses wurde auf dem zur Pfarre gehörigen Grundstück abgehalten, das sich an jenen Teil der Kirchhofmauer anschloß, hinter dem sich der jetzt vier Monate alte Grabstein des jugendlichen Mr. Redfern erhob.

Die jungen Männer und Knaben des Dorfes waren, ermuntert bei ihrem Spiel von Mr. Urquhart und Darnley Otter, mit einem endlosen Cricketmatch beschäftigt, einem Match, das ausgetragen wurde zwischen denen, die westlich, und denen, die östlich von der Kirche wohnten.

Als Wolf die Bibliothek seines Dienstgebers ungefähr eine halbe Stunde später als der Squire verließ und den Platz der Schulfeier betrat, fühlte er sich nervös und reizbar. Jedermann, den er auf der Welt kannte, schien auf diesem Platz anwesend, und als er verstohlen dem Rand des Kirchhofes entlang schlenderte, hatte er das Gefühl, als würde er sich gerne vor ihnen allen verbergen, dort unten in der stummen Erde neben dem jungen Redfern.

Er befand sich jetzt an einer Stelle, an der die Mauer sehr niedrig war; er wandte dem überfüllten Festplatz den Rücken zu, lehnte sich eine Weile unbemerkt an und blickte auf den großen lotrechten Turm. Während ihm jetzt die Rufe und das Gelächter in die Ohren drangen, sah der Turm unglaublich massiv und schweigsam aus. Welch Ebben und Fluten menschlicher Leben hatte dieser Turm doch gesehen, seit unbekannte Hände in der Regierungszeit des ersten Tudors ihn Stein auf Stein dort aufgerichtet hatten.

Nun, es bedeutete wenigstens etwas, der Ruhelosigkeit des eigenen Lebens ins Auge zu sehen in der Gegenwart solchen Mauerwerkes, das so gebändigt war, so verwittert, so reif gemacht durch das Vorbeigleiten der Generationen. Solange ihm das Geschick erlaubte, seine Tage unter alten, zeitzerfressenen Schöpfungen, wie dieser Turm von King's Barton es war, zu verbringen, konnte er niemals gewissen Abgründen des Elends nahekommen. Hier, in diesen Orten des Westlandes, war ihm auf jeden Fall die Grausamkeit erspart, den Druck der Dilemmen des Lebens vor einem Hintergrund monströser moderner Erfindungen fühlen zu müssen. Der starke, kalte Griff wissenschaftlicher Entdeckungen, der gleich metallischen Fingern auf dem Pulse der Menschheit lag, konnte hier die Würde der Existenz nicht vernichten; obwohl die Invasion solcher unmenschlicher Kräfte bereits begonnen hatte.

„Lang möge dieser Turm stehen, auf daß Männer gleich mir seine Steine berühren können, seine Pfeiler, seine Flechten, sein Moos, und der Geißel der züchtigenden Gegenwart entrinnen!"

Er bemerkte hinter sich einen verstohlenen Schritt, wandte sich um und fand Jason Otter an seiner Seite.

„Sie unterhalten sich, indem Sie sein Grab ansehen", begann der Dichter; „und ich kann Sie nicht tadeln. Ich habe es gerne, die Gräber von Menschen anzusehen, die ich gekannt habe. Aber Sie gehen weiter, Solent, als ich es könnte. Sie sind der Kluge, der Weise, der alte Schlaue! Sie können sich unterhalten, wenn Sie ein Grab ansehen, obwohl Sie die Person, die darin liegt, nicht gekannt haben."

„Sie können doch nicht erwarten, daß ich mich nicht für Redfern interessiere, nicht wahr?" entgegnete Wolf ein wenig bissig.

„Natürlich nicht. Das ist's eben. Wir alle fühlen ein Interesse — ein nettes, fröhliches Interesse — daran, daß wir leben, wenn ein anderer tot ist. Er kam nur um des Geldes willen her", fügte er unerwartet hinzu, „so wie Sie!"

„Wenn ich deswegen herkam, habe ich sicherlich keines gefunden", sagte Wolf.

Jason lachte viel über diese Bemerkung. Dann wurde er ernst. „Ich habe ein Gedicht hier, das ich Ihnen gerne vorlesen möchte, wenn es Ihnen nicht die Freude verdirbt, des jungen Mannes Grab zu betrachten. Wenn dem so ist, werde ich es nicht lesen."

„Ich habe alles gesehen, was ich sehen wollte", sagte Wolf, „lesen Sie mir also vor, was Sie hier haben. Ich freue mich über jeden Vorwand, nicht um den Platz herumgehen und so viel sprechen zu müssen."

„Setzen Sie sich also für eine Minute nieder ... es macht Ihnen doch nichts?"

Die beiden Männer setzten sich an den Fuß der Mauer und lehnten ihre Rücken an diese, den Blick auf die Festwiese gerichtet. Jason nahm aus seiner Tasche ein kleines Notizbuch, das er sehr umständlich auf seinem Knie öffnete.

„Es handelt von weißen Algen", sagte Jason Otter.

„Ich habe nie gewußt, daß es überhaupt weiße gibt", sagte Wolf.

„Alles ist weiß, zu der einen Zeit oder zu der anderen", entgegnete Jason. „Sie selbst werden eines Tages weiß genug sein!"

„Wenn die Algen erst dann weiß werden, wenn sie tot sind", warf Wolf hartnäckig ein, „halte ich sie für kein besonderes Thema. Mir gefällt die Idee, daß Algen weiß sind, so wie Kalk es ist, wie Gänseblümchen es sind; aber wenn sie bloß verwelken und bleichen... davon halte ich nicht viel."

„Es hat keinen Sinn, mich zu verspotten, bevor Sie das Gedicht gehört haben", sagte Jason. „Aber natürlich, wir wissen, daß dieses Vorlesen unserer Schriften das ist, was Ihr Freund Darnley unhöflich nennen würde."

„Also los, Mann, los", rief Wolf. „Ich höre."

Und der Dichter begann zu lesen.

„Weiße Algen..."

Er wiederholte diese Worte noch einmal, indem er seine ganze Energie zusammennahm.

„Weiße Algen..."

„Um Gottes willen", rief Wolf. „Fangen Sie doch schon an. In einem Augenblick wird man uns sehen, und dann ist alles verdorben."

Jason nahm diese Ungeduld mit ungerührtem Gleichmut auf und begann mit leiser Stimme; doch er gewann an Zutrauen, während er weiterkam, und las das Gedicht vom Anfang bis zum Ende ohne Pause.

> „So weiß wie der Schaum in der Wale Zug,
> Wie der Gischt bei der Wale Spielen weiß,
> Wo das Wasser fließt um der Welten Rand,
> Wo ein Ende findet der Erde Kreis,
> Jenseits von Inseln, jenseits vom Land,
> Wo kein Segel je war, keines Schiffes Bug —
>
> Ertrunken aus gesunkenem Wrack
> Treibt toter Mädchen und Jünglinge Schar.
> Sie ruhn auf den Wogen so weich, so gut;
> Die Brüste wie Perlen, wie Strandgut das Haar.
> Sie schwanken dahin mit Ebbe und Flut,
> Ihre Lippen umspült der Wellen Schlag.
>
> Fischauge aus kaltem, grauem Raum
> Starrt und wartet, wartet und starrt.
> Auf Seemöwenschnäbeln in stiller Luft

Die gleiche ewige Frage harrt.
Doch die dunkle, nasse, schlüpfrige Gruft
Umfängt die Leiber in festem Traum.

Und aus dem Fleisch jener Leichen, so lind,
So leicht in nassem purpurnem Bett,
Wachsen Algen empor, wie Seide so weich,
So weiß wie der Mond über Alban's Head,
Milchweiß; dem Moose, den Farnen gleich . . .
Die Finger Marias nicht weißer sind.

Sie liegen wie Gottes Einhorn rein
Und weiß auf der roten Klippen Strand,
Weit über die roten Klippen hin . . .
Zieh ab die Schuhe, salb dir die Hand.
Denn rührst du sie an mit frevlem Sinn,
Wär's besser, nicht geboren zu sein!"

Jason verstummte; und es folgte jenes besondere Schweigen, das erfüllter ist von elektrischen Gegenströmungen als irgend sonst etwas auf der Welt . . . die Stille, hervorgerufen durch das Niederfallen der Samentropfen des Wortschaffens . . . auf ein fremdes Gemüt.

„Es gefällt mir sehr gut", flüsterte Wolf schließlich. Und er dachte bei sich: „Der Kerl hat wirklich seine eigene, besondere Phantasie."

Dann sagte er laut: „Es ist eines Ihrer besten Gedichte, Jason. Ich glaube nicht, daß es der ‚Blindschleiche des Lenty' ganz gleichkommt, aber es macht Ihnen Ehre und ich gratuliere Ihnen. Was haben Sie sich bei dem letzten Vers eigentlich gedacht? Meinten Sie, daß es Menschen auf der Welt gibt, deren schlechte Gedanken durch weiße Algen erweckt werden, oder meinten Sie nur die gewöhnliche Stupidität menschlicher Wesen?"

„Es ist nicht meine Sache, zu erklären, was ich mir denke", sagte Jason. „Meine Sache ist es, zu schreiben. Ich kann sehen, was Sie glauben. Sie glauben, daß ich gerade nur Worte aneinanderreihe, wie sie mir in den Kopf kommen! Es ist aber nicht so leicht, ein Gedicht zu verfassen, wie Sie es sich vorzustellen scheinen."

„Warum schreiben Sie so oft vom Wasser und von ertrunkenen Menschen?" fragte Wolf. „Ihre Teichfee in der ‚Blindschleiche' hat mir ein merkwürdiges Gefühl verursacht; und diese Ihre Algen, die aus ertrunkenen Leibern wachsen —"

„Sie brauchen nicht weiterzusprechen", unterbrach ihn Jason. „Natürlich kann ich nicht erwarten, daß meine Verse jemandem gefallen, der davon lebt, daß er die leckeren Gedanken eines kindischen alten Narren abschreibt. Wir alle wollen verherrlicht werden. Meine Dichtung ist alles, was ich habe, und ich hätte es nie notwendig haben sollen, Ihnen etwas vorzulesen. Ich hätte wissen sollen, daß man mich nur verhöhnen wird. Dieser Wunsch nach Verherrlichung ist eben der Irrtum. Ein Mensch sollte damit zufrieden sein, daß er dreimal im Tage seine Mahlzeiten hat, ohne daß er nach der Pfeife eines dummen alten Mannes oder einer häßlichen alten Frau tanzen muß!"

Wolf winkte ab. „Haben Sie bestimmte Leute im Auge, wenn Sie die Eidechsen und Kröten die Teichfee verspotten lassen und wenn Sie diese Fische und Seemöwen nach dem Fleisch der jugendlichen Körper begehren lassen?"

Jetzt runzelte sich Jasons Gesicht vor Freude.

„Sie haben Angst, ich könnte Sie hineinbringen!" lachte er. „Es würde mir gar nichts machen, nicht verherrlicht zu werden, wenn ich es dazu bringen könnte, daß sich Ihr Freund Urquhart ebenso über meine Gedichte aufregte, wie Sie es tun."

Wolf hatte keine Zeit, hierauf zu entgegnen; denn jetzt bemerkte er zu seiner beträchtlichen Überraschung seine Mutter und Gerda, die Arm in Arm auf seinen Schlupfwinkel zukamen.

Er und Jason standen gleichzeitig mühsam auf und gingen den beiden Frauen entgegen. Mrs. Solent begann in ihrem gewohnten hochliegenden, ironischen Tonfall zu sprechen.

„Nehmen Sie ihn nicht ab, Mr. Otter", sagte sie, als der Dichter die Hand zu seinem Hute hob. „Ich weiß, daß Sie die Sonne nicht leiden können; und es ist heute wirklich heiß. Ich selber freue mich freilich um so mehr, je heißer es ist. Doch glaube ich, daß unsere hübsche Gerda hier derselben Meinung ist wie Sie."

Jason, dem es mit einer gewissen Ungeschicklichkeit gelungen war, seinen Strohhut in senkrechter Richtung ein paar Zoll über seinen Kopf zu heben, setzte ihn mit dankbarer Erleichterung wieder auf.

„Was heißt das?" fragte Wolf und versuchte sein Unbehagen hinter einer leichtfertigen Munterkeit zu verbergen. „Was habt ihr beide denn miteinander?"

„Ihre Mutter und ich haben zusammen einige Spaziergänge gemacht", sagte Jason, „und sie kennt meine Art."

„So gut, daß ich mir eine große Freiheit herausnehmen möchte!" rief die hübsche Dame aus, deren braune Augen in strahlendem Entzücken leuchteten. Und während sie sprach, trat sie an Jasons Seite und schob mit ihren leichtbehandschuhten Fingern etwas unter seinem Hute zurecht.

Während dies geschah, setzte der Ausdruck auf dem Gesichte des Dichters Wolf in Erstaunen. Es war die seltsamste Mischung physischen Abscheus mit vergnüglicher, masochistischer Unterwürfigkeit. Wolf war verblüfft über die Kühnheit seiner Mutter.

„Was tragen Sie denn da unter Ihrem Hut, Mr. Otter?" fragte Gerda harmlos.

Der seltsame Mann blickte sie mit einem sehr sonderbaren Ausdruck an, der Wolf vollkommen verwirrte. Dann kam in diese grauen Augen ein sehr schöner Blick, ein Blick, unendlich wehmütig und traurig, jener Blick, den ein verkleideter und verfolgter Gott gezeigt haben mochte, ein Gott, verlassen unter irgendeinem wilden Stamm, der ihn nicht kannte und ihn nicht erfassen hätte können, wenn er ihn gekannt hätte; und Jason antwortete sanft: „Ich leide unter der Sonne, junge Dame. Ich finde, daß Kohlblätter sehr helfen. Aber heute —" und hier lächelte er ein entwaffnendes Lächeln — „heute ist es ein Rhabarberblatt."

Nach diesen Worten und nach einer höflichen Neigung seines Oberkörpers, die einer Person von königlichem Geblüte Ehre gemacht hätte, ging Jason Otter und nahm, durch sorgfältiges Manövrieren jegliches Zusammentreffen mit der Menge vermeidend, seinen Weg zu jenem Teil des Geländes, wo die alten Männer des Dorfes auf hölzernen Bänken saßen und Kuchen und Most zu sich nahmen.

„Hoffentlich hast du ihn nicht beleidigt, Mutter", murmelte Wolf.

„Ich glaube nicht", rief Gerda. „Welch netter Mensch er ist, Wolf! Er gefällt mir um so vieles besser als Darnley."

„Das kommt daher, daß Darnley mein bester Freund ist", sagte Wolf. „Das ist ein Naturgesetz, Liebste, nicht wahr, Mutter?"

Aber Mrs. Solent nahm von diesem kleinen Intermezzo zwischen den beiden nicht die geringste Notiz.

„Gerda und ich sind gekommen", sagte sie, „um dich zu bitten, daß du uns Mr. Redferns Grab zeigst. Gerda hat es nie gesehen, obwohl ihr Vater den Grabstein gemacht hat, und ich habe es auch nie gesehen, obwohl ich Mr. Urquhart hundertmal gebeten habe, es mir zu zeigen."

„Es ist nicht schwer zu finden", sagte Wolf trocken. „Du hättest jeden Tag allein dort hingehen können."

„Was ist denn das für ein Vergnügen?" lachte die Dame, die noch immer dieselbe Unterströmung geheimer Erregung zeigte. „Der ganze Spaß, wenn man Gräber ansieht, liegt in der Person, mit der

412

man sie ansieht ... nicht wahr, Gerda? Ich bin überzeugt, Sie müssen sich dabei unterhalten haben, wenn Sie all das Aufheben sahen, das die Leute zu machen pflegen?"

„Ich kann es nicht ändern, daß mein Vater Grabsteinerzeuger ist", sagte Gerda ernst. „Es ist ein Handwerk wie jedes andere."

„Ich sage doch nichts gegen den Beruf Ihres Vaters, mein Kind", rief Mrs. Solent. „Ich sage nur, daß es kein Vergnügen ist, allein Gräber anzusehen; und ich möchte dieses Grab sehen."

„Also dort ist es, Mutter", rief Wolf beinahe verdrießlich. „Kannst du es nicht sehen? ... Der große Stein dort ... nein! Dort ... näher zum Turm", und er zeigte mit seinem Stocke hin.

„Ich möchte hingehen", sagte Mrs. Solent eigensinnig, „und Gerda möchte das auch. Sie hat es mir gerade vorhin gesagt. Wir haben es beide schon tödlich satt, langbeinige Mädchen schaukeln zu sehen. Ich will mein ganzes Leben lang keine Spitzen und Strumpfbänder mehr sehen."

„Na, so kommt also", sagte Wolf trotzig. „Du kannst doch hier hinüberklettern, nicht wahr, Mutter? Bob Weevil macht sich wohl bei den Schaukeln nützlich, eh?"

Welcher Dämon es auch gewesen sein mochte, der ihn veranlaßte, sich diesen Spaß zu leisten, die Wirkung war unmittelbar.

Gerda fuhr ihn wild an. „Sei doch nicht so vulgär, Wolf. Bob spielt Cricket, ebenso wie Lobbie. Du solltest doch zu gescheit sein, um solche Bemerkungen zu machen!"

„Stoße mich nicht, Wolf." Dies sagte seine Mutter, als sie begann, über die niedere moosbewachsene Mauer zu klimmen. „Gib mir deine Hand ... nein! Gib mir deine Hand."

Bald standen sie alle drei an Redferns Grab.

„Armer Junge!" seufzte Mrs. Solent. „Weißt du, Wolf, ich habe Roger Monk in der letzten Woche sonderbare Dinge sagen hören. Ich fragte ihn nach dem Tod des jungen Mannes, und er sprach in so komischem Ton darüber. Er ließ beinahe durchblicken, daß es ein Fall von Selbstmord gewesen sei. Hast du etwas Derartiges gehört?"

„Oh, bloß Gerüchte, Mutter", antwortete Wolf leichthin; „bloß Gerüchte und Dorftratsch. Ich habe nie von einer Untersuchung oder ähnlichem gehört. Ich glaube, er starb in seinem Bett."

„Auch Vater spricht seltsam davon", sagte Gerda. „Aber sieh dir doch das an! War das ein Maulwurf oder ein Kaninchen?"

„Ich weiß es nicht", sagte Wolf unbestimmt. Es interessierte ihn gar nicht besonders, ob dieser frischbewachsene Erdhügel angebohrt oder angescharrt worden war. Nach seinen vielen Jahren Londoner

Lebens waren für ihn die Gebräuche von Maulwürfen, Kaninchen, Hunden, Füchsen alle gleich eigenmächtig, gleich wenig im voraus bestimmbar. Dennoch wurde es ihm jetzt klar, daß an diesem Phänomen doch etwas Außergewöhnliches war, denn Gerda kniete, ohne an das Risiko von Grasflecken auf ihrem Sommerkleid zu denken, hastig nieder und begann mit den bloßen Fingern in dem aufgewühlten Grund zu scharren, wobei sie kleine Massen trockener brauner Erde mit einer Hand aufhob und sie gedankenvoll in die gehöhlte Fläche der anderen Hand siebte.

„Suchen Sie Mr. Redferns Gebeine?" fragte Mrs. Solent in ihrer oberflächlichen Art. „Sie sehen aus wie jenes hübsche Mädchen in dem Gedicht; nicht wahr, Wolf?" Und während sie den Hügel mit der Spitze ihres grünen Sonnenschirmes berührte, neigte sie den Kopf ein wenig zur Seite und begann in einem parodistisch sentimentalen Ton zu zitieren ...

> „Und sie vergaß die Sterne, Mond und Sonne;
> Und sie vergaß das Blau über den Bäumen,
> Und sie vergaß das Tal, wo Wasser strömt;
> Und sie vergaß des Herbstes kühlen Hauch.

Sie wußte nicht ..."

„Laß das, Mutter", unterbrach Wolf sie verdrießlich. „Gerda weiß, was sie tut."

Die unvergleichlichen Verse erweckten Widerhall in ihm, ebenso unabhängig von dem spöttischen Ton, mit dem sie gesprochen wurden, so wie schöne Glieder unter einer lächerlichen Verkleidung; aber dieser Widerhall ärgerte ihn noch mehr.

„Was ist es, Liebste", rief er, „ist es ein Kaninchen? Ich habe nicht gewußt, daß Kaninchen überhaupt auf Friedhöfen scharren."

„Es ist ein Maulwurf", sagte Mrs. Solent.

Jetzt war an Wolf die Reihe, etwas zu murmeln.

„ ‚Brav, alter Maulwurf! Wühlst so hurtig fort? O trefflicher Minierer! — Nochmals weiter, Freunde.' "

„Was soll das heißen? Sie wissen doch sehr gut, daß es ein Maulwurf ist, Gerda", sagte Mrs. Solent. Gerda blieb still. Sie hob ein wenig von der lockeren Erde auf und roch daran. Dann sprang sie auf, schüttelte ihren Rock und rieb die Handflächen aneinander. „Ich gebe es auf", sagte sie. „Es ist kein Kaninchen. Es riecht auch nicht nach einem Fuchs. Es mag vielleicht ein Hund gewesen sein."

„Ein Maulwurf, ein Maulwurf!" wiederholte die ältere Frau.

„Ein Maulwurf!" murmelte Gerda mit dem profunden Sarkasmus des Landmenschen; und Wolf bemerkte auf ihren Wangen ein kleines Erröten, das dem hochroten Schatten auf einer Perlmutterschale glich. „Nun, wir können auf keinen Fall etwas tun", sagte sie. „Es ist dumm, davon Aufhebens zu machen. Verdammt! Ich habe einen Stein in meinem Schuh."

„Es verdirbt das ganze Aussehen des Grabes, dieses große Maulwurfsloch", sagte Mrs. Solent. Dann erhellte sich ihr Gesicht, und sie öffnete ihren Schirm mit einem eifrigen Knacken. „Da hätten wir eine kleine Unterhaltung", rief sie. „Wir wollen die Sache auffüllen! Lassen wir diese Schulfeier. Wo hat Valley seinen Spaten? Wir brauchen nur einen Spaten und ein Stück Rasen. Ich sah in unserem Garten einige lose Rasenstücke liegen. Komm, Wolf! Wir wollen hinübergehen und sie holen und Valley fragen, wo er seine Schaufel aufhebt."

Ihr Gesicht war jetzt voll lebhafter Erregung und ihre Augen leuchteten. Ihr graues Haar und ihr schwarzer Gainsboroughhut umrahmten die lebhaften Wangen der Jugend. Die Art, wie sie beim Sprechen den Sonnenschirm schief hielt, hatte etwas Abenteuerliches, ja fast Derbes an sich.

„Komm, Wolf, wir wollen den Rasen holen", sagte Mrs. Solent. „Wir müssen Valley fragen, wo er seinen Spaten aufhebt."

Als Wolf sich umwandte, um seiner Mutter auf dieses stürmische Verlangen zu folgen, erblickte er Gerda, die mit dem Riemen ihres Schuhes kämpfte, während sie sich mit einer Hand auf Redferns Grabstein stützte. Auf ihrem Gesicht lag ein solcher Ausdruck trotzigen Ärgers, daß er unentschlossen haltmachte.

„Oh, geh nur, wenn du willst, Wolf", rief sie. „Ich will doch gewiß nicht aufhalten. Freilich kommt es nicht oft vor, daß ich eine Gelegenheit habe, mich zu unterhalten, da ich doch die ganze Zeit so in der dunklen Küche arbeiten muß!"

Mrs. Solent warf ihr einen festen, überraschten Blick zu.

„Ich werde ihn nicht lange aufhalten, wenn Sie ihn für Ihr Spiel brauchen", sagte sie. „Ich kann dieses Loch allein ausfüllen, Wolf, wenn du mir nur den Spaten und den Rasen holst."

Die Röte auf Gerdas Wangen wurde tiefer. „Ich meine, es ist eine Schande! Warum hast du mich überhaupt hierhergebracht, Wolf, wenn wir nicht irgend etwas Hübsches unternehmen werden? Ich möchte diesen Nachmittag nicht so verbringen wie jeden Tag in der Woche."

Mrs. Solent warf Wolf einen schnellen, überraschten Blick zu, voll oberflächlichen Mitleids — einen Blick, der sagte: „Du armer

Junge, wie schrecklich für dich, nach der Pfeife eines solchen Kindes tanzen zu müssen!" Aber laut bemerkte sie:

„Schon gut, Gerda. Wir wollen Ihnen Ihr Vergnügen nicht verderben. Laufen Sie nur zu Ihren Freunden. Ich werde ihn nicht lange aufhalten."

Doch Gerdas unterdrückter Ärger war jetzt schon so hoch gestiegen, daß es keine so leichte Beschwichtigung mehr geben konnte.

Sie hob ihr rundes Kinn und warf den Kopf zurück. Dann faltete sie die Hände auf dem Rücken, während ihre Fersen enge beisammen am Rande des Grabes standen, und betrachtete Mrs. Solent mit flammenden Augen.

„Natürlich ist Wolf auf Ihrer Seite, natürlich wird er mit Wonne einen Narren aus sich machen mit Ihrem Spaten und Ihrem Rasen, obwohl dieser Tag meine einzige wirkliche Unterhaltung im ganzen Sommer ist! Sie sind beide gleich. Sie denken nur an sich und daran, was Sie wollen. Und wenn es das Dümmste ist, wie dieser Unsinn mit einem Maulwurf — und jede vernünftige Person weiß, was ein Maulwurfshügel ist —, so muß es zuerst kommen, vor allem anderen, nur weil Sie es sich in den Kopf gesetzt haben, o ja, ich habe gesehen, wie Sie ihn angelächelt haben, als ich mir den Schuh auszog, Sie hätten auch nicht viel anders dreinsehen können, wenn mein Strumpf ganz voll von Löchern gewesen wäre! Nicht jeder kann sich erstklassige Londoner Ware kaufen. Aber ich sage Ihnen, unsere Blacksoder Geschäfte sind auch nicht die schlechtesten!"

„Nun gut, Wolf", sagte Mrs. Solent ruhig, während sie ihren Sonnenschirm korrekt wie bei einer Gardenparty vor sich hinhielt. Ihre übermütige Laune verschwand. „Das Beste, was du tun kannst, ist, deine hübsche junge Frau wieder zu den Spielen ihrer Freunde zu führen."

„Die Spiele meiner Freunde!" entgegnete das empörte Mädchen. „Ich bin so alt wie irgendwer, wenn man alles bedenkt, was ich durchzumachen habe."

„Mein liebes Kind", sagte die ältere Frau sanft. „Es liegt wirklich kein Grund vor, sich so aufzuregen. Versuchen Sie doch, sich zu beruhigen, und wir werden in gutem Frieden zurückgehen. Ich gebe gewiß gerne meinen Plan auf, wenn er Ihr Vergnügen stört. Machen Sie doch um Himmels willen keinen solchen Berg aus diesem Maulwurfshügel. Ich habe nur gedacht, ich würde dieses Loch ausfüllen, um ein wenig Zeitvertreib zu haben, und weil Schulfeste so langweilig sind."

Ihre Worte waren beschwichtigend, aber es lag etwas in der Linie ihrer Augenbrauen, das Wolf, als sie ihn ansah, deutlich zeigte, daß sie nicht so gleichmütig war, wie es den Anschein hatte. Er wußte von jeher, daß das einzige, was sie auf der Welt haßte, ein Zurschaustellen böser Laune oder irgend etwas war, was an eine „Szene" erinnerte. Er selbst vermochte in jenem Moment nicht, sich einen heimlichen Kommentar über die Art zu versagen, wie der Zufall es zustande gebracht hatte, dieses Renkontre zwischen den beiden zu inszenieren. Er hatte schon früher solche Tücken bemerkt. Es war so, als ob es besondere ästhetische Gesetze gäbe, denen der Zufall zu gehorchen liebt; und es verursachte Wolf stets eine besondere Befriedigung, diesen bizarren Rhythmus zu beobachten. In solchen Augenblicken merkte er, daß er Aktivität, Gefühlsregungen, Sympathie, jede menschliche Eigenschaft in einer Art ekstatischen Grübelns über diese Künstlerschaft des Zufalles zum Opfer brachte. Er hatte das Gefühl, als wäre er bei dem Entrollen einer psychischen Landkarte anwesend. Die Figuren auf dieser Karte — seine Mutter mit ihrem grünen Sonnenschirm, Gerda mit ihrem grasfleckigen Kleid — waren wie ein bedeutsam wirbelnder Strudel auf einem Strom, der sich in mystischen Diagrammen kräuselte! Der Zufall war in der Tat immer am Werk und befolgte seine eigenen geheimen ästhetischen Gesetze; aber ab und zu, wie in diesem fatalen Augenblick, wurde sein Schaffen besonders lebhaft, und die ganze „psychische Karte" auf jenem flutenden Strom geriet in heftige und intensive Bewegung. Die Wellenringe, die er jetzt mit solch unmenschlicher Sachlichkeit beobachtete, hatten zwei Umfänge, nämlich das zornige Bewußtsein Gerdas und das hochmütige Bewußtsein seiner Mutter; aber unter ihnen beiden — dort unten auf dem ruhigen Grunde des Flusses — war das entfärbte, zersetzte, unkenntliche Gesicht des jungen Redfern.

„Es hat Ihnen nie gepaßt, daß ich ihn geheiratet habe!" Das war Gerdas Stimme, die er jetzt hörte, als er aus seiner metaphysischen Trance erwachend bemerkte, daß ein Teil der letzten Worte seiner Mutter seinen Geist nur oberflächlich gestreift hatte.

„Ich war stets eine Außenstehende für euch beide", fuhr das zornige Mädchen fort. „Sie haben mich immer verachtet, mich und meine Familie, und haben Ihr Bestes getan, daß auch er uns verachte."

„Ich habe den größten Respekt vor Ihrer Familie, mein gutes Kind. Niemand, der Ihren Vater kennt, kann ihm den versagen. Seien Sie doch gut! Es hat wirklich keinen Sinn, wenn wir Wolf so in Zwiespalt bringen. Ich habe den größten Respekt vor Ihren Leuten, Gerda, und mein Sohn hätte sicher kein lieblicheres Geschöpf heiraten können, als Sie es sind, selbst in diesem Augenblick! Aber kommt jetzt, ihr beide; wir wollen auf das Feld zurückgehen. Mr. Urquhart wird ohne Wolfs Hilfe unter allen diesen Knaben ganz verloren sein."

Sie legte mit einer beschwichtigenden Gebärde ihre Hand auf des Mädchens Arm; aber der Blick, den sie Wolf zuwarf, war voll einer spöttischen Resignation, die um sie und Wolf eine Wand aufrichtete und jene manierlose Proletarierin ausschloß. Das Benehmen Gerdas auf der anderen Seite dieser Barriere wurde so unvernünftig, daß es nur wohlerzogene Überraschung hervorrufen konnte. Das Mädchen stieß Mrs. Solents Hand weg.

„Mr. Urquhart, nein, wirklich!" rief sie. „Eine nette Sippschaft seid ihr hier, ihr feinen Leute von King's Barton! Na, ich habe Wolf nicht einmal alles erzählen mögen, was Dad gesagt hat, was manche Leute in diesem dreckigen Dorf tun." Ihre Stimme wurde lauter, während ihre lang unterdrückten Gefühle losbrachen. Wolf hatte in seiner Einfalt geglaubt, daß seiner Mutter gewandte Versöhnungs-versuche das Mädchen entwaffnet hatten; aber er unterschätzte sowohl Gerdas Scharfsinn wie auch ihren Stolz.

Es lag Gerda noch etwas anderes auf dem Herzen, über ihre persönliche Entrüstung hinaus. Er dachte darüber nach, was denn eigentlich diese Blacksoder Gerüchte besagten. Er blickte das Mädchen in einer Art gelähmter Hilflosigkeit an, und wieder traf ihn der Gedanke, welch feiner Streich des Zufalls es war, daß Redferns Grab der Hintergrund dieses Ausbruches sein sollte.

„Einige von euch feinen Leuten", fuhr sie wild fort, „legen sich nicht mit ruhigem Gewissen zu Bett, so wie meine! Na, man sagt doch drunten in Farmer's Rest, daß der Wirt Round krank liegt und daß der Squire Urquhart Tag und Nacht keinen Frieden finden kann, wegen dem, was sie beim Gedanken an den jungen Mann quält."

Trotz seinem Unbehagen konnte Wolf nicht umhin, sich leise belustigt zu fühlen über den Kampf Gerdas, den tückischen Dorseter Dialekt von ihrer Sprache fernzuhalten. Dieser Kampf wurde, je mehr ihre Erregung wuchs, immer erfolgloser.

„Und das sind die noblen Leute, von denen Sie glauben, daß sie um so viel besser sind als achtbare, einfache Menschen wie mein guter Alter!" Ihre Stimme ließ jetzt ein Beben hören, so daß Wolf ausrief: „Gerda! Liebste Gerda!" Aber sie brach nicht zusammen. Im Gegen-teil, ihr Ton wurde fester und trotziger. „Wie mein guter Alter", setzte sie fort, „der niemals in seinem ganzen Leben ein böses Wort auf jemanden gesagt hat. Holen Sie sich nur Ihren Spaten und Ihren Rasen. Decken Sie dieses Loch nur zu. Vielleicht finden Sie den Fuchs, der es gegraben hat. Da werden Sie Augen machen!"

„Aber, aber, Gerda", sagte Wolf betrübt und streckte jetzt seinerseits die Hand aus und versuchte ihre Finger zu fassen. „Wir dürfen
nicht hierbleiben. Wir werden bald auffallen. Komm, gehen wir
auf das Feld zurück!"

Sein Blick wanderte von einer dieser beiden Gestalten, die seinen
Seelenfrieden so völlig in ihrer Gewalt hatten, zu der anderen. Er
konnte die tiefe Energielosigkeit, die ihn befallen hatte, nicht abschütteln.

„Aber wir müssen zurückgehen", murmelte er hilflos. „Komm
doch, Gerda. Bitte, höre doch auf, solche Sachen zu sagen."

Seine Stimme klang seinen eigenen Ohren kindisch, schwächlich,
läppisch. Sie klang wie der verdrießliche Ton eines Kindes, das durch
die zähe Hartnäckigkeit erwachsener Leute beleidigt und erstaunt ist.

Bei anderen Gelegenheiten hatte er schon dieses besondere seelische
Phänomen bemerkt — daß seine Persönlichkeit, wenn er mit Gerda
und seiner Mutter gleichzeitig beisammen war, einschrumpfte und
schwand, bis er das Gefühl hatte, als ob sein wirklicher Körper schlaff
und leblos würde. Die hochmütige Ruhe auf dem Gesicht seiner
Mutter unter dem grünen Sonnenschirm, der zornige Trotz auf Gerdas
Gesicht unter dem einfachen Feiertagshut mit den blaßhimmelblauen
Bändern schienen ihn zu lähmen, so daß er nichts anderes tun konnte,
als sich vor dem Sturm beugen, gleich einem Pferd, das das Hinterteil gegen den stürmenden Wind gedreht hat. Das männliche Tier
in ihm fühlte sich gehemmt und eingeschüchtert durch diese beiden
einander entgegengesetzten Strömungen weiblicher Emotion. Beide
schienen ihm jetzt völlig unvernünftig. Seiner Mutter gönnerhafte
Ironie schien in dem Konflikt mit dem unmittelbaren Ausbruch der
anderen Frau absurd; und Gerdas Heftigkeit schien kläglich unangebracht. Wäre er imstande gewesen, irgendeine Art selbstzufriedener
Überlegenheit zu fühlen, hätte er es leichter ertragen. Aber er fühlte
keine solche Überlegenheit. So unvernünftig ihm beide erschienen,
hatten ihm doch ihre Persönlichkeiten niemals einen anziehenderen
oder geheimnisvolleren Eindruck gemacht. Gerade ihre Unvernunft
schien aus einem Reservoir von Lebensenergie geholt, die reicher
war, echter, ungewöhnlicher und pulsierender als die schlappe Verblüffung, die er ihr entgegenbrachte.

Als er von der einen zur anderen blickte und auf den anschwellenden
Sturzbach der wilden Worte Gerdas achtete, ohne ihn eigentlich zu
hören, fühlte er, daß es ihm völlig unmöglich war, herzhaft für die
eine oder die andere Partei zu ergreifen. Er fühlte sich nicht nur schwerfällig und hilflos; sondern er hatte auch das Gefühl, als ob er selbst

durch diesen Kampf in zwei Hälften gerissen sei. Er hatte das Gefühl, als ob er gleichzeitig die ironische Überlegenheit seiner Mutter und die leidenschaftliche Kränkung seines Mädchens verkörperte. Alle die langen Nächte, die er an Gerdas Seite gelegen war, alle gemeinsamen süßen, geheimen Liebkosungen hingen, wie ein Teil des Lebens selbst, an dem Gefühl, das er für jenes junge erregte Gesicht unter den blaßblauen Bändern empfand. Aber in seiner verwirrten Zwiespältigkeit war es ihm unmöglich, gegen die andere Gestalt feindselig zu fühlen. Ihr hatten längere gemeinsame Nächte gehört und engere Zärtlichkeiten! Wie konnte er sich bei aller Süße des Körpers seiner Gefährtin von dem Fleisch abwenden, das sein eigenes war?

Vernunft? Gerechtigkeit? Die Kräfte, die ihn jetzt zum Opfer machten und lähmten, waren jene, die die Welt erschaffen hatten. Wer war er, daß er gegen sie hätte kämpfen sollen?

Gerda hörte endlich auf und ging ohne ein weiteres Wort auf die Festwiese.

Jetzt erst wandte sich Mrs. Solent mit weitgeöffneten Augen ihrem Sohn zu und starrte ihn lange an.

„Nun ja", rief sie endlich, während sie den aufgespannten Sonnenschirm sinken ließ. „Da haben wir's! ... Ich meine", fuhr sie langsam und leichthin fort, „daß ich nach Hause zurückgehen und mich vor dem Tee ein wenig im Garten beschäftigen werde. Wenn ich diesen Friedhof nicht sauber machen darf, kann ich wenigstens den Garten meines Hausherrn pflegen. Wenn ich ein paar Stunden in der Erde herumgrabe, wird mir dies vielleicht eine Erleuchtung in allen unseren Angelegenheiten bringen. Ich habe dieses Fest schon satt und habe meinen Teil getan."

„Schon gut, Mutter", sagte Wolf und warf einen raschen Blick Gerda nach, deren Musselinkleid und blauer Hut jetzt hinter der Mauer verschwanden. „Ich werde dich ein Stück begleiten und dann zurückkommen."

Sie gingen um die Kirche und traten durch den Haupteingang auf die Straße. Als sie das Tor, das zu dem Feld führte, passiert hatten und beinahe schon an der Stelle waren, wo Pond Lane von der Dorfstraße abzweigte, holten sie die sich davonstehlende Gestalt des heimlich nach Hause eilenden Jason Otter ein.

Er fuhr erschreckt zusammen, als sie ihn erreichten.

„Sie werden Urquhart nicht erzählen, daß Sie mich gesehen haben", sagte er hastig. „Die Sache liegt so, daß ich es nicht ertragen kann, diesen seinen großen umherlungernden Gärtner sich beim Cricketspiel patzig machen zu sehen. Niemand kann gegen ihn aufkommen. Die ganze Zeit hat er Glück. Man hätte ihn gar nicht spielen lassen sollen! Er glaubt, weil er jenes Kegelspiel gewonnen hat, daß er alles versteht. Und natürlich, mit einer Horde kleiner Buben wie die da, die ihn alle für einen glänzenden Spieler halten —" ein entsetzter Ausdruck lag gleich einem Leichentuch auf Jasons Gesicht, während er diese Worte sprach.

„Sie halten ihn für eine Art von Grafschaftschampion", fügte er düster hinzu.

„Haben Sie selbst gespielt?" fragte Mrs. Solent.

„Jeder von den grünen Jungen in Ramsgard hätte ihn schlagen können!" setzte Jason fort. „Wilson ,Minor' hätte es ihm schon gezeigt."

Ein leises Zucken in den Linien des Dichterprofils zeigte, daß ein geistiges Bild seine Neigung für grotesken Spott erregte.

„Ich habe nie von Wilson ,Minor' gehört", murmelte Wolf.

Jason warf ihm einen Seitenblick zu und sah dann Mrs. Solent an. Er schien andeuten zu wollen, daß diese intimen Angelegenheiten der Ramsgarder Schule vor Frauen eher verborgen als enthüllt werden sollten.

„Kennen Sie ihn?" fragte Wolf kühn, den Stier bei den Hörnern packend.

Jason zögerte einen Augenblick.

„Er spielt linkshändig", warf er jetzt hin. „Dieses Stallvieh von Obergärtner könnte nicht eine Minute lang gegen ihn aufkommen."

„Ist Wilson ein netter Junge?" beharrte Wolf.

„Mir gefällt er", sagte der andere nervös. „Ich habe ihn nur drei- oder viermal gesehen. Einmal habe ich ihn ins Lovelace zum Tee eingeladen. Aber ich tat es nur, weil ich Tee trinken wollte, und weil mich, wenn ich allein bin, dieser Kellner immer so anstarrt. Als ich den Jungen das erstemal ansprach, hielt er mich für einen neuen Lehrer."

„Wofür hält er Sie jetzt?" fragte Wolf.

Jason kicherte. „Vielleicht für einen Leichenbestatter; oder für einen Privatsekretär, wie Sie einer sind! Aber er weiß, daß ich ehrlich bin; und daß ich was vom Spiel verstehe." Er hielt eine Sekunde inne. „Wir lieben es alle, gepriesen zu werden!" fügte er grimmig hinzu.

„Jason", sagte Wolf, der eine plötzliche Unruhe Gerdas wegen fühlte, „warum wollen Sie meine Mutter nicht nach Hause bringen? Sie wird Ihnen eine Tasse glänzenden Tees geben ... Besser als Sie selber sich in Pond Cottage einen machen könnten ... und ich weiß, daß jetzt niemand bei Ihnen im Hause ist. Es würde dir doch Freude machen, Mutter, nicht wahr? Ich weiß, wie gut ihr euch beide immer vertragt." Er fühlte solche Ungeduld, fortzukommen, daß er sich gar nicht darum kümmerte, welche Wirkung sein Vorschlag auf den Dichter und auf seine Mutter ausübte. Aber Mrs. Solents Gesicht schien gar nicht unzufrieden mit dieser Wendung der Dinge.

Wolf eilte fort und vermied es, Jason anzublicken und festzustellen, wie ihm diese Aussicht zusagte. Er hatte keine Schwierigkeit, Gerda zu finden, als er auf das Feld kam. Sie hatte sich noch keinem der Spiele angeschlossen, und es war ganz leicht, sie zur Seite zu nehmen. Sie war in einer Stimmung reservierter Apathie, weder schuldbewußt noch trotzig, bloß abseits von dem ganzen Strom der Ereignisse und ein wenig traurig.

„Hast du das wirklich alles über den alten Urquhart gehört?" fragte er, ängstlich bestrebt, sie abzulenken.

Sie lächelte schwach; und er war so entzückt, dieses Anzeichen einer Rückkehr zu ihrem normalen Ich begrüßen zu können, daß er dem Inhalt ihrer Erwiderung nur beschränkte Aufmerksamkeit schenkte.

„Nun ja, — nicht gerade mit diesen Worten, Wolf! Aber Dad sagt immer, daß etwas bei dem Tod dieses jungen Gentleman nicht gestimmt hat; und wenn es nicht der Squire war, so war es zumindest der Gastwirt Round, den Leute gesehen haben, wie er um dieses Grab umherschlich wie ein Gespenst."

„Nun geh, Gerda" — er sprach so energisch und munter, wie er nur konnte —, „laß hören, was du eigentlich denkst! Du denkst doch nicht wirklich, daß es kein Tier gewesen ist, das dieses Loch gegraben hat, eh?"

„Sprechen wir nicht mehr darüber", entgegnete das Mädchen. „Ich war zornig, und du weißt, warum; und du weißt auch, daß jedes Mädchen, das nicht aus Holz ist, zornig geworden wäre! Wenn ich mehr gesagt habe, als ich wollte, so mußt du es vergessen, Wolf, und mir verzeihen."

Gemeinsam gingen sie jetzt kühn und ohne Zögern zur Mitte des von Menschen erfüllten Feldes. Bald stießen sie auf Mattie und Olwen, die Hand in Hand einem Dreibeinigen-Rennen zusahen, bei dem die flinksten und muntersten Mädchen von King's Barton, zu Paaren zusammengebunden, um den Preis eines Sackes Kandiszucker konkurrierten.

Olwen begrüßte Wolf mit dem gewohnten leidenschaftlichen Ungestüm. „Mattie will nicht mitlaufen", rief sie. „Sag ihr doch, daß sie es tun soll!"

„Aber du kannst doch mitlaufen, wenn du willst", entgegnete

Mattie. „Dieses große Mädel dort, das wahrscheinlich gewinnen wird, war doch bereit, mit dir zu laufen." Mattie wandte sich bei diesen Worten, gleichsam um Hilfe flehend, an Gerda.

„Ich mag dieses Rennen nicht", fuhr sie fort. „Außerdem bin ich dafür nicht angezogen, nicht wahr?" Und sie blickte auf ihr neues schwarzes Kleid.

„Oh, das macht nichts", murmelte Wolf; und als er dann bemerkte, daß sich Gerda über das Kind beugte und dessen Aufmerksamkeit ablenkte, nahm er seine Schwester beim Arm und führte sie zur Seite.

„Jeder, den ich heute treffe, scheint durch das oder jenes aus dem Gleichgewicht gebracht zu sein", begann er, sobald sie sich ein gutes Stück hinter den Zuschauern des Rennens befanden. „Ich weiß nicht, ob es deshalb so ist, weil ich selber nervös bin; aber von irgendwo weht ein böser Wind."

„Glaubst du, daß mit mir etwas los ist?" fragte sie. „Du bist zu feinfühlig, liebster Wolf. Um die Wahrheit zu sagen, ich fühle mich jetzt ein wenig verdrießlich. Ich hätte ja doch mich und Olwen zusammenbinden lassen sollen; aber ich konnte mich nicht dazu aufraffen. Ich hatte nicht das Herz dazu."

Wolf blickte zurück über die Köpfe der Zuschauer. Er konnte sehen, daß Gerda die Hand des Kindes genommen hatte und daß die beiden jetzt mit gespanntester Aufmerksamkeit den Vorgängen folgten.

„Die sind gut aufgehoben", flüsterte er. „Gehen wir ein wenig spazieren."

Sie gingen jetzt zusammen zu einem leeren Teil der Wiese, der zwischen der Stelle des Cricketmatches und einer lärmenden Gruppe kleinerer Knaben in der Mitte lag.

„Also was gibt es, Mattie?" sagte er in umbarmherzigem Drängen. „Ich habe dich in letzter Zeit so wenig gesehen, daß ich deinen Stimmungen nicht folgen kann. Aber ich habe noch nie eine so niedergeschlagene Miene gesehen. Es ist heute viel trauriger, dein Gesicht, als beim Tode Mr. Smiths. Das ist eine andere Art von Kummer. Das stimmt mich nachdenklich."

„Lieber Wolf! Ich versichere dir, daß du dir um mich keine Sorgen zu machen brauchst. Mit mir ist alles in Ordnung. Du beunruhigst dich zuviel um anderer Leute willen. Du kannst doch nicht jedermanns Kummer auf dich nehmen. Manchmal müssen Menschen Dinge durchmachen, bei denen ihnen niemand helfen kann."

Wolf blieb unbeweglich stehen und legte ihr die Hand auf den Arm.

„Fange doch nicht mit solchen Plattheiten an, Mattie, sonst wirst

423

du mich ärgerlich machen. Ich nehme niemandes Kummer auf mich. Aber weißt du ... Ich habe das Gefühl, als ob ..." Er hielt plötzlich inne, stand zögernd da und dachte darüber nach, wie er es wagen sollte, die vielen wirren Gedanken zur Sprache zu bringen, die ihm Darnleys und ihretwegen durch den Kopf gezogen waren. Sie gingen weiter und noch hingen seine Worte unvollendet in der Luft.

Um ihm herauszuhelfen, wiederholte sie fragend: „Du hast das Gefühl, als ob ...?"

„Nun ... sei mir nicht böse, wenn ich mich in etwas einmische, das zu" — er suchte nach dem richtigen Wort —, „das zu zart ist, das Gewicht meiner Plumpheit zu tragen. Aber ich bin nicht blind. Ich habe gesehen, daß zwischen dir und Darnley etwas besteht, ein subtiles Verständnis. Ich freute mich, es zu sehen. Du weißt nicht, auf welchen weiten Weg es meine Phantasie führte. Und darum kann ich jetzt, wenn ich dich ‚verdrießlich' dreinschauen sehe, wie du es nennst, nicht umhin zu denken, es müsse deshalb sein, weil ... weißt du ... weil irgend etwas zwischen euch nicht in Ordnung ist."

Mattie blickte ihn bestürzt an.

„Aber ... Wolf ... aber ...", keuchte sie. Sie sah hoffnungslos verwirrt und jämmerlich unglücklich aus, wie sie jetzt vor ihm stand. Ihre dichten Augenbrauen zuckten beim Stirnrunzeln und sie hatte den Mund ein wenig geöffnet. Wolf fürchtete, einen großen Fehler begangen zu haben, der ihre verschlossene Natur furchtbar verletzt haben mochte.

„Aber es ist doch gar nichts an dem Ganzen!" rief sie kläglich. „Darnley und ich sind bloß Freunde. Ich hatte immer das Gefühl, daß er mich besser verstehe als irgend jemand anderer, den ich kenne. Aber das sagt nicht viel, Wolf. Du weißt, wie wenig Menschen ich kenne! Und sonst ist gar nichts zwischen ihm und mir, Wolf. Wie kamst du nur auf diesen Gedanken?"

„Oh, schon recht, Mattie!" murmelte er recht verstimmt. „Ich sehe, daß du deine Angelegenheiten für dich behalten willst, und ich bin nicht der Mensch, der dich zu irgend etwas zwingen würde."

Er brach ab, denn er sah, wie ihr Gesicht einen Ausdruck annahm, der ihm völlig neu war und zu dem er keinen Schlüssel besaß.

Er wandte sich hastig um und folgte der Richtung ihres Blickes. Da sah er Darnley und Mrs. Otter, die über den Rasen geradenwegs auf sie zukamen.

„Ich bin gekommen, Olwen zu suchen", begann die alte Dame. „Ich werde jetzt nach Hause gehen und ich dachte, daß Sie sich freier fühlen würden, wenn ich die Kleine mitnähme."

„Ich würde viel lieber mit Ihnen zurückgehen", sagte Mattie. „Aber ich glaube, daß ich Mr. Valley noch nicht so früh im Stiche lassen sollte. Wie spät ist es, Darnley?" Darnley blickte unbestimmt um sich. „Oh, natürlich haben Sie Ihre Uhr nicht bei sich", fuhr das Mädchen fort. „Wie spät hast du, Wolf?" Wolf sah auf seine Uhr, die einer der wenigen Gegenstände seiner Habe war, die materiellen Wert besaßen. Seine Großmutter in Weymouth hatte sie ihm geschenkt, als er ein Kind war; und es gab Augenblicke, in denen ihm die bloße Bewegung, sie aus der Tasche zu nehmen, eine Art sicheren Gefühles verlieh, wie Dinge, die mitten im Aufruhr ruhig sind, stetig, kontinuierlich. „Es ist zehn Minuten nach sieben", verkündete er; und als sie sich trennten, fing er Blicke zwischen Mattie und Darnley auf, die ihn darüber nachdenken ließen, ob sein Instinkt nicht trotz allem auf der richtigen Fährte gewesen war.

„Ist der Squire schon nach Hause gegangen?" fragte Wolf, als er mit Darnley langsam auf den Cricketplatz zuging.

„Ich weiß es nicht, vermutlich", antwortete der andere zerstreut und sagte dann, als sie näher gekommen waren: „Nein, er ist noch dort."

Als sie den Rand des Spielfeldes erreichten, standen sie eine Weile schweigend da und sahen zu. Mr. Valley war Schiedsrichter auf der einen Seite und Mr. Urquhart auf der anderen; und es interessierte Wolf festzustellen, daß es seine eigene Hand war, die sich instinktiv erhob, um den Geistlichen, und Darnleys Hand, die sich erhob, um den Squire zu begrüßen. Einer der Spieler erwies sich als niemand anderer denn als Bob Weevil; und Wolf empfand eine sardonische Belustigung auf seine eigenen Kosten, als er bemerkte, daß ihm diese Tatsache einen Stich unerwarteter Erleichterung versetzte. Wenigstens für eine Zeit bestand also nur geringe Aussicht, daß sich Mr. Weevil und Gerda zusammenfinden würden, es sei denn, daß sich der Würsteverkäufer damit einverstanden gezeigt hätte, seinen Ruf als Cricketspieler seinen amourösen Neigungen zu opfern; und als Wolf ihm jetzt bei seinem geschickten und vorsichtigen Spiel zusah, schien dies das Allerletzte, wozu der junge Mann bereit gewesen wäre.

„Was würdest du tun, Solent", begann Darnley ganz plötzlich; und Wolf, der ihn rasch ansah, bemerkte, daß seines Freundes Gesicht abgewendet und sein Blick intensiv nach der anderen Seite des Spielfeldes gerichtet war. „Was würdest du tun, wenn du ein Mädchen liebtest und gleichzeitig eine Eigenschaft besäßest, die dir alle Frauen widerlich macht?"

Wolf dämpfte seine Stimme, als er auf diese Worte entgegnete, absichtlich zu einem flachen, stumpfen Tonfall, als ob Darnley gesagt hätte: „Was würdest du in diesem Stadium des Spieles gegen Bob Weevil unternehmen?"

„Es würde ganz und gar davon abhängen, wer das Mädchen ist", sagte er und hielt seinen Blick auf die nackten Arme des jungen Krämers gerichtet, als dieser seinen schlanken Körper zum Schlage vorbeugte.

„Das ist alles ganz schön", versetzte der andere, „aber über einen gewissen Punkt hinaus kann man doch nicht gegen die Natur aufkommen."

Wolf erhob jetzt seine Stimme ein wenig, während Bob Weevil nach seinem Schlag kraftvoll zu laufen begann.

„Nichts ist gegen die Natur", erwiderte er. „Das ist der Fehler, den die Leute begehen; und er verursacht endloses Unglück."

Darnley antwortete mit drei gemurmelten einzelnen Wörtern und betonte ein jedes von ihnen mit einer Überlegung, die etwas Unheimliches an sich hatte. „Geduld ... Verstellung ... vielleicht ..."

Wolf machte eine Pause, um sich dem allgemeinen lauten Applaus anzuschließen, der verkündete, daß ein Spiel zu Ende war. Dann zeigte er mit seinem Stock. „Komm", sagte er. „Dort drüben ist Miss Gault und sieht beim Tauziehen zu. Wir wollen zu ihr gehen und mit ihr sprechen. Ich persönlich möchte es vermeiden, in ein langes Gespräch gezogen zu werden, muß aber dennoch mit ihr sprechen. Es wäre ein Affront, wenn ich es nicht täte. Aber wenn du mit mir kommst, Darnley, werde ich in Sicherheit sein."

Darnley lächelte und nahm den Arm seines Freundes.

Als sie jetzt zusammen über das Feld gingen, bemerkte Wolf, daß die Berührung von Darnleys Hand auf seinem Arm seine Nerven bis zur höchsten Erbitterung erregte. Ganz unerklärlich für Wolf wurde dieser steigende Zorn gegen den Mann, den er so gern hatte, allmählich so heftig, daß er kaum mehr erträglich war. Er machte eine übermenschliche Anstrengung, seine Nervosität zu beherrschen; aber gerade der Umstand, daß diese seine Stimmung seinem Freunde bewußt geworden war, machte es ihm unmöglich, seine Selbstbeherrschung zu bewahren.

Das Sonnenlicht ließ Darnleys Bart glitzern, als ob er aus schimmerndem Gold bestünde; und dieser Lichteffekt vermehrte Wolfs Gereiztheit, obwohl er ihn mit einem Teil seines Geistes ruhig genug feststellte. Alles, was er tun konnte, war, daß er sich davor zurückhielt, nach diesem Bart zu fassen und bösartig daran zu zerren. Darnley hielt jetzt Wolfs Arm so fest, daß dieser einen blinden Impuls animalischen Grolles in sich emporsteigen fühlte — einen Impuls, auf dem seine nervöse Gereiztheit schaukelte wie ein Kork auf einer Welle.

„Aufpassen! Aufpassen! Aufpassen!" stieß er plötzlich hervor; und mit demselben krampfhaften Impuls riß er, während er diesen seltsamen Schrei von sich gab, seinen Arm los. „Es ist ein Trick! Es ist ein Trick! Es ist ein Trick!" Er ließ hemmungslos seine Stimme zittern, als er diese Worte hervorzischte, obwohl er sehr gut wußte, daß die häßliche Zusammenziehung seiner Mundmuskeln ebenso wie die Worte selbst für seinen Gefährten höchst aufregend sein mußten. Aber darum kümmerte er sich jetzt gar nicht. Wenn er jenem ängstlichen Gesicht, das ihn jetzt so besorgt ansah, hätte klarmachen können, was er wirklich in diesem Augenblick fühlte, hätte sich dies ungefähr folgendermaßen dargestellt: seine Mutter und Gerda hatten ihre getrennten Persönlichkeiten verloren. Sie waren zu der Spitze eines scharfen Pfeiles von gelbem Licht geworden, die gleichzeitig auch die Spitze von Darnleys gepflegtem Barte war! Diese Spitze stieß ihn jetzt in ein anderes Elend, das die Form eines Geschmackes in seinem Munde annahm, eines Geschmackes, den er besonders verabscheute, obwohl er ihn — sogar vor sich selbst — nur als den Geschmack von Salat und Essig hätte definieren können! Aber wie immer er war, dieser Geschmack war Miss Gault. Die Spitze gelben Lichtes, die ihn vorwärtsstieß, hatte die Macht, seine ganze Welt zu verdünnen und zu bleichen, den feuchten Saft gänzlich aus ihr zu nehmen und sie zurückzulassen wie ein Stück verwehtes Papier auf einem Asphalttrottoir. Und er fühlte, wie sich zwischen diesen beiden Dingen — dem blendenden Licht und dem ätzenden Geschmack — ein Knoten der Ohnmacht fest in ihm knüpfte, der zusammengesetzt war aus Fäden in seinem Magen, aus Fäden in dem Puls seiner Handgelenke und aus Fäden hinter seinen Augenhöhlen. Alles auf der Welt, das für ihn lieblich und kostbar war, wurde von einer senffarbigen Zunge aufgeleckt, während ein Geschmack von zusammenziehender, ätzender Säure seinen Mund auszudörren begann.

Sie standen jetzt dicht hinter der letzten Reihe der Zuschauer. „Sie war gerade hier", sagte Darnley. „Sie muß auf die andere Seite hinübergegangen sein." Wolf wußte sehr gut, daß sein Freund Miss Gault im Sinne hatte, aber er murmelte nur mit müder, schleppender Stimme: „Wen meinst du da, der auf die andere Seite hinübergegangen ist?"

Jenes Etwas in ihm war es, das sich dessen schämte, was er tat... jenes Etwas in ihm, das gut genug wußte, daß er sich nur deshalb auf so kindische Art benahm, weil er tiefstes Vertrauen zu Darnleys

Zuneigung und Freundessorge besaß; aber seine Nerven waren jetzt schon so völlig disharmonisch, daß er für jeden zufälligen Funken nur mehr Zunder war.

Dieser Funke fiel bald; denn jetzt erschien, aus der Menge hervortauchend und geradenwegs auf sie zugehend, die vertraute Gestalt Mrs. Torps. Von allen Leuten auf der Welt war Mrs. Torp die allerletzte, mit der zu tun zu haben er sich jetzt fähig fühlte. Dies hinderte sie nicht, an die beiden heranzukommen, die Hand ausgestreckt, das Gesicht streng und doch festlich, und mit einem Ausdruck gleich dem eines wächsernen Mörders in Madame Tussauds Panoptikum, während von der Spitze ihrer Toque eine große purpurne Feder mit einer ganz eigenen diabolischen Munterkeit nickte.

Wäre diese lebhafte und aufdringliche Feder nicht gewesen, hätte Wolf vielleicht seine Selbstbeherrschung bewahren können; so aber zeigte sich diese, vereint mit dem starren, festlichen Lächeln ihrer Besitzerin, als der letzte Tropfen.

„Mrs. Torp! Mrs. Torp! Mrs. Torp!" kreischte er, so laut es ihm seine Lungen erlaubten.

„Halte dich zurück jetzt! Halte dich zurück, Wolf!" sagte Darnley ernst und nahm ihn genauso wie früher beim Ellbogen.

„Haben die jungen Herren gestritten, wie?" sagte Mrs. Torp, während Wolf, der in der hastigen Bestürzung seiner Scham kaum wußte, was er tat, ihr kräftig die Hand schüttelte. „Sie sind ein zu feiner Mann, Mr. Otter, als daß Sie zu dem Schulfest mit Wirtshausraufereien kommen dürften. Du guter Gott, und was für ein Gesicht hat denn unser Mr. Solent auf den Schultern sitzen! Lassen Sie sich mit einem solchen Gesicht nicht vor Gerdie sehen. Was war denn los, meine jungen Herren? Was war denn los?"

An dieser Stelle ihres Wortschwalles wurde Mrs. Torp dadurch abgelenkt, daß ihr Sohn Lobbie an ihrer Seite auftauchte. „Geh zurück, du Brut Edoms, wohin du gehörst!" rief sie und versetzte dem Knaben einen kräftigen Stoß. „Was tust du hier mit einem so schmutzigen Gesicht, und schnüffelst hier herum wie das Wiesel, das du bist? Geh zurück, wohin du gehörst, und plage bessere Leute nicht!"

Aber Wolfs Grölen hatte auch andere Köpfe sich umwenden lassen, und bald begann sich geradezu eine kleine Gruppe um sie zu sammeln. Die Stimme Mrs. Torps war von Natur aus durchdringend; und die Art ihrer Ansprache — zeitweise aufgefangen von neugierigen Ohren — verminderte diese Wirkung nicht. Wolf und Darnley befanden sich tatsächlich bald in der nicht beneidenswerten Lage, eine Art Nebenschaustellung neben dem allgemeinen Interesse zu bieten, das dem

Tauziehen zugewendet war. Immerhin war es klar genug, daß keiner der starrenden Landbewohner die wirkliche Bedeutung von Wolfs unverzeihlichem Ausbruch erfaßt hatte. Sie nahmen wohl einfach an, daß Wolf in einem Anfall von Ungeduld die Mutter seiner Frau so kategorisch an jene bestimmte Stelle gerufen hatte.

So wenigstens war der Eindruck, der für die künftige Erinnerung von jenem nicht umwölkten Teil des Gemütes Wolfs aufgenommen wurde, von jenem Teil, der wie ein berechnender Dämon an der Spitze seines Kopfes hockte und die ganze Szene ruhig überschaute. Mrs. Torp selbst wich, soweit er sich darüber klar werden konnte, auch keine einzige Sekunde von ihrer vorgefaßten Anschauung über den Zwischenfall ab, die, um es klipp und klar und grob zu sagen, die dahin ging, daß die beiden jungen Gentlemen einen betrunkenen Streit miteinander gehabt hatten!

Als Wolf jetzt hastig vorwärtsschritt, um keiner geringeren Persönlichkeit als Selena Gault entgegenzutreten, bemerkte er mit einem sehr deutlichen Gefühl der Erleichterung, daß seines Vaters alte Freundin nichts Ungewöhnliches an jenem Schrei „Mrs. Torp! Mrs. Torp!" gefunden hatte, der sie von seiner Anwesenheit hier unterrichtet hatte.

„Soll die arme Mrs. Torp denn in dieses Spiel hineingezogen werden?" fragte Selena, während sie ihm die Hand schüttelte.

Wolf murmelte irgendeinen matten Scherz über Tauziehen und magere Leute und fand es dann unvermeidlich, mit Miss Gault wegzugehen und die weitere Behandlung der Familie Torp Darnley zu überlassen.

Seine Nerven waren noch nicht ganz beruhigt, und er konnte bloß mit geduldigen einsilbigen Wörtern auf Miss Gaults Bemerkungen entgegnen. Allmählich wurde aber ihre Rede so persönlich, daß diese Entgegnungen eine gefährliche Heftigkeit anzunehmen begannen, obwohl sie noch immer abgerissen und kurz blieben.

„Ich freue mich, daß ich Sie getroffen habe, Junge. Ich habe die ganze Zeit gehofft und gehofft, daß ich mit Ihnen ein Wort würde sprechen können."

„Liebe Miss Gault!"

„Sie sind mir doch nicht mehr böse, daß ich mich Ihrem Plan mit Mattie und Olwen widersetzte? Ich gebe zu, daß er sich besser auszuwirken scheint, als ich jemals vorausgesetzt hätte."

„Nein . . . nein."

„Solange sie nicht diesem schrecklichen alten Mann begegnet oder diesem verrückten Mädchen —"

„Was heißt das?"

„Oh, ich habe vergessen. Man sagt, daß Sie selber diese Leute besuchen, Wolf."

„Wer sagt das?"

„Natürlich müssen Sie hingehen, der Bücher wegen. Das verstehe ich. Aber es gibt Gründe, Junge, die schwer zu erklären sind, und warum ich es lieber sähe, wenn Sie in ... in ein Arbeitshaus gingen ... als in dieses Haus."

„Mr. Malakite war der Freund meines Vaters."

Bei diesen Worten hob sie eine der behandschuhten Hände zum Mund, als ob sie das Zittern ihrer Oberlippe zurückhalten wollte. „Sie wissen nicht, was Sie sagen, Wolf! Sein Freund? Dieser Mann hat seine Seele verdorben; und er tat es mit seinen verfluchten Büchern."

Vor der Notwendigkeit, hierauf antworten zu müssen, wurde er durch den Klang einer vertrauten, doch keineswegs angenehmen Stimme bewahrt, die ihn beim Namen rief.

„Mr. Solent! Mr. Solent!"

Er machte kehrt und sah Bob Weevil, noch immer in Hemdsärmeln, lächelnd und schwitzend nach heftigem Lauf.

„Was ist los, Weevil?" fragte er.

Der junge Mann verneigte sich respektvoll vor Miss Gault und rang nach Atem.

„Mr. Urquhart hat mich nach Ihnen geschickt, Sir", keuchte er. „Er sagt, daß Sie jetzt an seiner Stelle Schiedsrichter sein müssen. Er muß jetzt gehen."

„Mr. Solent hat mich in seiner Obhut, Weevil", sagte Miss Gault indigniert. „Was meint denn der Mann mit Schiedsrichter sein ‚müssen'? Ich begreife nicht, was das ‚müssen' hier zu tun hat?"

Wolf musterte den erregten Burschen vom Kopf bis zum Fuß. Miss Gaults Worte hatten Bob nicht im mindesten beschämt. Es lag sogar ein Zug frecher Arroganz in seiner Art, ein Zug, der zu sagen schien: „Als Bote des Squire an seinen Sekretär bin ich hier die wichtigste Person."

„Ich fürchte, daß es hier doch ein ‚Muß' gibt, Miss Gault", sagte Wolf ruhig. „Es war zwischen uns abgemacht, ehe wir hierherkamen, daß ich das Schiedsrichteramt übernehmen würde, wenn Mr. Urquhart gehen müßte. Es ist nicht Mr. Weevils Schuld, daß er zufällig der Überbringer schlechter Nachrichten ist."

Miss Gault nahm die Sache übel und wurde steif. „Nun gut. Lauft nur, ihr zwei, so schnell ihr könnt!" sagte sie.

Während sie sich gemeinsam entfernten, hatte der Ärger Miss Gaults, der sich so auf beide Männer ergoß, die natürliche Wirkung, in einem gewissen Grade den Riß zwischen ihnen zu schließen...

Sie kamen auf ihrem Wege an den Schaukeln vorbei, und eine allgemeine männliche Schwäche für den Anblick flatternder Röcke hielt sie einen Augenblick lang hinter den Gruppen von Bürschchen fest, die das Schauspiel genossen.

„Das Schaukeln haben sie gerne", bemerkte Wolf nachlässig, als Weevil und er sich endlich in Bewegung setzten, „aber die Anwesenheit dieser Burschen macht es ihnen ganz besonders köstlich!"

Bob Weevil seufzte tief; und dieser klägliche Seufzer, der sich aus den erregten Sinnen des jungen Mannes erhob, stieg zitternd himmelwärts. An einem Bausch flatternder Röcke, die nach Nevilton wiesen, kam dieser Seufzer vorbei; an den Scharen der weißen Wolken. Schließlich verlor er sich, ferne, jenseits alles menschlichen Wissens, in der unglaublichen sehnsüchtigen Wehmut lieblichen blauen Raumes und vermengte sich dort wohl mit den gewaltigen, nicht menschlichen Seufzern des Planeten selbst, der von irgendeiner monströsen kosmogonischen Begierde gequält wurde.

Als Wolf diesen Laut hörte, blickte er von der Seite seinen jungen Rivalen an, und ein unerwartetes Flackern von Sympathie für dieses Wasserrattenprofil durchlief ihn.

Schweigend gingen sie über das Feld, und der Gedanke, daß er jetzt zu Mr. Urquhart ging, erinnerte Wolf an jene geheimnisvolle Öffnung an der Seite von Redferns Grab. Konnte es möglich sein, daß es hier im Dorf Leute gab, die so toll geworden waren in ihrer Reue wegen des Todes dieses Jungen, daß sie tatsächlich verzweifelte Versuche gemacht hatten, seine Knochen auszuscharren? Dies wäre nach dem, was Gerda über jene Dorseter Klatschereien angedeutet hatte, nicht als unmöglich erschienen. Aber unmöglich war es natürlich doch! Es war eines jener krankhaft monströsen Phantasiegebilde, die, wie er aus des Squire eigener Sammlung ungeheuerlicher Dokumente wohl wußte, manchmal die Runde durch diese Dörfer des Westlandes machten, von Schenke zu Schenke gingen und auf ihrem Wege immer unheimlicher wurden. Etwas in diesem Landstrich, der von Legenden ebenso durchtränkt war wie von Most, schien einen Boden für solche Erzählungen zu bieten.

„Nun, Sir", sagte er, als sie sich dem Platz näherten, wo Mr. Urquhart auf Wache stand wie ein nüchterner Posten auf den Wällen von Elsinore, „ich bin bereit, Sie abzulösen."

Die freudige Zufriedenheit, mit der sein Dienstgeber diesen fügsamen Gehorsam aufnahm, ließ Wolfs Nerven auf überraschende Art wieder Festigkeit finden.

„Wenn Sie Valley gute Nacht sagen sollten, Sir, ehe Sie gehen", sagte er brüsk, „könnten Sie ihm mitteilen, daß etwas oder jemand ein Loch in jenes Grab im Friedhof gescharrt hat."

Eine seltsame Feigheit oder vielleicht ein Gefühl der Diskretion hielt ihn davon ab, Mr. Urquhart ins Gesicht zu sehen, während er selbst diese Bemerkung hervorstieß. Sofort nachher rief er, ohne eine Sekunde innezuhalten, dem ihm gegenüberstehenden Spieler zu und bewegte sich dann hastig seitwärts zu seinem Platz, so daß das neue Spiel beginnen konnte.

Er konnte nichts von der Wirkung seiner Worte bemerken, denn er sah nur den Rücken seines Dienstgebers, der sich jetzt entfernte, gar nicht in der Richtung gegen den schwarz gekleideten Geistlichen, sondern auf eine kleine Gruppe von Zuschauern zu, die sich um die sitzende Gestalt Roger Monks geschart hatte, der die Aufzeichnungen führte.

Mr. Urquharts Rücken, dem Wolf in diesem Augenblick mit den Augen folgte, schien ihm dem Rücken des Judas Ischariot auf jenem populären Bilde „Die Silberlinge" zu gleichen, dessen billig kolorierte Reproduktion im Hause seiner Großmutter in Weymouth gehangen hatte. Es war mehr als eine bloße Abweichung von seiner gewöhnlichen aristokratischen, vorgebeugten Haltung, die dieser Rücken jetzt zeigte. Er sackte, er schlingerte, er schrumpfte ein. Er trieb gegen jene Bank mit den sorglosen Zuschauern, als wäre er das Hinterteil des biblischen Sündenbockes, hinausgetrieben in eine Wüste, deren Öde nicht materiell war, sondern psychisch. Die feinen Kleider, die auf diesem Rücken hingen, unterstrichen nur die Unheimlichkeit solchen Rückzugs.

Man kann sich denken, daß Wolfs Tätigkeit als Schiedsrichter an diesem Abend nicht sehr lebhaft oder hervorragend war. Aber sie genügte; sie erfüllte ihren Zweck. Denn das Spiel selbst ging jetzt etwas schleppend vor sich, die meisten der Burschen waren seiner schon müde und sehnten sich in ihrem Herzen nach dem großartigen Abschluß der ereignisreichen Feier.

Diesen bildete die Stunde des Dämmerungstanzes, der auf einem durch Seile abgetrennten Teil der Wiese vor sich ging und die größte Quelle von Verantwortlichkeit und Besorgnis für die Obrigkeit bildete — die spannende Klimax und das wichtigste Ereignis für die Burschen und Mädchen von King's Barton!

Lange bevor das Cricketmatch zu Ende war, waren alle anderen Spiele schon zum Schluß gebracht worden. Gruppen ermüdeter Kinder, die über ihre Preise diskutierten und sich mit Butterbroten und Gerstenzucker, den sie aus klebrigen Papiersäckchen hervorholten, vollstopften, schlenderten über den Hügel dem Tor zu, gefolgt von geschwätzigen Müttern, die überquellende Pakete und schlafende Babies fest in den Armen hielten. Die älteren Männer hatten hier und dort Sitzplätze gefunden und rauchten Pfeifen mit einer Miene vorsichtiger Entspannung, die knapp vor dem völligen Sichgehenlassen von Farmer's Rest haltmachte und doch im Gegensatz zu jener superzeremoniösen Atmosphäre der früheren Nachmittagsstunden zwanglos war.

Die jungen Männer und die Mädchen versammelten sich nun von allen Seiten des Feldes, gleichzeitig mit einem Anhang von Schaulustigen, die durch die Gelegenheit angezogen worden waren, ungeduldig und nervös um die müden Cricketspieler.

Die Kingsburykapelle, gebührend angeregt durch ihre volle Ration traditioneller Erfrischungen, stimmte jetzt ihre Instrumente für den großen Augenblick des Galatages. Endlich fielen, zu Wolfs ungeheurer Erleichterung, die letzten Bails; das Resultat wurde in gleichgültigem Tone und unter matten Hurrarufen verkündet, und die ganze Gesellschaft eilte zum Tanzplatz.

Während Wolf nach Gerda Ausschau hielt, kam er unachtsam dem verwirrten Mr. Valley in den Weg.

„In einer Stunde wird es dunkel sein", sagte der Vikar ängstlich und blickte zum Himmel auf, „aber da wird man ja kaum erst begonnen haben."

„Es liegt ein angenehmer Geruch zertretenen Grases in der Luft", bemerkte Wolf.

„Welch eine Zeit! Welch eine Zeit!" klagte der kleine Priester, ohne auf diese Unterbrechung zu achten.

„Was ist denn los, mein lieber Mann?" seufzte Wolf gleichgültig und suchte mit dem Blick die vorbeikommenden Gruppen nach einem Schimmer von Gerdas weißem Kleide ab. „Was macht Ihnen denn Sorge? Das Tanzen ist doch harmlos. Im Tanzen liegt nichts Böses."

Der kleine Priester legte seine Hand auf Wolfs Rockaufschlag. „Tanzen!" murmelte er verdrießlich. „Oh, ihr Londoner, ihr Londoner! Es ist nicht das Tanzen, woran ich denke. Glauben Sie denn, daß sich alle diese Männer hier nur wegen des Tanzens versammeln? Ich sage Ihnen, ich habe keinen einzigen Besuch der Kingsburykapelle hier im Orte erlebt, nach dem dann nicht irgendein Mädchen — und es trifft immer die Unrechten — ins Unglück gekommen wäre! Wenn ich sie dort zwischen diesen Stricken einsperren könnte, dürften sie meinetwegen bis zum Morgengrauen tanzen!"

Wolf schnitt eine Grimasse und ging. Es schien ihm in jenem Augenblick, als er an Gerda und seine Mutter dachte, so viel bösere Dinge auf der Welt zu geben als die von Mr. Valley gefürchteten Episoden, daß er es unmöglich fand, ihm auch nur das geringste Mitgefühl entgegenzubringen. Mr. Valley bekam aber, ohne es zu wissen, in weniger denn einer Minute, nachdem sie auseinandergegangen waren, volle Genugtuung für diese Verständnislosigkeit. Denn dort war Gerdas weißes Kleid! Und dort, daneben, waren Mr. Bob Weevils weiße Hemdsärmel! Als Wolf hinging und seine unverletzlichste philosophische Ruhe anzunehmen versuchte, dachte er: „Ich werde sie einen Tanz mit ihm tanzen lassen, und dann werden wir gehen ... zurück nach Blacksod!"

Sie bemerkten seine Annäherung erst, als er schon ganz dicht bei ihnen war.

„Hallo, Gerda! Hallo, Bob! Hört einmal, ihr zwei." Er machte eine verlegene Pause und starrte auf Gerdas Schärpe. „Ich möchte nicht", fuhr er fort, „ich möchte nicht —" Er glaubte einen trotzigen Blick auf des Mädchens Gesicht bemerkt zu haben. „Ich möchte von hier nicht aufbrechen, ehe ihr heute abend einmal getanzt habt. So macht euch also daran, um Himmels willen, sobald begonnen wird ... Nun hören Sie, Weevil —" er machte wieder eine Pause und fand es notwendig, einige lange Atemzüge zu tun. Er hatte genau das gesagt, was er zu sagen beabsichtigte. Er hatte es in dem Ton gesagt, den anzuwenden er beabsichtigte. Warum starrten ihn also die beiden so an, als ob er ein Gespenst wäre? Erschien ihnen sein Gesicht sonderbar? War ihnen die Form seines Antlitzes verändert? „Ich meine", fuhr er fort, aber seine Stimme klang jetzt seinen eigenen Ohren unsicher — unsicher und seltsam mechanisch, als ob sie aus einer hölzernen Schachtel dränge. „Ich meine, es wäre am besten, ihr würdet einmal nach Herzenslust tanzen oder vielleicht zweimal ... gewiß zweimal! Zweimal ist viel besser als einmal ... ein Tanz ist nichts ... Was ist ein Tanz? Gar nichts! Und dann ... und dann ... was wollte ich denn sagen? Die Kapelle macht ja solchen Lärm! ... Oh, dann werden wir nach Hause gehen, Gerda; und vielleicht will Bob mit uns kommen. Aber ich glaube nicht, weil doch Mr. Valley so zappelig ist."

„Wovon sprichst du denn, Wolf?" fragte Gerda unvermittelt. „Was ist mit dir los? Ist irgend etwas nicht in Ordnung? Ich dachte, wir hätten abgemacht, daß ich zum Tanz hierbleiben sollte. Du hast doch nichts dagegen, wenn ich mit Bob tanze, nicht wahr?"

„Pardon, Mr. Solent", mengte sich jetzt die Stimme des jungen Krämers ein, „aber was war das, was Sie sagten, daß Mr. Valley ,zappelig' sei? Ich konnte nicht genau hören, was Sie gesagt haben; aber ich kann auf keinen Fall verstehen, was das mit mir zu tun hat?"

„Haben wir abgemacht, Gerda, daß ich bis Mitternacht auf dich warten solle?" fragte Wolf ernst, ohne Mr. Weevil zu beachten.

„Oh, laß mich in Ruhe! Laß mich in Ruhe, Wolf!" rief sie zornig. „Ich weiß nicht, was heute abend über dich gekommen ist ... über dich und deine Mutter! Du warst wohl drüben und sie hat wieder mit dir gesprochen? Ich weiß nicht, wofür du mich hältst! Ich habe beim King's Bartoner Schulfest getanzt, wie ich noch nicht größer war als Lobbie. Ich weiß nicht, was du dagegen hast, oder gegen mich und Bob. Du warst drüben in Lenty Cottage! Dort warst du; und sie hat dich zurückgeschickt, mich für das, was ich ihr gesagt habe, zu bestrafen. Ich habe überhaupt nicht gesagt, daß ich mit Bob tanzen werde. Bob ist nicht mein einziger Freund hier. Mutter wird bis zum Schluß bleiben. Sie tut dies jedesmal. Und ich werde mit ihr heimgehen. Ich brauche weder dich noch Bob, sage ich dir! Du hast mich früher nie so behandelt, und ich werde es nicht dulden! Sie, Bob, können mit ihm nach Hause gehen, wenn Sie wollen. Es wird mir ohnehin nur angenehm sein, nichts mehr von euch beiden zu sehen! Heute will ich mich unterhalten." Mit diesen Worten entfernte sie sich, und Wolf erhaschte einen Blick jämmerlicher Bestürzung auf der Wasserrattenphysiognomie an seiner Seite. „Ich brauche überhaupt keine Männer zum Tanzen", rief sie zu ihnen zurück. „Ich werde nur mit Mädchen tanzen. Aber ich werde mich unterhalten, euch allen zum Trotz! Ich will nicht bei meinem Vergnügen von einem von euch abhängen ... und ich werde mit Vater und Mutter heimgehen!"

Trotzig ging sie fort, den Kopf mit dem blaubebänderten Hut hoch aufgerichtet, und war bald in der sich ansammelnden Menge dem Blick entschwunden.

Wolf und Mr. Weevil standen da und starrten einander versteinert und verlegen an, während die lang erwartete Musik triumphierend in die vertrauten Weisen des Kingsbury-Jig ausbrach.

Nach ein paar Sekunden entfernte sich Wolf mit einem jähen Erheben seiner Hand. Er schob sich durch die Menge mit der Miene eines völlig Fremden, der seinen Weg durch irgendwelche volkstümliche Geschehnisse gehemmt sieht, die ihm nichts bedeuten.

Am Rande des Feldes wurde er durch den Anblick einer Gestalt, die ihm bekannt vorkam, angehalten. Ja. Es war die junge Automatendame von Farmer's Rest. Aber da war auch noch ein anderes Mädchen — ein jüngeres Mädchen —, und er erkannte auch dieses. Es war das Mädchen in dem weißen Musselinkleid, dessen schamlose Art sich zu schaukeln Weevil und ihn vor einer Stunde festgehalten hatte. Der Kopf dieses jüngeren Mädchens war abgewandt, doch als Wolf sich ihnen näherte, konnte er einen ausgiebigen Blick auf das Gesicht der jungen Automatendame werfen. Sie war aber zu vertieft in ihre Beschäftigung — eine Sicherheitsnadel oder etwas Ähnliches in dem Gürtel der anderen zu befestigen —, als daß sie ihm auch nur die geringste Aufmerksamkeit geschenkt hätte. Aber was war das? Der Ausdruck, den er auf ihrem Gesichte erhaschte, war ein Ausdruck unverkennbarer Erregung, hingerissener, heftigster Erregung, wie sie ein Bursche gezeigt hätte, wenn er den Gegenstand seiner Wünsche liebkoste. Wie ein Blitz durchzuckte es Wolf, als er eine Sekunde hier zögerte, daß er einer leidenschaftlichen Perversität gegenüberstand, verwandt jener, die er schon anderswo in diesem Dorsetshirer Dorf entdeckt hatte; und er war ein wenig überrascht, zu bemerken, wie diese Tatsache sein Herz schlagen und seine Pulse pochen ließ. Etwas in ihm flehte verzweifelt, noch eine Sekunde länger auf diesem entweihten Boden bleiben zu dürfen; aber er widerstand der Versuchung und eilte weiter. Doch was bedeutete das? Wie konnte er sich dies erklären? Die ähnliche Verirrung, die er vor so kurzem unter den „höheren Kreisen" von King's Barton festgestellt hatte, hatte ihn auch nicht annähernd bis zu solchem Grade lasterhafter Sympathie berührt! Die Vision dieser beiden Mädchen blieb gleich einem tödlich süßen Tropfen köstlichen Gärstoffes in irgendeiner Ader in seinem Inneren — in einer Ader oder einem Nerv, der in Kontakt mit dem innersten Mark seines Bewußtseins zu stehen schien. Wie ein giftiger Beerensaft, tückisch süß und doch tollmachend bitter, wie ein Tropfen jenes alten, klassischen Giftes, das aus dem Blut des verliebten Kentauren destilliert war — quälte und verwirrte ihn jener Blick, jene Bewegung des Mädchens von Farmer's Rest. Der abgewandte Kopf ihrer musselinumhüllten Gefährtin, die Umrisse ihres weichen, wissenden jugendlichen Profiles erregten seine Sinne noch mehr.

„Zum Teufel!" dachte er. „Kenne ich denn noch immer nicht das Ärgste meiner lasterhaften geheimen Natur?"

Er fühlte sich eher überrascht als beschämt durch das, was sich in ihm erhob; aber was ihn wirklich erregte, bis zu einer Art innerer Wut erregte, als er diese beiden einander genügenden Mädchen verließ, das war der Rückstoß dieser Entdeckung auf seine Eifersucht wegen Gerda und Weevil! Wer war er, sich trotzigen, eifersüchtigen Heroismus zu gestatten, wenn er selber eines derartigen Gefühles fähig war? Diesen beiden tief verletzt zu zürnen und doch nicht imstande zu sein, seinem eigenen Leid nachzugeben, ohne sich selbst als unphilosophischen Narren erkennen zu müssen — das war die Spitze des geistigen Keiles, der jetzt in seine zerzauste Lebensillusion getrieben wurde.

Hatte Lord Carfax, jener wunderliche „Weltmann", dessen schamlose Ansichten Mrs. Solent zu zitieren liebte, schließlich doch recht? Hatte er selbst stets die Beziehungen zwischen Sexualität und jenem geheimnisvollen Kampf in den Abgründen überschätzt, mit dem seine „Mythologie" zu schaffen hatte?

Was Mr. Urquharts Perversität betraf, so hatte Wolf es als gegeben hingenommen, daß des Mannes Geschlechtsverirrung lediglich das Medium war, durch welches unaussprechliche Emanationen von Bösem — weit über das Gebiet der Sexualität hinaus — in diese Welt emporquollen.

„Aber was ist dieses Böse?" fragte er sich jetzt und ließ seinen Geist gleich einem hungrigen Kormoran über den wogenden Wassern seiner erregten Sinne schweben. Unklare Andeutungen einer Art träger Bosheit, die jenseits aller Lasterhaftigkeit lag, erhoben sich in ihm als die tiefsten Erwiderungen seines Geistes. Gereizt suchte er nach einem Loch in der Hecke, durch das er entfliehen könnte, während er versuchte, diese träge Bosheit zu definieren. War sie eine atavistische Rückkehr zu der „Urmaterie" oder zu dem „Weltstoff" — klumpig, widerstrebend, trüb —, aus dem zu Beginn der Zeiten das Leben sich seinen Weg hatte erzwingen müssen? War dies das wirkliche Geheimnis der Schädlichkeit Urquharts, und nicht seine Haltung zu irgendeinem jugendlichen Redfern?

Während er mit diesen Gedanken kämpfte, fuhr er die ganze Zeit fort, fieberhaft der Hecke entlangzugehen, auf die er ab und zu mit seinem Stocke schlug. Wenn er nur eine Lücke fände, durch die er entfliehen könnte! Diese seine Jagd nach einer in das nächste Feld führenden Lücke begann fast symbolische Maße anzunehmen. Etwas in seinem Inneren zupfte die ganze Zeit an ihm, damit er seinen Kopf wende und noch einen verstohlenen Blick auf jene beiden Mädchen werfe. Standen sie noch beisammen, eben dort, wo er sie verlassen hatte? Er begann seiner Einbildungskraft freien Lauf zu lassen, ließ sich von ihr quälen und mit der zitternden Heftigkeit des Gefühles reizen, das der Anblick selbst hätte hervorrufen können. Er wußte, daß er seine Erregung kühlen konnte, sie abstumpfen, sie untergraben, sie abdrängen, indem er ihre Natur analysierte; aber das Gefühl selbst war ihm so tödlich süß, daß es „mit einer leisen kleinen Stimme" um einen Aufschub dieses Eindringens seiner Vernunft flehte!

War es seine Eifersucht auf Gerda, die ihn so durchlässig gemacht hatte für diese bebende, atemraubende Besessenheit? Empört schüttelte sich seine Seele bei ihren Fluchtversuchen hin und her. Wie ein schlüpfriger schuppiger Fisch schüttelte sie sich, wandte sich zur Seite, drehte sich mit dem Bauch aufwärts, während sie sich mühte, ihren Weg durch die Maschen des Netzes zu erzwingen, das sie umfaßt hielt. Wie kam es, daß jener zufällige Blick auf das verliebte Gefühl, das ein Mädchen einem anderen Mädchen entgegenbrachte, diese bebende, auflösende, schauernde Aufreizung in ihm verursachen konnte? War es vielleicht die bloße Zwecklosigkeit dieses Gefühles, das so heftig war und so steril, die die geheimnisvolle Eigenschaft des Begehrenswerten betonte? Hatte sie zur Folge, daß sich der Zauber der Schönheit über die ganze Persönlichkeit des ersehnten Wesens verteilte ... wie es kaum dort der Fall sein kann, wo die große schöpferische Natur, verächtlich gegen Liebende und Geliebte, schamlos mit ihren eigenen ungeheuren Zwecken beschäftigt, die Falle beködert?

Wie seltsam war es doch, daß die Anziehung, die dieses musselinröckige kleine Trampel auf ihn ausübte, durch Weevils Begierde nach ihr kaum erhöht worden war, aber durch die Erregung der „jungen Automatendame" bis zu einem solchen Grad bebender, süßer Elektrizität gesteigert werden konnte. Oh, es hatte etwas in sich, das ihn zu einer Forschung leiten mochte, die alles andere für ihn unwichtig erscheinen ließe! Er konnte selbst jetzt, wie er neben dieser eigensinnigen Hecke ging, die Lavawüste fühlen — in der alle zarten Andeutungen zu Staub und Asche geworden waren — die von ihm um so mehr Besitz ergreifen würde, je konzentrierter diese Untersuchung würde. Er fühlte in sich sogar den Ausdruck, den sein Gesicht sich dann aneignen würde, wenn er auf seiner manischen Suche kreuz und quer über die Erde zöge, alles andere vergessend.

Er hatte in seinem geistigen Kampf gerade diesen Punkt erreicht, als er plötzlich eine Lücke in der hartnäckigen Hecke fand. Eilig zwängte er sich durch, ohne darauf zu achten, ob er sich Gesicht und Hände ritzen würde, und stieg von dem hohen Heckendamm in ein Feld mit Mangoldwurzeln hinunter. Über dieses Feld schritt er jetzt, während sich die stärker werdende Dämmerung um ihn verdichtete, und er hatte alles andere vergessen, außer dem einen Ziel, zu entfliehen — zu entfliehen in den Frieden seiner eigenen Seele.

Als er endlich das Feld hinter sich hatte, schlug er sich blindlings durch eine zweite Hecke, ohne sich diesmal auch nur mit der Suche nach einer Lücke zu mühen. Dort erwartete ihn zunächst eine Reihe von Stoppelfeldern. Auf einigen von diesen wuchs purpurner Klee, dessen dunkle, von schwerem Tau feuchte Blätter bald seine Schuhe durchnäßten. Diese körperliche Empfindung, die Empfindung, barfuß durch eine endlose taunasse Dämmerung zu gehen, besänftigte und beruhigte ihn allmählich.

Hartnäckig ging er, während das Dunkel hereinbrach, vorwärts, durchquerte ein Feld nach dem anderen und bahnte sich rücksichtslos seinen Weg durch alle Arten üppiger Vegetation, über allerlei brachliegende Felder. Er hatte die Festwiese jetzt vor mehr als einer Stunde verlassen. Er hatte, beinahe ohne sich dessen bewußt geworden zu sein, die Landstraße zwischen Ramsgard und Blacksod überquert. Er hatte seinen Weg genommen durch das Labyrinth kleiner, grasbewachsener Pfade zwischen jener Landstraße und dem Dorfe Gwent. Und als er jetzt in der duftenden Herbstnacht in einen Kreis sanft abfallender Hügel trat, konnte er hinter den verstreuten Lichtern von Gwent eine gewaltige, unbegrenzte Region sehen, Schatten in Schatten, Dunst in Dunst, eine Region, die er — obwohl er in Wirklichkeit nichts anderes sehen konnte denn Dunkel von einer dichteren, reicheren Art als das Dunkel um ihn — als die umschattete Schwelle von Somerset erkannte, als die erste laubreiche Bucht jenes Ozeans von Grün, aus dem sich gleich dem Phallus eines unbekannten Gottes der mystische Hügel von Glastonbury emporreckte.

Er streckte sich auf dem grasigen Abhang dieses dunklen Amphitheaters hin und blickte lange und lange in die dunstige Dunkelheit, die vor ihm lag. Der Streit zwischen Gerda und seiner Mutter wurde zu nichts. Zu nichts und zu weniger als nichts wurde seine Eifersucht auf Weevil ... seine Vision der beiden Mädchen!

Es war ihm, als ob er plötzlich durch eine geheime Tür in eine Welt getreten wäre, die ganz und gar zusammengesetzt war aus ungeheurer, kühler, stumm wachsender Vegetation, in eine Welt, in der weder Menschen, noch Landtiere, noch Vögel die moosige Ruhe störten; in eine Welt von Saft und Feuchtigkeit und welkenden Farnen, in eine Welt von Blättern, die immer und immer fielen, Blatt auf Blatt; in eine Welt, in der, was langsam emporstieg, ewig das ewige Fallen dessen erduldete, was sich langsam niedersenkte; in eine Welt, die sich selbst langsam niedersenkte, Blatt auf Blatt, Grashalm auf Grashalm; die sich niedersenkte in eine kühle, feuchte, dunkle, unaussprechliche Dimension im innersten Herzen des Schweigens.

Als er auf dem üppigen, tausatten Grase lag, seufzte er einen tiefen Seufzer auslöschender Befreiung. Nicht, daß seine Wirrsale bloß beschwichtigt gewesen wären. Sie waren verschlungen worden. Sie waren in dem Urtau der ersten Dämmerung der Erde verloren. Sie waren von der schwachen, schwankenden und unklaren Chemie jenes Pflanzenfleisches aufgesaugt, das so viel älter war als das Fleisch von Mensch oder Tier!

Er streckte eine seiner Hände aus und berührte die kühlschuppigen

Stengel einer Gruppe von Schachtelhalmen. Ah! Wie sein menschliches Bewußtsein in jenes versank, mit dem alles irdische Bewußtsein begonnen hatte!...

Er war ein Blatt unter Blättern ... unter breiten, kühlen, unbewegten Blättern ... Er war zurückgesunken in den Schoß seiner wahren Mutter ... Er war durch und durch benetzt von Dunkel und Frieden.

Wein

Die drei dem Schulfest folgenden Herbstmonate glichen für Wolf, als die Tage kürzer und dunkler wurden, einer langsam ansteigenden Flut, die ihre Wassermassen aus ihm unerreichbaren Weiten und Abgründen zog und kaum etwas unüberschwemmt zu lassen drohte auf jenem rauhen Felskamm, als der er bis jetzt der Welt entgegengestanden war. Etwas, selbst im Fallen der Blätter, in der langsamen Auflösung der Vegetation rings um ihn, machte diese Bedrohung der Unversehrtheit seiner Seele noch tödlicher. Er hatte sich nie klar gemacht, was das Wort „Herbst" bedeutete, bis diese Wessexer Herbstzeit ihre „wolkigen Trophäen" um seine Wege sammelte und sich mit ihren süßen, üppigen Düften in die tiefsten Gründe seines Wesens stahl. Jedes mißliche Ereignis, das während dieser absteigenden Monate geschah, schien in dem schlammigen Trog der Vegetation gebraut, als ob sich die grundlosen Wege und die nassen Haselnußgebüsche — ja die Erdscholle Dorsets selbst — mit den Wechselfällen menschlichen Schicksals verschworen hätten.

Während manch einer einsamen Wanderung zwischen den von roten Beeren geschmückten Hecken und den alten Obstgärten, in denen die faulenden von Wespen angefressenen Mostäpfel im dichten Gras lagen, begannen diese Ereignisse ihm ihren Willen aufzuzwingen. Sonntag um Sonntag, wie der September dem Oktober wich und der Oktober dem November, pflegte er an einem von Flechten bedeckten Zauntor zu lehnen und nach einer verständlichen Formulierung dieser seiner „Wirrsale" zu ringen. In und aus solchen Grübeleien liefen die Fäden von tausend lebhaften Eindrücken jener abgelegenen Örtlichkeiten. Die besondere „Persönlichkeit" gewisser jahrhundertealter Obstgärten, deren graue, knorrige Stämme und vom Regen niedergebeugtes Gras nur ihren äußeren Anblick wiedergaben, wirkte mehr als alles andere auf sein Gemüt. Wie schwer die Hirschzungenfarne unter den nassen Lehmdämmen die Blätter sinken ließen! Wie schwer die kalten Regentropfen fielen — Schweigen, das auf Schweigen fiel —, wenn die erschreckten Goldammern vor seiner Annäherung flohen! Zu solchen Zeiten hatte er das Gefühl, daß jene herabgeschüttelten Schauer aus sehr altem Regen bestehen mußten; und daß jeder einzelne zitternde Tropfenball durch viele langsame Morgendämmerungen nichts anderes widergespiegelt hatte als gelbe

Blätter, durch viele lange Nächte nichts anderes als schwachschimmernde weiße Sterne.

Er hatte gewiß in diesem Herbst Sorgen genug, die sein Glück beträchtlich verminderten. Der erste und stärkste dieser „höhnenden Peitschenhiebe der Zeit" war ein vollständiger Bruch mit Urquhart. Des Squire Besessenheit war Wolf bis zu einem solchen Grad auf die Nerven gefallen, daß er einfach bedenkenlos sich aufgelehnt — seine Arbeit an dieser verabscheuungswürdigen Geschichte Dorsetshirer Skandale hingeworfen — und, sich nach der Decke streckend, begonnen hatte, in starrer Monotonie und Sparsamkeit sein Leben zwischen Preston Lane und der Schule zu teilen.

Die Wirkungen dieses Streites wären vielleicht viel ernster gewesen, wenn er nicht mit Darnleys diplomatisch geschickter Unterstützung mehr Arbeit und mehr Einkommen in der Lateinschule erhalten hätte. Aber diesem Glücksfall war eine zweite Kalamität gefolgt; denn seine Mutter hatte in ihrer rücksichtslosen, gedankenlosen Art ebenfalls Urquhart geärgert und war daher gezwungen gewesen, Lenty Cottage aufzugeben und zu ihm nach Blacksod zu kommen. Darum mußte er jetzt von seinem erhöhten Gehalt fünfundzwanzig Pfund als Miete für ein Zimmer hergeben, das Mrs. Solent in Preston Lane ein paar Häuser von ihnen entfernt genommen hatte. Hier wohnte sie in dem Hause eben jener Mrs. Herbert, deren Namen ihm schon vertraut war. Immerhin hatte sie es zustande gebracht, eine Anstellung in der Stadt zu finden, und war höchlich belustigt und äußerst erfreut über den unerwarteten Erfolg ihrer Tüchtigkeit. Aber auch dies hatte eine unangenehme Konsequenz, denn ihr Posten war nichts anderes als die Leitung einer Teestube, die Mr. Manley von Willum's Mill gehörte! Wolf hätte sich mit dieser Entwicklung völlig abgefunden, wenn nicht seine Mutter in ihrer munteren, ironischen Art einen magnetischen Zauber auf den stiernackigen Farmer ausgeübt und einen halb scherzhaften Flirt mit ihm begonnen hätte.

Was jene beiden verwirrenden Gestalten im Hintergrund seiner Tage betraf — Bob Weevil und Christie —, so gerieten die Dinge während dieser Herbstmonate in ein seltsames Stadium von Unentschiedenheit. Er pflegte zu Christie zum Tee zu gehen; und ein- oder zweimal erzählte ihm Gerda von einem Besuche Bobs. Doch als der Winter hereinbrach und die Nächte sich der Dezembersonnenwende näherten, schien es ihm, als ob die Last seiner monotonen Arbeit im Klassenzimmer und das strenge Regime der Sparsamkeit, das Gerda im Hause führte, sowohl in seinem wie in ihrem Gemüt den Sinn für Abenteuer untergraben hätten.

Er war überrascht über seine eigene hartnäckige Geduld bei der lästigen Routine, mit der er den Söhnen von Blacksoder Kaufleuten Geschichte beibrachte. Was ihn aufrecht erhielt, waren die Augenblicke der Ekstase, die er aus seinen langen Wochenendwanderungen schöpfte. Er hatte den ganzen Samstag frei, ebenso den Sonntag, und manchmal folgte er mit Gerda, manchmal allein den phantomgleichen Dünsten des Herbstes, wie sie über die Wege und Hügel dahintrieben, und gab sich in einem großen Vergessen aller anderen Dinge seiner sinnlich-mystischen Mythologie hin.

Wäre es nicht um dieses geheimen Zufluchtsortes und um der auf diesen Spaziergängen angehäuften Empfindungen willen gewesen, hätte Wolfs erster Winter in Dorset seine Krönung in einer jämmerlichen Energielosigkeit gefunden, die jener des unseligen Redfern geglichen hätte. Zuerst schien Gerda ihre geheimnisvolle Gabe des Vogelliedes völlig verloren zu haben. Er ertappte sie dabei, wie sie den Versuch machte, zu pfeifen; aber in letzter Zeit hatte sie, soweit er es beurteilen konnte, die Sache aufgegeben. Er argwöhnte auch, daß Darnley und Mattie unglücklich seien, aber seit jenem Tage des Schulfestes hatten diese beiden verschlossenen Geschöpfe über ihre gegenseitigen Beziehungen vollkommen geschwiegen, obwohl er sie in allen anderen Themen so liebevoll und herzlich fand wie immer.

Es hatte vor Weihnachten nur wenig Frost und keinen Schnee gegeben. Düstere feuchte Tage waren durch den ganzen Monat einander gefolgt; und jetzt, am letzten Sonntag des alten Jahres, schien es Wolf, als er in der Dunkelheit erwachte, daß die Luft nach tiefen Regenpfützen roch. Er erwachte an diesem Morgen lange vor seiner Gefährtin und lag — einmal wach — mehrere Stunden in angespannten und erregten Gedanken da. Seine Mutter war es, an die er dachte. Sie hatte, als er am Abend zuvor in Mrs. Herberts Haus gewesen war, eine Andeutung fallenlassen, daß sie gerne eine eigene Teestube eröffnen würde und sich mit dem Gedanken trage, das Geld zur Verwirklichung dieses Projektes bei ihrem gegenwärtigen Brotgeber auszuborgen. Wolf war erstaunt darüber, wie sehr sein Stolz durch diese Mitteilung verwundet worden war. In den frühen Stunden jenes regenduftenden Morgens faßte er einen drastischen Entschluß. Er wollte zu Urquhart zurück! Was machte es aus, wie sehr er sein Gewissen mit diesem verdammten Buch beleidigte, solange seine Mutter diese Hilfe von ihm und nicht vom Eigentümer von Willum's Mill erhielt? Oh! Und welche Freude würde es sein, Gerda ein bißchen gutes Geld überreichen zu können, nachdem sie so lange und so jämmerlich gespart hatte! Er kannte so gut die Liste ersehnter Einkäufe, die das Mädchen im Sinn hatte — von einer silbernen Zuckerzange bis zu einer Wanduhr! Sie rührte ihn stets, die Art, wie Gerda Sachen für den Haushalt den Anschaffungen für ihre eigene Person voranstellte. Ja! Das war es, was er tun würde: nach dem Frühstück zu seiner Mutter hinüberlaufen, das Terrain wegen des Teestubenprojektes sondieren und sich dann auf den Weg nach King's Barton machen. Urquhart würde am Sonntagvormittag ganz bestimmt zu Hause sein; und Wolf wußte genau, wie er ihn behandeln mußte. Er würde ihn geradeheraus um einen Scheck auf zweihundert Pfund bitten. Er würde dies unter der Bedingung erbitten, daß er das Buch für den Squire in drei Monaten fertigstellte — also eigentlich zum Jahrestag der Ankunft in Dorsetshire!

Er war so erregt von der Idee dieses kühnen Schrittes, daß er sich nur mit Mühe zurückhielt, aus dem Bett zu springen; da aber Gerda fest schlief und wahrscheinlich, wenn er sie ein paar Stunden vor ihrer gewöhnlichen Zeit aufweckte, den ganzen Vormittag verstimmt sein würde, beherrschte er seinen Impuls und blieb weiter still liegen . . .

Dennoch war es früh genug, als er endlich an Mrs. Herberts Haus die Glocke läutete; denn die Hausfrau, die offenbar eben erst aus der Achtuhrmesse zurückkehrte, kam zusammen mit ihm zur Haustür.

„Guten Morgen, Mrs. Herbert", sagte er, so freundlich er nur konnte. Aber als die Frau ihn eingelassen hatte und ihn anzumelden gegangen war, brachte ihm ein verblaßtes, in der Hall hängendes Bild „Das Bombardement von Alexandria" alle die billigen Pensionen in Erinnerung, die er je betreten hatte. Es war, als ob von jeder dieser Örtlichkeiten irgendein polierter Treppengeländerknopf, eine Vase mit trockenen Binsen, ein staubiger, geschnitzter Stuhl, ein unbestimmbarer Geruch nach indischen Gewürzen oder nach getrockneten Algen sein Scherflein zu dieser akkumulierten Erinnerung beitrüge.

„Oh, das bist du, Wolf!" rief seine Mutter aus, ohne sich von ihrem in einen Überzug gehüllten Stuhl zu erheben, in dem sie beim Tee saß, während ein offenes Buch auf ihrem Teetablett lag. „Wie ernst du aussiehst, mein Sohn!"

Sie warf ihm ein glühendes Lächeln zu, als er sich ihr gegenüber niedersetzte. Aber er stürzte sich sofort in das gefährliche Wasser.

„Denkst du wirklich daran, dir von diesem Vieh Geld auszuborgen, Mutter? Weißt du, es hat mich reichlich gequält."

Sie betrachtete ihn mit Augen, die vor Ärger funkelten.

„Warum nicht?" sagte sie. „Ich glaube, der gute Mann hat sich schon ganz an mich angeschlossen. Ich glaube, daß er ältere Damen wirklich leiden kann."

Wolf war zu erregt, um sitzen zu bleiben. Er begann im Zimmer auf und ab zu gehen. Plötzlich blieb er vor ihr stehen. „Bist du hier so glücklich, Mutter, wie du es in London warst?" fragte er und blickte auf ihr spöttisches, unverwundbares Gesicht hinunter.

Sie setzte sich in ihrem Lehnstuhl zurecht und streckte die Arme mit einer fast katzenartigen Bewegung physischen Wohlbehagens.

„Ich lebe mit der Hoffnung auf noch größeres Glück", murmelte sie mit einem zufriedenen Gähnen. „Deine Mutter ist eine nicht zu bessernde Frau", fuhr sie fort, und die Worte stiegen an dem Hauch ihres Gähnens empor wie kleine Fischchen an einer glatten Welle. „Sie nimmt das Leben nicht so ernst wie ihr häßliches Entlein von Sohn."

Er seufzte und setzte sich wieder.

„Aber es ist eine Schande, daß ich dich nicht anständig erhalten kann, Mutter."

„So gut wie deine Frau, Wolf? Söhne, die Frauen zu erhalten haben, können nicht auch noch ihre Mütter auftakeln. Daran hättest du vor sechs Monaten denken sollen." Die Schamlosigkeit ihrer Worte wurde durch das ironische Glitzern in ihren Augen gemildert. „Aber du scheinst auf jeden Fall deiner Mutter gegen diese deine junge Dame zu Hilfe gekommen zu sein; denn als ich sie vor drei Wochen auf der Straße traf, blieb sie stehen und sprach ganz freundlich mit mir! Sie erzählte mir, du seiest noch immer mit diesem Buchhändlermädchen befreundet; und ich sagte ihr, sie sei viel zu hübsch, um auf diesen melancholischen kleinen Schatten eifersüchtig zu sein."

Wolf runzelte die Stirn, nahm das Buch in die Hand, legte es wieder nieder und begann nervös mit dem Fingernagel über den Einband zu kratzen. Er dachte bei sich: „Es ist völlig unmöglich, von einer Frau zu einer anderen Frau zu sprechen, ohne die abwesende zu verraten. Sie müssen Blut sehen! Jedes Wort, das man spricht, ist Verrat. Anders sind sie nicht zufrieden."

Um das Gespräch von Gerda abzulenken, bemerkte er aufs Geratewohl:

„Wenn nur Darnley den Versuch machen wollte, eine Frau so gut zu erhalten wie seine Mutter! Ich kann es nicht ansehen, daß das Leben einem so anständigen Menschen, wie er es ist, so wenig Freude bietet."

„Mattie, eh? Welch ein Knabe du bist! Legitim... illegitim... du bist bereit, alle zu umsorgen! Ich glaube, du wartest nur, bis meine neue Flamme Mr. Manley mir ein eigenes Geschäft einrichtet, um meine fünfundzwanzig Pfund diesem würdigen Paar zu geben."

„Was hältst du davon, wie die Dinge in Pond Cottage liegen? Ich glaube nicht, daß ich dich je danach gefragt habe."

„Was meinst du damit... wie die Dinge liegen? Eine gute, aber
sehr einfache junge Frau und ein guter, aber sehr hübscher junger
Mann ... ist das nicht die ganze Situation? Sie ist natürlich in ihn
verliebt, und ihm macht das Freude. Er würde noch mehr tun, als
bloße Freude daran haben, wenn ihre Nase nicht so gräßlich der deinen
ähnlich sähe."

„Glaubst du, daß sie schließlich heiraten werden?"

„Warum denn nicht? Haben wir nicht festgestellt, daß er ein guter
Mann ist? Was hat es für einen Sinn, daß ein Mann gut ist, wenn er
nicht ein schlichtes Gesicht glücklich machen kann? Außerdem" —
und ihre braunen Augen lachten in der fröhlichsten Verworfenheit —
„hat deine Schwester sehr hübsche Beine."

Wolf machte eine schwache Grimasse und wandte sich hastig einem
anderen Gesprächsthema zu.

„Hast du Urquhart wirklich erzählt, Mutter, daß Monk gedroht
hat, ihn umzubringen?"

Mrs. Solent lachte laut. „Bring mich nicht auf diese beiden, Wolf,
oder ich werde den ganzen Vormittag sprechen. Na, sie haben sich
auf mich gestürzt, als ob sie ein Paar wilder Ziegen wären, die ich
voneinander zu trennen versuchte. Monk war grob. Mr. Urquhart
war nicht grob; aber er wird mir niemals verzeihen." Sie lachte wieder
das muntere, boshafte, krause Lachen eines jungen Mädchens. „Immerhin habe ich doch den besten Hieb geschlagen, und ich bin froh
darüber."

„Was sagtest du denn, Mutter?"

„Ich sagte ihm, er möge für jenen Fuchs auf dem Friedhof eine
Falle aufstellen."

„Warum war das ein Hieb, Mutter?"

„Oh, du weißt doch. Alles, was Redfern betrifft... Es quält ihn,
daß er nicht herausbekommen konnte, was ich gehört habe und was
ich nicht gehört habe. Tatsächlich hat mir Roger Monk erzählt, daß
keine Nacht vergehe, in der der Alte nicht umherstreicht. Ich denke
mir gar nichts dabei. Ich liebe es, in der Nacht spazierenzugehen. Aber
ich wußte, daß es ein Hieb sein würde."

Wolf blickte seine Mutter mit gerunzelter Stirne an.

„Aber, Mutter, Mutter, nimmst du denn niemals etwas ernst?"

„Ich nehme meine Teestube ernst", sagte sie in scherzhaft tragischer
Art.

Wolf seufzte. „Manchmal habe ich mir gedacht, Mutter, daß du
deine eigene geheime Philosophie hast, die dich klüger macht als alle
anderen... weise wie eine große Zauberin."

446

„Dein Vater hielt mich für eine harte, selbstsüchtige, konventionelle Frau, ohne einen Gedanken in ihrem Kopf. Und das bin ich wahrscheinlich auch im Grunde, Wolf!" Sie machte eine Pause und ihr Gesicht wurde steinern hart. „Ich kann ihm nie vergeben, daß er unser Leben zerstört hat. Was für einen Sinn hat eine solche Art der Narrheit? Was für einen Sinn hat es, gegen die Konventionen anzurennen? Es ist lustiger, es ist interessanter, mit diesen Dingen zu spielen. Sie sind ebenso wirklich wie alles andere."

„Was willst du also eigentlich vom Leben haben, Mutter?" Sein Ton war naiv und pedantisch. Und er fühlte sich auch naiv und pedantisch, als er diese Frau anblickte, deren Gesichtszüge gewöhnlichen Gefühlsregungen ebenso Trotz boten wie dunkle, schlüpfrige Felsen der Brandung des Meeres.

Jetzt überraschte sie ihn dadurch, daß sie plötzlich mit einer Bewegung aufsprang, die zwanzig Jahre von ihr abzuschütteln schien, als wären sie nichts. „Ich will Glück!" rief sie. „Ich will ein hübsches, spannendes, schönes Leben. Ich will Abenteuer, Reisen, vornehme Gesellschaft. Oh, ich will nicht den ganzen Tag in Preston Lane in Blacksod eingesperrt sein!"

Sie wandte ihm den Rücken zu und betrachtete ihr Gesicht in dem kleinen plüschumrahmten Spiegel über dem Kaminsims.

„Unsere Freundin Selena pflegte mir zu sagen, ich sei eine Frau von Welt... und ich bin es! Ich bin es! Was sollte man denn sonst sein? Das wüßte ich gerne."

Sie legte die Finger an die Wangen und begann deren Linien nachzuziehen, als wäre sie ein zorniger Bildhauer, der nach den Fehlern seines Werkes tastet.

„Ich möchte durch die Straßen von Wien fahren! Ich möchte über die Kanäle von Venedig treiben! Ich will Paris sehen, Amsterdam, Konstantinopel!"

Wolf starrte den kräftigen Rücken in der netten Schneiderjacke an. Er starrte auf die losen Strähne welligen grauen Haares; und eine seltsame Empfindung durchzuckte ihn, als ob ihm diese außerordentliche Person eine völlig Fremde wäre. Er begann zu fühlen, daß der Augenblick gespannt war, ja gefährlich. Welch ein Narr war er doch gewesen, solch ozeantiefe Wasser aufzuwühlen!

Jetzt wandte sie sich mit einem Ruck ihm zu. „Du hast wohl noch nie daran gedacht", rief sie mit hoher Stimme, „daß ich etwas mehr will, als bloß die Mutter eines wohlmeinenden Dummkopfs zu sein."

„Mutter, Liebste... meine liebste Mutter...", stammelte er, so völlig beherrscht von dem furchtgebietenden Paroxysmus der Frau,

447

daß er das Gefühl hatte, als rage sie in diesem komischen kleinen Zimmer gleich einem Turm über ihm und über ganz Blacksod.

Aber sie beherrschte sich jetzt mit einer Plötzlichkeit, die ebenso unerwartet war wie vorhin ihr Ausbruch.

„Es ist schon gut, Wolf, ich brauchte nur einen kleinen Verdruß", murmelte sie sanft, ging zum Tisch und begann mit flinken Fingern das Frühstücksgeschirr auf das Tablett zu stellen. „Ich glaube, ich habe mich durch die Lektüre Thomas Hardys ein wenig rappelig gemacht. Eines Tages wirst du mich nach Weymouth führen und wir werden zum White Horse gehen. Ja, und wir werden hingehen und sehen, wer jetzt in Penn House wohnt, wo deine Großmutter war. Das tätest du doch gerne?"

Wolf nickte, aber er lächelte nicht. „Und wenn ich ihr auch jeden Penny von dem Geld gäbe, das ich von Urquhart bekomme, würde das genügen?" dachte er.

„Höre, Mutter", sagte er laut. „Ich werde jetzt nach King's Barton hinübergehen und den Squire besuchen. Du wirst mich auslachen, aber ich habe mich tatsächlich entschlossen, das Buch für ihn zu beenden. Ich kann es zu Hause machen, mit seinen Notizen. Ich könnte es in ungefähr drei Monaten fertig haben. Es ist absurd, wenn man zu —" Er hielt jäh inne, denn er war, obwohl er eben dies vorausgesehen hatte, durch das Funkeln sardonischer Bosheit im Gesicht seiner Mutter gereizt.

„Die Wahrheit ist die, Mutter", fuhr er fort, „ich würde dir viel lieber das Geld von Urquhart verschaffen, als dich in die Hände dieses Viehs fallenlassen!" Es war die quälende Nachsicht in ihrem Lächeln, die ihn diesen rüden Ausdruck gebrauchen ließ. Das boshafte Leuchten, das noch immer aus ihren Augen strahlte, veranlaßte ihn, hinzuzufügen: „Werden zweihundert genügen, Mutter?"

Ihre Miene wurde jetzt so sehr parodistisch sentimental — daß er völlig verblüfft war. Ja, sie neigte sogar den Kopf ein wenig zur Seite, genauso wie damals, als sie an Redferns Grab jenes Gedicht deklamiert hatte. Dann stellte sie ihre Tasse nieder und stützte eine Hand auf den Kaminsims.

„Vielleicht... würde es... genügen", sagte sie langsam und warf ihm einen langen, harten, durchdringenden Blick zu, aus dem jedes Gefühl gewichen war. Dann fügte sie hinzu, während sich ein dunkler großer Fleck auf jeder ihrer Wangen zeigte: „Siehst du denn nicht, daß ich das Zeug in mir habe, in dieser Sache erfolgreich zu sein und auf eigenen Füßen zu stehen?"

Sie machte eine Pause und starrte ins Feuer, während sie in konzentrierten Gedanken ihre Unterlippe biß und mit zwei Fingerspitzen über den Rand des Kaminsimses strich. Dann brach sie plötzlich los: „Siehst du denn nicht, daß es ein eigenes Leben ist, was ich will, jetzt, da du mich verlassen hast? Ich habe gelebt in dem Gedanken an etwas Aufregendes, das du für uns beide tun würdest, aber" — und sie machte mit ihrer kräftigen Schulter eine dramatische Geste — „du wirst nichts tun ... ebensowenig wie er es getan hat."

„Nun, Mutter", sagte Wolf langsam, als sich nach diesem letzten Ausbruch jetzt ein zärtliches, seltsames Lächeln auf ihr Gesicht senkte. „Ich gehe jedenfalls zu Urquhart. Es ist immerhin etwas, sich dazu entschlossen zu haben, nicht wahr? Oh, ich werde schon tüchtiger und skrupelloser werden, wenn du mir Zeit gibst. Nun, ich gehe, also auf Wiedersehen, Mutter."

In diesem Moment erschien, nach einem hastigen Klopfen an der Tür, Mrs. Herbert auf dem Schauplatz, um das Frühstückstablett ihrer Mieterin fortzunehmen.

„Können Sie es tragen?" fragte Wolf höflich und stellte noch eine vergessene Zuckerschüssel zwischen die anderen Gegenstände. Aber seine Mutter kam auf ihn zu, wandte sich mit dem Rücken gegen die Hausfrau und schnitt eine wunderliche Grimasse. Als er sich vorbeugte, sie zu umarmen, gab es zwischen ihnen einen heimlichen Austausch jenes blitzschnellen Verständnisses des Blutes, das menschliche Wesen mit den Tieren gemeinsam haben; aber selbst als sie ihn küßte, flüsterte sie ihm ins Ohr: „Denke nicht mehr an das Geld, Wolf, denn ich will es nicht haben! Und besuche mich morgen, wenn du Zeit hast, entweder hier oder im Geschäft. Leb wohl! Geben Sie sich keine Mühe, Mrs. Herbert! Ich werde schon die Tür öffnen."

Während er sich durch die im Frieden eines Sonntagvormittages liegenden Straßen auf seinen Weg machte, fand er, daß er bereits in den geheimen Tiefen seines Geistes den Entschluß gefaßt hatte, Christie aufzusuchen, ehe er sich nach King's Barton begab. Dieser Entschluß beschleunigte seine Schritte, hinderte aber nicht, daß ihn die wenigen lethargischen Müßiggänger, denen er begegnete, mit der gewohnten stumpfsinnigen Neugier anstarrten.

Er versuchte beim Weitergehen die Ursache zu analysieren, die diese Neugier bei einzelnen, speziellen Blicken zu einer bösartigen Feindseligkeit steigerte. Er kam zu dem Schluß, daß sich diese nur dann zeigte, wenn sein eigenes Gemüt besonders gequält war. Es mußte, so dachte er, wohl derselbe psychische Instinkt sein, der eine Schar von Vögeln veranlaßt, jene Gefährten, die verwundet oder krank sind, zu überfallen. Geistig war er zu solchen Zeiten verwundet

— ja, er blutete mit unsichtbarem Blut — und es mochte leicht der Fall sein, daß diese „Aura" der Verwundung eine mysteriöse Gereiztheit in jenen hervorrief, die sie gewahrten.

Als er den Laden Malakites erreicht hatte, entschloß er sich, die seitliche Glocke zu läuten, und trat zu diesem Zweck in das kleine Gäßchen. Ein gewisses Zurückschrecken vor dem kritischen Augenblick, der entscheiden würde, ob Christie zu Hause war oder nicht, veranlaßte ihn, dadurch Zeit zu gewinnen, daß er nach dem kleinen Garten am Ende des Gäßchens schlenderte.

Der kleine Fleck war gänzlich von Mauern umgeben, und in dieser Jahreszeit war außer ein paar Büscheln Petersilie am anderen Ende kein Grün zu sehen. Wolf ging zu diesen Büscheln hinüber, obwohl sich die durchweichte Erde schwer an seine Schuhe hängte. Unter der Mauer fand er ein paar entblätterte Chrysanthemen, kleine, welke, gänseblümchenartige Blüten, aus denen die innerste Seele fortgewaschen zu sein schien. Er blickte hinauf und sah über ihnen einen vorspringenden Stein in der Mauer, der von einer Art lebhaft grünen Mooses bedeckt war, das klein und samten mitten unter dieser allgemeinen Auflösung seinen eigenen Frühlingsbeginn zu genießen schien. In einem Augenblick flutete, gleich dem Ansturm warmer Sommerluft, durch sein Gemüt die Erinnerung an gewisse Kaipfosten in Weymouth, die mit kleinen grünen Algen bedeckt waren ... Und gleichzeitig hörte er ein Geräusch, das ihn veranlaßte, sich hastig nach dem Haus umzuwenden.

Es war das Öffnen der Seitentür. Und da war Christie, die im Straßenkleid heraustrat.

Bevor er wußte, was er tat, rief er laut ihren Namen. Sie wandte sich um und sah ihn.

Während diese durchdringende Vision des Kaipfostens und der grünen Algen noch in seinem Hirn schwebte, erregte der Anblick ihrer Gestalt, so seltsam und kläglich mit dem altmodischen Mantel und den festanliegenden Handschuhen, in ihm ein plötzliches Gefühl von etwas so Schönem im Leben, daß es ihm das Mark in den Knochen schmolz. Sie selbst schien überrascht und überglücklich, ihn zu sehen; sie ließ von ihrer gewohnten Reserve und eilte auf ihn zu, ohne auf den regennassen Boden unter ihren Füßen zu achten, ohne auf irgendwelche Fenster zu achten, von denen man sie bemerken konnte; sie streckte stürmisch die Arme, aus und ihr bewegliches kleines Gesicht arbeitete unter ihrer bebenden Gemütsbewegung wie ein eingeschrumpftes Blatt unter heftigen Windstößen.

Als er einmal ihre Hand in der seinen hatte, hielt er sie hartnäckig

fest; und zusammen gingen sie an der Mauer des Gartens dorthin, wo
jene jämmerlichen Chrysanthemen an ihren vom Regen zermürbten
Stengeln welkten.

„Ich bin zu dem Schluß gekommen, Wolf", sagte sie, als sie hier
Seite an Seite standen und auf die verlassenen Überreste blickten,
„daß ich, was meine Gefühle für Sie betrifft, sowohl aufrichtiger sein
muß wie auch mehr philosophisch."

Sein Herz begann wild zu schlagen. Die phantastische Idee durchzuckte ihn, daß sie — sie selbst — im Begriffe war, vorzuschlagen,
daß er in einer dieser Nächte zu ihr kommen möge, wenn der alte
Mann schlief.

„Was meinen Sie eigentlich damit, Chris?" fragte er, als sie seinen
Arm fallen ließ und ihm mit stetigem Blick ins Gesicht sah.

„Künftighin werde ich meine weibliche Natur unter Aufsicht
halten", sagte sie. „Wir wissen, was wir einander sind . . . und offenbar
werden sein müssen . . . so habe ich mich entschlossen, keine Meuterei
meiner Gefühle zuzulassen. Ich habe sogar an einen Staatsstreich gedacht, um sie an ihren Plätzen zu halten."

Ganz unbewußt hatte sie die freie Hand zu seinem Mantel erhoben
und drehte einen seiner Knöpfe in ihren behandschuhten Fingern hin
und her.

Eine elektrische Welle des Verstehens vibrierte zwischen ihnen
gleich einem schwankenden Tau, das zwischen zwei Booten gespannt
ist, deren jedes auf seinem eigenen Wellenkamm schaukelt. Und dann
zeigte sich mit unglaublicher Schnelligkeit ein köstliches spöttisches
Lächeln auf ihrem Gesicht. „Soll ich Ihnen etwas sagen, Wolf?" fragte
sie. „Ich habe begonnen, eine Geschichte zu schreiben! Ich begann
sie um ein Uhr nachts, als ich mich entschloß, alle weiblichen Unklar-
heiten zu bezwingen. Sie betrifft jemand ganz anderen als mich,
aber . . . sehr philosophisch. Es war der philosophische Teil, den ich
gestern abend begann. Ich schrieb Seite um Seite . . . so schnell!"
Und während sie seinen Mantel freigab, machte sie mit ihren Fingern
eine charakteristisch mädchenhafte Bewegung.

„Ich glaube, Sie könnten ein wundervolles Buch schreiben", sagte
Wolf ernst; und dann verbanden sich, beinahe noch ehe er dessen
gewahr wurde, während sie so beisammen standen, die unbeschreibliche Bezauberung jener grünen Algen, die er sich vor einem Augenblick verbildlicht hatte, und der salzige Geschmack der Brandungs-
wogen und die Berührung sonnendurchwärmten Sandes mit dem
köstlichen Frieden, in den ihre Gegenwart ihn zog, und er begann sich
der Ekstase seiner „Mythologie" zu ergeben.

Er war dumm genug, zu glauben, daß er sich dieser egoistischen Befriedigung unbeachtet hingeben könne. Es versetzte ihm daher einen gewissen Stoß, als er den schwachen Klang eines Seufzers in der Luft erhaschte.

„Ich muß jetzt gehen", sagte sie. „Ich muß jetzt etwas für Vaters Dinner holen, was ich gestern vergessen habe, und hier in der Nähe gibt's nur einen kleinen Laden, der an Sonntagvormittagen offen hat. Aber lassen Sie sich nicht von mir vertreiben, wenn Sie in meinem Garten glücklich sind. Bleiben Sie, solange es Ihnen gefällt."

Sie streckte jetzt ihre Hand aus, und auf ihrem Gesicht lag ein aufrichtiges, humorvolles Lächeln. Er wußte sehr gut, daß sie, ohne daß auch nur ein Zeichen zwischen ihnen ausgetauscht worden wäre, entdeckt hatte, wie sein Gemüt diesen paradiesischen Augenblick in irgendeine ihm eigene Tiefsee getaucht hatte, in die sie ihm nicht folgen konnte. Aber er sah, daß sie dies mit völliger Nachsicht akzeptierte; daß sie es einfach als eine männliche Eigenschaft hinnahm... als eine andere Art, glücklich zu sein, denn die ihre.

„Wann werde ich Sie wiedersehen?" fragte er. „Unsere Schulferien werden bald vorbei sein... und dann... nun ja, wir wissen doch, wie das geht."

Christie wandte das Gesicht von ihm ab und verfiel, mit gefalteter Stirn und herabhängender Unterlippe, in tiefes Grübeln.

„Jetzt ist die Zeit für Sie, Chris, Ihre neue Philosophie anzuwenden und zu Ihrem Geliebten aufrichtig zu sein."

Wolf sagte dies leichthin, aber sein Herz begann wieder zu schlagen. Etwas hatte ihn veranlaßt, dem von ihr eingestandenen „Entschluß" eine Bedeutung unterzulegen, die dem wahren Sinn ihrer Worte geradezu entgegengesetzt war. Böse Satyrgedanken zuckten durch sein Gemüt gleich pfeilschnell durch aufgewühltes Wasser dahinschießenden Fischen. Ihr Stirnrunzeln verstärkte sich, während er sprach, und ihre Lippe senkte sich noch mehr. Dann wandte sie sich mit tief gerötetem Gesicht rasch um und sah ihm in die Augen.

„Werden... Sie... morgen —" begann sie langsam. „Ich meine, wird Gerda —" Sie zögerte; und dann sprach sie hastig und die weitgeöffneten Augen stetig auf ihn gerichtet: „Werden Sie morgen abend frei sein, Wolf? Vater geht morgen nach Weymouth, in irgendeiner geschäftlichen Sache, und wird über Nacht dort bleiben. So könnte ich, wenn es Ihnen paßt, für uns ein Nachtmahl vorbereiten und wir wären ganz allein."

Jetzt war an Wolf die Reihe, wegzusehen; aber er antwortete ihr ungezwungen und leicht, als ob es eine ganz unwichtige Angelegenheit wäre: „Aber natürlich, Chris. Das wird wundervoll sein! Eine solche Chance werde ich mir nicht entgehen lassen, was immer im Weg stehen mag. Außerdem gibt es keinen Grund auf der Welt, warum ich morgen nicht zum Nachtmahl kommen sollte. Betrachten wir es also als abgemacht. Nein, ich darf jetzt nicht länger bleiben, und ich darf auch nicht versuchen, Ihnen bei Ihren Sonntagseinkäufen zu helfen. Ich gehe nach Barton, um zu sehen, ob ich Urquhart zu Hause finden kann." Er hielt eine Sekunde inne. „Ich denke daran, dieses Buch für ihn fertigzustellen, wissen Sie ... trotz allem ... wenn er mir im voraus zahlt."

Vielleicht hatte sich Wolfs Geist noch nie in seinem Leben so rasch bewegt wie jetzt. Sein Bewußtsein begann in diesem Augenblick einem wilden Pferde zu gleichen, das von einer Bremse gestochen wird, oder einem Ochsen, der durch das Fressen einer „Tollwurzel" toll geworden ist. Ihre Worte „Vater wird über Nacht dort bleiben" nahmen ein ureigenes, süß schauerndes Wesen an. Doch seine Wangen waren gerötet von einem seltsamen Gefühl des Zwiespaltes in ihm selbst. „Was ich jetzt fühle", dachte er, „ist ganz und gar nicht Glück. Was ist es?" Und dann, als sie beide über die nasse Erde zum Eingang des Gäßchens schritten: „Jenes grüne Moos ... jene grünen Algen ... waren Glück; aber dies ist etwas anderes. Dies ist etwas, was meine ‚Mythologie' töten wird, wenn ich es zulasse."

Er nahm jetzt Christies Hand, um ihr Lebewohl zu sagen. „Was kümmert sie sich drum", dachte er, „ob ich Urquharts Buch schreibe?" Und dann überkam ihn, während er in ihre braunen Augen blickte, ein kalter Schauer tödlicher Einsamkeit. „Sie würde nie verstehen", dachte er, „was ich aufs Spiel setze, wenn ich zu Urquhart zurückgehe."

„Also, auf Wiedersehen, Christie, morgen abend!" Und dann fügte er, als sie einander die Hände freigaben, ermahnend hinzu: „Sie werden sich jetzt nicht umschauen!"

„Ich habe mich nie im Leben umgesehen!" erwiderte Christie Malakite und nickte ihm beim Abschied zu.

Es war noch ungefähr eine halbe Stunde vor Beginn des Gottesdienstes, als er das Tor des Pfarrhauses von King's Barton erreichte. Und da stand T. E. Valley selbst in seinem zerfetzten braunen Ulster und scharrte mit einer Harke an der einen Seite der Zufahrtstraße.

Einen Moment empfand Wolf Freude über das Los des kleinen Geistlichen. Er hatte keine Sorgen wegen der Mädchen. Er hatte keine Geldsorgen. Er hatte keine Mutter außer der Mutter Gottes.

Langsam ging Wolf den Fahrweg hinauf. Die Schläge der Harke auf dem Kies machten soviel Lärm, daß seine Annäherung unbemerkt blieb.

Mr. Valleys grüne Hosen — er hält nichts vom Sonntag, dachte Wolf — verhüllten derart magere Lenden, daß es aussah, als ob die Hosen die Gartenarbeit verrichteten und nicht der Mann.

„Guten Morgen, Valley! Sind also noch nicht fort, Ihre Glocke zu läuten?"

Ein schmerzlicher Ausdruck körperlichen Unbehagens glitt über das Gesicht des Priesters, als er wieder seine aufrechte Stellung einnahm. Er rieb sich mit dem Rist der linken Hand den Rücken und reichte dem Besucher die Rechte.

„Steif. Fühle mich ziemlich steif, Solent. Sie müssen schon entschuldigen, daß ich so steif bin."

Wolf seufzte müde. „Ich habe Sie stets beneidet, Sie sorgenfreier Mönch." Er wandte den Kopf und betrachtete das Ergebnis der Arbeit Mr. Valleys. Ein kleiner Fußpfad war am Rande des großen überwucherten Fahrweges freigejätet worden.

„Die Leute werden nicht da auf Ihrem Pfade gehen, Valley, selbst wenn Sie ihn bis zum Tor führen. Man wird ganz einfach auf der Mitte des Fahrweges weitergehen."

Ohne diese Bemerkung zu beachten, zog der Geistliche die Brauen hoch, als ob er an etwas Wichtiges dächte. Dann neigte er sich vor und sagte ernst:

„Apropos, Solent, kennen Sie in London Leute, die mit Literatur zu tun haben?"

Wolf sah ihn erstaunt an.

„Ja, einige", antwortete er.

Ein Lächeln, das einem winzigen Spalt in dem grauen Eis eines Teiches glich, glitt über Mr. Valleys blasse Züge.

„Warum veranlassen Sie diese Leute dann nicht, Jasons Gedichte herauszugeben? Die sind doch gut, nicht wahr? Mir will er sie ja nicht zeigen. Sie wissen, wie er ist! Er glaubt, ich könnte ihm seine Ideen für meine Predigten stehlen. Aber wenn Ihre Londoner Bekannten sie lesen —"

Wolf fühlte helle Verblüffung über den Scharfblick des kleinen Mannes. Welch Dummkopf war er doch gewesen, daß er daran nie gedacht hatte! Natürlich mußte es außerordentlich schwierig sein, eine dieser Sachen an den Mann zu bringen. Carfax könnte es vielleicht — er war einmal an einer Verlagsfirma beteiligt gewesen. Und sie waren doch wirklich —

„Ich werde mit Jason darüber sprechen", sagte er ernst. „Nun, jetzt muß ich aber gehen. Ich will Urquhart besuchen. Nebenbei bemerkt, Valley, ich werde dieses sein Buch doch fertigmachen."

Mr. Valleys Gesicht runzelte sich in kummervoller Verstörtheit, als ob er einen Schlag erhalten hätte. Er krempelte wieder die Ärmel hoch und nahm, ohne ein Wort, seine Gartenarbeit wieder auf.

Wolf empfand äußerstes Unbehagen.

„Glauben Sie, daß ich einen Fehler begehe, Valley?" fragte er.

Keine Antwort.

„Glauben Sie, Valley, daß es um so besser für mich wäre, je weniger ich von Urquhart sehe?"

Noch immer keine Antwort.

„Arbeiten Sie hier nicht zu lange, Valley. Sie könnten sonst den Gottesdienst versäumen!"

Der Mann warf ihm, ohne den Kopf zu heben oder die Arbeit zu unterbrechen, einen ganz außergewöhnlichen Seitenblick zu.

„Also, auf Wiedersehen ... und ich werde wegen der Gedichte Jasons etwas unternehmen."

„Ich möchte wissen, ob ich wirklich den größten Fehler meines ganzen Lebens begehe", sagte er zu sich, als er auf die Straße trat. Er begann sich beinahe erschrocken zu fühlen wegen der blinden Gier, mit der er aus diesem Gelde eine unübersteigbare Barriere zwischen seiner Mutter und Mr. Manley errichten wollte. „Es ist nur sein Geld. Natürlich ist es nur sein Geld. Es ist doch unmöglich, daß ihr ein solcher Lümmel gefällt."

Trotz den düsteren Wolken, die wie niederstürzende Basteien über High Stoy hingen — als ob der Cerne Giant selber dort Schanzen errichtete —, fiel doch kein einziger Tropfen, bis Wolf den Schutz des Herrenhauses erreichte. Er begann etwas Unheimliches an der Art zu fühlen, wie der Regen herabzufallen drohte und doch nicht fiel.

„Wieviel Uhr ist es, Roger?" fragte er nervös, als er Monk über das alte Treppenhaus aus der Zeit Jakobs des Ersten zu der ihm so wohlbekannten Bibliothek folgte.

„Muß bald Kirchzeit sein, glaube ich, Sir. Freilich habe ich noch nicht läuten gehört. Der Squire wird riesig froh sein, Sie zu sehen, Sir", fuhr der Mann fort, als er die Tür zum Bibliothekszimmer öffnete, „wird froh sein wie eine Wachtel, der Squire."

„Er möchte wohl sein Buch fertig haben, Monk?"

„Er denkt an nichts anderes, Sir. Tag und Nacht denkt er nur daran."

„Warum inseriert er nicht nach einem neuen Sekretär?"

Roger Monk schnitt eine entschuldigende Grimasse, dann legte er hastig den großen Zeigefinger an die Lippen.

„Der Squire hat schon genug von Sekretären", flüsterte er. „Und ich auch, bei dem und jenem!"

Seine Stimme nahm wieder ihren normalen Klang an, als sie wohlbehalten in dem Raum waren.

„Sie werden Ihren alten Platz genauso bequem finden, wie er immer war, Sir. Diese großen Scheite wärmen das ganze Zimmer sehr gut."

Nach dem Weggang des Dieners trat Wolf sofort zu dem Tisch am Fenster. Wie gut erinnerte er sich des Schauers, den ihm die Astern und Lobelien dort unten in dem runden Blumenbeet, das heute so düster und kahl war, zu verursachen pflegten.

Da lag neben anderen ein Buch auf dem Tische, das sofort seine Aufmerksamkeit anzog. Er nahm es in die Hand. Der eigentümliche Bleistiftvermerk in der Ecke des Vorsatzpapieres zeigte ihm, daß dieses Buch durch Vermittlung Mr. Malakites in Urquharts Besitz gekommen war. Der Band stand in gar keiner Beziehung zu den mannigfaltigen Geschichten und Gerichtsverhandlungen, aus denen sich Mr. Urquharts Chronik zusammensetzte. Es war jene Art von Buch, dessen niedriger Zweck einzig und allein darauf gerichtet ist, die krankhaft erotischen Nerven einer aus dem Gleichgewicht gekommenen Sinnlichkeit aufzustacheln. Der Laden Malakites hatte, wie es schien, unerschöpfliche Vorräte dieser Art, die ganz und gar verschieden waren von irgendwelcher bloß unzüchtigen lokalen Folkloristik.

Er blätterte darin. Und sofort lief jener verruchte, trunkene, unbeschreibliche Schauer durch seine Adern. Es war ein abscheuliches Buch! Ein besonderes Zittern befiel seine Magengrube und ein Nebel begann vor seinen Augen zu schwimmen. Die grauenhafte Anziehungskraft einer Seite, die er zufällig aufgeschlagen hatte, zog ihn in eine Region unaussprechlicher Vorstellungen. Durch einen irisierenden Dunst folgte er, während ihm das Blut in den Kopf stieg, jenen Vorstellungen. Er sank in den Lehnstuhl, das Buch fest zwischen den zitternden Fingern. Er las gierig. Alle diese Tropfen tödlichen Nachtschattens, die vor vier Monaten in seine Nerven geträufelt waren, als er von der Schulfestwiese floh, begannen wieder in seinen verborgensten Adern zu sieden und zu gären. Ab und zu mußte er den salzigen Schweiß abwischen, der seinen Blick trübte. Seine Knie schlotterten unter dem Tisch in hingerissener Erregung.

Während er so beschäftigt war, öffnete sich die Tür zum Bibliothekszimmer, und Mr. Urquhart zeigte sich auf der Schwelle. Der Squire ging hinkend und murmelnd über die glatten Eichenholzparketten auf ihn zu, während sein Stock bei jedem Schritt dröhnend die widerhallenden Bretter traf.

Wolf erhob sich und trat dem Mann mit ausgestreckter Hand entgegen; aber seine geröteten Wangen, die heiße Stirn und die erregten Augen mußten seine Beschäftigung verraten haben.

„Haben unsere letzte Erwerbung angesehen, eh? Was? Man kann diese hübschen kleinen Bücher vor euch jungen Leuten nicht verstecken! Ihr findet sie ja doch, so oder so . . . Ihr findet sie, ihr Gauner, eh?" Und er ließ Wolfs Finger frei, nur um ihn freundschaftlich in die Rippen zu stoßen.

Mr. Urquhart sah an diesem Vormittag aus, als ob ihn etwas außerordentlich erfrischt und erheitert hätte. „Nun?" murmelte er fragend. „Nun?"

Wolf trat ein paar Schritte zurück, legte mechanisch das Buch, in dem er gelesen hatte, ordentlich auf einen anderen Band und richtete es gerade. Dann neigte er sich ein wenig vor, während seine geballte Hand auf dem Tisch liegenblieb. „Ich habe in der letzten Zeit", begann er ernst, „reichlich über Ihr Buch nachgedacht, Sir; und ich meinte, ich würde Sie gerne einmal aufsuchen, um zu sehen, ob wir wieder zu einem . . . ob wir zu einem . . ."

„Geschäftsabschluß kommen könnten, mein Junge!" warf der andere ein. „Ganz recht. Ich bin Ihr Mann. Ich bin bereit, mit Ihnen zu verhandeln."

Wolfs Blick richtete sich auf den Ebenholzstock, auf den sich sein einstiger Brotgeber stützte. „Wie es manchmal vorkommt, Sir", begann er entschlossen, „benötigt meine Mutter gerade jetzt eine gewisse Summe Geldes . . . genau gesagt, zweihundert Pfund . . . um eine neue Teestube in Blacksod zu eröffnen. Sie braucht das Geld sofort. Sie hat daran gedacht, es sich auszuborgen . . . von . . . von einem Bekannten. Ich aber beabsichtige, Sir . . ." Er lockerte jetzt ein wenig die Spannung seiner Muskeln und wurde sich dessen bewußt, daß er, statt sich schwer auf den Tisch zu stützen, mit seinem Daumennagel ein Zickzackmuster in der Form eines architektonischen Ornamentes auf die Tischplatte kratzte. „Ich dachte mir", fuhr er fort, „daß Sie vielleicht eine Möglichkeit finden könnten, mir einen Scheck auf diese Summe zu geben . . . jetzt gleich . . . und daß ich dann in jeder Ihnen genehmen Form mich verpflichten würde, das Buch innerhalb der nächsten drei Monate fertigzustellen . . . sagen wir Ende März, so wie ich es auch begonnen habe. Sie würden nichts anderes tun, Mr. Urquhart, als mir diese drei Monate im voraus zu bezahlen, unter der Bedingung, daß ich die Arbeit in dieser Zeit beende . . .

aber ich muß die Möglichkeit haben" — seine Stimme wurde jetzt vollkommen fest und er konnte endlich dem Squire ins Gesicht sehen —, „ich muß die Möglichkeit haben, diese Arbeit zu Hause zu erledigen, und auf meine eigene Art, wobei ich natürlich Ihre Notizen als mein Material verwenden würde. Ich meine, daß ich bei meiner Beschäftigung in der Schule nicht regelmäßig hierherkommen kann ... Wenn ich jedoch die Arbeit bis Ende März nicht beende, werden Sie das Recht haben, die Rückzahlung dieser zweihundert Pfund zu fordern."

Er hielt ein wenig atemlos inne, steckte, wie er es in jeder kritischen Lage zu tun pflegte, die Hand in die Seitentasche, holte seine Zigaretten hervor und zündete sich mit ängstlicher Sorgfalt eine an.

„Kommen Sie zum Kamin hinüber, Solent!" sagte Mr. Urquhart und humpelte durch den Raum. Wolf folgte ihm. Sie setzten sich in zwei Lederfauteuils vor dem offenen Feuer, dessen glimmende Scheite der Squire mit dem Ende seines Stockes schürte.

Wolfs Herz schlug schnell. „Ich werde die zweihundert bekommen", dachte er. „Ich werde die zweihundert bekommen!" Er bemerkte, daß seine Vision des Augenblickes, da er seiner Mutter den Scheck überreichen würde, in eine unbestimmte, köstliche Süße dahinschmolz, die weder mit Mrs. Solent noch mit Mr. Urquhart zu tun hatte. Zitternd hing dieser Tropfen tollmachender Süße am Rande jener Worte Christies: „Er wird über Nacht in Weymouth bleiben!"

„Ich bin kein reicher Mann, Solent. Das wissen Sie wohl?"

Wolf nickte teilnahmsvoll, aber er erfaßte nicht mehr als die allgemeine Richtung der Worte des Squire, als dieser weiterschwatzte.

„Sie ist eine tüchtige Frau, Ihre Mutter, und noch immer verdammt hübsch, mein Junge, wenn Sie einem alten Mann erlauben, so was zu sagen. Eine Schande, daß Sie sie verlassen mußten. Aber ihr Schürzenjäger seid alle toll. Es geht über mein Verständnis, was Sie daran — Na ja. Es ist Geschmackssache. Aber ich sehe nicht ein, warum Sie ein Füllen, statt es bloß zu reiten, auch kaufen mußten. Torp ist ein ganz vernünftiger Mensch, obwohl er solch ein Dummkopf ist. Na ja. Wir alle müssen für unsere kleinen Laster zahlen. Nun schön. Was die zweihundert betrifft, mein Junge, so müssen Sie sie wohl haben. Ja, beim Zeus, Solent, und Sie werden Sie haben! Und was mehr ist, wir werden ein Glas von meinem alten Malmsey trinken, um das Geschäft zu begießen!"

Als diese Worte durch den Rauch der geschürten Scheite zu Wolf drangen, sondierte dessen Bewußtsein eben die Tiefen einer unerwarteten geistigen Krise. Angespannt stellte er sich die Erleichterung vor, mit der er diesen Scheck seiner Mutter in den Schoß werfen würde.

Es war gegen sein Gewissen; aber der Augenblick war gekommen, in dem er sein Gewissen opfern mußte. In einer unwiderstehlichen Springflut, die alle Hindernisse überschwemmte, stürzte sich jetzt der Gedanke, sein Gewissen zu opfern, mit voller Macht auf jenen Teil seines Gemütes, in dem die Worte „Mr. Malakite in Weymouth!" gleich überfluteten Felsenriffen lagen. Und als er jetzt Mr. Urquhart ansah, wurde es ihm mit einem Blitz grausamer Erleuchtung klar, daß diese beiden Dinge — der heutige Geschäftsabschluß mit dem Squire und der morgige Besuch bei Christie — das Ende seines Seelenfriedens bedeuten würden. Zu diesen beiden Dingen war er endlich gebracht worden. Dies war der Ausgang; dies war die Klimax der ansteigenden Welle seines Lebens in Dorset. Er mußte jetzt — und es war zu spät, sich zurückzuziehen — das innerste Mark seines Wesens vergewaltigen! Das verborgene Ringen zwischen einem geheimnisvollen Guten und einem geheimnisvollen Bösen, in das alle seine Ekstasen gemündet waren, wie konnte es hernach noch weitergehen?

„Hören Sie, mein Junge?" Die Stimme des Squire klang jetzt klar und unmittelbar in Wolfs erregtes Bewußtsein. „Wollen Sie mir den Gefallen tun, zu läuten? Da! Gerade vor Ihnen!"

Wolf erhob sich, läutete und versank wieder in die Tiefen des Lederfauteuils. Während er dies tat, hörte er ein Rasseln der beiden Fensterrahmen. Der Wind wurde also stärker? Mochte er es werden! Mochte der Regen niederströmen! Es würde Mukalog dort drüben in seiner Küchenlade gefallen, diesen Klang zu hören.

Der große Gärtner trug seinen schwarzen Rock, als er das Zimmer betrat, und seine Miene war die Miene eines privilegierten Haushofmeisters in einem vornehmen Haus.

„Holen Sie mir, bitte, aus dem Studio Papier und Feder, Roger, und mein Scheckbuch. Oh, und noch etwas! Hier, dazu werden Sie meine Schlüssel brauchen" —, und er begann in seinen Taschen herumzustöbern.

„Eine Flasche Portwein, Sir?" schlug der Diener vor.

„Wo beim Teufel sind denn meine Schlüssel?" murmelte der Squire gutgelaunt.

„Wahrscheinlich in Ihrem Schlafrock, Sir. Ich werde sie suchen, Sir. Soll ich den 1880er Portwein holen?"

„Hören Sie, Monk", sagte Mr. Urquhart ernst. „Wie viele Flaschen vom Malmsey meines Vaters sind noch da?"

Der Diener straffte sich mit einem Ruck, und Wolf bemerkte, wie er die Augenbrauen hochzog, als ob eine extravagante und sehr närrische Sache in der Luft läge.

„Ungefähr ein halbes Dutzend, Sir. Die in der Walnußkiste sind die letzten. Wir haben sie nach Lichtmeß eingesperrt, als Sie und der junge Mr. Redfern die Antiquitäten ansahen."

Mr. Urquhart warf, als er dem Mann antwortete, einen hastigen, aber sehr komplizierten Blick auf Wolf.

„Lassen Sie die Antiquitäten, Monk. Mr. Solent macht sich nichts aus Antiquitäten. Holen Sie eine Flasche von dem Malmsey und bringen Sie mir mein Scheckbuch."

Eine halbe Stunde später saß Wolf an demselben Kamin und trank den nektarähnlichsten Wein, den er jemals in seinem Leben gekostet hatte. Ein Scheck auf zweihundert Pfund an Stukeys Bank stak wohl-verwahrt in seiner Westentasche, und auf der silbernen Tasse, die zwischen Mr. Urquhart und ihm stand, lag, mit einer Ecke unter der Weinflasche, um festgehalten zu werden, seine eigene Bestätigung über den Empfang des Geldes und über die Verpflichtung, die daraus folgte.

„Fünfzehn Kapitel wären gerade eine gute runde Zahl, Mr. Urquhart."

„Fünfzehn ... dreißig ... fünfzig!" rief der andere. „Ich kümmere mich nicht darum, wie viele es sind. Ordnen Sie es an, wie es Ihnen paßt. Meine Fakten, meine kleinen Fakten sind die Hauptsache — auf daß künftige Generationen alle die beißenden, stechenden, kitzeln-den, salzigen kleinen Fakten, die über unser ‚altes Dorset' aufgetrieben werden konnten, genießen mögen."

„Ich möchte keine von Ihren ‚Fakten' aufnehmen, Sir, die ich nicht in anständiges Englisch bringen kann. Dieses Buch mag ja Ihren Namen tragen, aber es wird meine Seele zwischen seinen —"

Er brach jäh ab. „Was amüsiert Sie, Mr. Urquhart? Bei Gott, ich will hören, was Sie amüsiert! Habe ich irgend etwas Lächerliches gesagt?"

„Aber ... gar ... keine ... Rede ... mein Junge", keuchte der Squire und unterdrückte seinen Lachkrampf. „Sagten Sie, Ihre ‚Seele' sei zwischen den Seiten? ‚Seele' ist gut. ‚Seele' ist ein gutes Wort. Sie haben also eine Seele, nicht wahr, Menelaus? Oder hatten Sie eine, ehe sie sich in mein Buch verirrte? Beim Zeus, das ist eine hübsche Vorstellung, eh? Wie ein Rosenblatt oder ein Stückchen weißen Heidekrautes, das die jungen Mädel in ihre Gebetbücher legen."

Wolf hielt die Hand an dem Stengel des Weinglases und starrte düster auf die reiche purpurne Farbe des Inhaltes. Nie hatte er solchen Wein getrunken! Er fühlte Gereiztheit gegen Urquhart, daß er ihn diesen Genuß nicht schweigend auskosten ließ — jeden Tropfen ab-schmecken — diesen Wein in sein Herz einsaugen, in seine Nerven, in seinen Geist ...

„Kein einziges Faktum darf ausgelassen werden ... Menelaus ...
das ist im Pakt, wissen Sie!" Und Wolf sah durch jenen malmseyfarbe-
nen Nebel, wie sein Wirt bedeutungsvoll mit dem Zeigefinger auf
das Blatt Papier klopfte, das unter der Weinflasche lag.

Ein zweiter Stoß des sich erhebenden Windes rüttelte an dem Fenster-
laden, und diesmal drang gleichzeitig der Klang fernen Glockengeläutes
herein.

„Das ist Tilly-Valley", sagte der Squire brüsk. „Geben Sie Ihr Glas
her, Solent."

„Läßt er läuten, wenn er die Messe liest?" fragte Wolf, der das Neigen
der Weinflasche beobachtete. Dann rief er mit einer plötzlich wilden
Emphase: „Ich höre es so gerne. Ich glaube, ich werde das Fenster
öffnen."

Er erhob sich mit ängstlicher Sorgfalt und ging durch das Zimmer,
wobei er mit vorsichtiger Genauigkeit seine Füße hob, als wären sie
schwere Gegenstände, vollkommen verschieden von seiner Person.

Er stieß jene so gut bekannte Scheibe des Fensters auf.

„Ich sage Ihnen, Sir", rief er erregt, „es wird heute gießen! Dort
drüben hängt eine enorme schwarze Wolke."

Er schritt ernst an seinen Platz am Feuer zurück; der Wind folgte
ihm und ließ das Papier, das Wolf unterzeichnet hatte, sich erheben
wie ein Baumblatt und an die Seite der Weinflasche klatschen.

„In einer Minute wird es gießen", wiederholte er und leerte sein
Glas.

Aber jetzt bemerkte er, daß der Verstand seines Gefährten dem
Einfluß des Weines völlig erlegen war. Mr. Urquhart war mit einem
albernen Versuch beschäftigt, die letzten wenigen Tropfen des Malmsey
gerecht zwischen den beiden Gläsern zu verteilen. „Leer ... ganz
leer ...", murmelte er mit einem tiefen Seufzer; und dann begann
er etwas zu flüstern, das so ähnlich klang wie: „Wer läutet die Glocken?
,Wir', sagten die Docken."

„Wie, bitte, Mr. Urquhart?"

Seine Feststellung, daß der Mann in einem Augenblick durch alle
Zwischenstadien gesunken und jetzt hoffnungslos besoffen war, übte
plötzlich eine ernüchternde Wirkung auf seinen berauschten Geist.

„Sie läuten noch immer", bemerkte er ernst.

„Ich bin die einzige Behörde in der Gegend", rief der Squire. „Was
versteht denn Torp vom Gesetz?"

Wolf betrachtete mit einigem Interesse die dicken Lippen vor ihm,
die jetzt ohne Zusammenhang schnatterten. Valleys Messeläuten hatte
aufgehört. Der Wind rüttelte an allen Fenstern. Ein wilder Wind-

461

stoß, der durch den Kamin fuhr, trieb ihnen beiden eine Handvoll bitter schmeckender Holzasche ins Gesicht.

„Wenn ich Ihnen sage, drei Fuß genügen, was kümmert das Sie? Drei Fuß ist tief genug für einen Burschen, der noch nicht einmal fünfundzwanzig Jahre alt war. So einer schläft ganz gut. Später ist's anders. Drei Fuß ist eine sehr anständige Tiefe. Nicht mehr Erde hineinwerfen, sage ich Ihnen! Er hatte immer eine sehr zarte Haut. Drei Fuß ist mehr als genug. Wie können wir wissen, ob sie's nicht doch fühlen, wenn die Erde auf sie fällt? Bedenken Sie, es ist Lehmerde. Dicker Dorseter Lehm."

Mit einem langen Seufzer holte Wolf Atem. „Er wird mir jetzt bald alles sagen, wenn ich nur meinen Kopf klarhalten kann."

Jetzt hörte man ein scharfes Klatschen von Regen gegen das offene Fensterkreuz und ein heftiges Schütteln des Rahmenwerkes.

Der Squire begann wieder mit seinem Gemurmel.

„Glauben Sie, es sei einfach, auf der Erde auf und ab zu gehen, wenn er dort unten liegt? Wie wäre es, einmal aufzuhören, daran zu denken, und es einfach zu tun? ... Fäulnis? ... Greuel? ... Das weiß ich nicht ... Weiß ... es ... nicht ..."

Seine Stimme erstarb in einem völligen Wirrwarr. Aber plötzlich erhob sie sich wieder schrill und kreischend. „Es fällt ab ... es fällt ab ... das süße Fleisch!"

Wolf straffte sich in seinem Fauteuil und beugte sich vor. Große Regentropfen fielen durch den Kamin herab, und jeder zischte zornig, wenn er auf die brennenden Holzstücke traf.

„Die Lippen ... die Lippen ... wo sind seine Lippen jetzt?"

Des Mannes Stimme verfiel wieder; aber Wolf schien es, als hätte er einen leisen stöhnenden Laut gehört, einen seltsamen untermenschlichen Laut, den anzuhören unheimlich war.

Dann kamen wieder artikuliertere Worte. „Nichts kann ihn zu etwas anderem machen, als er ist. Und wenn er er ist und ich ich bin, so wäre es ja doch nur so, wie wenn mein Leben mein Leben umarmte, wenn ich es tue."

Er fiel jetzt in Schweigen; hob einen der Arme, den er auf den Tisch gestreckt hatte, und wischte sich mit dem Handrücken den Speichel vom Mund.

„In einem Augenblick werde ich alles herausbekommen haben", dachte Wolf. „Ich habe nichts anderes zu tun, als meinen Kopf klarzuhalten."

Die Fenster waren jetzt so dunkel vom Regen, daß der Raum im Dämmerlicht lag. Der obere Teil von Urquharts Gesicht war fast unsichtbar. Auf den unteren Teil warf jedoch das qualmende Feuer ein zitterndes Licht. Und diese Verdunkelung der Augen des Mannes in dem finsteren Raum bewirkte es, daß Wolf überrascht war, als nach einer langen Pause eine Stimme zu ihm drang, die einen völlig anderen Klang hatte — die listig war und schlau in ihrer Nüchternheit!

„Besoffen und geschwätzt, eh, mein Junge? Das kommt davon, wenn ich an Torp denke... Das ist's ... An Torp und den Wirbel, den er wegen des Grabes da draußen gemacht hat! Er konnte es nicht einmal tief genug graben. Sagte, er sei auf einen alten Sarg gestoßen oder auf so was! Torp und seine Stupidität regen mich immer auf. Steinmetz ist der Mann! Ich war ein Idiot, daß ich ihn ins Totengräberhandwerk pfuschen ließ. Torp als Totengräber ist absurd. Das können Sie doch selber sehen, Menelaus, nicht wahr, obwohl Sie mit Lobbie umhergehen? Was sagte ich gerade jetzt? Oh, ich weiß schon! Daß es nur verrückter Dorfklatsch war, wenn man von Selbstmord gesprochen hat. Hören Sie nicht darauf, Liebling! Hören Sie auch nicht auf dieses lächerliche Individuum drunten in Pond Cottage. Er gebraucht Rauschgifte, der Kerl. Man kann es doch an seinen Kleidern riechen. Selbstmord? Unsinn. Es war Pneumonie. Wenn er in Lenty geblieben wäre, hätte ihn Tilly-Valley nie gekriegt. Man hat ihn gegen meinen Wunsch hinübergebracht. Hören Sie, Solent? Gegen meinen Wunsch. Dieses mein Lentyhaus ... Ihrer Mutter hat es gefallen, nicht wahr? ... war gerade richtig für den Jungen. Warum hat man ihn hinübergebracht? Er war nicht transportfähig. Er hätte sich erholen können, wenn man Tilly-Valley von ihm ferngehalten und ihn nicht hinübergebracht hätte. Das ... war ... schlecht ... ihn hinüber ... zu bringen ..."

Bei diesen Worten sank Mr. Urquharts massiver Kopf hinab, bis das Kinn an seiner Brust lag. Doch die Erschütterung dieses Stoßes richtete ihn wieder auf; und mit einem verschlagenen, gerunzelten Gesicht blickte er die leere Weinflasche an.

„Leer ... der letzte Tropfen", murmelte er. Dann stützte er den Kopf auf die Hand, während sein Ellbogen auf der Tischplatte lag.

„Torp ist der Kerl, der mich aufregt. Da kann ja sogar ich noch besser ein Grab schaufeln. Aber Sie müssen entschuldigen, Solent, ich weiß, daß Sie mit diesen Leuten liiert sind. Haben den kleinen Knaben, ich meine das kleine Mädchen, geheiratet, nicht wahr? Ihr Schwiegervater Torp ist ein Preisidiot, Solent. Verteidigen Sie ihn nicht! Ich sage Ihnen, das hat gar keinen Zweck. Sie sind ... ein vernünftiger ... Bursche ... Menelaus ... freilich nicht so hübsch wie Ihr Vater ... und das Beste, was Sie machen können, ist, Torp mir zu überlassen. Steinmetz oder Leichenbestatter, ich verstehe ihn. Mein ganzes Leben lang habe ich Individuen von seiner Art gekannt. Er ist ein echter Dorseter, der gute Torp. Überlassen Sie . . . ihn mir . . . überlassen Sie ihn . . ."

Sein Arm sank auf den Tisch, und sein Kopf sank auf den Arm. Ein Windstoß fuhr vom offenen Fenster durch das Zimmer und trieb die verstreute Holzasche, die auf der Silbertasse lag, in einem spiralförmigen Tanz vor sich hin. Ein Teil der Asche fiel beim Niedersinken auf das glänzende Haar Urquharts und blieb dort liegen, so daß Wolf an die Männer alter Zeiten erinnert wurde, die sich in ihrem Leid Asche aufs Haupt streuten.

Wolf erhob sich ruhig. „Am besten wäre es, Monk zu suchen, bevor ich gehe", so dachte er, „und ihm zu sagen, daß er heraufkommen und nach seinem Herrn sehen möge."

Mit dieser Absicht stahl er sich über den glatten Fußboden, öffnete mit äußerster Vorsicht die Tür und verließ den Raum.

Der Regen hatte aufgehört, als Wolf in den Park trat; und er entschied, daß er nichts Besseres tun könne, als die Wirkungen des Malmsey durch einen Fußmarsch zu paralysieren und bis zur Teezeit in der frischen Luft zu bleiben. Dann würde er in Pond Cottage vorsprechen, wo er ohne Zweifel, da Sonntag war, alle seine Freunde beisammen finden würde.

Durch das Ausschalten eines Mittagessens würde er genügend hungrig sein, um sich des hausgebackenen Brotes und der flockigen schottischen Krapfen und des Honigs in der Wabe zu erfreuen, die Mrs. Otters Nachmittagstee stets zu einer so soliden und köstlichen Mahlzeit machten.

Da er ein Verlangen nach absoluter Einsamkeit fühlte, sah er sich nach einem wenig begangenen Pfad um. Er war noch nicht mehr als zweihundert Yard an dem so wohlbekannten Hause Roger Monks vorbeigekommen, als er zu einem Viehsteig kam, der gerade in westlicher Richtung führte und ihm gänzlich unbekannt war. Diesen beschloß er zu erkunden; und als dieser Steig ihn auf einen schmalen grasigen Weg führte, der nach High Stoy zu führte, entschloß er sich, dieser neuen Richtung zu folgen und zu sehen, was daraus würde. Er ertappte sich dabei, wie er beim Gehen ab und zu mit dem Daumen und Zeigefinger in die Westentasche fuhr, um sich zu vergewissern, ob das kostbare Stück Papier noch immer wohlbehalten dort stak.

Noch nie war er so völlig in dieser Stimmung gewesen, in der er jetzt mit sich rang. Der Gedanke an Christies Einladung, der Ton ihrer Stimme, da sie diese Worte über ihren Vater sprach, der Ausdruck ihres Gesichtes, als sie ihm erklärte, was sie geschrieben hatte — alle diese Dinge gärten in seinen Adern wie Tropfen vom Safte des tödlichen Upasbaumes. Zu sterben, ohne je mit Christie geschlafen zu haben ... Nein! Er konnte sich einem solchen Schicksal nicht unterwerfen. Sein Herz schlug schnell, als er seine Kräfte zu dieser Herausforderung an die Götter sammelte. Zwischen den nackten Zweigen der regennassen Ulmen und den nassen Blättern der glänzenden Stechpalmen schritt er nun dahin, gleich einem Kentauren, der toll geworden ist durch giftige Beeren! Und dennoch lag während der ganzen Zeit unter dieser Bedenkenlosigkeit eine verstohlene, verwirrte, unheimliche Angst. Hing denn seine „Mythologie" nicht von seiner innersten Lebensillusion ab — davon, daß er in dem großen okkulten Ringen die Partei des Guten gegen das Böse ergriff? Und wenn Urquharts Buch und die Worte „Mr. Malakite in Weymouth" seine Mythologie töteten, wie konnte er dann weiterleben? Welche Gefühle hatte ein Mensch, wenn seine innerste Unversehrtheit zerschmettert war? „Du Dorset!" murmelte er laut, während er seinen Stock in einen Haufen welker Blätter stieß. „Du hast mich noch nicht geschlagen, du Dorset! Oh, ich bin dir noch gewachsen, du dunkle, regenduftende Erde!"

Aber noch während er sprach, verursachte ihm der Gedanke, Christie, ihrer Kleider ledig, an seinen Körper zu drücken, einen unerträglichen Krampf. Die Worte „Mr. Malakite in Weymouth" hörten überhaupt auf, Worte zu sein. Sie wurden zu winzigen kleinen Adern, gerade über diesen schmächtigen Knien. Sie wurden — oh! Solch eine Chance konnte er nicht aufgeben! Er konnte nicht!

Er hatte Christie für sich zu einem Geist werden lassen. Er selbst hatte sie mit seinem pharisäischen Geschwätz von „platonischer Liebe" in einen Geist verwandelt. Männer von seinem Typ verwandeln ihre Mädchen in alles mögliche. Er hatte sie zu dem gemacht, als was er sie wollte. Er hatte bei der anderen seine Sexualität befriedigt und war zu Christie gegangen, um geistige Sympathie zu finden. Er hatte ihren Standpunkt überhaupt nicht in Betracht gezogen. Aber jetzt — morgen abend — würde er ein Magier sein. Er würde diesen Ariel, dieses „Elemental", in ein lebendes Mädchen verwandeln! Sein Geist kehrte zu Gerda zurück. „Wie traurig, daß sie ihre Kunst des Vogelliedes verloren hat! Das ist's, was ich ihr angetan habe. Ich bin zu feierlich geworden. Ich habe sie mit meinen pedantischen, gewichtigen Gedanken ermüdet. Sie hat begonnen, das Gefühl zu haben, ich sei ‚schweres Wetter', ein Bursche ohne Humor, ohne Fröhlichkeit, ein schwerfälliger Schulmeister. Das ist's. Sie hat sich Weevil aus dem einfachsten aller Gründe zugewendet, aus dem Wunsch nach froher Kameradschaft!"

Plötzlich begann er mit zynischer Offenheit seine Gefühle für diese beiden Frauen zu vergleichen. „Die Wahrheit ist", sagte er zu sich, „daß ich beide liebe. Ich liebe Gerda, weil sie so einfach ist und weil ich diese ganzen Monate mit ihr geschlafen habe; und ich liebe Christie, weil sie so subtil ist und weil ich nie mit ihr geschlafen habe!"

Er machte an der Seite des Weges halt, stieg über einige regenfeuchte Büschel üppiger Pflanzen, deren Geruch allen den unbestimmten, namenlosen Gerüchen glich, die in den letzten vier Monaten zu seinen Sinnen gedrungen waren, lehnte sich an einen verfallenen Zaun und starrte nordwärts nach Ramsgard hin.

„Ist das die Abtei?" dachte er, als er ein schwaches Glockenspiel in der schweren Luft hörte. Und sein Gemüt verweilte bei dem Bilde von König Ethelwolfs Sarg und wandte sich der Idee „Christus" zu.

„Wie außerordentlich wäre es", sagte er zu sich, „wenn es wirklich ein unglaublich liebevolles und mitleidiges Herz gäbe . . . zärtlich für die tollsten Sentimentalitäten ebenso wie für den tragischsten Zwiespalt der Menschheit . . . nur außerhalb des Kreises von Zeit und Raum." Wenn es wirklich solch ein Herz gab, würde es sicher alle modernen wissenschaftlichen Theorien in etwas Läppisches und Unwichtiges verwandeln. Wünschte Wolf aber, daß solch ein Wesen existierte? Es nicht zu wünschen . . . es nicht einmal zu wünschen, wäre ihm als rohe Grausamkeit gegen alle Tilly-Valleys auf der Welt erschienen. Und außerdem würde sich so ein Wesen Gerdas annehmen und Christies . . . und alle ihre Dilemmen lösen . . . endgültig . . . „Und doch glaube ich nicht, daß ich ihn wirklich wünsche", murmelte er laut, als ein Schauer kalter Regentropfen von einem Baum über seinem Kopf auf seine gefalteten Hände fiel.

Als er sich daran machte, die Frage zu beantworten, wie es kam, daß er ihn nicht wünschte, fiel ihm eine der letzten Andeutungen Gerdas ein, die erfüllt war von ihrer primitiven Blacksoder Vorliebe für groben Skandal und die zum Inhalt hatte, daß die perversen Neigungen Mr. Malakites nicht einmal durch sein hohes Alter ausgelöscht worden waren.

„Wenn ich sie morgen nehme", dachte er, „dann wird es . . . etwas Gemeinsames . . . zwischen dem alten Mann . . . und mir . . . geben . . . ja! Und wenn es nichts anderes ist als . . . als . . . Ist das der Grund, warum ich nicht wirklich wünsche, daß ‚Er' existiere? Aus ängstlichem Streben, daß mein Gefühl für Christie etwas Reineres sein sollte als selbst ‚platonische Liebe'?"

Er starrte mit gerunzelter Stirn auf die Stoppelfeldfurchen vor ihm. Ein einzelner kleiner Wassertümpel zwischen den melancholischen

Stengeln zog seine Aufmerksamkeit auf sich, ein Tümpel, auf den in Intervallen einzelne Tropfen von einem darüber ausgestreckten Zweig klatschten. Dies also war das innerste Gesetz der Natur; daß ein Mann, der mehr als eine Frau in seinem Leben besaß, notwendigerweise zu so niedrigen Kompromissen herabsank, daß er nicht wünschen konnte, daß Christus existiere?

Nun schön, er mußte sich damit begnügen, das Glockenspiel von Ramsgard zu hören und an den Sarg des Königs Ethelwolf zu denken. In seiner trotzig heidnischen Stimmung lachte er plötzlich auf, als er die kleinen zeitweise auftauchenden Wasserzungen anstarrte, die in jene braune Pfütze liefen; denn er erinnerte sich der Meinung, der Bob Weevil neulich ihm gegenüber Ausdruck verliehen hatte, daß nämlich Mädchenbeine das Schönste auf der Welt seien. „Weevil und ich sind beide in einem gewissen Sinn glücklich", dachte er. „Wir beide besitzen jene Art intensiver Lebensillusion, die menschliche Wesen vor der Nichtigkeit des Gewöhnlichen bewahrt. Aber, o Gott, o Gott, ich wünschte, daß ich diese zweihundert Pfund nicht genommen hätte, und ich wünschte, daß Mr. Malakite morgen nicht nach Weymouth führe!"

Er erhob seinen Blick von dem nassen Stoppelfeld und ließ ihn über die grüne Weite des großen Tales dahinschweifen. Und jetzt überkam ihn ein maßloser Ekel vor den heimlichen Unanständigkeiten des menschlichen und des tierischen Lebens auf Erden. „Es wäre um so viel besser", dachte er, „wenn alle Menschen und Landtiere ausgetilgt würden und nur Vögel und Fische übrigblieben! Alles, was sich paart, alles, was seine Jungen trägt — ach, wie gut wäre es, wenn das in einer großen Katastrophe von der Erde verschwände und wenn nur die Gefiederten und die Geschuppten übrigblieben!"

Und er versuchte mit bewußter Absicht, als er sich von dem verfallenen Zaun entfernte und in östlicher Richtung den Weg weiterging, sich diese ganze geduldige Sabbatlandschaft zu verbildlichen, wie sie wohl aussähe, wenn sie in der Tat von allen Säugetieren gesäubert wäre! Er stellte sich den gewaltigen Kreis von Poll's Camp vor, daliegend wie ein Wappenlöwe und nicht mehr besudelt durch den Pöbel von Blacksod. Er sah Melbury Bub sich aus den ruhigen regennassen Feldern erheben, frei von allen Klosetten und Düngerhaufen und „Farmer's Rests" und Schlachthausschuppen, die seine laubreichen Bezirke so sehr profanierten.

Der Weg erhob sich jetzt, einer leichten Welle des Talbodens folgend, ein wenig; und als Wolf die Spitze der kleinen Erhebung erreicht hatte, nahm die vor ihm ausgebreitete Gegend für seine Einbildungskraft jenes besondere Aussehen eines viele Faden tief von durchsichtigem Wasser bedeckten Landes an, das ihn von seiner Kindheit an ganz besonders erregt hatte.

Zu seiner Linken erhob sich der knorrige Stamm einer gewaltigen Ulme, an deren Wurzeln eine dichte Decke grünen Mooses gleich einem Schwamm den gefallenen Regen festhielt.

Der Anblick dieses Mooses trieb seine Gedanken zu Christies Garten zurück und von dort zu jenen schlüpfrigen Kaistufen und wellenumspülten Hafenpfeilern, die er mit der ersten Entdeckung seiner mystischen Ekstase assoziierte.

So absolut lebte er in Symbolen seines geistigen Lebens, daß die beiden Dinge, die diese Ekstase jetzt bedrohten — Urquharts Buch und eine scheue, schlanke, nackte Christie —, sich in die nasse, rauhe Rinde dieses Baumstammes verwandelten, gegen den er jetzt seine Hand preßte. „Zweihundert Pfund“, dachte er. „Was ist das, daß es eines Mannes Leben zerstören könnte? Eine dünne nackte Gestalt, eine Sekunde lang fest umfaßt . . . was ist das, daß es die ganze Idee eines Menschen über sich selbst ändern sollte?“

Als er weiter seine bloße Hand gegen die nassen Furchen jenes trägen Stammes preßte, schien es ihm notwendig, an Ort und Stelle den Versuch zu machen, seine herrschende Empfindung heraufzubeschwören. Mit einer verzweifelten Anspannung aller Energie seines Geistes rang er danach, seine Persönlichkeit in diese Unterwasserlandschaft zu versenken. Er hatte in jenem Augenblick ein seltsames Gefühl, als ob er in dem eigentlichen Geschlechtsakt die mütterliche Erde selbst zu umarmen strebte. Denn als er seinen Geist aufs äußerste anspannte, hörte die Landschaft vor ihm auf, eine bloße Ansammlung von Umrissen und Farben zu sein. Sie wurde eine enorme Wasserpflanze mit ungeheuren kühlen, geschwungenen, naßverwurzelten Blättern — mit Blättern, die sich entfalteten, mit Blättern, die endlich dem heftigen Schwung seiner magnetischen Bewegung gehorchten und nachgaben! „Noch nicht tot!“ murmelte er laut, als er sich mit einem erschöpften Seufzer umwandte, um zurückzugehen. „Noch nicht tot!“

In der Reaktion auf dieses verzweifelte Versinken in sein mystisches Laster bemerkte Wolf, daß er außerordentlichen Hunger zu empfinden begann. „Ich will auch keine Minute warten müssen, wenn ich einmal dort bin“, dachte er. „Ich kann nicht mit Jason streiten, bevor ich meinen Tee getrunken habe. Es hat also gar keinen Sinn, allzuschnell zu gehen.“

Sein Geist begann jetzt unsicher und müde jene Frage abzutasten, die immer solch merkwürdiges Interesse für ihn besessen hatte, nämlich nach der inneren Natur der geheimen Lebensillusion eines jeden Menschen — nach jenem eigenartigen Bewußtsein, das sich Menschen zu ihrer besonderen „Entelechie" oder letzten Lebensblüte aufbauen. So schien es ihm, daß ebenso, wie seine Lebensillusion seine „Mythologie" war, Christies Illusion jene „platonischen Wesenheiten" sein mußten, über die sie immer nachgrübelte, Weevils Illusion die mystische Schönheit von Mädchenbeinen, und Urquharts Illusion der Plan seines schamlosen Buches. Er mußte ein wenig vor sich hinlachen, als seine Gedanken gleich müden Mücken, die auf eine Wasserfläche herabsinken, bei der Frage zu verweilen begann, was Jasons Lebensillusion war. „Er hat keine! Er hat keine!" rief er laut; und er fühlte sich durch diese Erklärung von Jasons Absonderlichkeiten so erregt, daß er, ohne daran zu denken, was er tat, in einen Feldpfad einbog, der ein ganz anderer war als der, der ihn hierhergeführt hatte.

Nachdem er ungefähr eine Meile gegangen war, führte ihn dieser neu entdeckte Pfad zu seiner beträchtlichen Überraschung auf Lenty Great Field — auf die Pond Lane entgegengesetzte Seite des Feldes. Und wirklich, das Feld sah aus dieser Richtung so fremd aus, daß er nur dank den vertrauten Weiden in dessen Mitte den Lenty Pond überhaupt erkannte.

„Aber, da ist doch Jason!" sagte er zu sich. „Und das Mädchen neben ihm muß Mattie sein. Verdammt! Wie, zum Teufel, soll ich mit dieser Kombination fertig werden?"

Dann sah er ganz plötzlich, daß es nur die Beschäftigung seiner Gedanken mit Jason gewesen war, die diesen völlig Fremden, die am Ufer von Lenty Pond saßen, Jasons und Matties Aussehen verliehen hatte. Gewiß waren ihm dieser Mann und dieses Mädchen völlig unbekannt! Waren sie es aber? Der Mann war ihm gewiß fremd. Aber das Mädchen? Ah, jetzt kannte er sie! Sie war die junge „Automatendame" von Farmer's Rest! Also war dieser hohlwangige alte Kerl mit dem steifen Hut ihr Onkel... der unsichtbare Kranke, den er „Jesus... Jesus... Jesus...!" rufen gehört hatte.

Sobald er die ihm nächste Seite des Teiches erreichte, erhoben sich die beiden Gestalten am entgegengesetzten Ufer, wobei das Mädchen dem Mann aufhalf. Er konnte sehen, daß sie über ihn Bemerkungen austauschten; und da er den Zustand des Mannes kannte, zögerte er und sah weg, während er die dürren Schilfhalme mit dem Ende seines Stockes schlug.

Doch indes er dort zauderte, warf er ihnen einen verstohlenen Seitenblick zu und sah, daß sie begonnen hatten, langsam dem Rande des Wassers entlangzugehen, offenbar in der Absicht, mit ihm zu sprechen.

Er ging ihnen entgegen, und sie trafen einander auf halbem Wege. „Guten Tag, Mr. Solent", sagte das Mädchen ruhig. „Dies ist mein Onkel, Mr. Solent." Dann wandte sie sich um und erhob ihre Stimme, als ob sie zu einem Tauben spräche. „Dies ist Mr. Solent, Onkel; der Herr, von dem ich dir erzählt habe."

Es verursachte Wolf ein seltsames Gefühl, die zweifelhafte „Miss Bess" wiederzusehen. War es Gerda, die ihm erzählt hatte, daß das Mädchen eine Freundin Bob Weevils sei? Wenig Freude würde sie Mr. Weevil bieten können, nach dem Vorfall auf dem Schulfest zu schließen.

Als sie aber jetzt verstohlen in seine Augen blickte, war es ihm schwer zu glauben, daß das Beben chemischer Anziehung, das für jene einzige Sekunde ihre und seine Nerven vereinte, keine normale Erotik in sich tragen sollte.

Das Mädchen senkte zuerst den Blick. „Mein Onkel hier nimmt mir in den letzten Tagen meine ganze freie Zeit", murmelte sie; „Onkel und der Schank — nicht wahr, du komischer alter Mann?"

Mr. Rounds Gesicht zitterte über und über in kleinen Runzeln zufriedenen Stolzes.

„Sie schaut auf mich, als ob sie dafür bezahlt würde", bemerkte er mit dumpfer Stimme.

„Davon bin ich überzeugt", entgegnete Wolf geistesabwesend, während sein Blick auf die Oberfläche des Lenty Pond hinausschweifte. „Ich glaube, man kann Ihnen gratulieren, Mr. Round, daß Sie eine so tüchtige Nichte haben", fügte er nach einer Pause mit ein wenig größerem Nachdruck hinzu.

Etwas an der verstörten Physiognomie des Gastwirtes begann Wolf an den auf einer Stange getragenen Kopf eines enthaupteten Verbrechers zu erinnern. Er dachte gerade darüber nach, wie er den beiden entgehen könnte, als ihm in seinem Inneren, gleichsam von den Lippen eines Koboldes, jenes seltsame Stichwort unflätigen Kauderwelsches in den Sinn kam, das Manley — oder war es Josh Beard? — in jener Nacht so höhnisch in den Three Peewits gesummt hatte: „Jimmy Redfern — der war drin!" höhnte jene spöttische Stimme.

Aber des Mannes Gesicht hatte begonnen, in solcher umnebelter Befriedigung breit zu werden, daß es ganz absurd zerknittert und ausgeblasen schien wie ein Spielzeugball aus Krokodilleder.

„Jemanden, der Sie so betreut, Mr. Round —", fuhr Wolf fort.

In diesem Augenblick erhaschte er jedoch den Blick der jungen Automatendame, der so belustigt auf ihn gerichtet war, daß er fühlte, wie ihm die Röte in die Wangen stieg.

„Der Teufel hole das Mensch!" sagte er zu sich. „Die ist keine, die sich schmeicheln läßt."

„Sie haben einen hübschen Tag gewählt, Ihren Onkel auszuführen", bemerkte er schüchtern, während er seinen Rücken dem Teich zuwandte.

„Sie hat mich ausgeführt. Ja, das hat sie. Sie wird mich jetzt auch nach Hause führen! Wir gehen fort und wir kommen zurück; aber die anderen bleiben."

„Da haben Sie recht, Mr. Round", sagte Wolf und begegnete dem Blick der Nichte, so kühn er konnte. „Aber ich glaube nicht, daß es sehr klug von ihr war, Sie nach all dem Regen hier sitzen zu lassen."

„Ich habe seinen Schal mitgebracht", rief das Mädchen lächelnd. „Schau, Onkel! Du hast ihn drüben liegengelassen!"

Der Schankwirt wandte den Kopf. „Drüben", wiederholte er; und begann, seine Nichte am Ärmel ziehend, hinüberzuhumpeln. Wolf begleitete sie um den Teich herum, und Miss Bess hob den Schal auf. Schilfsamen hingen daran; und sie schüttelte sie in die Luft.

„Leben Sie wohl", sagte Wolf jetzt. „Ich muß einen Besuch in Pond Cottage machen, bevor ich nach Blacksod zurückgehe."

„Es war keiner von denen, die ihn dazu getrieben haben", murmelte Round hastig.

Wolf blickte das Mädchen fragend an.

„Er ist wirr", sagte sie lakonisch. „Hier, Onkel, lehne dich an meinen Arm, und wir werden bald zu Hause sein. Hast du vergessen, was ich heute für dich zum Tee habe?"

Die Falten und Runzeln kehrten wieder.

„Sie hat Sardinen für mich zum Tee", murmelte er zutraulich.

„Prächtig!" rief Wolf. „Hoffentlich gibt's auch in Pond Cottage Sardinen!"

Er war im Begriff, sie zu verlassen, als der Gastwirt plötzlich seinen freien Arm gegen die Mitte des Wassers zu ausstreckte.

„Dort ist er, dort!" flüsterte er heiser. „Der Friedhof kann ihn nicht halten."

Die junge Automatendame begann jetzt zu Wolfs Verblüffung ihren Verwandten an beiden Schultern zu schütteln.

„Hör auf, Onkel!" rief sie zornig. „Hör auf!"

Die Mundwinkel Mr. Rounds senkten sich. „Achte nicht drauf, Kleine. Ich habe nicht an das gedacht, was du meinst."

Er dämpfte jetzt seine Stimme und neigte sich nahe zu Wolf. „Sie hat Angst, ich denke an Gott", flüsterte er.

471

„Nein, die habe ich nicht, Onkel", rief Miss Elizabeth. „Erzähl doch Mr. Solent keine Geschichten." Sie sah Wolf geradeaus ins Gesicht. „Er ist wirr", wiederholte sie.

„Ich sehe", antwortete Wolf unsicher. „Nun, ich hoffe, daß Ihnen die Sardinen schmecken werden, Mr. Round." Mit festerer Stimme fügte er hinzu: „Auf Wiedersehen! Auf Wiedersehen!" zog seinen Hut und entfernte sich.

Als er über das Feld schritt, versuchte er, an jeden einzelnen Fleck Erde zu denken, mit dem er in dieser Gegend allmählich so vertraut geworden war ... Lenty Pond ... Melbury Bub ... Poll's Camp ... die Auen des Lunt ...

„Die sind die Wirklichkeit. Die sind es, die dauern werden", dachte er, „wenn alle diese aufgeregten Leute mit ihren verrückten Phantasien ins Nichts verschwunden sind."

Beim Gartentor von Pond Cottage blickte er auf seine Uhr. Es war zehn Minuten nach vier. „Ich hätte darauf geschworen, daß es fünf Uhr sei", sagte er zu sich. „Die Zeit ist wie ein Teleskop. Sie schiebt sich zusammen oder streckt sich aus, je nach unseren Gefühlen."

Das Mysterium der Zeit fuhr fort, ihn zu quälen, während er den Gartenpfad hinaufschritt.

Seine ganze Vergangenheit schien verschlungen von Mr. Urquharts zweihundert Pfund und von den Worten „Mr. Malakite in Weymouth". „Der Jammer dieser Entschlüsse hebt die Zeit auf", dachte er. „Wie aber, wenn die Zeit selbst eine Illusion ist?"

Nachdem er geläutet hatte, wurde er von dem seltsamen Schweigen betroffen, das sich immer gleich den Federn eines großen überschattenden Vogels auf die Schwellen von Haustoren legt, wenn Türglocken geläutet werden ...

Aber jetzt wurde die Tür unvermittelt aufgerissen; und da standen Darnley und Jason.

„Du?" rief der jüngere Bruder. „Wie prächtig! Unsere Damen sind spazierengegangen; aber sie werden gleich wieder da sein. Sie kommen ganz gewiß sehr bald zurück, weil Dimity Ausgang hat. Dimity ist zu Mrs. Martin im Herrenhaus droben zum Tee gegangen. Ich habe eben jetzt Jason dazu gebracht, sich eine neue Krawatte umzubinden."

Er wandte sich um und blickte liebevoll seinen Bruder an, während Wolf Hut und Mantel aufhängte.

„Da haben wir's!" rief Darnley. „Du hast schon wieder Unfug damit getrieben. Was für ein Teufel du doch bist, Jason, nach all der Mühe, die ich mir mit dir genommen habe!" Und er hob seine Hände zum Hals seines Bruders und begann die in Rede stehende Krawatte, deren Farbe von einem strahlenden Scharlachrot war, wieder in Ordnung zu bringen. Wolf war sehr erstaunt über den freundlichen Ernst, mit dem sich der Dichter dieser Prozedur fügte.

„Diese jungen Weibsstücke", murmelte er — und er sprach das Wort noch drolliger aus, als Wolf es je von Mr. Torps Lippen gehört hatte —, „lieben rote Krawatten." Und er trat zu dem Spiegel oberhalb des Tisches der Hall und begann die nun verbesserte Zier mit schrullenhafter Selbstzufriedenheit zu betrachten.

Sie saßen erst ein paar Minuten neben dem Kamin im Wohnzimmer, als Wolf ohne irgendeine Einleitung begann:

„Hören Sie, Jason", begann er. „Warum lassen Sie mich eigentlich nicht eine Sammlung Ihrer Gedichte nach London schicken, so daß man sehen kann, was die Kritik dazu sagt?"

Ein unheilschwangeres Schweigen folgte. Darnleys Hand erhob sich zu seinem Bart, während sich sein Blick düster auf den Kohlenkübel richtete.

Langsam begann Jason zu sprechen und legte abgrundtiefe Bosheit in seine Worte.

„Sie meinen wohl, Sie seien Gott, nicht wahr?" bemerkte er, während aus seinem steinernen, starren Gesicht die Augen in nervöser Wut blitzten.

Wolf fühlte ein Beben des Zornes, aber er unterdrückte es entschlossen. „Diese Ihre Gedichte sollten veröffentlicht werden", sagte er.

„Damit ihr Londoner euch drüber lustig machen könnt!" entgegnete der andere. „Meine Gedichte mögen ja nicht viel wert sein", fuhr Jason fort, „aber ich mag nicht, daß sie von euch klugen Hunden abgeschnüffelt werden, ebensowenig wie ich es möchte, daß mir solche Gauner in die Suppe spucken!"

„Meine Mutter hat einen Cousin", fuhr Wolf hartnäckig fort, „der es gut versteht, Werke anzubringen, für die er sich interessiert. Er ist zufällig ein Lord und hatte einst irgendeine Verbindung mit einer Verlagsfirma. Ich würde Ihre Gedichte zuerst ihm schicken."

„Wird dieser Lord, mit dem Sie da protzen, einen Anteil vom Honorar bekommen?" fragte Jason schroff. „Warum stellen Sie ihm nicht Darnley vor? Er könnte Darnley eine Stelle in jenem — Institut verschaffen, an dem Sie seinerzeit Latein unterrichteten."

„Jason! Jason!" protestierte der jüngere Bruder entrüstet.

Aber der Mann fuhr fort: „Wenn Sie Gott nicht so ähneln, daß Sie über alles zornig werden, was nicht Lob ist, werde ich Ihnen einen Rat geben. Mein Rat ist —"

„Sei still, Jason, kannst du denn nicht still sein?" unterbrach Darnley.

„Mein Rat ist, nach London zurückzugehen. Unser Dorseter Klima tut Ihnen nicht gut! Die Londoner werden Ihnen sehr bald eine Menge Geld zahlen, wenn sie hören, daß Ihre Mutter eine Cousine jenes Lords ist, von dem Sie uns gerade jetzt erzählt haben."

„Jason kann es dir nicht verzeihen, Wolf", warf Darnley ein, „daß du überhaupt seine Gedichte gehört hast. Vor Jahren hat er mir einige vorgelesen und hat dann drei Tage mit mir nicht gesprochen."

Statt sich über diese bemerkenswerte Erinnerung zu ärgern, erhob die Blindschleiche vom Lenty ihre Schultern und kicherte hörbar.

„Ihr Schulmeister!" rief er. „Eure Ferien haben schon zu lange gedauert! Lateinlehrer wie ihr werden immer zappelig, wenn sie nicht mit ihren Jungen sind."

„Ich unterrichte nicht Latein", murmelte Wolf mit einer Stimme, die fast so sanft war wie die des Squire. Zorn stieg in ihm hoch wie eine schwarze Welle.

„Wollen Sie wissen, warum ich Ihnen rate, nach London zurückzugehen?" fuhr Jason fort, ohne diesen Protest zu beachten. „Nicht wegen Urquharts – obwohl ich schon müde bin, Sie vor ihm zu warnen – sondern weil Sie, wenn Sie noch viel länger mit mir verkehren, eines schönen Morgens aufwachen werden, und alle Ihre fröhlichen kleinen Eigenheiten werden von Ihnen abgefallen sein wie eine Schlangenhaut!"

„Welche Eigenheiten?" fragte Wolf.

„Oh, sei doch schon still, Jason! Hör doch auf, dich so eselhaft zu benehmen!" rief Darnley.

„Diese Gefühle, die Sie haben, wenn Sie am Morgen die Beine ausstrecken, und wenn Sie zum Tee nach Hause gehen und dabei Ihren Stock schwingen, und wenn Sie über die Hintertreppe beim alten Malakite gehen, und wenn Sie aus dieser Flasche von Ihrem Gin trinken, von der ich gehört habe, und vergessen, daß es nicht die erste Nacht mit Ihrer jungen Gnädigen ist, und wenn Sie sich über diese Bücher beim alten Urquhart freuen und sich selber Geschichten drüber erzählen, und wenn er seinen zweitbesten Wein bringen läßt, und wenn Sie sich an seinem Feuer wärmen, und wenn Sie auf Ihren Spaziergängen über Zäune sehen und denken, die Natur sei etwas!" Er hielt atemlos inne und fügte dann in dem tödlichen Schweigen, das gefolgt war, hinzu: „Wenn Sie noch viel länger mit mir verkehren, werden Sie finden, wie Sie in die Wirklichkeit sinken, wie ... eine Fehlgeburt in die Senkgrube."

„Jason, wenn du nicht den Mund hältst", rief Darnley wild, „werde

474

ich mit Solent kurzerhand nach Preston Lane gehen und dich allein lassen!"

„Schon gut", warf Wolf ein, „es macht mir nichts, diese Dinge zu hören. Aber, wenn Darnley nichts dagegen hat, würde ich Ihnen gerne eine Frage stellen, Otter. Was ist es an mir, das Sie so erzürnt?"

Die ganze Gestalt des Dichters schien sich zu verkrümmen, sich zusammenzuziehen, dichter zu werden. Dann sagte er: „Ich bin gar nicht im geringsten erzürnt durch irgend jemandes Art. Wir sind alle Käfer in dem Dünger der Erde. Wenn Sie mit mir verkehren, Solent, werden Sie nicht fähig sein, so von sich oder auch von einer Ihrer jungen Damen zu denken, wie Sie es gerne tun! Sie werden froh genug sein, täglich drei gute Mahlzeiten zu bekommen und so lang zu schlafen, wie Sie nur können . . . Von mir werden Sie mehr über den Wert des Schlafes lernen als über das Hofmachen bei jungen Damen . . . Darum ist mein Rat, gehen Sie nach London zurück, wo dieser Ihr Lord ist, und unterrichten Sie —"

Er wurde durch das Öffnen der Haustür und durch den Klang von Olwens schriller Stimme, die sich unter denen ihrer Gefährten erhob, unterbrochen. Als sie alle in die Hall hinauseilten, um die Neuangekommenen zu begrüßen, dachte Wolf bei sich: „Nun wollen wir sehen, wie drei Generationen weiblichen Gefühlslebens von einem Hause Besitz ergreifen!" Aber die Dinge ließen sich sehr ruhig an. Mattie nahm Olwen hinauf, um sie sauber zu machen, während Darnley seiner Mutter in die Küche folgte, um ihr beim Bereiten des Tees zu helfen. So fand sich Wolf bald nach ihrer Ankunft allein mit Jason am Kaminfeuer.

„Sie werden lange brauchen", sagte der Dichter mit ernster Feierlichkeit. „Sie brauchen an Sonntagen immer lange." Dann ging er sacht zur Tür und schloß sie verstohlen. Während er an Wolfs Seite zu dem Kamin zurückkam, nahm er aus seiner Tasche ein zerknittertes Stück Papier, das er sorgsam entfaltete.

„Wenn Sie meine Gedichte nach London schicken", begann er ruhig, während Wolf, der ihn erstaunt ansah, sich einen Sessel nahm, von dem aus er das Fenster sehen konnte, „so hielte ich es für gut, wenn Sie das letzte, das ich geschrieben habe, nicht wegließen. Es heißt ‚Die Eule und das Schweigen'. Macht es Ihnen etwas, wenn ich es Ihnen jetzt vorlese?"

„Ich würde es sehr gerne hören", erwiderte Wolf bescheiden; während er aber so beschäftigt war, nahm ein Teil seines Bewußtseins von einem lieblichen bläulichen Licht Besitz, das mit dem Hereinbrechen der Winterdämmerung die vorhanglosen Fenster zu füllen begann.

„Bedeutet das, daß der Horizont jetzt frei von Wolken ist?" dachte er. Und dann fiel ihm ein: „Es scheint noch recht früh für die Dämmerung." Die entwaffnende Monotonie der Stimme Jasons vermengte sich mit der unbestimmbaren Farbe, die die Fensterrahmen erfüllte...

„Wenn den Regen ruft das moosige Land,
Seinem Grün Verzückung zu bringen,
Durchbohren der triefenden Büsche Wand
Aufs neu Damaszenerklingen!
Der Wurzeln Bernsteinpokale füllt Blut,
Blut die Smaragdbecher füllet,
Und beim Schweigen die Schleiereule ruht,
Wie der Tod die Seele verhüllet.

Die große Schleiereule schwebt
Wie ein Geist in der Schar der Gäste.
Die Waldmaus lauscht und lauert und bebt;
Der Vogel duckt sich im Neste;
Auf dem Brautbett aus Pilzen und Flechten streckt
Das schlafende Schweigen die Glieder;
Es fühlt, wie jener Fittich ihm deckt
Die Brust, die schlafenden Lider.

Sie sind einander so lang schon vertraut,
Die Eule, das tiefe Schweigen!
Dem Leben sind Farne und Moos und Kraut,
Doch sind sie dem Schlafe zu eigen,
Dem Lande jenseits von Raum und Traum,
Wo grau jedes Grün erscheint,
Wo unbekannten Leides Baum
Endlos sein Weh beweint!

Und die Eule ist alt und das Schweigen ist alt,
Doch noch älter ist der Baum!
Seine Tränen netzen, böse und kalt,
Des Liebeskissens Saum!
Der Lenz bringt aufs neue Farne und Lauch;
Das Sterben junger Pflanzen
Wird liebkost in euthanasischem Hauch
Von der Mücken flatterndem Tanzen.

Doch die Eule, die über das Schweigen sinkt
Mit seltsamen, müden Schwingen,
Ohn Ende ewige Ruhe trinkt,
Erlöst von allem Ringen.
Der Wurzeln Bernsteinpokale füllt Blut,
Blut die Smaragdbecher füllet,
Doch beim Schweigen die Schleiereule ruht,
Wie der Tod die Seele verhüllet."

„Oh, das gefällt mir sehr gut", murmelte Wolf freundlich, als des Mannes Stimme erstarb. „Gewiß werden wir auch das in unsere Sendung nach London aufnehmen." Es schien ihm jetzt in der vergänglichen Lieblichkeit dieses blauen Lichtes ganz natürlich, daß Jason, ohne seine übellaunigen Bemerkungen zurückzunehmen, das Anerbieten akzeptiert haben sollte. Während er den Mann betrachtete, wie er da zwischen ihm selbst und dieser unirdischen Atmosphäre kauerte, wurde diese düstere Gestalt für ihn ein monumentales Symbol, reich an Gefühlen, die jedes Ausdrucks spotteten. An wie vielen Kaminen beobachteten an eben diesem Winternachmittag menschliche Wesen dieses seltsame Blau, das gegen ihre Behausungen wehte wie der träumerische Atem der Erde selbst, dort festgehalten, ehe er sich in dem unendlichen Raum auflöste! Diese Durchsichtigkeit der Luft mochte wohl etwas sein, das nie wieder in all den Tagen seines Lebens genauso erscheinen würde wie jetzt.

Oh, wie er sich danach sehnte, sie in den hohlen Händen auszuschöpfen und sie über jeden wunden Geist auf der Welt zu ergießen! Wie sehnte er sich, sie gleich Weihwasser über jenes Gesicht auf den Stufen von Waterloo Station zu sprengen! Eine seltsame, weiche Glückseligkeit begann durch ihn zu beben — und dann, plötzlich, kamen die Worte „Mr. Malakite in Weymouth". Nein! Er würde mit Christie zu Abend essen, aber er würde seine Persönlichkeit bewahren. Um elf Uhr würde er zu Gerda zurückgehen. Der Gedanke an dieses „Elf Uhr" schien gleich einem schweren Sühneopfer, das er mit übermenschlicher Anstrengung seinem Deus Absconditus darbringen würde. Doch selbst jetzt, als er Olwens leichte Schritte und ihre Lachausbrüche im Zimmer droben hörte, zerrte doch der Gedanke an jene zweihundert Pfund seinen Entschluß zu Boden. Er konnte die Erleichterung nicht aufgeben, diesen Schreck seiner Mutter in den Schoß zu werfen; und irgendeinem verwickelten psychischen Gesetz zufolge schien es ihm zwecklos, auf Christies Bett zu verzichten, wenn er Urquharts Geld annahm.

Jasons Stimme unterbrach seine Meditationen. Aber der Dichter sprach jetzt nicht von Poesie. „Sagen Sie, Solent", sagte er, „würden Sie mir nach allem, was Sie von mir wissen, prophezeien, daß ich Sie um zehn Jahre überlebe?"

„Zehn Jahre nicht, Jason!"

„Also fünf?"

„Nein."

„Vier?"

„Nein."

„Also um drei Jahre?"

„Nun, vielleicht können Sie mich wirklich um drei Jahre überleben. Aber hören Sie, Jason. Ich wünschte, Sie würden mich für eine Minute in Ihr Zimmer hinauflaufen lassen, bevor alle hereinkommen. Darf ich?" Und er begann auf die Tür zuzugehen. Jason erhob sich rasch und folgte ihm. Sein Ausdruck war ernst und äußerst verstört.

„Ich würde an Ihrer Stelle in Darnleys Zimmer gehen", sagte er eifrig. „Das Waschbecken dort ist viel größer als in meinem. Aber, natürlich, wenn Ihnen so viel daran liegt, irgend etwas dort zu tun ... und wenn Sie sich in meinem Zimmer glücklicher fühlen ... aber meines wird nichts für Sie sein ... Es ist nicht in Ihrem Stil ..."

„Ich weiß sehr gut, in welchem Stil es ist", gab Wolf zurück, als er die Tür öffnete; „aber beunruhigen Sie sich nicht. Ich werde Darnleys Zimmer benützen."

Er fühlte in der Tat eine seltsame Erleichterung, als er sich in seines Freundes Zimmer befand. Wie erfrischend kahl es war! Der Schlafrock, der an einem Nagel an der Tür hing, die drei Paar Schuhe, die in einer ordentlichen Reihe am Kopfende des Bettes standen, der graue Schulrock, der sorgfältig auf einem Sessel zusammengefaltet lag — alle diese Gegenstände brachten, im Verein mit dem schwachen Meersandgeruch, der von dem gewaltigen Schwamm auf dem Waschtisch ausging, Wolf, der jetzt in ihrer Mitte stand und sich mit Windsorseife die Hände wusch, heilsamen und erlösenden Frieden.

Er, ein Mann, war in eines Mannes Festung, an eines Mannes Zufluchtsstätte. Wie kühl und ruhig sah der vom Teppich nicht bedeckte Streifen des Bodens aus, auf dem das schöne blaue Licht lag! Wie beruhigend war die große, flache, zinnerne Badewanne, die gegen die Wand gelehnt war!

Während er das Seifenwasser aus der weißen Waschschüssel in den weißen Nachttopf leerte — denn offenbar hatte man Darnley keinen Kübel bewilligt —, konnte er nicht umhin, daran zu denken, wie sehr alle seine Erregungen mit Frauen zu tun hatten. „Ich werde zu ihnen hingezogen", dachte er, als er instinktiv den großen meer-duftenden Schwamm seines Freundes an sein Gesicht preßte, „aber es muß etwas in meiner Natur liegen, das sie meiner müde macht . . . das sie reizt, das sie wütend macht . . . es sei denn, daß ich mich mit teuflischer List während einer langen Zeitspanne verstelle . . . und das ist schwer . . . das ist beinahe unmöglich."

Eine halbe Stunde später saß er zwischen Olwen und Mrs. Otter. Ihm gegenüber waren Darnley und Mattie, und am Ende des Tisches saß Jason. Da fand Wolf, daß das muntere Geplauder, das seit dem Beginn der Mahlzeit ununterbrochen über diese und jene Themen von lokalem Interesse weitergegangen war, damit endete, daß es ihn mit einem bitteren Heimweh verwirrte. Seine kurzen Ferien gingen bereits dem Ende entgegen; und wie viele Tage und Monate und Jahre seines Lebens war es ihm wohl noch bestimmt, in jenem verfluchten Schulzimmer zu verbringen. Durch das Kerzenlicht und die Tassen starken Tees zu magnetischer Aktivität aufgerüttelt, machte sich seine tiefste Willenskraft daran, dieser Drohung Herr zu wer-den. „Ich bin Gott meines eigenen Geistes", sagte er zu sich; „und wenn ich nicht gerade Geschichte unterrichte oder Latein, wie Jason sagen würde — kann ich aus dieser dünnen Luft die Essenzen von Erde, Gras, Regen, Wind, Tälern und Hügeln wieder erschaffen! Ich brauche nur meinen Geist auf die lebenden Eidola in meinem Geiste zu konzentrieren; und selbst wenn man mich ins Gefängnis steckte — und die Blacksoder Schule ist ein Gefängnis —, müßte ich noch immer imstande sein, beim Ende gleich meinem Vater aus-zurufen: ‚Christus, ich habe ein glückliches Leben gelebt!' "

Und während er fortfuhr, zuerst mit dem, dann mit jenem seiner Tischgenossen Scherzworte zu wechseln, dachte er in seinem Innersten: „Lenty Pond, die Gwent Lanes, die Auen des Lunt . . . die bleiben die ganze Nacht . . . alle windigen Nächte . . . sie bleiben; und ich kann sie sehen, kann sie berühren, riechen, ja! und kann, was immer mir das Schicksal aufbürden mag, mich in sie verwandeln."

Jetzt war es, daß er sich durch etwas abgelenkt fühlte, das Mattie eben sagte. Sie sprach von einer Auseinandersetzung, die sie kürzlich mit Darnley gehabt hatte; und als sie die Worte murmelte: „Darnley und ich", wurde Wolf plötzlich von der Art des Blickes betroffen, den sie auf seinen Freund richtete. Es war ein glühender, besitzender Blick, voll von mütterlicher Sinnlichkeit, ein Blick, den zu empfangen er mehr haßte als irgendeinen anderen, den er sich nur ausdenken konnte! Aber Darnley schien daran eher Freude zu empfinden als

Verdruß; denn seine Augen verdunkelten sich, als er den Blick erwiderte, zu einer Farbe leuchtenden Indigos.

„Ha!" dachte Wolf. „So hat es sich also ausgewirkt! Seine Liebe für ihren Geist ist so, wie sie ist, akzeptiert worden; und seine Hemmung in bezug auf ihren Körper hat sich für Mattie in einen Gegenstand mütterlicher Sorge gewandelt. Ach, welch komplizierte Geschöpfe wir doch alle sind!"

„Nur weiter, meine Liebe", sagte er fröhlich. „Laß es uns hören! Laß es uns genau hören."

Matties Auge begegnete seinem Blick mit einem vieldeutigen Ausdruck. Er wußte, daß sie in seiner Stimmung etwas ihr Feindliches erkannt hatte. Es gab eine flackernde halbe Sekunde tatsächlichen Kampfes zwischen ihnen, als die Blicke ihrer grauen Augen einander begegneten. Dann sagte sie, zu Mrs. Otter gewendet: „Das war eine lange Diskussion zwischen uns ... Es wäre dumm, das alles zu erzählen ... Ich sagte zufällig irgend etwas davon, daß Blumen Seelen in sich hätten ... nein! Bäume waren es ... und Darnley sagte, daß die Seelen von Bäumen und Blumen und allem anderen gar nicht in ihnen wären, sondern an der Oberfläche ... ich drücke es doch richtig aus, nicht wahr, Darnley?"

„Ich weiß nicht", protestierte der Lehrer ernst. „Ich weiß nicht genau, was Sie unter ‚Seele' verstehen; aber wenn Sie das meinen, was an allen diesen Dingen am wesentlichsten ist ... Farbe ... Geruch ... Ausdruck ... Erscheinung ... ja, das ist gewiß an der Oberfläche!"

„Ich verstehe nicht, Darnley", warf Mrs. Otter mit einem Gesicht voll nervöser Bekümmerung ein, „wie du so sprechen kannst. Man hat uns doch gelehrt ... nicht wahr ...?" Sie brach ab und blickte ihren älteren Sohn flehend an. „Was hältst du davon, Jason?"

Aber Olwen, die während des ganzen Tees einen verstohlenen Dialog mit Jason geführt hatte, erhob jetzt ihre Stimme.

„Er weiß davon, weil er selber ein Baum ist ... nicht wahr, Jason? Und ich weiß davon, weil ich ein Vogel bin auf einem Baum!"

Jason, der sie mit gerötetem Gesicht in ihren Unarten ermuntert hatte — und Wolf dachte sich, daß Mattie und Darnley die Ziele ihrer Spöttereien gewesen waren —, wurde jetzt ironisch ernst.

„Wir müßten Tilly-Valley hier haben", sagte er, „damit er uns sage, was er vom Bischof von Salisbury über die Seele gelernt hat."

„Ich stimme vollkommen mit Darnley überein!" platzte Wolf mit einer Heftigkeit los, die ihn selbst verwunderte. Sein Ärger über

Matties mütterliche Sinnlichkeit mußte sich plötzlich mit einem scharfen Argwohn vermengt haben, daß Jason und Olwen sich auch auf seine Kosten belustigt hatten.

„Mit Darnley?" murmelte Mrs. Otter, die noch immer ängstlich ihren ältesten Sohn anblickte, um zu sehen, ob er noch etwas zu sagen hätte.

„Wolf ist kein Vogel und auch kein Baum, nicht wahr, Jason?" flüsterte Olwen mit spöttischem Blick.

„Es ist absurd", rief Wolf erregt, während seine Oberlippe sich vorzustrecken und so sehr zu zittern begann, daß ein Beobachter an Miss Gault hätte erinnert werden können. „Es ist absurd, davon zu sprechen, daß Seelen innerhalb der Dinge sein können. Sie sind immer an der Außenseite. Sie sind der Zauber der Dinge... ihre Magie... ihre Blüte... ihr Atem. Sie sind die Anspannung der Dinge!"

Seine Gereiztheit wurde in diesem Augenblick nicht gemildert dadurch, daß der Dämon in ihm Mr. Urquharts beißende Phrase mit heimlichem Spott wiederholte: „Sie haben also eine Seele, Menelaus?"

„Aber, Wolf", protestierte Mattie in einem hartnäckigen und verdrießlichen Tone, „du widersprichst dir doch selbst. Wie kann irgend etwas angespannt sein und ausgedrückt, wenn es nicht... schon... innen da... ist?"

Wolf biß sich auf die Lippe, um einen Zornesausbruch zurückzuhalten.

„Dies ist alles für die meisten von uns so verwirrend, Mattie, Liebste", murmelte Mrs. Otter. „Wir können nur hoffen und beten, daß der höchste Richter der Erde es recht mache."

Die seltsame Frömmigkeit dieses Ausdruckes schien auf die Gesellschaft an diesem kerzenerleuchteten Tisch zu wirken wie das alte „Ite, missa est". Als Wolf sich erhob, um zu gehen, überkam ihn eine schaudernde Vision dessen, als was sich solche Renkontres in der Zukunft für ihn erweisen müßten, wenn er seine ganze Selbstachtung verloren haben würde. Als er Mrs. Otter über den Kopf des Kindes hinweg Lebewohl sagte und fühlte, wie sich diese heiße kleine Stirn an seine Magengrube preßte und wie diese langen dünnen Arme sich leidenschaftlich um ihn schlangen, wurde es ihm klar, daß seine Selbstachtung auf solche Art, wie er es beabsichtigte, zu morden, nichts anderes bedeuten würde, als den leuchtenden inneren Lebensweiher, der all sein Glück mit seinen flüchtigen Reflexen speiste, zu zerstören. Gegen sich selbst auf eine gewisse Art zu empfinden... sich als eine Person anzuerkennen, die unfähig war, dies oder jenes zu tun ... solcher Art war offenbar die glasklare Wesenheit jener Ekstase, die sein großes Geheimnis bildete.

Als sich das Gartentor jetzt hinter ihm geschlossen hatte und als er in die Dunkelheit von Pond Lane trat, fand er, daß in seiner geistigen Erschöpfung alle Arten sonderbarer kleiner Gegenstände, die er während seiner Dorseter Monate zufällig bemerkt hatte, auf ihn eindrangen. Der Glockengriff an Mrs. Herberts Tür, die weiße Schramme auf der Hand jenes alten Kellners im Lovelace, der verkümmerte Geiß-blattzweig in seinem Hinterhof — sein Gemüt mußte eine ganz merk-bare Anstrengung machen, diese Dinge abzuschütteln.

„Ich habe eine Art von Unterleben", dachte er, „voll von morbiden Hieroglyphen. Etwas muß dort unten gestorben sein, und die Schmeiß-fliegen legen ihre Eier hinein."

Er sammelte alle Einbildungskraft, die er besaß, und ließ seinen Geist hinausschweifen, weit über diese stillen Weiten von Wiesengras und Ackerland. Er stellte sich, so lebhaft er konnte, alles vor, was in dem geduldigen Umkreis von Blacksod vor sich ging. Er folgte dem Huschen der Füchse durch die Haselnußgebüsche, den Regungen der Igel in ihrem Winterschlaf, dem Hocken der Vögel auf kahlen Zweigen, dem Scharren der Maulwürfe unter ihren Hügeln, dem Atmen der Rinder in ihren Ställen.

Er stellte sich alle diese Dinge so lebhaft vor, eines nach dem anderen, daß er das Gefühl zu haben begann, als teilte er diese nächtlichen Be-wegungen — als wäre er kein Fremder unter ihnen, sondern selbst ein heimliches, einsames Erdenleben unter anderen Erdenleben, das ebenso wie diese irgendeinen heilkräftigen Magnetismus aus dem dunklen, grünlich schwarzen Fell des großen Planetenkörpers zog. Und er dachte daran, wie stoisch all diese lebenden Geschöpfe — die geduldigen Bäume vor allen anderen — die kranken Teile ihrer Per-sönlichkeit erduldeten, jenes kranke Unterleben, in dem die Schmeiß-fliegen der Zersetzung an der Arbeit waren.

„Ich kann es tun", dachte er. „Es ist nicht für immer." Und in seinem Zwang griff er nach jenen beiden dunklen Hörnern der Nicht-existenz, vor deren kalter, schlüpfriger Berührung alles Fleisch zurück-schreckt — nach dem Horn der Zeiten, ehe er geboren worden, und nach dem Horn der Zeiten, da er aufgehört haben würde, zu sein. „Ich kann weiterpflügen", sagte er zu sich.

Die Uhr auf dem mittviktorianischen Turm des Rathauses begann gerade viertel sieben Uhr zu schlagen, als Wolf die High Street in Blacksod erreichte. Die Worte eines unbekannten Landarbeiters, den er auf der Straße getroffen hatte, wiederholten sich in seinem Hirn, als er vor einem erbarmungslosen Regenguß seinen Mantelkragen hochschlug. „'s wird gleich wieder regnen, Mister!" und Wolfs Gemüt wandelte diese harmlosen Worte in eine ungeheure, nicht menschliche Drohung, gegen ihn gerichtet von irgendeinem bösen Prinzip in dem innersten System der Dinge.

Er machte beim Eingang von Preston Lane eine Minute halt, um sich zu entscheiden, ob er geradenwegs zu Mrs. Herbert gehen und seiner Mutter den Scheck geben, oder ob er das bis zum nächsten Morgen verschieben sollte.

„Wenn ich etwas abergläubischer wäre", dachte er, „würde ich Mukalog dafür verfluchen."

Er stand da und beobachtete trostlos das Klatschen der Wassertropfen in die Pfützen an der Straßenseite. „Sie tanzen nicht", sagte er zu sich. „Die Wirklichkeit ist immer anders als die Art, wie die Leute sie darstellen."

Mit einem dunklen Instinkt, die Übergabe des Schecks an seine Mutter zu verschieben, starrte er angespannt auf diese klatschenden Tropfen, um zu sehen, was sie unter dem flackernden Laternenlicht wirklich taten.

Nein, sie „tanzten" nicht. Jeder einzelne Tropfen schien, wie er fiel, das Wasser der dunklen Pfütze in einer winzigen Pyramide emporzuziehen, doch es gab ihrer so viele, daß es schwer war, die Aufmerksamkeit auf irgendeine dieser Miniaturwasserhosen zu konzentrieren. Als er aber den Kopf hob, nahm die Masse des über Trottoir und Rinnstein ostwärts treibenden Regens eine kontinuierliche Form an, gleich der Persönlichkeit irgendeines verzweifelten lebenden Wesens, das geduckt ist zur Verfolgung oder zur Flucht.

Gegen dieses kalte, blinde Etwas erkämpfte er sich nun entschlossen seinen Weg. „Wenn im Zimmer meiner Mutter Licht ist", sagte er zu sich, „werde ich sofort zu ihr gehen und ihr den Scheck geben."

Getreu der üblichen Launenhaftigkeit des Zufalls, wenn er als Orakel angerufen wird, gab es ein Licht, und gab es dennoch kein Licht. Es war ihm klar, als er sich Mrs. Herberts Haustür näherte, daß in dem Fenster seiner Mutter ein Schein war, der nur vom Kaminfeuer kam, nicht aber von einer Lampe oder einer Kerze.

„Ich werde etwas für dich getan haben, alte Haut", murmelte er, „wenn du dich auch nur irgendwie darum kümmerst, was aus ihr wird!"

Er öffnete das kleine eiserne Gittertor und ging unbemerkt zu der Tür des Hauses. Bevor er läutete, blickte er, so nahe er nur konnte, in den vom Kaminfeuer erhellten Raum.

„O Gott!" keuchte er in einem Anfall unvernünftiger Wut. „Jetzt ist doch nicht wirklich dieses Vieh bei ihr." Aber es gab tatsächlich keinen Zweifel. Mr. Manley war behaglich an Mrs. Solents Kamin untergebracht. Das sah Wolf, obwohl er nichts anderes von den beiden Gestalten entdecken konnte als die Schultern des Mannes, der aufrecht in einem hochlehnigen Fauteuil saß, und ein Fragment des Profils seiner Mutter, wie sich diese über das Feuer neigte.

„Oh, dieses Vieh! Dieses Vieh!" stöhnte er, als er zurückschlich und ebenso verstohlen wegging, wie er gekommen war. „Wenn sie nur die Lampe angezündet hätten —", fügte er matt hinzu.

Er überquerte die Straße, stemmte sich gegen den Platzregen und hielt inne, als er den Schweinestall erreicht hatte. Eine phantastische Furcht, er könnte dasselbe Glimmen eines Kaminfeuers in Gerdas Wohnzimmer sehen — mit Bob Weevil, der sich dort eingenistet hätte wie ein Wurm in einem Apfel —, ließ ihn davor zurückschrecken, sein eigenes Haus auch nur anzusehen. Saß jetzt auch Christie an ihrem Feuer und spielte die ergebene Tochter Mr. Malakites?

Drei Kaminfeuer und drei Frauen — und Mr. Wolf Solent, der sich an den Schweinestall lehnte!

Der Regen begann Wolfs Haut zu finden. Ein kleiner Strom eiskalter Tropfen rann jetzt zwischen seinem Mantelkragen und seinem Hals hinab.

Als er mit den Händen nach dem nassen Geländer faßte, konnte er eines der Tiere im inneren Schuppen im Stroh rascheln hören. War es krank? Bewegte es sich im Schlaf? Oder sielte es sich einfach dort drinnen . . . in warmer, trockener Dunkelheit?

Er stieß das äußere Tor auf, kaum wissend, was er tat. So stand er jetzt zitternd hier, innerhalb jenes so oft beobachteten Raumes, aus dem der vertraute Gestank drang, der die Begleitung zu all diesen ereignisreichen Monaten gewesen war!

„Weevil ist bei ihr", dachte er. „Ich weiß es so gut, als ob ich seine Panurgnase gesehen hätte. Er ist bei ihr. Sie wird ihm ein Nachtmahl geben . . . oder vielleicht braten sie sich Kastanien. Sie sagte mir einst, daß sie zusammen Kastanien zu braten pflegten."

Er tastete mit den Fingern nach dem Riegel der inneren Tür. Wie durchnäßt vom Regen das Holzwerk doch war! Ein zweites Schwein begann sich jetzt zu bewegen und stieß ein schwaches Grunzen aus. Dann gab er den Versuch, den Riegel zu finden, auf; drückte beide Hände gegen die Türpfosten und neigte den Kopf, bis seine Stirn auf dem niederen hölzernen Türstock lag. In diesem Augenblick konnte er den geheimen Auswurf des Elends spüren, kalt wie Eis und schwarz wie Pech, der schlafend hinter den Lippen eines jeden Abkömmlings Adams liegt.

Hier blieb er vollkommen still, während es ihm schien, als ob der Wind durch die triefenden Bretter des Schweinestalls eine besondere kleine Melodie, für ihn komponiert, pfiffe.

„Hui!...Hui!..." pfiff der Wind... Und ganz plötzlich brach Wolf in Lachen aus. „Ein komischer König Lear! Das ist's, was ich bin! Gar nichts Tragisches daran, Freund Wolf! Du hast nichts anderes zu tun, als den Vorzeichen zu trotzen und auf eigene Faust zu kämpfen."

Er richtete sich auf, griff fester um seinen Stock und straffte die Schultern.

„Ich habe Urquharts Scheck", dachte er, „und morgen um diese Zeit — ‚Mr. Malakite in Weymouth'." Und wieder einmal war das, was er bei diesen Worten sah, das kleine blaue Geäder unter Christies atlasweißer Haut — gerade über ihren Knien.

Und jetzt geschah es — dies hatte er schon manchmal bei sich bemerkt —, daß der Krampf der Begierde seinen Geist mit einer seinem Charakter fremden Bedenkenlosigkeit begabte. „Hui! Hui!" pfiff der Wind; aber aus der Kühle des tiefen Abgrundes erhob sich etwas in seiner Natur, eine wilde Regung seines animalischen Willens und verhöhnte diesen teuflischen Hohn.

„Aber...wer? Selber einer!" rief er laut in Nachahmung des Tonfalles, in dem Gerdas Vater diese im Westland übliche Entgegnung auszusprechen pflegte. Ohne weiteres Zögern verließ er den Schweinestall, überquerte die Straße und eilte ins Haus...

Keine Spur von Boß Weevil! Aber ach, welch eine Erleichterung war es, welche Erleichterung über jedes Erwarten, als er in seine Küche trat und dort Gerda fand, die in einer makellosen bedruckten Schürze den Tisch fürs Abendessen deckte.

Er konnte sehen, wie sich das Mädchen über die offenbare Echtheit der Gefühlsbewegung freute, mit der er sie begrüßte. Und echt waren seine Gefühle in der Tat; obwohl sie nicht alle Gerda gleiche Befriedigung verursacht hätten, wären sie ihr dargelegt worden.

Er lief hinauf, um sich umzukleiden, und brachte die durchnäßten Kleider nach ein paar Minuten hinunter, um sie beim Küchenherd zu trocknen. Die Wärme der Küche, der Dampf, der von seinen nassen Sachen aufstieg, der kräftige Erdgeruch der kochenden Rüben, das liebevolle Schelten dieses schönen jungen Geschöpfes lockten ihn schnell genug zu jener besonderen Intimität, in der die Sicherheit der Tugend zur Wollust der Zufriedenheit wird. Das Klatschen des Regens auf dem Dach unterstrich diese Sicherheit; während alles außerhalb dieser vier Wände ein süßer Schauder ausgesperrter Gefahr schien.

„Ich habe mich bereit erklärt, Urquharts Buch fertig zu machen", sagte er. „Und er hat mir im voraus gezahlt. Aber es ist möglich, daß ich dieses Geld meiner Mutter werde leihen müssen. Immerhin werde ich heute abend nicht mehr darüber nachdenken. Ich werde den Scheck vorläufig um Jasons Götzenbild wickeln ... dann wirst auch du dir ebensowenig damit zu schaffen machen wollen wie ich."

Bei diesen Worten öffnete er mit einem Ruck die Lade des Anrichtetisches und legte Mr. Urquharts Scheck dem platt daliegenden Regengott unter den Bauch.

Obwohl er dies alles mit einer Miene sorglosen Entschlusses tat, warf er doch mehrere ängstlich prüfende Seitenblicke auf Gerdas Gesicht, als er sich in dem kleinen Zinnbecken die Hände wusch.

Diese Zeremonie des Händewaschens vor einer Mahlzeit absolvierte er stets mit sorgfältigster Genauigkeit; und als er jetzt mit den irisierenden Seifenblasen spielte und die gelbe Seife zu Schaum quetschte, konnte er nicht umhin, in den kleinen viereckigen Spiegel, den Gerda über den Ausguß gehängt hatte, eine Grimasse zu schneiden, als ihm der Gedanke durch den Kopf zog, daß er zwar seine halbe Seele heute morgen verkauft und die Absicht hatte, die andere Hälfte morgen nacht zu verkaufen, daß er aber doch noch mit kindlicher Befriedigung das Vergnügen auskosten konnte, sich in seiner Küche gegenüber seinem Mädchen zum Abendessen zu setzen.

Soweit er Gerdas Gedanken lesen konnte, hatte sie sich entschlossen, vorläufig in der Affäre der zweihundert Pfund völlig neutral zu bleiben und jeden allenfalls nötigen Kampf, so argwöhnte Wolf, auf einen Zeitpunkt zu verschieben, da sie genauer wissen würde, woher der Wind wehte. Sie gab ihm, als sie sich zu ihrem Mahl niedersetzten, eine lebhafte Beschreibung eines Besuches, den sie an diesem Vormittag von ihrer Mutter und Lobbie erhalten hatte. Es zeigte sich, daß Lobbie sein erstes Schuljahr in der Lateinschule nach dem Ende der Schulferien beginnen würde und daß Mrs. Torp in völliger Unkenntnis der Gebräuche in solchen Instituten annahm, ihr Schwiegersohn würde ihres Sohnes ständiger und nachsichtiger Präzeptor sein.

Als das Abendessen beendet war, beugte sich Gerda zur Seite und langte nach einem offenen Buch, das auf dem Rande der Kredenz lag. Während sie sich stirnrunzelnd und ungeschickt eine Zigarette anzündete, als wäre es die erste, die sie je geraucht hatte, zog sie die

Lampe näher an sich. „Ich bin zu einem aufregenden Teil gekommen",
sagte sie und fügte eine Sekunde später hinzu: „Ich glaube, ,Theodoric
der Isländer' ist das hübscheste Buch, das ich je gelesen habe!"

Ihr schöner Kopf neigte sich über den offenen Band, denn sie war
ein wenig kurzsichtig; und es blieb Wolf, der noch immer ihr gegenüber auf seinem Küchensessel saß, überlassen, die polierten Griffe
der Lade anzustarren, die sowohl Mukalog wie auch den Scheck enthielt.

Sein angenehmer Rückfall in die Behaglichkeit der Tugend verringerte sich und verschwand mit des Mädchens Versunkenheit in die
Lektüre.

Morgen... morgen... was würde das Resultat sein? Er setzte sich
in seinem Sessel starr aufrecht, während er eine Streichholzschachtel
in der einen und eine unangezündete Zigarette in der anderen Hand
hielt. Es war, als betete er insgeheim um ein unerwartetes äußeres
Ereignis, gleich einem plötzlich auftauchenden, in der Karte nicht
eingezeichneten Riff, das die dunkel anschwellende Woge bräche,
auf deren Rücken er dahingetragen wurde.

Bald ließ er Zündholzschachtel und Zigarette aus den Fingern
gleiten, stützte die Ellbogen auf den Tisch und preßte seine Knöchel
an die geschlossenen Augen. Wie sie pochten... diese Augäpfel...
und welch überraschende Gestalten und Farben es waren, die sich
seinem inneren Blick zeigten!

Mit einer Art düsterer Neugier beobachtete er diese dahintreibenden
geometrischen Figuren — grün und purpurn und gelb und violett.
„Jede von ihnen", so dachte er, „könnte eine Welt sein. Vielleicht
ist sie eine... und vom Gesichtspunkt des Absoluten eine ebenso
wichtige Welt wie die unsere hier!"

Und dann zeigte sich etwas, das gänzlich verschieden war von
geometrischen Figuren. Gut genug wußte er, was dies war...
sogar ehe noch seine Linien deutlich wurden... der Unglückliche
auf den Stufen von Waterloo Station!

„Sehr gut", murmelte er ganz leise und nahm die Hände vom
Gesicht. „Sehr gut, ,bei Philippi sehen wir uns wieder'!"

Und als er seine Hände hinter dem Kopf faltete und an Gerda und
ihrem Isländer vorbeisah, begann er das Elend zu verfluchen, das das
menschliche Gemüt durchmachen kann wegen dieses unseligen Zwan-
ges zur Aktion, zum Entschlusse, zum Gebrauche dessen, was „Wille"
genannt wird. Was fühlte ein Mensch, wenn der harte kleine Kristall
seines innersten Lebens die Unversehrtheit verlor? Wie schmeckte
das Essen, was bedeutete die Wärme des Feuers solch einem Aus-
gestoßenen? Ein Wolf Solent, der zurückgekehrt war zu jenem

Buch ... ein Wolf Solent, der Christie verführt hatte ... wie konnte der jemals wieder seinen Stock schwingen, jemals die Süße des Morgens trinken, jemals den Wind auf seinem Antlitz fühlen, und bei all dem den alten Schauder erleben?

Unter den Überbleibseln ihres Mahles gewahrte sein Blick nun einen Hühnerknochen auf Gerdas Teller, den letzten noch übrigen Rest ihres frugalen Weihnachtsschmauses. Es war ein „Wunschknochen" gewesen, bei dem Gerda, als sie gemeinsam daran gezogen hatten, das Recht zu „wünschen" gewonnen hatte; und jetzt lag er da, und der Leihbibliothekseinband „Theodorics des Isländers" berührte gerade mit dem Rande seine gegabelte und nackte Verlassenheit. Doch der Anblick führte Wolf auf eine lange phantastische Gedankenreise. Er schien durch irgendeine von diesem Wunschknochen ausgehende Hypnose gezwungen, eine Vasallenheerschau aller trivialen und abstoßenden Gegenstände abzuhalten, an denen er je vorbeigekommen war. Wolf und der Wunschknochen machten sich nun tatsächlich auf eine Pilgerfahrt durch die Vorhölle der Misthaufen dieser Welt.

Einige dieser Objekte waren gewöhnlich genug; andere waren phantastisch. Die Straßenkehrerbesessenheit des Wunschknochens gestattete Wolf nicht, etwas von all dem, was er aus tausend dunklen Halberinnerungen zusammenfegen konnte, wegzulassen. Die Daumennagelabschnitzel eines namenlosen alten Vagabunden, der auf einem Meilenstein der Bristoler Straße saß ... der bernsteinfarbene Schleimtropfen in dem Auge des einäugigen Türstehers eines übelberüchtigten Hauses in Soho ... der abgerissene Fetzen von dem Plakat eines Fleischhauers in einem Rinnstein vor St. Paul ... der linke Arm einer Porzellanpuppe in einem Abfallkübel beim Westtor von Ely Cathedral ... das gelbe Exkrement eines Hundes in der Gestalt eines Delphins, an der nördlichen Mauer des Brighton Aquariums klebend ... die weiße Spucke eines besoffenen Droschkenkutschers vor dem Bahnhof Charing Cross ... die Haarabschnitzel von einem unbekannten Kopf, eingewickelt in ein französisches Witzblatt und in das öffentliche Pissoir in Eastburne geworfen ... solche Dinge und andere ähnliche, alle aber Teile und Teilchen dessen, was die Menschheit zu vergessen bestrebt ist, wurden von Wolf und dem Wunschknochen aus der Vorhölle verlöschter Erinnerung erlöst und in einen Haufen gesammelt auf dem Küchentisch von Nummer siebenunddreißig in Preston Lane.

War es ein Symptom für den Todeskampf seiner Mythologie, daß sich sein Geist so schnell zu jenem Zusammenscharren unter dem Kehricht der Erde bereit zeigte?

Er kämpfte, diese seltsame krankhafte Vorstellung abzuschütteln; und um Gerda eine weitere Chance zu geben, „Theodoric" in Frieden zu genießen, erhob er sich jetzt vom Tisch, trug die Teller und Schüsseln zu dem Spültisch in der Ecke und begann sie mit langsamer und konzentrierter Genauigkeit abzuwaschen. Diese mechanische Aufgabe, bei der er maßlos ungeschickt war, wirkte wie Opium auf sein Gemüt. Während er daranging, diese verschiedenen Gegenstände zu trocknen, hatte er das Gefühl, als ob er mit dem nassen Tuche in seiner Hand viel mehr wegwischte, als selbst der Wunschknochen heraufbeschworen hatte!

Schließlich machte er bewußt den Versuch, jene angenehme Stumpfheit zu verlängern, indem er, ehe Gerda und er die Lampe auslöschten, mehrere Gläser starken Gins trank. Dieser Gin war ein Weihnachtsgeschenk Mr. Torps gewesen; und Wolf brachte seinem Schwiegervater die freundlichsten Gefühle entgegen, als er unter dem wohltätigen Einfluß des Getränkes an die Seite des schon eingeschlummerten Mädchens glitt.

„Es ist das beste aller Getränke", dachte er. „Bei Gott, ich werde damit sparsam sein! Es ist nur gut, daß Bob Weevil es nicht mag."

Als er nun auf dem Rücken lag und Gerdas sanften Atemzügen und den Windstößen lauschte, die ab und zu in diesen verdunkelten Raum einen Brackwassergeruch von den fernen Sedgemoorer Marschen trugen, schien sein Geist unnatürlich klar.

„Der Strom des Lebens selbst ist es, was wichtig ist", dachte er, „nicht irgendein besonderes Ereignis oder Gefühlserlebnis! Bloß bebend glücklich zu sein über eine Anzahl kleiner, halb in der Erinnerung festgehaltener, halb vergessener Empfindungen, das ist das Ganze ... Und es hat in sich etwas, das viel mehr ist als das ... etwas, das geistiger ist, als irgend jemand weiß. Es hat Wirkungen über die sichtbare Welt hinaus. Es verlangt eine so große Willensanstrengung, wie sie Heilige oder Künstler anwenden! Oh, wenn ich nur Worte dafür finden könnte ... aber ich werde es nie, ich werde es nie."

Er streckte sich starr und fest aus, als er dalag, während wie eine luftige Landschaft, leuchtend und doch bis in die kleinste Einzelheit unterscheidbar, seine Vision der Dinge sich sammelte, klärte, emporstieg wie aus einem durchsichtigen Meer.

„Der Strom des Lebens setzt sich aus kleinen Dingen zusammen", sagte er zu sich. „Die abstoßenden zu vergessen und sich mit den schönen zu erfüllen ... das ist das Geheimnis ... welch Dummkopf war ich, daß ich den Versuch machte, meine Seele in einen runden, harten Kristall zu verwandeln! Sie ist ein See ... das ist sie ... über den ein Strom von Schatten gleich Blättern ... dahintreibt."

Instinktiv vermied er jeden bestimmten Gedanken an Urquharts Scheck und an das morgige Abendessen. Aber beides war vorhanden. Es glich einem dumpfen Pulsschlag hinter seinen geschlossenen Augen.

„Was die Menschen ‚Nichtigkeit' nennen", so liefen seine Gedanken weiter, „ist bloß der Mangel an großen Gefühlsbewegungen. Aber es ist gut, daß sie fehlen. Mögen sie fehlen! Nur wenn sie fehlen, erhebt sich die Unterströmung des Lebens selbst zur Oberfläche. Nichtigkeit ist die Transparenz des Sees ... Das, was die Schatten fallen und treiben läßt ... Schön ... wie Blätter."

Bevor er wußte, daß der Schlaf schon irgendwo in seiner Nähe war, sank er wie ein schwimmender Balken auf diesem seinem blätterübersäten See in die Region, in der die Lebenden sind wie die Toten.

Doch die unterdrückte Absicht im Hintergrunde seines Gehirns erweckte ihn gerade vor Tagesanbruch wieder zu vollem Bewußtsein.

Es herrschte um diese Zeit eine unbeschreibliche Kühle in dem Zimmer, anders als die Kühle des Regens und Windes, wie sie geherrscht hatte, da er schlafen gegangen war. Er lag mit hochgezogenen Schultern und gekrümmten Knien nahe an Gerdas Seite, hatte den Arm um das Mädchen gelegt und empfand in jedem Nerv dieses neue Gefühl in der Luft.

Seine irdische Seele schien den Körper zu verlassen und aus diesem kleinen Zimmer in die weiten Lufträume zu gleiten, die über dem Westland hingen. Die innere Kühle der Dunkelheit hatte, während die Dämmerung ganz langsam anbrach, jenes Etwas in sich, das dem Frühling des Jahres entsprach; nur war dies der Frühling einer Winternacht! Es lag eine grünliche, feucht wachsende Bewegung in jenem Herannahen der Morgendämmerung; und die ganze Nacht um ihn schien zu erschauern und sich zusammenzuziehen gleich dem zuckenden Beben eines ungeborenen Kindes.

Keinen Muskel bewegte er, während er hier lag, zusammengekrümmt und träge, die starren Finger um Gerdas rechte Brust gefaltet, wie die Finger eines Kindes, die das Spielzeug umschließen, mit dem es in den Schlaf gelullt wurde. Aber in seinem gekrümmten Skelett war der Geist hell, mit einer Helle von Etwas, das heftigen Widerstand leistete.

„Mr. Malakite in Weymouth" und jenes um Mukalog gewickelte Stück Papier waren ein Teil seines innersten Gehirnes geworden ...

ein Teil der Maschinerie seines Gehirnes . . . aber sein Gemüt balgte sich jetzt mit etwas, das mehr war als bloße Maschinerie. Mehr? Ja! Da war mehr . . . irgendwo . . . mehr . . . als bloß dieser in Morgendämmerung kühle Weltraum, durch den gleich einem flügellosen, schweiflosen, schnabellosen Vogel, dessen Augen Ozeane waren, die Erde, auf der er lebte, dahinflog, schwang, bebte, wirbelte.

Mr. Malakite in Weymouth

Wolfs innerste Seele schien zerfetzt gleich einem Stück Rasen unter einer scharfen Pflugschar, als er, getrieben von einer Macht, der er nicht widerstehen konnte, auf seinem trotzigen Weg zum Hause Malakites einen Fuß vor den anderen setzte.

Als er an den Ladenfenstern vorbeikam, ohne an etwas anderes zu denken als an das Drama in seinem Inneren, versuchte er das Resultat seines Vorhabens vorwegzunehmen. Seine „Mythologie" hatte für ihn stets eine Art mystischer Teilnahme an einem tiefen okkulten Kampf bedeutet, der in den geheimnisvollen Tiefen der Natur vor sich ging. Wenn er ihrer beraubt war, würde nichts geblieben sein als ein stoisches Dulden — ein Dulden seines eigenen Elends — und einige wenige Versuche, das Elend anderer zu lindern. Er würde übriggeblieben sein mit einer Seele, die die Macht hatte, seine Arme und Beine zu bewegen, die Macht, sich selbst in die gequälten Nerven anderer Menschen zu ergießen — und das würde alles sein. Er würde fähig sein, sich selbst um solcher Menschen willen dieses oder jenes zu versagen und so seine Schuld zurückzuzahlen, seinen Anteil an der Last der Grausamkeit der höchsten Macht auf sich zu nehmen — aber das würde alles sein! Der alte Wolf Solent, das alte besessene Medium für schöne, magische, unsichtbare Einflüsse, würde für immer verschwunden sein.

Aber selbst jetzt konnte er vielleicht noch, wenn er nur imstande war, seinen Willen so zu festigen, daß er Christie früh am Abend verließ, das retten, was zu verlieren er im Begriffe stand. Oh, welche Grausamkeit lag in der Macht, die hinter dem Leben steht, daß sie ihn an solch einen Zwiespalt gespießt hatte! Oh, welche Grausamkeit lag in ihr! Nun, er würde ihr Trotz bieten. Das war das Wort. Er würde ihr Trotz bieten. Ob er seine „Mythologie" wählte oder ob er seine Befriedigung wählte, dieses letzte Prinzip war etwas so Unmenschliches, daß die einzige Entgegnung Trotz war! Wenn er seine „Mythologie" wählte, so wäre dies nicht in Unterwerfung vor dieser Ursache alles Leidens. Es wäre ein Bündnis mit unsichtbaren Mächten, die ihm glichen — mit mitergriffenen Mächten, die ebenso diesem unmenschlichem Etwas Trotz boten. Dante hatte gesagt: „E la sua voluntade è nostra pace." Er würde diesen Ausspruch verkehren. Der Wille der Macht, die hinter dem Leben stand, ging ganz klar dahin, daß menschliche Nerven von monströsem, scheußlichem Zwiespalt angefallen würden. Bis zum Ende seiner Tage würde er protestieren! Er würde der Kämpfer der menschlichen Nerven gegen diesen höchsten Folterknecht sein. Wenn er seine Selbstachtung bewahrte und Christie in Ruhe ließ, würde er seine „Mythologie" verwenden, um dieser Macht Trotz zu bieten. Wenn er Christie verführte und seine Lebensillusion verlor, würde er noch immer dieser Macht Trotz bieten ...

Sein mechanisches Vorwärtsschreiten hatte ihn jetzt zu der Ecke der schmaleren Straße gebracht. In drei Minuten würde er in Christies Zimmer sein! Er nahm seinen Hut ab und blickte zu den dahintreibenden Regenwolken empor. Regen und Wind machten es ihm unmöglich, die Augen offenzuhalten; aber mit fest geschlossenen Lidern verfluchte er die Macht, die hinter dem Leben steht. „Du Mukalog dort oben!" murmelte er. „Du niederträchtiger Mukalog dort oben!"

Die kleine Uhr auf dem Kamin zeigte noch nicht zehn Minuten nach neun, als Christie und Wolf in das Wohnzimmer zurückgingen und die Tür schlossen, nachdem sie in dem kleinen Alkoven zwischen diesem Zimmer und dem Schlafzimmer des Mädchens gemeinsam das Nachtmahlgeschirr abgewaschen hatten.

Wolf sank in den Fauteuil beim Feuer, der dem Fenster gegenüberstand, und zündete sich müßig eine Zigarette an; während Christie, die ihm gegenüber auf einem vierbeinigen Taburett saß, das von der Hand ihrer Mutter mit blassen Stiefmütterchen im frühen viktorianischen Stil bestickt worden war, sich zum Kamingitter beugte und mit einem dünnen, ausgestreckten, nackten Arm die Kohlenglut zu Flammen aufschürte.

Darauf erhob sie sich ungestüm; nahm einen Papierfidibus aus einer der blauen Vasen, die an jeder Seite der Kaminuhr standen, und zündete auch sich eine Zigarette an. Dann nahm sie wieder auf dem Taburett Platz, legte den einen ihrer mageren Arme um ihre Knie, während sie mit der anderen Hand die Zigarette hielt, wandte den Kopf und betrachtete den durchstöberten Wirrwarr von Büchern, die, teils geöffnet, teils geschlossen, das lavendelfarbene Sofa bedeckten.

„Nein, ich bin ,Tristram Shandys' müde", sagte sie. „In der Tat, ich erlebe jetzt eine Reaktion gegen alle diese alten Bücher, die so gänzlich Männerbücher sind — voll von männlichen Vorurteilen, männlichen Lastern, männlicher Selbstzufriedenheit! Wissen Sie, Wolf, ich meine, es ist schade, daß die besten alten Bücher alle von Männern geschrieben sind. Was ich gerne lesen würde, wäre eine elisabethinische Jane Austen, eine jakobeische Emily Brontë, eine George Elliot aus

dem achtzehnten Jahrhundert. Es ärgert mich so, daß die besten Schrift-
stellerinnen alle jener Zeit entstammen, in der die Sitte aufgehört
hat, die Dinge beim rechten Namen zu nennen."

Es lag für ihn etwas so Seltsames darin, daß Christies zarte Persönlichkeit erregt sein sollte von der Notwendigkeit eines drastischen
Realismus, daß er sie verblüfft ansah.

„Man ist doch jetzt nicht so prüde, nicht wahr?" sagte er.

Aber es war ihm schwer, diesem Dialog seine volle Aufmerksamkeit zu schenken. Ein anderer, viel wichtigerer Dialog spielte sich
jetzt in seinem Gemüte ab. Mit konzentriertem Interesse hatte er bereits bemerkt, daß sie unter ihrem dünnen braunen Rock braune
Seidenstrümpfe trug. Der Anblick ihrer nackten Arme ließ ihn bei dem
Gedanken, wie sie diese Strümpfe ausziehen würde, erschauern! Es
schien ihm absurd, daß er nicht einmal niederknien und die Spangen
ihrer schwarzen Kleinmädchenschuhe aufknöpfen durf e. Der Gedanke, „sie hat nie einen Geliebten gehabt ... keiner hat sie je entkleidet ... sie weiß nicht, was es heißt, vom Kopf bis zum Fuß ver-
göttert zu werden", lief gleich mitreißenden kleinen Quecksilbertropfen
durch seine prickelnden Nerven. „Unter diesem braunen Kleid, unter
allem, was sie am Leibe trägt, ist sie so schlank und glatt wie ein Glocken-
blumenstengel, der an der Wurzel aufgehoben wird."

„Ich würde sie heutzutage nicht prüde nennen", wiederholte er
laut, aber sein Geist durchlief zurückeilend den ganzen Weg seines
Lebens in Dorset, als er sie jetzt ansah ... so jungfräulich ... und
so frei von Gewissen!

Viel mehr — oh, viel mehr als Gerda, die ihm wie ein anerkannter,
wie ein akzeptierter Teil seines Geschickes erschien — schien dieses
nicht zu fassende kleine Wesen alle seine umherschweifenden, nicht
greifbaren Träume zu verkörpern. Es war schwer, jenseits der Wolke
des Zigarettenrauches eine bebende Wolke abzuschütteln, die seinen
Blick trübte, als er das Mädchen ansah. Wie sehnte er sich danach,
ihr dieses braune Kleid, so winterlich welk es war, vom Leibe zu reißen,
das sie vor ihm verbarg!

„Vielleicht nicht prüde", sagte sie, „aber es ist heute völlig anders,
Wolf. Man tut es nicht aus einfachem bösem Vergnügen. Man tut
es aus Prinzip, um der Wissenschaft halber, um einer neuen Kunst-
richtung halber. Alles ist vorbedacht und absichtlich."

Er begann ein so überwältigendes Verlangen zu empfinden, sie
jetzt an sich zu reißen, daß der Gedanke, seine Lebensillusion zu verlieren, ihm so schien, als risse er eine Maske von seinem Gesicht, eine
Maske, die sein Fleisch verwundete.

494

„Wie kommt Ihre Arbeit weiter, Chris?" fragte er mit gezwungener, seltsam klingender Stimme.

Sie langte über das Sofa hinüber und legte „Tristram Shandy" auf „Humphrey Clinker" und die „Anatomie der Melancholie" auf „Tristram Shandy". Dabei lächelte sie ihm von der Seite zu, während sich der Rauch ihrer Zigarette wie aus einem verborgenen gegen ihre Knie gepreßten Weihrauchbecken erhob. Er hatte schon früher bemerkt, daß sie nie etwas Wichtiges zu ihm sprach, ohne gleichzeitig irgendeine körperliche Bewegung zu machen, die die Aufmerksamkeit von ihren Worten ablenken sollte.

Sie langte noch weiter hinüber, um das „Urnenbegräbnis" auf die „Anatomie" zu legen. „Ich habe mein siebentes Kapitel beendet", flüsterte sie.

„Ist es denn eine wirkliche Geschichte?" fragte er und dachte darüber nach, ob sie ihm ohne Kampf nachgeben würde, wenn er sie rasch bei den Händen nähme.

Ihre Abwehrbewegung, als sie seine Frage beantwortete, war diesmal, ein wenig Zigarettenasche auf den Einband der „Hydriotaphia" zu werfen. Schon lange hatte er mit belustigtem Interesse bemerkt, welche Abneigung gegen Aschenschalen sie hatte.

„Ich hoffe, sie ist wirklich!" murmelte sie mit ihrer farblosesten Stimme.

„Das beste wäre", dachte er, „einfach ihre Hände festzuhalten und sie aufzuheben!" Laut sagte er: „Wie heißt der Titel, wenn Sie nichts gegen diese Frage haben?"

„Raten Sie, Wolf!" sagte sie ohne ein Lächeln. In der Tat, sie hatte niemals ernster oder sorgenvoller ausgesehen als jetzt. „Ich fand den Titel, als ich neulich in High Street Einkäufe besorgte."

„Die graue Feder?" rief er aus, während er sich mit einem Ruck aus dem Sessel erhob und auf dem Boden tastete. Er hatte dort die Feder zu seinen Füßen liegen gesehen. Sie mußte hingeflattert sein, als Christie die Bücher geordnet hatte. Als er sie nun aufhob, ließ ihn die Berührung mit Christies Fußboden an Gerdas Fußboden denken . . . der einen so ganz anderen Teppich hatte.

Da gab es einen Moment, als er die Feder zurücklegte, in dem ein Federgewicht die Sache entschied. Was ihn nach seiner Meinung innehalten ließ, war eine plötzliche Erinnerung an die vertrauensvolle Ruhe in Gerdas Ausdruck, als sie sich so tief über „Theodoric den Isländer" gebeugt hatte; doch als er sich später all dessen erinnerte, kam er zu dem Schluß, daß es die Berührung der Feder selbst gewesen war, die ihn zurückgehalten hatte.

„ ‚Die graue Feder‘ ... ist Ihr Titel", wiederholte er, während es Christie mit ziemlichem Erfolg zustande brachte, ihr Gesicht hinter einer dichten Rauchwolke zu verbergen.

„Nein", sagte sie. „Ich habe es ‚Schiefer‘ genannt."

Das Erstaunen, mit dem er diese Neuigkeit hörte, war vollkommen echt.

„Wegen der Aussicht aus Ihrem Fenster?" fragte er.

„Nein. Wegen —"

Doch das Knarren seines Korbsessels, als er mit einem hilflosen Seufzer wieder seinen Platz einnahm, übertönte ihre leisen Worte.

„Ich habe nicht gehört, Chris", sagte er, er erkannte aber an der Art, wie sie ihr Kinn hob, daß nichts sie dazu bringen würde, ihre eben gesprochenen Worte zu wiederholen.

„Was ich versuchen möchte, Wolf", fuhr sie in einem Tone fort, der ihm eine Art Herausforderung zu enthalten schien, „ist, einen völlig weiblichen Standpunkt auszudrücken!"

„Es wird wohl der Gesichtspunkt eines weiblichen ‚Elemental‘ sein", sagte er zu sich. „Glaubt sie, daß sie so sei wie die anderen? Großer Gott! Es wird der Gesichtspunkt einer Sylphide in den Nebeln des Lunt sein, oder der von Jasons Nymphe im Lenty Pond!"

„Alle die Tüchtigen kopieren heutzutage die Männer", bemerkte sie mit derselben Nuance von Trotz, während sie das Kinn sehr hochhielt und sehr gerade auf ihrem Taburett saß. „Und keiner von den Männern oder kaum einer von ihnen schreibt gerne schändliche Dinge. Sie tun es aus künstlerischer Pflicht ... und darum ist alles so verschieden von der Wirklichkeit, meinen Sie nicht? Und so langweilig und auch so abstoßend! Stellen Sie sich nur vor, Wolf, wie es wäre, eine Jane Austen zu haben, die bereit wäre, über die skandalösesten Dinge zu schreiben! Sie würde wirklich boshaft schreiben, mit Geschmack und Lust, nicht wie irgendein feierlicher, wissenschaftlicher Journalist."

„Nun, ich wünsche Ihnen gewiß Glück mit Ihrem ‚Schiefer‘, Chris! Werfen Sie aber nichts fort, ich bitte Sie darum. Ich meine, zerreißen Sie nichts, wieviel Sie auch feilen mögen!"

Während er noch diese harmlose Ermutigung aussprach, vermerkte eine teuflische analytische Selbsterkenntnis in seinem Innern die Tatsache, daß ihm der Gedanke nicht gefiel, daß Christie irgendeine Art von Rabelais-Folge schätzte. „O Christus! Welch selbstsüchtiger, geiler Dämon ich doch bin!" sagte er zu sich. „Ich will wohl, daß sie auf mein Liebeswerben höre, damit ich einzig und allein ihr Bewußtsein des erotischen Elementes im Leben bilde!"

In diesem Augenblick überkam ihn mit Heftigkeit das ängstliche Bestreben, gewisse Dinge in seinem eigenen Gemüte zu klären.

„Was für eine Feder ist es, Christie, die Sie in Ihrem ‚Urnenbegräbnis‘ haben?"

Sie blickte ihn jetzt sehr gerade, mit dem eifrigen gleichmäßigen Blick eines interessierten Kindes an.

„Eine Reiherfeder", antwortete sie; und dann setzte sie hinzu, als wäre es um der bloßen Freude willen, das Wort zu wiederholen: „Eine Reiherfeder, Wolf, ich fand sie genau vor einem Jahr ... zwei Monate, ehe ich Sie kennenlernte. Ich ging für mich allein dort in den Auen des Lunt, die man von der unteren Straße nach King's Barton sieht. Sie wissen, welche Gegend ich meine? Ich ging allein dem Flußufer entlang."

Wolf fuhr fort, angespannt jedem Worte zu lauschen, während das Mädchen die Geschichte weiter erzählte; doch selbst während er zuhörte, kämpfte sein Gemüt noch immer mit der Erschütterung, daß er sich selbst schmählich besitzgierig gefunden hatte, daß ihm der Gedanke mißfiel, sie könnte irgendeiner Art von Erotik begegnen, die sich nicht an seine Person knüpfte. „Ich bin wirklich skandalös", dachte er. „Ich möchte sie jungfräulich an Gemüt, Körper, Seele, Geist, Intellekt, Nerven, Temperament!"

Seine Gedanken waren, ehe sie mit ihrer Geschichte zu Ende kam, ein zweitesmal von ihren Worten abgeschweift. „Ist ihr Interesse an diesen schamlosen Büchern vielleicht ein Erbteil des alten Mannes?" dachte er. „Ist es ein Laster in ihr gleich meinem eigenen?" Und er erinnerte sich der zitternden, berauschten Ekstase, mit der er jenes furchtbare Buch im Fenster des Bibliothekszimmers gelesen hatte.

„Und so hob ich die Feder aus dem Schlamm und brachte sie nach Hause", schloß sie; „aber ob der Reiher ein zweites Fischlein fing oder ob der Falke ihn für den Rest dieses Tages verscheucht hatte, das werde ich nie wissen."

„Ich möchte, daß Sie mich eine Seite von ‚Schiefer' ansehen ließen ... nur eine einzige Seite", sagte er jetzt. „Irgendwie kann ich mir das Manuskript einer wirklichen, von Ihnen geschriebenen Geschichte nicht vorstellen. Ich kann nicht sehen, wie Sie sie schreiben, Chris, oder wie Sie Ihre Feder halten würden."

Christies Wangen färbten sich. „Oh, Wolf", rief sie, „nein ... bitten Sie mich nie, Ihnen zu zeigen, was ich schreibe! Ich liebe es, Ihnen davon zu erzählen, aber ich glaube, ich würde sterben, wenn Sie es jemals sähen."

„Oh, schon gut, schon gut, Liebste", sagte er beschwichtigend.

„Sie sprechen ja, als ob ich Sie gebeten hätte, Ihr Hemd ansehen zu dürfen! Apropos, Chris, Sie wissen wohl gar nicht, daß ich noch niemals das Zimmer gesehen habe, in dem Sie Ihre Nächte verbringen?"

Christie lächelte bei diesen Worten lebhaft belustigt. Sie erhob sich leicht, ohne eine Spur von Verwirrung, nahm eine Kerze vom Kamin, warf die Zigarette ins Feuer und öffnete die in den Alkoven führende Tür. Eine zweite Tür auf der entgegengesetzten Seite dieses Raumes öffnete sie mit derselben gefügigen Sorglosigkeit und trat zur Seite, um ihn eintreten zu lassen, während die Flamme ihrer Kerze in der Zugluft flackerte.

Ihre offenbar völlige Freiheit von irgendeiner Selbstbeurteilung, während sie dies alles tat, übte eine komplizierte Wirkung auf Wolfs Stimmung. Sie ermöglichte ihm, sich auf ihr Bett zu setzen und schweigend in die Dunkelheit zwischen den weißen Vorhängen ihres Fensters zu starren. Sie ermöglichte ihm, darüber nachzugrübeln, was ihre Gefühle und Gedanken sein mochten, wenn sie Nacht für Nacht in diesem länglichen kleinen Raum sich selbst überlassen war. Sie ermöglichte ihm, Christie zu fragen, ob sie die grüne Lampe verwendete, die er auf der Kommode neben dem Spiegel stehen sah, oder ob sie sich mit ein paar Kerzen begnügte, die in altmodischen Leuchtern aus Dresdner Porzellan auf einem kleinen Tisch am Kopfende des Bettes standen. Aber sie schien auch jeden Versuch, das Mädchen besitzen zu wollen, sonderbar schwer zu machen!

Christie sank in einen Fauteuil zwischen dem kleinen Tisch und dem Fenster und erklärte ihm dabei, daß sie die Lampe verwende, bis sie zu Bett gehe. Und daß sie dann die Kerzen anzünde, um bei deren Licht zu lesen.

„Ich habe oft darüber nachgedacht", sagte sie zu ihm, „ob Sie mein Licht sehen können, wenn Sie aus King's Barton nach Hause gehen."

„Und ich habe oft darüber nachgedacht", antwortete er, „welches der Lichter, die ich von Babylon Hill aus sah, das Ihre sein mochte."

„Wir wissen es beide nicht", sagte sie traurig.

„Beide nicht", echote er.

Die Flamme der Kerze, die sie vom Kamin im Wohnzimmer genommen hatte, schlug jetzt zur Seite und die Tropfen rieselten hinab. „Ich werde die Lampe anzünden, und dann werden Sie sehen, wie sie aussieht", sagte sie eifrig. „Es ist kein gewöhnliches Grün. Es ist eine besondere Art von Grün. Ich wünschte wirklich, wir wüßten, ob man es von Babylon Hill sehen kann!"

Wolf wandte sich auf ihrem Bett halb um und lehnte seine Schultern gegen das Holz über dem Kissen. Von dort beobachtete er sie, wie sie, den Rücken ihm zugewendet, mit der Lampe beschäftigt an der Kommode stand. Während das grüne Licht langsam zum Leben erwachte, kam über ihn ein überwältigendes Gefühl dieses vergänglichen Augenblickes. Christies kleiner Kopf, dunkel und zierlich in dem smaragdfarbenen Schein, der dunkle Nacken ihres zarten Halses, das dunkle Fallen ihres enganliegenden sepiabraunen Kleides, dies alles schwebte vor ihm am Ende jenes weißen Bettes gleich Bildern in einem magischen Kristall. Er wagte nicht zu atmen, um den Zauber nicht zu zerstören! Es mochte jenes ungewöhnliche grünliche Licht sein, das auf der altmodischen Steppdecke schimmerte, die vor ihm lag wie eine Fläche glänzenden Wassers, oder es mochte eine schwankende Emanation eines alten vergessenen Traumes sein, die sich wie eine unsichtbare nächtliche Blüte von den Kissen des Mädchens her entfaltete. Er konnte es nicht erklären. Aber was immer es war, sie dort zu sehen, wie sie sich über den Docht der Lampe beugte, unterjochte ihn mit einem Gefühl, das er niemals für möglich gehalten hätte, mit einem Sinn für die Möglichkeiten neuer Gefühle, über alles das hinaus, was er kannte! Als sein normales Bewußtsein wieder zurückkehrte, kam es mit einem schweren Seufzer; und mit ihm kam, gleich dem Galopp eines schwarzen, gegen den Horizont stürmenden Pferdes, der Gedanke, daß, wenn dieses Mädchen gestorben war und wenn er gestorben war, das das absolute Ende bedeutete! Träume von irgend etwas anderem als von solch einem Ende waren Phantasiegebilde — jämmerliche menschliche Phantasiegebilde! Augenblicke, so vollkommen wie dieser, verlangten nach dem Tode als nach ihrem unvermeidlichen Gegengewicht.

Plötzlich bemerkte er, wie er, mit einer verstohlenen Bewegung seiner Schultern, den steten Blick des Mädchens erwiderte, dessen Gesicht ihn aus dem kleinen viereckigen Spiegel anblickte. Während ihre Hand noch immer den eben erst angezündeten Docht der Lampe regulierte, starrte sie unentwegt aus diesem Spiegel auf ihn, starrte mit einem festen, ruhigen, träumerischen Starren gleich dem eines Menschen, dessen Gemüt erfüllt ist von dem Schluß eines spannenden Buches, das er eben erst weggelegt hat.

„Lassen Sie das Haar herunter, Christie", sagte er mit leiser Stimme, als er diesem seltsamen Blick begegnete. „Ich habe Sie noch nie mit offenem Haar gesehen."

Sie erwiderte mit einem höchst wunderlichen Lächeln; aber es verflatterte ebenso schnell, wie es gekommen war, und eine Falte zeigte sich zwischen ihren gewölbten Augenbrauen.

„Ich habe nichts dagegen", murmelte sie mit einem Seufzer, „wenn

Sie es wirklich wollen. Aber welchen Sinn hat es, Wolf? Mein Haar ist nicht hübsch. Es wird wahrscheinlich Ihre Illusion zerstören."

Aber Wolfs Herz hatte jetzt mit dem alten unbezwinglichen Pochen zu schlagen begonnen, mit dem Pochen des Steigens und Fallens der See, die an die Küste ihrer Bestimmung brandet. „Nehmen Sie es herunter, Christie, ich muß Sie mit offenem Haar sehen!"

Ruhig und sacht hob sie, nachdem sie dem glänzenden kleinen Knopf der Lampe seine endgültige Regulierung gegeben hatte, die mageren nackten Arme zu ihrem Kopf und begann die Haarnadeln herauszuziehen. Hierbei hatten ihre Bewegungen — demütig und ergeben — die gehorsame Fügsamkeit einer arabischen Sklavin.

Wolfs Stellung, wie er am Rande des Bettes den Rücken gegen das Holzwerk gelehnt hatte, war schon äußerst unbequem geworden. Nichts hätte ihn dazu gebracht, seine schmutzigen Schuhe auf die glänzende Steppdecke zu legen; aber sein Körper war infolge dieser Selbstverleugnung ganz schief gekrümmt, und das Holz tat seinem Kopfe weh. Dieses physische Unbehagen hatte die Wirkung, das, was von jenem Augenblicke der Vision übrigblieb, zu zerstören und in seinen Nerven wieder einen Krampf der alten tyrannischen Begierde wachzurufen.

Von dem kleinen ovalen Kopf neben der grünen Lampe glitten jetzt die Wellen dunklen Haares zu dem schlanken Körper hinab.

„Oh, Chris, es ist schön! Sie sehen vollendet schön aus!" rief er heiser, setzte sich auf dem Bettrand gerade und streckte die Hand mit einer tastenden Bewegung nach ihr aus. „Kommen Sie her, Christie, und lassen Sie sich näher ansehen!"

Mit ruhigen und völlig selbstbeherrschten Bewegungen kam sie zu ihm, bis nur mehr ein Yard des Fußbodens sie trennte. Dann blieb sie stehen und heftete denselben träumerisch starrenden Blick auf ihn, als ob sie im Schlaf wandelte.

Er stand jetzt auf; und zwischen dem Licht der Kerze in dem silbernen Leuchter, den sie auf den kleinen Tisch am Kopfende gestellt hatte, und dem Licht der grünen Lampe auf der Kommode standen sie da und blickten einander an gleich zwei verhexten Automatenmenschen im Banne eines unsichtbaren Magiers.

Sie hatte die grüne Lampe, nachdem diese angezündet worden war, an den Rand der Kommode geschoben, so daß die Kugel jetzt im Spiegel reflektiert wurde, eine Widerspiegelung, die auf geheimnisvolle Weise alles andere, was sich in dem Glase zeigte, in den Hintergrund schob. In der Tat schien der ganze Inhalt des beleuchteten Spiegels in eine lange, schwindelerregende Perspektive zu versinken, gleich dem Ausgang aus einer dunklen Höhle, einem tunnelartigen Ausgang, voll von Moosen und Farnen und Baumwurzeln, deren Silhouetten sich alle auf dem runden kleinen Kreis leeren Himmels am anderen Ende abhoben.

Gegen seinen eigenen Willen, der sie gerne hypnotisiert hätte, zu ihm zu kommen, blickte er jetzt von Christies stetigem Auge weg, ganz so wie ein wildes Tier, das, vor dem Sprung zaudernd, sich wohl vor der bewußten Erwartung im Auge der Beute abwenden mag.

Dieses Vermeiden ihres Blickes schenkte ihm einen Augenblick des Aufschubes, während dessen sein Blick in die zurückweichenden Tiefen des Spiegels versank, in Tiefen, die von der Lampe erhellt waren wie von der aufgeschwollenen grünen Knospe einer leuchtenden Wasserlilie.

Rund um jene grüne Kugel flatterten und kreisten kleine phosphoreszierende Strahlen. „Wenn ich wieder ihrem Blick begegne", dachte er, „wird sie zu mir kommen. Sie wird sich von mir entkleiden lassen."

Eine seltsame Furcht überkam ihn und er hatte das Gefühl, als ob er seine Augen von dem Spiegel nicht abwenden könnte. Die kreisenden Strahlungen begannen jenen durchsichtigen, von Höfen umgebenen Mondscheiben zu gleichen, die sich unter den klebrigen Füßen darüber hingleitender Wasserfliegen auf dem Grunde von Teichen bewegen. In dem Wirbelstrom seiner Erregung, mit dem Gefühl in seiner Seele, daß dies die Krise war, der sein Leben seit Wochen und Monaten zutrieb, schien ihm dieser Spiegel nicht mehr Christies Schlafzimmer zu reflektieren, er schien ihm die geheimnisvollen Tiefen des Lenty Pond widerzuspiegeln.

Er hatte das Gefühl, als wäre sein Gemüt zerrissen, so schrecklich war das Schwanken seines Seiltänzerseiles der Unentschlossenheit! Einerseits wußte er, daß er diese gebeugte, unterwürfige Gestalt, die so geduldig und fügsam vor ihm stand, im nächsten Augenblicke auf das Bett ziehen mußte. Andrerseits hielt ihn eine wachsende Furcht zurück — eine Furcht, die unaussprechliche Scheu in sich barg, die in sich einen übernatürlichen Schauder trug. Herzschlag um Herzschlag hielt sie ihn zurück. Sie zerrte an ihm wie eine an einem Pfosten befestigte Kette.

„Zieh dieses düstere Kleid aus. Ich bitte dich darum, Chris! Laß mich dich sehen ganz in Weiß!"

Hatte er diese Worte laut geflüstert? Hatte er sie nur gedacht?

Die Gestalt, die er am meisten liebte, war hier an seiner Seite... nachgiebig... weich... demütig. Dieses Bett war ihr Bett. Sie waren allein, ohne die entfernteste Gefahr einer Störung. Schon lange war der letzte Zug aus Weymouth eingetroffen!

Es war Christie selbst, die den nächsten Schritt tat. Natürlich und ungezwungen glitt sie an seine Seite auf den Bettrand . . . und dann . . . was war dies? Hatten sich diese mageren, nackten Arme wirklich zu den Schultern erhoben, um das Kleid zu lösen?

Aber noch immer starrte er, starrte hartnäckig, fast brutal an ihrem gesenkten Profil vorbei in den teuflischen Spiegel.

Der Gedanke traf ihn mit einer Art von Hohn, wie er auf seiner Reise hierher, nach Dorset, mit jenem schönen Wort von einer weißen Wand entrindeter Weiden gespielt hatte. Nun gut, er war jetzt in einer Welt der Weiße. Phantastisch war das Schimmern ihrer weißen Steppdecke . . . phantastisch die Weiße ihres Profils gegen den seidigen Wasserfall gelöster Haare. Und auch in jenem Spiegel waren weiße Reflexe! Es war, als ob ein übernatürlicher Musiker plötzlich begonnen hätte, eine „Weiße Messe" zu spielen. „Zieh dieses düstere Kleid aus, Chris!" Hatte er wirklich diese Worte laut gesprochen? Oder war es nur sein Herz gewesen, das zu seinem Herzen gesprochen hatte? War eine ihrer zarten Schultern jetzt frei von dem Kleid . . . und weiß geworden, wie alles andere weiß war in diesem schicksalsschweren Augenblick?

„Du siehst in meinen Spiegel, Wolf?" Ah! Endlich sprach sie zu ihm! Aber warum lockerte der Klang ihrer Stimme die Spannung nicht? „Er ist alt, dieser Spiegel. Er gehörte meiner Mutter."

Seine Augen schienen jetzt durch einen Schleier hauchdünnen Nebels getrübt, der an ihm vorbeitreibend alles unbestimmt machte und verschwimmen ließ. Und dann erschien — ohne die leiseste Warnung — am Ende jener in dem Spiegel reflektierten Perspektive das beklagenswerte Antlitz des Mannes auf den Stufen von Waterloo Station!

Das elende Gesicht blickte geradeaus in Wolfs Augen, und vergeblich kämpfte er, sich von ihm abzuwenden.

Alles Leid der Welt schien fleischgeworden in diesem Gesicht, alle Unterdrückung unter der Sonne, alle Gewalt, alles Unrecht. Sie schienen pfui über ihn zu rufen, diese Dinge; als ob die Unentschlossenheit, die an seinem Lebensmark zerrte, ein Teil dessen — was immer es sein mochte — wäre, das solches Weh verursachte. Instinktiv hob er die Hände zu seinen Augen und preßte die Knöchel gegen die Augäpfel. „Chris!" rief er heiser . . . „Kleine Chris! Meine kleine Chris!" . . . geradeso, als würde ihre Gestalt über irgendeine zurückweichende Distanz fortgeschleppt gleich einer verlorenen Eurydike.

Sie rückte jetzt nahe an seine Seite und berührte seine verkrampften Hände, ohne den Versuch zu machen, sie von seinen Augen fortzuziehen. Sie legte nur ihre eigenen Finger auf sie. „Was ist dir, Wolf?" flüsterte sie in bebender Sorge. „Was ist dir?"

502

Er taumelte ungeschickt nach einer Seite, entzog ihr die Hände und sank auf das Kissen. Ein paar Sekunden lang verursachte ihm der Kampf in seinem Inneren eine Empfindung, als ob der innerste Kern seines Bewußtseins — jener „harte kleine Kristall" im Zellkern seiner Seele — in zwei Hälften zerbräche! Dann hatte er das Gefühl, als ob er in Wasser dahinschwämme, davonwirbelte gleich einem regenschweren Nebel, hinaus in die Nacht, über die Dächer, über die verdunkelten Hügel. Dann kam ein augenblickliches Versinken ins Nichts, in einen grauen Abgrund der Nichtexistenz; und dann war es ihm, als ob ein Wille in ihm, der jenseits der Gedanken lag, sich in diesem eisigen Chaos sammelte und emporstiege — emporstiege gleich einem glänzend geschuppten Fisch, elektrisch, zitternd, wirbelnd, und in jenen grünlich gefärbten Dunst spränge, der das Zimmer erfüllte.

Der noch klare Teil seines Bewußtseins schien zu erzittern in einer Vision des Mädchens, das die Hand zu der Schulter gehoben hatte und eben ihr düsteres Kleid abstreifte; doch als ihm seine volle Klarheit zurückkehrte, sah er, daß sie nicht mehr an seiner Seite war, sondern bei der grünen Lampe stand, aus dem Vordergrund des Spiegels ihrer Mutter — jener Frau, die an Geister glaubte — vorwurfsvoll die Augen auf ihn gerichtet hatte und damit beschäftigt war, das Haar aufzustecken.

Automatisch und mit einer Hand, die zitterte gleich der Hand eines Mannes, der ein Gespenst gesehen hat, zog er seine Zigaretten heraus und strich ein Zündholz an.

Als seine Zigarette brannte, stand er vom Bett auf; ging mit zitternden Knien durch das Zimmer — er fühlte sich viel wirrer im Kopf als unter dem Einfluß von Mr. Urquharts Malmsey! — und bot ihr eine Zigarette an. Aber Christie wies, mit Augen, deren Pupillen so groß waren, daß sie völlig ihr Gesicht beherrschten, sein Anerbieten mit einem wortlosen Kopfschütteln zurück.

Auch des Mädchens Hände schienen zu zittern, während sie die letzten Haarnadeln ansteckte und die Handflächen an die Seiten ihres kleinen Kopfes preßte.

„Kommen Sie", sagte sie. „Ich werde die Lampe auslöschen, und wir werden ins Wohnzimmer zurückgehen."

Als sie wieder am Feuer saßen, zogen sie instinktiv die Stühle nahe ans Kamingitter und streckten die Arme der Wärme entgegen. Lange Schauer liefen ohne Unterlaß durch Wolfs Körper, als ob er in Fluten eiskalten Regens durchnäßt worden wäre; und er fühlte mit Bestimmtheit, daß die zarte Gestalt an seiner Seite eine ähnliche Empfindung erlebte.

In dem Augenblick, da sie sich hierhersetzte — diesmal war es in einen Fauteuil und nicht auf ihr vierbeiniges Taburett —, warf sie Wolf einen Blick zu, der ihn mit Selbstvorwürfen erfüllte. „Ich habe ihre Gefühle verletzt", sagte er zu sich, „auf die einzige unverzeihliche Art."

Verdrossen nahm sie den silbernen Schürhaken von der Seite des Feuergatters und zertrümmerte einen großen glimmenden Kohlenklumpen zu flackernder Flamme.

„Habe ich sie", so fragte er sich selbst, „tatsächlich gebeten, sich zu entkleiden, und habe ich mich dann, sobald sie begann, dies zu tun, wie ein Tollhäusler benommen?"

„Ich kann das doch nicht getan haben", wiederholte er, „ich kann das doch nicht meiner kleinen Chris getan haben!"

„Der Regen scheint sich verzogen zu haben, nicht wahr?"

Während er diese Bemerkung machte, hatte er das Gefühl, als ob sie gar nicht von ihm, sondern in kaltblütigem Spott von irgendeinem sardonischen Lord Carfax gesprochen würde.

„Ich habe nicht darauf geachtet", antwortete sie leise und wandte dann den Kopf dem Fenster zu. „Ja, es scheint sich aufgehellt zu haben."

„Ich muß wohl", so dachte Wolf, „das herzloseste, egozentrischeste Vieh in Dorsetshire sein. Mr. Manley muß im Vergleich mit mir ein achtbarer Ehrenmann sein ..."

„Der Wind weht noch", sagte er laut. „Wind ohne Regen", sagte er, „ist etwas ganz anderes als Wind mit Regen. Meinen Sie nicht auch, Chris?"

„Ganz anders", flüsterte das junge Mädchen fast unhörbar.

„Wenn ich sie besessen hätte, dort in ihrem Bett", dachte er, „hätte dies alles bedeutet? Und wenn ... wären wir elend gewesen wie jetzt oder glücklich?" Er drehte seinen Stuhl um, griff zu dem Sofa hinüber und hob den Band Sir Thomas Brownes auf.

„Lassen Sie mich Ihnen ein wenig vorlesen, Chris, Liebe", sagte er sanft.

„Wie Sie wollen, Wolf", erklang die leise Antwort, während Christie ihr Kinn auf die beiden Handflächen stützte und in das Feuer starrte.

Er wendete die Seiten des Buches, traurig und langsam, und legte sorgfältig die graue Reiherfeder in die Mitte der „Religio", wo sie nicht gestört werden würde.

Als er zu einer jener majestätischen, weithin hallenden Stellen kam — jener Stellen, die ihm in ihrer Art stets bedeutender erschienen waren als alles andere in der Literatur, mit Ausnahme einzelner Verse bei Milton —, begann er die vertrauten Kadenzen in einem leisen, monotonen Singsang vorzutragen.

Er wagte es nur ab und zu, einen flüchtigen Blick auf das zarte Profil neben ihm zu werfen; aber sein Eindruck — ob nun richtig oder falsch, dessen konnte er sich nicht sicher sein — war der, daß Christie von jenen klagenden kosmogonischen Litaneien nicht unberührt geblieben war.

Was ihn selbst betraf, so schien es ihm, während er weiterlas, daß sich die Bitternis des Geschickes ein wenig linderte. Diese menschlichen Widersprüche waren schließlich doch nichts anderes als ebensoviel Sandelholz, ebensoviel Zimmet, verbrannt in den Freudenfeuern des Zufalls, die aber einen süßen, seltsamen Rauch freigaben, der gereinigt war vom ärgsten Elend der Verzweiflung. „Doch die Ungerechtigkeit des Vergessens", so las er, „streuet blindlings ihren Mohn und behandelt das Gedächtnis der Menschen, ohne achtzuhaben auf das Verdienst der Dauer. Wer kann umhin, dem Erbauer der Pyramiden Mitleid zu zollen? Herostratus lebt als der, der den Tempel der Diana in Brand steckte; der ihn erbaut hat, ist fast vergessen. Die Zeit hat die Grabschrift von Hadrians Pferd erhalten, seine eigene aber zerstört. Vergeblich schätzen wir unser Glück nach dem Vorzug unseres guten Namens, denn schlechte Namen haben gleiche Dauer, und es ist wahrscheinlich, daß Thersites so lange leben wird wie Agamemnon. Wer weiß, ob die besten der Männer bekannt sind und ob es nicht bemerkenswertere Personen in der Vergessenheit gibt als die, deren in den Berichten der Zeit Erwähnung getan wird? ... Die Zahl der Toten übersteigt weitaus die Zahl aller jener, die leben werden. Die Nacht der Zeit übersteigt weitaus den Tag, und wer weiß, wann das Äquinoktium gewesen ist? ... Vergeblich hoffen die Individua hier unter dem Monde auf Unsterblichkeit oder auf einen Schutz vor Vergessen; gar oft schon wurden Menschen sogar ober der Sonne enttäuscht in ihren Eitelkeiten und in ihrem Hochmut, ihre Namen auf dem Himmel zu verewigen. Die mannigfache Kosmographie jenes Teiles hat schon die Namen von Sternbildern geändert; Nimrod ist verlorengegangen im Orion, und Osiris im Hundsstern."

Als er mit seinen Lippen diese rhythmischen Klagereden murmelte, eine Art von Trost aus ihnen schöpfte und zweifelnd hoffte, daß auch Christie dies tun würde, umkreiste sein Gemüt — wie wohl auch das ihre — unaufhörlich den zerstampften Boden dieses seines unseligen Zwiespaltes, gleich einer Libelle, die über einem stagnierenden Tümpel schwebt.

„Ich muß", so dachte er wieder, „die selbstsüchtigste und herzloseste Seele in Dorsetshire haben. Mr. Manley von Willum's Mill muß sich viel klarer sein über die Gefühle anderer Leute, als ich es bin. O Gott, was würde Carfax jetzt sagen? Er würde sagen: ‚Dies ist also deine Zartheit — dies ist deine kostbare Rücksicht — durch deine verdammten Bedenken die Gefühle eines Mädchens viel tiefer zu verletzten als durch alle Notzuchtakte der Welt!‘ " Während das Opiat der Rhythmen Sir Thomas Brownes ganz allmählich Wolfs Reue linderte, schüttelte er den Gedanken an Carfax ab. Aber Jasons „Lord in London" war kaum verschwunden, als seines Vaters Schädel das Wort ergriff. „Deine metaphysische Tugend, mein höchst moralischer Sohn, hat heute nacht deiner Geliebten hier mehr Leid gebracht, als meine ganze Sinnlichkeit jemals einer Frau verursacht hat! Und worum dreht sich der ganze Wirbel? Die Natur kann sich selbst richten. Die Natur kann sich rechtfertigen. Diese Rückhalte und Ausflüchte sind es, die den Schaden bringen!"

Als Wolf fortfuhr, die volltönenden Sätze mit halber Aufmerksamkeit vorzulesen, schien er sich selbst zu sehen, herabgewürdigt zu der Gemeinheit eines feigen Heuchlers. Seiner Mutter harte, weltliche Stimme stimmte in den Chor ein. „Ich habe nur ein Wort für dich, Wolf", hörte er sie sagen, „und das heißt Verachtung!"

Aber unter allen diesen phantastischen Vorwürfen, unter dem wirklichen Trost, aus „Hydriotaphia" mit singender Stimme vorzulesen, fuhr seine innerste Seele im untersten Erdreich seines Wesens fort, sich in einer Art trotziger Erholung zu festigen.

„Daß ich so nach dir faßte", flüsterte er Christie in einem ungesprochenen Dialog zu, „das war das Verruchte! Ich hätte dich noch weit unglücklicher gemacht, wenn ich jenes Gesicht nicht gesehen hätte. Dieses Gesicht hat uns beide gerettet und Gerda auch!"

Was ihn ohne Unterlaß ins Herz traf, wie er von der Seite auf Christies Profil blickte, war dessen Unschuld. „Sie sieht nicht aus wie eine erwachsene Frau, deren tiefste Selbstachtung beleidigt worden ist", sagte er zu sich. „Sie sieht aus wie ein stolzes kleines Mädchen, dessen geheimes Märchen von dem plumpen Fuß eines Erwachsenen zertreten wurde."

Wolf war mitten in diesen kreuz und quer geführten inneren Selbstgesprächen ehrlich genug, anzuerkennen, daß es irgendwo in ihm eine heimliche Aufwallung tiefster Dankbarkeit für die Götter gab. Seine Lebensillusion war ihm zurückgegeben worden! Er war noch derselbe Wolf Solent, der das Gesicht auf den Stufen, der das Tier auf der Weide in Basingstoke gesehen, der die Milchkannen auf dem Perron von

Sandbourne Port klappern gehört hatte. Er würde nicht nach Preston Lane zurückkehren müssen, nicht seine Last von neuem aufnehmen müssen mit einer Seele, die ein formloser Klumpen Walfischspecks war! Er war noch er. Er war noch der alte Wolf, dessen Philosophie — so wie sie war — die Hand fest auf dem Steuer hielt.

„O Christie, Christie!" rief er ihr in seinem Inneren zu, „ich hätte dir nichts mehr bedeuten können, ich hätte vor dir nicht mehr ich selbst sein können, wenn jenes Gesicht in deinem Spiegel mir nicht Einhalt geboten hätte! Es hätte alles geändert, Chris! Es hätte alles zerstört!"

Die innere Stimme mit ihren Monologen verstummte, während die äußere Stimme seines eintönigen Vortrages in Schweigen sank; die einzigen Geräusche im Raum waren jetzt das Ticken der Uhr und das leise, schicksalschwere Flüstern des Windes im Kamin.

„Christie", sagte er laut; und so tief war das Schweigen gewesen, so tief waren sie beide in ihren voneinander getrennten Gedanken versunken, daß die Silben dieses Namens in eine unsichtbare Wasserfläche zu sinken schienen.

Sie hob den Kopf aus den Händen, setzte sich aufrecht und richtete in der alten, stetigen, unverwandten Art ihren Blick auf ihn.

„Ja, Wolf?" flüsterte sie.

„Ich möchte Ihnen etwas sagen, Christie."

Während er sprach, konnte er nicht umhin, sich eines Ratschlages zu erinnern, den er seinem Freunde Darnley so oft erteilt hatte. Er hatte Darnley geraten, Mattie alles zu erklären. Ah, es war leichter, jemandem zu sagen, er möge alles erklären, als es selbst zu tun!

„Ich war vorhin gewissenlos, Christie. Ich faßte bloß nach der Gelegenheit! Es schien so wundervoll, unser Alleinsein. Aber wissen Sie, was mir Einhalt gebot? Sehen Sie mich nicht so an, meine Teuerste! Sie werden mich verstehen, wenn ich es Ihnen sage."

„Was, Wolf?" flüsterte sie.

„An jenem Tage, da ich von Waterloo Station London verließ, sah ich dort auf den Stufen einen Landstreicher." Während er diese einfachen Worte aussprach, empfand er etwas höchst Sonderbares. Es war ihm, als hätte er mit seiner geballten Faust einen jener Glasdeckel zerschmettert, die in gewissen Expreßzügen eine zufällige Berührung der elektrischen Glocke verhindern, die den Zug zum Stehen bringt.

„Es war ein Mann", fuhr Wolf fort, „und der Ausdruck seines Gesichtes war entsetzlich in seinem Elend. Es muß ein Blick dieser Art auf jemandes Gesicht gewesen sein — obwohl es dort Kinder waren, die litten, nicht wahr? —, der Iwan Karamasow veranlaßte, ,die Karte zurückzugeben'. Doch die ganze Zeit hier unten — das war am dritten März gewesen —, also zehn Monate meines Lebens habe ich mich dieses Blickes erinnert. Er wurde mir zu einer Art von Gewissen, zu einer Art von Prüfstein für alles, was ich —" Er hielt jäh inne; denn ein Krampf eiskalter Klarheit in ihm flüsterte plötzlich: „Sei jetzt nicht dramatisch!"

„Ein Prüfstein für alles, was Sie —", wiederholte Christie und zeigte mehr Teilnahme in ihrem Ausdruck, als er die ganze Zeit an ihr gesehen hatte, seit sie in das Wohnzimmer zurückgekehrt waren.

„Nun, jedenfalls ein Prüfstein für heute abend!" fügte er mit dem Schatten eines Lächelns hinzu.

Sie grübelte eine Minute lang nach, die Stirn gefaltet.

„Genug, um mich das Haar wieder aufstecken zu lassen!" sagte sie und kleine Fältchen der Belustigung begannen sich an ihren Augenwinkeln zu zeigen.

Ihn verlangte danach, zu fragen, ob sie ihn tatsächlich gehört hatte, wie er sie bat, das Kleid auszuziehen. Er fühlte sich, was diese Szene im Schlafzimmer betraf, völlig verworren, wußte nicht, was er gesagt und was zu sagen er bloß gewünscht hatte. Die größte Verwirrung empfand er bei der Frage danach, was dort zwischen jener grünen Lampe und jener glänzenden Steppdecke ihre Gefühle gewesen waren! Hatte sie wirklich diese kalten, nackten Arme, die er jetzt sah, so ruhig erhoben, um das altmodische Kleid zu öffnen?

Als er nun ihre Schultern anblickte, stellte er fest, daß es wohl dieser besondere Verschluß war, den sie hätte öffnen müssen, um das braune Kleid abzustreifen.

„Ich möchte wissen, ob dieses unser Zusammensein heute abend", sagte er bitter, „Ihnen helfen wird, Ihre Schriften mehr so zu gestalten, wie Sie sie haben wollen, also weniger nach jener Art, die ,die Männer kopiert'?"

Christie warf kaum merklich ihren Kopf zurück und hob kaum merklich ihre geschwungenen Brauen. Sie stand von ihrem Platz auf und schüttelte ihren braunen Rock mit beiden Händen. Die Kombination dieser Bewegungen erfüllte Wolf mit Unbehagen; denn es war, als ob er zu ihr etwas so Brutales gesagt hätte, daß sie es aus ihren Röcken schütteln mußte wie Kletten oder „Kuckucksspeichel"!

„Ich sprach vorhin wirklich im Ernst, Wolf", sagte sie nachdenklich, „als ich Ihnen sagte, daß ich lieber sterben würde, als Sie etwas von dem, was ich geschrieben habe, lesen zu lassen. Ich weiß nicht einmal bestimmt" — hier trat sie zum Fenster und legte ihre Hand auf das Fensterkreuz mit den geschlossenen Scheiben —, „ob ich nicht jetzt den Titel werde ändern müssen."

„Ich werde ihn vergessen", sagte Wolf grimmig. „Das ist das einzige, worin ich tüchtig bin; ich weiß schon jetzt nicht mehr, ob er ‚Schiefer' heißt oder ‚Der Schiefer'."

Sie wandte sich ab und ließ das Fenster ein wenig herunter, so daß eine große Welle feuchter Nachtluft hereindrang.

Die Flammen der beiden Kerzen auf dem Kaminsims flackerten wild nach links; und die dritte, in dem niederen Silberleuchter, den Christie aus dem Schlafzimmer mitgebracht und auf den Teetisch gestellt hatte, begann so ungemein stark zu tropfen, daß sich an ihrer Seite ein ganzer solider Strebepfeiler aus weißem Talg bildete. Einige lose Papiere wurden von ihren Ruheplätzen geblasen und über den Fußboden geweht.

„Ich sollte meinen, daß Sie Ihr Zimmer schon genügend gelüftet hätten", bemerkte Wolf und preßte seine Knöchel auf den Band Sir Brownes, damit die Blätter nicht ins Flattern gerieten, wie es bei einigen der Bücher der Fall war.

„Es riecht nach den Torfgruben", rief Christie erregt und steckte den Kopf aus dem Fenster.

„Es muß Südwind sein", murmelte er, stand auf und stellte eine der flackernden Kerzen so, daß er ihre Tropfen herabnehmen konnte. „Er muß von High Stoy herüberwehen; darum kann es kein Torf sein, den Sie riechen. Es wird wohl der Schlamm des Lunt sein", fügte er mürrisch hinzu.

„Was immer es sein mag, sein Geruch ist köstlich für mich", antwortete sie. „Ich wollte, wir wären beide droben auf Melbury Bub!"

„Ich wollte, wir wären beide drunten auf dem Grunde des Lenty Pond!" rief Wolf erregt.

Sie wandte sich bei diesen Worten um, überrascht durch seinen Ton, und schloß mit einem Ruck das Fenster.

„Was heißt das, Wolf? Warum sagten Sie das? Ich sollte meinen, daß ich es bin, die dies sagen könnte, nicht Sie! Alles, was heute abend geschehen ist, war genauso, wie Sie es haben wollten, nicht wahr? Warum sind Sie also nicht zufrieden?"

Die Entrüstung in ihrem Ton war in gewissem Sinne eine Erleichterung für ihn. „Wir wollen das Schlimmste erledigen", dachte er. „Besser offen, solange ich noch hier bin, als dann, wenn ich fort bin."

„Christie", begann er, „ich weiß, daß ich nur an mich gedacht habe, und dennoch liebe ich Sie... Sie wissen, daß ich Sie liebe!"

Sie blickte ihn verächtlich an.

„Es ist stets Ihre Art, Wolf, sich den Dingen dadurch zu entziehen, daß Sie sich selbst anklagen... Aber wenn Sie wirklich fühlten, was andere Leute fühlen, würden Sie —" sie unterbrach sich. „Oh, ich weiß nicht, was Sie tun würden! Aber Sie würden sich wenigstens nicht nach beiden Seiten richten."

Fast automatisch schien sich trotz seiner Reue etwas in ihm zu schließen, gleich dem Zufallen einer Tür, die sich nach innen schließt.

„Sie sind ungerecht —", murmelte er.

Ihre Augen blitzten. „Alles, was sich ereignet", rief sie leidenschaftlich, „ist nur etwas, das den Zweck hat, in Ihrem Geist fixiert zu werden. Wenn Sie es einmal dort eingereiht haben, ist die ganze Sache erledigt... ist alles in Ordnung. Was Sie sich bei allen Ihren Reden über ‚Gut' und ‚Böse' nicht klarzumachen scheinen, ist das, daß die Ereignisse etwas darstellen, das außerhalb des Geistes irgendeiner Person steht. Nichts ist beendet... ehe Sie nicht die Gefühle aller in Betracht ziehen, die es angeht! Und was mehr ist, Wolf", fuhr sie fort, „Sie lehnen es nicht nur ab, andere Menschen wirklich zu verstehen; sondern ich denke mir manchmal, daß in Ihnen selbst etwas liegt, dessen Sie sich mit allen Ihren Selbstanklagen nicht einmal bewußt sind. Es ist diese Blindheit gegen das, was Sie wirklich tun, die Sie losspricht, nicht Ihre Handlungen, ja nicht einmal Ihre Seitenblicke des Mitleides."

Eine gewisse gerade und kindliche Demut in Wolfs Natur kam nun unter diesem Angriff zur Oberfläche.

„Was Sie da alles sagen, dürfte wohl wahr sein, Christie, Liebste, auch daß Sie selbst mich ‚lossprechen' würden, trotz dem, was Sie sagen, und gewiß gerne, wenn Ihnen alles bekannt wäre. Ich bin wohl ein seltsamer Mensch, und es ist eben so!" Er lächelte wehmütig. „Aber wenn man's genau bedenkt, sind wir ein nettes Paar, nicht wahr, Liebe?" fügte er hinzu. „Und dennoch, wenn ich jenes Gesicht nicht gesehen hätte —"

Das ganze Feuer ihrer empörten Anklage schien bei diesen Worten zu verlöschen; und als ihre schlanke Gestalt auf das rosenbestickte Sofa sank, schien sie gänzlich jeder Gemütserregung bar zu sein.

„Wenn das Gesicht jenes Mannes", seufzte sie müde, „Ihnen nicht erschienen wäre, hätte ich heute kennengelernt —"

Er trat einen Schritt auf sie zu.

„Was, Christie?"

Sie beugte sich vor und ihre Augen verengten sich zu einem Ausdruck, den er noch nie vorher auf ihrem Gesicht gesehen hatte. Dann fuhr sie fort, mit einer sonderbaren Feierlichkeit, fast wie ein junger Neophyt, der eine schicksalsschwere Ritusformel wiederholt: „Hätte ich ... heute ... kennengelernt ... was ... ich ... nun ... nie ... kennen werde!"

Er starrte auf das kleine ovale Gesicht, das solch seltsamen Ausdruck der Endgültigkeit trug, und flüsterte heiser: „Christie, Christie, ich liebe dich, ich liebe dich!" Seine Stimme hatte eine stöhnende Intensität, gleich jener eines Zweiges, wenn er im Sturme knarrt. „Ich habe nur an mich gedacht. Aber ich liebe dich, Christie! Ich liebe dich mehr als irgend jemanden auf der Welt!"

Sie blickte ihm fest ins Gesicht, und so verharrten sie, während sie wie vorhin dem gespenstischen wimmernden Geräusch lauschten, das der Wind noch immer im Kamin verursachte.

Dieses Pfeifen des Windes brachte ihm plötzlich jene Nacht vor dem Schweinestall in Erinnerung, in der er seine tiefsten Kräfte des Widerstandes gesammelt hatte. Nun brach er los mit seinem Lieblingszitat aus König Lear: „Die Pest soll sie verzehren, Fleisch und Haut, eh' sie uns weinen machen; nein, eh' sollen sie verschmachten!"

Er nahm ihre Hände und zog sie in die Höhe, mit einem leuchtenden Blick, der fast verzückt war. „Wer uns trennen will, muß einen Brand vom Himmel holen und uns von hier ausräuchern wie die Füchse!"

Als er sie freigab, zitterte ein höchst seltsames und durchdringendes Lächeln um ihre Lippen.

„Ich glaube, daß heute abend etwas geschehen ist oder nicht geschehen ist, das eine große Last von Ihrem Gemüt genommen hat", sagte sie. „Ist es so? Sie sehen erleichtert aus und entspannt ... ganz anders als beim Nachtmahl." ... Während sie sprach, sah sie auf die Uhr, und seine Augen folgten diesem Blick. Gemeinsam sahen sie, daß es dreiviertel zwölf war.

„Oh, was wird Gerda machen?" rief er. „Du lieber Gott, sie wird so unruhig sein!" Bestürzt und gereizt blickte er Christie an; und in diesem Ausdruck verwirrten Schreckens lag — und er wußte gar wohl, daß dem so war — ein schwacher Schimmer von Vorwurf. Aber das Mädchen war offenbar zu ermüdet, um das zu bemerken.

Er war nicht imstande, auch nur die schwächste Ironie auf ihrem ängstlichen teilnehmenden Gesicht zu sehen, als sie ihn durch die kleine Seitentür auf die Straße hinausließ. Immerhin sah er sich, als er hastig durch die widerhallende High Street eilte, veranlaßt, ein wenig unbehaglich darüber nachzudenken, welchen Ausdruck ihr

Gesicht wohl jetzt zeigen mochte, wenn sie nun allein in ihrem Schlafzimmer in den Spiegel sah. Dennoch war es erst gegenüber dem verdunkelten Hause Mrs. Herberts, daß die durchdringende Bedeutung einer ihrer Bemerkungen ihn mit ihrer widerhakigen Pfeilspitze traf. „Ich wüßte gerne, ob das ihr Los sein wird", dachte er.

„Sie hatte freilich vollkommen recht mit meiner Selbstsucht. Welch ein Tier ich bin! Oh, mein Herzlieb Christie! Was lasse ich dich leiden!"

Er hielt inne, als er zu dem Schweinestall kam; denn dort drüben in Gerdas Schlafzimmer war Licht!

Wie anders war diese Heimkehr als jene, die er sich ausgemalt hatte! Nun, dies war die Art, wie die Dinge sich auswirkten. Statt eines der großen hellen Hörner des Zwiespaltes des Geschickes — eine Art verzerrte und wollige Stirn der Wildziege Zufall!

Es war ihm gelungen, seine Lebensillusion zu erhalten. Seine kostbare „Mythologie" durfte weiterleben. Aber um welchen Preis?

„Wenn Sie jenes Gesicht nicht gesehen hätten, hätte ich heute kennengelernt, was ich nun nie kennen werde!" Oh, Dummkopf... Dummkopf... Dummkopf!

Er ging mit schleppenden Schritten über die Straße und öffnete die kleine eiserne Tür, so ruhig er konnte.

„Ich habe nur an mich gedacht", murmelte er, als er die Tür hinter sich schloß; „und dennoch liebe ich dich, Christie. Ich liebe dich! Ich liebe dich!"

„Schiefer"

Durch den ganzen Januar und Februar lebte Wolf sein Leben in hartnäckigem, stoischem Sichfügen weiter. Er führte seine Schüler in der Lateinschule geduldig und gründlich durch die Regierungszeiten Richards des Zweiten und Heinrichs des Vierten.

Seine Zusammenkünfte mit Christie waren freundlicher und zarter geworden, wenn auch in gewisser Art trauriger, seit jener Nacht, da „Mr. Malakite in Weymouth" gewesen; und welchen Betrug an Gerda sie auch noch bedeuten mochten, äußerte Gerda selbst in dieser Hinsicht kein Zeichen eines Argwohns. Die neue Teestube seiner Mutter, die mit einer von Mr. Manley zu annehmbaren Zinsen geborgten Summe eingerichtet worden war, hatte sich schon als höchst vielversprechendes Unternehmen erwiesen; und Mrs. Solents Laune wurde im Verlauf der Wochen ständig besser. Wolf hatte während dieser beiden Monate mit Volldampf an Mr. Urquharts Buch gearbeitet, indem er täglich zwischen dem Tee und ihrem späten Abendessen an dem kleinen Kartentisch beim Wohnzimmerkamin schrieb, während Gerda eine Reihe romantischer Geschichten las.

Fast zu seiner eigenen Überraschung — und gewiß zu der Mr. Urquharts — zeigte die „Geschichte von Dorset" Symptome einer baldigen Fertigstellung. Dadurch, daß Wolf täglich von sieben bis zehn schrieb, war er dahin gelangt, für die Registrierung schmählicher Ereignisse und unfaßbarer Episoden einen Stil zu finden, der ihn immer weniger und weniger Anstrengung kostete, als die Wochen vergingen. Was ihm wirklich seinen Elan verlieh, war ein Kunstgriff, den er entdeckt hatte und der darin bestand, daß er seinen eigenen Groll gegen die Macht, die hinter dem Universum stand, in seine Kommentare über die von seinem Dienstgeber ausgegrabenen menschlichen Verirrungen ergoß. Je mehr Abscheu er vor seiner Aufgabe fühlte, um so düsterer wurde sein Stil und um so schneller schrieb er. Einige seiner Sätze verblüfften ihn, wenn er sie später kalten Blutes durchlas, dadurch, daß sie eine fast Swiftische Bosheit zeigten. Er setzte sich selbst durch gewisse menschenfeindliche Ausbrüche in Erstaunen. Sein angeborener Optimismus schien zu solchen Zeiten von ihm abzufallen, und eine wilde Verachtung für Mann und Frau lag zutage gleich einem düsteren, unheimlichen ausgetrockneten Teich.

Es überraschte ihn, zu finden, daß diese Arbeit an einer „unmorali-

schen Geschichte" sich so gut seiner natürlichen Methode des Ausdruckes anpaßte. Jedesmal, wenn er sein neues Quantum von Seiten
ins Herrenhaus von King's Barton hinauftrug, schien Mr. Urquhart
entzückter als das vorige Mal. „Halten Sie sich an die Fakten . . . gelber
Menelaus . . . halten Sie sich an die Fakten . . . und wir werden den
Leuten für alle Zeiten zeigen . . . eh, mein Junge? . . . woraus ‚unser
altes Dorset' besteht!"

Als sich der Februar seinem Ende näherte, wurde es immer wahr-
scheinlicher, daß der Jahrestag seiner Wiederkehr in die Heimat —
der dritte März — so wie er es gewünscht, auch der Tag der Beendigung
des Buches sein würde.

Was Mr. Urquharts Scheck auf zweihundert Pfund betraf, so lag
er noch immer dort, wo Wolf ihn zuerst hingelegt hatte — unter
dem Bauche Mukalogs, auf dem Boden jener nicht benützten Kredenz-
lade in Gerdas Küche.

Einige Ereignisse von Wichtigkeit geschahen während dieser zweier
Monate erschöpfender Arbeit. Eines davon war die durch Lord Carfax'
Protektion erfolgte Annahme eines kleinen Bandes der Gedichte Jasons
durch einen bekannten Verlag. Diese Gedichte wurden nicht nur angenommen, sondern Jason erhielt auch — so hoch wurden diese Gedichte von den Bonzen des Londoner Geschmackes gepriesen — die
Summe von fünfzig Pfund als Vorschuß auf die Tantiemen, ein Ereignis,
das, als es einige Wochen nach der Annahme des Buches eintrat, dem
Autor selbst viel tieferen Eindruck zu machen schien als die vielen
taktvollen Briefe, die von „diesem Ihren Lord in London" nach Pond
Cottage gerichtet wurden.

Noch angenehmer für Wolf als dieser Erfolg des Vorschlages Mr.
Valleys wegen der Gedichte Jasons war das Ergebnis seines eigenen
Rates an Darnley, was dessen Beziehungen zu Mattie betraf. Diese
beiden sollten nun endlich am ersten Samstag im März heiraten, an
einem Tag, der zufällig gerade auf den Jahrestag von Wolfs Erscheinen
auf dem Schauplatze folgte. T. E. Valley hatte bereits begonnen,
sie in der Kirche aufzubieten; und auf Grund seiner bevorstehenden
Verheiratung hatte Darnley bei der Blacksoder Lateinschule eine
kleine Gehaltserhöhung erwirkt.

Am Samstag, dem fünfundzwanzigsten Februar, erwachte Wolf,
nachdem er noch sehr lange in die Nacht hinein geschrieben hatte,
zu dem glücklichen Bewußtsein, daß Mr. Urquharts fertiggestelltes
Manuskript auf dem Kartentisch im Wohnzimmer bereitlag.

Samstag war ein „ganzer freier Tag" für die Blacksoder Jungen,
obwohl er in Ramsgard nur ein „halber" war, so daß Wolf die solide

Zeitspanne von achtundvierzig Stunden köstlicher Muße vor sich hatte, ehe seine Arbeit am Montag wieder begann. Am folgenden Freitag, am dritten März, war der schicksalsschwere Tag, da er, gerade vor einem Jahr, in Dorset angekommen war; und am darauffolgenden Tage, eine Woche nach diesem Samstagmorgen, sollten Darnley und Mattie heiraten. Wolf nahm an, daß es eine ereignisreiche Konversation gegeben haben mußte, in der Darnley „alles erklärt" hatte; und es war offenbar in Pond Cottage angenommen worden, daß Darnleys Gehaltserhöhung — so klein sie war — jede neue ökonomische Belastung mildern würde.

„Ich werde das Buch nach dem Frühstück zu Urquhart tragen", waren die ersten Worte, die Wolf an Gerda richtete, als sie die Augen öffnete.

„Und dann können wir den Scheck einlösen", antwortete das Mädchen erregt. „Ich habe dich damit nicht gequält, Wolf, weil ich weiß, wie die Männer sind. Aber jetzt ist die Arbeit fertig! Jetzt wäre es ganz genauso, als ob er dir den Scheck heute gäbe, nicht wahr? Wir können ihn heute nachmittag bei Stukey einlösen, wenn du rechtzeitig zurückkommst. Nein, ich habe vergessen, daß heute Samstag ist. Nun, jedenfalls können wir ihn am Montag einlösen. Oh, Wolf, wie gut ist es, daß deine Mutter das Geld nicht brauchte! Ich werde einen neuen Teppich fürs Wohnzimmer kaufen und eine neue Garnitur Teller und eine neue Bratpfanne und zwei Paar Leintücher und eine Garnitur Silberlöffel — oh, und noch etwas, was ich mir immer gewünscht habe, Wolf, und das ist eine Wanduhr für die Küche — genauso wie die bei Mutter!"

Wolfs Gesicht umwölkte sich. „Es tut mir leid, daß du diesen Scheck zur Sprache gebracht hast, Süßes", sagte er. „Ich habe mich seinetwegen noch nicht entschlossen. Ich habe dabei ein merkwürdiges Gefühl. In der Tat, ich habe die Idee, als ob wir alle viel glücklicher, viel zufriedener wären, wenn ich ihn einfach zerrisse und die Stücke dem Squire zurückgäbe."

Gerda stützte sich mit einem Ruck auf die Ellbogen und sah ihn mit funkelnden Augen an. „Wolf, wie kannst du solchen Unsinn auch nur im Traume denken? Natürlich müssen wir den Scheck einlösen! Du hast doch dafür gearbeitet. Du hast das Geld verdient. Glaubst du, daß ich mich in dieser Sache so gutmütig und ruhig verhalten hätte, wenn ich gedacht hätte, daß du dich am Schluß so benehmen würdest? Ich sagte nichts, als du mir erklärtest, das Geld sei für deine Mutter. Ich habe meinen Stolz, obwohl du das vielleicht nicht glaubst; und ich hätte mir eher die Zunge abgebissen, als daß sie hätte sagen können, ich hätte dich davor zurückgehalten, ihr Geld zu geben! Aber du hast es ihr ja nicht gegeben. Du hast es ja nur aufgehoben. Und so war ich davon überzeugt, daß du nur deine Bezahlung nicht früher wolltest, ehe du die Arbeit erledigt hattest. Und jetzt gehst du her und sprichst solche Sachen!"

Wolfs Gemüt war so verwirrt und verblüfft durch diesen unerwarteten Ausbruch, daß er bloß stumpfsinnig das Leintuch glättete, das sich unter seinem Kinn zu einem Wulst zusammengerollt hatte, und langsam aus dem Bette stieg. Er hatte sicherlich, wie sie sagte, ihr Stillschweigen wegen des Schecks völlig mißverstanden. Nun, hier war eine neue Komplikation. Aber er mußte Zeit gewinnen, um darüber nachzudenken. Vielleicht würde er den Gedanken, mit seinem Brotgeber „quitt zu werden", wirklich lieber aufgeben, als sie so sehr zu enttäuschen.

Schließlich und endlich würde er selbst sich reichlich freuen, zweihundert Pfund zu seiner Verfügung zu haben! Er hatte bereits ein Drittel aller gemeinsamen Ersparnisse beim Ankauf einer geschliffenen Weinflasche und einer Garnitur von Weingläsern für Darnley und Mattie verbraucht. Es würde geradezu Reichtum bedeuten, eine solche Summe zu ihrem Postsparkassenkonto hinzufügen zu können! Er wußte jedoch nur, daß er, seit er den Scheck um Mukalogs Bauch gewickelt hatte, in tiefster Seele Unlust gefühlt hatte, ihn anzurühren. Das Zeug erschien ihm unheilig ... unheilig. Es war eine Art Blutgeld für den Verkauf seiner „Mythologie". Er hatte dieses kostbare Besitztum wieder zurückgemaust ... verzweifelt, feige, niedrig ... durch sein wenig schönes Benehmen zu Christie. Die Stücke des zerrissenen Schecks auf Urquharts Tisch zu schleudern, wäre eine Entschädigung für manches schlangenartige Sichdrehen und Winden.

Aber trotz diesen Gedanken fühlte er jetzt eine unbehagliche Regung des Selbstvorwurfes. Er hatte Christie in jener Nacht abscheulich behandelt. Wollte er Gerda heute noch ärger behandeln? „Das ist alles ganz schön", sagte er in seinem Inneren, „diese Feinheiten des Ehrenstandpunktes für mich selbst zu befolgen. Aber wie willkürlich, wie ungeheuerlich ist es, dieses Geld Gerda wegzunehmen, obwohl es ihr so viel bedeutet!"

„Es liegt schon etwas an dem, was du sagst, Liebste", murmelte er laut und begann sich in seinen Schlafrock zu wickeln und ihn fester um sich zu ziehen, wie er es zu tun liebte, ehe er die Tür öffnete. „Glaube nur ja nicht, daß ich dumm sein werde oder eigensinnig", fügte er hinzu. „Wir werden das alles später besprechen."

An jenem Morgen schien ein kalter Ostwind zu wehen, und Wolf war recht froh, das Feuer im Herd noch glimmend zu finden, als er in die Küche kam. Aber lediglich, um in die frische Luft zu kommen, entriegelte er die Hintertür und schlurfte in seinen Pantoffeln über den Hof. „Ich werde zwei oder drei Stücke Holz holen", dachte er. Der Ansturm des Ostwindes, der schneidend gegen seine hagere Gestalt wehte und an ihr vorbeipfiff, als ob Wolf der Pfosten einer Wäscheleine wäre, erweckte in ihm ein trotziges und doch überquellendes Gefühl, das ihn in bester Laune in die Küche zurückjagte.

„Ach!" dachte er. „Wie alles von diesen kleinen Dingen abhängt! Was war das, was mir Mutter von Carfax erzählte? Daß er mit diesen Zufällen zu ‚spielen' pflegte wie ein Fischer mit einer Forelle und sie zwang, ihm als seine Sensationen zu dienen."

Als er wieder beim Herde stand, überließ er sich der Freude an den Flammen, die aus dem runden eisernen Loch kamen. „Jason hatte sicher recht, wenn er sagte, ein Dach über dem Kopf zu haben und ein Feuer, an dem man sich wärmen kann, und drei Mahlzeiten im Tag sei genug, um in dieser Welt dafür dankbar zu sein." Und was war mit Gerdas aufrechtem, süßem, biegsamem Körper? Wäre er nicht ein Narr, wenn er jegliches Element natürlichen Genusses von seiner Sehnsucht nach Christie töten ließe? Schließlich und endlich hatte er ja Christie. Hatte sie, auf jeden Fall, in einem Sinne, der ebenso wichtig für seine Phantasie war wie Gerdas Körper für seine Sinne!

Er bedeckte die eiserne Öffnung mit dem größeren der beiden Kessel des Haushaltes. Dieser extragroße Kessel war ein unlängst gespendetes Geschenk von Gerdas Mutter; und Wolf hatte, vielleicht zu Unrecht, den Argwohn, daß diese Gabe eine Verhöhnung ihres von der Hand in den Mund lebenden Haushaltes bedeuten sollte. Er lief hinauf, nachdem er den Kessel aufgestellt hatte, und begann mit dem Rücken zu Gerda, die, die Decke dicht unter ihrem Hals, noch immer ausgestreckt dalag, den langsamen Prozeß seines Rasierens, während ein langsames Eindringen bitterer Kälte durch das einen Zoll geöffnete Fenster den Stoizismus seiner Stimmung am Leben erhielt.

„Du darfst nicht glauben, daß ich aufstehen werde, solange es hier im Zimmer so kalt ist", rief Gerda verdrießlich.

„Schon gut, Liebste", sagte er, „stehe nicht auf. Es macht nichts." Aber er dachte bei sich: „Selbstlos oder selbstsüchtig, wir sind alle gezwungen, für unsere eigene Sache zu kämpfen. Wenn ich selbstsüchtig bin, weil ich mich an diesem Morgen glücklich fühle, wenn ich herzlos bin, weil ich mich dieses himmlischen Ostwindes erfreue, kann ich's nicht ändern! Wenn niemandem erlaubt wäre, solange ein anderer Mensch aus irgendeinem Grunde unglücklich ist, sich durch etwas mitreißen zu lassen, würde das Leben des ganzen Planeten zugrunde gehen!"

Welcher Natur aber auch seine Glückseligkeit gewesen sein mochte, sie wurde rasch durch Gerdas Stimme, die vom Bett hinter ihm erklang, zu einem Ende gebracht.

„Wenn du diesen Scheck nicht einlöst, Wolf", so waren ihre Worte, „werde ich einfach nicht mehr bei dir bleiben! Ich bin des Lebens müde, das wir führen ... und es scheint mir, daß es schlimmer und schlimmer wird, statt besser!"

Wolf schnitt seinem Spiegelbild eine bösartige Grimasse. Aber er hielt den Mund. Wie anders war dieser Spiegel als jenes Erbstück der Frau, die „an Geister geglaubt" hatte! ... Aber er hielt den Mund; und durch verschiedene hinterlistige Kniffe lenkte er ihre Gedanken in andere Richtungen. Erst als sie beim Frühstück saßen, hielt er es für rätlich, wieder auf die zweihundert Pfund zurückzukommen.

„Ich fürchte, ich werde den Scheck Urquhart zurückbringen müssen", bemerkte er unvermittelt. „Ich muß ebenso mit mir leben wie mit dir, Gerda; und ich könnte mich nicht ertragen, wenn ich den Gedanken hätte, für etwas, wie dieses Buch es ist, bezahlt worden zu sein."

Sie legte ihren Löffel nieder und starrte ihn an.

„Warum hast du es denn getan, wenn nicht um des Geldes willen ... hast jede Nacht gearbeitet und nicht ein Wort gesprochen! Glaubst du denn, das sei ein Leben für eine junge Frau?"

Er machte eine erstaunliche Anstrengung, seiner Stimme einen zärtlichen Ton zu geben. Die Gerechtigkeit ihres Aufschreis hatte ihn jedoch ziemlich arg getroffen; und da er sich seiner selbst schämte, begann er die Selbstbeherrschung zu verlieren.

„Ich weiß, daß es hart ist, Gerda, mein Süßes", sagte er, „es dir begreiflich zu machen. Ich fühlte das Zeug in mir, die Sache zu machen. Und ich hatte den Wunsch, es zu tun. Und auf die Art, wie ich es machte, ist es kein so entsetzliches Ding mehr."

„Ich schere mich nicht drum, was es ist!" rief sie. „Es ist nicht das Buch, woran ich denke. Es ist das Geld. Oh, ich möchte diese Teller und diese Uhr so gerne haben! Sei doch vernünftig, Wolf, Liebster!"

Sie mußte sich ebenso angestrengt haben wie er, diesen freundlichen Ton anzunehmen, und er erkannte vollkommen die pathetische Gerechtigkeit ihrer Bitte an; aber etwas unklar und gefährlich Hartnäckiges in seiner Natur schien sich gegen sie zu erheben, etwas, das er wie einen physischen Druck hinten an der Luftröhre wirklich fühlen konnte.

„Ich will nicht sagen, daß ich ihn zerreißen werde, Gerda, und ich will nicht sagen, daß ich ihn nicht zerreißen werde. Ich weiß, daß du diese Dinge haben möchtest, und ich möchte, daß du sie bekommst."
Aller Wahrscheinlichkeit nach sollte das Frühstück zu einem jähen Ende kommen; denn beide schoben mit einer gleichzeitigen instinktiven Bewegung ihre leeren Teller zurück, standen auf und blickten einander über den Tisch an.

„Ich möchte wirklich, daß du sie bekommst", wiederholte er. „Und du bist nicht gerecht, wenn du das Gegenteil glaubst! ... Es ... es geht viel tiefer als Teller oder Teppiche oder Uhren!"

Seine Stimme hatte sich erhoben, und zu seiner eigenen Überraschung merkte er jetzt, daß seine Lippen zitterten. Was er fühlte, war: „Wie kann sie mich zwingen wollen, wenn sie sieht, wie ernst ich es nehme? Wie kann sie es tun, wenn sie sieht, daß es für mich eine Frage auf Tod oder Leben ist, wie ich mich zu Urquhart stelle? Wie kann sie so wenig Anteil daran nehmen, ob ich durch diesen Scheck gemartert werde oder nicht?" Dieses besondere Wort „gemartert" schien sich zu einem bösen Klumpen zu formen, der aus dem namenlosen Druck hinten in seiner Gurgel emporstieg.

„Ich dachte nie", rief sie, „daß du nicht bezahlt werden würdest! Und ich saß die ganze Zeit so ruhig, jede Nacht, und hatte überhaupt kein Leben!"

Er spielte bloß mit seinem unbenützten Messer und starrte sie hart an.

„Das ist gerade das, was ich von dir erwartet habe, Wolf", fuhr sie fort, während ein hartes höhnisches Lächeln ihre Lippen verzerrte. „Ich wußte stets, daß du der ungeheuerlichst selbstsüchtige Mann bist, mit dem eine Frau nur leben könnte!"

Jener häßliche Klumpen in seiner Kehle wurde zu einem rauhen Kieselstein, den er ausspucken mußte, wenn er nicht daran ersticken wollte.

„Wie kannst du dich so gar nicht um meine tiefsten Gefühle kümmern, Gerda?" rief er laut, während das Zittern seiner Finger das Messer, das er hielt, gegen die Schüssel klappern ließ. „Siehst du denn nicht, daß es für mich eine Folter ist ... eine Folter ... Folter ... Folter ... diesen Scheck einzulösen?" Die nervöse Erregung, unter der er litt, war zu etwas geworden, das bereits alle durch den Anlaß gerechtfertigten Maße überschritt.

Erschreckt durch seinen Ausbruch, aber doch noch ermutigt durch ihr glühendes Gefühl gerechter Entrüstung, trat Gerda — noch immer praktische Hausfrau, selbst in diesem Augenblick, da sie das Gefühl hatte, als müsse sie aus dem Hause stürzen — zum Ofen, um die Pfanne, in der die Eier kochten, vom Feuer zu nehmen. Wolf ging, noch immer vom Kopf bis zu den Füßen zitternd, um den Tisch herum, trat zu der Lade des Anrichtetisches und riß sie geräuschvoll auf. Auf diese Bewegung flog Gerda an seine Seite. Was darauf folgte, war alles so heftig und instinktiv, daß es sich in seinem erregten Hirn schwerlich als eine überhaupt reale Begebenheit zu registrieren schien... Die Uhr im Wohnzimmer hatte jedoch kaum zweihundert Sekunden lang getickt, als er sich atemlos und zitternd auf dem Trottoir von Mrs. Herberts Haustür fand, das Manuskript von Mr. Urquharts Buch fest in einer Hand, die nichts anderes schien als ein einziger schlagender Puls!

„Ich muß Mutter sprechen", schien eine Stimme aus irgendeiner lange schon verheilten Narbe in seiner Magengrube zu schreien — aus irgendeinem Nabelschnurnerv embryonalen Ursprunges. „Ich muß Mutter sprechen!"

Er ging zu der Tür, und Mrs. Herbert öffnete sofort auf sein Läuten.

„Sie ist noch beim Frühstück", flüsterte die Frau vertraulich, als sie die Tür hinter ihm schloß. „Sie hatte gestern abend Besuch", fügte sie hinzu. Wolf hängte Mantel und Hut auf einen Haken in der kleinen Hall und den Stock auf einen anderen Haken. Während er seine Sachen aufhängte, sah jeder dieser Haken aus wie der Kopf Mukalogs. Er empfing einen unklaren Eindruck davon, daß die Vermieterin eine beleidigende und unverschämte Daumenbewegung gegen die Tür seiner Mutter machte, ehe sie durch den Gang verschwand.

Er klopfte, hörte seiner Mutter gleichgültige Erwiderung und trat ein.

Sie bewillkommte ihn strahlend. Sie war fertig angezogen und sah überraschend jung aus.

„Setz dich nieder, mein Lieber", sagte sie, „und rauche, bis ich meinen Kaffee ausgetrunken habe."

Er fühlte, daß sie seine Erregung bemerkt haben mußte, aber sie verriet dieses Wissen nicht; und als sie ungezwungen und frei über ihre neue Teestube plauderte, begannen sein Herz und seine beiden Handgelenke ihren wilden Tanz zu beenden.

Allmählich fing er unter ihrem hypnotischen Einfluß sogar an zu fühlen, daß er den ganzen Zwischenfall zu ernst genommen habe. In seinem Geist mäßigte und milderte er sowohl seinen eigenen Zorn wie auch den Gerdas. „Ich will hinüberlaufen und mit ihr sprechen, bevor ich mich auf den Weg mache", dachte er. Dann aber: „Nein, es wäre besser, die ganze Sache nicht wieder von vorne zu beginnen, aber vielleicht werde ich dennoch mit dem eingelösten Scheck zurückkommen."

Seine Aufmerksamkeit widmete sich allmählich freien Kopfes den Angelegenheiten seiner Mutter. Aber er blieb empfindlich und nervös; und als nach einiger Zeit das Gespräch auf Mr. Manley kam, erreichte diese Empfindlichkeit ihren Höhepunkt.

„Ich kann dich nicht verstehen, Mutter", sagte er, „entweder will dieser Bursche dadurch, daß er dich überredet, ihn zu heiraten, zu sozialer Geltung kommen, oder du beutest ihn bloß aus ... indem du auf seine Vernarrtheit rechnest und ihn ausnützt. Wie immer es nun sein mag, es gefällt mir nicht."

Statt ihm direkt zu antworten, blickte Mrs. Solent auf das große Manuskriptpaket, das er achtlos zwischen ihre Kaffeekanne und den Laib braunen Brotes gelegt hatte.

„Was hast du denn da, Wolf?" fragte sie. Obwohl diese Frage offenbar harmlos war, brachte sie für ihn böse Gedankenverbindungen.

„Sein Buch, Mutter ... Urquharts Buch. Ich habe es gestern nacht beendet."

Ihre Augen glitzerten gleich denen einer triumphierenden Hexe und ihre lebhaft gefärbten Wangen glühten wie ein Paar Bauernäpfel.

„Ein Kompromiß mit Satan, kleiner Wolf? Hast du schon alles vergessen, was du mir sagtest, als du von Urquhart weggingst? Daß dieses Buch einfach unzüchtiger Skandal sei? Wirst du denn nie den Tatsachen des Lebens ins Auge sehen, mein Sohn? Kannst du dich nicht ein für allemal damit abfinden, daß wir alle ab und zu schlecht sein müssen ... genauso wie wir alle manchmal gut sein müssen? Darin begehst du deinen großen Fehler, Wolf" — hier wurde ihre Stimme sanfter und ihre Augen leuchteten seltsam —, „daß du nicht die Einsamkeit eines jeden erkennst. Wir müssen manchmal schmähliche Dinge tun, eben weil wir einsam sind! Eine solche Stimmung wie deine, als du eben jetzt hereinkamst, war es, in der Gott die Welt erschaffen hat. Was hätte es Schmählicheres geben können, als solch ein Ding in Bewegung zu setzen? Aber wir sind einmal auf dieser Welt und wir müssen uns bewegen, wie sie sich bewegt." Sie hob ihre Schale mit dem kalten Kaffeerest an die Lippen und leerte sie seufzend.

„Weiter, Mutter", sagte er.

Sie lächelte ihm zu — mit einem flüchtigen, geheimnisvollen Lächeln, das weder bitter noch ironisch, sondern stolz und verächtlich war wie das Eintauchen eines Falkenflügels in ein Regenfaß auf einem Bauernhof.

„Jeder Schritt, den wir tun, muß böse sein oder gut", sagte sie. „Und wir müssen Schritte tun! Böse machen wir immerhin ... alle ...

schmähliche . . . wie die Erschaffung der Welt! Ist es da nicht besser, sie mit offenen Augen zu machen . . . sie ehrlich zu machen, ohne Klimbim . . . statt bloß vorwärtsgestoßen zu werden, während wir unsere Köpfe umwenden und so tun, als ob wir nach dem anderen Weg sähen? Und das tust du, Wolf. Du siehst nach dem anderen Weg! Du tust dies, wenn dich deine Schritte zu Malakites Buchladen tragen. Du tust dies jetzt, wenn du diesem alten Wüstling dieses schweinische Buch bringst. Warum versuchst du immer den Anschein zu erwecken, als ob deine Motive gut wären, Wolf? Sie sind oft verabscheuungswürdig! Genauso wie die meinen. Es gibt nur ein Ding, das auf dieser Welt von uns verlangt wird, und das ist: keine Last zu sein . . . Nicht einer anderen Person am Halse zu hängen! Mein guter Manley, den du so sehr hassest, steht wenigstens auf eigenen Füßen. Er gibt nichts für nichts. Er behält seine Gedanken für sich."

Wolf hörte seiner Mutter jetzt genauso zu, wie eine unmusikalische Person Musik anhört, und verwendete ihre Worte als Floß, auf dem seine Gedanken über weite Horizonte kreuzen konnten. Doch als er sie sagen hörte „dein Vater", nahm diese Reise ein jähes Ende.

„Dein Vater stand nie im Leben", sagte sie und zündete sich für eine ihrer geliebten „Three Castles"-Zigaretten mit solchem Schwung ein Zündholz an, daß er das Gefühl hatte, als hätte sie es an jenem Schädel selbst angestrichen, „dein Vater stand nie im Leben auf eigenen Füßen! Er klammerte sich an mich. Er klammerte sich an das Monstrum. Er klammerte sich an Lorna."

Wolf hätte diese Schmährede wohl unterbrochen, wenn nicht ein Teil seines Gemütes wieder in Gerdas Küche entflohen wäre. Was hatte sie nur mit ihren letzten Worten gemeint?

„Er drückte sich vor allem", fuhr seine Mutter fort. „Wie ein schnurrender Kater leckte er den Rahm von der Liebe dieser dummen Weiber. Er lachte über Leute, die etwas im Leben leisteten. Er hatte keine Angst, gebrochen zu werden, weil nichts in ihm hart genug war, um zu brechen. Er träufelte und sickerte in die Herzen der Frauen wie schlechtes Wasser in schadhafte Brunnenrohre. Und er rechtfertigte sich die ganze Zeit. Er sagte nie, ,dies ist schmählich, aber ich werde es tun', er sagte —" Aber in diesem Augenblick begann Wolf darüber nachzudenken, warum seine Mutter ihr Fenster geschlossen hielt, obwohl Ostwind wehte.

„Der Ostwind ist anders als alle anderen Winde", dachte er. „Das hat wahrscheinlich mit der Erdumdrehung zu tun." Und er stellte sich seine Seele vor, wie sie gleich einem Geschoß aus diesem geschlossenen Fenster fuhr — rasant, sausend, zischend gegen den scharfen

Wind, bis sie dessen Heimat erreichte. Und er verbildlichte sich die Heimat des Windes als ein Vorgebirge, ähnlich St. Alban's Head, aber seine Mutter fuhr noch immer fort, seinen Vater zu schmähen. „Wie muß sie ihn geliebt haben", dachte er, „wenn sie ihn nach fünfundzwanzig Jahren so hassen kann!"

„Es war keine Härte in ihm, Wolf, kein Ehrgeiz, kein Stolz, keine Unabhängigkeit! Er wußte nicht, was es heißt, sich einsam zu fühlen! Er sog das Herzblut der Frauen gleich einem Inkubus in sich. Und nichts hätte ihn dazu gebracht, es zu bekennen — nichts hätte ihn dazu gebracht, zu sagen: ‚Ja . . . es ist schmählich!‘ Er rechtfertigte sich die ganze Zeit."

Wolf blickte weg von diesen wilden braunen Augen, hinaus aus dem Fenster von Mrs. Herberts Gassenzimmer, in den kalten, eisengrauen Himmel, in einen Himmel, den der Ostwind von jeder Weichheit gesäubert hatte.

„Ich werde mit dir nicht über ihn streiten, Mutter", sagte er mit Nachdruck. „Ich bin wohl mehr ihm ähnlich als dir. Aber du hast unrecht, wenn du nicht glaubst, daß ich mich allein fühle!"

„Mein Lieber", murmelte sie mit einem starken Tonfall von Zärtlichkeit in der Stimme, streckte den rundlichen Arm aus und streichelte den Rücken einer seiner Hände. Während sie dies tat, nahmen ihre strengen Linien die warme, verliebte Verspieltheit eines dunklen Pumaweibchens an, das sich in einer sonnigen Urwaldlichtung mit seinem erstgeborenen Jungen neckt.

„Um wieviel gesünder denkt sie", so dachte er, „als ich! Aber so war auch er in seiner Art. Es ist wohl die Mischung dieser beiden in mir, die dieses Elend der Unschlüssigkeit erzeugt!"

„Nun, Mutter, Liebste", sagte er laut, als er von seinem Sessel aufstand, ihren Kopf zwischen die Hände nahm und sie leicht auf die Stirn küßte. „Ich werde dich nicht mit Willum's Mill quälen, wenn du mich nicht mit dem Malakite-Laden quälst. Wir werden übereinkommen, unserem schmählichen Betragen gegenseitig Nachsicht zu zeigen! Ich werde versuchen, deine Philosophie zu erlernen und meine Schlechtigkeit als einen Teil des ganzen Spieles mit in Kauf zu nehmen. Lebe wohl, Liebe! Ich werde morgen einmal herüberkommen." Und mit diesen Worten nahm er das Manuskript vom Tisch und ging.

Er blickte jedoch zu ihrem Fenster zurück, als er auf der Straße war — und dort stand sie lächelnd und ihm Kußhände zuwerfend.

„Die Wahrheit daran ist", dachte er beim Weitergehen, „daß sie dazu bestimmt war, eine „grande dame" zu werden, mit einem großen Haus, mit Gesinde und Gästen, auch mit einem Salon, vielleicht mit einem, in dem politische Größen verkehrten, die sie hätte verspotten können und necken und hin und her schieben. Tätigkeit ist es, was sie erfreut. Ich kann jetzt alles sehen, als stünde es geschrieben vor mir. Das Leben ist ihr einfach widerlich, wenn sie sich nicht regen kann. Wie muß ich sie enttäuscht haben! Wie muß sie wider jede Hoffnung in diesen Londoner Jahren gehofft haben!"

Die Persönlichkeit seiner Mutter erfüllte gänzlich seinen Geist, als er an Pimpernels Laden vorbeikam und seinen Weg durch die samstägige Menge zu High Street nahm. „Ihre Natur hatte nie den ihr gebührenden großen Wurf", dachte er. „Kein Wunder, daß sie die Menschen unbekümmert und ironisch behandelt. Sie gleicht einer großen Löwin, deren einzige Nahrung durch Jahre nur Ratten waren und Mäuse und entrahmte Milch. Die bloße Brutalität dieses Kerls spricht sie schon an. Die ist wenigstens etwas Furchterregendes und Positives. Ich möchte wissen" — hier blieb er gerade vor dem Einbiegen in Chequers Street auf dem Trottoir stehen —, „ob sie sich von jenem Vieh küssen läßt." Als dieser Gedanke sich in ein ruchloses, obszönes Bild zu verwandeln begann, stieß er ein Stück von irgendwelchem Grünzeug, das jemand hier fallengelassen hatte, mit dem Ende seines Stockes das Trottoir entlang, bis er es in einen leeren kleinen Raum hinter einem Gitter gebracht hatte, wo ein Fleck Gras wuchs. „Gott!" sagte er zu sich, als er diese Stelle erkannte. „Hier habe ich ja ihren Brief an jenem Tage gelesen, da ich bei den Torps Yorkshirer Pudding aß und da sie zuerst davon sprach, hierher zu übersiedeln! Wenn ich an jenem Tage nicht bei Gerda gesessen wäre und nicht jenen Yorkshirer Pudding gegessen und sie nicht auf Poll's Camp geführt hätte ... wäre ich jetzt frei ... für ... für —" Er schüttelte nun diesen Gedanken ab. „Es hat keinen Zweck", sagte er sich. „Wenn der Zufall einmal Dinge in Bewegung gebracht hat, setzt eine Art von Schicksal ein, das der Mensch akzeptieren muß!" Er ging wieder Chequers Street weiter, beobachtete aber hierbei doch, wie ein kleines einzelnes Blatt auf dem Trottoir liegengeblieben war. Der Gedanke an dieses Blatt beunruhigte seinen Geist schon nach ein paar Schritten. Er begabte es — und dabei dachte er, „ich glaube, es ist ein Myrtenblatt" — mit Nerven gleich seinen eigenen. Er dachte, dieses Blatt sei von seinen Gefährten getrennt und nun verurteilt, einsam in den Boden getreten zu werden. „Der Teufel hole meinen Aberglauben", dachte er und zwang sich, weiterzugehen. „Gerade dann werden sie darauf treten, wenn ich mit Urquhart spreche!" Dieser Gedanke veranlaßte ihn, stehenzubleiben, während ihn Unentschlossenheit an der Kehle packte.

Er steckte die Finger in die Westentasche. Dort war Urquharts Scheck! Nach jener unausdenklichen Szene mit Gerda hatte er ihn doch unter Mukalogs Bauch hervorgezogen.

„Wie kann ich erwarten, daß die Götter mir Glück schenken", sagte er zu sich, „wenn ich zulasse, daß lebende Geschöpfe zu Boden getreten werden?" Er stand jetzt ganz still, wegen dieses Blattes von ebensolchem Zögern gelähmt, als ob dieses Blatt Gerda selbst gewesen wäre.

„Wenn ich zurückgehe und das Blatt aufhebe", sagte er zu sich, „werde ich von diesen Blacksoder Trottoiren bis zum nächsten Herbst Blätter auflesen, und dann werden ihrer so viele werden, daß es ganz unmöglich sein wird!" Er begann jetzt durch den Kampf in seinem Inneren ernstlich zu leiden.

„Wenn ich mich zwinge, es dort liegen zu lassen... in der Idee, daß ich eine solche abergläubische Vorstellung überwinden muß... ist es dann nicht so, daß ich es aus reiner Trägheit nicht rette, und dieses ‚Muß‘ nur als Vorwand nehme, um mir Mühe und Beschwerde zu ersparen? Ich werde es jetzt aufheben", schloß er, „und die prinzipielle Seite der Sache später erwägen!" Nach diesem Entschluß eilte er zurück, hob das Blatt auf und warf es über das Gitter dem Mutterzweige nach.

Aber er hatte den Ostwind vergessen. Diese feindliche Macht hob das Blatt auf, wirbelte es hoch über Wolfs Kopf dahin und schleuderte es auf einen Fleischerkarren, der eben vorbeiratterte.

„Das wäre nicht geschehen", dachte er, „wenn ich es dort gelassen hätte, wo es war."

Der Anblick des Fleischerkarrens ließ ihn an Miss Gault denken. „Ich möchte wissen, was diese Frau jetzt fühlt", sagte er zu sich, „da Mattie heiraten wird, statt in ein Heim nach Taunton zu gehen? Ist sie sich über die vielen alten Bitterkeiten klar, die ihrer Einmischung zugrunde liegen? Aber sie kann sich in die Nerven von Tieren in Schlachthäusern hineindenken, ebenso wie ich in die Nerven von Blättern auf dem Trottoir."

Während er weiterging, schien er das ganze Universum dicht erfüllt zu sehen von bebenden empfindenden Wesen, die unter vorzeitigem Unglück litten, ohne daß etwas zu ihrer Unterstützung geschah. „Ich kümmere mich nicht darum", dachte er, „ob sie wirklich ein schlechter Mensch ist. Ich kümmere mich nicht darum, ob sie nicht doch rachsüchtig ist, ohne es zu wissen. Je mehr die Menschen sich darüber klar werden, was vorgeht, um so weniger Lebewesen werden gequält werden. Ich hoffe, daß sie nie aufhören wird, die Tiere mit ihren Nerven zu begaben. Ich liebe sie deswegen, selbst wenn sie wirklich den Wunsch hat, daß Lornas Kind in ein Heim nach Taunton gehe, statt sich mit Darnley zu verheiraten!"

Er kam jetzt zu Torps Werkstatt. Es schien ihm in jenem Augenblicke schwer, vorbeizueilen, wie er es, um nicht lange aufgehalten zu werden, gewöhnlich tat, wenn er diesen Weg nahm. Er blickte über den Hof zu der gedeckten Scheune hin, die die Arbeitsstätte war. Einen Augenblick später begegnete er dem Blick Mr. Torps, der sich mit einer „Requiescat in pace"-Miene von seiner Plage ausruhte.

Sein Schwiegervater winkte ihm, einzutreten.

„Na, wie geht's?" begrüßte ihn der Alte, als sie einander die Hände schüttelten. „Es ist schon lange her, daß Mr. Solent meine Werkstatt beehrt hat. Obwohl wir Sie gesehen haben, wie Sie vorbeigelaufen sind, als ob Sie aus der Hölle dem Teufel in die Arme laufen wollten!"

„Ein recht starker Wind geht heute, nicht wahr?" sagte Wolf munter und strich mit seiner Hand über die Oberfläche eines großen, inschriftlosen, aus einem Sandsteinblock gehauenen Grabsteines.

„Mag sein. Mag sein. Aber ich bin in dem Hof hier wunderbar gegen den Wind geschützt. Die Hitze ist's, die ich mehr fürchte als die Kälte, Mister. Freilich habe ich gehört, daß der Wind draußen in den Straßen schrecklich stark sein soll."

Mr. Torp lächelte selbstzufrieden und zog an seiner Pfeife. Er sprach von „draußen" mit der Überlegenheit eines Mannes, der wohlbehalten und behaglich in der Gesellschaft aristokratischer Grabsteine lebte. Aber dieser verschlagene Aplomb änderte sich bald, als er seinen Schwiegersohn in das Innere des Schuppens führte. Die beiden Männer setzten sich nebeneinander auf eine mit Steinstaub bedeckte Bank.

„Sagen Sie, Mister", begann John Torp, „'s war erst gestern, daß ich viel über Sie nachgedacht habe. Der Teufel soll mich holen, wenn es nicht wahr ist! Ich war draußen an dem schönen Abend, beim alten Round in Farmer's Rest, und wer ist da plötzlich hereingekommen, um eine Partie Dame oder so was Ähnliches zu spielen, wenn nicht dieser Monk aus dem Herrenhaus. Die zwei sind ein Paar von Teufeln, wenn was zum Trinken auf dem Tisch steht; und es war gut, daß ich der Mann bin, der ich bin, mit einem Kürbis, dem ein so schwaches Bier, wie's diese Leute brauen, nichts anhaben kann, wenn Sie verstehen, was ich meine?"

Wolf nickte scharfsinnig und hielt das Manuskript auf seinen Knien.

„Und da haben diese beiden heimtückischen Kerle angefangen, über den jungen Redfern zu reden, und vielleicht haben sie vergessen, daß ich der Alte von Ihrer Gemahlin bin, oder vielleicht haben sie vergessen, daß ich überhaupt da war, denn ich sitze ja außer Hause immer ruhig da wie ein Stein, wissen Sie. Und was muß dieser dreckige Kerl aus den Shires sagen? Sagt er nicht, seit Sie wieder beim Squire sind und die Stelle des jungen Redfern genommen haben, hat sich der Geist dieses armen jungen Mannes wie durch ein Wunder beruhigt. Es scheint, daß ihnen das Gespenst dieses Burschen das Leben hübsch sauer gemacht hat! Aber seit Sie zurückgekommen sind, Mister, wie ein Hund zu seiner Kotze, wenn Sie den Ausdruck entschuldigen wollen, hat dieses Gespenst alle drei so ruhig schlafen lassen wie Säuglinge!"

Mr. Torp machte eine Pause und blickte nervös um sich. Dann tat er einige lange nachdenkliche Züge aus seiner Pfeife.

„Es war nicht hübsch", sagte er und blickte Wolf mit halbgeschlossenen Augen von der Seite an, „es war nicht hübsch, zu hören, was die zwei über Sie gesagt haben."

„Was sagten sie denn, Mr. Torp? Also los! Jetzt müssen Sie's mir schon sagen!"

Der Steinmetz blickte sich nach irgendeinem imaginären Spucknapf um und spuckte dann außergewöhnlich ungeschickt auf die Front des großen inschriftlosen Grabsteines vor ihm. Wolf beobachtete, wie die weiße Spucke langsam über den gelben Stein hinabtröpfelte, und er dachte: „Was für Dinge gibt es auf der Welt, die einen bestimmten Platz in Zeit und Raum besitzen! Hier ist Mr. Torps ,Patzen', wie sich die Ramsgarder Jungen ausdrücken würden ... und dort ist jene große, runde Träne aus Gerdas Auge, die ich heute morgen auf meinem Handrücken sah, als wir wegen des Schecks stritten ... und dann ist dort jenes Blatt auf dem Fleischerwagen! Ailinon! Ailinon! Was für Dinge gibt es doch auf der Welt!"

„Sie sagten", fuhr der Steinmetz fort, „daß Sie als nächster abfahren würden! Sie sagten, daß der Geist dieses armen Kerls nur deshalb Ruhe gibt und bleibt, wo er bleiben sollte, weil es ihm ein Trost ist, daß ihm bald ein anderer nachkommen wird. Es war nicht hübsch, das reden zu hören, Mister; und es war sicher nur deshalb, weil ich ganz ruhig bei meinem Glase dort gesessen bin, sonst hätten sie nie solche Reden geführt. Aber das ist's, was sie gesprochen haben; und jetzt hab ich's Ihnen erzählt."

Er hielt inne und seufzte schwer.

„Sie waren zu Gerdas Mutter und zu mir immer so, wie ein feiner Herr sein soll. Aber das ist's, was diese Kerle gesagt haben." Und Mr. Torp richtete einen etwas düsteren Blick auf seine Spucke, während diese über den unbeschriebenen Grabstein hinabbrannte. „Ein Gelehrter so wie Sie", -begann der Denkmalerzeuger wieder, „würde wohl nichts auf die Worte von so einfachen Leuten, wie die zwei es sind, geben. Aber ich bin kein Gelehrter und diese Gedanken lassen mir keine Ruhe. Es ist ganz gut für feine Herren, der Vorsehung die Faust zu zeigen. Aber die Leute, deren Kopf überarbeitet ist, haben sich vor Ihm in acht zu nehmen. Wenn es nichts anderes wäre als Seuchen und Pestilenzen, die Er uns schickt, wäre es ja ganz gleich. Aber diese Blitzschläge sind's, die Morde und plötzlichen Todesfälle, vor denen wir uns schützen müssen, genauso wie die armen Tiere auf dem Felde!"

Wolf schob das Manuskript auf seinen Knien bequemer zurecht.

„Ich muß zugeben", sagte er ernst, „daß ich tatsächlich, es wird so gegen Neujahr gewesen sein, bemerkt habe, daß Round und Monk seit meiner Rückkehr zu Urquhart besserer Stimmung wurden. Ich hatte gedacht, daß Rounds Verstand schon vollkommen verloren sei. Und ich hatte gedacht, daß Monk immer nervöser werde. Aber, wie gesagt, ich bemerkte, daß meine Rückkehr dorthin sie alle ganz erstaunlich aufzuheitern schien! Also ... Sie sehen, Mr. Torp, ich bin absolut nicht undankbar für Ihre Warnung." Er erhob sich während dieser Worte und nahm seine Last unter den Arm. „Aber die Frage bleibt bestehen", so schloß er mit einer Heiterkeit, die ein wenig gezwungen war, „aber die Frage bleibt bestehen, was soll ich tun, um die Vorsehung günstig zu stimmen und diesen schrecklichen Begebenheiten zu entgehen?"

Mr. Torp ging langsam zu einem Regal im Hintergrunde des Schuppens und kam mit seinem Meißel zurück. Dann klopfte der gute Mann, mit seiner professionellen Waffe versehen, auf den großen Sandsteinblock.

„'s ist trotz meinem Beruf kein besonders angenehmer Gedanke", bemerkte er, „daß ich über eine kleine Weile, wie's in der Schrift heißt, auf das Grabmal meines einzigen Schwiegersohnes ‚Ruhe sanft' meißeln werde. Aber da wir schon einmal ganz gemütlich und ruhig über dieses traurige Thema sprechen, Herr" — Mr. Torps Stimme nahm ihren Leichenbestatterton an, den langer Gebrauch so völlig verschieden von seiner normalen Sprache gestaltet hatte —, „wäre es mir eine große Hilfe, Mister, wenn Sie mir für die Zukunft einen Wink geben wollten, was für einen Satz — aus der Bibel oder aus der gewöhnlichen Sprache — ich Ihnen am besten draufmeißeln soll?"

Der plumpe alte Schelm sah so ernst drein, als er dies sagte und den Stein mit der Spitze seines Werkzeuges berührte, während er Wolf anstarrte, daß dieser nicht das Herz hatte, es als eine Art von Scherz des Mannes zu behandeln.

„Das überlasse ich gänzlich Ihnen, Mr. Torp", sagte er mit gleichem Ernst, während er sich verabschiedete. „Ich bin überrascht, daß Redfern mit allem, was Sie für ihn getan haben, nicht zufrieden war. Ich versichere Ihnen, daß ich es sein werde! Aber wir wollen hoffen, daß dieser leere Stein noch lange Zeit wird warten müssen ... um Gerdas willen! Nun, adieu, Mr. Torp. Ich werde Ihre Warnung nicht vergessen. Ich werde mich vor ‚Morden und plötzlichem Tod' hüten!"

Während er durch Chequers Street ging, lachte er reichlich verdrossen. So absurd das alles war, war er abergläubisch genug, dieses betrunkene Geschwätz von Farmer's Rest nicht mit der gebührenden Verachtung betrachten zu können.

Sein Geist begann jetzt zu jener abschließenden Szene mit Gerda zurückzukehren. Sie hatte tatsächlich körperliche Gewalt gegen ihn angewandt, als er den Scheck unter Mukalog hervorzog, etwas, was sie vorher noch nie getan hatte. Ihre letzten Worte durch die offene Tür, als er wegging, kamen aus einer von Tränen erstickten Kehle: „Es wird dir leid tun, Wolf! Es wird dir leid tun!"

Er hätte gerne gewußt, was sie damit gemeint hatte. Wieder Bob Weevil! Aber er hatte Bob Weevil schon ganz ausgeschaltet. Es war bei dem Burschen nichts anderes als unbefriedigte Geilheit; und Gerdas eigene Worte, als sie ihm von ihrer Kälte gegen Weevil gesprochen hatte, hatten den echten Klang von Wahrheit gehabt. Aber man konnte in diesen Dingen nie etwas Genaues wissen! Vielleicht schrieb sie jetzt in eben diesem Augenblick einen Brief, in dem sie Weevil in ihr Haus rief.

Er hatte die auf Babylon Hill führende Abzweigung erreicht und dachte einen Augenblick darüber nach, ob er nicht diesen Weg benützen und an den Lärchen vorbei nach King's Barton gehen sollte. Aber er entschied sich anders und ging weiter. Als er an die Stelle kam, an welcher die zur Buchhandlung führende Straße abzweigte, machte er wieder halt. „Was zum Teufel ist mit mir los", dachte er. „Ich habe das Gefühl, als ob mich eine ganze Anzahl unsichtbarer Drähte in diese Stadt zurückzögen! Wollen die Geister nicht, daß ich Urquhart sein Manuskript bringe? Bin ich wie William von Deloraine in Scotts Gedicht, mit dem Buche des Hexenmeisters unter dem Arm?"

Er sah auf die Uhr. Es war schon halb zwölf. Er würde erst nach zwölf Uhr ins Herrenhaus kommen können und der Squire würde ihn ohne Zweifel zum Mittagessen dortbehalten wollen. „Er wird dies um so mehr wollen, wenn ich ihm seine zweihundert Pfund zurückgebe. Er wird dann glänzend gelaunt sein!"

Er stand zögernd an der vertrauten Stelle, wo er schon so oft früher gezögert hatte. Es war jedoch das erste Mal, daß er dies tat, wenn er Blacksod verließ. „Ich glaube nicht, daß es Christie absurd vorkäme", sagte er zu sich, „wenn ich für eine halbe Stunde zu ihr sähe, ehe ich weitergehe? Ich glaube nicht, daß ich ihr das Gefühl verursachen würde, daß in Preston Lane etwas nicht in Ordnung ist." Er stellte sich diese Fragen, während er mit dem Gesicht gegen den Ostwind dastand, mit der einen Hand den Kragen aufstellte und er mit der anderen Stock und Manuskript hielt; wieder einmal dachte er an William von Deloraine, beladen mit dem Buche des Zauberers.

Es verursachte Wolf stets ein besonders angenehmes Gefühl, so seinen Stock fester zu fassen, so sich enger in seinen verschossenen Mantel zu hüllen. Gegenstände solcher Art spielten eine seltsame Rolle in seiner geheimen Lebensillusion. Sein Stock glich dem Griff eines Pfluges, dem Steuer eines Schiffes, einer Flinte, einem Degen, einem Schwert, einem Speer. Sein fadenscheiniger Mantel glich einem mittelalterlichen Wams, einer Mönchskutte, einer klassischen Toga! Es bereitete ihm ein primitives Vergnügen, bloß einen Fuß vor den anderen zu setzen, bloß den Boden mit seinem Stock zu stochern, bloß das Flattern des Mantels um seine Knie zu empfinden, wenn diese Stimmung in ihm vorherrschte. Sie verband sich stets mit seinem Bewußtsein der — so unglaublich mit den Wundern träumender Phantasie beladenen — historischen Kontinuität menschlicher Wesen, die sich dahin und dorthin über die Erde bewegten. Sie verband sich auch mit seinem tiefen, hartnäckigen Kampf gegen die modernen Erfindungen, gegen moderne Maschinen und mit seinem Entschluß, diese Modernität — soweit sein eigenes Leben in Frage kam — zu verdrängen, ihr nicht nur Widerstand zu leisten, sondern sie durch ebenso feine Tücke zu überlisten.

Verdammte Unschlüssigkeit! Diese verfluchte Schwierigkeit, sich zu entscheiden, überhaupt irgend etwas zu entscheiden, schien bei ihm zur Besessenheit zu werden. Sich entscheiden zu müssen ... das war das furchtbarste Elend auf Erden!

Er fühlte ein heftiges Widerstreben, Christie gerade nach seinem Streite mit Gerda zu sehen. Was ihn jetzt am meisten traf, war nicht das tränennasse Gesicht am Ende, auch nicht jene geheimnisvolle Drohung, die sich wohl auf Weevil bezog, sondern die eine große Träne, die er auf dem Rücken seiner Hand gesehen hatte, als er jene Lade schloß.

Was er sich jetzt als sein Motiv einzureden versuchte, als er sich endlich von jenem schicksalsschweren Kreuzweg losriß und zu der Buchhandlung eilte, war seine Unlust, von Urquhart zum Lunch behalten zu werden. „Ich werde ihn gegen zwei Uhr erreichen", dachte er. „Das ist der schwächste Pulsschlag das Tages. Und ich werde zum Tee nach Hause gehen und beim stärksten Pulsschlag des Tages die Sache mit Gerda abmachen."

Ein instinktiver Wunsch, den Anblick Mr. Malakites zu vermeiden, führte ihn direkt zu der Seitentür. Wie überrascht war er, diese kleine Pforte weit offen zu finden! Da lag vor ihm die schmale Stiege, die gleich in Christies Zimmer hinaufführte.

Diesmal zögerte er nicht. Den Stock in der einen Hand, das Manuskript in der anderen, lief er die Stufen hinauf. Da war Christies Tür, ebenfalls weit offen! Er trat ein und rief weich und zärtlich ihren Namen. Keine Antwort! Er ging durch den Alkoven in ihr Schlafzimmer. Das kalte graue Licht lag auf ihrer Steppdecke wie das erste Licht des Morgens auf einem geglätteten Leichentuch.

Als er eintrat, konnte er einen Blick auf sich selbst in jenem Merlinspiegel tun, und der Ausdruck auf seinem Gesicht verursachte ihm einen unangenehmen Schock. Er ging in ihr Wohnzimmer zurück und schloß behutsam hinter sich die Tür. Dann trat er zum Feuer, stellte sich davor und wärmte seine Hände. Auf dem Kamin stand eine kleine Schale mit weißlichen Veilchen, unter denen zwei Primeln staken, die eine voll aufgeblüht, die andere noch in der Knospe.

Er beugte sich vor, um an diesem zarten Blumenstrauß zu riechen, und es war ihm, als hätte er den wahren Duft seiner Eigentümerin eingeatmet. Dann begann er, eher durch eine nervöse Unrast als durch Neugier veranlaßt, in dem Zimmer umherzugehen und Bücher und Papiere anzufassen. Plötzlich kam er, als er mit den Fingerspitzen über die so wohl bekannten Bücher auf den Regalen fuhr, auf ein großes dünnes Schreibheft, das zwischen Spinoza und Hegel eingekeilt war. Dieses zog er heraus und öffnete es mechanisch, wobei er innerlich mehr mit Gerda und den zweihundert Pfund beschäftigt war als mit seinem Tun. Doch nachdem er zwei oder drei Sätze lässig angesehen hatte, begann er sofort heimlich und schuldbewußt zu lesen, während er bewegungslos auf der Stelle stehenblieb und die Seiten mit der fieberhaften Erregung eines tempelschänderischen Diebes umwandte.

Das Wort „Schiefer" in großen Buchstaben auf der ersten Seite des Heftes war ihm nicht entgangen. Doch die Stelle, die er jetzt las, befand sich in der Mitte des Buches und es war ein spezieller Absatz, der ihn mit einem schwachen raspelnden Geräusch Atem schöpfen ließ. Es las sich mehr wie Notizen für ein Buch denn wie irgend etwas anderes, aber das mochte ihr Stil sein.

„Scham? Sie fühlte nichts Derartiges! Menschliche Traditionen bedeuteten ihr wenig. Geheiligte Schuld. Verbotene Türschwellen.

Bloß Sitte! Bloß alte moosbedeckte Meilensteine der Sitte! Aber
das Schweigen, das folgte, nachdem das Geräusch seiner Schritte
erstorben war? Tropfen; eins, zwei, drei, vier... Vier Tropfen.
Tropfen von Säure auf den Einschnitten eines Ornamentes in Wachs.
Die erregten Sinne eines Mädchens, die dem Alter Begierde erwecken.
Welch seltsames Ding! Dünne Schmetterlingsflügel, die flattern und
beben, beben und flattern; und alte, kalte Wollust, die ihnen ent-
gegenkommt. Sonderbar, nicht schrecklich. Ein chemisches Phänomen. Interessant in einer besonderen Art. Der Gegensatz lästigen
Alltags! Etwas Aufschreckendes und Primitives. Aber wie seltsam,
daß die aus der einen Richtung erregten Sinne eines Mädchens in
eine andere Richtung Signale winken können! Unbewußt. Ganz
unbewußt. Schmetterlingsflügel, die beben. Gehen und kommen
die Gedanken in irgendeiner seltsamen ‚Substanz‘, die Geist genannt
wird... oder sind sie alles, was es gibt? Erinnerung. Was ist Erinnerung, wenn es keine ‚Sustanz‘ gibt?... Sie glitt hinab über die
alte schlüpfrige Rinne in die alte tiefe Höhle. Vergessen. Ein Mädchen,
das Erinnerung seziert und ihre Scham vergißt! Warum sollte sie
nicht vergessen? Es war ein sehr alter Mann. In ein paar Jahren,
vielleicht in weniger als einem Jahr, würde sie in sein totes Gesicht
sehen. Noch ein paar Jahre, und jemand anderer würde in ihr totes
Gesicht sehen. ‚So zu leben, daß man nichts bereut!‘ Es muß ein
junger Mann gewesen sein, der das gesagt hat. Jedenfalls ein Mann.
Reue als Vorrecht des Mannes! Natur. Es lag in der Natur, daß die
Mädchen sich versteckten und ihre Köpfe verhüllten. Natur hat
keine Reue. Natur hat keine ‚Substanz‘ hinter ihren Gedanken.
Gedanken ohne ‚Substanz‘. Eins... zwei... drei... Drei Tropfen
Säure in ein in Wachs gegrabenes Ornament? Das Mädchen lächelte
in den Spiegel ihrer Mutter. Gedanken ohne ‚Substanz‘! Schmetter-
lingsflügel, die beben. Unbewußte Signale. Dummes kleines Ding:
Der alte Mann meinte ja gar nichts. Es war ja nur dein —"

Wolf wurde in seiner Lektüre durch das Geräusch einer unten
zugeworfenen Tür und rascher Schritte auf der Stiege unterbrochen.
Er schloß das Heft und stellte es zurück. In seiner Eile legte er es jedoch
um ein Fach höher. Nicht nur dies, sondern er ließ es auf den Büchern
liegen, statt es zwischen sie zu schieben. Dann ging er zum Kamin.
  Christie kam hereingestürzt, die Arme mit Paketen beladen, das
Gesicht glühend in der Zufriedenheit eines Mädchens, das einige
günstige Einkäufe besorgt hat.
  „Wolf!... Sie haben mich erschreckt!" Sie keuchte ein wenig und

legte die Pakete auf den Tisch. Dann riß sie ihren Hut vom Kopf und warf ihn auf die Bücher.

„Es tut mir sehr leid, Liebste", sagte er leichthin, nahm sie bei den Schultern und küßte sie auf die heiße Stirn, „aber ich fand die Tür offen und kam herauf. Es macht Ihnen doch nichts, Chris, nicht wahr?"

Er war entsetzt, zu sehen, daß sich ihr Blick gleich einer Kompaßnadel sofort auf das Bücherregal richtete.

„Sie haben es gelesen!" rief sie, riß sich von ihm los und stürzte zu den Büchern. Hastig griff sie nach dem Heft. Sie rollte es zwischen den Fingern, bis es eine wirkliche Posaune des Jüngsten Gerichtes wurde, und schlug mit dem Ende dieser Rolle auf den Tisch. „Wolf!" rief sie, „ich schäme mich Ihrer! Ich wußte, daß ich es draußen gelassen hatte! Ich verberge es stets Vaters wegen; aber ich wußte, daß ich es draußen gelassen hatte! Sobald ich sah, daß die Tür geschlossen war, dachte ich: ‚Vater ist drin und ich habe es draußen gelassen!' und jetzt sind Sie es, der es getan hat! Oh, Wolf, wie konnten Sie das, wie konnten Sie das?"

Vielleicht nie in seinem Leben — nicht einmal damals, als er vor der Direktion des College in London hatte erscheinen müssen, um seinen tollen Tanz des Zornes zu verantworten — hatte er sich so gedemütigt gefühlt.

„Verzeihen Sie, Christie!" platzte er heraus. „Es war unrecht von mir. Ich tat es irgendwie ... ich weiß nicht wie! ... Ohne es zu beabsichtigen ..." Er machte eine schwache Bewegung auf sie zu, dorthin, wo sie am Rande des Tisches stand, ihr Kinn hoch erhoben, die Augen buchstäblich funkelnd, die geschwungenen Linien der Lippen viel röter als sonst. Er hatte sie noch nie so schön gesehen. Aber ihr Zorn erschreckte und lähmte ihn.

„Ich habe nur zwei oder drei Wörter gelesen, Chris ... Eigentlich bloß einen Satz ... das war alles."

Sie fuhr mit ihrer Posaune des Jüngsten Gerichtes über den Tisch. Sie schwenkte sie hin und her, als ob sie in Dünensand eine Furche ziehen wollte; und unter diesen Streichen fiel der kleine Band der „Hydriotaphia" wirbelnd zu Boden, wo er mit dem Gesicht abwärts vor Wolfs Füßen liegen blieb.

Wolf wich zurück und erwartete jeden Augenblick, sein Manuskript dem „Urnenbegräbnis" folgen zu sehen. Der Gedanke an die Reiherfeder zuckte ihm durch den Kopf; aber er wagte es nicht, sich zu bewegen, um das Mädchen nicht noch mehr zu reizen. Albern schloß und öffnete er die Finger und starrte auf das Band um ihre Taille.

„Ich möchte fort von euch beiden!" rief sie leidenschaftlich. „Ich möchte fort von jedermann, dorthin, wo niemand mich findet!"

„Es tut mir sehr leid, Christie", wiederholte er hilflos.

„Es zu lesen", begann sie wieder, „während ich nicht hier war, und obwohl Sie wußten, was mir das bedeutet!" Ihre Stimme wurde jetzt rauh und würgend. Dann lief ein Schauer durch sie und ihre zarte Gestalt wurde steif. Mit einem langen prüfenden Blick schien sie durch sein umhertastendes bestürztes Bewußtsein gerade hindurchzustarren.

„Ich werde gehen, Christie", murmelte er. „Seien Sie nicht zu zornig. Ich sage ja, daß es unrecht von mir war, das zu tun. Ich werde jetzt gehen. Ich bin nur für eine Minute heraufgekommen."

Sie ließ das Heft auf den Tisch fallen; preßte beide Hände gegen das Gesicht, tat sie dann voneinander, strich sich über Wangen und Augenbrauen und zog die zarte Haut in grotesker Verzerrung straff. Als dann ihre Hände hinabsanken, bemerkte er, daß der Zorn verschwunden war. Ihr Ausdruck was sanft geworden und traurig.

„Was ist das?" fragte sie mit leiser Stimme und zeigte auf Mr. Urquharts Manuskript. Wolf beugte sich hastig nieder und hob das Buch vom Boden auf. Er erblickte die Feder, die wohlbehalten zwischen den Blättern lag, als er das Buch auf den Tisch legte.

„Die ‚Geschichte von Dorset'", sagte er eifrig. „Sie wissen, dieses entsetzliche Buch."

Er versuchte scherzhaft zu sprechen.

„Ich habe die Geilheit des alten Knaben ein wenig in meine Richtung abgelenkt. Es ist noch immer recht abscheulich, aber es ist wenigstens nicht mehr bloßer Unflat. Tatsächlich, ich sähe es ganz gerne, wenn einige Leute, die ich kenne, es läsen. Es ist grausam. Es ist wie Swift."

Über Christies ausdrucksvolles Gesicht, dessen Weiße durch die Mißhandlung, die sie ihm hatte zuteil werden lassen, mit roten Flecken bedeckt war, huschte ein zärtliches ironisches Lächeln.

„Sie sind wie Swift, Wolf", flüsterte sie, „wenn Sie den Leuten ins Zimmer kommen und in ihren Sachen wühlen."

„Da, Chris! Schauen Sie sich's an, was Sie davon halten", rief er und schob ihr das große in Pergament gebundene Buch hin.

Aber sie blätterte nur mechanisch in den Seiten.

„Es ist fast ein Jahr, seit ich es begonnen habe, Chris. Nächsten Freitag wird es ein Jahr sein, daß ich hierhergekommen bin ... Wenn man nämlich nach dem Datum rechnet."

Sie neigte ihren Kopf über den weißen Pergamentband — er hatte eigentlich die Form eines Hauptbuches, Wolf hatte ihn bei dem Papierhändler in der High Street gekauft, weil er ihn einem Stoß loser Blätter vorzog —, und als sie ihr Gesicht wieder erhob, glich ihr Ausdruck genau dem einer jungen archaischen Priesterin.

„Also ist am nächsten Samstag", sagte sie, „nicht nur der Hochzeitstag Ihrer Schwester, es ist der Jahrestag Ihres ersten Besuches in diesem Zimmer . . . unserer ersten Begegnung."

Er machte eine zweite recht nervöse Bewegung auf sie zu. Aber sie gebot ihm Einhalt, indem sie wieder den Pergamentband aufnahm.

„Ich bin froh, daß Sie zu dieser Arbeit zurückgegangen sind", sagte sie gedankenvoll. „Ich hatte stets die instinktive Angst, daß Urquhart Ihnen etwas anhaben würde, wenn Sie nicht täten, was er von Ihnen wollte."

Wolf lachte gezwungen. „Sie skrupelloses kleines Ding! Und wie, wenn Urquhart wirklich der Teufel wäre . . . Müßte ich dann auch zu ihm zurückgehen?"

Christie hob ihre dünnen Schultern. „Meine Mutter pflegte mir zu erzählen", sagte sie, „daß alle Engel sich in Dämonen verwandeln können, und alle Dämonen in Engel."

„Merlin und seine Mutter!" warf er hin, aber sein Gesicht war ebenso ernst wie das ihre. „Christie", rief er plötzlich nach einer Pause, „warum könnten wir beide nicht einmal einen Tag von hier fort, irgendwohin, fort von hier? Könnten wir nicht zum Beispiel nach Weymouth fahren, sagen wir am nächsten Sonntag, wenn die Hochzeit vorüber ist? Gerdas Mutter liebt es, wenn Gerda an Sonntagen manchmal zu ihr kommt; so brauchten wir also nicht das Gefühl zu haben, als ob sie —"

Er wurde durch eine ungeduldige Stimme unterbrochen, die vom Fuße der Stiege Christies Namen rief.

Nach dem, was er in jenem Schreibheft gelesen hatte, empfand er eine merkwürdige Scheu, dem Mädchen ins Auge zu sehen. Aber sie ging mit erhabener Nichtachtung darüber hinweg. Er konnte nicht einmal sagen, ob sie seine Verlegenheit auch nur fühlte.

„Leben Sie wohl, Lieber", sagte sie mit einem völlig aufrichtigen und liebevollen Lächeln. „Vater wird schon ungeduldig wegen seines Essens. Armer Vater! Er wird noch drei Viertelstunden warten müssen . . . nun, vielleicht nur vierzig Minuten!" Bei diesen Worten führte sie Wolf an der Hand zur Tür. Er hatte schon alle seine Sachen genommen. „Fort mit Ihnen!" flüsterte sie. „Rasch! Rasch! Rasch! Vater würde Sie hierbehalten wollen und ich kann Mahlzeiten à trois nicht leiden!"

Während er die wackelige Hintertreppe hinablief, konnte er hören, wie sie am Ofen im Alkoven mit der Kasserolle klapperte. Sein Wunsch, aus ihrem Zimmer zu kommen, ohne Mr. Malakite zu sehen, war jetzt stärker als früher der Wunsch, ohne ihn zu sehen, in Christies Zimmer zu gelangen.

Nur wenig Aufmerksamkeit schenkte er den Leuten oder den Gegenständen, an denen er vorbeikam, während er sich von der Buchhandlung entfernte! Als er aber die Evershot Road hinter sich hatte, trugen ihn seine Füße nur mehr langsam. Was er in „Schiefer" gelesen hatte – in jenen kurzen, gedrängten Sätzen –, zog durch seinen Sinn gleich verdorbenen Sängerknaben in weißen Chorhemden. „Habe ich das getan, was sie dort angedeutet hat?" fragte er sich. „Habe ich ihre Sinne durch mein Vordringen und Michzurückziehen gereizt, bis sie etwas verloren hat, das für ein Mädchen wesentlich ist?"

Beim Weitergehen stöhnte er laut und zog seinen Stock auf dem Boden nach. „Was wird das Resultat sein, wenn jener alte Mann wirklich begonnen hat, ihr so nachzustellen?"

Und bitter kehrte er jetzt zu seiner kindlichen Einbildung zurück, daß sein Stock dem Speer Williams von Deloraine gleiche. Als er langsam weiterschritt, begann er eine tödliche innerliche Revue seines Geisteszustandes abzuhalten. Gleich einer schwarzen auf Wänden und Zimmerdecken kriechenden Fliege machte sich sein Bewußtsein daran, seine eigenen Grenzen zu erkunden. „Ich habe keine Gewißheit", dachte er. „Ich glaube an keine Realität. Ich glaube nicht, daß diese Straße und dieser Himmel wirklich sind. Ich glaube nicht, daß die unsichtbaren Welten hinter dieser Straße und diesem Himmel irgendwie wirklicher sind als diese. Träume innerhalb von Träumen! Alles ist, wie ich es erschaffe. Ich bin der elende Demiurg des ganzen Schauspieles... Allein... allein... allein! Wenn ich Schönheit erschaffe, ist Schönheit. Wenn ich Abscheulichkeit erschaffe, ist Abscheulichkeit! Ich muß diesen knarrenden Mechanismus meines Geistes in die richtige Stellung bringen; und dann folgt alles daraus. Dann kann ich den alten Mann abhalten, Christie nachzustellen. Dann kann ich Gerda glücklich machen ohne die zweihundert Pfund!"

Ein blasser düsterer Ekel vor den primären Bedingungen alles menschlichen Lebens ergriff Besitz von ihm. Die tolle Einbildung ergriff Besitz von ihm, daß er in diesem Augenblick etwas von dem wußte, was die schuldige einsame Macht, die hinter dem Leben steht, wußte, während sie ihrem Zwecke zustrebte. War er also selber im Bunde mit diesem erbarmungslosen Ding, das er aus seinem tiefsten Herzensgrund verfluchte? Wußte er, was Es fühlte, angesichts aller dieser

Schattenwelten, die, Traum im Traum, schwankten wie Rauch und nur Gedanken widerspiegelten... nichts als Gedankenkreise? Gerade so, wie er dann, wenn er von seiner Mythologie besessen war, fühlte, daß das Leben in magischen Strömen grünen süßen Saftes emporstieg, schien es ihm jetzt, als ob er durch eine Welt nach der anderen sinken könnte, um sie alle verseucht zu finden, alle vergiftet, alle zersetzt durch irgendeinen unnatürlichen Fehler. Der einzige Trost war der, daß sie alle gleichermaßen phantastisch waren. Nichts war wirklich außer Gedanken in bewußten Geistern; und alle Gedanken waren verderbt.

Hatte Gerda mit diesen letzten Worten wirklich gemeint, daß sie ihre Beziehungen zu Bob Weevil erneuern wollte? Sein Geist verbildlichte sich jetzt Bob Weevil mit einer besessenen Lebhaftigkeit. Er sah sein Gesicht, seine Kleider, seine gelben Schuhe. Er sah seine schwere goldene Uhrkette. Lehrten die Heiligen, daß man jede lebende Seele ebenso, wie man sie bemitleiden mußte, auch lieben mußte? Er konnte Bob Weevil bemitleiden. Bob Weevil hatte ebensowenig darum gebeten, geboren zu werden, wie er selbst es getan hatte. Aber die Bob Weevils der Welt zu lieben? Nun ja. Die großen Heiligen konnten dies. Die konnten sehen, wie der tragische Zwang der Geburt einem jeden Nachkommen Adams mit einer unheimlichen Einzigkeit das Brandmal auf die Stirn drückte. Aber es war zuviel, dies von ihm zu verlangen... zuviel...

In diesem Augenblick seiner abstrakten Wanderungen war es, daß Wolf plötzlich dem Eingang zu dem kleinen Fahrweg — pompös als „Privatstraße" bezeichnet — gegenüberstand, der zu der Villa von Bob Weevils Vater führte.

„Das muß es gewesen sein", dachte er, „das mich so, wie ein Brief an der Tür, an die Wasserratte erinnert hat."

Von einem plötzlichen Impuls getrieben, den er sich gar nicht zu erklären versuchte, ging er jetzt diese „Privatstraße" hinan. Der Ostwind stöhnte einsam durch die Lorbeerbüsche zu beiden Seiten des Weges. „Er ist oft genug in mein Privatleben eingedrungen", dachte er. „Warum sollte ich nicht einmal in seinen Privatbesitz eindringen?"

„Ist Mr. Weevil... Mr. Bob Weevil zu Hause?" fragte er das Dienstmädchen, das die Tür öffnete. Sie hatte freundliche blaue Augen, diese Magd, aber sie sah belustigt und erstaunt drein, als sie ihn sah.

„Ich werde gleich nachschauen, ob Mr. Bob gekommen ist", sagte sie. „Wollen Sie Platz nehmen, Sir?"

Sie ging und Wolf setzte sich gehorsam nieder. Der Raum war sicher die kälteste, freudloseste, abstoßendste Eingangshall, in der er je gewartet hatte. „Ich ziehe die Art von Mr. Torps Haus dem hier vor", dachte er, während er auf seinem eisigen Sessel hin- und herfuhr und die Schultern krümmte, um die pseudoantiken Kurven nicht zu berühren.

Müde richtete er ein glanzloses Auge auf eine schwere Marmorplatte, die, von geschnittenen Alabastersäulen getragen, ihm gegenüber stand. „Ich glaube", so dachte er wild, während er gegen eine Welle überwältigenden Verdrusses ankämpfte, „daß Bob Weevil wohl kaum sein Interesse an Damenbeinen auf Alabastersphinxen ausdehnt!"

Kein einziger Gegenstand in dieser Eingangshall gefiel ihm. Was die greifenklauigen Füße betraf, auf denen diese Alabasterknöchel ruhten, konnte er fühlen, wie sie ihn geradezu in den Eingeweiden kratzten und hechelten. Fest drückte er seinen Pergamentband an sich, umfaßte seinen Stock; fühlte sich aber nicht mehr wie William von Deloraine. Er fühlte sich mehr wie der Zwerg des Ritters, der schließlich ganz dem Blicke entschwand und rief: „Verloren! Verloren! Verloren!"

Nichts Weiches oder Freundliches, auch nichts Derbes oder Feines schien auch nur von ferne die verheerende Pompösität dieser Einrichtung berührt zu haben. An der Seite einer der Greifenklauen war ein kleiner formloser Staubwulst; und Wolf blickte ihn mit ausgesprochener Erleichterung an. Es lag etwas Beruhigendes in ihm. Er hätte in einem Landhaus sein können, in einer Scheune, in seinem eigenen Wohnzimmer. Es war ein Zeichen, daß Wolf nicht an einen Platz entrückt worden war, von dem es keinen Rückweg gab.

Aber selbst dieses bißchen Staub — und S t a u b war doch etwas, das wenigstens einen authentischen Platz in der menschlichen Geschichte einnahm! — konnte ihm gerade jetzt, in einem Zustande, der eine wirkliche Auflösung seines Wesens zu werden drohte, nicht helfen. Die geistige „Aura", die vom Wohnsitze der Weevils ausging, fiel ihn an, gleich Miasmen der Trostlosigkeit, die sich mit Gerdas Zorn vermengten, mit dem, was er in Christies Schreibheft gelesen hatte, und mit dem Gedanken, daß er Mr. Urquhart entgegentreten mußte. Die Kraft schien in ihm zu versiegen. Langsam erhob er sich; wandte seine Augen von der Marmorplatte ab und starrte jetzt auf einen vergoldeten Tisch mit einer fransenbesetzten Decke und einer bronzenen Tasse, die eine einzige schwarzumränderte Visitenkarte enthielt.

Er stützte sich auf seinen Stock und betrachtete diese Karte in einer Art Hypnose des Elends. Das Leben schien ganz und gar zusammengesetzt aus weinenden Gesichtern, alten Männern, die sich über Stiegen in Schlafzimmer schlichen, Grabsteinen, über die Speichel hinabtröpfelte, und schwarzgeränderten Visitenkarten. Er hatte das Gefühl, als ob die Erste Ursache des Universums ein bösartiger kleiner Wurm wäre, der in vernichtenden zentrifugalen Luftwellen eine tödliche Seuche ausstrahlte.

Er verschob das Gewicht des Buches ein wenig. Er verschob die Balance seines Stockes. Er hatte das Gefühl, als ob er mit Stock und Buch durch den ewigen Raum reiste, während der bösartige Wurm, aus dessen schlechter Laune Zeit und Raum geboren waren, ihn mit einem säuerlich riechenden Saft bespritzte.

In diesem Augenblick kam Bob Weevil selbst eilig die Stiege herab. Wolf ging ihm durch die Hall entgegen und dachte bei sich: „Der Einfaltspinsel muß sich die ganze Zeit herausgeputzt haben!" Denn gewiß waren der Anzug, die Krawatte, der Kragen, die Socken, die Schuhe, die die „Wasserratte" an diesem Samstagnachmittag trug, die letzte Errungenschaft für Blacksod!

Der junge Mann entschuldigte sich hastig, daß er seinen Besucher habe warten lassen. Mr. Weevil senior aß, wie sich zeigte, bereits sein Mittagmahl, aber Bob hatte ein eigenes Gedeck auflegen lassen und fragte, ob Mr. Solent ihnen nicht die Ehre seiner Gesellschaft erweisen wollte?

Die Mahlzeit — halb Lunch, halb Dinner —, die nun folgte, war etwas, das sich unauslöschlich in Wolfs Gedächtnis einprägte. Er kam endlich zu dem Schluß, daß es nur der vorangegangene Kampf mit der trägen Tücke der Leblosigkeit in jener schrecklichen Hall gewesen war, der ihm die Kraft gegeben hatte, die Sache durchzuhalten. Und dies tat er immerhin wirklich und mit einer Gewandtheit, die ihn selbst verblüffte, denn schon zu Beginn wurde ihm ein überraschender Schlag zuteil. Die Anwesenheit des albernen alten Mannes an der Spitze der Tafel, der über seinem Essen mummelte und in läppischer Schwelgerei schmatzte, hinderte Bob Weevil nicht, jede einzelne seiner „Karten", wenn man sie so nennen konnte, offen vor seinem erfolgreichen Rivalen hinzulegen. Es zeigte sich, daß vor einer halben Stunde — „als ich bei Christie war!" dachte der Besucher — Lobbie Torp mit einen Brief von Gerda erschienen war, in dem sie Bob einlud, nachmittags mit ihr spazierenzugehen, „da Mr. Solent fort sei und sie sich einsam fühle..." Bob Weevil teilte dieses Ereignis mit, schamlos, als ob es ganz und gar natürlich wäre. „Es ist wohl auch ganz natürlich für ihn", dachte Wolf. „Es ist wahrscheinlich nicht das erste Mal, daß sie so um ihn geschickt hat!" Es fiel ihm auch auf, daß sich Bob Weevil bei ihm einschmeichelte, indem er dem Gespräch eine Nuance humoristischer männlicher Kameradschaft verlieh, während er gleichzeitig deutlich durchblicken ließ, daß er dieses unerwartete Ereignis als persönlichen Triumph betrachtete.

„Kann es vielleicht nicht doch", so dachte Wolf, „nur ein Zug unglaublich raffinierter Hinterlist, würdig des Vaters aller Wasserratten, gewesen sein, jenes Geschwätz, daß Mädchenbeine ihn toll machen? Und hatte ihn Gerda auf ihre Art ebenfalls zum Narren gehabt, wie seit dem Beginn der Welt Männer zum Narren gehalten werden?"

Wolf folgte jetzt Bob Weevil in dessen „Höhle" und es schien ihm, als hätte er niemals so viel Photographien von Schauspielerinnen gesehen, wie er jetzt erblickte; und es verursachte ihm eine Reaktion zugunsten von Mr. Urquharts Laster, als er den Versuch machte, diesen konzentrierten weiblichen Blicken, die von allen Wänden liebäugelten, zu entgehen... Immerhin! Er streckte sich bald recht bequem auf einen niedrigen Deckstuhl aus und sondierte, während er auf das erregte Geschwätz seines Wirtes hörte, die Situation.

Die Dinge wandten sich, so dachte er, immer wieder in großen unwiderruflichen Kurven zurück. Vor einem Jahr hatte er Gerda und Weevil in enger Gemeinschaft gefunden. Vor einem Jahr war er von jenem alten Mann seiner Tochter vorgestellt worden; und jetzt war, nach all den dazwischenliegenden Veränderungen und Wechselfällen, Mr. Malakite noch immer dort, an Christies Seite, und Mr. Weevil war noch hier, aufs beste geschniegelt, bereit zu einem Spaziergang mit Gerda! Alles das verursachte ihm ein verwirrendes Gefühl; als ob er seine Zeit in einem Irrgarten vergeudet hätte, der ihn stets ringsherum, ringsherum zu derselben Stelle führte!

Er wunderte sich darüber, daß es Mr. Weevil nicht als einigermaßen seltsam auffiel, daß Gerda von „Einsamkeit" sprechen sollte und davon, daß „Mr. Solent fort sei", wenn Mr. Solent doch hier war, zufällig über „Privatstraßen" gegangen, keine halbe Meile von ihr entfernt! Aber offenbar fühlte Mr. Weevil, daß der Samstag ein Tag war, geweiht den umherirrenden Wanderungen von Begierde getriebener Menschheit. Jedenfalls nahm er dies alles mit der natürlichsten Spaßhaftigkeit als gegeben an, als Wolf ihm schließlich auf der „Privatstraße" die Hand schüttelte und sich auf den Weg nach King's Barton machte.

Mit vielen seltsamen Empfindungen stand er schließlich unter jenem wohlbekannten alten Portal und wartete darauf, daß auf sein Läuten jemand kommen würde. Am nächsten Freitag wurde es ein Jahr, daß er an diesen Ort gekommen war! Wie schwer fiel es ihm, zu denken, daß dies alles nur ein Jahr war. Es schien ihm, als ob etwas in dieser Dorseter Luft die Macht besäße, selbst die Zeit zu verlängern.

Roger Monk öffnete ihm die Tür. Wolf konnte sofort sehen, daß etwas Ungewöhnliches los war. Der Blick des Mannes „aus den Shires" war gehetzt und erregt.

„Was ist los, Roger? Ist etwas geschehen?" Er legte alle Gleichgültigkeit, die ihm zu Gebote stand, in diese Frage, fühlte aber in seinem Innern unbehagliche Zweifel. Roger Monk verriegelte die große Tür sorgfältig und ernst. Er sah aus wie ein Mann, der eine Armee von Feinden aussperrt.

„Er ist droben bei ihm. Und der Squire hat ihm eine Flasche von diesem Malmsey gegeben. Ebenso wie Ihnen, Sir, aber ich hab's nicht gern, wenn er mit Fremden trinkt, außer natürlich mit Ihnen oder mit Seiner Lordschaft."

„Wer ist bei ihm? Von wem sprechen Sie da?" erkundigte sich Wolf.

Mr. Monk neigte ein wenig den Kopf, um sein Gesicht näher an das Wolfs heranzubringen.

„Mir gefällt die Art nicht, wie er mit dem Squire spricht", flüsterte er. „Ich bin froh, daß Sie gekommen sind, Sir. Vielleicht können Sie etwas tun, um ihn zum Aufhören zu bringen."

„Wer ist ‚er‘?" fragte Wolf wieder.

„Mr. Otter, Sir", sagte der Diener und richtete sich auf. „Nicht Ihr Mr. Otter, wenn ich so sagen darf . . . Es ist der andere Gentleman, Sir."

„Sie meinen Jason?"

Der Mann nickte.

„Er hat gegen den Squire Worte gebraucht, von denen ich nie gedacht habe, daß ich sie von irgendeinem Menschen gegen den Squire hören würde."

„Was hat Jason denn gesagt, Monk? Ich glaube nicht, daß es einen Zweck für mich hat, hinaufzugehen, wenn beide betrunken sind? Ich weiß, wie stark dieser Wein ist."

Das Gesicht des Mannes zeigte Bestürzung.

„Oh, Mr. Solent, Sie werden uns doch nicht im Stich lassen wollen, wo Sie jetzt wieder zu uns zurückgekommen sind? . . . Wo Sie in dem Augenblick gekommen sind, in dem wir Sie mehr brauchen als je! Geben Sie mir Ihren Mantel, Sir. Ich werde Ihr Paket nehmen, Sir." Und er legte fast gewalttätig eine Hand auf das Manuskriptbuch, das Wolf noch immer festhielt. „Ich habe dieses Buch für Mr. Urquhart gebracht", sagte Wolf und ließ sich Mantel und Stock abnehmen, „aber was hat es für einen Zweck, wenn er —"

„Sein Buch, Sir? Sein Buch? Ist das sein Buch?" rief der erregte

Riese, warf Wolfs Mantel auf eine Eichenholztruhe und näherte sich Wolf, als ob dieser ein kostbares Tier in den Armen hielte. „Heiliger Gott! Welch ein Tag ist das heute! Fix und fertig geschrieben! Heiliger Gott! Aber ich bin froh, diesen Tag zu sehen!"

Seine Erregung war so groß, daß er mit den Fingern über die Oberfläche des großen Buches strich und es streichelte, als hätte es Kopf und Schweif.

„Gehen Sie hinauf, Mr. Solent. Das ist's, was mein Herr braucht. Gehen Sie hinauf, Mr. Solent!"

Wolf folgte dieser enormen Gestalt, die sich über die stattliche Renaissancestiege, die Hand auf der geschnitzten Balustrade, hinaufbewegte. Als sie vor der Bibliothekstür standen, hielt der Mann an und flüsterte etwas mit unhörbarer Stimme.

„Wie, bitte?" fragte Wolf; denn er hatte begonnen, hinter jener geschlossenen Tür murmelnde Stimmen zu vernehmen. „Ich kann nicht hören, was Sie sagen, Roger!"

Der Mann erhob mit einem nervösen Seitenblick auf die geschlossene Tür seine Stimme ein wenig.

„Ich habe mir die Freiheit genommen, Sir, Sie zu fragen, ob Sie in die Küche eintreten möchten, ehe Sie weggehen. Der alte Round ist dort, mit Miss Elizabeth. Sie haben irgendeinen Burschen oder sonstwen ertappt, der im Lenty Pond in der Schonzeit gefischt hat. Und sie sind gekommen, um dem Squire einen ungeheuer großen Barsch zu zeigen, den dieser Bursche geangelt hat. Ich darf ja nichts sagen, wegen des Squire dort drinnen —" und der Mann zeigte mit dem Daumen gegen die Tür —, „aber vielleicht würden sich die beiden freuen, wenn Sie den Fisch sehen. Ich erwähne es ja nur, weil Mrs. Martin und unser Mädel heute nach Weymouth gefahren sind... Wenn Sie also direkt zu uns kommen wollten, Sir, bevor Sie gehen, wäre es sehr freundlich."

„Gewiß werde ich das, Roger, sehr gerne... solange ich diesen Fisch nicht essen muß!"

Monk zeigte in seinen Zigeuneraugen mehr ehrliche Dankbarkeit, als die Gelegenheit zu rechtfertigen schien; dann öffnete er die Tür mit einem plötzlichen Ruck und meldete lauter als gewöhnlich: „Mr. Solent, Sir!"

Als sich die Tür hinter ihm schloß, hatte Wolf ein momentanes Gefühl, daß der Mann noch dort stand und die Klinke festhielt, um jedes entsetzte Zurückweichen zu verhindern. Doch was er jetzt sah, löschte Monk und dessen Angelegenheiten völlig aus seinem Bewußtsein.

Eilig ging er auf die beiden Gestalten am Kamin zu.

Sie waren in derselben Stellung wie er und der Squire an jenem denkwürdigen Tage des Vertragsabschlusses. Doch wie Wolf jetzt das vollendete Buch unter seinem linken Arm und den zwei Monate alten Scheck in seiner rechten Tasche trug, kam ihn die Situation doch irgendwie anders vor.

Zwischen den beiden Männern stand derselbe Tisch, mit derselben leeren Weinflasche darauf; und die Scheite im Kamin schienen in demselben Licht zu glühen. Aber Jason saß nicht, sondern stand aufrecht da, seine Finger klopften auf den Tischrand, und seine Augen flammten mit dunkler Intensität.

„Der Malmsey", dachte Wolf, „hat ihm die Zunge gelöst! Er sieht aus wie ein Dämon der Rache."

Was Wolf einen besonderen Stoß versetzte, war die Art, wie Mr. Urquhart selber hier saß. Er saß freilich kerzengerade, aber er hatte sich irgendwie ganz seltsam zur Seite des Fauteuils gedreht, gegen dessen Armlehne sein Rücken fest gepreßt war. Seine dünnen Beine standen in einem spitzen Winkel zu seinem napoleonischen Wanst, eine Verkrümmung, die seinem Bauch und seinen Beinen eine beunruhigende gesonderte Identität verlieh.

Das letzte Zeichen von Außergewöhnlichem in der Erscheinung des Mannes war jedoch nicht mit seinem Rumpf verbunden, sondern mit seinem Kopf; denn zu Wolfs Verblüffung hatte sich das glänzende schwarze Haar auf des Squire Skalp verschoben, ungefähr um ein achtel Zoll verschoben und den Scheitel an eine falsche Stelle gebracht.

Mr. Urquharts Mund war offen; aber dies war noch nicht alles, denn seine dünnen Lippen waren über den Rand seines Zahnfleisches nach innen gezogen, und in seinem Blick lag ein Ausdruck heftiger Kränkung, würdig, mit jenem besonderen Ausdruck verglichen zu werden, den der Bildhauer Skopas in die leeren Augenhöhlen seiner Gestalten zu legen pflegte!

Beide Männer waren viel zu sehr mit dem beschäftigt, was vorging, um mehr zu tun, als dem herankommenden Wolf den Blick zuzuwenden. Mr. Urquhart zuckte merkbar mit seiner linken Schulter. Jasons Wange errötete tief. Aber keiner traf sonst Anstalten, ihn zu begrüßen.

„Sie glauben, Sie seien anders als andere Leute", sagte Jason eben, als Wolf herankam und an Mr. Urquharts Seite trat. „Sie glauben, Sie hätten tiefere Gefühle, weil Sie dieses große Haus besitzen und diese Dienstboten halten! Sie glauben, Ihre Ideen seien wundervoll, weil Sie eine große Bibliothek haben. Sie glauben, Sie genössen mehr Respekt als andere Leute, weil Sie das Geld haben, ihn zu kaufen. Sie haben mich nur deshalb hierher gebeten und mir diesen Wein gegeben, weil mich die Londoner Zeitungen gelobt haben. Sie haßten mich stets. Sie bezahlten Ihren Diener, damit er mir nachspioniere. Sie sind nicht um ein Haar anders als Ihr Freund Round. Sie lieben gutes Essen. Sie lieben es, den Burschen beim Baden zuzusehen. Sie lieben es, sich die Füße am Feuer zu wärmen und zu denken, wie großartig Sie seien, weil Ihnen Ihr Vater einige ausländische Weine hinterlassen hat! Sie sind genau dasselbe wie jeder andere, außer daß Sie ein häßlicheres Gesicht haben. Sie machen ein Geheimnis aus Ihrem Leben, obwohl nichts darin ist, dessen man sich brüsten könnte, außer daß Sie die Leute mit Ihren unflätigen Phantasiegebilden belästigen! Sie glauben, Ihr Leben sei großartig und teuflisch, obwohl Sie nichts anderes sind als ein dummer alter Mann, der den Tod eines jungen Burschen auf dem Gewissen hat. Ja, er liegt auf Ihrem Gewissen; aber nicht mehr auf Ihrem Gewissen als auf dem irgend jemandes anderen! Er war nicht verstört durch Sie. Er schenkte Ihnen kaum einen Gedanken. Sie waren nicht sein Freund. Er pflegte Sie mit seinen wirklichen Freunden zu verlachen! Er hielt Sie nur für einen dummen alten Mann, der gerne ißt und trinkt, geradeso wie jeder andere. Das ist alles, was Sie sind. Sie sind kein wunderbarer, geheimnisvoller Mann des Bösen. Sie sind ein häßlicher Hanswurst... bloß gefräßig und stupid. Das ist's, was er von Ihnen dachte, wenn er Ihnen überhaupt einen Gedanken schenkte! Warum haben Sie mich gebeten, heute hierherzukommen? Nur weil Sie gehört haben, daß Lady Lovelace mir einen Besuch gemacht hat und daß in den Illustrated London News ein Essay über mich und meine Kunst erschienen ist! Sie glauben, es sei großartig, einen Obergärtner zum Diener zu haben, so daß Sie sagen können: ,Läuten Sie, bitte! Holen Sie mir, bitte, eine Flasche ausländischen Weins!' Jedermann kennt den wirklichen Grund, warum Sie diesen Mann für sein Umherlungern bezahlen. Nur weil es Ihnen gefällt, sich im Vergleich mit solch großem Lümmel vornehm und kultiviert zu dünken! Hier steht Ihr neuer Assistent, der gekommen ist, seine Bezahlung zu verlangen, weil er Ihnen Ihre schweinischen Erzählungen kopiert hat. Glauben Sie, daß er in Wirklichkeit irgendein Interesse an Ihnen hat oder sich auch nur einen Pfifferling um Ihre Schreibereien kümmert? Kein Jota; kein Jota... nicht mehr als —"

Hier unterbrach ihn Wolf dadurch, daß er das große weiße Geschäftsbuch auf den Tisch warf. Die beiden Gläser klirrten. Eines stieß mit silbernem Klang an die Weinflasche. Jason wandte Wolf ein steinernes Gesicht zu. Mr. Urquhart blinzelte, befeuchtete die Lippen mit der Zungenspitze, schloß den Mund und warf Wolf einen Blick zu, wie ihn ein erfahrener Fallensteller, dessen rechter Arm im Rachen eines wütenden Bären steckt, einem treuen Hund zuwerfen mag.

„Hier ist Ihr Buch, Sir", rief Wolf, ohne von Jason überhaupt Notiz zu nehmen. „Ich wurde gestern abend damit fertig und brachte es Ihnen sofort. Es ist wirklich etwas ... dies hier ... was wir zusammen gemacht haben! Wenn wir es veröffentlichen können, so glaube ich, daß es Eindruck machen wird ... selbst auf Otters Aufmerksamkeit!"

„Otters Aufmerksamkeit" schien in diesem Augenblick tatsächlich im Banne des großen pergamentgebundenen Buches, das auf dem malmseyfleckigen Tische lag.

Sehr langsam beugte er sich nieder und öffnete es aufs Geratewohl, wobei er die eine Hälfte des Bandes an die Weinflasche lehnte. „Sie schreiben wie jemand, der das Griechische kennt", sagte er ernst zu Wolf. Wolf verbeugte sich.

„Ich kenne das Griechische nur zu gut", entgegnete er bedeutungsvoll.

„Er meint, er wisse, warum Sie mich so beschimpft haben, eh? Was, Solent?" Und der Squire rückte sich in eine normale Stellung zurecht, streckte die Beine unter dem Tisch aus und lehnte sich mit einem tiefen Seufzer der Erleichterung zurück.

Wolf fühlte ein absurdes, ein beinahe sentimentales Verlangen, seinem Dienstgeber die Hand auf den Kopf zu legen und diesen unnatürlichen Scheitel wieder in Ordnung zu bringen. Es war also doch eine Perücke, was er da trug; wenigstens war es zum Teil eine Perücke!

Jason beugte sich noch tiefer über das Buch und hielt die Seiten mit zwei Fingern fest, während seine Lippen stumm den Absatz wiederholten, auf den er zufällig gestoßen war.

„Ich hoffe, daß Sie mich nicht in diese Ihre Geschichte hineingebracht haben", bemerkte er nach einer Pause. „Ich liebe es ebensowenig wie Mr. Urquhart, beschimpft zu werden." Er richtete sich auf und legte die Hände auf den Rücken. „Ich hätte wohl nicht so zu Ihnen gesprochen, Mr. Urquhart", fuhr er fort, „wenn Sie mir nicht Ihren besten Wein gegeben hätten. Für Ihren zweitbesten Wein hätte ich Ihnen wahrscheinlich ebenso geschmeichelt, wie Solent es tut!"

Der Squire ließ dies völlig unbeachtet. Mit liebkosender Hand begann er hingerissen die Blätter zu wenden und fuhr mit dem Zeigefinger über gewisse Sätze, als ob er blind wäre und als ob die Buchstaben in Reliefschrift dastünden.

„Sind Sie müde von Ihrem Spaziergang?" bemerkte Jason zu Wolf und bot ihm höflich seinen Fauteuil. „Ich hätte niemanden so beschimpfen sollen, besonders nicht jemanden, der so guten Wein hat", fügte er leise und nachdenklich hinzu.

„Sie werden sehen, Sir, auf welche Art ich den Schluß zustande gebracht habe", sagte Wolf, den es noch immer juckte, bei Mr. Urquharts verschobener Perücke den Barbier zu spielen. „Es endet mit dem Zwischenfall Puddletown; aber ich habe eine Art Schluß hinzugefügt ... ziemlich bitter, wie ich fürchte, aber ich dachte, Sie würden nichts dagegen haben."

„Wollten das letzte Wort, eh, mein Junge? Es ist nicht das erste Mal, daß Sie das gewollt haben! Nein, nein, nein, nein ... Guter Gott! Ich habe nichts dagegen!" Bei seinen Worten hob der Squire den Kopf und starrte Jason hochmütig an.

„Otter", sagte er und sein Ton verursachte Wolf Angst, denn er dachte: „In einem Augenblick werden sie wieder losbrechen!" „Otter", sagte er. „Ich möchte wirklich, daß Sie mir den Gefallen tun und das Fenster drüben öffnen."

Zu Wolfs Überraschung sträubte sich Jason gar nicht, diese Bitte zu erfüllen. Er ging sofort mit festen, stetigen Schritten zu einem der großen bunten Fenster. Er ging zum nächsten Fenster, nicht zu dem an Wolfs altem Arbeitsplatz, sondern zu einem viel näheren; als er dort war, wandte er sich um und rief in einem Ton, der fast einem freundlichen Lachen ähnelte: „Ich kann den Mechanismus dieser großen Fenster hier nicht behandeln. Soll ich es nur losmachen und hinausstoßen?"

Mr. Urquhart warf einen höchst seltsamen Blick auf Wolf ... er schien sich von Jasons Tirade erholt zu haben, genauso wie eine Gummischnur, die man fast bis zum Zerreißen gespannt, aber dann wieder rechtzeitig losgelassen hat, behaglich wieder in ihren früheren Zustand zurückschnellt.

„Machen Sie es auf, mein guter Mann", rief er, „kümmern Sie sich nicht darum, was dann geschieht! Haken Sie es los und lassen Sie's dann frei!"

Jason zuckte die Achseln, faßte den Fensterhaken und tat, wie ihm gesagt worden war. Die Scheibe schwang schwer in den Angeln, wurde vom Wind erfaßt und weit aufgerissen.

In den Raum strömte ein solcher Hauch schneidenden Ostwindes, daß Jason zum Feuer zurückgelaufen kam, lachend, den Rücken krümmend und eine Grimasse schneidend, als ob er von Dämonen verfolgt würde. Die Seiten des offenen Buches auf dem Tische flatterten wie Klettenblätter in einem Sturm. Wolf schloß den Band und stellte die leere Weinflasche darauf.

„Jetzt ist der Augenblick", dachte er, „ihm den Scheck zurückzugeben."

Jason zog einen dritten Fauteuil zum Feuer. Mr. Urquhart setzte sich tief in seinem Sessel zurecht, selbstzufrieden und unerschütterlich, kreuzte die Beine und schwenkte einen seiner in Pantoffeln steckenden Füße in einer Art auf und nieder, die völlige Selbstsicherheit zeigte. Wolf blickte über den Tisch ihn an. „Ja, jetzt ist der Moment gekommen", wiederholte er für sich. Während er diesen Entschluß faßte, dachte er an Bob Weevil, der jetzt in seinem eleganten Anzug mit Gerda in ihrem Wohnzimmer saß. „Sie werden sicher nicht spazierengehen, bei diesem bitteren Wind", dachte er.

Die ganze Bibliothek schien erfüllt von schneidender Luft; und er bemerkte, daß sowohl Jason wie der Hausherr nun ihre Rockkragen aufstellten. Aber die Kälte ernüchterte sie ungemein schnell. Das war eine gute Sache! Es war bestimmt jetzt der Augenblick, es zu tun, denn des Squire Ausdruck hatte eine ironische Sicherheit, die die Rückkehr zur Nüchternheit anzeigte, und Jason hatte offenbar seinen ganzen Vorrat an Galle bereits ergossen.

Aber, ach, wie schwer war es, das zu tun! Er dachte an Gerdas Sehnsucht nach den Töpfen und Pfannen, den Silberlöffeln, dem Teppich, der Küchenuhr. Er dachte lebhaft an sein eigenes Verlangen nach einem Dutzend Flaschen Gin aus den Three Peewits. Zum Teufel! Die ganze Idee, es zurückzugeben, war phantastisch und abergläubisch. Ja, das war sie — abergläubisch. Und sie war außerdem reine Selbstsucht. Gerda tat alles für ihn — welches Recht hatte er, sie seines Verdienstes zu berauben? Diese ruhigen Abende, die sie ihm in den letzten zwei Monaten geschenkt hatte, waren es gewesen, die die Arbeit zu Ende brachten.

„Man hat mich gebeten, einen zweiten Band meiner Schriften einzuschicken", bemerkte Jason plötzlich. „Wieviel meint ihr beide wohl, daß ich verlangen soll, bevor ich ihn abschicke? Darnley meint, daß hundert Pfund nicht zuviel wären."

„Zweihundert", murmelte der Squire mit einem listigen Blick auf Wolf.

„Lassen Sie uns Ihre Meinung hören, Solent", fuhr Jason fort. „Sie sind einer von diesen durchtriebenen Kerlen, die sich auskennen."

Jählings war Wolf aufgesprungen.

„Mr. Urquhart", rief er, zog das Stück Papier aus der Tasche und breitete es vor dem Squire aus. „Hier ist der Scheck, den Sie mir gegeben haben. Ich habe ihn nicht eingelöst und ich werde ihn nicht einlösen. Ich habe Ihre Arbeit zu meinem Vergnügen gemacht. Ich will keinen Penny dafür. Sie sehen, daß es derselbe Scheck ist, nicht wahr? Nun ... Hier!"

Beim Sprechen zerknitterte er das kostbare Blatt zwischen den Fingern und trat, geradeso als ob er sich zu einem furchtbaren Sprung duckte, ein paar Schritte vom Tisch zurück.

Der Ostwind wirbelte ohne Unterlaß durch den Raum, und die beiden Männer, die zusammengekauert am Kamin saßen, hoben die Köpfe, um Wolf über ihre hochgeschlagenen Rockkragen anzusehen.

Aber während Wolf zurücksprang und den Scheck zerknitterte, war das, worauf er blickte, nicht das Gesicht des Squire, sondern das Gesicht Jasons.

Als er die Hand hob, kämpfte etwas auf dem tiefsten Grunde seiner Seele um Erlösung. Jasons Gesicht war in diesem Augenblick etwas, das er herausfordern mußte, dem er trotzen, das er überwinden mußte. Des Mannes ewiger Spott über ihn war plötzlich angeschwollen, überragend, niederstürzend, erschreckend ... gleich einer Eiswand. Monate um Monate hatte sie an Gewicht zugenommen, diese Wand, und hier stand sie nun! Seine Eindrücke bewegten sich in diesem Augenblick schneller als Lichtwellen, die von der Beteigeuze oder vom Sirius kommen, und eine dieser Vibrationen deutete ihm, während sie durch seinen Geist zuckte, an, daß die Bedrohung seiner „Mythologie", die Dorsetshire ihm gebracht hatte, von Jason kam und nicht von Mr. Urquhart ...

„Nun ... Hier!" Und er warf das zusammengeknitterte Stück Papier über den Tisch zwischen den Köpfen der beiden Männer geradeaus auf die flammenden Scheite.

Seine Handlungsweise hätte seinen Absichten sehr schön entsprochen, wenn er nicht, zum zweitenmal an diesem Tage, es versäumt hätte, die Stärke dieses Ostwindes in Betracht zu ziehen.

Die kleine Papierkugel wurde mitten auf dem Wege erfaßt, in einer Ellipse herumgewirbelt und säuberlich und akkurat — so daß es als dämonische Absicht hätte erscheinen können — mitten auf den Bauch des Squire hingeweht. Mr. Urquhart faßte dieses unbeabsichtigte Geschoß, als es zwischen seinen Beinen hinunterrollte, und legte es mit einer nachlässigen Bewegung auf den Tisch vor sich.

Wolf stürzte vor, hielt aber jählings inne; sehr sorgsam entfaltete der Squire den Scheck und strich ihn vor sich glatt.

„Das ist bloß dumm, mein Junge", bemerkte er ruhig. „Sie brauchen nicht jemanden zu beleidigen, wenn Sie ihn aus dem Graben gezogen haben. Das ist nur grob und ungezogen. Das ist unfreundlich. Da haben Sie!" Und mit einer Bewegung, die ebenso grandios war und

fürstlich, als ob er einem entwaffneten Gegner den Degen zurückgäbe, hob er den Arm und reichte Wolf das Papier, damit er es zu-
rücknehme.

Ohne ein Wort fügte sich Wolf — nahm das Blatt Papier aus jener
ausgestreckten Hand und steckte es in dieselbe Tasche, in der es seit
dem Morgen gelegen war.

Hierbei war er sich zweier vorherrschender Gefühle bewußt, einer
Empfindung krankmachender Scham, als ob er bei einem Diebstahl
ertappt worden wäre, und eines knabenhaften Schauers des Entzückens
bei dem Gedanken an Gerdas Freude über den Teppich, die Uhr und
die neuen Löffel. Während dies geschah, entspannte sich das Antlitz
Jason Otters in tausend Runzeln. Er fuhr mit der Hand zum Mund,
um ein Lachen zu verbergen, das Mukalogs würdig gewesen wäre.
Aber die einzige Äußerung, die er von sich gab, war ein gemurmelter
Ausdruck des Erstaunens . . . ein Ausdruck aus der Vorbereitungsschule, der seit den Ramsgarder Kinderjahren nicht an Wolfs Ohren
gedrungen war.

„Darf ich Sie bitten, dieses Fenster wieder zu schließen, Otter",
sagte Mr. Urquhart in seinem sanftesten Ton und wischte hierbei mit der Fingerspitze einen Tropfen Weins ab, der über die
Außenseite der Flasche auf den Einband des Manuskriptes ge-
ronnen war.

Während Jason sich mit dem Fenster zu schaffen machte, hatte Wolf
begonnen, auf und ab, kreuz und quer durch den ganzen Raum zu
schreiten.

Als das Fenster geschlossen war, blieb er stehen und sagte:

„Monk sagte mir, daß Mr. Round in der Küche ist und Ihnen einen
Fisch gebracht hat — einen großen Barsch —, der außerhalb der Zeit
gefangen wurde. Haben Sie etwas dagegen, wenn ich in die Küche
gehe und ihn ansehe, bevor ich mich auf den Heimweg mache? Ich
muß leider schon fort. Ich freue mich, daß Ihnen unser Buch gefällt,
Sir. Und ich danke Ihnen für dieses Geld. Es war lächerlich von mir —"
Er brach ab. „Ich werde ihn am Montag bei Stukey einlösen. Es wird
ausgezeichnet zustatten kommen, Sir . . ."

Die Zeit, die zwischen dem Aussprechen dieses letzten Wortes
„Sir" und dem Augenblick verging, da sie alle drei in Mr. Urquharts
Küche traten, stellte sich ihm gar nicht in der Form des Verstreichens
so und so vieler Minuten dar. Sie stellte sich ihm dar als eine einzige
zerschmetternde Frage, gerichtet von Wolf Solent an Wolf Solent,
ob diese endgültige Niederlage mit dem Scheck wohl in der Tat das
bewirkt hatte, was er befürchtete. Würde er, wenn er sein Leben

wieder aufnahm, finden, daß seine „Mythologie" mausetot war ...
tot wie Jimmy Redfern?

Schön in ihrer blauschwarzen Intensität, brachten die großen, dunklen
Streifen über den metallischen Schuppen des Fisches Wolf einen gewissen Landtümpel bei Weymouth in Erinnerung, wo er einst ein
kleines Exemplar eben dieser Fischgattung geangelt hatte, das sein
Vater ihn wieder hineinwerfen hieß. Als es davongeschwommen war
durch die wässerige Trübe, zwischen zwei großen, sich ausbreitenden
Hechtkrautstengeln, hatte Wolf eine Ekstase empfunden im Gedanken
an jene schöne, durchscheinende Unterwelt, die völlig anders war als
die seine, in der jedoch die bleichblütigen Einwohner jeden Hügel
und jede Vertiefung ebensogenau kannten — und auch nicht mit so
sehr verschiedenen Assoziationen — wie er seine Welt kannte.

Geräumig und vornehm war die Küche in Barton Manor; aber
als Wolf den Fisch in die Hände nahm und in den Bereich der überwältigenden Ausstrahlung seines toten Seins trat — seiner blassen
Blutstropfen, seiner klebrigen, irisierenden Schuppen, seines stechend
schlammigen Geruchs —, wurde er plötzlich irgendwie von einem
plötzlichen Schock heftigster Sehnsucht nach jenem öden brack-
wässerigen Landstrich in der Gegend von Weymouth befallen, wo
seine „Mythologie" ihm zuerst sich enthüllt hatte. „Welcher von uns
fünf Männern", so dachte er, „ähnelt am meisten einem Fisch? Der
Fisch ist das beste Symbol des Unaussprechlichen, das es gibt."

Wolf legte den Fisch nieder, während Mr. Round dem Squire und
Jason erzählte, wie seine Nichte den Fischdieb gefaßt hatte. Es stellte
sich im weiteren Verlauf der Erzählung des Gastwirtes heraus, daß
der Fischdieb niemand anderer war als Lobbie Torp, der bald nach
dem Morgengrauen herübergekommen war. Wolf trat dann im
Gespräch mit Miss Elizabeth zur Seite.

„Ich gratuliere Ihnen zur Erholung Ihres Onkels", sagte er. „Ich
habe Sie oft so sehr bedauert, seit jenem Tage, da wir einander am Teich
trafen."

Die junge „Automatendame" benetzte ihre Lippen mit der Spitze
einer kleinen schlangengleichen Zunge und flüsterte fast unhörbar
etwas. Wolf zog sich mit ihr zurück, bis sie von den anderen nicht
mehr gehört werden konnten.

„Ich weiß nicht, warum ich Ihnen das erzählen sollte, Mr. Solent",
sagte sie mit einer Miene sentimentalen Zögerns.

„Ich habe es leider nicht gehört", entgegnete er eher kalt.

„Ich sage nicht oft Fremden etwas", fuhr sie fort. „Aber wie ich
den Bruder Ihrer Frau Gemahlin zu dieser Zeit am Morgen gesehen

habe und wie ich ihn mit diesem Fisch ertappt habe, und alles, was drum und dran ist, das hat mich auf den Gedanken gebracht, es Ihnen zu sagen ... und dann hörte ich, daß Sie hier seien."

„Ich bin Ihnen gewiß sehr dankbar, Miss Round", sagte er mit einem Mangel an Neugier, der an Unhöflichkeit grenzte. „Es ist ... sehr freundlich von Ihnen ... sich ... meiner zu erinnern."

Doch als er seine Finger erhob, um eine Fliege von seinem Gesicht zu verjagen, wichen Miss Round, Mr. Urquhart, Jason, Monk — alle vor seinem inneren Blick zurück und verblaßten, bis sie zu kleinen, bedeutungslosen, zitternden Schatten wurden. Der von seiner erhobenen Hand strömende Geruch des toten Fisches erfüllte die geräumige Küche und verwandelte sie in dünne Luft. An ihrer Stelle erschienen die heißen Flächen feinsten Sandes bei der Königsstatue in Weymouth, die angebundenen Maultiere, die Ziegenwagen, die spitzschnäbeligen Badekarren. An ihrer Stelle erschienen die grasgrünen Algen, die an den schwarzen Pfosten halbverfallener Wellenbrecher hingen. An ihrer Stelle erschienen die Bogenfenster des Wohnzimmers in Brunswick Terrace, wo er in jenen frühen Morgenstunden zusah, wenn das Dienstmädchen seiner Großmutter den Abstauber über das Fensterbrett ausschüttelte, und wo stets ein besonderer Geruch von sonngedörrtem Holzwerk, vermischt mit dem Salz des offenen Meeres, in der Luft gelegen war.

„Der Vater Ihrer Frau war dort, Sir." Diese Worte waren es, die er jetzt, schon ein klein wenig aufmerksamer geworden, vernahm. „Aber er hatte getrunken und war so verwirrt, daß er nicht hören konnte, was Onkel und Monk sagten. Aber i c h habe es gehört, ohne daß sie es wußten. Oh, Mr. Solent, sie sind alle hinter Ihnen her; sie lauern Ihnen auf wie Hunde vor einem Kaninchenbau. Sie treiben Sie geradezu hinein ... das ist die heilige Wahrheit!"

Sie hatte dies alles mit erhitzten Wangen und einem starr auf ihn gehefteten Blick geflüstert.

Wolfs Aufmerksamkeit begann zurückzukehren.

„Wohin treibt man mich?" antwortete er in demselben leisen Ton.

„Ich wurde in Barton geboren", flüsterte das Mädchen. „Ich kenne jeden Busch und Stein hier in der Gegend; aber ich hatte nicht gewußt, daß es so schlimm sei, bis ich es an diesem Tage erfuhr."

„Was meinen Sie?" murmelte er.

„Sie sagten", fuhr sie hastig fort, „daß seit Cromwells Zeiten jeder Urquhart, der im Herrenhaus wohnt, einen jungen Mann in den Lenty Pond getrieben hat! Sie sagen, daß der junge Redfern nur deshalb in seinem Bett gestorben ist, statt sich ins Wasser zu stürzen, weil der Hochwürdige Valley mit Jesus im Bunde steht. Sie sagten, es sei ganz gewiß, daß Sie der nächste sein würden. Alle älteren Leute im Dorf — die sich darauf verstehen, was war und was sein wird — warten schon darauf, sagten sie. Sie sagten, es war ein guter Tag für King's Barton, an dem Sie hierhergekommen sind, weil Sie ein Fremder sind. Onkel meinte, daß es schon durch die Religion so bestimmt ist. Er hat das schon immer gewußt, so sagte er, als Mr. Valley von seinen armen Ohren die Stimmen verjagte und er aufhörte, wirr zu sein. ‚Einer muß diesen Weg gehen‘, so sagte er, ‚solange der Teich Teich bleibt. Und wenn ich's nicht bin, wird er es sein‘, sagte er. An ihrem höhnischen Kopfnicken hab ich erkannt, von wem sie sprachen.‘

Das Mädchen machte eine Pause. Wolf bemerkte, daß ihre Augen sanft und weich geworden waren. Ein Gefühl unleugbaren Unbehagens erhob sich in ihm. „Welch abergläubischer Idiot ich doch bin!" dachte er. „Die junge Automatendame hat eine Vorliebe für mich gefaßt, das ist alles. Dies ist ihre Art, eine vertrautere Bekanntschaft anzubahnen." „Nun, Miss Round", sagte er ernst, „ich halte es wirklich für sehr gütig, daß Sie so sehr um mich besorgt sind. Aber Sie können sich beruhigen. Alle Dörfer haben solche Legenden. Außerdem... wer weiß ... Vielleicht bin ich ein so listiger Sündenbock, daß ich diese Last tragen werde, ohne daß mir ein Haar gekrümmt wird!"

Sie öffnete den Mund; sie öffnete weit die blauen Augen; sie blähte die kleinen runden Nüstern.

„Gehen Sie dorthin zurück, woher Sie gekommen sind, lieber Mr. Solent", flüsterte sie. „Gehen Sie nach London zurück, ehe Sie jemand zu einem Verzweiflungsschritt treiben kann. Ich habe in meinem innersten Herzen gezittert aus Angst um Sie, als ich sah, wie bitter kalt dieser Teich ums Morgenrot war! Es war nicht nur der Anblick Lobbie Torps, wie er gegen das Gesetz dort fischte, was mich zittern ließ. Ich dachte an Sie und träumte von Ihnen, Mr. Solent, ja, das tat ich, seit ich Sie zum erstenmal gesehen habe — und ich schäme mich dessen nicht."

Wolf blickte nervös um sich; aber was er hörte und sah, beruhigte ihn. Sein einzigartiges Gespräch mit Miss Bess schien von keinem der anderen beachtet zu werden. Jason war offenbar im Begriffe, Roger Monk mit der kriechendsten Höflichkeit zu schmeicheln, während der Squire und der Gastwirt damit beschäftigt waren, den Barsch zu wägen.

Die Art des Mädchens hatte auf Wolf einen größeren Eindruck gemacht, als er voraussehen hätte können; es war ihm auch jener poetische Ausdruck „ums Morgenrot" nicht entgangen. Er begann mit einer schüchternen und vieldeutigen Antwort auf ihren überraschenden Ausbruch und versuchte ihr die subtile Art zu erklären, wie sich solche wilde Gerüchte, die ihren Saft aus der menschlichen Leidenschaft für das Übernatürliche ziehen, auf dem Lande verdichten. Er war jedoch ein wenig erschrocken über die Bedenkenlosigkeit, mit der seine Finger den heißen Druck der ihren beim Abschied zu erwidern schienen. Hatte er schon jede Anständigkeit des Gefühls verloren, so fragte er sich, als er hinüberging, um von den anderen Abschied zu nehmen? Hatte die Tatsache, daß er diesen Scheck behalten hatte, seine ganze Würde und Selbstbeherrschung untergraben? Oder war es das damals von ihm entdeckte Lesbiertum dieses seltsamen Mädchens, das irgendeine perverse Seite in seiner Phantasie anregte?

Als er jedoch das Haus verlassen hatte — als er die nackten, mit dem Rechen geglätteten Blumenbeete hinter sich hatte, Beete, deren gelbe Krokusblüten und Jonquillenknospen unter diesem schneidenden Wind sich in die Erde zu verkriechen schienen —, warf er diese Gefühle von sich ab und nahm den kürzesten Weg zu der Blacksoder Straße. Dieser Weg führte ihn am Friedhof und am Pfarrhaus vorbei; und er wußte kaum, ob seine erregten Nerven inniger und bebender mit der vor Frost starren Bevölkerung unter dem Rasen oder mit dem besessenen kleinen Priester sympathisierten, der in jenem trostlosen Arbeitszimmer unter all dem Plunder seinen Schnaps trank.

Als er das Dorf verlassen hatte, wandte er sich querfeldein nach Westen, um auf die obere Straße zu gelangen; und erst als er auf Babylon Hill war, hielt er an, um Atem zu schöpfen. Hier entschloß er sich, um Poll's Camp herumzugehen und den ihm bekannten Abstieg in die Stadt zu vermeiden.

„Ihr zwei dort unten", begann der Dämon in ihm zu flüstern, während sein Blick von Preston Lane zum Hause Malakites über Blacksod strich, „ihr zwei dort unten... wann werdet ihr aufhören, mich zu spalten und mein Lebensmark zu zerreißen?" Dies war nicht das erste Mal in der letzten Zeit, daß er sich dabei ertappte, wie er Gerda und Christie miteinander verband. „Diese Geschöpfe wie Bess Round", dachte er, „sind viel leichter zu behandeln als meine beiden!" Er wiederholte die Silben „meine beiden" mit umso größerer Bitterkeit, je mehr er sich ihrer Schmählichkeit bewußt war, und begann den Westabhang von Poll's Camp hinabzusteigen in der Absicht, irgendeinen regelwidrigen Weg nach Preston Lane zu finden, ohne durch die ganze High Street gehen zu müssen.

Als er auf ebenen Grund kam, sah er, daß er einige umschlossene Obstgärten durchqueren mußte, was er tat, indem er durch drei Hecken hintereinander kroch. Von Dornen gestochen, von Nesseln verbrannt, und mit Händen, die nach dem bitteren Saft von Holunderzweigen rochen, bahnte er sich einen Weg durch diese alten abgeschlossenen Gärten, und bemerkte, wie die von Flechten bedeckten Äste fast genau die Farbe des grauen Himmels wiedergaben. Trotz dem bitteren Wind blieb er in der Mitte eines dieser Baumgärten stehen, um sich zu einem Fleck glänzenden Schöllkrautes niederzukauern. Der mutige Glanz der sternförmigen Blüten im dunkelgrünen Gras gab ihm eine verwirrte Hoffnung. Sie hatten keinen Geruch; doch als er seine Stirn in die dunklen Wurzeln des sie umgebenden Grases preßte, drang der Geruch der Erde, durch Mund und Nase eingesogen, mit einer langen, zitternden stärkenden Heftigkeit in die innersten Nerven seiner Seele.

„Ist es tot?" fragte er sich. „Nun, selbst wenn es tot ist, sind mir doch noch immer einige Empfindungen geblieben." Wenn er so an seine „Mythologie" dachte, war es seltsam, wie er ihr stets eine sichtbare Gestalt verlieh. Er dachte von ihr als „Es" und dieses „Es" nahm zwangsläufig die Form großer saftstrotzender Blätter an, der Blätter einer Wasserpflanze, deren Wurzeln unter tiefem, grünlich gefärbtem Wasser verborgen waren.

„Noch immer einige Empfindungen geblieben, selbst wenn es wirklich tot ist!" Und er erhob sich gewichtig und ging weiter.

Er trat auf einen schmalen, nicht mehr verwendeten Karrenweg zwischen überwuchernden, vernachlässigten Hecken. Als er diesen Pfad hinabging, auf junge Nesseln und auf alte Kletten trat, mußte er daran denken, wie beladen solch verlassener Weg mit einem geheimen eigenen Leben, wie anders er war als alle anderen Örtlichkeiten. „Welch eine Welt in sich ist er doch", murmelte er, „ist jeder kleine überwucherte Pfad!"

Die seltsame Befriedigung, die dieser abgeschiedene Karrenweg ihm verursachte, ließ ihn mitten auf dem Wege stehenbleiben. Die Hecken schützten ihn vor dem Winde. Der Geist der Erde rief zu ihm aus den grünen Trieben zu seinen Füßen. Leise Vogeltöne erklangen ununterbrochen von irgendwoher. Der kalte Himmel ließ sie ihren Gesang nicht beenden; aber der Stoizismus des Lebens in diesen gefiederten Herzen lehnte es ab, stillzuschweigen.

Als Wolf hier stand, schien sich sein Bewußtsein auf all das neugeborene Leben in der ganzen Landschaft zu erstrecken. „Das Gute ist stärker als das Böse", dachte er, „wenn man es einfach betrachtet und sich daran macht, das Grauen zu vergessen. Es ist toll, nicht glücklich sein zu wollen, weil es ein Gift in der Welt gibt, das sich in jeden

Nerv ätzt. Schließlich, es ist alles kurz genug. Ich weiß sehr wohl, daß der Zufall mich dazu bringen könnte, zu schreien wie ein verwundeter Pavian — ohne ein Jota von Philosophie! Nun, ehe dies geschieht, muß ich erdulden, was ich zu erdulden habe."

Sein Gemüt kehrte wieder zu der Szene vor ihm zurück. „Welch eine Welt das ist, solch kleiner überwucherter Pfad, besonders im Frühling, wenn er gangbar ist!" Er versuchte sich vorzustellen, was ein solcher Ort für die Kaninchen, Feldmäuse, Igel, Blindschleichen, die ihn ohne Zweifel bevölkerten, bedeuten mußte. „Wohl dasselbe, was der Lenty Pond seinen Fröschen und Elritzen bedeutet", dachte er. Und dann wandten sich seine Gedanken von der Vorstellung dieser fernen abgeschlossenen Wasserwelten wieder Redfern zu.

„Ich bin Redfern Nummer zwei", dachte er. „Um dies kommt man nicht herum."

Der Weg führte bald in die hinteren Grundstücke des kleinen Nebengebäudes einer Meierei; und diese öffneten sich wieder auf eine der äußeren Straßen der Stadt.

„Redfern muß ein Idiot gewesen sein", dachte er, während er seinen Weg nach Preston Lane nahm, „daß er daran gedacht hat, sich wegen Urquharts Manien zu ertränken. King's Barton ist nicht alles. King's Barton ist keine abgeschlossene Welt wie jener verlassene Pfad."

Er sah auf seine Uhr, als er sich der Tür seines Hauses näherte. „Gerade fünf Uhr! Wird sie ihn schon los sein? Wird sie fort sein? Werde ich das Haus leer finden? Sie wußte, daß ich zum Tee zurückkommen würde. Wenn sie wirklich fort ist, wäre das zum erstenmal."

Als er sich mit dem Schloß des Tores zu schaffen machte, fand er, daß er wieder einmal Gerda und Christie in Verbindung brachte.

Vier purpurne und zwei gelbe Krokusblüten waren in dem Blumenbeet zu seiner Linken und zu seiner Rechten drei armselige knospende Hyazinthen von rötlicher Farbe. Und sie alle schienen ihr Bestes zu versuchen, um wieder in die Erde zurückzusinken, fort aus einer Welt, die unter ihren Möglichkeiten etwas enthielt, wie dieser Wind es war.

„Ist Bob Weevil bei ihr?" dachte er und starrte die Krokusblüten an, bis sie aufhörten, Krokusblüten zu sein. „Vielleicht ist er nicht hier . . . Aber eines ist absolut sicher, daß nämlich Christie und der alte Mann zusammen Tee trinken. Wenn nicht jetzt, dann bald. Was wäre natürlicher? Die Tochter im trauten Gespräch mit dem Vater."

Er versuchte, so gut er konnte, durchs Wohnzimmerfenster zu sehen, aber der Nachmittag war so dunkel, daß er nichts unterscheiden konnte außer einem schwachen Glühen im Kamin.

Er blickte auf die geschlossene Tür und trat einen Schritt auf sie zu; aber ein Bleigewicht schien die Muskeln seines Armes zu bedrücken. Er blickte jetzt hinab auf diese armseligen Hyazinthenknospen. Wie kläglich sie aussahen! Und das Seltsame war, daß er nun das Gefühl hatte, er würde, wenn er jetzt diese Tür öffnete, auch die andere Türe öffnen!

Zögernd stand er da und hörte zu, wie der Wind droben um die Dachrinne pfiff. Schließlich trat er mit einer heftigen Willensanstrengung vor, riß die Tür auf und ging ins Haus.

Die Küchentür war offen, und er konnte von der Mitte des Ganges den Kessel über dem Herd dampfen sehen. Die Wohnzimmertür war jedoch geschlossen. Er hängte Mantel und Hut auf und öffnete mit klopfendem Herzen die Tür ins Wohnzimmer. Dort saßen bei einem niedrigen roten Kaminfeuer, vor einem Teetablett auf dem kleinen Kartentisch, Gerda und Bob Weevil beim Tee.

Als er eintrat, war er sich einer Verdichtung der Atmosphäre bewußt — einer Verdichtung, die sowohl materiell schien wie psychisch.

„Das Haus riecht nach Bob Weevils neuen Kleidern", dachte er, während er auf die beiden zuging.

Der junge Krämer erhob sich, ihn zu begrüßen, aber Gerda blieb sitzen.

„Du bist so spät gekommen, daß ich dachte, Bob nicht mehr länger auf seinen Tee warten lassen zu dürfen", sagte sie, „aber ich habe deine Tasse hier und der Tee ist erst vor ganz kurzer Zeit aufgegossen worden."

„Bob war so freundlich, mich zum Lunch einzuladen", bemerkte er, „es ist also nur gerecht, daß du ihn freundlich behandelst. Setzen Sie sich doch, Bob." Bei diesen Worten schob er für sich einen dritten Stuhl zum Tisch und hielt seine Tasse Gerda hin, damit sie sie fülle.

„Nun", sagte er, nachdem er von dem Tee gekostet hatte, „ich habe Urquhart zu Hause getroffen und auch Jason war dort . . . Oh, und noch ein Freund von Ihnen, Bob. Raten Sie, wer es war!"

Während er sprach, versuchte er Gerdas Blick zu erhaschen, aber es gelang ihr, dies zu verhindern.

„Ich gebe mich mit so feinen Leuten nicht ab", bemerkte Weevil mit einer scherzhaften Grimasse. „Ich werde noch ein Stück von diesem Kuchen versuchen, wenn Sie nichts dagegen haben, Mrs. Solent."

Der Nachdruck, den er auf die Worte „Mrs. Solent" legte, war höhnisch und schamlos.

„Es war Bess Round", brachte Wolf grimmig hervor, „und das Spaßhafte daran ist, daß sie einen großen Barsch brachte, mit dem sie unseren Lobbie ertappt hat, der in der Schonzeit fischte."

Gerda warf ihm einen funkelnden Blick zu, der selbst in dieser düsteren Beleuchtung der Klinge eines Messers glich.

„Bess ist nicht meine Freundin", sagte Weevil, „ich bin überzeugt davon, daß sie diesen Fisch selber gefangen und Lobbie bloß verpetzt hat. Lob braucht nicht so weit zu gehen, um zu fischen ... ob Schonzeit ist oder nicht ... Nicht wahr, Gerdie?"

„Ich weiß es nicht, und keiner von uns weiß es", sagte das Mädchen bissig. „Lob tut, was er will, in den Tagen, an denen er schulfrei ist. Er muß früh fischen gehen, wenn er überhaupt fischen will."

Was Wolf jetzt plötzlich in den Sinn kam, war die erregte Frage, warum ein Fisch einst das Symbol für Christus war. Dieser Gedanke verschwand jedoch ebenso rasch, wie er gekommen war, und Wolf versuchte vergeblich, einen vertraulichen Blick mit Gerda zu tauschen. Immer stärker und stärker wuchs in ihm, während er dort saß und seine Tasse bitteren Tees langsam leerte — er war nicht in der Stimmung, eine zweite zu verlangen, auch nicht in der Stimmung, noch um heißes Wasser zu bitten —, die Überzeugung, daß etwas wirklich Ernstes geschehen war. Gerda zeigte eine Miene, völlig verschieden von jeder, die er bisher in ihrem Gesicht gesehen hatte. Es war ein harter, rücksichtsloser, unglücklicher Ausdruck, entschlossen, reserviert, verschlossen. Sie sah um fünf Jahre älter aus als am selben Morgen, da er sie in ihrem Bett schlafend gesehen hatte.

Er griff verstohlen in die Tasche, um sich zu vergewissern, ob der Scheck noch da war. Er hatte nach allen jenen erregenden Geschehnissen das unbehagliche Gefühl, daß er ihn verloren haben mochte. Er sehnte sich nach dem Augenblick, da Weevil fortgehen würde, damit er Gerda den Scheck in den Schoß werfen könne.

„Wie hat Ihnen mein armer alter Dad gefallen, Mr. Solent?" fragte der Besucher, der mit Behagen seinen Kuchen kaute. Und Wolf stellte sich plötzlich die lächerlich beharrliche Frage, wann Gerda zu Pimpernel hinübergelaufen sein mochte, um sich diesen Luxus zu leisten. „Wenn man ihn beim Essen sieht oder hört, hält man nicht viel von ihm", fuhr der pietätvolle Sprößling fort, „aber nach dem Abendessen fängt er an. Gestern abend zum Beispiel hat er, wenn ich es erwähnen darf, begonnen, wie ein Sektiererprediger darüber zu schwatzen, daß ich kein Ziel im Leben habe. Was ist Ihr Ziel im Leben, Gerdie?"

„Sprechen Sie keinen Unsinn, Bob", entgegnete das Mädchen.

„Und das Ihre, Mr. Solent?" fuhr der unverbesserliche junge Mann fort, während Gerda sich über die Lampe beugte.

Wolf war jetzt schon so überzeugt davon, daß irgend etwas Unseliges geschehen war, daß es ihm in seiner Nervosität sehr schwer fiel, sich vor einem heftigen Ausbruch zurückzuhalten.

„Ziel?" wiederholte er und das Wort klang wie reiner Unsinn. „Sie muß sich ihm aus blindem Zorn gegeben haben", so dachte er, „nur mir zum Trotz! Wenn es das nicht ist, was sonst? Etwas ist geschehen. Entweder hat sie sich ihm gegeben, oder sie hat es ihm versprochen."

„Ziel?" wiederholte er laut und drehte das Wort in seinem Geiste um, als ob es ein Stein oder eine Muschel wäre. „Ich nehme an, durch Erfahrung zur Wirklichkeit zu gelangen? ... Nein! Wie soll ich es ausdrücken? ... Die Wirklichkeit durch die Empfindung zu genießen? Das ist es wohl. Durch gewisse Arten von Empfindung."

Die angezündete Lampe warf ihr Licht auf Gerdas Antlitz, als diese wieder ihren Platz einnahm.

„Was würden Sie als Ihr Ziel bezeichnen, Bob?" fuhr er fort und dachte bei sich: „Sie hat etwas erlebt, das sie erschreckt und abgestoßen hat ... oder sie hat sich entschlossen, es zu erleben. Sie ist nicht dieselbe Gerda, die ich heute früh mit ihrem tränennassen Gesicht verlassen habe."

Bob Weevil erhob sich. „Mein Ziel ist, zum Abendessen nach Hause zu gehen", sagte er. „Gestern abend erklärte ich Dad, mein Zweck sei es, meinem Gott zu dienen, und er sagte mir, ich solle nicht frech sein ... Sie sehen also, daß er trotz allem nicht so dumm ist, der komische alte Kerl!"

Gerda zeigte keinerlei Gefühlsbewegung, als Weevil ging. Sobald die Tür hinter ihm geschlossen war, zog Wolf Mr. Urquharts Scheck hervor und drückte ihn ihr in die Hand. „Du sollst deine Uhr haben und deinen Teppich und deine Löffel und alles andere, mein süßes Kind", flüsterte er und umfaßte fest ihr Handgelenk.

Sie waren jetzt wieder im Wohnzimmer, und Gerda glättete das zerknitterte Stück Papier auf dem Teetablett. Dann faltete sie es zusammen, so mechanisch, als wäre es eine Serviette, gab es ihm wieder zurück und sah dabei auf seine Finger, nicht in sein Gesicht.

„Willst du mir das Geschirr abwaschen, Wolf?" fragte sie kalt, mit über die Schulter ihm zugewandtem Kopf, während sie das Tablett aufhob und in die Küche trug.

Als sie nach ein paar Sekunden mit einer Kerze in der Hand wieder an ihm vorbeikam, machte er eine einlenkende zärtliche Bewegung.

„Laß das, Wolf", flüsterte sie und schob seine Hand fort. „Ich bin müde. Ich gehe schlafen."

Er folgte ihr zum Fuß der Treppe und blickte ihr nach, während sie hinaufging. „Du wirst dir jetzt alle diese Sachen kaufen können, Gerda!" rief er.

Als sie sich, die Kerze in der Höhe der Brust haltend, nach ihm umwandte, war ihr Gesicht weiß und gemessen. Zum erstenmal an diesem Abend starrte sie ihm gerade in die Augen.

„Jetzt ist es zu spät", sagte sie ruhig und ging ins Schlafzimmer.

Die Lebendigen oder die Toten?

Gerda schlief oder stellte sich schlafend, als Wolf an jenem Abend des fünfundzwanzigsten Februar sich neben sie ins Bett legte. Er war körperlich so erschöpft vom Gehen und so betäubt von der Einwirkung des Windes, daß er bald selbst in Schlaf sank; und so lagen sie die ganze Nacht Seite an Seite; ihre Köpfe, ihre Hüften, ihre Knie berührten einander oft, aber ihre Seelen wanderten ohne Unterlaß ferne voneinander.

Das erste Gefühl, das er beim Erwachen hatte, war ein schwacher Eindruck von Moos- und Erdgeruch. Dann bemerkte er, daß der Himmel zwischen den Vorhängen von tiefem Blau war. Er hatte vor dem Schlafengehen das Fenster weit geöffnet, und das Zimmer war erfüllt von einer köstlichen entspannten Luft, die über viele Meilen von Somersetshirer Weideland geweht haben mußte.

„Es ist unmöglich", dachte er, „daß ich nicht imstande sein sollte, mit allem fertig zu werden, wenn die Natur solch einen Morgen hervorbringen kann." Er stützte sich auf den Arm und blickte zu der Gestalt an seiner Seite hinab, wieder, wie er es immer war, betroffen von der Frische ihrer Schönheit. Sie bewegte sich im Schlaf und wandte den Kopf.

„Ihr Profil ist makellos", dachte er. „Wie kommt ein so klassisches Gesicht überhaupt in diese Gegend?"

Er beugte sich über das schlafende Mädchen, so zärtlich, als wäre sie das erste Knabenkraut des Jahres. „Endlich ist es geschehen", sagte er zu sich. „Sie hat sich ihm gegeben ... nur um sich zu rächen, wegen des Schecks und um alles anderen willen, was sie in ihrem Leben mit mir erduldet! Endlich bin ich ein Hahnrei. Ich habe immer wissen wollen, welch ein Gefühl dies ist; und jetzt weiß ich es. Ich fühle gar nichts. Ich bin bloß ein Spiegel für ihre Gefühle. Es war so arg für sie, daß ich ... absolut ... ganz und gar ... nur an sie denke."

Das Mädchen bewegte sich wieder, unbehaglicher als vorhin. Eine Falte trat zwischen ihre Augen, und ihre Nüstern zitterten. Sie wandte den Kopf von einer Seite zur anderen wie ein Mensch im Fieber oder wie ein Mensch, dessen Beine und Arme gelähmt sind. Während Wolf sie anstarrte, nahm tief in seinem Herzen ein grundlegender Entschluß Gestalt an. Formlos zu Beginn, zog er sich in den Hintergründen seines Wesens zusammen wie eine Wolkenbank über einem nebligen

Horizont. Und dann rang sich eine zusammenhängende Entscheidung los. „Ich werde sie der Wasserratte nicht lassen. Hahnrei oder nicht, ich liebe sie. Es hat sie unglücklich gemacht. Ich werde sie nicht aufgeben!"

In diesem Moment öffnete Gerda, aufgestört durch den Magnetismus seines Blickes, ihre Augen. Er neigte sich zu ihr und küßte sie; und als er wieder den Kopf hob, sah er ein liebliches Lächeln über ihr Gesicht huschen. „Sie hat alles vergessen gehabt", dachte er, als er sah, wie dieses Lächeln verschwand und der alte, starre, unglückliche Blick zurückkam. Sie machte eine Bewegung, um ihren Arm unter der Decke hervorzuziehen, aber der Blick auf ihrem Gesicht genügte. Er kniete sich auf und stieg aus dem Bett.

Da Sonntag war, brauchten sie nicht so zeitig zu frühstücken. Aber der helle Sonnenschein und die warme frühlingduftende Luft ließen die Stunde später erscheinen, als sie es in Wirklichkeit war.

Diesen ganzen Morgen glichen sie Personen an Bord eines in der Flaute daliegenden Schiffes, die sich ruhelos, hastig in ihren vertrauten Aufgaben bewegen, um sich auf irgendein drastisches Ereignis vorzubereiten. Wieder und wieder war Wolf im Begriffe, in eine leidenschaftliche Erklärung auszubrechen, daß das Geschehene nichts ändere... daß er sie genauso liebe... daß er in der Sache mit dem Scheck sich die Schuld gebe. Aber jedesmal, da er solche Worte formulierte und schon daran war, ihnen Ausdruck zu geben, erstarrten sie unter diesem ihren Blick, noch ungesprochen, zu Eis. Durch diesen Blick hielt sie ihn hilflos und stumm. Ihr Ausdruck glich einem feierlichen Leichentuch, das einen lebenden Kopf umhüllte.

Als die Hausarbeit gänzlich erledigt war — und er bemerkte, daß Gerda sie viel gewissenhafter verrichtete als sonst, als ob sie nach Vorwänden suchte, sie zu verlängern —, kündigte sie ihre Absicht an, in die Chequers Street hinüberzugehen. „Wenn Lobbie noch nicht fort ist", sagte sie, „und er ist es sicher noch nicht, möchte ich ihn dazu bringen, daß er mit mir zum Fluß hinuntergeht."

„Du wirst doch zum Mittagessen zurück sein, nicht wahr, Liebe?" Er legte in diese Worte alles Flehen, das ihm zu Gebote stand.

„Nein, Wolf, ich glaube nicht", antwortete sie langsam. „Ich werde wohl Mutter bitten, einige belegte Brote vorzubereiten, wie sie es in den alten Zeiten getan hat, wenn Lob und ich zum Lunt gingen. Aber zum Tee werde ich hier sein. Wenn ich bis fünf Uhr nicht gekommen bin, kannst du den Kessel aufstellen. Ich werde nicht viel später kommen."

Wolfs Erinnerung eilte jählings zurück zu jenem Märzabend am Flußufer... zu jener Scheune mitten im feuchte Gras... zu den gelben Farnen. Es machte ihm einen unheimlichen, wenn nicht tragischen Eindruck, daß sie in dieser Krise instinktiv zu Lobbie und zum Lunt zurückkehrte. Aber er machte keinen Versuch, sie umzustimmen. „Sie hält es für Stolz, daß ich das nicht tue", sagte er zu sich. „Das ist es nicht. Es ist Respekt vor ihr. Es ist Respekt vor ihrem Leben, es ist Respekt vor ihrer Persönlichkeit."

„Wo wirst du dein Essen herbekommen?" Sie stand nun schon zwischen den Krokusblüten und den roten Hyazinthen, während Wolf noch die Haustür offenhielt. Sein Herz pochte laut bei diesen Worten. War es ein Beginn, eine Bewegung zu ihm hin?

„Oh, ich werde wohl noch genug im Speiseschrank finden, Liebste", sagte er leichthin, legte aber auch in diese Worte eine liebkosende Bitte. „Wenn nicht, will ich sehen, ob meine Mutter zu Hause ist... oder Christie", fügte er hinzu.

Beim Klang von Christies Namen spielte sie eine Sekunde lang mit ihren behandschuhten Fingern an dem eisernen Tor, während ihr Kopf in intensiven Gedanken sich neigte.

„Warte eine Minute, Gerda", rief er, als er dieses Zögern bemerkte. Er lief in die Hall und kam mit Hut und Stock zurück. „Ich werde bis zum Hause mit dir gehen."

Sie erhob keine Einwendung; und als er das Tor hinter ihnen schloß, brachte ihm die Berührung mit dem Eisen und der eigentümliche Lärm des Schlosses eine Begebenheit aus vergangenen Zeiten in Erinnerung, da sie einander gerade an dieser Stelle in einer Aufwallung plötzlicher glückseliger Versöhnung umarmt hatten. Er blickte über die Straße zu dem Schweinestall. Nichts anderes lag heute in der Luft als nur der Frühling.

„Gerda", sagte er, als sie schon ein gutes Stück hinter der Straßenecke waren, die den Müßiggängern ihrer Gegend an Stelle eines Gasthausschanks zum Schwätzen diente, „ich möchte nicht, daß du glaubtest, ich sei auch nur ein bißchen eifersüchtig auf den armen alten Bob. Es ist nur gerecht, daß du einen Freund haben sollst, den du gern hast, so wie ich Christie gern habe."

Sie schwieg ein paar Sekunden; und seine Worte schienen die Linien zwischen den Pflastersteinen, wie er jetzt auf den Boden starrte, in die Sprossen einer Leiter zu verwandeln, auf die er seine Füße sehr achtsam setzen mußte, weil leerer Raum zwischen ihnen klaffte und gähnte.

Dann sagte sie langsam: „Es hätte... eine Zeit... gegeben... mir das... zu sagen... Wolf. Es ist besser, jetzt nicht mehr davon zu sprechen."

Er war nach diesen Worten ruhig, und sie erreichten das Haus des Steinmetzen, gerade als die Glocke der Pfarrkirche zum Sonntagsgottesdienst zu läuten begann.

Die Wärme des Tages war verblüffend. Ein leichter dunstiger Nebel, balsamisch und duftend, als hätten sich Millionen von Primelknospen unter ihm geöffnet und als hätten Millionen von Jonquillen ihre Süße in ihn ergossen, hing über den Firsten der Häuser und strömte durch ihre Türen ein und aus. Hauchdünne weiße Wolken, so flockig, daß ihr äußerster Rand in der Luft verschwand, zogen über die Dächer der Stadt nach Norden; während das flüssige Blau des Himmels, das sich in fluktuierenden Weihern und Buchten zwischen jenen krausen Dämpfen zeigte, aus dem ganzen Erdenrund alles auszulöschen schien, was hart war und undurchsichtig. So fließend und so ausgegossen war der Himmel droben, daß er sich auszuschütten und überzulaufen schien und auch das Pflaster zu Füßen der Menschen gleich Wolken erscheinen ließ und die Grasflecken in diesem oder jenem Gärtchen gleich Zwischenräumen eines anderen, eines zweiten Himmels, dessen in die Ferne fliehende Tiefen grün waren statt blau.

Gruppen von Kirchgängern bewegten sich lässig unter dem Zwang ihrer verschiedenen frommen Zwecke am Tor der Torpschen Werkstätte vorbei; und Wolf fühlte sich in seiner wachsenden Pein über den starren, abweisenden Gesichtsausdruck seines Mädchens, durch die schläfrige Trägheit der Stimmen dieser Leute und durch die frische Sauberkeit ihrer Kleidung gehöhnt und verspottet.

Keinen Austausch wirklicher Gefühle mit ihr konnte er mehr erlangen, bis sie an die Tür ihres Vaters klopften, und es versetzte ihm einen heftigen Stich, daran zu denken, daß dies tatsächlich seit ihrer Heirat zum erstenmal war, daß sie sich zusammen an dieser Schwelle zeigten.

Lobbie selbst öffnete ihnen die Tür und sie fanden die ganze Familie im Vorderzimmer versammelt. Mrs. Torp, die offenbar erst die Betten in Ordnung gebracht und die Küche saubergemacht hatte — sie trug nämlich eine schmutzige Schürze über ihrem Sonntagskleid — hatte sich eben gegenüber ihrem Gatten in einen Sessel fallen lassen und von dieser Insel des Friedens ganze Ladungen kriegerischer Beredsamkeit ins Weite geschleudert; denn der plumpe, hemdärmelige Denkmalerzeuger zeigte einen starren Gesichtsausdruck, der zugleich zerknirscht war und protestierend — einen Ausdruck, der selbst nach dem durch ihre Ankunft hervorgerufenen Wirrwarr nicht verschwand.

„Ich bin nur für einen Augenblick gekommen", sagte Wolf und nahm auf Mrs. Torps leergewordenem Sessel Platz, während die Dame ihre Tochter zur Seite führte, um ihre Kümmernisse in ein weibliches Ohr zu ergießen, „aber ich glaube, daß Gerda bleiben möchte. Nun, Lobbie, das war ein großer Fisch, den du gestern gefangen hast. Ich muß dir gratulieren. Schonzeit oder nicht, es ist der größte Barsch, den ich je gesehen habe."

„Meine Alte hat den armen Kerl geschunden wie den Fisch selber, gerade jetzt, bevor Sie gekommen sind", sagte Mr. Torp. „Sie meint, ich unterstütze ihn bei seinem Unfug. Ich unterstütze dich doch nicht, nicht wahr, Lob Torp?"

Der Knabe blickte unbehaglich zur Küchentür, hinter der die Stimme seiner Mutter noch immer zu hören war.

„Sie hatte Böses im Schilde, Mister", flüsterte er feierlich, „sonst hätte sie nie mit mir zu sprechen begonnen. Was wollte sie denn eigentlich dort in den feuchten Feldern, ehe es noch hell war? Und sie hat zweimal mit mir gesprochen, bevor ich diesen Fisch an die Angel bekam. Wäre ich klein, wie vor ein paar Jahren, wäre ich zitternd und bebend nach Hause gelaufen. Wissen Sie, Mister, was sie zu mir gesagt hat? Sie kam aus diesem Heckenweg, der von Farmer's Rest zu Pond Lane führt. Ich habe sie kommen sehen und wäre gerne weiß Gott wo gewesen, denn ich dachte, der alte Kerl sei auch da und hat sich versteckt; und sie sei gekommen, ihn zu suchen; beide halb verrückt, wie man sagen kann. Sie kam direkt dorthin, wo ich war, ganz leise wie eine alte Kuh, sah auf das kalte Wasser und fing an zu zittern. ‚Hast du es gesehen?' ‚Was gesehen, Miss Bess?' frage ich. ‚Das Gesicht unter dem Wasser', sagt sie, ‚wovon sie im Gasthaus alle sprechen.' ‚Ich schaue nicht nach Gesichtern aus', sage ich, ‚ich fische nach Barschen.' ‚Man sieht das Gesicht', sagt sie. ‚Man wird es sehen, bis einer, der jetzt noch lebt, dort ist, wo es jetzt ist . . . dann wird es verschwinden.' Und gerade wie sie sagt ‚verschwinden', so wie ich es jetzt sage, sehe ich meinen Fisch anbeißen. Sie können mir glauben, Mister, daß ein Bursche dann keine Zeit mehr für die Dummheiten eines Frauenzimmers hat. Aber ihr war das alles ganz gleichgültig. ‚Es war das Gesicht in dem Wasser hier', sagt sie, ‚das meinen Onkel verwirrt hat. Dieses Gesicht wird gesehen werden', sagt sie, ‚bis die Zeit kommt, in der —' "

Lobbies Rede wurde durch eine plötzliche Bewegung seines Vaters unterbrochen. Mr. Torp stand aus dem Lehnstuhl auf. „Jetzt hör auf damit!" grölte er. „Hör auf damit, oder ich werde deine Mutter rufen! Sonntag ist Sonntag, sage ich, und Mr. Solent ist unser Gast. Wenn die Vorsehung im Sinne hat, einen solchen Herrn zu schlagen, geht's nur ihn allein an! Dieses Haus ist mein Haus, Lob Torp; und dieser Morgen ist ein Sonntagsmorgen. Jetzt halte also den Mund mit deinen Teichgesichtern!"

So laut war die Stimme Mr. Torps, daß er kaum seinen Sitz wieder eingenommen hatte, als seine Gattin und Gerda hereinstürzten.

„Was redest du da vom Sonntag, John?" fragte die Dame scharf. „Kannst du denn den Jungen nicht einen Augenblick in Ruhe lassen, wenn ich den Rücken kehre! Und wenn Sonntag ist, was bedeutet das? Hier ist unsere Gerdie und bittet um ein paar hübsche Fleischbrötchen, weil sie den Jungen zu einem Spaziergang mitnehmen will. Mr. Solent sagt, er kann nicht bleiben, darum können wir zwei das tun, was ich dir gerade vorhin gesagt habe . . . ruhig und friedlich zu der Versammlung nach Nevilton gehen. Warum, glaubst du denn, habe ich mir die Plage gemacht, mein bestes Kleid anzuziehen? Um den gestrigen Yorkshirer Pudding aufzuwärmen? Wenn so viele Leute kaltes Fleisch essen können, so können andere das auch. Es wird im ganzen Frühjahr keinen solchen Tag mehr geben, sage ich dir, an dem wir beide diesen Spaziergang so hübsch und ruhig machen können."

Mr. Torp erlaubte sich, seinen gedankenversunkenen Schwiegersohn humorvoll rasch von der Seite anzublicken.

„Was ist denn diese Versammlung in Nevilton, Mrs. Torp?" fragte Wolf mit gezwungener Lebhaftigkeit.

„Es ist Mutters Lieblingsprediger", warf Lobbie ein. „Der alte Farmer Beard, Mr. Manleys Freund, holt ihn im Dogcart aus Ilchester. Er ist ein Baptist, Mister, einer von der Sorte, die die erwachsenen Leute ganz ins Wasser stecken wie kleine Kinder. Mutter geht, ihn anzuhören, weil er sagt, alle Männer, die trinken wie unser Dad, werden nach dem Jüngsten Gericht grausam brennen. Mutter hat es gern, wenn Dad solche Sachen hört; aber Dad gehört der Staatskirche an, ebenso wie ich, und wir halten nichts von solchen Drohungen. Dad und ich sind in der High Church. Mutter ist evangelisch."

Mrs. Torp knüpfte ihre Schürze auf und begann sie zusammenzufalten. Aus ihrem Ausdruck war klar zu ersehen, daß der Groll über die Unverschämtheit ihres Sprößlings durch den Stolz auf seine Fähigkeit zu solch feinen theologischen Unterscheidungen gemildert wurde. Sie begann eine weitschweifige Lobrede auf den Prediger aus Ilchester, unterstrichen durch gereizte Ausrufe, als sie vergeblich in dem Zimmer nach irgendeinem Traktätlein oder Gesangsbuch suchte, das mit dieser Feier in Verbindung stand.

Aber Wolf konnte gerade jetzt für niemand anderen Aufmerksamkeit aufbringen als für Gerda, deren abweisender Blick stillen

Elendes, wie sie da aufrecht auf einem geradlehnigen Stuhl an der Wand saß, ihn ins tiefste Herz traf.

„Sie hat sich diesem kleinen Esel aus bloßem Trotz gegeben", dachte er, „und es hat ihre ganze Selbstachtung zerbrochen."

Mrs. Torps Projekt, ihren Gatten am Nachmittag fünf Meilen marschieren zu lassen, damit er sich verdammen höre, wurde jetzt zu einem trostlosen Hintergrund — gleich jener Marmorplatte in Weevils Villa — für diese unselige Krise in seinem Leben. Der Gedanke an einen stickigen kleinen Raum in Nevilton — einem Dorf, das ihm besonders verhaßt war —, an einen Raum, der unter den Klängen der Stimme des Protegés Mr. Beards widerhallte, schien die ganze Dorseter Landschaft in einer schlammigen Farbe zu malen. Ein bitterer männlicher Zorn regte sich in ihm über die zerstörende Gefühlsduselei dieser Weiber und ihre ewige Unfähigkeit, einen in Ruhe zu lassen.

Und es verminderte seine Erregung nicht, wenn er an Gerdas blinden, verzweifelten Instinkt dachte, sich zu Lobbie, dem Gefährten ihrer alten Kindertage, und in die Auen des Lunt zu flüchten! Genau vor einem Jahr waren sie zu dritt durch die Frühlingsdämmerung nach Hause gegangen ... und jetzt würde sie ihre belegten Brote zu eben jener Stelle tragen, würde sie mit Lob auf dem Stamme eben jenes Baumes essen, würde vielleicht eben jenen Schuppen sehen, und er konnte sie durch nichts überreden, ihn daran teilnehmen zu lassen.

Ein erbarmungswürdiges Sehnen kam über ihn, sie in seine Arme zu nehmen und ihre irregegangene Erinnerung von jeder Spur dieser geilen Wasserratte zu säubern. Und auch Christie — warum mußte Christie in irgendeiner tollen seelischen Stimmung hingehen und die glimmende Begierde dieses alten Mannes zu abscheulichen Flammen anfachen? Die Worte, die er in jenem unseligen Heft gefunden, schrieben sich jetzt an die Wand der Torpschen Wohnung, während er hinstarrte. Wenn er sie nicht begehrt und sich dann nicht so zurückgezogen hätte, wäre sie noch so wie immer, wie die Blumen auf ihrem Kaminsims, unempfänglich für die Annäherung des alten Satyrs.

Gerdas Geistesabwesenheit war jetzt schon so außerordentlich stark geworden, ihr Gesicht so traurig, daß er es nicht mehr ertragen konnte. Er ging zu ihr hinüber; und im Schutze der geschwätzigen Suche Mrs. Torps nach ihrer verlorenen Broschüre bat er sie mit leiser, nachdrücklicher Stimme um die Erlaubnis, an dem Ausflug teilnehmen zu dürfen.

„Es ist zu spät, Wolf", wiederholte sie und blickte ihn mit Augen an, die um fünf Jahre älter zu sein schienen, als sie gestern gewesen waren. „Habe ich dir's denn nicht gesagt? Warum hörst du nicht auf, mich so zu quälen?"

Er neigte sich jetzt zu ihr und dämpfte seine Stimme zu einem Flüstern.

„Es ist nicht zu spät, Gerda. Du nimmst alles viel zu schwer. Ich liebe dich viel zu sehr, als daß irgend etwas zu spät sein könnte."

Aber die Zärtlichkeit in seiner Stimme schien sie nur zu reizen. Sie warf ihm einen flammenden Blick zu, voll von Abneigung, voll von Verachtung. „Du bist ein Dummkopf", flüsterte sie. „Ich habe nie gedacht, daß du ein solcher Dummkopf seist."

Dann sprang sie auf. „Komm, Mutter. Laß diese Neviltoner Hymnen. Lobbie und ich möchten gleich gehen. Kommt, ihr beide, wir wollen die Butterbrote streichen."

Mutter und Bruder folgten ihr in die Küche, und Wolf blieb mit Mr. Torp allein.

„Mir scheint, mir blüht heute kaltes Fleisch zum Mittagessen und heiße Verdammnis statt des Puddings", bemerkte der gute Mann.

„Nun ja, wenn ich heute nachmittag nach Nevilton marschieren muß, werde ich jetzt zum Hausknecht Jim hinüberschauen. Er wird gerade mit dem Aufräumen im Hinterhof der Peewits fertig sein; und so können wir beide uns dort noch eine Weile gemütlich hinsetzen ... hinter verschlossenen Türen, wie man zu sagen pflegt."

Mr. Torp fuhr noch während des Sprechens ungeschickt in seinen Sonntagsrock und zog seine Sonntagskrawatte fester. Wolf nahm Hut und Stock.

„Nun, auch ich werde mich jetzt auf die Beine machen müssen." Er sprach lauter als notwendig, denn er wollte Gerda hören lassen, daß er gehe. Doch aus der Küche kam kein Laut, kein Zeichen.

„Adieu, Mr. Torp", sagte er und drückte seinem Schwiegervater warm die Hand. „Geben Sie acht, wenn Sie jetzt zu Ihrem Freunde, dem Hausknecht, gehen, sonst wird Ihr Prediger Sie beim Kragen nehmen."

„Machen Sie sich keine Sorgen, Mr. Solent", erwiderte der andere. „Und vergessen Sie nicht, was ich Ihnen gestern gesagt habe. Keiner von uns einfachen Leuten, aber auch kein feiner Herr kann in diesen dreckigen Zeiten wissen, was auf ihn wartet. 's ist nicht mehr so wie damals, als ich noch jung war. Das Leben ist heute nichts anderes als ein bloßes Zwinkern mit dem Augenlid; und nur wer über die Gräben springt, geht trocken zu Bett!"

Als Wolf wieder in der von der Sonne durchwärmten Ruhe der

Chequers Street stand, machte er nach ein paar Schritten halt, um mit sich selbst zu Rate zu gehen.

„Sie wird zum Tee zurückkommen", dachte er, „und dann werde ich mit ihr sprechen. Ich werde sie dazu bringen, diese Sache leicht zu nehmen. Aber Schluß mit Weevil! Sie muß sich Weevils entledigen. Ein Hahnrei bin ich. Aber ich weigere mich, ein duldsamer Idiot zu sein!"

Er zog mit dem Ende seines Stockes nachdenkliche Muster auf dem von der Sonne hell beschienenen Trottoir. Allerlei einander widersprechende Pläne zogen ihm durch den Sinn, wie er wohl die langen quälenden Stunden bis fünf Uhr verbringen könnte. Von diesen Gedanken setzte sich schließlich einer in seinem Geiste als der der Gelegenheit am allermeisten entsprechende fest. Er würde das zynischeste aller Orakel befragen. Wie viele Monate war es her, seitdem er zuletzt dort gewesen ... seitdem er zuletzt geradenwegs durch die Lehmerde dort hinabgeblickt hatte, von wo ihm jener Schädel entgegengrinste? Zu lang ... zu lang! Ja, das war's, was er tun würde. Er würde die „alte Haut" besuchen. Nichts würde ihm die Stunden rascher vertreiben können.

Er sah auf die Uhr. Es war dreiviertel zwölf, und er wußte, daß um zwölf Uhr fünfzehn ein Sonntagszug nach Ramsgard ging.

„Ich werde ein paar Stunden für den Rückweg zur Verfügung haben ... Stunden und Stunden", sagte er zu sich. „Ich werde über die Landstraße zurückgehen. Ich würde gerne einen Weg durch die Gwent Lanes finden, wenn mir Zeit bleibt."

Dann kam ihm plötzlich ein Gedanke, der ihm einen Andrang des Blutes und ein schwaches prickelndes Gefühl in dem Fleisch der Wangen verursachte. Warum sollte er nicht für ganz kurze Zeit zu Christie eilen und sehen, ob sie mit ihm gehen wollte? Zum Teufel! Aber es mochte doch irgend jemand, den er kannte, auf dem Perron oder im Zug sein. Sie würden wahrscheinlich — eben weil es ein so himmlisch schöner Tag war — Miss Gault auf dem Friedhof finden.

Nein, es war zu gewagt. „Aber ich werde jedenfalls für einen Augenblick zu ihr gehen", dachte er, „und sehen, was es bei ihr Neues gibt."

Nach wenigen Minuten läutete er an der Seitentür der Malakites. Alles war still in der Passage. Er konnte in dem kleinen Garten einige glänzende Flecken von Grün sehen, die in Weihern von Sonnenlicht schwammen. Dann kam draußen auf der Straße ein schwaches schlurfendes Geräusch von Schritten. Diese Schritte und das Pochen seines Herzens waren die einzigen Laute. Ganz Blacksod lag versunken in einem goldigen Nebel der Ruhe. Er läutete wieder. „In einer Minute", dachte er, „werde ich sie herunterkommen hören. Der alte Mann mag ja an Sonntagen lange schlafen; aber sie wird schon aufgestanden sein."

Das Geräusch der schlurfenden Schritte auf der Straße hörte auf.

„Mister!"

Er wandte sich der Stimme zu. Es war ein kleines altmodisches Mädchen, das ein Gebetbuch trug.

„Wenn Sie die Malakites sprechen wollen, Mister, die habe ich vor einer Stunde an meiner Wohnung in dieser Richtung vorbeigehen gesehen. Sie waren im Reiseanzug; so ist es mir wenigstens vorgekommen. Ich glaube, sie hatten die Absicht, den Zug um elf Uhr drei nach Weymouth zu erreichen."

Wolf trat von der Tür auf die Sprecherin zu. Er erkannte sie jetzt als eines der Ladenmädchen Pimpernels. Er hatte bei ihr oft Kuchen für Gerda gekauft. Sie stand im Rufe, römisch-katholisch zu sein.

„Für einen Ausflug angezogen, eh, Miss?" fragte er leichthin. „Dieser Zug um elf Uhr drei geht direkt ohne Aufenthalt nach Weymouth, nicht wahr? Nun, sie werden gewiß einen prachtvollen Tag haben."

Die kleine Katholikin ging hastig weiter. „Sie wird ihr großes Wunder versäumen, wenn sie sich nicht beeilt", dachte er. „Sagt man dort jene Worte nicht genau um die Mittagsstunde?"

Auf dem Wege zum Bahnhof versuchte er ununterbrochen, seinen Geist auf das Geheimnis der Messe zu konzentrieren. „Der Christus dieser Priester", dachte er, „ist ein völlig anderer Gott als der Jesus von Mr. Beards Prediger. Welcher von den beiden würde mir in dieser Krise mehr helfen, he? Welcher?"

Erst als er allein in einem Raucherkupee dritter Klasse saß und durch die Fenster auf Melbury Bub starrte, wurde die volle Bitternis dieser letzten Neuigkeit reif, gekostet zu werden.

„Sie hätte wissen sollen, daß ich heute zu ihr kommen würde", dachte er. „Sie hätte es wissen sollen." Und dann dachte er: „Ganz natürlich, an einem sonnigen Märztag nach Weymouth zu fahren! Mr. Malakite ... und seine Tochter ... in Weymouth. Ich glaube wohl, daß sie sich in den trockenen Sand legen werden, dort, wo die Maultiere stehen. Sie werden wahrscheinlich im ‚Dorothy' zu Mittag essen und dann ein wenig rudern oder mit der Fähre nach Nothe fahren und zum Sandsfoot Castle gehen. Vielleicht kommen sie an Brunswick Terrace vorbei und gehen über Lodmore."

Oh, das alles war recht natürlich. Wenn er nur nicht auf dieses Schreibheft gekommen wäre! Aber ein phantasiereiches Mädchen wie Christie war imstande, tausend kleine Nichtigkeiten zu übertreiben.

Außerdem war „Schiefer" eine Geschichte. Es war kein Tagebuch. Es enthüllte nichts ... gar nichts ... außer ihren Gedanken!

Auch Gerda ... Er hatte nichts gesehen. Er hatte die beiden bei nichts ertappt ... außer daß sie im Dunkel gesessen waren. Wie, wenn auch das eine Einbildung von ihm wäre? Er neigte sich vor und faltete die Hände über den Knien. Oh, das war der allerärgste Zustand! Nicht ganz sicher zu sein. Der Zug fuhr jetzt nahe an King's Barton vorüber. Da war der große lotrechte Turm ... da war der Kirchhof! Er entfaltete die Hände, setzte sich seitlich zum Fenster und versuchte Redferns Grabstein zu entdecken; aber der Zug fuhr zu schnell. Er glaubte einen flüchtigen Blick auf den Stein getan zu haben, aber er war dessen nicht sicher. Es gab nichts, dessen er sicher gewesen wäre!

Es stieg kaum jemand aus, als er Ramsgard erreichte. „Wenn ich Miss Gault treffe", dachte er, „werde ich unfreundlich gegen sie sein." Er ging um die öffentlichen Gärten und eilte am Lovelace vorbei. „Ist jener alte Kellner noch dort?" fragte er sich. Beim Anblick des Arbeitshauses schien ihm die Persönlichkeit seines Vaters zuzuwinken und ihn zu begrüßen; aber es war dies doch nur in Gestalt eines Schädels. Und der Schädel wußte, daß Wolf kommen würde, und freute sich darüber! Im Schädel des alten Kerls war das einzige Hirn auf der Welt, dessen Gedanken Wolf lesen konnte. Leere Augenhöhlen betrogen niemanden.

Er kam jetzt am Schlachthaus vorbei. „Seit dem Tage, da sie zu mir sprach", dachte er, „habe ich nur ein einziges Mal Fleisch berührt. Aber wenn ich sie an seinem Grabe sehe, werde ich mich davonmachen und ihr nicht in die Nähe gehen."

Als er zu dem Loch im Zaun kam, das zu jenem Teil des Friedhofs führte, in dem die Armen begraben wurden, erinnerte er sich seiner Verblüffung, als er damals Miss Gault auf allen vieren durch diese Öffnung hatte kriechen sehen. So gut erinnerte er sich jener Begebenheit, daß er plötzlich, als er sich jetzt selbst auf Knie und Hände niederließ, während ihm ein Büschel Kresse kalt gegen das Gesicht schlug, die Gewißheit fühlte, daß Miss Gault jetzt hier war.

Ja! Wenn sie nicht da war, so weilte doch ganz gewiß ihr Geist hier. Er stand mühsam auf, mit dem bestimmten Gefühl, daß er sie sehen würde; und da war sie! Sie saß auf einem Grab gegenüber dem William Solents. Auf ihrem Schoß lag ein Butterbrotpapier, in der Hand hielt sie ein Buch. Sie kaute und las gleichzeitig, ihr Hut lag neben ihr auf dem Grabe, und ihre großen schwarzen Schuhe sahen unter einem umfangreichen Rock hervor, dessen steife Falten an Albrecht Dürers „Melancholie" erinnerten.

Er hatte sich geschworen zu flüchten, wenn er sie an diesem Tage sehen sollte, doch statt dessen zog er mit übertriebener Ergebenheit die Mütze und schritt über die dazwischenliegenden Grabhügel.

„Miss Gault!"

Sie mußte ihn schon bemerkt haben, während er unter dem Zaun durchkroch, und hatte offenbar bloß ihre Geisteskräfte gesammelt, denn sie erhob jetzt bloß den Blick und blinzelte ihn an.

„So sind Sie endlich gekommen, Junge!"

Er trat zu ihr, legte seine Hand auf die ihre, die noch das Butterbrotpapier festhielt, und setzte sich.

„Jedermann scheint heute Butterbrote zu essen", warf er hin.

„Das Beste, was man machen kann, Junge", entgegnete sie; „das Beste, was man machen kann! Sie sind mit Salat belegt."

„Welch ein Tag dies heute ist, nicht wahr, Miss Gault", murmelte er unbestimmt und blickte auf die Worte „William Solent", über die die Sonne jetzt ihren freundlichsten Segen ergoß.

Mit schiefem Kopf sah sie ihm ins Gesicht. „Was ist denn mit Ihnen los, Junge?" fragte sie ernst. Und dann sagte sie mit einer nervösen Entschuldigung im Tonfall: „Emma hat heute Ausgang; und so dachte ich, ich könnte ganz gut im Freien etwas essen."

„Oh, alles ist in Ordnung, Miss Gault. Vielleicht bin ich von der Schule ermüdet. Aber wir alle müssen es manchmal irgendwo spüren."

„Nehmen Sie die Mütze ab, Wolf, und lassen Sie sich ansehen."

Er warf die Mütze ins Gras und nahm ein Butterbrot, das sie ihm anbot.

„Aber Sie haben doch graue Haare!" rief sie. „Sie hatten kein einziges, als Sie vor einem Jahre zu mir kamen."

„Die Dorseter Luft!" bemerkte er grimmig.

„Und hier haben Sie Falten; und Ihr Mund ist anders; und Sie sind viel dünner geworden!"

„Schwere Arbeit!" warf er hin. „Ich habe doch Urquharts Buch fertiggestellt und er hat mich dafür bezahlt."

Sie wandte sich ihm jetzt ganz zu und legte Buch und Proviant auf den Boden. Er bemerkte, daß der Band Palgraves „Goldene Schatzkammer" war. Er bemerkte neben ihr auch eine leere, von Milch weiße Medizinflasche, auf deren Öffnung sich drei schwarze Fliegen niedergelassen hatten.

„Sie sind durch und durch unglücklich, mein Lieber!" sagte Miss Gault. „Ich sehe Ihnen das an allem und jedem an. Was ist los, Wolf? Es ist lächerlich, einer so häßlichen alten Frau kein Vertrauen zu schenken. Was ist los, Wolf?"

Ein Klang von Glocken, getragen von einer Brise linder Luft, die dunklem, süßem Regenwasser glich, drang in diesem Augenblick zu ihnen.

„Die Abteikirche", murmelte Miss Gault. „Sie läuten noch immer diese Glocken, obwohl sie der Kirche nicht mehr angehören."

„Ich liebe den Klang", erwiderte er und fügte dann mit einem Seufzer hinzu: „Es geht wohl allen so. Das Leben wird nicht leichter."

Eine Art auflösender Weichheit hatte sich auf ihn gesenkt. Das dunstige Sonnenlicht, die träumerische, sanft wehende Luft, der nicht faßbare Duft, dies alles schien sich zu vereinigen, um irgendeinen grundlegenden Widerstand in seinem Mark zum Schmelzen zu bringen. Er hatte das Gefühl, als ob sich von dieser Todesstätte ein süßer, schwacher, entspannender Hauch erhöbe, erfüllt von der Köstlichkeit üppiger Zersetzung.

Die fernen Glocken erinnerten an das grünliche, dahintreibende und wogende Fluten des Spitzbogengewölbes in der Abteikirche. Sie erinnerten an die Jahrhunderte stiller, sorgloser Ruhe, die auf jenem Königssarg unter dem Boden der Kirche lagen. Was machte es aus, daß ein Mädchen namens Gerda ihren Körper einem jungen Mann namens Weevil überlassen hatte? Was machte es aus, daß ein geiler alter Buchhändler seine Tochter für einen Tag an den Strand von Weymouth führte?

Er fühlte sich gerade jetzt so gleichgültig gegen jedes menschliche Geschick, daß er den letzten Bissen seines Butterbrotes schluckte, die Finger am Gras abwischte, dann die Beine vor sich ausstreckte, die Fliegen von der leeren Flasche verjagte und sich einem körperlichen Gefühl hingab, als wäre er ein wesentlicher Teil dieser weiten schlaftrunkenen Landschaft.

„Ich bin Poll's Camp", hätte er gesagt, wenn sich diese Empfindung in Worten ausgedrückt hätte. „Ich bin der Park des Lovelace. Ich bin die Gwent Lanes. Ich bin Nevilton Hill. Ich bin Melbury Bub. Ich bin Blackmore Vale und High Stoy. Über mich schreiten jetzt dort unten am Lunt Gerda und Lob."

„Warum erzählen Sie mir nicht, Junge, was los ist?" wiederholte Miss Gault. „Bin ich Ihnen denn gar nichts? Hat meine Freundschaft keinerlei Wert für Sie?"

Ihre Worte schienen ebenso ein Teil der balsamischen, leicht dahinwehenden Luft droben zu sein, wie sein Körper ein Teil der Erdscholle unter ihm war.

Schwach, mit weniger Energie, als er angewendet hatte, um die Fliegen von der Flasche zu verjagen, analysierte er seine Trägheit.

„Ich habe meine Lebensillusion getötet", dachte er. „Ich bin ebenso tot wie William Solent. Mir ist kein Stolz geblieben, kein Wille, keine Persönlichkeit." Er hielt den Blick auf seines Vaters Grabstein gerichtet, über den ohne Unterlaß der Schatten des knospenden Zweiges eines nahe beim Zaun stehenden kleinen Baumes flatterte. Er versuchte sich den Schädel unter diesem Hügel vorzustellen. Noch immer dachte er mehr an den Schädel als an Sarg oder Gerippe. Aber auch der Schädel schien seine Persönlichkeit verloren zu haben. Kein zynisches Grinsen kam Wolf von dort unten entgegen. Keine sardonische Bemerkung über Wolfs Zustand stieg empor, um ihn zu verhöhnen oder zu trösten.

Plötzlich bemerkte er, daß Miss Gault hastig und erregt sprach.

„Aber Sie brauchen mir's nicht zu sagen, Junge. Ich habe doch noch Augen und Ohren. Ich weiß, wohin Sie immer gehen. Diese Malakites haben Sie in den Klauen. Es ist dieses Mädchen Malakites, das Ihr Unglück ist. Sie waren Ihrer Frau untreu. Ich habe ja gewußt, daß es so enden würde. Ich habe ja gewußt, daß das Ganze ein trauriger Mißgriff war. Dieses Heiraten in eine andere Klasse geht nie gut aus und wird es nie tun. Die Wahrheit ist, Junge, daß Sie sich selbst nicht kennen und daß Sie nicht mehr als Ihr Stock da wissen, was Ihnen wirklich nottut. Sie härmen sich ab vor Reue, während keine dieser Blacksoder Schlampen sich auch nur so viel aus Ihren Gefühlen macht... oder auch aus Ihrer Treue. Aber diese Weiber sind doch erzogen worden, ebensowenig Unterschied zu machen wie die Fliegen! Sie kennen unsere unteren Klassen in Dorsetshire nicht, Junge. Die haben nicht dieselben Gefühle wie wir, sie sind nicht auf dieselbe Art menschlich. Und was mehr bedeutet, Wolf, lassen Sie sich das von mir sagen" — ihre Stimme senkte sich zu einer mißtönenden Rauheit; sie nahm die „Goldene Schatzkammer" und schlug damit gegen den Boden —, „Sie lieben keine von beiden in Wirklichkeit! Wenn es der Fall wäre, würden Sie zwischen ihnen wählen. Sie sind einer von jenen Männern wie Jason Otter, wie Mr. Urquhart, die im Herzensgrund die Frauen hassen. Es war der nackte Wahnsinn von Ihnen, jemals diese kleine Torp aufzulesen. Wenn Ann keine so hohlköpfige Närrin wäre, hätte sie Ihnen Einhalt geboten. Doch Ann ist so erfüllt von ihren eigenen Possen, daß Sie ihr bloß ein Schoßkind sind, ein großes Schoßkind! Wenn Ann ein anderer Mensch gewesen wäre, hätten Sie sich niemals mit diesen Malakites eingelassen. Ich selbst habe ihr gesagt, was herauskommen würde. Ich sagte es ihr bei mir im Wohnzimmer an jenem Tag, da sie mich besuchte, als Emma die Teekeks verdarb. Ich sagte zu ihr: ‚Wenn Sie Ihren Jungen nicht von jenem Buchladen fernhalten können, wird er denselben Weg gehen wie sein

Vater!' Das war's, was ich ihr gesagt habe. Ich erinnere mich daran, weil ich nachher wegen der Teekeks unfreundlich zu Emma war. Aber Ann lachte nur. Ihre Mutter kennt den Unterschied zwischen Gut und Böse nicht besser als den zwischen —" Die erregte Frau brach in ein halb belustigtes Kichern aus.

Doch ehe dieser Ausfall zu Ende war, hatte Wolf die Beine an sich gezogen und den Rücken gestrafft. Etwas in ihm, tiefer als das Grinsen des Schädels dort unten, tiefer als die schläfrige Köstlichkeit des Tages, wand sich, zog sich zusammen, verdichtete sich. Was sein Fleisch seit je unbewußt mit dem Fleisch verband, das ihn empfangen hatte, die Kraft der Nabelschnur, oder was sonst es war, riß ihn aus seiner Betäubung.

Er sah das harte, rötliche, ironische Gesicht. Er sah das unternehmende Kinn. Er hörte die leichten, bedenkenlosen, trotzigen Töne.

„Ich bin bei dir, Mutter", dachte er, während seine Lippen zitterten. „Ich bin bei dir, was immer alle diese Leute sagen mögen! Gut oder böse, ich bin bei dir!"

Miss Gault schenkte diesem Stimmungsumschwung ihres Gefährten keine Beachtung. Auch ihre Gedanken waren, wie es schien, zu den Wurzeln der Vergangenheit weggewandert.

„William! William!" stöhnte sie laut. „Ich hätte dich gehalten. Ich hätte jede Entbehrung und Sorge auf mich genommen, um dich zu halten. Ich hätte Sklavenarbeit für dich getan, hätte für dich gewacht, für dich verschwendet und hätte dir immer vergeben."

Völlig unbewußt der Wirkung, die diese Worte auf ihren Gefährten ausübten, wandte sie den Blick ihrer großen Wildpferdaugen, deren Weißes im Sonnenschein verzweifelt glänzte, von Wolf zum Grab und vom Grab wieder zu Wolf.

„Ich bete nur zu Gott, Junge", fuhr sie fort, „daß Sie niemals einer Frau begegnen mögen, die Sie so lieben wird, wie ich ihn dort unten. Wenn Sie ihr begegnen, werden Sie sie durch die Ann Haggard in Ihrem Hirn töten. Wir alle sind reichlich hart, Junge — niedrig und hart; aber ich habe niemals eine Person getroffen, die darin so glorreich war wie Ihre Mutter. Oh, lieben Sie ihn, Junge! Lieben Sie ihn, lieben Sie ihn, wie ich ihn durch fünfundzwanzig Jahre geliebt habe!"

Wolf erhob sich und stand aufrecht da. Der Kampf, der so lange in ihm zwischen seinem Vater und seiner Mutter geführt worden war, war an einem Wendepunkt angelangt. Wolf war hierhergekommen, um sich neben jenen Schädel zu stellen, um in seiner Wirrsal nach einem Zeichen von ihm zu schreien; aber die Verzweiflung dieser Frau hatte eine Veränderung in ihm bewirkt. Seiner Mutter gestrige

Worte erhoben sich in seinem Gemüt. Sein Vater mußte sich wie eine nie sterbende Schlange in Miss Gaults Brust eingenistet haben! Würde er sich jetzt neben seine Mutter stellen oder neben seinen Vater, wenn dieses anklagende Geschöpf mit der herabhängenden Lippe und dem weiten schwarzen Rock das Jüngste Gericht Gottes wäre? Neben wen? Neben wen?

Neben seine Mutter! Aus jenem harten, ironischen Fleisch war er gerissen worden. Gut oder böse, er war an ihrer Seite. Gut oder böse, er würde mit ihr gerichtet werden.

„Ich habe lange genug zugehört", sagte er streng. „Ich kam zu ihm allein. Ich kam aus eigenen Gründen. Ich kam nicht, um mich mit Ihnen gegen sie zu verbünden!"

Miss Gault sprang so ungestüm auf, daß sie mit einem Fuß auf der leeren Flasche ausglitt. Ihre Absicht war offenbar, sich auf das Grab zu werfen, aber dieses Mißgeschick ließ sie gegen das Grab taumeln, den großen Rumpf vorgeneigt und die Arme ausgebreitet, bis sie kniend auf das Grab fiel. Hier stieß sie, zusammengekauert und verkrümmt wie ein ungeheurer schwarzer Hund, ein klägliches, kaum mehr menschliches Stöhnen aus. Dann wandte sie den Kopf, daß eines ihrer verwirrten Augen gerade imstande war, Wolfs entrüstet starrendem Blick zu begegnen.

Aus den Tiefen dieses Auges schoß — wie aus einem Wasserloch in der Erdkruste — ein Blick auf Wolf, den er nie vergaß. Doch er trat auf sie zu, bis er ihr ins Gesicht sah; und sie sank dann in eine bequemere Stellung, blieb aber noch immer auf den Knien.

„Er hatte stets Sie im Sinne", keuchte sie. „Daran haben Sie wohl noch nie gedacht, wie? Er war zu stolz, ein Wort zu sagen. Oh, er hatte eine Seele, die ein Dutzend Anns wert war!"

Die Herausforderung, die Miss Gaults Seele ihm durch diesen Wildpferdblick zuschleuderte, war eine Herausforderung von der Feindin seiner Mutter!

Doch jetzt überwältigte in Wolfs Herzen Zorn das Mitleid. „Verstehen Sie", brach er los, „daß ich zufällig sehr an meiner Mutter hänge? Wir haben näher zusammen gelebt, als irgend jemand weiß. Verstehen Sie? Näher, als irgend jemand weiß."

Die kauernde Gestalt streckte jählings die langen, in dunkle Ärmel gehüllten Arme aus.

„So gehen Sie zu ihr zurück", schrie sie und fuchtelte mit den Händen, als ob sie einen Schakal von einer Leiche verjagen wollte. „Nehmen Sie sie nach London zurück! Lassen Sie uns hier keines von euren Gesichtern mehr sehen!"

Ohne ein Wort oder eine Bewegung der Erwiderung hob Wolf
müde den Stock aus dem Gras und schritt über die Gräber zu dem Loch
im Zaun.

„Nach London zurück?" murmelte er, während er sich auf alle viere
niederließ und durch die Öffnung zwängte. „Das ist das, was Jason
sagte. Sie werden es mir in den Kopf setzen, noch vor der Zeit! Aber
ich werde nicht gehen. Es gibt einen besonderen Akt der Vorsehung
beim Fallen eines Sperlings. Wenn dem so ist, wird es anders kommen;
wenn dem nicht so ist, wird es eben kommen. Bereitsein ist alles."

Als er einmal auf der Straße draußen stand, fühlte er einen quälenden
Vorwurf. Er war stets gegen das, was Miss Gault über seine Mutter
gesagt hatte, so nachsichtig gewesen. Warum hatte er sich gerade
jetzt so sehr gegen Selena gewendet?

Er war halb und halb versucht, wieder niederzuknien und zurück-
zukriechen. Er stand still und lauschte aufmerksam; aber von drinnen
konnte man nicht das leiseste Geräusch hören. Die lebende Frau war
ebenso still wie der tote Mann. Ach! Der Gott menschlichen Leides
ist ein Mann, aber die Liebe schlägt Frauen ans Kreuz.

Er umfaßte den Stock unterhalb des Griffes, verhärtete sein Herz
und eilte gegen Ramsgard zu. Als er das Arbeitshaus erreichte, sah er
auf die Uhr. Es war erst halb drei. Er hatte bis zum Tee noch zweieinhalb Stunden Zeit.

An der Seite der Straße zog sich gegenüber dem Arbeitshaus eine
niedere Steinmauer hin. Der Garten des Hauses irgendeines Kaufmannes
war durch diese Mauer, auf der dichtes grünes Moos wuchs, von dem
Trottoir abgegrenzt. Da die Einwohner von Ramsgard alle bei ihrer
Mittagsmahlzeit waren, hatte er das ganze Trottoir für sich; und so
blieb er stehen und starrte diese Mooskappe an. Er hängte sich den
Stock an den Ellbogen, legte beide Hände oben auf die Mauer; und
das Leben des Mooses schien in seine Nerven hinüberzugleiten. In
diesem Augenblick hörte er von einem seinem Blick entzogenen Spiel-
platz hinter dem zu diesem Garten gehörenden Hause die Stimme
eines Knaben schrill schreien. Der Laut wurde nicht wiederholt; aber
Wolf biß die Zähne zusammen. „Das ist eines der Schulhäuser. Es
ist wieder so ein Lümmel", dachte er. Und dann ertappte er sich dabei,
wie er einen tödlichen Fluch murmelte. „Du Vieh! Du Vieh! —
Niemals bis zu deinem Tod sollst du wagen, dies wieder zu tun!"

Dann fiel ihm plötzlich ein, daß er mit dem Rücken zum Arbeitshause stand.

„Ich möchte wissen, ob mein Vater von dem Zimmer, in dem er
starb, diese Mauer sehen konnte? Ich glaube wohl." Er ging jetzt weiter,

allmählich in die Stadt hinein. Der Weg, dem er folgte, mündete in eine schmale Straße, an der kühle, frischknospende Hecken mit kleinen steinernen Häusern abwechselten, die ein wenig abseits von der Straße lagen und zu denen kleine Steinwege führten. Er erblickte auf einer sauberen Bank in einem jener kleinen Gärten einen alten Mann, der mit einer Miene höchster Zufriedenheit seine Pfeife rauchte und die Vorübergehenden betrachtete. Vor seinen Füßen lag eine weiße Katze und in dem Blumenbeet neben ihm wuchs eine Gruppe von Narzissen; und wie er so im weichen Lichte des Nachmittags gebadet war, schien sein lederartiges, verschlossenes Vagabundengesicht — er mochte der Eigentümer eines kleinen Geschäftes oder ein Gärtner gewesen sein, der sich zur Ruhe gesetzt hatte — die ganze lange Geschichte Ramsgards und seiner berühmten Schule in sich konzentriert zu haben, von der Zeit an, da König Ethelwolf in der Abtei begraben wurde, bis zu der Zeit, da Miss Gaults Vater Direktor wurde.

Dieser listige, schlaue, seltsame alte Mann hatte nichts von der Verschwiegenheit eines entfernten Dorfes an sich. Noch weniger von dem abgeschliffenen Wesen einer großen Stadt. Er war ebensosehr ein Produkt gewisser besonderer lokaler Traditionen — in diesem Falle höflicher Sitte, vermischt mit höflicher Unterwürfigkeit —, als ob er ein merkwürdiger Käfer in den Haselnußgebüschen von High Stoy oder ein Exemplar eines seltenen Schmetterlings an der Dorsetshirer Küste gewesen wäre.

Wolf konnte einem Anfall von Neid nicht widerstehen, als er für eine Sekunde haltmachte, um diesen alten Gauner anzusehen, der an seiner Pfeife sog, über seine Ersparnisse in Stukeys Bank nachdachte und auf die Burschen und Mädel schielte, die an seinem Zauntor vorbeikamen ... Frei von aller Reue, von allem Unbehagen, wie sehr durfte sich dieser alte Schuft des Lebens freuen! Ah, er war ebenso selbstsüchtig wie seine Katze, wie die gelben Narzissen im Beet! Bevor Wolf weiterging, hatte er eine merkwürdige Halluzination. Er sah diesen so ordentlichen alten Mann in der Gestalt einer plumpen, dickköpfigen Made, die aus einem behaglichen kleinen Spalt im Holzwerk eines mit Blasen bedeckten Kreuzes hervorblickte, an dem in ihrem langen schwarzen Rock die Gestalt Selena Gaults hing.

Wolf ging weiter, aber er konnte nicht umhin, über die Art von Selbstgenügsamkeit nachzudenken, die diesen alten Dämon befähigt hatte, so lange auszuhalten. Was hätte der getan, wenn er auf einer Geschäftsreise nach London jenem Gesicht auf den Stufen von Waterloo Station begegnet wäre? Wohl nur gedacht: „Der Bursche gehört ins Arbeitshaus. Man sollte solche Leute nicht hier umherlungern lassen."

Oder er hätte ihn einfach als Zugehör des Bahnhofes angesehen, nicht mehr denn als eine Tür, einen Pfosten, ein eisernes Ornament, eine Anschlagtafel.

Wahrscheinlich war dieser alte Mann der Gärtner des Direktors und hatte seinerzeit für Miss Gaults Vater gearbeitet. Nun, wer hatte mehr vom Leben gehabt, Miss Gault, die sich dort auf dem Armenfriedhof krümmte, oder dieser lustige alte Mann mit seiner weißen Katze?

Auch Miss Gault liebte Katzen. Manche, die Katzen liebten, mußten ihre Butterbrote auf Gräbern essen. Verschiedenartig war das Los der Bürger von Ramsgard...

Wolf ging die Straße weiter und kam an immer größeren Gruppen lebhafter Sonntagsspaziergänger vorbei. Und er stellte sich die Frage, was Gerda und Lobbie in diesem Augenblick wohl taten. Wo waren Christie und der alte Mann? Jetzt hielt er inne. Sollte er trotz allem zum Bahnhof gehen und den Zug benützen, statt zu marschieren? Kaum war ihm dieser Gedanke gekommen, als er sich entschloß, darnach zu handeln. Er hätte ja noch reichlich Zeit, es sich noch einmal zu überlegen, wenn jetzt kein Zug gehen sollte.

„Ich werde für eine Minute in die Abtei gehen", dachte er. Er wandte sich nordwärts und betrat die Stadt von einem Feldweg aus, der an der massiven Mauer der Vorbereitungsschule vorüberführte. Als er nahe zur Abtei gekommen war, begegnete er einigen Gruppen strohhütiger Jungen, deren Anblick ihn an Mr. Smith denken ließ. Was hätte dieser bei der Hochzeit von Lornas Tochter gefühlt? Von den Strohhüten wanderte sein Sinn — gleich einer beladenen Kiste über das Fallreep eines Schiffes — zu Mattie. Würde sie Darnley glücklich machen? Würde sie selbst glücklich werden?

Er erblickte ein Paar tadellos hübscher Burschen, die Arm in Arm gingen und bei der gegenseitigen Berührung vor Freude strahlten. Er sah, wie sie in mechanischer Gleichgültigkeit die Bitte eines zerlumpten Landstreichers abwiesen, der sie offenbar unter allen anderen aufs Korn genommen hatte, weil er hoffte, daß das gleich einer Aura sie umgebende Glück sich zu seinen Gunsten auswirken würde.

In diesem Moment hörte er seinen Namen rufen.

„Wolf! Das bist ja doch du! Ich habe dich zuerst gesehen!"

Er machte kehrt und erblickte Mattie und Olwen.

Als er die erregte Umarmung des kleinen Mädchens erwiderte, die so stürmisch war, daß sie dem einen der beiden strohhütigen Knaben einen Blick hochmütiger Mißbilligung entlockte, hatte er Zeit, festzustellen, daß dies heute zum zweitenmal gewesen war, daß sich die

Anwesenheit einer Person ihm mitgeteilt hatte, noch ehe sich diese körperlich zeigte.

Er zögerte nicht, seine Halbschwester über Olwens Wollkappe hinweg sehr zärtlich zu küssen; und die beiden Strohhütigen trollten sich, offenbar mit dem Gefühl, daß die Emotionen der Plebs an jenem privilegierten Ort einen Mißklang darstellten.

„Wir sind zu Fuß herübergekommen, Wolf", sagte das Mädchen.

„Laß doch schon gut sein, Olwen! Darnley wollte mit seiner Mutter einen Spaziergang machen. Jason schreibt hinten im Garten Gedichte. So sagte ich, daß ich ihr das Grab des Königs zeigen wolle. Sie hat eben die Geschichte des Königs Ethelwolf gelernt — nicht wahr, Olwen?"

Aber Olwen zeigte nur geringes Interesse an königlichem Moder. „Ich möchte mit Wolf draußen sitzenbleiben", bemerkte sie und faßte mit ungeduldiger Hand seine Finger. „Ich möchte mit Wolf sprechen, während du zur Kirche gehst." Mattie nahm nicht die geringste Notiz von dieser Bemerkung, und zu dritt gingen sie jetzt langsam um die Ecke der Abtei dem Haupteingang zu. Die Augen der Braut waren leuchtend beseelt. Und Wolf hatte das Gefühl, als ob eine warme Kugel magnetischer Kraft aus ihrem starken jungfräulichen Körper Strahlen der Verzückung entsendete. Es lag etwas in ihrer Erregung, das Wolf gleichzeitig reizte und zutiefst rührte.

„Ich wollte dir schreiben, Lieber", sagte sie eifrig, „falls ich dich vor Samstag nicht sehen sollte. Wir fahren nach Weymouth, Wolf!"

Er blickte sie aus der Nähe an. Das plumpe, düstere Gesicht glänzte. Er stellte mit einem Gefühl von Scham in seinem Innersten seinen Mangel spontanen Mitgefühles fest. Was bedeutete diese kalte, würgende Empfindung? War es deshalb, weil Darnleys Gestalt, gesittet, melancholisch, distanziert, für ihn eine heilige Zufluchtsstätte geworden war? Und er bemerkte, wie er den Griff der Finger Olwens mit einem bedeutungsvollen und verräterischen Druck erwiderte.

„Ich freue mich, daß ihr nach Weymouth geht. Welch glänzende Idee!" entgegnete er, so enthusiastisch er konnte. „Weymouth war immer —"

In diesem Augenblick kamen sie zu dem weit offenen Tor der Kirche.

„Geh du zuerst hinein, Liebe", sagte er in befehlendem Tone. „Ich möchte mich nur mit Olwen hierhersetzen und eine Zigarette rauchen. Dann werden wir nachkommen. Setze dich nicht zu weit. Aber wir

werden dich schon finden. Es wird nicht so voll sein. Oh, wir werden
dich leicht finden! Aber Olwen und ich haben ein sehr wichtiges
Geheimnis, das wir besprechen möchten."

Er versetzte ihr einen beruhigenden kleinen Stoß, halb scherzhaft,
halb väterlich, und sah zu, wie ihre Gestalt in dem kühlen Dunkel
des Kirchenschiffes verschwand.

Olwen tanzte buchstäblich vor Begeisterung, als sie zu einem freien
Sitz unter einer Eiche hinübergingen, nicht weit von der grotesken
kleinen Statue des höfischen Dichters.

„Sie glaubt, wir würden über ihre Geschenke sprechen, nicht
wahr?" sagte das kleine Mädchen, als sie Platz nahmen und er sich eine
Zigarette anzündete. „Aber das tun wir nicht, nicht wahr, Wolf?"

„Vielleicht tue ich es", antwortete er lächelnd. „Aber wie gefällt
dir dieses ganze Heiraten, Olwen?"

Des Kindes Augen hefteten sich auf den nebelhaften Umriß der
„Slopes", die in der schimmernden Luft hinter den Öffentlichen Gärten
und der Eisenbahn gerade noch sichtbar waren. „Oh, sprich nicht davon,
Wolf! Jason und ich, wir sprechen nie davon. Jason sagt, das einzig
Nette daran werde der Wein sein. Es wird Sauterne geben."

Wolf begann jetzt zu erkennen, daß Matties Wesen nicht von der
Art war, daß sie durch ein Liebeserlebnis freier und reicher wurde.
Es dämmerte ihm, daß dieses kleine Malakite-Überbleibsel mehr und
mehr auf Jasons Nachsicht angewiesen war.

Die Stimmung des Kindes war an diesem Nachmittage sichtlich
wehmütig. Die Kleine schien bei Wolf Sympathie vorauszusetzen,
und jetzt verfiel sie, nachdem sie das Wort „Sauterne" ausgesprochen
hatte, in Schweigen, während sie die Hand noch immer in der seinen
hielt.

Auch er schwieg und wiederholte für sich einen imaginären Dialog,
den er mit Gerda beim Tee in der Küche führte. Der unangenehme
Gedanke kam ihm in den Sinn: „Werde ich irgendeinen Unterschied
fühlen, wenn ich heute nacht an ihrer Seite liege?"

„Wolf!" Die Stimme des kleinen Mädchens, das ihn jetzt mit
ernsten Augen anstarrte, hatte eine feierliche Intensität.

„Nur los, Prinzessin Olwen!"

„Glaubst du, daß die Menschen immer so behandelt werden, wie
sie andere Menschen behandeln?"

Diese an die innersten Tiefen des Universums gerichtete Frage des
Kindes verwirrte Wolf ganz und gar. Die Bemerkung war von jener
Art, die zeigt, daß etwas in dem Menschen, der sie ausspricht, nicht
in Ordnung ist.

„Ich glaube nicht, Olwen. Das Leben ist viel ungerechter, als König Ethelwolf es jemals war."

„Du hast Miss Malakite sehr gerne, nicht wahr, Wolf?"

Er fuhr merklich zusammen und warf seine Zigarette fort. Was würde jetzt kommen? Diese warme Frühlingsluft schien alle menschlichen Wirren zur Oberfläche zu bringen, so wie ein heißer Tag Nattern hervorlockt.

„Ja, sehr sogar, Olwen. Christie ist wirklich sehr lieb. Sie gleicht — im Grunde dir."

„Ich möchte sie sehen, Wolf. Ich möchte ihr sagen, wie leid es mir tut, daß ich nie mit ihr sprechen wollte, als ich klein war."

„Aus welchem Grunde warst du so unfreundlich, Olwen?"

„Soll ich es dir sagen, Wolf? Du wirst es niemandem erzählen, wenn ich es dir sage, nicht wahr?"

Er schüttelte mit aller Feierlichkeit, die ihm zu Gebote stand, den Kopf.

„Sieh mich nicht an, während ich es dir sage!"

„Schon gut. Ich sehe dich nicht an."

„Großvater Smith sagte mir, als ich noch sehr klein war" — die Stimme des Kindes war jetzt leise und verhalten und sie sprach die Worte langsam aus —, „Miss... Malakite... sei... aussätzig." Nachdem sie die Schwierigkeit ihres Bekenntnisses überwunden hatte, wurde ihr Ausdruck ganz anders. Sie schien ebenso erleichtert, dies ans Licht gebracht zu haben, als ob sie sich einen Dorn aus der Hand gezogen hätte.

„Aber, Olwen, Liebste" — Wolf sprach mit ebensoviel Eifer, als ob er sich an eine ihm ebenbürtige Intelligenz wendete —, „dein Großvater meinte ja nicht, daß sie wirklich aussätzig sei! Er meinte, daß die Leute Christie meiden... wegen... wegen ihres Vaters... wegen... des schlechten Charakters ihres Vaters."

Des Kindes Augen öffneten sich weit. „Dann ist also Miss Malakite nicht aussätzig? Und ist gar nicht unter ihren Kleidern ganz weiß und abscheulich?"

„Natürlich nicht! Sie ist glatt und lieblich unter ihren Kleidern... geradeso wie du!"

Das Kind blickte wieder mit einer in konzentrierten Gedanken gerunzelten Stirn zu den „Slopes". Dann wandte sie sich mit lebhaft geröteten Wangen ihm zu. „Oh, Wolf! Ich möchte sie sehen! Ich möchte sie bald sehen... heute... morgen! Ich möchte ihr sagen, wie froh ich bin, daß sie nicht aussätzig ist!"

Jetzt war die Reihe an Wolf, mit grübelnder Miene zu den „Slopes" hinüberzublicken.

Angenommen, er brächte Olwen wirklich zu Christie? Was konnte das schaden? Er erhob sich von der Bank. „Komm, Liebstes", rief er. „Mattie wird nicht wissen, wo wir sind."

Sie trafen Mattie, wie diese gerade aus der Kirche kam; und in demselben Augenblick kam der Landstreicher, den er die beiden Knaben ansprechen gesehen hatte, näher heran. Wo war er diesem Menschen schon früher begegnet? Der Landstreicher trat auf sie zu und begann zu betteln. Großer Gott! Es war jener alte, wohlerzogene Kellner vom Lovelace! Mattie zog jetzt Olwen fort. „Nein, nein", murmelte sie auf die Bitte des Mannes. Aber Wolf suchte in seiner Tasche. Er konnte nach dem Gefühl feststellen, daß er dort eine halbe Krone und ein paar kleine Kupfermünzen hatte. Das war alles. In diesem Augenblick begann die große Turmuhr über ihnen zu schlagen. Es mußte vier Uhr sein. Er mußte sich zur Bahn beeilen. Blitzschnell dachte er: „Wenn ich ihm die halbe Krone gebe, kann ich mir keine Fahrkarte kaufen."

Er legte das wenige Kleingeld in die Hand des Mannes. Dabei bemerkte er jene Schramme, die vor einem halben Jahr seine Aufmerksamkeit erregt hatte. Der Blick des ehemaligen Kellners begegnete dem seinen, doch ohne ein Wiedererkennen. „Es muß das Trinken sein", dachte Wolf, als er den beiden Mädchen nacheilte.

Nach einer halben Stunde war er wohlbehalten in einem überfüllten Eisenbahnwaggon untergebracht, durch dessen Fenster er nur den blauen Himmel sehen konnte.

„Ich hätte ihm doch die halbe Krone geben können", dachte er. „Ich hätte es tun können."

Dieser Zwischenfall quälte und verfolgte sein Gemüt so erbarmungslos, daß er erst dann sein Herz dagegen verhärten konnte, als er den Zug bereits verlassen hatte und fast schon zu seiner Haustür gekommen war.

„Es ist reiner Zufall, daß ich nicht in derselben Lage bin wie dieser Kellner", dachte er. „Er hat einen Blick . . . es ist zwar ein anderer Ausdruck darin . . . aber er hat doch einen Blick wie der Mann auf den Stufen von Waterloo Station!"

Er eilte ins Haus und rief mit leiser, eifriger Stimme Gerdas Namen. Niemand antwortete. Er ging ins Wohnzimmer, in die Küche, in den Hinterhof. Er lief hinauf und sah ins Schlafzimmer. Niemand! Die wohlbekannte Einrichtung trug jenes besondere Aussehen von Trostlosigkeit, die ihm vor allen anderen Dingen besonders verhaßt war. Die Schönheit des Tages schien an ihr spurlos vorbeigegangen zu sein. Alles sah kalt aus und unglücklich. Es sah aus wie ein Kind, das zu Hause gelassen wurde, wenn alle Welt bei einem Feste war! Und doch mußte er zugeben, daß etwas Würdiges, sogar etwas Geistiges an jenen netten billigen Gegenständen lag, die hier auf die Rückkehr ihrer Herrin warteten. „Sie sind das gerade Gegenteil jenes selbstzufriedenen alten Schurken mit der weißen Katze", dachte er.

Er beschäftigte sich mit sorgfältigen Vorbereitungen für den Tee und wurde durch die unerwarteten Schwierigkeiten, denen er begegnete, läppisch verwirrt. „Frauen machen das alles schon mechanisch", sagte er zu sich, als er zum zehntenmal um den Küchentisch ging und dies oder jenes änderte. Als alles fertig war, öffnete er die Lade des Anrichtetisches, zog den Scheck unter Mukalog hervor und legte ihn unter Gerdas Teller.

Dann setzte er sich auf einen harten, hohen Sessel und wartete, während er auf die Tür im Wohnzimmer hörte. Er fühlte sich zu erregt, um auch nur eine Zigarette zu rauchen.

„Was ist es, das mich verwirrt", dachte er. „Gewiß keine Furcht, daß sie irgendeine närrische Neigung für diesen Kerl empfindet. Ich weiß sehr wohl, daß das nicht der Fall ist. Verdammt! Carfax würde es wohl nicht glauben, wenn ich ihm sagte, daß ich einfach einzig und allein an ihre Gefühle denke. Aber es ist so. Man kann nicht zwölf Monate mit einer Frau schlafen und nicht fühlen, was sie fühlt. Ich glaube nicht, daß die Tatsache, daß Weevil bis zur Grenze gegangen ist, Gerda für mich überhaupt ändern wird. Ich will den Burschen nicht mehr unter die Augen bekommen . . . aber das ist etwas anderes . . . Wie geschniegelt er in diesem neuen braunen Anzug aussah! Wahrscheinlich hat er den braunen Rock über das Fußende unseres Bettes gehängt; das ist kein sehr hübscher Gedanke!"

Plötzlich kam ihm die Idee, daß sie vielleicht gar nicht zurückkommen würde, daß er sein Mahl allein würde essen müssen, dieses Mahl und alle anderen Mahlzeiten! Hastig blickte er sich nach irgendeinem ihr gehörigen Gegenstand um, um dadurch etwas Beruhigung zu finden. Er sah jedoch nirgends eine Spur von dem kleinen Nähkorb, den sie zu verwenden pflegte, ihre gelegentlichen Jungmädchenkämpfe mit Nadel und Zwirn auszutragen.

Ruhelos stand er auf und begann diesen Gegenstand zu suchen. Das Arbeitskörbchen wurde jetzt zur wichtigsten Sache auf der Welt. Wenn es hier war, nun, dann würde sie wohl bald wieder wohlbehalten zu Hause sein. Wo zum Teufel war denn der Korb? Er ging ins Wohnzimmer. Er ging sogar hinauf. Keine Spur. „Aber ich habe das Ding doch gesehen . . . ich weiß, daß ich es gesehen habe . . . seit ich zu Hause bin!"

Mit einer plötzlichen Inspiration öffnete er die Lade der Kredenz. Da lag der Korb... Und aus ihm lugte ein zerrissener Handschuh hervor. Er ließ die Lade offen, ging zur Haustür und hielt Ausschau. Das Licht erlosch allmählich. Bei der ersten Annäherung des Zwielichtes begann dieser herrliche Tag mit überstürzter Eile sich seinem Untergang zu fügen.

Er stand im Eingang und horchte. Ah, da war der Klang ihrer Schritte, die auf dem Trottoir näherkamen! Nein. Es war die schwerfällige Gestalt ihres Nachbarn, des Schweinezüchters. Wieder Schweigen. Dann wieder Schritte! Nein. Diesmal war es ein Liebespaar, das vom Sonntagsspaziergang zurückkam. Der Bursche hatte den Arm um das Mädchen gelegt.

Er fühlte Unlust, die Türe zu schließen, und ging, sie weit offen lassend, in die Küche zurück.

Immerhin war Gerda in Lobbies Gesellschaft. Gewiß würde sie nichts Unüberlegtes, nichts Tolles tun, wenn der Bruder an ihrer Seite war.

Der schwache Wind, der während des Nachmittages geweht hatte, hatte völlig ausgesetzt. Wie still alles war! Er und die Möbel warteten, während dieser vollkommene Tag gerne ins Nichts versank.

„Gerda, meine Einzige! Gerda, mein Liebling!" Solche Worte formte er ohne Unterlaß in seinem Geiste, während er sich, den Blick auf den Gang gerichtet, unruhig auf seinem Sessel hin und her bewegte. „Es war nur meine Schuld, Gerda, daß du dich deiner Wasserratte gegeben hast!"

Er begann nach ihrem Kommen Sehnsucht zu empfinden, wie er sich noch nie zuvor nach dem Klang eines menschlichen Schrittes gesehnt hatte. Er schien sich über das hilflose Pathos ihrer Schönheit klarzuwerden, wie es ihm noch nie zuvor klargeworden war. Er sah, wie sie sich nackt über den Herd beugte, wie er sie einmal sah, als er sie aus lüsternem Mutwillen in der Küche unten entkleidet hatte. Er sah ihre Waden, die geschwungenen Linien ihrer Schenkel. Er sah die besondere Lieblichkeit ihres Nackens und die Art, wie sie die Lider senkte, die ihrem Profil eine so scheue Unschuld verlieh.

„Du mußt kommen, Gerda! Nichts ist mir wichtig, nur daß du kommst! Wenn du jetzt kommst... heil und wohlbehalten... magst du schmollen und schelten und schreien, soviel du nur willst!"

Wie spät es wurde! Die Uhr würde bald sechs schlagen. Gerda hatte sich noch nie zuvor so verspätet. Etwas mußte geschehen sein. Er stand auf und blickte sich in der Küche um. Mukalog lag auf dem Rücken in der offenen Lade; und plötzlich versetzte der Anblick dieses höhnisch grinsenden Götzengesichtes Wolf in helle Wut. Der

Gott des Regens schien der Inbegriff alles dessen, was ihn leiden ließ. Jasons Verachtung, Gerdas Abwesenheit — beide glotzten sie ihn in dem höllischen Schielen dieses kleinen Ungetüms an.

Nachlässig faßte er das Götzenbild, wie er eine tote Ratte angefaßt hätte, stürzte damit aus der Küche, aus dem Haus, über die Straße und warf es mit aller Kraft hoch über den Schweinestall in das dunkel werdende Feld.

Die durch seine Annäherung aufgeschreckten Schweine begannen einen Höllenlärm zu schlagen; und der abscheuliche Geruch ihres Pferches folgte seinen keuchenden Atemzügen. Er blieb eine Minute stehen, die Hände auf der Umzäunung des Schuppens, und äußerte eine alberne Verwünschung über die quiekenden Rüssel, die sich ihm entgegenstreckten. Dann kehrte er stöhnend um und ging langsam über die Straße zurück.

Als er verzweifelt am Tische stand, hob er mechanisch Gerdas Teller auf und sah den darunter liegenden Scheck an. Er erinnerte sich, wie sie ihn mit kalten, gleichgültigen Fingern zusammengefaltet hatte. Er preßte die geballte Faust auf das Papier und bedeckte es dann wieder mit dem Teller. Konnte er denn nichts tun, um sie jetzt, in eben diesem Augenblick, hierherzubringen? „Meine ‚Mythologie'!" dachte er. Er fuhr mit der Hand zu den Augen, drückte fest auf seine Augäpfel, um alles andere auszuschalten, und konzentrierte seine ganze Natur in einer furchterregenden Anstrengung, jenes schreckliche magnetische Mysterium heraufzubeschwören.

Sein so bis aufs äußerste angespannter Wille verursachte ihm die Empfindung, als ob ein hartnäckiges Seil an einem lecken Wassereimer zöge. Keine Bewegung, keine Regung in den dunklen inneren Abgründen.

Er nahm die Hände vom Gesicht und taumelte ein wenig gegen den Tisch, schwindlig von seinem seelischen Kampf. Es nützte nichts. Seine „Mythologie" würde ihm nie wieder helfen. Mit jener Ekstase, mit jener Flucht aus der Wirklichkeit war es vorbei. Dorsetshire hatte sie erledigt!

Er setzte sich auf denselben Stuhl und wartete, die Hände flach auf den Knien ausgespreizt, die Fersen aneinandergelegt, den Kopf geneigt.

Eine Art Wachtrance ergriff von ihm Besitz, in der er die Illusion hatte, daß der Geruch des Schweinestalles und Gerdas Abwesenheit identisch seien. „Ich werde zu den Torps gehen und nach ihr fragen müssen", sagte er zu sich; aber die Worte klapperten bloß in seinem Hirn aneinander wie trockene Erbsen in einem Sieb.

Dann hörte er das Torschloß zuschnappen.

Er stürzte zur Tür, aus dem Hause, und ohne irgend etwas anderes zu fühlen als überwältigende Erleichterung, zog er sie ans Herz.

Ihr Mund war kalt. Ihre Wange war kalt. Er schob sie in die Hall und schlug mit einem Ruck seiner Schulter die Tür zu, ließ Gerda jedoch nicht frei. Seine Erleichterung war so groß, daß er, während er sie an sich gepreßt hielt, einige lange Atemzüge tat, die wie ein Schluchzen klangen.

Schon bei der ersten Berührung hatte er gefühlt, daß sie ihm keinen Widerstand leisten würde, daß die Wand zwischen ihnen zertrümmert war. Als er sie endlich in die Küche gebracht und als sie ihre Sachen abgelegt hatte, wurde er durch das hagere Aussehen ihres Gesichtes ins Innerste getroffen. Bis jetzt war es tränenlos geblieben. Gefühlserregungen mußten sie während des ganzen Tages aufs schlimmste gequält haben, und es war ihr nichts geblieben. Aber der Anblick des sorgfältig gedeckten Teetisches erweckte zu viele alte Gedankenverbindungen. Ihre Hände hingen schlaff an den Seiten hinab, ihre grauen Augen waren starr auf Wolf gerichtet, und so stand sie da und blickte ihn unverwandt an. Dann brach ohne die geringste Verzerrung des Gesichtes ein Sturzbach von Tränen los...

Erst nach acht Uhr standen sie vom Teetisch auf. Keiner hatte ein Wort über Bob gesprochen; aber Wolf fühlte die Überzeugung, daß ihm das Mädchen, ohne auch nur eine Silbe über diese Frage gesprochen zu haben, andeuten hatte wollen, daß sie in Hinkunft ihre Tür vor Mr. Weevil verschließen werde.

Mit einer seltsamen Empfindung bemerkte er, daß seine Gedanken zu Christie und zu ihrem Ausflug nach Weymouth zurückkehrten. Es war eine sonderbare und merkwürdige Empfindung. Er hatte das Gefühl, als ob Christie dünn und zart geworden wäre wie ein Gespenst — entfernt und weit — wie an jenem Tage, da er sie auf dem Schloßweg zusammengekauert sitzen gesehen hatte! Sie schien wieder zu dem geworden zu sein, was sie beim Beginn dieser Freundschaft gewesen war... eine entkörperte Wesenheit, die gleich einem Geist in einer Wolke, unstofflich, unwirklich, in seinem Bewußtsein lebte... ihm näher als sein eigener Gedanke und doch im Körper so weit entfernt.

Ein blaugerändertes Tellertuch in der Hand, trocknete er der Reihe nach jede Schale, jede Kanne, jeden Teller, jedes Messer, jeden Löffel, wie sie Gerda ihm vom Spültisch herüberreichte. Ihr Gesicht, das manchmal beleuchtet, manchmal von Schatten verdunkelt war, je nachdem, ob Wolfs Gestalt zwischen sie und die beiden Kerzen auf dem Tisch trat, zeigte noch immer schwankende Zeichen der Bedrücktheit. Aber diese Anzeichen wurden seltener und seltener, als er ihr von Miss Gault und ihren Butterbroten erzählte, von dem Kellner des Lovelace-Hotels, der Bettler geworden war, von der völligen Leere des nach Ramsgard fahrenden Zuges und von der Überfüllung bei der Rückfahrt, von dem listigen alten Mann mit der weißen Katze — er erwähnte nichts von Mattie und Olwen —, bis endlich ihr Gesicht einen Ausdruck annahm, den er gut kannte, den Ausdruck schläfriger kindlicher Belustigung.

Er hielt sofort, nachdem er diesen Blick bemerkt hatte, in seiner Erzählung inne, hängte das blaugeränderte Wischtuch an seinen Platz und begann sich an der Wasserleitung die Hände zu waschen.

An diesem Abend ging er einige Zeit vor ihr zu Bett, lag ruhig da und beobachtete sie, während sie an der Kommode zwischen den zwei halboffenen Fenstern ihr Haar bürstete. Dieser kleine holzumrahmte Spiegel auf dem plumpen Fichtenholzmöbel war vom Anbeginn an Gerdas einziger Toilettentisch gewesen. „Sie soll mehr solche Dinge haben", dachte er, „wenn wir den Scheck einlösen."

Als er sah, wie sich das Licht ihrer Kerze in dem schwachen Lufthauch, der aus der Nacht ins Zimmer gewandert kam, ihr zuneigte — als er die fürsorgliche Bewegung sah, mit der sie dort in ihrem langärmeligen Nachthemd den Leuchter zurückschob — grübelte er über den Tod seiner „Mythologie".

„Vielleicht war ‚es' eine Flucht vor der Wirklichkeit", dachte er, „und mußte mir verlorengehen, wenn die Wirklichkeit mich packte! Jedenfalls scheint Dorsetshire von mir Besitz ergriffen zu haben. Nein, nein, ich gehe nicht nach London zurück; und ich gehe nicht in den Lenty Pond!"

Als Gerda mit dem Bürsten ihres Haars fertig war und es mit einem dünnen blauen Band gebunden hatte — schon vor langer Zeit war ihm aufgefallen, daß dies eine der wenigen persönlichen Eigentümlichkeiten war, von denen sie niemals abging —, schien sie geneigt, noch eine Weile umherzutrödeln, ehe sie zu Bette ging. Sie schloß das obere und öffnete das untere Fenster, zog einen Sessel nahe zum Fensterbrett, auf das sie einen Arm stützte, und saß einige Zeit dort.

Es war sonderbar, wie ein einziges grobes Bild seinen Geist so sehr verärgerte, daß es alles andere verdrängte. Es war das Bild Weevils im braunen Anzug, die meisten Knöpfe fest geschlossen, wie er sie in diesem weißen hochgeschlossenen Nachthemd umarmte! Natürlich konnte es nicht im Nachthemd gewesen sein ... aber er mußte ja doch ... und dieser braune Anzug hatte so viele harte, schamlose, glänzende, freche Knöpfe!

„Verkühle dich nicht, Liebste!" rief er plötzlich, während ein verstörender Zweifel ihn durchzuckte. Widerstrebte es ihrer weiblichen Lebensillusion, jetzt, nach dem erschütternden Eindruck dessen, was sie erlebt hatte, frei und natürlich in seine Arme zu sinken? Fühlte sie Bob Weevils braunen Anzug, die schamlosen Knöpfe zu nahe, zu dicht an sich, um den Gedanken an ein Liebesumfangen in dieser Nacht zu ertragen? Er sehnte sich, ihr offen und geradeaus zuzurufen: „Komm, du süßes kleines Närrchen, ich werde dich nicht berühren!"... Oder vielleicht besser noch: „Komm, du schönes, verstörtes Geschöpf, ich werde dich bald deine Wasserratte vergessen lassen!" Statt jedoch einen Laut von sich zu geben, sprang er jetzt aus dem Bett, nahm seinen warmen Schlafrock von der Tür und legte ihn um ihre Schultern.

Er war sehr ängstlich bestrebt, ihr weder durch Sinnlichkeit noch durch Sentimentalität lästig zu fallen. Sein Gefühl für sie war in diesem Augenblick objektiv, fast unpersönlich. Er legte sich wieder ins Bett, zündete sich eine Zigarette an, stützte sich auf beide Polster und rauchte nachdenklich.

„Christie muß jetzt zurückgekommen sein", dachte er, und durch sein innerstes Bewußtsein schlich der böse Gedanke, daß jene Zeilen, die er in dem Schreibheft gelesen hatte, der Grund dafür waren, daß ihm an diesem Abend die schlanke Gestalt des Mädchens so unirdisch, daß ihm ihre schattenhafte Persönlichkeit so weit entfernt erschien. „Und doch wohnt sie in meinem Gemüt, mag kommen was immer", sagte er zu sich. „Ich werde sie mit Olwen besuchen", dachte er. „Die Kleine soll sehen, daß Christie nicht aussätzig ist."

Von Christie jagten seine Gedanken zu dem kleinen Hause in Saint Aldhelm's Street. „Emma wird wohl jetzt schon nach Hause gekommen sein und Miss Gault wird im Bette liegen. Ich wollte, ich wäre zurückgegangen und hätte sie geküßt, wie sie dort zusammengekrümmt auf dem Grabe lag — hätte sie gerade auf ihre entstellte Lippe geküßt!"

Die Nachtluft begann sich wieder zu regen, die Flamme der Kerze auf der Kommode flackerte auf und nieder und warf seltsame Schatten durch den Raum. Die Luft war süß von mannigfachen Düften der Erde — nichts war von dem Gestank des Schweinestalles zu merken —, und als dieser Lufthauch zu ihm wehte, an der bewegungslosen Gestalt am Fenster vorbei, schien er einem Heer von Luftgeistern zu gleichen, das auf irgendeinem Streifzug, der nichts mit menschlichen Dingen zu tun hatte, einherzog.

Plötzlich schöpfte er mit einem erschrockenen zischenden Geräusch Atem und setzte sich kerzengerade auf, während er Gerda in hingerissener Aufmerksamkeit anstarrte.

Das Mädchen war vor dem Fenster auf die Knie gesunken und versuchte kleine pfeifende Geräusche von sich zu geben. Sie wollte die Noten jenes Amselliedes wieder fassen! Zuerst versuchte sie einen Ton, dann einen anderen, doch jeder dieser Töne brach mitten in der Luft ab, unwirksam und vergeblich... Ihre Finger hatten jetzt das Fensterbrett umfaßt und ihr Kopf war zurückgeworfen. Der Schlafrock, den er um sie gelegt hatte, war zu Boden gefallen. Ihre Schultern sahen kalt und kläglich aus. Ihr Körper zitterte und schwankte. Da sie ihm den Rücken zukehrte, konnte er ihren verzweifelt gewölbten Mund nicht sehen; aber er konnte sich ihn sehr lebhaft vorstellen, und auch die klägliche Verzerrung jenes Gesichtes vor dem warmen, grünsprossenden Dunkel draußen.

„Gerda... mein Liebling!" Dies war's, was er ausrufen wollte; aber er wagte nicht, auch nur ein Flüstern hören zu lassen. Das Zimmer war jetzt zu einem verzauberten Raum geworden. Es war ein geweihter Ort — abgesondert... und da war er selbst, blödsinnig auf zwei Kissen gestützt, stumm, hilflos, gleich einem Zeugen bei der Geburt eines toten Kindes.

Wieder und wieder machte das Mädchen verzweifelte mißtönende, pfeifende Geräusche; doch nichts nützte!

„Mach dir nichts daraus, mein Liebling", murmelte Wolf, als er in einer erschrockenen Pause nach diesen Versuchen bemerkte, daß sich ihr Rücken vor Schluchzen schüttelte. „Komm ins Bett, meine Süße — ins Bett, ins Bett! Du kannst noch von Glück sagen, daß du keinen Kauz zu einer Antwort gereizt hast. Ich glaube, ich habe einen von diesen Teufelsvögeln gehört, als ich gestern mitten in der Nacht erwachte. Komm, Gerda, sei ein gutes Kind!"

Er hatte noch nie einen so tiefen menschlichen Seufzer gehört, wie der es war, der jetzt von dem offenen Fenster zu ihm drang. Doch sie erhob sich langsam und blies die Kerze aus.

Er schlug die Decke zurück und glättete für ihren Kopf das Kissen. Fest hielt er sie umfangen, während sie sich an seiner Seite ausstreckte.

„Nun, da haben wir's!" dachte er. „Das Leben hat sie verwundet, wie es mich verwundet hat. Urquharts Scheck hat mich niedergerungen. Weevils brauner Anzug hat das gleiche ihr angetan. Nun, wir müssen irgendwie darüber hinwegkommen. Soll ich ihr gute Nacht sagen, ehe ich einschlafe? Nein; besser nicht! Besser, sie festzuhalten... sie bloß festzuhalten... und weiterzutreiben in unserem Kahn — abwärts, stromabwärts... weiterzutreiben in unserem Kahn!"

Lenty Pond

„Sag niemals wieder, es sei ‚zu spät‘, Missy!" sagte er beim Abschied, als er Gerda nach ein paar Tagen an dem eisernen Gittertor küßte.

Es war Donnerstag, und es fehlten nur mehr zwei Tage bis zur Hochzeit in King's Barton. Die Ereignisse hatten seit jenem aufregenden Sonntag einen überstürzten Verlauf genommen. Er hatte seinen Freunden von Pond Cottage die Erlaubnis abgeschmeichelt, mit Olwen in dem Hause, das schließlich und endlich doch ihr Vaterhaus war, einen verstohlenen Besuch machen zu dürfen; und das Kind hatte sich in solchem Maße in Christie verliebt, daß der Besuch innerhalb der nächsten achtundvierzig Stunden wiederholt wurde. Und an jenem selben Tag brachte Darnley sie auf dem Schulwege in die Stadt, damit sie ein paar Tage unter dem Dache Malakites verbringen sollte.

„Niemand wird sich einmengen; es ist doch über alles schon Gras gewachsen", hatte Wolf gesagt. „Es müßte nur ein Feind sein, wenn irgendwie Aufhebens gemacht würde. Aber es wird gar nichts sein. Ein kleines Geklatsche, wenn Christie sich mit dem Kind auf der Straße zeigt . . . nicht mehr . . . und vielleicht nicht einmal das!"

Die einzige Einwendung gegen dieses Vorhaben wurde von Jason erhoben, obwohl er es nicht zugegeben hätte, daß er auf diese neue Leidenschaft des Kindes eifersüchtig war. Er äußerte die düstersten Befürchtungen über die Gefährlichkeit Blacksods als Wohnort für kleine Mädchen. „Diese großen Städte", hatte er zu ihnen allen gesagt, als ob Blacksod ein zweites Birmingham wäre, „diese großen Städte sind voll von abstoßendem Geschehen. Diese Kaufleute denken an nichts anderes als an ihre lustigen kleinen Eigenheiten. Und natürlich . . . wenn ihr haben wollt, daß Olwen ihre Mahlzeiten mit Mr. Malakite einnehmen soll —" Aber zu Wolfs freudiger Überraschung hatte er bei Mrs. Otter nachdrückliche Unterstützung für seinen Plan gefunden. Er war in der Tat ebenso erstaunt gewesen von der Einsicht, die die schüchterne alte Dame zeigte, wie von dem Widerstand, den sie den Protesten ihres älteren Sohnes leistete. „Olwen wird den Leuten nur guttun, Jason", hatte sie gesagt. „Es liegt ein eigener Plan der Vorsehung über einem solchen Kinde. Sie wird aus dieser traurigen kleinen Christie ein ganz anderes Mädchen machen."

Es war gerade einige Minuten nach acht Uhr, als Wolf sich umwandte, um Gerda noch einmal ein Lebewohl zuzuwinken. Er hatte sie gebeten, ihn an diesem Morgen sehr zeitig frühstücken zu lassen, da Mrs. Solent ihm ihre Teestube mit „reinem Deck", wie sie sagte, zeigen wollte. Alles war immer in großem Wirrwarr gewesen, wenn er am Ende des Tages, knapp vor Betriebsschluß, dorthin gekommen war; aber an diesem Morgen hatte Mrs. Solent, voll Stolz, daß ihr Sohn das Geschäft sehen würde, ehe die Kellnerinnen erschienen, zu einer unglaublich frühen Stunde selbst das Lokal aufgesperrt und aufgeräumt und wartete jetzt auf ihn.

Die neue Teestube war nicht weit von der Lateinschule, lag in einer Seitenstraße, die gegen die Auen hin, dorthin führte, wo der Lunt die Stadt umfloß. Die Stadt ging hier tatsächlich sogar rascher noch ins freie Land über als auf der Seite von Babylon Hill oder in der Gegend von Preston Lane. Es war jedenfalls ein etwas schattigeres Land, in das diese kleine Seitenstraße führte.

In diesen Teil Blacksods mündete die große Landstraße von Exeter, die ihren Weg über massive Lehmhügel nahm, zwischen hohen, farnbewachsenen, von Buchen und schottischen Fichten bedeckten Böschungen untertauchte und rascheren Strömungen als der des Lunt folgte; und die Reisenden aus dieser Gegend waren es, denen aufgelauert und die bewirtet werden mußten.

Dieser Vorgang hatte offenbar schon begonnen, denn als Wolf sich dem sauberen viereckigen kleinen Gebäude näherte, das ein wenig abseits der Straße hinter einem Vorgarten lag, der gelb war von Märzbechern, hatte er das unverkennbare Gefühl einer Atmosphäre des Wohlstandes. Der Wind war an diesem Morgen munter und stärkend, der Himmel klar; und während Wolf den Weg zwischen den schwankenden Märzbechern hinaufging, hatte er eine scharfe prophetische Empfindung der Zukunft seiner Mutter. Er sah dieses kleine Lokal in eine der Hauptstraßen der Stadt verlegt. Er sah noch mehr von den Ersparnissen des verliebten Farmers in dem Geschäft investiert. Er sah, wie der Griff, mit dem seine Mutter das Leben festhielt, immer wirksamer, immer kühner, immer zuversichtlicher wurde. Er sah, wie ihre Macht über materielle Dinge wuchs, wie ihr seltsamer Stolz und ihre verzückte Einsamkeit mit ihrer Macht Schritt hielten. „Sie wird mich weit überholen", dachte er. Und ihn durchflutete eine Welle bitterer Scham über seine eigene Untüchtigkeit.

„Sie wird Gerda und mir eine ‚Pension' aussetzen", dachte er. „Wir werden ihr an den Röcken hängen. Wir werden ein totes Gewicht für sie bedeuten:"

Lebhaft erinnerte er sich der Auseinandersetzung, die vor ein paar Tagen zwischen Gerda und ihm über die Verwendung von Mr. Urquharts zweihundert Pfund stattgefunden hatte. Wie kindisch Gerda war ... und wie bedenkenlos! Das Ganze war lächerlich ... bei ihrem winzigen Einkommen daran zu denken, so viel bloß für die Verschönerung ihres Heims auszugeben!

Er klopfte jetzt leicht an die Tür der Teestube und trat ein, ohne auf Antwort zu warten. Er war erstaunt über die Sauberkeit und Eleganz dessen, was er sah.

Seine Mutter begrüßte ihn in ihrer blendendsten Laune. Unter Lachen und Scherzen zeigte sie ihm die Küche, die Spülkammer, die Toiletten, die Einrichtung. „Die Zimmer droben sind leer", sagte sie, „weißt du aber, was ich tun werde? Ich werde Herbertsland mit seinem Staub und seinen Gerüchen verlassen und hierherziehen! Ich werde eine meiner Kellnerinnen — du weißt, ich habe zwei — als Dienstmädchen nehmen. Sie und ich werden droben schlafen. Dort sind drei Zimmer. Und ich werde ein regelrechtes Empfangszimmer haben. Ich werde jene Art von Salon haben, die ich mir immer wünschte — ganz anders als dieses frühere Zimmer in London."

Mutter und Sohn saßen jetzt auf zwei tadellosen Korbsesseln. Wolf hatte noch nicht gewagt, sich eine Zigarette anzuzünden; aber Mrs. Solent bot ihm mit einer raschen strahlenden Bewegung eine ihrer eigenen an.

„Du wirst nicht genügend Bewegung machen, Mutter, wenn du bei deiner Arbeitsstätte wohnst; und dein kostbarer Salon wird stets voll von Küchendunst sein."

„Oh, daran wollen wir nicht denken!" rief sie und strich mit ihrer Zigarette durch die Luft, als ob sie jegliche Tücke aufsässigen Zufalls zur Vernichtung verurteilte; und es wurde Wolf, als er sie ansah, zum erstenmal klar, welche Macht sie besaß, äußere Ereignisse zur Übereinstimmung mit ihren Wünschen zu zwingen. Niemals hatte er sie so voll des Eifers für Arbeit und Unruhe und Spannung gesehen wie an diesem Morgen. Wolf selbst fühlte sich krank vor Schreck, wenn er daran dachte, wie dieses Lokal aussehen mochte, wenn es voll war von Reisenden aus Exeter und wenn die Räume droben nach Küchendüften rochen.

„Warum ziehst du dieses Gesicht?" fragte seine Mutter.

„Mache ich ein Gesicht? Ich habe darüber nachgedacht, wieviel Stimmung dir noch für diese Abendspaziergänge übrigbleiben wird, die du so sehr liebst."

Mrs. Solent lachte fröhlich. „Ich habe gestern einen gemacht", sagte sie, „nach Pendomer zu. Dort liegen entzückende Felder" — sie nickte mit dem Kopf in westliche Richtung — „und köstliche

Wälder. Ich hätte mir nichts Hübscheres verlangen können. Ich ging dorthin ... gestern am Abend ... den Hügel hinauf und über den Hügel ... ich dachte schon halb und halb daran, dir bei der Lateinschule aufzulauern und dich mitzunehmen. Aber du weißt, wie ich bin! Ich liebe meinen Wolf." Hier löschte sie ihre Zigarette und erhob sich von ihrem Sessel. „Aber ich muß bei diesen Spaziergängen allein sein. Ich erzähle mir selber Geschichten; ich lasse mich so frei und romantisch gehen, wie ich nur kann. Diese Zeit der Dämmerung erregt mich ... wohl wie eine Nachtkrähe ... und ich habe liebliche Empfindungen."

Sie bewegte sich an ihm vorbei, beugte sich im Vorbeigehen nieder, nahm seinen Kopf zwischen die Hände und küßte ihn. Dann ging sie zur Tür, stieß sie weit auf und atmete den kühlen, starken Nordostwind ein. Als sie so stand, den geraden, starken Rücken Wolf zugewandt, schien er einen übernatürlichen Einblick in die ganze Macht ihrer Persönlichkeit tun zu können. Diese Teestube und dieser Hügel „nach Pendomer zu" waren nur kleine materielle Symbole eines napoleonischen Feldzuges, dessen Plan sie ausarbeitete ... gar nicht unbedingt in dieser Welt, sondern in irgendeiner Welt, auf irgendeiner Ebene psychischen Konfliktes, die seiner „Mythologie" parallel war.

„Nun, Mutter, ich muß jetzt gehen", rief er. Und als er in einem der neuen Aschenbecher an dem Stummel ihrer Zigarette die seine verlöschte, drückte er diese instinktiv in dieselbe senkrechte Stellung. Dann sprang er aus dem knarrenden Korbsessel auf. „Ich bin ohnehin schon spät daran", murmelte er. „Mr. Willum's Mill kommt wohl jeden Tag zum Tee?" Er schritt zur Tür und stand dort an ihrer Seite. Mrs. Solent lachte das volle, unbekümmerte, hochtönende Lachen einer Ninon oder Thais.

„Nur an Markttagen, mein Sohn. Aber ich gehe am nächsten Sonntag zu ihm zum Tee."

Wolf ließ dieses Bekenntnis völlig unbeachtet. „Daß ich es nicht vergesse, Mutter. Du kommst doch am Samstag zur Hochzeit, nicht wahr? Das ist übermorgen. Du hast es doch nicht vergessen?"

Sie wandte ihm mit strahlenden Wangen und funkelnden Augen ihr Gesicht zu. „Wird das Ungetüm dort sein, um zu sehen, wie Lornas Kind deinen angesehenen Freund heiratet? Wenn sie dort ist, muß ich kommen. Welch Spaß das sein wird! Das Ungetüm und ich im selben Kirchenstuhl und deine Schwester, die ihren geduldigen Fisch ans Land zieht!"

Durch Wolfs Sinn huschte das Bild jener ungelenken Gestalt, wie sie über die Milchflasche am Grab strauchelte.

„Ich habe nicht die leiseste Idee, ob Miss Gault die Absicht hat zu kommen", sagte er. „Aber du mußt kommen, Mutter! Du mußt die Arbeit deinen beiden Mädchen überlassen. Ich werde dich bei Mrs. Herbert abholen ... gegen halb zehn Uhr ... und wir werden zu Fuß hinübergehen. Nun, jetzt muß ich laufen. Leb wohl, Mutter!"

Sie erwiderte seine Umarmung mit einem raschen, fast gierigen Kuß, flüsterte aber unmittelbar darauf mit flüchtigem Spott: „Mattie Smith ist dir wohl zu großem Dank verpflichtet, daß du ihr ihren Liebsten geschenkt hast. Dieser Spitzbart wäre nie eingefangen worden, wenn mein Wolf nicht den Heiratsvermittler gespielt hätte."

„Wovon, zum Teufel, sprichst du denn, Mutter? Sie kannten einander schon Jahre, ehe wir hierherkamen."

In ihren braunen Augen leuchtete eine solche Quelle satirischer Bosheit, daß er es schwer fand, sich loszureißen. Ein Ansturm lasterhafter Sympathie mit diesem dunkel sprühenden Strahl von Bosheit verursachte ihm die Empfindung eines nervösen Zuckens, das teils einem kitzelnden Vergnügen glich, teils dem Biß einer Natter.

Sein Geist kehrte mit Blitzeseile zu dem Schädel seines Vaters zurück. Oh, wie sanft, oh, wie freundlich erschien dieses Grinsen des Todes im Vergleich zu jener unmenschlichen Freude angesichts eines perversen Schicksals! Eine bösartige Wollust erhob sich in ihm gleich einer berauschenden Blase aus den tiefsten Abgründen, die durch die Adern Galle ergoß. Wild bot er jetzt jenen armen Schädel dieser strahlenden Hexe dar. „Du siehst genauso aus, Mutter, wie damals, als du am Tage der Pferdeschau Mr. Smith so sehr quältest. Ich hoffe, sein Geist wird am Samstag nicht anwesend sein!" Seine Worte waren harmlos genug, aber er wußte zu gut, was unter ihrer unschuldigen Hülle zwischen ihm und dieser Frau vor sich ging. Komme, was da wolle, er hatte seine Wahl zwischen der Lebenden und dem Toten getroffen.

„Ich könnte nicht so fühlen", dachte er, „wenn ich der alte Wolf Solent wäre. Leb wohl!" wiederholte er. „Ich muß laufen ..."

Als er den Knaben der Lateinschule gegenübersaß, zerquälte sich sein Geist mit dem, was sich in der Szene mit seiner Mutter abgespielt hatte. Er war völlig zu ihr übergegangen. Er hatte den Burschen dort unten im Stich gelassen. Er hatte die „alte Haut" verraten. An diesem ganzen langen Vormittag, während die Gesichter der Jungen vor seinem Geist wirbelten, wie wenn graue Asche in einen Kübel gestreut wird, kämpfte er darum, sich klarzumachen, was ihm widerfahren war.

Er besaß keine bestimmte Persönlichkeit, besaß kein aufgespartes, unversehrtes Ich mehr. Unterwerfung unter Urquhart hatte mehr als seine Selbstachtung getötet. Er hätte niemals so zu seiner Mutter übergehen können, wenn seine „Mythologie" am Leben geblieben wäre. Er konnte noch jetzt jenen gierigen Kuß auf seinen Lippen fühlen. Er war nach Dorset gekommen ... jetzt wußte er dies ganz gut ... um ihr zu entfliehen, um sich mit dem Geiste seines Vaters in dessen Heimat zu vereinigen. Aber das Schicksal jagte ihn nun „nach London zurück", und es begann ihm eine Ahnung aufzudämmern, was der Gegensatz zu London war. Der Gegensatz zu London war die Gegend von Lenty Pond!

Wilder und wilder wurden seine Gedanken, als er diesen geduckten Lauschern das Schicksal des Hauses Stuart umriß. Reihen um Reihen zwerghafter Männer ... so sah er sie jetzt, diese seine Jungen ... Mannembryonen, mit einer Art verzerrter, atrophisch gemachter Intelligenz, voll von höhnischer, idiotischer Verschlagenheit! Oh, wie er sie und die Aufgabe, sie zu unterrichten, haßte!

Plötzlich fühlte er, wie mitten in seinem Vortrag seine Stimme sich änderte und seltsam zu beben begann. Großer Gott! Was lag ihm jetzt auf der Zunge? Was war er im Begriffe, diesen Knaben zu sagen? Wollte er vor ihnen seinen „Tanz des Zornes" tanzen, wie er ihn vor jenen Londoner Hörern getanzt hatte? Das Leben auf dieser Erde begann sich ihm in einem sehr häßlichen Licht zu zeigen.

Dieser Mord an seiner „Mythologie", wie konnte er ihn überleben? Seine Mythologie war seine Flucht vor dem Leben gewesen, seine Flucht in eine Welt, in der die Maschinen ihn nicht erreichen konnten, seine Flucht in eine tiefe, grüne, schöne Welt, in der sich Gedanken entfaltet hatten gleich großen prächtigen Blättern, die in tiefem blaugrünem Wasser wuchsen.

Was bedeuteten ihm jetzt seine Empfindungen? Was bedeutete ihm die Luft eines solchen Morgens, ohne jene geheimnisvollen Ausstrahlungen aus den schimmernden Tiefen?

Er hatte Gerda getröstet, und die Art, wie sie jetzt in ihrer kindlichen Freude über jene zweihundert Pfund glücklich war, hätte seinen Tagen neue Glut verleihen müssen. Aber dem war nicht so. Die überraschende Verbindung zwischen Christie und Olwen, die er trotz so vielen Schwierigkeiten zustande gebracht hatte und die mit ihrem neuen Reiz offenbar beide absorbierte, hätte ihn befriedigen müssen. Aber sie machte seine Gedanken nur noch düsterer. Als er Christie das letztemal gesehen hatte, war sie so erfüllt von Olwen und von Olwens Zukunft, daß sie kaum auf das hörte, was er ihr erzählte!

Durch den nebligen Vordergrund dieser Knabenköpfe, dieser weißen Kragen, scharfen Ellbogen und kratzenden Federn, durch die geduldigen „Notizen", die er ihnen diktierte, schwebte eine lange Prozession aller Menschen seines Lebens.

Urquhart sandte sein Buch partienweise nach Bristol, um es drucken zu lassen. Er schien an nichts anderes zu denken. Jason sah eben einen zweiten Gedichtband durch, der ihn in den innersten Zirkel moderner Literatur einzuführen versprach. Darnley, Mattie, Mrs. Otter — sie alle waren jetzt glücklich. Er merkte, wie er jeden Gedanken an Miss Gault abschüttelte. Aber abgesehen von Miss Gault waren alle seine Freunde in ruhigem Fahrwasser. Selbst T. E. Valley befand sich, wie Darnley erzählt hatte, in einem Zustand verhältnismäßigen Seelenfriedens.

Er fand, daß er und Miss Gault die einzigen Unglücklichen waren. Ja, und sie waren die einzigen Geister in dem ganzen Kreis, die jenem Friedhof einen Gedanken schenkten! Wenn er und Miss Gault tot wären, würde keine lebende Seele sich William Solents erinnern; ja, Wolf hatte Mattie, die leibliche Tochter dieses Mannes, kein einziges Mal überreden können, das Grab zu besuchen!

Oh, wie er seine Arbeit in diesem Klassenzimmer haßte! Er kannte nicht nur in unbarmherzigem Detail alle die Wandkarten... und empfand ihnen gegenüber ein Gefühl, als wären sie etwas, das himmelweit entfernt war vom leisesten Schatten des Glückes — er kannte auch jeden Tintenklecks und Fliegenschmutz auf der Wand. Diese schmutzigen Merkmale waren von gleicher Bedeutung wie die Karten. Sowohl sie wie auch die Karten stellten eine Welt dar, die völlig bleich war... eine Welt trauriger Erfindung, trostloser Phantasie... und dennoch eine Welt, in der er den weitaus größten Teil seines Lebens zu verbringen hatte.

Es war ihm bis jetzt gerade noch gelungen, dieser trostlosen Welt dadurch ein Gegengewicht zu bieten, daß er sich in derselben Sekunde, da er das Schultor verließ, seinem geheimen Laster ergab. Aber diese ekstatischen Empfindungen waren jetzt für immer entschwunden. Er hätte seine Nerven bei der Anstrengung, diese Gefühle zurückzurufen, in Stücke reißen mögen. Sie kamen nicht mehr. Sie waren verloren. Wie konnten menschliche Wesen weiterleben, wenn ihre Lebensillusion zerstört war? Was stopften und was flickten sie in ihrem Inneren, damit sie sich weiterschleppten, weiter durchs Leben schwankten, wenn ihnen diese eine große Hilfsquelle fehlte?

Er eilte zum Lunch nach Preston Lane zurück und war mehr als erfolgreich bei dem Versuch, Gerda über seine heimliche Trostlosigkeit zu täuschen. Sie schwatzte die ganze Zeit über die Verwendung der zweihundert Pfund. Bis jetzt hatte sie außer einem Paar kleiner silberner Zuckerzangen nichts gekauft. Der Scheck war auf Gerdas Namen deponiert worden, und sie war rührend stolz, ihr erstes „Vermögen" zu besitzen, wie sie es stets zu nennen pflegte. Sie beabsichtigte offenbar, das Geld in den nächsten Wochen bis auf den letzten Groschen auszugeben. Wenigstens war dies der Eindruck, den ihr erregtes Schwatzen machte; und Wolf war völlig bereit, nachzugeben.

Er empfand eine sardonische Belustigung bei der Feststellung, daß dieser geistige „Blutlohn", der ihn sein geheimstes Glück kostete, offenbar völlig die moralische Beule glättete, die der Zwischenfall mit Weevil Gerda hinterlassen hatte: jener braune Rock mochte ab und zu wieder in Wolfs Sinn auftauchen. Dem ihren verursachte er anscheinend keine Unruhe mehr. Was die unselige Wasserratte selbst betraf, so zeigte sie sich nicht. Wolf vermutete insgeheim, daß Bob entrüstet entlassen worden war, ein für allemal in einer kurzen Szene, auf die das Mädchen niemals anspielte. Aber es konnte wohl auch sein, daß der Bursche selber darüber Schrecken empfand, wie weit er gegangen war. Wolf fand freilich bei seinen eigenen müden Betrachtungen über die Gefühle eines gehörnten Gatten, daß er eine Neigung hatte, jenen Teil der Stadt zu meiden, in dem sich der Wurstladen befand.

Nach dem Mittagessen kehrte Wolf noch mutloser denn je zu dem Schauplatz seiner Fron zurück.

Er war jetzt schon so weit, jeden Anblick jenes Sessels und Pultes, die sein geistiges Schafott bildeten, zu verwünschen. Hier sprach er und wetzte auf dem Stuhl umher, während diese Reihen krauser Köpfe und abstehender Ohren nickten und schwankten gleich Weizenähren unter der gewissenhaften, erbarmungslosen Wiederholung einer neuen Worfelung. Und dies war nach dem Ratschluß des Schicksals sein Leben für unbegrenzte Zeit, ohne die entfernteste Aussicht auf eine Veränderung zum Besseren, es sei denn, daß ihm seine Mutter, als erfolgreiche Geschäftsfrau, eine Rente aussetzte!

Welch Durcheinander hatte er aus seinem Leben gemacht! Während er die Flecken und Kleckse und Zeichen auf den verhaßten Wänden ansah, begann er die Tatsache zu erkennen, daß er vor diesen letzten zwei oder drei Tagen überhaupt nie der Wirklichkeit ins Auge gesehen hatte. Sein himmlisches Laster, das er an sich geschmiegt hatte wie eine Märchenbraut, hatte ihn vor der Wirklichkeit behütet. Hier saß er jetzt, sechsunddreißig Jahre alt, und was die wirkliche Wirklichkeit betraf — die Wirklichkeit, in der seine Mutter lebte, die

Wirklichkeit, in der Darnley lebte —, war er ebenso unwissend und weltfremd wie ein Eremit, der nichts liest außer seinem Brevier.

Er hatte es jetzt verloren, sein Brevier, sein Meßbuch, seine Messe! Er hatte seine ganze innere Welt verloren; und die äußere Welt — was war diese anderes als Reihen verlegener abstehender Ohren, in die er, eine Ewigkeit lang, langweilige, fragwürdige Fakten pumpen mußte.

Nachdem er an diesem Nachmittag das Klassenzimmer verlassen hatte, wartete er außerhalb des Gebäudes auf Darnley.

„Ich muß zuerst Christie sprechen", wiederholte er immer wieder, während er zusah, wie die Jungen aus dem Tor marschierten.

„Willst du etwas für mich tun, alter Freund?" sagte er, sobald sein Kollege erschien. Darnley richtete seine makrelfarbenen Augen in ruhiger Überraschung auf ihn.

„Und wär's ein Drittel meines Königreichs, Solent!"

„Nun, so lasse erstens einmal Mattie etwas warten und gehe zu Gerda zum Tee. Wirst du das tun? Sage ihr, ich hätte einen meiner Fußmarschanfälle und müsse ein wenig Luft schnappen. Sag ihr, sie möge sich keine Sorgen machen, selbst wenn ich mich zum Abendessen verspäte. Natürlich meine ich nicht, daß du so lange bleiben sollst. Aber sage ihr nur, daß ich spät kommen werde und daß sie sich keine Sorgen machen möge."

„Ja, was in aller Welt ist denn los, Wolf? Wohin willst du denn laufen, wenn man fragen darf?"

„Oh, es ist alles in Ordnung", sagte Wolf ruhig. „Ich bin noch gar nicht sicher, wohin ich wirklich gehen werde. Vielleicht werde ich Mattie einen Besuch machen und ihr sagen, daß sie auf dich warten möge. Quäle mich nicht mit Details, liebster Freund! Nur gehe, wenn du mich liebst, nach Preston Lane und unterhalte Gerda und lasse dir Gerdas Tee schmecken. Und gib ihr zu verstehen, daß nichts los ist. Das ist die Hauptsache ... daß nichts los ist!"

Wolf glaubte, im Gesicht seines Freundes einen unbestimmten Ausdruck von Unruhe zu bemerken, als er Darnley zunickte und hastig davoneilte. Doch er hatte das Gefühl, als ob er gerade jetzt ein ärgeres Wagnis auf sich genommen hätte als das, Darnley zu beunruhigen. Eilig nahm er seinen Weg zu Malakites Buchladen. „Sie hat jetzt Olwen bei sich", dachte er. „Sie wird mich nicht brauchen."

Doch während er noch ohne Unterlaß die Worte: „Sie wird mich nicht brauchen" wiederholte, läutete er die Glocke in der kleinen Passage.

Zu seiner Überraschung wurde die Tür sofort geöffnet, und Christie selbst stand mit Hut und Mantel vor ihm. „Sie!" rief das Mädchen. „Nun, am besten wäre es, wenn Sie mit mir kämen. Olwen hat begonnen, etwas von Kuchen zu brummen; und ich habe keinen im Hause. Ich habe sie bei Vater gelassen, sie sitzen gerade beim Tee. Sie sind beide langsame Esser; darum brauchen wir nicht allzusehr zu laufen. Gehen wir in dieser Richtung."

Sie ging mit ihm den ruhigen abschüssigen Weg, der zu der King's Bartoner Straße führte. Er konnte jetzt erraten, welch ein Konditor es war, zu dem sie ihn trieb ... ein kleines Geschäft, an dem er auf seinem Weg in die Stadt oder auf dem Rückwege häufig vorbeigekommen war.

Die Sonne sandte jetzt ihre Strahlen horizontal zwischen großen dunklen Bänken westlicher Wolken, während die beiden sich dem Laden näherten; und von den Fenstern fiel der feurige Widerschein auf die Straße gleich dem Widerschein von Schiffslichtern in einer Bucht.

„Wolf, ich habe nie gewußt, wie aufregend sie ist, wie intelligent sie ist! Oh, Wolf, es ist wunderbar! Wir passen zueinander, daß man es sich besser nicht vorstellen könnte."

Er griff nach ihrer Hand und drückte sie fest. Niemals während seiner ganzen Beziehung zu ihr hatte er einen solchen Ton in ihrer Stimme vernommen.

Als sie in die Bartoner Straße einbogen, fuhr ihnen einer jener wandernden Windstöße ins Gesicht, die eine Bürde irdischer Mysterien von einer unbekannten Stelle an eine andere zu tragen scheinen.

„Welch ein Abend dies ist", rief sie. „Ich habe jetzt Primeln gerochen!"

„Es ist wohl Moos und totes Laub aus dem Wald dort drüben", sagte er.

Bald kamen sie zu dem kleinen Laden; er trat mit ihr ein und half ihr, den Kuchen auszuwählen.

„Wohin gehen Sie, Wolf? Nach Barton hinüber? Hinüber nach Pond Cottage?"

Er hielt ihr stumm die Tür offen. Droben an der Tür war eine Glocke befestigt, die lärmend läutete, als er sie hinter ihnen schloß. Seine Nerven waren so angespannt, daß ihm dieses rauhe Geklingel gerade über ihren Köpfen unheilverkündend den Klang einer Warnung zu haben schien, gleich einem Klippensignal auf See.

„Ja", sagte er träumerisch. „Hinüber nach Barton ... hinüber zum Lenty Pond."

Dem Mädchen entging dieses Sich-Versprechen.

„Ist Ihre Schwester glücklich, Wolf?" fragte sie. Und dann fuhr sie fort, ohne auf eine Antwort zu warten: „Wissen Sie, was Olwen eben jetzt sagte? Sie sagte, sie würde gerne bei mir leben, wenn Mattie verheiratet ist."

Wolf stocherte mit seinem Stock im Boden. „Wirklich? Welch weises kleines Mädchen! Und was haben Sie geantwortet? Ich sehe nicht ein, warum Sie sie nicht haben sollten. Ich bin überzeugt, daß es jetzt ohne weiteres ginge."

Christie holte tief seufzend Atem.

„Würde man wirklich damit einverstanden sein? Glauben Sie, daß man damit einverstanden sein wird?"

„Ich sehe nicht ein, warum man es nicht sein sollte", sagte er mit leiser Stimme.

„Wenn Sie heute abend mit Mattie zusammenkommen, Wolf, so möchte ich, daß Sie deswegen bei ihr anklopfen... und auch bei Mrs. Otter... nur um zu sehen, wie sie's aufnehmen würden."

Er erwiderte nichts, zog jedoch ihre freie Hand unter seinen Arm, straffte die Schultern und blickte die Straße hinauf.

„Erinnern Sie sich unserer Nacht in dem Kornfeld, Chris? Nach jenem Kegelspiel?"

Sie hob den Kopf und blickte ihn scharf an. Er empfing den Eindruck, daß er eine nicht sehr glückliche Note angeschlagen hatte.

„Ich bin kein Mensch, der vergißt, Wolf. Das sollten Sie jetzt doch schon wissen."

„Urquhart hat mir zweihundert Pfund für die Fertigstellung seines Buches gegeben, Chris. Das habe ich Ihnen noch nicht erzählt, nicht wahr?"

Sie hatte jedoch jetzt ihr Gesicht abgewandt, dachte offenbar an Olwen und wurde schon ungeduldig, nach Hause zu kommen.

„Oh, ich freue mich so sehr darüber, mein Lieber!" Ihre Stimme war mitfühlend, aber es war die ruhige Sympathie eines Freundes, nicht das bebende Mitempfinden eines Liebenden.

„Welch unbeständiges kleines Ding sie doch ist", dachte er; und mit einem Ansturm wilder Selbstbemitleidung kam über ihn die Erinnerung an alles, was sie einander in diesem Kornfeld zugeflüstert hatten. „Ich habe ihr nie von meiner ,Mythologie' erzählt... aber sie sollte es wissen, sie sollte es wissen, was jene zweihundert Pfund bedeuten!"

„Nun, ich muß zurücklaufen. Olwen wird mit ihrem Tee schon fertig sein." Sie umfaßte fester den Kuchen und machte eine kleine Bewegung, ihren Arm wegzuziehen. Doch Wolf brach jetzt in einem letzten Impuls der Verzweiflung los.

600

„Es war ein gemeines Werk. Es war eine gemeine Sache, für all das bezahlt zu werden. Er läßt es jetzt in Bristol drucken. Es wird den Kunden Ihres Vaters gerade passen! Wie glauben Sie wohl, daß ich mir nach diesem vorkomme, Christie?"

Das Mädchen warf stolz den Kopf zurück. „Oh, die Kunden!" rief sie. „Sie sind heute abend äußerst moralisch, Wolf! Ich meine wohl, Sie dachten, mein Buch würde den Kunden gefallen!"

„Ich habe bloß eine Seite gelesen", sagte er. Doch er gab jetzt ihren Arm frei und hielt sie nur durch den Groll seiner Stimmung hier fest. „Meine Seele Urquhart zu verkaufen! ... das zu tun, was der junge Redfern nicht tun wollte!"

Sie sah ihn jetzt mit einem aufblitzenden, durchdringenden Blick an.

„Aber, Wolf — jede Teufelei, mit der er Sie bedrohte, galt doch nur dem Zweck, Sie dazu zu bringen, nicht wahr? Nun schön! Sie haben es getan. Sie haben nachgegeben. Er kann Ihnen jetzt nichts mehr anhaben, nicht wahr?"

„Aber das Buch — das Buch, Chris!"

Das Mädchen ließ ein schwaches kurzes Lachen hören ... das Lachen eines Luftgeistes, dem diese menschlichen Skrupel unerträglich langweilig wurden ... „Nun, es gibt ja eine Menge Dinge, die Gerda mit tausend Freuden von diesem Gelde kaufen wird. Sie sind nicht der, für den ich Sie hielt, Wolf, wenn Sie Ihr Gemüt von einer so absurden Einbildung zerfressen lassen." Sie hielt einen Augenblick inne und sagte dann ernst: „Aber Mutter hätte verstanden, was Sie beunruhigt."

Sie faßte mit dem Finger nach dem Ärmel seines Mantels und blieb stehen, während sie ihn starr anblickte. Dann seufzte sie sehr tief, hob seinen Arm zu ihrem Gesicht und drückte die Lippen auf sein Handgelenk. Hernach starrte sie ihn noch einmal an, angespannt, nachdenklich, forschend.

Er blickte in die Weite, über ihre Schulter, über die verstreuten Dächer von Blacksod, über die Auen des Lunt. Ihre plötzliche Geste der Zuneigung und etwas in der weißen Unbeweglichkeit ihres Gesichtes ließen ihn an die Warnung denken, die er in Urquharts Küche von jenem Mädchen aus Farmer's Rest erhalten hatte.

„Ich werde mir diesen Teich heute abend ansehen", dachte er grimmig. „Wenn das das Resultat sein soll, täte ich am besten daran, festzustellen, wie dieses Wasser an einem schönen Märzabend aussieht ...!"

„Nun, Chris, küssen Sie Olwen von mir, und wenn ich Mattie zu Hause finde, werde ich sie gewiß in dieser Sache auszuholen versuchen.

Ich denke wohl, daß sie damit einverstanden sein wird. Sie ist gerade jetzt so von sich selbst in Anspruch genommen, daß ich glaube, sie würde sich freuen, frei zu werden. Nun . . . Gott segne Sie! Verlieren Sie den Kuchen nicht! Leben Sie wohl . . . Leben Sie wohl!"

Er blickte sich nicht um, nachdem sie sich getrennt hatten, aber der leichte hastige Klang ihrer Schritte verursachte seinem Herzen ein Gefühl trostloser Leere.

Die letzte Hoffnung, sein altes Ich wiederzufinden, schien zu sinken wie ein Luftballon eines Kindes, wenn er von einer Nadel gestochen wird.

„Sie weiß es nicht. Sie ist erfüllt von Olwen; und sie weiß es nicht", sagte er zu sich. Aber hätte er sie es wissen lassen können, selbst wenn er mit ihr gegangen wäre? Sie hatte ihn nicht aufgefordert, mit ihr nach Hause zu kommen. Warum sollte sie dies auch? Aber wäre es ihm möglich gewesen, sie es wissen zu lassen, selbst wenn sie ihn aufgefordert hätte? Er hatte noch nie einer Menschenseele von seiner „Mythologie" gesprochen.

Jetzt faßte er seinen Stock an der Mitte; und statt Williams von Deloraine kam ihm nun Homers Beschreibung Hektors von Troja ins Gedächtnis, wenn dieser, den großen Speer genauso haltend, den Kämpfern Einhalt gebot.

Als er sich bei diesen Gedanken ertappte, lächelte er über sein eigenes grandioses Selbstbewußtsein. Stoizismus! Das war es, was ein Mann brauchte, wenn er so geartet war wie er. Stoisches Erdulden eines jeglichen Geschickes, das die Götter über sein Haupt ergossen. Kein Trojaner, kein Römer würde beim Gedanken an den Lenty Pond mit der Wimper zucken und winseln.

Es dauerte nicht lange, bis er eben jene Stelle erreichte, an der er in der Nacht nach der Kegelpartie mit Christie über die Hecke ins Kornfeld geklettert war . . .

Zu seinem Tun von einem dunklen Gefühl getrieben, daß dies „zum letztenmal" sein mochte, kroch er hastig durch die dicht gepflanzte Hecke. Das Feld war offenbar bestimmt, heuer brachzuliegen. Er fand einen verrosteten Schubkarren, dessen hölzerne Stangen gleich den Hörnern eines begrabenen Ungeheuers in die Höhe starrten, und setzte sich auf diesen. Die Sonne war jetzt verschwunden, und er fühlte sich in der Stimmung, den Abend an diesem Orte der Erinnerung über sich hereinbrechen zu lassen.

Langsam glitt die Erde, während er hier wartete, in Grau, in Düster, in Dunkel. Steif und durchfröstelt, hatte er das Gefühl, als ob es mehr Energie erforderte, als er besaß, wieder hinunter auf die Straße zu klettern. Eine Art Wachtraum sank auf ihn, wie er dort kauerte und immer mehr Kälte und Steifheit des Körpers fühlte; und es war schon fast ganz dunkel, als er seinen Spaziergang wieder aufnahm.

„Ich bin wie ein verdammter Geist", dachte er beim Weitergehen. Und er hatte in Wahrheit, wie es ein solcher Geist gefühlt hätte, die Empfindung, von all den magnetischen Reservoiren des Planeten abgeschnitten zu sein. Er fühlte eine physische Leichtigkeit, eine Hohlheit, während er weiterschritt — als ob er eine leere Hülse wäre, fortgetrieben vom allerschwächsten Windhauch.

Als er den Pfad erreichte, der über die Felder zu der Landstraße führte, dachte er: „Die ganze Sache war wohl von Anfang an unvermeidlich, war von jener Art von Dingen, die sich ereignen müssen, wenn eine Natur wie die meine einmal ihren Stolz verloren hat."

Als er sich King's Barton zu nähern begann, sah er, daß die Nacht eine jener klaren dunstlosen Nächte werden würde, in denen der Himmel samten dunkel ist und die Sterne außergewöhnlich stark und klar leuchten. Er hatte beim Gehen den Kopf einem besonders hellen Sternbild zugewendet, das gerade über dem bebauten Plateau, ein wenig zu seiner Linken stand. Plötzlich wurde er sich als einer absoluten Gewißheit dessen bewußt, daß gerade oberhalb des Horizontes hinter ihm irgendwo zwischen Melbury Bub und Blacksod der aufnehmende Mond stand. Er machte hastig kehrt. Ja! Da war er ... der dünnste, körperloseste junge Mond, den er jemals gesehen hatte!

Er betrachtete die zerbrechliche, dahintreibende, leuchtende Sichel, mit nichts anderem weder über noch unter der Erde vergleichbar, und es überkam ihn ein unerklärliches Verlangen, diesem unsterblichen Besucher seine Ehrerbietung zu bezeugen. Wie hatte er mit solcher Sicherheit gewußt, daß der aufgehende Mond hinter ihm stand? Er war noch nicht lange genug Landbewohner, um diese Erscheinungen irgendwie evident zu halten. Nun ja, jeder Barsch, der noch im Lenty Pond schwamm, würde von diesem jungen Monde wissen.

Als er die Mauer des Friedhofes erreicht hatte, bemerkte er, daß in einem der unteren Fenster des hohen lotrechten Turmes ein Licht zu sehen war. Er hielt inne und blickte hin. In der dunstlosen Dunkelheit war die Wirkung dieses Schimmers inmitten einer großen Masse von Mauerwerk einzigartig und fesselnd. Während er sich auf die niedere, abbröckelnde Mauer stützte und dieses Licht betrachtete, wurde er des Klanges von Menschenstimmen gewahr — von Stimmen, die verstohlen und argwöhnisch flüsterten. Plötzlich entdeckte er beim Schein eines Lichtes, das viel klarer war, als jenes in dem Fenster ... „Es ist eine Laterne!" dachte er ..., die Gestalten dreier Männer, die sich um das Grab jenes Burschen gruppiert hatten und von denen einer viel größer war als die beiden anderen. Kaum hatte er diese Gruppe von Nachtwandlern erblickt, als das Licht in dem Turmfenster erlosch.

Niemals hatte er sich weniger neugierig, weniger beteiligt gefühlt. Er war versucht, weiterzuwandern und die ganze Sache auf sich beruhen zu lassen. Immerhin ließ er, da alle Beweggründe gleich nichtig waren, einen Strohhalm entscheiden. Er kletterte verstohlen über die Mauer und schlich zu der Kirchentür hin.

Diese war weit offen und er betrat das Mittelschiff, während er sich, so vorsichtig er nur konnte, vorwärtsbewegte. Am Taufbecken kam er vorbei; vorbei an der Hinterseite der Kirchenstühle. Alles war stockfinster, und der eigentümliche Geruch der Kirche, der an Schimmel und wurmstichiges Holzwerk gemahnte, glich einer zweiten Finsternis in der Finsternis. Bei seinem Vordringen wurde er durch das plötzliche Auftauchen eines flackernden Lichtes aufgehalten, das aus dem Raum unter dem Turm herkam, wo die steinernen Stufen zum Glockenstuhl führten.

„Tilly Valley!" murmelte er vor sich hin, als er wieder einmal — wie es ihm in den letzten Tagen schon so oft widerfahren war — intuitiv wußte, wer der Träger dieses Lichtes war.

Ja, er hatte recht. Über die zum Glockenstuhl führenden Stufen kam mit einer flackernden Kerze in der Hand die Gestalt des kleinen Geistlichen, zuerst die dünnen Beine, dann der mit dem Priesterrock bekleidete Rumpf, dann das erregte weiße Gesicht, dann das unbedeckte schwarze Haar!

Der Ausdruck auf dem Gesichte des Mannes, als er Wolf erblickte, war eine Mischung von Verblüffung und Erleichterung, wobei diese Regung rasch jene überwand, gleich einem sanften Schatten, der über einen verzerrten Wasserspeier zieht.

„Was ist los, Valley?" flüsterte Wolf und nahm die kalten, schlaffen Finger des Vikars in die Hand. „Was machen diese Leute dort draußen? Ist es Urquhart? Es waren drei! Sie hatten eine Laterne. Großer Gott, Mann! Sie zittern ja wie Espenlaub!"

„Ich war in meinem Garten ... ich sah sie kommen ... über die Hecke ... Lange Zeit habe ich sie beobachtet. Ich hätte zu ihnen hinuntergehen sollen ... Ich weiß, daß ich dies hätte tun müssen ... Ich habe das Sakrament verraten, weil ich nicht zu ihnen hinuntergegangen bin ..."

„Schon gut", flüsterte Wolf beruhigend. „Sie hätten nichts anderes tun können. Die drei haben wahrscheinlich getrunken. Monk ist bei ihnen. Ich habe ihn gesehen ... den großen Teufel! Der dritte ist ohne Zweifel dieser Kerl Round."

Der Priester riß sich von ihm los und begann durch die Kirche zum Altar zu eilen. Wolf folgte ihm auf den Fersen.

„Es hätte eine Zeit gegeben", sagte er zu sich, „da ... da ..."

Wolf glaubte, daß der Priester die Absicht habe, niederzuknien oder sich sogar vor dem Altar zu Boden zu werfen; aber statt dessen stellte Valley die Kerze sorgfältig oben auf den Altar hin, beugte hastig das Knie und lief dann wie ein von panischem Entsetzen ergriffener Dieb zu einem kleinen Fenster an der Seite des Querschiffes, von wo man die Stelle jenes Einbruches sehen konnte.

Hierher folgte ihm Wolf, lehnte sich über Valleys Schulter und sah ebenfalls hinaus.

Jetzt waren nur zwei Männer zu sehen, die damit beschäftigt waren, das offene Grab auszufüllen. Die Laterne stand auf dem Boden, und bei ihrem Licht konnte man beobachten, wie sie hart arbeiteten, während sie den lockeren Boden mit äußerster Konzentration feststampften und alles, was verräterisch hätte wirken können, von der Oberfläche des Rasens entfernten. Kein Wort sprachen die Männer zueinander; aber es war leicht genug, Monk zu erkennen. Der andere war ohne Zweifel der Gastwirt von „Farmer's Rest". Mr. Urquhart war verschwunden.

Sie verrichteten ihre Arbeit so schnell, daß es nicht lang dauerte, bis sie die sorgfältig zusammengelegten Rasenstücke auf den länglichen Hügel gepreßt und so die nackte Lehmerde verborgen hatten. Wolf glaubte sogar ein paar Gänseblümchen in diesem frisch aufgelegten Rasen zu sehen. Jedenfalls war ┆da ein Fleck von irgend etwas, das weißlich aussah, als die Lichtstrahlen der Laterne darauf fielen.

Während sich Wolf über den kleinen Priester beugte, bemerkte er, daß dessen Rock unangenehm nach Gin roch. Die Mauer, auf die er selber die Hand stützte, fühlte sich feucht und kühl an gleich dem Fleisch eines Leichnams.

„Sie können doch unser Licht nicht sehen, wie?" stöhnte der Vikar und wandte halb seinen Kopf.

„Ich werde es ausblasen", erwiderte Wolf flüsternd, verließ den Mann, ging zu den Altarstufen, verlöschte die Flamme und kam mit dem an einen seiner Finger gehängten Leuchter zurück, während ein Rauch von kohlensaurem Gas um seinen Kopf schwebte.

Wolf nahm den Stock in die Hand, von der der rauchende Leuchter hinunterbaumelte, und blickte wieder durch das enge Fenster. Er konnte fühlen, wie Mr. Valleys Körper zitterte; und um dem Mann in der Finsternis ein wenig Beruhigung zu geben, legte er ihm die freie Hand auf die Schulter. Dann beugte er sich nieder und legte Kerze und Eichenholzstock leise auf die Fliesen.

Die beiden Männer am Grabe schienen entschlossen, ihre Aufgabe mit der äußersten Gewissenhaftigkeit durchzuführen. „Ich kann nicht glauben, daß sie betrunken sind", dachte Wolf. „Er muß auf ihren Aberglauben eingewirkt haben. Er muß sie in Angst gesetzt haben, damit sie es täten."

Was jener Mensch unter der Einwirkung des Malmsey gesagt hatte, kam Wolf jetzt wieder ins Gedächtnis. „Er muß den Sarg aufgesprengt haben!" dachte er. Und als er dann über Mr. Valleys Kopf auf die beiden Gestalten blickte, die den Rasen feststampften, war er überrascht davon, wie völlig gleichgültig und leidenschaftslos er sich fühlte. Ob sich Mr. Urquhart damit zufriedengegeben hatte, sein verwirrtes Gesicht an die kalte Gesichtslosigkeit von Redferns sterblichen Resten zu pressen, oder ob er wie das Mädchen in jenem Gedichte ein „so teures Haupt" in ein geheimes Gemach seines Hauses getragen hatte, schien in diesem Augenblick eine Frage, die ihn völlig uninteressiert ließ.

„Es hätte eine Zeit gegeben für solch ein Wort", sagte er zu sich, „jetzt aber ist alles gleich!" Er sah, wie Roger Monk mit seinen langen Beinen über das Grab hinüberstelzte, wie er die Laterne bewegte und Mr. Round etwas zuflüsterte. Von der Straße draußen klang Kinderlachen und Schwatzen. „Ich wundere mich, daß Urquhart nicht bis Mitternacht gewartet hat; es hätte doch jemand vorbeikommen können; aber ich nehme an, daß man sie bloß für Grabschaufler gehalten hätte oder daß man zu erschrocken gewesen wäre, um ihnen in die Nähe zu gehen."

Donnernd schlugen die Spaten der beiden Männer an die Seiten des Grabes. Valley zitterte jetzt nicht mehr. Wolf hörte im Dunkel, wie sich die Lippen des kleinen Mannes bewegten. Er murmelte einen lateinischen Psalm. Wolf begann sich jetzt zu fühlen wie eine stumme Schildwache — wie eine Schildwache vor dem Grabe alles dessen, was je sich der lieben Sonne gefreut hat. Weite Strecken Dorseter Bodens schienen sich vor ihm auszudehnen. Er konnte einen leisen Wind in den Maulbeerbäumen von Poll's Camp hören. Er konnte hören, wie die weiten Fluren des Blackmore Vale in ihrem Schlaf seufzten. Er erinnerte sich dessen, was er bei seiner ersten Begegnung mit Urquhart gefühlt hatte ... jenes unbestimmten Bewußtseins von etwas in der geheimen Welt des Bösen, das ihm neu war und fremd.

Dem allem gegenüber schien er jetzt völlig gleichmütig. Gut? Böse? All das schien etwas Unwichtigem, Nichtentscheidendem, Entferntem anzugehören. Was machte es aus? Das Grab, das die beiden Männer so glatt stampften ... es war nur eines von Tausenden unter dem zunehmenden Mond. Wenn das Herz des Lebens getötet war, was machte es dann aus, was irgend jemandem widerfuhr?

Die beiden Männer drunten flüsterten nun miteinander. Mit Befriedigung sahen sie auf ihr Werk. Wolf bemerkte, daß seine bloße Hand, deren gespreizte Finger an den kalten Stein gepreßt waren, eingeschlafen war, während er sich, über Valleys Schulter gebeugt, schwer darauf stützte. Aber, ach, welch unangenehmer Geruch ... gleich der Verwesung selbst ... entströmte dem kalten Schweiß des kleinen Priesters. Doch das Zittern des Mannes hatte aufgehört. Das war ein gutes Zeichen. Ohne Zweifel hatte der Abgang Mr. Urquharts die Situation für Valley erleichtert. Was ihn selbst betraf, so fühlte er ein unklares Bedauern über den Rückzug des Squire. So tödlich abgestumpft waren jetzt seine Gefühle, daß er in diesem Augenblick nichts anderes empfand als müde Neugier. Ja, es wäre interessant gewesen zu sehen, wie sich jenes verzerrte weiße Gesicht über die Gestalt in dem Sarge neigte! Der alte Schurke mußte, ohne sich vom Geruch abschrecken zu lassen, auf dem Grase gekauert sein, während die beiden den Deckel abhoben. Hatte Valley vom Glockenstuhl droben gesehen, was geschehen war? Wahrscheinlich; und diese Erschütterung hatte ihn hinunterklettern lassen, zerrissen von dem Zwiespalt, der hervorgerufen war durch die Schändlichkeit des Sakrilegs und seine eigene Furcht vor dem Squire.

Die beiden Männer standen jetzt aufrecht da und starrten geradeaus zu ihnen hin. Natürlich konnten sie nichts sehen, da die Kirche jetzt dunkel war. Sie mußten wohl die Vibrationen der angespannten Blicke Wolfs und Valleys fühlen.

Wie lange lag wohl seine Hand schon auf Valleys Schulter, und warum faßte er den Mann so hart an?

Er hob den Arm, so daß jetzt beide Handflächen auf den Gewölbebogen der schmalen Maueröffnung gestützt waren. Die eine Hand war erstarrt, die andere aber war heiß und pulsierte fieberhaft. Ah, „der böse Feind Flibbertigibbet"! Aber eine Zeit würde kommen, in der es keine Laternen mehr gab.

„Der Teufel hole diesen Schurken Monk! Er ist noch nicht zufrieden. Wieder hebt er den Spaten. Ja, nimm die Laterne nur fort, Gastwirt Round! Ja, stoße nur das große Vieh und rufe es fort. Ja, das sind Schritte auf der Straße. Ihr beide tätet gut daran, euch aus dem Staube zu machen! Großer Gott! Ich glaube, sie fangen an zu streiten! Aber das alles bedeutet mir jetzt nichts. Was bedeutet ein Streit über dem Grab eines Jungen, wenn der ,harte kleine Kristall' des innersten Ichs eines Menschen sich aufgelöst hat?

Dennoch wird es ein merkwürdiger Augenblick sein, wenn der große Schuft zum Herrenhaus zurückgeht und dem Läuten seines Herrn gehorchen muß. Wird er in seinem gewöhnlichen Tone sagen: ,Ja, Sir . . . nein, Sir'? Er hat mir einst davon gesprochen, daß er diesen Mann töten wolle. Warum bloß fällt mir gerade das jetzt ein? Aber nein. Er wird es nie tun. Er wird das heiße Getränk hinauftragen und das Bett machen, ganz wie gewöhnlich; und Urquhart wird sagen: ,Der Mond ist untergegangen, eh? Was?' — ganz in seinem gewöhnlichen Ton. Jetzt haben sie es endlich getan . . . Oh! Das ist gut. Vergessen Sie das Brecheisen nicht, Mr. Round! Ein Brecheisen? Die Kerle hatten also die Absicht, den Sarg zu öffnen!"

Wolf beobachtete die beiden Männer, wie sie langsam und vorsichtig zwischen den Gräbern auf die Mauer zugingen, die den Friedhof von der Wiese trennte, auf der das Schulfest abgehalten worden war. Als sie einmal über dieser Mauer waren, verriet nur mehr ein gelegentliches Funkeln der Laterne ihren Pfad; und bald war selbst das verschwunden.

Er wandte sich vom Fenster ab und zog seinen Gefährten hinter sich nach. Als er Valleys Arm mit seinen starren Fingern zerrte, glich dies der Berührung eines fühllosen Gegenstandes durch einen anderen fühllosen Gegenstand.

Nach drei oder vier vergeblichen Versuchen gelang es ihm jedoch, ein Zündholz anzustreichen, mit dessen Hilfe er, nachdem er, mit den Fingern die Flamme schützend, zum Altar gegangen war, die Kerze des Priesters wieder anzündete. Mit einer kalten, müden Gleichgültigkeit . . . und während er diesem Impuls, der ihn zum Lenty Pond trieb und eben jetzt in Wahrheit der einzige ihm noch gebliebene klare Impuls war, vollen Lauf ließ . . . schlug er der schweigenden Gestalt an seiner Seite vor, gemeinsam nach Pond Cottage hinüberzugehn. „Es wird den kleinen Kerl aufheitern", dachte er, „mit Braut und Bräutigam zu plaudern, und ich kann ihn dort beim Haustor loswerden."

T. E. Valley schien recht erfreut, die Rückkehr in die Trostlosigkeit seines unordentlichen Studierzimmers verschieben zu können. „Aber ich darf nicht lange bleiben!" murmelte er.

Während des ersten Teiles ihres Weges verhinderte sie ein gemeinsamer Instinkt, auf die Szene zurückzukommen, deren Zeugen sie eben gewesen waren; aber als sie endlich Pond Lane erreicht hatten, brach Valley los:

„Ich hoffe, Solent ... daß Sie ... recht haben ... von einem weltlichen Standpunkt ... was meine Nichteinmischung ... eben jetzt ... betrifft. Von meinem eigenen Standpunkt werde ich es ... schwer finden ... Ja, sehr schwer ... nein, ich meine nicht das ... sagte ich schwer? Ich meinte, daß ich es ... sehr ... Sie verstehen doch, Solent ... sehr schmählich ... finden werde ... mir ... mir ... zu vergeben."

Sie gingen jetzt den Teil des Weges, wo die Hecken sehr hoch und dicht standen. Wolf begann eine wirre Erschöpfung zu fühlen, die ihm ebenso auf dem Kopf wie auf den Armen und Beinen zu lasten schien. Es war ihm, als hätte sich tief in seinem Wesen ein Knoten geschürzt, der die Zirkulation des Blutes hemmte. Eine schwere, träge Apathie senkte sich auf ihn, und er brachte sie unklar mit jenen hohen Hecken in Verbindung. „Es wäre lächerlich gewesen, sich einzumengen", sagte er. „Sie hätten damit nichts genützt. Wissen Sie, Valley, ich glaube, ich möchte gerne eine Minute rasten."

„Rasten? Gewiß ... natürlich. Sie meinen, es wäre hübsch, wenn wir uns niedersetzten? Aber es ist sehr finster, nicht wahr? Gewöhnlich ist hier in beiden Gräben Wasser, und sie sind sehr tief. Täten wir nicht besser daran, zu warten, bis wir zu den Otters kommen?"

„Warten wir lieber", wiederholte Wolf müde und hatte das Gefühl, als ob es himmlisch wäre, sanft in den Lenty Pond zu gleiten und alles hinter sich zu haben. „Warten wir lieber, bis wir zu den Otters kommen."

„Sie fühlen sich nicht zitterig, Solent, wie? Ich fühle mich ziemlich zitterig. Nehmen Sie meinen Arm. Die Luft wird bald besser sein. Das sind diese Hecken. Ich komme nie allein her, wegen dieser Hecken — und — nun ja! Sie wissen! Wegen des Teiches dort. Machen Sie sich nichts daraus, Solent, es sind nur hohe Hecken und tiefe Gräben."

Wolf blieb bewegungslos mitten auf dem Wege stehen. „Ich würde mich wirklich gerne niedersetzen", sagte er. „Ich meine niederlegen. Ich bin wohl auch ‚zitterig', wie Sie sagen. Wahrscheinlich kommt es davon, daß ich so lange an jenem Fenster gestanden bin. Hätten Sie etwas dagegen, wenn ich mit meinem Stock versuchte, herauszubekommen, ob Wasser im Graben ist?"

„Wenn Sie sich schwindlig fühlen, Solent, warum legen Sie sich dann nicht hier nieder, wo wir sind — auf der Straße? Ich habe das oft selbst getan. Hier, stützen Sie sich auf mich! Ich werde Ihnen helfen. So! ... Es ist ganz trocken, nicht wahr? Hier, ich habe ein Sacktuch in meiner Tasche, ein großes, rotes ... es ist so groß wie ein Schal. Hier, ich werde es Ihnen unter den Kopf legen ... so ... so ... so ...

Fühlen Sie sich jetzt besser, Solent? Jedenfalls werden Sie sich bald besser fühlen. Wissen Sie, daß ich einige der glücklichsten Augenblicke meines Lebens hatte, während ich auf der Straße lag? Die Straße nach Blacksod ist sehr gut zum Sichniederlegen, weil Gras an der Seite wächst und weil nur sehr wenig Wagen auf ihr fahren. Wie fühlen Sie sich jetzt, Solent?"

Eine Entspannung jedes Muskels und jedes Nervs schien sich in Wolfs Körper vollzogen zu haben. Er blickte zu der dunklen Gestalt des Priesters und zu den zitternden Sternen am blauschwarzen Himmel empor.

„Es ist — gerade — was ich — wollte", murmelte er mit einem Seufzer des Behagens.

Mr. Valley war entzückt. Er machte sich über ihm zu schaffen, als ob er ihn bei sich im Bette untergebracht hätte. „Ich dachte, Solent, daß es Ihnen gefallen würde", murmelte er. „Manchmal, wenn ich so auf der Blacksoder Straße gelegen bin und die Erdkugel mich zwischen den Sternbildern dahintrug ... und das Allerheiligste Sakrament auf meine Rückkehr wartete ... da hatte ich das Gefühl ... da hatte ich das Gefühl — was haben Sie denn, Solent? Ist die Straße zu hart?"

Aber Wolf hatte nur mit der Hand umhergetastet, um sich zu vergewissern, ob er seinen Stock nicht verloren habe. Er fühlte äußerste Unlust, sich zu bewegen oder zu sprechen. Doch er wurde sich einer Welle von Zuneigung für den kleinen Priester bewußt, die stärker war, als er sie je vorher gekannt hatte.

„Fühlt sich Ihre Stirne fiebrig an?" fragte jetzt sein Gefährte und berührte in der Dunkelheit mit den Fingerspitzen Wolfs Kopf. „Glauben Sie nicht, ich sei neugierig, Solent; aber ich bin ein Priester Gottes und ich ... ich erkenne Menschen, die ... die ... verstört sind."

„Sie sind sehr freundlich zu mir, Valley. Bitte knien Sie doch nicht auf der Straße! Ich werde in einer Minute aufstehen. Es tut mir gut, hier zu liegen."

„Glauben Sie nicht, ich sei neugierig, Solent; und antworten Sie mir nicht, wenn Sie nicht wollen. Aber habe ich recht, wenn ich glaube, daß irgend etwas auf Ihrem Gemüte lastet ... Etwas, das Sie so lange beunruhigt, bis Sie sich schwindlig fühlen wie eben jetzt?"

„Ich werde in einem Augenblick aufstehen, Valley. Ich liege nur deshalb so, weil es eine so hübsche Empfindung ist. Warum meinen Sie wohl, daß es so dunkel ist, obwohl doch die Sterne so reichlich scheinen?"

„Das sind die Hecken, Solent, sie halten das Licht ab."

„Der Mond ist untergegangen. Meinen Sie das Licht von Pond Cottage?"

„Solent! Sie werden nichts dagegen haben, wenn ich etwas sage?"

„Nein. Ich höre. Bitte stehen Sie auf. Ich mag nicht, daß Sie knien."

„Soll ich Ihnen sagen, was Sie verstört, Solent, was Ihnen solchen Schwindel verursacht hat? Es ist, weil Darnley heiraten soll. Ich weiß genau, was Sie fühlen. Ich weiß sehr gut, was Sie und Darnley einander sind. Wissen Sie, was ich glaube, Solent? Ich glaube, es ist jammerschade, daß ihr beide nicht das Glück hattet, zusammen zu leben, ehe ihr beide geheiratet habt. Das ist es, was Sie verwirrt; habe ich nicht recht? Es ist der Gedanke, daß Ihr Freund für Sie verloren ist?"

„Unsinn, mein guter Mann", rief Wolf und richtete sich rasch auf. „Was auf meiner Seele lag, hat nichts mit dieser Heirat zu tun. Kommen Sie! Gehen wir weiter! Ich habe Darnley beim Tee mit meiner Frau gelassen; ich meine, ich habe ihn dorthin geschickt."

Seine Worte waren lässig und leichthin gesprochen, aber die Vermutung des Vikars traf ihn hart. Es war dieselbe Andeutung, die Miss Gault am letzten Sonntag gemacht hatte. Konnte es sein, daß die verfluchte Stimmung, in die er verfallen war ... diese Stimmung jämmerlicher Apathie, ebensoviel mit Darnleys Heirat wie mit dem Verlust seines großen Geheimnisses zu tun hatte?

Seinem Gefährten fiel es jetzt schwer, mit ihm Schritt zu halten, so schnell ging Wolf. Plötzlich fragte er: „Sagen Sie mir, Valley, wenn Sie nichts dagegen haben ... haben Sie gesehen, was Urquhart vorhin tat?"

Jetzt waren sie nahe beim Hause der Otters. Er konnte zwischen den Zweigen der Pappeln das Licht aus dem Wohnzimmer sehen. Valley legte die Hand auf Wolfs Arm, drückte diesen fest und zwang ihn so, stehenzubleiben. Das Gesicht des Mannes war gegen das Laken der Dunkelheit ein Fleck zitternden Graus, aber Wolf konnte darauf außerordentliche Pein entdecken.

„Ich kann nicht — Solent — wissen Sie, was ich meine — ich kann Ihnen nichts sagen. Es ist alles nur Elend. Ja, ich sah ihn. Es war weit vom Turm. Der Glockenstuhl ist hoch oben. Ich glaube, er liebte ihn. Das ist es, was ich denken muß; aber ich kann es, Solent, nur ... nur ... durch einen kleinen Trick ... ertragen." Er hielt inne, und dann stieß er zur Verblüffung seines Gefährten ein unheimliches kurzes Lachen aus.

„Von welchem Trick sprechen Sie da, Valley?" Wolf machte mit einem Schwung instinktiv seinen Arm frei, denn die Fingernägel des

Priesters schmerzten schon in seinem Fleisch. „Welchen Trick meinen Sie?"

Sein Ton war fast gereizt, denn er überlegte, wie er den Mann loswerden und sich davonstehlen könnte. „Ich muß einen Blick auf den Teich werfen, ehe ich Mattie sehe", dachte er.

Valleys Antwort schien eher aus der die beiden umgebenden Dunkelheit als von irgendeiner bestimmten Stelle zu kommen. „Wenn ... Sie ... es wissen ... wollen ... ich muß ... mir vormachen ... daß ich selbst ... Urquhart bin!"

Wolf bemerkte hierzu nichts. Er blickte hinauf zu den Pappeln in dem so gut bekannten Garten. Sie waren auf der einen Seite von einem schwachen Schimmer beleuchtet, der aus seinem alten Fenster drang, aus dem Fenster des Zimmers, in dem er seine erste Nacht in Dorset verbracht hatte.

„Wie sehr Sie die Menschen doch lieben, Valley! Mein Trick ist es, der Menschheit ganz zu entfliehen."

Zu seinem Entsetzen war die Antwort des Priesters auf diese Worte eine Wiederholung jenes gackernden Lachens.

„Ja, ihr ganz zu entfliehen!" fuhr Wolf fort. „Ich weiß nicht, warum Sie das belustigen sollte, Valley." Während er sprach, bemerkte er, daß an der Hinterseite des Hauses etwas brannte. „Dimity verbrennt wohl Kehricht ... irgendeine Art von Grünzeug", dachte er. „Es ist wie der Geruch toter Blumen. Es ist wie ein Freudenfeuer aus toten Krokusblüten!"

Dieser aromatische Rauch, der scharf und durchdringend in der Luft dahintrieb, versetzte ihm einen sehr seltsamen Stich. Seine Nerven streckten unsichtbare Ranken aus, um ihm entgegenzukommen; aber durch die Störung des Kontaktes zwischen seinen Empfindungen und der Freude an seinen Empfindungen wurde diese Bewegung des Entgegenkommens für ihn nun zur Ursache quälenden Unbehagens. Sie verursachte ihm in der Tat ein Unbehagen von so besonderer Art, daß er, während er diesem nachgab, sein Schweigen auf fast unhöfliche Weise ausdehnte. Es war eine scharfe, dünne, langgezogene Empfindung, gleich einer erotischen Erregung, die grundlos ist, bedeutungslos, aufreizend.

Was er fühlte, machte es dringlicher denn je, seinen Gefährten loszuwerden und über das Feld zu eilen. Er wandte sich um, umfaßte fester seinen Stock und sprach in einem Ton ruhiger Autorität. „Valley", sagte er, „ich kann jetzt nicht hineingehen. Ich muß ein bißchen nachdenken ... hier heraußen ... allein. Gehen Sie hinein und sagen Sie es denen, nicht wahr? Ich werde Ihnen in ein paar Augenblicken nachkommen, wenn ich ... in meinem Sinn ... etwas durchdacht habe. Mattie wird es verstehen. Sie kennt meine Art. Entschuldigen Sie mich bei Mrs. Otter. Nein. Warum sollten Sie das tun? Sagen Sie ihnen nur, daß Darnley bei Gerda in der Stadt ist und daß ich in einer Minute nachkommen werde. Mehr ist nicht nötig."

Aber die Finger des Priesters drückten nur noch fester seinen Arm. „In der Stadt? Bei Ihrer Frau? Darnley?"

„Zum Tee, mein guter Mann! Diese Leichenschänder haben Sie völlig verstört. So. Gehen Sie hinein und sagen Sie es ihnen!" Und mit einer raschen Bewegung seines Handgelenkes befreite er sich von Mr. Valleys Griff und eilte davon.

Er fand eine unglaubliche Erleichterung darin, daß er durch das vertraute Loch in jener hohen Hecke kroch und mit langen raschen Schritten übers Feld lief. Es war so, als ob alle die Gerüchte im Dorf, die diesen Teich betrafen, unsichtbare Arme bekommen hätten und ihn zum Wasser zögen. Was er in seinem Bewußtsein fühlte, war kein einfaches, war aber auch kein sehr kompliziertes Gefühl. Es war genauso, als hätte ihm der Verlust seines geistigen Lasters einen außerordentlichen Durst hinterlassen und als hätte er eine Ahnung, daß das bloße Hinstarren auf die Wasser des Lenty Pond ihm eine unerklärliche Befriedigung gewähren würde. Er tastete sich über die dunkle Ausdehnung jenes großen Feldes, als ob Jasons Wassernymphe selber ihn zu sich gerufen hätte. Blindlings, bedenkenlos, lief er darüber hin, über die Maulwurfshügel strauchelnd, kein einziges Mal zum Sternenhimmel emporblickend, den Stock, als wäre er wirklich der Speer Williams von Deloraine, fest in seiner Rechten und in tiefem Keuchen Atem schöpfend. Beim Laufen bemerkte er etwas, und das war das schattenhafte Springen eines aufgescheuchten Hasen. Dieses Geschöpf erhob sich unmittelbar vor seinen Füßen und eilte davon, verschwand aber nicht in der Dunkelheit. Wolf konnte vielmehr beim Weiterlaufen sehen, wo es sich in einer kurzen Entfernung von ihm aufgerichtet hatte und ihn bewegungslos und mit frostiger Starre beobachtete.

Ah, da war er — der Lenty Pond im kalten Lichte der Sterne!

Er trat dicht an den Rand des Wassers. Und da stand er und hielt beide Hände fest auf den Griff seines Stockes gepreßt. Er schleuderte sein Bewußtsein, als wäre es ein schwerer Stein, den er den ganzen Tag in seiner Tasche geschleppt hatte, hinab in die schweigenden Tiefen. Und dann lernte sein Körper — nicht sein Geist, sondern sein Körper — bebende Angst kennen. War sein Geist jetzt, eben jetzt, im Begriffe, den letzten Befehl zu erteilen? Was hatte sein Körper, daß er so revoltierte? Was hatte sein Körper, daß seine Fußsohlen sich an den Schlamm hefteten, als wären sie darin verwurzelt? Es war nicht nur sein Fleisch, das so krank wurde vor Furcht. Das innerste Mark in ihm begann zu schreien — mit einem leisen, dünnen, wie Draht sich ziehenden Schrei — im Angesichte dessen, was sein Gemüt erwog. Nicht, daß das Leben — das bloße Am-Leben-Sein — plötzlich so kostbar geworden wäre. Es war nicht Furcht vor dem Nichts, was seinen Körper schüttelte. Es war der Lenty Pond selbst! Ja, das, wovor sein Fleisch und sein Gebein zurückschraken, war nicht die Ewigkeit. Es war das Untertauchen in diese örtlich begrenzte besondere kubische Ausdehnung sternenbeschienenen Sauerstoff-Wasserstoffes!

Er sah vor sich Mr. Urquhart und Jason, wie sie sein totes Gesicht betrachteten. Würde irgend jemand... die „junge Automatendame" vielleicht... seine starrenden Augen zudrücken, ehe diese beiden ihn ansahen? Ein Fisch, in der Schonzeit geangelt! „Er hätte auf meinen Rat hören sollen", würde Jason sagen, „und zurückgehen sollen zu jenem Lord in London!"

Ein phosphoreszierender Redfern begann sich jetzt in jenem spiegelglatten Wasser zu zeigen... ein Redfern, dem keine Gesichtszüge geblieben waren.

„Dies mag genau die Stelle sein", dachte Wolf, „an der er gestanden ist."

Ein Anfall von Scham bedrückte ihn, weil er so sehr mit sich selbst beschäftigt war, daß ihm die Bürde aller Leiden jenes Knaben so wenig bedeutete. Nun, Jimmy Redfern war jetzt all dessen ledig! Aber dies verwischte nicht die unsichtbare Zeichnung des Jammers, die der Luft an dieser Stelle eingeprägt war.

„Ich werde Jason fragen, woher er wußte, daß der Bursche hierherzukommen pflegte. Ich werde ihn fragen, sobald ich zurückkomme."

Zurückkommen? Zurückkommen wohin? So würde er also doch nicht seinem panisch entsetzten Körper jenen Befehl zurufen...

Wie seltsam, daß ihm jetzt nichts mehr zu entscheiden übriggeblieben war. Seine Zukunft war bereits da, vor ihm aufgezeichnet. Es handelte sich nur darum, dem Gleis zu folgen. Ja! Das Gleis war schon da... und es führte wieder zurück! Alles, was er tun mußte, war, es anzuerkennen und ihm von Augenblick zu Augenblick zu folgen, wie eine sich bewegende Hand, die auf eine entfaltete Karte einen Schatten wirft.

Aber woher kam diese Karte, dieses Gleis, dieses Diagramm, durch das er sich gleich einem schleichenden Schatten wieder nach Pond Cottage zurückkehren sah?

Sein Bewußtsein, wie mit einem Strick heraufgezogen vom Grunde des Teiches, begann jetzt gegen die dunkle Mauer zu rennen, die ihn von dem Teil seines Wesens trennte, der jene Karte entrollte. Ohne seine Lebensillusion ermangelte er in diesem Augenblicke völlig des Stolzes. Angst, hineinzuspringen? Angst vor jenem kalten Wasser dort unten? Es bedeutete ihm nichts, wenn er in der Tat Angst hatte. Es gab kein „Ich bin Ich", um sich darüber zu quälen; keinen Wolf Solent mit einer mystischen Philosophie, der aussehen konnte wie ein feiger Dummkopf. Aber wessen Hand war es, die die Karte entrollte? Seine eigene Hand? War er also ein insgeheimer verzweifelter Verehrer des Lebens? Oder war es die Hand des Zufalls? Doch wie konnte der Zufall eine Karte entrollen?

Das Bewußtsein, das ihm noch geblieben war, flatterte gleich einem müden Vogel gegen die ganze dunkle Wölbung des stofflichen Universums. Wenn er nur in dieser dichten Rundung einen Riß finden könnte, einen Spalt! Aber diese Dichte war sein eigenstes Ich! Er war nicht mehr Wolf Solent. Er war bloß Erde, Wasser und kleine funkelnde Flammenpunkte.

Für den zehnten Teil einer Sekunde schienen sich in dieser ungeheuren stofflichen Umhüllung schwache Sprünge zu zeigen. Aber nein! Alles war versiegelt. Der monströse Kubus schwarzer Unendlichkeit blieb unversehrt... Finsternis auf Finsternis. Schwer holte Wolf Atem und richtete sich mit einem Ruck auf. Er hatte sich eifrig vorgebeugt gehabt, eifrig und albern, auf den Griff seines Stockes gestützt, aber jetzt zerrte er diesen mit einer verdrießlichen Anstrengung aus dem Schlamm, in den er ihn gepreßt hatte. Sein Gemüt war plötzlich umwölkt, klumpig, schollig. Er seufzte tief und ließ seinen Stock in den schlaffen Fingern lose schwingen, dann beugte er sich mit schlotternden Knien über den Lenty Pond und begann närrisch und zwecklos das Wasser mit dem Ende seines Stockes zu peitschen. Nach allen Richtungen peitschte er es in der unermeßlichen Stille unter dem Glitzern jener zahllosen Sterne. Und während er dies tat, begann er bei sich in einer schwerfälligen, tölpelhaften Art darüber nachzudenken, warum er wohl, da alles mit Ausnahme jener Nadelstiche am Firmament stockfinster war, so deutlich zwischen der flüssigen Dunkelheit des Wassers und der festgefügten Dunkelheit der ihn umgebenden Erde unterscheiden konnte.

Endlich wandte er sich um gleich einem Mann, der sich von den verlöschten Rampenlichtern eines leeren Theaters abwendet, und begann seinen Rückweg über das Feld. Seine vorherrschende Empfindung während dieses Rückzuges war seltsam. Er hatte das Gefühl, als säße sein Bewußtsein wie Banquos Geist am Tische der Otters, während eine ganz fremde Kraft einen steifen, trägen, apathischen menschlichen Körper, der den einen bleiernen Fuß vor den anderen setzte, über das Feld zerrte.

Aus dem Wohnzimmer von Pond Cottage drang solch wirres Durcheinander von Stimmen, daß er mit einer trotzigen Bewegung seiner Kinnmuskeln, die er mehrfach wiederholte, während er über die Blumenbeete stolperte, um das Haus herum zur Hintertür ging. Dort öffnete ihm auf sein stürmisches Klopfen Dimity Stone. „Mis—ter So—lent!" rief die Alte mit ihrer zittrigen Stimme. „Und wo ist denn um des Himmels willen Master Darnley? Setzen Sie sich nieder, Mister Solent, während ich Atem schöpfe. Diese Sachen reiben einen Christenmenschen auf. Zuerst das, wissen Sie, und dann jenes! Zuerst spricht man von einem kalten Imbiß, um mir Mühe zu sparen. Aber was tut dann Master Jason? Kommt er nicht eines Tages und verlangt, ich soll ihm von den Hochzeitspasteten, die ich mit Ausnahme von dem, was mir Miss Olwen abgeschmeichelt hat, schon eine Woche aufgehoben habe, welche aufwärmen!"

Die alte Frau fuhr fort, ihre Utensilien, während sie sprach, von einem Loch des gewaltigen Küchenherdes zum andern zu schieben. Ein höchst wohlriechender Dampf stieg unter mehr als einem Kasserollendeckel hervor; und Wolf, der sich auf einen harten Sessel gesetzt hatte und in der einen schlaffen Hand seinen Stock, in der anderen seinen Hut baumeln ließ, spürte ein Mahnen heftigen Hungers.

„Und dann", so fuhr sie fort, „muß auch noch dieser Pfarrer kommen, und weiß war er wie ein Unterrock, und die Gnädige hat ihm eine Flasche Whisky aufmachen müssen; und Miss Mattie, die wegen der Brautnacht schon zittert, muß anfangen zu weinen, weil Master Darnley nicht da ist, und sich aufregen, wo er wohl sein kann und was ihn nur aufhalten mag?"

„Ich habe Mr. Valley gebeten, es zu bestellen", warf Wolf mit leiser Stimme ein. „Ich habe ihn gebeten, es zu bestellen." Die Hitze der Küche nach der kühlen Nachtluft und der Druck seiner jüngsten Erlebnisse begannen ihm wieder ein Gefühl des Schwindels zu verursachen. „Ich habe ihn gebeten, es zu bestellen", wiederholte er und versuchte, seinen Verstand auf die wirren aus dem Wohnzimmer dringenden Stimmen zu konzentrieren.

Dimity blickte ihn besorgt an. „Aber, aber, was haben Sie denn, Mr. Solent? Hier" — und sie eilte zu einem Speiseschrank und goß etwas in ein Glas — „hier ... trinken Sie dies. Das ist meine Herzstärkung." Und sie sah ihm aufmerksam zu, eine Hand auf seine

Schulter gelegt, während er trank. „Das tut gut, eh? Aber Sie sind doch ebenso weiß wie der Pfarrer! Das geht schon über meinen Verstand, was hier im Haus los ist, in diesen verrückten Tagen."

„Was ist denn das?" murmelte er stammelnd und keuchend, während das Blut wieder in seinen Kopf stieg. „Was ist denn das, Dimity?"

„Bloß ein Tropfen Holunderwein", sagte sie beruhigend und tätschelte ihm den Kopf.

Das Stimmengewirr aus dem Wohnzimmer von Pond Cottage begann jetzt für ihn wichtiger und natürlicher zu werden. Noch vor einem Augenblick hatten diese Stimmen seinem Ohr geklungen, als ob er ein Geist wäre — ein Geist, dessen Körper weit hinten zurückgeblieben war, unter dem Wasser bei Jasons Nymphe.

„Ich habe Mr. Valley gebeten, es zu bestellen", wiederholte er fest.

„Missus sagte, daß der Pfarrer so etwas ausgerichtet hat", murmelte die alte Frau und kehrte zu ihren dampfenden Kasserollen zurück. In diesem Augenblick drang zu ihnen das Geräusch einer sich öffnenden Tür und der Schritt eines Mannes in der vorderen Hall. „Er ist gekommen! Master Darnley ist gekommen!" rief Dimity und eilte aus der Küche.

Wolf erhob sich und folgte ihr, den Hut in der einen, den Stock in der andern Hand.

Der Anblick des gelben Bartes seines Freundes vor der Lampe auf dem Halltisch vervollständigte die Wiederkehr zu normaler Vernunft.

„Oh, da bist du!" rief der Bräutigam munter. „Ich sagte Gerda, ich wisse, daß du wohlbehalten hier seist. Sie war deinetwegen ein bißchen nervös." Er hielt inne, um seinen Mantel aufzuhängen. Beim Klang ihrer Stimmen wurde die Wohnzimmertür aufgerissen, und Mattie stürzte heraus, rot und aufgeregt. Selbst in diesem Augenblick hatte jedoch Darnley noch Zeit, Wolf an dem hochgehobenen Mantel vorbei einen Seitenblick zuzuwerfen. „Sie ist reizend, deine Frau!" flüsterte er emphatisch.

Matties Arme lagen um Darnleys Hals, ehe noch seine Hände frei waren. Wolf hatte die beiden nie einander umarmen sehen; und als er in dieser Nacht an Gerdas Seite vor einem Fenster, das blaß war im Morgengrauen, erwachte, entsann er sich des Ausdruckes in den makrelenfarbenen Augen seines Freundes. Es waren die Augen eines Mannes, der nackt, angespannt, verzückt am Rande eines reißenden Sturzbaches alle Kräfte zusammennimmt.

M rs. Otter selbst war es, die Wolf jetzt Hut und Stock abnahm;
und als er der kleinen Dame die Hand schüttelte, wurde er von einem
unerwarteten Impuls getrieben, sich niederzubeugen und ihr einen
hastigen Kuß zu geben.

„Es gehört sich doch", murmelte er verlegen, als er sich umwandte,
um Jason und T. E. Valley zu begrüßen.

„Ich darf nicht mehr länger bleiben", sagte er jetzt, überraschend
für sich selbst, als er den Suppenteller geleert hatte und das Weinglas
zu den Lippen führte. „Darnley sagt, daß Gerda keinen Bissen anrühren wird, ehe ich nach Hause komme."

„Sie wissen natürlich nicht, wie sich unsere Kleine benimmt?"
sagte Mrs. Otter. „Miss Malakite verwöhnt sie hoffentlich nicht zu
sehr?"

Wolf fühlte sich sehr dankbar für alle Möglichkeiten, die ihm diese
paar Worte so mühelos boten.

„Ich weiß es zufällig", sagte er, während er sich erhob. „Ich traf
Christie, als ich an der Buchhandlung vorüberkam ... wann war es
doch nur? ... Oh, wohl ungefähr halb sechs! ... Und sie sagte, Olwen
sei musterhaft."

Er fühlte, wie er errötete, als er Jasons ironischen Blick bemerkte.
Warum hatte er „musterhaft" gesagt? Aber Mrs. Otter fuhr ganz
natürlich fort:

„Das ist eine ziemlich harte Aufgabe für das kleine Ding, aber ich
weiß, daß Miss Malakite es ihr leicht machen wird." Sie hielt inne und
seufzte recht betrübt. „Es ist seltsam, sie nicht hier zu haben", fügte
sie hinzu. „Ich habe das Gefühl, als wäre sie ihr ganzes Leben bei uns
gewesen."

„Ihre Freundin Miss Gault", sagte Jason, „würde sie am liebsten von
der Polizei abholen lassen."

Seine Worte verursachten ein unbehagliches Schweigen. Darnley
stand auf und begann mit Daumen und Zeigefinger Salz auf einen
Weinfleck zu streuen, den er im Tischtuch gemacht hatte.

„Wenn man sie dort behalten will", sagte Jason, „wirst du sie ihnen
dann lassen, Mutter?"

„Das muß Mattie entscheiden", murmelte Mrs. Otter.

„Ihre Freundin Miss Gault würde dies bald entscheiden", wiederholte
Jason. „Sie würde sie gerne ins Ramsgarder Arbeitshaus schicken,
und Miss Malakite dazu!"

„Die Dinge werden sich gestalten, wie Gott es für gut hält, Jason",
bemerkte Mrs. Otter vorwurfsvoll. Wolf sah, daß die alte Dame beim
Sprechen heimlich die Hand auf Matties Knie legte.

Jetzt wandte sich Mattie an Dimity. „Sie sind müde", sagte sie. „Setzen Sie sich. Und hören Sie! Ich möchte nicht, daß Sie heute noch etwas in meinem Zimmer machen." Wolf hatte es stets als eine rührende Eigentümlichkeit von Pond Cottage betrachtet, daß das alte Dienstmädchen, während es hinter den Stühlen hin und her ging, sich frei an jeglicher Konversation beteiligte; heute hatte er aber, ehe die alte Frau die Lippen zur Antwort öffnete, eine Vorahnung, daß sie etwas Unglückliches sagen würde.

„Man kann nicht einmal ein Eckchen von Miss Olwens Bett mehr sehen, Miss Mattie", brachte sie jetzt hervor. „Alle die schönen Sachen, die ich gebügelt habe, sind darauf ausgebreitet."

Ihre Worte verursachten ein Schweigen, das noch verwirrender wirkte als Jasons Erwähnung der Polizei.

„Sie brauchen ... mir ... das nicht zu sagen ... Dimity!" rief Mattie mit einer fremd klingenden, hochtönenden Stimme; dann riß sie ihre Hand aus der Mrs. Otters und brach plötzlich los: „Ihr könnt ihr Bett mit allen meinen neuen Sachen zudecken — ihr alle könnt es ... ja, ihr alle könnt es!"

Sie preßte ihren Handrücken an den Mund und biß sich in die Haut. Ihr plumpes Gesicht war verzerrt, ihre Brust hob sich. „Oh, ich will meine Mutter! Ich will meine Mutter!" heulte sie, schlug die Hände vors Gesicht und schwankte auf ihrem Sessel hin und her.

Diese unerwartete Erwähnung einer so lange schon toten Frau — er hatte nicht einmal eine Ahnung, wo Lorna Smith begraben war — war für Wolf eine seltsame Erschütterung. Mrs. Otter erhob sich hastig, legte die Arme um Matties schwankenden Kopf und drückte ihn an ihre Brust. „Mein Kind! Mein Kind!" wiederholte sie ununterbrochen, während Wolf verzweifelt betete, daß das Mädchen sie nicht wegstoßen möge.

„Es ist schon wieder gut ... verzeih, Darnley!" sagte sie endlich mit erstickter Stimme.

Mrs. Otter ließ sie frei und nahm leise wieder ihren Platz ein.

„Ich werde Ihnen mit den Tellern helfen, Dimity", murmelte Mattie, erhob sich und straffte die Schultern. Darnley hielt ihr die Tür offen. Sie hatte Wolfs und Jasons Suppenteller, die als einzige schon leer waren, weggenommen.

„Ich werde also gute Nacht sagen", rief Wolf mit einem Blick auf Mrs. Otter, „und ich werde mich zur Kirche nicht verspäten!"

Er nahm in der Hall seine Habseligkeiten, während Darnley, der den Arm fest um Matties Schulter gelegt hatte, ernsten Blickes jede Bewegung Wolfs beobachtete.

Als Wolf den Mantel angezogen hatte, ließ sein Freund die düster dreinsehende Mattie mit den Tellern in der Hand stehen und öffnete die Tür der Hall.

„Gute Nacht, Wolf", sagte er ruhig. „Sie wird gleich ganz in Ordnung sein. Grüße Gerda herzlichst. Nebenbei bemerkt" — und er dämpfte seine Stimme, damit Mattie ihn nicht hören könne —, „Gerda sagt, daß deine Mutter kommen will und daß sie daher lieber unabhängig von dir mit ihrem Vater käme. Ich sagte ihr, es würde genauso geschehen, wie sie will."

Wolf fand es jetzt schwer, sich auf diesen angenehmen Punkt zu konzentrieren.

„Jedenfalls werden wir alle bei euch sein, Darnley. Solange wir alle da sind, spielt es keine Rolle, wie wir aufmarschieren, nicht wahr? Also, viel Glück!" Doch kaum hatte er die Finger seines Freundes in den seinen, als er sie impulsiv fallen ließ. Er nahm den Kopf des Mannes zwischen seine Hände und küßte ihn hastig mehrere Male auf die Stirn. „Viel Glück!" wiederholte er, als er durch den Garten schritt. „Ich habe die Mutter geküßt; warum nicht den Sohn?" dachte er, als er zum Gittertor kam; aber etwas verursachte ihm ein Würgen in der Kehle, das einem Schluchzen verwandt war. „Fort mit euch, Schemen ... fort!" murmelte er hörbar, als er nach dem Riegel des Tores tastete.

Er hatte ihn jedoch kaum gefunden, als sich die Haustür hinter ihm öffnete und ein Wirrwarr von Stimmen an sein Ohr drang.

„Aber Sie haben ja noch nicht einmal Ihre Suppe gegessen!" ... „Sie haben ja erst ein Glas getrunken!" ... „Sie könnten doch warten, bis Dimity —"

Sein erster Gedanke war, daß diese Schreie ihm selbst galten; als er aber hier in verwirrter Unschlüssigkeit zögerte, kam gleich einem verlaufenen Hund, der nach Hause jagt, die erregte Gestalt T. E. Valleys den Pfad herabgerannt. Der kleine Priester zog sich mühselig im Laufen seinen Mantel an und rief immer wieder: „Ich habe alles gehabt, was ich brauchte! Ich habe alles gehabt, was ich brauchte."

„Gute Nacht, Wolf! Nimm dich um Himmels willen seiner an!" ertönte jetzt Darnleys Stimme von der Tür, während die beiden Männer auf Pond Lane hinaustraten. Sie sahen, wie das Licht verschwand. Sie hörten, wie die Tür geschlossen wurde. Sie waren wieder allein beisammen.

„Nun", sagte Wolf, „wir gehen wohl diesen Weg, eh?" und er machte eine Bewegung, sich nach rechts zu wenden.

„Hätten ... Sie ... was dagegen ... Solent", bat der Mann kläglich,

„wenn wir den anderen Weg gingen? Ich könnte ja allein gehen ...
aber ... Sie wissen? ... Ich fühle mich heute abend etwas erregt ...“
„Aber ja, mein Freund“, sagte Wolf mit einem Seufzer. „Gerda
wird mir wohl vergeben. Nur bin ich jetzt schon ein wenig verspätet;
nehmen wir also ein frischeres Tempo. Doch sagen Sie mir“ — er
ging bereits Arm in Arm mit dem Mann in der gewünschten Richtung —, „warum Sie einen so großen Umweg machen wollen?“

Aber Valleys Geist hatte sich wieder der Szene an dem Grabe zugewendet.

„Das Glockenstuhlfenster war sehr weit entfernt. Ich quälte mich
auch viel zu sehr, dachte, daß ich hinuntergehen und der Sache ein
Ende machen müsse. Vielleicht war es natürlich ... Ich würde wohl
selbst so fühlen, wenn nicht das Sakrament ... Ich meine, wenn ...
Sie wissen? ...“

Des Priesters Gemurmel hob und senkte sich gleich einer Wolke
leise summender Mücken über einem Leinpfad im Dämmerlicht.
Wolf hatte die ganze Zeit das Gefühl, als wäre er selbst eine hölzerne
Marionette, die von einem komplizierten System von Drähten zu
sinnloser Tätigkeit galvanisiert wurde. „Wenn man mir nur gestattete,
mich hinzulegen“, dachte er, „mich einfach so für hundert Jahre
niederzulegen, würde ich mit ihnen allen fertig werden.“

Als er auf dem Heimwege wieder allein war, quälte er sein Gedächtnis mit dem Namen eines besonders hellen Sternbildes, das im Westen,
gerade über Blacksod, stand. „Die verächtlichsten Menschen dürfen
sich der Sterne freuen“, sagte er zu sich und dachte dann: „Ein Klumpen
Feigheit ohne Vergangenheit oder Zukunft! Doch dieser Klumpen
hat zwei Beine, die ihn tragen, und einen Stock, mit dem er im Boden
stochert. Ailinon! Ailinon! Aber ich werde Gerda zum Lachen bringen,
wenn ich ihr von Tilly Valley erzähle.“

Es verursachte ihm eines der ersten angenehmen Gefühle an diesem
Abend, daran zu denken, daß er Gerda zum Lachen bringen würde.
„Ich werde es ihr erst sagen, sobald wir im Bett liegen“, dachte er.
Und dann dachte er noch: „Ich möchte wissen, ob Olwen und Christie
heute nacht zusammen schlafen?“

Als er sich zwischen den wohlbekannten Hecken der Straße bewegte, über die er vor genau einem Jahr mit Darnley gefahren war,
empfand er ein ganz eigentümliches Gefühl, als begänne er gleichsam
ein posthumes Leben — ein Leben, das von seiner eigenen Feigheit
dem beabsichtigten Ende entzogen worden war.

Es schien ihm, als ob solch ein Ende tatsächlich auf irgendeiner
psychischen Ebene bereits erreicht worden wäre; so daß er jetzt nur

sein Leben usurpierte. Niemals würde er wissen, was eigentlich an diesem Grabe in King's Barton geschehen war, ebensowenig, wie er wissen würde, was Miss Gault tat, nachdem er sie auf dem Ramsgarder Friedhof verlassen hatte. Aber solche Dinge konnten nicht gänzlich vorübergehen. Mußten sie nicht dem Raume selbst irgendeinen Eindruck hinterlassen? Und wenn dem so war, dann konnten solche Luftbilder leicht unversehrt bleiben, selbst wenn der Planet selbst schon unbewohnt war und im Eise erstarrt.

In seiner Erregung begann er mit dem Griff seines Stockes zu spielen, und er bemerkte, daß die tiefen Kerben, die Lob Torp an jenem Abend der „Gelben Farne" eingeschnitten hatte, durch die Reibung seiner Hände schon glatt und eben geworden waren.

„Ich bin in Wirklichkeit tot", sagte er ununterbrochen zu sich. „Das ist's, was ich bin . . . tot." Aber aus seiner ausbalancierten Gleichgültigkeit begann er wie ein Mann, der auf einem schwimmenden Balken reitet und der durch ein Wunder einem Taifun entgangen ist, eine leise Genugtuung über die bloße Tatsache zu empfinden, daß er den Ansturm kalter Luft an seinen Ohren und das Klatschen von Gischt an seinen Wangen gefühlt hatte.

Was er jetzt tun mußte, war ein Sammeln seiner Kräfte für einen täglichen und nächtlichen Dialog mit der Ursache alles Lebens und alles Todes. Als er in die äußeren Bezirke Blacksods kam, verbildlichte er sich diese Ursache als ein enormes Schaltier, das auf dem Grund einer meerähnlichen Unendlichkeit ruhig ein- und ausatmete.

Er starrte auf diese unbewegten, idiotischen Augen und auf die langen, regungslosen Fühler, als er an der Einmündung des zu der Buchhandlung führenden Weges vorbeikam. Dann erhob sich etwas in ihm, über alle Vernunft entfesselt, aufgewühlt . . . „Oh, Christie! Oh, meine kleine Christie!"

„Vergessen"

In der Mitte jener Nacht wurde Wolf durch die Stimme Gerdas, die ihn ängstlich beruhigte, zum Bewußtsein erweckt; und selbst in seiner Verwirrung bemerkte er in diesem Augenblick eine besondere Zärtlichkeit in ihrem Tone, etwas Beschützendes, etwas ganz anderes als den spontanen Schreck eines jungen Geschöpfes, wenn es aus dem Schlafe geweckt wird. Es war, als ob alle die Erregungen der letzten vierzehn Tage sich in ihrem Wesen zu irgendeiner psychischen Knospe oder einem psychischen Laub entfaltet und sie aus einem launenhaften Kind in eine vollerwachsene sanfte Frau verwandelt hätten.

„Was habe ich gesagt?" fragte er und sein Kopf fiel auf das Kissen zurück.

„ ‚Ich werde zwischen euch zerbrechen', hast du geschrien. ‚Ich werde zwischen euch zerbrechen!' Und als ich dann fragte: ‚Zwischen wem, Wolf?', sagtest du: ‚Zwischen ihnen! Kannst du sie nicht sehen? Zwischen diesen beiden Männern!' "

„Männer? Gerda? Sagte ich ‚Männer'?" Und dann erinnerte er sich plötzlich gleich einem zurückweichenden Bilde in einem tiefen Spiegel, was er geträumt hatte. Er selbst war ein spröder Stock, ein Stück toten Unterholzes. An seinem einen Ende stand der Landstreicher von Waterloo Station. Am anderen Ende jener selbstzufriedene alte Mann mit der weißen Katze. Wolf war entsetzt erwacht, weil er gefühlt hatte, wie er zu zerbrechen drohte, während diese beiden Gegenspieler an ihm zogen.

Nachdem er Gerda in einer Gefühlsentspannung liebkost hatte, wie sie die selbstbemitleidende Schwäche eines Fiebers zurückgelassen haben mochte, legte er sich wieder zum Schlafe zurecht. Seine letzten Gedanken waren mit der Bedeutung seines Traumes beschäftigt; aber außer einer tastenden Assoziierung des jammervollen Wracks von Waterloo Station mit dem Verlust seiner „Mythologie" und des glatten Katzenmannes mit einem Anerkennen des Lebens auf dem niedersten Niveau blieb das Rätsel ungelöst.

Er erwachte am nächsten Morgen zu einem lebhaften Bewußtsein dessen, daß dieser Freitag der Vortag von Darnleys Hochzeit war. Er erinnerte sich der ersten Begegnung mit seinem Freunde in jenem Teeraum des Lovelace-Hotels; und sein Geist kehrte zu dem Kellner zurück, der jetzt Bettler war. „Stalbridge", dachte er. „Ein guter Mann. Wenn ich ihm nur die halbe Krone gegeben hätte!"

Während er sich vor dem gewohnten Spiegel rasierte, begann er mit Gerda ein munteres Gespräch darüber, wozu sie sich am besten für den folgenden Tag entschließen sollten. Gerda zeigte keine feindselige Abneigung gegen die Gesellschaft Mrs. Solents, deutete aber an, daß Mr. Torp sich freuen würde, wenn sie mit ihm statt mit den anderen ginge; was aber nach der Hochzeitsfeier ihre Rückkehr nach Blacksod betraf, so könne man das ja dem Zufall überlassen.

„Es werden doch eine Menge Wagen ankommen und abfahren, und es wird ein Spaß sein, zuzusehen, was los ist", sagte sie. „Und ich werde nichts dagegen haben, wenn wir alle zusammen nach Hause gehen. Aber ich würde mich wirklich freuen, mit Vater zu sein. Es wäre so wie in den alten Zeiten, als ich ihn zu Begräbnissen zu begleiten pflegte. Er geht gerne mit mir irgendwohin, wenn ich recht schön aufgeputzt bin."

„Darnley wird heute wohl in der Schule sein, wie gewöhnlich", sagte Wolf, „aber sie haben ihm eine Woche Urlaub gegeben. Die beiden werden nach Weymouth fahren. Habe ich dir das nicht schon erzählt?"

„In eine Pension?" fragte Gerda. „Wir haben alle zusammen einmal in einer Pension gewohnt; bei einem gewissen Whitsun ... in Adelaide Crescent."

„Nein, ich glaube, sie sprachen von einem Hotel", sagte Wolf.

„Vom Burden?" rief sie erregt. „Oh, wie gern würde ich im Burden wohnen! Ich bin in meinem ganzen Leben noch in keinem Hotel abgestiegen. Ich war noch nicht einmal in einem drinnen, mit Ausnahme der Three Peewits."

Wolf schwieg eine Sekunde. Dann sagte er langsam, während er sein halbrasiertes Gesicht mit so viel Teilnahmslosigkeit im Spiegel betrachtete, als wäre es das Milchschüsselchen einer Katze: „Nun, wir können sie ja nächsten Samstag besuchen. Sie werden wohl erst nachmittags zurückfahren, glaube ich. Wir könnten alle im Burden zu Mittag essen."

„Wolf", rief sie und setzte sich kerzengerade im Bette auf — eine Bewegung, die ihren Kopf in das Viereck des Spiegels brachte —, „Wolf! Warum können wir nicht ein wenig von unserem Gelde für ein Wochenende im Burden verwenden? Nein, natürlich nicht diese Woche; aber nächste Woche, gerade, wenn sie zurückkommen! Oh, das würde mir so viel Freude machen!"

Eine Welle der Traurigkeit überflutete ihn. Es lag ihm auf der Zunge,

ihr mit ihrer eigenen Antwort vom letzten Sonntag zu entgegnen —
„Es ist zu spät, Liebe, es ist zu spät!" Denn jener Strand vor Brunswick
Terrace trat vor seinen Sinn, mit den Schreien der Fischhändler, mit
jenem blendenden Pfad der Sonne auf der sich brechenden See, mit
den nassen Planken und den bunten Booten. Ah, wie gerne würde
er dies alles wiedersehen — aber was war er jetzt, es zu sehen? Hohl!
Hohl! Eine dahintreibende leere Hülse, bar jedes Zweckes und jeder
Hoffnung!

„Ich sehe nicht ein, warum wir dies nicht so machen sollten, wie
du sagst, Liebling. Doch zuerst wollen wir den morgigen Tag hinter
uns haben, ehe wir uns entschließen. Aber ich sehe nicht ein, warum
wir nicht auf jeden Fall eine Nacht im Burden bleiben sollten."

Er sah ihren Blick im Spiegel. Der war strahlend. Sie klatschte tatsächlich in die Hände, während sie ihm zuhörte; und ihr Ausruf des
Entzückens schien ihm etwas vom Klange des Pfeifens in sich zu
haben.

Ja, selbst wenn er jetzt verurteilt war, sich wie ein zweckloser Automat weiterzubewegen, bedeutete es dennoch etwas, solch kindliches
Entzücken hervorrufen zu können.

Gerda wünschte an diesem Tage, der Mühe, ein Mittagmahl zu
bereiten, enthoben zu sein, und so wurde abgemacht, daß er einen ganz
einfachen Imbiß in den Three Peewits einnehmen würde. Vielleicht
wäre Darnley bereit, daran teilzunehmen. Jedenfalls sollte Gerda bis
zum Tee sich selbst überlassen bleiben.

Den ganzen Vormittag, während er die Arbeiten seiner Schüler
leitete, beschäftigte sich sein Geist mit dem, was sie über Weymouth
gesagt hatte. Wie seltsam, daß er Christie vorgeschlagen hatte, an eben
jenem Sonntag mit ihm nach Weymouth zu fahren ... ganz unabhängig vom Burden-Hotel. Alles in seinem Leben schien gerade jetzt nach
Weymouth zu gravitieren — zu jenem Geburtsort seiner ermordeten
„Mythologie" — aber er war zu unglücklich, um sich auch nur irgend
etwas daraus zu machen.

„Ich werde Gerdas Glück nicht dadurch trüben, daß ich auch nur
ein Wort von diesem Sonntag spreche", sagte er zu sich, „und
wahrscheinlich hat Christie ohnedies alles vergessen. Olwen hat mich
ausgestochen. Das ist der Kern des Ganzen. Olwen hat mich ausgestochen!"

Während er auf die Tintenkleckse an der Wand starrte, bemerkte
er, daß er einen speziellen Fleck auswählte, damit ihm dieser auf der
toten See seiner Wirrsal als Floß diene. Dieser Fleck war länglich;
und ehe Wolf noch wußte, was er tat, hatte er ihn in eine Straße ver-

wandelt — in eine Straße, gleich jener auf dem Gemälde von Gainsborough.

Als die Knaben, einer nach dem anderen, mit irgendeiner geschriebenen Beantwortung der langweiligen historischen Frage, die er ihnen
gestellt hatte, zu seinem Pulte kamen, begann sein Geist mit einem
blitzschnellen Vogelblick alle die Jahre seines Lebens ins Auge zu
fassen und die dominierende Rolle, die in ihnen diese ideelle Straße
gespielt hatte. Er schien, wie er so auf jenen länglichen Tintenklecks
starrte, imstande zu sein, Fragmente alter Erinnerungen wachzurufen,
deren er während der letzten zwölf Monate nicht einmal gedacht
hatte. Je länger er auf dieses Mal an der Wand starrte, um so rascher
drangen diese Erinnerungen auf ihn ein. Ein ländliches Gehölz mit
einem hohlen Baum, der seine Wurzeln in einem Ententümpel hatte . . .
zwei hohe Erdwälle, bedeckt mit Flecken purpurnen Klees und gelber
Steinrosen, und dazwischen die staubige Landstraße unter seinen
Füßen, die zu der Anhöhe eines Hügels führte, von dem, wie er durch
einen sicheren Instinkt fühlte, die See sichtbar sein mußte . . . an der
Ecke zweier Gassen, am Rande irgendeiner Bischofsstadt, ein verlassener Garten, in dem sich Nesseln mit Johannisbeersträuchern
mischten und in dem eine alte Frau einem alten Mann über ein dicht
mit Wasserkresse bestandenes Bächlein etwas zurief . . . Bilder von
dieser Art glitten gleich mystischen Vignetten am Rande einer okkulten
Biographie ohne Unterlaß längs der Straße seines Lebens — das heißt
längs jenes länglichen Tintenflecks hin und her.

So schnell drangen diese Erinnerungen auf ihn ein, daß er bewußte
Überraschung über ihre Anwesenheit zu empfinden begann, wie
ein Ertrinkender davon überrascht sein mag, daß sich die Ereignisse
eines ganzen Lebens in eine Sekunde der Zeit konzentrieren können!

Er erinnerte sich sogar einer besonderen Begebenheit in der Umgebung von London, da er zu dem Schlusse gekommen war, daß diese
flüchtigen, unter einer bestimmten Beleuchtung gesehenen Bilder von
Dingen der ganze Zweck seiner Existenz waren. Er erinnerte sich genau
der Stelle, an der er zu diesem Schlusse gekommen war. Es war auf
einer Bank gewesen, irgendwo hinter Richmond, unter einer ungeheuer
großen Linde. Er erinnerte sich, daß er damals festgestellt hatte, wie
solche einzelne Episoden, herausgerissen aus dem flutenden Strom
visueller Eindrücke, schwerer beladen waren mit dem verborgenen
Geheimnis des Lebens als irgendeine Berührung mit Männern oder
Frauen. Er erinnerte sich, wie er ein Büschel dunkelgrünen Grases
mit den Wurzeln ausgerissen hatte, so erregt war er durch jene Schlußfolgerung geworden; und wie er sich später eine ganze Weile mit

einem gewissenhaften Versuch beschäftigt hatte, es wieder einzupflanzen, wobei er seinen Stock als Spaten verwendete — zur großen Belustigung eines koketten Paares von Ladenmädchen, die unter einem der Bäume lagen und ihn beobachteten.

Es war eine Ironie, daß er in eben dem Augenblick, da seine Fähigkeit, sie zu genießen, getötet worden war, imstande zu sein schien, seine Philosophie der i d e e l l e n S t r a ß e bestimmter zu formulieren als je zuvor. Was sie wirklich bedeutet hatte, diese Philosophie, war eine Fähigkeit, die Dinge in e i n e m b e s t i m m t e n L i c h t a n g e o r d - net zu sehen ... in einem Licht, das gesättigt war von den Erinnerungen der Vergangenheit ... in einem Licht, das ihm seine Tage in flutender Kontinuität zu verbinden vermochte. Nun, das alles war jetzt verloren ... verloren, weil es eine gewisse Art Wolf Solent voraussetzte, die es genoß; und diese Art Wolf Solent war tot.

„Harrison ‚Minor‘, was denken Sie bloß? Sie haben das glatt von Martin ‚Major‘ abgeschrieben!“

Sein Tonfall mußte etwas von der rauhen Bitterkeit seiner Stimmung angenommen haben; denn eine Schar von Köpfen erhob sich in den Bänken, und in Harrison ‚Minors‘ Ecke gab es ein hastiges Tuscheln.

„Die Realität hat mich geschlagen“, sagte er zu sich. „Was ich jetzt fühle, muß genau dasselbe sein, was religiöse Menschen fühlen, wenn sie sich für verdammt halten. Sie können von anderen Dingen sprechen; sie können eine Annäherung erwidern; aber während sie mit anderen über das oder jenes plaudern, liegt immer die V e r d a m m - n i s auf dem Grund ihrer Gedanken!“

„Jeder von euch, auf dessen Blatt ich einen Vermerk gemacht habe, arbeitet jetzt ruhig weiter über die Restauration.“

„Olwen hat mich ausgestochen. Das ist der Kern der Sache. Er war ganz vergebens, jener Tag auf dem Kornfeld. ‚Gemüt, Gemüt berührend, ohne nach Worten zu verlangen‘, so sagten wir? Aber sie wird mit Olwen glücklich sein. Mattie wird ihr Olwen lassen m ü s s e n.“

Als er, nachdem dieser schwere Vormittag endlich vorüber war, Darnley traf, erfuhr er, daß auch Jason in den Three Peewits sein würde. Darnley war still und in Gedanken versunken, während sie durch die Straßen wanderten; und Wolf begann sich mit der Tatsache abzufinden, daß es ihnen bestimmt sei, weiterhin in dieser Schule zu schuften, Seite an Seite, ohne Unterbrechung, bis zum Ende ihrer Tage! Genauso wie sie heute durch diese Straßen zwischen Schule und Schenke wanderten, würde man sie noch nach zwanzig, nach dreißig Jahren wandern sehen und jeder von ihnen würde über seine eigenen geheimen Kümmernisse nachgrübeln.

Der Zufall hatte gewollt, daß im Speisesaal der Three Peewits nicht allein Jason auf sie wartete. Dort saß auf dem besten Fensterplatz vor einer Flasche Burgunder Mr. Urquhart persönlich. Jason trank Bier aus einer doppelhenkeligen Zinnflasche und bediente sich mit Genuß von einer mit einer Kruste flockigen Teiges bedeckten Krähenpastete, die vor ihm stand.

Sowohl er wie Urquhart sahen aus, als ob sie schon viele Stunden auf diesen Plätzen säßen. Sie waren jedoch so weit voneinander entfernt, wie es zwei Gäste in demselben Speisesaal überhaupt sein können. Wolf und Darnley gingen zum Squire und schüttelten ihm die Hand; dann setzten sie sich an Jasons Tisch und bestellten dieselbe Sorte von Dorchester Ale, jedoch in geringerer Menge.

„Da ist noch genug für euch beide", sagte Jason und wies auf die Pastete. „Ihr dürft euch die zweiten Portionen nehmen. Ich habe meine schon gehabt."

„Wie konnten diese Gauner Sie heute in die Stadt hereinkommen lassen, Otter?" bemerkte Mr. Urquhart, der seinen Sessel umdrehte, jedoch den Ellbogen auf dem Tisch ruhen ließ und die Finger noch immer an dem Stiel seines Weinglases hielt.

„Sie haben mir die ganze nächste Woche freigegeben", entgegnete Darnley.

„Ich habe gesagt, daß auch ich, eben ihm zu Ehren, einen Urlaub haben sollte", warf Wolf ein. Er hatte das Gefühl, als ob in seinem Bauch ein Kübel voll Asche wäre, die von nichts, was er tränke, auch nur befeuchtet werden könnte.

Dieses Gespräch zwischen den beiden Enden des Raumes schien Jason zu mißfallen. Sein Gesicht nahm seinen steinernsten Ausdruck an und er neigte sich tief über seinen Teller.

„Sie haben hier gute Rahmpasteten", bemerkte er nach einer Pause. „Rahmpasteten sind viel besser als diese Puddinge, die Ihre Freundin Mrs. Stone macht."

„Nenne sie nicht Mrs. Stone, Jason", murmelte Darnley mit einer Verdrießlichkeit, die an ihm ungewöhnlich war, wenn er sich an seinen Bruder wandte. „Wolf ist ebenso ein Freund Dimitys, wie wir beide es sind."

Für eine halbe Sekunde zogen sich Jasons Augenbrauen unheilverkündend zusammen; und dann verzog sich sein ganzes Antlitz in tausend lustige Falten.

„Er wird noch ein besserer Freund von ihr sein, Darnley, wenn er dein Hochzeitsbackwerk kosten wird", sagte er, hielt seinen Deckelkrug hoch und machte mit einem Augenlid und einer Schulter eine listige Bewegung zu Mr. Urquhart hin, dem er noch immer den Rücken gekehrt hatte.

Jetzt gab es eine kurze Unterbrechung, während der Kellner den Neuangekommenen das Bier und den Käse servierte, die sie bestellt hatten.

„Ihr braucht nicht so auf meine Pastete zu schauen", sagte Jason. „Nicht jedermann heiratet morgen!"

„Beeile dich mit deinen neuen Gedichten", gab Darnley zurück, „und du wirst uns dann alle mit solchen Leckerbissen bewirten können."

Doch Jason hatte sein ironisches Auge Wolf zugewendet.

„Solent kann dir sagen, was die Ehe ist. Er kann es dir sagen. Sie brauchen nicht zu glauben, daß man nicht weiß, was Sie denken, wenn Sie zusehen, wie ich es mir schmecken lasse."

„Was denke ich, Jason?" fragte Wolf. Sein Ton war recht sanft; aber die Galle rachsüchtiger Bosheit kochte in den Adern seiner Kehle.

„Sie wollen mich wegen dieser Krähen verhöhnen", lachte der andere. „Sie wollen mir das Vergnügen verderben, indem Sie jedermann von ihrem Krächzen und von ihren stolzen Nestern erzählen. Aber Sie würden so wie jeder ganz gerne einen Bissen kosten... wenn niemand hier wäre, der Ihnen zusehen könnte."

Diese Worte Jasons und der Blick, der sie begleitete, verursachten Wolf ein Unbehagen, das dem Gefühle glich, das ein Mensch empfindet, wenn seine Zunge auf ein verborgenes Zahngeschwür drückt. Es war ihm unmöglich, das saftige Stück, in das der Dichter eben jetzt seine Gabel spießte, nicht mit glänzenden, ausgebreiteten Schwingen auszustatten! Er fühlte, wie sein Blut unter den Backenknochen prickelte. Er dachte an Miss Gault. Er begann unter jenem alten, jämmerlichen Gefühl zu leiden, daß sein Körper ein Klumpen verächtlicher Fäulnis sei, auf dem sein Bewußtsein oben schwamm. Dies war die Art von Gelegenheit, bei der er in früheren Tagen seine „Mythologie" heraufzubeschwören pflegte. Nun, das war jetzt alles vorbei. Er fühlte sich ebenso zerlegt wie die Überreste auf dem Teller des Dichters. Er war zu diesen Überresten geworden. Dorsetshire hatte ihn aufgefressen!

Jetzt vernahm er die Stimme Mr. Urquharts. Der Squire erklärte in klagendem Ton, daß der Diener Monk an diesem Morgen so schrecklich wild gewesen sei, daß er den ganzen Haushalt auf den Kopf gestellt hatte. „Mrs. Martin kam zu mir wie eine Amazone und drohte mit der Kündigung", sagte er. „Ich hielt es für das beste, mich zurückzuziehen. Ein Rückzug ist immer das Beste, wenn Dienstboten meutern, eh? Was?"

Während Wolf ihn nun über den Schaum seines Bierkruges anblickte, begann er zu fühlen, als ob seine Nachtwache in dem Kirchenfenster eine reine Halluzination gewesen wäre. „Redferns Grab wird genauso aussehen wie immer", dachte er, „wenn ich es das nächstemal sehe."

„Hat dir dein Spaziergang heute morgen gefallen, Jason?" fragte Darnley und zupfte sich am Bart. Sein Bruder betrachtete ihn mit einem langen, traurigen, aufmerksamen Blick.

„Die Wolken waren wie sanfte Geister", deklamierte er langsam. „Sie kamen aus der Ewigkeit und konnten nicht weilen. Die Felder waren naß mit Tau für sie. Aber sie konnten nicht weilen. Die Haselbüsche schluchzten mit Saft für sie. Aber sie konnten nicht weilen. Die Gänseblümchen waren weiß in Liebe für sie. Aber sie konnten nicht weilen."

Während der Mann sprach, legte er Messer und Gabel sorgfältig nebeneinander, trank, was in seinem großen Kruge übriggeblieben war, und stellte diesen ebenso gewissenhaft und sanft auf den Tisch, als ob das Gefäß ein lebendes Wesen wäre.

„Sie gingen in die Ewigkeit", fügte er mit leiser Stimme hinzu. Und dann sagte er, während seine melancholischen grauen Augen einen Ausdruck so abgrundtiefen Kummers annahmen, daß Wolf darüber erstaunte: „Gott kommt und Gott geht, aber niemand fühlt ihn, außer Maulwürfen und Würmern. Und die sind blind und können nicht sehen. Sie sind stumm und können nicht sprechen. Ich dachte diesen Morgen, Darnley, daß meine Poesie nicht besser sei als die Gänge von Maulwürfen und Würmern."

„Was sagt Ihr Bruder da, Otter?" erklang die Stimme Mr. Urquharts durch den Raum. „Macht er Verse über den Kellner? Sagen Sie ihm, er solle vorsichtig sein. Lovelace erzählte, daß jemand aus seinem Klub in London wegen einer geringeren Sache hinausgeworfen wurde; und außerdem ... in diesem Raum ... Sie wissen ... obwohl wir —"

Er wurde durch das Geklapper von Pferdehufen draußen vor den Fenstern unterbrochen, und Wolf konnte jetzt dort die Ecke eines Gärtnereiwagens sehen, der von blauen Hyazinthen überquoll.

Als Wolf diese Blumen anstarrte, begegnete er Urquharts Blick.

„Es interessiert Sie wohl nicht, Solent", bemerkte er, „aber heute morgen kamen die Korrekturbogen meines Buches aus Bristol!"

Wolf murmelte Glückwünsche; doch in seinen Mund stieg die Empfindung der Farbe Braun.

„Er hat seinen Willen mit Redfern gehabt", dachte er, „und jetzt hat er auch noch sein Buch."

Mr. Urquhart wandte sich an den jungen Kellner.

„Haben Sie gewußt, Johnnie, daß ich ein Schriftsteller bin, wie? Mr. Solent dort und ich, wir haben das richtige Buch für einen schlauen Gauner wie Sie herausgegeben. Ich werde Ihnen ein Exemplar schicken, mein Junge. Vergessen Sie das nicht! Erinnern Sie mich daran, wenn Sie es nicht bald bekommen sollten!"

Wolf fühlte bei diesen Worten, daß das ganze geheimnisvolle Böse, das er mit diesem Manne in Verbindung gebracht hatte, in Wahrheit nichts anderes war als senile Perversität. Jason hatte recht. Wenn Jason aber in bezug auf Urquhart recht hatte, war es da nicht wahrscheinlich, daß er auch in bezug auf Wolf Solent recht hatte? Für Jasons Geist ... zu Jasons besonderer Befriedigung ... war das Böse nicht mehr als ein dünn fallender dahintreibender giftiger Regen, der in alles durchsickerte. Nichts war frei davon, außer vielleicht das leidenschaftliche Herz Olwens. Aber es war bloß ein schleimiger Regen. Er hatte keine geistigen Tiefen. Mr. Urquhart und Wolf hatten zusammen ein hübsches Theaterstück gespielt ... alles Pose ... alles Illusion! Auf Jasons Teller mit den wohlabgenagten Krähenknochen lagen die Fragmente ihres erhabenen satanischen Dramas.

Mr. Urquhart hatte jetzt den jungen Kellner zu sich gerufen. Darnley und Jason sprachen mit leiser Stimme über die Vorbereitungen für den morgigen Tag ...

Und da drang ein unglaublich süßer Duft durch das offene Fenster herein! Er kam vielleicht nur von den Hyazinthen; aber er schien Wolf, als dieser ihn einatmete, viel mehr als das. Er schien aus Massen von Glockenblumen unter unberührten grünen Haselnußgebüschen zu kommen.

Diese glückliche Empfindung war ihm jedoch nicht für lange verstattet. In einer Sekunde folgte ihr ein zitterndes, durchdringendes Surren ... ein Aeroplan! ... Mit dem Flügelschlag der zackigen Fittiche eines Dämons kam dieses Geräusch näher ... beständig näher und näher ...

Mr. Urquhart wandte den Kopf.

„Diese jungen Flieger sind feine Burschen", bemerkte er. „Ich ließe mich gerne von einem dieser Jungen nach Tibet oder Kambodscha führen, wenn er mir eine Gelegenheit dazu gäbe."

Wolf bemerkte, daß ein seltsames Licht der Erregung in Darnleys blaue Augen kam; und es war Darnley, der jetzt sprach.

„Ja ... zu fliegen!" rief er. „Seine Seele zu reinigen von all den Erdengreueln! Seinen Geist reinzuspülen in einem blauen Bade von Luft! Denkt nur daran. Über Länder und Ozeane zu fliegen, bis man sich die Kugelgestalt der Erde vorstellen kann! Zu fühlen, wie der

Geist anders wird ... ein reineres Instrument wird ... während man diese tobende Welt hinter sich läßt."

Das Surren des Aeroplans war jetzt von dem rauhen Schnaufen und Fauchen eines großen Automobils begleitet.

„Ob nun aus der Luft oder auf der Straße", bemerkte Jason im Tone eines sehr alten Eremiten, „diese jungen Männer kommen zu uns herunter; und es ist am besten, bei den Herren der Wissenschaft in Gnade zu stehen." Er warf dem Kellner einen Seitenblick zu. „Sie kommen auch manchmal zur See", fügte er hinzu und krümmte seine Schultern in gespieltem Erschrecken. „Dieser junge Mann sieht wie der Oberingenieur eines Linienschiffes aus", fuhr er fort und dämpfte seine Stimme zu einem Flüstern, während er seinen Bruder anblickte.

Wolf begann jetzt das Gefühl zu haben, als ob er allein auf einer hohen freistehenden Plattform gestrandet wäre, die von Tausenden von Automobilen und Aeroplanen umkreist und umschrien wurde...

Schweißtropfen traten auf seine Stirn. Es war, als ob er vergeblich nach irgendeiner Möglichkeit der Flucht in die schweigenden Tiefen der Erde suchte. Kein Entrinnen war mehr möglich! Er war ausgekämmt, ausgehechelt, getrocknet von jeglichem Saft. Sein Schicksal mußte in Hinkunft sein, in dem durch die Eile anderer hervorgerufenen Sturm zu knarren und zu stöhnen...

„Es ist ein Wunder", sprach Darnley, „imstande zu sein, die ganze Richtung des Geistes dadurch zu ändern, daß man sich von Erde und Wasser abwendet und die Luft zu seinem Elemente macht!"

Die sonderbar aussehenden Augen des Mannes waren buchstäblich durchscheinend vor Erregung.

„Ich fürchte, er denkt jetzt nicht an Mattie", sagte Wolf zu sich.

Aber Mr. Urquhart hatte eben zu seinem Sekretär irgendeine Bemerkung gemacht, die Wolf, zu sehr in seine Gedanken versunken, nicht gehört hatte. „Wie bitte, Sir?" murmelte er.

„Das ist eben der Wert eines Buches wie des unseren, eh, mein Junge?" rief der Squire. „Es wird auf Zeitungsständen auf den großen Verkehrsstationen vorrätig sein, so daß Leute es kaufen können, die nach Australien reisen oder nach Sibirien. Es wird ihre Phantasie kitzeln, eh? Was? Beim Zeus, das wird es ... und sie werden erfahren wollen, welch geile Schlangen ihre Vorfahren waren."

„Ich erzählte dir noch nichts davon, Wolf, nicht wahr", sagte Darnley harmlos, „daß ich bei den Malakites war, um Olwen wissen zu lassen, daß ich sie heute abend nach Hause nehmen würde. Doch die kleine Range weigerte sich, von der Stelle zu gehen. Sie schwört, daß sie Christie auch keine einzige Nacht allein lassen wolle. Es hätte Tränen gegeben, wenn ich darauf bestanden hätte. Nun schön . . . es wird vielleicht . . . leichter sein" — er sprach jetzt nachdenklich und langsam —, „wenn sie bleibt . . . wo sie ist."

„Mädchen sind alle gleich", bemerkte Jason. „Sie alle lieben Zucker und Gewürz. Der alte Malakite kauft ihr wahrscheinlich in dieser Stadt hier schmackhaftere Süßigkeiten, als sie bei uns bekommt." Es war etwas in diesen Sätzen, das mehr war, als Wolf ertragen konnte. Er stand jählings auf.

„Verzeih, Darnley", sagte er. „Ich habe etwas vergessen, was ich vor dem Nachmittagsunterricht erledigen muß. Es wird doch nicht mehr ausmachen, wie? . . . was ich gehabt habe?" Und er legte einen Shilling und drei Pennies auf den Tisch. Ein groteskes Bewußtsein der Art, wie seine bebende Oberlippe sich vorstreckte, und der Art, wie seine Hände zitterten, erfüllte beim Sprechen sein Hirn; aber er verbeugte sich beim Fortgehen vor Mr. Urquhart und nickte Jason höflich zu. „Auf Wiedersehen später!" sagte er zu Darnley und warf ihm einen raschen, vorwurfsvollen Blick zu, während er ging.

Auf der Straße blieb er zögernd stehen. Er hatte das Gefühl, ebensosehr den Blicken preisgegeben zu sein, als wäre er einer jener gerupften Vögel aus Jasons Pastete.

Instinktiv begann er sich durch die Menge seinen Weg zum Laden Malakites zu bahnen. Als er die Bedeutung dieser Richtung erkannte, erwog er im Geist die einzig mögliche Entscheidung . . . nämlich eine halbe Stunde in seinem leeren Klassenzimmer umherzulungern. Nein. Das wäre ein zu großer Jammer! Als er aber den Laden erreicht und die Glocke in dem Seitengäßchen gezogen hatte, fühlte er die Versuchung, sich aus dem Staube zu machen. Die Anwesenheit Olwens schien die ganze Situation zu ändern. Es war ihm, als ob das kleine Mädchen hinter Christies Rücken ihre beiden Hände festhielt, so daß Christie gar nicht die Macht hatte . . . wie immer auch ihr Wille sein mochte . . . ihm in dieser Krise zu helfen.

Er konnte sich nicht erinnern, daß er jemals so lange an dieser Türe hatte warten müssen wie jetzt. Wie schön dieser Tag war! Aber die balsamische Frühlingsluft . . . und er konnte verschiedene Büschel von Jonquillen in dem kleinen Hintergarten sehen . . . flutete über ihn, als ob er ein Toter sei, als ob er in Wahrheit gestern abend im Lenty Pond ertrunken wäre.

Jetzt kam sie über die schmale Stiege hastig herunter gelaufen . . .

„Oh, ich freue mich so, Sie zu sehen, Wolf! Ich bin in solcher Sorge! Ich habe darüber nachgedacht und nachgedacht, was ich tun soll . . .

Ich habe gebetet, daß irgend jemand kommen möge ... und jetzt sind Sie es! Oh, ich bin so froh!"

Er folgte ihr in das Haus und sie schloß die Tür. Sie standen nahe beisammen in dem schmalen dunklen Eingang. Ohne bewußten klaren Impuls zog er sie fest an die Brust und hielt sie so ... während sein Hirn für alles andere völlig unempfänglich blieb, außer für das Gefühl, sie umfangen zu halten.

Aber es war ihm nicht bestimmt, diese Erlösung von der Wirklichkeit lange zu fühlen. Christie zog an seinen Handgelenken, wandte ihr Gesicht ab und rang darum, freigelassen zu werden.

„Nicht, Wolf! Nicht jetzt, Wolf! Ich brauche Ihre Hilfe ... verstehen Sie denn nicht? Das brauche ich jetzt nicht."

Er seufzte schwer, ließ sie aber frei und blieb neben ihr stehen, während er das Geländer umklammerte.

„Was ist los, Chris?" flüsterte er ergeben.

„Olwen will bei mir bleiben ... bei mir leben ... das wußten Sie doch, nicht wahr? Aber diesen Morgen hat sie sich um Mattie das Herz schwer gemacht. Seit dem Aufwachen quält sie sich. Und jetzt sagt sie, sie würde wieder völlig glücklich bei mir sein, wenn sie nur zu der Hochzeit gehen und bei der Feier zusehen könnte! Sie möchte heute abend hinüber, Wolf. Das ist's, was sie will ... Eine letzte Nacht mit Mattie verbringen ... und dann hierher zurückkommen, wenn die beiden nach Weymouth fahren; aber wissen Sie, ich hatte keine Möglichkeit, Darnley zu erreichen. Ist Darnley heute in der Schule, Wolf? Ich weiß nicht, was ich getan hätte, wenn Sie nicht —"

Sie wurde durch ein Geräusch im Buchladen unterbrochen; und Wolf sah, wie sie steif wurde und den Finger auf die Lippen legte, und dann einen angespannten, konzentrierten, engäugigen, starrenden Blick auf die Tür richtete, die in den Laden führte.

Wolf gefiel die Art dieses angespannten Lauschens nicht. Noch weniger hatte ihm der Ton gefallen, in dem sie sein Erscheinen nicht um seinetwillen, sondern als eine Möglichkeit begrüßt hatte, Darnley zu erreichen. Die Wahrheit begann ihm immer klarer zu werden, daß zwischen Olwen und dem alten Mann Christies Welt niemals erfüllter gewesen war und niemals weniger freien Raum für ihn und für seine Angelegenheiten übriggehabt hatte.

Die Geräusche im Laden, von welcher Art immer sie gewesen sein mochten, verstummten jetzt, und sie wandte sich lächelnd ihm zu. Sie legte zwei kleine Fingerspitzen, leicht wie die Feder in ihrem Buche, auf seinen Mantelärmel.

„Ich werde Sie nicht bitten, Wolf, jetzt hinaufzukommen. Sie erregen sie immer so sehr, und ich habe sie eben erst zur Ruhe bringen können." Sie hielt zögernd inne, und er konnte in dem schwachen Licht des kleinen Ganges sehen, daß sie ängstlich bestrebt war, zu wissen, wie er wohl eigentlich reagieren würde. „Werden Sie Darnley sehen?" murmelte sie. Er trat einen Schritt zurück und nickte ernst.

„Nun, so hören Sie, Wolf, Liebster", fuhr sie fort. „Bringen Sie ihn zum Tee mit, ja? Und bitten Sie ihn, er möge im Hotel einen Wagen mieten, damit er die Kleine heute abend hinüberbringen könne. Sie werden sie doch morgen zurückbringen, nicht wahr, Wolf... wenn die Hochzeit vorüber ist?"

Gehorsam versprach er, genau das zu tun, was sie verlangte; und sie öffnete die Tür, um ihn hinauszulassen, schloß sie ruhig wieder hinter ihnen beiden und stand neben ihm auf dem schmalen Weg.

Wieder hörte Wolf das Surren eines Aeroplans über den Dächern von Blacksod. Diese Flugzeuge wurden zu einer Art teuflischen Chores seiner komischen Tragödie!

Christie hob den Kopf und versuchte einen Blick auf die Maschine zu erhaschen, während Wolf hartnäckig auf das schmale Samtband starrte, das sie umgürtete. „Der Teufel hole diese Maschinen!" murmelte er bitter. „Es wird nie wieder dieselbe Welt sein."

Sie senkte das Kinn und blickte ihm ins Gesicht. Der Lärm des Acroplans hatte tatsächlich — oder es schien ihm so in seinem unbeugsamen Groll — denselben Glanz in ihre Augen gebracht wie in die Darnleys. Alle waren jetzt gegen ihn... alle, alle, alle! Diese Dämonen behexten jede Seele, die er kannte. Die Mächte der Luft. Nein, er würde ihnen nie weichen! Solange noch ein einziger Grashalm aus der tiefen Erde sproß, würde er ihnen niemals weichen!

„Oh, Wolf, Sie haben unrecht, Lieber!" rief sie hitzig. „Es ist eine neue Welt. Gewiß. Aber es ist eine schöne Welt. Sie bedeutet eine neue Art von Schönheit: glitzernden Stahl, funkelnde Flügel, freie Räume —" sie hielt jählings inne. Er dachte später, daß sie in seinem Ausdruck etwas gesehen haben mußte, das sie beunruhigte und verwirrte.

„Ich muß zu Olwen gehen", flüsterte sie; und dann faßte sie, gerade so wie das letztemal, nach seiner Hand und zog sie an die Lippen. „Machen Sie sich nichts aus den Maschinen, liebster Wolf! Bringen Sie Darnley zum Tee mit, ja? Und sagen Sie ihm, er möge einen Wagen bestellen. Sie könnten ja zu Fuß gehen, ich weiß. Aber ich möchte nicht, daß sie ganz müde zu Mattie kommt. Auf Wiedersehen,

Lieber!" Und sie schlüpfte ins Haus, während sie ihm ihr besonderes Lächeln schenkte, das stets so schwer zu deuten war.

Als Wolf wieder an seinem Katheder saß, mußte er so viel Aufmerksamkeit seinen Schülern schenken, daß er nur ein einziges Mal während des ganzen Nachmittags seinen Blick auf den Fleck an der Wand richtete und sich seinen trüben Gedanken hingab.

„Das ist es", dachte er, „was ich für den Rest meines Lebens werde erdulden müssen, wenn mir nicht Mutter von ihrem Teestubengeld eine Pension aussetzt. Ich könnte es ja ertragen. Ich weiß sehr wohl, daß ich es ertragen könnte, wenn nur — es ist hübsch, Gerda zum Lachen zu bringen. Es ist hübsch, zu tun, was Christie von mir verlangt. Aber es wird hart sein, dreißig Jahre in diesem Zimmer weiterzuschuften."

Er hatte Gelegenheit, ein paar Jungen eines offenkundigen Falles von Unfug zu überführen; und die Art, wie der ältere dieser Knaben — ein großer schwerfälliger, großköpfiger Junge, „Gevatter" Barge genannt — die ganze Schuld auf sich nahm, machte auf Wolfs Einbildungskraft einen weit größeren Eindruck, als er diesem armen, gutmütigen Tölpel zeigte! Als die Uhr endlich die Stunde schlug und er sich frei wußte, hielt er Gevatter Barge an, der sich eben davonrollen wollte.

„Barge", sagte er, „ich möchte wissen, ob Sie so besonders freundlich sein wollten, auf Ihrem Heimweg eine kleine Besorgung für mich zu übernehmen?"

Als der Junge diese Worte hörte, zeigte sich auf seinem Gesicht ein Lächeln von so reiner, angeborener Gutmütigkeit und Güte, daß Wolf ganz fassungslos war. Er war im täglichen Verkehr mit diesem Burschen im besten Fall kurz angebunden und distanziert gewesen, und das Vergnügen, mit dem der Junge dieser unerwarteten Bitte entgegenkam, erschien ihm in seiner gegenwärtigen Stimmung als geradezu erschreckend. Es war, als ob er in dieser Wüste grimmiger Realität, in die er vom Rücken seines göttlichen Rosses gefallen war, von den Lippen des plumpsten Kamels melodische Worte gehört hätte.

„Wie freundlich von Ihnen, Gevatter!" rief er eifrig und verwendete den Spitznamen des Burschen, um seine Würdigung dieser Antwort anzudeuten. „Also warten Sie eine Minute, ich will nur eine Zeile schreiben."

Er kritzelte sofort ein paar Worte an Gerda, daß sie ihn erst nach dem Tee zu Hause erwarten möge. Dieses Schreiben faltete er zusammen und adressierte es an „Mrs. Wolf Solent, siebenunddreißig, Preston Lane."

„Hier haben Sie, Barge", sagte er. „Es liegt nicht sehr weit von Ihrem Wege. Aber ich bin Ihnen wirklich ganz außerordentlich dankbar." Hierauf entfernte sich der Junge, so verlegen und freudestrahlend, als hätte er sich im Cricketspiel ausgezeichnet.

In der Folge der sich nun abspielenden Ereignisse erhob sich kein Hindernis, um die von Christie gefaßten Pläne zu stören. Nachdem sie den Wagen der Three Peewits für sieben Uhr bestellt hatten, nahmen Darnley und Wolf ihre Plätze am Teetisch der Malakites ein; und ein Vorgang, der gewiß peinliche Elemente barg, rollte sich derart glatt und leicht ab, als ob das Mädchen ein gesellschaftliches Genie besessen hätte, das der raffiniertesten Adepten der großen Welt würdig gewesen wäre.

Mr. Malakite war während des ersten Teiles dieser Mahlzeit außergewöhnlich gesprächig, und Wolfs Aufmerksamkeit wurde völlig von der merkwürdigen Art von Gesprächigkeit absorbiert, die der alte Mann zeigte.

„Und so hat ihm Urquhart geschrieben", sagte der alte Buchhändler eben, „und ich bekam gestern die Antwort ... mit der zweiten Post. Olwen begegnete dem Postboten und brachte mir den Brief in den Laden. Du hattest keine Angst vor deinem alten Großpapa, nicht wahr, mein Hühnchen?" Bei diesen Worten blickte er mit einem Ausdruck verschmitzten Triumphes um den Tisch.

„Aber, Vater, wir dürfen Darnley mit unseren Geschäftsangelegenheiten nicht langweilen", unterbrach Christie. „Am Tage vor seiner Hochzeit!"

Aber auch Darnley hatte das Zittern ungewöhnlicher Erregung in der Stimme des alten Mannes bemerkt und blickte ihn jetzt aufmerksam mit seinen blauen Augen an.

„Nein, nein", sagte er. „Bitte, Sir, erzählen Sie weiter; bitte, erzählen Sie weiter."

„Es ist ein Verwandter von Ihnen, Mr. Solent, ebenso auch vom Squire, wie er sagt", fuhr der Buchhändler fort. „Der Squire wußte, daß ich mein Lager verkaufen will, und sandte diesem Herrn meinen Katalog, und jetzt kam seine Antwort ... mit der Nachmittagspost. Olwen gab mir den Brief, als ich gerade auf der Leiter stand, nicht wahr, mein Kleines? Du hast ja gar nicht gewußt, daß dein Großpapa auf eine Leiter klettern kann, nicht wahr, mein liebstes Kind?"

Wolf empfand einen heftigen Ekel vor dem Ton, den der alte Mann anwendete, wenn er so zu seiner Tochter Kind sprach. Er konnte nicht umhin, Christie einen verstohlenen Blick zuzuwerfen. Aber das Mädchen starrte mit einem ihrer stetigen, unerforschlichen Blicke Darnley an;

und nichts anderes bot ihm einen Schlüssel zu ihren Gefühlen als ein gewisses beunruhigendes Hinabsinken der Unterlippe. Wie ein Blitz zog ihm der überraschte Zweifel durch den Sinn, ob das Menschengeschlecht so klug daran tat, das Familienleben so unzugänglich, so ummauert, so geheim sein zu lassen. Trotz dem, was er oft zu Gerda gesagt hatte, kam ihm jetzt der Gedanke, daß tatsächlich etwas Unheimliches daran war, das Mädchen und das Kind mit diesem senilen Nympholepten so abgesperrt zu lassen.

„Von London, mit der Nachmittagspost", beharrte Mr. Malakite. Und Wolf, der gerade jetzt für jede psychische Strömung nervös empfänglich war, hatte ein noch unheimlicheres Gefühl bei dieser läppischen Wiederholung einer so unwichtigen Einzelheit.

„Sprechen Sie von Lord Carfax?" fragte er aufs Geratewohl — und dachte bei sich: „Wie seltsam dieser Bursche seine Rolle in meinem Leben weiterspielt!"

Der Buchhändler nickte eifrig. „Haben Sie ihm wegen meines Lagers geschrieben?"

Christie wandte auf diese Worte scharf den Kopf. „Ich habe Wolf überhaupt niemals ein Wort über deinen Katalog gesagt, Vater", rief sie. „Er billigt es nicht" — sie zögerte einen Augenblick und lächelte dann ihr boshaftestes Lächeln —, „daß wir diese Art von Büchern verkaufen!"

Diese Identifizierung ihrer Person mit der schlechtesten Seite des väterlichen Geschäftes war eine neue Erschütterung für Wolf. Er sah sie vorwurfsvoll an; dachte an die Art jenes Pariser Buches, im Vergleich zu dem die schmutzigsten Prozeßberichte in der Geschichte von Dorset bloß ein Stückchen ehrlichen Drecks waren; doch das Mädchen hielt den Kopf hoch und ihre Augen funkelten unheilvoll.

„Seine Lordschaft erklärt sich bereit, das ganze Lager zu kaufen!" schloß Christies Vater triumphierend. „Und das bedeutet, meine hübschen Kinder, daß euer dummer Alter das beste Geschäft seines ganzen Lebens gemacht hat!" Er wandte beim Sprechen trotzig sein Auge auf Wolf, als ob er die ganze Welt herausfordern wollte, sich doch in seine Angelegenheit zu mengen. „Ich werde mich dann von der Arbeit zurückziehen können", fügte er mit einer unangenehmen Selbstgefälligkeit hinzu, „und wir werden nach Weymouth ziehen und dort leben, nicht wahr, meine Schätzchen? Der dumme alte Mann wird den ganzen Vormittag auf der Esplanade sitzen und den ganzen Nachmittag Kegel spielen!"

Christie stand jetzt auf und ging zur Seite des kleinen Mädchens. Während sie dem Kind ein Stück Brot bestrich, murmelte Wolf leise etwas von Ziegenwagen. Das Kind war sofort ganz Aufmerksamkeit. „Hatte Aschenbrödels Wagen Ziegen zum Ziehen?" fragte sie. „Laufen Ziegen schneller als Maultiere?"

„Ich will nur hinuntergehen und sehen, ob euer Wagen schon gekommen ist", sagte Christie plötzlich. Und sie glitt aus dem Raum mit einer Bewegung, die so flink war und fast ebenso unmerklich wie ein Hauch des linden Windes, der an diesem Tage wehte.

Der alte Mann benützte ihre Abwesenheit, um Darnley die Namen, Ausgaben und Preise einiger der merkwürdigsten und teuersten Bände seines Lagers aufzuzählen. Olwen ließ bei diesen Worten ihr Marmeladebrot liegen, glitt von ihrem Sessel, kam zu Wolfs Seite, kletterte auf seine Knie und verlangte ein Märchen.

Wolf hatte das bestimmte Empfinden, daß Christie, obwohl sie sich so deutlich auf ihres Vaters Seite gestellt hatte, doch von der Erregung des alten Mannes peinlich berührt worden war; und er hatte eine Ahnung, daß sie dort unten in der Eingangstür bleiben und nach dem Wagen Ausschau halten würde, bis dieser tatsächlich vorfuhr.

„Nun, Liebling", flüsterte er, „ich bin nicht sehr tüchtig im Märchenerzählen, aber ich werde es versuchen." Er drückte das Kind fest an sich und schloß die Augen, um seine Gedanken zu sammeln.

„In demselben Augenblick", so begann er, „in dem wir alle auf den Wagen warteten, sahen wir beide, du und ich, eine ungeheure Schwalbe, die Ahne aller Schwalben ... groß wie ein Steinadler ... die ganz dicht am Fenster saß." Olwen wandte bei diesen Worten den Kopf, um zum Fenster zu sehen.

„Ohne auch nur einen Augenblick zu zögern", fuhr er fort, „öffneten wir gemeinsam das Fenster und setzten uns auf den Rücken des Vogels."

„Und wir haben alle anderen zurückgelassen, Wolf?"

„Gewiß. Wir haben alle anderen zurückgelassen! Diese große Schwalbe trug uns dann über Poll's Camp. Bei Cadsbury Camp ließ sie uns absteigen ... und das ist in Wirklichkeit Camelot ... und wir beide tranken dort an Artus' Quelle; und dies Wasser übte die Wirkung, daß wir beide uns in Schwalben verwandelten oder in irgendwelche seltsame Vögel, gleich Schwalben. Wir saßen alle drei in einer Reihe auf einem Maulbeerzweig über dem Tal; und wir dachten nach, dachten nach, wohin wir wohl fliegen sollten. Und ein lieblicher Wind, festgehalten in den Höhlen alter Bäume, wehte über den dunklen Wegen, sträubte uns die Federn; und wir kannten, da wir Vögel waren, die Sprache des Windes, und er sagte zu uns: ‚Die Wiesenkresse beim Lunt ist aufgegangen!' Und er sprach zu uns: ‚Wenn ihr aufhört zu schwätzen, ihr dummen Vögel, und horcht, werdet ihr die Erde leise zu sich selbst sprechen hören, während sie durch den Weltraum wirbelt.'"

„Was sagte ich dann zum Winde, Wolf?" flüsterte das kleine Mädchen und blickte ängstlich zur Tür.

Doch er fuhr fort, sie fest an sich zu drücken; und mit noch immer geschlossenen Augen erzählte er in demselben leisen Tonfall weiter. „Du sagtest ihm: ‚Wehe uns alle nach Weymouth, Wind, und mach's rasch. Ich möchte im Sande graben!' ..."

„Wolf!" Es war Darnley, der ihn über den Tisch hinüber ansprach.

Er öffnete die Augen und bemerkte, daß sein Freund ihn jetzt mit demselben flehenden Blick ansah, der seine Aufmerksamkeit erregt hatte, als sie einander zum erstenmal im Lovelace-Hotel begegnet waren.

„Ja, Darnley?"

„Mr. Malakite erwähnte eben deinen Vater, und da fiel mir ein, daß ich dir nie erzählt habe, was mein Vater zu sagen pflegte, wenn ich wieder in die Schule mußte. Er pflegte mir zu sagen: ‚Ein Mann kann alles ertragen, wenn es nur eine Sekunde dauert!'"

Etwas tief in den makrelenfarbenen Augen seines Freundes schien in diesem Moment nach Wolfs innerster Seele zu langen und nach irgendeinem Antwortsignal zu schreien. Die Tatsache, daß Mattie erst gestern nach ihrer so lange verstorbenen Mutter gerufen hatte und daß Darnley jetzt an einen Vater zurückdachte, den er bisher überhaupt noch nicht erwähnt hatte, machte Wolf den Eindruck eines unheilvollen Blickes, getan in den Zentralnerv des Lebens auf Erden. Er fühlte in diesem Augenblick eine dahinwogende Welle heftigster Zuneigung für Darnley. Aber was konnte er tun? Olwen erlaubte ihm nicht, dem gelben Bart dort drüben auch nur ein Lächeln zu schenken. Sie drehte mit einer ihrer klebrigen kleinen Hände seinen Kopf wieder in die frühere Richtung.

„Was sagte der Wind dann?" rief sie. „Was sagte er zu mir, als ich ihn bat, mich nach Weymouth zu wehen?"

„Er sagte: ‚Du verlangst zuviel!'" fuhr Wolf fort. „Er sagte: ‚Ich fürchte, du bist überhaupt kein wirklicher Vogel! Wenn du ein wirklicher Vogel wärest, würdest du dich nicht darum kümmern, was du tust oder wohin du kommst, solange du nur fliegst. Du würdest über Dorset schweben, würdest alles ansehen — würdest jede Kresse in den Auen des Lunt ansehen und jedes Nest in den Gwent Lanes. Du würdest schweben —'"

„Wo ist Christie?" erklang Mr. Malakites Stimme von der anderen Seite des Tisches.

Wolf mußte bei dieser Frage die geschlossenen Augen wieder öffnen. „Drunten, glaube ich", entgegnete er brüsk. Und dann nahm er des Kindes heiße Hand, als diese ihn fest beim Kinn faßte, und fuhr fort: „Der Wind nahm alle drei Vögel von dem Zweige und führte sie nordöstlich, wohin keiner von ihnen hatte kommen wollen! Über Hügel und Tal führte er sie, nach Stonehenge. Und als er sie dort auf den höchsten Stein von Stonehenge hatte sinken lassen, sagte er zu ihnen —"

Er wurde durch Christies Rückkehr unterbrochen.

„Der Wagen ist hier, Darnley!" rief sie. „Komm, Olwen, laß dich anziehen."

„Er sagte ihnen", schloß Wolf, „‚ich kann nur einen von euch zum Hause meines Vaters führen. Ihr müßt selbst entscheiden, wer von euch dies sein soll!'"

Als diese Worte fielen, herrschte allgemeine Stille im Raum.

„Laß es nicht mich sein!" flüsterte Olwen hastig und legte ihm die Hand auf den Mund.

Aber Wolfs halberstickte Stimme mußte ihnen allen hörbar gewesen sein.

„‚Laßt den, der am besten das Alleinsein ertragen kann, den sein, der geht', rief die Schwalbe. Und beim Sprechen ergriff sie den zitternden Vogel Olwen mit dem Schnabel und den Klauen und breitete ihre großen, spitzen Flügel aus, um zu fliegen. Über Wilton flog sie, über Semley, über Gillingham, über Templecombe, über Ramsgard, über King's Barton! Und da sträubten sich die Federn des kleinen Olwenvogels so sehr durch die Geschwindigkeit des Fluges, daß sie wieder zu einem kleinen Mädchen wurde; und als sie endlich wieder auf dem Fensterbrett stand, von dem sie in das Zimmer zurückkletterte und über die Stiege hinab nach Christie und Darnley rief, schien es so, als ob sie überhaupt niemals aus dem Hause fort gewesen wäre."

Wolf war fast verlegen durch das ernste Schweigen, das diesem Schlusse folgte.

„Donnerwetter, ich wußte nicht, daß du solch ein Märchenerzähler bist", murmelte Darnley, während er seinen Überzieher nahm.

„Nahm der Wind dich in sein Haus?" keuchte Olwen, die jetzt mit hochrotem Gesicht unruhig hin- und herrückte, während Christie ihr eine graublaue, mit Kaninchenfell verbrämte Jacke zuknöpfte und ihr dann das Haar unter einer kleinen, steifen russischen Kappe glattstrich. „Und ließest du es gerne geschehen, daß du aus der Gesellschaft aller Menschen fortgeführt wurdest, Wolf?"

Er gab keine Antwort auf die Frage des Kindes. Eine tödliche Wehmut hatte sich plötzlich auf ihn gesenkt und es kam ihm so vor, als hätte er durch diese Wehmut wie durch die gräßlichste Regenwand Mukalogs einen abscheulich gierigen Blick erhascht, der aus des alten Mannes zusammengekniffenen Augenlidern Christies gebeugte Gestalt traf ...

Als ein paar Minuten später das abgenutzte Fuhrwerk davonfuhr, aus dem Olwen den dünnen kleinen Arm streckte gleich einem weißen Stengel, der aus einem schwarzen Sack hervorsieht, wandte Wolf sich im Türweg zu Christie, um ihr gute Nacht zu sagen. Er fand einen Ausdruck auf ihrem Gesicht, der einen seltsamen Schauer durch seine Nerven beben ließ.

„Ich muß gehen, Wolf, Liebster", flüsterte sie. „Vergessen Sie mich nicht ganz in der Aufregung des morgigen Tages."

Sie blieben eine Sekunde still, Seite an Seite, als ob die körperliche Chemie ihrer beiden Gestalten eine eigene okkulte Verständigung besäße, über alles das hinaus, was gesagt oder sogar getan werden konnte. Dann berührte sie hastig seine Hand, wandte sich ab und betrat ohne ein weiteres Zeichen das Haus.

Aus einem geheimnisvollen körperlichen Grund brachte ihm der vertraute saure Geruch des Schweinestalles, als er endlich in Preston Lane war, jenen unglaublich schönen Ausdruck reiner angeborener Güte auf dem Gesicht von Gevatter Barge in Erinnerung.

Dieser Blick war aus den Tiefen emporgestiegen, ihn zu grüßen, als er in der ärgsten Gefahr schwebte, vom Sumpfe der „Realität" verschlungen zu werden. Gevatter Barge war sicherlich viel zuwenig phantasiebegabt, um irgendeine ideelle Seifenblase zu blasen. Nicht einmal jener alte Schurke mit der weißen Katze war in höherem Maße eingebettet in der Tatsächlichkeit, als es dieser edle Tölpel war.

Wolf blieb einen Augenblick stehen und fuhr mit dem Ende seines Stockes über das Gitter des Schweinestalles, wie ein unmusikalischer Mensch wohl mit seinem Daumen über die Saiten einer Violine fahren mag.

Er überquerte die Straße und öffnete das Tor zu seinem unscheinbaren Garten. Zu seiner Überraschung sah er, als er zur Haustür schritt, daß das Gassenzimmer strahlend beleuchtet war. Hastig trat er ein und war kaum in der Hall, als er jugendliches Gelächter aus dem Wohnzimmer klingen hörte.

Hastig drang er ein, Hut und Stock noch in der Hand. Aber es waren nur Lobbie Torp und Gerda, die mit einem lärmenden Kartenspiel beschäftigt waren.

Gerdas Wangen glühten und ihre Augen leuchteten.

„Lobbie hat uns ein richtiges Spiel gebracht, Wolf", rief sie erregt. —

„Es sind Bilder drauf wie auf den Karten in Farmer's Rest", schrie Lobbie ekstatisch und schob ein Blatt in Wolfs Hand.

„Warum ist es uns nie eingefallen, so hübsche Karten zu kaufen, Wolf?" echote Gerda.

„Eine nette Sache, daß ein Schuljunge so eine Art von Spiel in mein nüchternes Haus bringt", begann Wolf lächelnd, „aber euch beiden macht es sicher Spaß."

„Nun, jetzt müssen wir aufhören", sagte Gerda in ihrem ernstesten Hausfrauenton. „Ich muß das Nachtmahl richten. Er kann doch abends dableiben, nicht wahr, Wolf?" fügte sie hinzu und in ihrer Stimme lag eine leise Nuance von dem Schmeicheln eines kleinen Mädchens.

„Oh, hören wir noch nicht auf, Gerdie! Hören wir noch nicht auf!" rief Lob Torp. „Warum können wir nicht weiterspielen und ihn mitspielen lassen?"

Doch Wolfs Anwesenheit hatte schon eine gewisse Reserve mit sich gebracht; und Gerda fand es nicht schwer, in die Küche hinaus zu entweichen.

Wolf zog den Mantel aus, warf ihn auf einen Fauteuil und schleuderte Hut und Stock auf den Mantel. Bei sich stellte er fest, daß dies das erste Mal war, daß er von seiner Gewohnheit, diese Gegenstände draußen auf die Haken zu hängen, abging.

Er trug den Tisch aus dem Weg, und die beiden setzten sich zum Kamin. Ein paar Karten, die auf dem Boden lagen, brachten Wolf, als er sich bückte, sie aufzuheben, jenes von ihm entdeckte Damespiel Bob Weevils und Gerdas in Erinnerung.

„Wie geht's deinem Freund Weevil?" fragte er Lobbie so nebenbei.

„Härmt sich nach Gerdie ab", war des Knaben verblüffende Antwort. „Ich ging neulich, am letzten Dienstag, mit ihm zu Willum's Mill, als Mr. Manley in der Stadt war, den Hof zu machen; aber er war zu wehmütig, einen Wurm an den Haken zu hängen. Er sagte, Gerdie hat es nie leiden können, wenn sich die Würmer so krümmten, und deshalb will er sie künftig in Ruhe lassen. Er sagte, er glaubt, sie fühlen auf ihre Art genau wie andere Leute. Ich sagte ihm, das alles sei nur Mädchendummheit und wir seien doch Männer; aber er sagte, er habe einen Eid geschworen, alles zu tun, was unsere Gerdie will, obwohl er sagt, daß er glaubt, er werde sie nie wiedersehen." Lobbie machte eine Pause, fühlte in seiner Tasche und holte ein Paket Pfefferminztabletten hervor, von denen er eine in den Mund steckte und die anderen Wolf anbot, der sie ernst annahm.

„Er hat ein Gelübde getan", sagte der Junge feierlich und starrte dramatisch ins Feuer, als wäre er völlig niedergebeugt von den seltsamen

Verirrungen menschlicher Leidenschaft, „ein Gelübde so wie der König Harold an jenen unbekannten Gebeinen."

„Hast du ihn seither gesehen, Lobbie?" fragte Wolf.

Der Knabe zögerte und blickte seinen Gastgeber recht unbehaglich an.

„Nicht, daß ich ihn nicht gesehen habe", murmelte er unklar. „Wenn Sie es wissen müssen", brach er los, „es war, als ich ihn bat, mit mir nach Grassy Mound auf dem Wege nach Henchford zu kommen, wo sich die Mädchen vergnügen, wenn sie über diesen Wall hinunterrollen. Und wissen Sie, was er mir da gesagt hat?" Lobbie heftete einen unheilschwangeren dramatischen Blick auf seinen Zuhörer; die noch nicht aufgelöste Pfefferminztablette in seinem Munde vermehrte diesen Eindruck eher, statt ihn zu vermindern. „Er sagte, es ist kein Vergnügen dran! Das konnte einen schon verstören, so was anzuhören; aber das war's, was er gesagt hat... kein Vergnügen dran!... Sie wissen doch, was er gemeint hat!"

„Ich fürchte, dein Freund ist in unsere Gerda verliebt", bemerkte Wolf trocken.

„Es ist doch kein Ehebruch von ihm, nicht wahr", erkundigte sich Lobbie, „wenn er so sehr seines Nächsten Weib begehrt?"

Statt einer Antwort auf diese Frage führte Wolf seinen Schwager in die Küche ab. Dort ließ des Knaben jugendlicher Übermut, während er seiner Schwester half, das Abendessen zu servieren, Wolf Zeit, in den Hof hinauszugehen und seine „Seele", so wie sie jetzt eben war, in einer fünf Minuten währenden Einsamkeit für sich zu besitzen.

Von einem jener launenhaften Beweggründe angetrieben, denen er gewöhnlich gehorchte, trat er zu dem verkrüppelten Geißblattbaum an der Mauer. Nur auf einem Zweig waren überhaupt Knospen zu sehen, während der Flieder nebenan, der im Hinterhofe des Schweinekerls wuchs, mit Blattembryonen bedeckt war. Er legte seine Hand auf den Stamm dieses verstoßenen Bäumchens und blickte auf die große, samten schwarze Wölbung über ihm, die mit winzigen Lichtpünktchen übersät war.

Und da geschah es, daß er genauso, als ob der Stamm jenes kleinen Baumes ein telegraphischer Empfangsapparat wäre, klar und deutlich den Ausruf: „Wolf! Wolf! Wolf!" mit Christies Stimme, aber in einem Tonfall hörte, der durch irgendeine verzweifelte Not anders klang als ihr normaler Akzent.

Während er diese Worte hörte, schien er ihr Gesicht zu sehen, genauso, wie er es vor ein paar Stunden in jenem offenen Tor gesehen hatte; nur trug es jetzt einen Ausdruck, der ihn zu einem sofortigen drastischen Entschluß zwang.

Er ging in die Küche zurück.

„Mach schnell, Wolf", rief Gerda, „wir können schon beginnen." Keine einzige Sekunde zweifelte er an der Wahrheit dessen, was er unter jenem Baume gehört hatte. „Ich muß fortgehen, ohne die beiden aufzuregen", dachte er. „Ich muß fortgehen, ohne daß sie erraten, daß irgend etwas geschehen ist!" Er nickte mit einer gezwungenen Grimasse.

„Setz dich nieder und fang an, meine Liebe! Ich muß noch für einen Augenblick weglaufen, etwas zu holen!" Beim Schein des Kaminfeuers zog er im Wohnzimmer den Mantel an. Als er den Kragen um den Hals schloß, zitterten seine Finger so sehr, daß es nicht leicht war, die Knöpfe zu schließen. Dann ging er wieder in die Küche. Bruder und Schwester saßen jetzt beim Tisch und lachten und scherzten in ruhiger Fröhlichkeit. „Ich muß etwas Wichtiges holen, Gerda! Stelle mir meine Portion warm, ja? Und unterhaltet euch gut, bis ich zurückkomme. Wartet mit dem Nachtisch nicht auf mich! Aber ich werde schon zurückkommen ... in kurzer Zeit." Nachdem er ihnen diese Worte mit einer Stimme voll übertriebener Munterkeit zugerufen hatte, griff er nach Hut und Stock und war aus dem Hause, ehe sie noch Zeit hatten, sich klarzumachen, was geschah.

Gleich einer Gruppe in einem Maskenzug, auf die ein eiliger Bote durch ein offenes Tor nur einen flüchtigen Blick werfen kann, während er auf seinem Wege weitereilt, zeichneten sich diese beiden lachenden Gesichter beim Tische gegen seine Erregung ab. Er besaß sogar noch genug Objektivität, um festzustellen, wie selbstverständlich diese Kinder Dorsets einen natürlichen Kreis um ihre Feste zogen, aus dem er unabänderlich ausgeschlossen war. Noch immer erhob sich in seinem Gemüt kein Schimmer eines Zweifels an der Wahrheit der Botschaft, die er erhalten hatte. Diese zerrte an ihm so heftig, daß er tatsächlich schon laufend die Buchhandlung erreichte.

Großer Gott! Da stand ein Mann am Tor und sprach mit Christie.

Er näherte sich ihnen atemlos, und sein Herz schlug heftig. Er fühlte die maßlose Verwirrung eines Menschen, der ein völlig fremdes Objekt an einer vertrauten Örtlichkeit sieht.

Jener Mann sprach in autoritativem Tone zu Christie, die genauso dastand, wie Wolf sie zuletzt gesehen hatte.

„Ich werde in ein paar Stunden wiederkommen", sagte der Mann. „Aber wenn er früher das Bewußtsein erlangen sollte, müssen Sie mich verständigen. Sie haben doch jemanden, den Sie senden können, nicht wahr?" Er zögerte einen Moment, blieb stehen, seinen steifen Hut in der einen Hand und seine schwarze Tasche in der anderen. Sein Gesicht war von einem schwachen Flackern erleuchtet, das hinter dem Rücken des Mädchens schimmerte. Sie mußte ihre Kerze auf eine Stufe der Treppe gestellt haben.

Der erste Eindruck, den Wolf empfing, war die Erinnerung an ein altes Photographienalbum im Salon seiner Großmutter in Brunswick Terrace; der zweite: das Bild eines gewissen Spitaleinganges in einer Londoner Straße. Später erst konnte er sich diese Eindrücke erklären. Der Mann hatte den herabhängenden Schnurrbart und die unintelligente hölzerne Stirn eines Offiziers der alten Zeiten. Um seine Person hing ein Geruch von Opium und Chloroform.

„Was ist geschehen?" rief Wolf, als er herankam. „Kann ich helfen? Kann ich etwas tun?"

So dunkel es war, bemerkte Wolf, daß der Bursche ihm einen Blick kalten Argwohnes zuwarf, während er sich zum Abschied verbeugte. „Sie können nach mir senden, wenn irgend etwas — sonst komme ich in ein paar Stunden", waren seine letzten Worte, als er sich entfernte . . .

Christie führte Wolf die wohlbekannte Stiege hinauf. „Er stirbt", sagte sie, als sie in Mr. Malakites Schlafzimmer traten, dessen Existenz Wolf kaum bekannt gewesen war. Dann begann eine seltsame Nachtwache neben der bewußtlosen Gestalt des alten Mannes.

Christie selbst saß in einem Fauteuil links vom Bett ihres Vaters; Wolf auf einem ähnlichen rechts. In abgerissenem Flüstern erzählte ihm das Mädchen, wie ihr Vater über jene schmale Treppe nach hinten gefallen war, bald nachdem die Gäste das Haus verlassen hatten.

„Ich glaube, ich habe den Kopf verloren, Wolf. Ich glaube, ich lief schreiend auf die Straße hinaus. Jedenfalls kamen Leute herbei . . . Eine Menge Leute . . . Und sie holten Dr. Percy. Vater liegt die ganze Zeit so da. Dr. Percy hat ihn untersucht. Er meint, es sei irgendeine innere Verletzung. Er sagt, er glaube, daß das Rückgrat irgendwie verletzt sei; aber der schlimmste Schaden ist innerlich. Er meint" — hier sprach das Mädchen mit einer Stimme, die Wolf viel mehr erregte als der Inhalt ihrer Worte —, „daß er sich innerlich verblutet."

Alle fünf Minuten, die bei diesem seltsamen Zwischenspiel vergingen, schienen so lange zu sein wie zwanzig Minuten eines gewöhnlichen Zeitablaufes. Christie war völlig anders als sonst. Sie vermied Wolfs Blick. Sie stieß seine Berührung zurück. Sie schien ein Widerstreben zu empfinden, irgend etwas, das der alten Intimität nahekam, wieder aufzunehmen.

Ihn verlangte danach, sie zu fragen, ob sie tatsächlich laut seinen

646

Namen gerufen hatte oder ob diese psychische Beschwörung unabhängig von ihrer beider Bewußtsein übermittelt worden war. Aber er war zu erregt von dem ungewöhnlichen Ausdruck ihres Gesichtes und von der unnatürlichen Reserve, als daß er irgendwelche Fragen gestellt hätte. Es verlangte ihn, sich zu erkundigen, wie dem alten Mann überhaupt solch ein Unglücksfall zugestoßen war; aber er wagte das nicht zu erwähnen. Es erhob sich vor dem Mädchen eine eiskalte Barriere unbeugsamen Stolzes, die ihn in eine solche Distanz versetzte, daß kein wirklicher Austausch von Gefühlen möglich war.

Ab und zu stand sie auf und legte die Bettdecke unter dem Kinn des alten Mannes zurecht, als ob sie Angst hätte, er könnte ersticken. Aber die besondere Art, wie sie dies tat, machte Wolf den Eindruck von etwas Unnatürlichem, denn Christie tat dies genauso, als ob der alte Mann schon tot wäre. Sie berührte ihn anders, als sie es getan hätte, wäre er nur bewußtlos gewesen. Ihre Haltung schien jenen zurückschreckenden Abscheu zu zeigen, den lebende Menschen bei der Berührung mit leblosem Fleisch empfinden.

Wolf, der in solchen Dingen sowohl unwissend wie auch ein sehr schlechter Beobachter war, begann es endlich, als er des alten Mannes Gesicht betrachtete, aufzudämmern, daß dieser in Wirklichkeit schon tot war ... gestorben war, während Christie und er ihn beobachtet hatten. Sofort flüsterte er Christie etwas zu, beugte sich über das Bett, schob seine Hand unter die Decke und fühlte nach dem Herzen des alten Mannes. Und dabei sagte er halb mechanisch zu Christie: „Ich werde doch sein Herz finden, nicht wahr?" Aber in aller Erregung dieses Augenblicks wurde er noch immer tief betroffen dessen gewahr, daß das Mädchen seinem Blick auswich.

„Ich kann nichts fühlen. Ich glaube nicht, daß er atmet!" brach er los. „Sehen Sie seine Lippen an!"

Das Mädchen antwortete ihm nicht. Sie beugte sich tief über das Gesicht ihres Vaters, so tief, daß eine lose Strähne ihres Haares auf die geschlossenen Augen des alten Mannes fiel.

Dann richtete sie sich mit einem Ruck auf, und Wolf zog seine Hand unter der Bettdecke fort. Er fühlte sich matt, völlig unfähig, mit dieser Krise fertig zu werden. Stumpfsinnig beobachtete er sie über die steife Gestalt des alten Mannes hinweg. Allmählich hatte er begonnen, das Aussehen dieses Raumes zu bemerken, der ihm so völlig fremd war. Mr. Malakites Schlafzimmer! Er gestattete sich sogar, darüber nachzudenken, welche Art geistiger „Eidola" ... Schöpfungen der Gedanken dieses merkwürdigen alten Mannes ... wie unsichtbare homunculi in diesem kahlen Raum wohl lebten und sich bewegten.

Denn das Zimmer war völlig kahl. Mit Ausnahme eines kleinen gerahmten Bildes in leuchtenden Farben — Raffaels „Verklärung" —, das auf dem Kaminsims stand, gab es nichts an den Wänden. Das einzige, was man jetzt in dem Raum sehen konnte, war der Tod — der Tod auf dem Bette und des Todes Tochter am Fenster stehend.

Mr. Malakites Schlafzimmerlampe sah ganz anders aus als jene alte grüne Lampe in Christies Zimmer. Es war eine kleine Schiffslaterne, und Christie hatte ihm einst erzählt, daß ihr Vater gewohnt war, diese Laterne, wenn er im Bette lag, auf den Knien zu balancieren und tief in die Nacht hinein zu lesen.

Die Schiffslaterne warf kein sehr starkes Licht; und Wolf, der seine Finger in dem unbestimmten Bestreben, die Tatsache des Verlöschens des Lebens festzustellen, auf die Stirne des alten Mannes legte, sah, wie Christies Gestalt gleich einer straffgespannten Bogensehne bebend beim Fenster stand.

„Er atmet nicht. Das muß das Ende sein, Chris", flüsterte er weich.

Das Mädchen wandte sich jäh um und kam zurück. Während sie die kleine Entfernung zwischen dem Fenster und dem Bett durchschritt, sah er, wie sie sich zweimal straffte, den Kopf zurückwarf und die Augen schloß, wobei sie fest die Hände ballte und ein merkwürdiges keuchendes kurzes Einatmen hören ließ, als ob sie den untersten Bodensatz aller menschlichen Bitternis verschluckte.

„Soll ich Dr. Percy holen?" fragte er, während er um das Fußende des Bettes ging.

Jetzt erhaschte er für einen Augenblick den Ausdruck ihrer Augen. Sie glichen denen eines wilden Vogels, der in der Hand eines Knaben gefangen ist. Zusammengekrümmt lehnte sie sich an die Wand am Kopfende des Bettes, das Haupt über die gekreuzten Arme geneigt, während ihr Körper ebenso starr war wie die Gestalt auf dem Bette.

Etwas an ihrem zarten Nacken, wie sie mit geneigtem Kopf und starren Gliedern lehnte, traf Wolf mitten ins Herz.

„Sei nicht traurig, oh, meine Einzige, Liebe, Gute! Sei nicht traurig!" flüsterte er verzweifelt, während er die Fäuste ballte und öffnete, aber nicht wagte, sich ihr zu nähern. Er war sich so sehr ihrer Stimmung bewußt, daß er beim bloßen Gedanken, sie in die Arme zu schließen, ihr wildes, weißes Gesicht sah, das sich mit flammenden Augen gegen ihn wandte — gegen ihn wandte mit entsetzlichen Worten!

„Wollen Sie nicht, daß ich den Doktor hole, Chris?" wiederholte er mit einer dumpfen, platten, hölzernen Stimme.

Ein langes Beben lief durch ihren Körper, und sie wandte sich um, doch ihre Arme hingen schlaff an den Seiten hinab.

„Ich würde . . . lieber . . . selber gehen", sagte sie in schwerfälligem, leisem Tone. „Selber . . . gehen", wiederholte sie.

Dann ging sie mit steifen, bleiernen Bewegungen in ihr Zimmer und kam mit ihrem weiten Wintermantel und ihrer Wollmütze zurück.

„Oh, Chris!" rief er, als er sie dort auf der Schwelle stehen sah. „Oh, kleine Chris!"

Aber sie machte bei seiner Annäherung eine Bewegung mit den Händen, die fast grotesk kläglich war — eine ähnliche Bewegung wie die eines kleinen Mädchens, das den Sprüngen und dem Gebell eines erregten Hundes durch Schläge Einhalt gebieten will.

„Ich werde in ungefähr zwanzig Minuten wieder hier sein, Wolf", sagte sie ruhig. Aber er bemerkte, daß sie keinen einzigen Blick der Gestalt auf dem Bette zuwarf, keinen einzigen Blick ihm. Die Worte, die sie sprach und die so natürlich und durchschnittlich waren, richteten sich an jene farbenfrohe Darstellung der Verklärung auf dem Kaminsims.

Und dann war sie fort. Hatte sich, wie ihm schien, aufgelöst, als ob sie wirklich ein Geist gewesen wäre. Das Geräusch des Öffnens und Schließens der auf die Straße führenden Tür berührte ihn wie ein letztes Lebewohl. Er erkannte in dieser Sekunde, daß in seinem Herzen etwas vorgegangen war, das dem Sturz einer Mauer nach außen glich . . . nach außen . . . in eine unbekannte Dimension.

Außer der Schiffslaterne des Buchhändlers, die auf einem Tischchen stand, brannten zwei Kerzen auf der nackten Kommode, an den Seiten einer verblaßten Lederschatulle, die zwei Haarbürsten enthielt. Wolf setzte sich wieder und sah, wie sein Schatten im Flackern dieser beiden Kerzenflammen über das Gesicht auf dem Bette schwankte.

Sehr schwach kam aus dem Wohnzimmer an der anderen Seite des Ganges — denn die Tür war noch immer weit geöffnet — das Ticken von Christies Uhr.

Gleich einem Mann auf Schiffswache, dessen Fahrzeug in einer fürchterlichen Welle untergetaucht war und nun in einer Wolke salzigen Gischtes zur Oberfläche emporsteigt, wandte sich sein Bewußtsein seiner verlorenen „Mythologie" zu, wandte sich ihr zu wie zu etwas, das tot auf dem Grund seiner Seele lag. Und es kam über ihn, allmählich wie das kalte Glitzern des Morgens auf tobender See, daß die verweilende Kontinuität seiner Tage trotz allem in seinem Körper lag, in seinem Schädel, in seinem Rückgrat, in seinen Beinen, in seinen greifenden Menschenaffenarmen. Ja. Das war alles, was ihm geblieben war . . . seine vegetativ-animalische Persönlichkeit, isoliert, einsam . . . überragt von seltsamen Gedanken.

Die starre Wirklichkeit der Gestalt Mr. Malakites unter diesen Bettdecken, seines Bartes über den Decken, seiner Nüstern, seiner Greisenlider, seiner häßlichen Tierohren verengte die Wirklichkeit seines eigenen Lebens mit seinen angesammelten Erinnerungen in etwas, das ebenso konkret war, greifbar und fest wie die knochigen Gelenke seiner eigenen hageren Hände, die jetzt auf seinen spitzen Knien lagen! Gedanke? Es war „Gedanke", natürlich! Aber nicht Gedanke im abstrakten Sinn. Es war der Gedanke eines Baumes, einer Schlange, eines Ochsen, eines Menschen, eines Menschen, gezeugt, eines Menschen, empfangen, eines Menschen, der morgen wohl sterben wird. Was war in ihm, womit er eben jetzt jenen geheimen Haß seiner geliebten Christie gefühlt hatte? Mit keiner „glasklaren Essenz". Einfach mit seiner vegetativ-animalischen Persönlichkeit, mit seinem Leben, wie ein Baum den Verlust seines Nachbarbaumes, wie ein Tier den Verlust seines Gefährten fühlen würde.

Seine Gedanken konzentrierten sich mechanisch auf die weißen Lippen des Mannes auf dem Bette und auf seine runzligen Augenlider, aber sie waren nicht mehr mit diesen Dingen beschäftigt. Sein Geist überblickte den Verlust seiner Lebensillusion. Wie viele Zufälle und Zufälligkeiten, wie viele kleine Zickzackmuster, Windstöße zielloser Luft, wandernde Schatten, unvorhersehbare windgekräuselte Wellen hatten sich vereint, diese zu zerlegen und zu zerstören.

„Ich darf mir nichts von dem entschlüpfen lassen, was ich jetzt entdeckt habe", dachte er. Und als dann ein Dreieck winziger Falten auf einem der geschlossenen Lider Mr. Malakites sich in seinen geistigen Prozeß verwob, sagte er zu sich: „Was immer Christie fühlen mag, ich weiß, daß sie und niemand sonst meine wahre einzige Liebste ist. Ja, bei Gott! Und ich weiß, daß mein ‚Ich bin ich' kein ‚harter kleiner Kristall' in mir ist, sondern eine Wolke, ein Dunst, ein Nebel, ein Rauch, der um meinen Schädel kreist, um meinen Rücken kreist, um meine Arme, um meine Beine. Das ist's, was ich bin — etwas ‚Vegetativ-Animalisches', eingehüllt in eine geistige Wolke und mit der Willenskraft, diese Wolke in das Bewußtsein anderer zu projizieren."

Während er diese Gedanken formte, gab er sich einem lebhaften Bewußtsein seines Körpers hin, besonders seiner Hände und Knie, und gleichzeitig damit einem lebhaften Bewußtsein seines Geistes als einer wolkigen Projektion, die ungehindert von körperlichen Hindernissen fortgetrieben wurde, um Christie zu folgen.

„Ich befehle, daß sie nicht verstört sei!" murmelte er hörbar, und diese Worte waren an das Universum im allgemeinen gerichtet.

Alle diese Gedanken jagten ihm durch den Kopf, während er ohne irgendeinen Grund seinen Blick den Wimpern des Buchhändlers zuwandte.

„Aber wenn ich ihr meinen Geist nachsende, wo ist dann der Wille, der ihn sendet? In meinen Händen und Knien?"

Doch mit Hilfe der Wimpern Mr. Malakites, die von einem gelblichen Weiß waren, entschloß er sich, alle diese logischen Spitzfindigkeiten zu unterdrücken. „Das Große ist es, ein Gefühl meiner Persönlichkeit zu haben, ein Gefühl, das ich festigen kann, was immer geschehen mag. Vielleicht ist mein Wille wirklich in meinen Knien und Händen. Es macht nichts aus, wo er ist, solange er fähig ist, meinen Geist auszusenden, um nach Christie zu sehen."

Und jetzt stieg ihm ein kalter, grauenerregender Zweifel auf, der sich auf Christie bezog. Seltsam, daß er erst in dem Augenblicke, da das Schließen der Tür in seinen Ohren klang, entdecken sollte, was Liebe für Christie bedeutete.

Welch kindischer Optimist er war! Waren Gorillas so? Ihre Persönlichkeit lag jedenfalls in ihren Händen und Knien.

Ein Gorilla in mittleren Jahren, der das tote Gesicht eines alten Gorillas betrachtete — das war seine jetzige Situation...

Plötzlich sah er, wie Mr. Malakites linkes Auge — jenes Auge, auf das Wolfs Blick so mechanisch gerichtet war — sich unverkennbar öffnete und ihn ansah.

„Sie wird bald zurück sein, Solent", sagte Mr. Malakite.

„Wollen Sie irgend etwas? Kann ich Ihnen irgendwie helfen? Haben Sie Schmerzen, Sir?" Wolf lag jetzt auf den Knien neben diesem erwachten Auge. Das Lid zuckte ohne Unterlaß auf und nieder, hob sich mit Mühe und schloß sich dann wieder; aber die Summe klarer Intelligenz, die jener Schlitz des Lebens enthüllte, als Wolf wieder imstande war hinzusehen, war furchtbar.

„Sie hat mich hinuntergestoßen", sagte Mr. Malakite.

Ein alberner Kinderreim von einem alten Mann, „der nicht beten gewollt", kam in Wolfs Sinn. Aber er murmelte ernst: „Kann ich Ihnen ein Glas Wasser holen oder sonst etwas?"

„Ihr Vater." Diese beiden Worte klangen sehr leise. Das zuckende Lid schloß sich und blieb regungslos... „Ich glaube, ich sehe Ihren Vater." Diesmal war die Stimme fast unhörbar. Aber das nächste Wort war deutlicher. „Gut", sagte Mr. Malakite.

Wolf hatte sich jetzt aus seiner knienden Stellung erhoben und war über den Sterbenden gebeugt, das Gesicht nur wenige Zoll von Mister Malakites Gesicht entfernt, die Hände mit ihren Flächen auf das Kissen gepreßt...

„Und groß." Diese letzten beiden Silben schienen eher von des alten Mannes Geist gesprochen als von seinen Lippen; denn diese waren ebenso fest geschlossen wie seine Augen.

„Er ... wird ... ver—" Der Klang dieses unheimlichen Gemurmels schien unter den Bettdecken hervorzukommen, unter dem Bett, unter dem Fußboden, unter dem Buchladen drunten, unter dem Lehmboden Blacksods hervor ...

„Ver—" Die Wiederholung der Silbe schien wie das Echo eines Echos; aber Wolf bemerkte jetzt, daß die Gesichtsmuskeln des alten Mannes krampfhaft zuckten.

„Ver—" ...

Eine Welle atavistischen Gefühles erhob sich in Wolfs Kehle aus ungezählten Jahrhunderten christlicher Salbung. Er fand, wie das Wort „Vergeben" auf seiner Zungenspitze zitterte, und er ließ es bedenkenlos gleich einem Tropfen heiligen Öles niedersinken auf das Sterben dieses Mannes. Sein Gedanke war der, daß Mr. Malakite Wolfs Vater, die einzige Person, die er jemals geachtet hatte, mit irgendeiner unklaren Ersten Ursache verwechselte. Dann taumelte er jählings zurück.

Mit einer krampfhaften Verdrehung seines ganzen Körpers richtete sich der Buchhändler in einem Ruck zu sitzender Stellung auf. Zuckend zog er die Beine an sich, gleich einem Frosch, der auf dem Rücken schwimmt, und trat das Bettzeug bis auf den letzten Fetzen von sich ...

„Vergessen!" kreischte er, und seine Stimme glich dem Zerreißen eines Stückes Kalikot. Er war tot, als er zurücksank; und aus einem seiner Mundwinkel tröpfelte ein Strom von Speichel, mit Rot vermischt, auf das Kissen.

Eilig drückte Wolf diese erhobenen Knie hinab und zog die Decken bis zum Kinn des Mannes hinauf. Dann nahm er sein Taschentuch, wischte dem Toten den Mund ab, rollte das Tuch zu einem festen Ball und keilte es zwischen die Decke und den Kiefer Malakites. Darauf schöpfte er tief Atem und starrte Mr. Malakite an. Aber wo war Mr. Malakite? Das Gesicht über dem fleckigen Taschentusch schien ein neues Phänomen auf der Welt — etwas, das keine Verbindung hatte mit dem alten Mann, den er eben erst das Wort „vergessen" rufen gehört hatte. Es war, als ob das, was er in seiner Erfahrung als Mr. Malakite gekannt hatte, völlig verschwunden wäre; und als ob von irgend anderswo sich dieses starre Ebenbild erhoben hätte.

„Vergessen", murmelte er vor sich hin; und dann fühlte er ein Verlangen, Miss Gault sofort die Nachricht mitzuteilen, daß ein Mensch auf seinem Sterbebett William Solent mit Gott verwechselt hatte!

Doch bei der Vorstellung Miss Gaults, wie sie über die Milchflasche am Grabe seines Vaters strauchelte, schien eine plötzliche Feuchtigkeit in die Höhlen hinter seinen Augäpfeln zu fluten.

„Das gilt nicht dir", sagte er grimmig zu der Gestalt auf dem Bette, als er diese Neigung zu Tränen bemerkte. „Es gilt Miss Gault." Und von einem seltsamen Verlangen getrieben, dem Leichnam zu beweisen, daß es nicht „ihm galt", legte er die Fingerspitzen auf die Stirn des Buchhändlers. „Wie lange dauert's, bis sie kalt werden?" fragte er sich...

Da hörte er, wie die Tür unten geöffnet wurde, hörte den Klang von Stimmen und Schritten. Er eilte aus dem Zimmer und traf Christie auf der Stiege.

„Er ist tot, Chris", sagte er. „Ich konnte nichts machen." Dieser Zusatz zu seiner Mitteilung klang, kaum daß er ausgesprochen war, eigentümlich albern. Selbst in diesem unachtsamen Augenblick, auf dieser acht Stufen zählenden Hintertreppe, errötete er darüber, eine solche Banalität ausgesprochen zu haben.

„Es ist zu spät, Doktor", sagte sie und wandte den Kopf nach dem Manne um, der hinter ihr stand.

„Das habe ich befürchtet", sagte Doktor Percy. „Ihm ist vieles erspart geblieben." Der Ton, in dem dieses freundliche Epitaph durch das Haus widerhallte und in den Laden mit seinen Regalen perverser Belesenheit drang, hatte eine aufreizende Wirkung auf Wolfs Nerven.

Während er zur Seite trat, um Christie vorangehen zu lassen, fühlte er ein bösartiges Verlangen, den Mann beim Ärmel seines netten Rockes zu nehmen und ihm etwas Ungeheuerliches ins Ohr zu flüstern. „Sie mußte ihn die Stiege hinunterwerfen, du Idiot; sie mußte ihn die Stiege hinunterwerfen!"

Mr. Malakites Tochter stand beim Kopfende des Bettes, als die beiden Männer das Zimmer betraten. Ihre Arme hingen mit verzweiflungsvoll in die Handflächen verkrallten Fingern an ihren Seiten hinab wie abgerissene Baumäste nach einem tödlichen Sturm. Ihr Kopf war auf die Brust gesunken. Wolf bildete sich einen Augenblick lang ein, daß ihr Gesicht im Weinen verzerrt war; aber als sie den Kopf hob, waren ihre braunen Augen stumpf, geistesabwesend und völlig trocken.

Doktor Percy entfernte sich, nachdem er sich ein paar Minuten mit dem Leichnam beschäftigt hatte, als ob berufliche Genauigkeit mehr Todesbeweise erforderte, als die Natur billigermaßen liefern konnte.

„Kommen Sie ins andere Zimmer, Chris! Nein... Kommen Sie!

Sie müssen, Liebste." Er hielt sie fest an einer ihrer verkrampften Hände ... und sie gehorchte ihm wie eine Nachtwandlerin ... so führte er sie in ihr Wohnzimmer, wo er sie in einen Lehnstuhl vor dem glimmenden Aschenhaufen setzte.

Er setzte sich nahe zu ihr, und ohne sie anzusehen, aber noch immer ihre kleine, geballte Hand festhaltend, begann er hastig, emphatisch, monoton zu sprechen.

„Chris, nichts ist an all dem, was ich nicht ebensogut wie Sie wüßte ... nichts, mein Liebling! Es ist, als ob irgendeine Kruste für einen Augenblick zerschmettert würde, so daß wir durchsehen können ... in jene Greuel, die immer dort lauern. Es ist dasselbe bei uns allen, Chris! Es ist dasselbe mit der ganzen Welt. Wir können nur eines tun, wenn wir das Leben überhaupt ertragen wollen, Chris; und ... und Ihr Vater sagte selbst das Wort, ehe er starb. Hören Sie, Chris? Er erlangte für einen Augenblick das Bewußtsein und sagte es zu mir gleich einer Botschaft an Sie ... Oh, Chris, kleine Chris, es war eine Botschaft an uns beide."

Sie hob den Kopf nicht, doch er erkannte an dem Zittern ihrer Finger, die er hielt, daß ihre Aufmerksamkeit gefesselt war.

„Er sagte ‚vergessen‘, Chris ... nur dieses eine Wort. Oh, meine Geliebte, meine einzig Geliebte! Von nun an ist dies das Wort für uns. Wir wissen, was wir wissen. Wir tragen es gemeinsam. Hören Sie, kleine Chris! Sie müssen weiterleben, um Olwens willen. Ich muß weiterleben, um Gerdas willen. Als Sie vorhin weggingen, wußte ich in einem großen plötzlichen Erkennen, was wir beide einander bedeuten. Und das werden wir einander sein, meine liebste, innigst Geliebte, bis wir beide tot sind. Nichts mehr kann dies ändern. Nichts mehr kann zwischen uns treten. Was alles andere betrifft ... hören Sie mich, kleine Chris? ... müssen wir beide ‚vergessen‘ — so wie er gesagt hat. Es ist die einzige Möglichkeit, mein Lieb. Wenn diese Kruste zerbricht, so wie es jetzt geschehen ist, so ist es Wahnsinn, dabei zu verweilen. Es ist das Unerträgliche. Niemand kann es ertragen und dabei weiterleben. Und Sie müssen leben, Chris, um Olwens willen, genauso wie ich um —"

Er wurde mitten in seiner Rede unterbrochen. Die Tochter Mr. Malakites sprang auf und ließ einen durchdringenden Schrei hören. Dann peitschte sie die Luft mit ihren verkrampften Händen.

„Zur Hölle mit Ihnen!" rief sie. „Zur Hölle mit Ihnen! Sie schwätzender Dummkopf! Sie großer, stupider, schwätzender Dummkopf! Was wissen Sie von mir oder von meinem Vater? Was wissen Sie von meinem wirklichen Leben?"

Wolf wich zurück, sein Körper war vorgebeugt, seine Hände lagen an die Magengrube gepreßt, seine Augen blinzelten.

Eine Sekunde lang sah er sich und seine nutzlosen Worte genauso, wie Christie sie beschrieben hatte. Er sah alle seine Erklärungen, als ob sie ein langes Heulen des Windes gewesen wären, das den unzugänglichen Weideplatz eines ruhigen Ochsen umtoste.

Aber wildes Entsetzen verschlang diesen Anfall persönlicher Erniedrigung. Wie, wenn diese Tragödie Christies Verstand verwirrte?

Er beherrschte jetzt seinen Willen, als ob er ein Meister der Seefahrt wäre, der in einem betäubenden Sturm hastige, verzweifelte Befehle gab. Mit voller Absicht verjagte er aus seinem Gesichte jeden Schatten eines Gefühles mit Ausnahme eines donnernden Zornes.

„Seien Sie still!" rief er, als ob er zu Olwen spräche. „Seien Sie still, Christie!" Und er tat einen Schritt auf sie zu. Sie hatte ihn nie in einer solchen Stimmung gesehen, nie einen solchen Ton von ihm gehört. Seine nervöse Sorge verlieh seinem gespielten Zorn das Beben der Echtheit. Ihre verzerrten Züge entspannten sich, ihre geballten Fäuste sanken nieder; sie stand vor ihm wie ein einsamer Hafenpfeiler — verlassen, aber nicht gebrochen —, an dessen Standhaftigkeit die letzten Wellen des Sturmes schäumend verebbten.

Dann brach sie zu seiner unendlichen Erleichterung in eine Flut von Tränen aus. Niemals vergaß er später die Heftigkeit dieser Tränen. Ihr Gesicht schien sich buchstäblich aufzulösen; es schien zu schmelzen, als ob sich der innerste Stoff aus geformtem Fleisch in strömendes Wasser verwandelte.

Sie warf sich auf das Sofa und verbarg den Kopf in den verblaßten gestickten Rosen. Er näherte sich dem Rücken des Sofas, lehnte sich daran und beobachtete, wie die zusammengekauerte Gestalt auf diesem Lager der Erleichterung lag, genauso wie ein Meistergaukler die Leistungen einer Lieblingsmarionette beobachten mag, deren Gestalt und Bewegung er im geheimen, beim Lichte einer Mansardenkerze, durch viele lange hungrige Monate ausgearbeitet hat!

Die Lampe, die Christie stets auf dem Nähtischchen in ihrem Wohnzimmer stehen hatte, mußte ununterbrochen gebrannt haben, seit sie den Tee getrunken hatten. Der Glaszylinder war jetzt schwarz vor Ruß, und Wolf ging hin und drehte ein wenig den Docht. Während dieser kleinen Bewegung empfand er zu seinem Erstaunen einen Ansturm verborgener, heimlicher Befriedigung.

Dies war das erste solche Gefühl seit vielen langen Tagen. „Mr. Malakite ist tot." War es diese besondere Zusammenstellung von Worten, die ihm, als er sie im Geiste vor sich sah, einen solchen physischen Schauer der Erleichterung verursachte? Oder war es nur der Wechsel in der Stimmung des Mädchens?

Er konnte selbst bei dem verringerten Lampenlicht, als er zum Sofa zurückkehrte, sehen, daß ihre strömenden Tränen einen dunklen nassen Fleck in der roten Stickerei gemacht hatten. Oh, sie würde jetzt bald wieder die frühere sein! Was immer zwischen ihr und dem alten Mann geschehen war — welcher Pestfleck unaussprechlicher Reue auch auf einer empfindlichen Fiber ihres Bewußtseins sich gezeigt haben mochte — diese Tränen würden alles wegwaschen!

Wie konnte so viel Salzwasser in einem so zarten Schädel sein?

Die Tränen von Frauen! Wie hatten sie vom Anbeginn der Zeiten jede Art von Bösem hinweggespült, jede Art von Teufelei! Diese Tränen sind die Jahrhunderte hinabgeströmt und haben das Gewissen unserer Rasse von Giften gesäubert, haben den Geist der Menschen reingewaschen von der Tortur rationeller Logik, haben ihn reingewaschen von der Tortur der Erinnerung, haben ihn neu geschaffen, frisch, sorglos, frei, gleich einem Kind, erst aus dem Mutterleibe entsprungen! Doch wie konnte solch breiter dunkler nasser Fleck auf diesen roten Rosen aus einem so kleinen Schädel gekommen sein? Er wagte es nicht, zu ihr zu sprechen, als er die Hände auf den Rücken des so wohlbekannten Sofas stützte und über ihre Gestalt, die hier zusammengekrümmt lag wie eine dunkle Baumwurzel, in das erlöschende Feuer starrte.

Wie es ihm schon ein- oder zweimal früher in seinem Leben widerfahren war, verfiel er in dieser Krise in eine Art von Wachtraum. Diese Flut von Tränen wurde ein Strom, rascher, tiefer als der Lunt, und er selbst wurde, so schien es ihm, auf dem Rücken dieses Stromes dahingetragen, in eine imaginäre Landschaft, weit, weit entfernt vom Leichnam Mr. Malakites und seinen zweideutigen Büchern. Es war jene selbe Landschaft, die von dem Bilde Gainsboroughs heraufbeschworen worden war. Doch an Stelle einer Straße war hier der Fluß, und der Fluß trug ihn hinter die Terrassen und die Gärten in eine weniger menschliche Szenerie. Dort wurde Wolf zwischen hohen, dunklen, schlüpfrigen Steilhängen von dem Wasser der Tränen Christies davongetragen; und dort traf er in einer seltsamen Wiederholung auf dieselben hochragenden Basaltklippen, an denen er vor ungefähr einem Jahr in einer ähnlichen Halluzination vorbeigetrieben war, als er auf den „Slopes" von Ramsgard auf den Zug seiner Mutter gewartet hatte.

Er wurde aus diesem berauschten Zustand durch das Läuten der Haustorglocke erweckt; doch er wurde sich nicht sofort darüber klar, daß er es war, der diesem Wunsche entsprechen mußte. Er starrte auf die geschwungenen Linien der Wimpern Christies auf ihrer tränennassen Wange, während der Fleck auf den roten Rosen größer wurde, und er war überrascht von dem Gedanken, daß diese besondere Gruppierung stofflicher Substanzen nichts anderes sein mochte als ein Reflex in einem Spiegel. Hinter der Gestalt dieses Mädchens, hinter diesen verdunkelten Rosen, verbarg sich dort nicht irgendein tiefer, spiritueller Vorgang? Dieses Gefühl verging ziemlich rasch, doch während es verging, hinterließ es einen durchbohrenden, zitternden Argwohn, einen Zweifel an der soliden Realität dessen, was seine Sinne so wiedergaben, wenn man es mit etwas anderem verglich, mit etwas, das von weit größerer Wichtigkeit war, für ihn sowohl wie auch für sie.

Während dieser ganzen Zeit wurde die Hausglocke ohne Unterlaß geläutet; und jetzt klang sie in ungestümen, krampfhaften Stößen.

Er richtete sich auf, entfernte sich von dem Sofa und stand bewegungslos lauschend in der Mitte des Zimmers.

„Ich muß hinuntergehen", dachte er, „wahrscheinlich ist es der Doktor, der zurückgekommen ist, um sich noch einmal davon zu überzeugen, daß der alte Mann tot ist."

Wieder wurde die Glocke, diesmal lange ohne Unterbrechung, in kleinen Rucken gezogen . . .

Wolf blickte zu dem Sofa zurück. Dort zeigte sich keine Bewegung, kein Zeichen. Er trat auf den Gang und wartete einen Augenblick an der Tür zum Zimmer des toten Mannes, die sie beide weit offengelassen hatten. Wie anders war die Bewegungslosigkeit dieser Gestalt als die Bewegungslosigkeit jener, die er eben erst verlassen hatte!

Er lauschte in das Schweigen und wartete darauf, daß die Glocke noch einmal läuten würde. „Wie kommt es", dachte er, „daß es mir so schwer fällt, hinunterzugehen?" Er trat auf den Treppenabsatz. „Warum schlagen Geräusche wie dieses", dachte er, „Leichnamen ins Gesicht und schänden sie gleich einer Schmähung? Bringt der Tod eine neue Art von Schweigen zur Oberfläche, das zu stören eine ungeheuerliche Schmach ist?"

Da das Läuten aufgehört hatte, wurde er in die Wirklichkeit zurückgebracht; und ein wenig ängstlich, was der Doktor wohl tun mochte, wenn er in seinem beruflichen Eifer gehemmt würde, lief Wolf die Stiege hinunter und riß die Vordertür auf.

Dort stand in Sonntagskleidern und mit einem Ausdruck extravaganter Würde auf dem verkniffenen Gesicht Mr. John Torp!

„Junger Herr, der Doktor sagte mir —", begann er.

„Kommen Sie herein, Mr. Torp", sagte Wolf hilflos und dachte unbestimmt darüber nach, welche neue Prozedur pietätvoller Wissenschaft jene steife Gestalt dort oben zu erwarten hatte. „Kommen Sie und setzen Sie sich nieder, während ich Miss Malakite sage, daß Sie da sind." Er führte seinen Schwiegervater ins Haus und schloß die Tür. Es war leichter, Mr. Torp aufzufordern, er möge Platz nehmen, als ihm eine Sitzgelegenheit zu verschaffen. „Ich weiß nicht", begann er verlegen. Aber Mr. Torp nahm ihn mit einer seiner vierschrötigen Hände beim Ärmel.

„Mir kam die Idee", flüsterte er, „daß Miss Malakite keines dieser arroganten Totenweiber bei ihrem Toten würde haben wollen. Und da ich selber Leichenbestatter gewesen bin, ehe ich mein Steinmetzgewerbe anfing, dachte ich, ich würde herüberlaufen und ihr aushelfen."

„Das ist wirklich sehr, sehr freundlich von Ihnen, Mr. Torp", murmelte Wolf, der jetzt erst bemerkte, daß sein Schwiegervater eine schwere Reisetasche trug. „Ich werde hinaufgehen und Miss Malakite sagen, daß Sie hier sind. Ich glaube, sie wird Ihnen sehr dankbar sein für Ihre Hilfe."

„Sagen Sie ihr nicht mehr als nur das eine, Mister", entgegnete der andere in einem Tone solch salbungsvoller Verschlagenheit, daß Wolf im Dunkel eine Grimasse schnitt. „Einige Hinterbliebene haben es gern, ein gewöhnliches Leintuch zu verwenden. Aber ich sage, daß man auch auf die Gefühle der Toten Rücksicht nehmen muß. Diese Leichentücher hier" — und er klopfte mit seiner Tasche auf Wolfs Knie — „sind so gemacht, daß man darauf so weich und leicht liegt wie ein Kind auf Lämmerwolle. So ein Leichentuch war es, um das dieser Lümmel Manley seine eigene Mutter betrogen hat, nach seiner Misthaufenmanier; und sie war noch dazu eine Frau, die stets eine zarte Haut gehabt hat. Aber sagen Sie ihr nicht mehr als bloß das eine Wort, Mister. Das kleine Fräulein droben wird diesen Leichentüchern wahrscheinlich keine besondere Aufmerksamkeit schenken. Aber der Leichnam würde sagen: ‚Überlasse das Torp', wenn er sprechen könnte. Sie sind sehr empfindlich, diese Leichname, wenn man alles wüßte; und es ist schlimmer, als wir hier in den oberen Stockwerken wissen, wenn die Leute ihre bösen Zungen an ihnen wetzen. Und daran hab ich gedacht, Mister, als ich meinte, Miss Malakite würde sich freuen, mich zu sehen statt so einer Totenwäscherin. Die sind ja alle solche Tratschmäuler."

Nun war es Wolf bereits allmählich aufgedämmert, daß sein exzentrischer Schwiegervater wirklich durch einen menschenfreundlichen

Impuls getrieben worden war, gerade jetzt zu erscheinen. Mit diesem Gedanken ergriff er des Mannes Hand und schüttelte sie warm. „Wir sind Ihnen wirklich sehr dankbar, Mr. Torp", sagte er.

„Und machen Sie sich keine Sorgen wegen Ihrer Gerdie", schloß dieser würdige Mann. „Meine Alte ist zu ihr hinüber, als ich fortging. Unser Lob ist nach Hause gelaufen gekommen und hat eine Geschichte erzählt, wissen Sie, daß Sie davongerannt sind und Ihr Essen stehengelassen haben und Gott weiß was noch. Als nun der Doktor sagte, daß Sie hier waren, ließ ich die Frau zu Gerda gehen und bin selber hierhergekommen. Sie haben wahrscheinlich gewußt, daß hier im Hause etwas los ist? Nun ... lassen wir das! Jeder kehre vor seiner Tür, das ist mein Spruch."

Der rauhe Takt dieser nachsichtigen Auslegung gab den Ausschlag und gewann Wolfs Dankbarkeit gänzlich.

„Ich werde zu Miss Malakite hinaufgehen", sagte er. „Warten Sie hier, Mr. Torp. Es tut mir leid, daß man hier nur auf der Stiege sitzen kann."

Er fand Christie, wie sie eben im Wohnzimmer Kohle auf den Kaminrost legte. Sie hatte die Tür zum Zimmer ihres Vaters geschlossen. Sie wandte ihm das Gesicht zu, das gerötet war vom Kampfe mit dem Feuer, dennoch aber das Mal ihres verzweifelten Weinens in einer Art trug, die er gerade jetzt nicht definieren konnte. Jedenfalls schien sie ihre Selbstbeherrschung wieder völlig gewonnen zu haben, und er fühlte intuitiv, daß, was Gewissensbisse betraf, ihre Vernunft klar war und giftfrei.

Er schloß die Wohnzimmertür und erklärte ihr hastig Mr. Torps Mission.

„Er wußte, daß ich bei Ihnen bin. Doktor Percy muß es ihm gesagt haben. Er wußte, daß Sie von irgendeinem Leichenbestatter Totenwäscherinnen würden mieten müssen, um das Erforderliche zu tun und ihn aufzubahren. Er wußte, was für Klatschbasen diese Hexen sind. So ist er selbst gekommen. Es war nett von dem alten Kerl, nicht wahr?"

Als er ihr das alles hastig mitteilte, war die psychische Spannung zwischen ihnen so groß, daß er fand, sie beide seien an der Grenze eines kindischen Anfalles von Gekicher. Wolf benützte diese Stimmung, um ihr von dem Inhalte der Reisetasche zu erzählen. „Oh, Chris", sagte er jetzt mit einem seltsamen Lachen in der Stimme, „als der alte Mann dieses Wort gebrauchte, hatte ich eine so seltsame Empfindung. Ich dachte an das Leichentuch, in dem Samuel Saul erschien. Ich dachte an das Leichentuch, in dem Lazarus aus seinem Grabe kam. Ich dachte an das Leichentuch, das Flora Mac Ivor für Fergus machte, ehe er hingerichtet wurde. Und dann der Anblick dieser Reisetasche! Es hätte eine ungeheuerliche Sache sein können, nicht wahr, Chris? Niemand außer diesem alten Burschen hätte das zustande bringen können. Großer Gott! Welch ein Wort das ist! Leichentuch! Erweckt es Ihnen nicht das Verlangen, Christie, zu ertrinken oder sich zu Asche verbrennen zu lassen?" Er hielt eine Minute inne und kämpfte dagegen an, einen jener verbotenen Gedanken, denen er so hoffnungslos unterworfen war, von ihr fernzuhalten. Aber diese Stimmung hatte sie einander zu nahe gebracht. Sie glichen einem Paar erregter Stare, die auf eine Leimrute gegangen sind, welche im Winde schwankt ... Die Liebe, die zwischen ihnen bestand, gab diesem ungeeigneten Augenblick einen seltsamen Beigeschmack, während Mr. Torp unten auf der Stiege wartete, einen blutschänderischen alten Mann mit Seife und Wasser zu waschen und Christies Wohnzimmertür für immer vor Mr. Malakite zu verschließen.

„Ist es nicht entsetzlich, Chris", flüsterte er, „daran zu denken, wie Redferns Leichentuch ausgesehen haben muß, als sie —" Er entsann sich plötzlich, daß er dem Mädchen nie ein Wort von dem erzählt hatte, was er und Valley gesehen hatten, und hielt unvermittelt inne.

„Als sie?" wiederholte sie leise.

„Ich werde es Ihnen ein andermal erzählen, Chris", warf er hin und umfaßte ihre zarte Gestalt in der selbstauslöschendsten Umarmung, die er in seinem ganzen Leben einem Menschen geschenkt hatte.

Reifsein ist alles

„Ihr werdet doch sicher zum Tee zurück sein!"

Diese Worte wurden von Gerda gesprochen, die mit Lobbie Torp auf der Türschwelle stand.

„Mache also den Tee ziemlich spät", sagte Wolf. „Ich möchte unseren Spaziergang nicht allzusehr abkürzen."

„Der beste Teil unseres Spazierganges wird die Aussicht auf unsere Rückkehr sein", bemerkte Wolfs Gefährte mit einem Lächeln, das Wolf in Gerdas entzücktem Gesicht gleich einem Büschel duftender Blüten widergespiegelt sah.

„Nun, ich werde den Tee für Sie herrichten, ob Wolf zu Hause ist oder nicht!" rief das erregte Mädchen. „Und ich werde von meinem Spaziergang zurückkommen, sobald du es tust", warf Lobbie Torp ein. „Ich gehe zum Lunt hinunter, um mir einen neuen Spazierstock zu schneiden... Bob geht mit mir. Er hat gerne andere, richtige Stöcke, gekaufte... aber er kommt doch mit. Soll ich Ihnen auch einen Stock schneiden, Lord Carfax?"

Der Besucher wandte sich mit ernstester Aufmerksamkeit dem Knaben zu.

„Einen Eschenholzstock, Lobbie? Könntest du eine Eschenwurzel ausgraben? Nein, dazu braucht man wohl einen Spaten. Aber ein Eschenholzstock, mit der eigenen Wurzel als Griff, das ist's gerade, wonach ich tatsächlich Ausschau halte." Er wandte sich mit listig hochgezogenen Lidern an Gerda: „Sie wollen es sich wirklich nicht überlegen, Mrs. Solent, und doch mit uns kommen?... Und Lobbie auch?" fügte er mit einem Hintergedanken hinzu, der verschmitzte Fältchen in sein Gesicht brachte.

Wolf hatte bereits die verliebten Blicke bemerkt, mit denen der Besucher Gerda umhüllt hatte. Es war genauso, als ob eine verwelkende „Gloire-de-Dijon"-Rose in einem verlassenen Garten von einem reichen Blick des Augustsonnenscheines eingehüllt würde, der erfüllt war von den schweren Mohndüften aller der gelben Kornfelder, die er nachlässig, sorglos und doch sehr eindringlich überquert hat. „Warum kommt ihr, du und Lobbie, nicht wirklich mit uns?" murmelte Wolf leise; aber beim Sprechen stieg ihm eine Welle von Galle auf. Oh, wie er gerade jetzt, als er dastand, die Finger auf das eiserne Gitter ihres Gartens gelehnt, jede einzelne Person aus seinem Leben haßte, mit Ausnahme Christies! Die bösen Gedanken, die er in diesem Augenblick fühlte, stiegen zu einem tödlichen Ekel an. Er haßte seine Mutter, er haßte Gerda, er haßte Carfax, er haßte Urquhart, Miss Gault, Jason! Er haßte sie alle, mit Ausnahme Christies und vielleicht des alten Darnley mit seinem gelben Bart.

„Wir würden dir helfen, den Tee zu machen, Gerda", murmelte er hartnäckig. „Oder wir könnten ihn in Ramsgard nehmen."

Wie seltsam doch diese Bosheit in ihm war! Sie ließ seine Pulse in tollem Ungestüm buchstäblich dröhnen. Sie verursachte ihm ein wildes, tierhaftes Verlangen, in einem taumelnden, stoßenden Anfalle von Haß sein Kinn in das Fleisch Lord Carfax' zu graben.

„Komm doch, Gerda", wiederholte er seinen eigensinnigen Refrain. Sie schüttelte den Kopf; doch der strahlende Ausdruck, den sie in den letzten zwei Stunden gezeigt hatte, verschwand nicht aus ihrem Gesicht. Es war Wolf klar, daß Lord Carfax während der kurzen Zeit, die er unter ihrem Dach verbracht, ihr Herz vollkommen gewonnen hatte.

„Wollen Sie wirklich sehen, wo er begraben ist?" fragte er, als er seinen Besucher auf jenem grasigen Weg führte, den er neulich entdeckt hatte, und der es ermöglichte, Poll's Camp zu erreichen, ohne durch die Stadt zu gehen.

„Ich liebe alle Kirchhöfe", entgegnete Lord Carfax, „und ich habe mich stets für Ihren Vater interessiert."

„Es ist ein Friedhof", bemerkte Wolf mürrisch. „Er liegt schon lange dort begraben", fügte er hinzu.

Das wetterharte Gesicht des „Lords aus London" legte sich in viele muntere Falten, als es nachsichtig auf Wolfs säuerliches Profil blickte.

„Ich war viel mehr an ihm interessiert, als sie es für ziemlich hielt", fuhr er fort. „Ich hatte ihm immer gesagt, daß ich sein Grab besuchen würde, wenn er einmal gestorben wäre. Wissen Sie, es war eine stillschweigende Voraussetzung zwischen uns, daß er zuerst sterben würde. Er sprach stets vom Totsein. Es schien ihm auf irgendeine Art zu gefallen. Mir hat er gewiß nie ein besonderes Vergnügen bereitet, dieser Gedanke!" Während der Besucher dies sagte, richtete er auf Wolf einen Blick so launigen Humors, daß es beinahe unmöglich war, ihn zu sehen und mürrisch und verärgert zu bleiben. Es war ein Blick von durchdringender Sanftheit, und doch war er schamlos zynisch. Wolf bemerkte, daß seine Stimmung milder wurde; aber dies war an sich ein Ding, das seine heimliche Gereiztheit vergrößerte!

„Ich würde Ihnen gerne sein Grab zeigen", sagte er geradeheraus und hatte dabei das Gefühl, als würde er gerne diesem freundlichen

Gesicht einen Schlag versetzen, um es dann zu küssen und ob der Unbill um Verzeihung zu bitten.

Als sie den Weg verließen und in den ersten der Obstgärten traten, versuchte Wolf seine Aufmerksamkeit auf die Schönheit des besonderen Nachmittages abzulenken, des letzten Samstags im Mai. Es war warm und windstill; aber ein Schleier dünner, undurchsichtiger Wolken verdunkelte das Sonnenlicht und filtrierte die heißen Strahlen wie auf einem alten Bilde in eine reife Weite wässerigen Goldes. Tatsächlich schien für Wolfs Gemüt die Atmosphäre nichts anderem eher zu gleichen als dem Aussehen eines großen Glaskruges mit Schlüsselblumenwein, den ihm vor ungefähr einem Monat seine Mutter in ihrer drastisch-pittoresken Art — ohne jede Scham wegen der Unzahl der solchem Zweck geopferten Blüten — an die Lippen gehalten hatte.

Während sie durch das lange Gras der drei von Hecken umschlossenen Obstgärten dahinschritten, durch die der Weg zum Fuß des Hügels führte, hatte er genügend Zeit, jeden Zug der Erscheinung seines Besuchers zu beobachten. Lord Carfax war nach allem ein alter Mann; aber er hielt sich so aufrecht und ging mit so energischen Schritten, daß Wolf ihn für einen Fünfziger gehalten hätte. Er war eigentlich ziemlich kurz von Wuchs — nicht viel größer als Lobbie; aber die Massivität seines großen, viereckigen Kopfes verursachte im Verein mit der soliden Untersetztheit seiner Gestalt die ständige Illusion, daß er von normaler Größe sei.

Er war gewiß exzentrisch in seinen Kleidern. Sein Aufzug bei dieser Gelegenheit machte Wolf den Eindruck eines seefahrenden Mannes. Er hätte der ältliche Kapitän eines altmodischen Paketbootes sein können, das den Verkehr zwischen Weymouth und den Kanalinseln versah. Wolf war von Anfang an durch viele Dinge an ihm fasziniert worden. Teils dank der sardonischen Vorliebe seiner Mutter, teils viel mehr noch wegen der einzigartigen Persönlichkeit dieses Mannes fühlte er sich in dessen Gesellschaft vollkommen frei. Die Tatsache, daß er ursprünglich der persönlichen Intervention dieses Mannes — als Verwandten sowohl von Mr. Urquhart wie auch von Mrs. Solent — zu danken war, daß Wolf überhaupt nach Dorset kommen konnte, gab im Verein mit der Rolle, die die schamlosen Ansichten dieses Burschen in Wolfs geheimen Gedanken gespielt hatten, diesem runzligen und lederigen Antlitz jetzt, da er es ganz aus der Nähe sah, einen fast legendären Reiz.

Ein Schimmer von Snobismus mengte sich auch in seine Gefühle. Aber er beruhigte sein Gewissen über diesen Punkt, indem er sich versicherte, daß er in jedem Falle von einem Menschen dieses originellen

Charakters angezogen worden wäre. Dennoch lächelte er sich, während er „Cousin Carfax" half, sich den Weg durch die Heckenlücken zu bahnen, grimmig bei dem Gedanken zu, daß er bereits die Hoffnung hegte, daß Jason nie von diesem verlängerten Besuch erfahren würde. Er wußte, daß jedermann annahm, Carfax sei am Vortage nach London zurückgekehrt. Daß er diese Nacht in den Three Peewits geblieben war, ging auf eine plötzliche Laune zurück, von der nicht einmal Mrs. Solent etwas wußte. Wolf argwöhnte, daß Gerdas Schönheit mehr damit zu tun hatte als irgend etwas anderes.

Sie waren kaum durch die letzte Hecke gekommen und eben im Begriffe, den südlichen Abhang von Poll's Camp zu ersteigen, als sie auf einen abgerissenen Mann stießen — auf ein Mittelding zwischen Landstreicher und armem Taglöhner —, der auf einem grasbedeckten Maulwurfhügel Rast hielt.

Zu Wolfs Überraschung erwies sich dieser Mann als niemand anderer denn als Mr. Stalbridge, der Exkellner des Lovelace-Hotels.

Der Mann erhob sich bei ihrer Annäherung, und Wolf, der sich seines Benehmens bei der letzten Begegnung schämte, begrüßte ihn übertrieben verbindlich, schüttelte ihm die Hand und stellte ihn seinem Gefährten vor. Der ehemalige Kellner erklärte, daß er sich an ihre Zusammenkunft im Lovelace-Hotel vor mehr als einem Jahr lebhaft erinnere, und erzählte, daß er eine Gelegenheitsbeschäftigung in Blacksod habe und jetzt zurückgehe, um den Sonntag in Ramsgard zu verbringen.

Mr. Stalbridges zeremoniöse Art bot einen solchen Kontrast zu seiner schäbigen Erscheinung, daß Lord Carfax, der menschliche Kuriositäten zu sammeln schien, wie Knaben Schmetterlinge sammeln, sich in ein lebhaftes Gespräch mit ihm einließ und sich schließlich geneigt zeigte, ihn als Weggenossen in ihre Gesellschaft aufzunehmen. Wolf fühlte sich dadurch ein wenig verletzt; denn wenn er auch Gerdas Anziehung als einen Faktor im Interesse ihres Besuchers angenommen hatte, so war er doch der Meinung gewesen, daß diese Exkursion zum Grabe des Vaters auch ein gewisses Verlangen auf seiten seines Gastes bedeuten mußte, mit dem Sohn Gedanken zu tauschen. Offenbar hatte er sich geirrt. Carfax' Aufmerksamkeit drohte völlig von Mr. Stalbridge absorbiert zu werden, dessen witzige Anekdoten über die Lovelaces und andere lokale Magnaten mit geringen Unterbrechungen andauerten, bis man die Höhe von Poll's Camp erreichte.

Wolfs ursprüngliche Empfindung des Verletztseins bei dieser Begegnung hatte sich zu einem Ausmaß verstärkt, das die Kontrolle

durch eine ganz ernsthafte Willensanstrengung erforderte, als sie endlich auf der Spitze jener grasbedeckten Erhebung standen.

Gerdas Seligkeit ob der Bewunderung Carfax' kam ihm jetzt wieder
als ein wichtiger Grund für die Beleidigung in Erinnerung, die er
fühlte. „Wenn sie noch sehr viel mit diesen angekränkelten Leuten
zu tun hat", dachte er, „wird sie die ganze Einfachheit ihrer Natur
verlieren."

Er warf einen Blick über die gewaltige Fläche, die sich ihnen enthüllte, während Lord Carfax auf seinen Stock gestützt schwer Atem
schöpfte und Mr. Stalbridge den tückischen Prozeß seiner manier-
lichen Verführung fortsetzte. Ohne in irgendeinem besonderen Detail
aufdringlich zu sein, schienen die verschwenderischen Wogen der
Fruchtbarkeit dieser Jahreszeit, federige Gräser, grüner Weizen, frisch-
knospender Steinklee, ganz junge Butterblumen, roter und weißer
Hagedorn, über jedes Feld und über jede Heckenreihe zwischen der
Stelle auf Poll's Camp, an der sie jetzt standen, und dem Berg von
Glastonbury zu fluten.

Er hatte in diesem Augenblick das Gefühl, als ob Demütigung in
sein Herz träufelte, Tropfen um Tropfen, wie sorgfältig bemessene
Arznei in ein volles Wasserglas. Dieser „Lord aus London" nahm also
in der Tat nicht das geringste Interesse an ihm! Eifrig bestrebt, Wolfs
Mutter zu helfen, Jason zu helfen, hielt der große Mann ihn selbst
offenbar für langweilig und nicht anregend.

„Zum Teufel mit dem Kerl! Was kümmere ich mich darum, was
er von mir denkt?" sagte Wolf zu sich; aber als Mr. Stalbridge immer
redseliger wurde und sich die gegerbten Falten der gemeißelten und
wie aus Stein gehauenen Physiognomie Seiner Lordschaft in wachsender
Wertschätzung runzelten, fand er, daß diese Demütigung unerträglich
wurde. Jener strahlende Ausdruck in Gerdas Gesicht! Wolf war nicht
imstande gewesen, in den letzten sechs Monaten einen solchen Ausdruck heraufzubeschwören. Sie war bei ihm in der letzten Zeit eine
erwachsene Frau geworden, zärtlich und behutsam; aber die Bewunderung dieses Mannes verwandelte sie wieder in ein sorgloses
kleines Mädchen.

Sobald der Besucher zu Atem gekommen war, gingen sie längs
des äußeren Umkreises des Camp in der Richtung auf Babylon Hill
weiter.

Wolf war der letzte, der den auf die Landstraße führenden Zauntritt überstieg. Wie reich an der überquellenden Vegetation der Jahreszeit war doch diese Heckenseite! Welche berauschenden Erdgerüche
umschwebten diesen wohlbekannten Zaun! Buschige Hundsrosen mit

zarten grünen Knospen, deren Süße an den Duft von Äpfeln und sonn-
verbranntem Heu erinnerte, mengten sich dort, als er den Zaun überstieg, mit den weißen Blüten dichter, Dolden tragender Pflanzen,
deren Stengel erfüllt waren von warmem, nassem Saft.

Er blickte auf die Gesichter der beiden Männer, die, ihn völlig vergessend, sich dort auf der Straße miteinander unterhielten. Ja. Da
war in den Augen des ehemaligen Kellners ein erschöpftes Elend, das
Wolf an den Mann von Waterloo Station erinnerte. Er richtete offenbar jetzt eine persönliche Bitte an Carfax. Vielleicht hoffte er, durch
ihn eine Anstellung zu erlangen. Vielleicht w ü r d e er sogar durch
ihn eine Anstellung erlangen. Was bedeutete es doch, die Macht zu
besitzen, die Carfax hatte! Carfax kam jetzt dem Mann auf den Stufen
von Waterloo Station zu Hilfe!

Eine Minute lang balancierte Wolf, die Hände um die Knie, droben
auf dem Zaune.

Er wollte dem armen Teufel jede Sekunde lassen, die er für ihn von
dieser glücklichen Gelegenheit ersparen konnte. Langsam wandte er
den Kopf und blickte hinab auf die Dächer der Stadt. „Christie!
Christie!" Und jetzt flutete über ihn die Erinnerung an jenen Tag
vor genau drei Wochen, da er nach Weymouth gefahren war. Dort
hatte er sie gesehen — hatte sie und Olwen in ihrem neuen Heim
beim Stauwasser gesehen. Bis zur letzten Minute seiner Abfahrt waren
sie auf dem trockenen Sand unter der Jubiläumsuhr beisammen gesessen, während Olwen unter den anderen Kindern in einem Meer
plätscherte, das im fröhlichen Sonnenschein tanzte und glitzerte. Er
konnte jetzt die scharfen Düfte der See riechen. Er konnte das Salz
schmecken. Er konnte die lebende Schlüpfrigkeit eines breiten braunen
Bandes von Algen fühlen, das Olwen aufgehoben hatte und das sowohl er wie auch Christie an den Mund gedrückt hatten. Er konnte den
Namen „Katie" in grünen Buchstaben auf einem Bootstern sehen
und den ins Weite schweifenden Blick des Seemannes, der sich daran
lehnte und an Gott weiß was dachte.

Es war Carfax zu danken — seinem uneingeschränkten Ankauf
aller jener zweideutigen Bücher —, daß diese beiden genug hatten,
um zu leben. Er erinnerte sich jenes Abends, da Christie der Vorliebe
des kleinen Mädchens für die Küste nachgegeben hatte. „Es ist unser
Schicksal, liebster Wolf", hatte sie gesagt, als er ihre kalte Wange
mit seinen Lippen berührte. Er erinnerte sich jener letzten Minuten
an der Strandmauer, da sie so steif und gerade saßen, die losen Sandkörner durch ihre Finger laufen ließen und einander in die Augen
starrten.

Es gab keinen Buchladen mehr unter jenem Dach dort unten. Jemand anderer, die überarbeitete Frau eines Gemüsehändlers, wusch in diesem Augenblick ihr Geschirr in Christies kleinem Alkoven zwischen jenem Wohnraum und jenem Schlafzimmer...

„Sind Sie bereit, Solent? Ich habe Ihrer Frau versprochen, Sie munter zu erhalten!"

Die Stimme klang freundlich. „Ich bin ein Dummkopf, daß ich so empfindlich bin", dachte Wolf, als er auf die Straße hinabsprang und sich diesen beiden anschloß.

„Der Wurf ist ihm gelungen", dachte er, als er beim Weitergehen einen Seitenblick auf des Exkellners Gesicht warf. Es war seltsam zu beobachten, wie sich eine Schichte unaussprechlicher Erleichterung, so wie „Katzeneis" auf einem Weiher, über jene Augenhöhlen der Verzweiflung breitete. Ailinon! Aber der Bursche war ja doch jener Mann von Waterloo Station. Er war zumindest der Stellvertreter jenes Mannes. Wolf hatte ihm an jenem Tage vor der Abteikirche eine halbe Krone verweigert, und jetzt war Carfax eingesprungen. Alles, was Wolf gerne getan hätte, tat Carfax. Und jetzt zog Wolf auf Carfax' Spuren, die „alte Haut" zu besuchen. Welch spaßhaftes Fiasko sein ganzes Leben hier unten in Dorset doch gewesen war! Er war von Urquhart geschlagen worden... ausbezahlt, gekauft, bestochen, erledigt! Er hatte jenen Schädel im Friedhof verraten. Er hatte seine einzig Geliebte sich aus den Händen gleiten lassen. Sein „Lord in London" hatte Jasons Genie erkannt, Gerdas Schönheit entdeckt, Öl und Wein in die Wunden Mr. Stalbridges gegossen, der Teestube neuen Glanz verliehen. Warum zum Teufel sollte er irgend etwas, das der Mühe wert wäre, sich Ungelegenheiten zu machen, an Mr. Wolf Solent, Lehrer der Geschichte in der Blacksoder Lateinschule, finden?

Als die drei Männer sich einer Gruppe von Lärchen näherten, an der Wolf einst darüber nachgedacht hatte, wie es wohl wäre, mit Darnley zu leben, wurde es ihm klar, daß Mr. Stalbridge seinen elenden Posten wirklich aufgeben würde. Offenbar sollte er in irgendein müßiges Faktotum oder einen Vizehaushofmeister im Londoner Haushalt Mylords verwandelt werden. Welch unglaubliches Glück für den ehemaligen Kellner! Wolf fühlte in diesem Augenblick eine gewisse glühende Bewunderung für diesen verwitterten Sammler menschlicher Schmetterlinge. „Wie zum Teufel erhält er sich dieses Seefahreraussehen unter seinen Dienstboten in London?" dachte er. „Immerhin ist die Anstellung Mr. Stalbridges gerade das, was ich selber gerne täte, wenn ich könnte."

Nachdem die Angelegenheit des ehemaligen Kellners geregelt war, begann Wolf in der Aufmerksamkeit des großen Mannes eine etwas prominentere Rolle zu spielen.

„Wie geht's meinem verrückten Cousin Urquhart?" fragte er. „Ich habe diesmal einen weiten Bogen um sein Haus gemacht. Er ist ‚schweres Wetter' geworden in diesen Tagen, mit seinen fixen Ideen. Haben Sie nicht dasselbe Gefühl?"

„Welche Ideen meinen Sie?" murmelte Wolf.

Sein Gefährte lächelte ihm mit einem langsamen, merkwürdigen Lächeln zu. „Dieses Ihr Buch, zum ersten! Und dann seine absurde Idee, daß er diesen Burschen Redfern getötet hat. Ich habe gestern abend bei Ihrer Mutter Doktor Percy getroffen, und der sagte mir, daß der Junge an doppelseitiger Pneumonie gestorben ist. Percy behandelte ihn ... sah ihn sogar sterben ... mußte diesen kostbaren Vikar, den sie dort haben und der heulte wie ein vergifteter Schakal, hinauswerfen. Urquhart selbst ist im Sterben. Beim Zeus, Solent! Ich habe schon vor einem Jahr in seiner Hand den Tod gefühlt. Ich habe den Kerl gern; aber wenn er seine verdammten Absonderlichkeiten in gar so großem Ausmaß idealisiert, dann wird er einem tödlich lästig. Ich bin selber sehr für anständige Unzucht; aber warum soll man so ein Lied darüber singen? Natürlich oder unnatürlich, es ist Natur. Es ist des sterblichen Menschen einziger großer Trost, ehe er ausgelöscht wird. Aber all dieses schrullenhafte Aufhebens darüber — über eine so einfache Sache — in welcher Richtung es auch sei —, das mag ich nicht. Es ist nicht mein Stil." Wolf war erstaunt über den derben, vierschrötigen Ton, in dem der Mann diese letzten Worte äußerte ... als ob er ein großer kommandierender Admiral wäre, der irgendeinen Grünspecht von Kapitän wegen eines frivolen Manövers kritisierte.

„Was meinen Sie?" fragte er den ehemaligen Kellner. „Sind Sie darin mit Lord Carfax einverstanden, daß die Vernichtung nicht abgeleugnet werden kann?"

Der alte Mann schien einen Augenblick zu zögern. Dann neigte er den Kopf und nahm den Hut ab. „Ich glaube an die Auferstehung des Fleisches und an ein ewiges Leben", sagte er ernst, „wenn es Euer Lordschaft nicht beleidigt, das zu hören?"

„Setzen Sie den Hut auf, Stalbridge, setzen Sie den Hut auf", sagte der andere. „Was meinen Sie, Solent? Sie scheinen nicht sehr gerne Ihre Ansichten auszusprechen. Sie sind wie Ann. Sie bedeckt alles mit so boshaftem Sarkasmus, daß sie alles gleich unwichtig macht. Glauben Sie an ein zukünftiges Leben, Solent?"

Sie kamen jetzt an einem der zahlreichen Viehsteige vorbei, die in jenes Labyrinth grasiger, von hohen Hecken eingesäumter Pfade führten, die Wolf unter dem Namen Gwent Lanes kennengelernt hatte. Er ging rechts von Lord Carfax, der ehemalige Kellner zu dessen Linken, so daß Wolf, als er sich umwandte, um diese klassische Frage zu beantworten, die Profile der beiden alten Männer sich als Silhouetten gegen die reiche Vegetation des Panoramas von Gras und Grün abheben sah.

„Manchmal stimme ich Mr. Stalbridge zu", sagte er, „und manchmal Ihnen. In diesem Moment glaube ich mit Ihnen übereinzustimmen; aber das ist wahrscheinlich der Tatsache zuzuschreiben, daß ich in der letzten Zeit in der Schule ziemlich überlastet war."

Carfax machte hierzu keine Bemerkung; und jetzt hörte Wolf, wie er seinem neuen Diener eine humorvolle Beschreibung dessen gab, was er als sein „offenes Haus" bezeichnete.

Der Blick auf die Gwent Lanes hinter den beiden Gesichtern hatte Wolf ein Übelkeit erregendes Gefühl dafür verursacht, was er durch das Verschwinden seiner „Mythologie" verloren hatte. Vor einem Jahr, wie wenig hätte es da ausgemacht, daß er so lahm auf die große Frage antwortete, die Carfax ihm gestellt hatte. Er hätte es auf sich beruhen lassen. Er hätte seine Zuflucht genommen zu jenem Gefühl gewaltiger, unsichtbarer kosmischer Vorgänge, in deren Mitte er seine Rolle spielte, eine Rolle, die durch keinen zufälligen geistigen Lapsus berührt werden konnte.

Während sie weitergingen und er mit einem nachlässigen Ohr dem Gespräch zwischen diesem Herrn und diesem Diener lauschte, erkannte er, daß auf den Leichnam seiner Lebensillusion zwei neue Schaufeln voll Erde geworfen worden waren.

Die Ähnlichkeit Stalbridges mit dem Auswurf von Waterloo Station, so schwach sie auch war, gab im Lichte jener nicht gewährten halben Krone der großmütigen Laune des Lords die Eigenschaft von etwas, das „zwischen die Erwählung und seine Hoffnungen" getreten war.

Aber schlimmer noch als dies waren die Worte Seiner Lordschaft über Urquhart.

Ailinon! Ailinon! Waren all die Erregung, all der Orkan, all das Bewußtsein eines übernatürlichen Kampfes mit einer abgründigen Form des Bösen jetzt wirklich auf das platte Niveau der phantastischen Selbsttäuschung eines schwachen alten Junggesellen reduziert worden?

Wenn seine Phantasie so mondsüchtig gewesen war, so viel aus reinen Einbildungen zu machen, war es da ein Wunder, daß dieser gewandte Weltmann sich gleichgültig von ihm abwandte — sich abwandte zu der Schönheit Gerdas, sich abwandte zu der Idiosynkrasie des ehemaligen Kellners, und in Wolf nichts anderes sah als einen pedantischen Unterlehrer einer Provinzschule. Wolf hatte alle Jahre dieses Lebens in einem leeren Traum gelebt — seit er im Sonnenschein am Bogenfenster seiner Großmutter gesessen war und beobachtet hatte, wie die bunten Boote auf den glitzernden Wogen von Weymouth dahinglitten und schwankten.

„Christie! Christie! Oh, mein verlorenes Lieb, oh, meine einzig Geliebte!"

Sie waren jetzt an jene Stelle gekommen, von der aus man einem Feldpfad durch die Wiesen folgen mußte, um den Friedhof zu erreichen. Mr. Stalbridge begann in erlesenem Zeremoniell sich von ihnen zu verabschieden, salutierte mit unbedecktem Kopf vor seinem neuen Herrn und reichte Wolf die Hand.

„Also zum Siebenuhrzug in Ramsgard", waren des Lords letzte Worte an ihn, „und machen Sie sich keine Sorgen wegen der Fahrkarte. Halten Sie nach mir in einem Rauchercoupé dritter Klasse Ausschau!"

Als sie über die Felder auf den Friedhof zu schritten, sah Wolf die Reise der beiden alten Männer an diesem Abend vor sich. Seltsamerweise hatte er das Gefühl, als ob Carfax ein tüchtiger Schauspieler wäre, der von Natur aus genau die Rolle übernahm, in der Wolf versagt hatte. Carfax würde hören, wie jener stumpfsinnige Bursche auf dem kleinen verlassenen Perron „Sandbourne Port!" ausrufen und mit den Milchkannen klappern würde. Carfax würde den Kirchturm von Basingstoke sehen. Carfax würde jene friedlich grasende Kuh sehen. Carfax würde auf ihren Kreuz- und Querfahrten über dieselben bunten Bilder der Bucht von Weymouth dieselbe Brummfliege sehen ... oder ihr genaues Ebenbild ... im Karussell des Zufalls.

Die Füße seines Gefährten schienen jetzt etwas schleppender zu gehen, als sie zwischen einer blühenden Hagedornhecke und einem Feld grüner Gerste dahinschritten.

„Für den Rückweg werden wir wohl lieber einen Wagen nehmen", bemerkte Wolf.

„Es sind nicht die Schuhe", brummte Carfax. „Ich lasse sie mir immer bei derselben Quelle machen. Es sind meine Socken. Eine Person strickt sie mir, die in früheren Tagen meine Kinderfrau war. Sie wird alt und ihre Maschen werden zu Knoten, die dazu bestimmt scheinen, meine Frostbeule wund zu reiben."

„Ich möchte wissen, ob wir Miss Gault beim Grab finden werden", sagte Wolf, während er einen Stacheldraht mit seinem Stockgriff hochhob, damit Lord Carfax darunter durchkriechen könne. „Als ich sie das letztemal sah, strauchelte sie über eine Milchflasche, und ich wurde zornig wegen ihrer Haltung gegen meine Mutter."

Die tiefliegenden Augen seines Gefährten zeigten ein wunderliches Leuchten, als dieser sich aufrichtete.

„Es war die Affäre Ihres Vaters mit Miss Gault", keuchte er, „die mir meine Chance bei Ann gab. Großer Gott! Wie pflegte mich Mr. Urquhart wegen meiner Besessenheit für dieses süße Geschöpf zu necken! Ich glaube, Solent, Sie wissen ebensowenig wie das Junge einer Leopardin, wie bezaubernd sie in jenen Tagen war!"

Wolf hielt unvermittelt inne, als sie ihren Weg zwischen den Gräbern suchten. „Was sagten Sie, sei der Grund, daß Sie den Wunsch hätten, seine Grabstätte zu sehen?" fragte er mit hochklingender Stimme.

Die alte Marineurvisage vor ihm verzog sich zu einem Ausdruck, der beinahe der Grimasse eines Gamins nahekam.

„Ich entdecke einen Ton in Ihrer Stimme, Solent", sagte er, „und ein Zittern Ihrer Lippen, die mir sagen, daß ich auf gefährlichem Grunde bin. Aber die Wahrheit ist die, daß ich ihm einmal zugeschworen habe, ich würde, wenn man ihn vor mir einscharrte, zu ihm kommen und seinem alten Kadaver ein Zeichen geben. Das war vor fünfundzwanzig Jahren, Wolf Solent, und ich habe es bis zum heutigen Tage nicht getan."

„Einen Augenblick", unterbrach Wolf, als der Lord eine Bewegung machte, weiterzugehen. Seine Stimme hatte gewiß ein Beben in sich, das für Wolf selbst eine Überraschung bedeutete. Für Lord Carfax war es offenbar keine Überraschung, doch warf er Wolf einen raschen, durchdringenden, argwöhnischen Blick zu. Wolf sah hastig zur Seite hin. Es war unmöglich, von dort, wo sie standen, William Solents Grabstein zu sehen. Überhaupt konnte kein Fremder die Stelle finden, wenn er nicht von einem Kenner des Platzes geführt wurde.

„Hatten Sie eine aufregende Liebesaffäre mit meiner Mutter?"

Diese Bemerkung klang ganz ebenso kindisch, ganz ebenso unverschämt für seine eigenen Ohren, wie sie es ohne Zweifel für die Ohren des anderen war. Aber er ließ ihr eine zweite Herausforderung folgen.

„Meine Mutter behandelte meinen Vater abscheulich!"

Seine Lippen zitterten nun wirklich. Ungestüme Pulsschläge pochten gleich Liliputmaschinen in seinen Handgelenken. Er zog die Brauen zusammen und starrte auf die vielen Falten gegerbter Haut, die des Mannes Augen umgaben und ihnen die vorsichtige Wachsamkeit eines freundlichen, aber sehr behutsamen Weidmannes verliehen.

Carfax straffte die Schultern; und dann begann er, ohne den Blick von Wolfs Gesicht abzuwenden, seinen Mantel fest um den Hals zuzuknöpfen. Das nächste was er tat, war, seine beiden Hände, deren eine seinen Eschenholzstock hielt, wuchtig hinter dem Rücken zu falten. Der gemessene Ernst dieser Bewegung schien Wolf, als er sich später ihrer erinnerte, an die Haltung eines Kavaliers des achtzehnten Jahrhunderts zu gemahnen, der von einem Straßenräuber angefallen wird.

Diese kompakte, derbe Gestalt, dieser furchterweckende, gleichmäßige Blick zeigten sich jetzt Wolf wie die Verkörperung aller angehäuften, fest fundierten Tradition im englischen Gesellschaftsleben.

„Sie waren damals sehr jung, Solent", bemerkte er in zurückhaltendem Tone.

„Sie müssen eine enorme Befriedigung darüber empfunden haben", fuhr Wolf fort, „daß Sie meinen Vater für seine Schurkerei bestraften. Sie und meine Mutter müssen sich gefühlt haben wie Engel der Rache."

Die verwitterten Falten an den Augen des Mannes verdichteten sich so, daß nicht mehr als zwei funkelnde kleine Spalten drohender Tücke Wolfs zitternden Nerven die Stirn boten.

„Ich glaube nicht, daß wir uns gerade sehr wie die Engel vorkamen", lachte Lord Carfax.

Das Seltsame an dem, was nun geschah, war die wilde Hellsichtigkeit, mit der Wolf seinen eigenen Erregungzustand durchwühlte.

Er erkannte, daß ein Teil seiner Natur in einem liebevollen Entgegenkommen für das gerunzelte Gesicht vor ihm erregt war. Was er aber fühlte, war, daß der Schädel unter jenem Hügel im Armenteil in dieser Krisis verteidigt werden mußte, sollte er nicht verraten werden, daß man es nie gutmachen konnte.

„Sie glauben, alle Skrupel seien kulturlose Bigotterie, wenn es sich um Sexualität handelt, nicht wahr?"

Carfax neigte nur den Kopf.

Wolf wußte sehr wohl, daß der Impuls, dem er jetzt nachgab, ein tolles Verlangen war, diesen Mann — als wäre er das Schicksal selbst — für alle die zusammengedrängte Bitternis seines Zwiespaltes zwischen Gerda und Christie verantwortlich zu machen. Die imaginären Dialoge mit diesem Burschen am Küchenherd brodelten in ihm wie Dampf unter einem Deckel. Er wußte auch, daß er sich jetzt für Carfax' Faible für Gerda und seine Gleichgültigkeit gegen ihn, Wolf, rächte.

„Gehen Sie!" rief er mit zitternder Stimme. „Gehen Sie! Es ist keine Zeit, hier nach dem Platz zu suchen, wo man vor fünfundzwanzig Jahren Arbeitshausinsassen zu begraben pflegte!"

Carfax nahm den Hut ab und rieb sich mit einer Handfläche die verwitterte Stirne. Als er die Finger vom Kopf nahm, erhaschte Wolf den Blick eines erregten Augenpaares, das in verwirrtem Forschen suchend über die Grabsteine zu seiner Linken blickte. Die Augen des Mannes waren in der Tat so sehr denen eines nervösen Jägers gleich geworden, daß sein ganzes Gesicht einen entwaffnenden und knabenhaften Eifer annahm, als ob er auf den Kopf eines Fischotters oder auf die Finne eines Hechtes in einem aufgewühlten Strom lauerte.

„Gehen Sie", wiederholte Wolf. „Ich werde Sie auf die Straße zum Lovelace bringen und Sie können sich irgendeinen Wagen mieten, der Sie nach Blacksod bringt. Ich werde zu Fuß zurückgehen; aber Gerda wird es Ihnen nicht vergeben, wenn Sie sich verspäten, und wenn Sie sich ein Cab nehmen, so werden Sie lange vor mir bei ihr sein. Ich bin überzeugt, daß sie eben jetzt, in diesem Augenblick, bei Pimpernel für Sie Kuchen kauft!"

Bevor er dabei das Wort „Pimpernel" erreichte, bei dem sich die Lippen des Lords zu einem höhnischen Lächeln verzogen, bemerkte er einen sehr strengen, sehr geraden Blick in den grauen Augen des Mannes.

„Ich habe Sie jetzt wohl für immer erzürnt", murmelte Wolf mit leiser Stimme. Lord Carfax betrachtete ihn ernst.

„Ich mag es nicht, wenn Leute die Herrschaft über ihre Nerven verlieren", sagte er. „Mein instinktiver Wunsch ist dann, sie als eine Bedrohung des zivilisierten Betragens niederzuschlagen. Aber trotzdem, Solent, ich bin hier, auf Wunsch Ihres Vaters! Wenn Sie es vorziehen, mir sein Grab nicht zu zeigen" — und in diesem Augenblick erblickte Wolf wieder jenes entwaffnende Glitzern, das gleich der trügerischen Harmlosigkeit eines Fischers zwischen den Lidern des alten Mannes hervordrang —, „will ich Ihnen nicht zur Last fallen. Aber lassen Sie sich nicht zuviel Zeit, mein Junge, mit Ihrem Spaziergang nach Hause. Sonst wird es nicht mehr viel von diesen Pimpernelkuchen geben!"

„Dies ist der nächste Weg, der Sie hinausführt", sagte Wolf lakonisch. Er ging voran und schritt behutsam zwischen den Reihen grüner Hügel, von denen viele mit kleinen Flecken gelber Butterblumen und weißen Klees geschmückt waren, und geleitete den Verehrer seiner Mutter und seiner Frau zu dem Haupteingang des Friedhofes. Es gelang ihm, einen raschen Blick in die Richtung des Grabes zu werfen. Nein, Miss Gault war nicht da.

Auf der Straße begann er dann seinem Gefährten eingehende Weisungen zu geben, wie er das Lovelace erreichen könne.

Als er diese Weisungen wiederholte, bemerkte er, daß das ein wenig

seitlich ihm zugeneigte aufmerksame Gesicht des Mannes etwas von
jenem Ausdruck zeigte, mit dem ein erfahrener Stallknecht der unartikulierten Sprache eines verirrten Pferdes lauschen würde.

¦ Die Mühe, seine praktischen Belehrungen an dieser stillen Stelle
zu formulieren, wo der unsichtbare Magnetismus so vieler todgenährter
Vegetation seine Sinne durchdrang, brachte Wolfs Hirn in einen Zustand wirrer Betäubung. Er fand, während er Carfax langsam erklärte,
wie er längs der Mauer der Vorbereitungsschule, am Garten des Direktors und an der Abteikirche vorbei die Abkürzung benützen solle,
daß er überrascht war, nichts von Miss Gault gesehen zu haben.
Ohne Unterlaß sah er auf die vor ihnen liegende verlassene Straße, die
so warm, so opalisierend dalag in dem verstreuten Licht. Er hatte ein
hartnäckiges Gefühl, daß Miss Gault auf dieser Straße sein mußte,
entweder kommend oder gehend — ein Gefühl, das einer Art chemischer
Hellsichtigkeit im innersten Mark seiner Knochen glich. Sein mit
Miss Gault beschäftigter Geist wurde sich jetzt auf das lebhafteste des
Schlachthauses bewußt. Das Schlachthaus sah in diesem Augenblick
besonders harmlos aus; aber er betrachtete es mit Ekel und Wider-
willen.

„Diese Taten dürfen nicht auf solche Art angesehen werden, oder
sie werden uns toll machen."

Natürlich wußte er, selbst während er Selena dort stehen sah, daß
er sich dies nur einbildete und daß ihre Gestalt keine greifbare Realität
hatte. Dieses Phänomen, sich eine körperliche Erscheinung zu verbildlichen, von der seine Vernunft wußte, daß sie nicht wirklich existierte, war eines, unter dem er schon früher gelitten hatte.

„Sie werden sie", so sprach er von der gesetzten Dame im Büro
des Hotels, „sehr steif, aber sehr höflich finden." Doch während er
diese Worte sprach, sah er Miss Gaults Gestalt in greifbarer Nähe vor
sich. Er sah ihre knochigen Schultern ihm zugekehrt, schwarz, auf
der Straße. Und da war ihr Arm mit geballter Faust, erhoben in
prophetischem Fluche.

„Dort drinnen töten sie etwas", dachte er. Und dann erhob sich in
ihm für den unmeßbaren Bruchteil einer Sekunde ein Bewußtsein
blind machender Pein, dem dichtes, von hervorquellendem Blut be-
sudeltes Dunkel folgte. Als dies Bild versank, begann ein trübes
Schwindelgefühl in seinem Hirn, begleitet von einer erschreckenden
Empfindung, daß sowohl der Schädel seines Vaters wie auch der Arm
dieser Frau ihn beschworen, etwas zu tun, wozu ihm der Mut fehlte.
Seine Beine hatten sich in unbewegliches Blei verwandelt, wie es in
Angstträumen geschieht.

„Sehr steif... sehr höflich", wiederholte er mechanisch und war sich völlig darüber klar, daß er seinem Gefährten mit einem gezwungenen, abstoßenden Lächeln ins Gesicht lächelte.

Aber Carfax war plötzlich ein wachsamer, kompakter Mann der Tat geworden. Sein Ausdruck war seemannsähnlicher denn je. Wolfs exzentrische Bösartigkeit mochte eine verdrießliche Welle sein, die sich um ein unerwartetes Riff erhoben hatte. Carfax blickte ihn neugierig an, die schweren Lider hochgezogen, den Mund ein wenig offen, das Kinn steif im Halstuch.

„Fort mit Ihnen, Kleiner!" sagte er mit freundlicher Stimme. „Es wird Ihnen guttun, diesen Heimweg allein zu machen. Fort mit Ihnen; und seien Sie nur munter... wenn Sie nach Hause kommen wollen, ehe ich die Kuchen gegessen habe!"

Nicht einmal Mr. Stalbridge selbst hätte seinem neuen Herrn folgsamer gehorchen können, als Wolf diesen Befehl ausführte. Er war schon wieder im Friedhof, ehe Carfax noch ein halbes Dutzend Schritte gegangen war. Hinter der Hecke versteckt, beobachtete er, wie jener gemessen und entschlossen über die warme kleeduftende Straße am Schlachthaus vorbei weiterschritt.

Es war das wirre Grün eines dichten Heckenkirschenstrauchwerks, durch die er Lord Carfax beobachtete. Die schwache Süße dieses Laubreichtums blieb um ihn gleich der Schutzdecke einer Salbe um den blutigen Stumpf eines amputierten Gliedes, als er schließlich seinen Beobachtungsposten verließ und in den Armenteil hinüberging.

Das erste, was er bemerkte, war ein Paar weißer Schmetterlinge, die ungeschickt nebeneinander flogen, verbunden in einer Ekstase der Liebe. Sie schienen auf der warmen, kleeduftenden Luft dahinzutreiben, als ob ihre vier Flügel einem einzigen Leben angehörten... einem Insektenengel einer Apokalypse der Minute!

„Ich hätte nicht den Mut gehabt, mich einzumengen", dachte er, „selbst wenn ein Tier wirklich getötet wurde. Aber Miss Gault hätte ihn besessen. Sie wäre geradeaus hingestürzt!"

Er steckte das Ende seines Stockes in den Rasen eines Grabhügels, lehnte sich auf den Griff und blickte düster auf das hinunter, was er sich sechs Fuß unter der Erde vorstellte.

„Oh, Christie! Oh, meine einzig Geliebte!"

Hartnäckig machte er sich daran, zu analysieren, wie es kam, daß er trotz dem Verluste seiner Lebensillusion Christie gegenüber so fühlen konnte, wie er eben fühlte.

Da schwebte noch immer um den Gedanken an sie... ja! noch immer, noch immer, noch immer!... und das war es, was er jenem

Schädel dort unten erklären mußte ... eine Süße, so erregend wie die wildesten Phantasien seiner Jugend, wie jene dunklen, geheimen Phantasien, in denen die Silben „ein Mädchen" eine so weiche Wesenheit mit sich brachten, daß Brüste und Hüften und Schenkel sich in einem unaussprechlichen Mysterium verloren.

„Hörst du mich, alte Haut?" Und es schien ihm, während er auf das Gras starrte, daß seine Seele zu einem spitzschnauzigen Maulwurf wurde, der sich weigerte, von seinem Graben abzulassen, ehe er sich nicht dicht an jenen leeren Augenhöhlen niedergekauert hatte und jenem gottlosen, unüberwindlichen Grinsen auflauerte.

Sein Vater mußte ihn hören! Gewiß, zwischen jenen Knochen, die sich an die Knochen seiner Mutter gepreßt hatten, so daß er geboren werden konnte, und seinem hier anwesenden lebenden Körper mußte es etwas geben ... irgendeine Art von Zusammenhang!

Das war es, was er brauchte, ein Ohr, in das er das ganze Gewicht dieser siedenden Pein ergießen konnte. Wohin sollte er sonst gehen?

Und wieder einmal flogen jene verschlungenen, flatternden Flügel über das Grab zurück. Der Kontrast zwischen dem Kleeduft, den seine Nüstern einatmeten, und der Verzweiflung seiner Stimmung schien ihm wie ein wohlgezielter Pfeil des Hohnes.

„Wenn wirklich irgendein monströses Bewußtsein hinter allem Leben steht", dachte er zornig, „ist es verantwortlich für all das Grauen! Komm, alte Haut, laß Vater und Sohn diese Zusammenkunft mit einem privaten kleinen Fluch 'auf Gott feiern. Laß den Wurm in deinem Munde die Zunge sein, die sich Ihm ausstreckt. Laß den Blick in den Augen jenes Mannes von Waterloo Station Seinen ewigen Frieden sein!"

Kaum hatte Wolf dieses Katapult der Bosheit gegen die unbekannte Erste Ursache artikuliert, als er ohne erkennbaren Grund sich plötzlich des Knaben Barge entsann.

„Barge würde Gott nie verfluchen", dachte er. „Im ärgsten, äußersten Elend würde er das nicht tun! Barge würde Gott vergeben, instinktiv, ohne Anstrengung." Barge vergab ihm ohne Zweifel jeden Tag. Wenn Barge die Macht hätte, Gott martern zu lassen, für alle die Marter, die Gott verursacht hatte, würde Barge sich dessen enthalten, so natürlich, wie der Wind weht. Barge würde den großen, bösen Geist vollkommen lossprechen.

Während er über dieses Verzeihen Barges nachdachte, fand sich Wolf, wie er den Stock aus der Erde zog, das Ende abwischte, wie ein Duellant einen Degen mit der bloßen Hand abwischen mag.

„Doch für sich selbst zu vergeben ist eines", dachte er. „Zu vergeben für andere . . . für Unschuldige . . . für Tiere . . . ist ein ander Ding! Barge ist ein Unschuldiger; so mag es ihm gestattet sein, zu vergeben. Ich bin kein Unschuldiger. Ich weiß mehr als Barge. Ich weiß zuviel."

Er verharrte hernach einige Minuten in tiefen, angespannten, wortlosen Gedanken. Dann öffnete und schloß er die Finger der linken Hand mit einer krampfhaften Bewegung. Wäre der Schädel seines Vaters imstande gewesen, durch diese Zwischenschicht von Erde einen bewußten Blick auf ihn zu werfen, hätte er wohl angenommen, daß Wolf seine Finger vom Lehm befreite, den er vor einem Augenblick von dem Stock gewischt hatte; aber was er wirklich tat, war, die Ansteckung der Gedanken loszuwerden, nicht die Berührung des Lehms.

Er hatte sich in dieser kurzen Zeit selber eine Geschichte erzählt. Er hatte sich vorgestellt, wie er Jesus Christus begegnete in der Gestalt jenes Mannes auf den Stufen von Waterloo Station. Er hatte sich vorgestellt, wie der Mann ihn anhielt — es war bei jenem Zauntritt auf Babylon Hill — und ihn fragte, was er täte. Seine Antwort war mit einem wilden tollen Lachen gegeben worden. „Können Sie denn nicht sehen, daß ich mein geheimes Leben lebe?" hatte er gesagt.

„Was für ein geheimes Leben?" hatte der Mann gefragt.

„Davonlaufen vor den Greueln", hatte er mit einer lauten, schreienden Stimme gerufen, die über die Dächer von Blacksod klang. Aber unmittelbar darauf stellte er sich vor, wie er sehr ruhig und sehr verschlagen wurde. „Es ist schon in Ordnung. Es ist völlig in Ordnung", flüsterte er verstohlen in des Mannes Ohr. „Sie brauchen nicht zu leiden. Ich spreche Sie los. Sie dürfen vergessen. Es macht nichts aus, was Ihr geheimes Leben ist. Ich habe Ihnen gesagt, was meines ist; und ich sage Ihnen jetzt, daß es ertragen werden kann. Sie können also aufhören, mich so anzusehen. Jedes geheime Leben kann ertragen werden, wenn einem einmal gesagt worden ist, daß man das Recht habe, zu vergessen. Und das ist's, was ich Ihnen jetzt gesagt habe."

Als er sich des Mannes Antwort ausmalte, war er gezwungen, seine eigene Doktrin mit heftiger Eile anzuwenden; und das nächste, was er tat, war, sich niederzubeugen und seine Finger in die Wurzeln des Grases zu bohren, hinter denen er den Kopf seines Vaters vermutete. „Lebwohl, Vater!" murmelte er, richtete sich auf, machte mit einem Seufzer scharf kehrt und verließ ohne weiteres Gespräch das Grab.

Er richtete zuerst seine Schritte zur großen Landstraße, über die sie gegangen waren; aber er war noch nicht weit gekommen, als er plötzlich einbog und den nach King's Barton führenden Weg nahm.

„Ich will nicht, daß er mich auf den Wagen nimmt", dachte er.

„Sie werden ihn bestimmt über diese Straße fahren." Als er dem wohl-bekannten Weg nach King's Barton folgte, erinnerte er sich seiner ersten Fahrt hier, an Darnleys Seite, vor vierzehn Monaten.

Wie hatte er damals in die Zukunft gestarrt ... in jene Zukunft, die jetzt Vergangenheit war! Wie hatte er während jener Fahrt seine „Mythologie" an seine Seele gepreßt und hatte so tiefes Vertrauen gefühlt, daß nichts in diesem fruchtbaren Land sich erheben könne, sie zu zerstören.

Als er jetzt weiterschritt und den Stock nach sich zog, wurde er gewahr, daß mit der Annäherung des Endes jenes perlensanften Nach-mittages die Stimmen zahlloser verborgener Amseln reich und süß sich aus den grünen Tiefen der Hecken erhoben.

„Sie hat die Fähigkeit zu pfeifen verloren", sagte er zu sich, „geradeso wie ich meine ‚Mythologie' verloren habe!" Und die Persönlichkeit Gerdas, ihre Erregung über ihr neues Silberzeug, die neuen Vorhänge, die neue Uhr, ihre selige Freude darüber, daß sie auf Lord Carfax Anziehung ausübte, verschmolz mit der traurigfröhlichen Musik, die aus den unsichtbaren gelben Schnäbeln strömte, bis er das Gefühl hatte, als ginge er eine Straße, die durch Gerdas Herz zog, eine Straße, deren eigenste Atmosphäre der Atem ihrer jungen Seele war.

Die Amseltöne in den Hecken schienen die Spannung seiner Nerven zu besänftigen, als ob sie die Berührung mit dem Fleische des Mädchens gewesen wären. Sein geschmähtes Gemüt, mit seinen Klagen gegen die Erste Ursache, schien in der Tat aus seinem Körper dahinzutreiben, während dieser sich ruhig weiterbewegte. Zwischen seinem Körper, der nun befreit war von seinem gemarterten Geist, und der ansteigenden Schönheit des herrlichen Tages begann sich eine seltsame chemische Mischung herzustellen.

Er kam jetzt zu einem Zaun, an dem er einst nachgedacht hatte, wie es wohl wäre, mit Darnley zu leben. Wieder einmal rastete er hier, die Arme auf den grünen obersten Balken gelegt und auf die Fläche von Grün blickend, die ihn von Melbury Bub trennte.

Ja, ohne jede bewußte Bewegung seines Willens sänftigte sich etwas in ihm angesichts der langen zukünftigen Reihe der Tage seines Lebens.

Er begann sich dessen bewußt zu werden, wie getrennt seine be-sänftigten Sinne waren von jenem gequälten Geist, mit dem er eben noch Gott verflucht hatte. Was war es, das diese Veränderung in ihm bewirkt hatte: Jene Amseltöne? War es bloß, daß sein Körper bei diesem Klang in die Süße von Gerdas Körper tauchte? Doch jetzt wandte sich sein Geist vom Gedanken an Gerda zu Christie. Trotz allem war es dieselbe Erste Ursache, die ihn quälte, die es auch möglich gemacht hatte, daß solch ein Wesen wie Christie existierte. Gott mußte etwas sein, das alle bewußten Lebewesen in ewigem Wechsel zu verfluchen und zu segnen verurteilt waren.

Schließlich war Christie trotz allem sein, wie sie einem anderen nie zu eigen gewesen war und niemals zu eigen sein würde. Es hätte so leicht geschehen können, daß er ihr nie begegnet wäre — nie der einzigen Person begegnet wäre, die er mit allem Bösen und allem Guten seiner widerspruchsvollen Natur zu lieben vermochte. Zahlreich würden die Samstage sein, zahlreich die Sonntage, an denen er jetzt mit ihr längs des Stauwassers, längs jener vertrauten Esplanade gehen würde. In einer Aufwallung wehmütiger, weicher Zärtlichkeit sah er sich als alten, grauhaarigen Schulmeister ... noch immer in seiner Stellung in jenem tintenfleckigen Schulzimmer ... wie er mit Christie an einem und Olwen, die groß und hochmütig geworden war, am anderen Arm an den Bogenfenstern von Brunswick Terrace vorbeiging.

Gewisse kleine physische Eigentümlichkeiten, die Christie hatte und die sie von allen anderen Leuten unterschieden, kamen ihm jetzt ins Gedächtnis. Die Art, wie sie das Gesicht zur Seite drehte, um mit ihm zu sprechen, wenn sie das Feuer schürte, die Art, wie sie die Hände auf und ab bewegte, als ob sie über ein altmodisches Spinett griffe, wenn sie ihre Teetassen aufstellte, die Art, wie sie ihren Rock zurechtzupfte, wenn er zu locker über ihren geraden Hüften saß, die Art, wie sie den Kopf aus dem Fenster streckte und mit einer gewissen durstigen Inbrunst die Luft einsog, nachdem sie danach gerungen hatte, irgendeine subtile metaphysische Idee auszudrücken, die ihre Fähigkeit, sich auszudrücken, narrte — das alles traf ihn jetzt nicht mit der leeren Endgültigkeit des Verlustes, sondern mit einer Art mystischer Vollendung. Es war, als ob, gänzlich unabhängig von seinen Anstrengungen — wie es auch über seine Verdienste hinausging —, der Zufall selber die Erde veranlaßt hätte, irgendein mystisches Schlüsselwort in die Ohren seines Fleisches zu flüstern, ein Wort, das sein Körper verstand, obwohl sein Geist zu sehr gedemütigt war, sich darauf zu konzentrieren.

Während er darüber nachgrübelte, was in ihm vorging, wandte er sich vom Zaun ab und setzte seinen Weg fort; aber seine Hand hielt den Stock jetzt fest beim Griff und seine Füße schleppten beim Gehen nicht mehr nach.

Er begann das unbestimmte Gefühl zu empfinden, daß ihm das Leben trotz allem noch irgendein Glück würde geben können ... selbst wenn er bis an sein Ende in jener Schule würde arbeiten müssen ... selbst wenn ihm nie wieder vergönnt wäre, Christie auch nur zu küssen.

Er bemerkte mehr und mehr, daß es bloß die einfache chemische Zusammensetzung seines Körpers war, die unter der Schönheit dieser Stunde zu ihren eigenen Schlußfolgerungen kam. Es war, als ob sein Fleisch diese Schönheit in sich eintränke und einsöge, während seine Seele durch die Erniedrigung, die ihr jetzt widerfahren war, in Stücke zerschnitten war wie ein Wurm vom Schnabel eines Vogels und irgendwo über seinem Kopfe zappelte und sich krümmte.

Seine äußere Haut genoß üppig all diese Lieblichkeit. Sie tauchte in die perlensanfte Luft wie ein nackter Schwimmer in eine glitzernde See. Aber sein Gemüt war noch unzufrieden. Noch immer wand es sich unter seinen Qualen. Doch es schien auf irgendeine Art von ihm abgetrennt, so daß es nicht mehr die Fähigkeit besaß, in seinem lebenden Hirn eine Folterschraube anzuziehen. Es war genauso, als ob eine himmlische Musik in ein bezaubertes Ohr strömte, während das Hirn hinter diesem Ohr in chaotischem Elend zuckte.

Chaotisch in der Tat! Das Mark seines Geistes hatte das Gefühl, als ermangelte es in seiner Vielfalt eines Mittelpunktes. Es hatte das Gefühl, als ob sein zersetztes Bewußtsein jenem einer Amöbe gliche, einem Zoophyten. Es fühlte Neid auf das menschliche Glück, das begonnen hatte, seinen ihm dienstbaren Körper zu durchdringen. Wolf wußte, daß er der Mann war, der den Eichenstock hielt; er wußte, daß das Wolf Solent war, der nach Hause ging, um Pimpernels Kuchen zu essen und zu sehen, wie seine Frau mit Lord Carfax flirtete. Aber er hatte das Gefühl, daß die Identität seiner Seele und seines Körpers durchbrochen war. Seiner Seele war solch zerschmetterndes Unglück widerfahren, daß sie gleich Tausenden von Quecksilberkügelchen nicht mehr dort weilte, wo normale Seelen weilen mußten.

Und aus diesem Chaos in seinem Innern begann er beim Weiterschreiten, seinen Willen auf Christie und auf ihr Leben an jenem Stauwasser in Weymouth zu konzentrieren. „Oh, möge sie glücklich sein!" rief er blindlings dem Gras und den Bäumen zu. Und dann kam eine seltsame seelische Ahnung über ihn, eine Ahnung, daß es jetzt, da ihm außer gewissen körperlichen Empfindungen nichts geblieben war, jetzt, da er zu einer entpersönlichten, unmenschlichen Kraft geworden war, ohne Hoffnung oder Ziel, daß es jetzt für ihn möglich sein würde, eine echte Macht auszuüben, eine fast übernatürliche Macht über die Zukunft des Wesens, das er liebte. Je mehr er darüber nachdachte, um so möglicher erschien ihm dies. Während er die Blüten eines großen Fliederstrauches in dem ersten Garten von King's Barton, an dem er vorbeikam, betrachtete, schien er sich den Demiurg des Universums als versprühten unterbewußten Magnetismus zu verbildlichen, der sich nichts anderem unterwarf als Befehlen . . . Befehlen und nicht Gebeten!

Der leuchtende Zauber, den dieser vollendet schöne Nachmittag auf jene Blüten warf, ließ ihn stillstehen.

„Ich befehle", sprach er laut in ernstem Tone, „ich befehle, daß Christie glücklich sei!" Und dann wiederholte er mit einer grotesken Feierlichkeit, als ob ihm für eine Sekunde die Macht gegeben wäre, alles normale Empfinden für Maßstäbe zu zerstören, wiederholte er, als ob er sich an einen Zuhörer von langsamem Verstand wendete: „Es ist Christie Malakite, die ich meine, die am Stauwasser in Weymouth wohnt."

Er beendete diese phantastische Zeremonie mit einem hörbaren Lachen; aber seine schwingenden Schritte waren, als er durch das Dorf wanderte, freier und kräftiger, als sie es seit sehr langer Zeit gewesen.

Immerhin konnte er noch nicht das Gefühl abschütteln, daß seine Seele eine dahintreibende Vielfalt ohne jeden Zellkern geworden war. Es hatte sich eine tatsächliche „Auferstehung" seines Fleisches ereignet, die jetzt seinem Verhalten das Aussehen, die Bewegungen, die Gesten verzückten Wohlbefindens verlieh, während in seinem inneren Wesen ein Fleck abstoßender Verwirrung verblieb.

„Gehen ist meine Arznei", dachte er. „Solange ich gehen kann, vermag ich meine Seele in Gestalt zu formen. Es muß ein Instinkt der Selbsterhaltung gewesen sein, der mich stets zum Gehen getrieben hat."

Er hatte jetzt die Kirchhofsmauer erreicht und konnte der Versuchung nicht widerstehen, eine Minute haltzumachen, um Redferns Grab zu besuchen. Während er über die niedere abbröckelnde gelbliche Steinmauer kletterte, hörte er irgendwo über seinem Kopf das Dröhnen eines Aeroplanes.

„Mein Feind hat mich gefunden", sagte er zu sich. „Ich glaube, daß das Hin- und Hergehen auf der Erde bald ganz aufhören wird. Nun, ich werde gehen, bis ich sterbe!" Und um seinem Feind in den Lüften nicht einmal die Ehre eines neugierigen Blickes zu schenken, hielt er weiter seine Augen in frommem Zorn starr auf das Gras zu seinen Füßen gerichtet.

Seine Methode führte eher zu geistiger Rache als zu klarer Vision; als er sein Ziel erreicht hatte, fand er einen Schubkarren voll Gras an der Seite des Grabes und hinter dem Schubkarren, tief gebeugt und mit einer funkelnden Schere bewaffnet, die Gestalt Roger Monks. Der eigentümlich zarte Geruch des grünen Grases in dem Schubkarren verursachte ihm einen Schauer solch seltsamer Zufriedenheit, daß er seinen alten Bekannten aufs allerherzlichste begrüßte.

„Wie geht es dem Squire?" fragte er, nachdem sie ein paar Minuten über das Wetter gesprochen hatten. Roger Monk lachte grimmig.

„Es hat eine Zeit gegeben, Sir", entgegnete er — und Wolf bemerkte, daß der Akzent des Gärtners noch immer zwischen dem Tonfall der Shires und dem Tonfall von Dorset schwankte —, „da hätte ich, Sie wissen's ja, Sir, dem Mann gerne den Garaus gemacht. Aber er ist nicht so, wie er früher war, Mr. Solent, und das ist der Kern der Sache."

Die falsche Betonung des Wortes Garaus kitzelte Wolfs Phantasie so sehr, daß er nur mit einer freundlichen Grimasse antworten konnte, mit einer Grimasse, die zu verstehen gab, daß die Welt sich schon seit langem darüber klar sei, daß Mr. Monks Bellen schlimmer sei als sein Biß.

„Wie schläft er in der letzten Zeit?" erkundigte er sich.

„Viel besser, Sir, danke, Sir. Tatsächlich schläft er wunderbar, seit Master Round und ich dieses Grab frisch gegraben haben, wie sich's gehört. Der alte Jack Torp, wenn ich so sagen darf, hat sich mit diesem Grab nicht ausgezeichnet! Der Squire hat sich fürchterlich darüber aufgeregt. Dieses Bierfaß Torp, wenn Sie erlauben, Mr. Solent, daß ich so von einem Menschen spreche, mit dem ein Gentleman wie Sie verschwägert ist, ist ebensowenig ein Totengräber wie ein Leichenbestatter! Die Steinmetzen sollten den Spaten stehenlassen. Sie sollten die Totengräberei stehenlassen und bei ihrem Handwerk bleiben."

Diese plausible und harmlose Erklärung dessen, was er mit Valley gesehen hatte, überzeugte Wolf keineswegs. Aber es verringerte auch nicht seine Demütigung. Er begann das Gefühl zu haben, als ob die Perversität Mr. Urquharts, die Blutschande Mr. Malakites, die Unzucht Bob Weevils, die Krankhaftigkeit Jasons, alle von so geringer Bedeutung wären, verglichen mit dem Unterschied zwischen Leben und Totsein, daß er sich zum Narren gemacht hatte, indem er das alles so aufbauschte. So schien jedenfalls die Meinung seines Körpers zu sein; und jetzt war es sein Körper, der das Steuer ergriffen hatte! Sein Körper? Nein! Es war mehr als sein Körper! Hinter dem Pulsschlag seines Körpers regte sich Unaussprechliches ... bewegte sich etwas, das im Zusammenhang stand mit dem seltsamen Blau, das er vor langer Zeit über den Auen des Lunt und neulich am Fenster von Pond Cottage gesehen hatte ... etwas auch, das in Verbindung stand mit jener heidnischen Güte, die für Gevatter Barge so natürlich war.

„Wie geht's Mr. Valley, Roger?" fragte er. „Ich habe ihn seit der Hochzeit Otters nicht gesehen."

Monk dämpfte die Stimme und wies mit dem Daumen in die Richtung des Pfarrhauses. „Der Squire ist heute nachmittag zu ihm zum Tee gegangen", flüsterte er. „Der Squire weiß nicht, daß ich es weiß. Er weiß auch nicht, daß Mrs. Martin und unser Mädchen es wissen. Er ist ein stolzer alter Herr, unser Squire; und er hat den Hochwürdigen so bitter verflucht, daß es peinlich wäre, wenn das bekannt würde."

„Sind sie also wieder versöhnt?" fragte Wolf.

Mr. Monk warf einen verstohlenen Blick auf die Kirche und einen zweiten auf Redferns Grab. Er schien in beiden Richtungen unsichtbare Lauscher zu fürchten.

„Der Squire ist nicht das, was man religiös nennen könnte, und ist's nie gewesen", sagte er, „aber er hat es sich in den Kopf gesetzt, seit er wieder schlafen kann, daß unser Pfarrer ein Wunder gewirkt hat. Es würde mich meinen Posten kosten, wenn er wüßte, daß ich weiß, was er im Sinn hat." Hier trat der Mann ganz nahe an Wolf heran und berührte fast dessen Gesicht, als er ihm ins Ohr flüsterte: „Er war schon dreimal in dieser Woche drüben."

Wolf wich möglichst unauffällig zurück. Mr. Monks Atem roch so stark nach Gin, daß Wolf meinte, der Bediente dürfte wohl mit dem Priester in der Küche getrunken haben, ehe der Herr im Arbeitszimmer bewirtet wurde.

Ein seltsamer Gedanke ergriff jetzt Besitz von ihm, während er diesen Mann vom Kopf bis zum Fuß musterte — ein phantastischer, ja obszöner Gedanke. Er zog im Geiste diesem großen Gauner jedes Kleidungsstück bis aufs letzte vom Leibe! Er sah vor sich die schwere Brust, die gewaltigen Knie ... er sah sie ungewaschen und dreckig ... aber plötzlich wußte er im Nu, bestimmt, über alle Logik hinaus, daß dieses astronomische Weltall, dessen Vordergrund die ungeheure Gestalt Mr. Monks einnahm, nur eine hautdünne, schemenhafte Wand war, die ihn selbst von einer versteckten Wirklichkeit trennte, zu der er jeden Augenblick erwachen mochte — entblößt und befreit erwachen. Es waren die Füße Mr. Monks oder eigentlich die schmutzigen Nägel seiner gewaltigen Zehen, die, in solch grotesker Bosheit betrachtet, seinem mystischen Wissen das Siegel der Gewißheit aufzudrücken schienen!

„Na, ich muß diesen Schubkarren leeren und dann nach Hause gehen", sagte der nichtsahnende Roger.

„Viel Glück!" erwiderte Wolf laut mit dumpfem Ton, als er sich aus seiner Trance erholte.

Als der Mann gegangen und Wolf sich selbst überlassen war, hatte er Zeit zu bemerken, daß keine Spur der unlängst erfolgten Schändung dieses Grabes zu sehen war. Redferns Grabhügel, nett geschoren von des Gärtners Schere, sah genauso aus wie alle anderen Gräber in der Nachbarschaft.

Wolf seufzte müde. Jene letzte Neuigkeit über Mr. Urquhart schien ihn in die tiefste Tiefe seiner Selbstverachtung geschleudert zu haben. Was? Hatte er sich all die Zeit als großen geistigen Widersacher des Squire gesehen, nur um schließlich herauszufinden, daß der Mann bei T. E. Valley verstohlene Besuche machte?

„Wahrscheinlich", dachte er, „bettelt er Tilly Valley, ihm das Sakrament zu geben."

Er starrte auf den Grabhügel vor sich und dachte in zynischer Gleichgültigkeit darüber nach, ob der Körper des Jungen freigelegt worden war oder nicht. Aber jetzt war er jedenfalls „frei unter den Toten".

„Christie! Christie!" Er versuchte sich ihre zarte Gestalt vorzustellen, wie sie in eben diesem Augenblick von einem Spaziergang längs des Stauwassers, wohin sie mit Olwen gegangen war, um die Schwäne zu sehen, zum Tee zurückkam.

Tod und Liebe! In diesen beiden allein lag die letzte Würde des Lebens. Dies waren die Sakramente, dies waren die Linderungen. Tod war der große Altar, dessen Kerzen für jene, die Alltäglichkeit verabscheuen, nie verlöscht wurden.

Und gerade das war es, was diese verwünschten Erfindungen zu zerstören drohten! Sie würden die Liebe sezieren, bis sie nichts anderes mehr war als „eine Neigung des Blutes und eine Willkür des Willens", sie würden alle Ruhe töten, allen Frieden, alle Einsamkeit; sie würden die Majestät des Todes profanieren, bis sie sogar den Hintergrund des Lebens vulgär gemacht hätten; sie würden die Seele des Einsamen auf Erden verhöhnen, bis es keinen Fleck mehr gab zu Land oder zu Wasser, an den sich ein menschliches Wesen flüchten könnte vor der Brutalität der Mechanismen, vor dem harten Funkeln des Stahls, vor der fröhlichen Unverschämtheit der Elektrizität!

„Jimmy Redfern — der war drin!"" summte er wild vor sich hin, als er weiterging; und dann wunderte er sich, während er wieder auf die Straße kletterte, welche neue Stimmung es sein mochte, die er an Roger Monk entdeckt hatte. Der Mann schien von Mr. Urquhart in einem ganz anderen Ton zu sprechen. Wolfs krankhafte Phantasie begann sich sofort einen neuen Mr. Urquhart auszumalen, einen Mr. Urquhart in kindischer Senilität, gänzlich in die Hände Mr. Monks und jenes alten Freundes, den er „Master Round" nannte, gefallen.

„Ich werde am nächsten Samstag ins Herrenhaus gehen", dachte er, „und herausbekommen, was Tilly Valley ihm angetan hat."

Er blickte auf die Uhr. Oh, es war schon hoffnungslos spät für den Tee. Nun, Gerda würde sich nichts daraus machen; und Lord Carfax würde ungemein entzückt sein.

Bald bemerkte er, daß sein Gemüt, je rascher er durch diese unvergleichliche Atmosphäre dahinschritt, um so stärker und ruhiger wurde.

Die Muskel seines Körpers, die Haut, die Sinne, die Nerven, der Atem schienen aus der Erde eine neue Macht, eine neue Ausdauer zu ziehen. Das letzte Zubodenstampfen seiner alten Lebensillusion war die Vision, obwohl sie auch bloß ein Phantasiebild hätte sein können, wie Mr. Urquhart Tilly Valley um das Sakrament anflehte. Wolf erkannte jetzt, daß in allen diesen Monaten sein geheimes Motiv — ja, er hatte es am Ufer des Lunt gefühlt, an jenem Tage der „gelben Farne" — sein Glaube an irgendeine ungeheure erdgeborene Kraft in seinem Inneren gewesen war, die mehr Macht besaß als das christliche Wunder. Hatte Tilly Valley also gesiegt? Hatte er sie alle überwunden? Hatte der absurde kleine Narr die Seele des großen John Urquhart hypnotisiert, ebenso wie er die Seele Mr. Rounds mesmerisiert hatte?

„Jesus, Jesus, Jesus, Jesus!"

Nein! er würde nicht nachgeben! Die angeborene Güte Barges . . . ein Ding so natürlich und unvermeidlich wie das Aufsteigen des Saftes in einem Baum . . . war stärker als alle „weiße Magie" der Welt.

Oh, Christie! Oh, Christie! Würde Gerda etwas dagegen haben, wenn er morgen in einer Woche nach Weymouth führe? Er sehnte sich danach, Christie zu fragen, was sie über den Unterschied der „Güte" Barges und des „Glaubens" Tilly Valleys dachte. Vielleicht würde er ihr von seiner „Mythologie" erzählen, jetzt da diese tot war?

Rascher und rascher zirkulierte das Blut durch seine Adern, als er Blacksod betrat und die vertraute Wegkreuzung erreichte. Diesmal gab es kein Zögern. Er war noch nie an dem Buchladen vorübergegangen, seit Christie fort war.

Er fand, daß er mit viel glücklicheren Gedanken spielte, als er an der Werkstatt Torps vorbeikam. Gewiß, er war gefallen, so tief er nur fallen konnte. Die Schönheit dieses Tages . . . ein Geschenk, ihm zugeworfen vom Zufall, dem größten aller Götter . . . schien seinen Körper in einer Art von blinder Wiedergeburt gewandelt zu haben. Er begann wieder, so wie er es vor dem Leichnam des alten Malakite getan hatte, sich seiner selbst als eines sich bewegenden Tieres bewußt zu werden, voll von lebhaftem, prickelndem Leben, das sich bis in die Finger erstreckte, in denen er seinen Stock hielt. Und nicht nur als eines Tieres. Das üppige Blühen der Pflanzen, von dem er umgeben war, schien seine Nerven hin- und hergezogen, sie beschwichtigt, sie geheilt zu haben, sie beruhigt, sie in eine dahinflutende Wechselbeziehung zu jenem Leben gebracht zu haben, das viel älter war als jedes tierische Leben.

Ah! Sein Körper und seine Seele kamen jetzt wieder zueinander! Ausströmend von seiner hageren, dahinschreitenden Gestalt, von seinem Rücken, von seinen Beinen, von seinen Fingerspitzen, dehnte sich sein Geist aus und beherrschte dieses gegabelte „Pflanzen-Tier", das er selber war. Und mit diesem neuen Bewußtsein im Hintergrund begann er in stoischem Entschluß all den kommenden Jahren seines Lebens ins Auge zu sehen, wie sie vor ihm lagen, staubige Meilensteine auf einer staubigen Landstraße!

Grimmig sagte er zu sich: „Jetzt keine Gesten!" Und es war keine Geste, die er in diesem Augenblick machte, als er seine Kräfte sammelte, für den Rest seiner Tage ein Unterlehrer in der Lateinschule von Blacksod zu sein. Absichtlich unterdrückte er jede gute Stimmung, indem er sich die unzähligen Augenblicke von Unbehagen und von nervösem Elend, die vor ihm lagen, vorstellte. Er streckte die Hand aus, um an diesen elenden zukünftigen Augenblicken zu zerren, so daß er sie jetzt sich zueignen und jetzt schon mit ihnen ringen könne ...

„Aber das ist noch nicht alles", dachte er, als er sich Preston Lane näherte. „Die ganze astronomische Welt ist nur ein Phantom, verglichen mit den Kreisen in Kreisen, den Träumen in Träumen der unbekannten Realität!"

Er ging an Mrs. Herberts Haus vorbei und kam zu dem Schweinestall. Ailinon! Die Erinnerungen! Verstohlen blickte er die Straße hinauf zu seinem Hause ... Ja, er konnte sehen, daß beide Fenster im Wohnzimmer offen waren. Er rastete jetzt, heiß und atemlos vom schnellen Gehen, und lehnte sich an das Geländer des Schweinestalles. Der Geruch von Schweineharn, so wie vor einem Jahr vermischt mit dem Duft der blühenden Hecke, verursachte ihm einen Schauer köstlicher Wehmut, und ganz Dorset schien sich darin konzentriert zu haben. Kleine Häuschen am Wege, umgestürzte Bäume, Stoppelfelder, Quellen, Ententeiche, Rinderherden, gesehen im Rahmen von Scheunentoren — all das überflutete jetzt sein Gemüt mit einem seltsamen Gefühl okkulten Besitzes. Sie waren bloß zufällige Gruppierungen zufälliger Gegenstände; aber während sie in buntem Durcheinander durch das Schnauben und Stoßen dieser emporgehobenen Rüssel in sein Gedächtnis drangen, hatte er das Gefühl, daß etwas Ständiges und Dauerndes aus solchen

Zufällen ihm Kraft geben würde, sich mit dem tintenfleckigen Schulzimmer abzufinden — sich abzufinden mit diesen Tagen und Tagen und Tagen — ohne seine „Mythologie" und ohne Christie.

Er mußte am tiefsten Grunde des Elends gewesen sein, als er mit seiner geistigen Zunge die schmutzigen Zehennägel Mr. Monks geleckt hatte.

Und doch war es diese Bestialität, durch die er die Tatsache entdeckte, daß ganz unleugbar ein wirklicher Teil seines Geistes außerhalb des ganzen astronomischen Schauspieles lag!

Schwerer denn je lehnte er sich jetzt an dieses Gitter, während die Schweine, für die alle menschlichen Köpfe gleich waren, nach ihrem Futtereimer grunzten und quiekten.

Dann richtete er sich auf, winkte mit der Hand den enttäuschten Schweinen zu und schritt weiter.

Er war kaum einen Schritt gegangen, als er plötzlich an Poll's Camp dachte. Was war das? Ein bezauberndes Vogellied ließ ihn wieder haltmachen und die Straße hinaufblicken, dorthin, wo die große Esche ihre kühlen bläulichgrünen Zweige gegen den perlglatten Himmel ausdehnte.

Wieder ein Gelbschnabel! Voriges Jahr war es eine Drossel gewesen. Lauschten Gerda und Lord Carfax jetzt bei ihren Pimpernelkuchen dieser flüssigen Musik?

Dummkopf! Dummkopf! Dummkopf! Das war ja gar nicht in dem Baum. Oh, er hatte es die ganze Zeit gewußt! Zutiefst in seinen Eingeweiden hatte er es gewußt. Es war das Mädchen selbst. Die Amseltöne drangen aus dem offenen Fenster. Es war Gerdas Pfeifen. Jene seltsame Fähigkeit war ihr endlich wiedergegeben worden!

Eine Sekunde lang gab er sich nur der Schönheit des Klanges hin. Es war dieser perlensanfte Tag selbst, vollendet Fleisch geworden in fließenden Tropfen unsterblichen Blutes.

Dann fand automatisch eine seltsame Umwandlung in ihm statt. Seine gereifte „Seele", jene magnetische Wolke um ihn, schloß sich enge um seinen Körper wie ein Gewand aus biegsamem Stahl. Seine Muskeln zogen sich zusammen wie die eines Katzenraubtieres, das seine Beute verfolgt. Seine ganze Persönlichkeit wurde ein straffer, gespannter Bogen kalter, bebender Eifersucht, die Sehne war angezogen, der Pfeil zitterte.

Er krümmte die Schultern, hielt den Stock in der Mitte — aber jetzt dachte er nicht mehr an Hektor von Troja oder William von Deloraine! —, lief über die Straße und ging hastig und verstohlen auf dem Trottoir weiter. Sein Blick war auf jene dunkle Öffnung des Fensters gerichtet, durch die das Pfeifen drang. Er hatte die Absicht zu sehen, wenigstens eine Sekunde, bevor er gesehen wurde!

Ja. Er hatte es gewußt. Er hatte es tief drunten in seinem Bewußtsein den ganzen langen Tag gewußt! Sein Blick, als er das Fenster erreichte, war flink, entscheidend, zerstörend. Er dauerte weniger als eine Drittelsekunde; und dann zog Wolf sich zurück und verschwand aus dem Gesichtsfeld zum Nachbarzaun hin.

Die Teeschalen waren geleert, die Kuchen gegessen. Und dort saß in dem niederen Fauteuil neben dem vollen Teetablett Lord Carfax mit der Miene der sonnenwärmsten Zufriedenheit, die Wolf je auf einem menschlichen Gesicht gesehen hatte; und dort saß auf seinen Knien, die Lippen gewölbt und mit dem Ausdruck eines strahlend seligen Kindes Gerda . . . pfeifend . . . pfeifend . . . pfeifend . . .!

„Reifsein ist alles." Diese Worte schienen von nirgendwo in sein Gemüt zu klingen, aus jener Region, die, was immer sie sein mochte, nicht das Universum war!

Sie hatten bestimmt nicht ihre gewöhnliche Bedeutung für Wolf, als er vor dem sich bietenden Anblick zurückwich. Sie bedeuteten, daß die Herren des Lebens jetzt seinen Becher gefüllt hatten — angefüllt bis zum Rande. Nur wenig hatte er davon gewußt, wieviel die Ergebenheit dieses Mädchens ihm im Lauf der Zeit bedeutete. Christie war sein Horizont; aber dieses Mädchen war der solide Grund unter ihm. Und nun hatte sich dieser Grund bewegt.

Gleich einem Manne, der sieht, wie sich der Boden unter seinen Füßen spaltet, und der, statt weiterzueilen, in neugierigem Interesse, je einen Fuß auf den Seiten des Risses, auf einen aufgescheuchten Käfer hinabblickt, der über den Rand des Schlundes klettert, stand Wolf auf dem Trottoir vor dem Hause des Schweinezüchters und starrte auf die Scheune drüben.

Wenn sie sich nur nicht von ihm auf die Knie hätte nehmen lassen! Wie sehr würden sich alle Leute seines Lebens dafür interessieren, daß sie sich von ihm auf die Knie hatte nehmen lassen! Er hatte das Gefühl, als ob Carfax nur zu diesem Zwecke in sein Leben getreten sei — nur, um Gerda auf die Knie zu nehmen! Wie sehr konnte er vor sich die nickenden Köpfe aller Menschen seines Lebens sehen, wie sie einander anblickten und einander ihr Interesse zeigten an dem, was geschehen war!

Carfax hatte den Mann auf den Stufen von Waterloo Station gerettet. Wenigstens hatte er Stalbridge gerettet! Carfax hatte Christie die Bücher in dem Laden um das Fünffache des Wertes abgekauft. Carfax hatte Urquhart zu harmlosem, senilem Schwachsinn verurteilt. Und jetzt hatte Carfax, während noch die Krumen von Pimpernels Kuchen den Teetisch bedeckten, Gerda ihre einzigartige Gabe wiedergeschenkt. Bob Weevil hatte in jenes Schlafzimmer gelockt werden müssen, ehe er kühn wurde. Ein „Lord in London" besaß nicht solche Blacksoder Skrupel. Für Carfax bedeutete es nichts ... eine Kleinigkeit, eine Bagatelle ... und doch war es angenehm ... die Wärme eines angeschmiegten Frauenkörpers zu fühlen, während er ihr durch seine glühende Sympathie ihre Jugend zurückgab, ihr das Leben zurückgab, das sie in diesen zwölf Monaten neben einem schrullenhaften Schulmeister verloren hatte.

Wolf fand es notwendig, sich in diesem Augenblicke auf eine fast muntere Art zu betragen. Er nahm den Stock unter den Arm — was er nie vorher getan hatte; steckte die Hände in die Hosentaschen — eine Geste, die ihm völlig fremd war. Er begann auf dem Trottoir in der Richtung zur Stadt zu gehen; doch als er sich vor Mrs. Herberts Tür sah, erinnerte er sich ... er mußte sich wohl instinktiv zu seiner Mutter gewandt haben, wie ein gekränktes Tierjunge zu der seinen ... daß seine Mutter jetzt über ihrer neuen großen Teestube wohnte.

Da wurde er sich darüber klar, daß er irgendeinen unmittelbaren Zweck finden mußte, etwas, das zu tun unbedingt nötig war. Während sein Blick sich auf die grüne Hecke vor ihm richtete, bemerkte er durch eine kleine, von Kindern gebahnte Lücke das erstaunliche Gold der Wiese drüben. Ach, das Feld war ja bis zum Rand voll von goldenen Butterblumen! Es war buchstäblich eine flutende See flüssigen, glänzenden Goldes.

Er fühlte sich durch körperliche Notwendigkeit zu jener Wiese gezogen, als ob er ein kranker Hund wäre, der besondere Grashalme neben der Straße sucht. Nichts außer physischer Gewalt hätte ihn in diesem Augenblick hindern können, durch jene Lücke zu kriechen und auf das Feld zu treten. In dem betäubten Zustand seiner Gefühle gehorchten seine Handlungen dem rohen Verlangen jener körperlichen Notwendigkeit. Die automatischen Muskelbewegungen, die nötig waren, um die gelben Blüten zu erreichen, folgten einander mit der Unvermeidlichkeit, mit der Wasser das Wasser sucht.

Im Felde draußen war es ihm genauso, als ob er durch goldene Wellen watete. Und dann erinnerte er sich plötzlich, daß es eben dieses Feld gewesen war, in das er Mukalog geworfen hatte. Welch leuchtendes Mausoleum für den kleinen Dämon!

Er konnte der Ablenkung nicht widerstehen, aufs Geratewohl mit seinem Stock zwischen den Butterblumenstengeln umherzutasten. Wie, wenn er durch einen tollen Zufall gerade in dieser Krise auf den obszönen Götzen stieße? Wie würden wohl diese langen Wochen der Preisgabe an das Wetter auf diesen gewirkt haben?

Während alle diese Gedanken einander über die Oberfläche seines Geistes verfolgten wie Wellen einer ans Ufer schlagenden Flut, dachte etwas anderes in ihm: „In wenigen Minuten werde ich das Wohnzimmer betreten und Carfax die Hand schütteln. Ein paar Minuten später wird Carfax weggehen zu seinem Zug, und Gerda und ich werden allein sein." Plötzlich hörte er auf, in diesem goldenen Meer mit dem Ende seines Stockes zu stochern. Es blieb nichts anderes mehr übrig, als gleich einem Kamel, dem der letzte Strohhalm auf den Buckel gelegt worden war, die schwankende Bürde seines Lebens auf sich zu nehmen. „Carfax wird wahrscheinlich über Sonntag hierbleiben. Er wird verliebt sein. Ihr Pfeifen wird ihn wie durch Hexerei zurückhalten. Aber am Montag wird er zur Bahn gehen ... und ich werde wieder in die Schule gehen; und alles wird so sein wie vorher." Aber dann erinnerte er sich an die Abmachung seines Besuchers mit Stalbridge — daß der ehemalige Kellner zum Siebenuhrzug nach Ramsgard kommen sollte.

„Nein, bei Gott, ich glaube, er wird sich verflüchtigen, so wie er gesagt hat. Er ist kein Bursche, der einen gemieteten Dienstboten sitzenließe."

Er begann jetzt mit festerem Schritte auf dem Felde auf und ab zu gehen. Hin und her ging er, während die Sonne, die beinahe schon am Horizont stand, den Boden, auf dem er schritt, zu etwas fast Unirdischem machte. Blütenblätter der Butterblumen klebten an seinen Beinen, klebten an seinem Stock; ihr Blütenstaub bedeckte seine Schuhe. Die Fülle von Gold, die ihn umgab, begann in seinen Geist mit seltsamen, weithergeholten Gedankenverbindungen einzudringen. Die goldenen Ornamente, Goldgewebe auf Goldgewebe, Blatt auf Blatt, die den Leichnam in der Gruft Agamemnons bedeckten, die goldenen Pfeiler der Hallen des Alkinoos, der goldene Regen, der Danae entzückte, das goldene Vlies, das Jason verdarb, die Wolke von Gold, in der der verdammte Titan Hera umarmte, die Flamme in Gold, in der Zeus Semele umarmte, die goldenen Äpfel der Hesperiden, der goldene Sand der Inseln der Seligen — alle diese Dinge, nicht in ihrer konkreten Erscheinung, sondern in ihrer platonischen Idee, ließen seinen Sinn taumeln. Das Ding wurde ein Symbol, ein Mysterium, eine Weihe. Es glich jener Gestalt des Absoluten in der Apokalypse. Es wurde eine Übersubstanz; Sonnenschein, heruntergestürzt und versteinert, das magnetische Herz der Welt, sichtbar gemacht.

Auf und ab schritt er über das Feld. Er hatte das Gefühl, als wäre er zum Sendboten bestellt, der irgendein Fragment von saturnischem Alter, das mitten in Blacksod hineingeschleudert worden war, bewachte.

„Am Sonnenlichte sich freuend ... des Sonnenlichtes beraubet", diese Worte aus Homer klangen in seinen Ohren und schienen das einzige Ding auszudrücken, das wichtig war. Carfax, der Gerda auf seine Knie nahm, Urquhart, der Tilly Valley um das Sakrament anbettelte, seine Mutter, die von Mr. Manley Geld borgte, Roger Monk, der Redferns Grab pflegte — alle diese menschlichen Handlungen stellten sich ihm jetzt durch einen goldenen Nebel dar, einen Nebel, der sie gleichzeitig harmlos und unbedeutend machte im Vergleich mit dem Unterschied zwischen Leben und Totsein.

Beim Gehen starrte er mit westwärts gewandtem Gesicht die große Scheibe der Sonne am Horizont an, die infolge des dünnen Wolkenschleiers sein Auge ebensowenig blendete wie der Kreis eines vollen Mondes; und er erinnerte sich, daß er vor langer Zeit in Weymouth eine außerordentliche Ekstase erlebt hatte beim Anblick der tanzenden, sich kräuselnden Wellen der weiten Bucht, die durch die horizontalen Strahlen der Sonne in flüssiges Gold verwandelt wurden.

„War das Sonnenuntergang oder Sonnenaufgang?" dachte er, konnte sich aber an nichts anderes erinnern als an den Tanz des Goldes und an das Entzücken, das dieser verursacht hatte.

Je tiefer die Bezauberung des Augenblickes in sein Wesen sank, um so klarer wurde seine Schlußfolgerung über die ganze Sache.

In den Tiefen seines Bewußtseins war er sich darüber klar, daß in ihm eine Veränderung stattgefunden hatte, eine neue Einstellung, eine neue Anordnung seiner letzten Vision, von der er nie wieder ganz würde zurückgehen können.

Jenes Gefühl eines übernatürlichen Ringens in den Abgründen, in dem das Gute und das Böse so scharf geschieden waren, war aus seinem Geiste verschwunden. Bis ins innerste Mark des Lebens war alles verwickelter, komplizierter als dies! Das Übernatürliche selbst war aus seinem Geiste verschwunden. Seine „Mythologie", was immer sie gewesen sein mochte, war tot. Was ihm jetzt geblieben war, war sein Körper. Gleich dem Körper eines Baumes oder eines Fisches oder eines Landtieres war dieser; und seine Hände und Knie glichen Zweigen oder Pfoten oder Flossen. Und fließend wand sich um seinen Körper sein „Gedanke", das „Ich bin ich" gegenüber der Welt. Dieses „Ich bin ich" schloß Wolfs neuen Zweck ein und schloß seinen Willen zu diesem neuen Zweck ein. „Es gibt keine Grenze für die Macht meines

Willens", dachte er, „solange ich ihn nur zu zwei Zwecken anwende ...
zu vergessen und mich zu freuen! Ha, alte Haut, bin ich endlich bei
dir? Luft und Erdscholle, Wolken und ein Fleck Gras, Dunkel und das
Brechen des Lichtes ... Ach, es ist genug! Und wenn ich dies zum
Hintergrund habe, warum kann ich dann nicht so heidnisch ‚gut‘
sein wie Gevatter Barge? Mein Wille kann alles tun, wenn ich ihn
beschränke auf ‚vergessen und freuen‘.“

Und da überkam ihn plötzlich, während er an diese Dinge dachte,
die Erinnerung an einen anderen irrenden Mystiker, an einen anderen
einsamen Wanderer über Hügel und Tal, der in seiner Zeit auch
entdeckte, daß gewisse „Andeutungen der Unsterblichkeit“ eine engere,
eine einfachere Form annehmen müssen, je mehr die Jahre vorwärtsschreiten.

> „Doch sieh, da ist ein Baum unter den Bäumen,
> Ein einzeln Feld, das ich betrachtet habe,
> Sie sprachen beide mir von dem, was war.“

Und während er jetzt ganz bewegungslos hier stand, klärte die
goldene See rings um ihn immer mehr und mehr seine Gedanken.
„Ich muß den Mut meiner Feigheit haben“, dachte er. „Ich kann nicht
tapfer sein wie du, alte Haut; aber ich kann weiterpflügen und ich kann
vergessen.“ Er stieß das Ende seines Stockes entschlossen zwischen die
Wurzeln des Grases in das Grab Mukalogs; und da kam ihm ein Vorfall
bei einem Besuche in Erinnerung, den er vor langer Zeit in Weymouth
gemacht hatte ... lang ehe Christie dorthin übersiedelt
war ...

Er trank damals allein Tee, trank ihn aus einer besonderen Porzellan-
garnitur, die seiner Großmutter gehörte, einer sogenannten „Limoges“-
Garnitur. Vor ihm lag ein Buch mit einem kleinen Haufen verwickelter
Algen darauf, die er trennte und sortierte. Da kam ein Augenblick,
da er plötzlich bemerkte, daß das Buch, neben dem die Teeschale
stand und auf dem er seine Algen sortierte, eine Ausgabe der Gedichte
Wordworths war. Ein ekstatischer Schauer schüttelte ihn da. In einem
Augenblick verband er die Steigerung des Lebensgefühles, die vom
Teetrinken kam, sowohl mit dem Zauber des Fluttümpels, in dem
er die Algen gefunden hatte, wie mit dem Zauber der Inspirationen
Wordworths; und es kam über ihn ein Gefühl von solch unglaublicher
Schönheit, „vermischt“ mit der Existenz, daß er vom Sessel aufsprang
und hastig begann, mit gekrümmten Schultern und sich die Hände
reibend durch den Raum zu schreiten.

Jene Erfahrung kam ihm wieder in den Sinn. „Wenn ich mich des Lebens", so dachte er, „nicht mit absolut kindlichem Versinken in seine einfachsten Elemente freuen kann, wäre es ebensogut, wenn ich nicht geboren wäre."

Und dann kam über ihn ein Gefühl, das er niemals in bestimmten Worten hätte ausdrücken können. Es war, als ob ein unfaßbarer Rest der Ausstrahlungen aller Orte in Stadt und Land, durch die er gekommen war, jetzt über ihm schwebte gleich dem Seegeruch der Algen auf jenem Buch.

Von diesem Gefühl wandte sich sein Geist leicht genug dem Gedanken an den Tod zu. „Tod, der süße Schlaf, Tod, das himmlische Ende!" zitierte er. Und als ob diese Worte der Kehrreim eines alten sentimentalen Liedes gewesen wären, hatte er das Gefühl, daß etwas in seiner Seele in süßem Heimweh ihnen antwortete.

Als er dann nach Osten schritt und die gelbe Farbe der Butterblumen sich aus einem byzantinischen Gold in ein kimmerisches Gold verwandelte, stellte er sich die ganze solide Festigkeit dieses Stückes des Westlandes vor, dieses Segmentes astronomischen Lehmes, das sich von Glastonbury zu Melbury Bub erstreckte und von Ramsgard nach Blacksod, als ob es selbst eine der lebenden Personen seines Lebens wäre. „Es ist ein Gott!" rief er in seinem Herzen; und er hatte das Gefühl, als ob Titanenhände vom Rande dieses „Feldes Saturns" sich emporhöben, um das Mysterium des Lebens und das Mysterium des Todes zu grüßen.

Ihn verlangte jetzt danach, seine Hände in dieses saturnische Gold zu tauchen und es auszugießen über Mr. Urquhart, über Mattie, über Miss Gault, über Jason, über alle die ungenannten kleinen Trostlosigkeiten — über gebrochene Äste, gequälte Zweige, verwundete Reptilien, verletzte Vögel, geschlachtete Tiere — über einen einsamen Stein inmitten der Lovelace-Gärten, auf dem kein Moos wuchs, über einen ersäuften Wurm, der weiß und schlaff vom Angelhaken Lobbie Torps in irgendeinem Tümpel am Lunt hing, über das Sterbekissen des alten Mr. Weevil, der nun seiner letzten bewußten Völlerei beraubt war, über die Geilheit der „Wasserratte" selbst, so kläglich in ihrer gemarterten Hoffnungslosigkeit. Alle ... alle ... alle würden irgendeine unaussprechliche Schönheit enthüllen, wenn nur dieses saturnische Gold über sie ausgesprengt wäre.

Er drehte den Stock in der Hand um, als ob er Bedenken hätte, diese goldene See mit etwas anderem als mit dem Griff des Stockes zu berühren, und tat sein Bestes, diese neue Hellsichtigkeit dem verwickelten Knoten seiner eigenen Persönlichkeit zuzuwenden. Er wußte kaum, was er tat, und trat nahe an den hinteren Teil des Schweinestalles heran; und während er den Stock am falschen Ende hielt, strich dessen Griff über die hohen Pflanzen, die an der Scheune wuchsen.

„Es ist mein Körper, der mich gerettet hat", dachte er, und um gewissermaßen den geduldigen Sinnen zu versichern, daß sein Geist dankbar war, kniff er sich achtlos mit der linken Hand oberhalb des Knies in den Schenkel.

Hinter dem Schweinestall! Es schien ihm seltsam, daß er ein ganzes Jahr hier gelebt und nie diese vertraute Scheune von hinten gesehen hatte. Es war merkwürdig, wie er stets der Realität auswich und dann plötzlich hineintauchte — hineintauchte in ihre innersten Tiefen. Hinter dem Schweinestall! Erst wenn er verzweifelte, geschah es, daß er in die Natur menschlicher Wesen eintauchte — daß er hinter sie kam!

Ach, wie boshaft, wie kalt konnte er in die Menschen tauchen, die er kannte, und ihre innersten Seelen sehen ... von hinten, von hinten! Gift und Stachel ... flüchtiges Wirrsal und der Griff der Sexualität; ja, ein krampfhaft zuckender, bebender Ego-Nerv, der seine eigenen Zwecke verfolgte, das war's, was hinter jedem stand!

Hinter dem Schweinestall! Wie oft hatte er jede einzelne Person seines Lebens in gemeinem Verrat sich verbildlicht! Wie oft hatte er sie in unglaublichen Stellungen, in grotesker Unanständigkeit ertappt! Oh, sein eigenes Gemüt war krank ... nicht die Natur. Nun, krank oder nicht, es war alles, was er besaß. Von nun an würde er als den Talisman seiner Tage den Satz wählen: „Harre aus oder flieh!" Wo hatte er diese Phrase aufgelesen? Hinter einem Arbeitshaus? Hinter einem Tollhaus?

Zwischen ihm und dem, was „hinter" dem Universum lag, sollte nun ein neuer Bund geschlossen werden. Jene Ursache dort oben konnte ihn gewiß in jedem Augenblicke dazu bringen, zu heulen wie ein toller Hund. Sie konnte ihn dazu bringen, zu tanzen und zu hüpfen und Dreck zu fressen. Nun, solange sie dies nicht tat, würde er ausharren ... seiner Straße zwischen den Tintenklecksen folgen und ausharren.

Sein Blick fiel zufällig auf eine große graue Schnecke, die mit ausgestreckten Fühlern die geteerten Bretter der Scheune erstieg. Sie hatte eben erst ein großes weiches Klettenblatt verlassen, das sich gegen die Holzwand lehnte und das noch mit ihrem Schleim bedeckt war. Sein Geist eilte hin zu tausenden und tausenden ruhigen Orten, hinter Nebengebäuden, hinter Scheunen, hinter alten Heuschobern, hinter alten Ställen und Schuppen, wo solche graue Schnecken lebten und in Frieden starben und Kletten und Nesseln und Ampfer mit ihrem hellen Schleim bedeckten. Wie oft war er an solchen Stellen vorbeigeeilt und hatte kaum einen Blick hingeworfen! Und doch versöhnte ihn die zusammengefaßte Erinnerung an sie mehr mit dem Leben als alle Blumenbeete Roger Monks.

Bei Gott! Er mußte listig sein in seinem Verhalten gegen diese modernen Erfindungen. Er mußte unter ihnen durchgleiten, über ihnen, um sie herum, wie Luft, wie Dunst, wie Wasser. Harre aus oder flieh! Ein gutes Wort, woher immer er es auch haben mochte.

Nun, genug von den Automobilen und Aeroplanen! König Ethelwolf lag in Ruhe und starrte empor auf jenes Spitzbogengewölbe. Es brauchte nur eine Umstellung ... und Wolf konnte ebenso in Frieden sein im Leben, wie jener König es war im Tode.

Hatte sich Gerda weich und nachgebend und entspannt nach ihrem Pfeifen jetzt Carfax hingegeben?

Jedermann mußte nach dem Schicksalsspruch seiner Natur fühlen; aber wer war er, um pompöse moralische Szenen zu machen?

Allein! Das war es, was er von der harten Frau gelernt hatte, der er das Leben verdankte. Daß jede Seele allein war. Allein mit der heimlichen Quelle von Pein und Lust, der gehörnten Schnecke hinter dem Schweinestall!

Harre aus oder flieh! Es oblag ihm, die Weisheit dieses Wortes über alle die elenden Augenblicke auszubreiten, die kommen mußten.

Oh, Christie! Oh, Christie!

Nun schön, er mußte hineingehen und vor die beiden treten.

Er ergriff fest und sicher seinen Stock am richtigen Ende und ging blinzelnd ein paar Schritte vorwärts, geradeaus in die Scheibe der Sonne, die ihm vom Rande der Welt anblickte. Dann wandte er sich um, kroch durch die Hecke und eilte über die Straße.

„Ob er wohl noch da ist?" dachte er, als er die Hand auf das Schloß des Gittertores legte. Und dann dachte er: „Nun, ich werde eine Schale Tee trinken."

JOHN COWPER POWYS

Ein biographisches Nachwort
VON ROLF ITALIAANDER

Seit dem Tode George Bernard Shaws nennt man John Cowper Powys den Doyen der englischen Schriftsteller, und als seinen Stellvertreter bezeichnet man Somerset Maugham. Dabei hat John Cowper Powys Jahrzehnte warten müssen, ehe er sich durchsetzen und echte Anerkennung finden konnte. Heute allerdings genießt er sie. *Times Literary Supplement* stellte in einer eingehenden Würdigung fest, daß sein Ruhm nun ein für alle Male gesichert sei: „Wir sind erschüttert von einer so starken Originalität, wie sie sie Mr. Powys eigen ist. Seine Bücher werden immer mehr gelesen, und in den vergangenen Jahren hat eine immer größere Anzahl bedeutender Kritiker begonnen, ihn zu bewundern, ja ihn sogar mit Dickens und Dostojewskij zu vergleichen." Man betont überdies immer wieder, daß es nicht leichtfalle, zu entscheiden, welches seiner Werke das bedeutendste sei. Die einen zollen *Wolf Solent* das höchste Lob, die anderen vergleichen *A Glastonbury Romance* mit Tolstois „Krieg und Frieden", wieder andere begeistern sich für seine *Autobiography* und nennen sie die schonungsloseste Selbstenthüllung seit Rousseau und Goethe.

Dennoch haben seine Bücher es immer schwer gehabt, überhaupt gedruckt zu werden. Der Hauptgrund für die Schwierigkeiten war zum Teil ein sehr nüchterner — nämlich der überdurchschnittliche Umfang der Manuskripte und die damit verbundenen großen Herstellungskosten. Im Kriege konnten seine Bücher überhaupt nicht nachgedruckt werden; einige sind bis heute noch nicht neu herausgegeben, und entsprechend werden bei den Antiquaren die alten Ausgaben zu sensationellen Preisen gehandelt, und nur wohlhabende Sammler können sie erwerben.

Es ist unmöglich, mit wenigen Worten etwas über den Inhalt dieser ungewöhnlichen Bücher zu sagen oder gar den Autor einzuordnen, zu katalogisieren, was heutzutage so gern gefordert wird. John Cowper Powys läßt sich kaum klassifizieren, sein Oeuvre ist zu vielschichtig. Immerhin sei der Versuch gemacht, wenigstens einige der Hauptideen des Dichters hervorzuheben.

So ist beispielsweise charakteristisch für ihn seine Mahnung, die Menschen sollten unaufhörlich ihre Einsamkeit behüten und ihre gewohnten Kontemplationen auch auf dem Marktplatz, im Büro, in der Fabrik oder im Geschäft fortsetzen. Man hat ihn mit D. H. Lawrence verglichen. Beide postulieren, daß die Weisheit der Sinne wesentlicher sei als die Weisheit des Intellekts; beide glauben, daß christliche Liebe enerviert und die Menschen in ein müdes Herdendasein führt, in dem das Mysterium und die Schönheit des Lebens erniedrigt und vulgär gemacht werden. Für beide ist Weisheit etwas Kosmisches und Zeitloses, etwas, das wohl Laotse, Buddha, Plato und Christus einschließt, aber letzten Endes in einer viel weiter zurückliegenden Vergangenheit wurzelt.

Man darf aber John Cowper Powys, obwohl er auch viele Essays und kritische Darstellungen geschrieben hat, nicht in erster Linie als einen Denker werten. Primär ist er ein Erzähler, ein Novellist, ein Romancier. Auch er selber will vor allem als Fabulierer genommen werden, allerdings als einer, dessen Fabeln durchdrungen sind von seiner Überzeugung, daß wir das Mysterium des Lebens im Geiste einer absoluten undogmatischen Ignoranz sehen müssen. Auf Grund seiner eigenen Lebenserfahrung interessiert ihn jegliche menschliche Schwäche immer wieder am meisten. Alle seine „Helden" sind schwache Menschen, und diese sind — wie er — gegen jegliche Grausamkeit. Im „Wolf Solent" heißt es: „Je mehr sich die Menschen darüber klar werden, was vorgeht, um so weniger Lebewesen werden gequält werden." Als 1934 in Amerika von Lloyd Emerson Siberell eine *Bibliography of the first editions* seiner Werke herausgegeben wurde, schrieb der Dichter selber in einem Vorwort, daß er alles andere sei als ein „Hitlerite", jedoch er freue sich, wenn in Deutschland nun jegliche Art der Vivisektion verboten sei und jeder ins Konzentrationslager käme, der sie noch praktiziere. Er fügte hinzu: „Ich wünsche von ganzem Herzen, daß jeder, der diese grausamen Verbrechen in den Vereinigten Staaten ausübt, auch in ein Konzentrationslager gesteckt werde." Damit sei nebenbei erwähnt, daß dieser große Epiker einen eigenwilligen Humor hat.

John Cowper Powys wurde am 8. Oktober 1872 in Shirley, Derbyshire, geboren. Unter seinen Ahnen findet man den Dichter William Cowper und John Donne. Sein Vater war Pastor, seine Mutter die Tochter eines Pastors. Seine Großmutter väterlicherseits hatte Schweizer Blut, während seine als besonders talentiert bezeichnete Urgroßmutter mütterlicherseits aus der Hamburger jüdischen Familie Livius stammte. Als sich der Dichter bei der „Freien Akademie der Künste in Hamburg" dafür bedankte, daß diese ihm ihre Plakette zugedacht hatte, erinnerte er daran, daß er, sehr jung noch, den ersten öffentlichen Vortrag seines

Lebens in Hamburg gehalten habe. Danach sprach er in Dresden, u. a. vor König August von Sachsen, der ihm ein schönes Stück Meißner Porzellan zur Erinnerung mitgab. Die einzige bekannte Persönlichkeit, die er damals in Deutschland kennenlernte, war Elisabeth Förster-Nietzsche, die er als großer Verehrer von Nietzsche aufsuchte und von der er später zu seinem großen Schrecken hörte, daß sie das Werk des Bruders verfälscht habe.

Er ist das älteste von elf Kindern. Mehrere seiner Geschwister wandten sich der Kunst zu. Sein Bruder Albert Reginald Powys war viele Jahre lang Sekretär der Gesellschaft zum Schutze alter Gebäude und schrieb Bücher über Architektur. Sein Bruder Littleton Charles Powys hat unter anderem eine Autobiographie verfaßt, in der er mancherlei über die Familie erzählt. Seine Schwester Gertrude war eine bekannte Malerin, seine Schwester Philippa Lyrikerin, und seine Schwester Marian Expertin für Spitzen und hat darüber mancherlei publiziert. Berühmt als Schriftsteller wurden insbesondere seine Brüder Llewelyn Powys (1884–1939) und Theodore Francis Powys (geb. 1875). Allen drei Brüdern sagt man ein großes poetisches Gefühl und eine leidenschaftliche Liebe für die Natur nach, und doch unterschieden sie sich voneinander grundsätzlich. Louis Marlow, ein alter Freund der Familie, betont in seinem Erinnerungswerk *Seven Friends*, daß es in der englischen Literatur vor den Brüdern Powys noch niemals vorgekommen sei, daß drei Brüder als Schriftsteller gleichermaßen bekannt wurden. Bei den Brontë seien zwar die Schwestern Charlotte und Emily berühmt geworden, aber nicht die dritte Schwester Anne. An ein anderes Familienphänomen müsse man allerdings denken, nämlich an die Brüder Sitwell und ihre Schwester Edith, alle drei berühmte Autoren der heutigen englischen Literatur.

John Cowper Powys besuchte die Sherborne School und alsdann das Corpus Christi College in Cambridge. In seiner Kindheit und Jugend gab es mannigfaltige Probleme. Es fiel ihm nicht leicht, sein Schul- und sein Universitätspensum zu erfüllen. Er war ein eigenbrötlerischer Büchernarr. Die Zeit in Cambridge nennt er „Jahre eines unbalancierten und chaotischen Idealismus". Er schreibt in seiner Autobiographie, daß die Universität als eine Institution nicht den geringsten Einfluß auf seinen Geschmack, seine Intelligenz, seine Philosophie oder seinen Charakter ausgeübt habe.

Wie Coleridge und Shelley war er schon früh auch deshalb ein Rebell gegen die Gesellschaft, weil er immer darauf bestand, in seine eigene Vorstellungswelt flüchten zu dürfen. Eine Zeitlang träumte er davon, Zauberer zu werden. Er fragte sich, was denn ein Zauberer anderes sei als einer, der Gottes Realität in seine eigene Realität umforme, Gottes Welt in seine eigene wandle und schließlich Gottes Natur in seine eigene Natur umbilde.

Schon als Knabe zeichnete er sich als guter Schauspieler aus. Er bevorzugte Dramen von Shakespeare. Als Student bedachte er die kleinste Theaterrolle mit Philosophie — und damals schon übten auf ihn Plato, Spinoza, Schopenhauer, Nietzsche und Spengler den stärksten Einfluß aus.

Auch er sollte Pastor werden, doch dagegen lehnte er sich auf. So wurde er zuerst einmal Lehrer, und zwar Nachfolger eines deutschen Professors an Mädchenschulen in Brighton. In den neunziger Jahren, als Wilde, Whistler und Beardsley die Protagonisten der Londoner Künstlerkreise waren, begann er seine „Odyssee als Philosoph". Er entdeckte selber — und mit ihm bald ein dankbares Publikum —, daß er ein hinreißender Vortragsredner war. Er brachte dafür das Genie des überlegenen Schauspielers mit, und man konstatierte, daß er seine Persönlichkeit zugunsten seiner Themen aufgab. Nicht er sprach über Philosophen und Dichter, sondern sie sprachen aus ihm!

Vierzig Jahre lang war er vor allem in den Vereinigten Staaten ein sehr erfolgreicher Interpret der Philosophie und Literatur. Dabei hat er stets jegliche Kritik als eine höchst persönliche Angelegenheit betrachtet. So hat er in seinen Vorlesungen auch immer nur persönliche Eindrücke von großen Autoren und ihren Werken vorgetragen. Er sprach immer ohne Notizen, alles war bei ihm Imagination und Intuition, gleichgültig, ob er über Homer und Rabelais, die Bibel und Nietzsche, Milton, Wordsworth oder Dickens sprach. Immer versuchte er, sehr persönlich zu interpretieren. Subjektiv und eigenwillig sind auch seine Romane. Er bekennt, die wichtigste Sache sei bei jedem Schriftsteller seine eigentümliche Seele, was er im Kopf habe, in seinen Nerven, in seinem Charakter, Blut und Temperament. Auch alle seine Romanfiguren haben, wie er selbst, exzentrische Gewohnheiten, Sinn für Einsamkeit, einen verzwickten Humor, eine phantastische Vorstellungskraft und einen Hang zur Erinnerung, der Jahrhunderte umschließen möchte.

Seine jahrzehntelange Vortragstätigkeit fand ihren Niederschlag in einer großen Anzahl kritischer Werke. Wir nennen einige Titel: *The Menace of German Culture, a Reply to Prof. Münsterberg* (1915); *Visions and Revisions, a Book of Literary Devotions* (1915); *One Hundred Best Books, with Commentary, and an Essay on Books and Reading* (1916); *Psychoanalysis and Morality* (1923); *The Religion of a Sceptic* (1925); *The Meaning of Culture* (1929); *Debate! Is Modern Marriage a Failure?*

(Mit Bertrand Russell, 1930); *In Defence of Sensuality* (1930); *A Philosophy of Solitude* (1933); *Dostojewsky* (1946); *Rabelais* (1948). Hinzu kommen noch zahlreiche Sammlungen von Vorlesungen über Carlyle, Ruskin, Tennyson, Shakespeare, amerikanische Schriftsteller, über die Geschichte der Freiheit etc.

Ungezählte kritische Betrachtungen hat er in den großen englischen und amerikanischen Zeitungen und Zeitschriften veröffentlicht. In seinem Oeuvre findet man ferner eine Sammlung Shortstories und fünf Bände Gedichte; mit *Odes and Other Poems* hatte er 1896 angefangen.

Als Romancier begann John Cowper Powys 1915 mit *Wood and Stone, a Romance;* es folgte *Rodmoor, a Romance* (1916); *Ducdame* (1925); *Wolf Solent* (1929); *A Glastonbury Romance* (1932); *Weymouth Sands, a Novel* (1934); *Owen Glandower* (1941); *Porius* (1951); *Atlantis* (eine Reise des Odysseus nach der Odyssee, 1954); *The Brazen Head* (über Roger Bacon, 1956); und schließlich 1957: *Up and Out* (Roman einer Reise zum Mond).

1934 kehrte er aus Amerika zurück, siedelte sich in Wales an und bemüht sich seitdem besonders um die Waliser Literatur, die ihn heute als ihren nationalen Genius feiert. Obwohl er kein keltisches Blut hat, gilt er mehr als Exponent des Keltentums als des Angelsachsentums.

John Galsworthy hat stets geraten, man solle „zuvor leben und dann erst schreiben". John Cowper Powys meint gleichfalls, daß dies die rechte Methode sei, um gut schreiben zu können, und fügt hinzu, daß es ihm darum heute, da er auf die Neunzig geht, noch leicht falle, zu schreiben. Er betrachtet sich selber nicht als einen Künstler, sondern als einen Darsteller dessen, was geschieht — und Ähnliches sagt er auch von Dostojewskij. Seinen Stil mag man gelegentlich als etwas lässig und locker empfinden, auch als breit; er will nichts Erzwungenes. Darum wohl auch betont die eingeweihte englische Kritik immer wieder, daß seine Bücher „Geschichten des Weltgeistes an sich" seien.

Zu seinen unveröffentlichten Werken gehört eine Reihe Schreckensgeschichten, die er vor dem ersten Weltkrieg geschrieben hat. Wenn der jetzt rechtsseitig erblindete Greis, der nur jeden Morgen zwanzig Minuten in seinem Gärtchen auf und ab gehen darf, in seinem Landhaus, wo er von seiner amerikanischen Lebensgefährtin, mit der er seit vierzig Jahren zusammenlebt, betreut wird, auf seiner Couch liegt, ist er noch stets schöpferisch tätig. Im Winter 1957/58 hat er ein großes Werk über Homers Ilias vollendet, ein neuer Roman ist begonnen worden. In einem seiner Briefe schrieb er uns, daß er zwar nicht Deutsch spräche, aber sich gern an ein Goethe-Wort erinnere, „man solle stets im Guten und Schönen resolut leben".

John Cowper Powys' Roman *Wolf Solent* erschien als erstes seiner Bücher in deutscher Sprache im Jahre 1930. 1957 schlug der Präsident der „Freien Akademie der Künste in Hamburg", der Lessingpreisträger Hans Henny Jahnn, den Mitgliedern dieser Akademie vor, John Cowper Powys die Akademie-Plakette zu verleihen, die als erster Dichter Thomas Mann erhalten hatte. Es war ein „Zufall", daß zu gleicher Zeit derselbe Verlag, der den *Wolf Solent* erstmals herausgebracht hatte, gerade die Neuausgabe vorbereitete. Doch erinnern wir uns an einen Satz des vorliegenden Romanes: „Wenn der Zufall einmal Dinge in Bewegung gebracht hat, setzt eine Art von Schicksal ein, das der Mensch akzeptieren muß."

Die Neuausgabe des *Wolf Solent* ist hervorragend geeignet, diesen bedeutenden englischen Epiker in den deutschsprechenden Ländern so bekannt zu machen, wie er es längst zu sein verdient. Hans Henny Jahnn schrieb bereits vor einem Vierteljahrhundert, John Cowper Powys beweise, daß es unter den englischen Schriftstellern Männer mit ganz großem Atem und lügenlosem Empfinden gebe, und daß dieser Roman Ausdruck einer Weltanschauung sei: „Powys, ob er es weiß oder ob es ihm noch verborgen ist, bekennt sich zu der gewaltigen Lehre der Harmoniker, die nicht nach dem Ursprung der Dinge, sondern nach ihrem Wesen, ihrem Dasein fragen. Nicht nach der Vergangenheit Gottes, sondern nach seiner Gegenwart. Denen das Gesetz mehr gilt als die Abstraktion von Gut und Böse."

Jahnn hatte auch Anlaß festzustellen, daß die Fabel des Romans nichts als „eine Skandalgeschichte sei, wenn man sie durch eine verkleinernde Brille betrachtet". Es ist das alte, hundertfach abgewandelte Thema: ein Mann zwischen zwei Frauen. Aber wie ist das hier erzählt, welche Visionen ergeben sich — nicht allein in bezug auf Wolf Solent und die beiden Frauen Gerda und Christie, sondern wie bilden sie und alle Randfiguren tatsächlich „Geschichten des Weltgeistes an sich". Eigentlich gibt *Wolf Solent* die Weltschau John Cowper Powys' *in nuce* wieder.

Der Held ist wiederum ein schwacher und vielleicht deshalb so liebenswerter Mensch. Er weiß, welch bestimmender Faktor Eros ist, und protestiert gegen „diese verfluchte Unterdrückung der Sexualität". Es klingt nonchalant, wenn er sagt: „Das Leben ist kurz, und die Liebe der Mädchen ist der einzige Ausweg aus dem Elend." Auch läßt er sich trösten, daß das Leben gar nicht so kurz sei und daß es in jedem Paradies eine Schlange gäbe. Doch Erotik und Sexualität sind bei ihm „nicht nur ein Hautreiz". Wolf Solent ist vielmehr von der Überzeugung durchdrungen, daß der erotische Genuß die Fähigkeit besitzt,

„eine Art von Absolutem zu werden". Er drängt nach dem Absoluten, dem Höchsten!

„Es ist besser, tot zu sein im Tod als tot im Leben", heißt es an anderer Stelle. Und wieder in einem anderen Kapitel steht ein Satz, der nicht nur für Wolf Solent gilt, sondern auch für John Cowper Powys persönlich: „Es ist mir gleichgültig, ob ich Geld verdienen werde. Es ist mir gleichgültig, ob ich mir einen Namen machen werde. Es ist mir gleichgültig, ob ich irgendein Werk zurücklasse, wenn ich sterbe. Alles, was ich wünsche, sind gewisse Empfindungen." Ist es nicht zugleich wunderbar und erstaunlich, daß sich ein Dichter des 20. Jahrhunderts ganz schlicht zu Empfindungen bekennt und hiermit wieder neu aufklingen läßt, was Goethe nicht umsonst immer wieder betont hat: „Gefühl ist alles."

John Cowper Powys weigert sich zu glauben — „und er wird es nie glauben, bis die Natur ihn tötet" —, „daß es so etwas gibt wie die Realität, getrennt von dem Geist, der sie betrachtet." Und der Dichter beschwört uns, wir hätten uns damit abzufinden, daß wir alle ab und zu schlecht sein müssen. Warum? „Wir müssen manchmal schmähliche Dinge tun, weil wir einsam sind." In seiner Einsamkeit gelangt er wiederum zu seinen Träumen, denn: „Die ganze astronomische Welt ist nur ein Phantom, verglichen mit den Kreisen in Kreisen, den Träumen in Träumen, der unbekannten Realität." Seine Träume sind oft die eines naiven Kindes. Der Dichter hat den Mut, sich gleichfalls dazu zu bekennen. „Wenn ich mich des Lebens nicht mit absolut kindlichem Versinken in seine einfachsten Elemente freuen kann, wäre es ebensogut, wenn ich nicht geboren worden wäre ... Jedermann muß nach dem Schicksalsspruch seiner Natur fühlen." Allerdings gehört dazu Größe: einerseits das demütige Wissen darum, daß wir alle nichts anderes sind als „Käfer in dem Dünger der Erde", andererseits, daß wir von dem Augenblick an, da wir den Mutterleib verlassen, allein sind, ob wir wollen oder nicht. Wolf Solent wird dies von seiner eigenen Mutter gelehrt, daß jede Seele allein sei, „allein mit der heimlichen Quelle von Pein und Lust". Und was bleibt? „Ein einziges Gebot: auszuharren oder zu fliehen!" Denn der Mensch muß auch den Mut seiner Feigheit haben, er kann nicht immer tapfer sein, aber er kann weiterpflügen und vergessen.

In der Tat, John Cowper Powys hat wie die größten Erzähler und Dramatiker der klassischen Literatur eine jener Skandalgeschichten erzählt, die so alt sind wie das Menschengeschlecht, aber er hat daraus — und dies vermag eben nur ein Meister — zuletzt doch eine hymnische Bejahung des Lebens gestaltet. *Wolf Solent* ist, wie Powys' Gesamtwerk, ein Hoheslied des Fleisches, der Liebe, des Sexus und schließlich sogar der Heimat — es versteht sich: jenseits von aller Moral und ohne dabei unmoralisch zu sein. Ob man den *Wolf Solent* liest oder ein anderes Werk dieses genialen Epikers — die letzten Weisheiten werden neu verlebendigt, und wir sind durch ihn genauso getröstet wie durch das eines der Alten. Was vermöchten wir Schöneres von einem Autor unserer heutigen Zeit zu sagen, deren Literatur sonst gar zu oft jenen Konformismus widerspiegelt, von dem unser Dasein in diesem 20. Jahrhundert auf geradezu schamlose Weise durchdrungen ist.

INHALT

Das Gesicht auf den Bahnhofstufen 7

„Christus! Ich war glücklich!" 19

Eine Chronik von Dorset 36

Gerda 50

Das Lied der Amsel 88

Ein Querstrich 121

Gelbe Farne 151

Die Three Peewits 181

Die Pferdeschau.. 195

Christie 240

Die Teegesellschaft 274

Die Blindschleiche vom Lenty 285

Heim für Bastarde 299

Wirbelnder Rauch 315

Von einem Schlaf umringt 348

Eine Kegelpartie 356

Dies ist Wirklichkeit 389

Die Schulfeier 407

Wein 441

Mr. Malakite in Weymouth 492

„Schiefer" 513

Die Lebendigen oder die Toten? 560

Lenty Pond 590

„Vergessen" 623

Reifsein ist alles 661

Biographisches Nachwort von Rolf Italiaander............... 696